V $\frac{706}{4}$

(*mss. de trois seul.*)

6050.

ΕΥΚΛΕΙΔΟΥ ΤΑ ΣΩΖΟΜΕΝΑ.

EUCLIDIS QUÆ SUPERSUNT.

LES ŒUVRES D'EUCLIDE.

Cet Ouvrage se trouve aussi à Paris, aux indications suivantes :

CHEZ
{
L'AUTEUR, rue de Provence, n° 25 ;
TREUTTEL et WURTZ, libraires à Paris, rue de Lille, n° 17 ;
FIRMIN DIDOT, rue Jacob, n° 24 ;
Madame veuve COURCIER, quai des Augustins, n° 57.
}

LES ŒUVRES

D'EUCLIDE,

EN GREC, EN LATIN ET EN FRANÇAIS,

D'APRÈS un manuscrit très-ancien qui était resté inconnu jusqu'à nos jours.

PAR F. PEYRARD,

TRADUCTEUR DES ŒUVRES D'ARCHIMÈDE.

OUVRAGE APPROUVÉ PAR L'ACADÉMIE DES SCIENCES.

DÉDIÉ AU ROI.

TOME SECOND.

V
706.
4.

A PARIS,

CHEZ M. PATRIS, imprimeur-libraire, rue de la Colombe, en la Cité, n° 4.

1816.

PRÉFACE.

PRÆFATIO.

Hoc volumen, quo liber octavus, nonus et decimus continetur, jampridem editum fuisset, nisi plura impedimenta, quæ sane non prævideram, moram aliquam attulissent opusque intermisissent. Tertium et ultimum volumen prelo subjicitur, et sub ortum proximæ æstatis prodibit in lucem.

Malignus quidam rumor percrebuerat me jam non habere in manibus vaticanæ bibliothecæ codicem 190, ac proinde ab incœpto destitisse. Quo rumore nihil absurdius; rogante enim et impetrante regni interioris administro, codex ille fidei meæ creditus est, ac penes me erit, donec opus meum in lucem sit editum.

Interim, omissâ aliquandiu Euclidis mei curâ, ultimam Apollonio meo manum admovi, quod quidem opus absolutum ac sub judice est, nempe Scientiarum Academiâ. Typis mandabitur græcis, latinis et gallicis : accedent variæ lectiones regiæ bibliothecæ codicum, necnon et Oxoniæ editionis, quæ, fatente ipso editore, confecta est juxta duos græcos codices, scatentes vitiis, ac prorsus iisdem, utpote ex uno et eodem codice exaratos.

Hæc editio complectetur Conicorum Apollonii septem libros qui supersunt, Pappi lemmata, Eutocii commentarios, et Sereni duos libros de cylindro et cono.

Archimedis operibus necnon Eutocii commentariis edendis græce, latine et gallice operam impendo. Quando nitidissima Oxoniæ editio prelo fuit subjecta, jam obierat Torelli, vir magnæ doctrinæ, antequam ultimam manum Archimedi suo admovisset, et ob id maculis scatet. Quod si

PRÉFACE.

Ce volume, qui renferme le huitième, le neuvième et le dixième livre, aurait paru depuis long-temps, si plusieurs obstacles qu'il ne m'était pas donné de prévoir, n'eussent retardé et suspendu plusieurs fois l'impression de mon ouvrage. Le troisième et dernier volume est sous presse, et paraîtra au commencement de l'été prochain.

On avait répandu le bruit que n'ayant plus entre mes mains le manuscrit 190 de la bibliothèque du Vatican, j'avais abandonné mon entreprise : ce bruit était sans fondement, ce manuscrit n'est jamais sorti de mes mains ; à la sollicitation du Ministre de l'intérieur, ce volume sera laissé à ma disposition jusqu'à la publication entière de mon ouvrage.

Les interruptions de l'impression de mon Euclide m'ont laissé le temps nécessaire pour mettre la dernière main à mon Apollonius. Mon travail est terminé, et soumis à l'examen de l'Académie des Sciences. Les œuvres d'Apollonius seront imprimées en grec, en latin et en français, avec les variantes des manuscrits grecs de la bibliothèque du Roi et de l'édition d'Oxford, laquelle, de l'aveu même de l'éditeur, ne fut faite que d'après deux manuscrits grecs qui avaient les mêmes défauts, parce qu'ils étaient tous les deux la copie d'un seul et même manuscrit.

Cette édition renfermera les sept livres des Coniques qui nous restent d'Apollonius, les lemmes de Pappus, les commentaires d'Eutocius, et les deux livres du cylindre et du cône de Sérénus.

Je prépare une édition grecque, latine et française des œuvres d'Archimède et des commentaires d'Eutocius. Lorsque la belle édition d'Oxford fut imprimée, le savant Torelli était mort avant d'avoir mis la dernière main à son Archimède, et c'est à cause de cela que cette édition fourmille de

PRÆFATIO.

hæc editio Torelli vivente facta fuisset, non equidem hoc ultimum opus aggressus fuissem. Si forte accidit ut mors immatura me quoque prius arripiat, quam Archimedis opera penitus absolverim, tum opus imperfectum ante novissimam diem exuri jubebo, ne quis, me mortuo, illud prelo subjicere velit.

Liber decimus Euclidis Elementorum vix, quibusdam geometris nostratibus notus est : quin et bene multi illum habent supervacaneum et intellectu perdifficilem.

Utrumque citra manifestam rerum fidem. Hic liber continet et plures propositiones geometris perutiles, et nonnullas illis semper admirandas.

Fateor equidem studentis animum, primo intuitu posse deterreri et avocari, conspectis septemdecim et centum propositionibus hoc in libro contentis; sed unaquæque, velut è fonte communi, derivatur è quibusdam definitionibus ac præcipuis, iisque paucissimis, propositionibus, quarum ope reliqua facillime demonstrantur. Ad hoc hujus libri partes ita inter se dispositæ sunt, ut earum non seriem et juncturam modo, sed concentum et harmoniam oculus, primo conjectu, percipiat. Illic vere notandus est mirabilis ille ordo quem in omnibus suis operibus Euclides constituit.

Hæ vero libri decimi sunt definitiones et propositiones. Hæc tabula synoptica mihi aptissima visa est ad illius comprehensionem acquirendam.

DEFINITIONES.

1. Commensurabiles magnitudines dicuntur, quæ eádem mensurá mensurantur.

2. Incommensurabiles autem, quarum nullam contingit communem mensuram esse.

3. Rectæ potentiá commensurabiles sunt, quando ab eis quadrata eodem spatio mensurantur.

4. Incommensurabiles autem, quando ab eis quadratorum nullum contingit spatium communem esse mensuram.

fautes. Si cette édition eût été faite de son vivant, je ne me serais certainement pas chargé de ce dernier travail. Il est très-possible qu'une mort prématurée viène aussi me surprendre avant que j'aye mis la dernière main aux œuvres d'Archimède. Mais si cela arrive, j'ordonnerai, avant mon dernier jour, de livrer aux flammes un travail imparfait, qu'on serait peut-être tenté de publier après ma mort.

Le dixième livre des Éléments d'Euclide est aujourd'hui très-peu connu des géomètres français : ils regardent généralement ce livre comme superflu, et comme étant très-difficile à entendre.

Ces deux reproches me paraissent mal fondés. Ce livre renferme un grand nombre de propositions utiles aux géomètres, et une foule d'autres qui sont dignes de toute leur admiration.

Les cent dix-sept propositions que contient ce dixième livre seraient peut-être capables de décourager, au premier abord, celui qui veut l'étudier ; mais tout dépend dans ce livre de quelques définitions, et d'un très-petit nombre de propositions fondamentales, à l'aide desquelles tout le reste se démontre avec la plus grande facilité. Ajoutons à cela que les parties en sont tellement disposées, que l'œil en saisit l'ensemble sans le moindre effort. C'est là surtout qu'Euclide se fait remarquer par l'ordre admirable qu'il a su établir dans tous ses ouvrages.

Voici les définitions et les propositions du dixième livre. Ce tableau synoptique me paraît très-propre à en faciliter l'étude.

DÉFINITIONS.

1. On appèle grandeurs commensurables celles qui sont mesurées par la même mesure.

2. Et incommensurables, celles qui n'ont aucune mesure commune.

3. Les lignes droites sont commensurables en puissance, lorsque leurs quarrés sont mesurés par une même surface.

4. Et incommensurables, lorsque leurs quarrés n'ont aucune surface pour commune mesure.

5. His suppositis, ostenditur propositæ rectæ esse rectas multitudine infinitas incommensurabiles, alias quidem longitudine solum , alias autem et potentiâ. Vocetur autem proposita recta, rationalis.

6. Et huic commensurabiles, sive longitudine et potentiâ, sive potentiâ solum, rationales.

7. Sed huic incommensurabiles irrationales vocetur.

8. Et ipsum quidem a propositâ rectâ quadratum, rationale.

9. Et huic commensurabilia, rationalia.

10. Sed huic incommensurabilia, irrationalia vocentur.

11. Et quæ possunt illa, irrationales; si quidem ea quadrata sint, ipsa latera ; si autem altera quæpiam rectilinea, latera a quibus æqualia illis quadrata describuntur.

PROP. I. Duabus magnitudinibus inæqualibus expositis., si a majori auferatur majus quam dimidium, et ab eo quod reliquum est majus quam dimidium, et hoc semper fiat; relinquetur quædam magnitudo, quæ erit minor expositâ minori magnitudine.

PROP. II. Si duabus magnitudinibus expositis inæqualibus, detractâ semper minore de majore, reliqua minimè metitur præcedentem; incommensurabiles erunt magnitudines.

PROP. III. Duabus magnitudinibus commensurabilibus datis, maximam earum communem mensuram invenire.

PROP. IV. Tribus magnitudinibus commensurabilibus datis, maximam ipsarum communem mensuram invenire.

PROP. V. Commensurabiles magnitudines inter se rationem habent, quam numerus ad numerum.

PROP. VI. Si duæ magnitudines inter se rationem habent quam numerus ad numerum, commensurabiles erunt magnitudines.

PROP. VII. Incommensurabiles magnitudines inter se rationem non habent quam numerus ad numerum.

5. Ces choses étant supposées, on démontre qu'une droite proposée a une infinité de droites qui lui sont incommensurables, non seulement en longueur, mais encore en puissance. On appèlera rationelle la droite proposée.

6. On appèlera aussi rationelles les droites qui lui sont commensurables, soit en longueur et en puissance, soit en puissance seulement.

7. Et irrationelles, celles qui lui sont incommensurables.

8. On appèlera rationel le quarré de la proposée.

9. On appèlera aussi rationelles les surfaces qui lui sont commensurables.

10. Et irrationelles, celles qui lui sont incommensurables.

11. On appèlera encore irrationelles et les droites dont les quarrés sont égaux à ces surfaces, c'est-à-dire les côtés des quarrés, lorsque ces surfaces sont des quarrés; et les droites avec lesquelles sont décrits des quarrés égaux à ces surfaces, lorsque ces surfaces ne sont pas des quarrés.

Prop. I. Deux grandeurs inégales étant proposées, si l'on retranche de la plus grande une partie plus grande que sa moitié, si l'on retranche du reste une partie plus grande que sa moitié, et si l'on fait toujours la même chose, il restera une certaine grandeur qui sera plus petite que la plus petite des grandeurs proposées.

Prop. II. Deux grandeurs inégales étant proposées, et si la plus petite étant toujours retranchée de la plus grande, le reste ne mesure jamais le reste précédent; ces grandeurs seront incommensurables.

Prop. III. Deux grandeurs commensurables étant données, trouver leur plus grande commune mesure.

Prop. IV. Trois grandeurs commensurables étant données, trouver leur plus grande commune mesure.

Prop. V. Les grandeurs commensurables ont entr'elles la raison qu'un nombre a avec un nombre.

Prop. VI. Si deux grandeurs ont entr'elles la même raison qu'un nombre a avec un nombre, ces grandeurs seront commensurables.

Prop. VII. Les grandeurs incommensurables n'ont pas entr'elles la raison qu'un nombre a avec un nombre.

Prop. VIII. Si duæ magnitudines inter se rationem non habent quam numerus ad numerum, incommensurabiles erunt magnitudines.

Prop. IX. A rectis longitudine commensurabilibus quadrata inter se rationem habent quam quadratus numerus ad quadratum numerum, et quadrata inter se rationem habentia quam quadratus numerus ad quadratum numerum et latera habebunt longitudine commensurabilia; sed a rectis longitudine incommensurabilibus quadrata inter se rationem non habent quam quadratus numerus ad quadratum numerum, et quadrata inter se rationem non habentia quam quadratus numerus ad quadratum numerum neque latera habebunt longitudine commensurabilia.

Prop. X. Si quatuor magnitudines proportionales sunt, prima autem secundæ commensurabilis est, et tertia quartæ commensurabilis erit; et si prima secundæ incommensurabilis est, et tertia quartæ incommensurabilis erit.

Prop. XI. Propositæ rectæ invenire duas rectas incommensurabiles, alteram quidem longitudine tantum, alteram autem et potentiâ.

Prop. XII. Eidem magnitudini commensurabiles et inter se sunt commensurabiles.

Prop. XIII. Si sunt duæ magnitudines, et altera quidem commensurabilis est eidem, altera autem incommensurabilis; incommensurabiles erunt magnitudines.

Prop. XIV. Si sunt duæ magnitudines commensurabiles, altera autem ipsarum magnitudini alicui incommensurabilis est; et reliqua eidem incommensurabilis erit.

Prop. XV. Si quatuor rectæ proportionales sunt, plus potest autem prima quam secunda quadrato ex rectâ sibi commensurabili, et tertia quam quarta plus poterit quadrato ex rectâ sibi incommensurabili. Et si prima quam secunda plus potest quadrato ex rectâ sibi incommensurabili, et tertia quam quarta plus poterit quadrato ex rectâ sibi incommensurabili.

Prop. XVI. Si duæ magnitudines commensurabiles componuntur, et

PROP. VIII. Si deux grandeurs n'ont pas entr'elles la même raison qu'un nombre a avec un nombre, ces grandeurs seront incommensurables.

PROP. IX. Les quarrés des droites commensurables en longueur ont entr'eux la raison qu'un nombre quarré a avec un nombre quarré; les quarrés qui ont entr'eux la raison qu'un nombre quarré a avec un nombre quarré, ont leurs côtés commensurables en longueur; les quarrés des droites qui ne sont pas commensurables en longueur, n'ont pas entr'eux la raison qu'un nombre quarré a avec un nombre quarré; les quarrés qui n'ont pas entr'eux la raison qu'un nombre quarré a avec un nombre quarré, n'ont pas leurs côtés commensurables en longueur.

PROP. X. Si quatre grandeurs sont proportionelles, et si la première est commensurable avec la seconde, la troisième sera commensurable avec la quatrième; et si la première est incommensurable avec la seconde, la troisième sera incommensurable avec la quatrième.

PROP XI. Trouver deux droites incommensurables avec la droite proposée, l'une en longueur seulement, et l'autre en puissance.

PROP. XII. Les grandeurs qui sont commensurables avec une même grandeur sont commensurables entr'elles.

PROP. XIII. Si l'on a deux grandeurs; que l'une d'elles soit commensurable avec une troisième, et que l'autre ne lui soit pas commensurable, ces deux grandeurs seront incommensurables.

PROP. XIV. Si deux grandeurs sont commensurables, et si l'une d'elles est incommensurable avec une autre grandeur, la grandeur restante sera aussi incommensurable avec celle-ci.

PROP. XV. Si quatre droites sont proportionnelles, et si la puissance de la première surpasse la puissance de la seconde du quarré d'une droite commensurable avec la première, la puissance de la troisième surpassera la puissance de la quatrième du quarré d'une droite qui sera commensurable avec la troisième; et si la puissance de la première surpasse la puissance de la seconde du quarré d'une droite incommensurable avec la première, la puissance de la troisième surpassera la puissance de la quatrième du quarré d'une droite qui sera incommensurable avec la troisième.

PROP. XVI. Si l'on ajoute deux grandeurs commensurables, leur somme

tota utrique ipsarum commensurabilis erit; et si tota uni ipsarum commensurabilis est, et quæ a principio magnitudines commensurabiles erunt.

Prop. XVII. Si duæ magnitudines incommensurabiles componuntur,
et tota utrique ipsarum incommensurabilis erit. Et si tota uni ipsarum
incommensurabilis est, et quæ a principio magnitudines incommensurabiles erunt.

Prop. XVIII. Si sint duæ rectæ inæquales, quartæ autem parti quadrati ex minori æquale parallelogrammum ad majorem applicetur deficiens
figurâ quadratâ, et in partes commensurabiles ipsam dividat longitudine,
major quam minor plus poterit quadrato ex rectâ sibi commensurabili
longitudine. Et si major quam minor plus possit quadrato ex rectâ sibi
commensurabili longitudine, quartæ autem parti ex minori quadrati æquale
parallelogrammum ad majorem applicetur deficiens figurâ quadratâ, in
partes commensurabiles ipsam dividit longitudine.

Prop. XIX. Si sint duæ rectæ inæquales, quartæ autem parti ex minori quadrati æquale parallelogrammum ad majorem applicetur deficiens
figurâ quadratâ, et in partes incommensurabiles ipsam dividat longitudine;
major quam minor plus poterit quadrato ex rectâ sibi incommensurabili. Et
si major quam minor plus possit quadrato ex rectâ sibi incommensurabili,
quartæ autem parti quadrati ex minori æquale parallelogrammum ad majorem applicetur deficiens figurâ quadratâ, in partes incommensurabiles
ipsam dividit longitudine.

Prop. XX. Sub rationalibus longitudine commensurabilibus rectis secundùm aliquem dictorum modorum contentum rectangulum, rationale est.

sera commensurable avec chacune d'elles ; et si leur somme est commensurable avec une d'elles , les grandeurs proposées seront commensurables.

PROP. XVII. Si l'on ajoute deux grandeurs incommensurables, leur somme sera incommensurable avec chacune d'elles ; et si leur somme est incommensurable avec une d'elles, les grandeurs proposées seront incommensurables.

PROP. XVIII. Si l'on a deux droites inégales ; si l'on applique à la plus grande un parallélogramme qui soit défaillant d'une figure quarrée, et qui soit égal à la quatrième partie du quarré de la plus petite droite, et si ce parallélogramme partage la plus grande droite en parties commensurables en longueur, la puissance de la plus grande surpassera la puissance de la plus petite du quarré d'une droite qui sera commensurable en longueur avec la plus grande. Et si la puissance de la plus grande surpasse la puissance de la plus petite du quarré d'une droite commensurable en longueur avec la plus grande, et si l'on applique à la plus grande un parallélogramme qui soit défaillant d'une figure quarrée, et qui soit égal à la quatrième partie du quarré de la plus petite droite, ce parallélogramme divisera la plus grande en parties commensurables en longueur.

PROP. XIX. Si l'on a deux droites inégales ; si l'on applique à la plus grande un parallélogramme qui soit défaillant d'une figure quarrée, et qui soit égal à la quatrième partie du quarré de la plus petite, et si ce parallélogramme divise la plus grande en parties incommensurables en longueur, la puissance de la plus grande surpassera la puissance de la plus petite du quarré d'une droite qui sera incommensurable avec la plus grande. Et si la puissance de la plus grande surpasse la puissance de la plus petite du quarré d'une droite incommensurable avec la plus grande ; si l'on applique à la plus grande un parallélogramme qui soit défaillant d'une figure quarrée, et qui soit égal à la quatrième partie du quarré de la plus petite, ce parallélogramme divisera la plus grande en parties incommensurables en longueur.

PROP. XX. Le rectangle compris sous des droites rationelles commensurables en longueur , suivant quelqu'un des modes dont nous avons parlé , est rationel.

Prop. XXI. Si rationale ad rationalem applicetur, latitudinem faciet rationalem, et longitudine commensurabilem ei ad quam applicatur.

Prop. XXII. Sub rationalibus potentiâ solùm commensurabilibus rectis contentum rectangulum irrationale est, et recta quæ potest ipsum irrationalis erit; ea autem vocetur media.

Prop. XXIII. Quadratum ex mediâ ad rationalem applicatum latitudinem facit rationalem, et longitudine incommensurabilem ei ad quam applicatur.

Prop. XXIV. Recta mediæ commensurabilis media est.

Prop. XXV. Sub mediis longitudine commensurabilibus secundùm aliquem dictorum modorum contentum rectangulum, medium est.

Prop. XXVI. Sub mediis potentiâ solùm commensurabilibus rectis contentum rectangulum, vel rationale vel medium est.

Prop. XXVII. Medium non medium superat rationali.

Prop. XXVIII. Medias invenire potentiâ solùm commensurabiles, rationale continentes.

Prop. XXIX. Medias invenire potentiâ solùm commensurabiles, medium continentes.

Prop. XXX. Invenire duas rationales potentiâ solùm commensurabiles, ita ut major quam minor plus possit quadrato ex rectâ sibi commensurabili longitudine.

Prop. XXXI. Invenire duas rationales potentiâ solùm commensurabiles, ita ut major quam minor plus possit quadrato ex rectâ sibi incommensurabili longitudine.

Prop. XXXII. Invenire duas medias potentiâ solùm commensurabiles, rationale continentes; ita ut major quam minor plus possit quadrato ex rectâ sibi commensurabili longitudine.

Prop. XXI. Si une surface rationelle est appliquée à une droite rationelle, elle fera une largeur rationelle, et commensurable en longueur avec
la droite à laquelle cette surface est appliquée.

Prop. XXII. Le rectangle compris sous des droites rationelles, commensurables en puissance seulement, est irrationel, et la droite dont la
puissance égale ce rectangle sera irrationelle; cette droite s'appèlera médiale.

Prop. XXIII. Le quarré d'une médiale appliqué à une rationelle fait une
longueur rationelle et incommensurable en longueur avec la droite à laquelle il est appliqué.

Prop. XXIV. Une droite commensurable avec une médiale, est une
médiale.

Prop. XXV. Le rectangle compris sous des médiales commensurables en
longueur, suivant quelqu'un des modes dont nous avons parlé, est médial.

Prop. XXVI. Le rectangle compris sous des droites médiales commensurables en puissance seulement, est ou rationel ou médial.

Prop. XXVII. Une surface médiale ne surpasse pas une surface médiale
d'une surface rationelle.

Prop. XXVIII. Trouver des médiales commensurables en puissance
seulement, qui contiènent une surface rationelle.

Prop. XXIX. Trouver des médiales commensurables en puissance seulement, qui comprènent une surface médiale.

Prop. XXX. Trouver deux rationelles commensurables en puissance
seulement, de manière que la puissance de la plus grande surpasse la
puissance de la plus petite du quarré d'une droite commensurable en longueur avec la plus grande.

Prop. XXXI. Trouver deux rationelles commensurables en puissance
seulement, de manière que la puissance de la plus grande surpasse la puissance de la plus petite du quarré d'une droite incommensurable en longueur avec elle.

Prop. XXXII. Trouver deux médiales qui n'étant commensurables
qu'en puissance, comprènent un rectangle rationel, de manière que la
puissance de la plus grande surpasse la puissance de la plus petite du
quarré d'une droite commensurable en longueur avec la plus grande.

Prop. XXXIII. Invenire duas medias potentiâ solùm commensurabiles, medium continentes ; ita ut major quam minor plus possit quadrato ex rectâ sibi commensurabili.

Prop. XXXIV. Invenire duas rectas potentiâ incommensurabiles, facientes quidem compositum ex ipsarum quadratis rationale, rectangulum autem sub ipsis medium.

Prop. XXXV. Invenire duas rectas potentiâ incommensurabiles, facientes quidem compositum ex ipsarum quadratis medium, rectangulum autem sub ipsis rationale.

Prop. XXXVI. Invenire duas rectas potentiâ incommensurabiles, facientes et compositum ex ipsarum quadratis medium, et rectangulum sub ipsis medium, et adhuc incommensurabile composito ex ipsarum quadratis.

Prop. XXXVII. Si duæ rationales potentiâ solùm commensurabiles componantur, tota irrationalis est, vocetur autem ex binis nominibus.

Prop. XXXVIII. Si duæ mediæ potentiâ solùm commensurabiles componantur, rationale continentes, tota irrationalis est, vocetur autem ex binis mediis prima.

Prop. XXXIX. Si duæ mediæ potentiâ solùm commensurabiles componantur, medium continentes, tota irrationalis est, vocetur autem ex binis mediis secunda.

Prop. XL. Si duæ rectæ potentiâ incommensurabiles componantur, facientes quidem compositum ex ipsarum quadratis rationale, rectangulum autem sub ipsis medium ; tota recta irrationalis est, vocetur autem major.

Prop. XLI. Si duæ rectæ potentiâ incommensurabiles componantur, facientes quidem compositum ex ipsarum quadratis medium, rectangulum autem sub ipsis rationale; tota recta irrationalis est, vocetur autem rationale et medium potens.

Prop. XLII. Si duæ rectæ potentiâ incommensurabiles componantur, facientes et compositum ex ipsarum quadratis medium, et rectangulum

Prop. XXXIII. Trouver deux médiales qui n'étant commensurables qu'en puissance, comprènent un rectangle médial, de manière que la puissance de la plus grande surpasse la puissance de la plus petite du quarré d'une droite commensurable avec la plus grande.

Prop. XXXIV. Trouver deux droites incommensurables en puissance, de manière que la somme de leurs quarrés soit rationelle, et que le rectangle compris sous ces droites soit médial.

Prop. XXXV. Trouver deux droites incommensurables en puissance, de manière que la somme de leurs quarrés soit médiale, et que le rectangle qu'elles comprènent soit rationel.

Prop. XXXVI. Trouver deux droites incommensurables en puissance, de manière que la somme de leurs quarrés soit médiale, et que le rectangle compris sous ces droites soit médial et incommensurable avec la somme des quarrés de ces mêmes droites.

Prop. XXXVII. Si l'on ajoute deux rationelles commensurables en puissance seulement, leur somme sera irrationelle, et sera appelée droite de deux noms.

Prop. XXXVIII. Si l'on ajoute deux médiales, qui n'étant commensurables qu'en puissance, comprènent une surface rationelle, leur somme sera irrationelle, et sera la première de deux médiales.

Prop. XXXIX. Si l'on ajoute deux médiales, qui n'étant commensurables qu'en puissance, comprènent une surface médiale, leur somme sera irrationelle, et sera appelée la seconde de deux médiales.

Prop. XL. Si l'on ajoute deux droites incommensurables en puissance, la somme de leurs quarrés étant rationelle, et le rectangle compris sous ces droites étant médial, la droite entière sera irrationelle, et sera appelée majeure.

Prop. XLI. Si l'on ajoute deux droites incommensurables en puissance, la somme de leurs quarrés étant médiale, et le rectangle sous ces droites étant rationel, la droite entière sera irrationelle, et sera appelée celle qui peut une rationelle et une médiale.

Prop. XLII. Si l'on ajoute deux grandeurs incommensurables en puissance, la somme de leurs quarrés étant médiale, et le rectangle sous ces

sub ipsis medium, et adhuc incommensurabile composito ex ipsarum quadratis; tota recta irrationalis est, vocetur autem bina media potens.

Prop. XLIII. Recta ex binis nominibus ad unum solùm punctum dividitur in nomina.

Prop. XLIV. Ex binis mediis prima ad unum solùm punctum dividitur.

Prop. XLV. Ex binis mediis secunda ad unum solùm punctum dividitur.

Prop. XLVI. Major ad idem solùm punctum dividitur.

Prop. XLVII. Recta rationale et medium potens ad unum solùm
punctum dividitur.

Prop. XLVIII. Bina media potens ad unum solùm punctum dividitur.

DEFINITIONES SECUNDÆ.

1. Expositâ rationali, et rectâ ex binis nominibus divisâ in nomina,
cujus majus nomen quam minus plus possit quadrato ex rectâ sibi commensurabili longitudine; si quidem majus nomen commensurabile sit
longitudine expositæ rationali, vocetur tota ex binis nominibus prima.

2. Si autem minus nomen commensurabile sit longitudine expositæ
rationali, vocetur ex binis nominibus secunda.

3. Si autem neutrum ipsorum nominum commensurabile sit longitudine expositæ rationali, vocetur ex binis nominibus tertia.

4. Rursus et si majus nomen quam minus plus possit quadrato ex
rectâ sibi incommensurabili longitudine; si qvidem majus nomen commensurabile sìt longitudine expositæ rationali, vocetur ex binis nominibus
quarta.

5. Si autem minus, quinta.

6. Si vero neutrum, sexta,

droites étant médial et incommensurable avec la somme de leurs quarrés, la droite entière sera irrationelle et sera appelée celle qui peut deux médiales.

Prop. XLIII. La droite de deux noms ne peut être divisée en ses noms qu'en un point seulement.

Prop. XLIV. La première de deux médiales ne peut être divisée qu'en un seul point.

Prop. XLV. La seconde de deux médiales ne peut être divisée qu'en un seul point.

Prop. XLVI. La majeure ne peut être divisée qu'en un seul point.

Prop. XLVII. La droite qui peut une rationelle et une médiale ne peut être divisée qu'en un seul point.

Prop. XLVIII. La droite qui peut deux médiales ne peut être divisée qu'en un seul point.

SECONDES DÉFINITIONS.

1. Une droite rationelle étant exposée, et une droite de deux noms étant divisée en ses noms, la puissance du plus grand nom de cette droite surpassant la puissance du plus petit nom du quarré d'une droite commensurable en longueur avec le plus grand nom, si le plus grand nom est commensurable en longueur avec la rationelle exposée, la droite entière sera dite première de deux noms.

2. Si le plus petit nom est commensurable en longueur avec la rationelle exposée, elle sera dite seconde de deux noms.

3. Si aucun des noms n'est commensurable en longueur avec la rationelle exposée, elle sera dite troisième de deux noms.

4. De plus, si la puissance du plus grand nom surpasse la puissance du plus petit nom du quarré d'une droite incommensurable avec le plus grand nom, et si le plus grand nom est commensurable en longueur avec la rationelle exposée, elle sera dite quatrième de deux noms.

5. Si c'est le plus petit nom, elle sera dite cinquième.

6. Si ce n'est ni l'un ni l'autre, elle sera dite sixième.

PROP. LXV. Quadratum ex eâ quæ rationale et medium potest ad rationalem applicatum latitudinem facit ex binis nominibus quintam.

PROP. LXVI. Quadratum ex eâ quæ bina media potest ad rationalem applicatum latitudinem facit ex binis nominibus sextam.

PROP. LXVII. Recta ei quæ ex binis nominibus longitudine commensurabilis, et ipsa ex binis nominibus est ordine eadem.

PROP. LXVIII. Recta ei quæ est ex binis mediis longitudine commensurabilis, et ipsa ex binis mediis est atque ordine eadem.

PROP. LXIX. Recta majori commensurabilis et ipsa major est.

PROP. LXX. Recta rationale et medium potenti commensurabilis, et ipsa rationale et medium potens est.

PROP. LXXI. Recta bina media potenti commensurabilis bina media potens est.

PROP. LXXII. Rationali et medio compositis, quatuor irrationales fiunt, vel ex binis nominibus recta, vel ex binis mediis prima, vel major, vel et rationale et medium potens.

PROP. LXXIII. Duobus mediis incommensurabilibus inter se compositis, reliquæ duæ irrationales fiunt; vel ex binis mediis secunda, vel bina media potens.

PROP. LXXIV. Si a rationali rationalis auferatur, potentiâ solùm commensurabilis existens toti; reliqua irrationalis est, vocetur autem apotome.

PROP. LXXV. Si a mediâ media auferatur, potentiâ solùm commensurabilis existens toti, quæ cum totâ rationale continet; reliqua irrationalis est, vocetur autem mediæ apotome prima.

PROP. LXXVI. Si a mediâ media auferatur, potentiâ solùm commen-

Prop. LXV. Le quarré d'une droite qui peut une surface rationelle et une surface médiale étant appliqué à une rationelle, fait une largeur qui est la cinquième de deux noms.

Prop. LXVI. Le quarré d'une droite qui peut deux médiales étant appliqué à une rationelle, fait une largeur qui est la sixième de deux noms.

Prop. LXVII. La droite qui est commensurable en longueur avec une droite de deux noms, est aussi elle-même une droite de deux noms, et du même ordre qu'elle.

Prop. LXVIII. La droite qui est commensurable en longueur avec la droite de deux médiales, est aussi une droite de deux médiales, et du même ordre qu'elle.

Prop. LXIX. Une droite commensurable avec la majeure, est elle-même une droite majeure.

Prop. LXX. Une droite commensurable avec la droite qui peut une surface rationelle et une surface médiale, est elle-même une droite qui peut une surface rationelle et une surface médiale.

Prop. LXXI. Une droite commensurable avec la droite qui peut deux surfaces médiales, est elle-même une droite qui peut deux surfaces médiales.

Prop. LXXII. Si l'on ajoute une surface rationelle avec une surface médiale, on aura quatre droites irrationelles ; savoir, ou une droite de deux noms, ou la première de deux médiales, ou la droite majeure, ou enfin la droite qui peut une surface rationelle et une surface médiale.

Prop. LXXIII. Deux surfaces médiales incommensurables entr'elles étant ajoutées, il en résulte deux droites irrationelles, ou la seconde de deux médiales, ou la droite qui peut deux médiales.

Prop. LXXIV. Si une droite rationelle est retranchée d'une droite rationelle, cette droite n'étant commensurable qu'en puissance avec la droite entière ; la droite restante sera irrationelle, et sera appelée apotome.

Prop. LXXV. Si d'une médiale on retranche une médiale, commensurable en puissance seulement avec la droite entière, et comprenant avec la droite entière une surface rationelle, la droite restante est irrationelle, et elle s'appèlera le premier apotome de la médiale.

Prop. LXXVI. Si d'une médiale on retranche une médiale, commensu-

surabilis existens toti, quæ cum totà medium continet; reliqua irrationalis est, vocetur antem mediæ apotome secunda.

Prop. LXXVII. Si a rectà recta auferatur, potentià incommensurabilis existens toti, et cum totà faciens compositum quidem ex ipsis simul rationale, rectangulum vero sub ipsis medium; reliqua irrationalis est, vocetur autem minor.

Prop. LXXVIII. Si a rectà recta auferatur, potentià incommensurabilis existens toti, et cum totà faciens quidem compositum ex ipsarum quadratis medium, rectangulum vero bis sub ipsis rationale; reliqua irrationalis est, vocetur autem cum rationali medium totum faciens.

Prop. LXXIX. Si a rectà recta auferatur, potentià incommensurabilis existens toti, et cum totà faciens quidem compositum ex ipsarum quadratis medium, rectangulum vero bis sub ipsis medium, et adhuc composita ex ipsarum quadratis incommensurabilia rectangulo bis sub ipsis; reliqua irrationalis est, vocetur autem cum medio medium totum faciens.

Prop. LXXX. Apotomæ una solùm congruit recta rationalis potentià solùm commensurabilis existens toti.

Prop. LXXXI. Mediæ apotomæ primæ una solùm congruit recta media, potentià solùm commensurabilis existens toti, et cum totà rationale continens.

Prop. LXXXII. Mediæ apotomæ secundæ una solùm congruit recta media, potentià solùm commensurabilis existens toti, et cum totà medium continens.

Prop. LXXXIII. Minori una solùm congruit recta potentià incommensurabilis existens toti, faciens cum totà compositum quidem ex

rable en puissance seulement avec la droite entière, et comprenant avec la droite entière une surface médiale, la droite restante est irrationelle, et elle s'appèlera le second apotome de la médiale.

PROP. LXXVII. Si d'une droite on retranche une droite, qui étant incommensurable en puissance avec la droite entière, fasse avec la droite entière la somme des quarrés de ces droites rationelle, et le rectangle sous ces mêmes droites médial, la droite restante est irrationelle, et elle sera appelée mineure.

PROP. LXXVIII. Si d'une droite on retranche une droite, qui étant incommensurable en puissance avec la droite entière, fasse avec la droite entière la somme des quarrés de ces droites médiale, et le double rectangle compris sous ces mêmes droites rationel, la droite restante sera irrationelle, et sera appelée la droite qui fait avec une surface rationelle un tout médial.

PROP. LXXIX. Si d'une droite on retranche une droite, qui étant incommensurable en puissance avec la droite entière, fasse avec la droite entière la somme des quarrés de ces droites médiale, le double rectangle sous ces mêmes droites médial aussi, et la somme des quarrés de ces droites incommensurable avec le double rectangle compris sous ces mêmes droites, la droite restante sera irrationelle, et sera appelée la droite qui fait avec une surface médiale un tout médial.

PROP. LXXX. Il n'y a qu'une seule droite qui puisse convenir avec un apotome, c'est une rationelle commensurable en puissance seulement avec la droite entière.

PROP. LXXXI. Il n'y a qu'une droite qui puisse convenir avec le premier apotome médial, c'est une droite médiale commensurable en puissance avec la droite entière, et comprenant avec elle une surface rationelle.

PROP. LXXXII. Il n'y a qu'une seule droite qui puisse convenir avec le second apotome médial, c'est une droite médiale, commensurable en puissance seulement avec la droite entière, et comprenant avec elle une surface médiale.

PROP. LXXXIII. Il n'y a qu'une seule droite qui puisse convenir avec une droite mineure, c'est celle qui est incommensurable en puissance avec la droite entière, et qui fait avec la droite entière la somme des quarrés de

ipsarum quadratis rationale, rectangulum vero bis sub ipsis medium.

PROP. LXXXIV. Ei quæ cum rationali medium totum facit una solùm congruit rectà potentià incommensurabilis existens toti ; et cum totà faciens quidem compositum ex ipsarum quadratis medium , rectangulum vero bis sub ipsis rationale.

PROP. LXXXV. Ei quæ cum medio medium totum facit una solùm congruit recta potentià incommensurabilis existens toti, et cum totà faciens et compositum ex ipsarum quadratis medium, rectangulum autem bis sub ipsis medium, et adhuc incommensurabile composito ex ipsarum quadratis.

DEFINITIONES TERTIÆ.

1. Expositâ rationali et apotome, si quidem tota quam congruens plus possit quadrato ex rectà sibi commensurabili longitudine, et tota commensurabilis sit expositæ rationali longitudine, vocetur apotome prima.

2. Si autem congruens commensurabilis sit expositæ rationali longitudine, et tota quam congruens plus possit quadrato ex rectà sibi commensurabili, vocetur apotome secunda.

3. Si autem neutra commensurabilis sit expositæ rationali longitudine, et tota quam congruens plus possit quadrato ex rectà sibi commensurabili, vocetur apotome tertia.

4. Rursus, si tota quam congruens plus possit quadrato ex rectà sibi incommensurabili longitudine, si quidem tota commensurabilis sit expositæ rationali longitudine, vocetur apotome quarta.

ces droites rationelle , èt médial le double rectangle compris sous ces mêmes droites.

PROP. LXXXIV. Il n'y a qu'une seule droite qui puisse convenir avec la droite qui fait avec une surface rationelle un tout médial, c'est celle qui est incommensurable en puissance avec la droite entière, et qui fait avec la droite entière la somme des quarrés de ces droites médiale, et rationel le double rectangle compris sous ces mêmes droites.

PROP. LXXXV. Il n'y a qu'une seule droite qui puisse convenir avec la droite qui fait avec une surface médiale un tout médial, c'est celle qui est incommensurable en puissance avec la droite entière, et qui fait avec la droite entière la somme des quarrés de ces droites médiale, et le double rectangle sous ces mêmes droites médial et incommensurable avec la somme de leurs quarrés.

DÉFINITIONS TROISIÈMES.

1. Une rationelle et un apotome étant exposés, si la puissance de la droite entière surpasse la puissance de la congruente du quarré d'une droite commensurable en longueur avec la droite entière, et si la droite entière est commensurable en longueur avec la rationelle exposée, le reste s'appèlera premier apotome.

2. Si la congruente est commensurable en longueur avec la rationelle exposée, et si la puissance de la droite entière surpasse la puissance de la congruente du quarré d'une droite commensurable en longueur avec la droite entière, le reste s'appèlera second apotome.

3. Si aucune de ces deux droites n'est commensurable en longueur avec la rationelle exposée, et si la puissance de la droite entière surpasse la puissance de la congruente du quarré d'une droite commensurable avec la droite entière, le reste s'appèlera troisième apotome.

4. De plus, si la puissance de la droite entière surpasse la puissance de la congruente du quarré d'une droite incommensurable en longueur avec la droite entière, et si la droite entière est commensurable en longueur avec la rationelle exposée, le reste s'appèlera quatrième apotome.

d

5. Si vero sit congruens, quinta.

6. Si autem neutra, sexta.

5. Si la congruente est commensurable avec la rationelle exposée, le reste s'appèlera cinquième apotome.

6. Si aucune de ces droites n'est commensurable avec la rationelle exposée, le reste s'appèlera sixième apotome.

PROP. LXXXVI. Trouver un premier apotome.

PROP. LXXXVII. Trouver un second apotome.

PROP. LXXXVIII. Trouver un troisième apotome.

PROP. LXXXIX. Trouver un quatrième apotome.

PROP. XC. Trouver un cinquième apotome.

PROP. XCI. Trouver un sixième apotome.

PROP. XCII. Si une surface est comprise sous une rationelle et un premier apotome, la droite qui peut cette surface est un apotome.

PROP. XCIII. Si une surface est comprise sous une rationelle et un second apotome, la droite qui peut cette surface est un premier apotome d'une médiale.

PROP. XCIV. Si une surface est comprise sous une rationelle et un troisième apotome, la droite qui peut cette surface est un second apotome d'une médiale.

PROP. XCV. Si une surface est comprise sous une rationelle et un quatrième apotome, la droite qui peut cette surface est une mineure.

PROP. XCVI. Si une surface est comprise sous une rationelle et un cinquième apotome, la droite qui peut cette surface est celle qui fait avec une surface rationelle un tout médial.

PROP. XCVII. Si une surface est comprise sous une rationelle et un sixième apotome, la droite qui peut cette surface est celle qui fait avec une surface médiale un tout médial.

PROP. XCVIII. Le quarré d'un apotome appliqué à une rationelle fait une largeur qui est un premier apotome.

PROP. XCIX. Le quarré d'un premier apotome d'une médiale appliqué à une rationelle fait une largeur qui est un second apotome.

PROP. C. Le quarré d'un second apotome médial appliqué à une rationelle fait une largeur qui est un troisième apotome.

Prop. CI. Le quarré d'une mineure appliqué à une rationelle fait une largeur qui est un quatrième apotome.

Prop. CII. Le quarré d'une droite qui fait avec une surface rationelle un tout médial, étant appliqué à une rationelle, fait une largeur qui est un cinquième apotome.

Prop. CIII. Le quarré d'une droite qui fait avec une surface médiale un tout médial, étant appliqué à une rationelle, fait une largeur qui est un sixième apotome.

Prop. CIV. Une droite commensurable en longueur avec un apotome est elle-même un apotome, et du même ordre que lui.

Prop. CV. Une droite commensurable avec un apotome d'une médiale est un apotome d'une médiale, et cet apotome est du même ordre que lui.

Prop. CVI. Une droite commensurable avec une mineure est une mineure.

Prop. CVII. La droite commensurable avec la droite qui fait avec une surface rationelle un tout médial, fait elle-même avec une surface rationelle un tout médial.

Prop. CVIII. Une droite commensurable avec la droite qui fait avec une surface médiale un tout médial, fait elle-même avec une surface médiale un tout médial.

Prop. CIX. Une surface médiale étant retranchée d'une surface rationelle, la droite qui peut la surface restante est une des deux irrationelles suivantes; savoir, ou un apotome, ou une mineure.

Prop. CX. Une surface rationelle étant retranchée d'une surface médiale, il résulte deux autres irrationelles; savoir, ou un premier apotome d'une médiale, ou une droite qui fait avec une surface rationelle un tout médial.

Prop. CXI. Une surface médiale étant retranchée d'une surface médiale incommensurable avec la surface entière, il résulte deux droites irrationelles; savoir, ou un second apotome d'une médiale, ou une droite qui fait avec une surface médiale un tout médial.

Prop. CXII. Un apotome n'est pas la même droite que celle de deux noms.

Prop. CXIII. Le quarré d'une rationelle étant appliqué à une droite de

applicatum latitudinem facit apotomen, cujus nomina commensurabilia sunt nominibus rectæ ex binis nominibus, et adhuc in eâdem ratione; et adhuc apotome quæ fit eumdem habet ordinem quem recta ex binis nominibus.

Prop. CXIV. Quadratum ex rationali ad apotomen applicatum latitudinem facit rectam ex binis nominibus, cujus nomina commensurabilia sunt apotomæ nominibus, et in eâdem ratione; adhuc autem quæ fit ex binis nominibus eumdem ordinem habet quem apotome.

Prop. CXV. Si spatium contineatur sub apotome et rectâ ex binis nominibus, cujus nomina commensurabilia sunt apotomæ nominibus, et in eâdem ratione; recta spatium potens rationalis est.

Prop. CXVI. A mediâ infinitæ rationales gignuntur, et nulla nulli præcedentium eadem.

Prop. CXVII. Proponatur nobis ostendere in quadratis figuris incommensurabilem esse diametrum lateri longitudine.

Hæ sunt definitiones et propositiones libri decimi, quæ omnes propositiones perspicue, simpliciterque demonstrantur.

Hoc volumen permultas lectiones varias continet. Ingens multitudo rerum supervacanearum in textum libri decimi introductæ fuerant; quæ omnes e textu ejectæ sunt.

Aliter demonstrata, corollaria, lemmata et scholia quibus librum decimum expurgavi reperiuntur cum versionibus latinis et gallicis in lectionibus variantibus.

Quæ e textu libri decimi ejecta sunt, illa Euclidi abjudicanda semper fuerunt visa; et quæ ejeci, ea et ex omnibus optimis codicibus fuerunt ejecta. Si quando erravi, hoc erit parvi momenti; adde quod quæ ejecta sunt e textu in lectionibus variantibus reperiuntur. Cæterum mihi erat norma semper fere certa secernendi quæ sunt Euclidis ex illis quæ ab Euclide sunt aliena.

deux noms fait une largeur qui est un apotome, dont les noms sont commensurables avec les noms de la droite de deux noms, et ces noms sont en même raison; et de plus, l'apotome qui en résulte sera du même ordre que la droite de deux noms.

PROP. CXIV. Le quarré d'une rationelle appliqué à un apotome fait une largeur qui est une droite de deux noms, dont les noms sont commensurables avec les noms de l'apotome, et en même raison qu'eux; et de plus, cette droite de deux noms est du même ordre que l'apotome.

PROP. CXV. Si une surface est comprise sous un apotome et une droite de deux noms, dont les noms sont commensurables avec les noms de l'apotome, et en même raison qu'eux, la droite qui peut cette surface est rationelle.

PROP. CXVI. Il résulte d'une médiale une infinité d'irrationelles, dont aucune n'est la même qu'aucune de celles qui la précèdent.

PROP. CXVII. Qu'il nous soit proposé de démontrer que dans les figures quarrées la diagonale est incommensurable en longueur avec le côté.

Telles sont les définitions et les propositions du dixième livre : toutes ces propositions sont démontrées d'une manière claire et simple.

Ce volume renferme un très-grand nombre de variantes. Une foule de superfluités avaient été introduites dans le texte du dixième livre; je les en ai fait disparaître.

Les *autrement*, les corollaires, les lemmes et les scholies dont j'ai purgé le dixième livre se trouvent dans les variantes avec leur traduction latine et française.

Ce que j'ai supprimé dans le dixième livre a toujours été regardé comme indigne d'Euclide; ajoutez à cela que les suppressions que j'ai faites sont autorisées presque toutes par les meilleurs manuscrits. Si j'ai erré en quelque chose, le mal n'est pas grand; puisque ce que l'on ne trouve pas dans le texte, on le trouve dans les variantes. Au reste, j'avais une règle presque toujours infaillible de discerner ce qui appartient à Euclide de ce qui lui est étranger.

Antiqui geometræ, Euclides scilicet, Archimedes et Apollonius, solebant ad propositum directe tendere, nunquam de viâ declinantes demonstrandi causâ quæ ad progrediendum nequaquam ipsis erant necessaria. Quæ cum ita sint, fere impossibile est illum in errorem labi qui argumentum callide animo complectitur. Accedit illud quod in omnibus ejectis nec Euclidis concinitatem agnoscere est, nec verba ipsi familiaria.

Inter ejecta ex decimo libro invenire est aliter demonstrata quæ nullius sunt momenti. Vide *aliter* propositionis 1, et scholium propositionis 22, quod merum est *aliter*.

Invenire est demonstrationes quæ in libris præcedentibus reperiuntur. Vide lemmata propositionum 31, 32, 33.

Invenire quoque est plura futilia et scioli alicujus glossemata. Vide corollarium propositionis 24, scholia propositionum 19, 39, 40, 41, 42, 73, et scholium definitionum secundarum.

In pluribus ejectis Euclides loquens introducitur, κάλει, ἐκάλεσε; *vocat, vocavit,* etc. Vide scholia, propositionum 19, 39, 40, 41, 42, 73, et scholium definitionum secundarum, etc.

Hæc et plura alia e textu decimi libri sunt ejecta. In textu plura retinui quæ ex ipso fortasse ejicere potuissem; tale est scholium propositionis 19, et *aliter* propositionum 19, 106, 107, 116, et corollarium propositionis 112, necnon *aliter* propositionis 117, cujus haud dubie demonstratio est una ex elegantissimis totius geometriæ.

Retinui quoque in textu plura alia quæ ex illo ejicere fortasse debuissem, et quæ ex illo ejicerem, si quando alteram Euclidis editionem producerem; tale est lemma propositionis 9, talia sunt etiam lemmata propositionum 14, 17, 33, quæ in libris præcedentibus sunt demonstrata, necnon lemma propositionis 20, et corollarium propositionis 24, quæ nihil sunt nisi inutilia glossemata.

E textu ejicere debuissem propositionem 13, quæ eadem est ac propositio 14, et quæ sine dubio Euclidis non est. Retinui tamen, ut propositiones

Les anciens géomètres, je veux dire Euclide, Archimède et Apollonius, avaient pour usage de marcher constamment vers leur but sans s'écarter jamais de leur chemin, pour s'occuper de ce qui ne leur était pas nécessaire pour aller en avant. Cela étant ainsi, il n'est guère possible, pour une personne qui entend bien la matière, de tomber dans l'erreur. Ajoutez à cela que dans toutes les suppressions que j'ai faites, on ne reconnaît ni la manière, ni même les expressions accoutumées d'Euclide.

Parmi les suppressions que j'ai faites au dixième livre, on trouve des *Autrement* qui ne sont d'aucun prix. Voyez l'*Autrement* de la proposition 1, et la Scholie de la proposition 22, qui n'est qu'un pur *Autrement*.

On y rencontre des démonstrations qui se trouvent dans les livres précédents. Voyez les lemmes des propositions 31, 32, 33.

Ici ce sont des futilités, ce sont des gloses de quelque demi-savant en géométrie. Voyez le corollaire de la proposition 24, les scholies des propositions 19, 39, 40, 41, 42, 73, et la scholie des définitions secondes.

Dans une grande partie des suppressions que j'ai faites, on fait parler Euclide καλεῖ, ἐκάλεσε; *il appèle, il appela.* Voyez les scholies des propositions 19, 39, 40, 41, 42, 73, et la scholie des définitions secondes, etc.

Telles sont les suppressions importantes que j'ai cru devoir faire au dixième livre; j'ai conservé dans le texte des choses que j'aurais pu supprimer; telle est la scholie de la proposition 19, les *aliter* des propositions 19, 106, 107 et 116; le corollaire de la proposition 112, ainsi que l'*autrement* de la proposition 117, dont la démonstration est certainement une des plus belles de toute la géométrie.

J'en ai conservé d'autres que j'aurais peut-être dû supprimer, et que je supprimerais certainement dans une nouvelle édition, si jamais elle avait lieu. Tel est le lemme de la proposition 9; tels sont aussi les lemmes des propositions 14, 17, 33, qui sont démontrés dans les livres précédents; ainsi que le lemme de la proposition 20, et le corollaire de la proposition 24, qui ne sont que des gloses inutiles.

J'aurais dû supprimer la proposition 13, qui est la même que la proposition 14, et qui n'est certainement pas d'Euclide. Si je ne l'ai

e

meæ editionis signarentur iisdem numeris quibus propositiones editionis Oxoniæ.

Retinui etiam scholium quod ultimam propositionem subsequitur, quamvis illud supponat plures propositiones quæ in libris tantum subsequentibus demonstrantur. Hoc scholium retinui, quia illud ostendit quomodo, rectis incommensurabilibus inventis, magnitudines duarum et trium dimensionum inveniri possint inter se incommensurabiles.

Corollarium propositionis 73, quod in lectionibus variis adest, in textu adesse deberet.

Nihil amplius dicam de lectionibus variis libri decimi; nunc de propositione 19 libri noni sum locuturus.

Dixi in notâ quæ reperitur in imâ paginâ hujus propositionis Hervagium volentem emendare duos codices græcos quibus usus fuit in Euclide edendo, pro propositione 19 substituisse græcam versionem versionis latinæ Zamberti, quæ concordat cum codicibus 190, 2466, 2342. Vide lectiones varias. Mea editio plane concordat cum omnibus aliis codicibus. Editio Oxoniæ consentanea est cum editione Basiliæ. In imâ paginâ editionis Oxoniæ legere est textum hujus propositionis esse corruptissimum. Textus est corruptus in solis codicibus de quibus mentionem feci; in omnibus vero aliis est maxime purus.

In editionibus Basiliæ et Oxoniæ, et in codicibus 190, 2466, 2362, hoc agitur ut ostendatur esse impossibile invenire quartum numerum integrum Δ tribus numeris integris A, B, Γ proportionalem, quando numeri A, B, Γ non sunt deinceps proportionales, et quando numeri A, Γ inter se sunt primi.

Hæc est ratiocinatio :

Hoc sit possibile, et ut A *ad* B *ita sit* Γ *ad* Δ *; fiat ut* B *ad* Γ *ita sit* Δ *ad* E. Vide secundum *alinea* paginæ 439, et notam propositionis 19.

Atqui evidenter fieri potest ut E qui numerus integer esse debet vel sit vel non sit integer numerus; hæc ratiocinatio igitur est falsa. Et valde miror quod falsitatem hujus ratiocinationis non animadverterit Commandinus, qui erat unus ex primis ætatis suæ geometris.

pas fait, c'était afin que les propositions de mon édition eussent les mêmes numéros que celle d'Oxford.

J'ai conservé aussi la scholie de la fin du dixième livre, quoiqu'elle suppose plusieurs propositions qui ne sont démontrées que dans les livres suivants. J'ai conservé cette scholie, parce qu'elle fait voir comment des droites incommensurables étant trouvées, on peut trouver des grandeurs de deux et de trois dimensions incommensurables entr'elles.

C'est par erreur que le corollaire de la proposition 73 se trouve parmi les variantes, et non dans le texte.

Je ne parlerai pas davantage des variantes du dixième livre. Il ne me reste plus qu'à parler de la proposition 19 du neuvième livre.

J'ai dit dans la note qui est au bas de cette proposition, qu'Hervage, voulant rectifier les deux manuscrits grecs dont il se servit dans son édition d'Euclide, avait mis à la place de la proposition 19 la version grecque de la version latine de Zamberti, qui est entièrement conforme aux trois manuscrits 190, 2466, 2342. Voyez les variantes. Mon édition est entièrement conforme à tous les autres manuscrits. Celle d'Oxford est calquée sur celle de Basle. On lit, au bas de la page, dans l'édition d'Oxford, que cette proposition est tout-à-fait corrompue. Le texte n'est corrompu que dans les trois manuscrits dont je viens de parler ; dans tous les autres, il est dans toute sa pureté.

Dans les éditions de Basle et d'Oxford, et dans les trois manuscrits 190, 2466, 2342, il s'agit de démontrer qu'il est impossible de trouver un quatrième nombre entier Δ proportionnel aux trois nombres entiers A, B, Γ, lorsque les nombres A, B, Γ ne sont pas successivement proportionnels, et que les nombres A, Γ sont premiers entr'eux.

Voici comment on raisonne :

Que cela soit possible, et que A *soit à* B *comme* Γ *est à* Δ; *faisons en sorte que* B *soit à* Γ *comme* Δ *est à* E. Voyez le second alinéa de la page 439, et la note de la proposition 19.

Or, il est évident que E, qui doit être un nombre entier, peut ou être ou n'être pas un nombre entier. Ce raisonnement est donc faux. Je suis très-surpris que Commandin, qui était un des premiers géomètres de son temps, n'ait pas aperçu la fausseté de ce raisonnement.

Hæc ratiocinatio non solum falsa est, sed etiam et enuntiatio propositionis demonstrandæ; possibile enim est invenire quartum numerum
integrum proportionalem numeris 4, 8, 9, qui quidem non sunt deinceps
proportionales, et quorum extremi 4 et 9 primi inter se sunt.

Quod attinet ad partem typographicam summâ diligentiâ usus sum ut
textus hujus voluminis quam maxime emendatus esset. D. Jannet necnon
D. Patris, mei operis editor, qui mea specimina accuratissime legerunt,
non tenui mihi fuerunt auxilio.

Nota. Propositio 7 libri primi detruncata erat in omnibus græcis codicibus. Vide præfationem primi voluminis, pag. 19. Hanc propositionem
integram reperi in versione latinâ quam ex arabicâ linguâ fecit Campanus,
et quæ edita fuit Venetiis anno 1482. Hæc propositio ex toto Euclidis dig-
nissima mihi videtur. En hîc illa est cum meâ versione græcâ gallicâque :
Campani versionem in paucissimis immutavi.

BIΒΛΙΟΝ ά. ΠΡΟΤΑΣΙΣ ζ΄.

Ἐὰν ἀπὸ δύο σημείων τῶν οὐσῶν εὐθείας περάτων δύο εὐθεῖαι κατά τι σημεῖον συμπίπτουσαι
διαχθῶσιν, ἀπὸ τῶν αὐτῶν σημείων ἐπὶ τὰ
αὐτὰ μέρη οὐ διαχθήσονται δύο ἄλλαι εὐθεῖαι
κατά ἄλλον σημεῖον συμπίπτουσαι· ὥστε ἴσας
εἶναι ταῖς τὰ αὐτὰ πέρατα ἐχούσαις.

Ἔστω εὐθεῖα ἡ ΑΒ, καὶ ἀπὸ τῶν Α, Β περάτων
διήχθωσαν δύο εὐθεῖαι αἱ ΑΓ, ΒΓ κατά τι σημεῖον
τὸ Γ συμπίπτουσαι· λέγω δὴ ὅτι ἀπὸ περάτων τῆς ΑΒ, καὶ ἐπὶ τὰ αὐτὰ μέρη, οὐ διαχθήσονται ἄλλαι δύο εὐθεῖαι συμπίπτουσαι κατά

Si ex duobus punctis rectæ extremitatibus
duæ rectæ in unum punctum concurrentes ducantur, ex iisdem punctis et in iisdem partibus
non ducentur duæ aliæ rectæ in aliud punctum
concurrentes, ita ut æquales sint rectis easdem
extremitates habentibus.

Sit recta ΑΒ, et ex Α, Β extremitatibus ducantur duæ rectæ ΑΓ, ΒΓ in punctum Γ concurrentes; dico ex extremitatibus rectæ ΑΒ, et in
iisdem partibus, non ducendas fore duas alias
rectas in aliud punctum concurrentes, ita ut

LIVRE I. PROPOSITION VII.

Si des extrémités d'une droite on mène deux droites qui se rencontrent en un
point, il est impossible de mener des mêmes points, et du même côté, deux autres
droites qui se rencontrent en un autre point, de manière que les droites qui ont
les mêmes extrémités soient égales entr'elles.

Soit la droite ΑΒ; des extrémités Α, Β de cette droite menons deux droites ΑΓ, ΒΓ
qui se rencontrent en un point Γ; je dis qu'on ne peut pas du même côté mener
des extrémités de ΑΒ deux autres droites qui se rencontrent en un autre point, de

Non seulement ce raisonnement est faux, mais encore l'énoncé de la proposition à démontrer. Car il est très-possible de trouver un quatrième nombre entier proportionnel aux nombres 4, 8, 9, qui ne sont pas successivement proportionnels, et dont les extrêmes 4 et 9 sont premiers entr'eux.

Quant à la partie typographique de ce volume, j'ai fait tous mes efforts pour donner au texte toute la pureté possible. J'ai été puissamment secondé par M. Jannet et M. Patris, éditeur de mon ouvrage, qui ont eu la complaisance de lire les épreuves avec le plus grand soin.

Nota. La proposition VII du premier livre était tronquée dans tous les manuscrits grecs. Voyez la Préface du premier volume, pag. 19. J'ai trouvé cette proposition toute entière dans la version latine faite d'après l'arabe par Campan, et publiée à Venise en 1482. Elle me paraît en tout digne d'Euclide. La voici avec ma version grecque et latine. Je n'ai fait que quelques légers changements à la version de Campan.

ἄλλον σημεῖον, ὥστε εὐθεῖαν μὲν ἀπὸ σημείου τοῦ Α ἠχθεῖσαν ἴσην εἶναι τῇ ΑΓ, ἠχθεῖσαν δὲ ἀπὸ σημείου τοῦ Β ἴσην τῷ ΒΓ.

Εἰ γὰρ δυνατὸν, διήχθωσαν ἐπὶ τὰ αὐτὰ μέρη δύο ἄλλαι εὐθεῖαι κατὰ σημεῖον τὸ Δ συμπίπτουσαι, καὶ ἔστω εὐθεῖα μὲν ἡ ΑΔ ἴση τῇ ΑΓ, εὐθεῖα δὲ ΒΔ ἴση τῇ ΒΓ.

recta quidem ex puncto A ducta æqualis sit ipsi ΑΓ, ducta vero ex puncto B æqualis ipsi ΒΓ.

Si enim possibile, ducantur in eisdem partibus duæ aliæ rectæ in punctum Δ concurrentes; et sit recta quidem ΑΔ æqualis ipsi ΑΓ, recta vero ΒΔ æqualis ipsi ΒΓ.

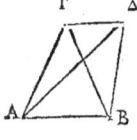
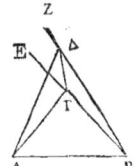

Ἤτοι σημεῖον τὸ Δ ἐντὸς πεσεῖται τριγώνου τοῦ ΑΒΓ ἢ ἐκτός· μὴ γὰρ εἰς μίαν τῶν πλευρῶν ΑΓ, ΒΓ

Vel punctum Δ intra triangulum ΑΒΓ cadet vel extra; non enim in unum laterum ΑΓ, ΒΓ

manière que la droite menée du point A soit égale à ΑΓ, et que la droite menée du point B soit égale à ΒΓ.

Car si cela est possible, menons du même côté deux autres droites qui se rencontrent en un point Δ, de manière que ΑΔ soit égal à ΑΓ, et ΒΔ égal à ΒΓ.

Ou le point Δ tombera en dedans du triangle ΑΒΓ, ou en dehors; car il ne tombera

πεσεῖται· εἰ γὰρ πεσεῖται, τὸ μέρος τῷ ὅλῳ
μεῖζον ἔσται, ὅπερ ἄτοπον.

Πιπτέτω πρότερον ἐκτός. Ἤτοι μία τῶν ΑΔ,
ΒΔ μίαν τῶν ΑΓ, ΒΓ τεμεῖ, ἢ οὐδέτερα τῶν
ΑΔ, ΒΔ οὐδέτεραν τῶν ΑΓ, ΒΓ τεμεῖ.

Τεμνέτω δὴ ἡ ΑΔ τὴν ΒΓ, καὶ ἐπεζεύχθω ἡ
ΓΔ. Ἐπεὶ οὖν ἴσαι εἰσὶ δύο πλευραὶ αἱ ΑΔ, ΑΓ
τοῦ ΑΓΔ τριγώνου, ἴση ἐστὶ καὶ γωνία ἡ ὑπὸ
ΑΓΔ τῇ ὑπὸ ΑΔΓ. Πάλιν, ἐπεὶ ἴσαι εἰσὶ δύο
πλευραὶ αἱ ΒΔ, ΒΓ τοῦ ΒΓΔ τριγώνου, ἴση
ἐστὶ καὶ γωνία ἡ ὑπὸ ΒΓΔ τῇ ὑπὸ ΒΔΓ. Ἀλλὰ
δὴ μείζων ἐστὶ γωνία ἡ ὑπὸ ΒΔΓ τῆς ὑπὸ ΑΔΓ·
γωνία ἄρα ἡ ὑπὸ ΒΓΔ μείζων ἐστὶ τῆς ὑπὸ ΑΓΔ·
ὥστε τὸ μέρος τοῦ ὅλου μεῖζόν ἐστιν, ὅπερ ἄτοπον.

Ὁμοίως δὴ δειχθήσεται, κἂν ἡ ΒΓ τὴν ΑΔ
τέμνῃ.

Ἀλλὰ δὴ οὐδέτερα τῶν ΑΔ, ΒΔ οὐδέτεραν
τῶν ΑΓ, ΒΓ τεμνέτω καὶ τὸ Δ σημεῖον ἐκτὸς
πιπτέτω τοῦ ΑΒΓ τριγώνου, καὶ ἐπεζεύχθω
ἡ ΔΓ, καὶ προσεκβεβλήθωσαν ἐπ᾽ εὐθείας ταῖς
ΒΓ, ΒΔ εὐθεῖαι αἱ ΓΕ, ΔΖ.

Ἐπεὶ οὖν ἴσαι εἰσὶν αἱ ΑΓ, ΑΔ, ἴση ἐστὶ καὶ
γωνία ἡ ὑπὸ ΑΔΓ τῇ ὑπὸ ΑΓΔ. Πάλιν, ἐπεὶ

cadet; si enim caderet, pars toto major esset,
quod absurdum.

Cadat primum extra. Vel una ex ΑΔ, ΒΔ
rectis unam ex ΑΓ, ΒΓ rectis secabit, vel neutra
ipsarum ΑΔ, ΒΔ neutram ipsarum ΑΓ, ΒΓ secabit.

Secet igitur ΑΔ ipsam ΒΓ, et jungatur ΓΔ.
Quoniam igitur æqualia sunt duo latera ΑΔ, ΑΓ
trianguli ΑΓΔ, æqualis est et angulus ΑΓΔ ipsi
ΑΔΓ. Rursus, quoniam æqualia sunt duo latera
ΒΔ, ΒΓ trianguli ΒΓΔ, æqualis est et angulus
ΒΓΔ angulo ΒΔΓ. Sed et major est angulus ΒΔΓ
angulo ΑΔΓ; angulus igitur ΒΓΔ major est
angulo ΑΓΔ; quare pars quam totum major
est, quod absurdum.

Similiter utique ostendetur, si ipsa ΒΓ ipsam
ΑΔ secet.

Sed et neutra ipsarum ΑΔ, ΒΔ neutram ipsarum ΑΓ, ΒΓ secet, et punctum Δ cadat extra
triangulum ΑΒΓ, et jungatur ΔΓ, et produ-
cantur in directum ipsarum ΒΓ, ΒΔ rectæ
ΓΕ, ΔΖ.

Quoniam igitur æquales sunt rectæ ΑΓ, ΑΔ,
æqualis est et angulus ΑΔΓ ipsi ΑΓΔ. Rursus,

pas sur un des côtés ΑΓ, ΒΓ de ce triangle, parce que, si cela était, la partie serait
plus grande que le tout; ce qui est absurde.

Que le point Δ tombe premièrement en dehors; ou l'une des droites ΑΔ, ΒΔ coupera l'une des droites ΑΓ, ΒΓ, ou aucune des droites ΑΔ, ΒΔ ne coupera aucune
des droites ΑΓ, ΒΓ.

Que la droite ΑΔ coupe la droite ΒΓ; joignons ΓΔ. Puisque les deux côtés
ΑΔ, ΑΓ du triangle ΑΓΔ sont égaux, l'angle ΑΓΔ sera égal à l'angle ΑΔΓ (5.1).
De plus, puisque les deux côtés ΒΔ, ΒΓ du triangle ΒΓΔ sont égaux, l'angle ΒΓΔ
sera égal à l'angle ΒΔΓ (5.1). Mais l'angle ΒΔΓ est plus grand que l'angle ΑΔΓ;
l'angle ΒΓΔ est donc plus grand que l'angle ΑΓΔ; la partie est donc plus grande
que le tout, ce qui est absurde.

La démonstration serait la même, si la droite ΒΓ coupait la droite ΑΔ.

Mais qu'aucune des droites ΑΔ, ΒΔ ne coupe aucune des droites ΑΓ, ΒΓ, et que le
point Δ tombe hors du triangle ΑΒΓ; joignons ΔΓ, et menons les droites ΓΕ, ΔΖ dans
les directions des droites ΒΓ, ΒΔ.

Puisque les droites ΑΓ, ΑΔ sont égales, l'angle ΑΔΓ sera égal à l'angle ΑΓΔ (5.1).

ἴσαι εἰσὶν αἱ ΒΓ, ΒΔ, ἴση ἐστὶ καὶ γωνία ἡ ὑπὸ ΓΔΖ τῇ ὑπὸ ΕΓΔ. Ἀλλὰ δὴ ἐλάσσων ἐστὶ γωνία ἡ ὑπὸ ΕΓΔ τῆς ὑπὸ ΑΓΔ· γωνία ἄρα ἡ ὑπὸ ΓΔΖ ἐλάσσων ἐστὶ τῆς ὑπὸ ΑΔΓ· ὥστε καὶ τὸ ὅλον τοῦ μέρους ἔλασσον ἐστιν, ὅπερ ἄτοπον.

Ὁμοίως δὴ δειχθήσεται, κἂν τὸ Δ σημεῖον ἐντὸς πίπτῃ τοῦ ΑΒΓ τριγώνου. Ἐὰν ἀπὸ, καὶ τὰ ἑξῆς.

quoniam æquales sunt rectæ ΒΓ, ΒΔ, æqualis est et angulus ΓΔΖ angulo ΕΓΔ. Sed et minor est angulus ΕΓΔ quam angulus ΑΓΔ; angulus igitur ΓΔΖ minor est angulo ΑΔΓ; quare et totum quam pars minus est, quod absurdum.

Similiter utique ostendetur, si punctum Δ cadat intra triangulum ΑΒΓ. Si ex duobus, etc.

De plus, puisque les droites ΒΓ, ΒΔ sont égales, l'angle ΓΔΖ sera égal à l'angle ΕΓΔ (5.1). Mais l'angle ΕΓΔ est plus petit que l'angle ΑΓΔ; l'angle ΓΔΖ est donc plus petit que l'angle ΑΔΓ; le tout est donc plus petit que la partie; ce qui est absurde.

La démonstration serait la même, si le point Δ tombait en dedans du triangle ΑΒΓ. Donc, etc.

M. Sédillot, membre adjoint du bureau des longitudes, et professeur à la Bibliothèque du Roi, a eu la complaisance de traduire littéralement pour moi cette proposition importante d'Euclide d'après la version arabe de Nassir-Eddin Thoussy, imprimée à Rome en 1594. La version latine de Campan est tout-à-fait conforme à la manière d'Euclide; il n'en est pas de même de la version de Nassir-Eddin Thoussy, quoiqu'elle soit la même pour le fond; il est donc présumable que la version arabe dont s'est servi Campan n'est pas la même que la version arabe imprimée à Rome. Voici la version de M. Sédillot, pour qui la langue arabe est aussi familière que les sciences mathématiques.

Soient menées des deux extrémités d'une ligne droite donnée, deux droites qui se rencontrent en un point quelconque, situé d'un côté déterminé de la ligne donnée, on ne pourra, des deux mêmes points et du même côté de la ligne, mener deux autres droites respectivement égales aux deux premières, chacune à sa corrélative, et se rencontrant en un autre point que les deux premières.

Des deux points Α et Β de la droite ΑΒ, je mène les deux droites ΑΓ, ΒΓ qui se rencontrent au point Γ. Des deux mêmes points et du même côté Γ, je mène les deux autres droites ΑΔ, ΒΔ; ΑΔ étant la corrélative de ΑΓ, et ΒΔ celle de ΒΓ; et je dis que les deux lignes ΑΔ et ΒΔ ne peuvent se rencontrer en un autre point que le point Γ.

Supposons qu'elles puissent se rencontrer au point Δ; je joins Δ et Γ par la droite ΔΓ; les deux

côtés AΓ, AΔ sont égaux ; l'angle ΔΓA plus grand que ΔΓB est égal à l'angle ΓΔA par la ciuquième proposition ; ainsi ΓΔA est plus grand que ΔΓB.

De même, les deux côtés BΓ, BΔ sont égaux ; l'angle ΔΓB plus petit que ΓΔA est égal à l'angle ΓΔB par la cinquième proposition ; l'angle ΓΔB serait donc plus petit que ΓΔA, et celui-ci plus grand que celui-là ; ce qui est absurde. Ainsi la chose proposée est vraie ; ce que nous voulions démontrer.

A l'égard de cette proposition, on peut varier la construction. Ainsi lorsque le point Δ tombe au-dehors du triangle ABΓ, l'un des deux côtés ΔA ou ΔB peut être ou n'être pas coupé par l'un des deux autres côtés ΓA ou ΓB ; ou bien le point Δ peut tomber dans le triangle ABΓ, ou enfin sur l'un des deux côtés ΓA ou ΓB.

Nous venons de démontrer l'impossibilité du cas indiqué dans la figure première. Prolongeons dans la seconde les deux lignes AΔ, BΓ, selon leur direction respective dans la région du point Δ, vers les points E, Z* ; puis joignons par une droite les deux points Γ et Δ.

Comme dans la figure 2, les angles BΓΔ et BΔΓ sont égaux par la cinquième proposition, les angles EΓΔ et ZΔΓ sont aussi égaux par la même proposition ; l'angle EΓΔ égal à ZΔΓ, qui est plus grand que BΔΓ égal à BΓΔ, serait plus grand que BΓΔ, et celui-ci plus petit que celui-là, ce qui est absurde.

On montrerait de même l'absurdité pour le cas *où le point Δ tomberait dans le triangle* ABΓ**.

Quant *au cas*** où le point Δ tombe sur la ligne BΓ, prolongée ou non, il faudrait que de deux lignes égales l'une fût plus grande ou plus petite que l'autre, ce qui est également absurde.

---

* Après les points E, Z, la version arabe ajoute : *et vers les points* K, E *dans la figure* 3.

** Au lieu de *où le point Δ tomberait dans le triangle* ABΓ, la version arabe dit simplement : *indiqué dans la figure* 3.

*** Au lieu de *au cas*, la version arabe dit *à la figure* 4.

J'ai fait ces légers changements pour ne pas multiplier les figures sans nécessité.

EUCLIDIS
ELEMENTORUM
LIBER OCTAVUS.

— PROPOSITIO I.

Ἐὰν ὦσιν ὁσοιδηποτοῦν ἀριθμοὶ ἑξῆς ἀνάλογον, οἱ δὲ ἄκροι αὐτῶν πρῶτοι πρὸς ἀλλήλους
ὦσιν· ἐλάχιστοί εἰσι τῶν τὸν αὐτὸν λόγον ἐχόντων αὐτοῖς.

Ἔστωσαν ὁποσοιοῦν ἀριθμοὶ ἑξῆς ἀνάλογον,
οἱ Α, Β, Γ, Δ, οἱ δὲ ἄκροι αὐτῶν οἱ Α, Δ
πρῶτοι πρὸς ἀλλήλους ἔστωσαν· λέγω ὅτι οἱ Α,
Β, Γ, Δ ἐλάχιστοί εἰσι τῶν τὸν αὐτὸν λόγον
ἐχόντων αὐτοῖς.

Si sint quotcumque numeri deinceps proportionales, extremi autem eorum primi inter se
sint, minimi sunt eorum eamdem rationem
habentium cum ipsis.

Sint quotcumque numeri deinceps proportionales A, B, Γ, Δ, extremi autem eorum A, Δ
primi inter se sint; dico ipsos A, B, Γ, Δ minimos esse ipsorum eamdem rationem habentium
cum ipsis.

LE HUITIÈME LIVRE
DES ÉLÉMENTS D'EUCLIDE.

PROPOSITION PREMIÈRE.

Si tant de nombres qu'on voudra sont successivement proportionnels, et si
leurs extrêmes sont premiers entr'eux, ces nombres sont les plus petits de tous
ceux qui ont la même raison avec eux.

Soient A, B, Γ, Δ tant de nombres successivement proportionnels qu'on voudra,
et que leurs extrêmes A, Δ soient premiers entr'eux; je dis que les nombres
A, B, Γ, Δ sont les plus petits de tous ceux qui ont la même raison avec eux.

II.

I

Εἰ γὰρ μὴ, ἔστωσαν ἐλάττονες τῶν Α, Β, Γ, Δ οἱ Ε, Ζ, Η, Θ ἐν τῷ αὐτῷ λόγῳ ὄντες αὐτοῖς. Καὶ ἐπεὶ οἱ Α, Β, Γ, Δ ἐν τῷ αὐτῷ λόγῳ εἰσὶ τοῖς Ε, Ζ, Η, Θ, καὶ ἔστιν ἴσον τὸ πλῆθος τῶν Α, Β, Γ, Δ τῷ πλήθει τῶν Ε, Ζ,

Si enim non, sint minores ipsis A, B, Γ, Δ ipsi E, Z, H, Θ in eâdem ratione existentes cum ipsis. Et quoniam ipsi A, B, Γ, Δ in eâdem ratione sunt cum ipsis E, Z, H, Θ, et est æqualis multitudo ipsorum A, B, Γ, Δ multitudini ipso-

A, 8.	B, 12.	Γ, 18.	Δ, 27.
E	Z	H	Θ

Η, Θ[1]· δἰΐσου ἄρα ἐστὶν ὡς ὁ Α πρὸς τὸν Δ οὕτως[2] ὁ Ε πρὸς τὸν Θ. Οἱ δὲ Α, Δ πρῶτοι, οἱ δὲ πρῶτοι καὶ ἐλάχιστοι, οἱ δὲ ἐλάχιστοι[3] ἀριθμοὶ μετροῦσι τοὺς τὸν αὐτὸν λόγον ἔχοντας ἰσάκις, ὅ, τε μείζων τὸν μείζονα, καὶ ἐλάσσων τὸν ἐλάσσονα, τουτέστι[4] ὅ, τε ἡγούμενος τὸν ἡγούμενον, καὶ ὁ ἑπόμενος τὸν ἑπόμενον· μετρεῖ ἄρα ὁ Α τὸν Ε, ὁ μείζων τὸν ἐλάσσονα, ὅπερ ἐστὶν ἀδύνατον· οὐκ ἄρα οἱ Ε, Ζ, Η, Θ ἐλάσσονες ὄντες τῶν Α, Β, Γ, Δ ἐν τῷ αὐτῷ λόγῳ εἰσὶν αὐτοῖς· οἱ Α, Β, Γ, Δ ἄρα ἐλάχιστοί εἰσι τῶν τὸν αὐτὸν λόγον ἐχόντων αὐτοῖς. Ὅπερ ἔδει δεῖξαι.

rum E, Z, H, Θ; ex æquo igitur est ut A ad Δ ita E ad Θ. Ipsi autem A, Δ primi, primi vero et minimi, minimi autem numeri æqualiter metiuntur ipsos eamdem rationem habentes, major majorem, et minor minorem, hoc est antecedens antecedentem, et consequens consequentem; metitur igitur A ipsum E, major minorem, quod est impossibile; non igitur ipsi E, Z, H, Θ minores existentes ipsis A, B, Γ, Δ in eâdem ratione sunt cum ipsis; ipsi A, B, Γ, Δ igitur minimi sunt eorum eamdem rationem habentium cum ipsis. Quod oportebat ostendere.

Car si cela n'est point, que les nombres E, Z, H, Θ, plus petits que les nombres A, B, Γ, Δ, soient en même raison que ceux-ci. Puisque les nombres A, B, Γ, Δ sont en même raison que les nombres E, Z, H, Θ, et que la quantité des nombres A, B, Γ, Δ est égale à la quantité des nombres E, Z, H, Θ, par égalité A est à Δ comme E est à Θ (14. 7). Mais les nombres A, Δ sont premiers entre eux, et les nombres premiers sont les plus petits de ceux qui ont la même raison avec eux (23. 7), et les nombres qui sont les plus petits de ceux qui ont la même raison avec eux mesurent également ceux qui ont la même raison, le plus grand le plus grand, le plus petit le plus petit, c'est-à-dire l'antécédent l'antécédent, et le conséquent le conséquent (21. 7); donc A mesure E, le plus grand le plus petit, ce qui est impossible; donc les nombres E, Z, H, Θ, plus petits que les nombres A, B, Γ, Δ, ne sont pas en même raison que ceux-ci; donc les nombres A, B, Γ, Δ sont les plus petits de tous ceux qui ont la même raison avec eux. Ce qu'il fallait démontrer.

ΠΡΟΤΑΣΙΣ β'.

Ἀριθμοὺς εὑρεῖν ἑξῆς ἀνάλογον ἐλαχίστους, ὅσους ἄν τις ἐπιτάξῃ[1], ἐν τῷ δοθέντι λόγῳ.

Ἔστω ὁ δοθεὶς λόγος ἐν ἐλαχίστοις ἀριθμοῖς, ὁ τοῦ Α πρὸς τὸν Β· δεῖ δὴ ἀριθμοὺς εὑρεῖν ἑξῆς ἀνάλογον ἐλαχίστους, ὅσους ἄν τις ἐπιτάξῃ, ἐν τῷ τοῦ Α πρὸς τὸν Β λόγῳ.

Ἐπιτετάχθωσαν δὴ τέσσαρες, καὶ ὁ Α ἑαυτὸν πολλαπλασιάσας τὸν Γ ποιείτω, τὸν δὲ Β πολλαπλασιάσας τὸν Δ ποιείτω, καὶ ἔτι ὁ Β ἑαυτὸν πολλαπλασιάσας τὸν Ε ποιείτω, καὶ ἔτι ὁ Α τοὺς Γ, Δ, Ε πολλαπλασιάσας τοὺς Ζ, Η, Θ ποιείτω, ὁ δὲ Β τὸν Ε πολλαπλασιάσας τὸν Κ ποιείτω.

A, 2.	B, 3.		
Γ, 4.	Δ, 6.		
Z, 8.	H, 12.	E, 9.	
		Θ, 18.	K, 27.

Καὶ ἐπεὶ ὁ Α ἑαυτὸν μὲν πολλαπλασιάσας τὸν Γ πεποίηκε, τὸν δὲ Β πολλαπλασιάσας τὸν Δ πεποίηκεν, ἀριθμὸς δὴ ὁ Α δύο τοὺς Α, Β πολλαπλασιάσας τοὺς Γ, Δ πεποίηκεν[2]· ἔστιν ἄρα ὡς ὁ Α πρὸς τὸν Β οὕτως[3] ὁ Γ πρὸς τὸν Δ. Πάλιν, ἐπεὶ ὁ Α τὸν Β πολλαπλασιάσας τὸν Δ

PROPOSITIO II.

Numeros invenire deinceps proportionales minimos, quotcunque quis imperaverit, in datâ ratione.

Sit data ratio in minimis numeris, ratio ipsius A ad B; oportet igitur numeros invenire deinceps proportionales minimos, quotcunque quis imperaverit, in ipsius A ad B ratione.

Imperentur quidem quatuor; et A se ipsum multiplicans ipsum Γ faciat; ipsum vero B multiplicans ipsum Δ faciat, et adhuc B se ipsum multiplicans ipsum E faciat, et adhuc ipse A ipsos Γ, Δ, E multiplicans ipsos Z, H, Θ faciat, ipse vero B ipsum E multiplicans ipsum K faciat.

Et quoniam ipse A se ipsum quidem multiplicans ipsum Γ fecit, ipsum vero B multiplicans ipsum Δ fecit, numerus igitur A duos ipsos A, B multiplicans ipsos Γ, Δ fecit; est igitur ut A ad B ita Γ ad Δ. Rursus, quoniam ipse A ipsum B multiplicans ipsum Δ fecit, ipse vero B se ipsum

PROPOSITION II.

Trouver tant de nombres qu'on voudra, qui soient les plus petits nombres successivement proportionnels dans une raison donnée.

Que la raison donnée, dans les plus petits nombres, soit celle de A à B; il faut trouver tant de nombres qu'on voudra, qui soient les plus petits nombres successivement proportionnels dans la raison de A à B.

Qu'on en demande quatre. Que A se multipliant lui-même fasse Γ, que A multipliant B fasse Δ, que B se multipliant lui-même fasse E, que A multipliant encore Γ, Δ, E fasse Z, H, Θ, et que B multipliant E fasse K.

Puisque A se multipliant lui-même a fait Γ, et que A multipliant B a fait Δ, le nombre A multipliant les deux nombres A, B a fait Γ, Δ; donc A est à B comme Γ est à Δ (17. 7). De plus, puisque A multipliant B a fait Δ, et que B se multipliant

πεποίηκεν, ὁ δὲ Β ἑαυτὸν πολλαπλασιάσας τὸν Ε πεποίηκεν· ἑκάτερος ἄρα τῶν Α, Β τὸν Β πολλα-πλασιάσας ἑκάτερον τῶν4 Δ, Ε πεποίηκεν· ἔστιν ἄρα ὡς ὁ Α πρὸς τὸν Β οὕτως ὁ Δ πρὸς τὸν Ε. Ἀλλ᾽ ὡς ὁ Α πρὸς τὸν Β οὕτως ὁ Γ πρὸς τὸν Δ· καὶ ὡς ἄρα ὁ Γ πρὸς τὸν Δ οὕτως ὁ Δ πρὸς τὸν Ε. Καὶ ἐπεὶ ὁ Α τοὺς Γ, Δ πολλαπλασιάσας τοὺς Ζ, Η πεποίηκεν· ἔστιν ἄρα ὡς ὁ Γ πρὸς τὸν Δ οὕτως ὁ Ζ πρὸς τὸν Η. Ὡς δ᾽ ὁ Γ πρὸς τὸν Δ

multiplicans ipsum E fecit; uterque igitur ipso-rum A, B ipsum B multiplicans utrumque ipso-rum Δ, E fecit; est igitur ut A ad B ita Δ ad E. Sed ut A ad B ita Γ ad Δ; et ut igitur Γ ad Δ ita Δ ad E. Et quoniam ipse A ipsos Γ, Δ mul-tiplicans ipsos Z, H fecit; est igitur ut Γ ad Δ ita Z ad H. Ut autem Γ ad Δ ita Δ ad B; et

A, 2.	B, 3.	
Γ, 4.	Δ, 6.	E, 9.
Z, 8.	H, 12.	Θ, 18. K, 27.

οὕτως ἦν ὁ Α πρὸς τὸν Β· καὶ ὡς ἄρα ὁ Α πρὸς τὸν Β οὕτως ὁ Ζ πρὸς τὸν Η. Πάλιν, ἐπεὶ ὁ Α τοὺς Δ, Ε πολλαπλασιάσας τοὺς Η, Θ πε-ποίηκεν· ἔστιν ἄρα ὡς ὁ Δ πρὸς τὸν Ε οὕτως ὁ Η πρὸς τὸν Θ. Ὡς δὲ5 ὁ Δ πρὸς τὸν Ε οὕτως ὁ Α πρὸς τὸν Β· καὶ ὡς ἄρα ὁ Α πρὸς τὸν Β οὕτως6 ὁ Η πρὸς τὸν Θ. Καὶ ἐπεὶ οἱ Α, Β τὸν Ε πολλα-πλασιάσαντες τοὺς Θ, Κ πεποιήκασιν· ἔστιν ἄρα ὡς ὁ Α πρὸς τὸν Β οὕτως ὁ Θ πρὸς τὸν Κ. Ἀλλ᾽7 ὡς ὁ Α πρὸς τὸν Β οὕτως ὅ, τε Ζ πρὸς τὸν Η καὶ ὁ Η πρὸς τὸν Θ· καὶ ὡς ἄρα ὁ Ζ πρὸς τὸν Η οὕτως ὅ, τε8 Η πρὸς τὸν Θ καὶ ὁ Θ πρὸς τὸν Κ· οἱ Γ, Δ, Ε ἄρα καὶ οἱ Ζ, Η, Θ, Κ ἀνάλογόν εἰσιν, ἐν τῷ τοῦ Α πρὸς τὸν Β λόγῳ. Λέγω δὴ ὅτι

ut igitur A ad B ita Z ad H. Rursus, quoniam ipse A ipsos Δ, E multiplicans ipsos H, Θ fecit; est igitur ut Δ ad E ita H ad Θ. Ut autem Δ ad E ita A ad B; et ut A igitur ad B ita H ad Θ. Et quoniam ipsi A, B, ipsum E mul-tiplicantes ipsos Θ, K fecerunt; est igitur ut A ad B ita Θ ad K. Sed ut A ad B ita et Z ad H et H ad Θ; et ut igitur Z ad H ita et H ad Θ et Θ ad K; ipsi Γ, Δ, E igitur et ipsi Z, H, Θ, K proportionales sunt, in ipsius A ad B ra-tione. Dico etiam et minimos. Quoniam enim

lui-même a fait E, les nombres A, B multipliant B ont fait Δ, E; donc A est à B comme Δ est à E (18. 7). Mais A est à B comme Γ est à Δ; donc Γ est à Δ comme Δ est à E. Et puisque A multipliant Γ, Δ a fait Z, H, le nombre Γ est à Δ comme Z est à H. Mais Γ est à Δ comme A est à B; donc A est à B comme Z est à H. De plus, puisque A multipliant Δ, E a fait H, Θ, le nombre Δ est à E comme H est à Θ. Mais Δ est à E comme A est à B; donc A est à B comme H est à Θ. Et puisque A, B multipliant E ont fait Θ, K, le nombre A est à B comme Θ est à K. Mais A est à B comme Z est à H, et comme H est à Θ; donc Z est à H comme H est à Θ, et comme Θ est à K; donc Γ, Δ, E et Z, H, Θ, K sont proportionnels, dans la raison de A à B. Je dis aussi qu'ils sont les plus petits. Car puisque A, B sont les plus petits

καὶ ἐλάχιστοι. Επεὶ γὰρ οἱ Α, Β ἐλάχιστοί εἰσι
τῶν τὸν αὐτὸν λόγον ἐχόντων αὐτοῖς, οἱ δὲ
ἐλάχιστοι τῶν τὸν αὐτὸν λόγον ἐχόντων αὐτοῖς9,
πρῶτοι πρὸς ἀλλήλους εἰσίν· οἱ Α, Β ἄρα πρῶτοι
πρὸς ἀλλήλους εἰσί. Καὶ ἑκάτερος μὲν τῶν Α,
Β ἑαυτὸν πολλαπλασιάσας ἑκάτερον τῶν Γ, Ε
πεποίηκεν, ἑκάτερον δὲ τῶν Γ, Ε πολλαπλασιάσας ἑκάτερον τῶν Ζ, Κ πεποίηκεν· οἱ Γ, Ε
ἄρα καὶ οἱ Ζ, Κ πρῶτοι πρὸς ἀλλήλους εἰσίν.
Ἐὰν δὲ ὦσιν ὁποσοιοῦν ἀριθμοὶ ἑξῆς ἀνάλογον, οἱ
δὲ ἄκροι αὐτῶν πρῶτοι πρὸς ἀλλήλους ὦσιν,
ἐλάχιστοί εἰσι τῶν τὸν αὐτὸν λόγον ἐχόντων
αὐτοῖς· οἱ Γ, Δ, Ε ἄρα καὶ οἱ Ζ, Η, Θ, Κ ἐλάχιστοί εἰσι τῶν τὸν αὐτὸν λόγον ἐχόντων τοῖς
Α, Β. Ὅπερ ἔδει δεῖξαι.

ΠΟΡΙΣΜΑ.

Ἐκ δὴ τούτου φανερὸν, ὅτι ἐὰν10 τρεῖς ἀριθμοὶ
ἑξῆς ἀνάλογον ἐλάχιστοι ὦσι τῶν τὸν αὐτὸν
λόγον ἐχόντων αὐτοῖς, οἱ ἄκροι αὐτῶν τετρά-
γονοί εἰσιν· ἐὰν δὲ τέσσαρες, κύβοι.

A, B minimi sunt ipsorum eamdem rationem
habentium cum ipsis, ipsi autem minimi ipsorum eamdem rationem habentium cum ipsis
primi inter se sunt; ipsi A, B igitur primi inter
se sunt. Et uterque quidem ipsorum A, B se
ipsum multiplicans utrumque ipsorum Γ, E fecit;
utrumque vero ipsorum Γ, E multiplicans,
utrumque ipsorum Z, K fecit; ipsi Γ, E igitur et
Z, K primi inter se sunt. Si autem sint quotcunque
numeri deinceps proportionales, extremi vero
eorum primi inter se sint, minimi sunt eorum
eamdem rationem habentium cum ipsis; ipsi Γ,
Δ, E igitur et ipsi Z, H, Θ, K minimi sunt
eorum eamdem rationem habentium cum ipsis
A, B. Quod oportebat ostendere.

COROLLARIUM.

Ex hoc igitur evidens est, si tres numeri
deinceps proportionales minimi sunt ipsorum
eamdem rationem habentium cum ipsis, extremos
eorum quadratos esse; si autem quatuor, cubos.

nombres de ceux qui ont la même raison avec eux, et que les plus petits nombres
de ceux qui ont la même raison avec eux sont premiers entr'eux (23. 7), les
nombres A, B sont premiers entr'eux. Mais les nombres A, B, se multipliant eux-
mêmes, ont fait Γ, E, et les nombres A, B multipliant Γ, E ont fait Z, K; donc
les nombres Γ, E et Z, K sont premiers entr'eux (29. 7). Mais si tant de nombres
qu'on voudra sont successivement proportionnels, et si leurs extrêmes sont
premiers entr'eux, ces nombres sont les plus petits de ceux qui ont la même
raison avec eux (1. 8); donc les nombres Γ, Δ, E et les nombres Z, H, Θ, K sont
les plus petits de ceux qui ont la même raison avec A, B. Ce qu'il fallait
démontrer.

COROLLAIRE.

De là il est évident que si trois nombres successivement proportionnels sont
les plus petits de ceux qui ont la même raison avec eux, leurs extrêmes sont
des quarrés; que si l'on a quatre nombres, les extrêmes sont des cubes.

ΠΡΟΤΑΣΙΣ γ΄.   PROPOSITIO III.

Ἐὰν ὦσιν ὁποσοιοῦν ἀριθμοὶ ἑξῆς ἀνάλογον, ἐλάχιστοι τῶν τὸν αὐτὸν λόγον ἐχόντων αὐτοῖς· οἱ ἄκροι αὐτῶν πρῶτοι πρὸς ἀλλήλους εἰσίν.

Si sint quotcunque numeri deinceps proportionales , minimi ipsorum eamdem rationem habentium cum ipsis ; extremi eorum primi inter se sunt.

Ἔστωσαν ὁποσοιοῦν ἀριθμοὶ ἑξῆς ἀνάλογον, ἐλάχιστοι τῶν τὸν αὐτὸν λόγον ἐχόντων αὐτοῖς, οἱ Α, Β, Γ, Δ· λέγω ὅτι οἱ ἄκροι αὐτῶν οἱ Α, Δ πρῶτοι πρὸς ἀλλήλους εἰσίν.

Sint quotcunque numeri deinceps proportionales , minimi ipsorum eamdem rationem habentium cum ipsis, ipsi Α , Β , Γ , Δ ; dico extremos eorum Α , Δ primos inter se esse.

Εἰλήφθωσαν γὰρ δύο μὲν ἀριθμοὶ[1] ἐλάχιστοι ἐν τῷ τῶν Α, Β, Γ, Δ λόγῳ, οἱ Ε, Ζ, τρεῖς δὲ

Sumantur enim duo quidem numeri minimi in ipsorum Α , Β , Γ , Δ ratione , ipsi Ε , Ζ ,

Α, 8.	Β, 12.	Γ, 18.	Δ, 27.
Ε, 2.	Ζ, 3.		
Η, 4.	Θ, 6.	Κ, 9.	
Λ, 8.	Μ, 12.	Ν, 18.	Ξ, 27.

οἱ Η, Θ, Κ, καὶ αἰεὶ[2] ἑξῆς ἑνὶ πλείους, ἕως οὗ[3] τὸ λαμβανόμενον πλῆθος ἴσον γένηται τῷ πλήθει τῶν Α, Β, Γ, Δ. Εἰλήφθωσαν, καὶ ἔστωσαν οἱ Λ, Μ, Ν, Ξ.

tres autem Η , Θ , Κ , et semper deinceps uno plures , quoad assumpta multitudo æqualis facta fuerit multitudiui ipsorum Α , Β , Γ , Δ. Sumantur , et sint Λ , Μ , Ν , Ξ.

PROPOSITION III.

Si tant de nombres successivement proportionnels que l'on voudra, sont les plus petits de ceux qui ont la même raison avec eux, leurs extrêmes sont premiers entr'eux.

Que tant de nombres Α, Β, Γ, Δ successivement proportionnels qu'on voudra, soient les plus petits de ceux qui ont la même raison avec eux ; je dis que leurs extrêmes Α, Δ sont premiers entr'eux.

Car prenons les deux plus petits nombres qui ont la même raison que Α, Β, Γ, Δ (2, 8); que ces nombres soient Ε, Ζ; prenons-en trois, et qu'ils soient Η, Θ, Κ, et ainsi de suite, toujours un de plus jusqu'à ce qu'on en ait pris une quantité égale à celle des nombres Α, Β, Γ, Δ. Qu'ils soient pris, et qu'ils soient Λ, Μ, Ν, Ξ.

Καὶ ἐπεὶ οἱ Ε, Ζ ἐλάχιστοί εἰσι τῶν τὸν αὐτὸν λόγον ἐχόντων αὐτοῖς, πρῶτοι πρὸς ἀλλήλους εἰσί. Καὶ ἐπεὶ ἑκάτερος τῶν Ε, Ζ ἑαυτὸν μὲν4 πολλαπλασιάσας ἑκάτερον τῶν Η, Κ πεποίηκεν, ἑκάτερον δὲ τῶν Η, Κ πολλαπλασιάσας ἑκάτερον τῶν5 Λ, Ξ πεποίηκεν· καὶ οἱ Η, Κ ἄρα καὶ οἱ Λ, Ξ πρῶτοι πρὸς ἀλλήλους εἰσί6. Καὶ ἐπεὶ οἱ Α, Β, Γ, Δ ἐλάχιστοί εἰσι τῶν τὸν αὐτὸν λόγον ἐχόντων αὐτοῖς, εἰσὶ δὲ καὶ οἱ Λ, Μ, Ν, Ξ ἐλάχιστοι ἐν τῷ αὐτῷ λόγῳ ὄντες τοῖς Α, Β, Γ, Δ, καὶ ἔστιν ἴσον τὸ πλῆθος τῶν Α, Β, Γ, Δ τῷ πλήθει τῶν Λ, Μ, Ν, Ξ· ἕκαστος ἄρα τῶν Α, Β, Γ, Δ ἑκάστῳ τῶν Λ, Μ, Ν, Ξ ἴσος ἐστίν· ἴσος ἄρα ἐστὶν ὁ μὲν Α τῷ Λ, ὁ δὲ Δ τῷ Ξ. Καὶ ἴσιν οἱ Λ, Ξ πρῶτοι πρὸς ἀλλήλους7· καὶ οἱ Α, Δ ἄρα πρῶτοι πρὸς ἀλλήλους εἰσίν. Ὅπερ ἔδει δεῖξαι.

Et quoniam Ε, Ζ minimi sunt ipsorum eamdem rationem habentium cum ipsis, primi inter se sunt. Et quoniam uterque ipsorum Ε, Ζ se ipsum quidem multiplicans utrumque ipsorum Η, Κ fecit, utrumque vero ipsorum Η, Κ multiplicans utrumque ipsorum Λ, Ξ fecit; et ipsi Η, Κ igitur et ipsi Λ, Ξ primi inter se sunt. Et quoniam Α, Β, Γ, Δ minimi sunt ipsorum eamdem rationem habentium cum ipsis, sunt autem et Λ, Μ, Ν, Ξ minimi in eâdem ratione existentes cum ipsis Α, Β, Γ, Δ, et est æqualis multitudo ipsorum Α, Β, Γ, Δ multitudini ipsorum Λ, Μ, Ν, Ξ; unusquisque igitur ipsorum Α, Β, Γ, Δ unicuique ipsorum Λ, Μ, Ν, Ξ æqualis est; æqualis igitur est ipse quidem Α ipsi Λ, ipse vero Δ ipsi Ξ. Et sunt Λ, Ξ primi inter se; et Α, Δ igitur primi inter se sunt. Quod oportebat ostendere.

ΠΡΟΤΑΣΙΣ δ΄.

Λόγων δοθέντων ὁποσωνοῦν ἐν ἐλαχίστοις ἀριθμοῖς, ἀριθμοὺς εὑρεῖν ἑξῆς ἀνάλογον1 ἐλαχίστους ἐν τοῖς δοθεῖσι λόγοις.

PROPOSITIO IV.

Rationibus datis quotcunque in minimis numeris, numeros invenire deinceps proportionales minimos in datis rationibus.

Puisque les nombres Ε, Ζ sont les plus petits de ceux qui ont la même raison avec eux, ils sont premiers entr'eux (24. 7). Et puisque les nombres Ε, Ζ se multipliant eux-mêmes ont fait Η, Κ, et que ces mêmes nombres multipliant Η, Κ ont fait Λ, Ξ, les nombres Η, Κ, et les nombres Λ, Ξ sont premiers entr'eux (29. 7). Et puisque les nombres Α, Β, Γ, Δ sont les plus petits de ceux qui ont la même raison avec eux, que les nombres Λ, Μ, Ν, Ξ sont les plus petits qui ont la même raison que Α, Β, Γ, Δ, et que la quantité des nombres Α, Β, Γ, Δ est égale à la quantité des nombres Λ, Μ, Ν, Ξ; chacun des nombres Α, Β, Γ, Δ est égal à chacun des nombres Λ, Μ, Ν, Ξ; donc Α est égal à Λ, et Δ à Ξ. Mais les nombres Λ, Ξ sont premiers entr'eux; donc les nombres Α, Δ sont premiers entr'eux. Ce qu'il fallait démontrer.

PROPOSITION IV.

Tant de raisons qu'on voudra étant données, dans leurs plus petits nombres, trouver les plus petits nombres successivement proportionnels dans les raisons données.

Ἔστωσαν οἱ δοθέντες λόγοι ἐν ἐλαχίστοις ἀριθ-μοῖς, ὅ, τε τοῦ Α πρὸς τὸν Β, καὶ ὁ τοῦ Γ πρὸς τὸν Δ, καὶ ἔτι ὁ τοῦ Ε πρὸς τὸν Ζ· δεῖ δὴ ἀριθ-μοὺς εὑρεῖν ἑξῆς ἀνάλογον[2] ἐλαχίστους, ἔν τε τῷ τοῦ Α πρὸς τὸν Β λόγῳ, καὶ ἐν τῷ τοῦ Γ πρὸς τὸν Δ, καὶ ἔτι ἐν τῷ τοῦ Ε πρὸς τὸν Ζ.

Sint datæ rationes in minimis numeris, et ratio ipsius A ad B et ea ipsius Γ ad Δ, et adhuc ea ipsius E ad Z; oportet igitur numeros invenire deinceps proportionales minimos et in ipsius A ad B ratione, et in eâ ipsius Γ ad Δ, et adhuc in eâ ipsius E ad Z.

A, 2.　　B, 5.　　Γ, 3.　　　Δ, 4.　　E, 5.　　Z, 6.
　　Θ, 6.　　H, 15.　　K, 20.　　Λ, 24.
　　　　N　　　Ξ　　　M　　　O

Εἰλήφθω γὰρ ὁ ὑπὸ τῶν Β, Γ ἐλάχιστος με-τρούμενος ἀριθμός, ὁ Η. Καὶ ὁσάκις μὲν ὁ Β τὸν Η μετρεῖ τοσαυτάκις καὶ[3] ὁ Α τὸν Θ μετρείτω, ὁσάκις δὲ ὁ Γ τὸν Η μετρεῖ τοσαυτάκις καὶ ὁ Δ τὸν Κ μετρείτω· ὁ δὲ Ε τὸν Κ ἤτοι μετρεῖ, ἢ οὐ μετρεῖ. Μετρείτω πρότερον. Καὶ ὁσάκις ὁ Ε τὸν Κ μετρεῖ τοσαυτάκις καὶ ὁ Ζ τὸν Λ μετρείτω. Καὶ ἐπεὶ ἰσάκις ὁ Α τὸν Θ μετρεῖ καὶ ὁ Β τὸν Η· ἔστιν ἄρα ὡς ὁ Α πρὸς τὸν Β οὗτος ὁ Θ πρὸς τὸν Η. Διὰ τὰ αὐτὰ δὴ καὶ ὡς ὁ Γ πρὸς τὸν Δ οὕτως ὁ Η πρὸς τὸν Κ, καὶ ἔτι ὡς ὁ Ε πρὸς τὸν Ζ οὕτως ὁ Κ πρὸς τὸν Λ· οἱ Θ, Η, Κ, Λ ἄρα ἑξῆς ἀνάλογον[4] εἰσὶν ἔν τε τῷ τοῦ Α πρὸς τὸν Β, καὶ ἐν τῷ τοῦ Γ πρὸς τὸν Δ, καὶ ἔτι ἐν τῷ τοῦ Ε

Sumatur enim ab ipsis B, Γ minimus mensu-ratus numerus, ipse H. Et quoties quidem B ipsum H metitur toties et A ipsum Θ metiatur, quoties vero Γ ipsum H metitur, toties et Δ ipsum K metiatur; ipse autem E ipsum K vel metitur, vel non metitur. Metiatur primum. Et quoties E ipsum K metitur toties et Z ipsum Λ metiatur. Et quoniam æqualiter A ipsum Θ me-titur et B ipsum H; est igitur ut A ad B ita Θ ad H. Propter eadem utique et ut Γ ad Δ ita H ad K, et adhuc ut E ad Z ita K ad Λ; ipsi Θ, H, K, Λ igitur deinceps proportionales sunt in ratione et ipsius A ad B, et in eâ ipsius Γ ad Δ, et adhuc in eâ ipsius E ad Z. Dico etiam

Soient données dans leurs plus petits nombres la raison de A à B, celle de Γ à Δ, et celle de E à Z; il faut trouver les plus petits nombres successi-vement proportionnels dans la raison de A à B, dans celle de Γ à Δ, et enfin dans celle de E à Z.

Soit pris le plus petit nombre qui est mesuré par B et Γ (36. 7); que ce soit H. Que A mesure Θ autant de fois que B mesure H, et que Δ mesure K autant de fois que Γ mesure H; ou E mesurera K ou il ne le mesurera pas. Premiè-rement que E mesure K; et que Z mesure Λ autant de fois que E mesure K. Puisque A mesure Θ autant de fois que B mesure H, A est à B comme Θ est à H (13. 7). Par la même raison Γ est à Δ comme H est à K, et E est à Z comme K est à Λ; les nombres Θ, H, K, Λ sont donc successivement dans la raison de A à B, dans celle de Γ à Δ, et encore dans celle de Γ à Z; et je dis aussi qu'ils sont les plus

πρὸς τὸν Z λόγῳ. Λέγω δὴ ὅτι καὶ ἐλάχιστοι. Εἰ γὰρ μή εἰσιν οἱ Θ, Η, Κ, Λ ἑξῆς ἀνάλογον[5] ἐλάχιστοι, ἔν τε τοῖς τοῦ Α πρὸς τὸν Β, καὶ τοῦ Γ πρὸς τὸν Δ, καὶ ἔτι τοῦ Ε πρὸς τὸν Z λόγοις, ἔσονταί τινες τῶν Θ, Η, Κ, Λ ἐλάσσονες ἀριθμοὶ ἔν τε τοῖς τοῦ Α πρὸς τὸν Β, καὶ τοῦ Γ πρὸς τὸν Δ, καὶ ἔτι τοῦ Ε πρὸς τὸν Z λόγοις[6]. Ἔστωσαν οἱ Ν, Ξ, Μ, Ο. Καὶ ἐπεί ἐστιν ὡς ὁ Α πρὸς τὸν Β οὕτως ὁ Ν πρὸς τὸν Ξ, οἱ δὲ Α, Β ἐλάχιστοι, οἱ δὲ ἐλάχιστοι[7] μετροῦσι τοὺς τὸν αὐτὸν λόγον ἔχοντας ἰσάκις, ὅ, τε μείζων τὸν μείζονα, καὶ ὁ ἐλάττων τὸν ἐλάττονα, τουτέστιν ὁ ἡγούμενος τὸν ἡγούμενον, καὶ ὁ ἑπόμενος τὸν ἑπόμενον· ὁ Β ἄρα τὸν Ξ μετρεῖ. Διὰ τὰ αὐτὰ δὴ καὶ ὁ Γ τὸν Ξ μετρεῖ· οἱ Β, Γ ἄρα τὸν Ξ μετροῦσι, καὶ ὁ ἐλάχιστος ἄρα ὁ ὑπὸ τῶν Β, Γ[8] μετρούμενος τὸν Ξ μετρήσει. Ἐλάχιστος δὲ ὑπὸ τῶν Α, Γ μετρούμενός ἐστιν[9], ὁ Η· ὁ Η ἄρα τὸν Ξ μετρεῖ, ὁ μείζων τὸν ἐλάττονα, ὅπερ ἐστὶν ἀδύνατον· οὐκ ἄρα ἔσονταί τινες τῶν Θ, Η, Κ, Λ ἐλάσσονες ἀριθμοὶ ἑξῆς, ἔν τε τῷ τοῦ Α πρὸς τὸν Β, καὶ ἐν[10] τῷ τοῦ Γ πρὸς τὸν Δ, καὶ ἔτι ἐν[11] τῷ τοῦ Ε πρὸς τὸν Z λόγῳ.

et minimos. Si enim non sunt ipsi Θ, Η, Κ, Λ minimi deinceps proportionales, et in rationibus ipsius A ad B, et ipsius Γ ad Δ, et adhuc ipsius E ad Z, erunt aliqui ipsis Θ, Η, Κ, Λ minores numeri in rationibus ipsius A ad B, et ipsius Γ ad Δ, et adhuc ipsius E ad Z. Sint ipsi N, Ξ, M, O. Et quoniam est ut A ad B ita N ad Z, ipsi autem A, B minimi, ipsi vero minimi metiuntur æqualiter ipsos eamdem rationem habentes, et major majorem, et minor minorem, hoc est antecedens antecedentem, et consequens consequentem; ipse B igitur ipsum Ξ metitur. Propter eadem utique Γ ipsum Ξ metitur; ipsi B, Γ igitur ipsum Ξ metiuntur, et minimus igitur ab ipsis B, Γ mensuratus ipsum Ξ metietur. Minimus autem ab ipsis A, Γ mensuratus, est ipse H; ipse H igitur ipsum Ξ metitur, major minorem, quod est impossibile; non igitur erunt aliqui ipsis Θ, Η, Κ, Λ minores numeri deinceps, et in ratione ipsius A ad B, et in eâ ipsius Γ ad Δ, et adhuc in eâ ipsius E ad Z.

petits. Car si Θ, Η, Κ, Λ ne sont pas les plus petits nombres successivement proportionnels dans les raisons de A à B, de Γ à Δ, et de E à Z, il y aura certains nombres plus petits que Θ, Η, Κ, Λ dans les raisons de A à B, de Γ à Δ, et de E à Z. Que ce soient N, Ξ, M, O. Puisque A est à B comme N est à Ξ, que A, B sont les plus petits, et que les plus petits mesurent également ceux qui ont la même raison, le plus grand le plus grand, et le plus petit le plus petit, c'est-à-dire l'antécédent l'antécédent, et le conséquent le conséquent (21. 7), le nombre B mesurera Ξ. Par la même raison Γ mesure Ξ; donc B et Γ mesurent Ξ; donc le plus petit nombre mesuré par B, Γ mesure Ξ (37. 7). Mais le plus petit nombre mesuré par B, Γ est H; donc H mesure Ξ, le plus grand le plus petit, ce qui est impossible. Il n'y a donc pas certains nombres plus petits que Θ, Η, Κ, Λ, successivement proportionnels dans les raisons de A à B, de Γ à Δ, et enfin de E à Z.

II.

2

Μὴ μετρείτω δὴ ὁ E τὸν K. Καὶ εἰλήφθω ὁ[12] ὑπὸ τῶν E, K ἐλάχιστος μετρούμενος ἀριθμός, ὁ M. Καὶ ὁσάκις μὲν ὁ K τὸν M μετρεῖ τοσαυτάκις καὶ ἑκάτερος τῶν Θ, H ἑκάτερον τῶν N, Ξ μετρείτω, ὁσάκις δὲ ὁ E τὸν M μετρεῖ τοσαυτάκις καὶ ὁ Z τὸν O μετρείτω. Καὶ[13] ἐπεὶ ἰσάκις ὁ Θ τὸν N μετρεῖ καὶ ὁ H τὸν Ξ· ἔστιν ἄρα ὡς ὁ Θ πρὸς τὸν H οὕτως ὁ N πρὸς τὸν Ξ. Ὡς δὲ ὁ Θ πρὸς τὸν H οὕτως ὁ A πρὸς τὸν B· καὶ ὡς ἄρα ὁ A πρὸς τὸν B οὕτως ὁ N πρὸς τὸν Ξ. Διὰ τὰ αὐτὰ δὴ καὶ ὡς ὁ Γ πρὸς τὸν Δ οὕτως ὁ Ξ πρὸς

Non metiatur autem E ipsum K. Et sumatur ab ipsis E, K minimus mensuratus numerus, ipse M. Et quoties quidem K ipsum M metitur, toties et uterque ipsorum Θ, H utrumque ipsorum N, Ξ metiatur; quoties vero E ipsum M metitur, toties et Z ipsum O metiatur. Et quoniam æqualiter Θ ipsum N metitur ac H ipsum Ξ; est igitur ut Θ ad H ita N ad Ξ. Ut autem Θ ad H ita A ad B; et ut igitur A ad B ita N ad Ξ. Propter eadem utique et ut Γ ad Δ

A, 4.   B, 5.   Γ, 2.   Δ, 3.   E, 4.   Z, 3.
Θ, 8.   H, 10.   K, 15.
N, 32.   Ξ, 40.   M, 60.   O, 45.
Π   P   Σ   T

τὸν M. Πάλιν, ἐπεὶ ἰσάκις ὁ E τὸν M μετρεῖ καὶ ὁ Z τὸν O, ἔστιν ἄρα ὡς ὁ E πρὸς τὸν Z οὕτως ὁ M πρὸς τὸν O· οἱ N, Ξ, M, O ἄρα ἑξῆς ἀνάλογόν εἰσιν ἐν τοῖς τοῦ τε[14] A πρὸς τὸν B, καὶ τοῦ Γ πρὸς τὸν Δ, καὶ ἔτι[15] τοῦ E πρὸς τὸν Z λόγοις. Λέγω δὴ ὅτι καὶ ἐλάχιστοι ἐν τοῖς A, B, Γ, Δ, E, Z λόγοις. Εἰ γὰρ μὴ[16], ἔσονταί τινες τῶν N, Ξ, M, O ἐλάττονες ἀριθμοὶ ἑξῆς ἀνάλογον[17] ἐν τοῖς A, B, Γ, Δ, E, Z λόγοις.

ita Ξ ad M. Rursus, quoniam æqualiter E ipsum M metitur ac Z ipsum O; est igitur ut E ad Z ita M ad O; ipsi N, Ξ, M, Θ igitur deinceps proportionales sunt in rationibus et ipsius A ad B, et ipsius Γ ad Δ, et adhuc ipsius E ad Z. Dico etiam et minimos in ipsis A, B, Γ, Δ, E, Z rationibus. Si enim non, erunt aliqui ipsis N, M, Ξ, O minores numeri deinceps proportionales in rationibus A, B, Γ, Δ, E, Z.

Mais que E ne mesure pas K. Soit pris le plus petit nombre mesuré par E, K (36. 7), et que ce soit M. Que les nombres Θ, H mesurent autant de fois N, Ξ que K mesure M, et que Z mesure O autant de fois que E mesure M. Puisque Θ mesure N autant de fois que H mesure Ξ, Θ est à H comme N est à Ξ (13. 7.) Mais Θ est à H comme A est à B; donc A est à B comme N est à Ξ. Par la même raison Γ est à Δ comme Ξ est à M. De plus, puisque E mesure M autant de fois que Z mesure O, E est à Z comme M est à O; donc les nombres N, Ξ, M, O sont successivement proportionnels dans les raisons de A à B, de Γ à Δ, et de E à Z. Je dis aussi qu'ils sont les plus petits dans les raisons de A, B, Γ, Δ, E, Z. Car si cela n'est point, il y aura des nombres plus petits que N, Ξ, M, O qui seront successivement proportionnels dans les raisons de A, B, Γ, Δ, E, Z. Que ces nombres soient

Ἐστωσαν οἱ Π, Ρ, Σ, Τ. Καὶ ἐπεί ἐστιν ὡς ὁ Π πρὸς τὸν Ρ οὕτως ὁ Α πρὸς τὸν Β, οἱ δὲ Α, Β ἐλάχιστοι, οἱ δὲ ἐλάχιστοι μετροῦσι τοὺς τὸν αὐτὸν λόγον ἔχοντας αὐτοῖς ἰσάκις, ὅ τε[18] ἡγούμενος τὸν ἡγούμενον καὶ ὁ ἑπόμενος τὸν ἑπόμενον· ὁ Β ἄρα τὸν Ρ μετρεῖ. Διὰ τὰ αὐτὰ δὴ καὶ ὁ Γ τὸν Ρ μετρεῖ· οἱ Β, Γ ἄρα τὸν Ρ μετροῦσι· καὶ ὁ ἐλάχιστος ἄρα ὑπὸ τῶν Β, Γ μετρούμενος τὸν Ρ μετρήσει. Ἐλάχιστος δὲ ὑπὸ τῶν Β, Γ μετρούμενος, ἐστιν ὁ Η· ὁ Η ἄρα τὸν Ρ μετρεῖ. Καὶ ἐστιν ὡς ὁ Η πρὸς τὸν Ρ οὕτως ὁ Κ πρὸς τὸν Σ· καὶ ὁ Κ ἄρα τὸν Σ μετρεῖ. Μετρεῖ δὲ καὶ ὁ Ε τὸν Σ· οἱ Ε, Κ ἄρα τὸν Σ μετροῦσι· καὶ ὁ ἐλάχιστος ἄρα ὑπὸ τῶν Ε, Κ μετρούμενος τὸν Σ μετρήσει. Ἐλάχιστος δὲ ὑπὸ τῶν Ε, Κ μετρούμενός ἐστιν ὁ Μ· ὁ Μ ἄρα τὸν Σ μετρεῖ, ὁ μείζων τὸν ἐλάττονα, ὅπερ ἐστιν ἀδύνατον· οὐκ ἄρα ἔσονταί τινες τῶν Ν, Ξ, Μ, Ο ἐλάσσονες ἀριθμοὶ ἑξῆς ἀνάλογον[19] ἕν τε τοῖς τοῦ Α πρὸς τὸν Β καὶ τοῦ Γ πρὸς τὸν Δ· καὶ ἔτι τοῦ Ε πρὸς τὸν Ζ λόγοις· οἱ Ν, Ξ, Μ, Ο ἄρα ἑξῆς ἀνάλογον ἐλάχιστοί εἰσιν ἐν τοῖς[20] Α, Β, Γ, Δ, Ε, Ζ λόγοις. Ὅπερ ἔδει δεῖξαι.

Sint Η, Ρ, Σ, Τ. Et quoniam est ut Π ad Ρ ita Α ad Β, ipsi autem Α, Β minimi, ipsi vero minimi metiuntur æqualiter ipsos eamdem rationem habentes cum ipsis, et antecedens antecedentem, et consequens consequentem; ipse igitur Β ipsum Ρ metitur. Propter eadem utique et Γ ipsum Ρ metitur. Ipsi Β, Γ igitur ipsum Ρ metiuntur; et minimus igitur ab ipsis Β, Γ mensuratus ipsum Ρ metietur. Minimus autem ab ipsis Β, Γ mensuratus, est ipse Η; ipse Η igitur ipsum Ρ metitur. Et est ut Η ad Ρ ita Κ ad Σ; et Κ igitur ipsum Σ metitur. Metitur autem et Ε ipsum Σ; ipsi Ε, Κ igitur ipsum Σ metiuntur; et minimus igitur ab ipsis Ε, Κ mensuratus ipsum Σ metietur. Minimus autem ab ipsis Ε, Κ mensuratus, est ipse Μ; ipse Μ igitur ipsum Σ metitur, major minorem, quod est impossibile. Non igitur erunt aliqui ipsis Ν, Ξ, Μ, Ο minores numeri deinceps proportionales et in rationibus ipsius Α ad Β, et ipsius Γ ad Δ, et adhuc ipsius Ε ad Ζ; ipsi Ν, Ξ, Μ, Ο igitur deinceps proportionales minimi sunt in rationibus Α, Β, Γ, Δ, Ε, Ζ. Quod oportebat ostendere.

Π, Ρ, Σ, Τ. Puisque Π est à Ρ comme Α est Β, que Α, Β sont les plus petits, et que les plus petits mesurent également ceux qui ont la même raison avec eux, l'antécédent l'antécédent, et le conséquent le conséquent. (21. 7), le nombre Β mesurera Ρ. Par la même raison Γ mesurera Ρ; donc Β, Γ mesurent Ρ; donc le plus petit nombre mesuré par Β, Γ mesurera Ρ (37. 7). Mais le plus petit nombre mesuré par Β, Γ est Η; donc Η mesure Ρ. Mais Η est à Ρ comme Κ est à Σ (13. 7); donc Κ mesure Σ (déf. 20. 7); mais Ε mesure Σ; donc Ε, Κ mesurent Σ; donc le plus petit nombre mesuré par Ε, Κ mesurera Σ. Mais le plus petit nombre mesuré par Ε, Κ est Μ; donc Μ mesure Σ, le plus grand le plus petit, ce qui est impossibile; donc il n'y aura pas certains nombres plus petits que Ν, Ξ, Μ, Ο successivement proportionnels dans les raisons de Α à Β, de Γ à Δ, et de Ε à Ζ; donc Ν, Ξ, Μ, Ο sont les plus petits nombres qui soient successivement proportionnels dans les raisons de Α, Β, Γ, Δ, Ε, Ζ. Ce qu'il fallait démontrer.

ΠΡΟΤΑΣΙΣ έ.

Οἱ ἐπίπεδοι ἀριθμοὶ πρὸς ἀλλήλους λόγον ἔχουσι, τὸν συγκείμενον ἐκ τῶν πλευρῶν.

Ἐστωσαν ἐπίπεδοι ἀριθμοὶ οἱ Α, Β, καὶ τοῦ μὲν¹ Α πλευραὶ ἔστωσαν οἱ Γ, Δ ἀριθμοὶ, τοῦ δὲ Β οἱ Ε, Ζ· λέγω ὅτι ὁ Α πρὸς τὸν Β λόγον ἔχει τὸν συγκείμενον ἐκ τῶν πλευρῶν.

Λόγων γὰρ δοθέντων, τοῦ τε ὃν ἔχει ὁ Γ πρὸς τὸν Ε καὶ ὁ Δ πρὸς τὸν Ζ, εἰλήφθωσαν ἀριθμοὶ ἐξῆς ἐλάχιστοι ἐν τοῖς Γ, Ε, Δ, Ζ λόγοις, οἱ Η, Θ, Κ, ὥς τε εἶναι ὡς μὲν τὸν Γ πρὸς τὸν Ε οὕτως τὸν² Η πρὸς τὸν Θ, ὡς δὲ τὸν³ Δ πρὸς

PROPOSITIO V.

Plani numeri inter se rationem habent compositam ex lateribus.

Sint plani numeri Α, Β, et ipsius quidem Α latera sint Γ, Δ numeri, ipsius vero Β ipsi Ε, Ζ; dico Α ad Β rationem habere compositam ex lateribus.

Rationibus enim datis, et ipsâ quam habet Γ ad Ε, et Δ ad Ζ, sumantur numeri deinceps minimi in rationibus Γ, Ε, Δ, Ζ, ipsi Η, Θ, Κ, ita ut sit ut quidem Γ ad Ε ita Η ad Θ,

$$Α, 6. \qquad Β, 20.$$
$$Λ, 12.$$
$$Γ, 2. \qquad Δ, 3. \qquad Ε, 4. \qquad Ζ, 5.$$
$$Η, 3. \qquad Θ, 6. \qquad Κ, 10.$$

τὸν Ζ οὕτως τὸν Θ πρὸς τὸν Κ. Καὶ ὁ Δ⁴ τὸν Ε πολλαπλασιάσας τὸν Λ ποιείτω. Καὶ ἐπεὶ ὁ Δ τὸν μὲν Γ πολλαπλασιάσας τὸν Α πεποίηκε, τὸν δὲ Ε πολλαπλασιάσας τὸν Λ πεποίηκεν· ἔστιν ἄρα ὡς ὁ Γ πρὸς τὸν Ε οὕτως ὁ Α πρὸς τὸν Λ.

ut vero Δ ad Ζ ita Θ ad Κ. Et ipse Δ ipsum Ε multiplicans ipsum Λ faciat. Et quoniam Δ ipsum quidem Γ multiplicans ipsum Α fecit, ipsum vero Ε multiplicans ipsum Λ fecit; est igitur ut Γ ad Ε ita Α ad Λ. Ut autem Γ ad Ε ita Η ad Θ;

PROPOSITION V.

Les nombres plans ont entr'eux une raison composée des côtés.

Soient les nombres plans Α, Β; que Γ, Δ soient les côtés de Α, et Ε, Ζ les côtés de Β; je dis que Α a avec Β une raison composée des côtés.

La raison de Γ à Ε, et celle de Δ à Ζ étant données, soient pris les nombres Η, Θ, Κ qui soient successivement les plus petits dans les raisons de Γ, Ε, Δ, Ζ (4. 8), de manière que Γ soit à Ε comme Η est à Θ, et que Δ soit à Ζ comme Θ est à Κ. Que Δ multipliant Ε fasse Λ. Puisque Δ multipliant Γ fait Α, et que Δ multipliant Ε fait Λ, Γ est à Ε comme Α est à Λ (17. 7). Mais

Ὡς δὲ ὁ Γ πρὸς τὸν Ε οὕτως ὁ Η πρὸς τὸν Θ· καὶ ὡς ἄρα ὁ Η πρὸς τὸν Θ οὕτως ὁ Α πρὸς τὸν Λ. Πάλιν, ἐπεὶ ὁ Ε τὸν Δ πολλαπλασιάσας τὸν Λ πεποίηκεν, ἀλλὰ μὴν καὶ τὸν Ζ πολλαπλασιάσας τὸν Β πεποίηκεν· ἔστιν ἄρα ὡς ὁ Δ πρὸς τὸν Ζ οὕτως ὁ Λ πρὸς τὸν Β. Ἀλλ' ὡς ὁ Δ πρὸς τὸν Ζ οὕτως ὁ Θ πρὸς τὸν Κ· καὶ ὡς ἄρα ὁ Θ πρὸς τὸν Κ οὕτως ὁ Λ πρὸς τὸν Β. Ἐδείχθη δὲ καὶ ὡς ὁ Η πρὸς τὸν Θ οὕτως ὁ Α πρὸς τὸν Λ· δι'ἴσου ἄρα ἐστὶν ὡς ὁ Η πρὸς τὸν Κ οὕτως⁵ ὁ Α πρὸς τὸν Β. Ὁ δὲ Η πρὸς τὸν Κ λόγον ἔχει τὸν συγκείμενον ἐκ τῶν πλευρῶν· καὶ ὁ Α ἄρα πρὸς τὸν Β λόγον ἔχει τὸν συγκείμενον ἐκ τῶν πλευρῶν. Ὅπερ ἔδει δεῖξαι.

Ἐὰν ὦσιν ὁποσοιοῦν ἀριθμοὶ ἑξῆς ἀνάλογον, ὁ δὲ πρῶτος τὸν δεύτερον μὴ μετρεῖ· οὐδὲ ἄλλος οὐδεὶς οὐδένα μετρήσει.

Ἔστωσαν ὁποσοιοῦν ἀριθμοὶ ἑξῆς ἀνάλογον, οἱ Α, Β, Γ, Δ, Ε, ὁ δὲ Α τὸν Β μὴ μετρείτω· λέγω ὅτι οὐδὲ ἄλλος οὐδεὶς οὐδένα μετρήσει.

et ut igitur H ad Θ ita A ad Λ. Rursus, quoniam E ipsum Δ multiplicans ipsum Λ fecit, sed autem et ipsum Z multiplicans ipsum B fecit; est igitur ut Δ ad Z ita Λ ad B. Sed ut Δ ad Z ita Θ ad K; et ut igitur Θ ad K ita Λ ad B. Ostensum est autem ut H ad Θ ita A ad Λ; ex æquo igitur est ut H ad K ita A ad B. Ipse autem H ad K rationem habet compositam ex lateribus; et A igitur ad B rationem habet compositam ex lateribus. Quod oportebat ostendere.

PROPOSITIO VI.

Si sint quotcunque numeri deinceps proportionales, primus autem secundum non metiatur, neque alius aliquis ullum metietur.

Sint quotcunque numeri deinceps proportionales A, B, Γ, Δ, E, ipse autem A ipsum B non metiatur; dico neque alium aliquem ullum mensurum esse.

Γ est à E comme H et à Θ; donc H est à Θ comme A est à Λ. De plus, puisque E multipliant Δ fait Λ, et que E multipliant Z fait B, Δ est à Z comme Λ est à B. Mais Δ est à Z comme Θ est à K; donc Θ est à K comme Λ est à B. Mais on a démontré que H est à Θ comme A est à Λ; donc, par égalité, H est à K comme A est à B (14. 7); mais H a avec K une raison composée des côtés; donc A a avec B une raison composée des côtés. Ce qu'il fallait démontrer.

PROPOSITION VI.

Si tant de nombres qu'on voudra sont successivement proportionnels, et si le premier ne mesure pas le second, aucun autre n'en mesure un autre.

Soient A, B, Γ, Δ, E tant de nombres successivement proportionnels qu'on voudra, et que A ne mesure pas B; je dis qu'aucun autre n'en mesurera un autre.

Ὅτι μὲν οὖν οἱ Α, Β, Γ, Δ, Ε ἑξῆς ἀλλήλους οὐ μετροῦσι, φανερόν. Οὐδὲ γὰρ ὁ Α τὸν Β μετρεῖ. Λέγω δὴ ὅτι οὐδὲ ἄλλος οὐδεὶς οὐδένα μετρήσει. Εἰ γὰρ δυνατὸν, μετρείτω ὁ Α τὸν Γ. Καὶ ὅσοι εἰσὶν οἱ Α, Β, Γ τοσοῦτοι εἰλήφθωσαν ἐλάχιστοι ἀριθμοὶ τῶν τὸν αὐτὸν λόγον ἐχόντων τοῖς Α, Β, Γ, οἱ Ζ, Η, Θ. Καὶ ἐπεὶ οἱ Ζ, Η, Θ ἐν τῷ αὐτῷ λόγῳ εἰσὶ τοῖς Α, Β, Γ, καί ἐστιν ἴσον· τὸ

Et quidem ipsos A, B, Γ, Δ, E deinceps nou se se metiri evidens est. Non enim A ipsum B metitur. Dico etiam neque alium aliquem ullum mensurum esse. Si enim possibile, metiatur A ipsum Γ. Et quot sunt A, B, Γ tot sumantur minimi numeri ipsorum eamdem rationem habentium cum ipsis A, B, Γ, ipsi Z, H, Θ. Et quoniam Z, H, Θ in eâdem ratione sunt cum

| A, 16. | B, 24. | Γ, 36. | Δ, 54. | E, 81. |
| Z, 4. | H, 6. | Θ, 9. | | |

πλῆθος τῶν Α, Β, Γ τῷ πλήθει τῶν Ζ, Η, Θ· δι᾽ ἴσου ἄρα ἐστὶν ὡς ὁ Α πρὸς τὸν Γ οὕτως ὁ Ζ πρὸς τὸν Θ. Καὶ ἐπεί ἐστιν ὡς ὁ Α πρὸς τὸν Β οὕτως ὁ Ζ πρὸς τὸν Η, οὐ μετρεῖ δὲ ὁ Α τὸν Β· οὐ μετρεῖ ἄρα οὐδὲ ὁ Ζ τὸν Η· οὐκ ἄρα μονάς ἐστιν ὁ Ζ, ἡ γὰρ μονὰς πάντα ἀριθμὸν μετρεῖ[2], καί εἰσιν οἱ Ζ, Θ πρῶτοι πρὸς ἀλλήλους· οὐδὲ ὁ Ζ ἄρα τὸν Θ μετρεῖ[3]. Καὶ ἔστιν ὡς ὁ Ζ πρὸς τὸν Θ οὕτως ὁ Α πρὸς τὸν Γ· οὐδὲ ὁ Α ἄρα τὸν Γ μετρεῖ. Ὁμοίως δὴ δείξομεν ὅτι οὐδὲ ἄλλος οὐδεὶς οὐδένα μετρεῖ. Ὅπερ ἔδει δεῖξαι.

ipsis A, B, Γ, et est æqualis multitudo ipsorum A, B, Γ multitudini ipsorum Z, H, Θ; ex æquo igitur est ut A ad Γ ita Z ad Θ. Et quoniam est ut A ad B ita Z ad H, non metitur autem A ipsum B; non metitur igitur et Z ipsum H; non igitur unitas est Z, unitas enim omnem numerum metitur, et sunt Z, Θ primi inter se; neque Z igitur ipsum Θ metitur. Et est ut Z ad Θ ita A ad Γ; neque A igitur ipsum Γ metitur. Similiter utique ostendemus neque alium aliquem ullum metiri. Quod oportebat ostendere.

Il est certainement évident que les nombres A, B, Γ, Δ, E ne se mesurent point successivement les uns les autres, puisque A ne mesure pas B. Je dis de plus qu'aucun autre n'en mesure un autre; car que A mesure Γ, si cela est possible. Autant qu'il y a de nombres A, B, Γ, autant soient pris de nombres qui soient les plus petits de ceux qui ont la même raison avec A, B, Γ (35. 7), et que ces nombres soient Z, H, Θ. Puisque les nombres Z, H, Θ sont dans la même raison que A, B, Γ, et que la quantité des nombres A, B, Γ est la même que la quantité des nombres Z, H, Θ, par égalité A est à Γ comme Z est à Θ (14. 7). Et puisque A est à B comme Z est à H, et que A ne mesure pas B, Z ne mesure pas H (20. déf. 7); donc Z n'est pas l'unité, parce que l'unité mesure tous les nombres (déf. 1. 7); donc Z, Θ sont premiers entr'eux; donc Z ne mesure pas Θ (déf. 12. 7.). Mais Z est à Θ comme A est à Γ; donc A ne mesure pas Γ. Nous démontrerons semblablement qu'aucun autre n'en mesure un autre. Ce qu'il fallait démontrer.

ΠΡΟΤΑΣΙΣ ζ.

Ἐὰν ὦσιν ὁποσοιοῦν ἀριθμοὶ ἑξῆς ἀνάλογον,
ὁ δὲ πρῶτος τὸν ἔσχατον μετρεῖ· καὶ τὸν δεύτερον μετρήσει.

Ἔστωσαν ὁποσοιοῦν ἀριθμοὶ ἑξῆς ἀνάλογον, οἱ
Α, Β, Γ, Δ, ὁ δὲ Α τὸν Δ μετρείτω· λέγω ὅτι
καὶ ὁ Α τὸν Β μετρεῖ.

Α, 2. Β, 4. Γ, 8.

Εἰ γὰρ οὐ¹ μετρεῖ ὁ Α τὸν Β, οὐδὲ ἄλλος
οὐδεὶς οὐδένα μετρήσει². Μετρεῖ δὲ ὁ Α τὸν Δ·
μετρεῖ ἄρα καὶ ὁ Α τὸν Β. Ὅπερ ἔδει δεῖξαι.

ΠΡΟΤΑΣΙΣ ή.

Ἐὰν δύο ἀριθμῶν μεταξὺ κατὰ τὸ συνεχὲς
ἀνάλογον ἐμπίπτωσιν ἀριθμοί· ὅσοι εἰς αὐτοὺς
μεταξὺ κατὰ τὸ συνεχὲς ἀνάλογον ἐμπίπτουσιν
ἀριθμοί, τοσοῦτοι καὶ εἰς τοὺς τὸν αὐτὸν λόγον
ἔχοντας αὐτοῖς¹ μεταξὺ κατὰ τὸ συνεχὲς ἀνάλογον ἐμπεσοῦνται.

PROPOSITIO VII.

Si sint quotcunque numeri deinceps proportionales, primus autem extremum metiatur,
et secundum metietur.

Sint quotcunque numeri deinceps proportionales A, B, Γ, Δ, ipse autem A ipsum Δ metiatur; dico et A ipsum B metiri.

Δ, 16.

Si enim non metitur A ipsum B, neque alius
aliquis ullum metietur. Metitur autem A ipsum
Δ; metitur igitur et A ipsum B. Quod oportebat ostendere.

PROPOSITIO VIII.

Si duos inter numeros in continuum proportionales cadant numeri, quot inter eos in
continuum proportionales cadunt numeri, totidem et inter illos eamdem rationem habentes
in continuum proportionales cadent.

PROPOSITION VII.

Si tant de nombres qu'on voudra sont successivement proportionnels, et si
le premier mesure le dernier, il mesurera le second.

Soient A, B, Γ, Δ tant de nombres successivement proportionnels qu'on
voudra, et que A mesure Δ; je dis que A mesure B.

Car si A ne mesure pas B, aucun autre n'en mesurera un autre (6. 8); mais
A mesure Δ; donc A mesure B. Ce qu'il fallait démontrer.

PROPOSITION VIII.

Si entre deux nombres tombent des nombres successivement proportionnels, il
tombera autant de nombres moyens proportionnels entre deux autres nombres qui
ont la même raison que les premiers, qu'il en tombe entre les deux premiers.

Δύο γὰρ ἀριθμῶν τῶν Α, Β μεταξὺ κατὰ τὸ συνεχὲς ἀνάλογον ἐμπιπτέτωσαν ἀριθμοὶ, οἱ Γ, Δ, καὶ πεποιήσθω ὡς ὁ Α πρὸς τὸν Β οὕτως ὁ Ε πρὸς τὸν Ζ· λέγω ὅτι ὅσοι εἰς τοὺς Α, Β μεταξὺ κατὰ τὸ συνεχὲς ἀνάλογον ἐμπεπτώκασιν ἀριθμοὶ, τοσοῦτοι καὶ εἰς τοὺς Ε, Ζ μεταξὺ κατὰ τὸ συνεχὲς ἀνάλογον ἐμπεσοῦνται.

Duos enim inter numeros A, B in continuum proportionales cadant numeri Γ, Δ, et fiat ut A ad B ita E ad Z; dico quot inter A, B in continuum proportionales cadunt numeri, totidem et inter E, Z in continuum proportionales casuros esse numeros.

A, 2.	Γ, 4.	Δ, 8.	B, 16.
H, 1.	Θ, 2.	K, 4.	Λ, 8.
E, 5.	M, 6.	N, 12.	Z, 24.

Ὅσοι γάρ εἰσι τῷ πλήθει οἱ Α, Γ, Δ, Β, τοσοῦτοι εἰλήφθωσαν οἱ² ἐλάχιστοι ἀριθμοὶ τῶν τὸν αὐτὸν λόγον ἐχόντων τοῖς Α, Γ, Δ, Β, οἱ Η, Θ, Κ, Λ· οἱ ἄρα ἄκροι αὐτῶν οἱ Η, Λ πρῶτοι πρὸς ἀλλήλους εἰσί. Καὶ ἐπεὶ οἱ Α, Γ, Δ, Β τοῖς Η, Θ, Κ, Λ ἐν τῷ αὐτῷ λόγῳ εἰσὶ, καὶ ἔστιν ἴσον τὸ πλῆθος τῶν Α, Γ, Β, Δ τῷ πλήθει τῶν Η, Θ, Κ, Λ· δι᾽ ἴσου ἄρα ἐστὶν ὡς ὁ Α πρὸς τὸν Β οὕτως ὁ Η πρὸς τὸν Λ. Ὡς δὲ ὁ Α πρὸς τὸν Β οὕτως ὁ Ε πρὸς τὸν Ζ· καὶ ὡς ἄρα ὁ Η πρὸς τὸν Λ οὕτως ὁ Ε πρὸς τὸν Ζ. Οἱ δὲ Η, Λ πρῶτοι, οἱ δὲ πρῶτοι καὶ ἐλάχιστοι, οἱ δὲ

Quot enim sunt in multitudine ipsi A, Γ, Δ, B totidem sumantur minimi numeri eorum eamdem rationem habentium cum ipsis A, Γ, Δ, B, ipsi H, Θ, K, Λ; ergo extremi eorum H, Λ primi inter se sunt. Et quoniam A, Γ, Δ, B cum ipsis H, Θ, K, Λ in eâdem ratione sunt, atque est æqualis multitudo ipsorum A, Γ, B, Δ multitudini ipsorum H, Θ, K, Λ; ex æquo igitur est ut A ad B ita H ad Λ. Ut autem A ad B ita E ad Z; et ut igitur H ad Λ ita E ad Z. Ipsi autem H, Λ primi, primi vero et minimi, minimi autem numeri metiuntur æqua-

Qu'entre les deux nombres A, B tombent les nombres moyens proportionnels Γ, Δ, et soit fait en sorte que A soit à B comme E est à Z ; je dis qu'il tombera entre E, Z autant de nombres moyens proportionnels qu'il en tombe entre les deux premiers A, B.

Autant qu'il y a de nombres A, Γ, Δ, B, autant soient pris de nombres qui soient les plus petits de ceux qui ont la même raison avec A, Γ, Δ, B (35. 7) ; et que ces nombres soient H, Θ, K, Λ ; leurs extrêmes H, Λ seront premiers entr'eux (3. 8). Et puisque les nombres A, Γ, Δ, B sont en même raison que H, Θ, K, Λ, et que la quantité des nombres A, Γ, B, Δ est égale à la quantité des nombres H, Θ, K, Λ, par égalité A sera à B comme H est à Λ (14. 7). Mais A est à B comme E est à Z ; donc H est à Λ comme E est à Z. Mais les nombres H, Λ sont premiers entr'eux, et les nombres premiers sont les plus

ἐλάχιστοι ἀριθμοὶ μετροῦσι τοὺς τὸν αὐτὸν λόγον
ἔχοντας ἰσάκις, ὅ, τε μείζων τὸν μείζονα καὶ ὁ
ἐλάσσων τὸν ἐλάσσονα· τουτέστιν ὁ ἡγούμενος
τὸν ἡγούμενον, καὶ ὁ ἑπόμενος τὸν ἑπόμενον.
Ἰσάκις ἄρα ὁ Η τὸν Ε μετρεῖ, καὶ ὁ Λ τὸν Ζ·
ὁσάκις δὴ[3] ὁ Η τὸν Ε μετρεῖ τοσαυτάκις καὶ
ἑκάτερος τῶν Θ, Κ ἑκάτερον τῶν Μ, Ν μετρείτω·
οἱ Η, Θ, Κ, Λ ἄρα τοὺς Ε, Μ, Ν, Ζ ἰσάκις
μετροῦσιν· οἱ Η, Θ, Κ, Λ ἄρα τοῖς Ε, Μ,
Ν, Ζ ἐν τῷ αὐτῷ λόγῳ εἰσίν. Ἀλλὰ οἱ Η, Θ,
Κ, Λ τοῖς Α, Γ, Δ, Β ἐν τῷ αὐτῷ λόγῳ εἰσίν[4]· οἱ
Α, Γ, Δ, Β ἄρα τοῖς Ε, Μ, Ν, Ζ ἐν τῷ αὐτῷ λόγῳ
εἰσίν. Οἱ δὲ Α, Γ, Δ, Β ἑξῆς ἀνάλογόν εἰσι· καὶ
οἱ Ε, Μ, Ν, Ζ ἄρα ἑξῆς ἀνάλογόν εἰσιν[5]· ὅσοι
ἄρα εἰς τοὺς Α, Β μεταξὺ κατὰ τὸ συνεχὲς
ἀνάλογον ἐμπεπτώκασιν ἀριθμοί, τοσοῦτοι καὶ
εἰς τοὺς Ε, Ζ μεταξὺ κατὰ τὸ συνεχὲς ἀνάλογον
ἐμπεσοῦνται ἀριθμοί. Ὅπερ ἔδει δεῖξαι.

liter ipsos eamdem rationem habentes, et major
majorem, et minor minorem, hoc est antecedens antecedentem, et consequens consequentem. Æqualiter igitur H ipsum E metitur ac Λ
ipsum Z. Quoties autem H ipsum E metitur,
toties et uterque ipsorum Θ, Κ utrumque ipsorum M, N metiatur; ipsi H, Θ, K, Λ igitur
ipsos E, M, N, Z æqualiter metiuntur; ergo H,
Θ, K, Λ cum ipsis E, M, N, Z in eâdem ratione
sunt. Sed H, Θ, K, Λ cum ipsis A, Γ, Δ, B in
eâdem ratione sunt; ipsi A, Γ, Δ, B igitur cum
ipsis E, M, N, Z in eâdem ratione sunt. Ipsi autem
A, Γ, Δ, B deinceps proportionales sunt; et E, M,
N, Z igitur deinceps proportionales sunt; quot
igitur inter A, B in continuum proportionales
cadunt numeri, totidem inter et ipsos E, Z in
continuum proportionales cadent numeri. Quod
oportebat ostendere.

petits (23. 7), et les plus petits nombres mesurent également ceux qui ont la
même raison avec eux, le plus grand le plus grand, le plus petit le plus petit;
c'est-à-dire l'antécédent l'antécédent, et le conséquent le conséquent (21. 7);
donc н mesure е autant de fois que λ mesure z. Que les nombres Θ, κ mesurent
les nombres м, n autant de fois que н mesure е; les nombres н, Θ, κ, λ
mesureront également е, м, n, z; donc les nombres н, Θ, κ, λ sont en même
raison que е, м, n, z (déf. 20. 7). Mais les nombres н, Θ, κ, λ sont en même
raison que les nombres а, г, δ, в; donc les nombres а, г, δ, в sont en même
raison que е, м, n, z. Mais les nombres а, г, δ, в sont successivement proportionnels; donc les nombres е, м, n, z sont successivement proportionnels; donc
il tombe entre е, z autant de nombres successivement proportionnels qu'il en
tombe entre а, в. Ce qu'il fallait démontrer.

II.   3

ΠΡΟΤΑΣΙΣ θ'.

Ἐὰν δύο ἀριθμοὶ πρῶτοι πρὸς ἀλλήλους ὦσι, καὶ εἰς αὐτοὺς μεταξὺ κατὰ τὸ συνεχὲς ἀνάλογον ἐμπίπτωσιν ἀριθμοί· ὅσοι εἰς αὐτοὺς μεταξὺ κατὰ τὸ συνεχὲς ἀνάλογον ἐμπίπτουσιν ἀριθμοὶ, τοσοῦτοι καὶ ἑκατέρου αὐτῶν καὶ μονάδος[1] μεταξὺ κατὰ τὸ συνεχὲς ἀνάλογον ἐμπεσοῦνται.

Ἔστωσαν δύο ἀριθμοὶ πρῶτοι πρὸς ἀλλήλους, οἱ Α, Β, καὶ εἰς αὐτοὺς μεταξὺ[2] κατὰ τὸ συνεχὲς ἀνάλογον ἐμπιπτέτωσαν οἱ Γ, Δ, καὶ

PROPOSITIO IX.

Si duo numeri primi inter se sunt, et inter ipsos in continuum proportionales cadunt numeri, quot inter ipsos in continuum proportionales cadunt numeri, totidem inter utrumque ipsorum, et unitatem deinceps in continuum proportionales cadent.

Sint duo numeri primi inter se A, B, et inter ipsos in continuum proportionales cadant Γ, Δ,

Α, 8.	Γ, 12.	Δ, 18.	Β, 27.
	Ε, 1.		
	Ζ, 2.	Η, 3.	
	Θ, 4.	Κ, 6.	Λ, 9.
Μ, 8.	Ν, 12.	Ξ, 18.	Ο, 27.

ἐκκείσθω ἡ Ε μονάς· λέγω ὅτι ὅσοι εἰς τοὺς Α, Β μεταξὺ κατὰ τὸ συνεχὲς ἀνάλογον ἐμπεπτώκασιν ἀριθμοὶ, τοσοῦτοι καὶ ἑκατέρου τῶν Α, Β καὶ τῆς[3] μονάδος μεταξὺ κατὰ τὸ συνεχὲς ἀνάλογον ἐμπεσοῦνται.

et exponatur E unitas; dico quot inter A, B in continuum proportionales cadunt numeri, totidem et inter utrumque A, B et unitatem in continuum proportionales cadere.

PROPOSITION IX.

Si deux nombres sont premiers entr'eux, et s'il tombe entr'eux des nombres successivement proportionnels, il tombera entre chacun de ces nombres et l'unité autant de nombres successivement proportionnels qu'il en tombe entre les deux premiers nombres.

Soient deux nombres A, B premiers entr'eux, et qu'entre ces deux nombres il tombe les deux nombres successivement proportionnels Γ, Δ; et soit E l'unité; je dis qu'entre chacun des nombres A, B il tombera autant de nombres successivement proportionnels qu'il en tombe entre A, B et l'unité.

Εἰλήφθωσαν γὰρ δύο μὲν ἀριθμοὶ ἐλάχιστοι
ἐν τῷ τῶν Α, Γ, Δ, Β λόγῳ ὄντες, οἱ Ζ, Η,
τρεῖς δὲ οἱ Θ, Κ, Λ, καὶ ἀεὶ ἑξῆς ἑνὶ πλείους
ἴως ἂν ἴσον γένηται τὸ πλῆθος αὐτῶν τῷ πλήθει
τῶν Α, Γ, Δ, Β, εἰλήφθωσαν, καὶ ἔστωσαν οἱ
Μ, Ν, Ξ, Ο· φανερὸν δὴ ὅτι ὁ μὲν Ζ ἑαυτὸν
πολλαπλασιάσας τὸν Θ πεποίηκε, τὸν δὲ Θ
πολλαπλασιάσας τὸν Μ πεποίηκε, καὶ ὁ Η
ἑαυτὸν μὲν πολλαπλασιάσας τὸν Λ πεποίηκε,
τὸν δὲ Λ πολλαπλασιάσας τὸν Ο πεποίηκε. Καὶ
ἐπεὶ οἱ Μ, Ν, Ξ, Ο ἐλάχιστοί εἰσι τῶν τὸν
αὐτὸν λόγον ἐχόντων τοῖς Ζ, Η, εἰσὶ δὲ καὶ οἱ
Α, Γ, Δ, Β ἐλάχιστοι τῶν τὸν αὐτὸν λόγον
ἐχόντων τοῖς Ζ, Η, καὶ ἐστιν ἴσον τὸ πλῆθος
τῶν Μ, Ν, Ξ, Ο τῷ πλήθει τῶν Α, Γ, Δ, Β·
ἕκαστος ἄρα τῶν Μ, Ν, Ξ, Ο ἑκάστῳ τῶν Α,
Γ, Δ, Β ἴσος ἐστίν· ἴσος ἄρα ἐστὶν ὁ μὲν Μ τῷ
Α, ὁ δὲ Ο τῷ Β. Καὶ ἐπεὶ ὁ Ζ ἑαυτὸν πολλαπλασιάσας τὸν Θ πεποίηκεν· ὁ Ζ ἄρα τὸν Θ
μετρεῖ κατὰ τὰς ἐν τῷ Ζ μονάδας. Μετρεῖ δὲ
καὶ ἡ Ε μονὰς τὸν Ζ κατὰ τὰς ἐν αὐτῷ μονάδας·
ἰσάκις ἄρα ἡ Ε μονὰς τὸν ἀριθμὸν μετρεῖ καὶ
ὁ Ζ τὸν Θ· ἔστιν ἄρα ὡς ἡ Ε μονὰς πρὸς τὸν Ζ

Sumantur enim duo quidem numeri minimi
Z, H in ipsorum A, Γ, Δ, B ratione existentes,
tres vero Θ, K, Λ, et semper deinceps uno
plures quoad æqualis fiat multitudo eorum
multitudini ipsorum A, Γ, Δ, B; sumantur, et
sint M, N, Ξ, O; evidens est utique Z quidem
se ipsum multiplicantem ipsum Θ fecisse, multiplicantem vero Θ fecisse M, et H se ipsum
quidem multiplicantem fecisse Λ, multiplicantem vero Λ fecisse O. Et quoniam M, N, Ξ, O
minimi sunt eamdem rationem habentium cum
ipsis Z, H, sunt autem et A, Γ, Δ, B minimi
eamdem rationem habentium cum ipsis Z, H,
et est æqualis multitudo ipsorum M, N, Ξ, O
multitudini ipsorum A, Γ, Δ, B; unusquisque
igitur ipsorum M, N, Ξ, O unicuique ipsorum
A, Γ, Δ, B æqualis est; æqualis igitur est ipse
quidem M ipsi A, ipse vero O ipsi B. Et quoniam Z se ipsum multiplicans ipsum Θ fecit,
ergo Z ipsum Θ metitur per unitates quæ in Z.
Metitur autem et E unitas ipsum Z per unitates
quæ in ipso; æqualiter igitur E unitas ipsum Z
numerum metitur ac Z ipsum Θ; est igitur ut E

Soient pris les deux plus petits nombres z, h dans la raison des nombres A, г,
Δ, в (2. 8); ensuite trois Θ, κ, λ, et toujours successivement un de plus jusqu'à ce
que leur quantité soit égale à celle des nombres A, г, Δ, в; que ces nombres soient
pris, et qu'ils soient м, n, ξ, o; il est évident que z se multipliant lui-même a
fait Θ, que z multipliant Θ a fait м, que н se multipliant lui-même a fait λ,
et que н multipliant λ a fait o (2. 8). Puisque les nombres м, n, ξ, o
sont les plus petits de ceux qui ont la même raison que z, н, que les nombres
A, г, Δ, в sont aussi les plus petits de ceux qui ont la même raison que z,
н, et que la quantité des nombres м, n, ξ, o est égale à celle des nombres
A, г, Δ, в, chacun des nombres м, n, ξ, o est égal à chacun des nombres
A, г, Δ, в; donc м est égal à A et o à в. Et puisque z se multipliant lui-même
a fait Θ, z mesure Θ par les unités qui sont en z. Mais l'unité ε mesure z par les
unités qui sont en z; donc l'unité ε mesure z autant de fois que z mesure Θ; donc
l'unité ε est au nombre z comme z est à Θ (déf. 20. 7). De plus, puisque z multi-

ἀριθμὸν οὕτως ὁ Ζ πρὸς τὸν Θ. Πάλιν, ἐπεὶ ὁ Ζ
τὸν Θ πολλαπλασιάσας τὸν Μ πεποίηκεν· ὁ Θ
ἄρα τὸν Μ μετρεῖ κατὰ τὰς ἐν τῷ Ζ μονάδας. Μετρεῖ δὲ καὶ ἡ Ε μονὰς τὸν Ζ ἀριθμὸν
κατὰ τὰς ἐν αὐτῷ μονάδας· ἰσάκις ἄρα ἡ Ε
μονὰς τὸν Ζ ἀριθμὸν μετρεῖ καὶ ὁ Θ τὸν Μ·
ἔστιν ἄρα ὡς ἡ Ε μονὰς πρὸς τὸν Ζ ἀριθμὸν
οὕτως ὁ Θ πρὸς τὸν Μ. Ἐδείχθη δὲ καὶ ὡς ἡ Ε
μονὰς πρὸς τὸν Ζ ἀριθμὸν οὕτως ὁ Ζ πρὸς τὸν Θ·
καὶ ὡς ἄρα ἡ Ε μονὰς πρὸς τὸν Ζ ἀριθμὸν οὕτως

unitas ad Z numerum ita Z ad Θ. Rursus, quoniam Z ipsum Θ multiplicans ipsum M fecit;
ergo Θ ipsum M metitur per unitates quæ in Z.
Metitur autem et E unitas ipsum Z numerum
per unitates quæ in ipso; æqualiter igitur E
unitas ipsum Z numerum metitur ac Θ ipsum
M; est igitur ut E unitas ad Z numerum ita
Θ ad M. Ostensum est autem et ut E unitas
ad Z numerum ita Z ad Θ; et ut igitur E unitas

$$\text{Α, 8.} \quad \text{Γ, 12.} \quad \text{Δ, 18.} \quad \text{Β, 27.}$$
$$\text{Ε, 1.}$$
$$\text{Ζ, 2.} \quad \text{Η, 3.}$$
$$\text{Θ, 4.} \quad \text{Κ, 6.} \quad \text{Λ, 9.}$$
$$\text{Μ, 8.} \quad \text{Ν, 12.} \quad \text{Ξ, 18.} \quad \text{Ο, 27.}$$

ὁ Ζ πρὸς τὸν Θ καὶ ὁ Θ πρὸς τὸν Μ. Ἴσος δὲ ὁ
Μ τῷ Λ· ἔστιν ἄρα ὡς ἡ Ε μονὰς πρὸς τὸν Ζ
ἀριθμὸν οὕτως ὁ Ζ πρὸς τὸν Θ καὶ ὁ Θ πρὸς τὸν
Λ. Διὰ τὰ αὐτὰ δὴ καὶ ὡς ἡ Ε μονὰς πρὸς τὸν Η
ἀριθμὸν οὕτως ὁ Η πρὸς τὸν Λ καὶ ὁ Λ πρὸς
τὸν Β· ὅσοι ἄρα εἰς τοὺς Α, Β μεταξὺ κατὰ τὸ
συνεχὲς ἀνάλογον ἐμπεπτώκασιν ἀριθμοὶ, τοσοῦτοι καὶ ἑκατέρου τῶν Α, Β καὶ μονάδος τῆς Ε
μεταξὺ κατὰ τὸ συνεχὲς ἀνάλογον ἐμπεπτώκασιν ἀριθμοί. Ὅπερ ἔδει δεῖξαι.

ad Z numerum ita Z ad Θ et Θ ad M. Æqualis
autem M ipsi Λ; est igitur ut E unitas ad Z
numerum ita Z ad Θ et Θ ad Λ. Propter
eadem utique et ut E unitas ad H numerum
ita H ad Λ et Λ ad B; quot igitur inter Λ, B
in continuum proportionales cadunt numeri,
totidem et inter utrumque ipsorum Λ, B et
unitatem E in continuum proportionales cadent
numeri. Quod oportebat ostendere.

pliant Θ a fait M, le nombre Θ mesure M par les unités qui sont en Z. Mais l'unité
E mesure le nombre Z par les unités qui sont en lui; donc l'unité E mesure Z
autant de fois que Θ mesure M; donc l'unité E est au nombre Z comme Θ est
à M. Mais on a démontré que l'unité E est au nombre Z comme Z est à Θ;
donc l'unité E est au nombre Z comme Z est à Θ, et comme Θ est à M. Mais M
égale Λ; donc l'unité E est au nombre Z comme Z est à Θ, et comme Θ est à Λ.
Par la même raison l'unité E est au nombre H comme H est à Λ, et comme Λ
est à B; il tombe donc entre chacun des nombres Λ, B, et l'unité E, autant
de nombres successivement proportionnels qu'il en tombe entre Λ, B. Ce qu'il
fallait démontrer.

ΠΡΟΤΑΣΙΣ ί.

PROPOSITIO X.

Ἐὰν δύο ἀριθμῶν[1] καὶ μονάδος μεταξὺ κατὰ τὸ συνεχὲς ἀνάλογον ἐμπίπτωσιν ἀριθμοί· ὅσοι ἑκατέρου αὐτῶν καὶ μονάδος[2] μεταξὺ κατὰ τὸ συνεχὲς ἀνάλογον ἐμπίπτουσιν ἀριθμοί, τοσοῦτοι καὶ εἰς αὐτοὺς μεταξὺ κατὰ τὸ συνεχὲς ἀνάλογον ἐμπεσοῦνται.

Δύο γὰρ ἀριθμῶν τῶν Α, Β καὶ μονάδος τῆς Γ μεταξὺ κατὰ τὸ συνεχὲς ἀνάλογον ἐμπιπτέτωσαν ἀριθμοὶ οἵ τε[3] Δ, Ε καὶ οἱ Ζ, Η· λέγω ὅτι ὅσοι ἑκατέρου τῶν Α, Β καὶ μονάδος τῆς Γ μεταξὺ κατὰ τὸ συνεχὲς ἀνάλογον ἐμπεπτώκασιν ἀριθμοί, τοσοῦτοι καὶ εἰς τοὺς Α, Β μεταξὺ κατὰ τὸ συνεχὲς ἀνάλογον ἐμπεσοῦνται.

Si inter duos numeros et unitatem in continuum proportionales cadunt numeri, quot inter utrumque ipsorum et unitatem in continuum proportionales cadunt numeri, totidem et inter ipsos in continuum proportionales cadent.

Duos enim inter numeros Α, Β et unitatem Γ in continuum proportionales cadant numeri et Δ, Ε et Ζ, Η; dico quot inter utrumque ipsorum Α, Β et unitatem Γ in continuum proportionales cadunt numeri, totidem et inter Α, Β numeros in continuum proportionales cadere.

Α, 8. Κ, 12. Λ, 18. Β, 27.
Ε, 4. Θ, 6. Η, 9.
Δ, 2. Ζ, 5.
Γ, 1.

Ὁ Δ γὰρ τὸν Ζ πολλαπλασιάσας τὸν Θ ποιείτω, ἑκάτερος δὲ τῶν Δ, Ζ τὸν Θ πολλαπλασιάσας ἑκάτερον τῶν Κ, Λ ποιείτω.

Ipse Δ enim ipsum Ζ multiplicans ipsum Θ faciat, uterque autem ipsorum Δ, Ζ ipsum Θ multiplicans utrumque ipsorum Κ, Λ faciat.

PROPOSITION X.

Si entre deux nombres et l'unité il tombe des nombres successivement proportionnels, il tombe entre les deux premiers nombres autant de nombres successivement proportionnels qu'il en tombe entre chacun des premiers et l'unité.

Qu'entre les nombres Α, Β, et l'unité Γ, il tombe les nombres successivement proportionnels Δ, Ε et Ζ, Η; je dis qu'entre Α, Β il tombera autant de nombres successivement proportionnels qu'il en tombe entre chacun des nombres Α, Β et l'unité Γ.

Car que Δ multipliant Ζ fasse Θ, et que chacun des nombres Δ, Ζ multipliant Θ fasse Κ, Λ.

Καὶ ἐπεί ἐστιν ὡς ἡ Γ μονὰς πρὸς τὸν Δ ἀριθμὸν οὕτως ὁ Δ πρὸς τὸν Ε, ἰσάκις ἄρα ἡ Γ μονὰς τὸν Δ ἀριθμὸν μετρεῖ καὶ ὁ Δ τὸν Ε. Ἡ δὲ Γ μονὰς τὸν Δ ἀριθμὸν μετρεῖ κατὰ τὰς ἐν τῷ Δ μονάδας· καὶ ὁ Δ ἄρα τὸν Ε μετρεῖ κατὰ τὰς ἐν τῷ Δ μονάδας· ὁ Δ ἄρα ἑαυτὸν πολλαπλασιάσας τὸν Ε πεποίηκε. Πάλιν, ἐπεί ἐστιν ὡς ἡ Γ μονὰς πρὸς τὸν Δ ἀριθμὸν οὕτως ὁ Ε πρὸς τὸν Α· ἰσάκις ἄρα ἡ Γ μονὰς τὸν Δ ἀριθμὸν μετρεῖ

Et quoniam est ut Γ unitas ad Δ numerum ita Δ ad E, æqualiter igitur Γ unitas ipsum Δ numerum metitur ac Γ ipsum E. Unitas autem Γ ipsum Δ numerum metitur per unitates quæ in Δ; et Δ igitur ipsum E metitur per unitates quæ in Δ; ergo Δ se ipsum multiplicans ipsum E fecit. Rursus, quoniam est ut Γ unitas ad Δ numerum ita E ad Α; æqualiter igitur Γ

A, 8. K, 12. Λ, 18. B, 27.
E, 4. Θ, 6. H, 9.
Δ, 2. Z, 3.
Γ, 1.

καὶ ὁ Ε τὸν Α. Ἡ δὲ Γ μονὰς τὸν Δ ἀριθμὸν μετρεῖ κατὰ τὰς ἐν τῷ Δ μονάδας· καὶ ὁ Ε ἄρα τὸν Α μετρεῖ κατὰ τὰς ἐν τῷ Δ μονάδας· ὁ Δ ἄρα τὸν Ε πολλαπλασιάσας τὸν Α πεποίηκε. Διὰ τὰ αὐτὰ δὴ καὶ ὁ μὲν Ζ ἑαυτὸν πολλαπλασιάσας τὸν Η πεποίηκε, τὸν δὲ Η πολλαπλασιάσας τὸν Β πεποίηκε, καὶ ἐπεὶ ὁ Δ ἑαυτὸν μὲν πολλαπλασιάσας τὸν Ε πεποίηκε, τὸν δὲ Ζ πολλαπλασιάσας τὸν Θ πεποίηκεν· ἐστιν ἄρα ὡς ὁ Δ πρὸς τὸν Ζ οὕτως ὁ Ε πρὸς τὸν Θ. Διὰ τὰ αὐτὰ δὴ καὶ ὡς ὁ Δ πρὸς τὸν Ζ οὕτως ὁ Θ πρὸς τὸν Η. Καὶ ὡς ἄρα ὁ Ε πρὸς τὸν Θ

unitas ipsum Δ numerum metitur ac E ipsum Α. Unitas autem Γ ipsum Δ numerum metitur per unitates quæ in Δ; et E igitur ipsum Α metitur per unitates quæ in Δ; ergo Δ ipsum E multiplicans ipsum Α fecit. Propter eadem utique et Z quidem se ipsum multiplicans ipsum H fecit, ipsum vero H multiplicans ipsum B fecit, et quoniam Δ se ipsum quidem multiplicans ipsum E fecit, ipsum autem Z multiplicans ipsum Θ fecit; est igitur ut Δ ad Z ita E ad Θ. Propter eadem et ut Δ ad Z ita Θ ad H. Et ut igitur E ad Θ ita Θ ad H.

Puisque l'unité Γ est au nombre Δ comme Δ est à E, l'unité Γ mesure le nombre Δ autant de fois que Δ mesure E. Mais l'unité Γ mesure le nombre Δ par les unités qui sont en Δ; donc Δ mesure E par les unités qui sont en Δ; donc Δ se multipliant lui-même fait E. De plus, puisque l'unité Γ est au nombre Δ comme E est à Α, l'unité Γ mesure le nombre Δ autant de fois que E mesure Α. Mais l'unité Γ mesure le nombre Δ par les unités qui sont en Δ; donc E mesure Α par les unités qui sont en Δ; donc Δ multipliant E fait Α. Par la même raison z se multipliant lui-même fait H, et z multipliant H fait B. Mais Δ se multipliant lui-même fait E, et Δ multipliant z fait Θ; donc Δ est à z comme E est à Θ (17. 7). Par la même raison Δ est à z comme Θ est à H; donc E est à Θ comme Θ est à H.

οὕτως ὁ Θ πρὸς τὸν Η. Πάλιν, ἐπεὶ ὁ Δ ἑκάτερον τῶν Ε, Θ πολλαπλασιάσας ἑκάτερον τῶν
Α, Κ πεποίηκεν· ἔστιν ἄρα ὡς ὁ Ε πρὸς τὸν Θ
οὕτως ὁ Α πρὸς τὸν Κ. Ἀλλ᾽ ὡς ὁ Ε πρὸς τὸν Θ
οὕτως ὁ Δ πρὸς τὸν Ζ· καὶ ὡς ἄρα ὁ Δ πρὸς τὸν
Ζ οὕτως ὁ Α πρὸς τὸν Κ. Πάλιν, ἐπεὶ ἑκάτερος
τῶν Δ, Ζ τὸν Θ πολλαπλασιάσας ἑκάτερον τῶν
Κ, Λ πεποίηκεν· ἔστιν ἄρα ὡς ὁ Δ πρὸς τὸν Ζ
οὕτως ὁ Κ πρὸς τὸν Λ. Ἀλλ᾽ ὡς ὁ Δ πρὸς τὸν Ζ
οὕτως ὁ Α πρὸς τὸν Κ· καὶ ὡς ἄρα ὁ Α πρὸς τὸν
Κ οὕτως ὁ Κ πρὸς τὸν Λ. Ἔτι ἐπεὶ ὁ Ζ ἑκάτερον
τῶν Η, Θ πολλαπλασιάσας ἑκάτερον τῶν Λ, Β
πεποίηκεν· ἔστιν ἄρα ὡς ὁ Θ πρὸς τὸν Η οὕτως
ὁ Λ πρὸς τὸν Β. Ὡς δὲ ὁ Θ πρὸς τὸν Η οὕτως ὁ
Δ πρὸς τὸν Ζ· καὶ ὡς ἄρα ὁ Δ πρὸς τὸν Ζ οὕτως
ὁ Λ πρὸς τὸν Β. Ἐδείχθη δὲ καὶ ὡς ὁ Δ πρὸς τὸν
Ζ οὕτως ὅ, τε Α πρὸς τὸν Κ, καὶ ὁ Κ πρὸς τὸν
Λ, καὶ ὡς ἄρα ὁ Α πρὸς τὸν Κ οὕτως ὁ Κ πρὸς
τὸν Λ7, καὶ ὁ Λ πρὸς τὸν Β· οἱ Α, Κ, Λ, Β ἄρα
κατὰ τὸ συνεχὲς ἑξῆς εἰσιν ἀνάλογον· ὅσοι ἄρα
ἑκατέρου τῶν Α, Β καὶ τῆς Γ μονάδος μεταξὺ
κατὰ τὸ συνεχὲς ἀνάλογον ἐμπίπτουσιν ἀριθμοί,
τοσοῦτοι καὶ εἰς τοὺς Α, Β μεταξὺ κατὰ τὸ
συνεχὲς ἀνάλογον ἐμπεσοῦνται. Ὅπερ ἔδει δεῖξαι.

Rursus, quoniam Δ utrumque ipsorum Ε, Θ multiplicans utrumque ipsorum Α, Κ fecit; est igitur ut Ε ad Θ ita Α ad Κ. Sed ut Ε ad Θ ita Δ ad Ζ; et ut igitur Δ ad Ζ ita Α ad Κ. Rursus, quoniam uterque ipsorum Δ, Ζ ipsum Θ multiplicans utrumque ipsorum Κ, Λ fecit; est igitur ut Δ ad Ζ ita Κ ad Λ. Sed ut Δ ad Ζ ita Α ad Κ; et ut igitur Α ad Κ ita Κ ad Λ. Præterea, quoniam Ζ utrumque ipsorum Η, Θ multiplicans utrumque ipsorum Λ, Β fecit; est igitur ut Θ ad Η ita Λ ad Β. Ut autem Θ ad Η ita Δ ad Ζ; et ut igitur Δ ad Ζ ita Λ ad Β. Ostensum est autem et ut Δ ad Ζ ita Α ad Κ, et Κ ad Λ; et ut igitur Α ad Κ ita Κ ad Λ, et Λ ad Β; ipsi Α, Κ, Λ, Β igitur in continuum deinceps sunt proportionales; quot igitur inter utrumque ipsorum Α, Β et Γ unitatem in continuum proportionales cadunt numeri, totidem et inter Α, Β in continuum proportionales cadent. Quod oportebat ostendere.

De plus, puisque le nombre Δ multipliant les nombres Ε, Θ fait les nombres Α, Κ, le nombre Ε est à Θ comme Α est K (17. 7). Mais Ε est à Θ comme Δ est à Ζ; donc Δ est à Ζ comme Α est à Κ. De plus, puisque les nombres Δ, Ζ multipliant Θ font les nombres Κ, Λ, le nombre Δ est à Ζ comme Κ est à Λ (18. 7). Mais Δ est à Ζ comme Α est à Κ; donc Α est à Κ comme Κ est à Λ. De plus, puisque le nombre Ζ multipliant les nombres Η, Θ fait les nombres Λ, Β, le nombre Θ est à Η comme Λ est à Β. Mais Θ est à Η comme Δ est à Ζ; donc Δ est à Ζ comme Λ est à Β. Mais il a été démontré que Δ est à Ζ comme Α est à Κ, comme Κ est à Λ; donc Α est à Κ comme Κ est à Λ, et comme Λ est à Β; donc les nombres Α, Κ, Λ, Β sont successivement proportionnels; donc entre Α, Β il tombe autant de nombres successivement proportionnels qu'il en tombe entre les nombres Α, Β et l'unité Γ. Ce qu'il fallait démontrer.

ΠΡΟΤΑΣΙΣ ιά.

PROPOSITIO XI.

Δύο τετραγώνων ἀριθμῶν εἷς μέσος ἀνάλογόν
ἐστιν ἀριθμὸς, καὶ ὁ τετράγωνος πρὸς τὸν τετράγωνον διπλασίονα λόγον ἔχει ἥπερ ἡ πλευρὰ
πρὸς τὴν πλευράν.

Ἔστωσαν τετράγωνοι ἀριθμοὶ οἱ Α, Β, καὶ
τοῦ μὲν Α πλευρὰ ἔστω ὁ Γ, τοῦ δὲ Β ὁ Δ·
λέγω ὅτι τῶν Α, Β εἷς μέσος ἀνάλογόν ἐστιν
ἀριθμὸς, καὶ ὁ Α πρὸς τὸν Β διπλασίονα λόγον
ἔχει ἥπερ ὁ Γ πρὸς τὸν Δ.

Duorum quadratorum numerorum unus medius proportionalis est numerus, et quadratus
ad quadratum duplam rationem habet ejus
quam latus ad latus.

Sint quadrati numeri A, B, et ipsius quidem
A latus sit Γ, ipsius vero B ipse Δ; dico ipsorum A, B unum medium proportionalem esse
numerum, et A ad B duplam rationem habere
ejus quam Γ ad Δ.

$$A, 4. \quad E, 6. \quad B, 9.$$
$$Γ, 2. \quad Δ, 3.$$

Ὁ Γ γὰρ τὸν Δ πολλαπλασιάσας τὸν Ε
ποιείτω. Καὶ ἐπεὶ τετράγωνός ἐστιν[1] ὁ Α, πλευρὰ
δὲ αὐτοῦ ἐστιν ὁ Γ· ὁ Γ ἄρα ἑαυτὸν πολλαπλασιάσας τὸν Α πεποίηκε. Διὰ τὰ αὐτὰ δὴ καὶ
ὁ Δ ἑαυτὸν πολλαπλασιάσας τὸν Β πεποίηκεν·
ἐπεὶ οὖν ὁ Γ ἑκάτερον τῶν Γ, Δ πολλαπλασιάσας
ἑκάτερον τῶν Α, Ε πεποίηκεν· ἔστιν ἄρα ὡς ὁ
Γ πρὸς τὸν Δ οὕτως ὁ Α πρὸς τὸν Ε. Διὰ τὰ
αὐτὰ δὴ καὶ ὡς Γ πρὸς τὸν Δ οὕτως ὁ Ε πρὸς

Ipse Γ enim Δ multiplicans ipsum E faciat.
Et quoniam quadratus est A, latus autem ipsius est Γ; ergo Γ se ipsum multiplicans ipsum
A fecit. Propter eadem utique et Δ se ipsum
multiplicans ipsum B fecit; quoniam igitur Γ
utrumque ipsorum Γ, Δ multiplicans utrumque
ipsorum A, E fecit; est igitur ut Γ ad Δ ita A ad
E. Propter eadem utique et ut Γ ad Δ ita E ad

PROPOSITION XI.

Entre deux nombres quarrés, il y a un nombre moyen proportionnel, et le
quarré est au quarré en raison double de celle que le côté a avec le côté.

Soient les nombres quarrés A, B; que le côté de A soit Γ, et que le côté de B
soit Δ; je dis qu'il y a un nombre moyen proportionnel entre A et B, et que A a
avec B une raison double de celle que Γ a avec Δ.

Car que Γ multipliant Δ fasse E. Puisque A est un nombre quarré, et que
son côté est Γ, le nombre Γ se multipliant lui-même fait A (déf. 18. 7). Par
la même raison le nombre Δ se multipliant lui-même fait B; donc puisque Γ
multipliant l'un et l'autre nombre Γ, Δ fait l'un et l'autre nombre A, E, le
nombre Γ est à Δ comme A est à E (17. 7). Par la même raison Γ est à Δ comme E

τὸν Β². καὶ ὡς ἄρα ὁ Α πρὸς τὸν Ε οὕτως ὁ Ε πρὸς τὸν Β. Τῶν Α, Β ἄρα εἷς μέσος ἀνάλογόν ἐστιν ἀριθμός ὁ Ε³.

Λέγω δὴ ὅτι καὶ ὁ Α πρὸς τὸν Β διπλασίονα λόγον ἔχει ἤπερ ὁ Γ πρὸς τὸν Δ. Ἐπεὶ γὰρ τρεῖς ἀριθμοὶ ἀνάλογόν εἰσιν, οἱ Α, Ε, Β· ὁ Α ἄρα πρὸς τὸν Β διπλασίονα λόγον ἔχει ἤπερ ὁ Α πρὸς τὸν Ε. Ὡς δὲ ὁ Α πρὸς τὸν Ε οὕτως ὁ Γ πρὸς τὸν Δ· ὁ Α ἄρα πρὸς τὸν Β διπλασίονα λόγον ἔχει ἤπερ ἡ Γ πλευρὰ πρὸς τὴν Δ πλευράν⁴. Ὅπερ ἔδει δεῖξαι.

ΠΡΟΤΑΣΙΣ ιϛʹ.

Δύο κύβων ἀριθμῶν δύο μέσοι ἀνάλογόν εἰσιν ἀριθμοὶ, καὶ ὁ κύβος πρὸς τὸν κύβον τριπλασίονα λόγον ἔχει ἤπερ ἡ πλευρὰ πρὸς τὴν πλευράν.

Β ; et ut igitur A ad E ita E ad B. Ipsorum A, B igitur unus medius proportionalis est numerus E.

Dico etiam et A ad B duplam rationem habere ejus quam Γ ad Δ. Quoniam enim tres numeri proportionales sunt A, E, B ; ergo A ad B duplam rationem habet ejus quam A ad E. Ut autem A ad E ita Γ ad Δ ; ergo A ad B duplam rationem habet ejus quam Γ latus ad Δ latus. Quod oportebat ostendere.

PROPOSITIO XII.

Duorum cuborum duo medii proportionales sunt numeri, et cubus ad cubum triplam rationem habet ejus quam latus ad latus.

A, 8.   Θ, 12.   K, 18.   B, 27.

E, 4.   Z, 6.   H, 9.

Γ, 2.   Δ, 3.

Ἔστωσαν κύβοι ἀριθμοὶ, οἱ Α, Β, καὶ τοῦ μὲν Α πλευρὰ ἔστω ὁ Γ, τοῦ δὲ Β ὁ Δ· λέγω ὅτι

Sint cubi numeri A, B, et ipsius quidem A latus sit Γ, ipsius vero B ipse Δ ; dico ip-

est à B ; donc A est à E comme E est à B ; donc le nombre E est moyen proportionnel entre A, B.

Je dis aussi que A a avec B une raison double de celle que Γ a avec Δ. Car puisque les trois nombres A, E, B sont proportionnels, le nombre A a avec B une raison double de celle que A a avec E. Mais A est à E comme Γ est à Δ ; donc A a avec B une raison double de celle que le côté Γ a avec le côté Δ. Ce qu'il fallait démontrer.

PROPOSITION XII.

Entre deux nombres cubes, il y a deux nombres moyens proportionnels, et le cube a avec le cube une raison triple de celle que le côté a avec le côté.

Soient les nombres cubes A, B, et que Γ soit le côté de A, et Δ le côté de B ; je

τῶν Α, Β δύο μέσοι ἀνάλογόν εἰσιν ἀριθμοὶ, καὶ ὁ Α πρὸς τὸν Β τριπλασίονα λόγον ἔχει ἥπερ ὁ Γ πρὸς τὸν Δ.

Ὁ γὰρ Γ ἑαυτὸν μὲν πολλαπλασιάσας τὸν Ε ποιείτω, τὸν δὲ Δ πολλαπλασιάσας τὸν Ζ ποιείτω, ὁ δὲ Δ ἑαυτὸν πολλαπλασιάσας τὸν Η ποιείτω, ἑκάτερος δὲ τῶν Γ, Δ τὸν Ζ πολλαπλασιάσας ἑκάτερον τῶν Θ, Κ ποιείτω.

sorum A, B duos medios proportionales esse numeros, et A ad B triplam rationem habere ejus quam Γ ad Δ.

Ipse enim Γ se ipsum quidem multiplicans ipsum E faciat, ipsum vero Δ multiplicans ipsum Z faciat, ipse autem Δ se ipsum multiplicans ipsum H faciat, uterque vero ipsorum Γ, Δ ipsum Z multiplicans utrumque ipsorum Θ, K faciat.

A, 8.	Θ, 12.	K, 18.	B, 27.
E, 4.	Z, 6.	H, 9.	
Γ, 2.	Δ, 3.		

Καὶ ἐπεὶ κύβος ἐστὶν ὁ Α, πλευρὰ δὲ αὐτοῦ ὁ Γ·[*] καὶ ὁ Γ¹ ἑαυτὸν πολλαπλασιάσας τὸν Ε πεποίηκεν, ὁ Γ ἄρα ἑαυτὸν μὲν πολλαπλασιάσας τὸν Ε πεποίηκε², τὸν δὲ Ε πολλαπλασιάσας τὸν Α πεποίηκε. Διὰ τὰ αὐτὰ δὴ καὶ ὁ Δ ἑαυτὸν μὲν πολλαπλασιάσας τὸν Η πεποίηκε, τὸν δὲ Η πολλαπλασιάσας τὸν Β πεποίηκε. Καὶ ἐπεὶ ὁ Γ ἑκάτερον τῶν Γ, Δ πολλαπλασιάσας ἑκάτερον τῶν Ε, Ζ πεποίηκεν· ἔστιν ἄρα ὡς ὁ Γ πρὸς τὸν Δ οὕτως ὁ Ε πρὸς τὸν Ζ. Διὰ τὰ αὐτὰ δὴ καὶ ὡς ὁ Γ πρὸς τὸν Δ οὕτως ὁ Ζ πρὸς τὸν Η. Πάλιν, ἐπεὶ ὁ Γ ἑκάτερον τῶν Ε, Ζ πολλαπλασιάσας ἑκάτερον τῶν Α, Θ πε-

Et quoniam cubus est A, latus autem ipsius ipse Γ, et Γ se ipsum multiplicans ipsum E fecit; ergo Γ se ipsum quidem multiplicans ipsum E fecit, ipsum vero E multiplicans ipsum A fecit. Propter eadem utique et Δ se ipsum quidem multiplicans ipsum H fecit, ipsum vero H multiplicans ipsum B fecit. Et quoniam Γ utrumque ipsorum Γ, Δ multiplicans utrumque ipsorum E, Z fecit; est igitur ut Γ ad Δ ita E ad Z. Propter eadem utique et ut Γ ad Δ ita Z ad H. Rursus, quoniam Γ utrumque ipsorum E, Z multiplicans utrumque ipsorum A, Θ fecit; est igitur ut E

dis qu'il y a deux nombres moyens proportionnels entre A, B, et que A a avec B une raison triple de celle que le côté Γ a avec le côté Δ.

Car que le côté Γ se multipliant lui-même fasse E, que Γ multipliant Δ fasse Z, que Δ se multipliant lui-même fasse H, et que les nombres Γ, Δ multipliant Z fassent les nombres Θ, K.

Puisque A est un cube, que son côté est Γ, et que Γ se multipliant lui-même a fait E, le nombre Γ se multipliant lui-même fera E, et Γ multipliant E fera A (déf. 19. 7). Par la même raison, Δ se multipliant lui-même fait H, et Δ multipliant H fait B. Et puisque Γ multipliant les nombres Γ, Δ a fait les nombres E, Z, le nombre Γ est à Δ comme Δ est à Z (17. 7). Par la même raison, Γ est à Δ comme Z est à H. De plus, puisque Γ multipliant les nombres E, Z fait les

πεποίηκεν· ἔστιν ἄρα ὡς ὁ E πρὸς τὸν Z οὕτως ὁ A πρὸς τὸν Θ. Ὡς δὲ ὁ E πρὸς τὸν Z οὕτως ὁ Γ πρὸς τὸν Δ· καὶ ὡς ἄρα ὁ Γ πρὸς τὸν Δ οὕτως ὁ A πρὸς τὸν Θ. Πάλιν, ἐπεὶ[3] ἑκάτερος τῶν Γ, Δ τὸν Z πολλαπλασιάσας ἑκάτερον τῶν Θ, K πεποίηκεν· ἔστιν ἄρα ὡς ὁ Γ πρὸς τὸν Δ οὕτως ὁ Θ πρὸς τὸν K. Πάλιν, ἐπεὶ ὁ Δ ἑκάτερον τῶν Z, H πολλαπλασιάσας ἑκάτερον τῶν K, B πεποίηκεν· ἔστιν ἄρα ὡς ὁ Z πρὸς τὸν H οὕτως ὁ K πρὸς τὸν B. Ὡς δὲ ὁ Z πρὸς τὸν H οὕτως ὁ Γ πρὸς τὸν Δ· καὶ ὡς ἄρα ὁ Γ πρὸς τὸν Δ οὕτως ὁ K πρὸς τὸν B. Ἐδείχθη δὲ καὶ ὡς ὁ Γ πρὸς τὸν Δ οὕτως ὁ, τε A πρὸς τὸν Θ[4] καὶ ὁ Θ πρὸς τὸν K καὶ ὁ K πρὸς τὸν B· τῶν A, B ἄρα δύο μέσοι ἀνάλογόν εἰσιν ἀριθμοὶ, οἱ Θ, K.

Λέγω δὴ ὅτι καὶ ὁ A πρὸς τὸν B τριπλασίονα λόγον ἔχει ἥπερ ὁ Γ πρὸς τὸν Δ. Ἐπεὶ γὰρ τέσσαρες ἀριθμοὶ ἀνάλογόν εἰσιν, οἱ A, Θ, K, B· ὁ A ἄρα πρὸς τὸν B τριπλασίονα λόγον ἔχει ἥπερ ὁ A πρὸς τὸν Θ. Ὡς δὲ ὁ A πρὸς τὸν Θ οὕτως ὁ Γ πρὸς τὸν Δ· καὶ ὁ A ἄρα[5] πρὸς τὸν B τριπλασίονα λόγον ἔχει ἥπερ ὁ Γ πρὸς τὸν Δ. Ὅπερ ἔδει δεῖξαι.

ad Z ita A ad Θ. Ut autem E ad Z ita Γ ad Δ; et ut igitur Γ ad Δ ita A ad Θ. Rursus, quoniam uterque ipsorum Γ, Δ ipsum Z multiplicans utrumque ipsorum Θ, K fecit; est igitur ut Γ ad Δ ita Θ ad K. Rursus, quoniam Δ utrumque ipsorum Z, H multiplicans utrumque ipsorum K, B fecit; est igitur ut Z ad H ita K ad B. Ut autem Z ad H ita Γ ad Δ; et ut igitur Γ ad Δ ita K ad B. Ostensum autem est et ut Γ ad Δ ita et A ad Θ, et Θ ad K, et K ad B; ipsorum A, B igitur duo medii proportionales sunt numeri Θ, K.

Dico etiam et A ad B triplam rationem habere ejus quam Γ ad Δ. Quoniam enim quatuor numeri A, Θ, K, B proportionales sunt; ergo A ad B triplam rationem habet ejus quam A ad Θ. Ut autem A ad Θ ita Γ ad Δ; et A igitur ad B triplam rationem habet ejus quam Γ ad Δ. Quod oportebat ostendere.

nombres A, Θ, le nombre E est à Z comme A est à Θ. Mais E est à Z comme Γ est à Δ; donc Γ est à Δ comme A est à Θ. De plus, puisque les nombres Γ, Δ multipliant Z ont fait les nombres Θ, K; le nombre Γ est à Δ comme Θ est à K (18. 7). De plus, puisque Δ multipliant les nombres Z, H fait les nombres K, B, le nombre Z est à H comme K est à B. Mais Z est à H comme Γ est à Δ; donc Γ est à Δ comme K est à B. Mais il a été démontré que Γ est à Δ comme A est à Θ, comme Θ est à K, et comme K est à B; donc entre A, B il y a deux nombres moyens proportionnels Θ, K.

Je dis aussi que A avec B une raison triple de celle que Γ a avec Δ. Car puisque les quatre nombres A, Θ, K, B sont proportionnels, A aura avec B une raison triple de celle que A a avec Θ. Mais A est à Θ comme Γ est à Δ; donc A a avec B une raison triple de celle que Γ a avec Δ. Ce qu'il fallait démontrer.

ΠΡΟΤΑΣΙΣ ιγ'.   PROPOSITIO XIII.

Ἐὰν ὦσιν ὁποιδήποτοῦν ἀριθμοὶ ἑξῆς ἀνάλογον, καὶ πολλαπλασιάσας ἕκαστος ἑαυτὸν
ποιῇ τινας, οἱ γενόμενοι ἐξ αὐτῶν ἀνάλογον
ἔσονται· καὶ ἐὰν οἱ ἐξ ἀρχῆς τοὺς γενομένους
πολλαπλασιάσαντες ποιῶσί τινας, καὶ αὐτοὶ
ἀνάλογον ἔσονται, καὶ αἰεὶ περὶ τοὺς ἄκρους
τοῦτο συμβαίνει.

Ἔστωσαν ὁποιοῦν ἀριθμοὶ ἑξῆς¹ ἀνάλογον, οἱ
Α, Β, Γ, ὡς ὁ Α πρὸς τὸν Β οὕτως ὁ Β πρὸς
τὸν Γ, καὶ οἱ Α, Β, Γ ἑαυτούς μὲν πολλαπλασιάσαντες τοὺς Δ, Ε, Ζ ποιείτωσαν, τοὺς δὲ Δ,
Ε, Ζ πολλαπλασιάσαντες τοὺς Η, Θ, Κ ποιεί-
τωσαν· λέγω ὅτι οἵ τε Δ, Ε, Ζ καὶ οἱ Η, Θ, Κ
ἑξῆς ἀνάλογόν εἰσιν.

Si sint quotcunque numeri deinceps proportionales, et se ipsum multiplicans unusquisque
faciat aliquos, facti ex ipsis proportionales erunt;
et si ipsi a principio, factos multiplicantes faciant aliquos, et ipsi proportionales erunt, et
semper circa extremos hoc contingit.

Sint quotcunque numeri deinceps proportionales A, B, Γ, ut A ad B ita B ad Γ, et ipsi
A, B, Γ se ipsos quidem multiplicantes ipsos
Δ, Ε, Ζ faciant, ipsos vero Δ, Ε, Ζ multiplicantes ipsos H, Θ, K faciant; dico et ipsos Δ,
Ε, Ζ et ipsos H, Θ, K deinceps proportionales
esse.

		A, 2.	B, 4.	Γ, 8.			
	Δ, 4.	Λ, 8.	Ε, 16.	Ξ, 32.	Z, 64.		
H, 8.	M, 16.	N, 32.	Θ, 64.	O, 128.	Π, 256.	K, 512.	

Ὁ μὲν γὰρ Α τὸν Β πολλαπλασιάσας τὸν Λ
ποιείτω· ἑκάτερος δὲ τῶν Α, Β τὸν Λ πολλαπλα-

Etenim A quidem ipsum B multiplicans
ipsum Λ faciat; uterque vero ipsorum A, B

PROPOSITION XIII.

Si tant de nombres qu'on voudra sont successivement proportionnels, et si
chacun de ces nombres se multipliant lui-même fait certains nombres, les
nombres produits seront proportionnels; et si les premiers nombres multipliant
les nombres produits font certains nombres, ceux-ci seront encore proportionnels, et cela arrivera toujours aux derniers produits.

Soient A, B, Γ tant de nombres proportionnels qu'on voudra, de manière que
A soit à B comme B est à Γ; que les nombres A, B, Γ se multipliant eux-mêmes
fassent Δ, Ε, Ζ, et que ces mêmes nombres multipliant Δ, Ε, Ζ fassent H, Θ,
K; je dis que les nombres Δ, Ε, Ζ, ainsi que H, Θ, K, sont successivement
proportionnels.

Car que A multipliant B fasse Λ; que les nombres A, B multipliant Λ fassent

σιάσας ἑκάτερον τῶν Μ, Ν ποιείτω. Καὶ πάλιν, ὁ μὲν Β τὸν Γ πολλαπλασιάσας τὸν Ξ ποιείτω, ἑκάτερος δὲ τῶν Β, Γ τὸν Ξ πολλαπλασιάσας ἑκάτερον τῶν Ο, Π ποιείτω.

Ὁμοίως δὴ τοῖς ἐπάνω δείξομεν ὅτι οἱ Δ, Λ, Ε καὶ οἱ Η, Μ, Ν, Θ ἑξῆς εἰσιν ἀνάλογον[2] ἐν τῷ τοῦ Α πρὸς τὸν Β λόγῳ, καὶ ἔτι οἱ Ε, Ζ καὶ οἱ Θ, Ο, Π, Κ ἑξῆς εἰσιν ἀνάλογον[3] ἐν τῷ τοῦ Β πρὸς τὸν Γ λόγῳ. Καὶ ἔστιν ὡς ὁ Α πρὸς τὸν Β οὕτως ὁ Β πρὸς τὸν Γ· καὶ οἱ Δ, Λ, Ε ἄρα τοῖς Ε, Ξ, Ζ ἐν τῷ αὐτῷ λόγῳ εἰσὶ, καὶ ἔτι οἱ Η, Μ, Ν, Θ τοῖς Θ, Ο, Π, Κ. Καὶ ἔστιν ἴσον τὸ μὲν τῶν[4] Δ, Λ, Ε πλῆθος τῷ τῶν Ε, Ξ, Ζ πλήθει. Τὸ δὲ τῶν Η, Μ, Ν, Θ τῷ τῶν Θ, Ο, Π, Κ· καὶ[5] δι'ίσου ἄρα ἐστὶν ὡς μὲν ὁ Δ πρὸς τὸν Ε οὕτως ὁ Ε πρὸς τὸν Ζ, ὡς δὲ ὁ Η πρὸς τὸν Θ οὕτως ὁ Θ πρὸς τὸν Κ. Ὅπερ ἔδει δεῖξαι.

ipsum Α multiplicans utrumque ipsorum Μ, Ν faciat. Et rursus Β quidem ipsum Γ multiplicans ipsum Ξ faciat, uterque vero ipsorum Β, Γ ipsum Ξ multiplicans utrumque ipsorum Ο, Π faciat.

Congruenter utique præcedentibus ostendemus ipsos Δ, Λ, Ε et ipsos Η, Μ, Ν, Θ deinceps esse proportionales in ratione ipsius Α ad Β, et adhuc ipsos Ε, Ξ, Ζ et ipsos Θ, Ο, Π, Κ deinceps esse proportionales in ratione ipsius Β ad Γ. Atque est ut Α ad Β ita Β ad Γ; et Δ, Λ, Ε igitur in eâdem ratione sunt in quâ Ε, Ξ, Ζ et adhuc ipsi Η, Μ, Ν, Θ in quâ ipsi Θ, Ο, Π, Κ. Et est æqualis quidem ipsorum Δ, Λ, Ε multitudo ipsorum Ε, Ξ, Ζ multitudini. Ipsorum vero Η, Μ, Ν, Θ multitudo ipsorum Θ, Ο, Π, Κ multitudini; et ex æquo igitur est ut quidem Δ ad Ε ita Ε ad Ζ, ut vero Η ad Θ ita Θ ad Κ. Quod oportebat ostendere.

Μ, Ν; et de plus, que Β multipliant Γ fasse Ξ, et que les nombres Β, Γ multipliant Ξ fassent Ο, Π.

Nous démontrerons de la même manière qu'auparavant que les nombres Δ, Λ, Ε et Η, Μ, Ν, Θ sont successivement proportionnels dans la raison de Α à Β, que les nombres Ε, Ξ, Ζ et Θ, Ο, Π, Κ sont aussi successivement proportionnels dans la raison de Β à Γ. Mais Α est à Β comme Β est à Γ; donc les nombres Δ, Λ, Ε sont en même raison que les nombres Ε, Ξ, Ζ, et les nombres Η, Μ, Ν, Θ en même raison que les nombres Θ, Ο, Π, Κ. Mais la quantité des nombres Δ, Λ, Ε est égale à la quantité des nombres Ε, Ξ, Ζ; et la quantité des nombres Η, Μ, Ν, Θ est égale à la quantité des nombres Θ, Ο, Π, Κ; donc par égalité Δ est à Ε comme Ε est à Ζ, et Η est à Θ comme Θ est à Κ (14. 7). Ce qu'il fallait démontrer.

ΠΡΟΤΑΣΙΣ ιδ΄.   PROPOSITIO XIV.

Ἐὰν τετράγωνος τετράγωνον μετρῇ, καὶ ἡ
πλευρὰ τὴν πλευρὰν μετρήσει· καὶ ἐὰν ἡ πλευρὰ
τὴν πλευρὰν μετρῇ, καὶ ὁ τετράγωνος τὸν τετράγωνον μετρήσει.

Ἔστωσαν τετράγωνοι ἀριθμοὶ οἱ Α, Β, πλευραὶ δὲ αὐτῶν ἔστωσαν[1] οἱ Γ, Δ, ὁ δὲ Α τὸν Β
μετρείτω· λέγω ὅτι καὶ ὁ Γ τὸν Δ μετρεῖ.

Si quadratus quadratum metiatur, et latus
latus metietur; et si latus latus metiatur, quadratus quadratum metietur.

Sint quadrati numeri A, B, latera autem eorum
sint ipsi Γ, Δ, ipse vero A ipsum B metiatur;
dico et Γ ipsum Δ metiri.

$$A, 4. \qquad E, 8. \qquad B, 16.$$
$$\Gamma, 2. \qquad \Delta, 4.$$

Ὁ Γ γὰρ τὸν Δ πολλαπλασιάσας τὸν Ε
ποιείτω· οἱ Α, Ε, Β ἄρα ἑξῆς ἀνάλογόν εἰσιν
ἐν τῷ τοῦ Γ πρὸς τὸν Δ λόγῳ. Καὶ ἐπεὶ οἱ Α,
Ε, Β ἑξῆς ἀνάλογόν εἰσι, καὶ μετρεῖ ὁ Α τὸν Β·
μετρεῖ ἄρα καὶ ὁ Α τὸν Ε. Καὶ ἔστιν ὡς ὁ Α
πρὸς τὸν Ε οὕτως ὁ Γ πρὸς τὸν Δ· μετρεῖ ἄρα
καὶ ὁ Γ τὸν Δ[2].

Ἀλλὰ δὴ μετρείτω ὁ Γ τὸν Δ[3]· λέγω ὅτι καὶ
ὁ Α τὸν Β μετρεῖ.

Τῶν γὰρ αὐτῶν κατασκευασθέντων, ὁμοίως
δείξομεν ὅτι οἱ Α, Ε, Β ἑξῆς[4] ἀνάλογόν εἰσιν

Ipse Γ enim ipsum Δ multiplicans ipsum E
faciat; ipsi A, E, B igitur deinceps proportionales sunt in ipsius Γ ad Δ ratione. Et quoniam
A, E, B deinceps proportionales sunt, et metitur A ipsum B; metitur igitur et A ipsum E.
Atque est ut A ad E ita Γ ad Δ; ergo metitur et
Γ ipsum Δ.

Sed et metiatur Γ ipsum Δ; dico et A ipsum
B metiri.

Iisdem enim constructis, similiter ostendemus A, E, B deinceps proportionales esse in

PROPOSITION XIV.

Si un nombre quarré mesure un nombre quarré, le côté mesurera le côté ; et si
le côté mesure le côté, le quarré mesurera le quarré.

Soient les nombres quarrés A, B ; que Γ, Δ soient leurs côtés ; que A mesure B ;
je dis que Γ mesure Δ.

Car que Γ multipliant Δ fasse E, les nombres A, E, B seront successivement
proportionnels dans la raison de Γ à Δ ; et puisque A, E, B sont successivement
proportionnels, et que A mesure B, A mesurera E (7. 8). Mais A est à E comme
Γ est à Δ ; donc Γ mesure Δ (déf. 20. 7).

Mais que Γ mesure Δ ; je dis que A mesure B.

Les mêmes choses étant construites, nous démontrerons semblablement que

ἐν τῷ τοῦ Γ πρὸς τὸν Δ λόγῳ. Καὶ ἐπεί ἐστιν ὡς ὁ Γ πρὸς τὸν Δ οὕτως ὁ Α πρὸς τὸν Ε, μετρεῖ δὲ ὁ Γ τὸν Δ· μετρεῖ ἄρα καὶ ὁ Α τὸν Ε⁵. Καὶ εἰσιν οἱ Α, Ε, Β ἑξῆς ἀνάλογον· μετρεῖ ἄρα καὶ ὁ Α τὸν Β. Ἐὰν ἄρα τετράγωνος, καὶ τὰ ἑξῆς.

ipsius Γ ad Δ ratione. Et quoniam est ut Γ ad Δ ita A ad E, metitur autem Γ ipsum Δ; ergo metitur A ipsum E. Et sunt A, E, B deinceps proportionales; ergo metitur et A ipsum B. Si igitur quadratus, etc.

ΠΡΟΤΑΣΙΣ ιέ.

PROPOSITIO XV.

Ἐὰν κύβος ἀριθμὸς κύβον ἀριθμὸν μετρῇ, καὶ ἡ πλευρὰ τὴν πλευρὰν μετρήσει· καὶ ἐὰν ἡ πλευρὰ τὴν πλευρὰν μετρῇ, καὶ ὁ κύβος τὸν κύβον μετρήσει.

Κύβος γὰρ ἀριθμὸς ὁ Α κύβον ἀριθμὸν¹ τὸν Β μετρείτω, καὶ τοῦ μὲν Α πλευρὰ ἔστω ὁ Γ, τοῦ δὲ Β ὁ Δ· λέγω ὅτι ὁ Γ τὸν Δ μετρεῖ².

Si cubus numerus cubum numerum metiatur, et latus latus metietur; et si latus latus metiatur, et cubus cubum metietur.

Cubus enim numerus A cubum numerum B metiatur, et ipsius quidem A latus sit Γ, ipsius vero B ipse Δ; dico Γ ipsum Δ metiri.

$$A, 8. \qquad \Theta, 16. \qquad K, 52. \qquad B, 64.$$
$$E, 4. \qquad Z, 8. \qquad H, 16.$$
$$\Gamma, 2. \qquad \Delta, 4.$$

Ὁ Γ γὰρ ἑαυτὸν πολλαπλασιάσας τὸν Ε ποιείτω, ὁ δὲ Δ ἑαυτὸν πολλαπλασιάσας τὸν Η ποιείτω, καὶ ἔτι ὁ Γ τὸν Δ πολλαπλασιάσας

Etenim Γ se ipsum multiplicans ipsum E faciat, ipse autem Δ se ipsum multiplicans ipsum H faciat, et adhuc Γ ipsum Δ multiplicans

A, E, B sont successivement proportionnels dans la raison de Γ à Δ. Et puisque Γ est à Δ comme A est à E, et que Γ mesure Δ, A mesurera E. Mais A, E, B sont successivement proportionnels; donc A mesure B; donc, etc.

PROPOSITION XV.

Si un nombre cube mesure un nombre cube, le côté mesurera le côté; et si le côté mesure le côté, le cube mesurera le cube.

Car que le nombre cube A mesure le nombre cube B; que Γ soit le côté de A et Δ le côté de B; je dis que Γ mesure Δ.

Que Γ se multipliant lui-même fasse E; que Δ se multipliant lui-même fasse H;

τὸν Ζ[3], ἑκάτερος δὲ τῶν Γ, Δ τὸν Ζ πολλαπλασιάσας ἑκάτερον τῶν Θ, Κ ποιείτω. Φανερὸν δὴ ἡ
ὅτι οἱ Ε, Ζ, Η καὶ οἱ Α, Θ, Κ, Β ἑξῆς ἀνάλογόν εἰσιν ἐν τῷ τοῦ Γ πρὸς τὸν Δ λόγῳ· καὶ
ἐπεὶ οἱ Α, Θ, Κ, Β ἑξῆς ἀνάλογόν εἰσι καὶ
μετρεῖ ὁ Α τὸν Β· μετρεῖ ἄρα καὶ τὸν Θ. Καὶ
ἔστιν ὡς ὁ Α πρὸς τὸν Θ οὕτως ὁ Γ πρὸς τὸν Δ·
μετρεῖ ἄρα καὶ ὁ Γ τὸν Δ.

ipsum Z, uterque vero ipsorum Γ, Δ ipsum
Z multiplicans utrumque ipsorum Θ, Κ faciat.
Evidens utique est ipsos E, Z, H et A, Θ, Κ, B
deinceps proportionales esse in ipsius Γ ad Δ
ratione ; et quoniam A, Θ, Κ, B deinceps
proportionales sunt, et metitur A ipsum B;
ergo metitur et ipsum Θ. Atque est ut A ad Θ
ita Γ ad Δ ; metitur igitur et Γ ipsum Δ.

A, 8.   Θ, 16.   K, 32.   B, 64.

E, 4.   Z, 8.   H, 16.

Γ, 2.   Δ, 4.

Ἀλλὰ δὴ μετρείτω ὁ Γ τὸν Δ· λέγω ὅτι καὶ
ὁ Α τὸν Β μετρήσει.

Τῶν γὰρ αὐτῶν κατασκευασθέντων, ὁμοίως δὴ
δείξομεν ὅτι οἱ Α, Θ, Κ, Β ἑξῆς ἀνάλογόν
εἰσιν ἐν τῷ τοῦ Γ πρὸς τὸν Δ λόγῳ. Καὶ ἐπεὶ[5]
ὁ Γ τὸν Δ μετρεῖ, καὶ ἔστιν ὡς ὁ Γ πρὸς τὸν Δ
οὕτως ὁ Α πρὸς τὸν Θ· καὶ ὁ Α ἄρα τὸν Θ μετρεῖ
ὥς τε καὶ τὸν Β μετρεῖ ὁ Α. Ὅπερ ἔδει δεῖξαι.

Sed et metiatur Γ ipsum Δ; dico et A ipsum
B mensurum esse.

Iisdem enim constructis, similiter utique ostendemus A, Θ, Κ, B deinceps proportionales
esse in ipsius Γ ad Δ ratione. Et quoniam Γ
ipsum Δ metitur, estque ut Γ ad Δ ita A ad Θ;
et A igitur ipsum Θ metitur; quare et ipsum B
metitur ipse A. Quod oportebat ostendere.

que Γ multipliant Δ fasse Z, et que les nombres Γ, Δ multipliant Z fassent Θ, Κ.
Il est évident que les nombres E, Z, H et A, Θ, Κ, B seront successivement proportionnels dans la raison de Γ à Δ ; et puisque A, Θ, Κ, B sont successivement
proportionnels, et que A mesure B, A mesurera Θ (7.8). Mais A est à Θ comme
Γ est à Δ ; donc Γ mesure Δ (déf. 20. 7).

Mais que Γ mesure Δ, je dis que A mesurera B.

Les mêmes choses étant construites, nous démontrerons semblablement que les
nombres A, Θ, Κ, B sont successivement proportionnels dans la raison de Γ à Δ.
Et puisque Γ mesure Δ, et que Γ est à Δ comme A est à Θ, A mesurera Θ ; donc A
mesure B. Ce qu'il fallait démontrer.

ΠΡΟΤΑΣΙΣ ις′.

Ἐὰν τετράγωνος ἀριθμὸς τετράγωνον ἀριθμὸν μὴ μετρῇ, οὐδὲ ἡ πλευρὰ τὴν πλευρὰν μετρήσει· κἂν ἡ πλευρὰ τὴν πλευρὰν μὴ μετρῇ, οὐδ᾽ ὁ τετράγωνος τὸν τετράγωνον μετρήσει.

Ἔστωσαν τετράγωνοι ἀριθμοὶ[2] οἱ Α, Β, πλευραὶ δὲ αὐτῶν ἔστωσαν[3] οἱ Γ, Δ, καὶ μὴ μετρείτω ὁ Α τὸν Β· λέγω[4] ὅτι οὐδ᾽ ὁ Γ τὸν Δ μετρεῖ[5].

PROPOSITIO XVI.

Si quadratus numerus quadratum numerum non metiatur, neque latus latus metietur; et si latus latus non metiatur, neque quadratus quadratum metietur.

Sint quadrati numeri Α, Β, latera autem ipsorum sint Γ, Δ, et non metiatur Α ipsum Β; dico neque Γ ipsum Δ metiri.

Α , 9.	Β , 16.
Γ , 3.	Δ , 4.

Εἰ γὰρ μετρεῖ ὁ Γ τὸν Δ, μετρήσει καὶ ὁ Α τὸν Β. Οὐ μετρεῖ δὲ ὁ Α τὸν Β· οὐδ᾽ ἄρα ὁ Γ τὸν Δ μετρήσει.

Μὴ μετρείτω[6] πάλιν ὁ Γ τὸν Δ· λέγω ὅτι οὐδ᾽ ὁ Α τὸν Β μετρήσει.

Εἰ γὰρ μετρεῖ ὁ Α τὸν Β, μετρήσει καὶ ὁ Γ τὸν Δ[7]. Οὐ μετρεῖ δὲ ὁ Γ τὸν Δ· οὐδ᾽ ἄρα ὁ Α τὸν Β μετρήσει. Ὅπερ ἔδει δεῖξαι.

Si enim metitur Γ ipsum Δ, metietur et Α ipsum Β. Non metitur autem Α ipsum Β; neque igitur Γ ipsum Δ metietur.

Non metiatur rursus Γ ipsum Δ; dico neque Α ipsum Β mensurum esse.

Si enim metitur Α ipsum Β, metietur et Γ ipsum Δ. Non metitur autem Γ ipsum Δ; neque igitur Α ipsum Β metietur. Quod oportebat ostendere.

PROPOSITION XVI.

Si un nombre quarré ne mesure pas un nombre quarré, le côté ne mesurera pas le côté; et si le côté ne mesure pas le côté, le quarré ne mesurera pas le quarré.

Soient les nombres quarrés Α, Β, que Γ, Δ en soient les côtés, et que Α ne mesure pas Β; je dis que Γ ne mesure pas Δ.

Car si Γ mesure Δ, Α mesurera Β (14. 8). Mais Α ne mesure pas Β; donc Γ ne mesurera pas Δ.

De plus, que Γ ne mesure pas Δ; je dis que Α ne mesurera pas Β.

Car si Α mesure Β, Γ mesurera Δ (14. 8). Mais Γ ne mesure pas Δ; donc Α ne mesurera pas Β. Ce qu'il fallait démontrer.

ΠΡΟΤΑΣΙΣ ιζ.

Ἐὰν κύϐος ἀριθμὸς κύϐον ἀριθμὸν μὴ μετρῇ, οὐδ᾽ ἡ πλευρὰ τὴν πλευρὰν μετρήσει· κἂν ἡ πλευρὰ τὴν πλευρὰν μὴ μετρῇ, οὐδ᾽ ὁ κύϐος τὸν κύϐον μετρήσει.

Κύϐος γὰρ ἀριθμὸς ὁ Α κύϐον ἀριθμὸν τὸν Β μὴ μετρείτω, καὶ τοῦ μὲν Α πλευρὰ ἔστω ὁ Γ, τοῦ δὲ Β ὁ Δ· λέγω ὅτι ὁ Γ τὸν Δ οὐ μετρήσει.

PROPOSITIO XVII.

Si cubus numerus cubum numerum non metiatur, neque latus latus metietur; et si latus latus non metiatur, neque cubus cubum metietur.

Cubus enim numerus A cubum numerum ipsum B non metiatur, et ipsius quidem A latus sit Γ, ipsius verò B ipse Δ; dico Γ ipsum Δ non mensurum esse.

Α, 8.	Β, 27.
Γ, 2.	Δ, 3.

Εἰ γὰρ μετρεῖ ὁ Γ τὸν Δ, καὶ ὁ Α τὸν Β μετρήσει. Οὐ μετρεῖ δὲ ὁ Α τὸν Β· οὐδ᾽ ἄρα ὁ Γ τὸν Δ μετρεῖ.

Ἀλλὰ δὴ μὴ μετρείτω ὁ Γ τὸν Δ· λέγω ὅτι οὐδ᾽ ὁ Α τὸν Β μετρήσει.

Εἰ γὰρ ὁ Α τὸν Β μετρεῖ, καὶ ὁ Γ τὸν Δ μετρήσει. Οὐ μετρεῖ δὲ ὁ Γ τὸν Δ· οὐδ᾽ ἄρα ὁ Α τὸν Β μετρήσει. Ὅπερ ἔδει δεῖξαι.

Si enim metitur Γ ipsum Δ, et A ipsum B metietur. Non metitur autem A ipsum B; neque igitur Γ ipsum Δ metitur.

Sed et non metiatur Γ ipsum Δ; dico neque A ipsum B mensurum esse.

Si enim A ipsum B metiatur, et Γ ipsum Δ metietur. Non metitur autem Γ ipsum Δ; neque igitur A ipsum B metietur. Quod oportebat ostendere.

PROPOSITION XVII.

Si un nombre cube ne mesure pas un nombre cube, le côté ne mesurera pas le côté ; et si le côté ne mesure pas le côté, le cube ne mesurera pas le cube.

Que le nombre cube A ne mesure pas le nombre cube B, et que Γ soit le côté de A, et Δ le côté de B ; je dis que Γ ne mesurera pas Δ.

Car si Γ mesure Δ, A mesurera B (15. 8.) Mais A ne mesure pas B ; donc Γ ne mesure pas Δ.

Mais que Γ ne mesure pas Δ ; je dis que A ne mesurera pas B.

Car si A mesure B, Γ mesurera Δ (15. 8). Mais Γ ne mesure pas Δ ; donc A ne mesurera pas B. Ce qu'il fallait démontrer.

ΠΡΟΤΑΣΙΣ ιή.

PROPOSITIO XVIII.

Δύο ὁμοίων ἐπιπέδων ἀριθμῶν εἷς μέσος ἀνάλογόν ἐστιν ἀριθμός· καὶ ὁ ἐπίπεδος πρὸς τὸν
ἐπίπεδον διπλασίονα λόγον ἔχει ἥπερ ἡ ὁμόλογος πλευρὰ πρὸς τὴν ὁμόλογον πλευράν.

Ἔστωσαν δύο ἀριθμοὶ ὅμοιοι ἐπίπεδοι[1] οἱ Α,
Β, καὶ τοῦ μὲν Α πλευραὶ ἔστωσαν οἱ Γ, Δ ἀριθμοὶ, τοῦ δὲ Β οἱ Ε, Ζ. Καὶ ἐπεὶ ὅμοιοι ἐπίπεδοί εἰσιν οἱ ἀνάλογον ἔχοντες τὰς πλευράς·
ἔστιν ἄρα ὡς ὁ Γ πρὸς τὸν Δ οὕτως ὁ Ε πρὸς
τὸν Ζ. Λέγω οὖν ὅτι τῶν Α, Β εἷς μέσος ἀνάλογόν ἐστιν ἀριθμός, καὶ ὁ Α πρὸς τὸν Β διπλασίονα λόγον ἔχει ἥπερ ὁ Γ πρὸς τὸν Ε, ἢ ὁ Δ
πρὸς τὸν Ζ· τουτέστιν ἥπερ ἡ ὁμόλογος πλευρὰ
πρὸς τὴν ὁμόλογον[2].

Duorum similium planorum numerorum unus
medius proportionalis est numerus; et planus
ad planum duplam rationem habet ejus quam
homologum latus ad homologum latus.

Sint duo numeri similes plani A, B, et ipsius
quidem A latera sint Γ, Δ numeri, ipsius vero
B ipsi E, Z. Et quoniam similes plani sunt qui
proportionalia habent latera, est igitur ut Γ
ad Δ ita E ad Z. Dico igitur ipsorum A, B
unum medium proportionalem esse numerum,
et A ad B duplam rationem habere ejus quam
Γ ad E, vel Δ ad Z, hoc est ejus quam latus
homologum ad homologum.

A, 6.   H, 12.   B, 24.

Γ, 2.   Δ, 3.   E, 4.   Z, 6.

Καὶ ἐπεί ἐστιν ὡς ὁ Γ πρὸς τὸν Δ οὕτως ὁ Ε
πρὸς τὸν Ζ· ἐναλλὰξ ἄρα ἐστὶν ὡς ὁ Γ πρὸς
τὸν Ε οὕτως[3] ὁ Δ πρὸς τὸν Ζ. Καὶ ἐπεὶ ἐπί-

Et quoniam est ut Γ ad Δ ita E ad Z; alterne igitur est ut Γ ad E ita Δ ad Z. Et quo-

PROPOSITION XVIII.

Entre deux nombres plans semblables, il y a un nombre moyen proportionnel,
et le nombre plan a avec le nombre plan une raison double de celle qu'un côté
homologue a avec un côté homologue.

Soient les deux nombres plans semblables A, B, que les nombres Γ, Δ soient
les côtés de A, et E, Z les côtés de B. Puisque les nombres plans semblables ont
leurs côtés proportionnels, Γ est à Δ comme E est Z (déf. 21. 7); et je dis
qu'entre A, B il y a un nombre moyen proportionnel, et que A a avec B une
raison double de celle que Γ a avec E, ou de celle que Δ a avec Z, c'est-à-dire
de celle qu'un côté homologue a avec un côté homologue.

Puisque Γ est à Δ comme E est à Z, par permutation Γ est à E comme Δ est

πεδός ἐστιν ὁ A, πλευραὶ δὲ αὐτοῦ οἱ Γ, Δ·
ὁ Δ ἄρα τὸν Γ πολλαπλασιάσας τὸν A πεποίηκε.
Διὰ τὰ αὐτὰ δὴ καὶ ὁ E τὸν Z πολλαπλασιάσας
τὸν B πεποίηκεν. Ὁ Δ δὴ τὸν E πολλαπλασιάσας
τὸν H ποιείτω. Καὶ ἐπεὶ ὁ Δ τὸν μὲν[4] Γ πολλαπλασιάσας τὸν A πεποίηκε, τὸν δὲ E πολλαπλασιάσας τὸν H πεποίηκεν· ἔστιν ἄρα ὡς ὁ Γ
πρὸς τὸν E οὕτως ὁ A πρὸς τὸν H. Ἀλλ' ὡς ὁ
Γ πρὸς τὸν E οὕτως[5] ὁ Δ πρὸς τὸν Z· καὶ ὡς
ἄρα ὁ Δ πρὸς τὸν Z οὕτως ὁ A πρὸς τὸν H.
Πάλιν, ἐπεὶ ὁ E τὸν μὲν[6] Δ πολλαπλασιάσας
τὸν H πεποίηκε, τὸν δὲ Z πολλαπλασιάσας τὸν
B πεποίηκεν· ἔστιν ἄρα ὡς ὁ Δ πρὸς τὸν Z οὕτως
ὁ H πρὸς τὸν B. Ἐδείχθη δὲ καὶ ὡς ὁ Δ πρὸς τὸν
Z οὕτως ὁ A πρὸς τὸν H· καὶ ὡς ἄρα ὁ A πρὸς
τὸν H οὕτως ὁ H πρὸς τὸν B· οἱ A, H, B ἄρα ἑξῆς
ἀνάλογόν εἰσι· τῶν A, B ἄρα εἷς μέσος ἀνάλογόν
ἐστιν ἀριθμός.

niam planus est A, latera autem ipsius ipsi
Γ, Δ; ergo Δ ipsum Γ multiplicans ipsum A
fecit. Propter eadem utique et E ipsum Z multiplicans ipsum B fecit. Ipse Δ utique ipsum E
multiplicans ipsum H faciat. Et quoniam Δ ipsum
Γ quidem multiplicans ipsum A fecit, ipsum
vero E multiplicans ipsum H fecit; est igitur
ut Γ ad E ita A ad H. Sed ut Γ ad E ita Δ
ad Z; et ut igitur Δ ad Z ita A ad H. Rursus,
quoniam E ipsum quidem Δ multiplicans ipsum
H fecit; ipsum vero Z multiplicans ipsum B fecit;
est igitur ut Δ ad Z ita H ad B. Ostensum
est autem et ut Δ ad Z ita A ad H; et ut
igitur A ad H ita H ad B; ergo A, H, B
deinceps proportionales sunt; ipsorum A, B
igitur unus medius proportionalis est numerus.

A, 6.   H, 12.   B, 24.

Γ, 2.   Δ, 3.   E, 4.   Z, 6.

Λέγω δὴ ὅτι καὶ ὁ A πρὸς τὸν B διπλασίονα
λόγον ἔχει ἤπερ ἡ ὁμόλογος πλευρὰ πρὸς τὴν
ὁμόλογον πλευράν, τουτέστιν ἤπερ ὁ Γ πρὸς τὸν
E ἢ ὁ Δ πρὸς τὸν Z. Ἐπεὶ γὰρ οἱ A, H, B ἑξῆς

Dico etiam et A ad B duplam rationem habere ejus quam homologum latus ad homologum
latus, hoc est quam Γ ad E vel Δ ad Z. Quoniam enim A, H, B deinceps proportionales

à Z (13. 7). Et puisque A est un nombre plan, et que Γ, Δ en sont les côtés, Δ
multipliant Γ fera A. Par la même raison E multipliant Z fera B. Que Δ multipliant
E fasse H. Puisque Δ multipliant Γ fait A, et que Δ multipliant E fait H, Γ est à
E comme A est à H (17. 7). Mais Γ est à E comme Δ est à Z; donc Δ est à Z comme A
est à H. De plus, puisque E multipliant Δ fait H, et que E multipliant Z fait B, Δ est
à Z comme H est à B. Mais on a démontré que Δ est à Z comme A est à H; donc A
est à H comme H est à B; donc A, H, B sont successivement proportionnels; donc
il y a un nombre moyen proportionnel entre A et B.

Je dis que A a avec B une raison double de celle qu'un côté homologue a avec
un côté homologue, c'est-à-dire de celle que Γ a avec E ou de celle que Δ a avec Z.
Car puisque les nombres A, H, B sont successivement proportionnels, A a avec B

ἀνάλογόν εἰσιν, ὁ Α πρὸς τὸν Β διπλασίονα λόγον ἔχει ἥπερ πρὸς τὸν Η. Καὶ ἔστιν ὡς ὁ Α πρὸς τὸν Η οὕτως ὅ, τε Γ πρὸς τὸν Ε καὶ ὁ Δ πρὸς τὸν Ζ· καὶ ὁ Α ἄρα πρὸς τὸν Β διπλασίονα λόγον ἔχει ἥπερ ὅ, τι Γ7 πρὸς τὸν Ε ἢ ὁ Δ πρὸς τὸν Ζ. Ὅπερ ἔδει δεῖξαι.

sunt, A ad B duplam rationem habet ejus quam ad H. Atque est ut A ad H ita et Γ ad E et Δ ad Z ; et A igitur ad B duplam rationem habet ejus quam et Γ ad E vel Δ ad Z. Quod oportebat ostendere.

ΠΡΟΤΑΣΙΣ ιθ'.

PROPOSITIO XIX.

Δύο ὁμοίων στερεῶν ἀριθμῶν δύο μέσοι ἀνάλογον ἐμπίπτουσιν ἀριθμοί· καὶ ὁ στερεὸς πρὸς τὸν ὅμοιον στερεὸν τριπλασίονα λόγον ἔχει ἥπερ ἡ ὁμόλογος πλευρὰ πρὸς τὴν ὁμόλογον πλευράν.

Inter duos similes solidos numeros duo medii proportionales cadunt numeri ; et solidus ad similem solidum triplam rationem habet ejus quam homologum latus ad homologum latus.

A, 30.	N, 60.		Ξ, 120.		B, 240.
	K, 6.	M, 12.		Λ, 24.	
Γ, 2.	Δ, 3.	E, 5.	Z, 4.	H, 6.	Θ, 10.

Ἔστωσαν δύο ὅμοιοι στερεοὶ οἱ Α, Β, καὶ τοῦ μὲν Α πλευραὶ ἔστωσαν οἱ Γ, Δ, Ε, τοῦ δὲ Β οἱ Ζ, Η, Θ. Καὶ ἐπεὶ ὅμοιοι στερεοί εἰσιν οἱ ἀνάλογον ἔχοντες τὰς πλευράς· ἔστιν ἄρα ὡς

Sint duo similes solidi A , B , et ipsius quidem A latera sint Γ, Δ, E, ipsius vero B ipsi Z, H, Θ. Et quoniam similes solidi sunt qui proportionalia habent latera ; est igitur ut Γ quidem ad

une raison double de celle que A a avec H. Mais Λ est à H comme Γ est à E, et comme Δ est à Z ; donc A a avec B une raison double de celle que Γ a avec Ε, ou de celle que Δ a avec Z. Ce qu'il fallait démontrer.

PROPOSITION XIX.

Entre deux nombres solides semblables il y a deux nombres moyens proportionnels ; et un nombre solide a avec un nombre solide semblable une raison triple de celle qu'un côté homologue a avec un côté homologue.

Soient A, B deux nombres solides semblables ; que Γ, Δ, E soient les côtés de A, et Z, H, Θ les côtés de B. Puisque les nombres solides semblables sont ceux qui ont leurs côtés homologues proportionnels (déf. 21. 7), Γ est à Δ comme Z à H,

μὲν ὁ Γ πρὸς τὸν Δ οὕτως ὁ Ζ πρὸς τὸν Η, ὡς
δὲ ὁ Δ πρὸς τὸν Ε οὕτως ὁ Η πρὸς τὸν Θ· λέγω
ὅτι τῶν Α, Β δύο μέσοι ἀνάλογον ἐμπίπτουσιν
ἀριθμοί, καὶ ὁ Α πρὸς τὸν Β τριπλασίονα λόγον
ἔχει ἥπερ ὁ Γ πρὸς τὸν Ζ καὶ ὁ Δ πρὸς τὸν Η
καὶ ἔτι ὁ Ε πρὸς τὸν Θ.

Δ ita Z ad H, ut vero Δ ad E ita H ad Θ. Dico
inter ipsos A, B duos medios proportionales
cadere numeros, et A ad B triplam rationem
habere ejus quam Γ ad Z et Δ ad H et adhuc
E ad Θ.

A, 30.   N, 60.   Ξ, 120.   B, 240.
          K, 6.   M, 12.   Λ, 24.
Γ, 2.   Δ, 3.   E, 5.   Z, 4.   H, 6.   Θ, 10.

Ο Γ γὰρ τὸν μὲν² Δ πολλαπλασιάσας τὸν Κ
ποιείτω, ὁ δὲ Ζ τὸν Η πολλαπλασιάσας τὸν
Λ ποιείτω. Καὶ ἐπεὶ οἱ Γ, Δ τοῖς Ζ, Η ἐν τῷ
αὐτῷ λόγῳ εἰσὶ, καὶ ἐκ μὲν τῶν Γ, Δ ἐστιν ὁ
Κ, ἐκ δὲ τῶν Ζ, Η ὁ Λ· οἱ Κ, Λ ἄρα³ ὅμοιοι
ἐπίπεδοί εἰσιν ἀριθμοί· τῶν Κ, Λ ἄρα εἷς μέσος
ἀνάλογόν ἐστιν ἀριθμός. Ἔστω ὁ Μ· ὁ Μ ἄρα
ἐστὶν ὁ ἐκ τῶν Δ, Ζ ὡς ἐν τῷ πρὸ τούτου θεω-
ρήματι ἐδείχθη⁴. Καὶ ἐπεὶ ὁ Δ τὸν μὲν Γ πολλαπλασιάσας τὸν Κ πεποίηκε, τὸν δὲ Ζ πολλαπλασιάσας τὸν Μ πεποίηκεν· ἔστιν ἄρα ὡς ὁ Γ
πρὸς τὸν Ζ οὕτως ὁ Κ πρὸς τὸν Μ. Ἀλλ᾽ ὡς ὁ Κ
πρὸς τὸν Μ οὕτως⁵ ὁ Μ πρὸς τὸν Λ· οἱ Κ, Μ, Λ
ἄρα ἑξῆς εἰσιν⁶ ἀνάλογον ἐν τῷ τοῦ Γ πρὸς τὸν Ζ

Etenim Γ ipsum Δ multiplicans ipsum K faciat, ipse vero Z ipsum H multiplicans ipsum
Λ faciat. Et quoniam Γ, Δ cum ipsis Z, H in
eâdem ratione sunt, et ex quidem ipsis Γ, Δ est
K, ex ipsis vero Z, H ipse Λ; ergo K, Λ similes
plani sunt numeri; ipsorum K, Λ igitur unus
medius proportionalis est numerus. Sit M; ergo
M est ex ipsis Δ, Z ut in præcedenti theoremate
ostensum est. Et quoniam Δ ipsum quidem Γ
multiplicans ipsum K fecit, ipsum vero Z multiplicans ipsum M fecit; est igitur ut Γ ad Z
ita K ad M. Sed ut K ad M ita M ad Λ;
ipsi K, M, Λ igitur deinceps sunt proportionales
in ipsius Γ ad Z ratione. Et quoniam est ut Γ

et Δ est à E comme H est à Θ; je dis qu'entre les nombres A, B il y a deux
moyens proportionnels, et que A avec B une raison triple de celle que Γ a avec
Z, de celle que Δ a avec H, et de celle que E a avec Θ.

Car que Γ multipliant Δ fasse K, et que Z multipliant H fasse Λ. Puisque Γ, Δ
sont en même raison que Z, H; que K est le produit de Γ par Δ, et Λ le produit de
Z par H, les nombres K, Λ sont des nombres plans semblables; il y a donc
entre K et Λ un nombre moyen proportionnel (18. 8). Qu'il soit M; le nombre
M sera le produit de Δ par Z, ainsi qu'on l'a démontré dans le théorème
précédent. Puisque Δ multipliant Γ fait K, et que Δ multipliant Z fait M, le
nombre Γ est à Z comme K est à M (17. 7). Mais K est à M comme M est à Λ;
les nombres K, M, Λ sont donc successivement proportionnels dans la raison de

λόγῳ. Καὶ ἐπεί ἐστιν ὡς ὁ Γ πρὸς τὸν Δ οὕτως ὁ Ζ πρὸς τὸν Η· ἐναλλὰξ ἄρα ἐστὶν ὡς ὁ Γ πρὸς τὸν Ζ οὕτως ὁ Δ πρὸς τὸν Η. Πάλιν, ἐπεί ἐστιν ὡς ὁ Δ πρὸς τὸν Ε οὕτως ὁ Η πρὸς τὸν Θ· ἐναλλὰξ ἄρα ἐστὶν ὡς ὁ Δ πρὸς τὸν Η οὕτως ὁ Ε πρὸς τὸν Θ[7]· οἱ Κ, Μ, Λ ἄρα ἐξῆς εἰσιν ἀνάλογον[8] ἔν τε τῷ τοῦ Γ πρὸς τὸν Ζ λόγῳ[9] καὶ τῷ τοῦ Δ πρὸς τὸν Η καὶ ἔτι τῷ τοῦ Ε πρὸς τὸν Θ[10]. Ἑκάτερος δὴ τῶν Ε, Θ τὸν Μ πολλαπλασιάσας ἑκάτερον τῶν Ν, Ξ ποιείτω. Καὶ ἐπεὶ στερεός ἐστιν ὁ Α, πλευραὶ δὲ αὐτοῦ εἰσιν οἱ Γ, Δ, Ε· ὁ Ε ἄρα τὸν ἐκ τῶν Γ, Δ πολλαπλασιάσας τὸν Α πεποίηκεν· ὁ δὲ ἐκ τῶν Γ, Δ ἐστιν ὁ Κ· ὁ Ε ἄρα τὸν Κ πολλαπλασιάσας τὸν Α πεποίηκε. Διὰ τὰ αὐτὰ δὴ καὶ ὁ Θ τὸν Λ πολλαπλασιάσας[11] τὸν Β πεποίηκε. Καὶ ἐπεὶ ὁ Ε τὸν Κ πολλαπλασιάσας τὸν Α πεποίηκεν, ἀλλὰ μὴν καὶ τὸν Μ πολλαπλασιάσας τὸν Ν πεποίηκεν· ἔστιν ἄρα ὡς ὁ Κ πρὸς τὸν Μ οὕτως ὁ Α πρὸς τὸν Ν. Ὡς δὲ ὁ Κ πρὸς τὸν Μ οὕτως ὅ, τε Γ πρὸς τὸν Ζ καὶ ὁ Δ πρὸς τὸν Η καὶ ἔτι ὁ Ε πρὸς τὸν Θ· καὶ[12] ὡς ἄρα ὁ Γ πρὸς τὸν Ζ καὶ ὁ Δ πρὸς τὸν Η καὶ ὁ Ε πρὸς τὸν Θ οὕτως ὁ Α πρὸς τὸν Ν. Πάλιν, ἐπεὶ ἑκάτερος τῶν Ε, Θ τὸν Μ πολλαπλασιάσας ἑκάτερον τῶν Ν,

ad Δ ita Ζ ad Η; alterne igitur est ut Γ ad Ζ ita Δ ad Η. Rursus, quoniam est ut Δ ad Ε ita Η ad Θ; alterne igitur est ut Δ ad Η ita Ε ad Θ; ipsi Κ, Μ, Λ igitur deinceps sunt proportionales et in ipsius Γ ad Ζ ratione et in ipsius Δ ad Η et adhuc in ipsius Ε ad Θ. Uterque autem ipsorum Ε, Θ ipsum Μ multiplicans utrumque ipsorum Ν, Ξ faciat. Et quoniam solidus est Α, latera autem ipsius sunt Γ, Δ, Ε; ergo Ε ipsum ex Γ, Δ multiplicans ipsum Α fecit; ipse autem ex Γ, Δ est Κ; ergo Ε ipsum Κ multiplicans ipsum Α fecit. Propter eadem utique et Θ ipsum Λ multiplicans ipsum Β fecit. Et quoniam Ε ipsum Κ multiplicans ipsum Α fecit; sed quidem et ipsum Μ multiplicans ipsum Ν fecit; est igitur ut Κ ad Μ ita Α ad Ν. Ut autem Κ ad Μ ita et Γ ad Ζ et Δ ad Η et adhuc Ε ad Θ; et ut igitur Γ ad Ζ et Δ ad Η et Ε ad Θ ita Α ad Ν. Rursus, quoniam uterque ipsorum Ε, Θ ipsum Μ multiplicans utrum-

Γ à Ζ. Et puisque Γ est à Δ comme Ζ est à Η, par permutation Γ est à Ζ comme Δ est à Η, (13. 7). De plus, puisque Δ est à Ε comme Η est à Θ, par permutation Δ est à Η comme Ε est à Θ (13. 7); les nombres Κ, Μ, Λ sont donc successivement proportionnels dans la raison de Γ à Ζ, de Δ à Η, et de Ε à Θ. Que les nombres Ε, Θ multipliant Μ fassent Ν, Ξ. Puisque Α est un nombre solide, et que ses côtés sont Γ, Δ, Ε, le nombre Ε multipliant le produit de Γ par Δ fera Α; mais le produit de Γ par Δ est Κ; donc Ε multipliant Κ fait Α. Par la même raison, Θ multipliant Λ fait Β. Et puisque Ε multipliant Κ fait Α, et que Ε multipliant Μ fait Ν, Κ est à Μ comme Α est à Ν (17. 7). Mais Κ est à Μ comme Γ est à Ζ, comme Δ est à Η, et comme Ε est à Θ; donc Γ est à Ζ, et Δ à Η, et Ε à Θ, comme Α est à Ν. De plus, puisque les nombres Ε, Θ multipliant Μ font Ν, Ξ, le nombre Ε est

Ξ πεποίηκεν· ἔστιν ἄρα ὡς ὁ Ε πρὸς τὸν Θ οὕτως ὁ Ν πρὸς τὸν Ξ. Ἀλλ' ὡς ὁ Ε πρὸς τὸν Θ οὕτως ὅ, τε Γ πρὸς τὸν Ζ καὶ ὁ Δ πρὸς τὸν Η· ἔστιν ἄρα ὡς[13] ὁ Γ πρὸς τὸν Ζ καὶ ὁ Δ πρὸς τὸν Η καὶ ὁ Ε πρὸς τὸν Θ οὕτως ὅ, τε[14] ὁ Α πρὸς τὸν Ν καὶ ὁ Ν πρὸς τὸν Ξ. Πάλιν, ἐπεὶ ὁ Θ τὸν Μ πολλαπλασιάσας τὸν Ξ πεποίηκεν, ἀλλὰ μὴν καὶ τὸν Λ πολλαπλασιάσας τὸν Β πεποίηκεν· ἔστιν ἄρα ὡς ὁ Μ πρὸς τὸν Λ οὕτως ὁ Ξ πρὸς τὸν Β. Ἀλλ' ὡς ὁ Μ πρὸς τὸν Λ οὕτως ὅ, τε Γ πρὸς τὸν Ζ καὶ ὁ Δ πρὸς τὸν Η καὶ ὁ Ε πρὸς τὸν Θ· καὶ ὡς ἄρα ὁ Γ πρὸς τὸν Ζ καὶ ὁ Δ πρὸς τὸν Η καὶ ὁ Ε πρὸς τὸν Θ οὕτως οὐ μόνον ὁ Ξ πρὸς τὸν Β ἀλλὰ καὶ ὁ Α πρὸς τὸν Ν καὶ ὁ Ν πρὸς τὸν Ξ· οἱ Α, Ν, Ξ, Β ἄρα ἑξῆς εἰσιν ἀνάλογον ἐν τοῖς εἰρημένοις τῶν πλευρῶν λόγοις.

que ipsorum N, Ξ fecit; est igitur ut E ad Θ ita N ad Ξ. Sed ut E ad Θ ita et Γ ad Z et Δ ad H; est igitur ut Γ ad Z et Δ ad H et E ad Θ ita et A ad N et N ad Ξ. Rursus, quoniam Θ ipsum M multiplicans ipsum Ξ fecit, sed etiam et ipsum Λ multiplicans ipsum B fecit; est igitur ut M ad Λ ita Ξ ad B. Sed ut M ad Λ ita et Γ ad Z et Δ ad H et E ad Θ; et igitur ut Γ ad Z et Δ ad H et E ad Θ ita non solum Ξ ad B sed et A ad N et N ad Ξ; ipsi A, N, Ξ, B igitur deinceps sunt proportionales in dictis laterum rationibus.

A, 30.   N, 60.   Ξ, 120.   B, 240.

K, 6.   M, 12.   Λ, 24.

Γ, 2.   Δ, 3.   E, 5.   Z, 4.   H, 6.   Θ, 10.

Λέγω ὅτι καὶ ὁ Α πρὸς τὸν Β τριπλασίονα λόγον ἔχει ἤπερ ἡ ὁμόλογος πλευρὰ πρὸς τὴν ὁμόλογον πλευράν, τουτέστιν ἤπερ ὁ Γ ἀριθμὸς πρὸς τὸν Ζ, ἢ ὁ Δ πρὸς τὸν Η καὶ ἔτι ὁ Ε πρὸς τὸν Θ. Ἐπεὶ γὰρ τέσσαρες ἀριθμοὶ ἑξῆς

Dico et A ad B triplam rationem habere ejus quam homologum latus ad homologum latus, hoc est quam habet Γ numerus ad Z, vel Δ ad H et adhuc E ad Θ. Quoniam enim quatuor numeri deinceps proportionales sunt A, N, Ξ,

à Θ comme N est à Ξ. Mais E est à Θ comme Γ est à Z, et comme Δ est à H; donc Γ est à Z, Δ à H, et E à Θ, comme A est à N, et comme N est à Ξ. De plus, puisque Θ multipliant M fait Ξ, et que Θ multipliant Λ fait B, M est à Λ comme Ξ est à B. Mais M est à Λ comme Γ est à Z, comme Δ est à H, et comme E est à Θ; donc Γ est à Z, Δ à H, et E à Θ, non seulement comme Ξ est à B, mais encore comme A est à N, et comme N est à Ξ; les nombres A, N, Ξ, B sont donc successivement proportionnels dans lesdites raisons des côtés.

Je dis aussi que A a avec B une raison triple de celle qu'un côté homologue a avec un côté homologue, c'est-à-dire de celle que le nombre Γ a avec Z, ou de celle que Δ a avec H, et encore de celle que E a avec Θ. Car puisque

ἀνάλογόν εἰσιν οἱ A, N, Ξ, B· ὁ A ἄρα πρὸς τὸν B τριπλασίονα λόγον ἔχει ἤπερ ὁ A πρὸς τὸν N. Ἀλλ' ὡς ὁ A πρὸς τὸν N οὕτως ἐδείχθη ὅ, τε Γ πρὸς τὸν Z καὶ ὁ Δ πρὸς τὸν H καὶ ἔτι ὁ E πρὸς τὸν Θ· καὶ ὁ A ἄρα πρὸς τὸν B τριπλασίονα λόγον ἔχει ἤπερ ἡ ὁμόλογος πλευρὰ πρὸς τὴν ὁμόλογον πλευράν, τουτέστιν ἤπερ ὁ Γ ἀριθμὸς πρὸς τὸν Z καὶ ὁ Δ πρὸς τὸν H καὶ ἔτι ὁ E πρὸς τὸν Θ. Ὅπερ ἔδει δεῖξαι.

B; ergo A ad B triplam rationem habet ejus quam A ad N. Sed ut A ad N ita ostensum est et Γ ad Z et Δ ad H et adhuc E ad Θ; et A igitur ad B triplam rationem habet ejus quam homologum latus ad homologum latus, hoc est quam Γ numerus ad Z et Δ ad H et adhuc E ad Θ. Quod oportebat ostendere.

ΠΡΟΤΑΣΙΣ κ΄.

Ἐὰν δύο ἀριθμῶν εἷς μέσος ἀνάλογον ἐμπίπτῃ ἀριθμός, ὅμοιοι ἐπίπεδοι ἔσονται οἱ ἀριθμοί.

Δύο γὰρ ἀριθμῶν τῶν A, B εἷς μέσος ἀνάλογον ἐμπιπτέτω ἀριθμὸς ὁ Γ· λέγω ὅτι οἱ A, B ὅμοιοι ἐπίπεδοί εἰσιν ἀριθμοί.

PROPOSITIO XX.

Si inter duos numeros unus medius proportionalis cadat numerus, similes plani erunt numeri.

Inter duos enim numeros A, B unus medius proportionalis cadat numerus Γ; dico ipsos A, B similes planos esse numeros.

A, 8.	Γ, 12.	B, 18.
Δ, 2. E, 3.		Z, 4. H, 6.

Εἰλήφθωσαν γὰρ ἐλάχιστοι ἀριθμοὶ τῶν τὸν αὐτὸν λόγον ἐχόντων τοῖς A, Γ, οἱ Δ, E· ἔστιν

Sumantur enim Δ, E minimi numeri ipsorum eamdem rationem habentium cum ipsis A, Γ;

les quatre nombres A, N, Ξ, B sont successivement proportionnels, le nombre A a avec B une raison triple de celle que A a avec N. Mais on a démontré que A est à N comme Γ est à Z, comme Δ est à H, et comme E est à Θ; donc A a avec B une raison triple de celle qu'un côté homologue a avec un côté homologue, c'est-à-dire de celle que le nombre Γ a avec Z, de celle que Δ a avec H, et de celle que E a avec Θ. Ce qu'il fallait démontrer.

PROPOSITION XX.

Si entre deux nombres il tombe un nombre moyen proportionnel, ces nombres seront des plans semblables.

Car qu'entre les deux nombres A, B il tombe un moyen proportionnel Γ; je dis que les nombres A, B sont des plans semblables.

Car prenons les plus petits nombres de ceux qui ont la même raison avec

ἄρα ὡς ὁ Δ πρὸς τὸν Ε οὕτως ὁ Α πρὸς τὸν Γ.
Ὡς δὴ ὁ Α πρὸς τὸν Γ οὕτως ὁ Γ πρὸς τὸν Β³·
ἰσάκις ἄρα ὁ Δ τὸν Α μετρεῖ καὶ ὁ Ε τὸν Γ.
Ὁσάκις δὴ ὁ Δ τὸν Α μετρεῖ, τοσαῦται μονάδες
ἔστωσαν ἐν τῷ Ζ· ὁ Ζ ἄρα τὸν Δ πολλαπλασιάσας
τὸν Α πεποίηκε, τὸν δὲ Ε πολλαπλασιάσας τὸν
Γ πεποίηκεν⁴· ὡς τε ὁ Α ἐπίπεδός ἐστι, πλευραὶ
δὲ αὐτοῦ οἱ Δ, Ζ. Πάλιν, ἐπεὶ οἱ Δ, Ε ἐλάχιστοί εἰσι τῶν τὸν αὐτὸν λόγον ἐχόντων τοῖς
Γ, Β· ἰσάκις ἄρα ὁ Δ τὸν Γ μετρεῖ καὶ ὁ Ε τὸν Β.
Ὁσάκις δὲ⁵ ὁ Ε τὸν Β μετρεῖ, τοσαῦται μονάδες
ἔστωσαν 'ν τῷ Η· καὶ⁶ ὁ Ε ἄρα τὸν Β μετρεῖ

est igitur Δ ad E ita A ad Γ. Ut autem A ad Γ
ita Γ ad B; æqualiter igitur Δ ipsum A metitur
ac E ipsum Γ. Quoties autem Δ ipsum A metitur,
tot unitates sint in Z; ergo Z ipsum Δ multiplicans ipsum A fecit, ipsum autem E multiplicans ipsum Γ fecit; quare A planus est, latera
vero ipsius Δ, Z. Rursus, quoniam Δ, E minimi sunt ipsorum camdem rationem habentium cum ipsis Γ, B; æqualiter igitur Δ ipsum Γ
metitur ac E ipsum B. Quoties autem E ipsum
B metitur, tot unitates sint in H; ergo E ipsum

A, 8.   Γ, 12.   B, 18.
Δ, 2. E, 3.   Z, 4. H, 6.

κατὰ τὰς ἐν τῷ Η μονάδας· ὁ Η ἄρα τὸν Ε
πολλαπλασιάσας τὸν Β πεποίηκεν· ὁ Β ἄρα
ἐπίπεδός ἐστι, πλευραὶ δὲ αὐτοῦ εἰσιν οἱ Ε, Η·
οἱ Α, Β ἄρα ἐπίπεδοί εἰσιν ἀριθμοί. Λέγω δὴ ὅτι
καὶ ὅμοιοι. Ἐπεὶ γὰρ ὁ Ζ τὸν μὲν Δ πολλαπλασιάσας τὸν Α πεποίηκε· τὸν δὲ Ε πολλαπλασιάσας τὸν Γ πεποίηκεν· ἰσάκις ἄρα ὁ Δ τὸν Α
μετρεῖ καὶ ὁ Ε τὸν Γ· ἔστιν ἄρα ὡς ὁ Δ πρὸς τὸν
Ε οὕτως ὁ Α πρὸς τὸν Γ, τουτέστιν ὁ Γ πρὸς

B metitur per unitates quæ in H; ergo H ipsum
E multiplicans ipsum B fecit; ergo B planus est,
latera vero ipsius sunt ipsi E, H; ergo A, B plani
sunt numeri. Dico etiam et similes. Quoniam
enim Z ipsum quidem Δ multiplicans ipsum A
fecit, ipsum vero E multiplicans ipsum Γ fecit;
æqualiter igitur Δ ipsum A metitur ac E ipsum
Γ; est igitur ut Δ ad E ita A ad Γ, hoc est

A, Γ (35. 7), et qu'ils soient Δ, E. Le nombre Δ sera à E comme A est à Γ. Mais
A est à Γ comme Γ est à B; donc Δ mesure A autant de fois que E mesure Γ. Qu'il
y ait autant d'unités dans Z que Δ mesure de fois A. Le nombre Z multipliant Δ
fera A, et Z multipliant E fera Γ; donc A est un nombre plan, dont les côtés
sont Δ, Z. De plus, puisque les nombres Δ, E sont les plus petits de ceux qui ont
la même raison avec Γ, B, le nombre Δ mesurera Γ autant de fois que E mesure B.
Qu'il y ait autant d'unités dans H que E mesure de fois B; le nombre E mesurera B
par les unités qui sont dans H, et le nombre H multipliant E fera B; donc B est
un nombre plan, dont les côtés sont E, H; donc A, B sont des nombres plans.
Je dis aussi que ces nombres sont semblables. Car, puisque Z multipliant Δ fait A, et
que Z multipliant E fait Γ, Δ mesure A autant de fois que E mesure Γ; donc Δ est à
E comme A est à Γ, c'est-à-dire comme Γ est à B. De plus, puisque E multipliant

τὸν Β. Πάλιν, ἐπεὶ ὁ Ε ἑκάτερον τῶν Ζ, Η
πολλαπλασιάσας τοὺς Γ, Β πεποίηκεν[7]· ἔστιν
ἄρα ὡς ὁ Ζ πρὸς τὸν Η οὕτως ὁ Γ πρὸς τὸν Β.
Ὡς δὲ ὁ Γ πρὸς τὸν Β οὕτως ὁ Δ πρὸς τὸν Ε·
καὶ ὡς ἄρα ὁ Δ πρὸς τὸν Ε οὕτως ὁ Ζ πρὸς τὸν
Η. Καὶ ἐναλλὰξ ὡς ὁ Δ πρὸς τὸν Ζ οὕτως ὁ Ε
πρὸς τὸν Η[8]· οἱ Α, Β ἄρα ὅμοιοι ἐπίπεδοι ἀριθμοί εἰσιν, αἱ γὰρ πλευραὶ αὐτῶν[9] ἀνάλογόν
εἰσιν. Ὅπερ ἔδει δεῖξαι.

Γ ad Β. Rursus, quoniam Ε utrumque ipsorum
Ζ, Η multiplicans ipsos Γ, Β fecit, est igitur ut
Ζ ad Η ita Γ ad Β. Ut autem Γ ad Β ita Δ ad Ε;
et igitur ut Δ ad Ε ita Ζ ad Η. Et alterne ut Δ
ad Ζ ita Ε ad Η; ergo Α, Β similes plani numeri sunt, etenim ipsorum latera sunt proportionalia. Quod oportebat ostendere.

ΠΡΟΤΑΣΙΣ κά.

PROPOSITIO XXI.

Ἐὰν δύο ἀριθμῶν δύο μέσοι ἀνάλογον ἐμπίπτωσιν ἀριθμοί, ὅμοιοι στερεοί εἰσιν οἱ[1] ἀριθμοί.

Δύο γὰρ ἀριθμῶν τῶν Α, Β δύο μέσοι ἀνάλογον
ἐμπιπτέτωσαν ἀριθμοί, οἱ Γ, Δ· λέγω ὅτι οἱ Α, Β
ὅμοιοι στερεοί εἰσιν.

Si inter duos numeros duo medii proportionales cadant numeri, similes solidi sunt numeri.

Inter duos enim numeros Α, Β duo medii
proportionales cadant numeri Γ, Δ; dico ipsos
Α, Β similes solidos esse.

Α, 24.	Γ, 72.	Δ, 216.	Β, 648.
Ε, 1.	Ζ, 3.	Η, 9.	
Θ, 1.	Κ, 1.	Ν, 24.	Λ, 3.	Μ, 3.	Ξ, 72.

Εἰλήφθωσαν γὰρ[2] ἐλάχιστοι ἀριθμοὶ τῶν τὸν
αὐτὸν λόγον ἐχόντων τοῖς Α, Γ, Δ, τρεῖς[3] οἱ

Sumantur enim tres minimi numeri ipsorum
eamdem rationem habentium cum ipsis Α, Γ,

Ζ, Η faît Γ, Β, le nombre Ζ est à Η comme Γ est à Β (18. 7). Mais Γ est à Β comme
Δ est à Ε; donc Δ est à Ε comme Ζ est à Η. Et par permutation Δ est à Ζ comme
Ε est à Η (13. 7.) Donc Α, Β sont des nombres plans semblables (déf. 21. 7),
puisque leurs côtés sont proportionnels. Ce qu'il fallait démontrer.

PROPOSITION XXI.

Si entre deux nombres il tombe deux nombres moyens proportionnels, ces
nombres seront des solides semblables.

Qu'entre les nombres Α, Β il tombe deux nombres moyens proportionnels
Γ, Δ; je dis que les nombres Α, Β sont des solides semblables.

Prenons les trois plus petits nombres de ceux qui ont la même raison avec

E, Z, H· οἱ ἄρα ἄκροι αὐτῶν οἱ E, H πρῶτοι πρὸς ἀλλήλους εἰσί. Καὶ ἐπεὶ τῶν E, H εἷς μέσος ἀνάλογον ἐμπέπτωκεν ἀριθμὸς ὁ Z· οἱ E, H ἄρα ἀριθμοὶ ὅμοιοι ἐπίπεδοί εἰσιν ἀριθμοί. Ἔστωσαν οὖν τοῦ μὲν E πλευραὶ οἱ Θ, K, τοῦ δὲ H οἱ Λ, M· φανερὸν ἄρα ἐστὶν ἐκ τοῦ πρὸ τούτου ὅτι οἱ E, Z, H ἑξῆς εἰσιν ἀνάλογον ἔν τε τῷ τοῦ Θ πρὸς τὸν Λ λόγῳ καὶ τῷ τοῦ K πρὸς τὸν M. Καὶ ἐπεὶ οἱ E, Z, H ἐλάχιστοί εἰσι τῶν τὸν αὐτὸν λόγον ἐχόντων τοῖς Α, Γ, Δ· καὶ ἐστιν ἴσον τὸ πλῆθος τῶν E, Z, H τῷ πλήθει τῶν Α, Γ, Δ· δι᾽ ἴσου ἄρα ἐστὶν ὡς ὁ E πρὸς

Δ, scilicet ipsi E, Z, H; ergo extremi eorum E, H primi inter se sunt. Et quoniam inter E, H unus medius proportionalis cecidit numerus Z; ergo E, H numeri similes plani sunt numeri. Sint igitur ipsius quidem E latera ipsi Θ, K, ipsius vero H ipsi Λ, M; evidens igitur est ex antecedente E, Z, H deinceps esse proportionales in ipsius Θ ad Λ ratione et in ipsius K ad M. Et quoniam E, Z, H minimi sunt ipsorum eamdem rationem habentium cum ipsis A, Γ, Δ; et est æqualis multitudo ipsorum E, Z, H multitudini ipsorum A, Γ, Δ; ex æquo igitur est

A, 24.	Γ, 72.	Δ, 216.	B, 648.
E, 1.		Z, 3.	H, 9.
Θ, 1.	K, 1.	N, 24.	Λ, 5.	M, 3.	Ξ, 72.

τὸν H οὕτως ὁ Α πρὸς τὸν Δ. Οἱ δὲ E, H πρῶτοι, οἱ δὲ πρῶτοι καὶ ἐλάχιστοι, οἱ δὲ ἐλάχιστοι μετροῦσι τοὺς τὸν αὐτὸν λόγον ἔχοντας αὐτοῖς ἰσάκις, ὅ, τε μείζων τὸν μείζονα καὶ ὁ ἐλάσσων τὸν ἐλάσσονα, τουτέστιν ὅ, τε ἡγούμενος τὸν ἡγούμενον καὶ ὁ ἑπόμενος τὸν ἑπόμενον· ἰσάκις ἄρα ὁ E τὸν Α μετρεῖ καὶ ὁ H τὸν Δ. Ὁσάκις δὴ

ut E ad H ita A ad Δ. Ipsi autem E, H primi, primi vero et minimi, minimi autem metiuntur ipsos æqualiter eamdem rationem habentes cum ipsis, major majorem, et minor minorem, hoc est et antecedens antecedentem, et consequens consequentem; æqualiter igitur E ipsum A metitur ac H ipsum Δ. Quoties

A, Γ, Δ (35. 7); qu'ils soient E, Z, H; leurs extrêmes E, H seront premiers entr'eux (3. 8). Et puisque entre E, H il tombe un moyen proportionnel Z, les nombres E, H seront des nombres plans semblables (20. 8). Que Θ, K soient les côtés de E, et Λ, M les côtés de H; il est évident, d'après ce qui précède, que les nombres E, Z, H sont successivement proportionnels dans la raison de Θ à Λ et de K à M. Et puisque les nombres E, Z, H sont les plus petits de ceux qui ont la même raison avec A, Γ, Δ, et que la quantité des nombres E, Z, H est égale à la quantité des nombres A, Γ, Δ, par égalité E est à H comme A est à Δ (14. 7). Mais les nombres E, H sont premiers entr'eux, et les nombres premiers sont les plus petits (23. 7), et les plus petits mesurent également ceux qui ont la même raison avec eux, le plus grand le plus grand, et le plus petit le plus petit, c'est-à-dire l'antécédent l'antécédent, et le conséquent le conséquent (21. 7); le nombre E mesure donc le nombre A autant de fois que H mesure Δ.

ὁ E τὸν A μετρεῖ, τοσαῦται μονάδες ἔστωσαν ἐν τῷ N· ὁ N ἄρα τὸν E πολλαπλασιάσας τὸν A πεποίηκεν. Ὁ δὲ E ἐστὶν ὁ ἐκ τῶν Θ, K· ὁ N ἄρα τὸν ἐκ τῶν Θ, K πολλαπλασιάσας τὸν A πεποίηκε· στερεὸς ἄρα ἐστὶν ὁ A, πλευραὶ δὲ αὐτοῦ εἰσιν οἱ Θ, K, N. Πάλιν, ἐπεὶ οἱ E, Z, H ἐλάχιστοί εἰσι τῶν τὸν αὐτὸν λόγον ἐχόντων τοῖς Γ, Δ, B· ἰσάκις ἄρα ὁ E τὸν Γ μετρεῖ καὶ ὁ H τὸν B. Ὁσάκις δὴ ὁ E τὸν Γ[8] μετρεῖ, τοσαῦται μονάδες ἔστωσαν ἐν τῷ Ξ. Καὶ[9] ὁ H ἄρα τὸν B μετρεῖ κατὰ τὰς ἐν τῷ Ξ μονάδας· ὁ Ξ ἄρα τὸν H πολλαπλασιάσας τὸν B πεποίηκεν. Ὁ δὲ H ἐστὶν ὁ ἐκ τῶν Λ, M· ὁ Ξ ἄρα τὸν ἐκ τῶν Λ, M πολλαπλασιάσας τὸν B πεποίηκε[10]· στερεὸς ἄρα ἐστὶν ὁ B, πλευραὶ δὲ αὐτοῦ[11] εἰσιν οἱ Λ, M, Ξ· οἱ A, B ἄρα στερεοί εἰσι. Λέγω δὴ[12] ὅτι καὶ ὅμοιοι. Ἐπεὶ γὰρ οἱ N, Ξ τὸν E πολλαπλασιάσαντες τοὺς A, Γ πεποιήκασιν· ἔστιν ἄρα ὡς ὁ N πρὸς τὸν Ξ οὕτως ὁ A πρὸς τὸν Γ, τουτέστιν ὁ E πρὸς τὸν Z. Ἀλλ᾽ ὡς ὁ E πρὸς τὸν Z οὕτως[13] ὁ Θ πρὸς τὸν Λ καὶ ὁ K πρὸς τὸν M· καὶ ὡς ἄρα ὁ Θ πρὸς τὸν Λ οὕτως ὁ K πρὸς τὸν M καὶ ὁ N πρὸς τὸν Ξ. Καί εἰσιν οἱ μὲν Θ, K,

autem E ipsum A metitur, tot unitates sint in N; ergo N ipsum E multiplicans ipsum A fecit. Est autem E ex ipsis Θ, K; ergo N ipsum ex Θ, K multiplicans ipsum A fecit; solidus igitur est A, latera autem ipsius sunt Θ, K, N. Rursus, quoniam E, Z, H minimi sunt ipsorum eamdem rationem habentium cum ipsis Γ, Δ, B; æqualiter igitur E ipsum Γ metitur ac H ipsum B. Quoties autem E ipsum Γ metitur, tot unitates sint in Ξ; ergo H ipsum B metitur per unitates quæ in Ξ; ergo Ξ ipsum H multiplicans ipsum B fecit. Est autem H ex Λ, M; ergo Ξ ipsum ex Λ, M multiplicans ipsum B fecit; solidus igitur est B; latera autem ipsius sunt Λ, M, Ξ; ergo A, B solidi sunt. Dico etiam et similes. Quoniam enim N, Ξ ipsum E multiplicantes ipsos A, Γ fecerunt; est igitur ut N ad Ξ ita A ad Γ, hoc est E ad Z. Sed ut E ad Z ita Θ ad Λ et K ad M; et ut igitur Θ ad Λ ita K ad M et N ad Ξ. Et sunt quidem Θ, K, N la-

Qu'il y ait autant d'unités dans N que E mesure de fois A ; le nombre N multipliant E fera A. Mais E est le produit de Θ par K ; donc le nombre N multipliant le produit de Θ par K fait A ; donc A est un nombre solide, dont les côtés sont Θ, K, N. De plus, puisque les nombres E, Z, H sont les plus petits de ceux qui ont la même raison avec Γ, Δ, B, le nombre E mesure Γ autant de fois que H mesure B. Qu'il y ait autant d'unités dans Ξ que E mesure de fois Γ ; le nombre H mesurera B par les unités qui sont dans Ξ ; donc Ξ multipliant H fera B. Mais H est le produit de Λ par M ; donc Ξ multipliant le produit de Λ par M fera B ; donc B est un nombre solide, dont les côtés sont Λ, M, Ξ ; donc A, B sont des nombres solides. Je dis aussi que ces nombres sont semblables. Car puisque les nombres N, Ξ multipliant E font A, Γ, le nombre N sera à Ξ comme A est à Γ, c'est-à-dire comme E est à Z (17. 7). Mais E est à Z comme Θ est à Λ, et comme K est à M ; donc Θ est à Λ comme K est à M, et comme N est à Ξ. Mais Θ, K, N

Ν πλευραὶ τοῦ Α, οἱ δὲ Ξ, Λ, Μ πλευραὶ τοῦ Β· οἱ Α, Β ἄρα ὅμοιοι στερεοί εἰσιν. Ὅπερ ἔδει δεῖξαι.

tera ipsius A, ipsi vero Ξ, Λ, M latera ipsius B; ergo A, B similes solidi sunt. Quod oportebat ostendere.

ΠΡΟΤΑΣΙΣ κβ'.

Ἐὰν τρεῖς ἀριθμοὶ ἑξῆς ἀνάλογον ὦσιν, ὁ δὲ πρῶτος τετράγωνος ᾖ· καὶ ὁ τρίτος τετράγωνος ἔσται.

Ἔστωσαν τρεῖς ἀριθμοὶ ἑξῆς ἀνάλογον οἱ Α, Β, Γ, ὁ δὲ πρῶτος ὁ Α τετράγωνος ἔστω· λέγω ὅτι καὶ ὁ τρίτος ὁ Γ τετράγωνός ἐστιν.

PROPOSITIO XXII.

Si tres numeri deinceps proportionales sunt, primus autem quadratus sit, et tertius quadratus erit.

Sint tres numeri deinceps proportionales A, B, Γ, primus autem A quadratus sit; dico et tertium Γ quadratum esse.

$$A, 4. \qquad B, 6. \qquad Γ, 9.$$

Ἐπεὶ γὰρ τῶν Α, Γ εἷς μέσος ἀνάλογόν ἐστιν ἀριθμὸς ὁ Β· οἱ Α, Γ ἄρα ὅμοιοι ἐπίπεδοί εἰσι. Τετράγωνος δὲ ὁ Α· τετράγωνος ἄρα καὶ ὁ Γ. Ὅπερ ἔδει δεῖξαι.

Quoniam enim ipsorum A, Γ unus medius proportionalis est numerus B; ergo A, Γ similes solidi sunt. Quadratus autem A; quadratus igitur et Γ. Quod oportebat ostendere.

sont les côtés de A, et Ξ, Λ, M les côtés de B; donc les nombres A, B sont des solides semblables. Ce qu'il fallait démontrer.

PROPOSITION XXII.

Si trois nombres sont successivement proportionnels, et si le premier est un quarré, le troisième sera un quarré.

Soient A, B, Γ trois nombres successivement proportionnels, et que le premier A soit un quarré; je dis que le troisième Γ est un quarré.

Puisque entre les nombres A, Γ il y a un moyen proportionnel B, les nombres A, Γ sont des plans semblables (20. 8). Mais A est un quarré; donc Γ est un quarré. Ce qu'il fallait démontrer.

ΠΡΟΤΑΣΙΣ κγ΄.

PROPOSITIO XXIII.

Ἐὰν τέσσαρες ἀριθμοὶ ἑξῆς ἀνάλογον ὦσιν, ὁ δὲ πρῶτος κύβος ᾖ· καὶ ὁ τέταρτος κύβος ἔσται.

Si quatuor numeri deinceps proportionales sint, primus autem cubus sit, et quartus cubus erit.

Ἔστωσαν τέσσαρες ἀριθμοὶ ἑξῆς ἀνάλογον οἱ Α, Β, Γ, Δ, ὁ δὲ Α κύβος ἔστω· λέγω ὅτι καὶ ὁ Δ κύβος ἐστίν.

Sint quatuor numeri deinceps proportionales Α, Β, Γ, Δ, ipse autem Α cubus sit; dico et Δ cubum esse.

Α, 8.   Β, 12.   Γ, 18.   Δ, 27.

Ἐπεὶ γὰρ τῶν Α, Δ δύο μέσοι ἀνάλογόν εἰσιν ἀριθμοί, οἱ Β, Γ· οἱ Α, Δ ἄρα ὅμοιοί εἰσι στερεοὶ ἀριθμοί. Κύβος δὲ ὁ Α· κύβος ἄρα καὶ ὁ Δ. Ὅπερ ἔδει δεῖξαι.

Quoniam enim ipsorum Α, Δ duo medii proportionales sunt numeri Β, Γ; ergo Α, Δ similes sunt solidi numeri. Cubus autem Α; cubus igitur et Δ. Quod oportebat ostendere.

PROPOSITION XXIII.

Si quatre nombres sont successivement proportionnels, et si le premier est un cube, le quatrième sera un cube.

Soient Α, Β, Γ, Δ quatre nombres successivement proportionnels, et que Α soit un cube; je dis que Δ est un cube.

Car puisque entre Α, Δ il y a deux nombres moyens proportionnels Β, Γ, les nombres Α, Δ sont des solides semblables (21. 8). Mais Α est un nombre cube; donc Δ est un cube. Ce qu'il fallait démontrer.

ΠΡΟΤΑΣΙΣ κδʹ.

Ἐὰν δύο ἀριθμοὶ πρὸς ἀλλήλους λόγον ἔχωσιν
ὃν τετράγωνος ἀριθμὸς πρὸς τετράγωνον ἀριθμὸν,
ὁ δὲ πρῶτος τετράγωνος ᾖ· καὶ ὁ δεύτερος τετράγωνος ἔσται.

Δύο γὰρ ἀριθμοὶ οἱ Α, Β πρὸς ἀλλήλους λόγον
ἐχέτωσαν ὃν τετράγωνος ἀριθμὸς ὁ Γ πρὸς τετράγωνον ἀριθμὸν τὸν Δ, ὁ δὲ Α τετράγωνός ἐστω·
λέγω ὅτι καὶ ὁ Β τετράγωνός ἐστιν.

PROPOSITIO XXIV.

Si duo numeri inter se rationem habent quam
quadratus numerus ad quadratum numerum,
primus autem quadratus sit, et secundus quadratus erit.

Duo enim numeri A, B inter se rationem
habeant quam quadratus numerus Γ ad quadratum numerum Δ, ipse autem A quadratus sit;
dico et B quadratum esse.

$$A, 4. \qquad B, 9.$$
$$Γ, 16. \qquad Δ, 36.$$

Ἐπεὶ γὰρ οἱ Γ, Δ τετράγωνοί εἰσιν· οἱ Γ, Δ
ἄρα ὅμοιοι ἐπίπεδοί εἰσιν· τῶν Γ, Δ ἄρα εἷς
μέσος ἀνάλογον ἐμπίπτει ἀριθμός. Καὶ ἔστιν
ὡς ὁ Γ πρὸς τὸν Δ οὕτως[1] ὁ Α πρὸς τὸν Β·
καὶ τῶν Α, Β ἄρα εἷς μέσος ἀνάλογον ἐμπίπτει
ἀριθμός. Καὶ ἔστιν ὁ Α τετράγωνος· καὶ ὁ Β ἄρα
τετράγωνός ἐστιν. Ὅπερ ἔδει δεῖξαι.

Quoniam enim Γ, Δ quadrati sunt; ergo Γ, Δ
similes plani sunt; inter Γ, Δ igitur unus medius proportionalis cadit numerus. Atque est
ut Γ ad Δ ita A ad B; et inter A, B igitur unus
medius proportionalis cadit numerus. Atque est
A quadratus; et B igitur quadratus est. Quod
oportebat ostendere.

PROPOSITION XXIV.

Si deux nombres ont entr'eux la même raison qu'un nombre quarré a avec
un nombre quarré, et si le premier est un quarré, le second sera un quarré.

Car que les deux nombres A, B ayent entr'eux la même raison que le nombre
quarré Γ a avec le nombre quarré Δ, et que A soit un quarré ; je dis que B est
un quarré.

Car puisque Γ, Δ sont des quarrés, les nombres Γ, Δ sont des plans semblables ;
il tombe donc entre Γ, Δ un nombre moyen proportionnel (18. 8). Mais Γ est
à Δ comme A est à B ; il tombe donc aussi un nombre moyen proportionnel entre
A et B (8. 8). Mais A est un quarré ; donc B est un quarré (22. 8.) Ce qu'il fallait
démontrer.

ΠΡΟΤΑΣΙΣ κέ.

PROPOSITIO XXV.

Ἐὰν δύο ἀριθμοὶ πρὸς ἀλλήλους λόγον ἔχωσιν ὃν κύβος ἀριθμὸς πρὸς κύβον ἀριθμὸν, ὁ δὲ πρῶτος κύβος ᾖ· καὶ ὁ δεύτερος κύβος ἔσται.

Δύο γὰρ ἀριθμοὶ οἱ Α, Β πρὸς ἀλλήλους λόγον ἐχέτωσαν ὃν κύβος ἀριθμὸς ὁ Γ πρὸς κύβον ἀριθμὸν τὸν Δ, κύβος δὲ ἔστω ὁ Α· λέγω[1] ὅτι καὶ ὁ Β κύβος ἐστίν.

Si duo numeri inter se rationem habent quam cubus numerus ad cubum numerum, primus autem cubus sit, et secundus cubus erit.

Duo enim numeri A, B inter se rationem habeant quam cubus numerus Γ ad cubum numerum Δ, cubus autem sit A; dico et B cubum esse.

A, 8. E, 12.   Z, 18.   B, 27.
Γ, 64.   Δ, 216.

Ἐπεὶ γὰρ οἱ Γ, Δ κύβοι εἰσὶν, οἱ Γ, Δ ὅμοιοι στερεοί εἰσι· τῶν Γ, Δ ἄρα δύο μέσοι ἀνάλογον ἐμπίπτουσιν ἀριθμοί. Ὅσοι δὲ εἰς τοὺς Γ, Δ μεταξὺ κατὰ τὸ συνεχὲς ἀνάλογον ἐμπίπτουσιν ἀριθμοὶ[2], τοσοῦτοι καὶ εἰς τοὺς τὸν αὐτὸν λόγον ἔχοντας αὐτοῖς· ὥς τε καὶ τῶν Α, Β δύο μέσοι ἀνάλογον ἐμπίπτουσιν ἀριθμοί. Ἐμπιπτέτωσαν οἱ

Quoniam enim Γ, Δ cubi sunt, ipsi Γ, Δ similes solidi sunt; inter Γ, Δ igitur duo medii proportionales cadunt numeri. Quot autem inter Γ, Δ in continuum proportionales cadunt numeri, tot et inter eos eamdem rationem habentes cum ipsis; quare et inter A, B duo medii proportionales cadunt numeri. Cadant E, Z. Quo-

PROPOSITION XXV.

Si deux nombres ont entr'eux la même raison qu'un nombre cube a avec un nombre cube, et si le premier est un cube, le second sera aussi un cube.

Car que les nombres A, B ayent entr'eux la même raison que le nombre cube Γ a avec le nombre cube Δ, et que A soit un cube; je dis que B est aussi un cube.

Car puisque Γ, Δ sont des cubes, les nombres Γ, Δ sont des solides semblables; il tombe donc entre Γ et Δ deux nombres moyens proportionnels (19. 8). Mais autant il tombe entre Γ et Δ de nombres successivement proportionnels, autant il en tombera entre ceux qui ont la même raison avec eux (8. 8); il tombera donc entre A et B deux nombres moyens proportionnels. Que ces nombres soient E, Z.

II.   7

E, Z. Ἐπεὶ οὖν τέσσαρες ἀριθμοὶ οἱ A, E, Z, B ἑξῆς ἀνάλογόν εἰσι, καὶ ἔστι κύβος ὁ A· κύβος ἄρα καὶ ὁ B. Ὅπερ ἔδει δεῖξαι.

niam igitur quatuor numeri A, E, Z, B deinceps proportionales sunt, atque est cubus A; cubus igitur et B. Quod oportebat ostendere.

ΠΡΟΤΑΣΙΣ κς΄.

Οἱ ὅμοιοι ἐπίπεδοι ἀριθμοὶ πρὸς ἀλλήλους λόγον ἔχουσιν, ὃν τετράγωνος ἀριθμὸς πρὸς τετράγωνον ἀριθμόν.

Ἔστωσαν ὅμοιοι ἐπίπεδοι ἀριθμοὶ οἱ A, B· λέγω ὅτι ὁ A πρὸς τὸν B λόγον ἔχει ὃν τετράγωνος ἀριθμὸς πρὸς τετράγωνον ἀριθμόν.

PROPOSITIO XXVI.

Similes plani numeri inter se rationem habent quam quadratus numerus ad quadratum numerum.

Sint similes plani numeri A, B; dico A ad B rationem habere quam quadratus numerus ad quadratum numerum.

A, 6. Γ, 12. B, 24.

Δ, 1. E, 2. z, 4.

Ἐπεὶ γὰρ οἱ A, B ἐπίπεδοί εἰσι· τῶν A, B ἄρα εἷς μέσος ἀνάλογον ἐμπίπτει ἀριθμός. Ἐμπιπτέτω, καὶ ἔστω ὁ Γ, καὶ εἰλήφθωσαν ἐλάχιστοι ἀριθμοὶ τῶν τὸν αὐτὸν λόγον ἐχόντων τοῖς A, Γ, B, οἱ Δ, E, Z· οἱ ἄρα ἄκροι αὐτῶν οἱ Δ, Z τετράγωνοί εἰσι. Καὶ ἐπεί ἐστιν ὡς ὁ Δ πρὸς τὸν

Quoniam enim A, B plani sunt; inter A, B igitur unus medius proportionalis cadit numerus. Cadat, et sit Γ, et sumantur minimi numeri Δ, E, Z ipsorum eamdem rationem habentium cum ipsis A, Γ, B; extremi igitur eorum Δ, Z quadrati sunt. Et quoniam est ut Δ ad Z ita A ad B,

Puisque les quatre nombres A, E, Z, B sont successivement proportionnels, et que A est un cube, le nombre B sera aussi un cube (23. 8). Ce qu'il fallait démontrer.

PROPOSITION XXVI.

Les nombres qui sont des plans semblables ont entr'eux la même raison qu'un nombre quarré a avec un nombre quarré.

Soient A, B des nombres plans semblables ; je dis que A a avec B la même raison qu'un nombre quarré a avec un nombre quarré.

Car puisque les nombres A, B sont des plans, il tombe un nombre moyen proportionnel entre A et B (18. 8). Qu'il en tombe un, et qu'il soit Γ. Prenons les plus petits nombres qui ont la même raison avec A, Γ, B (35. 7), et qu'ils soient Δ, E, Z ; leurs extrêmes Δ, Z seront des quarrés (cor. 2. 8). Et puisque Δ est à Z

Z οὕτως ὁ Α πρὸς τὸν Β, καὶ εἰσιν οἱ Δ, Ζ τετράγωνοι· ὁ Α ἄρα πρὸς τὸν Β λόγον ἔχει ὃν τετράγωνος ἀριθμὸς πρὸς τετράγωνον ἀριθμόν. Ὅπερ ἔδει δεῖξαι.

et sunt Δ, Z quadrati; ergo A ad B rationem habet quam quadratus numerus ad quadratum numerum. Quod oportebat ostendere.

ΠΡΟΤΑΣΙΣ κζ.

PROPOSITIO XXVII.

Οἱ ὅμοιοι στερεοὶ ἀριθμοὶ πρὸς ἀλλήλους λόγον ἔχουσιν, ὃν κύβος ἀριθμὸς πρὸς κύβον ἀριθμόν.

Ἔστωσαν ὅμοιοι στερεοὶ ἀριθμοὶ, οἱ Α, Β· λέγω ὅτι ὁ Α πρὸς τὸν Β λόγον ἔχει ὃν κύβος ἀριθμὸς πρὸς κύβον ἀριθμόν.

Similes solidi numeri inter se rationem habent, quam cubus numerus ad cubum numerum.

Sint similes solidi numeri A, B; dico A ad B rationem habere quam cubus numerus ad cubum numerum.

A, 16.	Γ, 24.	Δ, 36.	B, 54.
E, 8.	Z, 12.	H, 18.	Θ, 27.

Ἐπεὶ γὰρ οἱ Α, Β ὅμοιοι στερεοί εἰσι· τῶν Α, Β ἄρα δύο μέσοι ἀνάλογον ἐμπίπτουσιν ἀριθμοί. Ἐμπιπτέτωσαν οἱ Γ, Δ, καὶ εἰλήφθωσαν ἐλάχιστοι ἀριθμοὶ¹ τῶν τὸν αὐτὸν λόγον ἐχόντων τοῖς Α, Γ, Δ, Β ἴσοι αὐτοῖς τὸ πλῆθος, οἱ Ε,

Quoniam enim A, B similes solidi sunt; ergo inter A, B duo medii proportionales cadunt numeri. Cadant Γ, Δ, et sumantur minimi numeri ipsorum eamdem rationem habentium cum ipsis A, Γ, Δ, B, æquales ipsis multitudine, E, Z,

comme A est à B, et que Δ, Z sont des quarrés, le nombre A aura avec le nombre B la même raison qu'un nombre quarré a avec un nombre quarré. Ce qu'il fallait démontrer.

PROPOSITION XXVII.

Les nombres solides semblables ont entr'eux la même raison qu'un nombre cube a avec un nombre cube.

Soient A, B des nombres solides semblables ; je dis que A a avec B la même raison qu'un nombre cube a avec un nombre cube.

Car puisque les nombres A, B sont des solides semblables, il tombe deux moyens proportionnels entre A, B (19. 8). Qu'ils soient Γ, Δ. Prenons en même quantité les plus pètits nombres de ceux qui ont la même raison avec A, Γ, Δ, B (2. 8); qu'ils soient E, Z, H, Θ; leurs extrèmes E, Θ seront des cubes

Z, H, Θ· οἱ ἄρα ἄκροι αὐτῶν οἱ E, Θ κύβοι εἰσί.
Καὶ ἔστιν ὡς ὁ E πρὸς τὸν Θ οὕτως ὁ A πρὸς τὸν
B· καὶ ὁ A ἄρα πρὸς τὸν B λόγον ἔχει ὃν κύβος
ἀριθμὸς πρὸς κύβον ἀριθμόν. Ὅπερ ἔδει δεῖξαι.

H, Θ; ergo extremi eorum E, Θ cubi sunt.
Atque est ut E ad Θ ita A ad B; ergo A ad B
rationem habet quam cubus numerus ad cubum
numerum. Quod oportebat ostendere.

(cor. 2. 8). Mais E est à Θ comme A est à B; donc A a avec B la même raison qu'un nombre cube a avec un nombre cube. Ce qu'il fallait démontrer.

FIN DU HUITIÈME LIVRE.

EUCLIDIS
ELEMENTORUM
LIBER NONUS.

~~~~~~~~~~~~~~~~~~~~~~~~~

ΠΡΟΤΑΣΙΣ ά.

Ἐὰν δύο ὅμοιοι ἐπίπεδοι ἀριθμοὶ πολλαπλασιάσαντες ἀλλήλους ποιῶσί τινα, ὁ γενόμενος
τετράγωνος ἔσται.

Ἔστωσαν δύο ὅμοιοι ἐπίπεδοι¹ ἀριθμοὶ οἱ Α,
Β, καὶ ὁ Α τὸν Β πολλαπλασιάσας τὸν Γ ποιείτω·
λέγω ὅτι ὁ Γ τετράγωνός ἐστιν.

PROPOSITIO I.

Si duo similes plani numeri se se multiplicantes faciunt aliquem, factus quadratus erit.

Sint duo similes plani numeri A, B, et A
ipsum B multiplicans ipsum Γ faciat; dico Γ
quadratum esse.

A, 6.		B, 54.	
Δ, 36.		Γ, 324.	

Ὁ γὰρ Α ἑαυτὸν πολλαπλασιάσας τὸν Δ
ποιείτω· ὁ Δ ἄρα τετράγωνός ἐστιν. Ἐπεὶ οὖν

Ipse enim A se ipsum multiplicans ipsum
Δ faciat; ergo Δ quadratus est. Quoniam igitur

LE NEUVIÈME LIVRE
DES ÉLÉMENTS D'EUCLIDE.

PROPOSITION I.

Si deux nombres plans semblables se multipliant l'un l'autre produisent un
nombre, le produit sera un quarré.

Soient A, B deux nombres plans semblables, et que A multipliant B fasse Γ; je
dis que Γ est un quarré.

Car que A se multipliant lui-même fasse Δ; le nombre Δ sera un quarré.

ὁ Α ἑαυτὸν μὲν² πολλαπλασιάσας τὸν Δ πεποίηκε, τὸν δὲ Β πολλαπλασιάσας τὸν Γ πε-
ποίηκεν· ἔστιν ἄρα ὡς ὁ Α πρὸς τὸν Β οὕτως ὁ Δ
πρὸς τὸν Γ. Καὶ ἐπεὶ οἱ Α, Β ὅμοιοι ἐπίπεδοί
εἰσιν ἀριθμοί· τῶν Α, Β ἄρα εἷς μέσος ἀνάλογον
ἐμπίπτει ἀριθμός. Ἐὰν δὲ δύο ἀριθμῶν μεταξὺ³

A se ipsum quidem multiplicans ipsum Δ fecit,
ipsum vero Β multiplicans ipsum Γ fecit; est
igitur ut A ad B ita Δ ad Γ. Et quoniam A, B
similes plani sunt numeri; inter A, B igitur
unus medius proportionalis cadit numerus. Si
autem inter duos numeros in continuum pro-

$$A, 6. \qquad B, 54.$$
$$\Delta, 36. \qquad \Gamma, 324.$$

κατὰ τὸ συνεχὲς ἀνάλογον ἐμπίπτωσιν ἀριθμοὶ,
ὅσοι εἰς αὐτοὺς ἐμπίπτουσι τοσοῦτοι καὶ εἰς
τοὺς τὸν αὐτὸν λόγον ἔχοντας· ὡς τε καὶ τῶν
Δ, Γ εἷς μέσος ἀνάλογον ἐμπίπτει ἀριθμός. Καὶ
ἔστι τετράγωνος ὁ Δ· τετράγωνος ἄρα καὶ ὁ Γ.
Ὅπερ ἔδει δεῖξαι.

portionales cadunt numeri, quot inter ipsos
cadunt totidem et inter eos eamdem rationem
habentes; quare et inter Δ, Γ unus medius
proportionalis cadit numerus. Atque est quadratus Δ; quadratus igitur et Γ. Quod oportebat ostendere.

ΠΡΟΤΑΣΙΣ β'.

PROPOSITIO II.

Ἐὰν δύο ἀριθμοὶ πολλαπλασιάσαντες ἀλλήλους ποιῶσι τετράγωνον, ὅμοιοι ἐπίπεδοί εἰσιν
ἀριθμοί¹.

Si duo numeri se se multiplicantes faciunt
quadratum, similes plani sunt numeri.

Puisque A se multipliant lui-même fait Δ, et que A multipliant B fait Γ, le
nombre A est à B comme Δ est à Γ (17. 7). Et puisque les nombres A, B sont
des plans semblables, il tombe un nombre moyen proportionnel entre A
et B (18. 8). Mais si entre deux nombres il tombe des nombres successivement
proportionnels, autant il en tombe entre ces deux nombres, autant il en tombera
entre ceux qui ont la même raison (8. 8); il tombe donc entre Δ et Γ un nombre
moyen proportionnel. Mais Δ est un quarré; donc Γ est un quarré. Ce qu'il
fallait démontrer.

PROPOSITION II.

Si deux nombres se multipliant l'un l'autre font un quarré, ces nombres seront
des plans semblables.

Ἐστωσαν δύο ἀριθμοὶ οἱ Α, Β, καὶ ὁ Α τὸν Β πολλαπλασιάσας τετράγωνον τὸν Γ ποιείτω[2]· λέγω ὅτι οἱ Α, Β ὅμοιοι ἐπίπεδοί εἰσιν ἀριθμοί.

Sint duo numeri A, B, et A ipsum B multiplicans quadratum ipsum Γ faciat; dico A, B similes planos esse numeros.

A, 3.   B, 12.
Δ, 9.   Γ, 36.

Ὁ γὰρ Α ἑαυτὸν πολλαπλασιάσας τὸν Δ ποιείτω· ὁ Δ ἄρα τετράγωνός ἐστι. Καὶ ἐπεὶ ὁ Α ἑαυτὸν μὲν πολλαπλασιάσας τὸν Δ πεποίηκε, τὸν δὲ Β πολλαπλασιάσας τὸν Γ πεποίηκεν· ἔστιν ἄρα ὡς ὁ Α πρὸς τὸν Β οὕτως[3] ὁ Δ πρὸς τὸν Γ. Καὶ ἐπεὶ ὁ Δ τετράγωνός ἐστιν, ἀλλὰ καὶ ὁ Γ· οἱ Δ, Γ ἄρα ὅμοιοι ἐπίπεδοί εἰσι· τῶν Δ, Γ ἄρα εἷς μέσος ἀνάλογον ἐμπίπτει ἀριθμός[4]. Καὶ ἔστιν ὡς ὁ Δ πρὸς τὸν Γ οὕτως ὁ Α πρὸς τὸν Β· καὶ τῶν Α, Β ἄρα εἷς μέσος ἀνάλογον ἐμπίπτει. Ἐὰν δὲ δύο ἀριθμῶν εἷς μέσος ἀνάλογον ἐμπίπτῃ, ὅμοιοι ἐπίπεδοί εἰσιν ἀριθμοί· οἱ ἄρα Α, Β ὅμοιοί εἰσιν ἐπίπεδοι. Ὅπερ ἔδει δεῖξαι.

Ipse enim A se se multiplicans ipsum Δ faciat; ergo Δ quadratus est. Et quoniam A se ipsum quidem multiplicans ipsum Δ fecit; ipsum vero B multiplicans ipsum Γ fecit; est igitur ut A ad B ita Δ ad Γ. Et quoniam Δ quadratus est, sed et Γ; ergo Δ, Γ similes plani sunt; inter Δ, Γ igitur unus medius proportionalis cadit numerus. Atque est ut Δ ad Γ ita A ad B; et inter A, B igitur unus medius proportionalis cadit. Si autem inter duos numeros unus medius proportionalis cadit, similes plani sunt numeri; ergo A, B similes sunt plani. Quod oportebat ostendere.

Soient les deux nombres A, B, et que A multipliant B fasse le quarré Γ; je dis que les nombres A, B sont des plans semblables.

Car que A se multipliant lui-même fasse Δ; le nombre Δ sera un quarré. Et puisque A se multipliant lui-même fait Δ, et que A multipliant B fait Γ, le nombre A est à B comme Δ est à Γ (17. 7). Et puisque Δ est un quarré ainsi que Γ, les nombres Δ, Γ sont des plans semblables; il tombe donc un nombre moyen proportionnel entre Δ et Γ (8. 8). Mais Δ est à Γ comme A est à B; il tombe donc un nombre moyen proportionnel entre A et B (18. 8). Mais si un nombre moyen proportionnel tombe entre deux nombres, ces nombres sont des plans semblables (20. 8); donc les nombres A, B sont plans et semblables. Ce qu'il fallait démontrer.

ΠΡΟΤΑΣΙΣ γ'.

PROPOSITIO III.

Ἐὰν κύϐος ἀριθμὸς ἑαυτὸν πολλαπλασιάσας ποιῇ τινα, ὁ γενόμενος κύϐος ἔσται.

Κύϐος γὰρ ἀριθμὸς ὁ Α ἑαυτὸν πολλαπλασιάσας τὸν Β ποιείτω· λέγω ὅτι ὁ Β κύϐος ἐστίν.

Si cubus numerus se ipsum multiplicans facit aliquem, factus cubus erit.

Cubus enim numerus A se ipsum multiplicans ipsum B faciat; dico B cubum esse.

A, 8.

Δ, 4.

Γ, 2.

B, 64.

I.

Εἰλήφθω γὰρ τοῦ Α πλευρὰ, ὁ Γ, καὶ ὁ Γ ἑαυτὸν πολλαπλασιάσας τὸν Δ ποιείτω· φανερὸν δὴ ἐστιν ὅτι ὁ Γ τὸν Δ πολλαπλασιάσας τὸν Α πεποίηκε. Καὶ ἐπεὶ ὁ Γ ἑαυτὸν πολλαπλασιάσας τὸν Δ πεποίηκεν· ὁ Γ ἄρα τὸν Δ μετρεῖ κατὰ τὰς ἐν αὐτῷ μονάδας. Ἀλλὰ μὴν καὶ ἡ μονὰς τὸν Γ μετρεῖ κατὰ τὰς ἐν αὐτῷ μονάδας· ἐστιν ἄρα ὡς ἡ μονὰς πρὸς τὸν Γ οὕτως¹ ὁ Γ πρὸς τὸν Δ. Πάλιν, ἐπεὶ ὁ Γ τὸν Δ πολλαπλασιάσας τὸν Α πεποίηκεν· ὁ Δ ἄρα τὸν Α μετρεῖ κατὰ τὰς ἐν τῷ Γ μονάδας. Μετρεῖ δὲ καὶ ἡ μονὰς τὸν Γ κατὰ τὰς ἐν αὐτῷ μονάδας·

Sumatur enim ipsius A latus Γ, et Γ se ipsum multiplicans ipsum Δ faciat; manifestum igitur est Γ ipsum Δ multiplicans ipsum A facere. Et quoniam Γ se ipsum multiplicantem ipsum Δ fecit; ergo Γ ipsum Δ metitur per unitates quæ in ipso. Sed etiam et unitas ipsum Γ metitur per unitates quæ in ipso; est igitur ut unitas ad Γ ita Γ ad Δ. Rursus, quoniam Γ ipsum Δ multiplicans ipsum A fecit; ergo Δ ipsum A metitur per unitates quæ in Γ. Metitur autem et unitas ipsum Γ per unitates quæ in ipso; est

PROPOSITION III.

Si un nombre cube se multipliant lui-même fait un nombre, le produit sera un cube.

Car que le nombre cube A se multipliant lui-même fasse B; je dis que B est un cube.

Car prenons le côté Γ de A, et que Γ se multipliant lui-même fasse Δ; il est évident que Γ multipliant Δ fera A (déf. 19. 7). Et puisque Γ se multipliant lui-même a fait Δ, le nombre Γ mesurera Δ par les unités qui sont en lui. Mais l'unité mesure Γ par les unités qui sont en lui; l'unité est donc à Γ comme Γ est à Δ (déf. 20. 7.) De plus, puisque Γ multipliant Δ a fait A, le nombre Δ mesure A par les unités qui sont en Γ. Mais l'unité mesure Γ par les unités qui sont

ἔστιν ἄρα ὡς ἡ μονὰς πρὸς τὸν Γ οὕτως² ὁ Δ
πρὸς τὸν Α. Ἀλλ' ὡς ἡ μονὰς πρὸς τὸν Γ οὕτως³ ὁ
Γ πρὸς τὸν Δ· καὶ ὡς ἄρα ἡ μονὰς πρὸς τὸν Γ
οὕτως ὁ Γ πρὸς τὸν Δ, καὶ ὁ Δ πρὸς τὸν Α· τῆς
ἄρα μονάδος καὶ τοῦ Α ἀριθμοῦ δύο μέσοι ἀνάλογον κατὰ τὸ συνεχὲς ἐμπεπτώκασιν ἀριθμοί,
οἱ Γ, Δ. Πάλιν, ἐπεὶ ὁ Α ἑαυτὸν πολλαπλασιάσας τὸν Β πεποίηκεν· ὁ Α ἄρα τὸν Β μετρεῖ
κατὰ τὰς ἐν αὐτῷ μονάδας. Μετρεῖ δὲ καὶ ἡ
μονὰς τὸν Α κατὰ τὰς ἐν αὐτῷ μονάδας· ἔστιν
ἄρα ὡς ἡ μονὰς πρὸς τὸν Α οὕτως⁴ ὁ Α πρὸς
τὸν Β. Τῆς δὲ μονάδος καὶ τοῦ Α δύο μέσοι
ἀνάλογον ἀριθμοὶ ἐμπεπτώκασιν⁵· καὶ τῶν Α, Β
ἄρα δύο μέσοι ἀνάλογον ἐμπεσοῦνται⁶ ἀριθμοί.
Ἐὰν δὲ δύο ἀριθμῶν δύο μέσοι ἀνάλογον ἐμπίπτωσιν, ὁ δὲ πρῶτος κύβος ᾖ, καὶ ὁ δεύτερος⁷
κύβος ἔσται. Καὶ ἔστιν ὁ Α κύβος· καὶ ὁ Β ἄρα
κύβος ἐστίν. Ὅπερ ἔδει δεῖξαι.

igitur ut unitas ad Γ ita Δ ad A. Sed ut unitas
ad Γ ita Γ ad Δ; et ut igitur unitas ad Γ ita
Γ ad Δ, et Δ ad A; ergo inter unitatem et numerum A duo medii proportionales in continuum cadunt numeri Γ, Δ. Rursus, quoniam
A se ipsum multiplicans ipsum B fecit; ergo
A ipsum B metitur per unitates quæ in
ipso. Metitur autem et unitas ipsum A per
unitates quæ in ipso; est igitur ut unitas ad A
ita A ad B. Sed inter unitatem et A duo medii
proportionales numeri cadunt; et inter A, B
igitur duo medii proportionales cadunt numeri.
Si autem inter duos numeros duo medii proportionales cadunt, primus autem cubus sit,
et secundus cubus erit. Atque est A cubus; et
B igitur cubus est. Quod oportebat ostendere.

en lui; l'unité est donc à Γ comme Δ est à A. Mais l'unité est à Γ comme Γ est à
Δ; donc l'unité est à Γ comme Γ est à Δ, et comme Δ est à A; il tombe
donc entre l'unité et le nombre A deux nombres moyens Γ, Δ successivement proportionnels. De plus, puisque A se multipliant lui-même fait B,
le nombre A mesure B par les unités qui sont en lui. Mais l'unité mesure A
par les unités qui sont en lui; l'unité est donc à A comme A est à B (déf. 20. 7).
Mais entre l'unité et le nombre A il tombe deux nombres moyens proportionnels;
il tombe donc entre A et B deux nombres moyens proportionnels (8. 8).
Mais si entre deux nombres il tombe deux moyens proportionnels, et si le
premier est un cube, le second sera un cube (23. 8). Mais A est un cube;
donc B est un cube. Ce qu'il fallait démontrer.

II.

8

ΠΡΟΤΑΣΙΣ δ΄.

PROPOSITIO IV.

Ἐὰν κύϐος ἀριθμὸς κύϐον ἀριθμὸν πολλαπλασιάσας ποιῇ τινα, ὁ γενόμενος κύϐος ἔσται.

Κύϐος γὰρ ἀριθμὸς ὁ Α κύϐον ἀριθμὸν τὸν Β
πολλαπλασιάσας τὸν Γ ποιείτω· λέγω ὅτι ὁ Γ
κύϐος ἐστίν.

Si cubus numerus cubum numerum multiplicans facit aliquem, factus cubus erit.

Cubus enim numerus A cubum numerum
ipsum B multiplicans ipsum Γ faciat; dico Γ
cubum esse.

$$A, 8. \qquad B, 27.$$
$$\Delta, 64. \qquad \Gamma, 216.$$

Ὁ γὰρ Α[1] ἑαυτὸν πολλαπλασιάσας τὸν Δ
ποιείτω· ὁ Δ ἄρα κύϐος ἐστί. Καὶ ἐπεὶ ὁ Α
ἑαυτὸν μὲν πολλαπλασιάσας τὸν Δ πεποίηκε,
τὸν δὲ Β πολλαπλασιάσας τὸν Γ πεποίηκεν· ἔστιν
ἄρα ὡς ὁ Α πρὸς τὸν Β οὕτως ὁ Δ πρὸς τὸν Γ.
Καὶ ἐπεὶ οἱ Α, Β κύϐοι εἰσὶν, ὅμοιοι στερεοί εἰσιν
οἱ Α, Β²· τῶν Α, Β ἄρα δύο μέσοι ἀνάλογον
ἐμπίπτουσιν ἀριθμοί· ὥς τε καὶ τῶν Δ, Γ δύο
μέσοι ἀνάλογον ἐμπεσοῦνται ἀριθμοί. Καὶ ἔστι
κύϐος ὁ Δ· κύϐος ἄρα καὶ ὁ Γ. Ὅπερ ἔδει δεῖξαι.

Ipse enim A se ipsum multiplicans ipsum Δ
faciat; ergo Δ cubus est. Et quoniam A se
ipsum quidem multiplicans ipsum Δ fecit, ipsum
vero B multiplicans ipsum Γ fecit; est igitur
ut A ad B ita Δ ad Γ. Et quoniam A, B cubi sunt,
similes solidi sunt A, B; ergo inter A, B duo
medii proportionales cadunt numeri; quare et
inter Δ, Γ duo medii proportionales cadunt
numeri. Atque est cubus Δ; cubus igitur et Γ.
Quod oportebat ostendere.

PROPOSITION IV.

Si un nombre cube multipliant un nombre cube fait un nombre, le produit sera
un cube.

Car que le nombre cube A multipliant le nombre cube B fasse Γ; je dis que Γ
est un cube.

Car que A se multiplant lui-même fasse Δ, le nombre Δ sera un cube (3. 9).
Et puisque A se multipliant lui-même a fait Δ, et que A multipliant B fait Γ, le
nombre A est à B comme Δ est à Γ (17. 7). Et puisque les nombres A, B sont des
cubes, les nombres A, B sont des solides semblables. Il tombe donc entre A et B
deux nombres moyens proportionnels (19. 8); il tombera donc aussi entre Δ et
Γ deux nombres moyens proportionnels (8. 8). Mais Δ est un cube; donc Γ est
un cube (23. 8). Ce qu'il fallait démontrer.

ΠΡΟΤΑΣΙΣ έ.

Ἐὰν κύβος ἀριθμὸς ἀριθμόν τινα πολλαπλασιάσας κύβον ποιῇ, καὶ ὁ πολλαπλασιασθεὶς
κύβος ἔσται.

Κύβος γὰρ ἀριθμὸς[1] ὁ Α ἀριθμόν τινα τὸν Β
πολλαπλασιάσας κύβον τὸν Γ ποιείτω· λέγω ὅτι
ὁ Β κύβος ἐστίν.

Si cubus numerus numerum aliquem multiplicans cubum facit, et multiplicatus cubus
erit.

Cubus enim numerus A numerum aliquem
ipsum B multiplicans cubum ipsum Γ faciat;
dico B cubum esse.

A, 8. B, 27.
Δ, 64. Γ, 216.

Ὁ γὰρ Α ἑαυτὸν πολλαπλασιάσας τὸν Δ
ποιείτω· κύβος ἄρα ἐστὶν ὁ Δ. Καὶ ἐπεὶ ὁ Α
ἑαυτὸν μὲν πολλαπλασιάσας τὸν Δ πεποίηκε,
τὸν δὲ Β πολλαπλασιάσας τὸν Γ πεποίηκεν· ἔστιν
ἄρα ὡς ὁ Α πρὸς τὸν Β οὕτως[2] ὁ Δ πρὸς τὸν Γ.
Καὶ ἐπεὶ οἱ Δ, Γ κύβοι εἰσὶν, ὅμοιοι στερεοί εἰσι·
τῶν[3] Δ, Γ ἄρα δύο μέσοι ἀνάλογον ἐμπίπτουσιν
ἀριθμοί. Καὶ ἔστιν ὡς ὁ Δ πρὸς τὸν Γ οὕτως ὁ Α
πρὸς τὸν Β· καὶ τῶν Α, Β ἄρα δύο μέσοι ἀνάλογον ἐμπίπτουσιν ἀριθμοί. Καὶ ἔστι κύβος ὁ Α·
κύβος ἄρα ἐστὶ καὶ ὁ Β. Ὅπερ ἔδει δεῖξαι.

Ipse enim A se ipsum multiplicans ipsum Δ
faciat; cubus igitur est Δ. Et quoniam A se
ipsum quidem multiplicans ipsum Δ fecit, ipsum vero B multiplicans ipsum Γ fecit; est
igitur ut A ad B ita Δ ad Γ. Et quoniam Δ, Γ
cubi sunt, similes solidi sunt; ergo inter Δ, Γ
duo medii proportionales cadunt numeri. Atque
est ut Δ ad Γ ita A ad B; et inter A, B igitur
duo medii proportionales cadunt numeri. Atque
est cubus A; cubus igitur est et B. Quod oportebat ostendere.

PROPOSITION V.

Si un nombre cube multipliant un nombre fait un cube, le nombre multiplié
sera un cube.

Car que le nombre cube A multipliant un nombre B fasse le cube Γ; je dis
que B est un cube.

Que A se multipliant lui-même fasse Δ; le nombre Δ sera un cube (3.9). Et
puisque A se multipliant lui-même fait Δ, et que A multipliant B fait Γ, le
nombre A est à B comme Δ est à Γ (17.7). Et puisque Δ et Γ sont des cubes, ces
nombres sont des solides semblables; il tombe donc entre Δ et Γ deux nombres
moyens proportionnels (19.8). Mais Δ est à Γ comme A est à B; il tombe donc
entre A et B deux nombres moyens proportionnels (8.8). Mais A est un cube;
donc B est un cube (23.8). Ce qu'il fallait démontrer.

ΠΡΟΤΑΣΙΣ ς'.

PROPOSITIO VI.

Ἐὰν ἀριθμὸς ἑαυτὸν πολλαπλασιάσας κύϐον ποιῇ, καὶ αὐτὸς κύϐος ἔσται.

Ἀριθμὸς γὰρ ὁ Α ἑαυτὸν πολλαπλασιάσας κύ-ϐον τὸν Β ποιείτω· λέγω ὅτι καὶ ὁ Α κύϐος ἐστίν.

Si numerus se ipsum multiplicans cubum facit, et ipse cubus erit.

Numerus enim A se ipsum multiplicans cubum ipsum B faciat; dico et A cubum esse.

A, 8.   B, 64.   Γ, 512.

Ὁ γὰρ Α τὸν Β πολλαπλασιάσας τὸν Γ ποιείτω. Ἐπεὶ οὖν ὁ Α ἑαυτὸν μὲν πολλαπλασιάσας τὸν Β πεποίηκε, τὸν δὲ Β πολλαπλασιάσας τὸν Γ πε-ποίηκεν· ὁ Γ ἄρα κύϐος ἐστί. Καὶ ἐπεὶ ὁ Α ἑαυτὸν πολλαπλασιάσας τὸν Β πεποίηκε· ὁ Α ἄρα τὸν Β μετρεῖ κατὰ τὰς ἐν αὐτῷ μονάδας. Μετρεῖ δὲ καὶ ἡ μονὰς τὸν Α κατὰ τὰς ἐν αὐτῷ μονάδας· ἔστιν ἄρα ὡς ἡ μονὰς πρὸς τὸν Α οὕτως ὁ Α πρὸς τὸν Β. Καὶ ἐπεὶ ὁ Α τὸν Β πολλαπλασιάσας τὸν Γ πεποίηκεν· ὁ Β ἄρα τὸν Γ μετρεῖ κατὰ τὰς ἐν τῷ Α μονάδας. Μετρεῖ δὲ καὶ ἡ μονὰς τὸν Α κατὰ τὰς ἐν αὐτῷ μονάδας· ἔστιν ἄρα ὡς ἡ μονὰς πρὸς τὸν Α οὕτως ὁ Β πρὸς τὸν Γ. Ἀλλ' ὡς ἡ μονὰς πρὸς τὸν Α οὕτως ὁ Α πρὸς

Ipse enim A ipsum B multiplicans ipsum Γ faciat. Quoniam igitur A se ipsum quidem mul-tiplicans ipsum B fecit, ipsum vero B mul-tiplicans ipsum Γ fecit; ergo Γ cubus est. Et quoniam A se ipsum multiplicans ipsum B fe-cit; ergo A ipsum B metitur per unitates quæ in ipso. Metitur autem et unitas ipsum A per unitates quæ in ipso; est igitur ut unitas ad A ita A ad B. Et quoniam A ipsum B multi-plicans ipsum Γ fecit; ergo B ipsum Γ metitur per unitates quæ in A. Metitur autem et unitas ipsum A per unitates quæ in ipso; est igitur ut unitas ad A ita B ad Γ. Sed ut unitas ad A

PROPOSITION VI.

Si un nombre se multipliant lui-même fait un cube, ce nombre sera un cube.

Que le nombre A se multipliant lui-même fasse le cube B; je dis que A est un cube.

Car que A multipliant B fasse Γ. Puisque A se multipliant lui-même fait B, et que A multipliant B a fait Γ, le nombre Γ est un cube (déf. 19. 7). Et puisque A se multipliant lui-même fait B, le nombre A mesure B par les unités qui sont en lui; mais l'unité mesure A par les unités qui sont en lui; l'unité est donc à A comme A est à B (déf. 20. 7). Et puisque A multipliant B fait Γ, le nombre B mesure Γ par les unités qui sont en A. Mais l'unité mesure A par les unités qui sont en lui; l'unité est donc à A comme B est à Γ. Mais l'unité est à A comme

τὸν Β· καὶ ὡς ἄρα[2] ὁ Α πρὸς τὸν Β οὕτως[3] ὁ Β πρὸς τὸν Γ. Καὶ ἐπεὶ οἱ[4] Β, Γ κύβοι εἰσὶν, ὅμοιοι στερεοί εἰσι. τῶν Β, Γ[5] ἄρα δύο μέσοι ἀνάλογόν εἰσιν ἀριθμοί. Καὶ ἔστιν ὡς ὁ Β πρὸς τὸν Γ οὕτως[6] ὁ Α πρὸς τὸν Β· καὶ τῶν Α, Β ἄρα δύο μέσοι ἀνάλογόν εἰσιν ἀριθμοί. Καὶ ἔστι κύβος ὁ Β· κύβος ἄρα ἐστὶ καὶ ὁ Α. Ὅπερ ἔδει δεῖξαι.

ita A ad B; et ut igitur A ad B ita B ad Γ. Et quoniam B, Γ cubi sunt, similes solidi sunt; ergo inter B, Γ duo medii proportionales sunt numeri. Atque est ut B ad Γ ita A ad B; et inter A, B igitur duo medii proportionales sunt numeri. Atque est cubus B; cubus igitur est et A. Quod oportebat ostendere.

ΠΡΟΤΑΣΙΣ ζ'.

PROPOSITIO VII.

Ἐὰν σύνθετος ἀριθμὸς ἀριθμόν τινα πολλαπλασιάσας ποιῇ τινα, ὁ γενόμενος στερεὸς ἔσται.

Σύνθετος γὰρ ἀριθμὸς ὁ Α ἀριθμόν τινα τὸν Β πολλαπλασιάσας τὸν Γ ποιείτω· λέγω ὅτι ὁ Γ στερεός ἐστιν.

Si compositus numerus numerum aliquem multiplicans facit aliquem, factus solidus erit.

Compositus enim numerus A numerum aliquem ipsum B multiplicans ipsum Γ faciat; dico Γ solidum esse.

A, 6.   B, 7.   Γ, 42.
Δ, 3.   E, 2.

Ἐπεὶ γὰρ ὁ Α σύνθετός ἐστιν, ὑπὸ ἀριθμοῦ τινος μετρηθήσεται. Μετρείσθω ὑπὸ τοῦ Δ. Καὶ

Quoniam enim A compositus est, a numero aliquo mensurabitur. Mensuretur ab ipso Δ. Et

A est à B; donc A est à B comme B est à Γ. Et puisque B et Γ sont des cubes, ces nombres sont des solides semblables; il y a donc entre B et Γ deux nombres moyens proportionnels (19. 8). Mais B est à Γ comme A à B; il y a donc entre A et B deux nombres moyens proportionnels (8. 8). Mais B est un cube; donc A est un cube (23. 8). Ce qu'il fallait démontrer.

PROPOSITION VII.

Si un nombre composé multipliant un nombre en fait un autre, le produit sera un solide.

Car que le nombre composé A multipliant le nombre B fasse Γ; je dis que Γ est un solide.

Car puisque A est un nombre composé, il sera mesuré par quelque nombre

ὁσάκις ὁ Δ τὸν Α μετρεῖ τοσαῦται μονάδες ἔστωσαν ἐν τῷ Ε. Ἐπεὶ οὖν ὁ Δ τὸν Α μετρεῖ κατὰ
τὰς ἐν τῷ Ε μονάδας[1]· ὁ Ε ἄρα τὸν Δ πολλαπλασιάσας τὸν Α πεποίηκε. Καὶ ἐπεὶ ὁ Α τὸν

quoties Δ ipsum A metitur tot unitates sint in E.
Quoniam igitur Δ ipsum A metitur per unitates
quæ in E; ergo E ipsum Δ multiplicans ipsum
A fecit. Et quoniam A ipsum B multiplicans

A, 6.   B, 7.   Γ, 42.

Δ, 3.   E, 2.

Β πολλαπλασιάσας τὸν Γ πεποίηκεν, ὁ δὲ Α
ἐστὶν ὁ ἐκ τῶν Δ, Ε· ὁ ἄρα ἐκ τῶν Δ, Ε τὸν Β
πολλαπλασιάσας τὸν Γ πεποίηκεν[2]· ὁ Γ ἄρα
στερεός ἐστι, πλευραὶ δὲ αὐτοῦ εἰσιν οἱ Δ, Ε, Β.
Ὅπερ ἔδει δεῖξαι.

ipsum Γ fecit, est autem A ex ipsis Δ, E; ergo ipse
ex Δ, E ipsum B multiplicans ipsum Γ fecit; ergo
Γ solidus est, latera autem ipsius sunt Δ, E, B.
Quod oportebat ostendere.

ΠΡΟΤΑΣΙΣ ή.

Ἐὰν ἀπὸ μονάδος ὁποσοιοῦν ἀριθμοὶ ἑξῆς ἀνάλογον ὦσιν, ὁ μὲν τρίτος ἀπὸ τῆς μονάδος τετράγωνος ἔσται[1] καὶ οἱ ἕνα διαλείποντες πάντες[2],
ὁ δὲ τέταρτος κύβος καὶ οἱ δύο διαλείποντες
πάντες[3], ὁ δὲ ἕβδομος κύβος ἅμα καὶ τετράγωνος καὶ οἱ πέντε διαλείποντες πάντες[4].

PROPOSITIO VIII.

Si ab unitate quotcunque numeri deinceps
proportionales sunt, tertius quidem ab unitate
quadratus erit, et unum intermittentes omnes;
sed quartus cubus, et duos intermittentes omnes; septimus vero cubus simul et quadratus,
et quinque intermittentes omnes.

(déf. 13. 7). Qu'il soit mesuré par Δ; et qu'il y ait en E autant d'unités que Δ
mesure de fois A. Puisque Δ mesure A par les unités qui sont en E, le nombre E
multipliant Δ fera A. Et puisque A multipliant B fait Γ, et que A est le produit
de Δ par E, le produit de Δ par E multipliant B fait Γ (16. 7); le nombre Γ est
donc un nombre solide (déf. 17. 7), dont les côtés sont Δ, E, B. Ce qu'il fallait
démontrer.

PROPOSITION VIII.

Si, à partir de l'unité, tant de nombres qu'on voudra sont successivement
proportionnels, le troisième, à partir de l'unité, sera un quarré, et tous ceux
qui en laissent un; le quatrième un cube, et tous ceux qui en laissent deux;
le septième un cube et un quarré tout à la fois, et tous ceux qui en laissent cinq.

Εστωσάν ἀπὸ μονάδος ὁποσοιοῦν ἀριθμοὶ ἑξῆς ἀνάλογον, οἱ Α, Β, Γ, Δ, Ε, Ζ· λέγω ὅτι ὁ μὲν τρίτος ἀπὸ τῆς μονάδος ὁ Β τετράγωνός ἐστι καὶ οἱ ἕνα διαλείποντες πάντες, ὁ δὲ τέταρτος ὁ Γ κύβος καὶ οἱ δύο διαλείποντες πάντες, ὁ δὲ ἕβδομος ὁ Ζ κύβος ἅμα καὶ τετράγωνος καὶ οἱ πέντε διαλείποντες πάντες[5].

Sint ab unitate quotcunque numeri deinceps proportionales A, B, Γ, Δ, Ε, Ζ; dico quidem tertium ab unitate, ipsum B, quadratum esse, et unum intermittentes omnes; quartum vero Γ cubum, et duos intermittentes omnes; septimum autem Ζ cubum simul et quadratum, et quinque intermittentes omnes.

1.　　Α, 3.　　Β, 9.　　Γ, 27.　　Δ, 81.　　Ε, 243.　　Ζ, 729.

Ἐπεὶ γάρ ἐστιν ὡς ἡ μονὰς πρὸς τὸν Α οὕτως ὁ Α πρὸς τὸν Β· ἰσάκις ἄρα ἡ μονὰς τὸν Α ἀριθμὸν μετρεῖ καὶ ὁ Α τὸν Β. Ἡ δὲ μονὰς τὸν Α ἀριθμὸν[6] μετρεῖ κατὰ τὰς ἐν αὐτῷ μονάδας· καὶ ὁ Α ἄρα τὸν Β μετρεῖ κατὰ τὰς ἐν τῷ Α μονάδας· ὁ Α ἄρα ἑαυτὸν πολλαπλασιάσας τὸν Β πεποίηκε· τετράγωνος ἄρα ἐστὶν ὁ Β. Καὶ ἐπεὶ οἱ Β, Γ, Δ ἑξῆς ἀνάλογόν εἰσιν, ὁ δὲ Β τετράγωνός ἐστι· καὶ ὁ Δ ἄρα τετράγωνός ἐστι. Διὰ τὰ αὐτὰ δὴ καὶ ὁ Ζ τετράγωνός ἐστιν. Ὁμοίως δὴ δείξομεν ὅτι καὶ οἱ ἕνα διαλείποντες πάντες[7] τετράγωνοί εἰσι. Λέγω δὴ ὅτι καὶ ὁ τέταρτος ἀπὸ τῆς μονάδος ὁ Γ κύβος ἐστὶ, καὶ

Quoniam enim est ut unitas ad Α ita Α ad Β; æqualiter igitur unitas ipsum Α numerum metitur et Α ipsum Β. Sed unitas ipsum Α numerum metitur per unitates quæ in ipso; atque Α igitur ipsum Β metitur per unitates quæ in Α; ergo Α se ipsum multiplicans ipsum Β fecit; quadratus igitur est Β. Et quoniam Β, Γ, Δ deinceps proportionales sunt, sed Β quadratus est; et Δ igitur quadratus est. Propter eadem utique et Ζ quadratus est. Similiter etiam demonstrabimus et unum omnes intermittentes quadratos esse. Dico etiam et quartum ab unitate, ipsum Γ, cubum esse, et duos intermit-

Soient, à partir de l'unité, tant de nombres que l'on voudra Α, Β, Γ, Δ, Ε, Ζ successivement proportionnels; je dis que le troisième nombre Β, à partir de l'unité, est un quarré, ainsi que tous ceux qui en laissent un; que le quatrième Γ est un cube, ainsi que tous ceux qui en laissent deux; que le septième Ζ est un cube et un quarré tout à la fois, ainsi que tous ceux qui en laissent cinq.

Car puisque l'unité est à Α comme Α est à Β, l'unité mesure Α autant de fois que Α mesure Β (déf. 20. 7). Mais l'unité mesure le nombre Α par les unités qui sont en lui; donc Α mesure Β par les unités qui sont en Α; le nombre Α se multipliant lui-même fera donc le nombre Β; le nombre Β est donc un quarré. Et puisque Β, Γ, Δ sont successivement proportionnels, et que Β est un quarré, Δ sera aussi un quarré (22. 8). Par la même raison Ζ est un quarré. Nous démontrerons de la même manière que tous ceux qui en laissent un sont des quarrés. Je dis aussi que le quatrième, Γ, à partir de l'unité, est un cube, et

οἱ δύο διαλείποντες πάντες. Ἐπεὶ γάρ ἐστιν ὡς ἡ μονὰς πρὸς τὸν Α οὕτως ὁ Β πρὸς τὸν Γ· ἰσάκις ἄρα ἡ μονὰς τὸν Α ἀριθμὸν μετρεῖ καὶ ὁ Β τὸν Γ. Ἡ δὲ μονὰς τὸν Α ἀριθμὸν μετρεῖ κατὰ τὰς ἐν τῷ Α μονάδας· καὶ ὁ Β ἄρα τὸν Γ μετρεῖ κατὰ τὰς ἐν τῷ Α μονάδας· ὁ Α ἄρα τὸν Β πολλαπλασιάσας τὸν Γ πεποίηκεν. Ἐπεὶ

tentes omnes. Quoniam enim est ut unitas ad A ita B ad Γ; æqualiter igitur unitas ipsum A numerum metitur ac B ipsum Γ. Sed unitas ipsum A numerum metitur per unitates quæ in A; et B igitur ipsum Γ metitur per unitates quæ in A; ergo A ipsum B multiplicans ipsum Γ fecit. Quoniam igitur A se ipsum

1.   A, 5.   B, 9.   Γ, 27.   Δ, 81.   E, 243.   Z, 729.

οὖν ὁ Α ἑαυτὸν μὲν[8] πολλαπλασιάσας τὸν Β πεποίηκε, τὸν δὲ Β πολλαπλασιάσας τὸν Γ πεποίηκε· κύβος ἄρα ἐστὶν ὁ Γ. Καὶ ἐπεὶ οἱ Γ, Δ, Ε, Ζ ἑξῆς ἀνάλογόν εἰσιν, ὁ δὲ Γ κύβος ἐστί[9]· καὶ ὁ Ζ ἄρα κύβος ἐστίν. Ἐδείχθη δὲ καὶ τετράγωνος· ὁ ἄρα ἕβδομος ἀπὸ τῆς μονάδος ὁ Ζ κύβος τέ ἐστι καὶ τετράγωνος. Ὁμοίως δὴ δείξομεν ὅτι καὶ οἱ πέντε διαλείποντες πάντες κύβοι εἰσὶ[10] καὶ τετράγωνοι. Ὅπερ ἔδει δεῖξαι.

quidem multiplicans ipsum B fecit, ipsum vero B multiplicans ipsum Γ fecit; cubus igitur est Γ. Et quoniam Γ, Δ, Ε, Ζ deinceps proportionales sunt, sed Γ cubus est; et Ζ igitur cubus est. Ostensum est autem et quadratum; ergo septimus ab unitate ipse Ζ et cubus est et quadratus. Similiter etiam demonstrabimus et quinque intermittentes omnes cubos esse et quadratos. Quod oportebat ostendere.

tous ceux qui en laissent deux. Car puisque l'unité est à A comme B est à Γ, l'unité mesure A autant de fois que B mesure Γ. Mais l'unité mesure le nombre A par les unités qui sont en A; donc B mesure Γ par les unités qui sont en A; donc A multipliant B fera Γ. Et puisque A se multipliant lui-même fait B, et que A multipliant B fait Γ, Γ est un cube (déf. 19. 7). Et puisque Γ, Δ, Ε, Ζ sont successivement proportionnels, et que Γ est un cube, Ζ est aussi un cube (23. 8). Mais on a démontré qu'il est un quarré; donc le septième Ζ, à partir de l'unité, est un cube et un quarré tout à la fois. Nous démontrerons semblablement que tous ceux qui en laissent cinq sont des cubes et des quarrés tout à la fois. Ce qu'il fallait démontrer.

ΠΡΟΤΑΣΙΣ θ'.

PROPOSITIO IX.

Ἐὰν ἀπὸ μονάδος ὁποσοιοῦν ἀριθμοὶ ἑξῆς [1] ἀνάλογον ὦσιν, ὁ δὲ μετὰ τὴν μονάδα τετράγωνος ᾖ· καὶ οἱ λοιποὶ πάντες τετράγωνοι ἔσονται. Καὶ ἐὰν ὁ μετὰ τὴν μονάδα κύβος ᾖ· καὶ οἱ λοιποὶ πάντες κύβοι ἔσονται.

Ἔστωσαν ἀπὸ μονάδος ἑξῆς ἀνάλογον ὁσοιδηποτοῦν [2] ἀριθμοὶ, οἱ Α, Β, Γ, Δ, Ε, Ζ, ὁ δὲ μετὰ τὴν μονάδα ὁ Α τετράγωνος ἔστω· λέγω ὅτι καὶ οἱ λοιποὶ πάντες τετράγωνοι ἔσονται.

1.   Α, 4.   Β, 16.   Γ, 64.   Δ, 256.   Ε, 1024.   Ζ, 4096.

Ὅτι μὲν οὖν ὁ τρίτος ἀπὸ τῆς μονάδος ὁ Β τετράγωνός ἐστι, καὶ οἱ ἕνα διαλείποντες πάντες, δέδεικται· λέγω ὅτι καὶ οἱ λοιποὶ πάντες τετράγωνοί εἰσιν. Ἐπεὶ γὰρ οἱ Α, Β, Γ ἑξῆς ἀνάλογόν εἰσι, καὶ ἔστιν ὁ Α τετράγωνος· καὶ ὁ Γ ἄρα [3] τετράγωνός ἐστι. Πάλιν, ἐπεὶ οἱ Β, Γ, Δ ἑξῆς ἀνάλογόν εἰσι, καὶ ἔστιν ὁ Β τετράγωνος· καὶ ὁ Δ ἄρα [4] τετράγωνός ἐστιν. Ὁμοίως δὴ δείξομεν ὅτι καὶ οἱ λοιποὶ πάντες τετράγωνοί εἰσιν.

Si ab unitate quotcunque numeri deinceps proportionales sunt, ipse autem post unitatem quadratus est; et reliqui omnes quadrati erunt. Et si ipse post unitatem cubus est; et reliqui omnes cubi erunt.

Sint ab unitate deinceps proportionales quotcunque numeri A, B, Γ, Δ, Ε, Ζ, ipse autem A post unitatem sit quadratus; dico et reliquos omnes quadratos fore.

Tertium quidem ab unitate B quadratum esse, et unum intermittentes omnes, demonstratum est; dico et reliquos omnes quadratos esse. Quoniam enim A, B, Γ deinceps proportionales sunt, et est A quadratus; et Γ igitur quadratus est. Rursus, quoniam B, Γ, Δ deinceps proportionales sunt, et est B quadratus; et ipse Δ igitur quadratus est. Similiter etiam demonstrabimus et reliquos omnes quadratos esse.

PROPOSITION IX.

Si, à partir de l'unité, tant de nombres qu'on voudra sont successivement proportionnels, et si celui qui est après l'unité est un quarré, tous les autres seront des quarrés; si celui qui est après l'unité est un cube, tous les autres seront des cubes.

Soient, à partir de l'unité, tant de nombres que l'on voudra A, B, Γ, Δ, Ε, Ζ successivement proportionnels, et que celui qui est après l'unité soit un quarré; je dis que tous les autres seront des quarrés.

On a déjà démontré que le troisième B, à partir de l'unité, est un quarré, ainsi que tous ceux qui en laissent un (8. 9); je dis aussi que tous les autres sont des quarrés. Car puisque A, B, Γ sont successivement proportionnels, et que A est un quarré, Γ est un quarré (22. 8). De plus, puisque les nombres B, Γ, Δ sont successivement proportionnels, et que B est un quarré, Δ est aussi un quarré. Nous démontrerons semblablement que tous les autres sont des quarrés.

II.   9

Ἀλλὰ δὴ[5] ἔστω ὁ Α κύβος· λέγω ὅτι καὶ[6] οἱ λοιποὶ πάντες κύβοι εἰσίν.

Ὅτι μὲν οὖν ὁ τέταρτος ἀπὸ τῆς μονάδος ὁ Γ κύβος ἐστὶ καὶ οἱ δύο διαλείποντες πάντες, δέδεικται· λέγω[7] ὅτι καὶ οἱ λοιποὶ πάντες κύβοι εἰσίν. Ἐπεὶ γάρ ἐστιν ὡς ἡ μονὰς πρὸς τὸν Α οὕτως ὁ Α πρὸς τὸν Β· ἰσάκις ἄρα ἡ μονὰς τὸν Α μετρεῖ καὶ ὁ Α τὸν Β. Ἡ δὲ μονὰς τὸν Α μετρεῖ

Sed et sit A cubus; dico et reliquos omnes cubos esse.

Quartum quidem ab unitate ipsum Γ cubum esse, et duos intermittentes omnes, demonstratum est; dico et reliquos omnes cubos esse. Quoniam enim est ut unitas ad A ita A ad B; æqualiter igitur unitas ipsum A metitur ac A ipsum B. Sed unitas ipsum A metitur per uni-

I.   A, 8.   B, 64.   Γ, 512.   Δ, 4096.   E, 32768.   Z, 262144.

κατὰ τὰς ἐν αὐτῷ μονάδας· καὶ ὁ Α ἄρα τὸν Β μετρεῖ κατὰ τὰς ἐν αὐτῷ μονάδας· ὁ Α ἄρα ἑαυτὸν πολλαπλασιάσας τὸν Β πεποίηκε, καὶ ἔστιν ὁ Α κύβος. Ἐὰν δὲ κύβος ἀριθμὸς ἑαυτὸν πολλαπλασιάσας ποιῇ τινα, ὁ γενόμενος κύβος ἐστί· καὶ ὁ Β ἄρα κύβος ἐστί[3]. Καὶ ἐπεὶ τέσσαρες ἀριθμοὶ οἱ Α, Β, Γ, Δ ἑξῆς ἀνάλογόν εἰσι, καὶ ἔστιν ὁ Α κύβος· καὶ ὁ Δ ἄρα κύβος ἐστί. Διὰ τὰ αὐτὰ δὴ καὶ ὁ Ε κύβος ἐστὶ, καὶ ὁμοίως οἱ λοιποὶ πάντες κύβοι εἰσίν. Ὅπερ ἔδει δεῖξαι.

tates quæ in ipso; et A igitur ipsum B metitur per unitates quæ in ipso; ergo A se ipsum multiplicans ipsum B fecit, atque est A cubus. Si autem cubus numerus se ipsum multiplicans facit aliquem, factus cubus est; et B igitur cubus est. Et quoniam quatuor numeri A, B, Γ, Δ deinceps proportionales sunt, et est A cubus; et Δ igitur cubus est. Propter eadem utique et E cubus est, et similiter reliqui omnes cubi sunt. Quod oportebat ostendere.

Mais que A soit un cube; je dis que tous les autres sont des cubes.

On a déjà démontré que le quatrième, à partir de l'unité, est un cube, ainsi que tous ceux qui en laissent deux (8. 9); je dis aussi que tous les autres sont aussi des cubes. Car puisque l'unité est à A comme A est à B, l'unité mesure A autant de fois que A mesure B (déf. 21. 7). Mais l'unité mesure A par les unités qui sont en lui; donc A mesure B par les unités qui sont en lui; donc A se multipliant lui-même fait B; mais A est un cube; et si un nombre cube se multipliant lui-même fait un nombre, le produit est un cube (3. 9); donc B est un cube. Et puisque les quatre nombres A, B, Γ, Δ sont successivement proportionnels, et que A est un cube, Δ est un cube (23. 8). Par la même raison E est aussi un cube, ainsi que tous les autres. Ce qu'il fallait démontrer.

ΠΡΟΤΑΣΙΣ ί.

PROPOSITIO X.

Ἐὰν ἀπὸ μονάδος ὁποσοιοῦν ἀριθμοὶ ἀνάλογον ὦσιν, ὁ δὲ μετὰ τὴν μονάδα μὴ ᾖ τετράγωνος· οὐδ᾽ ἄλλος οὐδεὶς τετράγωνος ἔσται, χωρὶς τοῦ τρίτου ἀπὸ τῆς μονάδος καὶ τῶν ἕνα διαλειπόντων πάντων. Καὶ ἐὰν ὁ μετὰ τὴν μονάδα κύβος μὴ ᾖ, οὐδ᾽ ἄλλος οὐδεὶς κύβος ἔσται, χωρὶς τοῦ τετάρτου ἀπὸ τῆς μονάδος καὶ τῶν δύο διαλειπόντων πάντων.

Ἔστωσαν γὰρ¹ ἀπὸ μονάδος ἑξῆς ἀνάλογον ὁσοιδηποτοῦν² ἀριθμοὶ οἱ Α, Β, Γ, Δ, Ε, Ζ, ὁ δὲ μετὰ τὴν μονάδα ὁ Α μὴ ἔστω τετράγωνος· λέγω ὅτι οὐδ᾽ ἄλλος οὐδεὶς τετράγωνος ἔσται, χωρὶς³ τοῦ τρίτου τοῦ ἀπὸ τῆς μονάδος καὶ τῶν ἕνα διαλειπόντων⁴.

Si ab unitate quotcunque numeri proportionales sunt, ipse autem post unitatem non est quadratus; neque alius ullus quadratus erit, præter tertium ab unitate et unum intermittentes omnes. Et si ipse post unitatem cubus non est, neque alius ullus cubus erit, præter quartum ab unitate et duos intermittentes omnes.

Sint enim ab unitate deinceps proportionales quotcunque numeri A, B, Γ, Δ, E, Z, sed post unitatem ipse A non sit quadratus; dico neque alium ullum quadratum esse, præter tertium ab unitate et unum intermittentes.

1.　　A, 2.　　B, 4.　　Γ, 8.　　Δ, 16.　　E, 32.　　Z, 64.

Εἰ γὰρ δυνατὸν, ἔστω ὁ Γ τετράγωνος. Ἔστι δὲ καὶ ὁ Β τετράγωνος· οἱ Β, Γ ἄρα πρὸς ἀλλήλους λόγον ἔχουσιν ὃν τετράγωνος ἀριθμὸς πρὸς

Si enim possibile, sit Γ quadratus. Est autem et B quadratus; ergo B, Γ inter se rationem habent quam quadratus numerus ad quadratum

PROPOSITION X.

Si, à partir de l'unité, tant de nombres qu'on voudra sont successivement proportionnels, et si celui qui est après l'unité n'est point un quarré, aucun autre ne sera un quarré, excepté le troisième, à partir de l'unité, et tous ceux qui en laissent un. Et si celui qui est après l'unité n'est pas un cube, aucun autre ne sera un cube, excepté le quatrième, à partir de l'unité, et tous ceux qui en laissent deux.

Car soient, à partir de l'unité, tant de nombres qu'on voudra A, B, Γ, Δ, E, Z successivement proportionnels, et que celui qui est après l'unité ne soit pas un quarré, savoir A; je dis qu'aucun autre ne sera un quarré, excepté le troisième, à partir de l'unité, et ceux qui en laissent un.

Car si cela est possible, que Γ soit un quarré. Mais B est aussi un quarré (8. 9); donc B et Γ ont entr'eux la même raison qu'un nombre quarré a avec un nombre

τετράγωνον ἀριθμόν. Καὶ ἔστιν ὡς ὁ Β πρὸς τὸν Γ οὕτως[5] ὁ Α πρὸς τὸν Β· οἱ Α, Β ἄρα πρὸς ἀλλήλους λόγον ἔχουσιν ὃν τετράγωνος ἀριθμὸς πρὸς τετράγωνον ἀριθμόν· ὥς τε οἱ Α, Β ὅμοιοι ἐπίπεδοί εἰσι. Καὶ ἔστι τετράγωνος ὁ Β· τετράγωνος ἄρα ἐστὶ καὶ ὁ Α, ὅπερ οὐχ ὑπόκειτο· οὐκ ἄρα ὁ Γ τετράγωνός ἐστιν. Ὁμοίως δὴ δείξομεν ὅτι οὐδ' ἄλλος οὐδεὶς τετράγωνός ἐστι[7], χωρὶς τοῦ τρίτου ἀπὸ τῆς μονάδος καὶ τῶν ἕνα διαλειπόντων.

Ἀλλὰ δὴ μὴ ἔστω ὁ Α κύβος. Λέγω δὴ[8] ὅτι οὐδ' ἄλλος οὐδεὶς κύβος ἔσται, χωρὶς τοῦ τετάρτου ἀπὸ τῆς μονάδος καὶ τῶν δύο διαλειπόντων.

numerum. Et est ut B ad Γ ita A ad B; ergo A, B inter se rationem habent quam quadratus numerus ad quadratum numerum; quare A, B similes plani sunt. Et est quadratus B; quadratus igitur est et A, quod non supponebatur; non igitur Γ quadratus est. Similiter utique demonstrabimus neque alium ullum quadratum esse, præter tertium ab unitate et unum intermittentes.

Sed et non sit A cubus. Dico etiam neque alium ullum cubum fore, præter quartum ab unitate et duos intermittentes.

1.   Α, 2.   Β, 4.   Γ, 8.   Δ, 16.   Ε, 32.   Ζ, 64.

Εἰ γὰρ δυνατὸν, ἔστω ὁ Δ κύβος. Ἔστι δὲ καὶ ὁ Γ κύβος, τέταρτος γάρ ἐστιν ἀπὸ τῆς μονάδος, καὶ ἔστιν ὡς ὁ Γ πρὸς τὸν Δ οὕτως[9] ὁ Β πρὸς τὸν Γ· καὶ ὁ Β ἄρα πρὸς τὸν Γ λόγον ἔχει ὃν κύβος πρὸς κύβον[10]. Καὶ ἔστιν ὁ Γ κύβος· καὶ ὁ Β ἄρα κύβος ἐστί. Καὶ ἐπεί ἐστιν ὡς ἡ μονὰς

Si enim possibile, sit Δ cubus. Est autem et Γ cubus, quartus enim est ab unitate, et est ut Γ ad Δ ita B ad Γ; et B igitur ad Γ rationem habet quam cubus ad cubum. Et est Γ cubus; et B igitur cubus est. Et quoniam

quarré; et B est à Γ comme A est à B; donc A, B ont entr'eux la même raison qu'un nombre quarré a avec un nombre quarré ; donc A, B sont des plans semblables (déf. 22. 7). Mais B est un quarré; donc A est un quarré, ce qui n'est point supposé ; donc Γ n'est point un quarré. Nous démontrerons semblablement qu'aucun autre n'est un quarré, si ce n'est le troisième, à partir de l'unité, et ceux qui en laissent un.

Mais que A ne soit pas un cube; je dis qu'aucun autre n'est un cube, si ce n'est le quatrième, à partir de l'unité, et ceux qui en laissent deux.

Car si cela est possible, que Δ soit un cube. Mais Γ est un cube; car c'est le quatrième nombre, à partir de l'unité (8. 9), et Γ est à Δ comme B est à Γ; donc B a avec Γ la même raison qu'un cube a avec un cube. Mais Γ est un cube ; donc B est un cube. Et puisque l'unité est à A comme A est à B, et que l'unité mesure

πρὸς τὸν A οὕτως[11] ὁ A πρὸς τὸν B, ἣ δὲ μονὰς τὸν A μετρεῖ κατὰ τὰς ἐν αὐτῷ μονάδας· καὶ ὁ A ἄρα τὸν B μετρεῖ κατὰ τὰς ἐν αὐτῷ μονάδας· [12] ὁ A ἄρα ἑαυτὸν πολλαπλασιάσας κύ-ϐον τὸν B πεποίηκεν. Ἐὰν δὲ ἀριθμὸς ἑαυτὸν πολλαπλασιάσας κύϐον ποιῇ, καὶ αὐτὸς κύϐος ἔσται· κύϐος ἄρα καὶ ὁ A, ὅπερ οὐχ ὑπόκειται· οὐκ ἄρα ὁ Δ κύϐος ἐστίν. Ὁμοίως δὴ δείξομεν ὅτι οὐδ' ἄλλος οὐδεὶς κύϐος ἐστὶ, χωρὶς τοῦ τετάρτου ἀπὸ τῆς μονάδος καὶ τῶν δύο διαλει-πόντων[13]. Ὅπερ ἔδει δεῖξαι.

ΠΡΟΤΑΣΙΣ ια΄.

Ἐὰν ἀπὸ μονάδος ὁποσοιοῦν ἀριθμοὶ ἑξῆς ἀνά-λογον ὦσιν, ὁ ἐλάττων τὸν μείζονα μετρεῖ κατά τινα τῶν ὑπαρχόντων ἐν τοῖς ἀνάλογον ἀριθμοῖς.

Ἔστωσαν ἀπὸ μονάδος τῆς A ὁποσοιοῦν ἀριθ-μοὶ ἑξῆς ἀνάλογον, οἱ B, Γ, Δ, E· λέγω ὅτι τῶν B, Γ, Δ, E ὁ ἐλάχιστος[1] ὁ B τὸν E μετρεῖ κατά τινα τῶν Γ, Δ.

est ut unitas ad A ita A ad B, sed unitas ipsum A metitur per unitates quæ in ipso; et A igitur ipsum B metitur per unitates quæ in ipso; ergo A se ipsum multiplicans cubum B fecit. Si autem numerus se ipsum multiplicans cubum facit, et ipse cubus erit; cubus igitur et A, quod non supponitur; non igitur Δ cubus est. Similiter utique demonstrabimus neque alium ullum cubum esse, præter quartum ab unitate et duos intermittentes. Quod oportebat os-tendere.

PROPOSITIO XI.

Si ab unitate quotcunque numeri deinceps pro-portionales sunt, minor majorem metitur per ali-quem eorum qui sunt in proportionalibus nu-meris.

Sint ab unitate A quotcunque numeri dein-ceps proportionales B, Γ, Δ, E; dico eorum B, Γ, Δ, E minimum B ipsum E metiri per ali-quem ipsorum Γ, Δ.

A par les unités qui sont en lui ; donc A mesure B par les unités qui sont en lui (déf. 21. 7) ; donc A se multipliant lui-même fera le cube B. Mais si un nombre se multipliant lui-même fait un cube, ce nombre est un cube (6. 9) ; A est donc un cube, ce qui n'est point supposé ; donc Δ n'est pas un cube. Nous démon-trerons semblablement qu'aucun autre n'est un cube, si ce n'est le quatrième, à partir de l'unité, et ceux qui en laissent deux. Ce qu'il fallait démontrer.

PROPOSITION XI.

Si, à partir de l'unité, tant de nombres qu'on voudra sont successivement proportionnels, le plus petit mesure le plus grand par quelqu'un de ceux qui sont dans les nombres proportionnels.

Soient, à partir de l'unité A, tant de nombres qu'on voudra B, Γ, Δ, E suc-cessivement proportionnels ; je dis que B, le plus petit des nombres B, Γ, Δ, E, mesure E par un des nombres Γ, Δ.

Ἐπεὶ γάρ ἐστιν, ὡς ἡ Α μονὰς πρὸς τὸν Β
οὕτως ὁ Δ πρὸς τὸν Ε· ἰσάκις ἄρα ἡ Α μονὰς
τὸν Β ἀριθμὸν μετρεῖ καὶ ὁ Δ τὸν Ε· ἐναλλὰξ ἄρα
ἰσάκις ἡ Α μονὰς τὸν Δ μετρεῖ καὶ ὁ Β τὸν Ε. Ἡ δὲ
Α μονὰς τὸν Δ μετρεῖ κατὰ τὰς ἐν αὐτῷ[2] μονάδας·

Quoniam enim est ut A unitas ad B ita Δ
ad E ; æqualiter igitur A unitas ipsum B numerum metitur ac Δ ipsum E ; alternè igitur
æqualiter A unitas ipsum Δ metitur ac B ipsum E. Sed A unitas ipsum Δ metitur per uni-

A, 1.   B, 3.   Γ, 9.   Δ, 27.   E, 81.

καὶ ὁ Β ἄρα τὸν Ε μετρεῖ κατὰ τὰς ἐν τῷ Δ[3]
μονάδας· ὥς τε ὁ ἐλάσσων ὁ Β τὸν μείζονα τὸν Ε
μετρεῖ κατά τινα ἀριθμὸν τῶν ὑπαρχόντων ἐν
τοῖς ἀνάλογον ἀριθμοῖς. Ὅπερ ἔδει δεῖξαι[4].

tates quæ in ipso ; et B igitur ipsum E metitur
per unitates quæ in Δ ; quare minor B majorem
ipsum E metitur per aliquem numerum eorum
qui sunt in proportionalibus numeris. Quod
oportebat ostendere.

ΠΡΟΤΑΣΙΣ ιβ'.

Ἐὰν ἀπὸ μονάδος ὁποσοιοῦν ἀριθμοὶ ἐξῆς[1] ἀνάλογον ὦσιν· ὑφ' ὅσων ἂν ὁ ἔσχατος πρώτων ἀριθμῶν μετρῆται[2], ὑπὸ τῶν αὐτῶν καὶ ὁ παρὰ τὴν
μονάδα μετρηθήσεται.

Ἔστωσαν ἀπὸ μονάδος ὁποσοιδηποτοῦν[3] ἀριθμοὶ ἐξῆς[4] ἀνάλογον· οἱ Α, Β, Γ, Δ· λέγω ὅτι
ὑφ' ὅσων ἂν ὁ Δ πρώτων ἀριθμῶν μετρῆται, ὑπὸ
τῶν αὐτῶν καὶ ὁ Α μετρηθήσεται.

PROPOSITIO XIII.

Si ab unitate quotcunque numeri deinceps
proportionales sunt ; a quibuscunque ultimus
primorum numerorum mensuratur, ab ipsis et
proximus unitati mensurabitur.

Sint ab unitate quotcunque numeri deinceps
proportionales A, B, Γ, Δ ; dico a quibuscunque
ipse Δ primis numeris mensuretur, ab ipsis et
A mensuratum iri.

Car puisque l'unité A est à B comme Δ est à E, l'unité A mesure B autant de
fois que Δ mesure E (déf. 20. 7) ; donc par permutation l'unité A mesure Δ autant
de fois que B mesure E (15. 7.) Mais l'unité A mesure Δ par les unités qui sont
en lui ; donc B mesure E par les unités qui sont en Δ ; le plus petit B mesure donc
E, qui est le plus grand, par un des nombres qui sont dans les nombres proportionnels. Ce qu'il fallait démontrer.

PROPOSITION XII.

Si, à partir de l'unité, tant de nombres qu'on voudra sont successivement proportionnels, tous les nombres premiers qui mesurent le dernier mesurent aussi
celui qui est le plus près de l'unité.

Soient, à partir de l'unité, tant de nombres qu'on voudra A, B, Γ, Δ successivement proportionnels ; je dis que tous les nombres premiers qui mesurent Δ
mesureront aussi A.

Μετρείσθω γὰρ ὁ Δ ὑπό τινος πρώτου ἀριθμοῦ, τοῦ E· λέγω ὅτι ὁ E καὶ ὁ A μετρεῖ. Μὴ γὰρ μετρείτω ὁ E τὸν A[6]. Καὶ ἔστιν ὁ E πρῶτος, ἅπας δὲ πρῶτος ἀριθμὸς πρὸς ἅπαντα ἀριθμὸν[7] ὃν μὴ μετρεῖ πρῶτός ἐστιν· οἱ E, A ἄρα πρῶτοι πρὸς ἀλλήλους εἰσί. Καὶ ἐπεὶ ὁ E τὸν Δ μετρεῖ, μετρείτω αὐτὸν κατὰ τὸν Z· ὁ E ἄρα τὸν Z πολλαπλασιάσας τὸν Δ πεποίηκε. Πάλιν, ἐπεὶ ὁ A

Mensuretur enim Δ ab aliquo primo numero E; dico E et ipsum A metiri. Non enim metiatur E ipsum A. Atque est E primus, omnis autem primus numerus ad omnem numerum quem non metitur primus est; ergo E, A primi inter se sunt. Et quoniam E ipsum Δ metitur, metiatur eum per Z; ergo E ipsum Z multiplicans ipsum Δ fecit. Rursus, quoniam A ipsum

I.	A, 4.	B, 16.	Γ, 64.	Δ, 256.
	E, 2.	Θ, 8.	H, 32.	Z, 128.

τὸν Δ μετρεῖ κατὰ τὰς ἐν τῷ Γ μονάδας· ὁ A ἄρα τὸν Γ πολλαπλασιάσας τὸν Δ πεποίηκεν. Ἀλλὰ μὴν καὶ ὁ E τὸν Z πολλαπλασιάσας τὸν Δ πεποίηκεν· ὁ ἄρα ἐκ τῶν A, Γ ἴσος ἐστὶ τῷ ἐκ τῶν E, Z· ἔστιν ἄρα ὡς ὁ A πρὸς τὸν E οὕτως[8] ὁ Z πρὸς τὸν Γ. Οἱ δὲ A, E πρῶτοι, οἱ δὲ πρῶτοι καὶ ἐλάχιστοι, οἱ δὲ ἐλάχιστοι μετροῦσι τοὺς τὸν αὐτὸν λόγον ἔχοντας ἰσάκις, ὅ, τε ἡγούμενος τὸν ἡγούμενον καὶ ὁ ἑπόμενος τὸν ἑπόμενον· μετρεῖ ἄρα ὁ E τὸν Γ. Μετρείτω αὐτὸν κατὰ τὸν H· ὁ E ἄρα τὸν H πολλαπλασιάσας τὸν Γ πεποίηκεν. Ἀλλὰ μὴν διὰ τὸ πρὸ τούτου καὶ ὁ A τὸν B πολλαπλασιάσας τὸν Γ πεποίηκεν· ὁ ἄρα ἐκ τῶν

Δ metitur per unitates quæ in Γ; ergo A ipsum Γ multiplicans ipsum Δ fecit. Sed utique et E ipsum Z multiplicans ipsum Δ fecit; ipse igitur ex A, Γ æqualis est ipsi ex E, Z; est igitur ut A ad E ita Z ad Γ. Sed A, E primi, primi autem et minimi, minimi vero metiuntur æqualiter ipsos eamdem rationem habentes, et antecedens antecedentem, et consequens consequentem; metitur igitur E ipsum Γ. Metiatur eum per H; ergo E ipsum H multiplicans ipsum Γ fecit. Sed et ex antecedente et A ipsum B multiplicans ipsum Γ fecit; ergo ipse ex A,

Que Δ soit mesuré par un nombre premier E; je dis que A est aussi mesuré par E. Que A ne soit pas mesuré par E. Puisque E est un nombre premier, et que tout nombre premier est premier avec tout nombre qu'il ne mesure pas (31. 7); les nombres E, A sont premiers entr'eux. Et puisque E mesure Δ, qu'il le mesure par Z; le nombre E multipliant Z fera Δ. De plus, puisque A mesure Δ par les unités qui sont en Γ (11. 9), le nombre A multipliant Γ fera Δ. Mais E multipliant Z fait Δ; donc le produit de A par Γ égale le produit de E par Z; donc A est à E comme Z est à Γ (19. 7). Mais les nombres A, E sont premiers entr'eux, et les nombres premiers sont les plus petits (23. 7), et les plus petits mesurent également ceux qui ont la même raison, l'antécédent l'antécédent, et le conséquent le conséquent (21. 7); donc E mesure Γ. Qu'il le mesure par H; le nombre E multipliant H fera Γ. Mais par ce qui précède A multipliant B fait Γ; donc le produit

Α, Β ἴσος ἐστὶ τῷ ἐκ τῶν Ε, Η· ἔστιν ἄρα ὡς ὁ Α πρὸς
τὸν Ε οὕτως⁹ ὁ Η πρὸς τὸν Β. Οἱ δὲ Α, Ε πρῶτοι, οἱ
δὲ πρῶτοι καὶ ἐλάχιστοι, οἱ δὲ ἐλάχιστοι ἀριθμοὶ μετροῦσι τοὺς τὸν αὐτὸν λόγον ἔχοντας
αὐτοῖς ἰσάκις, ὅ, τε ἡγούμενος τὸν ἡγούμενον
καὶ ὁ ἑπόμενος τὸν ἑπόμενον· μετρεῖ ἄρα ὁ Ε τὸν
Β. Μετρείτω αὐτὸν κατὰ τὸν Θ· ὁ Ε ἄρα τὸν Θ
πολλαπλασιάσας τὸν Β πεποίηκεν. Ἀλλὰ μὴν
καὶ ὁ Α ἑαυτὸν πολλαπλασιάσας τὸν Β πεποίηκεν·

B æqualis est ipsi ex E, H; est igitur ut A ad E ita H
ad B. Sed et A, E primi, primi autem et minimi,
minimi vero numeri metiuntur æqualiter ipsos
eamdem rationem habentes cum ipsis, et antecedens antecedentem, et consequens consequentem; metitur igitur E ipsum B. Metiatur ipsum
per Θ; ergo E ipsum Θ multiplicans ipsum B
fecit. Sed et A se ipsum multiplicans ipsum
B fecit; est igitur ipse ex Θ, E æqualis ipsi

1.　　A, 4.　　　B, 16.　　　Γ, 64.　　Δ, 256.
　　　E, 2.　　Θ, 8.　　H, 32.　　Z, 128.

ἔστιν ἄρα ὁ ἐκ τῶν Θ, Ε ἴσος¹⁰ τῷ ἀπὸ τοῦ Α·
ἔστιν ἄρα ὡς ὁ Ε πρὸς τὸν Α οὕτως¹¹ ὁ Α πρὸς
τὸν Θ. Οἱ δὲ Α, Ε πρῶτοι, οἱ δὲ πρῶτοι καὶ
ἐλάχιστοι, οἱ δὲ ἐλάχιστοι μετροῦσι τοὺς τὸν
αὐτὸν λόγον ἔχοντας ἰσάκις, ὅ, τε¹² ἡγούμενος
τὸν ἡγούμενον καὶ ὁ ἑπόμενος τὸν ἑπόμενον· μετρεῖ ἄρα καὶ ὁ Ε τὸν Α¹³. Ἀλλὰ μὴν καὶ οὐ
μετρεῖ, ὅπερ ἀδύνατον· οὐκ ἄρα οἱ Α, Ε πρῶτοι
πρὸς ἀλλήλους εἰσί· σύνθετοι ἄρα. Οἱ δὴ σύνθετοι
ὑπὸ πρώτου¹⁴ ἀριθμοῦ τινος μετροῦνται· οἱ Α,
Ε ἄρα ὑπὸ πρώτου τινὸς ἀριθμοῦ μετροῦνται¹⁵.

ab A; est igitur ut E ad A ita A ad Θ.
Sed A, E primi, primi autem et minimi, minimi vero metiuntur æqualiter ipsos eamdem
rationem habentes, et antecedens antecedentem, et consequens consequentem; ergo metitur
et E ipsum A. Sed et non metitur, quod
impossibile; non igitur A, E primi inter
se sunt; ergo compositi. Sed compositi a primo
numero aliquo mensurantur; ergo A, E a primo,
aliquo numero mensurantur. Et quoniam E primus

de A par B égale le produit de E par H; donc A est à E comme H est à B. Mais
les nombres A, E sont premiers entr'eux, et les nombres premiers sont les plus
petits, et les plus petits nombres mesurent également ceux qui ont la même
raison avec eux, l'antécédent l'antécédent, et le conséquent le conséquent (21. 7).
Donc E mesure B. Qu'il le mesure par Θ; le nombre E multipliant Θ fera B. Mais
A se multipliant lui-même fait B; donc le produit de Θ par E égale le quarré
de A; donc E est à A comme A est à Θ. Mais A et E sont premiers entr'eux, et les nombres
premiers sont les plus petits, et les plus petits nombres mesurent également ceux
qui ont la même raison avec eux, l'antécédent l'antécédent, et le conséquent le
conséquent (21. 7). Donc E mesure A. Mais il ne le mesure pas, ce qui est impossible; donc les nombres A, E ne sont pas premiers entr'eux; donc ils sont composés. Mais les nombres composés sont mesurés par quelque nombre premier
(déf. 15. 7); donc les nombres A, E sont mesurés par quelque nombre premier.

Καὶ ἐπεὶ ὁ Ε πρῶτος, ὑπόκειται, ὁ δὲ πρῶτος ὑπὸ ἑτέρου ἀριθμοῦ οὐ μετρεῖται ἢ ὑφ᾽ ἑαυτοῦ· ὁ Ε ἄρα τοὺς Α, Ε μετρεῖ· ὥς τε καὶ ὁ Ε τὸν Α μετρεῖ. Μετρεῖ δὲ καὶ τὸν Δ· ὁ Ε ἄρα τοὺς Α, Δ μετρεῖ. Ὁμοίως δὴ δείξομεν ὅτι ὑφ᾽ ὅσων ἂν ὁ Δ πρῶτων ἀριθμῶν μετρεῖται, ὑπὸ τῶν αὐτῶν καὶ ὁ Α μετρηθήσεται. Ὅπερ ἔδει δεῖξαι.

supponitur, primus autem ab alio numero non mensuratur nisi a se ipso; ergo E ipsos A, E metitur; quare et E ipsum A metitur. Metitur autem et ipsum Δ; ergo ipsos A, Δ metitur. Similiter utique demonstrabimus a quibuscunque ipse Δ primis numeris mensuretur, ab iisdem et ipsum A mensuratum iri. Quod oportebat ostendere.

ΠΡΟΤΑΣΙΣ ιγ´.

PROPOSITIO XIII.

Ἐὰν ἀπὸ μονάδος ὁποσοιοῦν ἀριθμοὶ ἑξῆς ἀνάλογον ὦσιν, ὁ δὲ μετὰ τὴν μονάδα πρῶτος ᾖ· ὁ μέγιστος ὑπ᾽ οὐδενὸς ἄλλου μετρηθήσεται, πάρεξ τῶν ὑπαρχόντων ἐν τοῖς ἀνάλογον ἀριθμοῖς.

Ἔστωσαν ἀπὸ μονάδος ὁποσοιοῦν ἀριθμοὶ ἑξῆς ἀνάλογον οἱ Α, Β, Γ, Δ, ὁ δὲ μετὰ τὴν μονάδα ὁ Α πρῶτος ἔστω· λέγω ὅτι ὁ μέγιστος αὐτῶν ὁ Δ ὑπ᾽ οὐδενὸς ἄλλου μετρηθήσεται, πάρεξ τῶν Α, Β, Γ.

Si ab unitate quotcunque numeri deinceps proportionales sunt, ipse autem post unitatem primus est, maximus a nullo alio mensurabitur, nisi ab eis qui sunt in proportionalibus numeris.

Sint ab unitate quotcunque numeri deinceps proportionales A, B, Γ, Δ, ipse A autem post unitatem primus sit; dico maximum eorum ipsum Δ a nullo alio mensuratum iri, nisi ab ipsis A, B, Γ.

Et puisque E est supposé être un nombre premier, et qu'un nombre premier n'est mesuré par aucun autre nombre que par lui-même (déf. 12. 7), le nombre E mesurera les nombres A, E; donc E mesure A. Mais il mesure Δ; donc E mesure les nombres A, Δ. Nous démontrerons semblablement que tous les nombres premiers qui mesurent Δ mesureront aussi le nombre A. Ce qu'il fallait démontrer.

PROPOSITION XIII.

Si, à partir de l'unité, tant de nombres qu'on voudra sont successivement proportionnels, et si celui qui est après l'unité est un nombre premier, aucun autre nombre ne mesurera le plus grand, excepté ceux qui sont dans les nombres proportionnels.

Soient, à partir de l'unité, tant de nombres qu'on voudra A, B, Γ, Δ successivement proportionnels, et que le nombre A, qui est après l'unité, soit un nombre premier; je dis que le plus grand Δ ne sera mesuré par aucun autre nombre, si ce n'est par les nombres A, B, Γ.

H.

10

Εἰ γὰρ δυνατὸν, μετρείσθω ὑπὸ τοῦ Ε, καὶ ὁ Ε μηδενὶ τῶν Α, Β, Γ ἔστω ὁ αὐτός· φανερὸν δὴ ὅτι ὁ Ε πρῶτός οὐκ ἔστιν. Εἰ γὰρ ὁ Ε πρῶτός ἐστι καὶ μετρεῖ τὸν Δ, καὶ τὸν Α μετρήσει πρῶτον ὄντα, μὴ ὢν αὐτῷ ὁ αὐτός, ὅπερ ἐστὶν ἀδύνατον· οὐκ ἄρα ὁ Ε πρῶτός ἐστι· σύνθετος ἄρα· πᾶς δὲ σύνθετος ἀριθμὸς ὑπὸ πρώτου τινὸς ἀριθμοῦ μετρεῖται· ὁ Ε ἄρα ὑπὸ πρώτου τινὸς ἀριθμοῦ μετρεῖται[4]. Λέγω δὴ ὅτι ὑπ' οὐδενὸς ἄλλου μετρηθήσεται[5], πλὴν τοῦ Α. Εἰ γὰρ ὑφ' ἑτέρου μετρεῖται ὁ Ε, ὁ δὲ Ε τὸν Δ μετρεῖ·

Si enim possibile, mensuretur ab ipso E, et ipse E cum nullo ipsorum A, B, Γ sit idem; evidens est autem E primum non esse. Si enim E primus est, et metitur ipsum Δ, et ipsum A metietur primum existentem, non existens cum ipso idem, quod est impossibile; non igitur E primus est; ergo compositus; omnis autem compositus numerus a primo aliquo numero mensuratur; ergo E a primo aliquo numero mensuratur. Dico etiam ipsum a nullo alio numero mensuratum iri, nisi ab ipso A. Si enim ab alio mensu-

| | A, 5. | B, 25. | Γ, 125. | Δ, 625. |
| 1. | E———— | Θ———— | H———— | Z———— |

κἀκεῖνος ἄρα τὸν Δ μετρήσει· ὥς τε καὶ τὸν Α μετρήσει πρῶτον ὄντα, μὴ ὢν αὐτῷ ὁ αὐτός, ὅπερ ἐστὶν ἀδύνατον· ὁ Α ἄρα τὸν Ε μετρεῖ. Καὶ ἐπεὶ ὁ Ε τὸν Δ μετρεῖ, μετρείτω αὐτὸν κατὰ τὸν Ζ. Λέγω ὅτι ὁ Ζ οὐδενὶ τῶν Α, Β, Γ ἐστιν ὁ αὐτός. Εἰ γὰρ ὁ Ζ ἑνὶ τῶν Α, Β, Γ ἐστιν ὁ αὐτός, καὶ μετρεῖ τὸν Δ κατὰ τὸν Ε· καὶ εἷς ἄρα τῶν Α, Β, Γ τὸν Δ μετρεῖ κατὰ τὸν Ε.

ratur ipse E, sed E ipsum Δ metitur; et ille igitur ipsum Δ metietur; quare et ipsum A metietur primum existentem, non existens cum ipso idem, quod est impossibile; ergo A ipsum E metitur. Et quoniam E ipsum Δ metitur, metiatur ipsum per Z: Dico Z cum nullo ipsorum A, B, Γ esse eumdem. Si enim Z cum uno ipsorum A, B, Γ est idem, et metitur ipsum Δ per E; et unus igitur ipsorum A, B, Γ ipsum Δ metitur

Car si cela est possible, que E mesure Δ, et que E ne soit aucun des nombres A, B, Γ; il est évident que E n'est pas un nombre premier. Car si E est un nombre premier, et s'il mesure Δ, il mesurera A, qui est un nombre premier, E n'étant pas le même que A (12. 9), ce qui est impossible; donc E n'est pas un nombre premier; il est donc composé. Mais tout nombre composé est mesuré par quelque nombre premier (33. 7); donc E est mesuré par quelque nombre premier. Je dis qu'aucun autre nombre premier ne le mesurera, si ce n'est A. Car si E, qui mesure Δ, est mesuré par un autre nombre, cet autre nombre mesurera Δ; il mesurera donc A, qui est un nombre premier, cet autre n'étant pas le même que A (12. 9); ce qui est impossible. Donc A mesure E. Et puisque E mesure Δ, qu'il le mesure par Z; je dis que Z n'est aucun des nombres A, B, Γ. Car si Z est le même qu'un des nombres A, B, Γ, et s'il mesure Δ par E, un des nombres A, B, Γ

Ἀλλὰ εἷς τῶν Α, Β, Γ τὸν Δ μετρεῖ κατά τινα τῶν Α, Β, Γ· καὶ ὁ Ε ἄρα ἑνὶ τῶν Α, Β, Γ ἐστὶν ὁ αὐτός, ὅπερ οὐχ ὑπόκειται· οὐκ ἄρα ὁ Ζ ἑνὶ τῶν Α, Β, Γ ἐστὶν ὁ αὐτός. Ὁμοίως δὴ δεί-ξομεν ὅτι μετρεῖται ὁ Ζ ὑπὸ τοῦ Α, δεικνύντες πά-λιν ὅτι ὁ Ζ οὐκ ἐστὶ πρῶτος. Εἰ γὰρ πρῶτος[8], καὶ μετρεῖ τὸν Δ, καὶ τὸν Α μετρήσει πρῶτον ὄντα, μὴ ὢν αὐτῷ ὁ αὐτός, ὅπερ ἐστὶν ἀδύνατον· οὐκ ἄρα πρῶτός ἐστιν ὁ Ζ· σύνθετος ἄρα· ἅπας δὲ σύνθετος ἀριθμὸς ὑπὸ πρώτου τινὸς ἀριθμοῦ με-τρεῖται· ὁ Ζ ἄρα ὑπὸ πρώτου τινὸς ἀριθμοῦ μετρεῖται[9]. Λέγω δὴ ὅτι ὑφ' ἑτέρου πρώτου οὐ μετρηθήσεται, πλὴν τοῦ Α. Εἰ γὰρ ἕτερός τις, πρῶτος τὸν Ζ μετρεῖ, ὁ δὲ Ζ τὸν Δ μετρεῖ· κἀκεῖνος ἄρα τὸν Δ μετρήσει· ὥς τε καὶ τὸν Α μετρήσει πρῶτον ὄντα, μὴ ὢν αὐτῷ ὁ αὐτός, ὅπερ ἐστὶν ἀδύνατον· ὁ Α ἄρα τὸν Ζ μετρεῖ. Καὶ ἐπεὶ ὁ Ε τὸν Δ μετρεῖ κατὰ τὸν Ζ· ὁ Ε ἄρα τὸν Ζ πολλαπλασιάσας τὸν Δ πεποίηκεν. Ἀλλὰ μὴν καὶ ὁ Α τὸν Γ πολλαπλασιάσας τὸν Δ πεποίη-

per E. Sed unus ipsorum A, B, Γ ipsum Δ metitur per aliquem ipsorum A, B, Γ; et E igitur cum uno ipsorum A, B, Γ est idem, quod non supponitur; non igitur Z cum uno ipsorum A, B, Γ est idem. Similiter utique ostendemus ip-sum Z mensuratum iri ab ipso A, ostendentes rur-sus Z non esse primum. Si enim primus, et metitur ipsum Δ, et ipsum A metietur primum existen-tem, non existens cum ipso idem, quod est impossibile; non igitur primus est Z; ergo com-positus; omnis autem compositus numerus a primo aliquo numero mensuratur; ergo Z a primo aliquo numero mensuratur. Dico et ip-sum ab alio primo numero non mensuratum iri, nisi ab ipso A. Si enim alius aliquis primus ipsum Z metitur, sed Z ipsum Δ metitur; et ille igitur ipsum Δ metietur; quare et ipsum A metietur primum existentem, non existens cum ipso idem, quod est impossibile; ergo A ipsum Z metitur. Et quoniam E ipsum Δ metitur per Z; ergo E ipsum Z multiplicans ipsum Δ fecit. Sed quidem et A ipsum Γ multiplicans ipsum

mesurera Δ par E. Mais un des nombres A, B, Γ mesure Δ par quelqu'un des nombres A, B, Γ (11.9); donc E sera le même que quelqu'un des nombres A, B, Γ, ce qui n'est point supposé; donc Z n'est aucun des nombres A, B, Γ. Nous démontrerons semblablement que Z est mesuré par A, en faisant voir en-core que Z n'est pas un nombre premier. Car s'il l'est, et s'il mesure Δ, il mesurera A, qui est un nombre premier, Z n'étant pas le même que A (12. 9); ce qui est impossible; Z n'est donc pas un nombre premier; il est donc composé; mais tout nombre composé est mesuré par quelque nombre premier; donc Z est mesuré par quelque nombre premier (33. 7). Je dis qu'il ne sera mesuré par aucun autre nombre, si ce n'est par A. Car si Z, qui mesure Δ, est mesuré par tout autre nombre premier, cet autre nombre me-surera Δ, et par conséquent A, qui est un nombre premier, Z n'étant pas le même que A (12. 9); ce qui est impossible; donc A mesure Z. Et puisque E mesure Δ par Z, le nombre E multipliant Z fera Δ. Mais A multipliant Γ fait Δ;

κὲν· ὁ ἄρα ἐκ τῶν Α, Γ ἴσος ἐστὶ τῷ ἐκ τῶν Ε, Ζ· ἀνάλογον ἄρα ἐστὶν ὡς ὁ Α πρὸς τὸν Ε οὕτως ὁ Ζ πρὸς τὸν Γ. Ὁ δὲ Α τὸν Ε μετρεῖ· καὶ ὁ Ζ ἄρα τὸν Γ μετρεῖ. Μετρείτω αὐτὸν κατὰ τὸν Η. Ὁμοίως δὴ δείξομεν ὅτι ὁ Η οὐδενὶ τῶν Α, Β ἐστὶν ὁ αὐτός, καὶ ὅτι μετρεῖται ὑπὸ τοῦ Α. Καὶ ἐπεὶ ὁ Ζ τὸν Γ μετρεῖ κατὰ τὸν Η· ὁ Ζ ἄρα τὸν Η πολλαπλασιάσας τὸν Γ πεποίηκεν.

Δ fecit; ipse igitur ex Α, Γ æqualis est ipsi ex Ε, Ζ; proportionaliter igitur est ut Α ad Ε ita Ζ ad Γ. Sed Α ipsum Ε metitur; et Ζ igitur ipsum Γ metitur. Metiatur ipsum per Η. Similiter etiam demonstrabimus ipsum Η cum nullo ipsorum Α, Β esse eumdem, et ipsum mensuratum iri ab ipso Α. Et quoniam Ζ ipsum Γ metitur per Η; ergo Ζ ipsum Η multiplicans ipsum Γ fecit.

	Α, 5.	Β, 25.	Γ, 125.	Δ, 625.
1.	Ε-----	Θ-----	Η-----	Ζ-------

Ἀλλὰ μὴν καὶ ὁ Α τὸν Β πολλαπλασιάσας τὸν Γ πεποίηκεν· ὁ ἄρα ἐκ τῶν Α, Β ἴσος ἐστὶ τῷ ἐκ τῶν Ζ, Η· ἀνάλογον ἄρα ὡς ὁ Α πρὸς τὸν Ζ οὕτως[10] ὁ Η πρὸς τὸν Β. Μετρεῖ δὲ ὁ Α τὸν Ζ· μετρεῖ ἄρα καὶ ὁ Η τὸν Β. Μετρείτω αὐτὸν κατὰ τὸν Θ. Ὁμοίως δὴ δείξομεν ὅτι ὁ Θ τῷ Α οὐκ ἔστιν ὁ αὐτός. Καὶ ἐπεὶ ὁ Η τὸν Β μετρεῖ κατὰ τὸν Θ· ὁ Η ἄρα τὸν Θ πολλαπλασιάσας τὸν Β πεποίηκεν. Ἀλλὰ μὴν καὶ ὁ Α ἑαυτὸν πολλαπλασιάσας τὸν Β πεποίηκεν· ὁ ἄρα ὑπὸ τῶν[11] Θ, Η ἴσος ἐστὶ τῷ ἀπὸ τοῦ Α τετραγώνῳ· ἔστιν ἄρα ὡς ὁ Θ πρὸς τὸν Α οὕτως[12] ὁ Α πρὸς τὸν Η.

Sed quidem et Α ipsum Β multiplicans ipsum Γ fecit; ergo ipse ex Α, Β æqualis est ipsi ex Ζ, Η; proportionaliter igitur ut Α ad Ζ ita Η ad Β. Metitur autem Α ipsum Ζ; metitur igitur et Η ipsum Β. Metiatur eum per Θ. Similiter etiam demonstrabimus ipsum Θ cum ipso Α non esse eumdem. Et quoniam Η ipsum Β metitur per Θ; ergo Η ipsum Θ multiplicans ipsum Β fecit. Sed et Α se ipsum multiplicans ipsum Β fecit; ergo ipse ex Θ, Η æqualis est ipsi ex Α quadrato; est igitur ut Θ ad Α ita Α ad Η.

donc le produit de Α par Γ égale le produit de Ε par Ζ; donc Α est à Ε comme Ζ est à Γ (19. 7). Mais Α mesure Ε; donc Ζ mesure Γ (déf. 21. 7); qu'il le mesure par Η. Nous démontrerons semblablement que Η n'est aucun des nombres Α, Β, et que Α mesure Η. Et puisque Ζ mesure Γ par Η, le nombre Ζ multipliant Η fera Γ. Mais Α multipliant Β fait Γ; donc le produit de Α par Β égale le produit de Ζ par Η; donc Α est à Ζ comme Η est à Β. Mais Α mesure Ζ; donc Η mesure Β. Qu'il le mesure par Θ. Nous démontrerons semblablement que Θ n'est pas le même que Α. Et puisque Η mesure Β par Θ, le nombre Η multipliant Θ fait Β. Mais Α se multipliant lui-même fait Β; donc le produit de Θ par Η égale le quarré de Α; donc Θ est à Α comme Α est à Η (20. 7). Mais Α mesure Η;

Μετρεῖ δὲ ὁ A τὸν H· μετρεῖ ἄρα καὶ ὁ Θ τὸν A πρῶτον ὄντα, μὴ ὢν αὐτῷ ὁ αὐτός, ὅπερ ἄτοπον· οὐκ ἄρα ὁ μέγιστος ὁ Δ ὑφ' ἑτέρου ἀριθμοῦ μετρηθήσεται, πάρεξ τῶν A, B, Γ. Ὅπερ ἔδει δεῖξαι.

ad H. Metitur autem A ipsum H; metitur igitur et Θ ipsum A primum existentem, non existens cum ipso idem, quod absurdum; non igitur maximus Δ ab alio numero mensurabitur, nisi ab ipsis A, B, Γ. Quod oportebat ostendere.

ΠΡΟΤΑΣΙΣ ιδ΄.

PROPOSITIO XIV.

Ἐὰν ἐλάχιστος ἀριθμὸς ὑπὸ πρώτων ἀριθμῶν μετρῆται· ὑπ' οὐδενὸς ἄλλου πρώτου ἀριθμοῦ μετρηθήσεται, πάρεξ τῶν ἐξ ἀρχῆς μετρούντων.

Ἐλάχιστος γὰρ ἀριθμὸς ὁ A ὑπὸ πρώτων ἀριθμῶν τῶν B, Γ, Δ μετρείσθω· λέγω ὅτι ὁ A ὑπ' οὐδενὸς ἄλλου πρώτου ἀριθμοῦ μετρηθήσεται, πάρεξ τῶν B, Γ, Δ.

Si minimus numerus a primis numeris mensuratur; a nullo alio primo numero mensurabitur, nisi ab ipsis a principio metientibus.

Minimus enim numerus A a primis numeris B, Γ, Δ mensuretur; dico ipsum A a nullo alio primo numero mensuratum iri, nisi ab ipsis B, Γ, Δ.

A, 30.

B, 2.   Γ, 3.   Δ, 5.

E----   Z------

Εἰ γὰρ δυνατὸν, μετρείσθω ὑπὸ πρώτου τοῦ E, καὶ ὁ E μηδενὶ τῶν B, Γ, Δ ἔστω ὁ αὐτός.

Si enim possibile, mensuretur a primo E, et E cum nullo ipsorum B, Γ, Δ sit idem. Et quoniam

donc Θ mesure A, qui est un nombre premier, Θ n'étant pas le même que A, ce qui est absurde; donc le plus grand nombre Δ n'est mesuré par aucun autre nombre, si ce n'est par A, B, Γ. Ce qu'il fallait démontrer.

PROPOSITION XIV.

Si le plus petit nombre est mesuré par des nombres premiers, il ne sera mesuré par aucun autre nombre premier, si ce n'est par ceux qui le mesuraient d'abord.

Car soit A le plus petit nombre mesuré par les nombres premiers B, Γ, Δ; je dis que A ne sera mesuré par aucun autre nombre premier, si ce n'est par B, Γ, Δ.

Car si cela est possible, qu'il soit mesuré par le nombre premier E, et que E ne soit

Καὶ ἐπεὶ ὁ Ε τὸν Α μετρεῖ, μετρείτω αὐτὸν κατὰ τὸν Ζ· ὁ Ε ἄρα τὸν Ζ πολλαπλασιάσας τὸν Α πεποίηκε. Καὶ μετρεῖται ὁ Α ὑπὸ τῶν² πρώτων ἀριθμῶν τῶν Β, Γ, Δ. Ἐὰν δὲ δύο ἀριθμοὶ πολλαπλασιάσαντες ἀλλήλους ποιῶσί τινα, τὸν δὲ γενόμενον ἐξ αὐτῶν μετρῇ τις πρῶτος ἀριθμός, καὶ ἕνα τῶν ἐξ ἀρχῆς μετρήσει· οἱ Β, Γ, Δ

E ipsum A metitur, metiatur eum per Z; ergo E ipsum Z multiplicans ipsum A fecit. Et mensuratur A a primis numeris B, Γ, Δ. Si autem duo numeri sese multiplicantes faciunt aliquem, factum vero ex ipsis metitur aliquis primus numerus, et unum eorum a principio metietur; ergo B, Γ, Δ unum ipsorum E, Z

$$A, 30.$$
$$B, 2. \qquad Γ, 3. \qquad Δ, 5.$$
$$E----- \qquad Z-----$$

ἄρα ἕνα τῶν Ε, Ζ μετρήσουσι. Τὸν μὲν οὖν Ε οὐ μετρήσουσιν, ὁ γὰρ Ε πρῶτός ἐστι, καὶ οὐδενὶ τῶν Β, Γ, Δ ὁ αὐτός· τὸν Ζ ἄρα μετρήσουσιν ἐλάσσονα ὄντα τοῦ Α, ὅπερ ἐστὶν³ ἀδύνατον, ὁ γὰρ Α ὑπόκειται ἐλάχιστος ὑπὸ τῶν Β, Γ, Δ μετρούμενος⁴· οὐκ ἄρα τὸν Α μετρήσει πρῶτος ἀριθμός, πάρεξ τῶν Β, Γ, Δ. Ὅπερ ἔδει δεῖξαι.

metiuntur. Ipsum quidem E non metientur, ipse E enim primus est, et cum nullo ipsorum B, Γ, Δ idem; ipsum Z igitur metientur minôrem existentem ipso A, quod est impossibile, ipse enim A ponitur minimus ab ipsis B, Γ, Δ mensuratus; non igitur ipsum A metietur primus numerus, præter ipsos B, Γ, Δ. Quod oportebat ostendere.

aucun des nombres B, Γ, Δ. Puisque E mesure A, qu'il le mesure par Z; le nombre E multipliant Z fera A. Mais A est mesuré par les nombres premiers B, Γ, Δ, et lorsque deux nombres se multipliant l'un l'autre font un nombre, et qu'un nombre premier mesure le produit, ce nombre mesurera un des nombres qu'on avait d'abord supposés (32. 7); les nombres B, Γ, Δ mesurent donc un des nombres E, Z. Mais ils ne mesureront pas E, car E est un nombre premier, et il n'est aucun des nombres B, Γ, Δ; ils mesurent donc Z, qui est plus petit que A; ce qui est impossible, car A est supposé le plus petit nombre mesuré par B, Γ, Δ; donc aucun nombre premier, si ce n'est B, Γ, Δ, ne mesurera A. Ce qu'il fallait démontrer.

ΠΡΟΤΑΣΙΣ ιέ.

Ἐὰν τρεῖς ἀριθμοὶ ἑξῆς ἀνάλογον ὦσιν, ἰλάχιστοι τῶν τὸν αὐτὸν λόγον ἐχόντων αὐτοῖς· δύο ὁποιοῦν συντεθέντες πρὸς τὸν λοιπὸν πρῶτοί εἰσιν.

Ἐστωσαν τρεῖς ἀριθμοὶ ἑξῆς ἀνάλογον, ἰλάχιστοι τῶν τὸν αὐτὸν λόγον ἐχόντων αὐτοῖς, οἱ Α, Β, Γ· λέγω ὅτι τῶν Α, Β, Γ δύο ὁποιοῦν συντεθέντες πρὸς τὸν λοιπὸν πρῶτοί εἰσιν, οἱ μὲν Α, Β πρὸς τὸν Γ, οἱ δὲ Β, Γ πρὸς τὸν Α, καὶ ἔτι οἱ Γ, Α πρὸς τὸν Β.

PROPOSITIO XV.

Si tres numeri deinceps proportionales sunt, minimi ipsorum eamdem rationem habentium cum ipsis; duo quicunque compositi ad reliquum primi sunt.

Sint tres numeri deinceps proportionales, A, B, Γ, minimi eorum eamdem rationem habentium cum ipsis; dico ipsorum A, B, Γ duos quoscunque compositos ad reliquum primos esse, ipsos quidem A, B ad Γ, ipsos autem B, Γ ad A, et adhuc ipsos Γ, A ad B.

$$A, 9. \quad B, 12. \quad Γ, 16.$$
$$Δ \ldots E \ldots Z.$$

Εἰλήφθωσαν γὰρ ἰλάχιστοι ἀριθμοὶ τῶν τὸν αὐτὸν λόγον ἐχόντων τοῖς Α, Β, Γ δύο οἱ ΔΕ, ΕΖ. Φανερὸν δὴ ὅτι ὁ μὲν ΔΕ ἑαυτὸν πολλαπλασιάσας τὸν Α πεποίηκε, τὸν δὲ ΕΖ πολλαπλασιάσας τὸν Β πεποίηκε, καὶ ἔτι ὁ ΕΖ ἑαυτὸν πολλαπλασιάσας τὸν Γ πεποίηκε. Καὶ ἐπεὶ οἱ

Sumantur enim duo ΔE, EZ minimi numeri eorum eamdem rationem habentium cum ipsis A, B, Γ. Evidens est et quidem ΔE se ipsum multiplicantem ipsum A facere; ipsum vero EZ multiplicantem ipsum B facere, et adhuc EZ se ipsum multiplicantem ipsum Γ facere. Et

PROPOSITION XV.

Si trois nombres successivement proportionnels sont les plus petits de tous ceux qui ont la même raison avec eux, la somme de deux quelconques de ces nombres sera un nombre premier avec le nombre restant.

Que les trois nombres A, B, Γ successivement proportionnels soient les plus petits de tous ceux qui ont la même raison avec eux; je dis que la somme de deux des trois nombres A, B, Γ est un nombre premier avec le nombre restant, savoir la somme de A et de B avec Γ, la somme de B et de Γ avec A, et la somme de Γ et de A avec B.

Car prenons les deux plus petits nombres ΔE, EZ qui ont la même raison avec A, B, Γ. Il est évident que ΔE se multipliant lui-même fera A, que ΔE multipliant EZ fera B, et que EZ se multipliant lui-même fera Γ (2. 8). Et puisque

ΔΕ, ΕΖ ἐλάχιστοί εἰσι, πρῶτοι πρὸς ἀλλήλους
εἰσίν. Ἐὰν δὲ δύο ἀριθμοὶ πρῶτοι πρὸς ἀλλήλους
ὦσι, καὶ συναμφότερος πρὸς ἑκάτερον πρῶτός
ἐστι· καὶ ὁ ΔΖ ἄρα πρὸς ἑκάτερον τῶν ΔΕ, ΕΖ
πρῶτός ἐστιν. Ἀλλὰ μὲν καὶ ὁ ΔΕ πρὸς τὸν ΕΖ
πρῶτός ἐστιν· οἱ ΔΖ, ΔΕ ἄρα πρὸς τὸν ΕΖ πρῶτοί

quoniam ΔΕ, ΕΖ minimi sunt, primi inter se
sunt. Si autem duo numeri primi inter se sunt,
et uterque ad utrumque primus est; et ΔΖ igitur
ad utrumque ipsorum ΔΕ, ΕΖ primus est. Sed
quidem et ΔΕ ad ΕΖ primus est; ergo ΔΖ, ΔΕ
ad ΕΖ primi sunt. Si autem duo numeri ad

$$\text{A, 9.} \qquad \text{B, 12.} \qquad \text{Γ, 16.}$$
$$\text{Δ . . . E . . . . Z.}$$

εἰσιν[3]. Ἐὰν δὲ δύο ἀριθμοὶ πρός τινα ἀριθμὸν
πρῶτοι ὦσι, καὶ ὁ ἐξ αὐτῶν γενόμενος πρὸς
τὸν λοιπὸν πρῶτός ἐστιν· ὥς τε ὁ ἐκ τῶν ΖΔ,
ΔΕ πρὸς τὸν ΕΖ πρῶτός ἐστιν. Ὥς τε καὶ ὁ ἐκ
τῶν ΖΔ, ΔΕ πρὸς τὸν ἀπὸ τοῦ ΕΖ πρῶτός ἐστιι.
Ἐὰν γὰρ δύο ἀριθμοὶ πρῶτοι πρὸς ἀλλήλους ὦσιν,
ὁ ἐκ τοῦ ἑνὸς αὐτῶν γενόμενος[3] πρὸς τὸν λοιπὸν
πρῶτός ἐστιν[4]. Ἀλλ' ὁ ἐκ τῶν ΖΔ, ΔΕ ὁ ἀπὸ
τοῦ ΔΕ ἐστὶ μετὰ τοῦ ἐκ τῶν ΔΕ, ΕΖ· ὁ ἄρα
ἀπὸ τοῦ ΔΕ μετὰ τοῦ ἐκ τῶν ΔΕ, ΕΖ πρὸς τὸν
ἀπὸ τοῦ ΕΖ πρῶτός ἐστι. Καὶ ἔστιν ὁ μὲν ἀπὸ
τοῦ ΔΕ ὁ Α, ὁ δὲ ἐκ τῶν ΔΕ, ΕΖ ὁ Β, ὁ δὲ ἀπὸ
τοῦ ΕΖ ὁ Γ· οἱ Α, Β ἄρα συντεθέντες πρὸς τὸν
Γ πρῶτοί εἰσιν. Ὁμοίως δὴ δείξομεν ὅτι καὶ

aliquem numerum primi sunt, et ex ipsis
factus ad reliquum primus est; quare ipse ex
ΖΔ, ΔΖ ad ΕΖ primus est. Quare et ipse ex
ΖΔ, ΔΕ ad ipsum ex ΕΖ primus est. Si enim duo
numeri primi inter se sunt, ipse ex uno ipsorum
factus ad reliquum primus est. Sed ipse ex
ΖΔ, ΔΕ est ipse ex ΔΕ cum ipso ex ΔΕ,
ΕΖ; ipse igitur ex ΔΕ cum ipso ex ΔΕ, ΕΖ
ad ipsum ex ΕΖ primus est. Et ipse quidem
ex ΔΕ est A, ipse vero ex ΔΕ, ΕΖ est B, ipse
autem ex ΕΖ est Γ; ergo A, B compositi ad ipsum Γ
primi sunt. Similiter utique demonstrabimus et

les nombres ΔΕ, ΕΖ sont les plus petits, ces nombres sont premiers entr'eux
(24. 7). Mais si deux nombres sont premiers entr'eux, leur somme est un
nombre premier avec chacun d'eux (30. 7); donc ΔΖ est un nombre premier
avec chacun des nombres ΔΕ, ΕΖ. Mais ΔΕ est premier avec ΕΖ; donc ΔΖ et ΔΕ
sont premiers avec ΕΖ. Mais si deux nombres sont premiers avec un autre,
le produit de ces deux nombres est premier avec cet autre (26. 7); donc le
produit de ΖΔ par ΔΕ est premier avec ΕΖ; donc le produit de ΖΔ par ΔΕ
est premier avec le quarré de ΕΖ. Car si deux nombres sont premiers
entr'eux, le quarré de l'un d'eux est premier avec l'autre (27. 7). Mais le
produit de ΖΔ par ΔΕ égale le quarré de ΔΕ avec le produit de ΔΕ par ΕΖ
(3. 2); donc le quarré dé ΔΕ avec le produit de ΔΕ par ΕΖ est un nombre
premier avec le quarré de ΕΖ. Mais le quarré de ΔΕ est A, le produit de ΔΕ
par ΕΖ est B, et le quarré de ΕΖ est Γ; donc la somme de A et de B est un nombre
premier avec Γ. Nous démontrerons de la même manière que la somme des

οἱ Β, Γ πρὸς τὸν Α πρῶτοί εἰσι. Λέγω δὴ ὅτι καὶ οἱ Α, Γ πρὸς τὸν Β πρῶτοί εἰσιν. Ἐπεὶ γὰρ ὁ ΔΖ πρὸς ἑκάτερον τῶν ΔΕ, ΕΖ πρῶτός ἐστιν· ἅς τε καὶ ὁ ἀπὸ τοῦ ΔΖ πρὸς τὸν ὑπὸ τῶν ΔΕ, ΕΖ πρῶτός ἐστιν. Ἀλλὰ τῷ ἀπὸ τοῦ ΔΖ ἴσοι εἰσὶν οἱ ἀπὸ τῶν ΔΕ, ΕΖ μετὰ τοῦ δὶς ὑπὸ τῶν ΔΕ, ΕΖ· καὶ οἱ ἀπὸ τῶν ΔΕ, ΕΖ ἄρα μετὰ τοῦ δὶς ὑπὸ^G τῶν ΔΕ, ΕΖ πρὸς τὸν ὑπὸ τῶν ΔΕ, ΕΖ πρῶτοί εἰσι. Διελόντι οἱ ἀπὸ τῶν ΔΕ, ΕΖ μετὰ τοῦ ἅπαξ ὑπὸ τῶν ΔΕ, ΕΖ πρὸς τὸν ὑπὸ τῶν^7 ΔΕ, ΕΖ πρῶτοί εἰσιν· ἔτι διελόντι οἱ ἀπὸ τῶν ΔΕ, ΕΖ ἄρα πρὸς τὸν ὑπὸ τῶν^8 ΔΕ, ΕΖ πρῶτοί εἰσι. Καὶ ἔστιν ὁ μὲν ἀπὸ τοῦ ΔΕ ὁ Α, ὁ δὲ ὑπὸ τῶν ΔΕ, ΕΖ ὁ Β, ὁ δὲ ἀπὸ τοῦ ΕΖ ὁ Γ· οἱ Α, Γ ἄρα συντεθέντες πρὸς τὸν Β πρῶτοί εἰσι. Ὅπερ ἔδει δεῖξαι.

ipsos Β, Γ ad Α primos esse. Dico et ipsos Α, Γ ad Β primos esse. Quoniam enim ΔΖ ad utrumque ipsorum ΔΕ, ΕΖ primus est; quare et ipse ex ΔΖ ad ipsum ex ΔΕ, ΕΖ primus est. Sed ipsi ex ΔΖ æquales sunt ipsi ex ΔΕ, ΕΖ cum ipso bis ex ΔΕ, ΕΖ; et ipsi ex ΔΕ, ΕΖ igitur cum ipso bis ex ΔΕ, ΕΖ ad ipsum ex ΔΕ, ΕΖ primi sunt. Dividendo ipsi ex ΔΕ, ΕΖ cum ipso semel ex ΔΕ, ΕΖ ad ipsum ex ΔΕ, ΕΖ primi sunt; et rursus dividendo ipsi ex ΔΕ, ΕΖ igitur ad ipsum ex ΔΕ, ΕΖ primi sunt. Atque est quidem ipse ex ΔΕ ipse Α, ipse autem ex ΔΕ, ΕΖ ipse Β, ipse vero ex ΕΖ ipse Γ; ergo Α, Γ compositi ad ipsum Β primi sunt. Quod oportebat ostendere.

nombres Β, Γ est un nombre premier avec Α. Je dis aussi que la somme des nombres Α, Γ est un nombre premier avec Β. Car puisque ΔΖ est un nombre premier avec chacun des nombres ΔΕ, ΕΖ (30. 7), le quarré de ΔΖ sera un nombre premier avec le produit de ΔΕ par ΕΖ (26 et 27. 7). Mais la somme des quarrés des nombres ΔΕ, ΕΖ, avec deux fois le produit de ΔΕ par ΕΖ, est égale au quarré de ΔΖ (4. 2); donc la somme des quarrés des nombres ΔΕ, ΕΖ, avec deux fois le produit de ΔΕ par ΕΖ, est un nombre premier avec le produit de ΔΕ par ΕΖ; donc, par soustraction, la somme des quarrés des nombres ΔΕ, ΕΖ, avec une fois le produit de ΔΕ par ΕΖ, est un nombre premier avec le produit de ΔΕ par ΕΖ; donc, par soustraction, la somme des quarrés des nombres ΔΕ, ΕΖ est un nombre premier avec le produit de ΔΕ par ΕΖ. Mais le quarré de ΔΕ est Α, le produit de ΔΕ par ΕΖ est Β, et le quarré de ΕΖ est Γ; donc la somme des nombres Α, Γ est un nombre premier avec Β. Ce qu'il fallait démontrer.

ΠΡΟΤΑΣΙΣ ιϛ'.

PROPOSITIO XVI.

Ἐὰν δύο ἀριθμοὶ πρῶτοι πρὸς ἀλλήλους ὦσιν, οὐκ ἔσται ὡς ὁ πρῶτος πρὸς τὸν δεύτερον οὕτως ὁ δεύτερος πρὸς ἄλλον τινά.

Δύο γὰρ ἀριθμοὶ οἱ Α, Β πρῶτοι πρὸς ἀλλήλους ἔστωσαν· λέγω ὅτι οὐκ ἔστιν ὁ Α πρὸς τὸν Β οὕτως ὁ Β πρὸς ἄλλον τινά.

Si duo numeri primi inter se sunt, non erit ut primus ad secundum ita secundus ad alium aliquem.

Duo enim numeri A, B primi inter se sint; dico non esse ut A ad B ita B ad alium aliquem.

A, 5. B, 8. Γ------

Εἰ γὰρ δυνατὸν, ἔστω ὡς ὁ Α πρὸς τὸν Β οὕτως[1] ὁ Β πρὸς τὸν Γ. Οἱ δὲ Α, Β πρῶτοι, οἱ δὲ πρῶτοι καὶ ἐλάχιστοι, οἱ δὲ ἐλάχιστοι ἀριθμοὶ[2] μετροῦσι τοὺς τὸν αὐτὸν λόγον ἔχοντας[3] ἰσάκις, ὅ, τε ἡγούμενος τὸν ἡγούμενον, καὶ ὁ ἑπόμενος τὸν ἑπόμενον· μετρεῖ ἄρα ὁ Α τὸν Β, ὡς ἡγούμενος ἡγούμενον. Μετρεῖ δὲ καὶ ἑαυτὸν ὁ Α ἄρα τοὺς Α, Β μετρεῖ, πρώτους ὄντας πρὸς ἀλλήλους, ὅπερ ἄτοπον[4]· οὐκ ἄρα ἔσται ὡς ὁ Α πρὸς τὸν Β[5] οὕτως ὁ Β πρὸς τὸν Γ. Ὅπερ ἔδει δεῖξαι.

Si enim possibile, sit ut A ad B ita B ad Γ. Sed A, B primi, primi autem et minimi, minimi vero numeri æqualiter metiuntur ipsos eamdem rationem habentes, et antecedens antecedentem, et consequens consequentem; metitur igitur A ipsum B, ut antecedens antecedentem. Metitur autem et se ipsum; ergo A ipsos A, B metitur, primos existentes inter se, quod absurdum; non igitur erit ut A ad B ita B ad Γ. Quod oportebat ostendere.

PROPOSITION XVI.

Si deux nombres sont premiers entr'eux, le premier ne sera pas au second comme le second est à un autre nombre.

Que les deux nombres A, B soient premiers entr'eux; je dis que A n'est point à B comme B est à un autre nombre.

Car si cela est possible, que A soit à B comme B est à Γ. Mais A et B sont des nombres premiers, et les nombres premiers sont les plus petits (23. 7); et les plus petits mesurent également ceux qui ont la même raison avec eux, l'antécédent l'antécédent, et le conséquent le conséquent (21. 7); donc A mesure B, comme un antécédent mesure un antécédent. Mais A se mesure lui-même; donc A mesure A et B, qui sont premiers entr'eux; ce qui est absurde; donc A ne sera pas à B comme B est à Γ. Ce qu'il fallait démontrer.

ΠΡΟΤΑΣΙΣ ιζ'.

Ἐὰν ὦσιν ὁσοιδηποτοῦν ἀριθμοὶ ἑξῆς ἀνάλογον, οἱ δὲ ἄκροι αὐτῶν πρῶτοι πρὸς ἀλλήλους
ὦσιν· οὐκ ἔσται ὡς ὁ πρῶτος πρὸς τὸν δεύτερον
οὕτως ὁ ἔσχατος πρὸς ἄλλον τινά.

Ἔστωσαν ὁσοιδηποτοῦν ἀριθμοὶ ἑξῆς ἀνάλογον, οἱ A, B, Γ, Δ, οἱ δὲ ἄκροι αὐτῶν οἱ A, Δ
πρῶτοι πρὸς ἀλλήλους ἔστωσαν· λέγω ὅτι οὐκ
ἔστιν ὡς ὁ A πρὸς τὸν B οὕτως ὁ Δ πρὸς ἄλλον
τινά.

PROPOSITIO XVII.

Si sunt quotcunque numeri deinceps proportionales, extremi autem eorum primi inter se
sunt; non erit ut primus ad secundum ita
ultimus ad alium aliquem.

Sint quotcunque numeri deinceps proportionales A, B, Γ, Δ; extremi autem eorum
ipsi A, Δ primi inter se sint; dico non esse
ut A ad B ita Δ ad alium aliquem.

A, 8.   B, 12.   Γ, 18.   Δ, 27.   E-------

Εἰ γὰρ δυνατὸν, ἔστω ὡς ὁ A πρὸς τὸν B
οὕτως ὁ Δ πρὸς τὸν Ε· ἐναλλὰξ ἄρα ὡς ὁ A
πρὸς τὸν Δ οὕτως[1] ὁ B πρὸς τὸν Ε. Οἱ δὲ A, Δ
πρῶτοι, οἱ δὲ πρῶτοι καὶ ἐλάχιστοι, οἱ δὲ
ἐλάχιστοι ἀριθμοὶ[2] μετροῦσι τοὺς τὸν αὐτὸν
λόγον ἔχοντας[3] ἰσάκις, ὅ, τε ἡγούμενὸς τὸν
ἡγούμενον, καὶ ὁ ἑπόμενος τὸν ἑπόμενον· μετρεῖ

Si enim possibile, sit ut A ad B ita Δ ad E;
alterne igitur ut A ad Δ ita B ad E. Sed A, Δ
primi, primi autem et minimi, minimi vero
numeri æqualiter metiuntur ipsos eamdem rationem habentes, et antecedens antecedentem,
et consequens consequentem; metitur igitur

PROPOSITION XVII.

Si tant de nombres qu'on voudra sont successivement proportionnels, et si
leurs extrêmes sont premiers entr'eux, le premier ne sera pas au second comme
le dernier est à un autre nombre.

Soient tant de nombres qu'on voudra A, B, Γ, Δ, et que leurs extrêmes A, Δ
soient premiers entr'eux; je dis que A n'est pas à B comme Δ est à un autre
nombre.

Car si cela est possible, que A soit à B comme Δ est à E; par permutation
A sera à Δ comme B est à E (13. 7). Mais les nombres A, Δ sont des nombres
premiers, et les nombres premiers sont les plus petits (23. 7), et les nombres qui
sont les plus petits mesurent également ceux qui ont la même raison avec eux,
l'antécédent l'antécédent, et le conséquent le conséquent (21. 7); donc A mesure B.

ἄρα ὁ Α τὸν Β. Καὶ ἔστιν ὡς ὁ Α πρὸς τὸν Β οὕτως⁴ ὁ Β πρὸς τὸν Γ· καὶ ὁ Β ἄρα τὸν Γ μετρεῖ, ὥς τε καὶ ὁ Α τὸν Γ μετρεῖ. Καὶ ἐπεί ἐστιν ὡς ὁ Β πρὸς τὸν Γ οὕτως⁵ ὁ Γ πρὸς τὸν Δ, μετρεῖ δὲ ὁ Β τὸν Γ· μετρεῖ ἄρα καὶ ὁ Γ τὸν Δ. Ἀλλ' ὁ

A ipsum B. Atque est ut A ad B ita B ad Γ; et B igitur ipsum Γ metitur, quare et A ipsum Γ metitur. Et quoniam est ut B ad Γ ita Γ ad Δ, metitur autem B ipsum Γ; metitur igitur et Γ ipsum Δ. Sed A ipsum Γ metitur; quare

A, 8.   B, 12.   Γ, 18.   Δ, 27.   E-------

Α τὸν Γ μετρεῖ· ὥς τε καὶ ὁ Α καὶ⁶ τὸν Δ μετρεῖ. Μετρεῖ δὲ καὶ ἑαυτόν· ὁ Α ἄρα τοὺς Α, Δ μετρεῖ, πρώτους ὄντας πρὸς ἀλλήλους, ὅπερ ἐστὶν ἀδύνατον· οὐκ ἄρα ἔσται ὡς ὁ Α πρὸς τὸν Β οὕτως ὁ Δ πρὸς ἄλλον τινά. Ὅπερ ἔδει δεῖξαι.

A et ipsum Δ metitur. Metitur autem et se ipsum; ergo A ipsos A, Δ metitur, primos existentes inter se, quod est impossibile; non igitur erit ut A ad B ita Δ ad alium aliquem. Quod oportebat ostendere.

ΠΡΟΤΑΣΙΣ ιή.

Δύο ἀριθμῶν δοθέντων ἐπισκέψασθαι, εἰ δυνατόν ἐστιν αὐτοῖς τρίτον ἀνάλογον προσευρεῖν.

Ἔστωσαν οἱ δοθέντες δύο ἀριθμοὶ οἱ Α, Β· καὶ δέον ἔσται ἐπισκέψασθαι, εἰ δυνατόν ἐστιν αὐτοῖς τρίτον ἀνάλογον προσευρεῖν.

PROPOSITIO XVIII.

Duobus numeris datis considerare, an possibile sit ipsis tertium proportionalem invenire.

Sint dati duo numeri A, B; et oportebit considerare, an possibile sit ipsis tertium proportionalem invenire.

Mais A est à B comme B est à Γ; donc B mesure Γ; donc A mesure aussi Γ. Mais B est à Γ comme Γ est à Δ; donc le nombre B mesure Γ, et Γ mesure Δ. Mais A mesure Γ; donc A mesure Δ. Mais il se mesure lui-même; donc A mesure les nombres A, Δ, qui sont premiers entr'eux, ce qui est impossible; donc A n'est pas à B comme Δ est à un autre nombre. Ce qu'il fallait démontrer.

PROPOSITION XVIII.

Deux nombres étant donnés, chercher s'il est possible de leur trouver un troisième nombre proportionnel.

Soient donnés les deux nombres A, B; il faut chercher s'il est possible de leur trouver un troisième nombre proportionnel.

Οἱ δὴ Α, Β ἤτοι πρῶτοι πρὸς ἀλλήλους εἰσὶν, ἢ οὔ. Καὶ εἰ¹ πρῶτοι πρὸς ἀλλήλους εἰσὶ, δέδεικται ὅτι ἀδύνατόν ἐστιν αὐτοῖς τρίτον ἀνάλογον προσευρεῖν.

Itaque A, B vel primi inter se sunt, vel non. Et si primi inter se sunt, demonstratum est impossibile esse ipsis tertium proportionalem invenire.

A, 4.　　B, 7.

Ἀλλὰ δὴ μὴ ἔστωσαν οἱ Α, Β πρῶτοι πρὸς ἀλλήλους, καὶ ὁ Β ἑαυτὸν πολλαπλασιάσας τὸν Γ ποιείτω. Ο Α δὴ τὸν Γ ἤτοι μετρεῖ, ἢ οὐ μετρεῖ. Μετρείτω πρότερον κατὰ τὸν Δ· ὁ Α ἄρα τὸν Δ πολλαπλασιάσας τὸν Γ πεποίηκεν.

Sed et non sint A, B primi inter se, et B se ipsum multiplicans ipsum Γ faciat. Ipse A igitur ipsum Γ vel metitur, vel non metitur. Metiatur primum per Δ; ergo A ipsum Δ multiplicans ipsum Γ fecit. Sed quidem et B se ip-

A, 4.　　B, 6.　　Δ, 9.　　Γ, 36.

Ἀλλὰ μὴν καὶ ὁ Β ἑαυτὸν πολλαπλασιάσας τὸν Γ πεποίηκεν· ὁ ἄρα ἐκ τῶν Α, Δ ἴσος ἐστὶ τῷ ἐκ τοῦ Β· ἔστιν ἄρα ὡς ὁ Α πρὸς τὸν Β οὕτως² ὁ Β πρὸς τὸν Δ· τοῖς Α, Β ἄρα τρίτος ἀριθμὸς ἀνάλογον³ προσεύρεται, ὁ Δ.

sum multiplicans ipsum Γ fecit; ipse igitur ex A, B æqualis est ipsi ex B; est igitur ut A ad B ita B ad Δ; ergo ipsis A, B tertius numerus proportionalis Δ inventus est.

Ἀλλὰ δὴ μὴ μετρείτω ὁ Α τὸν Γ· λέγω ὅτι τοῖς Α, Β ἀδύνατόν ἐστι τρίτον ἀνάλογον προσευρεῖν ἀριθμόν. Εἰ γὰρ δυνατὸν, προσευρήσθω ὁ Δ·

Sed et non metiatur A ipsum Γ; dico ipsis A, B impossibile esse tertium proportionalem invenire numerum. Si enim possibile,

Les nombres A, B sont premiers entr'eux, ou ils ne le sont pas. S'ils sont premiers entr'eux, il est démontré qu'il n'est pas possible de leur trouver un troisième nombre proportionnel (16. 9).

Que les nombres A, B ne soient pas premiers entr'eux, et que B se multipliant lui-même fasse Γ. Le nombre A mesurera Γ ou ne le mesurera pas. Premièrement qu'il le mesure par Δ; le nombre A multipliant Δ fera Γ. Mais B se multipliant lui-même fait Γ; donc le produit de A par Δ est égal au quarré de B; donc A est à B comme B est à Δ (20. 7). On a donc trouvé un troisième nombre Δ proportionnel aux nombres A, B.

Mais que A ne mesure pas Γ; je dis qu'il est impossible de trouver un troisième nombre proportionnel aux nombres A, B. Car si cela est possible, que Δ soit le

ὁ ἄρα ἐκ τῶν Α, Δ ἴσος ἐστὶ τῷ ἀπὸ τοῦ Β, ὁ
δὲ ἀπὸ τοῦ Β ἐστὶν ὁ Γ· ὁ ἄρα ἐκ τῶν Α, Δ
ἴσος ἐστὶ τῷ Γ· ὥς τε ὁ Α τὸν Δ πολλαπλασιάσας τὸν Γ πεποίηκεν· ὁ Α ἄρα τὸν Γ μετρεῖ κατὰ

inveniatur ipse Δ; ipse igitur ex Α, Δ æqualis
est ipsi ex Β, ipse autem ex Β est ipse Γ; ipse
igitur ex Α, Δ æqualis est ipsi Γ; quare Α
ipsum Δ multiplicans ipsum Γ fecit; ergo Α

$$\text{Α, 6.} \quad \text{Β, 4.} \quad \text{Δ------} \quad \text{Γ, 16.}$$

τὸν Δ. Ἀλλὰ μὴν ὑπόκειται καὶ μὴ μετρῶν,
ὅπερ ἄτοπον· οὐκ ἄρα δυνατόν ἐστι τοῖς Α, Β
τρίτον ἀνάλογον προσευρεῖν ἀριθμὸν, ὅταν ὁ Α
τὸν Γ μὴ μετρῇ. Ὅπερ ἔδει δεῖξαι.

ipsum Γ metitur per Δ. At vero supponitur
et non metiri, quod absurdum; non igitur
possibile est ipsis Α, Β tertium proportionalem
invenire numerum, quando Α ipsum Γ non
metitur. Quod oportebat ostendere.

ΠΡΟΤΑΣΙΣ ιθ'.

Τριῶν ἀριθμῶν δοθέντων ἐπισκέψασθαι, πότε[1]
δυνατόν ἐστιν αὐτοῖς τέταρτον ἀνάλογον προσευρεῖν.

Ἔστωσαν οἱ δοθέντες τρεῖς ἀριθμοὶ οἱ Α, Β,
Γ, καὶ δέον ἔστω ἐπισκέψασθαι, πότε[2] δυνατόν
ἐστιν αὐτοῖς τέταρτον ἀνάλογον προσευρεῖν.

PROPOSITIO XIX.

Tribus numeris datis considerare, quando
possibile sit ipsis quartum proportionalem invenire.

Sint dati tres numeri Α, Β, Γ, et oportet
considerare, quando possibile sit ipsis tertium
proportionalem invenire.

nombre trouvé; le produit de A par Δ sera égal au quarré de B (20. 7); mais le
quarré de B est Γ; donc le produit de A par Δ est égal à Γ; donc A multipliant Δ
fait Γ; donc A mesure Γ par Δ. Mais on a supposé qu'il ne le mesure pas, ce
qui est absurde; il est donc impossible de trouver un nombre troisième
proportionnel aux nombres A, B, lorsque A ne mesure pas Γ. Ce qu'il fallait
démontrer.

PROPOSITION XIX.

Trois nombres étant donnés, chercher quand est-ce que l'on peut leur trouver
un quatrième nombre proportionnel.

Soient donnés les trois nombres A, B, Γ; il faut chercher quand est-ce que
l'on peut leur trouver un quatrième nombre proportionnel.

Οἱ δὴ A, B, Γ ἤτοι ἑξῆς εἰσιν ἀνάλογον, καὶ οἱ ἄκροι αὐτῶν οἱ A, Γ πρῶτοι πρὸς ἀλλήλους εἰσιν· ἢ οὔ*.

Ipsi vero A, B, Γ vel deinceps sunt proportionales, et extremi eorum ipsi A, Γ primi inter se sunt; vel non.

A, 4.   B, 6.   Γ, 9.

Εἰ μὲν οὖν οἱ A, B, Γ ἑξῆς εἰσιν ἀνάλογον, καὶ οἱ ἄκροι αὐτῶν οἱ A, Γ πρῶτοι πρὸς

Si quidem igitur A, B, Γ deinceps sunt proportionales, et extremi eorum ipsi A, Γ primi

Ou les nombres A, B, Γ sont successivement proportionnels, et leurs extrêmes A, Γ sont premiers entr'eux; ou bien cela n'est point.

Si les nombres A, B, Γ sont successivement proportionnels, et si leurs ex-

---

* In margine editionis Basiliæ hoc legere est : *Quia Zambertus græcum sine dubio exemplar secutus, exactâ divisione membrorum hîc utitur, singula membra demonstrationibus exequitur, voluimus eam lectionem inserere; est enim pernecessaria, licet neutrum nostrorum exemplarium tale quidquam haberet.*

Editio Parisiensis concordat cum omnibus codicibus bibliothecæ regiæ, codicibus 190, 2466, 2342 exceptis, qui concordant cum codice græco quem Zambertus secutus est: versio autem latina Zamberti hæc est:

Jam ipsi A, B, Γ, aut continue sunt proportionales, et eorum extremi A, Γ sunt primi ad invicem; aut non sunt continue proportionales, et eorum extremi primi sunt ad invicem; aut continue sunt proportionales, et eorum extremi non sunt ad invicem primi; vel neque sunt continue proportionales, neque eorum extremi primi sunt ad invicem.

Non sint jam ipsi A, B, Γ continue proportionales, extremis rursus primis existentibus ad invicem; dico quod et sic quartam proportionalem invenire est impossibile.

Si enim possibile, inveniatur Δ, ut sit sicut A ad B sic Γ ad Δ, fiatque sicut B ad Γ sic Δ ad E. Et quoniam est sicut quidem A ad B sic Γ ad Δ, sicut autem B ad Γ sic Δ ad E; ex æquali igitur (per 14 septimi) est sicut A ad Γ sic Γ ad E. At A, Γ primi sunt, primi autem et minimi, minimi vero metiuntur eamdem rationem habentes, antecedens antecedentem, et sequens sequentem (per 21 septimi); metitur igitur A ipsum Γ, antecedens antecedentem; metitur autem et se ipsum; igitur A ipsos A, Γ metitur primos ad invicem existentes, quod est impossibile; ipsis igitur A, B, Γ quartam proportionalem invenire est impossibile.

II.   11*

ἀλλήλους εἰσὶ, δέδεικται ὅτι ἀδύνατόν ἐστιν | inter se sunt, demonstratum est impossibile

A, 4.   B, 6.   Γ, 9.

αὐτοῖς τέταρτον ἀνάλογον προσευρεῖν ἀριθμόν. | ipsis quartum proportionalem invenire numerum.

Εἰ δὲ οὐ, ὁ B τὸν Γ πολλαπλασιάσας τὸν Δ ποιείτω· ὁ δὴ A³ τὸν Δ ἤτοι μετρεῖ, ἢ οὐ | Si autem non, ipse B ipsum Γ multiplicans ipsum Δ faciat; ipse igitur A ipsum Δ vel

A, 8.   B, 12,   Γ, 18.   E, 27.   Δ, 216.

μετρεῖ. Μετρείτω αὐτὸν πρότερον κατὰ τὸν E· ὁ A ἄρα τὸν E πολλαπλασιάσας τὸν Δ πε- | metitur, vel non metitur. Metiatur eum primum per E; ergo A ipsum E multiplicans

trêmes A, Γ sont premiers entr'eux, on a démontré qu'il est impossible de leur trouver un quatrième nombre proportionnel (17. 9).

Si cela n'est point, que B multipliant Γ fasse Δ; le nombre A mesurera le nombre Δ, ou ne le mesurera pas. Qu'il le mesure d'abord par E; le nombre A

Sed jam rursus sint ipsi A, B, Γ *continue proportionales ; at* A, Γ *non sint primi ad invicem ; dico quod eis quartum proportionalem invenire est possibile.*

Sed jam ipsi A, B, Γ *neque continue sint proportionales, neque eorum extremi ad invicem sint primi, et* B *ipsum* Γ *multiplicans ipsum efficiat* Δ. *Similiter ostendetur quod si quidem* A *ipsum* Δ *metitur, possibile est eis proportionalem invenire ; si autem non metitur, est impossibile. Quod ostendere oportebat.*

Divisio editionis Pariensis brevior est, nec tamen minus exacta ; etenim quod A, B, Γ vel deinceps sunt proportionales, et extremi eorum ipsi A, Γ primi inter se sunt, vel non ; evidens est igitur hanc divisionem comprehendere quatuor casus editionum Basiliæ et Oxoniæ.

Hervagius Euclidis suos codices græcos corrigere voluit, et eos inepte corrupit ; perspicuum est enim secundum *alinea* esse meram principii petitionem. Vide præfatium et lectiones variantes.

πεποίηκεν. Ἀλλὰ μὴν⁴ καὶ ὁ Β τὸν Γ πολλαπλασιάσας τὸν Δ πεποίηκεν· ὁ ἄρα ἐκ τῶν Α, Ε ἴσος ἐστὶ
τῷ ἐκ τῶν Β, Γ· ἀνάλογον ἄρα ἐστὶν ὡς ὁ Α
πρὸς τὸν Β οὕτως⁵ ὁ Γ πρὸς τὸν Ε· τοῖς⁶ Α,
Β, Γ ἄρα τέταρτος ἀνάλογον⁷ προσεύρηται ὁ Ε.

ipsum Δ fecit. At vero et B ipsum Γ multiplicans ipsum Δ fecit; ipse igitur ex A, E
æqualis est ipsi ex B, Γ; proportionaliter
igitur est ut A ad B ita Γ ad E; ergo ipsis
A, B, Γ quartus proportionalis E inventus
est.

A, 8.　　B, 12.　　Γ, 18.　　E, 27.　　Δ, 216.

Ἀλλὰ δὴ μὴ μετρείτω ὁ Α τὸν Δ· λέγω ὅτι
ἀδύνατόν ἐστι τοῖς Α, Β, Γ τέταρτον ἀνάλογον προσευρεῖν ἀριθμόν. Εἰ γὰρ δυνατόν,

At vero non metiatur A ipsum Δ; dico
impossibile esse ipsis A, B, Γ quartum proportionalem invenire numerum. Si enim pos-

A, 20.　　B, 30.　　Γ, 45.　　E——　　Δ, 1350.

προσευρήσθω ὁ Ε· ὁ ἄρα ἐκ τῶν Α, Ε ἴσος
ἐστὶ τῷ ἐκ τῶν Β, Γ. Ἀλλ' ὁ ἐκ τῶν Β, Γ
ἐστὶν ὁ Δ· καὶ ὁ ἐκ τῶν Α, Ε ἄρα ἴσος
ἐστὶ τῷ Δ· ὁ Α ἄρα τὸν Ε πολλαπλασιάσας
τὸν Δ πεποίηκεν· ὁ Α ἄρα τὸν Δ μετρεῖ κατὰ
τὸν Ε· ὥστε μετρεῖ ὁ Α τὸν Δ. Ἀλλὰ καὶ
οὐ μετρεῖ, ὑπὲρ ἄτοπον· οὐκ ἄρα δυνατόν

sibile, inveniatur E; ipse igitur ex A, E
æqualis est ipsi ex B, Γ. Sed ipse ex B, Γ
est ipse Δ; et ipse ex A, E igitur æqualis est
ipsi Δ; ergo A ipsum E multiplicans ipsum
Δ fecit; ergo A ipsum Δ metitur per E;
quare metitur A ipsum Δ. Sed et non metitur,
quod absurdum; non igitur possibile est ipsis

multipliant E fera Δ. Mais B multipliant Γ fait Δ; donc le produit de A par
E est égal au produit de B par Γ; donc A est à B comme Γ est à E
(19. 7); on a donc trouvé un quatrième nombre proportionnel E aux nombres
A, B, Γ.

Mais que A ne mesure pas Δ; je dis qu'il est impossible de trouver un quatrième nombre proportionnel aux nombres A, B, Γ. Car si cela est possible, soit
trouvé E; le produit de A par E sera égal au produit de B par Γ (19. 7). Mais le
produit de B par Γ est Δ; le produit de A par E est donc égal à Δ; donc A multipliant E fera Δ; donc A mesure Δ par E; donc A mesure Δ. Mais il ne le mesure

II.　　　　　　　　　　　　　　　　　　　　　　　　　　12*

ἔστι τοῖς Α, Β, Γ τέταρτον ἀνάλογον προσευρεῖν ἀριθμὸν, ὅταν ὁ Α τὸν Δ μὴ μετρῇ.

A, B, Γ quartum proportionalem invenire numerum, quando A ipsum Δ non metitur.

ΠΡΟΤΑΣΙΣ κ'.

PROPOSITIO XX.

Οἱ πρῶτοι ἀριθμοὶ πλείους εἰσὶ παντὸς τοῦ
προτεθέντος πλήθους πρώτων ἀριθμῶν.

Ἐστωσαν οἱ προτεθέντες πρῶτοι ἀριθμοὶ, οἱ
Α, Β, Γ· λέγω ὅτι τῶν Α, Β, Γ πλείους εἰσὶ
πρῶτοι ἀριθμοί.

Primi numeri plures sunt omni propositâ
multitudine primorum numerorum.

Sint propositi primi numeri A, B, Γ; dico
quam ipsi A, B, Γ plures esse primos numeros.

$$A, 2. \qquad B, 3. \qquad Γ, 5.$$
$$E \qquad 30. \qquad Δ \quad Z$$

Εἰλήφθω γὰρ ὁ ὑπὸ τῶν Α, Β, Γ ἐλάχιστος
μετρούμενος, καὶ ἔστω ὁ ΔΕ, καὶ προσκείσθω τῷ
ΔΕ μονὰς ἡ ΔΖ· ὁ δὴ ΕΖ ἤτοι πρῶτός ἐστιν,

Sumatur enim ipse ab ipsis A, B, Γ minimus
mensuratus, et sit ΔE, et apponatur ipsi ΔE unitas ΔZ; ipse igitur EZ vel primus est, vel non.

pas, ce qui est absurde; il n'est donc pas possible de trouver un quatrième
nombre proportionnel aux nombres A, B, Γ, lorsque A ne mesure pas Δ.

PROPOSITION XX.

Les nombres premiers sont en plus grande quantité que toute quantité proposée de nombres premiers.

Soient A, B, Γ les nombres premiers que l'on aura proposés; je dis
que les nombres premiers sont en plus grande quantité que les nombres
A, B, Γ.

Soit pris le plus petit nombre mesuré par les nombres A, B, Γ (38. 7), et
que ce nombre soit ΔE; ajoutons à ΔE l'unité ΔZ; le nombre EZ sera un nombre

ἢ οὔ. Ἔστω πρότερον πρῶτος· εὑρημένοι ἄρα εἰσὶ πρῶτοι ἀριθμοὶ οἱ Α, Β, Γ, ΕΖ πλείους τῶν Α, Β, Γ.

Ἀλλὰ δὴ μὴ ἔστω ὁ ΕΖ πρῶτος· ὑπὸ πρώτου ἄρα τινὸς ἀριθμοῦ μετρεῖται. Μετρείσθω ὑπὸ πρώτου τοῦ Η· λέγω ὅτι ὁ Η οὐδενὶ τῶν Α, Β, Γ ἐστὶν ὁ αὐτός. Εἰ γὰρ δυνατὸν, ἔστω[1]. Οἱ δὲ Α, Β, Γ τὸν ΔΕ μετροῦσι· καὶ ὁ Η ἄρα τὸν ΔΕ

Sit primum primus; inventi igitur sunt primi numeri A, B, Γ, ΕΖ plures quam ipsi A, B, Γ.

At vero non sit ΕΖ primus; a primo igitur aliquo numero mensuratur. Mensuretur a primo H; dico H cum nullo ipsorum A, B, Γ esse eumdem. Si enim possibile, sit. Sed A, B, Γ ipsum ΔΕ metiuntur; et H igitur ipsum ΔΕ

A, 3.	B, 5.		Γ, 7.
B	105.	Δ Z	
	H, 53.		

μετρήσει. Μετρεῖ δὲ καὶ τὸν ΕΖ· καὶ λοιπὴν ἄρα[2] τὴν ΔΖ μονάδα μετρήσει ὁ Η ἀριθμὸς ὢν, ὅπερ ἄτοπον· οὐκ ἄρα ὁ Η ἑνὶ τῶν Α, Β, Γ ἐστὶν ὁ αὐτός. Ὁ αὐτὸς δὲ καὶ[3] ὑπόκειται πρῶτος· εὑρημένοι ἄρα εἰσὶ πρῶτοι ἀριθμοὶ πλείους τοῦ προτεθέντος πλήθους τῶν Α, Β, Γ, οἱ Α, Β, Γ, Η. Ὅπερ ἔδει δεῖξαι.

metietur. Metitur autem et ipsum ΕΖ; et reliquam igitur ipsam ΔΖ unitatem metietur ipse H numerus existens, quod absurdum; non igitur H cum uno ipsorum A, B, Γ est idem. Sed ipse et supponitur primus; inventi igitur sunt primi numeri plures A, B, Γ, H proposita multitudine ipsorum A, B, Γ. Quod oportebat ostendere.

premier, ou il ne le sera pas. Qu'il soit d'abord un nombre premier; on aura trouvé les nombres premiers A, B, Γ, ΕΖ qui sont en plus grande quantité que les nombres A, B, Γ.

Mais que ΕΖ ne soit pas un nombre premier; ce nombre sera mesuré par quelque nombre premier (33. 7). Qu'il soit mesuré par le nombre premier H; je dis que H n'est aucun des nombres A, B, Γ. Qu'il soit un de ces nombres, si cela est possible. Puisque les nombres A, B, Γ mesurent ΔΕ, le nombre H mesurera ΔΕ. Mais H mesure ΕΖ; donc H, qui est un nombre, mesurera l'unité restante ΔΖ, ce qui est absurde; donc H n'est aucun des nombres A, B, Γ. Mais on a supposé qu'il est un nombre premier; les nombres premiers A, B, Γ, H, que l'on a trouvés, sont donc en plus grande quantité que les nombres A, B, Γ. Ce qu'il fallait démontrer.

ΠΡΟΤΑΣΙΣ κά.

PROPOSITIO XXI.

Ἐὰν ἄρτιοι ἀριθμοὶ ὁποσοιοῦν συντεθῶσιν, ὁ ὅλος ἄρτιός ἐστι.

Συγκείσθωσαν γὰρ ἄρτιοι ἀριθμοὶ ὁποσοιοῦν, οἱ ΑΒ, ΒΓ, ΓΔ, ΔΕ· λέγω ὅτι ὅλός ὁ ΑΕ ἄρτιός ἐστιν.

Si pares numeri quotcunque componuntur, totus par erit.

Componantur enim pares numeri quotcunque AB, ΒΓ, ΓΔ, ΔΒ; dico totum ΑΕ parem esse.

Δ . . . . Β . . . . . . Γ . . Δ . . . . Ε

Ἐπεὶ γὰρ ἕκαστος τῶν ΑΒ, ΒΓ, ΓΔ, ΔΕ ἄρτιός ἐστιν, ἔχει μέρος ἥμισυ· ὥστε καὶ ὅλος ὁ ΑΕ ἔχει μέρος ἥμισυ. Ἄρτιος δὲ ἀριθμός ἐστιν ὁ δίχα διαιρούμενος· ἄρτιας ἄρα ἐστὶν ὁ ΑΕ. Ὅπερ ἔδει δεῖξαι.

Quoniam enim unusquisque ipsorum AB, ΒΓ, ΓΔ, ΔΕ par est, habet partem dimidiam; quare et totus ΑΕ habet partem dimidiam. Par autem numerus est qui bifariam dividitur; par igitur est ΑΕ. Quod oportebat ostendere.

ΠΡΟΤΑΣΙΣ κβ'.

PROPOSITIO XXII.

Ἐὰν περισσοὶ ἀριθμοὶ ὁποσοιοῦν συντεθῶσι, τὸ δὲ πλῆθος αὐτῶν ἄρτιον ᾖ, ὅλος ἄρτιος ἔσται.

Si impares numeri quotcunque componuntur, multitudo autem ipsorum par est, totus par erit.

PROPOSITION XXI.

Si l'on ajoute tant de nombres pairs que l'on voudra, leur somme sera un nombre pair.

Ajoutons tant de nombres pairs AB, ΒΓ, ΓΔ, ΔΕ qu'on voudra; je dis que leur somme ΑΕ est un nombre pair.

Puisque chacun des nombres AB, ΒΓ, ΓΔ, ΔΕ est un nombre pair, chacun de ces nombres peut être partagé en deux parties égales (déf. 6. 7); donc leur somme ΑΕ peut être partagée en deux parties égales. Mais un nombre pair est celui qui peut être partagé en deux parties égales; le nombre ΑΕ est donc un nombre pair. Ce qu'il fallait démontrer.

PROPOSITION XXII.

Si l'on ajoute tant de nombres impairs que l'on voudra, et si leur quantité est paire, leur somme sera paire.

Συγκείσθωσαν γὰρ περισσοὶ ἀριθμοὶ ὁσοιδηποτοῦν ἄρτιοι τὸ πλῆθος, οἱ ΑΒ, ΒΓ, ΓΔ, ΔΕ·
λέγω ὅτι ὅλος ὁ ΑΕ ἄρτιός ἐστιν.

Componantur enim impares numeri quotcunque pares multitudine ipsi ΑΒ, ΒΓ, ΓΔ,
ΔΕ; dico totum ΑΕ parem esse.

A . . . B . . . . Γ . . . . Δ . . . . E

Επεὶ γὰρ ἕκαστος τῶν ΑΒ, ΒΓ, ΓΔ, ΔΕ
περιττός ἐστιν, ἀφαιρεθείσης μονάδος ἀφ᾽ ἑκάσ-
του, ἕκαστος ἄρα¹ τῶν λοιπῶν ἄρτιος ἔσται·
ὥστε καὶ ὁ συγκείμενος ἐξ αὐτῶν ἄρτιος ἔσται.
Εστι² δὲ καὶ τὸ πλῆθος τῶν μονάδων ἄρτιον· καὶ
ὅλος ἄρα ὁ ΑΕ ἄρτιός ἐστιν. Οπερ ἔδει δεῖξαι.

Quoniam enim unusquisque ipsorum ΑΒ,
ΒΓ, ΓΔ, ΔΕ impar est, detractâ unitate ab uno-
quoque, unusquisque igitur reliquorum par erit;
quare et compositus ex ipsis par erit. Est autem
et multitudo unitatum par; et totus igitur ΑΕ
par est. Quod oportebat ostendere.

ΠΡΟΤΑΣΙΣ κγ´.

Εὰν περισσοὶ ἀριθμοὶ ὁποσοιοῦν συντεθῶσι, τὸ
δὲ πλῆθος αὐτῶν περισσὸν ᾖ· καὶ ὅλος περισσὸς
ἔσται.

Συγκείσθωσαν γὰρ ὁποσοιοῦν περισσοὶ ἀριθμοὶ¹, ὧν τὸ πλῆθος περισσὸν ἔστω, οἱ ΑΒ, ΒΓ,
ΓΔ· λέγω ὅτι καὶ ὅλος ὁ ΑΔ περισσός ἐστιν.

PROPOSITIO XXIII.

Si impares numeri quotcunque componuntur,
multitudo autem ipsorum impar est; et totus impar erit.

Componantur enim quotcunque impares numeri, quorum multitudo impar sit, ipsi ΑΒ, ΒΓ,
ΓΔ; dico et totum ΑΔ imparem esse.

Ajoutons tant de nombres impairs ΑΒ, ΒΓ, ΓΔ, ΔΕ que l'on voudra, leur
quantité étant paire ; je dis que leur somme ΑΕ est paire.

Car puisque chacun des nombres ΑΒ, ΒΓ, ΓΔ, ΔΕ est impair, si l'on retranche
une unité de chacun d'eux, chacun des nombres restants sera pair ; leur somme
sera donc un nombre pair (21. 9). Mais la quantité des unités est paire ; donc la
somme ΑΕ est paire. Ce qu'il fallait démontrer.

PROPOSITION XXIII.

Si l'on ajoute tant de nombres impairs que l'on voudra, et si leur quantité est
impaire, leur somme sera impaire.

Ajoutons tant de nombres impairs ΑΒ, ΒΓ, ΓΔ que l'on voudra, leur quantité
étant impaire ; je dis que leur somme sera impaire.

Ἀφῃρήσθω ἀπὸ τοῦ ΓΔ μονὰς ἡ ΔΕ· λοιπὸς ἄρα ὁ ΓΕ ἄρτιός ἐστιν. Ἐστι δὲ καὶ ὁ ΓΑ ἄρτιος·

Auferatur ab ipso ΓΔ unitas ΔE ; reliquus igitur ΓE par est. Est autem et ΓA par; et totus

A . . . . . B . . . . Γ . . . . E . Δ

καὶ ὅλος ἄρα ὁ ΑΕ ἄρτιός ἐστι. Καὶ ἔστιν ἡ μονὰς ἡ ΔΕ· περισσὸς ἄρα ἐστὶν ὁ ΑΔ. Ὅπερ ἔδει δεῖξαι.

igitur AE par est. Atque est unitas ΔE ; impar igitur est AΔ. Quod oportebat ostendere.

ΠΡΟΤΑΣΙΣ κδ΄.

PROPOSITIO XXIV.

Ἐὰν ἀπὸ ἀρτίου ἀριθμοῦ ἄρτιος ἀφαιρεθῇ, ὁ¹ λοιπὸς ἄρτιος ἔσται.

Ἀπὸ γὰρ ἀρτίου τοῦ ΑΒ ἀφῃρήσθω ἄρτιος² ὁ ΒΓ· λέγω ὅτι ὁ λοιπὸς ὁ ΓΑ ἄρτιός ἐστιν.

Si a pari numero par aufertur, reliquus par erit.

A pari enim ipso AB auferatur par BΓ; dico reliquum ΓA parem esse.

A . . . . . Γ . . . B

Ἐπεὶ γὰρ ὁ ΑΒ ἄρτιός ἐστιν, ἔχει μέρος ἥμισυ· Διὰ τὰ αὐτὰ δὴ καὶ ὁ ΒΓ ἔχει μέρος ἥμισυ· ὥστε καὶ λοιπὸς ὁ ΓΑ ἔχει μέρος ἥμισυ· ἄρτιος ἄρα ἐστὶν ὁ ΑΓ³. Ὅπερ ἔδει δεῖξαι.

Quoniam enim AB par est, habet partem dimidiam. Propter eadem utique et BΓ habet partem dimidiam; quare et reliquus ΓA habet partem dimidiam; par igitur est AΓ. Quod oportebat ostendere.

Retranchons de ΓΔ l'unité ΔE; le reste ΓE sera un nombre pair (déf. 7. 7). Mais ΓA est un nombre pair (22. 9); donc la somme AE est un nombre pair (21. 9). Mais ΔE est une unité; donc AΔ est un nombre impair. Ce qu'il fallait démontrer.

PROPOSITION XXIV.

Si d'un nombre pair on retranche un nombre pair, le reste sera pair.

Que du nombre pair AB soit retranché le nombre pair BΓ; je dis que le reste ΓA est pair.

Car puisque AB est un nombre pair, ce nombre a une moitié. Par la même raison, BΓ a aussi une moitié; donc le reste ΓA a aussi une moitié; donc AΓ est un nombre pair. Ce qu'il fallait démontrer.

ΠΡΟΤΑΣΙΣ κέ·

Ἐὰν ἀπὸ ἀρτίου ἀριθμοῦ περισσὸς ἀφαιρεθῇ, ὁ¹ λοιπὸς περισσὸς ἔσται.

Ἀπὸ γὰρ ἀρτίου τοῦ ΑΒ περισσὸς ἀφῃρήσθω ὁ ΒΓ· λέγω ὅτι ὁ² λοιπὸς ὁ ΓΑ περισσός ἐστιν.

PROPOSITIO XXV.

Si a pari numero impar aufertur, reliquus impar erit.

A pari enim ipso AB impar auferatur ΒΓ; dico reliquum ΓΑ imparem esse.

A . . . . Γ. Δ. . . . B

Ἀφῃρήσθω γὰρ ἀπὸ τοῦ ΒΓ μονὰς ἡ ΓΔ· ὁ ΔΒ ἄρα ἄρτιός ἐστιν. Ἔστι δὲ καὶ ὁ ΑΒ ἄρτιος· καὶ λοιπὸς ἄρα ὁ ΑΔ ἄρτιός ἐστι. Καὶ ἔστι μονὰς ἡ ΓΔ· ὁ ΓΑ ἄρα περισσός ἐστιν. Ὅπερ ἔδει δεῖξαι.

Auferatur ab ipso ΒΓ unitas ΓΔ; ergo ΔΒ par est. Est autem et ΑΒ par; et reliquus igitur ΑΔ par est. Atque est unitas ΓΔ; ergo ΓΑ impar est. Quod oportebat ostendere.

ΠΡΟΤΑΣΙΣ κϛ'.

Ἐὰν ἀπὸ περισσοῦ ἀριθμοῦ περισσὸς ἀφαιρεθῇ, ὁ¹ λοιπὸς ἄρτιος ἔσται.

Ἀπὸ γὰρ περισσοῦ τοῦ ΑΒ περισσὸς ἀφῃρήσθω ὁ ΒΓ· λ'γω ὅτι ὁ λοιπὸς ὁ ΓΑ ἄρτιός ἐστιν.

PROPOSITIO XXVI.

Si ab impari numero impar aufertur, reliquus par erit.

Ab impari enim ipso ΑΒ impar auferatur ΒΓ; dico reliquum ΓΑ parem esse.

PROPOSITION XXV.

Si d'un nombre pair on retranche un nombre impair, le reste sera impair.
Que du nombre pair AB soit retranché le nombre impair ΒΓ; je dis que le reste ΓΑ est impair.

Car que l'unité ΓΔ soit retranchée de ΒΓ, le reste ΔΒ sera pair (déf. 7. 7). Mais AB est pair; donc le reste ΑΔ est pair (24. 9). Mais ΓΔ est l'unité; donc ΓΑ est impair. Ce qu'il fallait démontrer.

PROPOSITION XXVI.

Si d'un nombre impair on retranche un nombre impair, le reste sera pair.
Que de AB impair soit retranché ΒΓ impair; je dis que le reste ΓΑ est pair.

Ἐπεὶ γὰρ ὁ ΑΒ περισσός ἐστιν, ἀφηρήσθω μονὰς ἡ ΒΔ· λοιπὸς ἄρα ὁ ΑΔ ἄρτιός ἐστι. Διὰ

Quoniam enim ΑΒ impar est, auferatur unitas ΒΔ ; reliquus igitur ΑΔ par est. Per eadem

Α . . . . Γ . . . . . . Δ . Β

τὰ αὐτὰ δὴ καὶ ὁ ΓΔ ἄρτιός ἐστιν. ὥστε καὶ λοιπὸς ὁ ΓΑ ἄρτιός ἐστιν. Ὅπερ ἔδει δεῖξαι.

utique et ΓΔ par est ; quare et reliquus ΓΑ par est. Quod oportebat ostendere.

ΠΡΟΤΑΣΙΣ κζʹ.

PROPOSITIO XXVI.

Ἐὰν ἀπὸ περισσοῦ ἀριθμοῦ ἄρτιος ἀφαιρεθῇ, ὁ λοιπὸς περισσὸς ἔσται.

Ἀπὸ γὰρ περισσοῦ τοῦ ΑΒ ἄρτιος ἀφηρήσθω ὁ ΒΓ· λέγω ὅτι ὁ λοιπὸς ὁ ΓΑ περισσός ἐστιν.

Si ab impari numero par aufertur, reliquus impar erit.

Ab impari enim ipso ΑΒ par auferatur ΒΓ ; dico reliquum ΓΑ imparem esse.

Α . Δ . . . . Γ . . . Β

Ἀφηρήσθω γὰρ μονὰς ἡ ΑΔ· ὁ ΔΒ ἄρα ἄρτιός ἐστιν. Ἐστι δὲ καὶ ὁ ΒΓ ἄρτιος· καὶ λοιπὸς ἄρα ὁ ΓΔ ἄρτιός ἐστιν. Ἐστι δὲ καὶ μονὰς ἡ ΔΑ· περισσὸς ἄρα ἐστὶν ὁ ΓΑ. Ὅπερ ἔδει δεῖξαι.

Auferatur enim unitas ΑΔ ; ergo ΔΒ par est. Est autem et ΒΓ par ; et reliquus igitur ΓΔ par est. Est autem et unitas ΔΑ ; impar igitur est ΓΑ. Quod oportebat ostendere.

Puisque ΑΒ est impair, retranchons-en l'unité ΒΔ, le reste ΑΔ sera pair. Par la même raison ΓΔ sera pair ; donc le reste ΓΑ sera pair (24. 9). Ce qu'il fallait démontrer.

PROPOSITION XXVII.

Si d'un nombre impair on retranche un nombre pair, le reste sera impair.

Que de ΑΒ impair soit retranché ΒΓ pair ; je dis que le reste ΓΑ est impair.

Car soit retranchée l'unité ΑΔ ; le nombre ΔΒ sera pair. Mais ΒΓ est pair ; donc le reste ΓΔ est pair (24. 9). Mais ΔΑ est une unité ; donc ΓΑ est impair (déf. 7. 7). Ce qu'il fallait démontrer.

ΠΡΟΤΑΣΙΣ κή.

Ἐὰν περισσὸς ἀριθμὸς ἄρτιον πολλαπλασιάσας ποιῇ τινα, ὁ γενόμενος ἄρτιος ἔσται.

Περισσὸς γὰρ ἀριθμὸς ὁ Α ἄρτιον τὸν Β πολλαπλασιάσας τὸν Γ ποιείτω· λέγω ὅτι ὁ Γ ἄρτιός ἐστιν.

PROPOSITIO XXVIII.

Si impar numerus parem multiplicans facit aliquem, factus par erit.

Impar enim numerus A parem B multiplicans ipsum Γ faciat; dico Γ parem esse.

A. . .   B. . . .

Γ. . . . .

Ἐπεὶ γὰρ ὁ Α τὸν Β πολλαπλασιάσας τὸν Γ πεποίηκεν· ὁ Γ ἄρα σύγκειται ἐκ τοσούτων ἴσων τῷ Β ὅσαι εἰσὶν ἐν τῷ Α μονάδες. Καί ἐστιν ὁ Β ἄρτιος· ὁ Γ ἄρα σύγκειται ἐξ ἀρτίων. Ἐὰν δὲ ἄρτιοι ἀριθμοὶ ὁποσοιοῦν¹ συντεθῶσιν, ὁ ὅλος ἄρτιός ἐστιν· ἄρτιος ἄρα ἐστὶν ὁ Γ. Ὅπερ ἔδει δεῖξαι.

Quoniam enim A ipsum B multiplicans ipsum Γ fecit; ergo Γ componitur ex tot numeris æqualibus ipsi B quot sunt in A unitates. Atque est B par; ergo Γ componitur ex paribus. Si autem pares numeri quotcunque componuntur, totus par est; par igitur est Γ. Quod oportebat ostendere.

PROPOSITION XXVIII.

Si un nombre impair multipliant un nombre pair fait un nombre, le produit sera pair.

Que le nombre impair A multipliant le nombre pair B fasse Γ; je dis que Γ est pair.

Car puisque A multipliant B a fait Γ, le nombre Γ est composé d'autant de nombres égaux à B qu'il y a d'unités dans A. Mais B est pair; donc Γ est composé de nombres pairs. Mais la somme de tant nombres pairs que l'on voudra est un nombre pair (2. 9); donc Γ est un nombre pair. Ce qu'il fallait démontrer.

ΠΡΟΤΑΣΙΣ κθ'.

Ἐὰν περισσὸς ἀριθμὸς περισσὸν ἀριθμὸν πολλαπλασιάσας ποιῇ τινα, ὁ γενόμενος περισσὸς
ἔσται.

Περισσὸς γὰρ ἀριθμὸς ὁ Α περισσὸν τὸν Β πολλαπλασιάσας τὸν Γ ποιείτω· λέγω ὅτι ὁ Γ περισσός ἐστιν.

PROPOSITIO XXIX.

Si impar numerus imparem numerum multiplicans facit aliquem, factus impar erit.

Impar enim numerus A imparem B multiplicans ipsum Γ faciat; dico Γ imparem esse.

A. . .   B. . . . .

Γ. . . . .

Ἐπεὶ γὰρ ὁ Α τὸν Β πολλαπλασιάσας τὸν Γ
πεποίηκεν· ὁ Γ ἄρα σύγκειται ἐκ τοσούτων ἴσων
τῷ Β ὅσαι εἰσὶν ἐν τῷ Α μονάδες. Καὶ ἔστιν
ἑκάτερος τῶν Α, Β περισσός· ὁ Γ ἄρα σύγκειται
ἐκ περισσῶν ἀριθμῶν, ὧν τὸ πλῆθος περισσόν
ἐστιν· ὥστε ὁ Γ περισσός ἐστιν. Ὅπερ ἔδει
δεῖξαι.

Quoniam enim A ipsum B multiplicans ipsum
Γ fecit; ergo Γ componitur ex tot numeris æqualibus ipsi B quot sunt in A unitates. Atque est
uterque ipsorum A, B impar; ergo Γ componitur ex imparibus numeris, quorum multitudo
impar est; quare Γ impar est. Quod oportebat
ostendere.

PROPOSITION XXIX.

Si un nombre impair multipliant un nombre impair fait un nombre, le produit
sera impair.

Que le nombre impair A multipliant le nombre impair B fasse Γ; je dis que Γ
est impair.

Car puisque A multipliant B fait Γ, le nombre Γ est composé d'autant de nombres égaux à B qu'il y a d'unités en A. Mais les nombres A, B sont impairs; donc
Γ est composé de nombres impairs, dont la quantité est un nombre impair;
donc Γ est un nombre impair (23. 9). Ce qu'il fallait démontrer.

ΠΡΟΤΑΣΙΣ λ'.

Ἐὰν περισσὸς ἀριθμὸς ἄρτιον ἀριθμὸν μετρῇ, καὶ τὸν ἥμισυν αὐτοῦ μετρήσει.

Περισσὸς γὰρ ἀριθμὸς ὁ Α ἄρτιον τὸν Β μετρείτω· λέγω ὅτι καὶ τὸν ἥμισυν αὐτοῦ μετρήσει.

A . . . B . . . .
Γ . . . .

Ἐπεὶ γὰρ ὁ Α τὸν Β μετρεῖ, μετρείτω αὐτὸν κατὰ τὸν Γ· λέγω ὅτι ὁ Γ οὐκ ἔστι περισσός. Εἰ γὰρ δυνατὸν, ἔστω. Καὶ ἐπεὶ ὁ Α τὸν Β μετρεῖ κατὰ τὸν Γ· ὁ Α ἄρα τὸν Γ πολλαπλασιάσας τὸν Β πεποίηκεν· ὁ ἄρα Β¹ σύγκειται ἐκ περισσῶν ἀριθμῶν, ὧν τὸ πλῆθος περισσόν ἐστιν· ὁ Β ἄρα περισσός ἐστιν, ὅπερ ἄτοπον, ὑπόκειται γὰρ ἄρτιος· οὐκ ἄρα ὁ Γ περισσός ἐστιν· ἄρτιος ἄρα ἐστὶν² ὁ Γ· ὥστε ὁ Α τὸν Β μετρεῖ ἀρτιάκις, διὰ δὴ τοῦτο καὶ τὸν ἥμισυν αὐτοῦ μετρήσει. Ὅπερ ἔδει δεῖξαι.

PROPOSITIO XXX.

Si impar numerus parem numerum metitur, et dimidium ejus metietur.

Impar enim numerus A parem B metiatur; dico et dimidium ejus metiri.

Quoniam enim A ipsum B metitur, metiatur ipsum per Γ; dico Γ non esse imparem. Si enim possibile, sit. Et quoniam A ipsum B metitur per Γ; ergo A ipsum Γ multiplicans ipsum B fecit; ergo B componitur ex imparibus numeris, quorum multitudo impar est; ergo B impar est, quod absurdum, supponitur enim par; non igitur Γ impar est; impar igitur est Γ; quare A ipsum B metitur pariter, ob id utique et dimidium ejus metietur. Quod oportebat ostendere.

PROPOSITION XXX.

Si un nombre impair mesure un nombre pair, il mesurera sa moitié.

Que le nombre impair A mesure le nombre pair B ; je dis qu'il mesurera sa moitié.

Car puisque A mesure B, qu'il le mesure par Γ ; je dis que que Γ n'est pas un nombre impair. Qu'il le soit, si cela est possible. Puisque A mesure B par Γ, le nombre A multipliant Γ fera B ; donc B est composé de nombres impairs dont la quantité est un nombre impair ; donc B est impair ; ce qui est absurde, puisqu'il est supposé pair ; donc Γ n'est pas impair ; donc Γ est pair ; donc A mesure B par un nombre pair ; il mesurera sa donc moitié. Ce qu'il fallait démontrer.

ΠΡΟΤΑΣΙΣ λά.   PROPOSITIO XXXI.

Ἐὰν περισσὸς ἀριθμὸς πρός τινα ἀριθμὸν πρῶτος ᾖ, καὶ πρὸς τὸν διπλασίονα[1] αὐτοῦ πρῶτος ἔσται.

Περισσὸς γὰρ ἀριθμὸς ὁ A πρός τινα ἀριθμὸν τὸν B πρῶτος ἔστω, τοῦ δὲ B διπλασίων[2] ἔστω ὁ Γ· λέγω ὅτι ὁ A[3] πρὸς τὸν Γ πρῶτός ἐστιν.

Si impar numerus ad aliquem numerum primus est, et ad duplum ipsius primus erit.

Impar enim numerus A ad aliquem numerum B primus sit, ipsius autem B duplus sit Γ; dico A ad Γ primum esse.

A . . .

B . . . . .

Γ . . . .

Δ----

Εἰ γὰρ μὴ εἰσιν οἱ A, Γ πρῶτοι, μετρήσει τις αὐτοὺς ἀριθμός. Μετρείτω, καὶ ἔστω ὁ Δ. Καὶ ἔστιν ὁ A περισσός· περισσὸς ἄρα καὶ ὁ Δ. Καὶ ἐπεὶ ὁ Δ περισσὸς ὢν τὸν Γ μετρεῖ, καὶ ἔστιν ὁ Γ ἄρτιος· καὶ τὸν ἥμισυν ἄρα τοῦ Γ μετρήσει ὁ Δ[4]. Τοῦ δὲ Γ ἥμισύς ἐστιν ὁ B· ὁ Δ ἄρα τὸν B μετρεῖ. Μετρεῖ δὲ καὶ τὸν A· ὁ Δ ἄρα τοὺς A, B μετρεῖ, πρώτους ὄντας πρὸς ἀλλήλους, ὅπερ ἐστὶν ἀδύνατον· οὐκ ἄρα ὁ A πρὸς τὸν Γ πρῶτος οὐκ ἔστιν· οἱ A, Γ ἄρα πρῶτοι πρὸς ἀλλήλους εἰσίν. Ὅπερ ἔδει δεῖξαι.

Si enim non sunt A, Γ primi, metietur aliquis eos numerus. Metiatur, et sit Δ. Et est A impar; impar igitur et Δ. Et quoniam Δ impar existens ipsum Γ metitur, atque est Γ par; et dimidium igitur ipsius Γ metietur ipse Δ: Ipsius autem Γ dimidium est ipse B; ergo Δ ipsum B metitur. Metitur autem et ipsum A; ergo Δ ipsos A, B metitur, primos existentes inter se, quod est impossibile; non igitur A ad Γ primus non est; ergo A, Γ primi inter se sunt. Quod oportebat ostendere.

PROPOSITION XXXI.

Si un nombre impair est premier avec un nombre, il sera premier avec son double.

Que le nombre impair A soit premier avec un nombre B, et que Γ soit double de B; je dis que A est premier avec Γ.

Car si les nombres A, Γ ne sont pas premiers, quelque nombre les mesurera. Que quelque nombre les mesure, et que ce soit Δ. Mais A est impair; donc Δ est impair. Et puisque Δ, qui est impair, mesure Γ, et que Γ est pair, le nombre Δ mesurera la moitié de Γ (30. 9). Mais B est la moitié de Γ; donc Δ mesure B. Mais il mesure A; donc Δ mesure les nombres A, B, qui sont premiers entr'eux; ce qui est impossible; donc A ne peut point ne pas être premier avec Γ; donc les nombres A, Γ sont premiers entr'eux. Ce qu'il fallait démontrer.

ΠΡΟΤΑΣΙΣ λϛʹ.

Τῶν ἀπὸ δυάδος[1] διπλασιαζομένων ἀριθμῶν ἕκαστος ἀρτιάκις ἄρτιός ἐστι μόνον.

Ἀπὸ γὰρ δυάδος[2] τῆς Α δεδιπλασιάσθωσαν ὁσοιδηποτοῦν ἀριθμοὶ, οἱ Β, Γ, Δ· λέγω ὅτι οἱ Β, Γ, Δ ἀρτιάκις ἄρτιοί εἰσι μόνον.

$$\text{Ε, 1.} \quad \text{Α, 2.} \quad \text{Β, 4.} \quad \text{Γ, 8.} \quad \text{Δ, 16.}$$

Ὅτι μὲν οὖν ἕκαστος τῶν Β, Γ, Δ ἀρτιάκις ἄρτιός ἐστι, φανερόν· ἀπὸ γὰρ δυάδος[3] ἐστὶ διπλασιασθείς. Λέγω[4] ὅτι καὶ μόνον. Ἐκκείσθω γὰρ μονὰς ἡ Ε[5]. Ἐπεὶ οὖν ἀπὸ μονάδος ὁποσοιοῦν ἀριθμοὶ ἑξῆς ἀνάλογόν εἰσιν, ὁ δὲ μετὰ τὴν μονάδα ὁ Α πρῶτός ἐστιν, ὁ μέγιστος τῶν Α, Β, Γ, Δ ὁ Δ ὑπ᾽ οὐδενὸς ἄλλου μετρηθήσεται, πάρεξ τῶν Α, Β, Γ. Καὶ ἔστιν ἕκαστος τῶν Α, Β, Γ ἄρτιος· ὁ Δ ἄρα ἀρτιάκις ἄρτιός ἐστι μόνον. Ὁμοίως δὴ δείξομεν ὅτι[6] ἑκάτερος τῶν Α, Β, Γ ἀρτιάκις ἄρτιός ἐστι μόνον. Ὅπερ ἔδει δεῖξαι.

PROPOSITIO XXXII.

A binario duplatorum numerorum unusquisque pariter par est tantum.

A binario enim A duplentur quotcunque numeri B, Γ, Δ; dico B, Γ, Δ pariter pares esse tantum.

At vero unumquemque ipsorum B, Γ, Δ pariter parem esse, manifestum est; a binario enim est duplatus. Dico et tantum. Exponatur enim unitas E. Quoniam igitur ab unitate quotcunque numeri deinceps proportionales sunt, et post unitatem ipse A primus est, maximus ipsorum A, B, Γ, Δ ipse Δ a nullo alio mensurabitur, nisi ab ipsis A, B, Γ. Atque est unusquisque ipsorum A, B, Γ par; ergo Δ pariter par est tantum. Similiter utique demonstrabimus unumquemque ipsorum A, B, Γ pariter parem esse tantum. Quod oportebat ostendere.

PROPOSITION XXXII.

Chacun des nombres doubles, à partir du binaire, est pairement pair seulement.

Qu'à partir du binaire A, soient tant de nombres doubles qu'on voudra B, Γ, Δ; je dis que les nombres B, Γ, Δ sont pairement pairs seulement.

Il est évident que chacun des nombres B, Γ, Δ est pairement pair (déf. 8. 7); car chacun est double à partir du binaire. Je dis qu'il l'est seulement. Car soit l'unité E. Puisqu'à partir de l'unité, on aura autant de nombres successivement proportionnels qu'on voudra, et que A est le premier après l'unité, le plus grand des nombres A, B, Γ, Δ, qui est Δ, ne sera mesuré par aucun nombre, si ce n'est par A, B, Γ (13. 9). Mais chacun des nombres A, B, Γ est pair; donc Δ est pairement pair seulement. Nous démontrerons semblablement que chacun des nombres A, B, Γ est pairement pair seulement. Ce qu'il fallait démontrer.

ΠΡΟΤΑΣΙΣ λγ'.

_PROPOSITIO XXXIII.

Ἐὰν ἀριθμὸς τὸν ἥμισυν ἔχῃ περισσὸν, ἀρτιάκις περισσός ἐστι μόνον.

Ἀριθμὸς γὰρ ὁ Α τὸν ἥμισυν ἐχέτω περισσόν·
λέγω ὅτι ὁ Α ἀρτιάκις περισσός ἐστι μόνον.

Si numerus dimidium habet imparem, pariter
impar est tantum.

Numerus enim A dimidium habeat imparem ;
dico A pariter imparem esse tantum.

A . . . .

Ὅτι μὲν οὖν ἀρτιάκις περισσός ἐστι, φανερόν·
ὁ γὰρ ἥμισυς αὐτοῦ περισσὸς ὢν μετρεῖ αὐτὸν
ἀρτιάκις. Λέγω δὴ ὅτι καὶ μόνον. Εἰ γὰρ ἔσται
ὁ Α καὶ ἀρτιάκις ἄρτιος¹, μετρηθήσεται ὑπ'
ἀρτίου κατὰ ἄρτιον ἀριθμόν· ὥστε καὶ ὁ ἥμισυς
αὐτοῦ μετρηθήσεται ὑπ' ἀρτίου ἀριθμοῦ, περισσὸς ὢν, ὅπερ ἐστὶν ἄτοπον· ὁ Α ἄρα ἀρτιάκις
περισσός ἐστι μόνον. Ὅπερ ἔδει δεῖξαι.

At vero pariter imparem esse, manifestum
est; dimidium enim ipsius impar existens metitur ipsum pariter. Dico utique et tantum. Si enim
esset A et pariter par, mensuraretur a pari per
parem numerum ; quare et dimidium ipsius
mensurabitur a pari numero, impar existens,
quod est absurdum ; ergo A pariter impar est
tantum. Quod oportebat ostendere.

PROPOSITION XXXIII.

Si la moitié d'un nombre est impaire, ce nombre est pairement impair seulement.

Que la moitié du nombre A soit impaire ; je dis que A est pairement impair seulement.

Il est évident qu'il est pairement impair (déf. 9. 7) ; car sa moitié, qui est impaire, le mesure par un nombre pair. Je dis qu'il l'est seulement. Car si A était aussi pairement pair, un nombre pair le mesurerait par un nombre pair (déf. 8.7) ; donc sa moitié qui est impaire, serait mesurée par un nombre pair ; ce qui est absurde ; donc A est pairement impair seulement. Ce qu'il fallait démontrer.

ΠΡΟΤΑΣΙΣ λδ'.

PROPOSITIO XXXIV.

Ἐὰν ἄρτιος[1] ἀριθμὸς μήτε τῶν ἀπὸ δυάδος[2] διπλασιαζομένων ᾖ, μήτε τὸν ἥμισυν ἔχῃ περισσόν· ἀρτιάκιστε ἄρτιός ἐστι, καὶ ἀρτιάκις περισσός.

Ἀριθμὸς γὰρ ὁ Α μήτε τῶν ἀπὸ δυάδος[3] διπλασιαζομένων ἔστω, μήτε τὸν ἥμισυν ἐχέτω περισσόν· λέγω ὅτι ὁ Α ἀρτιάκιστε ἐστὶν ἄρτιος, καὶ ἀρτιάκις περισσός.

Si par numerus neque est a binario unus ex duplatis, neque dimidium habet imparem; et pariter par est, et pariter impar.

Numerus enim A neque sit a binario unus ex duplatis, neque dimidium habeat imparem; dico A pariter esse parem, et pariter imparem.

A . . . .

Ὅτι μὲν οὖν ὁ Α ἀρτιάκις ἐστὶν ἄρτιος, φανερόν· τὸν γὰρ ἥμισυν οὐκ ἔχει περισσόν. Λέγω δὴ ὅτι καὶ ἀρτιάκις περισσός ἐστιν[4]. Ἐὰν γὰρ τὸν Α τέμνωμεν[5] δίχα, καὶ τὸν ἥμισυν αὐτοῦ δίχα, καὶ τοῦτο ἀεὶ ποιοῦμεν[6], καταντήσομεν εἴς τινα ἀριθμὸν[7] περισσόν, ὃς μετρήσει τὸν Α κατὰ ἄρτιον ἀριθμόν. Εἰ γὰρ οὐ, καταντήσομεν εἰς δυάδα[8], καὶ ἔσται ὁ Α τῶν ἀπὸ δυάδος[9] διπλασιαζομένων, ὅπερ οὐχ ὑπόκειται· ὥστε ὁ Α[10] ἀρτιάκις περισσός ἐστιν. Ἐδείχθη δὲ καὶ ἀρτιάκις ἄρτιος· ὁ Α ἄρα ἀρτιάκιστε ἄρτιός ἐστι, καὶ ἀρτιάκις περισσός. Ὅπερ ἔδει δεῖξαι.

At vero pariter A esse parem, manifestum est; dimidium enim non habet imparem. Dico utique et pariter imparem esse. Si enim ipsum A secamus bifariam, et dimidium ipsius bifariam, et hoc semper facimus, incidemus in aliquem numerum imparem, qui metietur ipsum A per parem numerum. Si enim non, incidemus in binarium, et erit A a binario unus ex duplatis, quod non supponitur; quare A pariter impar est. Ostensum est autem et pariter parem; ergo A et pariter par est, et pariter impar. Quod oportebat ostendere.

PROPOSITION XXXIV.

Si un nombre, à partir du binaire, n'est pas un de ceux qui sont doubles, et si sa moitié n'est point impaire, il est pairement pair et pairement impair.

Que le nombre A, à partir du binaire, ne soit pas un de ceux qui sont doubles, et que sa moitié ne soit point impaire; je dis que A est pairement pair et pairement impair.

Or, il est évident que A est pairement pair (déf. 8. 7), puisque sa moitié n'est pas impaire. Je dis de plus que A est pairement impair; car si nous partageons A en deux parties égales, et sa moitié en deux parties égales, et si nous faisons toujours la même chose, nous arriverons à quelque nombre impair qui mesurera A par un nombre pair. Car si cela n'est point, nous arriverons au nombre binaire, et A sera, à partir du binaire, un des nombres qui sont doubles, ce qui n'est pas supposé; donc A est pairement impair. Mais on a démontré qu'il est pairement pair; donc A est pairement pair et pairement impair. Ce qu'il fallait démontrer.

ΠΡΟΤΑΣΙΣ λέ.

Ἐὰν ὦσιν ὁσοιδηποτοῦν ἀριθμοὶ ἑξῆς ἀνάλογον, ἀφαιρεθῶσι δὲ ἀπό τε τοῦ δευτέρου καὶ τοῦ ἐσχάτου ἴσοι[1] τῷ πρώτῳ· ἔσται ὡς ἡ τοῦ δευτέρου ὑπεροχὴ πρὸς τὸν πρῶτον, οὕτως ἡ τοῦ ἐσχάτου ὑπεροχὴ πρὸς τοὺς πρὸ ἑαυτοῦ[2] πάντας.

Ἔστωσαν ὁποσοιδηποτοῦν[3] ἀριθμοὶ ἑξῆς ἀνάλογον οἱ Α, ΒΓ, Δ, ΕΖ, ἀρχόμενοι ὑπὸ ἐλαχίστου τοῦ Α, καὶ ἀφῃρήσθω ἀπὸ τοῦ ΒΓ καὶ τοῦ ΕΖ τῷ Α ἴσος, ἑκάτερος τῶν ΗΓ, ΖΘ· λέγω ὅτι ἐστὶν ὡς ὁ ΒΗ πρὸς τὸν Α οὕτως ὁ ΕΘ πρὸς τοὺς Α, ΒΓ, Δ.

PROPOSITIO XXXV.

Si sunt quotcunque numeri deinceps proportionales, auferuntur autem et a secundo et ab ultimo æquales primo; erit ut secundi excessus ad primum, ita ultimi excessus ad omnes ipsum antecedentes.

Sint quotcunque numeri deinceps proportionales A, ΒΓ, Δ, ΕΖ, incipientes a minimo A, et auferatur a ΒΓ et ab ΕΖ ipsi A æqualis, uterque ipsorum ΗΓ, ΖΘ; dico esse ut ΒΗ ad A ita ΕΘ ad A, ΒΓ, Δ.

A. . . . .
B. . . . H. . . . . Γ
Δ. . . . .
E. . . . . Λ. . . . . K. . . . Θ. . . . . Z

Κείσθω γὰρ τῷ μὲν ΒΓ ἴσος ὁ ΖΚ, τῷ δὲ Δ ἴσος ὁ ΖΛ. Καὶ ἐπεὶ ὁ ΖΚ τῷ ΒΓ ἴσος ἐστὶν, ὧν ὁ ΖΘ τῷ ΗΓ ἴσος ἐστί[4]· λοιπὸς ἄρα ὁ ΘΚ λοιπῷ τῷ ΗΒ ἐστιν ἴσος. Καὶ ἐπεί ἐστιν ὡς ὁ ΕΖ πρὸς τὸν Δ οὕτως ὁ Δ πρὸς τὸν ΒΓ καὶ ὁ ΒΓ πρὸς τὸν Α,

Ponatur enim ipsi quidem ΒΓ æqualis ΖΚ, ipsi autem Δ æqualis ΖΛ. Et quoniam ΖΚ ipsi ΒΓ æqualis est, quorum ΖΘ ipsi ΗΓ æqualis est; reliquus igitur ΘΚ reliquo ΗΒ est æqualis. Et quoniam est ut ΕΖ ad Δ ita Δ ad ΒΓ et ΒΓ

PROPOSITION XXXV.

Si tant de nombres qu'on voudra sont successivement proportionnels, et si du second et du dernier on retranche un nombre égal au premier, l'excès du second sera au premier comme l'excès du dernier est à la somme de tous ceux qui sont avant lui.

Soient tant de nombres qu'on voudra A, ΒΓ, Δ, ΕΖ successivement proportionnels, à commencer du plus petit A, et retranchons de ΒΓ et de ΕΖ les nombres ΗΓ, ΖΘ égaux chacun à A; je dis que ΒΗ est à A comme ΕΘ est à la somme des nombres A, ΒΓ, Δ.

Faisons ΖΚ égal à ΒΓ, et ΖΛ égal à Δ. Puisque ΖΚ est égal à ΒΓ, et que ΖΘ est égal à ΗΓ, le reste ΘΚ est égal au reste ΗΒ. Et puisque ΕΖ est à Δ comme Δ est à ΒΓ

Ἴσος δὲ ὁ μὲν Δ τῷ ΖΛ, ὁ δὲ ΒΓ τῷ ΖΚ, ὁ δὲ Α τῷ ΖΘ· ἔστιν ἄρα ὡς ὁ ΕΖ πρὸς τὸν ΛΖ οὕτως ὁ ΛΖ πρὸς τὸν ΖΚ, καὶ ὁ ΚΖ πρὸς τὸν ΖΘ· διελόντι, ὡς ὁ ΕΛ πρὸς τὸν ΛΖ οὕτως ὁ ΛΚ πρὸς τὸν ΖΚ, καὶ ὁ ΚΘ πρὸς τὸν ΖΘ· ἔστιν ἄρα καὶ ὡς εἷς τῶν ἡγουμένων πρὸς ἕνα τῶν ἑπομένων οὕτως ἅπαντες οἱ ἡγούμενοι πρὸς ἅπαντας τοὺς ἑπομένους· ἔστιν ἄρα ὡς ὁ ΚΘ πρὸς τὸν ΖΘ οὕτως οἱ ΕΛ, ΛΚ, ΚΘ πρὸς τοὺς ΛΖ, ΚΖ, ΘΖ. Ἴσος δὲ ὁ μὲν ΚΘ τῷ ΒΗ, ὁ δὲ ΖΘ τῷ Α, οἱ δὲ ΛΖ, ΚΖ, ΖΘ τοῖς Δ, ΒΓ, Α· ἔστιν ἄρα ὡς ὁ ΒΗ πρὸς τὸν Α οὕτως ὁ ΕΘ πρὸς τοὺς⁵ Δ, ΒΓ, Α· ἔστιν ἄρα ὡς ἡ τοῦ δευτέρου ὑπεροχὴ πρὸς τὸν πρῶτον οὕτως ἡ τοῦ ἐσχάτου ὑπεροχὴ πρὸς τοὺς πρὸ ἑαυτοῦ πάντας. Ὅπερ ἔδει δεῖξαι.

ad Α, æqualis autem Δ ipsi ΖΛ, ipse et ΒΓ ipsi ΖΚ, ipse et Α ipsi ΖΘ; est igitur ut ΕΖ ad ΛΖ ita ΛΖ ad ΖΚ, et ΚΖ ad ΖΘ; dividendo, ut ΕΛ ad ΛΖ ita ΛΚ ad ΖΚ, et ΚΘ ad ΖΘ; est igitur et ut unus antecedentium ad unum consequentium ita omnes antecedentes ad omnes consequentes; est igitur ut ΚΘ ad ΖΘ ita ΕΛ, ΛΚ, ΚΘ ad ΛΖ, ΚΖ, ΘΖ. Æqualis autem ΚΘ ipsi quidem ΒΗ, ipse vero ΖΘ ipsi Α, et ΛΖ, ΚΖ, ΘΖ ipsis Δ, ΒΓ, Α; est igitur ut ΒΗ ad Α ita ΕΘ ad Δ, ΒΓ, Α; est igitur ut secundi excessus ad primum ita excessus ultimi ad omnes præ se ipso existentes. Quod oportebat ostendere.

et comme ΒΓ est à Α; que Δ est égal à ΖΛ; que ΒΓ est égal à ΖΚ, et Α égal à ΖΘ, le nombre ΕΖ est à ΖΛ comme ΛΖ est à ΖΚ, et comme ΚΖ est à ΖΘ; donc par soustraction, ΕΛ est à ΛΖ comme ΛΚ est à ΖΚ, et comme ΚΘ est à ΖΘ; donc un des antécédents est à un des conséquents comme la somme des antécédents est à la somme des conséquents (12.7); donc ΚΘ est à ΖΘ comme la somme des nombres ΕΛ, ΛΚ, ΚΘ est à la somme des nombres ΛΖ, ΚΖ, ΘΖ. Mais ΚΘ est égal à ΒΗ, ΖΘ à Α, et la somme des nombres ΖΛ, ΚΖ, ΘΖ à la somme des nombres Δ, ΒΓ, Α; donc ΒΗ est à Α comme ΕΘ est à la somme des nombres Δ, ΒΓ, Α; donc l'excès du second est au premier comme l'excès du dernier est à la somme de tous ceux qui sont avant lui. Ce qu'il fallait démontrer.

ΠΡΟΤΑΣΙΣ λϛ'.

PROPOSITIO XXXVI.

Ἐὰν ἀπὸ μονάδος ὁποσοιοῦν ἀριθμοὶ ἑξῆς ἐκτιθῶσιν ἐν τῇ διπλασίονι ἀναλογίᾳ, ἕως οὗ ὁ σύμπας συντεθεὶς πρῶτος γένηται, καὶ ὁ σύμπας ἐπὶ τὴν ἔσχατον πολλαπλασιασθεὶς ποιῇ τινα· ὁ γενόμενος τέλειος ἔσται.

Ἀπὸ γὰρ μονάδος ἐκκείσθωσαν ὁσοιδηποτοῦν[1] ἀριθμοὶ ἐν τῇ διπλασίονι ἀναλογίᾳ, ἕως οὗ ὁ σύμπας συντεθεὶς πρῶτος γένηται, οἱ Α, Β, Γ, Δ, καὶ τῷ σύμπαντι ἴσος ἔστω ὁ Ε, καὶ ὁ Ε τὸν Δ πολλαπλασιάσας τὸν ΖΗ ποιείτω· λέγω ὅτι ὁ ΖΗ τέλειός ἐστιν.

Ὅσοι γάρ εἰσιν οἱ Α, Β, Γ, Δ τῷ πλήθει τοσοῦτοι ἀπὸ τοῦ Ε εἰλήφθωσαν ἐν τῇ διπλασίονι ἀναλογίᾳ, οἱ Ε, ΘΚ, Λ, Μ· δι'ίσου ἄρα ἐστὶν ὡς ὁ Α πρὸς τὸν Δ οὕτως ὁ Ε πρὸς τὸν Μ²· ὁ ἄρα ἐκ τῶν Ε, Δ ἴσος ἐστὶ τῷ ἐκ τῶν Α, Μ. Καὶ ἔστιν ὁ ἐκ τῶν Ε, Δ ὁ ΖΗ· καὶ ὁ ἐκ τῶν Α, Μ

Si ab unitate quotcunque numeri deinceps exponantur in duplâ analogiâ, quoad totus compositus primus fiat, et totus in ultimum multiplicatus faciat aliquem; factus perfectus erit.

Ab unitate enim exponantur quotcunque numeri A, B, Γ, Δ in duplâ analogiâ, quoad totus compositus primus fiat, et toti æqualis sit ipse E, et E ipsum Δ multiplicans ipsum ZH faciat; dico ZH perfectum esse.

Quot enim sunt A, B, Γ, Δ multitudine tot ab ipso E sumantur ipsi E, ΘK, Λ, M in duplâ analogiâ; ex æquo igitur est ut A ad Δ ita E ad M; ipse igitur ex E, Δ æqualis est ipsi ex A, M. Et est ipse ex E, Δ ipse ZH; et

PROPOSITION XXXVI.

Si, à partir de l'unité, tant de nombres qu'on voudra sont successivement proportionnels en raison double, jusqu'à ce que leur somme soit un nombre premier, et si cette somme multipliée par le dernier fait un nombre, le produit sera un nombre parfait.

Soient, à partir de l'unité, tant de nombres qu'on voudra A, B, Γ, Δ successivement proportionnels en raison double, jusqu'à ce que leur somme devienne un nombre premier; que E soit égal à leur somme, et que E multipliant Δ fasse ZH; je dis que ZH est un nombre parfait.

Car, à partir de E, prenons une quantité de nombres, en raison double, qui soit égale à celle des nombres A, B, Γ, Δ; que ces nombres soient E, ΘK, Λ, M; par égalité, A sera à Δ comme E est à M (14. 7); donc le produit de E par Δ sera égal au produit de A par M (19. 7). Mais le produit de E par Δ est ZH; donc le

ἄρα ἐστὶν ὁ ΖΗ· ὁ Α ἄρα τὸν Μ πολλαπλασιάσας τὸν ΖΗ πεποίηκεν· ὁ Μ ἄρα τὸν ΖΗ μετρεῖ κατὰ τὰς ἐν τῷ Α μονάδας. Καὶ ἔστι δυὰς
ὁ Α· διπλάσιος ἄρα ἐστὶν ὁ ΖΗ τοῦ Μ. Εἰσὶ δὲ
καὶ οἱ Μ, Λ, ΘΚ, Ε ἑξῆς διπλάσιοι ἀλλήλων·
οἱ Ε, ΘΚ, Λ, Μ, ΖΗ ἄρα ἑξῆς ἀνάλογόν εἰσιν

ipse ex A, M igitur est ZH; ergo A ipsum M
multiplicans ipsum ZH fecit; ergo M ipsum
ZH metitur per unitates quæ in A. Atque est
binarius A; duplus igitur est ZH ipsius M. Sunt
autem et M, Λ, ΘK, E deinceps dupli inter se;
ergo E, ΘK, Λ, M, ZH deinceps proportionales

1. **A, 2.** **B, 4.** **Γ, 8.** **Δ, 16.**
62

E, 31. Θ N K Λ, 124. M, 248.

31 31

Z Ξ 496 H

31 465

Π O

ἐν τῇ διπλασίονι ἀναλογίᾳ. Ἀφῃρήσθω δὴ ἀπὸ
τοῦ δευτέρου τοῦ ΘΚ καὶ τοῦ ἐσχάτου τοῦ ΖΗ
τῷ πρώτῳ τῷ Ε ἴσος, ἑκάτερος τῶν ΘΝ, ΖΞ·
ἔστιν ἄρα ὡς ἡ τοῦ δευτέρου ἀριθμοῦ ὑπεροχὴ
πρὸς τὸν πρῶτον οὕτως ἡ τοῦ ἐσχάτου ὑπεροχὴ
πρὸς τοὺς πρὸ ἑαυτῷ πάντας· ἔστιν ἄρα ὡς ὁ
ΝΚ πρὸς τὸν Ε οὕτως ὁ ΞΗ πρὸς τοὺς Μ, Λ,
ΘΚ, Ε. Καὶ ἔστιν ὁ ΝΚ ἴσος τῷ Ε· καὶ ὁ ΞΗ
ἄρα ἴσος ἐστὶ τοῖς Μ, Λ, ΘΚ, Ε. Ἔστι δὲ καὶ

sunt in duplâ analogiâ. Auferatur igitur a secundo ΘK et ab ultimo ZH ipsi primo E
æqualis, uterque ipsorum ΘN, ZΞ; est igitur ut
secundi numeri excessus ad primum ita excessus ultimi ad omnes præ se ipso existentes;
est igitur ut NK ad E ita ΞH ad M, Λ, ΘK, E.
Et est NK æqualis ipsi E; et ΞH igitur æqualis
est ipsis M, Λ, ΘK, E. Est autem et ΞZ ipsi

produit de A par M est aussi ZH; donc A multipliant M fait ZH; donc M mesure ZH
par les unités qui sont en A. Mais A est le nombre binaire; donc ZH est double
de M; mais les nombres M, Λ, ΘK, E sont successivement doubles les uns des autres;
donc E, ΘK, Λ, M, ZH sont successivement proportionnels en raison double. Retranchons du second ΘK et du dernier ZH, les nombres ΘN, ZΞ égaux chacun
au premier E; l'excès du second nombre sera au premier comme l'excès du
dernier est à la somme des nombres qui sont avant lui (35. 9); donc NK est à E
comme ΞH est à la somme des nombres M, Λ, ΘK, E. Mais NK est égal à E; donc
ΞH est égal à la somme des nombres M, Λ, ΘK, E. Mais ΞZ est égal à E, et E

ὁ ΞΖ τῷ Ε ἴσος, ὁ δὲ Ε τοῖς Α, Β, Γ, Δ καὶ τῇ μονάδι· ὅλος ἄρα ὁ ΖΗ ἴσος ἐστὶ τοῖς τε Ε, ΘΚ, Λ, Μ καὶ τοῖς Α, Β, Γ, Δ καὶ τῇ μονάδι, καὶ μετρεῖται ὑπ᾽ αὐτῶν. Λέγω ὅτι ὁ καὶ³ ΖΗ ὑπ᾽ οὐδενὸς ἄλλου μετρηθήσεται, πάρεξ τῶν Α, Β, Γ, Δ, Ε, ΘΚ, Λ, Μ καὶ τῆς μονάδος. Εἰ γὰρ δυνατὸν, μετρείτω τις τὸν ΖΗ ὁ Ο, καὶ ὁ Ο μηδενὶ τῶν Α, Β, Γ, Δ, Ε, ΘΚ, Λ, Μ ἔστω ὁ αὐτός. Καὶ

E æqualis, sed E ipsis A , B , Γ, Δ et unitati; totus igitur ZH æqualis est et ipsis E , ΘK, Λ, M et ipsis A , B , Γ, Δ et unitati, et mensuratur ab ipsis. Dico et ZH a nullo alio mensuratum iri, nisi ab ipsis A , B , Γ, Δ, E , ΘK, Λ, M et ab unitate. Si enim possibile, metiatur aliquis O ipsum ZH, et ipse O cum nullo ipsorum A , B , Γ, Δ, E , ΘK, Λ, M sit idem. Et quoties O ipsum

1.	A, 2.		B, 4.			Γ, 8.	Δ, 16.	
			62					
E, 31.		Θ	N	K		Λ, 124.	M, 248.	
		31	31					
Z		Ξ	496					H
	31			465				
Π-------			O-------------------					

ὁσάκις ὁ Ο τὸν ΖΗ μετρεῖ τοσαῦται μονάδες ἔστωσαν ἐν τῷ Π· ὁ Π ἄρα τὸν Ο πολλαπλασιάσας τὸν ΖΗ πεποίηκεν. Ἀλλὰ μὴν καὶ ὁ Ε τὸν Δ πολλαπλασιάσας τὸν ΖΗ πεποίηκεν· ἔστιν ἄρα ὡς ὁ Ε πρὸς τὸν Π οὕτως⁴ ὁ Ο πρὸς τὸν Δ. Καὶ ἐπεὶ ἀπὸ μονάδος ἑξῆς ἀνάλογόν εἰσιν οἱ Α, Β, Γ, Δ, ὁ δὲ μετὰ τὴν μονάδα ὁ Α πρῶτός ἐστιν⁵· ὁ Δ ἄρα ὑπ᾽ οὐδενὸς ἄλλου ἀριθμοῦ με-

ZH metitur tot unitates sint in Π; ergo Π ipsum O multiplicans ipsum ZH fecit. At vero quidem E ipsum Δ multiplicans ipsum ZH fecit; est igitur ut E ad Π ita O ad Δ. Et quoniam ab unitate deinceps proportionales sunt A , B , Γ, Δ, sed post unitatem ipse A primus est; ergo Δ a nullo alio numero mensurabitur, nisi ab ipsis

égal à la somme des nombres A , B , Γ, Δ augmentée de l'unité ; donc ZH tout entier égale la somme des nombres E , ΘK, Λ, M augmentée de la somme des nombres A , B , Γ, Δ et de l'unité, et ZH est mesuré par tous ces nombres (11. 9). Je dis que ZH n'est mesuré par aucun nombre, si ce n'est par les nombres A , B , Γ, Δ, E , ΘK, Λ, M et par l'unité. Car si cela est possible, que quelque nombre O mesure ZH, et que O ne soit aucun des nombres A , B , Γ, Δ, E , ΘK, Λ, M. Qu'il y ait dans Π autant d'unités que O mesure de fois ZH ; le nombre Π multipliant O fera ZH. Mais E multipliant Δ fait ZH ; donc E est à Π comme O est à Δ (19. 7). Et puisque , à partir de l'unité , les nombres A , B , Γ, Δ sont successivement proportionnels , et que le premier nombre après l'unité est A , le nombre Δ n'est mesuré par aucun

τμηθήσεται, πάρεξ τῶν Α, Β, Γ· καὶ ὑπόκειται
ὁ Ο οὐδενὶ τῶν Α, Β, Γ ὁ αὐτός· οὐκ ἄρα μετρήσει ὁ Ο τὸν Δ. Ἀλλ' ὡς ὁ Ο πρὸς τὸν Δ
οὕτως[6] ὁ Ε πρὸς τὸν Π· οὐδὲ ὁ Ε ἄρα τὸν Π
μετρεῖ. Καὶ ἔστιν ὁ Ε πρῶτος, πᾶς δὲ πρῶτος
ἀριθμὸς πρὸς ἅπαντα ἀριθμὸν[7] ὃν μὴ μετρεῖ
πρῶτός ἐστιν[8]· οἱ Ε, Π ἄρα πρῶτοι πρὸς ἀλλήλους εἰσίν. Οἱ δὲ πρῶτοι καὶ ἐλάχιστοι, οἱ δὲ
ἐλάχιστοι μετροῦσι τοὺς τὸν αὐτὸν λόγον ἔχοντας
αὐτοῖς[9] ἰσάκις, ὅ, τε ἡγούμενος τὸν ἡγούμενον,
καὶ ὁ ἑπόμενος τὸν ἑπόμενον, καὶ ἔστιν ὡς ὁ Ε
πρὸς τὸν Π οὕτως ὁ Ο πρὸς τὸν Δ· ἰσάκις ἄρα
ὁ Ε τὸν Ο μετρεῖ καὶ ὁ Π τὸν Δ. Ὁ δὲ Δ ὑπ'
οὐδενὸς ἄλλου μετρεῖται, πάρεξ τῶν Α, Β, Γ·
ὁ Π ἄρα ἑνὶ τῶν Α, Β, Γ ἐστιν ὁ αὐτός. Εστω
τῷ Β ὁ αὐτός. Καὶ ὅσοι εἰσὶν οἱ Β, Γ, Δ τῷ
πλήθει τοσοῦτοι εἰλήφθωσαν ἀπὸ τοῦ Ε, οἱ Ε,
ΘΚ, Λ. Καί εἰσιν οἱ Ε, ΘΚ, Λ τοῖς Β, Γ, Δ ἐν
τῷ αὐτῷ λόγῳ· δι ἴσου ἄρα ἐστὶν ὡς ὁ Β πρὸς
τὸν Δ οὕτως[10] ὁ Ε πρὸς τὸν Λ· ὁ ἄρα ἐκ τῶν
Β, Λ ἴσος ἐστὶ τῷ ἐκ τῶν Δ, Ε. Ἀλλ' ὁ ἐκ τῶν
Δ, Ε ἴσος ἐστὶ τῷ ἐκ τῶν Π, Ο· καὶ ὁ ἐκ τῶν
Π, Ο ἄρα ἴσος ἐστὶ τῷ ἐκ τῶν Β, Λ· ἔστιν ἄρα

Α, Β, Γ; et supponitur Ο cum nullo ipsorum Α,
Β, Γ idem; non igitur metietur Ο ipsum Δ. Sed
ut Ο ad Δ ita Ε ad Π; neque Ε igitur ipsum
Π metitur. Et est Ε primus, omnis autem
primus numerus ad omnem numerum quem
non metitur primus est; ergo Ε, Π primi
inter se sunt. Sed primi et minimi, minimi
autem metiuntur æqualiter ipsos eamdem rationem habentes cum ipsis, et antecedens antecedentem, et consequens consequentem;
et est ut Ε ad Π ita Ο ad Δ; æqualiter igitur
Ε ipsum Ο metitur atque Π ipsum Δ. Sed Δ
a nullo alio mensuratur, nisi ab ipsis Α, Β, Γ;
ergo Π cum uno ipsorum Α, Β, Γ est idem.
Sit cum ipso Β idem. Et quot sunt Β, Γ, Δ multitudine tot sumantur Ε, ΘΚ, Λ ab ipso Ε.
Et sunt Ε, ΘΚ, Λ cum ipsis Β, Γ, Δ in eâdem
ratione; ex æquo igitur est ut Β ad Δ ita Ε
ad Λ; ipse igitur ex Β, Λ æqualis est ipsi ex
Δ, Ε. Sed ipse ex Δ, Ε æqualis est ipsi ex
Π, Ο; et ipse ex Π, Ο igitur æqualis est ipsi
ex Β, Λ; est igitur ut Π ad Β ita Λ ad Ο.

autre nombre que par Α, Β, Γ (13. 9); mais on a supposé que Ο n'est aucun des
nombres Α, Β, Γ; donc Ο ne mesure pas Δ. Mais Ο est à Δ comme Ε est à Π;
donc Ε ne mesure pas Π (déf. 21. 7). Mais Ε est un nombre premier, et tout
nombre premier est premier avec tout nombre qu'il ne mesure pas (31. 7); donc
les nombres Ε, Π sont premiers entre eux. Mais les nombres premiers sont les plus
petits, et les plus petits mesurent également ceux qui ont la même raison avec
eux, l'antécédent l'antécédent, et le conséquent le conséquent (21. 7), et Ε est
à Π comme Ο est à Δ; donc Ε mesure Ο autant de fois que Π mesure Δ. Mais Δ
n'est mesuré par aucun nombre, si ce n'est par Α, Β, Γ; donc Π est un des
nombres Α, Β, Γ. Qu'il soit Β. A partir de Ε, prenons les nombres Ε, ΘΚ, Λ égaux
en quantité aux nombres Β, Γ, Δ. Mais les nombres Ε, ΘΚ, Λ sont en même raison
que les nombres Β, Γ, Δ; donc, par égalité, Β est à Δ comme Ε est à Λ; donc le
produit de Β par Λ est égal au produit de Δ par Ε (19. 7). Mais le produit de Δ par Ε
est égal au produit de Π par Ο; donc le produit de Π par Ο est égal au produit

ὡς ὁ Π πρὸς τὸν Β οὕτως¹¹ ὁ Λ πρὸς τὸν Ο. Καὶ
ἔστιν ὁ Π τῷ Β ὁ αὐτός· καὶ ὁ Λ ἄρα τῷ Ο
ἐστὶν ὁ αὐτός, ὅπερ ἀδύνατον, ὁ γὰρ Ο ὑπόκειται
μηδενὶ τῶν ἐκκειμένων ὁ αὐτός· οὐκ ἄρα τὸν ΖΗ
μετρεῖ τις ἀριθμός, πάρεξ τῶν Α, Β, Γ, Δ, Ε,
ΘΚ, Λ, Μ καὶ τῆς μονάδος. Καὶ ἐδείχθη ὁ ΖΗ
τοῖς Α, Β, Γ, Δ, Ε, ΘΚ, Λ, Μ, καὶ τῇ μονάδι
ἴσος· τέλειος δὲ ἀριθμός ἐστιν ὁ τοῖς ἑαυτοῦ
μέρεσιν ἴσος ὤν· τέλειος ἄρα ἐστὶν ὁ ΖΗ. Ὅπερ
ἔδει δεῖξαι.

Et est Π cum ipso Β idem; et Λ igitur cum ipso Ο
est idem, quod impossibile, etenim Ο supponitur
cum nullo ipsorum expositorum idem; non
igitur ipsum ΖΗ metitur aliquis numerus, præter
ipsos Α, Β, Γ, Δ, Ε, ΘΚ, Λ, Μ et unitatem.
Et ostensus est ΖΗ ipsis Α, Β, Γ, Δ, Ε, ΘΚ,
Λ, Μ, et unitati æqualis; perfectus autem numerus est suis ipsius partibus æqualis existens;
perfectus igitur est ΖΗ. Quod oportebat ostendere.

de Β par Λ; donc Π est à Β comme Λ est à Ο (19. 7). Mais Π est le même que
Β; donc Λ est le même que Ο, ce qui est impossible; car on a supposé que Ο
n'était aucun des nombres Α, Β, Γ; donc aucun nombre ne mesure ΖΗ, si ce ne
sont les nombres Α, Β, Γ, Δ, Ε, ΘΚ, Λ, Μ et l'unité. Mais on a démontré que ΖΗ
égale la somme des nombres Α, Β, Γ, Δ, Ε, ΘΚ, Λ, Μ augmentée de l'unité,
et un nombre parfait est celui qui est égal à ses parties (déf. 23. 7); donc
ΖΗ est un nombre parfait. Ce qu'il fallait démontrer.

FIN DU NEUVIÈME LIVRE.

EUCLIDIS
ELEMENTORUM
LIBER DECIMUS.

~~~~~~~~~~~~~~~~~~~~~~~~~

DEFINITIONES.

ά. Σύμμετρα μεγέθη λέγεται, τὰ τῷ αὐτῷ μέτρῳ μετρούμενα.

β'. Ασύμμετρα δὲ, ὧν μηδὲν ἐνδέχεται κοινὸν μέτρον γενέσθαι.

γ'. Εὐθεῖαι δυνάμει σύμμετροί εἰσιν, ὅταν τὰ ὑπ' αὐτῶν τετράγωνα τῷ αὐτῷ χωρίῳ μετρῆται.

1. Commensurabiles magnitudines dicuntur, quæ eâdem mensurâ mensurantur.

2. Incommensurabiles autem, quarum nullam contingit communem mensuram esse.

3. Rectæ potentiâ commensurabiles sunt, quando ab eis quadrata eodem spatio mensurantur.

LE DIXIÈME LIVRE
DES ÉLÉMENTS D'EUCLIDE.

─────────

DÉFINITIONS.

1. On appèle grandeurs commensurables celles qui sont mesurées par la même mespre.

2. Et incommeusurables, celles qui n'ont aucune mesure commune.

3. Les lignes droites sont commensurables en puissance, lorsque leurs quarrés sont mesurés par une même surface.

δ΄. Ἀσύμμετροι δὲ, ὅταν τοῖς ἀπ᾽ αὐτῶν τετραγώνοις μηδὲν ἐνδέχεται χωρίον κοινὸν μέτρον γενέσθαι.

ε΄. Τούτων ὑποκειμένων, δείκνυται ὅτι τῇ προτεθείσῃ εὐθείᾳ ὑπάρχουσιν εὐθεῖαι πλήθει ἄπειροι ἀσύμμετροι, αἱ μὲν μήκει μόνον, αἱ δὲ καὶ δυνάμει· καλείσθω οὖν ἡ μὲν προτεθεῖσα εὐθεῖα, ῥητή.

ϛ΄. Καὶ αἱ ταύτῃ σύμμετροι, εἴ τε μήκει καὶ δυνάμει, εἴ τε δυνάμει μόνον, ῥηταί.

ζ΄. Αἱ δὲ ταύτῃ ἀσύμμετροι ἄλογοι καλείσθωσαν.

η΄. Καὶ τὸ μὲν ἀπὸ τῆς προτεθείσης εὐθείας τετράγωνον, ῥητόν.

θ΄. Καὶ τὰ τούτῳ σύμμετρα, ῥητά.

ι΄. Τὰ δὲ τούτῳ ἀσύμμετρα³, ἄλογα καλείσθω.

ια΄. Καὶ αἱ δυνάμεναι αὐτὰ, ἄλογοι· εἰ μὲν τετράγωνα⁴ εἴη, αὗται αἱ πλευραί· εἰ δὲ ἕτερά τινα εὐθύγραμμα, αἱ ἴσα⁵ αὐτοῖς τετράγωνα ἀναγράφουσαι.

4. Incommensurabiles autem, quando ab eis quadratorum nullum contingit spatium communem esse mensuram.

5. His suppositis, ostenditur propositæ rectæ esse rectas multitudine infinitas incommensurabiles, alias quidem longitudine solum, alias autem et potentiâ. Vocetur autem proposita recta, rationalis.

6. Et huic commensurabiles, sive longitudine et potentiâ, sive potentiâ solum, rationales.

7. Sed huic incommensurabiles irrationales vocentur.

8. Et ipsum quidem a propositâ rectâ quadratum, rationale.

9. Et huic commensurabilia, rationalia.

10. Sed huic incommensurabilia, irrationalia vocentur.

11. Et quæ possunt illa, irrationales; si quidem ea quadrata sint, ipsa latera; si autem altera quæpiam rectilinea, latera a quibus æqualia illis quadrata describuntur.

4. Et incommensurables, lorsque leurs quarrés n'ont aucune surface pour commune mesure.

5. Ces choses étant supposées, on a démontré qu'une droite proposée a une infinité de droites qui lui sont incommensurables, non seulement en longueur, mais encore en puissance. On appèlera rationnelle la droite proposée.

6. On appèlera aussi rationnelles les droites qui lui sont commensurables, soit en longueur et en puissance, soit en puissance seulement.

7. Et irrationnelles, celles qui lui sont incommensurables.

8. On appèlera rationel le quarré de la proposée.

9. On appèlera aussi rationnelles les surfaces qui lui sont commensurables.

10. Et irrationnelles celles qui lui sont incommensurables.

11. On appèlera encore irrationnelles et les droites dont les quarrés sont égaux à ces surfaces, c'est-à-dire les côtés des quarrés, lorsque ces surfaces sont des quarrés; et les droites avec lesquelles sont décrits des quarrés égaux à ces surfaces, lorsque ces surfaces ne sont pas des quarrés.

ΠΡΟΤΑΣΙΣ ά.

Δύο μεγεθῶν ἀνίσων ἐκκειμένων, ἐὰν ἀπὸ τοῦ μείζονος ἀφαιρεθῇ μεῖζον ἢ τὸ ἥμισυ, καὶ τοῦ καταλειπομένου μεῖζον ἢ τὸ ἥμισυ, καὶ τοῦτο ἀεὶ γίγνηται· λειφθήσεταί τι μέγεθος, ὃ ἔσται ἔλασσον τοῦ ἐκκειμένου ἐλάσσονος μεγέθους.

Ἔστω δύο μεγέθη ἄνισα τὰ ΑΒ, Γ, ὧν μεῖζον τὸ ΑΒ· λέγω ὅτι ἐὰν ἀπὸ τοῦ ΑΒ ἀφαιρεθῇ μεῖζον ἢ τὸ ἥμισυ, καὶ τοῦτο ἀεὶ γίγνηται, λειφθήσεταί τι μέγεθος ὃ ἔσται² ἔλασσον τοῦ Γ μεγέθους.

PROPOSITIO I.

Duabus magnitudinibus inæqualibus expositis, si a majori auferatur majus quam dimidium, et ab eo quod reliquum est majus quam dimidium, et hoc semper fiat; relinquetur quædam magnitudo, quæ erit minor expositâ minori magnitudine.

Sint duæ magnitudines inæquales ΑΒ, Γ, quarum major ΑΒ; dico si ab ipsâ ΑΒ auferatur majus quam dimidium, et hoc semper fiat, relictum iri quamdam magnitudinem quæ erit minor magnitudine Γ.

```
A    K    Θ                  B
Γ
Δ         Z        H         E
```

Τὸ Γ γὰρ³ πολλαπλασιαζόμενον ἔσται ποτὲ τοῦ ΑΒ⁴ μεῖζον. Πεπολλαπλασιάσθω, καὶ ἔστω τὸ ΔΕ τοῦ μὲν Γ πολλαπλάσιον, τοῦ δὲ ΑΒ μεῖζον, καὶ διῃρήσθω τὸ ΔΕ εἰς τὰ τῷ Γ ἴσα τὰ ΔΖ, ΖΗ, ΗΕ, καὶ ἀφῃρήσθω ἀπὸ μὲν τοῦ

Etenim Γ multiplicata erit aliquando ipsâ ΑΒ minor. Multiplicetur, et sit ΔΕ ipsius quidem Γ multiplex, ipsâ autem ΑΒ major, et dividatur ΔΕ in partes ipsi Γ æquales ΔΖ, ΖΗ, ΗΕ, et auferatur ab ΑΒ quidem ipsa ΒΘ major quam

PROPOSITION I.

Deux grandeurs inégales étant proposées, si l'on retranche de la plus grande une partie plus grande que sa moitié, si l'on retranche du reste une partie plus grande que sa moitié, et si l'on fait toujours la même chose, il restera une certaine grandeur qui sera plus petite que la plus petite des grandeurs proposées.

Soient deux grandeurs inégales ΑΒ, Γ; que ΑΒ soit la plus grande; je dis que, si l'on retranche de ΑΒ une partie plus grande que sa moitié, et que si l'on fait toujours la même chose, il restera une certaine grandeur qui sera plus petite que la grandeur Γ.

Car Γ étant multiplié deviendra enfin plus grand que ΑΒ. Qu'il soit multiplié; que ΔΕ soit un multiple de Γ, et que ce multiple soit plus grand que ΑΒ. Partageons ΔΕ en parties ΔΖ, ΖΗ, ΗΕ égales chacune à Γ; retranchons de ΑΒ une partie ΒΘ

AB μεῖζον ἢ τὸ ἥμισυ τὸ ΒΘ, ἀπὸ δὲ τοῦ ΑΘ μεῖζον ἢ τὸ ἥμισυ τὸ ΘΚ, καὶ τοῦτο ἀεὶ γιγνέσθω ἕως ἂν αἱ ἐν τῷ ΑΒ διαιρέσεις ἰσοπληθεῖς γένωνται ταῖς ἐν τῷ ΔΕ διαιρέσεσιν· ἔστωσαν οὖν αἱ ΑΚ, ΚΘ, ΘΒ διαιρέσεις ἰσοπληθεῖς οὖσαι ταῖς ΔΖ, ΖΗ, ΗΕ.

dimidium ΒΘ, ab ΑΘ autem ipsa ΘΚ major quam dimidium, et hoc semper fiat quoad divisiones ipsius ΑΒ multitudine æquales fiant ipsius ΔΕ divisionibus; sint igitur divisiones ΑΚ, ΚΘ, ΘΒ multitudine æquales ipsis ΔΖ, ΖΗ, ΗΕ.

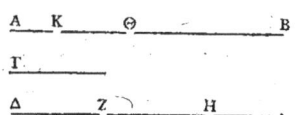

Καὶ ἐπεὶ μεῖζόν ἐστι τὸ ΔΕ τοῦ ΑΒ, καὶ ἀφῄρηται ἀπὸ μὲν τοῦ ΔΕ ἔλασσον τοῦ ἡμίσους[5] τὸ ΕΗ, ἀπὸ δὲ τοῦ ΑΒ μεῖζον ἢ τὸ ἥμισυ[6] τὸ ΒΘ· λοιπὸν ἄρα τὸ ΗΔ λοιποῦ τοῦ ΘΑ μεῖζόν ἐστι. Καὶ ἐπεὶ μεῖζόν ἐστι τὸ ΗΔ τοῦ ΘΑ, καὶ ἀφῄρηται τοῦ μὲν ΗΔ ἥμισυ τὸ ΗΖ, τοῦ δὲ ΘΑ μεῖζον ἢ τὸ ἥμισυ[7] τὸ ΘΚ· λοιπὸν ἄρα τὸ ΔΖ λοιποῦ τοῦ ΑΚ μεῖζόν ἐστιν. Ἴσον δὲ τὸ ΔΖ τῷ Γ· καὶ τὸ Γ ἄρα τοῦ ΑΚ μεῖζόν ἐστιν. Ἔλασσον ἄρα τὸ ΑΚ τοῦ Γ· καταλείπεται ἄρα ἀπὸ τοῦ ΑΒ μεγέθους τὸ ΑΚ μέγεθος ἔλασσον ὂν τοῦ ἐκκειμένου ἐλάσσονος μεγέθους τοῦ Γ. Ὅπερ ἔδει δεῖξαι.

Et quoniam major est ΔΕ quam ΑΒ, et ablata est ab ΔΕ quidem ipsa ΕΗ minor quam dimidium, ab ΑΒ autem ipsa ΒΗ major quam dimidium; reliquum igitur ΗΔ reliquo ΘΑ majus est. Et quoniam major est ΗΔ quam ΘΑ, et ablatum est ab ipsâ quidem ΗΔ dimidium ΗΖ, ab ΘΑ autem ipsa ΘΚ major quam dimidium; reliquum igitur ΔΖ reliquo ΑΚ majus est. Æqualis autem ΔΖ ipsi Γ; et Γ igitur quam ΑΚ major est. Minor igitur ΑΚ quam Γ; relicta est igitur ex magnitudine ΑΒ magnitudo ΑΚ minor existens expositâ minore magnitudine Γ. Quòd oportebat ostendere.

plus grande que sa moitié, de ΑΘ une partie ΘΚ plus grande que sa moitié, et faisons toujours la même chose jusqu'à ce que le nombre des divisions de ΑΒ soit égal au nombre des divisions de ΔΕ; que le nombre des divisions ΑΚ, ΚΘ, ΘΒ soit donc égal au nombre des divisions ΔΖ, ΖΗ, ΗΕ.

Puisque ΔΕ est plus grand que ΑΒ, et qu'on a retranché de ΔΕ une partie ΕΗ plus petite que sa moitié, et qu'on a retranché de ΑΒ une partie ΒΘ plus grande que sa moitié, le reste ΗΔ est plus grand que le reste ΘΑ. Et puisque ΗΔ est plus grand que ΘΑ, qu'on a retranché de ΗΔ sa moitié ΗΖ, et que de ΘΑ on a retranché ΘΚ plus grand que sa moitié, le reste ΔΖ sera plus grand que le reste ΑΚ. Mais ΔΖ est égal à Γ; donc Γ est plus grand que ΑΚ; donc ΑΚ est plus petit que Γ. Il reste donc de la grandeur ΑΒ une grandeur ΑΚ plus petite que la grandeur Γ, qui est la plus petite des grandeurs proposées. Ce qu'il fallait démontrer.

Ὁμοίως δὲ δειχθήσεται, κᾂν ἡμίση[8] ᾖ τὰ ἀφαιρούμενα[9].

Similiter autem demonstrabitur, et si dimidia essent ablata.

PROPOSITIO II.

Ἐὰν δύο μεγεθῶν ἐκκειμένων ἀνίσων, ἀνθυφαιρουμένου ἀεὶ τοῦ ἐλάσσονος ἀπὸ τοῦ μείζονος, τὸ καταλειπόμενον μηδέποτε καταμετρῇ τὸ πρὸ ἑαυτοῦ· ἀσύμμετρα ἔσται τὰ μεγέθη.

Δύο γὰρ μεγεθῶν ὄντων[1] ἀνίσων τῶν ΑΒ, ΓΔ, καὶ[2] ἐλάσσονος τοῦ ΑΒ, ἀνθυφαιρουμένου ἀεὶ τοῦ ἐλάσσονος ἀπὸ τοῦ μείζονος, τὸ περιλειπόμενον μηδέποτε καταμετρείτω τὸ πρὸ ἑαυτοῦ· λέγω ὅτι ἀσύμμετρά ἐστι τὰ ΑΒ, ΓΔ μεγέθη.

Si duabus magnitudinibus expositis inæqualibus, detractâ semper minore de majore, reliqua minimè metitur præcedentem; incommensurabiles erunt magnitudines.

Duabus enim magnitudinibus existentibus inæqualibus ΑΒ, ΓΔ, et minore ΑΒ, detractâ semper minore de majore, reliqua minimè metiatur præcedentem; dico incommensurabiles esse ΑΒ, ΓΔ magnitudines.

A   H   B

E

Γ   Z   Z   Δ

Εἰ γάρ ἐστι σύμμετρα, μετρήσει τι αὐτὰ μέγεθος. Μετρείτω εἰ δυνατὸν, καὶ ἔστω τὸ[3] Ε· καὶ τὸ μὲν ΑΒ τὸ ΔΖ καταμετροῦν λειπέτω

Si enim sunt commensurabiles, metietur aliqua eas magnitudo. Metiatur, si possibile, et sit Ε; et ΑΒ quidem ipsam ΔΖ metiens relinquat

La démonstration serait la même, si les parties retranchées étaient des moitiés.

PROPOSITION II.

Deux grandeurs inégales étant proposées, et si la plus petite étant toujours retranchée de la plus grande, le reste ne mesure jamais le reste précédent; ces grandeurs seront incommensurables.

Soient les deux grandeurs inégales AB, ΓΔ; que AB soit la plus petite, et que la plus petite étant toujours retranchée de la plus grande, le reste ne mesure jamais le reste précédent; je dis que les grandeurs AB, ΓΔ sont incommensurables.

Car si elles sont commensurables, quelque grandeur les mesurera. Que quelque grandeur les mesure, s'il est possible, et que ce soit E; que AB mesurant ΔZ

ἑαυτοῦ ἔλασσον τὸ ΓΖ, τὸ δὲ ΓΖ τὸ ΒΗ καταμετροῦν λειπέτω ἑαυτοῦ ἔλασσον τὸ ΑΗ, καὶ
τοῦτο ἀεὶ γιγνέσθω, ἕως οὗ λειφθῇ τι μέγεθος,
ὅ ἐστιν ἔλασσον τοῦ Ε. Γεγονέτω, καὶ λελείφθω
τὸ ΑΗ ἔλασσον τοῦ Ε. Ἐπεὶ οὖν τὸ Ε τὸ ΑΒ
μετρεῖ, ἀλλὰ τὸ ΑΒ τὸ ΔΖ μετρεῖ· καὶ τὸ Ε ἄρα

se ipsâ minorem ΓΖ; sed ΓΖ ipsam ΒΗ metiens
relinquat se ipsâ minorem ΑΗ, et hoc semper
fiat, quoad relinquatur aliqua magnitudo, quæ
sit minor quam Ε. Fiat, et relinquatur ΑΗ minor
quam Ε. Quoniam igitur Ε ipsam ΑΒ metitur, sed
ΑΒ ipsam ΔΖ metitur; et Ε igitur ipsam ΔΖ

A____H_____B
E____
Γ___Z_____Δ

τὸ ΔΖ μετρήσει. Μετρεῖ δὲ καὶ ὅλον τὸ ΓΔ· καὶ
λοιπὸν ἄρα τὸ ΓΖ μετρήσει. Ἀλλὰ τὸ ΓΖ τὸ ΒΗ
μετρεῖ· καὶ τὸ Ε ἄρα τὸ ΒΗ μετρεῖ. Μετρεῖ δὲ
καὶ ὅλον τὸ ΑΒ· καὶ λοιπὸν ἄρα τὸ ΑΗ μετρήσει,
τὸ μεῖζον τὸ ἔλασσον, ὅπερ ἐστὶν ἀδύνατον.
Οὐκ ἄρα τὰ ΑΒ, ΓΔ μεγέθη μετρήσει τι μέγεθος·
ἀσύμμετρα ἄρα ἐστὶ τὰ ΑΒ, ΓΔ μεγέθη.

Ἐὰν ἄρα δύο μεγεθῶν, καὶ τὰ ἑξῆς.

metietur. Metitur autem et totam ΓΔ; et reliquam
igitur ΓΖ metietur. Sed ΓΖ ipsam ΒΗ metitur;
et Ε igitur ipsam ΒΗ metitur. Metitur autem et
totam ΑΒ; et reliquam igitur ΑΗ metitur,
major minorem, quod est impossibile. Non
igitur magnitudines ΑΒ, ΓΔ metietur aliqua
magnitudo; incommensurabiles igitur sunt magnitudines ΑΒ, ΓΔ.

Si igitur duabus magnitudinibus, etc.

laisse ΓΖ plus petit que lui; que ΓΖ mesurant ΒΗ laisse ΑΗ plus petit que lui; que
l'on fasse toujours la même chose jusqu'à ce qu'il reste une certaine grandeur qui
soit plus petite que Ε. Que cela soit fait, et qu'il reste ΑΗ plus petit que Ε
(1. 10). Puisque Ε mesure ΑΒ, et que ΑΒ mesure ΔΖ, Ε mesurera ΔΖ. Mais Ε
mesure ΓΔ tout entier; donc Ε mesurera le reste ΓΖ. Mais ΓΖ mesure ΒΗ; donc
Ε mesure ΒΗ. Mais Ε mesure ΑΒ tout entier; donc Ε mesurera le reste ΑΗ, le plus
grand le plus petit, ce qui est impossible. Donc aucune grandeur ne mesurera les
grandeurs ΑΒ, ΓΔ; donc les grandeurs ΑΒ, ΓΔ sont incommensurables; donc, etc.

ΠΡΟΤΑΣΙΣ γ'.

PROPOSITIO III.

Δύο μεγεθῶν συμμέτρων δοθέντων, τὸ μέγιστον αὐτῶν κοινὸν μέτρον εὑρεῖν.

Duabus magnitudinibus commensurabilibus datis, maximam earum communem mensuram invenire.

Εστω τὰ δοθέντα δύο μεγέθη σύμμετρα[1] τὰ ΑΒ, ΓΔ, ὧν ἔλασσον τὸ ΑΒ· δεῖ δὴ τῶν ΑΒ, ΓΔ τὸ μέγιστον κοινὸν μέτρον εὑρεῖν.

Sint datæ duæ magnitudiues commensurabiles ΑΒ, ΓΔ, quarum minor ΑΒ; oportet igitur ipsarum ΑΒ, ΓΔ maximam communcm mensuram invenire.

Τὸ ΑΒ γὰρ μέγεθος ἤτοι[2] μετρεῖ τὸ ΓΔ ἢ οὔ. Εἰ μὲν οὖν[3] μετρεῖ, μετρεῖ δὲ καὶ ἑαυτό· τὸ ΑΒ ἄρα τῶν ΑΒ, ΓΔ κοινὸν μέτρον ἐστὶ, καὶ φανερὸν ὅτι καὶ μέγιστον[4]· μεῖζον γὰρ τοῦ ΑΒ μεγέθους τὸ ΑΒ οὐ μετρήσει.

Μὴ μετρείτω δὴ τὸ ΑΒ τὸ ΓΔ· καὶ ἀνθυφαιρουμένου ἀεὶ τοῦ ἐλάσσονος[5] ἀπὸ τοῦ μείζονος, τὸ περιλειπόμενον μετρήσει ποτὲ τὸ πρὸ ἑαυτοῦ,

Etenim ΑΒ magnitudo vel metitur ΓΔ vel non. Si quidem metitur, metitur autem et se ipsam; ergo ΑΒ ipsarum ΑΒ, ΓΔ communis mensura est, et manifestum est etiam maximam; major enim magnitudine ΑΒ ipsam ΑΒ non metietur.

Non metiatur autem ΑΒ ipsam ΓΔ; et detractâ semper minore de majore, reliqua metietur aliquando præcedentem, propterea

PROPOSITION III.

Deux grandeurs commensurables étant données, trouver leur plus grande commune mesure.

Soient ΑΒ, ΓΔ les deux grandeurs commensurables données; que ΑΒ soit la plus petite; il faut trouver la plus grande commune mesure des grandeurs ΑΒ, ΓΔ.

Car la grandeur ΑΒ mesure ΓΔ ou ne le mesure pas. Si ΑΒ mesure ΓΔ, à cause qu'il se mesure lui-même, ΑΒ sera une commune mesure des grandeurs ΑΒ, ΓΔ, et il est évident qu'elle en est la plus grande, car une grandeur plus grande que ΑΒ ne mesurera pas ΑΒ.

Mais que ΑΒ ne mesure pas ΓΔ. Retranchant toujours la plus petite de la plus grande, un reste mesurera enfin le reste précédent (2. 10), parce que les

διὰ τὸ μὴ εἶναι ἀσύμμετρα τὰ ΑΒ, ΓΔ· καὶ τὸ μὲν ΑΒ τὸ ΕΔ[6] καταμετροῦν λειπέτω ἑαυτοῦ ἔλασσον τὸ ΕΓ, τὸ δὲ ΕΓ τὸ ΖΒ καταμετροῦν λειπέτω ἑαυτοῦ ἔλασσον τὸ ΑΖ, τὸ ΑΖ δὲ[7] τὸ ΓΕ μετρείτω.

Ἐπεὶ οὖν τὸ ΑΖ τὸ ΓΕ μετρεῖ, ἀλλὰ τὸ ΓΕ τὸ ΖΒ μετρεῖ· καὶ τὸ ΑΖ ἄρα τὸ ΖΒ μετρήσει. Μετρεῖ δὲ καὶ ἑαυτό· καὶ ὅλον ἄρα τὸ ΑΒ μετρήσει τὸ ΑΖ. Ἀλλὰ τὸ ΑΒ τὸ ΔΕ μετρεῖ· καὶ τὸ ΑΖ ἄρα τὸ ΔΕ μετρήσει. Μετρεῖ δὲ καὶ τὸ ΓΕ· καὶ ὅλον ἄρα τὸ ΓΔ μετρεῖ· τὸ ΑΖ ἄρα τὰ

quod non sint incommensurabiles ΑΒ, ΓΔ; et ΑΒ quidem ipsam ΕΔ metiens relinquat se ipsâ minorem ΕΓ, sed ΕΓ ipsam ΖΒ metiens relinquat se ipsâ minorem ΑΖ, et ΑΖ ipsam ΓΕ metiatur.

Quoniam igitur ΑΖ ipsam ΓΕ metitur, sed ΓΕ ipsam ΖΒ metitur; et ΑΖ igitur ipsam ΖΒ metietur. Metitur autem et se ipsam; et totam igitur ΑΒ metietur ipsa ΑΖ. Sed ΑΒ ipsam ΔΕ metitur; et ΑΖ igitur ipsam ΔΕ metietur. Metitur autem et ipsam ΓΕ; et totam igitur ΓΔ me-

$$\overline{A \qquad Z \qquad\qquad B}$$
$$\overline{\Gamma \qquad E \qquad\qquad \Delta}$$
$$\overline{H \qquad}$$

ΑΒ, ΓΔ μετρεῖ[8]· τὸ ΑΖ ἄρα τῶν ΑΒ, ΓΔ κοινὸν μέτρον ἐστί. Λέγω δὴ ὅτι καὶ μέγιστον. Εἰ γὰρ μὴ, ἔσται τι μέγεθος μεῖζον τοῦ ΑΖ, ὃ μετρήσει τὰ ΑΒ, ΓΔ. Ἔστω[9] τὸ Η. Ἐπεὶ οὖν τὸ Η τὸ ΑΒ μετρεῖ, ἀλλὰ τὸ ΑΒ τὸ ΕΔ μετρεῖ· καὶ τὸ Η ἄρα τὸ ΕΔ μετρήσει. Μετρεῖ δὲ καὶ ὅλον τὸ ΓΔ· καὶ[10] λοιπὸν ἄρα τὸ ΓΕ μετρήσει τὸ Η. Ἀλλὰ τὸ ΓΕ τὸ ΖΒ μετρεῖ· καὶ τὸ Η ἄρα τὸ ΖΒ μετρήσει. Μετρεῖ δὲ καὶ ὅλον τὸ ΑΒ· καὶ λοιπὸν[11] τὸ

titur; ergo ΑΖ ipsas ΑΒ, ΓΔ metitur; ergo ΑΖ ipsarum ΑΒ, ΓΔ communis mensura est. Dico et maximam. Si enim non; erit aliqua magnitudo major ipsâ ΑΖ, quæ metietur ipsas ΑΒ, ΓΔ. Sit Η. Quoniam igitur Η ipsam ΑΒ metitur, sed ΑΒ ipsam ΕΔ metitur; et Η igitur ipsam ΕΔ metietur. Metitur autem et totam ΓΔ; et reliquam igitur ΓΕ metietur Η. Sed ΓΕ ipsam ΖΒ metitur; et Η igitur ipsam ΖΒ metietur. Metitur autem et totam ΑΒ; et reliquam

grandeurs ΑΒ, ΓΔ ne sont pas incommensurables; que ΑΒ mesurant ΕΔ laisse ΕΓ plus petit que lui; que ΕΓ mesurant ΖΒ laisse ΑΖ plus petit que lui, et enfin que ΑΖ mesure ΓΕ.

Puisque ΑΖ mesure ΓΕ, et que ΓΕ mesure ΖΒ, ΑΖ mesurera ΖΒ. Mais ΑΖ se mesure lui-même; donc ΑΖ mesurera ΑΒ tout entier. Mais ΑΒ mesure ΔΕ; donc ΑΖ mesurera ΔΕ. Mais il mesure ΓΕ; il mesure donc ΓΔ tout entier; donc ΑΖ mesure les grandeurs ΑΒ, ΓΔ; donc ΑΖ est une commune mesure des grandeurs ΑΒ, ΓΔ. Je dis aussi qu'il en est la plus grande. Car si cela n'est point, il y aura une certaine grandeur plus grande que ΑΖ qui mesurera ΑΒ et ΓΔ. Qu'elle soit Η. Puisque Η mesure ΑΒ, et que ΑΒ mesure ΕΔ, Η mesurera ΕΔ. Mais Η mesure ΓΔ tout entier; donc Η mesurera le reste ΓΕ. Mais ΓΕ mesure ΖΒ; donc Η mesurera ΖΒ. Mais il mesure ΑΒ tout entier; il mesurera donc le reste ΑΖ, le plus grand le

AZ μετρήσει, τὸ μεῖζον τὸ ἔλασσον, ὅπερ
ἐστὶν ἀδύνατον· οὐκ ἄρα μεῖζόν τι μέγεθος τοῦ
AZ τὰ AB, ΓΔ¹² μετρήσει· τὸ AZ ἄρα τῶν AB,
ΓΔ τὸ μέγιστον κοινὸν μέτρον ἐστί.

Δύο ἄρα μεγεθῶν συμμέτρων δοθέντων τῶν
AB, ΓΔ, τὸ μέγιστον κοινὸν μέτρον εὕρηται τὸ
AZ. Ὅπερ ἔδει ποιῆσαι.

igitur AZ metietur, major minorem, quòd est
impossibile; non igitur major aliqua magnitudo
ipsâ AZ ipsas AB, ΓΔ metietur; ergo AZ ipsarum
AB, ΓΔ maxima communis mensura est.

Duabus igitur magnitudinibus commensurabilibus datis AB, ΓΔ, maxima communis mensura inventa est AZ. Quod oportebat facere.

ΠΟΡΙΣΜΑ.

Ἐκ δὴ τούτου φανερόν, ὅτι ἐὰν μέγεθος δύο
μεγέθη μετρῇ, καὶ τὸ μέγιστον αὐτῶν κοινὸν
μέτρον μετρήσει.

COROLLARIUM.

Ex hoc utique manifestum est, si magnitudo
duas magnitudines metitur, et maximam ipsarum
communem mensuram metiri.

ΠΡΟΤΑΣΙΣ δ'.

Τριῶν μεγεθῶν συμμέτρων δοθέντων, τὸ μέγιστον αὐτῶν κοινὸν μέτρον εὑρεῖν.

PROPOSITIO IV.

Tribus magnitudinibus commensurabilibus
datis, maximam ipsarum communem mensuram
invenire.

plus petit, ce qui est impossible. Donc quelque grandeur plus grande que AZ
ne mesurera pas AB et ΓΔ; donc AZ est la plus grande commune mesure des
grandeurs AB, ΓΔ.

On a donc trouvé la plus grande commune mesure AZ des deux grandeurs
commensurables données AB, ΓΔ. Ce qu'il fallait faire.

COROLLAIRE.

De là il est évident que si une grandeur mesure deux grandeurs, elle mesure
aussi leur plus grande commune mesure.

PROPOSITION IV.

Trois grandeurs commensurables étant données, trouver leur plus grande commune mesure.

Ἔστω τὰ δοθέντα τρία μεγέθη σύμμετρα τὰ Α, Β, Γ· δεῖ δὴ τῶν Α, Β, Γ τὸ μέγιστον κοινὸν μέτρον εὑρεῖν.

Sint datæ tres magnitudines commensurabiles Α, Β, Γ; oportet igitur ipsarum Α, Β, Γ maximam communem mensuram invenire.

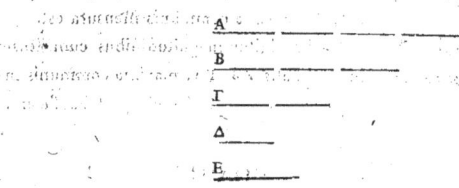

Εἰλήφθω γὰρ δύο[1] τῶν Α, Β τὸ μέγιστον κοινὸν μέτρον, καὶ ἔστω τὸ Δ· τὸ δὴ Δ τὸ Γ ἤτοι μετρεῖ ἢ οὔ[2]. Μετρείτω πρότερον. Ἐπεὶ οὖν τὸ Δ τὸ Γ μετρεῖ, μετρεῖ δὲ καὶ τὰ Α, Β· τὸ Δ ἄρα τὰ Α, Β, Γ μετρεῖ[3]· τὸ Δ ἄρα[4] τῶν Α, Β, Γ κοινὸν μέτρον ἐστί. Καὶ φανερὸν ὅτι καὶ μέγιστον, μεῖζον γὰρ τοῦ Δ μεγέθους τὰ Α, Β οὐ μετρεῖ[5].

Μὴ μετρείτω δὴ τὸ Δ τὸ Γ. Λέγω πρῶτον ὅτι σύμμετρά ἐστι τὰ Γ, Δ. Ἐπεὶ γὰρ σύμμετρά ἐστι τὰ Α, Β, Γ, μετρήσει τι αὐτὰ μέγεθος, ὃ δηλαδὴ καὶ τὰ Α, Β μετρήσει· ὥστε καὶ τῶν Α, Β μέγιστον κοινὸν μέτρον τὸ Δ μετρήσει. Μετρεῖ δὲ καὶ τὸ Γ· ὥστε τὸ εἰρημένον μέγεθος μετρήσει τὰ Γ, Δ· σύμμετρα ἄρα ἐστὶ

Sumatur enim duarum Α, Β maxima communis mensura, et sit Δ; itaque Δ ipsam Γ vel metitur vel non. Metiatur primum. Quoniam igitur Δ ipsam Γ metitur, metitur autem et ipsas Α, Β; ergo Δ ipsas Α, Β, Γ metitur; ergo Δ ipsarum Α, Β, Γ communis mensura est. Manifestum est etiam et maximam, major enim magnitudine Δ ipsas Α, Β non metitur.

Sed non metiatur Δ ipsam Γ. Dico primum commmensurabiles esse Γ, Δ. Quoniam enim commensurabiles sunt Α, Β, Γ, metietur aliqua eas magnitudo, quæ scilicet et ipsas Α, Β metietur; quare et ipsarum Α, Β maximam communem mensuram Δ metietur. Metitur autem et Γ; quare dicta magnitudo metietur ipsas Γ, Δ;

Soient Α, Β, Γ les trois grandeurs commensurables données; il faut trouver la plus grande commune mesure des grandeurs Α, Β, Γ.

Prenons la plus grande commune mesure de Α et de Β (3. 10), et qu'elle soit Δ; Δ mesure Γ ou ne le mesure pas. Qu'il le mesure d'abord. Puisque Δ mesure Γ, et qu'il mesure aussi Α et Β, Δ mesure les grandeurs Α, Β, Γ; donc Δ est une commune mesure des grandeurs Α, Β, Γ. Et il est évident qu'il en est la plus grande, car une grandeur plus grande que Δ ne mesure pas Α et Β.

Mais que Δ ne mesure pas Γ; je dis d'abord que les grandeurs Γ, Δ sont commensurables. Car puisque les grandeurs Α, Β, Γ sont commensurables, quelque grandeur les mesurera; mais cette même grandeur mesurera Α et Β; elle mesurera donc leur plus grande commune mesure Δ. Mais cette même grandeur mesure Γ; donc elle mesure Γ et Δ; donc Γ et Δ sont commensurables

τὰ Γ, Δ. Εἰλήφθω οὖν[6] αὐτῶν τὸ μέγιστον κοινὸν μέτρον, καὶ ἔστω τὸ Ε. Ἐπεὶ οὖν τὸ Ε τὸ Δ μετρεῖ, ἀλλὰ τὸ Δ τὰ Α, Β μετρεῖ· καὶ τὸ Ε ἄρα τὰ Α, Β μετρήσει[7]. Μετρεῖ δὲ καὶ τὸ Γ. Τὸ Ε ἄρα τὰ Α, Β, Γ μετρεῖ[8]· τὸ Ε ἄρα τῶν Α, Β, Γ κοινὸν ἐστὶ μέτρον[9]. Λέγω δὴ ὅτι καὶ μέγιστον. Εἰ γὰρ δυνατὸν, ἔστω τι τοῦ Ε

commensurabiles igitur sunt Γ, Δ. Sumatur itaque ipsarum maxima communis mensura, et sit E. Quoniam igitur E ipsam Δ metitur, sed Δ ipsas A, B metitur; et E igitur ipsas A, B metietur. Metitur autem et Γ. Ergo E ipsas A, B, Γ metitur; ergo E ipsarum A, B, Γ communis est mensura. Dico et maximam. Si enim possibile, sit

μεῖζον μέγεθος τὸ Ζ, καὶ μετρείτω τὰ Α, Β, Γ. Καὶ ἐπεὶ τὸ Ζ τὰ Α, Β, Γ μετρεῖ, καὶ τὰ Α, Β ἄρα[10] μετρήσει· καὶ τὸ τῶν Α, Β[11] μέγιστον κοινὸν μέτρον μετρήσει. Τὸ δὲ τῶν Α, Β μέγιστον κοινὸν μέτρον ἐστὶ τὸ Δ· τὸ Ζ ἄρα τὸ Δ μετρεῖ. Μετρεῖ δὲ καὶ τὸ Γ· τὸ Ζ ἄρα τὰ Γ, Δ μετρεῖ· καὶ τὸ τῶν Γ, Δ ἄρα μέγιστον κοινὸν μέτρον μετρήσει τὸ Ζ. Τὸ δὲ τῶν Γ, Δ μέγιστον κοινὸν μέτρον ἐστὶ τὸ Ε· τὸ Ζ ἄρα τὸ Ε μετρεῖ[12], τὸ μεῖζον τὸ ἔλασσον, ὅπερ ἐστὶν ἀδύνατον· οὐκ

aliqua ipsâ E major magnitudo Z, et metiatur ipsas A, B, Γ. Et quoniam Z ipsas A, B, Γ metitur, et ipsas A, B igitur metietur; et ipsarum A, B maximam communem mensuram metietur. Sed ipsarum A, B maxima communis mensura est Δ; ergo Z ipsam Δ metitur. Metitur autem et ipsam Γ; ergo Z ipsas Γ, Δ metitur; et igitur ipsarum Γ, Δ maximam communem mensuram metietur Z. Sed ipsarum Γ, Δ maxima communis mensura est E; ergo Z ipsam E metitur, major minorem, quod est

(déf. 1. 10). Prenons donc leur plus grande commune mesure (3. 10), et qu'elle soit E. Puisque E mesure Δ, et que Δ mesure A et B, E mesurera A et B. Mais il mesure Γ; donc E mesure les grandeurs A, B, Γ; donc E est une commune mesure des grandeurs A, B, Γ. Je dis aussi qu'elle en est la plus grande. Car que ce soit Z plus grand que E, si cela est possible, et que Z mesure les grandeurs A, B, Γ. Puisque Z mesure les grandeurs A, B, Γ, il mesurera A et B; il mesurera donc la plus grande commune mesure de A et B (cor. 3. 10). Mais la plus grande commune mesure de A et de B est Δ; donc Z mesure Δ; mais il mesure Γ; donc Z mesure Γ et Δ; donc Z mesurera la plus grande commune mesure de Γ et de Δ. Mais la plus grande commune mesure de Γ et de Δ est E; donc Z mesure E, le plus grand le plus petit, ce qui est impossible; donc une

II.   16

ἄρα μεῖζόν τι τοῦ E μεγέθους μέγεθος τὰ A, B, Γ μεγέθη[13] μετρεῖ· τὸ E ἄρα τῶν A, B, Γ τὸ μέ-

impossibile; non igitur major aliqua ipsâ E magnitudine magnitudo ipsas A, B, Γ magnitudines

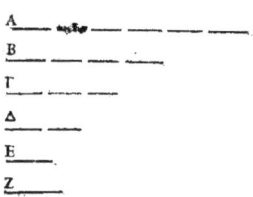

γιστον κοινὸν μέτρον ἐστὶν, ἐὰν[14] μὴ μετρῇ τὸ Δ τὸ Γ· ἐὰν δὲ μετρῇ, αὐτὸ τὸ Δ.

Τριῶν ἄρα μεγεθῶν συμμέτρων δοθέντων[15], τὸ μέγιστον κοινὸν μέτρον εὕρηται. Ὅπερ ἔδει ποιῆσαι.

metitur; ergo E ipsarum A, B, Γ maxima communis mensura est, si non metitur Δ ipsam Γ; si autem metitur, ipsa Δ.

Tribus igitur magnitudinibus commensurabilibus datis, maxima communis mensura inventa est. Quod oportebat facere.

ΠΟΡΙΣΜΑ.

Ἐκ δὴ τούτου φανερὸν, ὅτι ἐὰν μέγεθος τρία μεγέθη μετρῇ, καὶ τὸ μέγιστον αὐτῶν κοινὸν μέτρον μετρήσει[16].

Ὁμοίως δὲ καὶ ἐπὶ πλειόνων τὸ μέγιστον κοινὸν μέτρον ληφθήσεται, καὶ τὸ πόρισμα προχωρήσει[17].

COROLLARIUM.

Ex hoc utique manifestum est, si magnitudo tres magnitudines metitur, et maximam ipsarum communem mensuram metiri.

Similiter autem et in pluribus maxima communis mensura invenietur, et corollarium procedet.

grandeur plus grande que la grandeur E ne mesurera pas les grandeurs A, B, Γ; donc E sera la plus grande commune mesure des grandeurs A, B, Γ, si Δ ne mesure pas Γ; et s'il le mesure, ce sera Δ.

On a donc trouvé la plus grande commune mesure de trois grandeurs commensurables données. Ce qu'il fallait faire.

COROLLAIRE.

De là il est évident que si une grandeur mesure trois grandeurs, elle mesurera aussi leur plus grande commune mesure.

On trouvera semblablement la plus grande commune mesure d'un plus grand nombre de grandeurs, et le même corollaire s'en suivra.

ΠΡΟΤΑΣΙΣ έ.

Τὰ σύμμετρα μεγέθη πρὸς ἄλληλα λόγον ἔχει, ὃν ἀριθμὸς πρὸς ἀριθμόν.

Ἔστω σύμμετρα μεγέθη τὰ Α, Β· λέγω ὅτι τὸ Α πρὸς τὸ Β λόγον ἔχει, ὃν ἀριθμὸς πρὸς ἀριθμόν.

Ἐπεὶ γὰρ σύμμετρά ἐστι τὰ Α, Β, μετρήσει τι αὐτὰ μέγεθος. Μετρείτω, καὶ ἔστω τὸ Γ. Καὶ ὁσάκις τὸ Γ τὸ Α μετρεῖ τοσαῦται μονάδες ἔστωσαν ἐν τῷ Δ, ὁσάκις δὲ τὸ Γ τὸ Β μετρεῖ τοσαῦται μονάδες ἔστωσαν ἐν τῷ Ε.

PROPOSITIO V.

Commensurabiles magnitudines inter se rationem habent, quam numerus ad numerum.

Sint commensurabiles magnitudines A, B; dico A ad B rationem habere, quam numerus ad numerum.

Quoniam enim commensurabiles sunt A, B, metietur aliqua ipsas magnitudo. Metiatur, et sit Γ. Et quoties Γ ipsam A metitur tot unitates sint in Δ, quoties autem Γ ipsam B metitur tot unitates sint in E.

A _____
Γ ____
B _____

Δ . . . .
I .
E . . .

Ἐπεὶ οὖν τὸ Γ τὸ Α μετρεῖ κατὰ τὰς ἐν τῷ Δ μονάδας, μετρεῖ δὲ καὶ ἡ μονὰς τὸν Δ κατὰ τὰς ἐν αὐτῷ μονάδας· ἰσάκις ἄρα ἡ μονὰς τὸν

Quoniam igitur Γ ipsam A metitur per unitates quæ in Δ, metitur autem et unitas ipsam Δ per unitates quæ sunt in ipso; æqualiter igitur

PROPOSITION V.

Les grandeurs commensurables ont entr'elles la raison qu'un nombre a avec un nombre.

Soient les grandeurs commensurables A, B; je dis que A a avec B la raison qu'un nombre a avec un nombre.

Car puisque les grandeurs A, B sont commensurables, quelque grandeur les mesurera. Que quelque grandeur les mesure, et que ce soit Γ. Qu'il y ait autant d'unités dans Δ que Γ mesure de fois A; qu'il y ait aussi autant d'unités dans E que Γ mesure de fois B.

Puisque Γ mesure A par les unités qui sont en Δ, et que l'unité mesure Δ par les unités qui sont en lui, l'unité mesure le nombre Δ autant de fois que la

Δ μετρεῖ ἀριθμὸν[1] καὶ τὸ Γ μέγεθος τὸ Α· ἔστιν ἄρα ὡς τὸ Γ πρὸς τὸ Α οὕτως ἡ μονὰς πρὸς τὸν Δ· ἀνάπαλιν ἄρα, ὡς τὸ Α πρὸς τὸ Γ οὕτως ὁ Δ πρὸς τὴν μονάδα. Πάλιν, ἐπεὶ τὸ Γ τὸ Β μετρεῖ κατὰ τὰς ἐν τῷ Ε μονάδας, μετρεῖ δὲ καὶ ἡ μονὰς τὸν Ε κατὰ τὰς ἐν αὐτῷ μονάδας·

unitas ipsum Δ metitur numerum atque Γ magnitudo ipsam Α ; est igitur ut Γ ad Α ita unitas ad Δ ; convertendo igitur, ut Α ad Γ ita Δ ad unitatem. Rursus, quoniam Γ ipsam Β metitur per unitates quæ in Ε, metitur autem et unitas ipsum Ε per unitates quæ in ipso; æqualiter

$$
\begin{array}{l}
\text{A} \rule{3cm}{0.4pt} \\
\text{Γ} \rule{1.5cm}{0.4pt} \\
\text{B} \rule{2.5cm}{0.4pt} \\[6pt]
\text{Δ} \cdots \\
\text{I} \cdot \\
\text{E} \cdots
\end{array}
$$

ἰσάκις ἄρα ἡ μονὰς τὸν Ε μετρεῖ καὶ τὸ Γ τὸ Β· ἔστιν ἄρα ὡς τὸ Γ πρὸς τὸ Β οὕτως ἡ μονὰς πρὸς τὸν Ε. Ἐδείχθη δὲ καὶ ὡς τὸ Α πρὸς τὸ Γ οὕτως[2] ὁ Δ πρὸς τὴν μονάδα· δι᾽ ἴσου ἄρα ἐστὶν ὡς τὸ Α πρὸς τὸ Β οὕτως ὁ Δ ἀριθμὸς πρὸς τὸν Ε.

Τὰ ἄρα σύμμετρα μεγέθη τὰ Α, Β πρὸς ἄλληλα λόγον ἔχει ὃν ὁ Δ ἀριθμὸς πρὸς ἀριθμὸν τὸν Ε. Ὅπερ ἔδει δεῖξαι.

igitur unitas ipsum Ε metitur atque Γ ipsam Β ; est igitur ut Γ ad Β ita unitas ad Ε. Ostensum est autem et ut Α ad Γ ita Δ ad unitatem ; ex æquo igitur est ut Α ad Β ita Δ numerus ad Ε.

Commensurabiles igitur magnitudines Α, Β inter se rationem habent quam Δ numerus ad numerum Ε. Quod oportebat ostendere.

grandeur Γ mesure Α; donc Γ est à Α comme l'unité est à Δ; donc, par conversion, Α est à Γ comme Δ est à l'unité. De plus, puisque Γ mesure Β par les unités qui sont en Ε, et que l'unité mesure Ε par les unités qui sont en lui, l'unité mesure Ε autant de fois que Γ mesure Β; donc Γ est à Β comme l'unité est à Ε. Mais on a démontré que Α est à Γ comme Δ est à l'unité; donc, par égalité, Α est à Β comme le nombre Δ est à Ε.

Donc les grandeurs commensurables Α, Β ont entr'elles la raison que le nombre Δ a avec le nombre Ε. Ce qu'il fallait démontrer.

ΠΡΟΤΑΣΙΣ ϛ´.

Ἐὰν δύο μεγέθη πρὸς ἄλληλα λόγον ἔχῃ ὃν ἀριθμὸς πρὸς ἀριθμόν, σύμμετρα ἔσται¹ τὰ μεγέθη.

Δύο γὰρ μεγέθη τὰ Α, Β πρὸς ἄλληλα² λόγον ἐχέτω ὃν ἀριθμὸς ὁ Δ πρὸς ἀριθμὸν τὸν Ε· λέγω ὅτι σύμμετρά ἐστι τὰ Α, Β μεγέθη.

Ὅσαι γὰρ εἰσιν ἐν τῷ Δ μονάδες εἰς τοσαῦτα ἴσα διῃρήσθω τὸ Α, καὶ ἑνὶ αὐτῶν ἴσον ἔστω τὸ Γ· ὅσαι δέ εἰσιν ἐν τῷ Ε μονάδες, ἐκ τοσούτων μεγεθῶν ἴσων τῷ Γ συγκείσθω τὸ Ζ.

PROPOSITIO VI.

Si duæ magnitudines inter se rationem habent quam numerus ad numerum, commensurabiles erunt magnitudines.

Duæ enim magnitudines A, B inter se rationem habeant quam numerus Δ ad numerum E ; dico commensurabiles esse A, B magnitudines.

Quot enim sunt in Δ unitates, in tot partes æquales dividatur A, et uni ipsarum æqualis sit Γ ; quot autem sunt in E unitates, ex tot magnitudinibus æqualibus ipsi Γ componatur Z.

A ———— —— ——
B ————————
Γ ——
Z ——— —— ——
Δ . . . .
I .
E . . .

Ἐπεὶ οὖν ὅσαι εἰσιν ἐν τῷ Δ μονάδες τοσαῦτά εἰσι καὶ ἐν τῷ Α μεγέθη ἴσα τῷ Γ· ὃ ἄρα μέρος ἐστὶν ἡ μονὰς τοῦ Δ τὸ αὐτὸ³ μέρος ἐστὶ καὶ τὸ⁴ Γ τοῦ Α· ἔστιν ἄρα ὡς τὸ Γ πρὸς τὸ Α

Quoniam igitur quot sunt in Δ unitates, tot sunt et in A magnitudines æquales ipsi Γ ; quæ pars igitur est unitas ipsius Δ, eadem pars est et Γ ipsius A ; est igitur ut Γ ad A ita

PROPOSITION VI.

Si deux grandeurs ont entr'elles la même raison qu'un nombre a avec un nombre, ces grandeurs seront commensurables.

Que les deux grandeurs A, B ayent entr'elles la même raison que le nombre Δ a avec le nombre E ; je dis que les grandeurs A, B sont commensurables.

Car que A soit partagé en autant de parties égales qu'il y a d'unités en Δ ; que Γ soit égal à une de ces parties ; et que Z soit composé d'autant de grandeurs égales à Γ qu'il y a d'unités en E.

Puisqu'il y a dans A autant de grandeurs égales à Γ qu'il y a d'unités en Δ, Γ sera la même partie de A que l'unité l'est de Δ ; donc Γ est à A comme

οὕτως ἡ μονὰς πρὸς τὸν Δ. Μετρεῖ δὲ ἡ μονὰς τὸν Δ ἀριθμόν· μετρεῖ ἄρα καὶ τὸ Γ τὸ Α. Καὶ ἐπεί ἐστιν ὡς τὸ Γ[5] πρὸς τὸ Α οὕτως ἡ μονὰς πρὸς τὸν Δ ἀριθμόν[6]· ἀνάπαλιν ἄρα ὡς τὸ Α πρὸς τὸ Γ οὕτως ὁ Δ ἀριθμὸς πρὸς τὴν μονάδα. Πάλιν, ἐπεὶ ὅσαι εἰσὶν ἐν τῷ Ε μονάδες τοσαῦτά εἰσι καὶ ἐν τῷ Ζ[7] ἴσα τῷ Γ· ἔστιν ἄρα ὡς τὸ Γ πρὸς τὸ Ζ οὕτως ἡ μονὰς πρὸς τὸν Ε[8]. Ἐδείχθη δὲ καὶ ὡς τὸ Α πρὸς τὸ Γ

unitas ad Δ. Metitur autem unitas ipsum Δ numerum; metitur igitur et Γ ipsam Α. Et quoniam est ut Γ ad Α ita unitas ad Δ numerum; convertendo igitur ut Α ad Γ ita Δ numerus ad unitatem. Rursus, quoniam quot sunt in Ε unitates, tot sunt et in Ζ partes æquales ipsi Γ; est igitur ut Γ ad Ζ ita unitas ad Ε. Ostensum est autem et ut Α ad Γ ita Δ ad unitatem; ex æquo

```
A  _____
B  _____
Γ  _____
Z  _____
Δ  . . . . .
I  .
E  . . . .
```

οὕτως ὁ Δ πρὸς τὴν μονάδα· δι᾽ ἴσου ἄρα ἐστὶν ὡς τὸ Α πρὸς τὸ Ζ οὕτως ὁ Δ πρὸς τὸν Ε. Ἀλλ᾽ ὡς ὁ Δ πρὸς τὸν Ε οὕτως ἐστὶ[9] τὸ Α πρὸς τὸ Β· καὶ ὡς ἄρα τὸ Α πρὸς τὸ Β οὕτως καὶ τὸ Α[10] πρὸς τὸ Ζ· τὸ Α ἄρα πρὸς ἑκάτερον τῶν Β, Ζ τὸν αὐτὸν ἔχει λόγον· ἴσον ἄρα ἐστὶ τὸ Β τῷ Ζ. Μετρεῖ δὲ τὸ Γ τὸ Ζ· μετρεῖ ἄρα καὶ τὸ Β. Ἀλλὰ μετρεῖ[11] καὶ τὸ Α· τὸ Γ ἄρα τὰ Α, Β μετρεῖ· σύμμετρον ἄρα ἐστὶ τὸ Α τῷ Β.

Ἐὰν ἄρα δύο μεγέθη, καὶ τὰ ἑξῆς.

igitur est ut Α ad Ζ ita Δ ad Ε. Sed ut Δ ad Ε ita est Α ad Β; et ut igitur Α ad Β ita et Α ad Ζ; ergo Α ad utramque ipsarum Β, Ζ eamdem habet rationem; æqualis igitur est Β ipsi Ζ. Metitur autem Γ ipsam Ζ; metitur et Β. Sed metitur et Α; ergo Γ ipsas Α, Β metitur; commensurabilis igitur est Α ipsi Β.

Si igitur duæ magnitudines, etc.

l'unité est à Δ. Mais l'unité mesure le nombre Δ; donc Γ mesure Α. Et puisque Γ est à Α comme l'unité est au nombre Δ, par conversion Α est à Γ comme le nombre Δ est à l'unité. De plus, puisqu'il y a en Ζ autant de grandeurs égales à Γ qu'il y a d'unités en Ε, Γ sera à Ζ comme l'unité est au nombre Ε. Mais on a démontré que Α est à Γ comme Δ est à l'unité; donc par égalité Α est à Ζ comme Δ est à Ε. Mais Δ est à Ε comme Α est à Β; donc Α est à Β comme Α est à Ζ; donc Α a la même raison avec Β et avec Ζ; donc Β égale Ζ (9. 5). Mais Γ mesure Ζ; donc il mesure Β. Mais Γ mesure Α; donc Γ mesure Α et Β; donc Α est commensurable avec Β (déf. 1. 10). Donc, etc.

ΑΛΛΩΣ.

Δύο γὰρ μεγέθη τὰ Α, Β πρὸς ἄλληλα λόγον ἐχέτω ὃν ἀριθμὸς ὁ Γ πρὸς ἀριθμὸν τὸν Δ· λέγω ὅτι σύμμετρά ἐστι τὰ μεγέθη.

Ὅσαι γάρ εἰσιν ἐν τῷ Γ μονάδες εἰς τοσαῦτα ἴσα διῃρήσθω τὸ Α, καὶ ἑνὶ αὐτῶν ἴσον ἔστω τὸ Ε· ἔστιν ἄρα ὡς ἡ μονὰς πρὸς τὸν Γ ἀριθμὸν οὕτως[1] τὸ Ε πρὸς τὸ[2] Α. Ἔστι δὲ καὶ ὡς ὁ Γ πρὸς

ALITER.

Duæ enim magnitudines A, B inter se rationem habeant quàm numerus Γ ad numerum Δ; dico commensurabiles esse magnitudines.

Quot enim sunt in Γ unitates, in tot partes æquales dividatur A, et ubi ipsarum æqualis sit E; est igitur ut unitas ad Γ numerum ita E ad A. Est autem et ut Γ ad Δ ita A ad B; ex æquo

A ————————————
B ——————————
E ————————

Γ . . . . . .
Δ . . .
Ι .

τὸν Δ οὕτως[3] τὸ Α πρὸς τὸ Β· δι᾽ ἴσου ἄρα ἔστιν ὡς ἡ μονὰς πρὸς τὸν Δ οὕτως[4] τὸ Ε πρὸς[5] Β. Μετρεῖ δὲ καὶ[6] ἡ μονὰς τὸν Δ· μετρεῖ ἄρα καὶ τὸ Ε τὸ Β. Μετρεῖ δὲ καὶ τὸ Ε τὸ Α, ἐπεὶ[7] καὶ ἡ μονὰς τὸν Γ· τὸ Ε ἄρα ἑκάτερον τῶν Α, Β μετρεῖ· τὰ Α, Β ἄρα σύμμετρά ἐστι, καὶ ἔστιν αὐτῶν κοινὸν μέτρον τὸ Ε. Ὅπερ ἔδει δεῖξαι[8].

igitur est ut unitas ad Δ ita E ad B. Metitur autem et unitas ipsum Δ; metitur igitur et E ipsam B. Metitur autem et E ipsam A, quoniam et unitas ipsum Γ; ergò E utramque ipsarum A, B metitur; ergo A, B commensurabiles sunt, et est ipsarum communis mensura E. Quod oportebat ostendere.

AUTREMENT.

Que les deux grandeurs A et B ayent entr'elles la même raison que le nombre Γ avec le nombre Δ ; je dis que ces grandeurs sont commensurables.

Que A soit partagé en autant de parties égales qu'il y a d'unités en Γ, et que E soit égal à une de ces parties ; l'unité sera au nombre Γ comme E est à A. Mais Γ est à Δ comme A est à B ; donc, par égalité, l'unité est à Δ comme E est à B. Mais l'unité mesure Δ ; donc E mesure B. Mais E mesure A, puisque l'unité mesure Γ ; donc E mesure A et B ; donc A et B sont commensurables, et E est leur commune mesure. Ce qu'il fallait démontrer.

ΠΟΡΙΣΜΑ.

Ἐκ δὴ τούτου φανερὸν, ὅτι ἐὰν ὦσι δύο ἀριθ-μοὶ ὡς οἱ Δ, Ε, καὶ εὐθεῖα ὡς ἡ Α, δύνατόν ἐστι ποιῆσαι ὡς ὁ Δ ἀριθμὸς πρὸς τὸν Ε ἀριθμὸν οὕτως ἡ εὐθεῖα[1] πρὸς εὐθεῖαν. Ἐὰν δὲ καὶ τῶν Α, Ζ μέση ἀνάλογον ληφθῇ ὡς ἡ Β, ἔσται ὡς ἡ Α πρὸς τὴν Ζ οὕτως τὸ ἀπὸ τῆς Α πρὸς τὸ

COROLLARIUM.

Ex hoc utique manifestum est, si sint duo nu-meri ut Δ, Ε, et recta ut Α, possibile esse fieri ut Δ numerus ad Ε numerum ita rectam ad rectam. Si autem et ipsarum Α, Ζ media pro-portionalis sumatur ut Β, erit ut Α ad Ζ ita

A _____   _____
B _____   __
Z _____   __ __

Δ . . . .
E . . . .

ἀπὸ τῆς Β, τουτέστιν ὡς ἡ πρώτη πρὸς τὴν τρίτην οὕτως τὸ ἀπὸ τῆς πρώτης πρὸς τὸ ἀπὸ τῆς δευτέρας, τὸ ὅμοιον καὶ ὁμοίως ἀνα-γραφόμενον. Ἀλλ' ὡς ἡ Α πρὸς τὴν Ζ οὕτως ἐστὶν ὁ Δ ἀριθμὸς πρὸς τὸν Ε ἀριθμόν· γέγονεν ἄρα καὶ ὡς ὁ Δ ἀριθμὸς πρὸς τὸν Ε ἀριθμὸν οὕτως τὸ ἀπὸ τῆς Α εὐθείας πρὸς τὸ ἀπὸ τῆς Β εὐθείας[2].

quadratum ex Α ad ipsum ex Β, hoc est ut prima ad tertiam ita figura ex primâ ad ipsam ex secundâ, similem et similiter descriptam. Sed ut Α ad Ζ ita est Δ numerus ad Ε numerum, factum est igitur et ut Δ numerus ad Ε numerum ita figura ex rectâ Α ad ipsam ex rectâ Β.

COROLLAIRE.

De là il est évident que si l'on a deux nombres comme Δ et Ε, et une droite comme Α, il sera possible de faire en sorte que le nombre Δ soit au nombre Ε comme la droite Α est à une autre droite. Mais si l'on prend une moyenne pro-portionnelle comme Β entre Α et Ζ (cor. 20. 6), Α sera à Ζ comme le quarré de Α est au quarré de Β; c'est-à-dire que la première sera à la troisième, comme la figure décrite sur la première est à la figure semblable et sembla-blement décrite sur la troisième (cor. 20.6). Mais Α est à Ζ comme le nombre Δ est au nombre Ε; on a donc fait de telle manière que le nombre Δ est au nombre Ε comme la figure décrite sur la droite Α est à la figure décrite sur la droite Β.

ΠΡΟΤΑΣΙΣ ζ.

Τὰ ἀσύμμετρα μεγέθη πρὸς ἄλληλα λόγον οὐκ ἔχει ὃν ἀριθμὸς πρὸς ἀριθμόν.

Ἔστω ἀσύμμετρα μεγέθη τὰ Α, Β· λέγω ὅτι τὸ Α πρὸς τὸ Β λόγον οὐκ ἔχει ὃν ἀριθμὸς πρὸς ἀριθμόν.

PROPOSITIO VII.

Incommensurabiles magnitudines inter se rationem non habent quam numerus ad numerum.

Sint incommensurabiles magnitudines A, B; dico A ad B rationem non habere quam numerus ad numerum.

A ————————————

B ——————————

Εἰ γὰρ ἔχει τὸ Α πρὸς τὸ Β λόγον ὃν ἀριθμὸς πρὸς ἀριθμόν, σύμμετρον ἔσται τὸ Α τῷ Β. Οὐκ ἔστι δέ· οὐκ ἄρα τὸ Α πρὸς τὸ Β λόγον ἔχει ὃν ἀριθμὸς πρὸς ἀριθμόν.

Τὰ ἄρα ἀσύμμετρα, καὶ τὰ ἑξῆς.

Si enim habet A ad B rationem quam numerus ad numerum, commensurabilis erit A ipsi B. Non est autem; non igitur A ad B rationem habet quam numerus ad numerum.

Incommensurabiles igitur, etc.

PROPOSITION VII.

Les grandeurs incommensurables n'ont pas entr'elles la raison qu'un nombre a avec un nombre.

Soient les grandeurs incommensurables A, B; je dis que A n'a pas avec B la raison qu'un nombre a avec un nombre.

Car si A avait avec B la raison qu'un nombre a avec un nombre, A serait commensurable avec B (6. 10). Mais il ne l'est pas; donc A n'a pas avec B la raison qu'un nombre a avec un nombre; donc, etc.

ΠΡΟΤΑΣΙΣ ή.

PROPOSITIO VIII.

Ἐὰν δύο μεγέθη πρὸς ἄλληλα λόγον μὴ ἔχῃ ὃν ἀριθμὸς πρὸς ἀριθμὸν, ἀσύμμετρα ἔσται τὰ μεγέθη.

Δύο γὰρ μεγέθη τὰ Α, Β πρὸς ἄλληλα λόγον μὴ ἐχέτω ὃν ἀριθμὸς πρὸς ἀριθμόν· λέγω ὅτι ἀσύμμετρά ἐστι[1] τὰ Α, Β μεγέθη.

Si duæ magnitudines inter se rationem non habent quam numerus ad numerum, incommensurabiles erunt magnitudines.

Duæ enim magnitudines A, B inter se rationem non habeant quam numerus ad numerum; dico incommensurabiles esse A, B magnitudines.

Εἰ γὰρ ἔσται σύμμετρον τὸ Α πρὸς τὸ Β, λόγον ἕξει ὃν ἀριθμὸς πρὸς ἀριθμόν[2]. Οὐκ ἔχει δἰ· ἀσύμμετρα ἄρα ἐστὶ τὰ Α, Β μεγέθη.

Ἐὰν ἄρα δύο μεγέθη, καὶ τὰ ἑξῆς.

Si enim fuerit commensurabilis A ipsi B, rationem habebit quam numerus ad numerum. Non habet autem; incommensurabiles igitur sunt A, B magnitudines.

Si igitur duæ magnitudines, etc.

PROPOSITION VIII.

Si deux grandeurs n'ont pas entr'elles la même raison qu'un nombre a avec un nombre, ces grandeurs seront incommensurables.

Que les deux grandeurs A, B n'ayent pas entr'elles la raison qu'un nombre a avec un nombre; je dis que les grandeurs A, B sont incommensurables.

Car si elles étaient commensurables, A aurait avec B la raison qu'un nombre a avec un nombre (5. 10). Mais il ne l'a pas; donc les grandeurs A, B sont incommensurables; donc, etc.

ΠΡΟΤΑΣΙΣ θ'.

PROPOSITIO IX.

Τὰ ἀπὸ τῶν μήκει συμμέτρων εὐθειῶν τετράγωνα πρὸς ἄλληλα λόγον ἔχει ὃν τετράγωνος
ἀριθμὸς πρὸς τετράγωνον ἀριθμὸν, καὶ τὰ τετράγωνα τὰ πρὸς ἄλληλα λόγον ἔχοντα ὃν
τετράγωνος ἀριθμὸς πρὸς τετράγωνον ἀριθμὸν καὶ
τὰς πλευρὰς ἕξει μήκει συμμέτρους· τὰ δὲ ἀπὸ
τῶν μήκει ἀσυμμέτρων εὐθειῶν τετράγωνα πρὸς
ἄλληλα λόγον οὐκ ἔχει ὃν¹ τετράγωνος ἀριθμὸς
πρὸς τετράγωνον ἀριθμὸν, καὶ τὰ τετράγωνα
τὰ πρὸς ἄλληλα λόγον μὴ ἔχοντα ὃν² τετράγωνος ἀριθμὸς πρὸς τετράγωνον ἀριθμὸν οὐδὲ
τὰς πλευρὰς ἕξει μήκει συμμέτρους.

Ἔστωσαν γὰρ³ αἱ Α, Β μήκει σύμμετροι·

A-rectis longitudine commensurabilibus quadrata inter se rationem habent quam quadratus
numerus ad quadratum numerum, et quadrata
inter se rationem habentia quam quadratus numerus ad quadratum numerum et latera habebunt longitudine commensurabilia; sed a rectis longitudine incommensurabilibus quadrata
inter se rationem non habent quam quadratus
numerus ad quadratum numerum, et quadrata
inter se rationem non habentia quam quadratus
numerus ad quadratum numerum neque latera
habebunt longitudine commensurabilia.

Sint enim A, B longitudine commensurabiles;

A _____   B _____

Γ . . . . .   Δ . . .

λέγω ὅτι τὸ ἀπὸ τῆς Α τετράγωνον πρὸς τὸ
ἀπὸ τῆς Β τετράγωνον λόγον ἔχει ὃν⁴ τετράγωνος
ἀριθμὸς πρὸς τετράγωνον ἀριθμόν.

dico ex A quadratum ad quadratum ex B rationem habere quam quadratus numerus ad quadratum numerum.

PROPOSITION IX.

Les quarrés des droites commensurables en longueur ont entr'eux la raison
qu'un nombre quarré a avec un nombre quarré; les quarrés qui ont entr'eux la
raison qu'un nombre quarré a avec un nombre quarré, ont leurs côtés commensurables en longueur; les quarrés des droites qui ne sont pas commensurables en longueur, n'ont pas entr'eux la raison qu'un nombre quarré a avec un
nombre quarré; les quarrés qui n'ont pas entr'eux la raison qu'un nombre quarré
a avec un nombre quarré, n'ont pas leurs côtés commensurables en longueur.

Car que les droites A, B soient commensurables en longueur; je dis que le
quarré de A a avec le quarré de B la raison qu'un nombre quarré a avec un
nombre quarré.

Επεὶ γὰρ σύμμετρός ἐστιν ἡ Α τῇ Β μήκει· ἡ Α ἄρα πρὸς τὴν Β λόγον ἔχει ὃν ἀριθμὸς πρὸς ἀριθμόν. Ἐχέτω ὃν ὁ Γ πρὸς τὸν Δ. Ἐπεὶ οὖν ἐστιν ὡς ἡ Α πρὸς τὴν Β οὕτως ὁ Γ πρὸς τὸν Δ[5], ἀλλὰ τοῦ μὲν τῆς Α πρὸς τὴν Β λόγου διπλασίων ἐστὶν ὁ τοῦ ἀπὸ τῆς Α τετραγώνου πρὸς τὸ ἀπὸ τῆς Β τετράγωνον· τὰ γὰρ ὅμοια σχήματα ἐν διπλασίονι λόγῳ ἐστὶ τῶν ὁμολόγων πλευρῶν· τοῦ δὲ Γ πρὸς τὸν Δ[6] λόγου διπλασίων ἐστὶν ὁ τοῦ ἀπὸ τοῦ Γ τετραγώνου πρὸς τὸν ἀπὸ τοῦ Δ τετράγωνον, δύο γὰρ τετραγώνων ἀριθμῶν εἷς μέσος ἀνάλογόν ἐστιν ἀριθμὸς, καὶ ὁ τετράγωνος πρὸς τὸν τετράγωνον ἀριθμὸν[7] διπλασίονα λόγον ἔχει ἤπερ ἡ πλευρὰ πρὸς τὴν πλευράν· ἔστιν ἄρα καὶ[8] ὡς τὸ ἀπὸ τῆς Α τετράγωνον πρὸς τὸ ἀπὸ τῆς Β τετράγωνον οὕτως ὁ ἀπὸ τοῦ Γ τετράγωνος πρὸς τὸν ἀπὸ τοῦ Δ τετράγωνον[9].

Ἀλλὰ δὴ ἔστω ὡς τὸ ἀπὸ τῆς Α τετράγωνον πρὸς τὸ ἀπὸ τῆς Β τετράγωνον[10] οὕτως ὁ ἀπὸ τοῦ Γ τετράγωνος πρὸς τὸν ἀπὸ τοῦ Δ τετράγωνον[11]· λέγω ὅτι σύμμετρός ἐστιν ἡ Α τῇ Β μήκει. Ἐπεὶ γάρ ἐστιν ὡς τὸ ἀπὸ τῆς Α τετρά-

Quoniam enim commensurabilis est A ipsi B longitudine; ergo A ad B rationem habet quam numerus ad numerum. Habeat eam quam Γ ad Δ. Quoniam igitur est ut A ad B ita Γ ad Δ, sed ipsius quidem ex A ad B rationis duplicata est ratio quadrati ex A ad quadratum ex B; similes enim figuræ in duplicatâ ratione sunt homologorum laterum; ipsius autem Γ ad Δ rationis duplicata est ratio quadrati ex Γ ad quadratum ex Δ, duorum enim quadratorum numerorum unus medius proportionalis est numerus, et quadratus ad quadratum numerum duplicatam rationem habet ejus quam latus ad latus; est igitur et ut ex A quadratum ad quadratum ex B ita ex Γ quadratus ad quadratum ex Δ.

At vero sit ut ex A quadratum ad quadratum ex B ita ex Γ quadratus ad quadratum ex Δ; dico commensurabilem esse A ipsi B longitudine. Quoniam enim est ut ex A

Car puisque A est commensurable en longueur avec B, A aura avec B la raison qu'un nombre a avec un nombre (5. 10). Qu'il ait celle que Γ a avec Δ. Puisque A est à B comme Γ est à Δ; que la raison du quarré de A au quarré de B est double de la raison de A avec B, car les figures semblables sont en raison double de leurs côtés homologues (20. 6); que la raison du quarré de Γ au quarré de Δ est double de celle de Γ à Δ, car il y a un moyen proportionnel entre deux nombres quarrés (11. 8); et que le quarré d'un nombre a avec le quarré d'un nombre une raison double de celle d'un côté à un côté, le quarré de A sera au quarré de B comme le quarré de Γ est au quarré de Δ.

Mais que le quarré de A soit au quarré de B comme le quarré de Γ est au quarré de Δ; je dis que A est commensurable en longueur avec B. Car puisque

γωιον πρὸς τὸ ἀπὸ τῆς Β[12] οὕτως ὁ ἀπὸ τοῦ Γ τετράγωνος πρὸς τὸν ἀπὸ τοῦ Δ[13]. ἀλλὰ ὁ μὲν τοῦ ἀπὸ τῆς Α τετραγώνου πρὸς τὸ ἀπὸ τῆς Β[14] λόγος διπλασίων ἐστὶ[15] τοῦ

quadratum ad ipsum ex B ita ex Γ quadratus ad ipsum ex Δ; sed quidem ex A quadrati ad ipsum ex B ratio duplicata est ipsius ex

A _____ ____ ____

B _____ ____

Γ .   .   .   .

Δ .   .   .

τῆς Α πρὸς τὴν Β λόγου, ὁ δὲ τοῦ ἀπὸ τοῦ Γ[16] τετραγώνου[17] πρὸς τὸν ἀπὸ τοῦ Δ[18] τετράγωνον[19] λόγος διπλασίων ἐστὶ τοῦ τοῦ Γ[20] πρὸς τὸν Δ λόγου[21]. ἔστιν ἄρα καὶ ὡς ἡ Α πρὸς τὴν Β οὕτως ὁ Γ[22] πρὸς τὸν Δ[23]. ἡ Α ἄρα πρὸς τὴν Β λόγον ἔχει ὃν ἀριθμὸς ὁ Γ πρὸς ἀριθμὸν τὸν Δ· σύμμετρος ἄρα ἐστὶν ἡ Α τῇ Β μήκει[24].

Ἀλλὰ δὴ[25] ἀσύμμετρος ἔστω ἡ Α τῇ Β μήκει· λέγω ὅτι τὸ ἀπὸ τῆς Α τετράγωνον πρὸς τὸ ἀπὸ τῆς Β[26] λόγον οὐκ ἔχει ὃν τετράγωνος ἀριθμὸς πρὸς τετράγωνον ἀριθμόν. Εἰ γὰρ ἔχει τὸ ἀπὸ τῆς Α τετράγωνον πρὸς τὸ ἀπὸ τῆς Β τετράγωνον[27] λόγον ὃν τετράγωνος ἀριθμὸς πρὸς τετράγωνον ἀριθμὸν, σύμμετρος ἔσται ἡ Α τῇ Β μήκει[28]. Οὐκ ἔστι δέ· οὐκ ἄρα τὸ ἀπὸ τῆς Α

A ad B rationis, quadrati autem ex Γ ad quadratum ex Δ ratio duplicata est ipsius Γ ad ipsum Δ rationis; est igitur et ut A ad B ita Γ ad Δ; ergo A ad B rationem habet quam numerus Γ ad numerum Δ; commensurabilis igitur est A ipsi B longitudine.

At vero incommensurabilis sit A ipsi B longitudine; dico ex A quadratum ad ipsum ex B rationem non habere quam quadratus numerus ad quadratum numerum. Si enim habet ex A quadratum ad quadratum ex B rationem quam quadratus numerus ad quadratum numerum, commensurabilis erit A ipsi B longitudine. Non est autem; non.

le quarré de A est au quarré de B comme le quarré de Γ est au quarré de Δ, que la raison du quarré de A au quarré de B est double de la raison de A à B (20. 6), et que la raison du quarré de Γ au quarré de Δ est double aussi de la raison de Γ à Δ (11. 8), A sera à B comme Γ est à Δ; donc A a avec B la raison que le nombre Γ a avec le nombre Δ; donc A est commensurable en longueur avec B (6. 10).

Mais que A soit incommensurable en longueur avec B; je dis que le quarré de A n'a pas avec le quarré de B la raison qu'un nombre quarré a avec un nombre quarré. Car si le quarré de A avait avec le quarré de B la raison qu'un nombre quarré a avec un nombre quarré, A serait commensurable en longueur avec B. Mais

τετράγωνον πρὸς τὸ ἀπὸ τῆς B τετράγωνον[29] λόγον ἔχει ὃν τετράγωνος ἀριθμὸς πρὸς τετράγωνον ἀριθμόν.

Πάλιν δὴ[30] τὸ ἀπὸ τῆς A τετράγωνον πρὸς τὸ ἀπὸ τῆς B τετράγωνον[31] λόγον μὴ ἐχέτω ὃν τετράγωνος ἀριθμὸς πρὸς τετράγωνον ἀριθμόν·

igitur ex A quadratum ad quadratum ex B rationem habet, quam quadratus numerus ad quadratum numerum.

Rursus denique ex A quadratum ad quadratum ex B rationem non habeat quam quadratus numerus ad quadratum numerum; dico

A _____

Γ . . . .

B _____

Δ . . .

λέγω ὅτι ἀσύμμετρός ἐστιν ἡ A τῇ B μήκει. Εἰ γὰρ ἔσται[32] σύμμετρος ἡ A τῇ B μήκει[33], ἕξει τὸ ἀπὸ τῆς A πρὸς τὸ ἀπὸ τῆς B λόγον ὃν τετράγωνος ἀριθμὸς πρὸς τετράγωνον ἀριθμόν. Οὐκ ἔχει δέ· οὐκ ἄρα σύμμετρός ἐστιν ἡ A τῇ B μήκει.

Τὰ ἄρα ἀπὸ τῶν μήκει, καὶ τὰ ἑξῆς.

incommensurabilem esse A ipsi B longitudine. Si enim fuerit commensurabilis A ipsi B longitudine, habebit ex A quadratum ad ipsum ex B rationem quam quadratus numerus ad quadratum numerum. Non habet autem; non igitur commensurabilis est A ipsi B longitudine.

Ergo a rectis longitudine, etc.

cela n'est point; donc le quarré de A n'a pas avec le quarré de B la raison qu'un nombre quarré a avec un nombre quarré.

De plus, que le quarré de A au quarré de B n'ait pas la raison qu'un nombre quarré a avec un nombre quarré; je dis que A est incommensurable en longueur avec B. Car si A était commensurable en longueur avec B, le quarré de A aurait avec le quarré de B la raison qu'un nombre quarré a avec un nombre quarré. Mais il ne l'a pas; donc A n'est pas commensurable en longueur avec B; donc, etc.

ΑΛΛΩΣ.

Ἐπεὶ γὰρ σύμμετρός ἐστιν ἡ Α τῇ Β μήκει[1], λόγον ἔχει ὃν ἀριθμὸς πρὸς ἀριθμόν. Ἐχέτω ὃν ὁ Γ πρὸς τὸν Δ, καὶ ὁ Γ ἑαυτὸν μὲν πολλαπλασιάσας τὸν Ε ποιείτω, ὁ δὲ Γ τὸν Δ[2] πολλαπλασιάς τὸν Ζ ποιείτω, ὁ δὲ Δ ἑαυτὸν πολλαπλασιάσας τὸν Η ποιείτω. Ἐπεὶ οὖν ὁ Γ ἑαυτὸν μὲν πολλαπλασιάσας τὸν Ε πεποίηκε, τὸν δὲ Δ

ALITER.

Quoniam enim commensurabilis est A ipsi B longitudine, rationem habet quam numerus ad numerum. Habeat quam Γ ad Δ, et Γ se ipsum quidem multiplicans ipsum E faciat, ipse autem Γ ipsum Δ multiplicans ipsum Z faciat, et Δ se ipsum multiplicans ipsum H faciat. Quoniam itaque Γ se ipsum quidem multiplicans

A———— B— —

Γ. . . . . Δ. . .

E. . . . . Z. . . H. . .

πολλαπλασιάσας τὸν Ζ πεποίηκεν· ἔστιν ἄρα ὡς ὁ Γ πρὸς τὸν Δ, τουτέστιν ὡς ἡ Α πρὸς τὴν Β οὕτως[3] ὁ Ε πρὸς τὸν Ζ. Ἀλλ᾽ ὡς ἡ Α πρὸς τὴν Β οὕτως τὸ ἀπὸ τῆς Α πρὸς τὸ ὑπὸ τῶν Α, Β· ἔστιν ἄρα ὡς τὸ ἀπὸ τῆς Α πρὸς τὸ ὑπὸ τῶν Α, Β οὕτως ὁ Ε πρὸς τὸν Ζ. Πάλιν, ἐπεὶ ὁ Δ ἑαυτὸν πολλαπλασιάσας τὸν Η πεποίηκεν, ὁ δὲ Δ τὸν Γ[4] πολλαπλασιάσας τὸν Ζ

ipsum E fecit, ipsum vero Δ multiplicans ipsum Z fecit; est igitur ut Γ ad Δ, hoc est ut A ad B ita E ad Z. Sed ut A ad B ita ex A quadratum ad rectangulum sub A, B; est igitur ut ex A quadratum ad rectangulum sub A, B ita E ad Z. Rursus, quoniam Δ se ipsum multiplicans ipsum H fecit, ipse vero Δ ipsum Γ multiplicans ipsum Z fecit; est igitur ut Γ ad

AUTREMENT.

Car puisque A est commensurable en longueur avec B, il a avec lui la raison qu'un nombre a avec un nombre (5. 10). Que ce soit celle que Γ a avec Δ; que Γ se multipliant lui-même fasse E, que Γ multipliant Δ fasse Z, et que Δ se multipliant lui-même fasse H. Puisque Γ se multipliant lui-même fait E, et que Γ multipliant Δ fait Z, Γ est à Δ, c'est-à-dire A est à B comme E est à Z (17. 7). Mais A est à B comme le quarré de A est au rectangle sous A, B (1. 6); donc le quarré de A est au rectangle sous A, B comme E est à Z. De plus, puisque Δ se multipliant lui-même a fait H, et que Δ multipliant Γ a fait Z, Γ est à Δ,

πεποίηκεν· ἔστιν ἄρα ὡς ὁ Γ πρὸς τὸν Δ, τουτέστιν ὡς ἡ Α πρὸς τὴν Β, οὕτως ὁ Ζ πρὸς τὸν
Η. Ἀλλ᾿ ὡς ἡ Α πρὸς τὴν Β οὕτως τὸ ὑπὸ
τῶν Α, Β πρὸς τὸ ἀπὸ τῆς Β· ἔστιν ἄρα ὡς
τὸ ὑπὸ τῶν Α, Β πρὸς τὸ ἀπὸ τῆς Β οὕτως ὁ Ζ
πρὸς τὸν Η. Ἀλλ᾿ ὡς τὸ ἀπὸ τῆς Α πρὸς τὸ
ὑπὸ τῶν Α, Β οὕτως ἦν ὁ Ε πρὸς τὸν Ζ· δι᾿ ἴσου
ἄρα ὡς τὸ ἀπὸ τῆς Α πρὸς τὸ ἀπὸ τῆς Β οὕτως
ἦν ὁ Ε πρὸς τὸν Η. Ἐστι δὲ ἑκάτερος τῶν Ε, Η
τετράγωνος, ὁ μὲν γὰρ Ε ἀπὸ τοῦ Γ ἐστιν, ὁ δὲ
Η ἀπὸ τοῦ Δ· τὸ ἀπὸ τῆς Α ἄρα πρὸς τὸ ἀπὸ
τῆς Β λόγον ἔχει ὃν τετράγωνος ἀριθμὸς πρὸς
τετράγωνον ἀριθμόν.

Δ, hoc est ut Α ad Β, ita Ζ ad Η. Sed ut
Α ad Β ita sub Α, Β rectangulum ad quadratum ex Β; est igitur ut sub Α, Β rectangulum
ad quadratum ex Β ita Ζ ad Η. Sed ut ex Α
quadratum ad rectangulum sub Α, Β, ita erat
Ε ad Ζ; ex æquo igitur ut ex Α quadratum ad
ipsum ex Β ita erat Ε ad Η. Est autem uterque ipsorum Ε, Η quadratus, ipse quidem enim Ε ex Γ est,
ipse vero Η ex Δ; ergo ex Α quadratum ad
ipsum ex Β rationem habet quam quadratus nu-
ad quadratum numerum.

Α _____ ___ __   Β _____ ___ __
Γ. . . .   Δ. . .
Ε. . . .   Ζ . . .   Η. . .

Ἀλλὰ δὴ ἐχέτω τὸ ἀπὸ τῆς Α πρὸς τὸ ἀπὸ
τῆς Β λόγον ὃν τετράγωνος ἀριθμὸς ὁ Ε πρὸς
τετράγωνον ἀριθμὸν τὸν Η· λέγω ὅτι σύμμετρός ἐστιν ἡ Α τῇ Β μήκει[5]. Ἔστω γὰρ τοῦ
μὲν Ε πλευρὰ ὁ Γ, τοῦ δὲ Η ὁ Δ, καὶ ὁ Γ

At vero habeat ex Α quadratum ad ipsum
ex Β rationem quam quadratus numerus Ε ad
quadratum numerum Η; dico commensurabilem esse Α ipsi Β longitudine. Sit enim ipsius
quidem Ε latus ipse Γ, ipsius autem Η ipse Δ,

c'est-à-dire Α est à Β comme Ζ est à Η (17. 7). Mais Α est à Β comme le rectangle sous Α, Β est au quarré de Β (1. 6) ; donc le rectangle sous Α, Β est au
quarré de Β comme Ζ est à Η. Mais le quarré de Α est au rectangle sous Α, Β
comme Ε est à Ζ; donc par égalité le quarré de Α est au quarré de Β comme Ε
est à Η. Mais les nombres Ε, Η sont des quarrés, car Ε est le quarré de Γ, et
Η le quarré de Δ; donc le quarré de Α a avec le quarré de Β la raison qu'un
nombre quarré a avec un nombre quarré.

Mais que le quarré de Α ait avec le quarré de Β la raison que le nombre
quarré Ε a avec le nombre quarré Η; je dis que Α est commensurable en longueur avec Β. Car que Γ soit le côté de Ε, et Δ le côté de Η, et que Γ multi-

τὸν Δ πολλαπλασιάσας τὸν Ζ ποιείτω· οἱ Ε, Ζ, Η ἄρα ἑξῆς εἰσιν ἀνάλογον ἐν τῷ τοῦ Γ πρὸς τὸν Δ λόγῳ. Καὶ ἐπεὶ τῶν ἀπὸ τῶν Α, Β μέσον ἀνάλογόν ἐστί[6] τὸ ὑπὸ τῶν Α, Β, τῶν δὲ Ε, Η ὁ Ζ· ἔστιν ἄρα ὡς τὸ ἀπὸ τῆς Α πρὸς τὸ ὑπὸ τῶν Α, Β οὕτως ὁ Ε πρὸς τὸν Ζ. Ὡς δὲ τὸ ὑπὸ τῶν Α, Β πρὸς τὸ ἀπὸ τῆς Β οὕτως ὁ Ζ πρὸς τὸν Η[7], ἀλλ' ὡς τὸ ἀπὸ τῆς Α πρὸς τὸ ὑπὸ τῶν Α, Β οὕτως ἡ Α πρὸς τὴν Β· αἱ Α, Β ἄρα σύμμετροί εἰσι, λόγον γὰρ ἔχουσιν ὃν ἀριθμὸς ὁ Ε πρὸς ἀριθμὸν τὸν Ζ, τουτέστιν ὃν ὁ Γ πρὸς τὸν Δ· ὡς γὰρ ὁ Γ πρὸς τὸν Δ οὕτως[8] ὁ Ε πρὸς τὸν Ζ· ὁ γὰρ Γ ἑαυτὸν μὲν πολλαπλασιάσας τὸν Ε πεποίηκε, τὸν δὲ Δ πολλαπλασιάσας τὸν Ζ πεποίηκεν· ἔστιν ἄρα ὡς ὁ Γ πρὸς τὸν Δ οὕτως[9] ὁ Ε πρὸς τὸν Ζ[10]. Ὅπερ ἔδει δεῖξαι.

et Γ ipsum Δ multiplicans ipsum Z faciat; ergo Ε, Z, Η deinceps sunt proportionales in ratione ipsius Γ ad Δ. Et quoniam ipsorum ex Α, Β medium proportionale est rectangulum sub Α, Β, ipsorum autem Ε, Η ipse Z; est igitur ut ex Α quadratum ad rectangulum sub Α, Β ita Ε ad Z. Ut autem sub Α, Β rectangulum ad quadratum ex Β ita Z ad Η, sed ut ex Α quadratum ad rectangulum sub Α, Β ita Α ad Β; ergo Α, Β commensurabiles sunt, rationem enim habent quam numerus Ε ad numerum Z, hoc est quam Γ ad Δ; ut enim Γ ad Δ ita Ε ad Z; etenim Γ se ipsum quidem multiplicans ipsum Ε fecit, ipsum autem Δ multiplicans ipsum Z fecit; est igitur ut Γ ad Δ ita Ε ad Z. Quod oportebat ostendere.

pliant Δ fasse Z, les nombres Ε, Z, Η seront successivement proportionnels dans la raison de Γ à Δ (17. 7). Et puisque le rectangle sous Α, Β est moyen proportionnel entre les quarrés de Α et de Β (1. 6), et que Z l'est entre Ε et Η (11. 8), le quarré de Α sera au rectangle sous Α, Β comme Ε est à Z. Mais le rectangle sous Α, Β est au quarré de Β comme Z est à Η, et le quarré de Α est au rectangle sous Α, Β comme Α est à Β; donc Α et Β sont commensurables, car ils ont la raison qu'a le nombre Ε avec le nombre Z, c'est-à-dire la raison que Γ a avec Δ; car Γ est à Δ comme Ε est à Z, puisque Γ se multipliant lui-même fait Ε, et que Γ multipliant Δ a fait Z; donc Γ est à Δ comme Ε est à Z (17. 7). Ce qu'il fallait démontrer.

ΠΟΡΙΣΜΑ.

Καὶ φανερὸν[1] ἐκ τῶν δεδειγμένων ἔσται[2] ὅτι αἱ μήκει σύμμετροι πάντως καὶ δυνάμει, αἱ δὲ δυνάμει σύμμετροι[3] οὐ πάντως καὶ μήκει, καὶ αἱ μήκει ἀσύμμετροι οὐ πάντως καὶ δυνάμει ἀσύμμετροι, αἱ δὲ δυνάμει ἀσύμμετροι πάντως καὶ μήκει[4].

Εἴπερ γὰρ[5] τὰ ἀπὸ τῶν μήκει συμμέτρων εὐθειῶν τετράγωνα λόγον ἔχει ὃν τετράγωνος ἀριθμὸς πρὸς τετράγωνον ἀριθμόν, τὰ δὲ λόγον ἔχοντα ὃν ἀριθμὸς πρὸς ἀριθμόν, σύμμετρά ἐστιν· ὥστε αἱ μήκει σύμμετροι εὐθεῖαι οὐ μόνον εἰσὶ[6] μήκει σύμμετροι ἀλλὰ καὶ δυνάμει.

Πάλιν, ἐπεὶ οὖν[7] ὅσα τετράγωνα πρὸς ἄλληλα λόγον ἔχει ὃν τετράγωνος ἀριθμὸς πρὸς τετράγωνον ἀριθμὸν μήκει ἐδείχθη σύμμετρα, καὶ δυνάμει ὄντα σύμμετρα, τῷ τὰ τετράγωνα

COROLLARIUM.

Et manifestum ex demonstratis erit, rectas longitudine commensurabiles omnino et potentiâ, rectas autem potentiâ commensurabiles non semper et longitudine, et rectas longitudine incommensurabiles non semper et potentiâ incommensurabiles, rectas autem potentiâ incommensurabiles omnino et longitudine.

Quoniam enim ex commensurabilibus longitudine rectis quadrata rationem habent quam quadratus numerus ad quadratum numerum, magnitudines autem rationem habentes quam numerus ad numerum commensurabiles sunt; quare longitudine commensurabiles rectæ non solum sunt longitudine commensurabiles, sed etiam potentiâ.

Rursus, quoniam igitur quæcumque quadrata inter se rationem habent quam quadratus numerus ad quadratum numerum, longitudine ostensa sunt commensurabilia, et potentiâ latera existentia commensurabilia, cùm ipsorum qua-

COROLLAIRE.

D'après ce qui a été démontré, il est évident que les droites commensurables en longueur le sont toujours en puissance; que celles qui le sont en puissance ne le sont pas toujours en longueur; que celles qui sont incommensurables en longueur ne le sont pas toujours en puissance, et que celles qui sont incommensurables en puissance le sont toujours en longueur.

Car puisque les quarrés des droites commensurables en longueur ont la raison qu'un nombre quarré a avec un nombre quarré, et que les grandeurs qui ont la raison qu'un nombre a avec un nombre sont commensurables, les droites commensurables en longueur sont commensurables non seulement en longueur, mais encore en puissance.

De plus, puisqu'on a démontré que les quarrés qui sont entr'eux comme un nombre quarré est à un nombre quarré, ont leurs côtés commensurables en longueur, et que des droites sont commensurables en puissance, lorsque leurs quarrés

λόγον ἔχειν ὃν ἀριθμὸς πρὸς ἀριθμόν· ὅσα ἄρα
τετράγωνα λόγον οὐκ ἔχει ὃν τετράγωνος ἀριθμὸς πρὸς τετράγωνον ἀριθμὸν, ἀλλ᾿ ἁπλῶς ὃν
ἀριθμὸς πρὸς ἀριθμὸν, σύμμετρα μὲν ἔσται αὐτὰ
τὰ τετράγωνα δυνάμει[8], οὐκέτι δὲ καὶ μήκει·
ὥστε τὰ μὲν μήκει σύμμετρα[9] πάντως καὶ δυνάμει, τὰ[10] δὲ δυνάμει οὐ πάντως καὶ μήκει,
εἰ μὴ καὶ λόγον ἔχοιεν ὃν τετράγωνος ἀριθμὸς
πρὸς τετράγωνον ἀριθμόν.

Λέγω δὴ ὅτι καὶ[11] αἱ μήκει ἀσύμμετροι
οὐ πάντως καὶ δυνάμει[12]. Ἐπεὶ δὴ γὰρ[13]
αἱ δυνάμει σύμμετροι δύνανται λόγον μὴ
ἔχειν ὃν ἀριθμὸς[14] πρὸς ἀριθμὸν[15], καὶ διὰ
τοῦτο δυνάμει οὖσαι σύμμετροι μήκει εἰσὶν
ἀσύμμετροι· ὥστε οὐχ αἱ τῷ[16] μήκει ἀσύμμετροι πάντως καὶ δυνάμει, ἀλλὰ μήκει δύνανται[17] οὖσαι ἀσύμμετροι δυνάμει εἶναι καὶ
ἀσύμμετροι καὶ σύμμετροι.

Αἱ δὲ δυνάμει ἀσύμμετροι, πάντως καὶ μήκει

drata rationem habeant quam numerus ad numerum ; quæcumque igitur quadrata rationem
non habent quam quadratus numerus ad quadratum numerum, sed simpliciter quam numerus ad numerum , commensurabilia quidem
erunt eadem quadrata potentiâ, non autem et
longitudine ; quare quadrata quidem longitudine
commensurabilia omnino et potentiâ , quadrata
autem potentiâ non semper et longitudine, nisi
et rationem habeant quam quadratus numerus
ad quadratum numerum.

Dico etiam rectas longitudine incommensurabiles non semper et potentiâ. Quoniam igitur
rectæ potentiâ commensurabiles possunt rationem non habere quam numerus ad numerum ,
et idcirco potentiâ sunt commensurabiles, longitudine vero incommensurabiles ; quare rectæ
longitudine incommensurabiles non omnino et
potentiâ , sed longitudine incommensurabiles
existentes possunt potentiâ esse et commensurabiles et incommensurabiles.

Rectæ autem potentiâ incommensurabiles ,

ont la raison qu'un nombre a avec un nombre, les quarrés qui n'ont pas la raison
qu'un nombre quarré a avec un nombre quarré, et qui n'ont simplement que la raison
qu'un nombre a avec un nombre, ont leurs côtés commensurables en puissance,
mais non en longueur ; donc les droites commensurables en longueur le sont
toujours en puissance, et les droites commensurables en puissance ne le sont
pas toujours en longueur, à moins que leurs puissances n'ayent entre elles la
raison qu'un nombre quarré a avec un nombre quarré.

Je dis aussi que les droites incommensurables en longueur ne le sont pas
toujours en puissance; car elles peuvent n'avoir pas la raison qu'un nombre
a avec un nombre , et elles sont à cause de cela commensurables en puissance et
incommensurables en longueur; donc les droites incommensurables en longueur
ne le sont pas toujours en puissance, mais les droites incommensurables en longueur peuvent être commensurables et incommensurables en puissance.

Mais les droites incommensurables en puissance sont toujours incommensu-

ἀσύμμετροι· εἰ γὰρ μήκει[18] σύμμετροι, ἔσονται καὶ δυνάμει σύμμετροι. Ὑπόκεινται δὲ καὶ ἀσύμμετροι, ὅπερ ἄτοπον· αἱ ἄρα δυνάμει ἀσύμμετροι πάντως καὶ μήκει[19].

omnino et longitudine incommensurabiles; si enim commensurabiles, erunt et potentiâ commensurabiles. Supponuntur autem et incommensurabiles, quod est absurdum; rectæ igitur potentiâ incommensurabiles omnino et longitudine.

ΠΡΟΤΑΣΙΣ ί.

Ἐὰν τέσσαρα μεγέθη ἀνάλογον ᾖ, τὸ δὲ πρῶτον τῷ δευτέρῳ σύμμετρον ᾖ, καὶ τὸ τρίτον τῷ τετάρτῳ σύμμετρον ἔσται· κἂν τὸ πρῶτον τῷ δευτέρῳ ἀσύμμετρον ᾖ, καὶ τὸ τρίτον τῷ τετάρτῳ[1] ἀσύμμετρον ἔσται.

PROPOSITIO X.

Si quatuor magnitudines proportionales sunt, prima autem secundæ commensurabilis est, et tertia quartæ commensurabilis erit; et si prima secundæ incommensurabilis est, et tertia quartæ incommensurabilis erit.

Ἔστωσαν τέσσαρα μεγέθη ἀνάλογον, τὰ Α, Β, Γ, Δ, ὡς τὸ Α πρὸς τὸ Β οὕτως τὸ Γ πρὸς τὸ Δ, τὸ Α δὲ τῷ Β σύμμετρον ἔστω· λέγω ὅτι καὶ τὸ Γ τῷ Δ σύμμετρον ἔσται[2].

Sint quatuor magnitudines proportionales A, B, Γ, Δ, ut A ad B ita Γ ad Δ, ipsa A autem ipsi B commensurabilis sit; dico et Γ ipsi Δ commensurabilem fore.

rables en longueur; car si elles étaient commensurables en longueur, elles seraient commensurables en puissance. Mais on les suppose incommensurables, ce qui est absurde; donc les droites incommensurables en puissance le sont toujours en longueur.

PROPOSITION X.

Si quatre grandeurs sont proportionnelles, et si la première est commensurable avec la seconde, la troisième sera commensurable avec la quatrième; et si la première est incommensurable avec la seconde, la troisième sera incommensurable avec la quatrième.

Soient les quatre grandeurs proportionnelles A, B, Γ, Δ; que A soit à B comme Γ est à Δ; et que A soit commensurable avec B; je dis que Γ sera commensurable avec Δ.

Ἐπεὶ γὰρ σύμμετρόν ἐστι τὸ Α τῷ Β, τὸ Α ἄρα πρὸς τὸ Β λόγον ἔχει ὃν ἀριθμὸς πρὸς ἀριθμόν. Καὶ ἔστιν ὡς τὸ Α πρὸς τὸ Β οὕτως τὸ Γ πρὸς τὸ Δ· καὶ τὸ Γ ἄρα πρὸς τὸ Δ λόγον ἔχει ὃν ἀριθμὸς πρὸς ἀριθμόν· σύμμετρον ἄρα ἐστὶ τὸ Γ τῷ Δ.

Ἀλλὰ δὴ τὸ Α τῷ Β ἀσύμμετρον ἔστω· λέγω ὅτι καὶ τὸ Γ τῷ Δ ἀσύμμετρον ἔσται[3]. Ἐπεὶ γὰρ ἀσύμμετρόν ἐστι τὸ Α τῷ Β· τὸ Α ἄρα πρὸς τὸ Β λόγον οὐκ ἔχει ὃν ἀριθμὸς πρὸς ἀριθμόν. Καὶ ἔστιν ὡς τὸ Α πρὸς τὸ Β οὕτως τὸ Γ πρὸς τὸ Δ· οὐδὲ τὸ Γ ἄρα πρὸς τὸ Δ λόγον ἔχει ὃν ἀριθμὸς πρὸς ἀριθμόν[4]· ἀσύμμετρον ἄρα ἐστὶ τὸ Γ τῷ Δ.

Ἐὰν ἄρα τέσσαρα, καὶ τὰ ἑξῆς.

Quoniam enim commensurabilis est A ipsi B, ergo A ad B rationem habet quam numerus ad numerum. Atque est ut A ad B ita Γ ad Δ; et Γ igitur ad Δ rationem habet quam numerus ad numerum; commensurabilis igitur est Γ ipsi Δ.

At vero A ipsi B incommensurabilis sit; dico et Γ ipsi Δ incommensurabilem fore. Quoniam enim incommensurabilis est A ipsi B; ergo A ad B rationem non habet quam numerus ad numerum. Atque est ut A ad B ita Γ ad Δ; neque Γ igitur ad Δ rationem habet quam numerus ad numerum; incommensurabilis igitur est Γ ipsi Δ.

Si igitur quatuor, etc.

ΛΗΜΜΑ.

Δέδεικται ἐν τοῖς ἀριθμητικοῖς, ὅτι οἱ ὅμοιοι ἐπίπεδοι ἀριθμοὶ πρὸς ἀλλήλους λόγον ἔχουσιν ὃν τετράγωνος ἀριθμὸς πρὸς τετράγωνον ἀριθ-

LEMMA.

Ostensum est in arithmeticis similes planos numeros inter se rationem habere quam quadratus numerus ad quadratum numerum; et si

Car puisque A est commensurable avec B, A a avec B la même raison qu'un nombre a avec un nombre (5. 10). Mais A est à B comme Γ est à Δ; donc Γ a avec Δ la raison qu'un nombre a avec un nombre; donc Γ est commensurable avec Δ (6. 10.)

Mais que A soit incommensurable avec B; je dis que Γ sera incommensurable avec Δ. Car puisque A est incommensurable avec B, A n'a pas avec B la raison qu'un nombre a avec un nombre (7. 10). Mais A est à B comme Γ est à Δ; donc Γ n'a pas avec Δ la raison qu'un nombre a avec un nombre; donc Γ est incommensurable avec Δ; donc, etc.

LEMME.

On a démontré dans les livres d'arithmétique (26. 8) que les nombres plans semblables ont entr'eux la raison qu'un nombre quarré a avec un nombre quarré;

μόν· καὶ ὅτι, ἐὰν δύο ἀριθμοὶ πρὸς ἀλλήλους
λόγον ἔχωσιν ὃν τετράγωνος ἀριθμὸς πρὸς τετράγωνον ἀριθμὸν, ὅμοιοί εἰσιν ἐπίπεδοι. Καὶ
δῆλον ἐκ τούτων, ὅτι οἱ μὴ ὅμοιοι ἐπίπεδοι
ἀριθμοὶ, τουτέστιν οἱ μὴ ἀνάλογον ἔχοντες τὰς
πλευρὰς πρὸς ἀλλήλους λόγον οὐκ ἔχουσιν ὃν
τετράγωνος ἀριθμὸς πρὸς τετράγωνον ἀριθμόν.
Εἰ γὰρ ἕξουσιν, ὅμοιοι ἐπίπεδοι ἔσονται, ὅπερ
οὐχ ὑπόκειται· οἱ ἄρα μὴ ὅμοιοι ἐπίπεδοι
πρὸς ἀλλήλους λόγον οὐκ ἔχουσιν ὃν τετράγωνος
ἀριθμὸς πρὸς τετράγωνον ἀριθμόν.

duo numeri inter se rationem habent quam quadratus numerus ad quadratum numerum, eos
similes esse planos. Et manifestum est ex his,
non similes planos numeros, hoc est non proportionalia habentes latera, inter se rationem non
habere quam quadratus numerus ad quadratum
numerum. Si enim haberent, similes plani essent, quod non supponitur; ergo non similes
plani inter se rationem non habent quam quadratus numerus ad quadratum numerum.

ΠΡΟΤΑΣΙΣ ιά.

Τῇ προτεθείσῃ εὐθείᾳ προσευρεῖν δύο εὐθείας
ἀσυμμέτρους, τὴν μὲν μήκει μόνον, τὴν δὲ καὶ
δυνάμει.

Εστω ἡ προτεθεῖσα εὐθεῖα ἡ Α· δεῖ δὴ τῇ Α
προσευρεῖν δύο εὐθείας ἀσυμμέτρους, τὴν μὲν
μήκει μόνον, τὴν δὲ καὶ δυνάμει.

PROPOSITIO XI.

Propositæ rectæ invenire duas rectas incommensurabiles, alteram quidem longitudine
tantum, alteram autem et potentiâ.

Sit proposita recta A; oportet igitur ipsi A
invenire duas rectas incommensurabiles, alteram quidem longitudine solum, alteram autem
et potentiâ.

et que si deux nombres ont entr'eux la raison qu'un nombre quarré a avec un
nombre quarré, ces nombres sont des plans semblables. De là il est évident que
des nombres plans non semblables, c'est-à-dire des nombres plans qui n'ont pas
leurs côtés proportionnels, n'ont pas la raison qu'un nombre quarré a avec un
nombre quarré. Car s'ils l'avaient, ils seraient des plans semblables, ce qui n'est
pas supposé; donc des plans non semblables n'ont pas la raison qu'un nombre
quarré a avec un nombre quarré.

PROPOSITION XI.

Trouver deux droites incommensurables avec la droite proposée, l'une en
longueur seulement, et l'autre en puissance.

Soit A la droite proposée; il faut trouver deux droites incommensurables
avec A, l'une en longueur seulement, et l'autre en longueur et en puissance.

Ἐκκείσθωσαν γὰρ δύο ἀριθμοὶ οἱ B, Γ, πρὸς ἀλλήλους λόγον μὴ ἔχοντες ὃν τετράγωνος ἀριθμὸς πρὸς τετράγωνον ἀριθμὸν, τουτέστι μὴ ὅμοιοι ἐπίπεδοι, καὶ γεγονέτω ὡς ὁ B πρὸς τὸν Γ οὕτως τὸ ἀπὸ τῆς A τετράγωνον πρὸς τὸ ἀπὸ τῆς Δ τετράγωνον, ἐμάθομεν γὰρ· σύμμετρον ἄρα τὸ ἀπὸ τῆς¹ A τῷ ἀπὸ τῆς² Δ. Καὶ ἐπεὶ ὁ B πρὸς τὸν Γ λόγον οὐκ ἔχει ὃν τετράγωνος ἀριθμὸς πρὸς τετράγωνον ἀριθμὸν, οὐδ᾽ ἄρα τὸ ἀπὸ τῆς A πρὸς τὸ ἀπὸ τῆς Δ λόγον ἔχει ὃν τετράγωνος ἀριθμὸς πρὸς τετράγωνον

Exponantur enim duo numeri B, Γ, inter se rationem non habentes quam quadratus numerus ad quadratum numerum, hoc est non similes plani, et fiat ut B ad Γ ita ex A quadratum ad quadratum ex Δ, hoc enim tradidimus; commensurabile igitur ex A quadratum ipsi ex Δ. Et quóniam B ad Γ rationem non habet quam quadratus numerus ad quadratum numerum, non igitur ex A quadratum ad ipsum ex Δ rationem habet quam quadratus numerus ad quadratum numerum; incommen-

$$\begin{array}{l}
\text{A} \rule{9cm}{0.4pt} \\[4pt]
\text{E} \rule{6cm}{0.4pt} \\[4pt]
\Delta \rule{5cm}{0.4pt} \\[4pt]
\text{B} \cdots \\[4pt]
\Gamma \cdots\cdots
\end{array}$$

ἀριθμόν· ἀσύμμετρος ἄρα ἐστὶν ἡ A τῇ Δ μήκει. Εἰλήφθω τῶν A, Δ μέση ἀνάλογον ἡ E· ἔστιν ἄρα ὡς ἡ A πρὸς τὴν Δ οὕτως τὸ ἀπὸ τῆς A τετράγωνον πρὸς τὸ ἀπὸ τῆς E. Ἀσύμμετρος δέ ἐστιν ἡ A τῇ Δ μήκει· ἀσύμμετρον ἄρα ἐστὶ καὶ

surabilis igitur est A ipsi Δ longitudine. Sumatur ipsarum A, Δ media proportionalis E; est igitur ut A ad Δ ita ex A quadratum ad ipsum ex E. Incommensurabilis autem est A ipsi Δ longitudine; incommensurabile igitur est

Car soient deux nombres B, Γ qui n'ayent pas entr'eux la raison qu'un nombre quarré a avec un nombre quarré, c'est-à-dire qui soient deux plans non semblables ; et faisons en sorte que B soit à Γ comme le quarré de A est au quarré de Δ, ce que nous avons déjà enseigné (cor. 6. 10) ; le quarré de A sera commensurable avec le quarré de Δ. Et puisque B n'a pas avec Γ la raison qu'un nombre quarré a avec un nombre quarré, le quarré de A n'aura pas avec le quarré de Δ la raison qu'un nombre quarré a avec un nombre quarré ; donc A est incommensurable en longueur avec Δ (9. 10). Prenons une moyenne proportionnelle E entre A et Δ, A sera à Δ comme le quarré de A est au quarré de E (cor. 2. 6). Mais A est incommensurable en longueur avec Δ ; donc le quarré de A est incommensurable avec le quarré

τὸ ἀπὸ τῆς Α τετράγωνον τῷ ἀπὸ τῆς Ε τετρα-
γώνῳ· ἀσύμμετρος ἄρα ἐστὶν ἡ Α τῇ Ε δυνάμει·

et ex Α quadratum ipsi ex Ε quadrato; incommensurabilis igitur est Α ipsi Ε potentiâ ; ergo

A _____

E _____

Δ _____

B . . . .

Γ . . . .

τῇ ἄρα προτεθείσῃ εὐθείᾳ τῇ Α προσεύρηνται
δύο εὐθεῖαι ἀσύμμετροι αἱ Δ, Ε μήκει μὲν
μόνον ἡ Δ, δυνάμει δὲ καὶ μήκει δηλαδὴ ἡ Ε³.
Ὅπερ ἔδει δεῖξαι.

propositæ rectæ Α inventæ sunt duæ rectæ
incommensurabiles ipsæ Δ, Ε ; longitudine
quidem tantum ipsa Δ, potentiâ autem et longitudine scilicet ipsa Ε. Quod oportebat ostendere.

ΠΡΟΤΑΣΙΣ ιϛ'.

Τὰ τῷ αὐτῷ μεγέθει σύμμετρα καὶ ἀλλήλοις
ἐστὶ σύμμετρα.

Ἑκάτερον γὰρ τῶν Α, Β τῷ Γ ἔστω σύμμε-
τρον· λέγω ὅτι καὶ τὸ Α τῷ Β ἐστὶ σύμμετρον.

Ἐπεὶ γὰρ σύμμετρόν ἐστι τὸ Α τῷ Γ, τὸ Α
ἄρα πρὸς τὸ Γ λόγον ἔχει ὃν ἀριθμὸς πρὸς

PROPOSITIO XII.

Eidem magnitudini commmensurabiles et
inter se sunt commensurabiles.

Utraque enim ipsarum Α, Β ipsi Γ sit commensurabilis; dico et Α ipsi Β esse commensurabilem.

Quoniam enim commensurabilis est Α ipsi Γ,
ergo Α ad Γ rationem habet quam numerus ad

de Ε (10. 10); donc Α est incommensurable en puissance avec Ε. On a donc
trouvé pour la droite proposée Α deux droites incommensurables Δ, Ε, savoir
la droite Δ en longueur seulement, et la droite Ε en puissance et en longueur.
Ce qu'il fallait démontrer.

PROPOSITION XII.

Les grandeurs qui sont commensurables avec une même grandeur sont commensurables entr'elles.

Que chacune des grandeurs Α, Β soit commensurable avec Γ; je dis que Α est
commensurable avec Β.

Car puisque Α est commensurable avec Γ, Α a avec Γ la raison qu'un nombre

ἀριθμόν. Εχέτω ὃν ὁ Δ πρὸς τὸν Ε. Πάλιν, 'πεὶ σύμμετρόν ἐστι τὸ Β τῷ Γ, τὸ Γ ἄρα πρὸς τὸ Β λόγον ἔχει ὃν ἀριθμὸς πρὸς ἀριθμόν. Εχέτω ὃν ὁ Ζ πρὸς τὸν Η. Καὶ λόγων δοθέντων ὁποσωνοῦν, τούτε ὃν ἔχει ὁ Δ πρὸς τὸν Ε καὶ ὁ Ζ πρὸς τὸν Η, εἰλήφθωσαν ἀριθμοὶ ἐξῆς ἐν τοῖς δοθεῖσι λόγοις, οἱ Θ, Κ, Λ· ὥστε εἶναι ὡς μὲν ὁ Δ πρὸς τὸν Ε οὕτως τὸν Θ πρὸς τὸν Κ, ὡς δὲ τὸν Ζ πρὸς τὸν Η οὕτως τὸ Κ πρὸς τὸν Λ.

numerum. Habeat quam Δ ad Ε. Rursus, quoniam commensurabilis est Β ipsi Γ, ergo Γ ad Β rationem habet quam numerus ad numerum. Habeat quam Ζ ad Η. Et rationibus datis quibuscumque, et ipsâ quam habet Δ ad Ε et Ζ ad Η, sumantur numeri Θ, Κ, Λ deinceps in datis rationibus, et sit ut quidem Δ ad Ε ita Θ ad Κ, ut autem Ζ ad Η ita Κ ad Λ.

```
A _____        Δ,· · · · · · Ζ · ·      Θ · · · · · ·

Γ _____        Ε · · · ·    Η · · · · · Κ · ·

B _____        					 Λ · · · · ·
```

Επεὶ οὖν ἐστιν ὡς τὸ Α πρὸς τὸ Γ οὕτως ὁ Δ πρὸς τὸν Ε, ἀλλ' ὡς ὁ Δ πρὸς τὸν Ε οὕτως ὁ Θ πρὸς τὸν Κ· ἔστιν ἄρα καὶ ὡς τὸ Α πρὸς τὸ Γ οὕτως ὁ Θ πρὸς τὸν Κ. Πάλιν, ἐπεί ἐστιν ὡς τὸ Γ πρὸς τὸ Β οὕτως ὁ Ζ πρὸς τὸν Η, ἀλλ' ὡς ὁ Ζ πρὸς τὸν Η οὕτως ὁ Κ πρὸς τὸν Λ· καὶ ὡς ἄρα τὸ Γ πρὸς τὸ Β οὕτως ὁ Κ πρὸς τὸν Λ. Εστι δὲ καὶ ὡς τὸ Α πρὸς τὸ Γ οὕτως ὁ Θ πρὸς τὸν Κ· δι'ίσου ἄρα ἐστὶν ὡς τὸ Α πρὸς τὸ Β οὕτως ὁ Θ πρὸς τὸν Λ· τὸ Α ἄρα πρὸς τὸ Β λόγον ἔχει

Quoniam igitur est ut Α ad Γ ita Δ ad Ε, sed ut Δ ad Ε ita Θ ad Κ; est igitur et ut Α ad Γ ita Θ ad Κ. Rursus, quoniam est ut Γ ad Β ita Ζ ad Η, sed ut Ζ ad Η ita Κ ad Λ; et ut igitur Γ ad Β ita Κ ad Λ. Est autem et ut Α ad Γ ita Θ ad Κ; ex æquo igitur est ut Α ad Β ita Θ ad Λ; ergo Α ad Β rationem habet

a avec un nombre (5. 10.); qu'il ait celle que Δ a avec Ε. De plus, puisque Β est commensurable avec Γ, Γ a avec Β la raison qu'un nombre a avec un nombre. Qu'il ait celle que Ζ a avec Η. La raison que Δ a avec Ε, et celle que Ζ a avec Η étant données, prenons les nombres Θ, Κ, Λ successivement proportionnels dans les raisons données, de manière que Δ soit à Ε comme Θ est à Κ, et que Ζ soit à Η comme Κ est à Λ.

Puisque Α est Γ comme Δ st à Ε, et que Δ est à Ε comme Θ est à Κ, Α sera à Γ comme Θ est à Κ. De plus, puisque Γ est à Β comme Ζ est à Η, et que Ζ est à Η comme Κ est à Λ, Γ est à Β comme Κ est à Λ. Mais Α est à Γ comme Θ est à Κ; donc, par égalité, Α est à Β comme Θ est à Λ (23. 5); donc Α a avec Β la raison que le

ὃν ἀριθμὸς ὁ Θ πρὸς ἀριθμὸν τὸν Λ· σύμμετρον ἄρα ἐστὶ τὸ Α τῷ Β.

Τὰ ἄρα τῷ αὐτῷ, καὶ τὰ ἑξῆς.

quam numerus Θ ad numerum Λ; commensurabilis igitur est A ipsi B.

Ergo eidem, etc.

ΠΡΟΤΑΣΙΣ ιγ΄.

Ἐὰν ᾖ δύο μεγίθη, καὶ τὸ μὲν σύμμετρον ᾖ τῷ αὐτῷ, τὸ δὲ ἕτερον ἀσύμμετρον· ἀσύμμετρα ἔσται τὰ μεγίθη.

Ἔστω γὰρ δύο μεγίθη τὰ Α, Β, ἄλλο δὲ τὸ Γ, καὶ τὸ μὲν Α τῷ Γ σύμμετρον ἔστω, τὸ δὲ Β τῷ Γ ἀσύμμετρον· λέγω ὅτι καὶ τὸ Α τῷ Β ἀσύμμετρόν ἐστιν.

PROPOSITIO XIII.

Si sunt duæ magnitudines, et altera quidem commensurabilis est eidem, altera autem incommensurabilis; incommensurabiles erunt magnitudines.

Sint enim duæ magnitudines A, B, alia autem Γ, et quidem A ipsi Γ commensurabilis sit, sed B ipsi Γ incommensurabilis; dico et A ipsi B incommensurabilem esse.

A ————————————————

Γ ————————————

B ————————————————

Εἰ γὰρ ἐστι σύμμετρον τὸ Α τῷ Β, ἔστι δὲ καὶ τὸ Γ τῷ Α· καὶ τὸ Γ ἄρα τῷ Β σύμμετρόν ἐστιν. Ὅπερ οὐχ ὑπόκειται.

Si enim est commensurabilis A ipsi B, est autem et Γ ipsi A; et Γ igitur ipsi B commensurabilis est. Quod non supponitur.

nombre Θ a avec le nombre Λ; donc A est commensurable avec B (6. 10). Donc, etc.

PROPOSITION XIII.

Si l'on a deux grandeurs; que l'une d'elles soit commensurable avec une troisième, et que l'autre ne lui soit pas commensurable, ces deux grandeurs seront incommensurables.

Soient les deux grandeurs A, B, et une autre grandeur Γ; que A soit commensurable avec Γ, et que B soit incommensurable avec Γ; je dis que A est incommensurable avec B.

Car si A était commensurable avec B, à cause que Γ est commensurable avec A, Γ serait commensurable avec B (12. 10). Ce qui n'est pas supposé.

ΠΡΟΤΑΣΙΣ ιδ´.

Ἐὰν ᾖ δύο μεγέθη σύμμετρα, τὸ δὲ ἕτερον αὐτῶν μεγέθει τινὶ ἀσύμμετρον ᾖ· καὶ τὸ λοιπὸν τῷ αὐτῷ ἀσύμμετρον ἔσται.

Ἔστω δύο μεγέθη σύμμετρα τὰ Α, Β, τὸ δὲ ἕτερον αὐτῶν τὸ Α ἄλλῳ[1] τινὶ τῷ Γ ἀσύμμετρον ἔστω· λέγω ὅτι καὶ τὸ λοιπὸν τὸ Β τῷ Γ ἀσύμμετρόν ἐστιν.

PROPOSITIO XIV.

Si sunt duæ magnitudines commensurabiles, altera autem ipsarum magnitudini alicui incommensurabilis est; et reliqua eidem incommensurabilis erit.

Sint duæ magnitudines commensurabiles A, B; altera autem ipsarum A alii alicui Γ incommensurabilis sit; dico et reliquam B ipsi Γ incommensurabilem esse.

A ―――――――――――

Γ ――――――――

B ―――――――――

Εἰ γάρ ἐστι σύμμετρον τὸ Β τῷ Γ, ἀλλὰ καὶ τὸ Α τῷ Β σύμμετρόν ἐστι[2] καὶ τὸ Α ἄρα τῷ Γ σύμμετρόν ἐστιν. Ἀλλὰ καὶ ἀσύμμετρον, ὅπερ ἀδύνατον· οὐκ ἄρα σύμμετρόν ἐστι τὸ Β τῷ Γ· ἀσύμμετρον ἄρα.

Ἐὰν ἄρα ᾖ δύο μεγέθη, καὶ τὰ ἑξῆς.

Si enim est commensurabilis B ipsi Γ, sed et A ipsi B commensurabilis est; et A igitur ipsi Γ commensurabilis est. Sed et incommensurabilis, quod impossibile; non igitur commensurabilis est B ipsi Γ; incommensurabilis igitur.

Si igitur sunt duæ magnitudines, etc.

PROPOSITION XIV.

Si deux grandeurs sont commensurables, et si l'une d'elles est incommensurable avec une autre grandeur, la grandeur restante sera aussi incommensurable avec celle-ci.

Soient les deux grandeurs commensurables A, B, et que l'une d'elles soit incommensurable avec Γ; je dis que la grandeur restante B sera aussi incommensurable avec Γ.

Car si B était commensurable avec Γ, à cause que A est commensurable avec B, A serait commensurable avec Γ (12. 10). Mais A est incommensurable avec Γ, ce qui est impossible; donc B n'est pas commensurable avec Γ; donc il lui est incommensurable. Donc, etc.

ΛΗΜΜΑ.   LEMMA.

Δύο δοθεισῶν εὐθειῶν ἀνίσων, εὑρεῖν τίνι μεῖζον   Duabus datis rectis inæqualibus, invenire
δύναται ἡ μείζων τῆς ἐλάσσονος.   id quo plus potest major quam minor.

Ἔστωσαν αἱ δοθεῖσαι δύο ἄνισοι εὐθεῖαι, αἱ   Sint datæ duæ inæquales rectæ AB, Γ,
AB, Γ, ὧν μείζων ἔστω ἡ AB· δεῖ δὴ εὑρεῖν τίνι   quarum major sit AB; oportet igitur invenire
μεῖζον δύναται ἡ AB τῆς Γ.   id quo plus potest AB quam Γ.

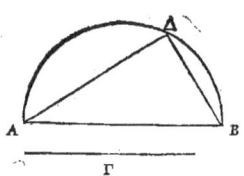

Γεγράφθω ἐπὶ τῆς AB ἡμικύκλιον, τὸ ΑΔΒ,   Describatur super rectam AB semicirculus
καὶ εἰς αὐτὸ ἐνηρμόσθω τῇ Γ ἴση ἡ ΑΔ, καὶ   ΑΔΒ, et in eo aptetur ipsi Γ æqualis ΑΔ, et
ἐπεζεύχθω ἡ ΔΒ. Φανερὸν δὴ ὅτι ὀρθή ἐστιν[1] ἡ   jungatur ΔΒ. Evidens igitur rectum esse ΑΔΒ
ὑπὸ ΑΔΒ γωνία, καὶ ὅτι ἡ AB τῆς ΑΔ, του-   angulum, et AB quam ΑΔ, hoc est quam Γ,
τέστι τῆς[2] Γ, μεῖζον δύναται τῇ ΔΒ.   plus posse quadrato ex ΔΒ.

Ὁμοίως δὲ καὶ δύο δοθεισῶν εὐθειῶν, ἡ δυ-   Similiter autem et datis rectis, quæ potest
ναμένη αὐτὰς εὑρίσκεται οὕτως.   ipsas invenietur hoc modo.

LEMME.

Deux droites inégales étant données, trouver ce dont le puissance de la plus
grande surpasse la puissance de la plus petite.

Soient AB, Γ les deux droites inégales données; que AB soit la plus grande;
il faut trouver ce dont la puissance de AB surpasse la puissance de Γ.

Décrivons sur AB le demi-cercle ΑΔΒ, adaptons dans ce demi-cercle une droite
ΑΔ égale à Γ (1. 4), et joignons ΔΒ. Il est évident que l'angle ΑΔΒ est droit (31. 3),
et que la puissance de AB surpasse la puissance de ΑΔ, c'est-à-dire de Γ, du quarré
de ΔΒ (47. 1).

On trouvera de la même manière la droite dont la puissance égale la somme
des puissances de deux droites données.

Εστωσαν αἱ δύο εὐθεῖαι δοθεῖσαι[3] αἱ ΑΔ, ΔΒ·
καὶ δέον ἔστω εὑρεῖν τὰς τὴν δυναμένην αὐτάς.
Κείσθωσαν[4] γὰρ, ὥστε ὀρθὴν γωνίαν περιέχειν τὴν
ὑπὸ ΑΔΒ, καὶ ἐπιζεύχθω ἡ ΑΒ· φανερὸν
πάλιν, ὅτι ἡ τὰς ΑΔ, ΔΒ δυναμένη ἐστὶν ἡ ΑΒ.

Sint duæ rectæ datæ ΑΔ, ΔΒ; et oporteat
invenire rectam quæ possit ipsas. Ponantur
enim, ut rectum angulum ΑΔΒ contineant,
et jungatur ΑΒ; perspicuum est rursus, ipsas
ΑΔ, ΔΒ rectam posse ΑΒ.

ΠΡΟΤΑΣΙΣ ιέ.

Ἐὰν τέσσαρες εὐθεῖαι ἀνάλογον ὦσι, δύνηται
δὲ ἡ πρώτη τῆς δευτέρας μεῖζον τῷ ἀπὸ συμμέτρου ἑαυτῇ[1]· καὶ ἡ τρίτη τῆς τετάρτης μεῖζον
δυνήσεται τῷ ἀπὸ συμμέτρου ἑαυτῇ[2]. Καὶ ἐὰν
ἡ πρώτη τῆς δευτέρας μεῖζον δύνηται, τῷ ἀπὸ
ἀσυμμέτρου ἑαυτῇ[3]· καὶ ἡ τρίτη τῆς τετάρτης
μεῖζον δυνήσεται τῷ ἀπὸ ἀσυμμέτρου ἑαυτῇ[4].

Εστωσαν δὴ[5] τέσσαρες εὐθεῖαι ἀνάλογον αἱ Α,
Β, Γ, Δ, ὡς ἡ πρὸς τὴν Β οὕτως ἡ Γ πρὸς
τὴν Δ, καὶ ἡ Α μὲν τῆς Β μεῖζον δυνάσθω τῷ·

PROPOSITIO XV.

Si quatuor rectæ proportionales sunt, plus
potest autem prima quam secunda, quadrato ex
rectâ sibi commensurabili; et tertia quam quarta
plus poterit, quadrato ex rectâ sibi incommensurabili. Et si prima quam secunda plus potest,
quadrato ex rectâ sibi incommensurabili; et tertia
quam quarta plus poterit, quadrato ex rectâ
sibi incommensurabili.

Sint igitur quatuor rectæ proportionales Α, Β,
Γ, Δ, ut Α ad Β ita Γ ad Δ, et Α quidem quam
Β plus possit quadrato ex Ε, sed Γ quam Δ plus

Soient ΑΔ et ΔΒ les deux droites données, il faut trouver la droite dont la
puissance égale la somme des puissances de ces deux droites ; que ces droites
soient placées de manière qu'elles comprenent un angle droit ΑΔΒ, et joignons ΑΒ ;
il est évident encore que la puissance de ΑΒ égale la somme des puissances des
droites ΑΔ, ΔΒ (47. 1).

PROPOSITION XV.

Si quatre droites sont proportionnelles, et si la puissance de la première surpasse la puissance de la seconde du quarré d'une droite commensurable avec
la première, la puissance de la troisième surpassera la puissance de la quatrième du quarré d'une droite qui sera commensurable avec la troisième, et si la
puissance de la première surpasse la puissance de la seconde du quarré d'une
droite incommensurable avec la première, la puissance de la troisième surpassera
la puissance de la quatrième du quarré d'une droite qui sera incommensurable
avec la troisième.

Soient les quatre droites proportionnelles Α, Β, Γ, Δ, de manière que Α soit
à Β comme Γ est à Δ ; que la puissance de Α surpasse la puissance de Β du

ἀπὸ τῆς E, ἡ δὲ Γ τῆς Δ μεῖζον δυνάσθω τῷ ἀπὸ τῆς Z· λέγω ὅτι εἴτε σύμμετρός ἐστιν ἡ Α τῇ[6] E, σύμμετρός ἐστι καὶ ἡ Γ τῇ Z· εἴτε ἀσύμμετρός ἐστιν ἡ Α τῇ E, ἀσύμμετρός ἐστι καὶ ἡ Γ τῇ Z.

possit quadrato ex Z; dico et si commensurabilis sit A ipsi E, commensurabilem esse et Γ ipsi Z; et si incommensurabilis sit A ipsi E incommensurabilem esse et Γ ipsi Z.

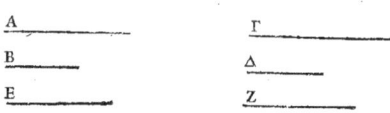

Ἐπεὶ γάρ ἐστιν ὡς ἡ Α πρὸς τὴν Β οὕτως ἡ Γ πρὸς τὴν Δ· ἔστιν ἄρα καὶ ὡς τὸ ἀπὸ τῆς Α πρὸς τὸ ἀπὸ τῆς Β οὕτως τὸ ἀπὸ τῆς Γ πρὸς τὸ ἀπὸ τῆς Δ. Ἀλλὰ τῷ μὲν ἀπὸ τῆς Α ἴσα ἐστὶ τὰ ἀπὸ τῶν Α, Β, τῷ δὲ ἀπὸ τῆς Γ ἴσα ἐστὶ[8] τὰ ἀπὸ τῶν Z, Δ· ἔστιν ἄρα ὡς τὸ ἀπὸ τῶν E, Β πρὸς τὸ ἀπὸ τῆς Β οὕτως τὸ ἀπὸ τῶν Z, Δ πρὸς τὸ ἀπὸ τῆς Δ· διελόντι ἄρα ἐστὶν ὡς τὸ ἀπὸ τῆς E πρὸς τὸ ἀπὸ τῆς Β οὕτως τὸ ἀπὸ τῆς Z πρὸς τὸ ἀπὸ τῆς Δ· ἔστιν ἄρα καὶ ὡς ἡ E πρὸς τὴν Β οὕτως ἡ Z πρὸς τὴν Δ· ἀνάπαλιν ἄρα ἐστὶν[9] ὡς ἡ Β πρὸς τὴν E οὕτως ἡ Δ πρὸς τὴν Z. Ἔστι δὲ καὶ ὡς ἡ Α πρὸς τὴν Β οὕτως ἡ Γ πρὸς τὴν Δ· δι'ἴσου ἄρα ἐστιν ὡς ἡ Α πρὸς τὴν E οὕτως ἡ Γ πρὸς

Quoniam enim est ut A ad B ita Γ ad Δ; est igitur et ut ex A quadratum ad ipsum ex B ita ex Γ quadratum ad ipsum ex Δ. Sed ipsi quidem quadrato ex A æqualia sunt ex E, B quadrata, sed ex Γ quadrato æqualia sunt ex Z, Δ quadrata; sunt igitur ut ex E, B quadrata ad ipsum ex B ita ex Z, Δ quadrata ad ipsum ex Δ; dividendo igitur est ut ex E quadratum ad ipsum ex B ita ex Z quadratum ad ipsum ex Δ; est igitur et ut E ad B ita Z ad Δ; convertendo igitur est ut B ad E ita Δ ad Z. Est autem et ut A ad B ita Γ ad Δ; ex æquo igitur est ut A ad E ita Γ ad Z; et si igitur

quarré de la droite E, et que la puissance de Γ surpasse la puissance de Δ du quarré de la droite z; je dis que si A est commensurable avec E, Γ le sera avec z; et que si A est incommensurable avec E, Γ le sera aussi avec z.

Car puisque A est à B comme Γ est à Δ, le quarré de A sera au quarré de B comme le quarré de Γ est au quarré de Δ (cor. 1. 22. 6). Mais la somme des quarrés de E et de B est égale au quarré de A, et la somme des quarrés de z et de Δ est égale au quarré de Γ; donc la somme des quarrés de E et de B est au quarré de B comme la somme des quarrés de z et de Δ est au quarré de Δ; donc, par soustraction, le quarré de E est au quarré de B comme le quarré de z est au quarré de Δ (17. 5); donc E est à B comme z est à Δ (22 6); donc, par conversion, B est à E comme Δ est à z (4. 5 . Mais A est à B comme Γ est à Δ; donc, par égalité, A est à E comme Γ est à z (22. 5); donc si A est commensurable avec

τὴν Z· εἴτε οὖν σύμμετρός ἐστιν ἡ A τῇ E, σύμμετρός ἐστι καὶ ἡ Γ τῇ Z· εἴτε ἀσύμμετρός ἐστιν[10] ἡ A τῇ E, ἀσύμμετρός ἐστι καὶ ἡ Γ τῇ Z. Ἐὰν ἄρα τέσσαρες, καὶ τὰ ἑξῆς.

commensurabilis est A ipsi E, commensurabilis est et Γ ipsi Z; et si incommensurabilis est A ipsi E, incommensurabilis est et Γ ipsi Z. Si igitur quatuor, etc.

ΠΡΟΤΑΣΙΣ ιϛ'.

Ἐὰν δύο μεγέθη σύμμετρα συντεθῇ, καὶ τὸ ὅλον ἑκατέρῳ αὐτῶν σύμμετρον ἔσται· κἂν τὸ ὅλον ἑνὶ αὐτῶν σύμμετρον ᾖ, καὶ τὰ ἐξ ἀρχῆς μεγέθη σύμμετρα ἔσται.

Συγκείσθω γὰρ δύο μεγέθη σύμμετρα, τὰ AB, ΒΓ· λέγω ὅτι καὶ ὅλον τὸ ΑΓ ἑκατέρῳ τῶν AB, ΒΓ ἐστι σύμμετρον[1].

PROPOSITIO XVI.

Si duæ magnitudines commensurabiles componuntur, et tota utrique ipsarum commensurabilis erit; et si tota uni ipsarum commensurabilis est, et quæ a principio magnitudines commensurabiles erunt.

Componantur enim duæ magnitudines commensurabiles AB, ΒΓ; dico et totam ΑΓ utrique ipsarum AB, ΒΓ esse commensurabilem.

A _____ B _____ Γ

Δ ‾‾‾‾‾‾

Ἐπεὶ γὰρ σύμμετρά ἐστι τὰ AB, ΒΓ, μετρήσει τι αὐτὰ μέγεθος. Μετρείτω, καὶ ἔστω τὸ Δ. Ἐπεὶ οὖν τὸ Δ τὰ AB, ΒΓ μετρεῖ, καὶ ὅλον τὸ ΑΓ μετρήσει. Μετρεῖ δὲ καὶ τὰ

Quoniam enim commensurabiles sunt AB, ΒΓ, metietur aliqua eas magnitudo. Metiatur, et sit Δ. Quoniam igitur Δ ipsas AB, ΒΓ metitur, e totam ΑΓ metietur. Metitur autem et AB, ΒΓ;

E, la droite Γ le sera avec Z ; et si A est incommensurable avec E, la droite Γ le sera avec Z (10. 10). Donc, etc.

PROPOSITION XVI.

Si l'on ajoute deux grandeurs commensurables, leur somme sera commensurable avec chacune d'elles ; et si leur somme est commensurable avec une d'elles, les grandeurs proposées seront commensurables.

Ajoutons les deux grandeurs commensurables AB, ΒΓ ; je dis que la grandeur entière ΑΓ est commensurable avec chacune des grandeurs AB, ΒΓ.

Car, puisque les grandeurs AB, ΒΓ sont commensurables, quelque grandeur les mesurera (déf. 1.10). Que quelque grandeur les mesure, et que ce soit Δ. Puisque Δ mesure AB et ΒΓ, il mesurera leur somme ΑΓ. Mais il mesure AB et ΒΓ,

ΑΒ, ΒΓ· τὸ Δ ἄρα τὰ ΑΒ, ΒΓ, ΑΓ² μετρεῖ· σύμμετρον ἄρα ἐστὶ τὸ ΑΓ ἑκατέρῳ τῶν ΑΒ, ΒΓ.

Ἀλλὰ δὴ τὸ ΑΓ ἑνὶ τῶν ΑΒ, ΒΓ ἔστω σύμμετρον, ἔστω δὴ τῷ ΑΒ³· λέγω δὴ ὅτι καὶ τὰ ΑΒ, ΒΓ σύμμετρά ἐστιν.

ergo Δ ipsas ΑΒ, ΒΓ, ΑΓ metitur; commensurabilis igitur est ΑΓ utrique ipsarum ΑΒ, ΒΓ.

At vero ΑΓ uni ipsarum ΑΒ, ΒΓ sit commensurabilis, sit igitur ipsi ΑΒ; dico et ΑΒ, ΒΓ commensurabiles esse.

$$A \quad\quad B \quad\quad\quad \Gamma$$
$$\Delta$$

Ἐπεὶ γὰρ σύμμετρά ἐστι τὰ ΑΓ, ΑΒ, μετρήσει τι αὐτὰ μέγεθος. Μετρείτω, καὶ ἔστω τὸ Δ. Ἐπεὶ οὖν τὸ Δ τὰ ΓΑ, ΑΒ μετρεῖ, καὶ λοιπὸν ἄρα τὸ ΒΓ μετρήσει. Μετρεῖ δὲ καὶ τὸ ΑΒ· τὸ Δ ἄρα τὰ ΑΒ, ΒΓ μετρήσει· σύμμετρα ἄρα ἐστὶ τὰ ΑΒ, ΒΓ.

Ἐὰν ἄρα δύο μεγέθη, καὶ τὰ ἑξῆς.

Quoniam enim commensurabiles sunt ΑΓ, ΑΒ, metietur aliqua eas magnitudo. Metiatur, et sit Δ. Quoniam igitur Δ ipsas ΓΑ, ΑΒ metitur, et reliquam igitur ΒΓ metietur. Metitur autem et ΑΒ; ergo Δ ipsas ΑΒ, ΒΓ metietur; commensurabiles sunt ΑΒ, ΒΓ.

Si igitur duæ magnitudines, etc.

ΠΡΟΤΑΣΙΣ ιζ'.

Ἐὰν δύο μεγέθη ἀσύμμετρα συντεθῇ, καὶ τὸ ὅλον ἑκατέρῳ αὐτῶν ἀσύμμετρον ἔσται. Κἂν τὸ ὅλον ἑνὶ αὐτῶν ἀσύμμετρον ᾖ, καὶ τὰ ἐξ ἀρχῆς μεγέθη ἀσύμμετρα ἔσται.

PROPOSITIO XVII.

Si duæ magnitudines incommensurabiles componuntur, et tota utrique ipsarum incommensurabilis erit. Et si tota uni ipsarum incommensurabilis est, et quæ a principio magnitudines incommensurabiles erunt.

donc Δ mesure les grandeurs ΑΒ, ΒΓ, ΑΓ; donc ΑΓ est commensurable avec ΑΒ et ΒΓ.

Mais que ΑΓ soit commensurable avec une des grandeurs ΑΒ, ΒΓ; qu'il le soit avec ΑΒ; je dis que les grandeurs ΑΒ, ΒΓ sont commensurables.

Car puisque les grandeurs ΑΓ, ΑΒ sont commensurables, quelque grandeur les mesurera. Que quelque grandeur les mesure, et que ce soit Δ. Puisque Δ mesure ΓΑ et ΑΒ, il mesurera le reste ΒΓ. Mais il mesure ΑΒ; donc Δ mesure ΑΒ et ΒΓ; donc les grandeurs ΑΒ, ΒΓ sont commensurables. Donc, etc.

PROPOSITION XVII.

Si l'on ajoute deux grandeurs incommensurables, leur somme sera incommensurable avec chacune d'elles; et si leur somme est incommensurable avec une d'elles, les grandeurs proposées seront incommensurables.

Συγκείσθω[1] γὰρ δύο μεγέθη ἀσύμμετρα, τὰ ΑΒ, ΒΓ· λέγω ὅτι καὶ ὅλον τὸ ΑΓ ἑκατέρῳ τῶν ΑΒ, ΒΓ ἀσύμμετρόν ἐστιν.

Εἰ γὰρ μή ἐστιν ἀσύμμετρα τὰ ΓΑ, ΑΒ, μετρήσει τι αὐτὰ μέγεθος. Μετρείτω, καὶ ἔστω, εἰ δυνατὸν, τὸ Δ[2]. Ἐπεὶ οὖν τὸ Δ τὰ ΓΑ, ΑΒ μετρεῖ, καὶ λοιπὸν ἄρα τὸ ΒΓ μετρήσει. Μετρεῖ δὲ καὶ τὸ ΑΒ· τὸ Δ ἄρα τὰ ΑΒ, ΒΓ μετρεῖ· σύμμετρα ἄρα ἐστὶ τὰ ΑΒ, ΒΓ· ὑπέκειτο δὲ καὶ ἀσύμμετρα, ὅπερ ἐστὶν ἀδύνατον[3]· οὐκ ἄρα τὰ ΓΑ, ΑΒ μετρήσει τι μέγεθος· ἀσύμμετρα ἄρα ἐστὶ τὰ ΓΑ, ΑΒ. Ὁμοίως δὴ δείξομεν ὅτι καὶ τὰ ΑΓ, ΓΒ ἀσύμμετρά ἐστι· τὸ ΑΓ ἄρα ἑκατέρῳ τῶν ΑΒ, ΒΓ ἀσύμμετρόν ἐστιν.

Componantur enim duæ magnitudines incommensurabiles ΑΒ, ΒΓ; dico et totam ΑΓ utrique ipsarum ΑΒ, ΒΓ incommensurabilem esse.

Si enim non sunt incommensurabiles ΓΑ, ΑΒ, metietur aliqua eas magnitudo. Metietur, et sit, si possibile, ipsa Δ. Quoniam igitur Δ ipsas ΓΑ, ΑΒ metitur, et reliquam igitur ΒΓ metietur. Metitur autem et ipsam ΑΒ; ergo Δ ipsas ΑΒ, ΒΓ metitur; commensurabiles igitur sunt ΑΒ, ΒΓ. Supponebantur autem et incommensurabiles, quod est impossibile; non igitur ipsas ΓΑ, ΑΒ metietur aliqua magnitudo; incommensurabiles igitur sunt ΓΑ, ΑΒ. Similiter utique demonstrabimus et ΑΓ, ΓΒ incommensurabiles esse; ergo ΑΓ utrique ipsarum ΑΒ, ΒΓ incommensurabilis est.

A   B   Γ

Δ

Ἀλλὰ δὴ τὸ ΑΓ ἑνὶ τῶν ΑΒ, ΒΓ ἀσύμμετρον ἔστω, καὶ[4] πρῶτον τῷ ΑΒ· λέγω ὅτι καὶ τὰ ΑΒ, ΒΓ ἀσύμμετρά ἐστιν. Εἰ γὰρ ἔσται[5] σύμ-

At vero ΑΓ uni ipsarum ΑΒ, ΒΓ incommensurabilis sit, et primum ipsi ΑΒ; dico et ΑΒ, ΒΓ incommensurabiles esse. Si enim essent

Soient ajoutées les deux grandeurs incommensurables ΑΒ, ΒΓ; je dis que leur somme ΑΓ est incommensurable avec chacune des grandeurs ΑΒ, ΒΓ.

Car si les grandeurs ΓΑ, ΑΒ ne sont pas incommensurables, quelque grandeur les mesurera. Que quelque grandeur les mesure, et que ce soit Δ, si cela est possible. Puisque Δ mesure ΓΑ et ΑΒ, il mesurera le reste ΒΓ. Mais il mesure ΑΒ; donc Δ mesure ΑΒ et ΒΓ; donc ΑΒ et ΒΓ sont commensurables. Mais on les a supposées incommensurables, ce qui est impossible; donc quelque grandeur ne mesurera pas ΓΑ et ΑΒ; donc ΓΑ et ΑΒ sont incommensurables. Nous démontrerons semblablement que ΑΓ et ΓΒ sont incommensurables; donc ΑΓ est incommensurable avec chacune des grandeurs ΑΒ, ΒΓ.

Mais que ΑΓ soit incommensurable avec une des grandeurs ΑΒ, ΒΓ, et qu'il le soit d'abord avec ΑΒ; je dis que ΑΒ et ΒΓ sont incommensurables. Car s'ils étaient

II.

μετρα, μετρήσει τι αὐτὰ μέγεθος. Μετρείτω, καὶ ἔστω τὸ Δ. Ἐπεὶ οὖν τὸ Δ τὰ ΑΒ, ΒΓ μετρεῖ, καὶ ὅλον ἄρα τὸ ΑΓ μετρήσει. Μετρεῖ δὲ καὶ τὸ ΑΒ· τὸ Δ ἄρα τὰ ΓΑ, ΑΒ μετρεῖ· σύμμετρα ἄρα ἐστὶ τὰ ΓΑ, ΑΒ. Ὑπέκειτο δὲ

commensurabiles, metiretur aliqua eas magnitudo. Metiatur, et sit Δ. Quoniam igitur Δ ipsas ΑΒ, ΒΓ metitur, et totam igitur ΑΓ metietur. Metitur autem et ipsam ΑΒ; ergo Δ ipsas ΓΑ, ΑΒ metitur; commensurabiles igitur sunt ΓΑ, ΑΒ.

A   B   Γ

Δ

καὶ ἀσύμμετρα, ὅπερ ἐστὶν ἀδύνατον· οὐκ ἄρα τὰ ΑΒ, ΒΓ μετρήσει τι μέγεθος· ἀσύμμετρα ἄρα ἐστὶ τὰ ΑΒ, ΒΓ. Ὁμοίως δὴ δείξομεν ὅτι εἰ τὸ ΑΓ τῷ ΓΒ ἀσύμμετρόν ἐστι, καὶ ΑΒ, ΒΓ ἀσύμμετρα ἔσται.

Ἐὰν ἄρα δύο μεγέθη, καὶ τὰ ἑξῆς.

Supponebantur autem et incommensurabiles, quod est impossibile; non igitur ipsas ΑΒ, ΒΓ metietur aliqua magnitudo; incommensurabiles igitur sunt ΑΒ, ΒΓ. Similiter utique demonstrabimus si ΑΓ ipsi ΓΒ incommensurabilis sit, etiam ΑΒ, ΒΓ incommensurabiles fore.

Si igitur duæ magnitudines, etc.

ΛΗΜΜΑ.

Ἐὰν παρά τινα εὐθεῖαν παραβληθῇ παραλληλόγραμμον, ἐλλεῖπον εἴδει τετραγώνῳ· τὸ παραβληθὲν ἴσον ἐστὶ τῷ ὑπὸ τῶν ἐκ τῆς παραβολῆς γενομένων τμημάτων τῆς εὐθείας.

LEMMA.

Si ad aliquam rectam applicetur parallelogrammum, deficiens figurâ quadratâ; applicatum æquale est rectangulo sub factis ex applicatione partibus rectæ.

commensurables, quelque grandeur les mesurerait. Que quelque grandeur les mesure, et que ce soit Δ. Puisque Δ mesure ΑΒ et ΒΓ, il mesurera leur somme ΑΓ. Mais il mesure ΑΒ; donc Δ mesure ΓΑ et ΑΒ; donc ΓΑ et ΑΒ sont commensurables. Mais on les a supposées incommensurables, ce qui est impossible; donc quelque grandeur ne mesurera pas ΑΒ et ΒΓ; donc ΑΒ et ΒΓ sont incommensurables. Nous démontrerons semblablement que si ΑΓ est incommensurable avec ΓΒ, les grandeurs ΑΒ, ΒΓ seront aussi incommensurables. Donc, etc.

LEMME.

Si à une droite quelconque on applique un parallélogramme qui soit défaillant d'une figure quarrée, le parallélogramme appliqué est égal au rectangle compris sous les parties de la droite faites par l'application.

Παρὰ γάρ τινα εὐθεῖαν τὴν ΑΒ παραβεβλήσθω παραλληλόγραμμον τὸ ΑΔ[1], ἐλλεῖπον εἴδει τετραγώνῳ τῷ ΔΒ· λέγω ὅτι ἴσον ἐστὶ τὸ ΑΔ τῷ ὑπὸ τῶν ΑΓ, ΓΒ.

Ad aliquam enim rectam AB applicetur parallelogrammum AΔ, deficiens figurâ quadratâ ΔB; dico æquale esse parallelogrammum AΔ rectangulo sub AΓ, ΓB.

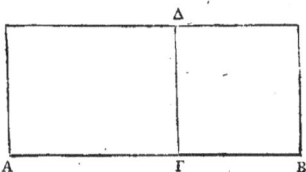

Καὶ ἔστιν αὐτόθεν φανερόν· ἐπεὶ γὰρ τετράγωνόν ἐστι τὸ ΔΒ, ἴση ἐστὶν ἡ ΑΓ τῇ ΓΒ, καὶ ἔστι τὸ ΑΔ τὸ ὑπὸ τῶν ΑΓ, ΓΔ, τουτέστι τὸ ὑπὸ τῶν ΑΓ, ΓΒ[2].

Ἐὰν ἄρα παρά τινα εὐθεῖαν, καὶ τὰ ἑξῆς.

Atque est hoc evidens; quoniam enim quadratum est ΔB, æqualis est AΓ ipsi ΓB, atque est rectangulum AΔ sub AΓ, ΓΔ, hoc est sub AΓ, ΓB.

Si igitur ad aliquam rectam, etc.

ΠΡΟΤΑΣΙΣ ιή.

Ἐὰν ὦσι δύο εὐθεῖαι ἄνισοι, τῷ δὲ τετάρτῳ μέρει τοῦ ἀπὸ τῆς ἐλάσσονος ἴσον παραλληλόγραμμον[1] παρὰ τὴν μείζονα παραβληθῇ ἐλλεῖπον εἴδει τετραγώνῳ, καὶ εἰς σύμμετρα αὐτὴν διαιρῇ μήκει[2]· ἡ μείζων τῆς ἐλάσσονος μεῖζον δυνήσεται

PROPOSITIO XVIII.

Si sint duæ rectæ inæquales, quartæ autem parti quadrati ex minori æquale parallelogrammum ad majorem applicetur deficiens figurâ quadratâ, et in partes commensurabiles ipsam dividat longitudine, major quam minor plus

Appliquons à une droite quelconque AB un parallélogramme AΔ qui soit défaillant d'une figure quarrée ΔB; je dis que le parallélogramme AΔ est égal au rectangle compris sous AΓ, ΓB.

Cela est évident; car puisque ΔB est un quarré, ΔΓ est égal à ΓB, et AΔ est égal au rectangle sous AΓ, ΓΔ, c'est-à-dire sous AΓ, ΓB. Donc, etc.

PROPOSITION XVIII.

Si l'on a deux droites inégales; si l'on applique à la plus grande un parallélogramme qui soit défaillant d'une figure quarrée, et qui soit égal à la quatrième partie du quarré de la plus petite droite, et si ce parallélogramme partage la plus grande droite en parties commensurables en longueur, la puissance de la plus grande surpassera la puissance de la plus petite du quarré d'une droite qui

τῷ ἀπὸ συμμέτρου ἑαυτῇ μήκει³. Καὶ ἐὰν ἡ μείζων τῆς ἐλάσσονος μεῖζον δύνηται⁴ τῷ ἀπὸ συμμέτρου ἑαυτῇ μήκει⁵, τῷ δὲ τετάρτῳ⁶ τοῦ ἀπὸ τῆς ἐλάσσονος· ἴσον παραλληλόγραμμον⁷ παρὰ τὴν μείζονα παραβληθῇ ἐλλεῖπον εἴδει τετραγώνῳ· εἰς σύμμετρα αὐτὴν διαιρεῖ μήκει⁸.

Ἔστωσαν δύο εὐθεῖαι ἄνισοι αἱ Α, ΒΓ, ὧν μείζων ἡ ΒΓ, τῷ δὲ τετάρτῳ μέρει τοῦ ἀπὸ τῆς ἐλάσσονος τῆς Α, τουτέστι τῷ ἀπὸ τῆς ἡμισείας τῆς Α, ἴσον παρὰ τὴν ΒΓ παραλληλόγραμμον⁹ παραβεβλήσθω ἐλλεῖπον εἴδει τετραγώνῳ, καὶ ἔστω τὸ ὑπὸ τῶν ΒΔ, ΔΓ, σύμμετρος δὲ ἔστω ἡ ΒΔ τῇ ΔΓ μήκει· λέγω ὅτι ἡ ΒΓ τῆς Α μεῖζον δύναται τῷ ἀπὸ συμμέτρου ἑαυτῇ μήκει¹⁰.

poterit quadrato ex rectâ sibi commensurabili longitudine. Et si major quam minor plus possit quadrato ex rectâ sibi commensurabili longitudine, quartæ autem parti ex minori quadrati æquale parallelogrammum ad majorem applicetur deficiens figurâ quadratâ, in partes commensurabiles ipsam dividit longitudine.

Sint duæ rectæ inæquales A, ΒΓ, quarum major ΒΓ, quartæ autem parti ex minori A quadrati, hoc est quadrato ex dimidiâ A, æquale ad ΒΓ parallelogrammum applicetur deficiens figurâ quadratâ, et sit sub ΒΔ, ΔΓ, commensurabilis autem sit ΒΔ ipsi ΔΓ longitudine; dico ΒΓ quam A plus posse quadrato ex rectâ sibi commensurabili longitudine.

B   Z   E   Δ   Γ

A

Τετμήσθω γὰρ ἡ ΒΓ δίχα κατὰ τὸ Ε σημεῖον, καὶ κείσθω τῇ¹¹ ΔΕ ἴση ἡ ΕΖ· λοιπὴ ἄρα ἡ ΔΓ ἴση ἐστὶ τῇ ΒΖ. Καὶ ἐπεὶ εὐθεῖα ἡ ΒΓ τέτμηται εἰς

Secetur enim ΒΓ bifariam in puncto E, et ponatur ipsi ΔΕ æqualis ΕΖ; reliqua igitur ΔΓ æqualis est ipsi ΒΖ. Et quoniam recta ΒΓ secatur

sera commensurable en longueur avec la plus grande. Et si la puissance de la plus grande surpasse la puissance de la plus petite du quarré d'une droite commensurable en longueur avec la plus grande, et si l'on applique à la plus grande un parallélogramme qui soit défaillant d'une figure quarrée, et qui soit égal à la quatrième partie du quarré de la plus petite droite, ce parallélogramme divisera la plus grande en parties commensurables en longueur.

Soient les deux droites inégales A, ΒΓ; que ΒΓ soit la plus grande; appliquons à ΒΓ un parallélogramme qui soit défaillant d'un quarré, et qui soit égal à la quatrième partie du quarré de la plus petite A, c'est-à-dire au quarré de la moitié de A; que ce parallélogramme soit celui qui est sous ΒΔ, ΔΓ, et que ΒΔ soit commensurable en longueur avec ΔΓ; je dis que la puissance de ΒΓ surpassera la puissance de A du quarré d'une droite commensurable en longueur avec ΒΓ.

Partageons ΒΓ en deux parties égales au point E, et faisons ΕΖ égal à ΔΕ; le reste ΔΓ sera égal à ΒΖ. Et puisque la droite ΒΓ est coupée en deux parties

μὲν ἴσα κατὰ τὸ Ε, εἰς δὲ ἄνισα κατὰ τὸ Δ· τὸ ἄρα
ὑπὸ τῶν[12] ΒΔ, ΔΓ περιεχόμενον ὀρθογώνιον μετὰ
τοῦ ἀπὸ τῆς ΕΔ τετραγώνου ἴσον ἐστὶ τῷ ἀπὸ
τῆς ΕΓ τετραγώνῳ, καὶ τὰ τετραπλάσια· τὸ
ἄρα τετράκις ὑπὸ τῶν ΒΔ, ΔΓ μετὰ τοῦ τετρα-
πλασίου τοῦ[13] ἀπὸ τῆς ΔΕ ἴσον ἐστὶ τῷ
τετράκις ἀπὸ τῆς ΕΓ τετραγώνῳ. Ἀλλὰ τῷ μὲν
τετραπλασίῳ τοῦ[14] ὑπὸ τῶν ΒΔ, ΔΓ ἴσον
ἐστὶ τὸ ἀπὸ τῆς Α τετράγωνον, τῷ δὲ τετραπλασίῳ τοῦ[15] ἀπὸ τῆς ΔΕ ἴσον ἐστὶ τὸ ἀπὸ
τῆς ΔΖ τετράγωνον, διπλασίων γάρ ἐστι ἡ ΖΔ[16]
τῆς ΔΕ· τῷ δὲ τετραπλασίῳ τοῦ[17] ἀπὸ τῆς
ΕΓ ἴσον ἐστὶ τὸ ἀπὸ τῆς ΒΓ τετράγωνον, διπλασίων γάρ ἐστι πάλιν ἡ ΒΓ τῆς ΕΓ· τὰ ἄρα
ἀπὸ τῶν Α, ΔΖ τετράγωνα ἴσα ἐστὶ τῷ ἀπὸ
τῆς ΒΓ τετραγώνῳ· ὥστε τὸ ἀπὸ τῆς ΒΓ τοῦ
ἀπὸ τῆς Α μεῖζόν ἐστι τῷ ἀπὸ τῆς ΔΖ· ἡ ΒΓ
ἄρα τῆς Α μεῖζον δύναται τῇ ΖΔ. Δεικτέον ὅτι
καὶ σύμμετρός ἐστιν ἡ ΒΓ τῇ ΖΔ. Ἐπεὶ γὰρ
σύμμετρός ἐστιν ἡ ΒΔ τῇ ΔΓ μήκει, σύμμετρος
ἄρα ἐστὶ καὶ ἡ ΒΓ τῇ ΓΔ μήκει. Ἀλλὰ ἡ
ΓΔ ταῖς ΓΔ, ΒΖ ἐστι σύμμετρος μήκει, ἴση
γάρ ἐστιν ἡ ΓΔ τῇ ΒΖ· καὶ ἡ ΒΓ ἄρα σύμμετρός

in partes quidem æquales ad E, in partes autem
inæquales ad Δ; ergo sub BΔ, ΔΓ contentum
rectangulum cum quadrato ex EΔ æquale est
quadrato ex EΓ, et quadrupla; ergo quater sub
BΔ, ΔΓ rectangulum cum quadruplo ex ΔE
æquale est quater quadrato ex EΓ. Sed quidem
quadruplo ipsius sub BΔ, ΔΓ æquale est ex
A quadratum, quadruplo autem ipsius ex ΔE
æquale est ex ΔZ quadratum, dupla enim est ZΔ
ipsius ΔE; et quadruplo quadrati ex EΓ æquale
est ex BΓ quadratum, dupla enim est rursus BΓ
ipsius EΓ; ergo ex A, ΔZ quadrata æqualia sunt
ex BΓ quadrato; quare ex BΓ quadratum quam
quadratum ex A majus est quadrato ex ΔZ; ergo
BΓ quam A plus potest quadrato ex ZΔ. Ostenden-
dendum est et commensurabilem esse BΓ ipsi
ZΔ. Quoniam enim commensurabilis est BΔ ipsi
ΔΓ longitudine, commensurabilis igitur est et
BΓ ipsi ΓΔ longitudine. Sed ΓΔ ipsis ΓΔ, BZ
est commensurabilis longitudine, æqualis enim
est ΓΔ ipsi BZ; et BΓ igitur commensurabilis est

égales en E, et en deux parties inégales en Δ, le rectangle compris sous BΔ,
ΔΓ avec le quarré de EΔ sera égal au quarré de EΓ (5. 2). Mais les quadruples
sont égaux aux quadruples ; donc quatre fois le rectangle sous BΔ, ΔΓ avec le quadruple quarré de ΔE est égal au quadruple quarré de EΓ. Mais le quarré de A est
quadruple du rectangle sous BΔ, ΔΓ, et le quarré de ΔZ est égal au quadruple
quarré de ΔE, car ZΔ est double de ΔE ; et de plus, le quarré de BΓ est égal au quadruple du quarré de EΓ ; car BΓ est double de EΓ ; donc la somme des quarrés
des droites A, ΔZ est égale au quarré de BΓ ; donc le quarré de BΓ surpasse
le quarré de A du quarré de ΔZ ; donc la puissance de BΓ surpasse la puissance de A du quarré de ZΔ. Il reste à démontrer que BΓ est commensurable avec
ZΔ. Car puisque BΔ est commensurable en longueur avec ΔΓ, BΓ est commensurable en longueur avec ΓΔ (16. 10). Mais ΓΔ est commensurable en longueur
avec la somme de ΓΔ et de BZ ; car ΓΔ égale BZ (6. 10) ; donc BΓ est commen-

ἐστι ταῖς ΒΖ, ΓΔ μήκει[18]. ὥστε καὶ λοιπῇ τῇ ΖΔ σύμμετρός ἐστιν ἡ ΒΓ μήκει· ἡ ΒΓ ἄρα τῆς Α μεῖζον δύναται τῷ ἀπὸ συμμέτρου ἑαυτῇ μήκει[19].

Ἀλλὰ δὴ ἡ ΒΓ τῆς Α μεῖζον δυνάσθω τῷ ἀπὸ συμμέτρου ἑαυτῇ μήκει[20], τῷ δὲ τετάρτῳ τοῦ ἀπὸ τῆς Α ἴσον παρὰ τὴν ΒΓ παραβεβλήσθω, ἐλλεῖπον εἴδει τετραγώνῳ, καὶ ἔστω τὸ ὑπὸ τῶν ΒΔ, ΔΓ. Δεικτέον ὅτι σύμμετρός ἐστιν ἡ ΒΔ τῇ ΔΓ μήκει.

ipsis ΒΖ, ΓΔ longitudine; quare et reliquæ ΖΔ commensurabilis est ΒΓ longitudine; ergo ΒΓ quam Α plus potest quadrato ex rectâ sibi commensurabili longitudine.

At vero ΒΓ quam Α plus possit quadrato ex rectâ sibi commensurabili longitudine, quartæ autem parti quadrati ex Α æquale parallelogrammum ad ΒΓ applicetur, deficiens figurâ quadratâ, et sit sub ΒΔ, ΔΓ. Ostendendum est commensurabilem esse ΒΔ ipsi ΔΓ longitudine.

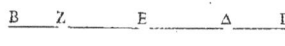

Τῶν γὰρ αὐτῶν κατασκευασθέντων, ὁμοίως δείξομεν ὅτι ἡ ΒΓ τῆς Α μεῖζον δύναται τῷ ἀπὸ τῆς ΖΔ. Δύναται δὲ ἡ ΒΓ μεῖζον τῆς Α[21] τῷ ἀπὸ συμμέτρου ἑαυτῇ[22]· σύμμετρος ἄρα ἐστὶν ἡ ΒΓ τῇ ΖΔ μήκει· ὥστε καὶ λοιπῇ συναμφοτέρῳ τῇ ΒΖ, ΔΓ σύμμετρός ἐστιν ἡ ΒΓ μήκει. Ἀλλὰ συναμφότερος ἡ ΒΖ, ΔΓ σύμ-

Iisdem enim constructis, similiter demonstrabimus ΒΓ quam Α plus posse quadrato ex ΖΔ. Sed plus potest ΒΓ quam Α quadrato ex rectâ sibi commensurabili; commensurabilis igitur est ΒΓ ipsi ΖΔ longitudine; quare et reliquæ utrique ΒΖ, ΔΓ commensurabilis est ΒΓ longitudine. Sed utraque ΒΖ, ΔΓ commen-

surable en longueur avec la somme de ΒΖ et de ΓΔ; donc ΒΓ est commensurable en longueur avec le reste ΖΔ (16. 10); donc la puissance de ΒΓ surpasse la puissance de Α du quarré d'une droite commensurable en longueur avec ΒΓ.

Mais que la puissance de ΒΓ surpasse la puissance de Α du quarré d'une droite qui soit commensurable en longueur avec ΒΓ, et appliquons à ΒΓ un parallélogramme qui soit défaillant d'une figure quarrée, et qui soit égal à la quatrième partie du quarré de Α; que ce parallélogramme soit celui qui est sous ΒΔ, ΔΓ. Il faut démontrer que ΒΔ est commensurable en longueur avec ΔΓ.

Ayant fait la même construction, nous démontrerons semblablement que la puissance de ΒΓ surpasse la puissance de Α du quarré de ΖΔ. Mais la puissance de ΒΓ surpasse la puissance de Α du quarré d'une droite qui est commensurable avec ΒΓ; donc ΒΓ est commensurable en longueur avec ΖΔ; donc ΒΓ est commensurable en longueur avec le reste, c'est-à-dire avec la somme de ΒΖ et de ΔΓ (16. 10). Mais la somme des droites ΒΖ et ΔΓ est commensurable avec ΔΓ;

μετρός ἐστι τῇ ΔΓ· ὥστε καὶ ἡ ΒΓ τῇ ΓΔ σύμμετρός ἐστι μήκει· καὶ διελόντι ἄρα ἡ ΒΔ τῇ ΔΓ ἐστι σύμμετρος μήκει.

Ἐὰν ἄρα ὦσι δύο εὐθεῖαι, καὶ τὰ ἑξῆς.

surabilis est ipsi ΔΓ; quare et ΒΓ ipsi ΓΔ commensurabilis est longitudine; et dividendo igitur ΒΔ ipsi ΔΓ est commensurabilis longitudine.

Si igitur duæ rectæ, etc.

ΠΡΟΤΑΣΙΣ ιθ'.

Ἐὰν ὦσι δύο εὐθεῖαι ἄνισοι, τῷ δὲ τετάρτῳ μέρει τοῦ ἀπὸ τῆς ἐλάσσονος ἴσον παρὰ τὴν μείζονα παραβληθῇ ἐλλεῖπον εἴδει τετραγώνῳ, καὶ εἰς ἀσύμμετρα αὐτὴν διαιρῇ μήκει[1]· ἡ μείζων τῆς ἐλάσσονος μεῖζον δυνήσεται τῷ ἀπὸ ἀσυμμέτρου ἑαυτῇ. Καὶ ἐὰν ἡ μείζων τῆς ἐλάσσονος μεῖζον δύνηται[2] τῷ ἀπὸ ἀσυμμέτρου ἑαυτῇ, τῷ δὲ τετάρτῳ τοῦ ἀπὸ τῆς ἐλάσσονος ἴσον παρὰ τὴν μείζονα παραβληθῇ ἐλλεῖπον εἴδει τετραγώνῳ· εἰς ἀσύμμετρα αὐτὴν διαιρεῖ μήκει[3].

PROPOSITIO XIX.

Si sint duæ rectæ inæquales, quartæ autem parti ex minori quadrati æquale parallelogrammum ad majorem applicetur deficiens figurâ quadratâ, et in partes incommensurabiles ipsam dividat longitudine; major quam minor plus poterit quadrato ex rectâ sib incommensurabili. Et si major quam minor plus possit quadrato ex rectâ sibi incommensurabili, quartæ autem parti quadrati ex minori æquale parallelogrammum ad majorem applicetur deficiens figurâ quadratâ; in partes incommensurabiles ipsam dividit longitudine.

donc ΒΓ est commensurable en longueur avec ΓΔ (12. 10); donc, par soustraction, ΒΔ est commensurable en longueur avec ΔΓ (16. 10). Donc, etc.

PROPOSITION XIX.

Si l'on a deux droites inégales; si l'on applique à la plus grande un parallélogramme qui soit défaillant d'une figure quarrée, et qui soit égal à la quatrième partie du quarré de la plus petite, et si ce parallélogramme divise la plus grande en parties incommensurables en longueur, la puissance de la plus grande surpassera la puissance de la plus petite du quarré d'une droite qui sera incommensurable avec la plus grande. Et si la puissance de la plus grande surpasse la puissance de la plus petite du quarré d'une droite incommensurable avec la plus grande; si l'on applique à la plus grande un parallélogramme qui soit défaillant d'une figure quarrée, et qui soit égal à la quatrième partie du quarré de la plus petite, ce parallélogramme divisera la plus grande en parties incommensurables en longueur.

Ἔστωσαν δύο εὐθεῖαι ἄνισοι αἱ Α, ΒΓ, ὧν μείζων ἡ ΒΓ, τῷ δὲ τετάρτῳ μέρει τοῦ ἀπὸ τῆς ἐλάσσονος τῆς Α ἴσον παρὰ τὴν ΒΓ παραϐεϐλήσθω ἐλλεῖπον εἴδει τετραγώνῳ, καὶ ἔστω τὸ ὑπὸ τῶν ΒΔ, ΔΓ, ἀσύμμετρος δὲ ἔστω ἡ ΒΔ τῇ ΔΓ μήκει· λέγω ὅτι ἡ ΒΓ τῆς Α μεῖζον δύναται τῷ ἀπὸ ἀσυμμέτρου ἑαυτῇ.

Sint duæ rectæ inæquales A, ΒΓ, quarum major ΒΓ, quartæ autem parti ex minori A quadrati æquale parallelogrammum ad ΒΓ applicetur, deficiens figurâ quadratâ, et sit sub ΒΔ, ΔΓ rectangulum, incommensurabilis autem sit ΒΔ ipsi ΔΓ longitudine; dico ΒΓ quam A plus posse quadrato ex rectâ sibi incommensurabili.

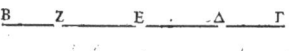

Τῶν γὰρ αὐτῶν κατασκευασθέντων τῷ πρότερον[4], ὁμοίως δείξομεν ὅτι ἡ ΒΓ τῆς Α μεῖζον δύναται τῷ ἀπὸ τῆς ΖΔ. Δεικτέον ὅτι καὶ[5] ἀσύμμετρός ἐστιν ἡ ΒΓ τῇ ΔΖ μήκει. Ἐπεὶ γὰρ ἀσύμμετρός ἐστιν ἡ ΒΔ τῇ ΔΓ μήκει[6], ἀσύμμετρος ἄρα ἐστὶ καὶ ἡ ΒΓ τῇ ΔΓ μήκει. Ἀλλὰ ἡ ΔΓ σύμμετρός ἐστι συναμφοτέραις ταῖς ΒΖ, ΔΓ· καὶ ἡ ΒΓ ἄρα ἀσύμμετρός ἐστι συναμφοτέραις ταῖς ΒΖ, ΔΓ· ὥστε καὶ λοιπῇ τῇ ΖΔ ἀσύμμετρός ἐστιν ἡ ΒΓ μήκει, καὶ ἡ ΒΓ τῆς Α

Iisdem enim constructis quæ suprà, similiter ostendemus ΒΓ quam A plus posse quadrato ex ΖΔ. Ostendendum est et incommensurabilem esse ΒΓ ipsi ΔΖ longitudine. Quoniam enim incommensurabilis est ΒΔ ipsi ΔΓ longitudine, incommensurabilis igitur est et ΒΓ ipsi ΔΓ longitudine. Sed ΔΓ commensurabilis est utrisque ΒΖ, ΔΓ; et ΒΓ igitur incommensurabilis est utrisque ΒΖ, ΔΓ; quare et reliquæ ΖΔ incommensurabilis est ΒΓ longitudine, et ΒΓ quam A

Soient les deux droites inégales A, ΒΓ, et que ΒΓ soit la plus grande; appliquons à la plus grande un parallélogramme qui soit défaillant d'une figure quarrée, et qui soit égal à la quatrième partie du quarré de la plus petite A; que ce parallélogramme soit celui qui est sous ΒΔ, ΔΓ, et que ΒΔ soit incommensurable en longueur avec ΔΓ; je dis que la puissance de ΒΓ surpasse la puissance de A du quarré d'une droite incommensurable avec ΒΓ.

Ayant fait la même construction qu'auparavant, nous démontrerons semblablement que la puissance de ΒΓ surpasse la puissance de A du quarré de ΖΔ. Il reste à démontrer que ΒΓ est incommensurable en longueur avec ΔΖ. Car puisque ΒΔ est incommensurable en longueur avec ΔΓ, ΒΓ est incommensurable en longueur avec ΔΓ (17. 10). Mais ΔΓ est commensurable avec la somme de ΒΖ et de ΔΓ (14. 10); donc ΒΓ est incommensurable avec la somme de ΒΖ et de ΔΓ; donc ΒΓ est incommensurable en longueur avec le reste ΖΔ (17. 10); mais

μεῖζον δύναται τῷ ἀπὸ τῆς ΖΔ· ἢ ΒΓ ἄρα τῆς
Α μεῖζον δύναται τῷ ἀπὸ ἀσυμμέτρου ἑαυτῇ.

Δυνάσθω δὴ πάλιν ἡ ΒΓ τῆς Α μεῖζον τῷ
ἀπὸ ἀσυμμέτρου ἑαυτῇ, τῷ δὲ τετάρτῳ τοῦ
ἀπὸ τῆς Α ἴσον παρὰ τὴν ΒΓ παραβεβλήσθω
ἐλλεῖπον εἴδει τετραγώνῳ, καὶ ἔστω τὸ ὑπὸ
τῶν ΒΔ, ΔΓ. Δεικτέον ὅτι ἀσύμμετρός ἐστιν ἡ
ΒΔ τῇ ΔΓ μήκει.

Τῶν γὰρ αὐτῶν κατασκευασθέντων, ὁμοίως δείξομεν ὅτι ἡ ΒΓ τῆς Α μεῖζον δύναται τῷ ἀπὸ τῆς
ΖΔ. Ἀλλ' ἡ ΒΓ τῆς Α μεῖζον δύναται τῷ ἀπὸ ἀσυμμέτρου ἑαυτῇ[8]· ἀσύμμετρος ἄρα ἐστὶν ἡ ΒΓ τῇ ΖΔ
μήκει· ὥστε καὶ λοιπῇ συναμφοτέρῳ τῇ ΒΖ, ΔΓ
ἀσύμμετρός ἐστιν ἡ ΒΓ. Ἀλλὰ συναμφότερος ἡ
ΒΖ, ΔΓ τῇ ΔΓ σύμμετρός ἐστι μήκει· ἢ[9] ΒΓ
ἄρα τῇ ΔΓ ἀσύμμετρός ἐστι μήκει· ὥστε καὶ
διελόντι ἡ ΒΔ τῇ ΔΓ ἀσύμμετρός ἐστι μήκει.

Ἐὰν ἄρα ὦσι δύο εὐθεῖαι ἄνισοι, καὶ τὰ ἑξῆς[10].

plus potest quadrato ex ΖΔ; ergo ΒΓ quam Α plus
potest quadrato ex rectâ sibi incommensurabili.

At plus possit rursus ΒΓ quam Α quadrato
ex rectâ sibi incommensurabili, quartæ autem
parti quadrati ex Α æquale parallelogrammum
ad ΒΓ applicetur deficiens figurâ quadratâ, et sit
quod sub ΒΔ, ΔΓ. Ostendendum est incommensurabilem esse ΒΔ ipsi ΔΓ longitudine.

Iisdem enim constructis, similiter ostendemus
ΒΓ quam Α plus posse quadrato ex ΖΔ. Sed
ΒΓ quam Α plus potest quadrato ex rectâ sibi
incommensurabili; incommensurabilis igitur est
ΒΓ ipsi ΖΔ longitudine; quare et reliquæ utrique
ΒΖ, ΔΓ incommensurabilis est ΒΓ. Sed utraque
ΒΖ, ΔΓ ipsi ΔΓ commensurabilis est longitudine;
ergo ΒΓ ipsi ΔΓ incommensurabilis est longitu-
dine; quare et dividendo ΒΔ ipsi ΔΓ incom-
mensurabilis est longitudine.

Si igitur sunt duæ rectæ inæquales, etc.

la puissance de ΒΓ surpasse la puissance de Α du quarré de ΖΔ; donc la puissance de ΒΓ surpassera la puissance de Α du quarré d'une droite incommensurable
avec ΒΓ.

Mais que la puissance de ΒΓ surpasse la puissance de Α du quarré d'une droite
incommensurable avec ΒΓ; appliquons à ΒΓ un parallélogramme qui soit défaillant
d'une figure quarrée, et qui soit égal à la quatrième partie du quarré de Α; et que
ce parallélogramme soit celui qui est sous ΒΔ, ΔΓ; il faut démontrer que ΒΔ est
incommensurable en longueur avec ΔΓ.

Ayant fait la même construction, nous démontrerons semblablement que la
puissance de ΒΓ surpasse la puissance de Α du quarré de ΖΔ. Mais la puissance de
ΒΓ surpasse la puissance de Α du quarré d'une droite incommensurable avec ΒΓ;
donc ΒΓ est incommensurable en longueur avec ΖΔ; donc ΒΓ est incommensurable
avec le reste, c'est-à-dire avec la somme de ΒΖ et de ΔΓ (17. 10). Mais la somme
de ΒΖ et de ΔΓ est commensurable avec ΔΓ (6. 10); donc ΒΓ est incommensurable
en longueur avec ΔΓ (14. 10); donc, par soustraction, ΒΔ est incommensurable
en longueur avec ΔΓ (17. 10). Donc, etc.

ΣΧΟΛΙΟΝ.

Ἐπεὶ[1] δέδεικται ὅτι αἱ μήκει σύμμετροι πάντως καὶ δυνάμει εἰσι σύμμετροι, αἱ δὲ δυνάμει[2] οὐ πάντως καὶ μήκει, ἀλλὰ δὴ δύνανται μήκει[3] σύμμετροι εἶναι καὶ ἀσύμμετροι· φανερὸν ὅτι ἐὰν τῇ ἐκκειμένῃ ῥητῇ σύμμετρός τις ᾖ μήκει, λέγεται ῥητὴ καὶ σύμμετρος αὐτῇ οὐ μόνον μήκει ἀλλὰ καὶ δυνάμει, ἐπεὶ αἱ[4] μήκει σύμμετροι πάντως καὶ δυνάμει. Ἐὰν δὲ τῇ ἐκκειμένῃ ῥητῇ σύμμετρός τις ᾖ δυνάμει, εἰ μὲν καὶ μήκει, λέγεται καὶ οὕτως ῥητὴ καὶ σύμμετρος αὐτῇ μήκει καὶ δυνάμει. Εἰ δὲ τῇ ἐκκειμένῃ πάλιν ῥητῇ σύμμετρός τις οὖσα δυνάμει, μήκει αὐτῇ[5] ᾖ ἀσύμμετρος, λέγεται καὶ οὕτως ῥητὴ δυνάμει μόνον σύμμετρος[6].

SCHOLIUM.

Quoniam demonstratum est rectas longitudine commensurabiles omninò et potentiâ esse commensurabiles, rectas autem potentiâ non semper et longitudine, at vero posse longitudine commensurabiles esse et incommensurabiles; evidens est si expositæ rationali commensurabilis aliqua fuerit longitudine, vocari rationalem et commensurabilem ipsi non solùm longitudine sed et potentiâ, quoniam rectæ longitudine commensurabiles omninò et potentiâ. Si autem expositæ rationali commensurabilis aliqua fuerit potentiâ, si quidem et longitudine, dicitur et sic rationalis et commensurabilis ipsi longitudine et potentiâ. Si autem expositæ rursùs rationali commensurabilis aliqua existens potentiâ, longitudine ipsi fuerit incommensurabilis, dicitur et sic rationalis potentiâ solùm commensurabilis.

SCHOLIE.

Puisqu'on a démontré que les droites commensurables en longueur le sont toujours en puissance, que celles qui le sont en puissance ne le sont pas toujours en longueur, quoiqu'elles puissent être commensurables et incommensurables en longueur (cor. 9. 10), il est évident que si une droite est commensurable en longueur avec la rationelle proposée, elle est appelée rationelle, et elle est commensurable non seulement en longueur, mais encore en puissance avec la rationelle proposée, puisque les grandeurs commensurables en longueur le sont toujours en puissance. Mais si une droite est commensurable non seulement en puissance, mais encore en longueur, avec la rationelle proposée, elle est dite rationelle et commensurable en longueur et en puissance avec la rationelle proposée. Et si enfin une droite commensurable en puissance avec la rationelle proposée lui est incommensurable en longueur, elle est dite rationelle commensurable en puissance seulement.

ΠΡΟΤΑΣΙΣ κ'.

Τὸ ὑπὸ ῥητῶν μήκει συμμέτρων κατά τινα τῶν εἰρημένων¹ τρόπων εὐθειῶν περιεχόμενον ὀρθογώνιον, ῥητόν ἐστιν.

Ὑπὸ γὰρ ῥητῶν μήκει συμμέτρων εὐθειῶν τῶν ΑΒ, ΒΓ ὀρθογώνιον περιεχέσθω τὸ ΑΓ· λέγω ὅτι ῥητόν ἐστι τὸ ΑΓ.

PROPOSITIO XX.

Sub rationalibus longitudine commensurabilibus rectis secundùm aliquem dictorum modorum contentum rectangulum, rationale est.

Sub rationalibus enim longitudine commensurabilibus rectis ΑΒ, ΒΓ rectangulum contineatur ΑΓ; dico rationale esse ΑΓ.

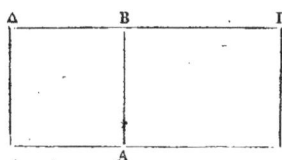

Ἀναγεγράφθω γὰρ ἀπὸ τῆς ΑΒ τετράγωνον τὸ ΑΔ· ῥητὸν ἄρα ἐστὶ τὸ ΑΔ. Καὶ ἐπεὶ σύμμετρός ἐστιν ἡ ΑΒ τῇ ΒΓ μήκει, ἴση δὲ ἐστιν ἡ ΑΒ τῇ ΒΔ· σύμμετρος ἄρα ἐστὶν ἡ ΒΔ τῇ ΒΓ μήκει. Καὶ ἐστιν ὡς ἡ ΒΔ πρὸς τὴν ΒΓ οὕτως τὸ ΑΔ πρὸς τὸ ΑΓ· σύμμετρος δὲ ἐστιν ἡ ΒΔ τῇ ΒΓ²· σύμμετρον ἄρα ἐστὶ καὶ³ τὸ ΑΔ τῷ ΑΓ. Ῥητὸν δὲ τὸ ΑΔ· ῥητὸν ἄρα ἐστὶ⁴ καὶ τὸ ΑΓ.

Τὸ ἄρα ὑπὸ ῥητῶν, καὶ τὰ ἑξῆς.

Describatur enim ex ΑΒ quadratum ΑΔ; rationale igitur est ΑΔ. Et quoniam commensurabilis est ΑΒ ipsi ΒΓ longitudine, æqualis autem est ΑΒ ipsi ΒΔ; commensurabilis igitur est ΒΔ ipsi ΒΓ longitudine. Atque est ut ΒΔ ad ΒΓ ita ΑΔ ad ΑΓ; commensurabilis autem est ΒΔ ipsi ΒΓ, commensurabile igitur est et ΑΔ ipsi ΑΓ. Rationale autem ΑΔ; rationale igitur est et ΑΓ.

Ergo sub rationalibus, etc.

PROPOSITION XX.

Le rectangle compris sous des droites rationelles commensurables en longueur, suivant quelqu'un des modes dont nous avons parlé, est rationel.

Que le rectangle ΑΓ soit compris sous les droites rationelles ΑΒ, ΒΓ commensurables en longueur; je dis que ΑΓ est rationel.

Car décrivons sur ΑΒ le quarré ΑΔ; le quarré ΑΔ sera rationel (déf. 6 et cor. 9. 10). Puisque ΑΒ est commensurable en longueur avec ΒΓ, et que ΑΒ égale ΒΔ, ΒΔ est commensurable en longueur avec ΒΓ. Mais ΒΔ est à ΒΓ comme ΑΔ est à ΑΓ (1. 6), et ΒΔ est commensurable avec ΒΓ; donc ΑΔ est commensurable avec ΑΓ (10. 10). Mais ΑΔ est rationel; donc ΑΓ est aussi rationel (déf. 9 et pr. 12. 10). Donc, etc.

ΠΡΟΤΑΣΙΣ κά.

Ἐὰν ῥητὸν παρὰ ῥητὴν παραϐληθῇ, πλάτος
ποιῆ ῥητὴν, καὶ σύμμετρον τῇ παρ᾽ ἣν παράκειται μήκει.

Ῥητὸν γὰρ τὸ ΑΓ παρὰ ῥητὴν κατά τινα
πάλιν τῶν προειρημένων[1] τρόπων τὴν ΑΒ παραϐεϐλήσθω, πλάτος ποιοῦν ΒΓ· λέγω ὅτι ῥητή
ἐστιν ἡ ΒΓ, καὶ σύμμετρος τῇ ΑΒ μήκει.

PROPOSITIO XXI.

Si rationale ad rationalem applicetur, latitudinem faciet rationalem, et longitudine commensurabilem ei ad quam applicatur.

Rationale enim ΑΓ ad rationalem ΑΒ secundùm aliquem rursus prædictorum modorum
applicetur, latitudinem faciens ΒΓ; dico
rationale esse ΒΓ, et commensurabilem ipsi
ΑΒ longitudine.

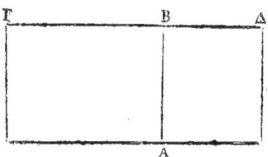

Ἀναγεγράφθω γὰρ ἀπὸ τῆς ΑΒ τετράγωνον
τὸ ΑΔ· ῥητὸν ἄρα ἐστὶ τὸ ΑΔ. Ῥητὸν δὲ καὶ
τὸ ΑΓ· σύμμετρον ἄρα ἐστὶ τὸ ΔΑ τῷ ΑΓ. Καὶ
ἔστιν ὡς τὸ ΔΑ πρὸς τὸ ΑΓ οὕτως ἡ ΔΒ πρὸς
τὴν ΒΓ· σύμμετρος ἄρα ἐστὶ καὶ ἡ ΔΒ τῇ ΒΓ.

Describatur enim ex ΑΒ quadratum ΑΔ; rationale igitur est ΑΔ. Rationale autem et ΑΓ;
commensurabile igitur est ΔΑ ipsi ΑΓ. Atque
est ut ΔΑ ad ΑΓ ita ΔΒ ad ΒΓ; commensu-
bilis igitur est et ΔΒ ipsi ΒΓ. Æqualis autem ΔΒ

PROPOSITION XXI.

Si une surface rationelle est appliquée à une droite rationelle, elle fera une
largeur rationelle, et commensurable en longueur avec la droite à laquelle cette
surface est appliquée.

Que la surface rationelle ΑΓ soit appliquée, suivant quelqu'un des modes
dont nous avons encore parlé, à la rationelle ΑΒ, faisant la largeur ΒΓ; je
dis que ΒΓ est rationel et commensurable en longueur avec ΑΒ.

Car décrivons sur ΑΒ le quarré ΑΔ ; ΑΔ sera rationel (déf. 6 et cor. 9. 10). Mais ΑΓ
est rationel ; donc ΔΑ est commensurable avec ΑΓ (déf. 9 et pr. 12. 10). Mais ΔΑ est
à ΑΓ comme ΔΒ est à ΒΓ (1. 6); donc ΔΒ est commensurable avec ΒΓ (10. 10). Mais

Ἴση δὲ ἡ ΔΒ τῇ ΒΑ· σύμμετρος ἄρα καὶ ἡ ΑΒ τῇ ΑΓ. Ῥητὴ δέ ἐστιν ἡ ΑΒ· ῥητὴ ἄρα ἐστὶ καὶ ἡ ΒΓ, καὶ σύμμετρος τῇ ΑΒ μήκει.

Ἐὰν ἄρα ῥητὸν, καὶ τὰ ἑξῆς.

ipsi BA; commensurabilis igitur et AB ipsi AΓ. Rationalis autem est AB; rationalis igitur est et BΓ, et commensurabilis ipsi AB longitudine.

Si igitur rationale, etc.

ΛΗΜΜΑ.

Ἡ δυναμένη ἄλογον χωρίον, ἄλογός ἐστι.

Δυνάσθω γὰρ ἡ Α ἄλογον χωρίον, τουτέστι τὸ ἀπὸ τῆς Α τετράγωνον ἴσον ἔστω ἀλόγῳ χωρίῳ· λέγω ὅτι ἡ Α ἄλογός ἐστιν.

LEMMA.

Recta quæ potest irrationale spatium, irrationalis est.

Possit enim recta A irrationale spatium, hoc est ex A quadratum æquale sit irrationali spatio; dico A irrationalem esse.

———————— A ————————

Εἰ γὰρ ἔσται ῥητὴ ἡ Α, ῥητὸν ἔσται καὶ τὸ ἀπ' αὐτῆς τετράγωνον, οὕτως γάρ ἐστιν ἐν τοῖς ὅροις. Οὐκ ἔστι δέ· ἄλογος ἄρα ἐστὶν ἡ Α. Ὅπερ ἔδει δεῖξαι.

Si enim esset rationalis A, rationale esset et ipsa quadratum, sic enim est in definitionibus. Non est autem; irrationalis igitur est A. Quod oportebat ostendere.

ΔB est égal à BA; donc AB est commensurable avec AΓ. Mais AB est rationel; donc BΓ est aussi rationel, et commensurable en longueur avec AB (déf. 6 et pr. 12. 10). Donc, etc.

LEMME.

La droite dont la puissance est une surface irrationelle, est irrationelle.

Que la puissance de A soit une surface irrationelle, c'est-à-dire que le quarré de A soit égal à une surface irrationelle; je dis que A est irrationel.

Car si A était rationel, le quarré de A serait rationel, ainsi que cela est dit dans les définitions (déf. 8 et cor. 9. 10). Mais il ne l'est pas; donc A est irrationel. Ce qu'il fallait démontrer.

ΠΡΟΤΑΣΙΣ κϛ'.

Τὸ ὑπὸ ῥητῶν δυνάμει μόνον συμμέτρων εὐθειῶν περιεχόμενον ὀρθογώνιον ἄλογόν ἐστι, καὶ ἡ δυναμίνη αὐτὸ ἄλογος ἔσται· καλείσθω δὲ μέση.

Ὑπὸ γὰρ ῥητῶν δυνάμει μόνον συμμέτρων εὐθειῶν τῶν ΑΒ, ΒΓ ὀρθογώνιον περιεχέσθω τὸ ΑΓ· λέγω ὅτι ἄλογόν ἐστι τὸ ΑΓ, καὶ ἡ δυναμένη αὐτὸ ἄλογός ἐστι· καλείσθω δὲ μέση.

PROPOSITIO XXII.

Sub rationalibus potentiâ solùm commensurabilibus rectis contentum rectangulum irrationale est, et recta quæ potest ipsum irrationalis erit; ea autem vocetur media.

Sub rationalibus enim potentiâ solùm commensurabilibus rectis AB, BΓ quadratum contineatur AΓ; dico irrationale esse AΓ, et rectam quæ potest ipsum irrationalem esse; ea autem vocetur media.

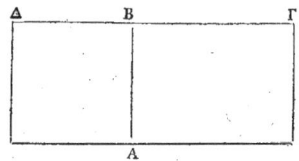

Αναγεγράφθω γὰρ ἀπὸ τῆς ΑΒ τετράγωνον τὸ ΑΔ· ῥητὸν ἄρα ἐστὶ τὸ ΑΔ. Καὶ ἐπεὶ ἀσύμμετρός ἐστιν ἡ ΑΒ τῇ ΒΓ μήκει, δυνάμει γὰρ μόνον ὑπόκεινται σύμμετροι, ἴση δὲ ἡ ΑΒ τῇ ΒΔ· ἀσύμμετρος ἄρα ἐστὶ καὶ ἡ ΔΒ τῇ ΒΓ μήκει. Καὶ ἔστιν ὡς ἡ ΒΔ πρὸς τὴν ΒΓ οὕτως

Describatur enim ex AB quadratum AΔ; rationale igitur est AΔ. Et quoniam incommensurabilis est AB ipsi BΓ longitudine, potentiâ enim solùm eæ supponuntur commensurabiles, æqualis autem AB ipsi BΔ; incommensurabilis igitur est et ΔB ipsi BΓ longitudine. Atque est ut BΔ ad

PROPOSITION XXII.

Le rectangle compris sous des droites rationelles, commensurables en puissance seulement, est irrationel, et la droite dont la puissance égale ce rectangle sera irrationelle; cette droite s'appèlera médiale.

Que le rectangle ΑΓ soit compris sous les droites rationelles ΑΒ, ΒΓ commensurables en puissance seulement; je dis que le rectangle ΑΓ est irrationel, et que la droite dont la puissance est égale à ce rectangle est irrationelle; que cette droite soit appelée médiale.

Car décrivons sur ΑΒ le quarré ΑΔ; ΑΔ sera irrationnel. Et puisque ΑΒ est incommensurable en longueur avec ΒΓ; car on a supposé que ces deux droites étaient commensurables en puissance seulement, et que de plus ΑΒ est égal à ΒΔ, ΔΒ sera incommensurable en longueur avec ΒΓ. Mais ΒΔ est à ΒΓ comme ΑΔ est à ΑΓ

τὸ ΑΔ πρὸς τὸ ΑΓ· ἀσύμμετρον ἄρα ἐστὶ τὸ
ΔΑ τῷ ΑΓ. Ρητὸν δὲ τὸ ΔΑ· ἄλογον ἄρα ἐστὶ
τὸ ΑΓ· ὥστε καὶ ἡ δυναμένη τὸ ΑΓ, τουτέστιν ἡ ἴσον αὐτῷ τετράγωνον δυναμένη, ἄλογός ἐστι. Καλείσθω δὲ μέση². Ὅπερ ἔδει δεῖξαι³.

BΓ ita ΑΔ ad ΑΓ ; incommensurabile igitur
est ΔΑ ipsi ΑΓ. Rationale autem ΔΑ ; irrationale
igitur est ΑΓ ; quare et recta quæ potest ipsum
ΑΓ, hoc est recta quæ potest æquale ipsi quadratum, irrationalis est. Ea autem vocetur media.
Quod oportebat ostendere.

ΛΗΜΜΑ.

Ἐὰν ὦσι δύο εὐθεῖαι, ἔστιν¹ ὡς ἡ πρώτη πρὸς
τὴν δευτέραν οὕτως τὸ ἀπὸ τῆς πρώτης πρὸς τὸ
ὑπὸ τῶν δύο εὐθειῶν.

Ἐστωσαν δύο εὐθεῖαι αἱ ΖΕ, ΕΗ· λέγω ὅτι
ἐστὶν ὡς ἡ ΖΕ πρὸς τὴν ΕΗ οὕτως τὸ ἀπὸ τῆς
ΖΕ πρὸς τὸ ὑπὸ τῶν ΖΕ, ΕΗ.

LEMMA.

Si sint duæ rectæ, est ut prima ad secundam
ita quadratum ex primâ ad rectangulum sub
duabus rectis.

Sint duæ rectæ ΖΕ, ΕΗ; dico esse ut ΖΕ ad
ΕΗ ita ex ΖΕ quadratum ad rectangulum sub
ΖΕ, ΕΗ.

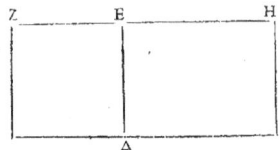

Ἀναγεγράφθω γὰρ ἀπὸ τῆς ΖΕ τετράγωνον τὸ
ΔΖ, καὶ συμπεπληρώσθω τὸ ΗΔ. Ἐπεὶ οὖν ἐστιν
ὡς ἡ ΖΕ πρὸς τὴν ΕΗ οὕτως τὸ ΖΔ. πρὸς τὸ ΔΗ,
καὶ ἔστι τὸ μὲν ΖΔ τὸ ἀπὸ τῆς ΖΕ, τὸ δὲ ΔΗ

Describatur enim ex ΖΕ quadratum ΔΖ, et
compleatur ΗΔ. Quoniam igitur est ut ΖΕ ad
ΕΗ ita ΖΔ ad ΔΗ, atque est quidem ΖΔ
quadratum ex ΖΕ, ΔΗ vero rectangulum sub

·(1. 6); donc ΔΑ est incommensurable avec ΑΓ (10. 10); mais ΔΑ est rationel ; donc
ΑΓ est irrationnel (déf. 10 et pr. 13. 10); donc la droite dont la puissance égale ΑΓ,
c'est-à-dire la droite dont la puissance est un quarré égal à ΑΓ est irrationelle
(déf. 11. 10). Cette droite sera appelée médiale. Ce qu'il fallait démontrer.

LEMME.

Si l'on a deux droites, la première sera à la seconde comme le quarré de
la première est au rectangle compris sous ces deux droites.

Soient les deux droites ΖΕ, ΕΗ ; je dis que ΖΕ est à ΕΗ comme le quarré de ΖΕ
est au rectangle compris sous ΖΕ, ΕΗ.

Décrivons sur ΖΕ le quarré ΔΖ, et achevons ΗΔ. Puisque ΖΕ est à ΕΗ comme
ΖΔ est à ΔΗ (1. 6); que ΖΔ est le quarré de ΖΕ, et que ΔΗ est le rectangle sous ΔΕ

τὸ ὑπὸ τῶν ΔΕ, ΕΗ, τουτέστι τὸ ὑπὸ τῶν ΖΕ, ΕΗ· ἔστιν ἄρα ὡς ἡ ΖΕ πρὸς τὴν ΕΗ οὕτως

ΔΕ, ΕΗ, hoc est sub ΖΕ, ΕΗ; est igitur ut ΖΕ ad ΕΗ ita ex ΖΕ quadratum ad rectan-

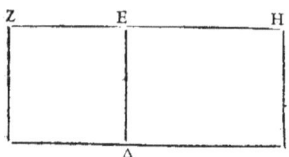

τὸ ἀπὸ τῆς ΖΕ πρὸς τὸ ὑπὸ τῶν ΖΕ, ΕΗ. Ὁμοίως δὲ καὶ ὡς τὸ ὑπὸ τῶν ΗΕ, ΕΖ πρὸς τὸ ἀπὸ τῆς ΕΖ, τουτέστιν ὡς τὸ ΗΔ πρὸς τὸ ΖΔ οὕτως ἡ ΗΕ πρὸς τὴν ΕΖ. Ὅπερ ἔδει δεῖξαι[2].

gulum sub ΖΕ, ΕΗ. Similiter autem et ut sub ΗΕ, ΕΖ rectangulum ad quadratum ex ΕΖ, hoc est ut ΗΔ ad ΖΔ ita ΗΕ ad ΕΖ. Quod oportebat ostendere.

ΠΡΟΤΑΣΙΣ κγ'.

PROPOSITIO XXIII.

Τὸ ἀπὸ μέσης παρὰ ῥητὴν παραβαλλόμενον[1] πλάτος ποιεῖ ῥητὴν, καὶ ἀσύμμετρον τῇ παρ' ἣν παράκειται μήκει.

Ἔστω μέση μὲν ἡ Α, ῥητὴ δὲ ἡ ΓΒ, καὶ τῷ ἀπὸ τῆς Α ἴσον παρὰ τὴν ΒΓ παραβεβλήσθω[2] χωρίον ὀρθογώνιον τὸ ΒΔ πλάτος ποιοῦν τὴν ΓΔ· λέγω ὅτι ῥητὴ ἐστιν ἡ ΓΔ, καὶ ἀσύμμετρος τῇ ΓΒ μήκει.

Quadratum ex mediâ ad rationalem applicatum latitudinem facit rationalem, et longitudine incommensurabilem ei ad quam applicatur.

Sit media quidem Α, rationalis autem ΓΒ; et quadrato ex Α æquale ad ΒΓ applicetur spatium rectangulum ΒΔ latitudinem faciens ΓΔ; dico rationalem esse ΓΔ, et incommensurabilem ipsi ΓΒ longitudine.

ΕΗ, c'est-à-dire sous ΖΕ, ΕΗ, la droite ΖΕ est à ΕΗ comme le quarré de ΖΕ est au rectangle sous ΖΕ, ΕΗ. Semblablement le rectangle sous ΗΕ, ΕΖ est au quarré de ΕΖ, c'est-à-dire ΗΔ est à ΖΔ comme ΗΕ est à ΕΖ. Ce qu'il fallait démontrer.

PROPOSITION XXIII.

Le quarré d'une médiale appliqué à une rationelle fait une longueur rationelle et incommensurable en longueur avec la droite à laquelle il est appliqué.

Soit la médiale Α, et la rationelle ΓΒ; appliquons à ΒΓ un rectangle ΒΔ, qui soit égal au quarré de Α, et qui fasse la largeur ΓΔ; je dis que la droite ΓΔ est rationelle et incommensurable en longueur avec ΓΒ.

Ἐπεὶ γὰρ μέση ἐστὶν ἡ Α, δύναται χωρίον περιεχόμενον ὑπὸ ῥητῶν δυνάμει μόνον συμμέτρων. Δυνάσθω τὸ ΗΖ. Δύναται δὲ καὶ τὸ ΔΒ· ἴσον ἄρα ἐστὶ τὸ ΔΒ τῷ ΗΖ. Ἔστι δὲ αὐτῷ καὶ ἰσογώνιον, τῶν δὲ ἴσων καὶ ἰσογωνίων παραλληλογράμμων ἀντιπεπόνθασιν αἱ πλευραὶ αἱ περὶ τὰς ἴσας γωνίας· ἀνάλογον ἄρα ἐστὶν ὡς ἡ ΒΓ πρὸς τὴν ΕΗ οὕτως ἡ ΕΖ πρὸς τὴν ΓΔ· ἔστιν ἄρα καὶ ὡς τὸ ἀπὸ τῆς ΒΓ πρὸς

Quoniam enim media est A, potest spatium contentum sub rationalibus potentiâ solùm commensurabilibus. Possit ΗΖ. Potest autem et ΔΒ; æquale igitur est ΔΒ ipsi ΗΖ. Est autem illi et æquiangulum, æqualium autem et æquiangulorum parallelogrammorum reciproca sunt latera quæ circùm æquales angulos; proportionaliter igitur est ut ΒΓ ad ΕΗ ita ΕΖ ad ΓΔ; est igitur et ut ex ΒΓ quadratum

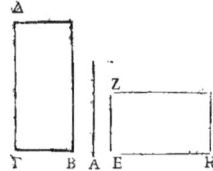

τὸ ἀπὸ τῆς ΕΗ οὕτως τὸ ἀπὸ τῆς ΕΖ πρὸς τὸ ἀπὸ τῆς ΓΔ· σύμμετρον δέ ἐστι τὸ ἀπὸ τῆς ΓΒ τῷ ἀπὸ τῆς ΕΗ, ῥητὴ γάρ ἐστιν ἑκατέρα αὐτῶν· σύμμετρον ἄρα ἐστὶ καὶ τὸ ἀπὸ τῆς ΕΖ τῷ ἀπὸ τῆς ΓΔ. Ῥητὸν δέ ἐστι τὸ ἀπὸ τῆς ΕΖ· ῥητὸν ἄρα ἐστὶ καὶ τὸ ἀπὸ τῆς ΓΔ· ῥητὴ ἄρα ἐστὶν ἡ ΓΔ. Καὶ ἐπεὶ ἀσύμμετρός ἐστιν ἡ ΕΖ τῇ ΕΗ μήκει· δυνάμει γὰρ μόνον εἰσὶ σύμμετροι, ὡς δὲ ἡ ΕΖ πρὸς τὴν ΕΗ οὕτως τὸ ἀπὸ τῆς ΕΖ

ad ipsum ex ΕΗ ex ΕΖ quadratum ad ipsum ex ΓΔ. Commensurabile autem est ex ΓΒ quadratum quadrato ex ΕΗ, rationalis enim est utraque ipsarum; commensurabile igitur est et ex ΕΖ quadratum quadrato ex ΓΔ. Rationale autem est quadratum ex ΕΖ; rationale igitur est et quadratum ex ΓΔ; rationalis igitur est ΓΔ. Et quoniam incommensurabilis est ΕΖ ipsi ΕΗ longitudine, potentiâ enim solùm sunt commensurabiles, ut autem ΕΖ ad ΕΗ ita ex ΕΖ quadratum

Car, puisque la droite A est médiale, sa puissance égale une surface comprise sous des rationelles commensurables en puissance seulement (22. 10). Que sa puissance soit égale à ΗΖ; mais sa puissance égale aussi ΔΒ; donc ΔΒ égale ΗΖ. Mais ΔΒ est équiangle avec ΗΖ; et dans les parallélogrammes équiangles et égaux, les côtés qui comprènent des angles égaux, sont réciproquem ent proportionnels (14. 6); donc ΒΓ est à ΕΗ comme ΕΖ est à ΓΔ; donc le quarré de ΒΓ est au quarré de ΕΗ comme le quarré de ΕΖ est au quarré de ΓΔ (22. 6). Mais le quarré de ΓΒ est commensurable avec le quarré de ΕΗ; car chacune de ces droites est rationelle (22. 10); donc le quarré de ΕΖ est aussi commensurable avec le quarré de ΓΔ (10. 10). Mais le quarré de ΕΖ est rationel; donc le quarré de ΓΔ est rationel aussi; donc ΓΔ est rationel. Et puisque la droite ΕΖ est incommensurable en longueur avec ΕΗ; car celle-ci ne lui est commensurable qu'en puissance, et que

II.   22

πρὸς τὸ ὑπὸ τῶν ΖΕ, ΕΗ· ἀσύμμετρον ἄρα ἐστὶ[3] τὸ ὑπὸ τῆς ΕΖ τῷ ὑπὸ τῶν ΖΕ, ΕΗ. Ἀλλὰ τῷ μὲν ἀπὸ τῆς ΕΖ σύμμετρόν ἐστι[4] τὸ ἀπὸ τῆς ΓΔ, ῥηταὶ γάρ εἰσι δυνάμει, τῷ δὲ ὑπὸ τῶν ΖΕ, ΕΗ σύμμετρόν ἐστι τὸ ὑπὸ τῶν ΔΓ, ΓΒ, ἴσα γάρ

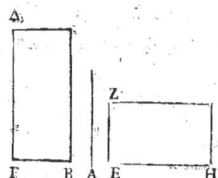

ἐστι[5] τῷ ἀπὸ τῆς Α· ἀσύμμετρον ἄρα ἐστὶ καὶ τὸ ἀπὸ τῆς ΓΔ τῷ ὑπὸ τῶν ΔΓ, ΓΒ περιεχομένῳ[6]. Ὡς δὲ τὸ ἀπὸ τῆς ΓΔ πρὸς τὸ ὑπὸ τῶν ΔΓ, ΓΒ οὕτως ἐστὶν ἡ ΔΓ πρὸς τὴν ΓΒ· ἀσύμμετρος ἄρα ἐστὶν ἡ ΔΓ τῇ ΓΒ μήκει· ῥητὴ ἄρα ἐστὶν ἡ ΓΔ καὶ ἀσύμμετρος τῇ ΓΒ μήκει. Ὅπερ ἔδει δεῖξαι.

ad rectangulum sub ZE, EH; incommensurabile igitur est ex EZ quadratum rectangulo sub. ZE, EH. Sed quadrato quidem ex EZ commensurabile est quadratum ex ΓΔ, rationales enim sunt potentiâ, rectangulo autem sub ZE, EH commensurabile est rectangulum sub ΔΓ, ΓΒ; æqualia enim sunt quadrato ex Α; incommensurabile igitur est et ex ΓΔ quadratum rectangulo sub ΔΓ, ΓΒ contento. Ut autem ex ΓΔ quadratum ad rectangulum sub ΔΓ, ΓΒ ita est ΔΓ ad ΓΒ; incommensurabilis igitur est ΔΓ ipsi ΓΒ longitudine; rationalis igitur est ΓΔ et incommensurabilis ipsi ΓΒ longitudine. Quod oportebat ostendere.

EZ est à EH comme le quarré de EZ est au rectangle sous ZE, EH (lem. 22. 10), le quarré de EZ est incommensurable avec le rectangle sous ZE, EH (10. 10). Mais le quarré de ΓΔ est commensurable avec le quarré de EZ, car ces droites sont rationelles en puissance, et le rectangle sous ΔΓ, ΓΒ est commensurable avec le rectangle sous ZE, EH, car ils sont égaux chacun au quarré de Α; donc le quarré de ΓΔ est incommensurable avec le rectangle sous ΔΓ, ΓΒ (13. 10). Mais le quarré de ΓΔ est au rectangle sous ΔΓ, ΓΒ comme ΔΓ est à ΓΒ (lem. 22); donc ΔΓ est incommensurable en longueur avec ΓΒ; donc ΓΔ est rationel et incommensurable en longueur avec ΓΒ (déf. 6. 10). Ce qu'il fallait démontrer.

ΠΡΟΤΑΣΙΣ κδʹ.

Η τῇ μέσῃ σύμμετρος μέση ἐστίν.

Ἔστω μέση ἡ Α, καὶ τῇ Α σύμμετρος ἔστω ἡ Β· λέγω ὅτι καὶ ἡ Β μέση ἐστίν.

Ἐκκείσθω γὰρ ῥητὴ ἡ ΓΔ, καὶ τῷ μὲν ἀπὸ τῆς Α ἴσον παρὰ τὴν ΓΔ παραβεβλήσθω χωρίον ὀρθογώνιον τὸ ΓΕ πλάτος ποιοῦν τὴν ΕΔ· ῥητὴ ἄρα ἐστὶν ἡ ΕΔ, καὶ ἀσύμμετρος τῇ ΓΔ μήκει. Τῷ δὲ ἀπὸ τῆς Β ἴσον παρὰ τὴν ΔΓ παραβεβλήσθω χωρίον ὀρθογώνιον τὸ ΓΖ πλάτος ποιοῦν

PROPOSITIO XXIV.

Recta mediæ commensurabilis media est.

Sit media A, et ipsi A commensurabilis sit B; dico et B mediam esse.

Exponatur enim rationalis ΓΔ, et quadrato quidem ex A æquale ad ΓΔ applicetur spatium rectangulum ΓΕ latitudinem faciens ΕΔ; rationalis igitur est ΕΔ, et incommensurabilis ipsi ΓΔ longitudine. Quadrato autem ex B æquale ad ΔΓ applicetur spatium rectangulum ΓΖ lati-

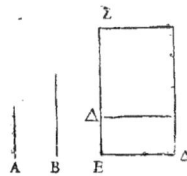

τὴν ΖΔ. Ἐπεὶ οὖν σύμμετρός ἐστιν ἡ Α τῇ Β, σύμμετρόν ἐστι καὶ τὸ ἀπὸ τῆς Α τῷ ἀπὸ τῆς Β. Ἀλλὰ τῷ μὲν ἀπὸ τῆς Α ἴσον ἐστὶ τὸ ΕΓ, τῷ δὲ ἀπὸ τῆς Β ἴσον ἐστὶ¹ τὸ ΓΖ· σύμ-

tudinem faciens ΖΔ. Quoniam igitur commensurabilis est A ipsi B, commensurabile est et ex A quadratum quadrato ex B. Sed quadrato quidem ex A æquale est ΕΓ, quadrato autem

PROPOSITION XXIV.

Une droite commensurable avec une médiale, est une médiale.

Soit la médiale A, et que B soit commensurable avec A; je dis que la droite B est médiale.

Car soit la rationelle ΓΔ, et soit appliqué à ΓΔ un rectangle ΓΕ qui, faisant la largeur ΕΔ, soit égal au quarré de A; la droite ΕΔ sera rationelle et incommensurable en longueur avec ΓΔ (23. 10). Soit aussi appliqué à ΔΓ un rectangle ΓΖ qui, faisant la largeur ΖΔ, soit égal au quarré de B. Puisque A est commensurable avec B, le quarré de A sera commensurable avec le quarré de B (cor. 9. 10). Mais ΕΓ est égal au quarré de A, et ΓΖ est égal au quarré de B;

μέτρον ἄρα ἐστὶ τὸ ΕΓ τῷ ΓΖ. Καὶ ἔστιν ὡς τὸ
ΕΓ πρὸς τὸ ΓΖ οὕτως ἡ ΕΔ πρὸς τὴν ΔΖ· σύμμετρος ἄρα ἐστὶν ἡ ΕΔ τῇ ΔΖ μήκει. Ῥητὴ δέ
ἐστιν ἡ ΕΔ, καὶ ἀσύμμετρος τῇ ΔΓ μήκει· ῥητὴ
ἄρα ἐστὶ καὶ ἡ ΔΖ, καὶ ἀσύμμετρος τῇ ΔΓ
μήκει· αἱ ΓΔ, ΔΖ ἄρα ῥηταί εἰσι, δυνάμει

ex B æquale ΓΖ; commensurabile igitur est ΕΓ
ipsi ΓΖ. Atque est ut ΕΓ ad ΓΖ ita ΕΔ ad ΔΖ;
commensurabilis igitur est ΕΔ ipsi ΔΖ longitudine. Rationalis autem est ΕΔ, et incommensurabilis ipsi ΔΓ longitudine; rationalis igitur
est et ΔΖ, et incommensurabilis ipsi ΔΓ longitudine; ergo ΓΔ, ΔΖ rationales sunt, potentiâ

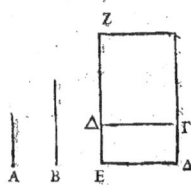

μόνον σύμμετροι. Ἡ δὲ τὸ ὑπὸ ῥητῶν δυνάμει
μόνον συμμέτρων δυναμένη μέση ἐστίν[3]· ἡ ἄρα
τὸ ὑπὸ τῶν ΓΔ, ΔΖ δυναμένη μέση ἐστὶ,
καὶ δύναται τὸ ὑπὸ τῶν ΓΔ, ΔΖ ἡ Β· μέση
ἄρα ἐστὶν ἡ Β.

solùm, commensurabiles. Recta autem quæ
potest rectangulum sub rationalibus potentiâ
solùm commensurabilibus media est; recta
igitur quæ potest rectangulum sub ΓΔ, ΔΖ media est, et potest rectangulum sub ΓΔ, ΔΖ
ipsa B; media igitur est B.

donc ΕΓ est commensurable avec ΓΖ. Mais ΕΓ est à ΓΖ comme ΕΔ est à ΔΖ
(1. 6); donc ΕΔ est commensurable en longueur avec ΔΖ (10. 10). Mais la droite
ΕΔ est rationelle et incommensurable en longueur avec ΔΓ (23. 10); donc la droite
ΔΖ est rationelle et incommensurable en longueur avec ΔΓ (13. 10); donc les
droites ΓΔ, ΔΖ sont rationelles et commensurables en puissance seulement. Mais
la droite dont la puissance égale un rectangle sous des rationelles commensurables en puissance seulement, est une médiale (22. 10); donc la droite, dont
la puissance égale le rectangle sous ΓΔ, ΔΖ, est une médiale; mais la puissance
de Β égale le rectangle sous ΓΔ, ΔΖ; donc la droite Β est une médiale.

ΠΟΡΙΣΜΑ.

Ἐκ δὲ τούτου φανερὸν, ὅτι τὸ τῷ μέσῳ χωρίῳ σύμμετρον μέσον ἐστί. Δύνανται γὰρ αὐτὰ εὐθεῖαι αἵ εἰσι δυνάμει σύμμετροι, ὧν ἡ ἑτέρα μέση· ὥστε καὶ ἡ λοιπὴ μέση ἐστίν. Ὡσαύτως δὲ τοῖς ἐπὶ τῶν ῥητῶν εἰρημένοις καὶ ἐπὶ τῶν μέσων ἐξακολουθεῖ τὴν τῇ μέσῃ μήκει σύμμετρον λέγεσθαι μέσην, καὶ[1] σύμμετρον αὐτῇ μὴ μόνον μήκει ἀλλὰ καὶ δυνάμει, ἐπειδήπερ καθόλου αἱ μήκει σύμμετροι πάντως καὶ δυνάμει. Ἐὰν δὲ τῇ μέσῃ σύμμετρός τις ᾖ δυνάμει, εἰ μὲν καὶ μήκει, λέγονται καὶ οὕτως μέσαι καὶ σύμμετροι μήκει καὶ δυνάμει[2]. Εἰ δὲ δυνάμει μόνον, λέγονται μέσαι δυνάμει μόνον σύμμετροι[3].

COROLLARIUM.

Ex hoc manifestum est spatium medio spatio commensurabile medium esse. Possunt enim ipsa rectæ quæ sunt potentiâ commensurabiles, quarum altera media ; quare et reliqua media est. Congruenter autem ipsis in rationalibus dictis, et in mediis quoque colligetur, rectam mediæ longitudine commensurabilem dici mediam, et commensurabilem ipsi non solùm longitudine sed et potentiâ, quoniam universè rectæ longitudine commensurabiles semper et potentiâ. Si autem mediæ commensurabilis aliqua recta fuerit potentiâ, siquidem et longitudine, dicuntur et sic mediæ et commensurabiles longitudine et potentiâ. Si autem potentiâ solùm, dicuntur mediæ potentiâ solùm commensurabiles.

COROLLAIRE.

De là il est évident qu'une surface commensurable avec une surface médiale est médiale. Car les droites dont les puissances sont égales à ces surfaces sont commensurables en puissance, et l'une de ces droites est médiale ; donc la droite restante est médiale. Mais d'après ce qui a été dit dans les rationelles, on peut conclure dans les médiales qu'une droite commensurable à une médiale est une médiale, cette droite lui étant commensurable non seulement en longueur, mais encore en puissance ; car généralement les droites commensurables en longueur le sont toujours en puissance. Mais si une droite est commensurable en puissance avec une médiale, et si elle l'est aussi en longueur, les médiales sont dites commensurables en longueur et en puissance. Mais si elles ne sont commensurables qu'en puissance, elles sont dites médiales commensurables en puissance seulement.

ΠΡΟΤΑΣΙΣ κέ.

Τὸ ὑπὸ μέσων μήκει συμμέτρων εὐθειῶν κατά τινα τῶν εἰρημένων τρόπων[1] περιεχόμενον ὀρθογώνιον, μέσον ἐστίν.

Ὑπὸ γὰρ μέσων μήκει συμμέτρων εὐθειῶν τῶν ΑΒ, ΒΓ περιεχέσθω ὀρθογώνιον τὸ ΑΓ· λέγω ὅτι τὸ ΑΓ μέσον ἐστίν.

PROPOSITIO XXV.

Sub mediis longitudine commensurabilibus secundùm aliquem dictorum modorum contentum rectangulum, medium est.

Sub mediis enim longitudine commensurabilibus rectis AB, BΓ contineatur rectangulum ΑΓ; dico ΑΓ medium esse.

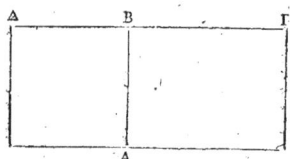

Ἀναγεγράφθω γὰρ ἀπὸ τῆς ΑΒ τετράγωνον τὸ ΑΔ· μέσον ἄρα ἐστὶ τὸ ΑΔ. Καὶ ἐπεὶ σύμμετρός ἐστι[2] ἡ ΑΒ τῇ ΒΓ μήκει, ἴση δὲ ἡ ΑΒ τῇ ΒΔ· σύμμετρος ἄρα ἐστὶ καὶ ἡ ΔΒ τῇ ΒΓ μήκει· ὥστε καὶ τὸ ΔΑ τῷ ΑΓ σύμμετρόν ἐστι. Μέσον δὲ τὸ ΔΑ· μέσον ἄρα καὶ τὸ ΑΓ. Ὅπερ ἔδει δεῖξαι.

Describatur enim ex AB quadratum ΑΔ; medium igitur est ΑΔ. Et quoniam commensurabilis est AB ipsi BΓ longitudine, æqualis autem AB ipsi BΔ; commensurabilis igitur est et ΔB ipsi BΓ longitudine; quare et ΔA ipsi ΑΓ commensurabile est. Medium autem ΔA; medium igitur et ΑΓ. Quod oportebat ostendere.

PROPOSITION XXV.

Le rectangle compris sous des médiales commensurables en longueur, suivant quelqu'un des modes dont nous avons parlé, est médial.

Que le rectangle ΑΓ soit compris sous les droites médiales AB, BΓ commensurables en longueur; je dis que ΑΓ est médial.

Décrivons sur AB le quarré ΑΔ, ΑΔ sera médial (cor. 24. 10). Et puisque AB est commensurable en longueur avec BΓ, et que AB est égal à BΔ, la droite ΔB est commensurable en longueur avec BΓ; donc ΔA est commensurable avec ΑΓ. Mais ΔA est médial (cor. 24. 10); donc ΑΓ est aussi médial. Ce qu'il fallait démontrer.

ΠΡΟΤΑΣΙΣ κϛ'.

Τὸ ὑπὸ μέσων δυνάμει μόνον συμμέτρων εὐ-
θειῶν¹ περιεχόμενον ὀρθογώνιον, ἤτοι ῥητὸν ἢ
μέσον ἐστίν.

Ὑπὸ γὰρ μέσων δυνάμει μόνον συμμέτρων
εὐθειῶν τῶν ΑΒ, ΒΓ περιεχέσθω ὀρθογώνιον² τὸ
ΑΓ· λέγω ὅτι τὸ ΑΓ ἤτοι ῥητὸν ἢ μέσον ἐστίν³.

PROPOSITIO XXVI.

Sub mediis potentiâ solùm commensurabilibus rectis contentum rectangulum, vel rationale vel medium est.

Sub mediis enim potentiâ solùm commensurabilibus rectis AB, ΒΓ contineatur rectangulum
ΑΓ; dico ΑΓ vel rationale vel medium esse.

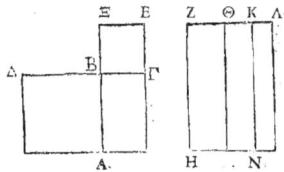

Ἀναγεγράφθω γὰρ ἀπὸ τῶν ΑΒ, ΒΓ τετράγωνα
τὰ ΑΔ, ΒΕ· μέσον ἄρα ἐστὶν ἑκάτερον τῶν
ΑΔ, ΒΕ. Καὶ ἐκκείσθω ῥητὴ ἡ ΖΗ, καὶ τῷ μὲν
ΑΔ ἴσον παρὰ τὴν ΖΗ παραβεβλήσθω ὀρθογώνιον
παραλληλόγραμμον τὸ ΗΘ πλάτος ποιοῦν τὴν
ΖΘ, τῷ δὲ ΑΓ ἴσον παρὰ τὴν ΘΜ παραβεβλήσθω ὀρθογώνιον παραλληλόγραμμον τὸ ΜΚ

Describantur enim ex AB, ΒΓ quadrata ΑΔ,
ΒΕ; medium igitur est utrumque ipsorum ΑΔ,
ΒΕ. Et exponatur rationalis ΖΗ, et ipsi quidem
ΑΔ æquale ad ΖΗ applicetur rectangulum parallelogrammum ΗΘ latitudinem faciens ΖΘ,
ipsi autem ΑΓ æquale ad ΘΜ applicetur rectangulum parallelogrammum ΜΚ latitudinem fa-

PROPOSITION XXVI.

Le rectangle compris sous des droites médiales commensurables en puissance
seulement, est ou rationel ou médial.

Que le rectangle ΑΓ soit compris sous les droites médiales ΑΒ, ΒΓ, commensurables en puissance seulement; je dis que ΑΓ est ou rationel ou médial.

Car décrivons sur les droites ΑΒ, ΒΓ les quarrés ΑΔ, ΒΕ; chacun des quarrés
ΑΔ, ΒΕ sera médial. Soit la rationelle ΖΗ; appliquons à ΖΗ le parallélogramme
rectangle ΗΘ, qui ayant ΖΘ pour largeur, soit égal à ΑΔ; appliquons aussi à
ΘΜ le parallélogramme rectangle ΜΚ, qui ayant ΘΚ pour largeur, soit égal à

πλάτος ποιοῦν τὴν ΘΚ, καὶ ἔτι τῷ ΒΕ ἴσον ὁμοίως παρὰ τὴν ΚΝ παραβεβλήσθω τὸ ΝΛ πλάτος ποιοῦν τὴν ΚΛ· ἐπ᾽ εὐθείας ἄρα εἰσὶν αἱ ΖΘ, ΘΚ, ΚΛ. Ἐπεὶ οὖν μέσον ἐστὶν ἑκάτερον τῶν ΑΔ, ΒΕ, καὶ ἐστιν ἴσον τὸ μὲν ΑΔ τῷ

ciens ΘΚ, et adhuc ipsi ΒΕ æquale similiter ad ΚΝ applicetur ΝΛ latitudinem faciens ΚΛ; in rectá igitur sunt ΖΘ, ΘΚ, ΚΛ. Quoniam igitur medium est utrumque ipsorum ΑΔ, ΒΕ, atque est æquale quidem ΑΔ ipsi ΗΘ, ipsum

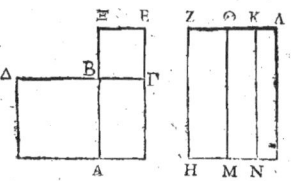

ΗΘ, τὸ δὲ ΒΕ τῷ ΝΛ· μέσον ἄρα[4] καὶ ἑκάτερον τῶν ΗΘ, ΝΛ, καὶ παρὰ ῥητὴν τὴν ΖΗ παράκειται· ῥητὴ ἄρα ἐστὶ καὶ ἑκάτερα τῶν ΖΘ, ΚΛ, καὶ ἀσύμμετρος τῇ ΖΗ μήκει. Καὶ ἐπεὶ[5] σύμμετρος ἐστι τὸ ΑΔ τῷ ΒΕ· σύμμετρον ἄρα ἐστὶ καὶ τὸ ΗΘ τῷ ΝΛ. Καὶ ἐστιν[6] ὡς τὸ ΗΘ πρὸς τὸ ΝΛ οὕτως ἡ ΖΘ πρὸς τὴν ΚΛ· σύμμετρος ἄρα ἐστὶν ἡ ΖΘ τῇ ΚΛ μήκει· αἱ ΖΘ, ΚΛ ἄρα ῥηταί εἰσι μήκει σύμμετροι· ῥητὸν ἄρα ἐστὶ τὸ ὑπὸ τῶν ΖΘ, ΚΛ. Καὶ ἐπεὶ ἴση ἐστὶν ἡ μὲν ΒΔ τῇ ΒΑ, ἡ δὲ ΞΒ τῇ ΒΓ· ἐστιν ἄρα ὡς ἡ ΔΒ πρὸς τὴν ΒΓ οὕτως ἡ ΑΒ πρὸς τὴν ΒΞ. Ἀλλ᾽ ὡς μὲν ἡ ΔΒ πρὸς τὴν ΒΓ οὕτως τὸ ΔΑ πρὸς

autem ΒΕ ipsi ΝΛ; medium igitur et utrumque ipsorum ΗΘ, ΝΛ, et ad rationalem ΖΗ applicatur; rationalis igitur est et utraque ipsarum ΖΘ, ΚΛ, et incommensurabilis ipsi ΖΗ longitudine. Et quoniam commensurabile est ΑΔ ipsi ΒΕ; commensurabile igitur est et ΗΘ ipsi ΝΛ. Atque est ut ΗΘ ad ΝΛ ita ΖΘ ad ΚΛ; commensurabilis igitur est ΖΘ ipsi ΚΛ longitudine; ergo ΖΘ, ΚΛ rationales sunt longitudine commensurabiles; rationale igitur est rectangulum sub ΖΘ, ΚΛ. Et quoniam æqualis est quidem ΒΔ ipsi ΒΑ, ipsa autem ΞΒ ipsi ΒΓ; est igitur ut ΔΒ ad ΒΓ ita ΑΒ ad ΒΞ. Sed ut ΔΒ ad ΒΓ

ΑΓ, et enfin appliquons semblablement à ΚΝ le parallélogramme rectangle ΝΛ, qui ayant ΚΛ pour largeur, soit égal à ΒΕ (45. 1); les droites ΖΘ, ΘΚ, ΚΛ seront en ligne droite (14. 1). Puisque chacun des quarrés ΑΔ, ΒΕ est médial; que ΑΔ est égal à ΗΘ, et ΒΕ égal à ΝΛ, chacun des rectangles ΗΘ, ΝΛ sera médial; mais ils sont appliqués sur la rationelle ΖΗ; donc chacune des droites ΖΘ, ΚΛ est rationelle et incommensurable en longueur avec ΖΗ (23. 10). Mais ΑΔ est commensurable avec ΒΕ; donc ΗΘ est commensurable avec ΝΛ. Mais ΗΘ est à ΝΛ comme ΖΘ est à ΚΛ (1. 6); donc ΖΘ est commensurable en longueur avec ΚΛ (10. 10); donc les droites ΖΘ, ΚΛ sont des rationelles commensurables en longueur; le rectangle sous ΖΘ, ΚΛ est donc rationel. Et puisque ΒΔ est égal à ΒΑ, et ΞΒ égal à ΒΓ, ΔΒ sera à ΒΓ comme ΑΒ est à ΒΞ; mais ΔΒ est à ΒΓ

τὸ ΑΓ· ὡς δὲ ἡ ΑΒ πρὸς τὴν ΒΞ οὕτως τὸ ΑΓ πρὸς τὸ ΓΞ· ἔστιν ἄρα ὡς τὸ ΔΑ πρὸς τὸ ΑΓ οὕτως τὸ ΑΓ πρὸς τὸ ΓΞ. Ἴσον δὲ ἔστι τὸ μὲν ΑΔ τῷ ΗΘ, τὸ δὲ ΑΓ τῷ ΜΚ, τὸ δὲ ΓΞ τῷ ΝΛ· ἔστιν ἄρα ὡς τὸ ΗΘ πρὸς τὸ ΜΚ οὕτως τὸ ΜΚ πρὸς τὸ ΝΛ· ἔστιν ἄρα καὶ ὡς ἡ ΖΘ πρὸς τὴν ΘΚ οὕτως ἡ ΘΚ πρὸς τὴν ΚΛ· τὸ ἄρα ὑπὸ τῶν ΖΘ, ΚΛ ἴσον ἐστὶ τῷ ἀπὸ τῆς ΘΚ. Ῥητὸν δὲ τὸ ὑπὸ τῶν ΖΘ, ΚΛ· ῥητὸν ἄρα ἐστὶ καὶ τὸ ἀπὸ τῆς ΘΚ· ῥητὴ ἄρα ἐστὶν ἡ ΘΚ. Καὶ εἰ μὲν σύμμετρός ἐστι τῇ ΖΗ μήκει, ῥητόν ἐστι τὸ ΘΝ. Εἰ δὲ ἀσύμμετρός ἐστι τῇ ΖΗ μήκει, αἱ ΚΘ, ΘΜ[8] ῥηταί εἰσι δυνάμει μόνον σύμμετροι· μέσον ἄρα ἐστὶ τὸ ΘΝ· τὸ ΘΝ ἄρα ἤτοι ῥητὸν ἢ μέσον ἐστίν[9]. Ἴσον δὲ τὸ ΘΝ τῷ ΑΓ· τὸ ΑΓ ἄρα ἤτοι ῥητὸν ἢ μέσον ἐστί.

Τὸ ἄρα ὑπὸ μέσων, καὶ τὰ ἑξῆς.

ita ΔΑ ad ΑΓ; ut autem ΑΒ ad ΒΞ ita ΑΓ ad ΓΞ; est igitur ut ΔΑ ad ΑΓ ita ΑΓ ad ΓΞ. Æquale autem est quidem ΑΔ ipsi ΗΘ, ipsum vero ΑΓ ipsi ΜΚ, ipsum et ΓΞ ipsi ΝΛ; est igitur ut ΗΘ ad ΜΚ ita ΜΚ ad ΝΛ; est igitur et ut ΖΘ ad ΘΚ ita ΘΚ ad ΚΛ; rectangulum igitur sub ΖΘ, ΚΛ æquale est quadrato ex ΘΚ. Rationale autem rectangulum sub ΖΘ, ΚΛ; rationale igitur est et quadratum ex ΘΚ; rationalis igitur est ΘΚ. Et si quidem commensurabilis est ipsi ΖΗ longitudine, rationale est ΘΝ. Si autem incommensurabilis est ipsi ΖΗ longitudine, ipsæ ΚΘ, ΘΜ rationales sunt potentiâ solùm commensurabiles; medium igitur est ΘΝ; ergo ΘΝ vel rationale vel medium est. Æquale autem ΘΝ ipsi ΑΓ; ergo ΑΓ vel rationale vel medium est.

Ergo sub mediis, etc.

comme ΔΑ est à ΑΓ, et ΑΒ est à ΒΞ comme ΑΓ est à ΓΞ (1. 6); donc ΔΑ est à ΑΓ comme ΑΓ est à ΓΞ. Mais ΔΑ est égal à ΗΘ, ΑΓ égal à ΜΚ, et ΓΞ égal à ΝΛ; donc ΗΘ est à ΜΚ comme ΜΚ est à ΝΛ; donc ΖΘ est à ΘΚ comme ΘΚ est à ΚΛ; le rectangle compris sous ΖΘ, ΚΛ est donc égal au quarré de ΘΚ (17. 6). Mais le rectangle sous ΖΘ, ΚΛ est rationel (20. 10); donc le quarré de ΘΚ est rationnel; donc la droite ΘΚ est rationelle. Et si ΘΚ est commensurable en longueur avec ΖΗ, la surface ΘΝ sera rationnelle. Mais si ΘΚ est incommensurable en longueur avec ΖΗ, les droites ΚΘ, ΘΜ seront des rationnelles commensurables en puissance seulement, et la surface ΘΝ sera médiale (22. 10); donc ΘΝ est rationel ou médial. Mais ΘΝ est égal à ΑΓ; donc ΑΓ est ou rationel ou médial. Donc, etc.

ΠΡΟΤΑΣΙΣ κζ.

Μέσον μέσου. οὐχ ὑπερέχει ῥητῷ.

Εἰ γὰρ δυνατὸν, μέσον τὸ ΑΒ μέσου τοῦ ΑΓ ὑπερεχέτω ῥητῷ τῷ ΔΒ, καὶ ἐκκείσθω ῥητὴ ἡ ΕΖ, καὶ τῷ ΑΒ ἴσον παρὰ τὴν ΕΖ παραβεβλήσθω παραλληλόγραμμον ὀρθογώνιον τὸ ΖΘ πλάτος ποιοῦν τὴν ΕΘ, τῷ δὲ ΑΓ ἴσον ἀφηρήσθω τὸ ΖΗ· λοιπὸν ἄρα τὸ ΒΔ λοιπῷ τῷ ΚΘ ἐστὶν ἴσον[1]. Ῥητὸν δέ ἐστι τὸ ΔΒ· ῥητὸν

PROPOSITIO XXVII.

Medium non medium superat rationali.

Si enim possibile, medium AB medium AΓ superet rationali ΔB, et exponatur rationalis EZ, et ipsi AB æquale ad EZ applicetur parallelogrammum rectangulum ZΘ latitudinem faciens EΘ, ipsi autem AΓ æquale auferatur ZH; reliquum igitur BΔ reliquo KΘ est æquale. Rationale autem est ΔB; rationale igitur est et.

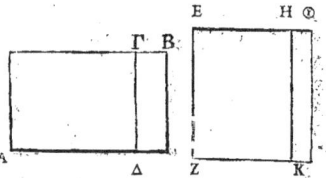

ἄρα ἐστὶ καὶ τὸ ΚΘ. Ἐπεὶ οὖν μέσον ἐστὶν ἑκάτερον τῶν ΑΒ, ΑΓ, καὶ ἔστι τὸ μὲν ΑΒ τῷ ΖΘ ἴσον, τὸ δὲ ΑΓ τῷ ΖΗ· μέσον ἄρα καὶ ἑκάτερον τῶν ΖΘ, ΖΗ. Καὶ παρὰ ῥητὴν τὴν ΕΖ παράκειται[2]· ῥητὴ ἄρα ἐστὶν ἑκατέρα τῶν ΕΘ, ΕΗ, καὶ ἀσύμμετρος τῇ ΕΖ μήκει. Καὶ ἐπεὶ

KΘ. Quoniam igitur medium est utrumque ipsorum AB, AΓ, atque est quidem AB ipsi ZΘ æquale, ipsum autem AΓ ipsi ZH; medium igitur et utrumque ipsorum ZΘ, ZH. Et ad rationalem EZ applicantur; rationalis igitur est utraque ipsarum EΘ, EH, et incommensurabilis ipsi EZ longitudine. Et quoniam rationale est

PROPOSITION XXVII.

Une surface médiale ne surpasse pas une surface médiale d'une surface rationelle.

Car, que la surface médiale AB, s'il est possible, surpasse la surface médiale AΓ d'une surface rationelle ΔB; soit la rationelle EZ; appliquons à EZ le parallélogramme rectangle ZΘ, qui, étant égal à AB, ait EΘ pour largeur (45. 1); et de ZΘ retranchons ZH égal à AΓ; le reste BΔ sera égal au reste KΘ. Mais ΔB est rationel donc KΘ est rationel. Et puisque chacune des surfaces AB, AΓ est médiale, que AB est égal à ZΘ, et que AΓ est égal à ZH, chacune des surfaces ZΘ, ZH sera médiale. Mais ces surfaces sont appliquées à EZ; donc chacune des droites EΘ, EH est rationelle et incommensurable en longueur avec EZ (23. 10). Et puisque ΔB est

ῥητόν ἐστι τὸ ΔΒ, καὶ ἔστιν ἴσον τῷ ΚΘ·
ῥητὸν ἄρα ἐστὶ καὶ τὸ ΚΘ, καὶ παρὰ ῥητὴν
τὴν ΕΖ παράκειται· ῥητὴ ἄρα ἐστὶν ἡ ΗΘ, καὶ
σύμμετρος τῇ ΕΖ μήκει. Ἀλλὰ καὶ ἡ ΕΗ ῥητή
ἐστι, καὶ ἀσύμμετρος τῇ ΕΖ μήκει· ἀσύμμετρος
ἄρα ἐστὶν ἡ ΕΗ τῇ ΗΘ μήκει. Καὶ ἔστιν ὡς ἡ ΕΗ
πρὸς τὴν ΗΘ οὕτως τὸ ἀπὸ τῆς ΕΗ πρὸς τὸ ὑπὸ
τῶν ΕΗ, ΗΘ· ἀσύμμετρον ἄρα ἐστὶ τὸ ἀπὸ τῆς ΕΗ
τῷ ὑπὸ τῶν ΕΗ, ΗΘ. Ἀλλὰ τῷ μὲν ἀπὸ τῆς
ΕΗ σύμμετρά ἐστι τὰ ἀπὸ τῶν ΕΗ, ΗΘ τετράγωνα, ῥητὰ γὰρ ἀμφότερα, τῷ δὲ ὑπὸ τῶν
ΕΗ, ΗΘ σύμμετρόν ἐστι τὸ δὶς ὑπὸ τῶν ΕΗ, ΗΘ,
διπλάσιον γάρ ἐστιν αὐτοῦ[3]· ἀσύμμετρα ἄρα
ἐστὶ τὰ ἀπὸ τῶν ΕΗ, ΗΘ τῷ δὶς ὑπὸ τῶν ΕΗ,
ΗΘ· καὶ συναμφότερα ἄρα τά τε ἀπὸ τῶν ΕΗ,
ΗΘ καὶ τὸ δὶς ὑπὸ τῶν ΕΗ, ΗΘ, ὅπερ ἐστὶ τὸ
ἀπὸ τῆς ΕΘ, ἀσύμμετρά ἐστι τοῖς ἀπὸ τῶν
ΕΗ, ΗΘ. Ῥητὰ δὲ τὰ ἀπὸ τῶν ΕΗ, ΗΘ· ἄλογον ἄρα ἐστὶ[4] τὸ ἀπὸ τῆς ΕΘ· ἄλογος ἄρα ἐστὶν
ἡ ΕΘ. Ἀλλὰ καὶ ῥητὴ, ὅπερ ἐστὶν ἀδύνατον.

Μέσον ἄρα μέσου, καὶ τὰ ἑξῆς.

ΔΒ, atque est æquale ipsi ΚΘ; rationale igitur
est et ΚΘ, et ad rationalem ΕΖ applicatur; rationalis igitur est ΗΘ, et commensurabilis ipsi ΕΖ
longitudine. Sed et ΕΗ rationalis est, et incommensurabilis ipsi ΕΖ longitudine; incommensurabilis igitur est ΕΗ ipsi ΗΘ longitudine. Atque est
ut ΕΗ ad ΗΘ ita ex ΕΗ quadratum ad rectangulum
sub ΕΗ, ΗΘ; incommensurabile igitur est ex ΕΗ
quadratum rectangulo sub ΕΗ, ΗΘ. Sed quadrato
quidem ex ΕΗ commensurabilia sunt ex ΕΗ, ΗΘ
quadrata, rationalia enim utraque, rectangulo autem sub ΕΗ, ΗΘ commensurabile est rectangulum
bis sub ΕΗ, ΗΘ, duplum enim est ipsius; incommensurabilia igitur sunt ex ΕΗ, ΗΘ quadrata rectangulo bis sub ΕΗ, ΗΘ; et utraque igitur
ex ΕΗ, ΗΘ quadrata et rectangulum bis sub
ΕΗ, ΗΘ, quod est quadratum ex ΕΘ, incommensurabilia sunt quadratis ex ΕΗ, ΗΘ. Rationalia autem quadrata ex ΕΗ, ΗΘ; irrationale
igitur est quadratum ex ΕΘ; irrationalis igitur
est ΕΘ. Sed et rationalis, quod est impossibile.

Medium igitur medium, etc.

---

rationel, et qu'il est égal à ΚΘ, ΚΘ sera rationel ; mais il est appliqué à la rationelle ΕΖ ; donc ΗΘ est rationel et commensurable en longueur avec ΕΖ (21. 10).
Mais ΕΗ est rationel et incommensurable en longueur avec ΕΖ ; donc ΕΗ est incommensurable en longueur avec ΗΘ (13. 10). Mais ΕΗ est à ΗΘ comme le quarré
de ΕΗ est au rectangle sous ΕΗ, ΗΘ (1. 6) ; donc le quarré de ΕΗ est incommensurable avec le rectangle sous ΕΗ, ΗΘ (10. 10). Mais la somme des quarrés des
droites ΕΗ, ΗΘ est commensurable avec le quarré de ΕΗ, car ces quarrés sont rationels et le double rectangle sous ΕΗ, ΗΘ est commensurable avec le rectangle sous
ΕΗ, ΗΘ, car il en est le double ; donc la somme des quarrés de ΕΗ et de ΗΘ est
incommensurable avec le double rectangle sous ΕΗ, ΗΘ (14. 10) ; donc la somme
des quarrés des droites ΕΗ, ΗΘ, du double du rectangle sous ΕΗ, ΗΘ, qui est le
quarré de ΕΘ (4. 2), est incommensurable avec la somme des quarrés des droites
ΕΗ, ΗΘ (17. 10). Mais les quarrés de ΕΗ et de ΗΘ sont rationels ; donc le quarré
de ΕΘ est irrationel (déf. 10. 10) ; donc ΕΘ est irrationel. Mais il est rationel,
ce qui est impossible. Donc, etc.

ΠΡΟΤΑΣΙΣ κή.

Μέσας εὑρεῖν δυνάμει μόνον συμμέτρους, ῥητὸν περιεχούσας.

Ἐκκείσθωσαν δύο ῥηταὶ δυνάμει μόνον σύμμετροι αἱ Α, Β, καὶ εἰλήφθω τῶν Α, Β μέση ἀνάλογον ἡ Γ, καὶ γεγονέτω ὡς ἡ Α πρὸς τὴν Β οὕτως ἡ Γ πρὸς τὴν Δ.

PROPOSITIO XXVIII.

Medias invenire potentiâ solùm commensurabiles, rationale continentes.

Exponantur duæ rationales potentiâ solùm commensurabiles A, B, et sumatur ipsarum A, B media proportionalis Γ, et fiat ut A ad B ita Γ ad Δ.

$$
\begin{array}{l}
\text{A} \underline{\hspace{5cm}} \\
\text{Γ} \underline{\hspace{5cm}} \\
\text{B} \underline{\hspace{5cm}} \\
\text{Δ} \underline{\hspace{5cm}}
\end{array}
$$

Καὶ ἐπεὶ αἱ Α, Β ῥηταί εἰσι δυνάμει μόνον σύμμετροι, τὸ ἄρα ὑπὸ τῶν Α, Β, τουτέστι τὸ ἀπὸ τῆς Γ, μέσον ἐστί· μέση ἄρα ἡ Γ. Καὶ ἐπεί ἐστιν ὡς ἡ Α πρὸς τὴν Β οὕτως ἡ Γ πρὸς τὴν Δ, αἱ δὲ Α, Β δυνάμει μόνον σύμμετροι· καὶ αἱ Γ, Δ ἄρα δυνάμει μόνον εἰσὶ σύμμετροι. Καὶ ἔστι μέση ἡ Γ· μέση ἄρα καὶ ἡ Δ· αἱ Γ, Δ ἄρα μέσαι εἰσὶ δυνάμει μόνον

Et quoniam A, B rationales sunt potentiâ solùm commensurabiles, rectangulum igitur sub A, B, hoc est quadratum ex Γ, medium est; media igitur Γ. Et quoniam est ut A ad B ita Γ ad Δ, ipsæ autem A, B potentiâ solùm commensurabiles; et Γ, Δ igitur potentiâ solùm sunt commensurabiles. Atque est media Γ; media igitur et Δ; ergo Γ, Δ mediæ sunt potentiâ

PROPOSITION XXVIII.

Trouver des médiales commensurables en puissance seulement, qui contiènent une surface rationelle.

Soient A, B deux rationelles commensurables en puissance seulement; prenons une moyenne proportionnelle Γ entre A et B (13. 6), et faisons en sorte que A soit à B comme Γ est à Δ (12. 6).

Puisque les rationelles A, B sont commensurables en puissance seulement, le rectangle sous A, B (22. 10), c'est-à-dire le quarré de Γ, est médial (17. 6); donc Γ est médial. Et puisque A est à B comme Γ est à Δ, et que les droites A, B ne sont commensurables qu'en puissance; les droites Γ, Δ ne sont commensurables qu'en puissance (10. 10). Mais Γ est médial; donc Δ est médial (24. 10); donc les droites Γ, Δ sont des médiales commensurables en puissance

σύμμετροι. Λέγω δὴ² ὅτι καὶ ῥητὸν περιέχουσιν.
Ἐπεὶ γάρ ἐστιν ὡς ἡ Α πρὸς τὴν Β οὕτως ἡ Γ πρὸς
τὴν Δ, ἐναλλὰξ ἄρα ἐστὶν ὡς ἡ Α πρὸς τὴν Γ
οὕτως³ ἡ Β πρὸς τὴν Δ. Ἀλλὰ ὡς ἡ Α πρὸς τὴν Γ
οὕτως⁴ ἡ Γ πρὸς τὴν Β· καὶ ὡς ἄρα ἡ Γ πρὸς τὴν
Β οὕτως ἡ Β πρὸς τὴν Δ· τὸ ἄρα ὑπὸ τῶν Γ, Δ
ἴσον ἐστὶ τῷ ἀπὸ τῆς Β. Ῥητὸν δὲ τὸ ἀπὸ
τῆς Β· ῥητὸν ἄρα ἐστὶ⁵ καὶ τὸ ὑπὸ τῶν Γ, Δ.

Εὕρηνται ἄρα μέσαι δυνάμει μόνον σύμμετροι. Ὅπερ ἔδει δεῖξαι⁶.

ΠΡΟΤΑΣΙΣ κθ΄.

Μέσας εὑρεῖν δυνάμει μόνον συμμέτρους,
μέσον περιεχούσας.

Ἐκκείσθωσαν τρεῖς¹ ῥηταὶ δυνάμει μόνον σύμμετροι αἱ Α, Β, Γ, καὶ εἰλήφθω τῶν Α, Β μέση
ἀνάλογον ἡ Δ, καὶ γεγονέτω ὡς ἡ Β πρὸς τὴν Γ
οὕτως² ἡ Δ πρὸς τὴν Ε.

Ἐπεὶ αἱ Α, Β ῥηταί εἰσι δυνάμει μόνον
σύμμετροι, τὸ ἄρα ὑπὸ τῶν Α, Β, τουτέστι

solùm commensurabiles. Dico etiam et ipsas rationale continere. Quoniam enim est ut A ad
B ita Γ ad Δ, permutando igitur est ut A ad
Γ ita B ad Δ. Sed ut A ad Γ ita Γ ad B; et
ut igitur Γ ad B ita B ad Δ; rectangulum
igitur sub Γ, Δ æquale est quadrato ex B. Rationale autem quadratum ex B; rationale igitur
est et rectangulum sub Γ, Δ.

Inventæ sunt igitur mediæ potentiâ solùm
commensurabiles. Quod oportebat facere.

PROPOSITIO XXIX.

Medias invenire potentiâ solùm commensurabiles, medium continentes.

Exponantur tres rationales potentiâ solùm
commensurabiles A, B, Γ, et sumatur ipsarum
A, B media proportionalis Δ, et fiat ut B
ad Γ ita Δ ad E.

Quoniam A, B rationales sunt potentiâ solùm
commensurabiles, rectangulum igitur sub A, B,

seulement (24. 10). Je dis aussi qu'elles comprènent une surface rationelle. Car
puisque A est à B comme Γ est à Δ, par permutation A est à Γ comme B est à Δ
(16. 5). Mais A est à Γ comme Γ est à B ; donc Γ est à B comme B est à Δ ; donc le
rectangle sous Γ, Δ est égal au quarré de B (17. 6). Mais le quarré de B est rationel ; le rectangle sous Γ, Δ est donc aussi rationel.

On a donc trouvé des médiales commensurable en puissance seulement. Ce
qu'il fallait faire.

PROPOSITION XXIX.

Trouver des médiales commensurables en puissance seulement, qui comprènent une surface médiale.

Soient les trois rationelles A, B, Γ commensurables en puissance seulement ;
prenons une moyenne proportionnelle Δ entre A et B (13. 6), et faisons en sorte
que B soit à Γ comme Δ est à E (12. 6).

Puisque les droites A, B sont des rationelles commensurables en puissance
seulement, le rectangle sous A, B (22. 10), c'est-à-dire le quarré de Δ (17. 6)

τὸ ἀπὸ τῆς Δ, μέσον ἐστί· μέση ἄρα ἡ Δ.
Καὶ ἐπεὶ αἱ Β, Γ δυνάμει μόνον εἰσὶ σύμμετροι,
καὶ ἔστιν ὡς ἡ Β πρὸς τὴν Γ οὕτως[3] ἡ Δ πρὸς
τὴν Ε· αἱ Δ, Ε ἄρα σύμμετροι δυνάμει μόνον
εἰσίν[4]. Μέση δὲ ἡ Δ· μέση ἄρα καὶ ἡ Ε· αἱ Δ,
Ε ἄρα μέσαι εἰσὶ δυνάμει μόνον σύμμετροι.
Λέγω δὴ ὅτι μέσον περιέχουσιν. Ἐπεὶ γάρ ἐστιν

hoc est quadratum ex Δ, medium est; media
igitur Δ. Et quoniam Β, Γ potentiâ solùm
sunt commensurabiles, atque est ut Β ad Γ
ita Δ ad Ε; ergo Δ, Ε commensurabiles potentiâ solùm sunt. Media autem Δ; media igitur
et Ε; ergo Δ, Ε mediæ sunt potentiâ solùm
commensurabiles. Dico etiam ipsas medium con-

A

Δ

B

Γ

E

ὡς ἡ Β πρὸς τὴν Γ οὕτως[5] ἡ Δ πρὸς τὴν Ε,
ἐναλλὰξ ἄρα ὡς ἡ Β πρὸς τὴν Δ οὕτως[6] ἡ Γ
πρὸς τὴν Ε. Ὡς δὲ ἡ Β πρὸς τὴν Δ οὕτως[7] ἡ Δ
πρὸς τὴν Α, καὶ ὡς ἄρα ἡ Δ πρὸς τὴν Α οὕτως[8]
ἡ Γ πρὸς τὴν Ε· τὸ ἄρα ὑπὸ τῶν Α, Γ ἴσον
ἐστὶ τῷ ὑπὸ τῶν Δ, Ε. Μέσον δὲ τὸ ὑπὸ
τῶν Α, Γ· μέσον ἄρα καὶ τὸ ὑπὸ τῶν Δ, Ε.

Εὕρηνται ἄρα μέσαι δυνάμει μόνον σύμμετροι, μέσον περιέχουσιν. Ὅπερ ἔδει ποιῆσαι[9].

tinere. Quoniam enim est ut Β ad Γ ita Δ ad
Ε, permutando igitur ut Β ad Δ ita Γ ad Ε.
Ut autem Β ad Δ ita Δ ad Α, et ut igitur
Δ ad Α ita Γ ad Ε; rectangulum igitur sub
Α, Γ æquale est rectangulo sub Δ, Ε. Me-
dium autem rectangulum sub Α, Γ; medium
igitur et rectangulum sub Δ, Ε.

Inventæ sunt igitur mediæ potentiâ solùm
commensurabiles, medium continentes. Quod
oportebat facere.

sera médial; donc la droite Δ est médiale. Et puisque les droites Β, Γ ne sont commensurables qu'en puissance, et que Β est à Γ comme Δ est à Ε, les droites Δ, Ε ne
sont commensurables qu'en puissance (10. 10). Mais Δ est médial; donc Ε est
médial (24. 10); donc les droites Δ, Ε sont des médiales commensurables en
puissance seulement. Je dis aussi qu'elles comprènent une surface médiale; car
puisque Β est à Γ comme Δ est à Ε, par permutation Β est à Δ comme Γ est à Ε.
Mais Β est à Δ comme Δ est à Α; donc Δ est à Α comme Γ est à Ε; donc le rectangle sous Α, Γ est égal au rectangle sous Δ, Ε (16. 6). Mais le rectangle sous
Α, Γ est médial (22. 10); donc le rectangle sous Δ, Ε est médial.

On a donc trouvé des médiales commensurables en puissance seulement, qui
comprènent une surface médiale. Ce qu'il fallait faire.

ΛΗΜΜΑ ά.

LEMMA I.

Εὑρεῖν δύο τετραγώνους ἀριθμοὺς, ὥστε καὶ τὸν συγκείμενον ἐξ αὐτῶν εἶναι τετράγωνον.

Ἐκκείσθωσαν δύο ἀριθμοὶ οἱ ΑΒ, ΒΓ, ἔστωσαν δὲ ἤτοι ἄρτιοι ἢ περιττοί. Καὶ ἐπεὶ ἐάντε ἀπὸ ἀρτίου ἄρτιος ἀφαιρεθῇ, ἐάντε ἀπὸ περιττοῦ περιττὸς, ὁ λοιπὸς ἄρτιός ἐστιν· ὁ λοιπὸς ἄρα ὁ ΑΓ ἄρτιός ἐστι. Τετμήσθω ὁ ΑΓ δίχα κατὰ τὸ Δ. Ἔστωσαν δὲ καὶ οἱ ΑΒ, ΒΓ ἤτοι ὅμοιοι ἐπίπεδοι ἢ τετράγωνοι, οἳ καὶ αὐτοὶ ὅμοιοί.

Invenire duos numeros quadratos, ita ut et compositus ex ipsis sit quadratus.

Exponantur duo numeri ΑΒ, ΒΓ, sint autem vel pares vel impares. Et quoniam sive à pari par auferatur, sive ab impari impar, reliquus par est; reliquus igitur ΑΓ par est. Secetur ΑΓ bifariam in Δ. Sint autem et ΑΒ, ΒΓ vel similes plani vel quadrati, qui et ipsi similes

Α . . . . . Δ . . . . . Γ . . . . Β

εἰσιν ἐπίπεδοι· ὁ ἄρα ἐκ² τῶν ΑΒ, ΒΓ μετὰ τοῦ³ ἀπὸ τοῦ ΓΔ τετραγώνου ἴσος ἐστὶ τῷ ἀπὸ τοῦ ΔΒ τετραγώνῳ. Καὶ ἔστι τετράγωνος ὁ ἐκ τῶν ΑΒ, ΒΓ, ἐπειδήπερ ἐδείχθη ὅτι ἐὰν δύο ὅμοιοι ἐπίπεδοι πολλαπλασιάσαντες ἀλλήλους ποιῶσί τινα, ὁ γενόμενος τετράγωνός ἐστιν· εὕρηνται ἄρα δύο τετράγωνοι ἀριθμοί, ὅ, τε ἐκ τῶν ΑΒ, ΒΓ, καὶ ὁ ἀπὸ τοῦ ΓΔ, οἳ συντεθέντες ποιοῦσι τὸν ἀπὸ τοῦ ΒΔ τετράγωνον. Ὅπερ ἔδει ποιῆσαι⁴.

plani sunt; ergo sub ΑΒ, ΒΓ numerus cum quadrato ex ΓΔ æqualis est ex ΔΒ quadrato. Atque est quadratus ex ΑΒ, ΒΓ numerus, quoniam ostensum est si duo similes plani sese multiplicantes faciant aliquem, factum quadratum esse; inventi sunt igitur duo quadrati numeri, et quadratus ex ΑΒ, ΒΓ, et quadratus ex ΓΔ, qui compositi faciunt ex ΒΔ quadratum. Quod oportebat facere.

LEMME I.

Trouver deux nombres quarrés, de manière que leur somme soit un quarré.

Soient les deux nombres ΑΒ, ΒΓ; qu'ils soient ou pairs ou impairs. Puisque si d'un nombre pair on ôte un nombre pair, ou si d'un nombre impair on ôte un impair, le reste est pair (24, et 26. 9); le reste ΑΓ est donc pair. Partageons ΓΑ en deux parties égales en Δ. Que les nombres ΑΒ, ΒΓ soient ou des plans semblables ou des quarrés qui sont eux-mêmes des plans semblables; le produit de ΑΒ par ΒΓ avec le quarré de ΓΔ sera égal au quarré de ΔΒ (6. 2). Mais le produit de ΑΒ par ΒΓ est un quarré; car on a démontré que si deux plans semblables se multipliant eux-mêmes font un nombre, le produit est un quarré (1. 9); on a donc trouvé deux nombres quarrés, savoir le produit de ΑΒ par ΒΓ, et le quarré de ΓΔ, dont la somme égale le quarré de ΒΔ. Ce qu'il fallait faire.

ΠΟΡΙΣΜΑ.

Καὶ φανερὸν ὅτι εὕρηνται πάλιν δύο τετράγωνοι, ὅ, τε ἀπὸ τοῦ ΒΔ καὶ ὁ ἀπὸ τοῦ ΓΔ,
ὥστε τὴν ὑπεροχὴν αὐτῶν τὸν[1] ὑπὸ τῶν ΑΒ,
ΒΓ εἶναι τετράγωνον, ὅταν οἱ ΑΒ, ΒΓ ὅμοιοι
ὦσιν ἐπίπεδοι[2]. Ὅταν δὲ μὴ ὦσιν ὅμοιοι ἐπίπεδοι, εὕρηνται δύο τετράγωνοι, ὅ, τε ἀπὸ
τοῦ ΒΔ καὶ ὁ[3] ἀπὸ τοῦ ΓΔ, ὧν ἡ ὑπεροχὴ, ὁ
ὑπὸ τῶν ΑΒ, ΒΓ, οὐκ ἔστι τετράγωνος[4].

ΛΗΜΜΑ β′.

Εὑρεῖν δύο τετραγώνους ἀριθμοὺς, ὥστε τὸν
ἐξ αὐτῶν συγκείμενον μὴ εἶναι τετράγωνον.

Ἔστω γὰρ ὁ ἐκ τῶν ΑΒ, ΒΓ, ὡς ἔφαμεν, τετράγωνος, καὶ ἄρτιος ὁ ΓΑ, καὶ τετμήσθω ὁ
ΓΑ δίχα κατὰ τὸ Δ[1]· φανερὸν δὴ ὅτι ὁ[2] ἐκ
τῶν ΑΒ, ΒΓ τετράγωνος μετὰ τοῦ ἀπὸ τοῦ[3]

COROLLARIUM.

Et manifestum est inventos esse rursùs duos
quadratos, et quadratum ex ΒΔ et quadratum ex
ΓΔ, ita ut excessus ipsorum sub ΑΒ, ΒΓ sit
quadratus, quando ΑΒ, ΒΓ similes sunt plani.
Quando autem non sunt similes plani, inventi
sunt duo quadrati, et quadratus ex ΒΔ et quadratus ex ΓΔ, quorum excessus sub ΑΒ, ΒΓ
non est quadratus.

LEMMA II.

Invenire duos quadratos numeros, ita ut ex
ipsis compositus non sit quadratus.

Sit enim sub ΑΒ, ΒΓ, ut dicebamus, quadratus, et par ipse ΓΑ, et secetur ΓΑ bifariam
in Δ; evidens est utique ex ΑΒ, ΒΓ quadratum

COROLLAIRE.

Il est évident de plus qu'on a trouvé deux quarrés, savoir le quarré de ΒΔ
et celui de ΓΔ, de manière que leur différence, qui est le produit de ΑΒ par
ΒΓ, est un quarré, lorsque les nombres ΑΒ, ΒΓ sont des plans semblables. Mais
lorsque ces nombres ne sont pas des plans semblables, on trouve deux quarrés,
celui de ΒΔ et celui de ΓΔ, dont la différence, qui est le produit de ΑΒ par ΒΓ,
n'est pas un quarré.

LEMME II.

Trouver deux nombres quarrés, dont la somme ne soit pas un quarré.

Que le produit de ΑΒ par ΒΓ soit un quarré, comme nous l'avons dit; que
ΓΑ soit un nombre pair; partageons ΓΑ en deux parties égales en Δ. Il est
évident que le quarré qui résulte du produit de ΑΒ par ΒΓ avec le quarré

ΓΔ τετραγώνου ἴσος ἐστὶ τῷ ἀπὸ τοῦ[4] ΒΔ τετραγώνῳ. Ἀφῃρήσθω[5] μονὰς ἡ ΔΕ· ὁ ἄρα ἐκ
τῶν ΑΒ, ΒΓ τετράγωνος[6] μετὰ τοῦ ἀπὸ τοῦ[7]
ΓΕ ἐλάσσων ἐστὶ τοῦ ἀπὸ τοῦ[8] ΒΔ τετραγώνου.
Λέγω οὖν ὅτι ὁ ἐκ τῶν ΑΒ, ΒΓ τετράγωνος
μετὰ τοῦ ἀπὸ τοῦ[9] ΓΕ οὐκ ἐστὶ[10] τετράγωνος.

Εἰ γὰρ ἔσται τετράγωνος, ἤτοι ἴσος ἐστὶ
τῷ ἀπὸ τοῦ[11] ΒΕ ἢ ἐλάσσων τοῦ ἀπὸ τοῦ ΒΕ[12],
οὐκέτι δὲ καὶ μείζων, ἵνα μήτε τμηθῇ ἡ μονὰς[13].

cum quadrato ex ΓΔ æqualem esse quadrato ex
ΒΔ. Auferatur unitas ΔΕ ; ergo ex ΑΒ, ΒΓ
quadratus cum quadrato ex ΓΕ minor est
quadrato ex ΒΔ. Dico igitur ex ΑΒ, ΒΓ quadratum cum quadrato ex ΓΕ non esse quadratum.

Si enim fuerit quadratus, vel æqualis est
quadrato ex ΒΕ vel minor quadrato ex ΒΕ, non
autem et major, ut ne secetur unitas. Sit, si pos-

A . . H . . Θ . Δ . E . Z . . . Γ . . . . B

Ἔστω εἰ δυνατὸν πρότερον ὁ ἐκ τῶν ΑΒ, ΒΓ
μετὰ τοῦ ἀπὸ τοῦ ΓΕ ἴσος τῷ ἀπὸ τοῦ ΒΕ, καὶ
ἔστω τῆς ΔΕ μονάδος διπλασίων ὁ ΗΑ[14]. Ἐπεὶ
οὖν ὅλος ὁ ΑΓ ὅλου τοῦ ΓΔ ἐστὶ διπλασίων,
ὁ δὲ ΑΗ τοῦ ΔΕ ἐστὶ διπλασίων[15]· καὶ λοιπὸς
ἄρα ὁ ΗΓ λοιποῦ τοῦ ΕΓ ἐστὶ διπλασίων· δίχα
ἄρα τέτμηται ὁ ΗΓ τῷ Ε· ὁ ἄρα ἐκ τῶν ΗΒ, ΒΓ
μετὰ τοῦ ἀπὸ τοῦ[16] ΓΕ ἴσος ἐστὶ τῷ ἀπὸ
τοῦ[17] ΒΕ τετραγώνῳ. Ἀλλὰ καὶ ὁ ἐκ τῶν ΑΒ,

sibile, primum ex ΑΒ, ΒΓ quadratus cum quadrato
ex ΓΕ æqualis quadrato ex ΒΕ, et sit ipsius ΔΕ
unitatis duplus ΗΑ. Quoniam igitur totus ΑΓ
totius ΓΔ est duplus, ipse autem ΑΗ ipsius ΔΕ
est duplus ; et reliquus igitur ΗΓ reliqui ΕΓ est
duplus ; bifariam igitur secatur ΗΓ in Ε ; ergo
ex ΗΒ, ΒΓ quadratus cum quadrato ex ΓΕ
æqualis est quadrato ex ΒΕ. Sed et ex ΑΒ, ΒΓ

de ΓΔ est égal au quarré de ΒΔ (6. 2). Retranchons l'unité ΔΕ; le quarré qui
résultera du produit de ΑΒ par ΒΓ avec le quarré de ΓΕ sera plus petit que le
quarré de ΒΔ. Et je dis que le quarré qui résulte du produit de ΑΒ par ΒΓ avec
le quarré de ΓΕ n'est pas un quarré.

Car si ce nombre est un quarré, ou il est égal au quarré de ΒΕ, ou il est plus
petit que lui ; mais il ne peut pas être plus grand ; car, si cela était, l'unité serait
partagée. Que le produit de ΑΒ par ΒΓ avec le quarré de ΓΕ soit d'abord égal au
quarré de ΒΕ, si cela est possible, et que ΗΑ soit double de l'unité ΔΕ. Puisque
ΑΓ tout entier est double de ΓΔ tout entier, et que ΑΗ est double de ΔΕ, le reste
ΗΓ sera double du reste ΕΓ ; donc ΗΓ est partagé en deux parties égales en Ε ; donc
le produit de ΗΒ par ΒΓ avec le quarré de ΓΕ est égal au quarré de ΒΕ (6. 2).

II.   24

ΕΓ μετὰ τοῦ ἀπὸ τοῦ[18] ΓΕ ἴσος ὑπόκειται τῷ ἀπὸ τοῦ ΒΕ τετραγώνῳ· ὁ ἄρα ἐκ τῶν ΗΒ, ΒΓ μετὰ τοῦ ἀπὸ τοῦ[19] ΓΕ ἴσος ἐστὶ τῷ ἐκ τῶν[20] ΑΒ, ΒΓ μετὰ τοῦ ἀπὸ τοῦ[21] ΓΕ. Καὶ κοινοῦ ἀφαιρεθέντος τοῦ ἀπὸ τοῦ[22] ΓΕ, συνάγεται ὁ ΑΒ ἴσος τῷ ΗΒ[23], ὅπερ ἄτοπον· οὐκ ἄρα ὁ ἐκ τῶν ΑΒ, ΒΓ μετὰ τοῦ ἀπὸ τοῦ[24] ΓΕ ἴσος ἐστὶ τῷ ἀπὸ τοῦ[25] ΒΕ. Λέγω δὴ ὅτι οὐδὲ ἐλάσσων τοῦ ἀπὸ τοῦ[26] ΒΕ. Εἰ γὰρ δυνατὸν, ἔστω τῷ ἀπὸ τοῦ[27] ΒΖ ἴσος, καὶ τοῦ ΔΖ

quadratus cum quadrato ex ΓΕ æqualis supponitur quadrato ex ΒΕ; ergo ex ΗΒ, ΒΓ quadratus cum quadrato ex ΓΕ æqualis est quadrato ex ΑΒ, ΒΓ cum quadrato ex ΓΕ. Et detracto communi quadrato ex ΓΕ, concludetur ΑΒ æqualis ipsi ΗΒ, quod absurdum; non igitur ex ΑΒ, ΒΓ quadratus cum quadrato ex ΓΕ æqualis est quadrato ex ΒΕ. Dico etiam neque minorem quadrato ex ΒΕ. Si enim possibile, sit quadrato ex ΒΖ æqualis, et ipsius

A . . H . . Θ . Δ . E . Z . . . . Γ . . . . B

διπλασίων[28] ὁ ΘΑ. Καὶ[29] συναχθήσεται πάλιν διπλασίων[30] ὁ ΘΓ τοῦ ΓΖ, ὥστε καὶ τὸν ΓΘ δίχα τετμῆσθαι κατὰ τὸ Ζ· καὶ διὰ τοῦτο τὸν ἐκ τῶν ΘΒ, ΒΓ μετὰ τοῦ ἀπὸ τοῦ[31] ΖΓ ἴσον γενέσθαι τῷ ἀπὸ τοῦ[32] ΒΖ. Ὑπόκειται δὲ καὶ ὁ ἐκ τῶν ΑΒ, ΒΓ μετὰ τοῦ ἀπὸ τοῦ[33] ΓΕ ἴσος τῷ ἀπὸ τοῦ[34] ΖΒ· ὥστε καὶ ὁ ἐκ τῶν ΘΒ, ΒΓ μετὰ τοῦ ἀπὸ ΓΖ ἴσος ἐστὶ τῷ ἐκ τῶν ΑΒ, ΒΓ μετὰ τοῦ ἀπὸ ΓΕ[35], ὅπερ ἄτοπον· οὐκ ἄρα

ΔΖ, duplus ΘΑ. Et concludetur rursus duplus ΘΓ ipsius ΓΖ, ita ut et ΓΘ bifariam dividatur in Ζ; et ob. id ex ΘΒ, ΒΓ quadratus cum quadrato ex ΖΓ æqualis fit quadrato ex ΒΖ. Supponitur autem et ex ΑΒ, ΒΓ quadratus cum quadrato ex ΓΕ æqualis quadrato ex ΖΒ; quare et ex ΘΒ, ΒΓ quadratus cum quadrato ex ΓΖ æqualis erit quadrato ex ΑΒ, ΒΓ cum quadrato ex ΓΕ, quod absurdum; non igitur ex ΑΒ, ΒΓ quadratus.

Mais le produit de AB par BΓ avec le quarré de ΓE est supposé égal au quarré de BE; donc le produit de HB par BΓ avec le quarré de ΓE est égal au produit de AB par BΓ avec le quarré de ΓE. Le quarré commun de ΓE étant retranché, on conclura que AB est égal à HB, ce qui est absurde; donc le produit de AB par BΓ avec le quarré de ΓE n'est pas égal au quarré de BE. Je dis, de plus, qu'il n'est pas plus petit que le quarré de BE. Car, si cela est possible, qu'il soit égal au quarré de BZ, et que ΘA soit double de ΔZ. On conclura encore que ΘΓ est double de ΓZ, de manière que ΓΘ sera partagé en deux parties égales en Z; donc le produit de ΘB par BΓ avec le quarré de ZΓ sera égal au quarré de BZ (6. 2). Mais le produit de AB par BΓ avec le quarré de ΓE est supposé égal au quarré de ZB; donc le produit de ΘB par BΓ avec le quarré de ΓZ sera égal au produit de AB par BΓ avec le quarré de ΓE, ce qui est absurde; donc le produit de AB

ὁ ἐκ τῶν AB, ΒΓ μετὰ τοῦ ἀπὸ τοῦ[36] ΓΕ ἴσος
ἐστὶ τῷ[37] ἐλάττονι τοῦ ἀπὸ ΒΕ. Ἐδείχθη δὲ ὅτι
οὐδὲ αὐτῷ[38] τῷ ἀπὸ τοῦ ΒΕ, οὐδὲ μείζονι
αὐτοῦ· [39]οὐκ ἄρα ὁ ἐκ τῶν AB, ΒΓ μετὰ τοῦ
ἀπὸ τοῦ[40] ΓΕ τετράγωνός ἐστι. Δυνατοῦ δὲ
ὄντος καὶ κατὰ πλείονας τρόπους τὸ εἰρημένον
ἐπιδεικνύναι, ἀρκείσθω ἡμῖν ὁ εἰρημένος[41], ἵνα
μὴ μακροτέρας οὔσης τῆς πραγματείας ἐπιπλέον
αὐτὴν μηκύνωμεν.

cum quadrato ex ΓΕ æqualis est quadrato minori quam est ipse ex ΒΕ. Ostensum est autem
neque ipsi quadrato ex ΒΕ, neque majori quam
est ipse; non igitur ex AB, ΒΓ quadratus cum
quadrato ex ΓΕ quadratus est. Cùm autem possibile sit, et in pluribus modis quod dictum
demonstrare, sufficiat nobis expositus, ut ne
longam tractationem longiùs producamus.

ΠΡΟΤΑΣΙΣ λ´.

Εὑρεῖν δύο ῥητὰς δυνάμει μόνον συμμέτρους,
ὥστε τὴν μείζονα τῆς ἐλάττονος μεῖζον δύνασθαι
τῷ ἀπὸ συμμέτρου ἑαυτῇ μήκει.

Ἐκκείσθω γάρ τις ῥητὴ ἡ AB, καὶ δύο τετράγωνοι ἀριθμοὶ οἱ ΓΔ, ΔΕ, ὥστε τὴν ὑπεροχὴν αὐτῶν τὸν[1] ΓΕ μὴ εἶναι τετράγωνον, καὶ
γεγράφθω ἐπὶ τῆς AB ἡμικύκλιον τὸ ΑΖΒ, καὶ

PROPOSITIO XXX.

Invenire duas rationales potentiâ solùm commensurabiles, ita ut major quam minor plus
possit quadrato ex rectâ sibi commensurabili
longitudine.

Exponantur enim aliqua rationalis AB, et
duo quadrati numeri ΓΔ, ΔΕ, ita ut excessus
ipsorum ΓΕ non sit quadratus, et describatur
super rectam AB semicirculus ΑΖΒ, et fiat

par ΒΓ avec le quarré de ΓΕ n'est pas égal à un plus petit quarré que celui de ΒΕ.
Mais on a démontré qu'il n'est pas égal au quarré de ΒΕ, ni à un quarré plus
grand. Donc le produit de AB par ΒΓ avec le quarré de ΓΕ n'est pas un quarré.
Ce lemme peut se démontrer de plusieurs manières; je me contenterai de
celle que je viens d'exposer, afin de ne pas être trop long.

PROPOSITION XXX.

Trouver deux rationelles commensurables en puissance seulement, de manière
que la puissance de la plus grande surpasse la puissance de la plus petite du
quarré d'une droite commensurable en longueur avec la plus grande.

Soient une rationelle AB, et deux nombres quarrés ΓΔ, ΔΕ, de manière que
leur excès ΓΕ ne soit pas un quarré (cor. 29. 10). Sur AB décrivons le demi-

πεποιήσθω ὡς ὁ ΔΓ πρὸς τὸν ΓΕ οὕτως τὸ ἀπὸ τῆς ΒΑ τετράγωνον[2], πρὸς τὸ ἀπὸ τῆς ΑΖ τετράγωνον[2], καὶ ἐπεζεύχθω ἡ ΖΒ.

ut ΔΓ ad ΓΕ ita ex ΒΑ quadratum ad quadratum ex ΑΖ, et jungatur ΖΒ.

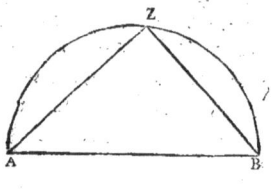

Γ . . . . . Ε . . . . . Δ

Ἐπεὶ οὖν[3] ἐστιν ὡς τὸ ἀπὸ τῆς ΒΑ πρὸς τὸ ἀπὸ τῆς ΑΖ οὕτως ὁ ΔΓ πρὸς τὸν ΓΕ, τὸ ἀπὸ τῆς ΒΑ ἄρα πρὸς τὸ ἀπὸ τῆς ΑΖ λόγον ἔχει ὃν ἀριθμὸς ὁ ΔΓ πρὸς ἀριθμὸν τὸν ΓΕ· σύμμετρον ἄρα ἐστὶ τὸ ἀπὸ τῆς ΒΑ τῷ ἀπὸ τῆς ΑΖ. Ῥητὸν δὲ τὸ ἀπὸ τῆς ΑΒ· ῥητὸν ἄρα καὶ τὸ ἀπὸ τῆς ΑΖ· ῥητὴ ἄρα καὶ ἡ ΑΖ. Καὶ ἐπεὶ ὁ ΔΓ πρὸς τὸν ΓΕ λόγον οὐκ ἔχει ὃν τετράγωνος ἀριθμὸς πρὸς τετράγωνον ἀριθμόν· οὐδὲ τὸ ἀπὸ τῆς ΒΑ ἄρα πρὸς τὸ ἀπὸ τῆς ΑΖ λόγον ἔχει ὃν τετράγωνος ἀριθμὸς πρὸς τετράγωνον ἀριθμόν· ἀσύμμετρος ἄρα ἐστὶν ἡ ΒΑ τῇ ΑΖ μήκει· αἱ ΒΑ, ΑΖ ἄρα ῥηταί εἰσι δυνάμει

Quoniam igitur est ut ex ΒΑ quadratum ad ipsum ex ΑΖ ita ΔΓ ad ΓΕ, ex ΒΑ igitur quadratum ad ipsum ex ΑΖ rationem habet quam numerus ΔΓ ad numerum ΓΕ; commensurabile igitur est ex ΒΑ quadratum quadrato ex ΑΖ. Rationale autem quadratum ex ΑΒ; rationale igitur et quadratum ex ΑΖ; rationalis igitur et ΑΖ. Et quoniam ΔΓ ad ΓΕ rationem non habet quam quadratus numerus ad quadratum numerum; neque ex ΒΑ igitur quadratum ad ipsum ex ΑΖ rationem habet quam quadratus numerus ad quadratum numerum; incommensurabilis igitur est ΒΑ ipsi ΑΖ longitudine; ipsæ ΒΑ, ΑΖ igitur rationales sunt potentiâ solùm

cercle ΑΖΒ; faisons en sorte que ΔΓ soit à ΓΕ comme le quarré de ΒΑ est au quarré de ΑΖ (6. 10), et joignons ΖΒ.

Car, puisque le quarré de ΒΑ est au quarré de ΑΖ comme ΔΓ est à ΓΕ, le quarré de ΒΑ aura avec le quarré de ΑΖ la raison que le nombre ΔΓ a avec le nombre ΓΕ; le quarré de ΒΑ sera donc commensurable avec le quarré de ΑΖ (6. 10). Mais le quarré de ΑΒ est rationel (déf. 8. 10); donc le quarré de ΑΖ est rationel (déf. 9. 10); donc la droite ΑΖ est rationelle (déf. 6. 10). Et puisque ΔΓ n'a pas avec ΓΕ la raison qu'un nombre quarré a avec un nombre quarré, le quarré de ΒΑ n'aura pas avec le quarré de ΑΖ la raison qu'un nombre quarré a avec un nombre quarré; donc ΒΑ est incommensurable en longueur avec ΑΖ (9. 10); donc les rationelles ΒΑ, ΑΖ ne sont commensurables qu'en puissance (déf. 3. 10). Et

μόνον σύμμετροι. Καὶ ἐπεί ἐστιν⁴ ὡς ὁ ΔΓ πρὸς
τὸν ΓΕ οὕτως τὸ ἀπὸ τῆς ΒΑ πρὸς τὸ ἀπὸ τῆς
ΑΖ· ἀναστρίψαντι ἄρα ὡς ὁ ΓΔ πρὸς τὸν ΔΕ
οὕτως τὸ ἀπὸ τῆς ΑΒ πρὸς τὸ ἀπὸ τῆς ΒΖ.
Ὁ δὲ ΓΔ πρὸς τὸν ΔΕ λόγον ἔχει ὃν τετράγωνος
ἀριθμὸς πρὸς τετράγωνον ἀριθμόν· καὶ τὸ ἀπὸ
τῆς ΑΒ ἄρα πρὸς τὸ ἀπὸ τῆς ΒΖ λόγον
ἔχει ὃν τετράγωνος ἀριθμὸς πρὸς τετράγωνον
ἀριθμόν· σύμμετρος ἄρα ἐστὶν ἡ ΑΒ τῇ ΒΖ
μήκει. Καὶ ἔστι τὸ ἀπὸ τῆς ΑΒ ἴσον τοῖς ἀπὸ
τῶν ΑΖ, ΖΒ· ἡ ΑΒ ἄρα τῆς ΑΖ μεῖζον δύναται
τῇ ΒΖ συμμέτρῳ ἑαυτῇ μήκει.

Εὕρηνται ἄρα δύο ῥηταὶ δυνάμει μόνον σύμμετροι αἱ ΒΑ, ΑΖ, ὥστε τὴν μείζονα τὴν ΑΒ
τῆς ἐλάσσονος τῆς ΑΖ μεῖζον⁶ δύνασθαι τῷ ἀπὸ
τῆς ΒΖ συμμέτρῳ ἑαυτῇ μήκει. Ὅπερ ἔδει
ποιῆσαι⁷.

commensurabiles. Et quoniam est ut ΔΓ ad ΓΕ
ita ex ΒΑ quadratum ad ipsum ex ΑΖ; convertendo igitur ut ΓΔ ad ΔΕ ita ex ΑΒ quadratum
ad ipsum ex ΒΖ. Ipse autem ΓΔ ad ΔΕ rationem
habet quam quadratus numerus ad quadratum
numerum; et ex ΑΒ igitur quadratum ad ipsum
ex ΒΖ rationem habet quam quadratus numerus
ad quadratum numerum; commensurabilis igitur est ΑΒ ipsi ΒΖ longitudine. Atque est quadratum ex ΑΒ aequale quadratis ex ΑΖ, ΖΒ;
ipsa ΑΒ igitur quam ΑΖ plus potest quadrato
ex rectâ ΒΖ sibi commensurabili longitudine.

Inventæ sunt igitur duæ rationales potentiâ
solùm commensurabiles ΒΑ, ΑΖ, ita ut major
ΑΒ quam minor ΑΖ plus possit quadrato ex
rectâ ΒΖ sibi commensurabili longitudine. Quod
oportebat facere.

puisque ΔΓ est à ΓΕ comme le quarré de ΑΒ est au quarré de ΑΖ; par conversion
ΓΔ est à ΔΕ comme le quarré de ΑΒ est au quarré de ΒΖ (19. 5 et 47. 1). Mais ΓΔ a
avec ΔΕ la raison qu'un nombre quarré a avec un nombre quarré; donc le quarré
de ΑΒ a avec le quarré de ΒΖ la raison qu'un nombre quarré a avec un nombre
quarré; donc ΑΒ est commensurable en longueur avec ΒΖ (9. 10). Mais le quarré
de ΑΒ est égal à la somme des quarrés de ΑΖ et de ΖΒ (47. 1); donc la puissance
de ΑΒ surpasse la puissance de ΑΖ du quarré de la droite commensurable en
longueur avec ΑΒ.

On a donc trouvé deux rationelles ΒΑ, ΑΖ commensurables en puissance seulement, de manière que la puissance de la plus grande ΒΑ surpasse la puissance de
la plus petite ΑΖ du quarré de la droite ΒΖ commensurable en longueur avec ΑΒ.
Ce qu'il fallait faire.

ΠΡΟΤΑΣΙΣ λά.

Εὑρεῖν δύο ῥητὰς δυνάμει μόνον συμμέτρους, ὥστε τὴν μείζονα τῆς ἐλάττονος μεῖζον δύνασθαι τῷ ἀπὸ ἀσυμμέτρου ἑαυτῇ μήκει.

Ἐκκείσθω ῥητὴ ἡ ΑΒ, καὶ δύο τετράγωνοι ἀριθμοὶ οἱ ΓΕ, ΕΔ, ὥστε τὸν συγκείμενον ἐξ αὐτῶν τὸν ΓΔ μὴ εἶναι τετράγωνον, καὶ γεγράφθω ἐπὶ τῆς ΑΒ ἡμικύκλιον τὸ ΑΖΒ, καὶ

PROPOSITIO XXXI.

Invenire duas rationales potentiâ solùm commensurabiles, ita ut major quam minor plus possit quadrato ex rectâ sibi incommensurabili longitudine.

Exponantur rationalis AB, et duo quadrati numeri ΓΕ, ΕΔ, ita ut ΓΔ compositus ex ipsis non sit quadratus, et describatur super rectam AB semicirculus AZB, et fiat ut ΓΔ ad ΓΕ ita ex

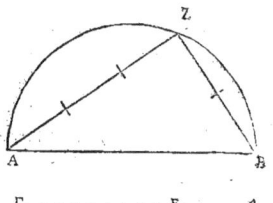

πεποιείσθω ὡς ὁ ΓΔ πρὸς τὸν ΓΕ οὕτως τὸ ἀπὸ τῆς ΑΒ πρὸς τὸ ἀπὸ τῆς ΑΖ, καὶ ἐπεζεύχθω ἡ ΒΖ· ὁμοίως δὴ δείξομεν, ὡς ἐν τῷ πρὸ τούτου, ὅτι αἱ ΒΑ, ΑΖ ῥηταί εἰσι δυνάμει μόνον σύμμετροι. Καὶ ἐπεί ἐστιν, ὡς ὁ ΔΓ πρὸς τὸν ΓΕ οὕτως τὸ ἀπὸ τῆς ΒΑ πρὸς τὸ ἀπὸ τῆς ΑΖ· ἀναστρέψαντι ἄρα ὡς ὁ ΓΔ πρὸς τὸν

AB quadratum ad ipsam ex AZ, et jungatur BZ; similiter utique demonstrabimus, ut in antecedente, rectas BA, AZ rationales esse potentiâ solùm commensurabiles. Et quoniam est ut ΔΓ ad ΓΕ ita ex BA quadratum ad ipsam ex AZ; convertendo igitur ut ΓΔ ad ΔΕ ita

PROPOSITION XXXI.

Trouver deux rationelles commensurables en puissance seulement, de manière que la puissance de la plus grande surpasse la puissance de la plus petite du quarré d'une droite incommensurable en longueur avec elle.

Soient la rationelle AB, et les deux nombres quarrés ΓΕ, ΕΔ, de manière que leur somme ΓΔ ne soit pas un quarré (lem. 2. 29. 10); sur la droite AB, décrivons le demi-cercle AZB; faisons en sorte que ΓΔ soit à ΓΕ comme le quarré de AB est au quarré de AZ (cor. 6. 10), et joignons BZ. Nous démontrerons semblablement comme auparavant que les rationelles BA, AZ ne sont commensurables qu'en puissance. Puisque ΔΓ est à ΓΕ comme le quarré de BA est au quarré de AZ, par conversion

ΔΕ οὕτως τὸ ἀπὸ τῆς AB πρὸς τὸ ἀπὸ τῆς
BZ. Ὁ δὲ ΓΔ πρὸς τὸν ΔΕ λόγον οὐκ ἔχει ὃν
τετράγωνος ἀριθμὸς πρὸς τετράγωνον ἀριθμόν·
οὐδ᾽ ἄρα τὸ ἀπὸ τῆς AB πρὸς τὸ ἀπὸ τῆς BZ
λόγον ἔχει ὃν τετράγωνος ἀριθμὸς πρὸς τετράγωνον ἀριθμόν· ἀσύμμετρος ἄρα ἐστὶν ἡ AB
τῇ BZ μήκει. Καὶ δύναται ἡ AB τῆς AZ μεῖζον
τῷ ἀπὸ τῆς ZB ἀσυμμέτρου ἑαυτῇ· αἱ AB, BZ
ἄρα ῥηταί εἰσι δυνάμει μόνον σύμμετροι, καὶ
ἡ AB τῆς AZ μεῖζον δύναται τῷ³ ἀπὸ τῆς ZB
ἀσυμμέτρου ἑαυτῇ μήκει. Ὅπερ ἔδει ποιῆσαι.

ex AB quadratum ad ipsum ex BZ. Ipse autem
ΓΔ ad ΔΕ rationem non habet quam quadratus
numerus ad quadratum numerum ; non igitur
ex AB quadratum ad ipsum ex BZ rationem
habet quam quadratus numerus ad quadratum
numerum ; incommensurabilis igitur est AB ipsi
BZ longitudine. Et plus potest AB quam AZ
quadrato ex rectâ ZB sibi incommensurabili ;
ipsæ AB , BZ igitur rationales sunt potentiâ
solùm commensurabiles , et AB quam AZ plus
potest quadrato ex rectâ ZB sibi incommensurabili longitudine. Quod oportebat facere.

ΠΡΟΤΑΣΙΣ λϛ´.

Εὑρεῖν δύο μέσας δυνάμει μόνον συμμέτρους,
ῥητὸν περιεχούσας· ὥστε τὴν μείζονα τῆς ἐλάσσονος μεῖζον δύνασθαι τῷ ἀπὸ συμμέτρου ἑαυτῇ
μήκει.

Ἐκκείσθωσαν γὰρ' δύο ῥηταὶ δυνάμει μόνον σύμ-

PROPOSITIO XXXII.

Invenire duas medias potentiâ solùm commensurabiles , rationale continentes ; ita ut
major quam minor plus possit quadrato ex rectâ
sibi commensurabili longitudine.

Exponantur enim duæ rationales potentiâ solùm

ΓΔ sera à ΔΕ comme le quarré de AB est au quarré de BZ. Mais ΓΔ n'a pas avec
ΔΕ la raison qu'un nombre quarré a avec un nombre quarré ; donc le quarré de
de AB n'a pas avec le quarré de BZ la raison qu'un nombre quarré a avec un nombre
quarré ; donc AB est incommensurable en longueur avec BZ (9. 10) ; donc la puissance de AB surpasse la puissance de AZ du quarré d'une droite ZB incommensurable
avec AB ; donc les rationelles AB, BZ ne sont commensurables qu'en puissance,
et la puissance de AB surpasse la puissance de AZ du quarré de la droite ZB incommensurable en longueur avec AB. Ce qu'il fallait faire.

PROPOSITION XXXII.

Trouver deux médiales qui n'étant commensurables qu'en puissance, comprenent un rectangle rationel, de manière que la puissance de la plus grande surpasse
la puissance de la plus petite du quarré d'une droite commensurable en longueur
avec la plus grande.

Soient les deux rationelles A, B commensurables en puissance seulement ,

μέτροι αἱ Α, Β, ὥστε τὴν Α μείζονα οὖσαν
τῆς ἐλάσσονος τῆς Β μεῖζον δύνασθαι τῷ ἀπὸ
συμμέτρου ἑαυτῇ μήκει. Καὶ τῷ ὑπὸ τῶν Α, Β
ἴσον ἔστω τὸ ἀπὸ τῆς Γ. Μέσον δὲ τὸ² ὑπὸ
τῶν Α, Β· μέσον ἄρα καὶ τὸ ἀπὸ τῆς Γ· μέση
ἄρα καὶ ἡ Γ. Τῷ δὲ ἀπὸ τῆς Β ἴσον ἔστω τὸ ὑπὸ
τῶν Γ, Δ, ῥητὸν δὲ τὸ ἀπὸ τῆς Β· ῥητὸν ἄρα
ἐστὶ³ καὶ τὸ ὑπὸ τῶν Γ, Δ. Καὶ ἐπεί ἐστιν
ὡς ἡ Α πρὸς τὴν Β οὕτως τὸ ὑπὸ τῶν Α, Β
πρὸς τὸ ἀπὸ τῆς Β, ἀλλὰ τῷ μὲν ὑπὸ τῶν

commensurabiles A, B, ita ut A major existens
quam minor B plus possit quadrato ex rectâ
sibi commensurabili longitudine. Et rectangulo
sub A, B æquale sit quadratum ex Γ. Medium
autem rectangulum sub A, B; medium igitur
et quadratum ex Γ; media igitur et Γ. Quadrato
autem ex B æquale sit rectangulum sub Γ, Δ,
rationale autem quadratum ex B; rationale igitur
est et rectangulum sub Γ, Δ. Et quoniam est ut
A ad B ita sub A, B rectangulum ad quadratum

A _____

Γ _____

B _____

Δ _____

Α, Β ἴσον ἐστὶ τὸ ἀπὸ τῆς Γ, τῷ δὲ ἀπὸ τῆς Β
ἴσον τὸ ὑπὸ τῶν Γ, Δ· ὡς ἄρα ἡ Α πρὸς τὴν Β
οὕτως τὸ ἀπὸ τῆς Γ πρὸς τὸ ὑπὸ τῶν Γ, Δ.
Ὡς δὲ τὸ ἀπὸ τῆς Γ πρὸς τὸ ὑπὸ τῶν Γ, Δ
οὕτως ἡ Γ πρὸς τὴν Δ· καὶ ὡς ἄρα ἡ Α πρὸς
τὴν Β οὕτως ἡ Γ πρὸς τὴν Δ. Σύμμετρος δὲ
ἡ Α τῇ Β δυνάμει μόνον· σύμμετρος ἄρα καὶ

ex B; sed rectangulo quidem sub A, B æquale
est quadratum ex Γ, quadrato autem ex B æquale
rectangulum sub Γ, Δ; ut igitur A ad B ita
ex Γ quadratum ad rectangulum sub Γ, Δ. Ut
autem ex Γ quadratum ad rectangulum sub
Γ, Δ ita Γ ad Δ; et ut igitur A ad B ita Γ ad Δ.
Commensurabilis autem A ipsi B potentiâ solùm;

de manière que la puissance de la plus grande A surpasse la puissance de la
plus petite B du quarré d'une droite commensurable en longueur avec A (30. 10).
Que le quarré de Γ soit égal au rectangle sous A, B. Mais le rectangle sous
A, B est médial (22. 10); donc le quarré de Γ est médial ; donc la droite Γ est
médiale. Que le rectangle sous Γ, Δ soit égal au quarré de B ; puisque le quarré
de B est rationel, le rectangle sous Γ, Δ sera rationel. Et puisque A est à B
comme le rectangle sous A, B est au quarré de B (1. 6), que le quarré de Γ est égal
au rectangle sous A, B, et que le rectangle sous Γ, Δ est égal au quarré de B, la
droite A sera à la droite B comme le quarré de Γ est au rectangle sous Γ, Δ. Mais
le quarré de Γ est au rectangle sous Γ, Δ comme Γ est à Δ; donc A est à B comme
Γ est à Δ. Mais A n'est commensurable avec B qu'en puissance; donc Γ n'est

Γ τῇ Δ δυνάμει μόνον. Καὶ ἔστι μέση ἡ Γ· μέση ἄρα καὶ ἡ Δ. Καὶ ἐπεί ἐστιν ὡς ἡ Α πρὸς τὴν Β οὕτως4 ἡ Γ πρὸς τὴν Δ, ἡ δὲ Α τῆς Β μεῖζον δύναται τῷ ἀπὸ συμμέτρου5 ἑαυτῇ· καὶ ἡ Γ ἄρα τῆς Δ μεῖζον δύναται6 τῷ ἀπὸ συμμέτρου7 ἑαυτῇ.

Εὕρηνται ἄρα δύο μέσαι δυνάμει μόνον σύμμετροι αἱ Γ, Δ, ῥητὸν περιέχουσαι, καὶ ἡ Γ τῆς Δ μεῖζον δύναται τῷ ἀπὸ συμμέτρου ἑαυτῇ8 μήκει. Ὅπερ ἔδει ποιῆσαι9.

Ὁμοίως δὴ δειχθήσεται καὶ τὸ ἀπὸ ἀσυμμέτρου, ὅταν τῆς Β μεῖζον δύνηται ἡ Α τῷ ἀπὸ ἀσυμμέτρου ἑαυτῇ10.

commensurabilis igitur et Γ ipsi Δ potentiâ solùm. Atque est media Γ; media igitur et Δ. Et quoniam est ut A ad B ita Γ ad Δ, ipsa autem A quam B plus potest quadrato ex rectâ sibi commensurabili; et Γ igitur quam Δ plus potest quadrato ex rectâ sibi commensurabili.

Inventæ sunt igitur duæ mediæ potentiâ solùm commensurabiles Γ, Δ, rationale continentes, et Γ quam Δ plus potest quadrato ex rectâ sibi commensurabili longitudine. Quod oportebat facere.

Similiter utique ostendetur et quadratum ex incommensurabili, quando quam B plus potest ipsa A quadrato ex rectâ sibi incommensurabili.

commensurable avec Δ qu'en puissance (10. 10). Mais Γ est médial; donc Δ est médial (24. 10). Et puisque A est à B comme Γ est à Δ, et que la puissance de A surpasse la puissance de B du quarré d'une droite commensurable avec A, la puissance de Γ surpasse la puissance de Δ du quarré d'une droite commensurable avec Γ (15. 10).

On a donc trouvé deux médiales Γ, Δ commensurables en puissance seulement, qui comprènent un rectangle rationel; et la puissance de Γ surpasse la puissance de Δ du quarré d'une droite commensurable en longueur avec Γ. Ce qu'il fallait faire.

Si la puissance de A surpassait la puissance de B du quarré d'une droite incommensurable avec A, on démontrerait semblablement qu'on peut trouver deux médiales, qui n'étant commensurables qu'en puissance, comprènent un rectangle rationel, de manière que la puissance de la plus grande surpasse la puissance de la plus petite du quarré d'une droite incommensurable avec la plus grande.

ΠΡΟΤΑΣΙΣ λγ'.

Εὑρεῖν δύο μέσας δυνάμει μόνον συμμέτρους, μέσον περιεχούσας· ὥστε τὴν μείζονα τῆς ἐλάττονος μεῖζον δύνασθαι τῷ ἀπὸ συμμέτρου ἑαυτῇ.

Ἐκκείσθωσαν τρεῖς ῥηταὶ δυνάμει μόνον σύμμετροι αἱ Α, Β, Γ[1], ὥστε τὴν Α τῆς Γ μεῖζον δύνασθαι τῷ ἀπὸ συμμέτρου ἑαυτῇ· καὶ τῷ μὲν ὑπὸ τῶν Α, Β ἴσον ἔστω τὸ ἀπὸ τῆς Δ[2]· μέσον ἄρα τὸ ἀπὸ τῆς Δ· καὶ ἡ Δ ἄρα μέση ἐστί. Τῷ δὲ ὑπὸ τῶν Β, Γ ἴσον ἔστω τὸ ὑπὸ

PROPOSITIO XXXIII.

Invenire duas medias potentiâ solùm commensurabiles, medium continentes; ita ut major quam minor plus possit quadrato ex rectâ sibi commensurabili.

Exponantur tres rationales potentiâ solùm commensurabiles A, B, Γ, ita ut A quam Γ plus possit quadrato ex rectâ sibi commensurabili; et rectangulo quidem sub A, B æquale sit quadratum ex Δ; medium igitur quadratum ex Δ; et Δ igitur media est. Rectangulo autem sub B, Γ æquale sit rectangulum sub Δ, E.

A —————————————————— ·
Δ ————————————————
B ——————————————
E ——————————
Γ —————————

τῶν Δ, E. Καὶ ἐπεί ἐστιν ὡς τὸ ὑπὸ τῶν Α, Β πρὸς τὸ ὑπὸ τῶν Β, Γ οὕτως ἡ Α πρὸς τὴν Γ, ἀλλὰ τῷ μὲν ὑπὸ τῶ̈ν Α, Β ἴσον ἐστὶ τὸ ἀπὸ τῆς Δ, τῷ δὲ ὑπὸ τῶν Β, Γ ἴσον[3] τὸ ὑπὸ

Et quoniam est ut sub A, B rectangulum ad ipsum sub B, Γ ita A ad Γ, sed rectangulo quidem sub A, B æquale est quadratum ex Δ, rectangulo autem sub B, Γ æquale

PROPOSITION XXXIII.

Trouver deux médiales qui n'étant commensurables qu'en puissance, comprènent un rectangle médial, de manière que la puissance de la plus grande surpasse la puissance de la plus petite du quarré d'une droite commensurable avec la plus grande.

Soient les trois rationelles A, B, Γ commensurables en puissance seulement, de manière que la puissance de A surpasse la puissance de Γ du quarré d'une droite commensurable avec A (30. 10); que le quarré de Δ soit égal au rectangle sous A, B (14. 2); le quarré de Δ sera médial (22. 10), et la droite Δ médiale. Que le rectangle sous Δ, E soit égal au rectangle sous B, Γ (45. 1). Puisque le rectangle sous A, B est au rectangle sous B, Γ comme A est à Γ (1. 6), que le quarré de Δ est égal au rectangle sous A, B, et que le rectangle sous Δ, E est égal au rectangle

τῶν Δ, Ε· ἔστιν ἄρα ὡς ἡ Α πρὸς τὴν Γ οὕτως
τὸ ἀπὸ τῆς Δ πρὸς τὸ ὑπὸ τῶν Δ, Ε. Ὡς δὲ[4]
τὸ ἀπὸ τῆς Δ πρὸς τὸ ὑπὸ τῶν Δ, Ε οὕτως ἡ Δ
πρὸς τὴν Ε· καὶ ὡς ἄρα ἡ Α πρὸς τὴν Γ οὕτως
ἡ Δ πρὸς τὴν Ε. Σύμμετρος δὲ ἡ Α τῇ Γ δυνάμει μόνον[5]· σύμμετρος ἄρα καὶ ἡ Δ τῇ Ε δυνάμει μόνον. Μέση δὲ ἡ Δ· μέση ἄρα καὶ ἡ Ε.
Καὶ ἐπεί ἐστιν ὡς ἡ Α πρὸς τὴν Γ οὕτως[6] ἡ Δ
πρὸς τὴν Ε, ἡ δὲ Α τῆς Γ μεῖζον δύναται τῷ
ἀπὸ συμμέτρου ἑαυτῇ· καὶ ἡ Δ ἄρα τῆς Ε
μεῖζον δυνήσεται τῷ ἀπὸ συμμέτρου ἑαυτῇ.
Λέγω δὴ ὅτι καὶ μέσον ἐστὶ τὸ ὑπὸ τῶν Δ, Ε.
Ἐπεὶ γὰρ ἴσον ἐστὶ τὸ[7] ὑπὸ τῶν Β, Γ τῷ[8] ὑπὸ
τῶν Δ, Ε, μέσον δὲ τὸ[9] ὑπὸ τῶν Β, Γ· αἱ γὰρ
Β, Γ ῥηταί εἰσι δυνάμει μόνον σύμμετροι[10]· μέσον
ἄρα καὶ τὸ ὑπὸ τῶν Δ, Ε.

Εὕρηνται ἄρα δύο μέσαι δυνάμει μόνον σύμμετροι αἱ Δ, Ε, μέσον περιέχουσαι· ὥστε τὴν
μείζονα[11] τῆς ἐλάσσονος μεῖζον δύνασθαι τῷ
ἀπὸ συμμέτρου ἑαυτῇ. Ὅπερ ἔδει ποιῆσαι[12].

rectangulum sub Δ, Ε; est igitur ut Α ad Γ
ita ex Δ quadratum ad rectangulum sub Δ, Ε.
Ut autem ex Δ quadratum ad rectangulum sub
Δ, Ε ita Δ ad Ε; et ut igitur Α ad Γ ita Δ
ad Ε. Commensurabilis autem Α ipsi Γ potentiâ
solùm; commensurabilis igitur et Δ ipsi Ε potentiâ solùm. Media autem Δ; media igitur
et Ε. Et quoniam est ut Α ad Γ ita Δ ad Ε,
ipsa autem Α quam Γ plus potest quadrato ex
rectâ sibi commensurabili; et Δ igitur quam Ε
plus poterit quadrato ex rectâ sibi commensurabili. Dico etiam et medium esse rectangulum
sub Δ, Ε. Quoniam enim æquale est sub Β, Γ
rectangulum rectangulo sub Δ, Ε, medium
autem rectangulum sub Β, Γ; ipsæ enim Β, Γ
rationales sunt potentiâ solùm commensurabiles;
medium igitur et rectangulum sub Δ, Ε.

Inventæ sunt igitur duæ mediæ potentiâ solùm commensurabiles Δ, Ε, medium continentes; ita ut major quam minor plus possit
quadrato ex rectâ sibi commensurabili. Quod
oportebat facere.

sous Β, Γ, la droite Α est à Γ comme le quarré de Δ est au rectangle sous Δ, Ε.
Mais le quarré de Δ est au rectangle sous Δ, Ε comme Δ est à Ε (32. 10); donc
Α est à Γ comme Δ est à Ε. Mais Α n'est commensurable avec Γ qu'en puissance ;
donc Δ n'est commensurable avec Ε qu'en puissance (10. 10); mais Δ est médial;
donc Ε est médial (24. 10). Et puisque Α est à Γ comme Δ est à Ε, et que la
puissance de Α surpasse la puissance de Γ du quarré d'une droite commensurable
avec Α, la puissance de Δ surpassera la puissance de Ε du quarré d'une droite
commensurable avec Δ (15. 10). Je dis aussi que le rectangle sous Δ, Ε est
médial. Car puisque le rectangle sous Β, Γ est égal au rectangle sous Δ, Ε, et
que le rectangle sous Β, Γ est médial, parce que les rationelles Β, Γ ne sont
commensurables qu'en puissance, le rectangle sous Δ, Ε sera médial.

On a donc trouvé deux médiales qui n'étant commensurables qu'en puissance,
comprènent un rectangle médial, de manière que la puissance de la plus grande
surpasse la puissance de la plus petite du quarré d'une droite commensurable avec
la plus grande. Ce qu'il fallait faire.

Ὁμοίως δὴ πάλιν δειχθήσεται καὶ τὸ ἀπὸ ἀσυμμέτρου, ὅταν ἡ Α τῆς Γ μεῖζον δύνηται τῷ ἀπὸ ἀσυμμέτρου ἑαυτῇ[13].

Similiter utique rursus ostendetur et quadratum ex incommensurabili, quando Α quam Γ plus potest quadrato ex rectâ sibi incommensurabili.

ΛΗΜΜΑ.

Ἔστω τρίγωνον ὀρθογώνιον τὸ ΑΒΓ, ὀρθὴν ἔχον τὴν ὑπὸ ΒΑΓ γωνίαν, καὶ ἤχθω[1] κάθετος ἡ ΑΔ· λέγω ὅτι τὸ μὲν ὑπὸ τῶν ΓΒ, ΒΔ ἴσον ἐστὶ τῷ ἀπὸ τῆς ΒΑ, τὸ δὲ ὑπὸ τῶν ΒΓ, ΓΔ ἴσον τῷ ἀπὸ τῆς ΓΑ, καὶ τὸ ὑπὸ τῶν ΒΔ, ΔΓ ἴσον τῷ ἀπὸ τῆς ΑΔ, καὶ ἔτι τὸ[2] ὑπὸ τῶν ΒΓ, ΑΔ ἴσον ἐστὶ τῷ ὑπὸ τῶν ΒΑ, ΑΓ[3]. Καὶ πρῶτον τὸ ὑπὸ τῶν ΓΒ, ΒΔ ἴσον ἐστὶ[4] τῷ ἀπὸ τῆς ΒΑ.

Ἐπεὶ γὰρ ἐν ὀρθογωνίῳ τριγώνῳ ἀπὸ τῆς ὀρθῆς γωνίας ἐπὶ τὴν βάσιν κάθετος ἦκται ἡ ΑΔ, τὰ ΑΒΔ, ΑΔΓ ἄρα τρίγωνα ὅμοιά ἐστι τῷ τε ὅλῳ τῷ ΑΒΓ καὶ ἀλλήλοις. Καὶ ἐπεὶ ὅμοιόν ἐστι τὸ ΑΒΓ τρίγωνον τῷ ΑΒΔ τριγώνῳ, ἔστιν ἄρα ὡς ἡ ΓΒ πρὸς τὴν ΒΑ οὕτως

LEMMA.

Sit triangulum rectangulum ΑΒΓ, rectum habens sub ΒΑΓ angulum, et ducatur perpendicularis ΑΔ; dico rectangulum quidem sub ΓΒ, ΒΔ æquale esse quadrato ex ΒΑ, rectangulum autem sub ΒΓ, ΓΔ æquale quadrato ex ΓΑ, et rectangulum sub ΒΔ, ΔΓ æquale quadrato ex ΑΔ, et adhuc rectangulum sub ΒΓ, ΑΔ æquale esse rectangulo sub ΒΑ, ΑΓ. Et primum rectangulum sub ΓΒ, ΒΔ æquale esse quadrato ex ΒΑ.

Quoniam enim in. rectangulo triangulo à recto angulo ad basim perpendicularis ducitur ΑΔ, ipsa ΑΒΔ, ΑΔΓ igitur triangula similia sunt et toti triangulo ΑΒΓ et inter se. Et quoniam simile est ΑΒΓ triangulum triangulo ΑΒΔ, est igitur ut ΓΒ ad ΒΑ ita ΒΑ ad ΒΔ; rectangulum

Si la puissance de A surpassait la puissance de Γ du quarré d'une droite incommensurable avec A, on démontrerait semblablement qu'on peut trouver deux médiales, qui n'étant commensurables qu'en puissance, comprènent un rectangle médial, de manière que la puissance de la plus grande surpasse la puissance de la plus petite du quarré d'une droite incommensurable avec la plus grande.

LEMME.

Soit le triangle rectangle ΑΒΓ, dont l'angle droit est ΒΑΓ; menons la perpendiculaire ΑΔ; je dis que le rectangle sous ΓΒ, ΒΔ est égal au quarré de ΒΑ, que le rectangle sous ΒΓ, ΓΔ est égal au quarré de ΓΑ, que le rectangle sous ΒΔ, ΔΓ est égal au quarré de ΑΔ, et enfin que le rectangle sous ΒΓ, ΑΔ est égal au rectangle sous ΒΑ, ΑΓ. Je dis d'abord que le rectangle sous ΓΒ, ΒΔ est égal au quarré de ΒΑ.

Car puisque dans un triangle rectangle on a mené de l'angle droit la droite ΑΔ perpendiculaire à la base, les deux triangles ΑΒΔ, ΑΔΓ sont semblables au triangle entier ΑΒΓ, et semblables entr'eux (8. 6). Et puisque le triangle ΑΒΓ est semblable au triangle ΑΒΔ, ΓΒ est à ΒΑ comme ΒΑ est à ΒΔ (déf. 1. 6) ; donc le

ἡ ΒΑ πρὸς τὴν ΒΔ· τὸ ἄρα ὑπὸ τῶν ΓΒ, ΒΔ
ἴσον ἐστὶ τῷ ἀπὸ τῆς ΑΒ. Διὰ τὰ αὐτὰ δὴ
καὶ τὸ ὑπὸ τῶν ΒΓ, ΓΔ ἴσον ἐστὶ τῷ ἀπὸ τῆς
ΑΓ. Καὶ ἐπεὶ ἐὰν ἐν ὀρθογωνίῳ τριγώνῳ ἀπὸ
τῆς ὀρθῆς γωνίας ἐπὶ τὴν βάσιν κάθετος
ἀχθῇ, ἡ ἀχθεῖσα τῶν τῆς βάσεως τμημάτων
μέση ἀνάλογόν ἐστιν· ἔστιν ἄρα ὡς ἡ ΒΔ πρὸς
τὴν ΔΑ οὕτως ἡ ΑΔ πρὸς τὴν ΔΓ· τὸ ἄρα
ὑπὸ τῶν ΒΔ, ΔΓ ἴσον ἐστὶ τῷ ἀπὸ τῆς ΔΑ.

igitur sub ΓΒ, ΒΔ æquale est quadrato ex ΑΒ.
Propter eadem utique et rectangulum sub ΒΓ,
ΓΔ æquale est quadrato ex ΑΓ. Et quoniam
si in rectangulo triangulo à recto angulo ad
basim perpendicularis ducatur, ducta inter basis
segmenta media proportionalis est; est igitur
ut ΒΔ ad ΔΑ ita ΔΑ ad ΔΓ; rectangulum igitur
sub ΒΔ, ΔΓ æquale est quadrato ex ΔΑ. Dico.

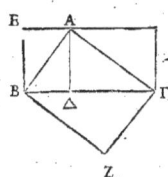

Λέγω ὅτι καὶ τὸ ὑπὸ τῶν ΒΓ, ΑΔ ἴσον ἐστὶ
τῷ ὑπὸ τῶν ΒΑ, ΑΓ. Ἐπεὶ γὰρ, ὡς ἔφαμεν,
ὅμοιόν ἐστι τὸ ΑΒΓ τῷ ΑΒΔ, ἔστιν ἄρα ὡς ἡ
ΒΓ πρὸς τὴν ΓΑ οὕτως ἡ ΒΑ πρὸς τὴν ΑΔ.
Ἐὰν δὲ τέσσαρες εὐθεῖαι ἀνάλογον ὦσι, τὸ ὑπὸ
τῶν ἄκρων ἴσον ἐστὶ τῷ ὑπὸ τῶν μέσων· τὸ
ἄρα ὑπὸ τῶν ΒΓ, ΑΔ ἴσον ἐστὶ τῷ ὑπὸ τῶν
ΒΑ, ΑΓ. Καὶ ὅτι[5] ἐὰν ἀναγράψωμεν τὸ ΕΓ
ὀρθογώνιον παραλληλόγραμμον, καὶ συμπλη-

et rectangulum sub ΒΓ, ΑΔ æquale esse rectangulo sub ΒΑ, ΑΓ. Quoniam enim, ut dicebamus, simile est ΑΒΓ ipsi ΑΒΔ, est igitur
ut ΒΓ ad ΓΑ ita ΒΑ ad ΑΔ. Si autem quatuor rectæ proportionales sunt, rectangulum
sub extremis æquale est rectangulo sub mediis;
rectangulum igitur sub ΒΓ, ΑΔ æquale est
rectangulo sub ΒΑ, ΑΓ. Dico et si describamus
ΕΓ rectangulum parallelogrammum, et com-

rectangle sous ΓΒ, ΒΔ est égal au quarré de ΑΒ (17. 6). Par la même raison, le
rectangle sous ΒΓ, ΓΑ est égal au quarré de ΑΓ. Et puisque si de l'angle droit
d'un triangle rectangle on mène une perpendiculaire à la base, la perpendiculaire
est moyenne proportionnelle entre les segments de la base (cor. 8. 6), la droite
ΒΔ est à ΔΑ comme ΑΔ est à ΔΓ (18. 6); donc le rectangle sous ΒΔ, ΔΓ est égal
au quarré de ΔΑ. Je dis enfin que le rectangle sous ΒΓ, ΑΔ est égal au rectangle
sous ΒΑ, ΑΓ. Car puisque, comme nous l'avons dit, ΑΒΓ est semblable au triangle
ΑΒΔ, ΒΓ est à ΓΑ comme ΒΑ est à ΑΔ. Mais si quatre droites sont proportionelles, le rectangle sous les extrêmes est égal au rectangle sous les moyennes
(16. 6); donc le rectangle sous ΒΓ, ΑΔ sera égal au rectangle sous ΒΑ, ΑΓ. Je
dis encore que, si nous décrivons le parallélogramme rectangle ΕΓ, et si nous

ρώσωμεν τὸ ΑΖ, ἴσον ἔσται τὸ ΕΓ τῷ ΑΖ, ἑκάτερον γὰρ αὐτῶν διπλάσιόν ἐστι τοῦ ΑΒΓ τριγώνου· καὶ ἔστι τὸ μὲν ΕΓ τὸ ὑπὸ τῶν⁶ ΒΓ, ΑΔ, τὸ δὲ ΑΖ τὸ ὑπὸ τῶν ΒΑ, ΑΓ· τὸ ἄρα ὑπὸ τῶν ΒΓ, ΑΔ ἴσον ἐστὶ τῷ ὑπὸ τῶν ΒΑ, ΑΓ. Ὅπερ ἔδει δεῖξαι⁷.

ΠΡΟΤΑΣΙΣ λδ´.

Εὑρεῖν δύο εὐθείας δυνάμει ἀσυμμέτρους, ποιούσας τὸ μὲν συγκείμενον ἐκ τῶν ἀπ᾿ αὐτῶν τετραγώνων ῥητὸν, τὸ δὲ ὑπ᾿ αὐτῶν μέσον.

Ἐκκείσθωσαν δύο ῥηταὶ δυνάμει μόνον σύμμετροι αἱ ΑΒ, ΒΓ, ὥστε τὴν μείζονα τὴν ΑΒ τῆς ἐλάσσονος τῆς ΒΓ μεῖζον δύνασθαι τῷ ἀπὸ ἀσυμμέτρου ἑαυτῇ, καὶ τετμήσθω ἡ ΒΓ δίχα κατὰ τὸ Δ, καὶ τῷ ἀφ᾿ ἑποτέρας τῶν ΒΔ, ΔΓ ἴσον παρὰ τὴν ΑΒ παραβεβλήσθω παραλληλόγραμμον ἐλλεῖπον εἴδει τετραγώνῳ, καὶ ἔστω τὸ ὑπὸ τῶν ΑΕ, ΕΒ, καὶ γεγράφθω ἐπὶ

PROPOSITIO XXXIV.

Invenire duas rectas potentiâ incommensurabiles, facientes quidem compositum ex ipsarum quadratis rationale, rectangulum autem sub ipsis medium.

Exponantur duæ rationales potentiâ solùm commensurabiles AB, ΒΓ, ita ut major AB quam minor ΒΓ plus possit quadrato ex rectâ sibi incommensurabili, et secetur ΒΓ bifariam ad Δ, et quadrato ab alterutrâ ipsarum ΒΔ, ΔΓ æquale ad rectam AB applicetur parallelogrammum deficiens figurâ quadratâ, et sit rectangulum sub ΑΕ, ΕΒ, et describatur super

achevons ΑΖ, le rectangle ΕΓ sera égal au rectangle ΑΖ, car chacun d'eux est double du triangle ΑΒΓ; mais ΕΓ est le rectangle compris sous ΒΓ, ΑΔ, et ΑΖ le rectangle compris sous ΒΑ, ΑΓ; donc le rectangle sous ΒΓ, ΑΔ est égal au rectangle sous ΒΑ, ΑΓ. Ce qu'il fallait démontrer.

PROPOSITION XXXIV.

Trouver deux droites incommensurables en puissance, de manière que la somme de leurs quarrés soit rationelle, et que le rectangle compris sous ces droites soit médial.

Soient les deux rationelles AB, ΒΓ commensurables en puissance seulement, de manière que la puissance de la plus grande AB surpasse la puissance de la plus petite ΒΓ du quarré d'une droite incommensurable avec AB (31, 10); coupons ΒΓ en deux parties égales en Δ; appliquons à AB un parallélogramme qui, étant égal à l'un ou à l'autre des quarrés des droites ΒΔ, ΔΓ, soit défaillant d'une figure quarrée (26. 6), et que ce soit le rectangle sous ΑΕ, ΕΒ; décrivons

τῆς ΑΒ ἡμικύκλιον τὸ ΑΖΒ, καὶ ἤχθω τῆ
ΑΒ πρὸς ὀρθὰς ἡ ΕΖ, καὶ ἐπεζεύχθωσαν αἱ
ΑΖ, ΖΒ.

Καὶ ἐπεὶ δύο εὐθεῖαι ἄνισοί εἰσιν αἱ ΑΒ,
ΒΓ, καὶ ἡ ΑΒ τῆς ΒΓ μεῖζον δύναται τῷ ἀπὸ
ἀσυμμέτρου ἑαυτῇ, τῷ δὲ τετάρτῳ τοῦ
ἀπὸ² τῆς ΒΓ, τουτέστι τῷ ἀπὸ τῆς ἡμισείας
αὐτῆς, ἴσον παρὰ τὴν ΑΒ παραβέβληται
παραλληλόγραμμον ἐλλεῖπον εἴδει τετραγώνῳ,
καὶ ποιεῖ τὸ ὑπὸ τῶν ΑΕ, ΕΒ· ἀσύμμετρος ἄρα ἐστὶν ἡ³ ΑΕ τῇ ΕΒ. Καὶ ἐπεί² ἐστιν
ὡς ἡ ΑΕ πρὸς τὴν ΕΒ οὕτως τὸ ὑπὸ τῶν ΒΑ,
ΑΕ πρὸς τὸ ὑπὸ τῶν⁴ ΑΒ, ΒΕ, ἴσον δὲ τὸ

rectam ΑΒ semicirculus ΑΖΒ, et ducatur ipsi
ΑΒ ad rectos angulos ipsa ΕΖ, et jungantur
ΑΖ, ΖΒ.

Et quoniam duæ rectæ inæquales sunt ΑΒ,
ΒΓ, et ΑΒ quam ΒΓ plus potest quadrato ex
rectâ sibi incommensurabili ; quartæ autem
parti quadrati ex ΒΓ, hoc est quadrato dimidiæ ipsius, æquale ad ΑΒ applicatur parallelogrammum deficiens figurâ quadratâ, et
facit rectangulum sub ΑΕ, ΕΒ; incommensurabilis igitur est ΑΕ ipsi ΕΒ. Et quoniam est ut
ΑΕ ad ΕΒ ita sub ΒΑ, ΑΕ rectangulum ad ipsum
sub ΑΒ, ΒΕ, sed æquale quidem sub ΑΒ, ΑΕ rec-

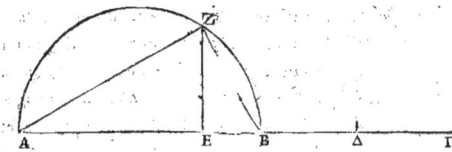

μὲν ὑπὸ τῶν ΑΒ, ΑΕ τῷ ἀπὸ τῆς ΑΖ, τὸ
δ' ὑπὸ τῶν ΑΒ, ΒΕ τῷ ἀπὸ τῆς ΒΖ· ἀσύμμετρον ἄρα ἐστὶ τὸ ἀπὸ τῆς ΑΖ τῷ ἀπὸ τῆς
ΖΒ· αἱ ΑΖ, ΖΒ ἄρα δυνάμει εἰσὶν ἀσύμμετροι.
Καὶ ἐπεὶ ἡ ΑΒ ῥητή ἐστι, ῥητὸν ἄρα ἐστὶ καὶ

tangulum quadrato ex ΑΖ, ipsum autem sub ΑΒ,
ΒΕ rectangulum quadrato ex ΒΖ; incommensurabile igitur est ex ΑΖ quadratum quadrato ex ΖΒ ;
ergo ΑΖ, ΖΒ potentiâ sunt incommensurabiles. Et
quoniam ΑΒ rationalis est, rationale igitur est et

sur la droite ΑΒ le demi-cercle ΑΖΒ ; menons la droite ΕΖ perpendiculaire à ΑΒ,
et joignons ΑΖ, ΖΒ.

Puisque les deux droites ΑΒ, ΒΓ sont inégales; que la puissance de ΑΒ surpasse
la puissance de ΒΓ du quarré d'une droite incommensurable avec ΑΒ; qu'on a appliqué à ΑΒ un parallélogramme qui, étant égal à la quatrième partie du quarré de
ΒΓ, c'est-à-dire au quarré de la moitié de cette droite, est défaillant d'une figure
quarrée, et que ce parallélogramme est contenu sous ΑΕ, ΕΒ, la droite ΑΕ sera
incommensurable avec ΕΒ (19. 10). Et puisque ΑΕ est à ΕΒ comme le rectangle
sous ΒΑ, ΑΕ est au rectangle sous ΑΒ, ΒΕ (1. 6), que le rectangle sous ΑΒ, ΑΕ est
égal au quarré de ΑΖ, que le rectangle sous ΑΒ, ΒΕ est égal au quarré de ΒΖ,
le quarré de ΑΖ sera incommensurable avec le quarré de ΖΒ; donc les droites
ΑΖ, ΖΒ sont incommensurables en puissance. Et puisque la droite ΑΒ est ratio-

τὸ ἀπὸ τῆς AB· ὥστε καὶ τὸ συγκείμενον ἐκ τῶν ἀπὸ τῶν AZ, ZB ῥητόν ἐστι. Καὶ ἐπὶ πάλιν τὸ ὑπὸ τῶν AE, EB ἴσον ἐστὶ τῷ ἀπὸ τῆς EZ, ὑπόκειται δὲ τὸ ὑπὸ τῶν AE, EB καὶ τῷ ἀπὸ τῆς BΔ ἴσον· ἴση ἄρα ἐστὶν ἡ ZE τῇ BΔ· διπλῆ ἄρα ἡ BΓ τῆς EZ· ὥστε καὶ τὸ ὑπὸ

quadratum ex AB; quare et compositum ex quadratis ipsarum AZ, ZB rationale est. Et quoniam rursus rectangulum sub AE, EB æquale est quadrato ex EZ, supponitur autem sub AE, EB rectangulum et quadrato ex BΔ æquale; æqualis igitur est ZE ipsi BΔ; dupla igitur BΓ

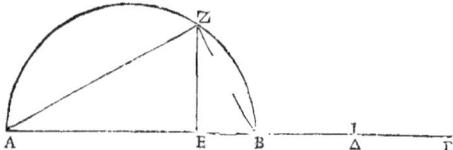

τῶν AB, BΓ σύμμετρόν ἐστι τῷ[5] ὑπὸ τῶν AB, EZ. Μέσον δὲ τὸ ὑπὸ τῶν AB, BΓ· μέσον ἄρα καὶ τὸ ὑπὸ τῶν AB, EZ. Ἴσον δὲ τὸ ὑπὸ τῶν AB, EZ τῷ ὑπὸ τῶν AZ, ZB· μέσον ἄρα καὶ τὸ ὑπὸ τῶν AZ, ZB. Ἐδείχθη δὲ καὶ ῥητὸν τὸ συγκείμενον ἐκ τῶν ἀπ' αὐτῶν τετραγώνων.

Εὕρηνται ἄρα δύο εὐθεῖαι δυνάμει ἀσύμμετροι αἱ AZ, ZB, ποιοῦσαι τὸ μὲν συγκείμενον ἐκ τῶν ἀπ' αὐτῶν τετραγώνων ῥητὸν, τὸ δὲ ὑπ' αὐτῶν μέσον. Ὅπερ ἔδει ποιῆσαι.

ipsius EZ; quare et rectangulum sub AB, BΓ commensurabile est rectangulo sub AB, EZ. Medium autem rectangulum sub AB, BΓ; medium igitur et rectangulum sub AB, EZ. Æquale autem sub AB, EZ rectangulum rectangulo sub AZ, ZB; medium igitur et rectangulum sub AZ, ZB. Ostensum est autem et rationale compositum ex ipsarum quadratis.

Inventæ sunt igitur duæ rectæ potentiâ incommensurabiles AZ, ZB, facientes quidem compositum ex ipsarum quadratis rationale, rectangulum autem sub ipsis medium. Quod oportebat facere.

nelle, le quarré de AB est rationel; donc la somme des quarrés de AZ et de ZB est rationelle. Et de plus, puisque le rectangle sous AE, EB est égal au quarré de EZ, et que le rectangle sous AE, EB est supposé égal au quarré de BΔ, la droite ZE est égale à BΔ; donc BΓ est double de EZ; donc le rectangle sous AE, BΓ est commensurable avec le rectangle sous AB, EZ (1. 6). Mais le rectangle sous AB, BΓ est médial (22. 10); donc le rectangle sous AB, EZ est médial. Mais le rectangle sous AB, EZ est égal au rectangle sous AZ, ZB (lem. 1. 35); donc le rectangle sous AZ, ZB est médial. Mais on a démontré que la somme des quarrés de AZ et de ZB est rationelle.

On a donc trouvé deux droites AZ, ZB incommensurables en puissance, de manière que la somme de leurs quarrés est rationelle, et que le rectangle sous ces mêmes droites est médial. Ce qu'il fallait faire.

ΠΡΟΤΑΣΙΣ λέ.

PROPOSITIO XXXV.

Εὑρεῖν δύο εὐθείας δυνάμει ἀσυμμέτρους, ποιούσας τὸ μὲν συγκείμενον ἐκ τῶν ἀπ' αὐτῶν τετραγώνων μέσον, τὸ δ' ὑπ' αὐτῶν ῥητόν.

Invenire duas rectas potentiâ incommensurabiles, facientes quidem compositum ex ipsarum quadratis medium, rectangulum autem sub ipsis rationale.

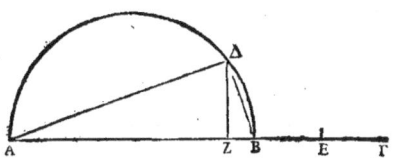

Ἐκκείσθωσαν δύο μέσαι δυνάμει μόνον σύμμετροι αἱ ΑΒ, ΒΓ, ῥητὸν περιέχουσαι τὸ ὑπ' αὐτῶν, ὥστε τὴν ΑΒ τῆς ΒΓ μεῖζον δύνασθαι τῷ ἀπὸ ἀσυμμέτρου ἑαυτῇ, καὶ γεγράφθω ἐπὶ τῆς ΑΒ τὸ ΑΔΒ ἡμικύκλιον, καὶ τετμήσθω ἡ ΒΓ δίχα κατὰ τὸ Ε, καὶ παραβεβλήσθω παρὰ τὴν ΑΒ τῷ ἀπὸ τῆς ΒΕ ἴσον παραλληλόγραμμον ἐλλεῖπον εἴδει τετραγώνῳ, τὸ ὑπὸ τῶν ΑΖ, ΖΒ· ἀσύμμετρος ἄρα ἐστὶν ἡ ΑΖ τῇ ΖΒ μήκει. Καὶ ἤχθω ἀπὸ τοῦ Ζ τῇ ΑΒ πρὸς ὀρθὰς ἡ ΖΔ, καὶ ἐπεζεύχθωσαν αἱ ΑΔ, ΔΒ.

Exponantur duæ mediæ potentiâ solùm commensurabiles ΑΒ, ΒΓ, rationale continentes sub ipsis, ita ut ΑΒ quam ΒΓ plus possit quadrato ex rectâ sibi incommensurabili, et describatur super rectam ΑΒ semicirculus ΑΔΒ, et secetur ΒΓ bifariam in Ε, et applicetur ad ΑΒ quadrato ex ΒΕ æquale parallelogrammum deficiens figurâ quadratâ, rectangulum sub ΑΖ, ΖΒ; incommensurabilis igitur est ΑΖ ipsi ΖΒ longitudine. Et ducatur à puncto Ζ ipsi ΑΒ ad rectos angulos ipsa ΖΔ, et jungantur ΑΔ, ΔΒ.

PROPOSITION XXXV.

Trouver deux droites incommensurables en puissance, de manière que la somme de leurs quarrés soit médiale, et que le rectangle qu'elles comprènent soit rationel.

Soient deux médiales ΑΒ, ΒΓ commensurables en puissance seulement, et comprenant un rectangle rationel, de manière que la puissance de ΑΒ surpasse la puissance de ΒΓ du quarré d'une droite incommensurable avec ΑΒ (32. 10); sur ΑΒ décrivons le demi-cercle ΑΔΒ; coupons ΒΓ en deux parties égales en Ε; appliquons à ΑΒ un parallélogramme qui, étant égal au quarré de ΒΕ, soit défaillant d'une figure quarrée (28. 6), et que ce soit le rectangle sous ΑΖ, ΖΒ; la droite ΑΖ sera incommensurable en longueur avec ΖΒ (19. 10). Du point Ζ menons ΖΔ perpendiculaire à ΑΒ, et joignons ΑΔ, ΔΒ.

II.

26

Ἐπεὶ ἀσύμμετρός ἐστιν ἡ ΑΖ τῇ ΖΒ, ἀσύμμετρον ἄρα ἐστὶ καὶ τὸ ὑπὸ τῶν ΒΑ, ΑΖ τῷ
ὑπὸ τῶν ΑΒ, ΒΖ. Ἴσον δὲ τὸ μὲν ὑπὸ τῶν ΒΑ,
ΑΖ τῷ ἀπὸ τῆς ΑΔ, τὸ δὲ ὑπὸ τῶν ΑΒ, ΒΖ τῷ
ἀπὸ τῆς ΔΒ· ἀσύμμετρον ἄρα ἐστὶ καὶ τὸ ἀπὸ
τῆς ΑΔ τῷ ἀπὸ τῆς ΔΒ². Καὶ ἐπεὶ μέσον ἐστὶ
τὸ ἀπὸ τῆς ΑΒ, μέσον ἄρα καὶ τὸ συγκείμενον
ἐκ τῶν ἀπὸ τῶν ΑΔ, ΔΒ. Καὶ ἐπεὶ διπλῆ³ ἐστὶν
ἡ ΒΓ τῆς ΔΖ· διπλάσιον ἄρα καὶ τὸ ὑπὸ τῶν
ΑΒ, ΒΓ τοῦ ὑπὸ τῶν ΑΒ, ΖΔ⁴. Ῥητὸν δὲ τὸ
ὑπὸ τῶν ΑΒ, ΒΓ⁵· ῥητὸν ἄρα καὶ τὸ ὑπὸ τῶν
ΑΒ, ΖΔ. Τὸ δὲ ὑπὸ τῶν ΑΒ, ΖΔ ἴσον τῷ ὑπὸ
τῶν ΑΔ, ΔΒ⁶· ὥστε καὶ τὸ ὑπὸ τῶν ΑΔ, ΔΒ
ῥητόν ἐστιν.

Εὕρηνται ἄρα δύο εὐθεῖαι δυνάμει ἀσύμμετροι
αἱ ΑΔ, ΔΒ, ποιοῦσαι τὸ μὲν⁷ συγκείμενον ἐκ τῶν
ἀπ' αὐτῶν τετραγώνων μέσον, τὸ δ' ὑπ' αὐτῶν
ῥητόν. Ὅπερ ἔδει ποιῆσαι.

Quoniam incommensurabilis est AZ ipsi ZB, incommensurabile igitur est et sub BA, AZ rectangulum rectangulo sub AB, BZ. Sed æquale quidem sub BA, AZ rectangulum quadrato ex AΔ, sed sub AB, BZ rectangulum quadrato ex ΔB; incommensurabile igitur est et ex AΔ quadratum quadrato ex ΔB. Et quoniam medium est quadratum ex AB, medium igitur et compositum ex ipsarum AΔ, ΔB quadratis. Et quoniam dupla est BΓ ipsius AZ, duplum igitur et sub AB, BΓ rectanguli sub AB, ZΔ. Rationale autem rectangulum sub AB, BΓ; rationale igitur et rectangulum sub AB, ZΔ. Rectangulum autem sub AB, ZΔ æquale rectangulo sub AΔ, ΔB; quare et rectangulum sub AΔ, ΔB rationale est.

Inventæ sunt igitur duæ rectæ potentiâ incommensurabiles AΔ, ΔB, facientes quidem compositum ex ipsarum quadratis medium, rectangulum autem sub ipsis rationale. Quod oportebat facere.

Puisque AZ est incommensurable avec ZB, le rectangle sous BA, AZ est incommensurable avec le rectangle sous AB, BZ (1.6, et 10.10). Mais le rectangle sous BA, AZ est égal au quarré de AΔ, et le rectangle sous AB, BZ est égal au quarré de ΔB (34. lem. 1. 10); le quarré de AΔ est donc incommensurable avec le quarré de ΔB. Mais le quarré de AB est médial; donc la somme des quarrés de AΔ et de ΔB est médiale. Et puisque BΓ est double de AZ, le rectangle sous AB, BΓ est double du rectangle sous AB, ZΔ (1.6). Mais le rectangle sous AB, BΓ est rationel; donc le rectangle sous AB, ZΔ est rationel. Mais le rectangle sous AB, ZΔ est égal au rectangle sous AΔ, ΔB (34. lem. 3. 10); le rectangle sous AΔ, ΔB est donc rationel.

On a donc trouvé deux droites AΔ, ΔB incommensurables en puissance, la somme de leurs quarrés étant médiale, et le rectangle sous ces droites étant rationel. Ce qu'il fallait faire.

ΠΡΟΤΑΣΙΣ λϛ'.

Εὑρεῖν δύο εὐθείας δυνάμει ἀσυμμέτρους, ποιούσας τό, τε συγκείμενον ἐκ τῶν ἀπ' αὐτῶν τετραγώνων μέσον, καὶ τὸ ὑπ' αὐτῶν μέσον, καὶ ἔτι ἀσύμμετρον τῷ συγκειμένῳ ἐκ τῶν ἀπ' αὐτῶν τετραγώνων.

Ἐκκείσθωσαν δύο μέσαι δυνάμει μόνον σύμμετροι αἱ ΑΒ, ΒΓ, μέσον περιέχουσαι, ὥστε τὴν ΑΒ τῆς[1] ΒΓ μεῖζον δύνασθαι τῷ ἀπὸ ἀσυμμέτρου ἑαυτῇ, καὶ γεγράφθω ἐπὶ τῆς ΑΒ ἡμικύκλιον τὸ ΑΔΒ, καὶ τὰ λοιπὰ γεγονέτω τοῖς ἐπάνω ὁμοίως[2] εἰρημένοις.

PROPOSITIO XXXVI.

Invenire duas rectas potentiâ incommensurabiles, facientes et compositum ex ipsarum quadratis medium, et rectangulum sub ipsis medium, et adhuc incommensurabile composito ex ipsarum quadratis.

Exponantur duæ mediæ potentiâ solùm commensurabiles ΑΒ, ΒΓ, medium continentes, ita ut ΑΒ quam ΒΓ plus possit quadrato ex rectâ sibi incommensurabili, et describatur super rectam ΑΒ semicirculus ΑΔΒ, et reliqua fiant congruenter iis superiùs dictis.

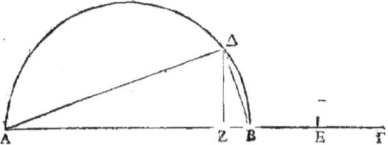

Καὶ ἐπεὶ ἀσύμμετρός ἐστιν[3] ἡ ΑΖ τῇ ΖΒ μήκει, ἀσύμμετρός ἐστι καὶ ἡ ΑΔ τῇ ΔΒ δυνάμει. Καὶ ἐπεὶ μέσον ἐστὶ τὸ ἀπὸ τῆς ΑΒ, μέσον ἄρα καὶ τὸ συγκείμενον ἐκ τῶν ἀπὸ[4] τῶν ΑΔ, ΔΒ. Καὶ ἐπεὶ τὸ ὑπὸ τῶν ΑΖ, ΖΒ ἴσον

Et quoniam incommensurabilis est ΑΖ ipsi ΖΒ longitudine, incommensurabilis est et ΑΔ ipsi ΔΒ potentiâ. Et quoniam medium est quadratum ex ΑΒ, medium igitur et compositum ex quadratis ipsarum ΑΔ, ΔΒ. Et quoniam rectangulum sub ΑΖ, ΖΒ æquale est quadrato

PROPOSITION XXXVI.

Trouver deux droites incommensurables en puissance, de manière que la somme de leurs quarrés soit médiale, et que le rectangle compris sous ces droites soit médial et incommensurable avec la somme des quarrés de ces mêmes droites.

Soient deux médiales ΑΒ, ΒΓ commensurables en puissance seulement, et comprenant une surface médiale, de manière que la puissance de ΑΒ surpasse la puissance de ΒΓ du quarré d'une droite incommensurable avec ΑΒ (33. 10); et sur ΑΒ décrivons le demi-cercle ΑΔΒ, et faisons le reste comme il a été dit auparavant.

Puisque ΑΖ est incommensurable en longueur avec ΖΒ, la droite ΑΔ est incommensurable en puissance avec ΔΒ. Et puisque le quarré de ΑΒ est médial, la somme des quarrés de ΑΔ et de ΔΒ est médiale. Et puisque le rectangle sous ΑΖ, ΖΒ est

ἐστὶ⁵ τῷ ἀφ' ἑκατέρας τῶν ΒΕ, ΔΖ, ἴση ἄρα
ἐστὶν ἡ ΒΕ τῇ ΔΖ⁶· διπλῆ ἄρα ἡ ΒΓ τῆς ΖΔ·
ὥστε καὶ τὸ ὑπὸ τῶν ΑΒ, ΒΓ διπλάσιόν ἐστι τοῦ
ὑπὸ τῶν ΑΒ, ΖΔ. Μέσον δὲ τὸ ὑπὸ τῶν ΑΒ, ΒΓ·
μέσον ἄρα καὶ τὸ ὑπὸ τῶν ΑΒ, ΖΔ· καὶ ἐστιν
ἴσον τῷ ὑπὸ τῶν ΑΔ, ΔΒ, μέσον ἄρα⁷ καὶ τὸ
ὑπὸ τῶν ΑΔ, ΔΒ. Καὶ ἐπεὶ ἀσύμμετρός ἐστιν ἡ
ΑΒ τῇ ΒΓ μήκει, σύμμετρος δὲ ἡ ΓΒ τῇ ΒΕ·
ἀσύμμετρος ἄρα καὶ ἡ ΑΒ τῇ ΒΕ μήκει· ὥστε
καὶ τὸ ἀπὸ τῆς ΑΒ τῷ ὑπὸ τῶν ΑΒ, ΒΕ ἀσύμμετρόν ἐστιν. Ἀλλὰ τῷ μὲν ἀπὸ τῆς ΑΒ ἴσα
ἐστὶ τὰ ἀπὸ τῶν ΑΔ, ΔΒ, τῷ δὲ ὑπὸ τῶν ΑΒ,
ΒΕ ἴσον ἐστὶ τὸ ὑπὸ τῶν ΑΒ, ΖΔ, τουτέστι τὸ
ὑπὸ τῶν ΑΔ, ΔΒ· ἀσύμμετρον ἄρα ἐστὶ τὸ
συγκείμενον ἐκ τῶν ἀπὸ τῶν ΑΔ, ΔΒ τῷ ὑπὸ
τῶν ΑΔ, ΔΒ⁸.

Εὕρηνται ἄρα δύο εὐθεῖαι αἱ ΑΔ, ΔΒ⁹ δυνάμει ἀσύμμετροι, ποιοῦσαι τό, τε συγκείμενον
ἐκ τῶν ἀπ' αὐτῶν τετραγώνων¹⁰ μέσον, καὶ τὸ
ὑπ' αὐτῶν μέσον, καὶ ἔτι ἀσύμμετρον τῷ σύγ-
κειμένῳ ἐκ τῶν ἀπ' αὐτῶν τετραγώνων. Ὅπερ
ἔδει ποιῆσαι.

ex alterutrâ ipsarum BE, ΔZ, æqualis igitur est
BE ipsi ΔZ; dupla igitur BΓ ipsius ZΔ; quare
et rectangulum sub AB, BΓ duplum est rectanguli sub AB, ZΔ. Medium autem rectangulum
sub AB, BΓ; medium igitur et rectangulum sub
AB, ZΔ; atque est æquale rectangulo sub AΔ,
ΔB, medium igitur et rectangulum sub AΔ, ΔB.
Et quoniam incommensurabilis est AB ipsi BΓ
longitudine, commensurabilis autem ΓB ipsi
BE; incommensurabilis igitur et AB ipsi BE longitudine; quare et ex AB quadratum rectangulo sub AB, BE incommensurabile est. Sed
quadrato quidem ex AB æqualia sunt quadrata
ex AΔ, ΔB, rectangulo autem sub AB, BE æquale
est rectangulum sub AB, ZΔ, hoc est rectangulum sub AΔ, ΔB; incommensurabile igitur est
compositum ex ipsarum AΔ, ΔB quadratis rectangulo sub AΔ, ΔB.

Inventæ sunt igitur duæ rectæ AΔ, ΔB potentiâ incommensurabiles, facientes et compositum ex ipsarum quadratis medium, et rectangulum sub ipsis medium, et adhuc incommensurabile composito ex ipsarum quadratis. Quod
oportebat facere.

égal au quarré de l'une ou de l'autre des droites BE, ΔZ, la droite BE est égale à
ΔZ; donc BΓ est double de ZΔ; le rectangle sous AB, BΓ est donc double du rectangle sous AB, ZΔ. Mais le rectangle sous AB, BΓ est médial; le rectangle sous
AB, ZΔ est donc médial; mais il est égal au rectangle sous AΔ, ΔB (34. lem. 1. 10.);
le rectangle sous AΔ, ΔB est donc médial. Et puisque AB est incommensurable en
longueur avec BΓ, et que ΓB est commensurable avec BE, la droite AB est incommensurable en longueur avec BE; le quarré de AB est donc incommensurable avec le
rectangle sous AB, BE (1. 6, et 10. 10). Mais la somme des quarrés de AΔ et de ΔB
est égale au quarré de AB, et le rectangle sous AB, ZΔ, c'est-à-dire le rectangle
sous AΔ, ΔB, est égal au rectangle sous AB, BE; la somme des quarrés de AΔ
et de ΔB est donc incommensurable avec le rectangle sous AΔ, ΔB.

On a donc trouvé deux droites AΔ, ΔB incommensurables en puissance, la somme
de leurs quarrés étant médiale, et le rectangle sous ces droites étant médial et incommensurable avec la somme des quarrés de ces mêmes droites. Ce qu'il fallait faire.

ΠΡΟΤΑΣΙΣ λζ.

Ἐὰν δύο ῥηταὶ δυνάμει μόνον σύμμετροι συντεθῶσιν, ἡ ὅλη ἄλογός ἐστι, καλείσθω[1] δὲ ἐκ
δύο ὀνομάτων.

Συγκείσθωσαν γὰρ δύο ῥηταὶ δυνάμει μόνον
σύμμετροι αἱ ΑΒ, ΒΓ· λέγω ὅτι ὅλη[2] ἡ ΑΓ
ἄλογός ἐστιν.

PROPOSITIO XXXVII.

Si duæ rationales potentiâ solùm commensurabiles componantur, tota irrationalis est, vocetur autem ex binis nominibus.

Componantur enim duæ rationales potentiâ
solùm commensurabiles AB, BΓ; dico totam AΓ
irrationalem esse.

$$\overline{A \qquad\qquad B \qquad\qquad \Gamma}$$

Ἐπεὶ γὰρ ἀσύμμετρός ἐστιν ἡ ΑΒ τῇ ΒΓ
μήκει, δυνάμει γὰρ μόνον εἰσὶ σύμμετροι, ὡς
δὲ ἡ ΑΒ πρὸς τὴν ΒΓ οὕτως τὸ ὑπὸ τῶν ΑΒ, ΒΓ
πρὸς τὸ ἀπὸ τῆς ΒΓ· ἀσύμμετρον ἄρα ἐστὶ τὸ
ὑπὸ τῶν ΑΒ, ΒΓ τῷ ἀπὸ τῆς ΒΓ. Ἀλλὰ τῷ
μὲν ὑπὸ τῶν ΑΒ, ΒΓ σύμμετρόν ἐστι τὸ δὶς
ὑπὸ τῶν ΑΒ, ΒΓ, τῷ δὲ ἀπὸ τῆς ΒΓ σύμμετρά
ἐστι τὰ ἀπὸ τῶν ΑΒ, ΒΓ· αἱ γὰρ ΑΒ, ΒΓ ῥηταί
εἰσι δυνάμει μόνον σύμμετροι· ἀσύμμετρον ἄρα

Quoniam enim incommensurabilis est AB
ipsi BΓ longitudine, potentiâ enim solùm sunt
commensurabiles, ut autem AB ad BΓ ita sub
AB, BΓ rectangulum ad quadratum ex BΓ; incommensurabile igitur est sub AB, BΓ rectangulum quadrato ex BΓ. Sed rectangulo quidem
sub AB, BΓ commensurabile est rectangulum bis
sub AB, BΓ, quadrato autem ex BΓ commensurabilia sunt quadrata ex AB, BΓ; ipsæ enim AB,
BΓ rationales sunt potentiâ solùm commensurabiles; incommensurabile igitur est bis sub AB,

PROPOSITION XXXVII.

Si l'on ajoute deux rationelles commensurables en puissance seulement, leur
somme sera irrationelle, et sera appelée droite de deux noms.

Ajoutons les deux rationelles AB, BΓ commensurables en puissance seulement;
je dis que leur somme AΓ est irrationelle.

Car puisque AB est incommensurable en longueur avec BΓ, ces deux droites
n'étant commensurables qu'en puissance, et que AB est à BΓ comme le rectangle
sous AB, BΓ est au quarré de BΓ (1. 6), le rectangle sous AB, BΓ est incommensurable avec le quarré de BΓ (10. 10). Mais le double rectangle sous AB, BΓ est
commensurable avec le rectangle sous AB, BΓ (6. 10), et la somme des quarrés
de AB et de BΓ est commensurable avec le quarré de BΓ (16. 10), car les droites
AB, BΓ sont des rationelles commensurables en puissance seulement; le double

ἐστι τὸ δὶς ὑπὸ τῶν ΑΒ, ΒΓ τοῖς ἀπὸ τῶν ΑΒ, ΒΓ[3], καὶ συνθέντι τὸ δὶς ὑπὸ τῶν ΑΒ, ΒΓ μετὰ τῶν ἀπὸ τῶν ΑΒ, ΒΓ, τουτέστι τὸ

ΒΓ rectangulum quadratis ex ΑΒ, ΒΓ, et componendo, rectangulum bis sub ΑΒ, ΒΓ cum quadratis ex ΑΒ, ΒΓ, hoc est quadratum ex ΑΓ

A B Γ

ἀπὸ τῆς ΑΓ ἀσύμμετρόν ἐστι τῷ συγκειμένῳ ἐκ τῶν ἀπὸ τῶν ΑΒ, ΒΓ. Ῥητὸν δὲ τὸ συγκείμενον ἐκ τῶν ἀπὸ τῶν ΑΒ, ΒΓ· ἄλογον ἄρα ἐστὶ[4] τὸ ἀπὸ τῆς ΑΓ· ὥστε καὶ ἡ ΑΓ ἄλογός ἐστι, καλείσθω δὲ ἐκ δύο ὀνομάτων[5].

incommensurabile est composito ex ipsarum ΑΒ, ΒΓ quadratis. Rationale autem compositum ex ipsarum ΑΒ, ΒΓ quadratis; irrationale igitur est quadratum ex ΑΓ; quare et ΑΓ irrationalis est; vocetur autem ex binis nominibus.

ΠΡΟΤΑΣΙΣ λή.

Ἐὰν δύο μέσαι δυνάμει μόνον σύμμετροι συντεθῶσι, ῥητὸν περιέχουσαι· ἡ ὅλη ἄλογός ἐστι, καλείσθω δὲ ἐκ δύο μέσων πρώτη.

Συγκείσθωσαν γὰρ δύο μέσαι δυνάμει μόνον σύμμετροι αἱ ΑΒ, ΒΓ, ῥητὸν περιέχουσαι· λέγω ὅτι ὅλη ἡ ΑΓ ἄλογός ἐστιν.

Ἐπεὶ γὰρ ἀσύμμετρός ἐστιν ἡ ΑΒ τῇ ΒΓ μήκει, καὶ τὰ ἀπὸ τῶν ΑΒ, ΒΓ ἄρα[1] ἀσύμ-

PROPOSITIO XXXVIII.

Si duæ mediæ potentiâ solùm commensurabiles componantur, rationale continentes, tota irrationalis est, vocetur autem ex binis mediis prima.

Componantur enim duæ mediæ potentiâ solùm commensurabiles ΑΒ, ΒΓ, rationale continentes; dico totam ΑΓ irrationalem esse.

Quoniam enim incommensurabilis est ΑΒ ipsi ΒΓ longitudine, et quadrata ex ΑΒ, ΒΓ igitur

rectangle sous ΑΒ, ΒΓ est donc incommensurable avec la somme des quarrés de ΑΒ et de ΒΓ; donc, par addition, le double rectangle sous ΑΒ, ΒΓ avec la somme des quarrés de ΑΒ et de ΒΓ, c'est-à-dire le quarré de ΑΓ (4. 2), est incommensurable avec la somme des quarrés de ΑΒ et de ΒΓ (17. 10). Mais la somme des quarrés de ΑΒ, ΒΓ est rationelle; le quarré de ΑΓ est donc irrationel (déf. 10. 10); la droite ΑΓ est donc irrationelle (déf. 11. 10), et sera appelée droite de deux noms.

PROPOSITION XXXVIII.

Si l'on ajoute deux médiales, qui n'étant commensurables qu'en puissance, comprènent une surface rationelle, leur somme sera irrationelle, et sera la première de deux médiales.

Ajoutons les deux médiales ΑΒ, ΒΓ, qui n'étant commensurables qu'en puissance, comprènent une surface rationelle; je dis que leur somme ΑΓ est irrationelle.

Car, puisque ΑΒ est incommensurable en longueur avec ΒΓ, la somme des

μετρά ἐστι τῷ δὶς ὑπὸ τῶν ΑΒ, ΒΓ· καὶ συνθέντι² τὰ ἀπὸ τῶν ΑΒ, ΒΓ μετὰ τοῦ δὶς

incommensurabilia sunt rectangulo bis sub ΑΒ,
ΒΓ; et componendo, quadrata ex ΑΒ, ΒΓ cum

A B Γ

ὑπὸ τῶν ΑΒ, ΒΓ, ὅπερ ἐστὶ τὸ ἀπὸ τῆς ΑΓ,
ἀσύμμετρόν ἐστι τῷ ὑπὸ τῶν ΑΒ, ΒΓ. Ῥητὸν δὲ
τὸ ὑπὸ τῶν ΑΒ, ΒΓ, ὑπόκεινται γὰρ αἱ ΑΒ, ΒΓ
ῥητὸν περιέχουσαι³· ἄλογον ἄρα τὸ ἀπὸ τῆς ΑΓ·
ἄλογος ἄρα ἡ ΑΓ, καλείσθω δὲ ἐκ δύο μέσων
πρώτη⁴.

rectangulo bis sub ΑΒ, ΒΓ, quod est quadratum
ex ΑΓ, incommensurabile est rectangulo sub
ΑΒ, ΒΓ. Rationale autem rectangulum sub ΑΒ,
ΒΓ, supponuntur enim ipsæ ΑΒ, ΒΓ rationale
continere; irrationale igitur quadratum ex ΑΓ;
irrationalis igitur ΑΓ, vocetur autem ex binis
mediis prima.

ΠΡΟΤΑΣΙΣ λθ'.

Ἐὰν δύο μέσαι δυνάμει μόνον σύμμετροι συν-
τιθῶσι, μέσον περιέχουσαι· ἡ ὅλη ἄλογός ἐστι,
καλείσθω δὲ ἐκ δύο μέσων δευτέρα.

Συγκείσθωσαν γὰρ δύο μέσαι δυνάμει μόνον
σύμμετροι αἱ ΑΒ, ΒΓ, μέσον περιέχουσαι· λέγω
ὅτι ἄλογός ἐστιν ἡ ΑΓ.

PROPOSITIO XXXIX.

Si duæ mediæ potentiâ solùm commensurabiles componantur, medium continentes, tota
irrationalis est, vocetur autem ex binis mediis
secunda.

Componantur enim duæ mediæ potentiâ solùm commensurabiles ΑΒ, ΒΓ, medium continentes; dico irrationalem esse ΑΓ.

---

quarrés de ΑΒ et de ΒΓ est incommensurable avec le double rectangle sous ΑΒ, ΒΓ
(13. 10); donc, par addition, la somme des quarrés de ΑΒ et de ΒΓ avec le double
rectangle sous ΑΒ, ΒΓ, c'est-à-dire le quarré de ΑΓ (4. 2), est incommensurable
avec le rectangle sous ΑΒ, ΒΓ. Mais le rectangle sous ΑΒ, ΒΓ est rationel, car les
droites ΑΒ, ΒΓ sont supposées comprendre un rectangle rationel; le quarré de ΑΓ
est donc irrationnel; la droite ΑΓ sera donc irrationnelle, et sera appelée la
première de deux médiales.

PROPOSITION XXXIX.

Si l'on ajoute deux médiales, qui n'étant commensurables qu'en puissance,
comprènent une surface médiale, leur somme sera irrationelle, et sera appelée
la seconde de deux médiales.

Ajoutons les deux médiales ΑΒ, ΒΓ, qui n'étant commensurables qu'en puissance, comprènent une surface médiale; je dis que la droite ΑΓ est irrationelle.

Ἐκκείσθω γὰρ[1] ῥητὴ ἡ ΔΕ, καὶ τῷ ἀπὸ τῆς ΑΓ ἴσον παρὰ τὴν ΔΕ παραϐεϐλήσθω τὸ ΔΖ, πλάτος ποιοῦν τὴν ΔΗ. Καὶ ἐπεὶ τὸ ἀπὸ τῆς ΑΓ ἴσον ἐστὶ τοῖς τε ἀπὸ τῶν ΑΒ, ΒΓ καὶ τῷ δὶς ὑπὸ τῶν ΑΒ, ΒΓ, παραϐεϐλήσθω δὴ τοῖς ἀπὸ τῶν ΑΒ, ΒΓ παρὰ τὴν ΔΕ[2] ἴσον τὸ ΕΘ· λοιπὸν ἄρα τὸ ΖΘ ἴσον ἐστὶ τῷ δὶς ὑπὸ τῶν ΑΒ, ΒΓ. Καὶ ἐπεὶ μέση ἐστὶν ἑκατέρα τῶν ΑΒ, ΒΓ· μέσα ἄρα ἐστὶ[3] καὶ τὰ ἀπὸ τῶν ΑΒ, ΒΓ. Μέσον δὲ ὑπόκειται καὶ τὸ δὶς ὑπὸ τῶν

Exponatur enim rationalis ΔΕ, et quadrato ex ΑΓ æquale ad ΔΕ applicetur ΔΖ, latitudinem faciens ΔΗ. Et quoniam quadratum ex ΑΓ æquale est et quadratis ex ΑΒ, ΒΓ et rectangulo bis sub ΑΒ, ΒΓ, applicetur etiam quadratis ex ΑΒ, ΒΓ ad ΔΕ æquale ΕΘ; reliquum igitur ΖΘ æquale est rectangulo bis sub ΑΒ, ΒΓ. Et quoniam media est utraque ipsarum ΑΒ, ΒΓ; media igitur sunt et quadrata ex ΑΒ, ΒΓ. Medium autem supponitur et rectangulum

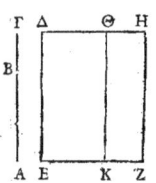

ΑΒ, ΒΓ, καὶ ἐστι τοῖς μὲν ἀπὸ τῶν ΑΒ, ΒΓ ἴσον τὸ ΕΘ, τῷ δὲ δὶς ὑπὸ τῶν ΑΒ, ΒΓ ἴσον τὸ ΖΘ· μέσον ἄρα ἑκάτερον τῶν ΕΘ, ΘΖ, καὶ παρὰ ῥητὴν τὴν ΔΕ παράκειται[4]· ῥητὴ ἄρα ἐστὶν ἑκατέρα τῶν ΔΘ, ΘΗ, καὶ ἀσύμμετρος τῇ ΔΕ μήκει. Ἐπεὶ οὖν[5] ἀσύμμετρός ἐστιν ἡ

bis sub ΑΒ, ΒΓ, atque est quadratis quidem ex ΑΒ, ΒΓ æquale ΕΘ, rectangulo vero bis sub ΑΒ, ΒΓ æquale ΖΘ; medium igitur utrumque ipsorum ΕΘ, ΘΖ, et ad rationalem ΔΕ applicantur; rationalis igitur est utraque ipsarum ΔΘ, ΘΗ, et incommensurabilis ipsi ΔΕ longitudine. Quoniam igitur incommensurabilis est

Soit la rationelle ΔΕ, et appliquons à ΔΕ un parallélogramme ΔΖ, qui étant égal au quarré de ΑΓ, ait ΔΗ pour largeur (45. 1). Puisque le quarré de ΑΓ est égal à la somme des quarrés de ΑΒ et de ΒΓ, et du double rectangle sous ΑΒ, ΒΓ (4. 2), appliquons à ΔΕ un rectangle ΕΘ égal à la somme des quarrés de ΑΒ et de ΒΓ, le rectangle restant ΖΘ sera égal au double rectangle sous ΑΒ, ΒΓ. Mais chacune des droites ΑΒ, ΒΓ est médiale, les quarrés de ΑΒ et de ΒΓ sont donc médiaux. Et puisque, par supposition, le double rectangle sous ΑΒ, ΒΓ est médial, que ΕΘ est égal à la somme des quarrés de ΑΒ et de ΒΓ, et que ΖΘ est égal au double rectangle sous ΑΒ, ΒΓ, chacun des rectangles ΕΘ, ΘΖ est médial, et ils sont appliqués à la rationelle ΔΕ; chacune des droites ΔΘ, ΘΗ est donc rationelle (23. 10) et incommensurable en longueur avec ΔΕ. Et puisque ΑΒ est incom-

AB τῇ ΒΓ μήκει, καὶ ἔστιν ὡς ἡ AB πρὸς τὴν ΒΓ οὕτως τὸ ἀπὸ τῆς AB πρὸς τὸ ὑπὸ τῶν AB, ΒΓ· ἀσύμμετρον ἄρα ἐστὶ τὸ ἀπὸ τῆς AB τῷ[6] ὑπὸ τῶν AB, ΒΓ. Ἀλλὰ τῷ μὲν ἀπὸ τῆς AB σύμμετρόν ἐστι τὸ συγκείμενον ἐκ τῶν ἀπὸ τῶν AB, ΒΓ τετραγώνων, τῷ δὲ ὑπὸ τῶν AB, ΒΓ· σύμμετρόν ἐστι τὸ δὶς ὑπὸ τῶν AB, ΒΓ· ἀσύμμετρον ἄρα ἐστὶ τὸ συγκείμενον ἐκ τῶν ἀπὸ τῶν AB, ΒΓ τῷ δὶς ὑπὸ τῶν AB, ΒΓ. Ἀλλὰ τοῖς μὲν ἀπὸ τῶν AB, ΒΓ ἴσον ἐστὶ τὸ ΕΘ, τῷ δὲ δὶς ὑπὸ τῶν AB, ΒΓ ἴσον ἐστὶ τὸ ΘΖ· ἀσύμμετρον ἄρα ἐστὶ τὸ ΕΘ τῷ ΘΖ· ὥστε καὶ ἡ ΔΘ τῇ ΘΗ ἀσύμμετρός ἐστι μήκει. Ἐδείχθησαν δὲ ῥηταί[7]· αἱ ΔΘ, ΘΗ ἄρα ῥηταί εἰσι δυνάμει μόνον σύμμετροι· ὥστε ἡ ΔΗ ἄλογός ἐστι. Ῥητὴ δὲ ἡ ΔΕ, τὸ δὲ ὑπὸ ἀλόγου καὶ ῥητῆς περιεχόμενον ὀρθογώνιον ἄλογον ἐστίν· ἄλογον ἄρα ἐστὶ τὸ ΔΖ χωρίον[8] καὶ ἡ δυναμένη αὐτὸ[9] ἄλογός ἐστι. Δύναται δὲ τὸ ΔΖ ἡ ΑΓ· ἄλογος ἄρα ἐστὶν ἡ ΑΓ, καλείσθω δὲ ἐκ δύο μέσων δευτέρα[10].

AB ipsi ΒΓ longitudine, atque est ut AB ad ΒΓ ita ex AB quadratum ad rectangulum sub AB, ΒΓ; incommensurabile igitur est ex AB quadratum rectangulo sub AB, ΒΓ. Sed quadrato quidem ex AB commensurabile est compositum ex quadratis ipsarum AB, ΒΓ, rectangulo autem sub AB, ΒΓ commensurabile est rectangulum bis sub AB, ΒΓ; incommensurabile igitu est compositum ex quadratis ipsarum AB, ΒΓ rectangulo bis sub AB, ΒΓ. Sed quadratis quidem ex AB, ΒΓ æquale est ipsum ΕΘ, rectangulo autem bis sub AB, ΒΓ æquale est ipsum ΘΖ; incommensurabile igitur est ΕΘ ipsi ΘΖ; quare et ΔΘ ipsi ΘΗ incommensurabilis est longitudine. Ostensæ sunt autem rationales; ipsæ ΔΘ, ΗΘ igitur rationales sunt potentiâ solùm commensurabiles; quare ΔΗ irrationalis est. Rationalis autem ΔΕ, sed sub irrationali et rationali contentum rectangulum irrationale est; irrationale igitur est ΔΖ spatium; et potens ipsum irrationalis est. Potest autem ipsum ΔΖ ipsa ΑΓ; irrationalis igitur est ΑΓ, vocetur autem ex binis mediis secunda.

mensurable en longueur avec ΒΓ, et que AB est à ΒΓ comme le quarré de AB est au rectangle sous AB, ΒΓ (1. 6), le quarré de AB sera incommensurable avec le rectangle sous AB, ΒΓ (10. 10). Mais la somme des quarrés de AB et de ΒΓ est commensurable avec le quarré de AB, et le double rectangle sous AB, ΒΓ est commensurable avec le rectangle sous AB, ΒΓ; la somme des quarrés de AB et de ΒΓ est donc incommensurable avec le double rectangle sous AB, ΒΓ (14. 10). Mais ΕΘ est égal à la somme des quarrés de AB et de ΒΓ, et ΘΖ est égal au double rectangle sous AB, ΒΓ; donc ΕΘ est incommensurable avec ΘΖ; la droite ΔΘ est donc incommensurable en longueur avec ΘΔ. Mais on a démontré que ces droites sont rationelles; les droites ΔΘ, ΘΗ sont donc des rationelles commensurables en puissance seulement; la droite ΔΗ est donc irrationelle (37. 10). Mais la droite ΔΕ est rationelle, et un rectangle compris sous une irrationelle et sous une rationelle est irrationel; la surface ΔΖ est donc irrationelle, et par conséquent la droite qui peut cette surface. Mais la puissance de ΑΓ est égale à ΔΖ; la droite ΑΓ est donc irrationelle, et elle sera appelée la seconde de deux médiales.

ΠΡΟΤΑΣΙΣ μ'.   PROPOSITIO XL.

Ἐὰν δύο εὐθεῖαι δυνάμει ἀσύμμετροι συντεθῶσι, ποιοῦσαι τὸ μὲν συγκείμενον ἐκ τῶν ἀπ'
αὐτῶν τετραγώνων ῥητὸν, τὸ δ' ὑπ' αὐτῶν
μέσον· ἡ ὅλη εὐθεῖα ἄλογός ἐστι, καλείσθω
δὲ μείζων.

Συγκείσθωσαν γὰρ δύο εὐθεῖαι δυνάμει ἀσύμμετροι, αἱ ΑΒ, ΒΓ, ποιοῦσαι τὰ προκείμενα·
λέγω ὅτι ἄλογός ἐστιν ἡ ΑΓ.

Si duæ rectæ potentiâ incommensurabiles
componantur, facientes quidem compositum ex
ipsarum quadratis rationale, rectangulum autem
sub ipsis medium; tota recta irrationalis est,
vocetur autem major.

Componantur enim duæ rectæ potentiâ incommensurabiles ΑΒ, ΒΓ, facientes proposita;
dico irrationalem esse ΑΓ.

$$\overline{\qquad A \qquad\qquad B \qquad\qquad Γ}$$

Ἐπεὶ γὰρ τὸ ὑπὸ τῶν ΑΒ, ΒΓ μέσον ἐστὶ,
καὶ τὸ δὶς ἄρα ὑπὸ τῶν ΑΒ, ΒΓ μέσον ἐστί.
Τὸ δὲ συγκείμενον ἐκ τῶν ἀπὸ τῶν ΑΒ, ΒΓ ῥητόν·
ἀσύμμετρον ἄρα ἐστὶ τὸ δὶς ὑπὸ τῶν ΑΒ, ΒΓ
τῷ συγκειμένῳ ἐκ τῶν ἀπὸ τῶν ΑΒ, ΒΓ· ὥστε
καὶ τὰ ἀπὸ τῶν ΑΒ, ΒΓ μετὰ τοῦ δὶς ὑπὸ
τῶν ΑΒ, ΒΓ, ὅπερ ἐστὶ τὸ ἀπὸ τῆς ΑΓ, ἀσύμμετρόν ἐστι τῷ συγκειμένῳ ἐκ τῶν ἀπὸ τῶν
ΑΒ, ΒΓ· ἄλογον ἄρα ἐστὶ τὸ ἀπὸ τῆς ΑΓ·
ὥστε καὶ ἡ ΑΓ ἄλογός ἐστι, καλείσθω δὲ μείζων.

Quoniam enim rectangulum sub ΑΒ, ΒΓ medium est, et rectangulum igitur bis sub ΑΒ,
ΒΓ medium est. Sed compositum ex quadratis
ipsarum ΑΒ, ΒΓ rationale; incommensurabile
igitur est rectangulum bis sub ΑΒ, ΒΓ composito ex quadratis ipsarum ΑΒ, ΒΓ; quare et
ex ΑΒ, ΒΓ quadrata cum rectangulo bis sub
ΑΒ, ΒΓ, quod est quadratum ex ΑΓ, incommensurabilia sunt composito ex quadratis ipsarum
ΑΒ, ΒΓ; irrationale igitur est quadratum ex ΑΓ;
quare et ΑΓ irrationalis est, vocetur autem major.

PROPOSITION XL.

Si l'on ajoute deux droites incommensurables en puissance, la somme de leurs
quarrés étant rationelle, et le rectangle compris sous ces droites étant médial, la
droite entière sera irrationelle, et sera appelée majeure.

Ajoutons les deux droites AB, BΓ incommensurables en puissance, ces droites
faisant ce qui est proposé; je dis que la droite AΓ est irrationelle.

Puisque le rectangle sous AB, BΓ est médial, le double rectangle sous AB, BΓ
sera médial (24. cor. 10). Mais la somme des quarrés de AB et de BΓ est rationelle;
le double rectangle sous AB, BΓ est donc incommensurable avec la somme des
quarrés de AB et de BΓ; donc la somme des quarrés de AB et de BΓ avec le double
rectangle sous AB, BΓ, c'est-à-dire le quarré de AΓ (4. 2), est incommensurable
avec la somme des quarrés de AB et de BΓ (17. 10); le quarré de AΓ est donc irrationel; la droite AΓ est donc irrationelle, et elle sera appelée majeure.

ΠΡΟΤΑΣΙΣ μά.

PROPOSITIO XLI.

Ἐὰν δύο εὐθεῖαι δυνάμει ἀσύμμετροι συντεθῶσι, ποιοῦσαι τὸ μὲν συγκείμενον ἐκ τῶν ἀπ' αὐτῶν τετραγώνων μέσον, τὸ δ' ὑπ' αὐτῶν ῥητόν· ἡ ὅλη εὐθεῖα ἄλογός ἐστι, καλείσθω¹ δὲ ῥητὸν καὶ μέσον δυναμένη.

Συγκείσθωσαν γὰρ δύο εὐθεῖαι δυνάμει ἀσύμμετροι αἱ ΑΒ, ΒΓ, ποιοῦσαι τὰ προκείμενα· λέγω ὅτι ἄλογός ἐστιν ἡ ΑΓ.

Si duæ rectæ potentiâ incommensurabiles componantur, facientes quidem compositum ex ipsarum quadratis medium, rectangulum autem sub ipsis rationale; tota recta irrationalis est, vocetur autem rationale et medium potens.

Componantur enim duæ rectæ potentiâ incommensurabiles AB, ΒΓ, facientes proposita; dico irrationalem esse ΑΓ.

A   B   Γ

Ἐπεὶ γὰρ τὸ συγκείμενον ἐκ τῶν ἀπὸ τῶν ΑΒ, ΒΓ μέσον ἐστὶ, τὸ δὲ δὶς ὑπὸ τῶν ΑΒ, ΒΓ ῥητόν· ἀσύμμετρον ἄρα ἐστὶ τὸ συγκείμενον ἐκ τῶν ἀπὸ τῶν ΑΒ, ΒΓ τῷ δὶς ὑπὸ τῶν ΑΒ, ΒΓ· ὥστε καὶ συνθέντι² τὸ ἀπὸ τῆς ΑΓ ἀσύμμετρόν ἐστι τῷ δὶς ὑπὸ τῶν ΑΒ, ΒΓ. Ῥητὸν δὲ τὸ δὶς ὑπὸ τῶν ΑΒ, ΒΓ· ἄλογον ἄρα τὸ ἀπὸ τῆς ΑΓ· ἄλογος ἄρα ἡ ΑΓ, καλείσθω δὲ ῥητὸν καὶ μέσον δυναμένη².

Quoniam enim compositum ex quadratis ipsarum AB, ΒΓ medium est, rectangulum autem bis sub AB, ΒΓ rationale; incommensurabile igitur est compositum ex quadratis ipsarum AB, ΒΓ rectangulo bis sub AB, ΒΓ; quare et componendo, quadratum ex ΑΓ incommensurabile est rectangulo bis sub AB, ΒΓ. Rationale autem rectangulum bis sub AB, ΒΓ; irrationale igitur quadratum ex ΑΓ; irrationalis igitur ΑΓ, vocetur autem rationale et medium potens.

PROPOSITION XLI.

Si l'on ajoute deux droites incommensurables en puissance, la somme de leurs quarrés étant médiale, et le rectangle sous ces droites étant rationel, la droite entière sera irrationelle, et sera appelée celle qui peut une rationelle et une médiale.

Ajoutons les deux droites AB, ΒΓ incommensurables en puissance, ces droites faisant ce qui est proposé; je dis que la droite ΑΓ est irrationelle.

Car puisque la somme des quarrés des droites AB, ΒΓ est médiale, et que le double rectangle sous AB, ΒΓ est rationel, la somme des quarrés de AB et de ΒΓ sera incommensurable avec le double rectangle sous AB, ΒΓ; donc, par addition, le quarré de ΑΓ est incommensurable avec le double rectangle sous AB, ΒΓ (17. 10). Mais le double rectangle sous AB, ΒΓ est rationel; le quarré de ΑΓ est donc irrationel; la droite ΑΓ est donc irrationelle, et elle est appelée celle qui peut une rationelle et une médiale.

ΠΡΟΤΑΣΙΣ μβ´.

Ἐὰν δύο εὐθεῖαι δυνάμει ἀσύμμετροι συντεθῶσι, ποιοῦσαι τό, τε συγκείμενον ἐκ τῶν ἀπ᾽ αὐτῶν τετραγώνων μέσον, καὶ τὸ ὑπ᾽ αὐτῶν μέσον, καὶ ἔτι ἀσύμμετρον τῷ συγκειμένῳ ἐκ τῶν ἀπ᾽ αὐτῶν τετραγώνων᾽· ἡ ὅλη εὐθεῖα ἄλογός ἐστι, καλείσθω δὲ δύο μέσα δυναμένη.

Συγκείσθωσαν γὰρ δύο εὐθεῖαι δυνάμει ἀσύμμετροι αἱ ΑΒ, ΒΓ, ποιοῦσαι τὰ προκείμενα²· λέγω ὅτι ἡ ΑΓ ἄλογός ἐστιν.

PROPOSITIO XLII.

Si duæ rectæ potentiâ incommensurabiles componantur, facientes et compositum ex ipsarum quadratis medium, et rectangulum sub ipsis medium, et adhuc incommensurabile composito ex ipsarum quadratis; tota recta irrationalis est, vocetur autem bina media potens.

Componantur enim duæ rectæ potentiâ incommensurabiles ΑΒ, ΒΓ, facientes proposita; dico ΑΓ irrationalem esse.

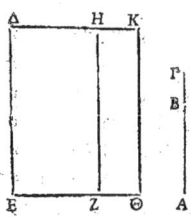

Ἐκκείσθω ῥητὴ ἡ ΔΕ, καὶ παραβεβλήσθω παρὰ τὴν ΔΕ τοῖς μὲν ἀπὸ τῶν ΑΒ, ΒΓ ἴσον τὸ ΔΖ, τῷ δὲ δὶς ὑπὸ τῶν ΑΒ, ΒΓ ἴσον τὸ ΗΘ· ὅλον ἄρα τὸ ΔΘ ἴσον ἐστὶ τῷ ἀπὸ τῆς ΑΓ τετραγώνῳ. Καὶ ἐπεὶ μέσον ἐστὶ τὸ συγκείμενον ἐκ τῶν ἀπὸ τῶν ΑΒ,

Exponatur rationalis ΔΕ, et applicetur ad ΔΕ quadratis quidem ex ΑΒ, ΒΓ æquale ipsum ΔΖ, rectangulo autem bis sub ΑΒ, ΒΓ æquale ipsum ΗΘ; totum igitur ΔΘ æquale est quadrato ex ΑΓ. Et quoniam medium est compositum ex qua-

PROPOSITION XLII.

Si l'on ajoute deux grandeurs incommensurables en puissance, la somme de leurs quarrés étant médiale, et le rectangle sous ces droites étant médial et incommensurable avec la somme de leurs quarrés, la droite entière sera irrationelle, et sera appelée celle qui peut deux médiales.

Ajoutons les deux droites ΑΒ, ΒΓ incommensurables en puissance, ces droites faisant ce qui est proposé; je dis que la droite ΑΓ est irrationelle.

Soit la rationelle ΔΕ, et appliquons à ΔΕ un rectangle ΔΖ égal à la somme des quarrés de ΑΒ et de ΒΓ, et que ΗΘ soit égal au double rectangle sous ΑΒ, ΒΓ; le rectangle entier ΔΘ sera égal au quarré de ΑΓ (4. 2). Et puisque la somme des

ΒΓ, καὶ ἐστιν³ ἴσον τῷ ΔΖ· μέσον ἄρα ἐστὶ καὶ τὸ ΔΖ, καὶ παρὰ ῥητὴν τὴν ΔΕ παράκειται· ῥητὴ ἄρα ἐστὶν ἡ ΔΗ, καὶ ἀσύμμετρος τῇ ΔΕ μήκει. Διὰ τὰ αὐτὰ δὴ καὶ ἡ ΗΚ ῥητή ἐστι καὶ ἀσύμμετρος τῇ ΗΖ, τουτέστι τῇ ΔΕ, μήκει. Καὶ ἐπεὶ ἀσύμμετρά ἐστι τὰ⁴ ἀπὸ τῶν ΑΒ, ΒΓ τῷ δὶς ὑπὸ τῶν ΑΒ, ΒΓ, ἀσύμμετρον ἄρα⁵ ἐστὶ τὸ ΔΖ τῷ ΗΘ· ὥστε καὶ ἡ ΔΗ τῇ ΗΚ ἀσύμμετρός ἐστι. Καὶ εἰσὶ ῥηταί· αἱ ΔΗ, ΗΚ ἄρα ῥηταί εἰσι δυνάμει μόνον σύμμετροι· ἄλογος ἄρα ἐστὶν ἡ ΔΚ ἡ καλουμένη ἐκ δύο ὀνομάτων. Ῥητὴ δὲ ἡ ΔΕ· ἄλογον ἄρα ἐστὶ τὸ ΔΘ, καὶ ἡ δυναμένη αὐτὸ ἄλογός ἐστι. Δύναται δὲ τὸ ΔΘ ἡ ΑΓ· ἄλογος ἄρα ἡ ΑΓ, καλείσθω δὲ δύο μέσα δυναμένη⁶.

dratis ipsarum AB, BΓ, atque est æquale ipsi ΔZ; medium igitur est et ΔZ; et ad rationalem ΔE applicatur; rationalis igitur est ΔH, et incommensurabilis ipsi ΔE longitudine. Propter eadem utique et HK rationalis est et incommensurabilis ipsi HZ, hoc est ipsi ΔE, longitudine. Et quoniam incommensurabilia sunt ex AB, BΓ quadrata rectangulo bis sub AB, BΓ; incommensurabile igitur est ΔZ ipsi HΘ; quare et ΔH ipsi HK incommensurabilis est. Et sunt rationales; ergo ΔH, HK rationales sunt potentiâ solùm commensurabiles; irrationalis igitur est ΔK quæ appellatur ex binis nominibus. Rationalis autem ΔE; irrationale igitur est ΔΘ, et potens ipsum irrationalis est. Potest autem ipsum ΔΘ ipsa AΓ; irrationalis igitur est AΓ, vocetur autem bina media potens.

quarrés de AB et de BΓ est médiale, et qu'elle est égale à ΔZ, le rectangle ΔZ est médial, et il est appliqué à la rationelle ΔE; donc ΔH est rationel (23. 10), et incommensurable en longueur avec ΔE. Par la même raison, la rationelle HK est incommensurable en longueur avec HZ, c'est-à-dire avec ΔE. Et puisque la somme des quarrés de AB et de BΓ est incommensurable avec le double rectangle sous AB, BΓ, le rectangle ΔZ est incommensurable avec HΘ; donc ΔH est incommensurable avec HK (1. 6, et 10. 10). Mais ces droites sont rationelles; les droites ΔH, HK sont donc des rationelles commensurables en puissance seulement; donc ΔK est la droite irrationelle appelée de deux noms (37. 10). Mais ΔE est rationel; donc ΔΘ est irrationel (39. 10), et par conséquent la droite qui peut ΔΘ. Mais AΓ peut ΔΘ; donc AΓ est irrationel, et cette droite est appelée celle qui peut deux médiales.

ΛΗΜΜΑ.

Ἐκκείσθω εὐθεῖα ἡ ΑΒ, καὶ τετμήσθω ἡ ὅλη εἰς ἄνισα καθ᾽[1] ἑκατέρα τῶν Γ, Δ, καὶ ὑποκείσθω μείζων ἡ ΑΓ τῆς ΔΒ· λέγω ὅτι τὰ ἀπὸ τῶν ΑΓ, ΓΒ μείζονά ἐστι τῶν ἀπὸ τῶν ΑΔ, ΔΒ.

Τετμήσθω γὰρ ἡ ΑΒ δίχα κατὰ τὸ Ε. Καὶ ἐπεὶ μείζων ἐστὶν ἡ ΑΓ τῆς ΔΒ, κοινὴ ἀφῃρήσθω ἡ ΔΓ· καὶ[2] λοιπὴ ἄρα ἡ ΑΔ λοιπῆς τῆς ΓΒ μείζων ἐστίν. Ἴση δὲ ἡ ΑΕ τῇ ΕΒ· ἐλάττων ἄρα

LEMMA.

Exponatur recta AB, et secetur tota in partes inæquales ad utrumque punctorum Γ, Δ, et supponatur major ΑΓ quam ΔΒ; dico quadrata ex ΑΓ, ΓΒ majora esse quadratis ex ΑΔ, ΔΒ.

Secetur enim AB bifariam in E. Et quoniam major est ΑΓ quam ΔΒ, communis auferatur ΔΓ; et reliqua igitur ΑΔ quam reliqua ΓΒ major est. Æqualis autem ΑΕ ipsi ΕΒ; minor

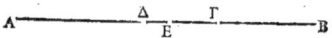

ἐστὶν[3] ἡ ΔΕ τῆς ΕΓ· τὰ Γ, Δ ἄρα σημεῖα οὐκ ἴσον ἀπέχουσι τῆς διχοτομίας. Καὶ ἐπεὶ τὸ ὑπὸ τῶν ΑΓ, ΓΒ μετὰ τοῦ ἀπὸ τῆς ΕΓ ἴσον ἐστὶ τῷ ἀπὸ τῆς ΕΒ, ἀλλὰ καὶ τὸ ὑπὸ τῶν ΑΔ, ΔΒ μετὰ τοῦ ἀπὸ τῆς ΔΕ ἴσον τῷ ἀπὸ τῆς ΕΒ[4]· τὸ ἄρα ὑπὸ τῶν ΑΓ, ΓΒ μετὰ τοῦ ἀπὸ τῆς ΕΓ ἴσον ἐστὶ τῷ ὑπὸ τῶν ΑΔ, ΔΒ μετὰ τοῦ ἀπὸ τῆς ΔΕ. Ὧν τὸ ἀπὸ τῆς ΔΕ ἔλασσόν ἐστι τοῦ ἀπὸ τῆς ΕΓ· καὶ λοιπὸν ἄρα

igitur est ΔΕ quam ΕΓ; ergo Γ, Δ puncta non æqualiter distant à bipartità sectione. Et quoniam sub ΑΓ, ΓΒ rectangulum cum quadrato ex ΕΓ æquale est quadrato ex ΕΒ, sed et sub ΑΔ, ΔΒ rectangulum cum quadrato ex ΔΕ æquale quadrato ex ΕΒ; ergo sub ΑΓ, ΓΒ rectangulum cum quadrato ex ΕΓ æquale est sub ΑΔ, ΔΒ rectangulo cum quadrato ex ΔΕ. Quorum quadratum ex ΔΕ minus est quadrato ex ΕΓ; et

LEMME.

Soit la droite AB, que cette droite entière soit coupée en parties inégales aux points Γ, Δ, et supposons ΑΓ plus grand que ΔΒ; je dis que la somme des quarrés ΑΓ et de ΓΒ est plus grande que la somme des quarrés de ΑΔ et de ΔΒ.

Coupons AB en deux parties égales en E. Puisque ΑΓ est plus grand que ΔΒ, retranchons la partie commune ΔΓ; le reste ΑΔ sera plus grand que le reste ΓΒ. Mais ΑΕ est égal à ΕΒ; donc ΔΕ est plus petit que ΕΓ; les points Γ, Δ ne sont donc pas également éloignés du point qui coupe AB en deux parties égales. Et puisque le rectangle sous ΑΓ, ΓΒ avec le quarré de ΕΓ est égal au quarré de ΕΒ, et que le rectangle sous ΑΔ, ΔΒ avec le quarré de ΔΕ est égal au quarré de ΕΒ (5. 2), le rectangle sous ΑΓ, ΓΒ avec le quarré de ΕΓ sera égal au rectangle sous ΑΔ, ΔΒ avec le quarré de ΔΕ. Mais le quarré de ΔΕ est plus petit que le quarré de ΕΓ; le rec-

τὸ ὑπὸ τῶν ΑΓ, ΓΒ ἔλαττόν ἐστι τοῦ ὑπὸ τῶν ΑΔ, ΔΒ· ὥστε καὶ τὸ δὶς ὑπὸ τῶν ΑΓ, ΓΒ ἔλαττόν ἐστι τοῦ δὶς ὑπὸ τῶν ΑΔ, ΔΒ· καὶ λοιπὸν ἄρα τὸ συγκείμενον ἐκ τῶν ἀπὸ τῶν ΑΓ, ΓΒ μεῖζόν ἐστι τοῦ συγκειμένου ἐκ τῶν ἀπὸ τῶν ΑΔ, ΔΒ. Ὅπερ ἔδει δεῖξαι[5].

reliquum igitur rectangulum sub ΑΓ, ΓΒ minus est rectangulo sub ΑΔ, ΔΒ; quare et rectangulum bis sub ΑΓ, ΓΒ minus est rectangulo bis sub ΑΔ, ΔΒ; et reliquum igitur compositum ex quadratis ipsarum ΑΓ, ΓΒ majus est composito ex quadratis ipsarum ΑΔ, ΔΒ. Quod oportebat ostendere.

ΠΡΟΤΑΣΙΣ μγ'.

Ἡ ἐκ δύο ὀνομάτων καθ' ἓν μόνον σημεῖον διαιρεῖται εἰς τὰ ὀνόματα.

Ἔστω ἐκ δύο ὀνομάτων ἡ ΑΒ διῃρημένη εἰς τὰ ὀνόματα κατὰ τὸ Γ· αἱ ΑΓ, ΓΒ ἄρα ῥηταί εἰσι δυνάμει μόνον σύμμετροι. Λέγω ὅτι ἡ ΑΒ κατ' ἄλλο σημεῖον οὐ διαιρεῖται εἰς δύο ῥητὰς δυνάμει μόνον συμμέτρους.

PROPOSITIO XLIII.

Recta ex binis nominibus ad unum solùm punctum dividitur in nomina.

Sit ex binis nominibus recta ΑΒ divisa in nomina ad Γ; ergo ΑΓ, ΓΒ rationales sunt potentiâ solùm commensurabiles. Dico ΑΒ ad aliud punctum non dividi in duas rationales potentiâ solùm commensurabiles.

A———————Δ———Γ————B

Εἰ γὰρ δυνατὸν, διῃρήσθω κατὰ τὸ Δ, ὥστε καὶ τὰς ΑΔ, ΔΒ ῥητὰς εἶναι δυνάμει μόνον

Si enim possibile, dividatur in Δ, ita ut et ΑΔ, ΔΒ rationales sint potentiâ solùm com-

tangle restant sous ΑΓ, ΓΒ est donc plus petit que le rectangle sous ΑΔ, ΔΒ; le double rectangle sous ΑΓ, ΓΒ est donc plus petit que le double rectangle sous ΑΔ, ΔΒ; la somme restante des quarrés de ΑΓ et de ΒΓ est donc plus grande que la somme des quarrés de ΑΔ, ΔΒ. Ce qu'il fallait démontrer.

PROPOSITION XLIII.

La droite de deux noms ne peut être divisée en ses noms qu'en un point seulement.

Que la droite ΑΒ de deux noms soit divisée en ses noms au point Γ; les droites rationelles ΑΓ, ΓΒ ne seront commensurables qu'en puissance; je dis que la droite ΑΒ ne peut pas être coupée en un autre point en deux rationelles commensurables en puissance seulement.

Car si cela se peut, qu'elle soit coupée au point Δ, de manière que les ra-

συμμέτρους. Φανερὸν δὴ ὅτι ἡ ΑΓ¹ τῇ ΔΒ οὐκ ἔστιν ἡ αὐτή. Εἰ γὰρ δυνατὸν, ἔστω· ἔσται δὴ καὶ ἡ ΑΔ τῇ ΓΒ ἢ αὐτή· καὶ ἔσται ὡς ἡ ΑΓ πρὸς τὴν ΓΒ οὕτως ἡ ΒΔ πρὸς τὴν ΔΑ, καὶ ἔσται ἡ ΑΒ κατὰ τὸ αὐτὸ τμῆμα κατὰ τὸ Γ² διαιρέσει διαιρεθεῖσα καὶ κατὰ τὸ Δ, ὅπερ οὐκ ὑπόκειται· οὐκ ἄρα ἡ ΑΓ τῇ ΔΒ ἐστὶν ἡ αὐτή· διὰ δὴ τοῦτο καὶ τὰ Γ, Δ σημεῖα οὐκ

mensurabiles. Evidens utique est ΑΓ cum ipsâ ΔΒ non esse eamdem. Si enim possibile, sit; erit igitur et ΑΔ cum ipsâ ΓΒ eadem; et erit ut ΑΓ ad ΓΒ ita ΒΔ ad ΔΑ, et erit ΑΒ in idem segmentum divisa in puncto Γ atque in puncto Δ, quod non supponitur; non igitur ΑΓ cum ipsâ ΔΒ est eadem; ob id igitur et Γ, Δ puncta non æqualiter distant

A————————Δ——Γ————————B

ἴσον ἀπέχουσι τῆς διχοτομίας³· ᾧ ἄρα διαφέρει τὰ ἀπὸ τῶν ΑΓ, ΓΒ τῶν⁴ ἀπὸ τῶν ΑΔ, ΔΒ, τούτῳ διαφέρει καὶ τὸ δὶς ὑπὸ τῶν ΑΔ, ΔΒ τοῦ δὶς ὑπὸ τῶν ΑΓ, ΓΒ, διὰ τὸ καὶ τὰ ἀπὸ τῶν ΑΓ, ΓΒ μετὰ τοῦ δὶς ὑπὸ τῶν ΑΓ, ΓΒ καὶ τὰ ἀπὸ τῶν ΑΔ, ΔΒ μετὰ τοῦ δὶς ὑπὸ τῶν ΑΔ, ΔΒ ἴσα εἶναι τῷ ἀπὸ τῆς ΑΒ. Ἀλλὰ τὰ ἀπὸ τῶν ΑΓ, ΓΒ τῶν ἀπὸ τῶν ΑΔ, ΔΒ διαφέρει ῥητῷ, ῥητὰ γὰρ ἀμφότερα· καὶ τὸ δὶς ἄρα ὑπὸ τῶν ΑΔ, ΔΒ τοῦ δὶς ὑπὸ τῶν ΑΓ,

à bipartitâ sectione; quo igitur differunt ex ΑΓ, ΓΒ quadrata à quadratis ex ΑΔ, ΔΒ, hoc differt et rectangulum bis sub ΑΔ, ΔΒ à rectangulo bis sub ΑΓ, ΓΒ, proptereà quòd et ex ΑΓ, ΓΒ quadrata cum rectangulo bis sub ΑΓ, ΓΒ et ex ΑΔ, ΔΒ quadrata cum rectangulo bis sub ΑΔ, ΔΒ æqualia sunt quadrato ex ΑΒ. Sed ex ΑΓ, ΓΒ quadrata à quadratis ex ΑΔ, ΔΒ differunt rationali, rationalia enim utraque; et rectangulum bis igitur sub ΑΔ, ΔΒ à rectangulo

tionelles ΑΔ, ΔΒ ne soient commensurables qu'en puissance. Il est évident que ΑΓ n'est pas égal à ΔΒ. Car que cela soit, si c'est possible; la droite ΑΔ sera alors égale à ΓΒ, la droite ΑΓ sera à la droite ΓΒ comme ΒΔ est à ΔΑ, et la droite ΑΒ sera coupée en segments égaux au point Δ qu'au point Γ, ce qui n'est pas supposé; donc ΑΓ n'est pas égale à ΔΒ; donc les points Γ, Δ nè sont pas également éloignés du point qui coupe ΑΒ en deux parties égales; donc la différence de la somme des quarrés de ΑΓ et de ΒΓ, à la somme des quarrés de ΑΔ et de ΔΒ, est égale à la différence du double rectangle sous ΑΔ, ΔΒ, au double rectangle sous ΑΓ, ΓΒ; parce que la somme des quarrés de ΑΓ et de ΓΒ avec le double rectangle sous ΑΓ, ΓΒ, et la somme des quarrés de ΑΔ et ΔΒ avec le double rectangle sous ΑΔ, ΔΒ, sont égales chacune au quarré de ΑΒ (4. 2). Mais la différence de la somme des quarrés de ΑΓ et de ΓΒ, à la somme des quarrés de ΑΔ et de ΔΒ, est une surface rationnelle; car ces deux sommes sont rationnelles; donc la différence du double rectangle sous ΑΔ, ΔΒ au double rectangle sous ΑΓ, ΓΒ est une surface

ΓΒ διαφέρει ῥητῷ μέσα ὄντα, ὅπερ ἄτοπον·
μέσον γὰρ[5] μέσου οὐχ ὑπερέχει ῥητῷ· οὐκ ἄρα
ἡ ἐκ δύο ὀνομάτων κατ᾽ ἄλλο καὶ ἄλλο σημεῖον
διαιρεῖται· καθ᾽ ἓν ἄρα μόνον. Ὅπερ ἔδει δεῖξαι.

bis sub ΑΓ, ΓΒ differt rationali, media existentia, quod absurdum; medium enim non medium superat rationali; non igitur recta ex binis
nominibus ad aliud et aliud punctum dividitur;
ad unum igitur solùm. Quod oportebat ostendere.

ΠΡΟΤΑΣΙΣ μδ´.

Ἡ ἐκ δύο μέσων πρώτη καθ᾽ ἓν μόνον σημεῖον
διαιρεῖται[1].

Ἔστω[2] ἐκ δύο μέσων πρώτη ἡ ΑΒ διῃρημένη
κατὰ τὸ Γ, ὥστε τὰς ΑΓ, ΓΒ μέσας εἶναι δυνάμει μόνον συμμέτρους ῥητὸν περιεχούσας· λέγω
ὅτι ἡ ΑΒ κατ᾽ ἄλλο σημεῖον οὐ διαιρεῖται.

PROPOSITIO XLIV.

Ex binis mediis prima ad unum solùm punctum dividitur.

Sit ex binis mediis prima AB divisa in puncto
Γ, ita ut ΑΓ, ΓΒ mediæ sint potentiâ solùm
commensurabiles, rationale continentes; dico
AB in alio puncto non dividi.

Εἰ γὰρ δυνατὸν, διῃρήσθω καὶ κατὰ τὸ Δ,
ὥστε καὶ τὰς ΑΔ, ΔΒ μέσας εἶναι δυνάμει
μόνον συμμέτρους ῥητὸν περιεχούσας. Ἐπεὶ οὖν
ᾧ διαφέρει τὸ δὶς ὑπὸ τῶν ΑΔ, ΔΒ τοῦ δὶς

Si enim possibile, dividatur et in Δ, ita
ut et ΑΔ, ΔΒ mediæ sint potentiâ solùm commensurabiles, rationale continentes. Quoniam
igitur quo differt rectangulum bis sub ΑΔ, ΔΒ

rationelle, ces surfaces étant médiales, ce qui est absurde; car une surface
médiale ne surpasse pas une surface médiale d'une rationelle (27. 10); une
droite de deux noms ne peut donc pas être divisée en plus d'un point; elle ne
peut donc l'être qu'en un point. Ce qu'il fallait démontrer.

PROPOSITION XLIV.

La première de deux médiales ne peut être divisée qu'en un seul point.

Que la droite AB, première de deux médiales, soit divisée en Γ, de manière que
les médiales ΑΓ, ΓΒ, commensurables en puissance seulement, comprènent une
surface rationelle; je dis que la droite AB ne peut être divisée en un autre point.

Car, si cela est possible, qu'elle soit divisée au point Δ, de manière que les
médiales ΑΔ, ΔΒ, commensurables en puissance seulement, comprènent une
surface rationelle. Puisque la différence du double rectangle sous ΑΔ, ΔΒ au

ὑπὸ τῶν ΑΓ, ΓΒ τούτῳ διαφέρει τὰ ἀπὸ τῶν ΑΓ, ΓΒ τῶν ἀπὸ τῶν ΑΔ, ΔΒ, ῥητῷ δὲ διαφέρει τὸ δὶς ὑπὸ τῶν ΑΔ, ΔΒ. τοῦ δὶς ὑπὸ τῶν ΑΓ, ΓΒ, ῥητὰ γὰρ ἀμφότερα· ῥητῷ ἄρα δια-

à rectangulo bis sub ΑΓ, ΓΒ, hoc differunt ex ΑΓ, ΓΒ quadrata à quadratis ex ΑΔ, ΔΒ, rationali autem differt rectangulum bis sub ΑΔ, ΔΒ à rectangulo bis sub ΑΓ, ΓΒ, rationalia cuim utraque;

φέρει καὶ τὰ ἀπὸ τῶν ΑΓ, ΓΒ τῶν ἀπὸ τῶν ΑΔ, ΔΒ μέσα ὄντα, ὅπερ ἄτοπον· οὐκ ἄρα ἡ ἐκ δύο μέσων πρώτη κατ᾽ ἄλλο καὶ ἄλλο σημεῖον διαιρεῖται εἰς τὰ ὀνόματα· καθ᾽ ἓν ἄρα μόνον. Ὅπερ ἔδει δεῖξαι.

rationali igitur differunt et ex ΑΓ, ΓΒ quadrata à quadratis ex ΑΔ, ΔΒ, media existentia, quod absurdum; non igitur ex binis mediis prima ad aliud et aliud punctum dividitur in nomina; ad unum igitur solùm. Quod oportebat ostendere.

ΠΡΟΤΑΣΙΣ μέ.

Ἡ ἐκ δύο μέσων δευτέρα καθ᾽ ἓν μόνον σημεῖον διαιρεῖται[1].

Ἔστω ἐκ δύο μέσων δευτέρα ἡ ΑΒ διῃρημένη κατὰ τὸ Γ, ὥστε τὰς ΑΓ, ΓΒ μέσας εἶναι δυνάμει μόνον συμμέτρους μέσον περιεχούσας· φα-

PROPOSITIO XLV.

Ex binis mediis secunda ad unum solùm punctum dividitur.

Sit ex binis mediis secunda ΑΒ divisa in puncto Γ, ita ut ΑΓ, ΓΒ mediæ sint potentiâ solùm commensurabiles, medium continentes;

double rectangle sous ΑΓ, ΓΒ est égale à la différence de la somme des quarrés de ΑΓ, ΓΒ à la somme des quarrés de ΑΔ, ΔΒ, et que le double rectangle sous ΑΔ, ΔΒ et le double rectangle sous ΑΓ, ΓΒ diffèrent d'une surface rationelle; car l'une et l'autre de ces grandeurs sont rationelles; la somme des quarrés de ΑΓ et de ΓΒ diffère donc d'une surface rationelle de la somme des quarrés de ΑΔ et de ΔΒ; mais ces deux surfaces sont médiales, ce qui est absurde (27. 10); donc une première de deux médiales ne peut pas être divisée en ses noms en deux points différents; elle ne peut donc l'être qu'en un seul point. Ce qu'il fallait démontrer.

PROPOSITION XLV.

La seconde de deux médiales ne peut être divisée qu'en un seul point.

Que ΑΒ, seconde de deux noms, soit divisée au point Γ, de manière que les médiales ΑΓ, ΓΒ, qui comprènent une surface médiale, ne soient commensu-

νερὸν δὴ ὅτι τὸ Γ οὐκ ἔστι κατὰ τὴν διχο-
τομίαν, ἐπειδήπερ² οὐκ εἰσὶ μήκει σύμμετροι·
λέγω ὅτι ἡ ΑΒ κατ᾽ ἄλλο σημεῖον οὐ διαιρεῖται.

Εἰ γὰρ δυνατὸν, διῃρήσθω καὶ³ κατὰ τὸ Δ,
ὥστε τὴν ΑΓ τῇ ΔΒ μὴ εἶναι τὴν αὐτὴν, ἀλλὰ
μείζονα καθ᾽ ὑπόθεσιν τὴν ΑΓ. Δῆλον δὴ ὅτι
καὶ τὰ ἀπὸ τῶν ΑΔ, ΔΒ ἐλάσσονα τῶν ἀπὸ
τῶν ΑΓ, ΓΒ⁴, ὡς ἐπάνω ἐδείξαμεν, καὶ τὰς

evidens est utique punctum Γ non esse in bipartitâ sectione, quoniam non sunt longitudine
commensurabiles; dico ΑΒ in alio puncto non
dividi.

Si enim possibile, dividatur et in Δ, ita ut
ΑΓ cum ipsâ ΔΒ non sit eadem, sed ΑΓ major
ex hypothesi. Evidens est utique quadrata ex ΑΔ,
ΔΒ minora esse quadratis ex ΑΓ, ΓΒ, ut suprà
ostendimus, et ΑΔ, ΔΒ medias esse potentiâ

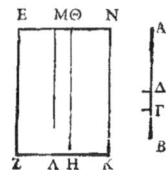

ΑΔ, ΔΒ μέσας εἶναι δυνάμει μόνον συμμέτρους
μέσον περιεχούσας. Καὶ⁵ ἐκκείσθω ῥητὴ ΕΖ, καὶ
τῷ μὲν ἀπὸ τῆς ΑΒ ἴσον παρὰ τὴν ΕΖ παραλληλόγραμμον ὀρθογώνιον⁶ παραβεβλήσθω τὸ ΕΚ,
τοῖς δὲ ἀπὸ τῶν ΑΓ, ΓΒ ἴσον ἀφῃρήσθω τὸ ΕΗ·
λοιπὸν ἄρα τὸ ΘΚ ἴσον ἐστὶ τῷ δὶς ὑπὸ τῶν
ΑΓ, ΓΒ. Πάλιν δὴ τοῖς ἀπὸ τῶν ΑΔ, ΔΒ, ἅπερ

solùm commensurabiles, medium continentes.
Et exponatur rationalis ΕΖ, et quadrato quidem
ex ΑΒ æquale ad ΕΖ parallelogrammum rectangulum applicetur ΕΚ, quadratis autem ex ΑΓ, ΓΒ
æquale auferatur ΕΗ; reliquum igitur ΘΚ
æquale est rectangulo bis sub ΑΓ, ΓΒ. Rursus
et quadratis ex ΑΔ, ΔΒ, quæ minora os-

rables qu'en puissance. Il est évident que le point Γ n'est pas le milieu de ΑΒ,
parce que les droites ΑΓ, ΓΒ ne sont pas commensurables en longueur; je
dis que la droite ΑΒ ne peut pas être divisée en un autre point.

Car si cela est possible, qu'elle soit divisée au point Δ, de manière que ΑΓ
ne soit pas égal à ΔΒ, et supposons que ΑΓ est plus grand que ΔΒ. Il est évident
que la somme des quarrés de ΑΔ et de ΔΒ est plus petite que la somme des quarrés
de ΑΓ et de ΓΒ, comme nous l'avons démontré plus haut (lem. 43. 10), et que les
médiales ΑΔ, ΔΒ, qui comprènent une surface médiale, ne sont commensurables
qu'en puissance (43. 10). Soit la rationelle ΕΖ; appliquons à ΕΖ un rectangle
ΕΚ égal au quarré de ΑΒ, et retranchons ΕΗ égal à la somme des quarrés de ΑΓ
et de ΓΒ; le reste ΘΚ sera égal au double rectangle sous ΑΓ, ΓΒ (4. 2). De plus,
retranchons ΕΛ égal à la somme des quarrés de ΑΔ et ΔΒ, qui est plus petite que

ἐλάσσονα ἐδείχθη τῶν ἀπὸ τῶν ΑΓ, ΓΒ ἴσον ἀφῃρήσθω τὸ ΕΛ· καὶ λοιπὸν ἄρα τὸ ΜΚ ἴσον ἐστὶ τῷ δὶς ὑπὸ τῶν ΑΔ, ΔΒ. Καὶ ἐπεὶ μέσα ἐστὶ τὰ ἀπὸ τῶν ΑΓ, ΓΒ· μέσον ἄρα καὶ⁸ τὸ ΕΗ, καὶ παρὰ ῥητὴν τὴν ΕΖ παράκειται· ῥητὴ ἄρα ἐστὶν ἡ ΕΘ, καὶ ἀσύμμετρος τῇ ΕΖ μήκει. Διὰ τὰ αὐτὰ δὴ καὶ ἡ ΘΝ ῥητή ἐστι, καὶ ἀσύμμετρος τῇ ΕΖ μήκει. Καὶ ἐπεὶ αἱ ΑΓ, ΓΒ μέσαι εἰσὶ δυνάμει μόνον σύμμετροι· ἀσύμμε-

tensa sunt quadratis ex ΑΓ, ΓΒ, æquale auferatur ΕΛ ; et reliquum igitur ΜΚ æquale est rectangulo bis sub ΑΔ, ΔΒ. Et quoniam media sunt quadrata ex ΑΓ, ΓΒ ; medium igitur et ΕΗ, et ad rationalem ΕΖ applicatur; rationalis igitur est ΕΘ, et incommensurabilis ipsi ΕΖ longitudine. Propter eadem utique et ΘΝ rationalis est, et incommensurabilis ipsi ΕΖ longitudine. Et quoniam ΑΓ, ΓΒ mediæ sunt potentiâ solùm commensurabiles ; incommensu-

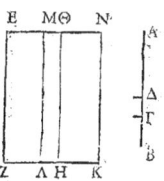

τρος ἄρα ἐστὶν ἡ ΑΓ τῇ ΓΒ μήκει. Ὡς δὲ ἡ ΑΓ πρός· τὴν ΓΒ οὕτως τὸ ἀπὸ τῆς ΑΓ πρὸς τὸ ὑπὸ τῶν ΑΓ, ΓΒ· ἀσύμμετρον ἄρα ἐστὶ τὸ ἀπὸ τῆς ΑΓ τῷ ὑπὸ τῶν ΑΓ, ΓΒ. Ἀλλὰ τῷ μὲν ἀπὸ τῆς ΑΓ σύμμετρά ἐστι τὰ ἀπὸ τῶν ΑΓ, ΓΒ, δυνάμει γάρ εἰσι σύμμετροι αἱ ΑΓ, ΓΒ, τῷ δὲ ὑπὸ τῶν ΑΓ, ΓΒ σύμμετρόν ἐστι τὸ δὶς ὑπὸ

rabilis igitur est ΑΓ ipsi ΓΒ longitudine. Ut autem ΑΓ ad ΓΒ ita ex ΑΓ quadratum ad rectangulum sub ΑΓ, ΓΒ; incommensurabile igitur est ex ΑΓ quadratum rectangulo sub ΑΓ, ΓΒ. Sed quadrato quidem ex ΑΓ commensurabilia sunt quadrata ex ΑΓ, ΓΒ, potentiâ enim sunt commensurabiles ΑΓ, ΓΒ; rectangulo autem sub ΑΓ, ΓΒ commensurabile est rectangulum bis

la somme des quarrés de ΑΓ et de ΓΒ, comme on l'à démontré ; le reste ΜΚ sera égal au double rectangle sous ΑΔ, ΔΒ. Et puisque la somme des quarrés de ΑΓ et de ΓΒ est médiale, le rectangle ΕΗ sera médial ; mais ce rectangle est appliqué à la rationelle ΕΖ ; donc ΕΘ est rationel, et incommensurable en longueur avec ΕΖ (23. 10). Par la même raison, ΘΝ est rationel, et incommensurable en longueur avec ΕΖ. Mais les médiales ΑΓ, ΓΒ ne sont commensurables qu'en puissance ; donc ΑΓ est incommensurable en longueur avec ΓΒ. Mais ΑΓ est à ΓΒ comme le quarré de ΑΓ est au rectangle sous ΑΓ, ΓΒ (1. 6) ; le quarré de ΑΓ est donc incommensurable avec le rectangle sous ΑΓ, ΓΒ (10. 10). Mais la somme des quarrés de ΑΓ et de ΓΒ est incommensurable avec le quarré de ΑΓ (16. 10), car les droites ΑΓ, ΓΒ sont commensurables en puissance, et le double rectangle sous ΑΓ, ΓΒ est commen-

τῶν ΑΒ, ΓΒ· καὶ τὰ ἀπὸ τῶν ΑΓ, ΓΒ ἄρα
ἀσύμμετρά ἐστι τῷ δὶς ὑπὸ τῶν ΑΓ, ΓΒ.
Ἀλλὰ τοῖς μὲν ἀπὸ τῶν ΑΓ, ΓΒ ἴσον ἐστὶ τὸ
ΕΗ, τῷ δὲ δὶς ὑπὸ τῶν ΑΓ, ΓΒ ἴσον ἐστὶ[9] τὸ
ΘΚ· ἀσύμμετρον ἄρα ἐστὶ τὸ ΕΗ τῷ ΘΚ· ὥστε
καὶ ἡ ΕΘ τῇ ΘΝ ἀσύμμετρός ἐστι μήκει· καὶ
εἰσι ῥηταί· αἱ ΕΘ, ΘΝ ἄρα ῥηταί εἰσι δυνάμει μόνον σύμμετροι. Ἐὰν δὲ δύο ῥηταὶ δυνάμει μόνον σύμμετροι συντεθῶσιν, ἡ ὅλη ἄλογός ἐστι[?]· ἡ καλουμένη ἐκ δύο ὀνομάτων· ἡ ΕΝ
ἄρα[10] ἐκ δύο ὀνομάτων ἐστὶ διῃρημένη κατὰ τὸ
Θ. Κατὰ τὰ αὐτὰ δὴ δειχθήσονται καὶ αἱ
ΕΜ, ΜΝ ῥηταὶ δυνάμει μόνον σύμμετροι, καὶ
ἔσται ἡ ΕΝ ἐκ δύο ὀνομάτων κατ᾽ ἄλλο καὶ
ἄλλο διῃρημένη, τό, τε Θ καὶ τὸ Μ, καὶ οὐκ
ἔστιν ἡ ΕΘ τῇ ΜΝ ἡ αὐτὴ, ἐπειδήπερ[11] τὰ
ἀπὸ τῶν ΑΓ, ΓΒ μείζονά ἐστι τῶν ἀπὸ τῶν
ΑΔ, ΔΒ. Ἀλλὰ τὰ ἀπὸ τῶν ΑΔ, ΔΒ μείζονά
ἐστι τοῦ δὶς ὑπὸ ΑΔ, ΔΒ· πολλῷ ἄρα καὶ τὰ
ἀπὸ τῶν ΑΓ, ΓΒ, τουτέστι τὸ ΕΗ, μεῖζόν ἐστι
τοῦ δὶς ὑπὸ τῶν ΑΔ, ΔΒ, τουτέστι τοῦ ΜΚ·

sub ΑΓ, ΓΒ; et quadrata ex ΑΓ, ΓΒ igitur
incommensurabilia sunt rectangulo bis sub ΑΓ,
ΓΒ. Sed quadratis quidem ex ΑΓ, ΓΒ æquale
est ΕΗ, rectangulo autem bis sub ΑΓ, ΓΒ
æquale est ΘΚ; incommensurabile igitur est
ΕΗ ipsi ΘΚ; quare et ΕΘ ipsi ΘΝ incommensurabilis est longitudine; et sunt rationales; ergo
ΕΘ, ΘΝ rationales sunt potentiâ solùm commensurabiles. Si autem duæ rationales potentiâ
solùm commensurabiles componantur, tota irrationalis est, quæ appellatur ex binis nominibus; recta ΕΝ igitur ex binis nominibus est
divisa in Θ. Propter eadem utique ostendentur
et ΕΜ, ΜΝ rationales potentiâ solùm commensurabiles, et erit ΕΝ ex binis nominibus
ad aliud et aliud divisa, et ad Θ et ad Μ,
et non est ΕΘ cum ipsâ ΜΝ eadem, quoniam
quadrata ex ΑΓ, ΓΒ majora sunt quadratis ex
ΑΔ, ΔΒ. Sed quadrata ex ΑΔ, ΔΒ majora sunt
rectangulo bis sub ΑΔ, ΔΒ; multò igitur
et quadrata ex ΑΓ, ΓΒ, hoc est ΕΗ, majus
est rectangulo bis sub ΑΔ, ΔΒ, hoc est

surable avec le rectangle sous ΑΓ, ΓΒ; la somme des quarrés de ΑΓ et de ΓΒ est
donc incommensurable avec le double rectangle sous ΑΓ, ΓΒ. Mais ΕΗ est égal à la
somme des quarrés de ΑΓ et de ΓΒ; et ΘΚ est égal au double rectangle sous ΑΓ, ΓΒ;
donc ΕΗ est incommensurable avec ΘΚ; donc ΕΘ est incommensurable en longueur
avec ΘΝ; mais ces droites sont rationelles; les rationelles ΕΘ, ΘΝ ne sont donc
commensurables qu'en puissance. Mais si l'on ajoute deux rationelles commensurables en puissance seulement, leur somme est irrationelle, et est appelée
droite de deux noms (37. 10); la droite ΕΝ de deux noms est donc divisée au
point Θ. On démontrera semblablement que les rationelles ΕΜ, ΜΝ sont commensurables en puissance seulement, et que la droite ΕΝ de deux noms sera
divisée en deux points; savoir, en Θ et en Μ; mais ΕΘ n'est pas égal à ΜΝ, puisque
la somme des quarrés de ΑΓ et de ΓΒ est plus grande que la somme des quarrés de
ΑΔ et de ΔΒ (43. 10). Mais la somme des quarrés de ΑΔ et de ΔΒ est plus grande
que le double rectangle sous ΑΔ, ΔΒ; la somme des quarrés de ΑΓ, ΓΒ, c'est-à-dire le
rectangle ΕΗ, est donc plus grande que le double rectangle sous ΑΔ, ΔΒ; c'est-à-dire,

ὥστε καὶ ἡ ΕΘ τῆς ΜΝ μείζων ἐστίν· ἡ ἄρα ΕΘ τῇ ΜΝ οὐκ ἔστιν ἡ αὐτή. Ὅπερ ἔδει δεῖξαι.

ipso MK; quare et ΕΘ quàm ΜΝ major est; ergo ΕΘ cum ipsâ ΜΝ non est eadem. Quod oportebat ostendere.

ΠΡΟΤΑΣΙΣ μϛ'.

PROPOSITIO XLVI.

Ἡ μείζων κατὰ τὸ αὐτὸ μόνον σημεῖον διαι-ρεῖται[1].

Major ad idem solùm punctum dividitur.

Ἔστω μείζων ἡ ΑΒ διηρημένη κατὰ τὸ Γ, ὥστε τὰς ΑΓ, ΓΒ δυνάμει ἀσυμμέτρους εἶναι, ποιούσας τὸ μὲν συγκείμενον ἐκ τῶν ἀπὸ τῶν ΑΓ, ΓΒ τετραγώνων ῥητὸν, τὸ δὲ ὑπὸ τῶν ΑΓ, ΓΒ μέσον· λέγω ὅτι ἡ ΑΒ κατ᾽ ἄλλο σημεῖον οὐ διαιρεῖται.

Sit majòr ΑΒ divisa in puncto Γ, ita ut ΑΓ, ΓΒ potentiâ incommensurabiles sint, facientes quidem compositum ex quadratis ipsarum ΑΓ, ΓΒ rationale, rectangulum autem sub ΑΓ, ΓΒ medium; dico ΑΒ in alio puncto non dividi.

A————————Δ————Γ————————B

Εἰ γὰρ δυνατὸν, διηρήσθω καὶ[2] κατὰ τὸ Δ, ὥστε καὶ τὰς ΑΔ, ΔΒ δυνάμει ἀσυμμέτρους εἶναι, ποιούσας τὸ μὲν συγκείμενον ἐκ τῶν ἀπὸ τῶν ΑΔ, ΔΒ ῥητὸν, τὸ δὲ ὑπ᾽ αὐτῶν μέσον. Καὶ

Si enim possibile, dividatur et in Δ, ita ut ΑΔ, ΔΒ potentiâ incommensurabiles sint, facientes quidem compositum ex quadratis ipsarum ΑΔ, ΔΒ rationale, rectangulum autem

que le rectangle ΜΚ; donc ΕΘ est plus grand que ΜΝ; donc ΕΘ n'est pas égal à ΜΝ. Ce qu'il fallait démontrer.

PROPOSITION XLVI.

La majeure ne peut être divisée qu'en un seul point.

Que la droite majeure soit divisée en Γ, de manière que les droites ΑΓ, ΓΒ soient incommensurables en puissance seulement, la somme des quarrés de ΑΓ et de ΒΓ étant rationnelle, et le rectangle sous ΑΓ, ΓΒ étant médial; je dis que la droite ΑΒ ne peut pas être divisée en un autre point.

Car, qu'elle soit divisée au point Δ, si cela est possible, de manière que les droites ΑΔ, ΔΒ soient incommensurables en puissance, la somme des quarrés de ΑΔ et de ΔΒ étant rationnelle, et le rectangle sous ΔΑ, ΔΒ étant médial.

ἐπεὶ ᾧ διαφέρει τὰ ἀπὸ τῶν ΑΓ, ΓΒ τῶν ἀπὸ τῶν ΑΔ, ΔΒ, τούτῳ διαφέρει καὶ τὸ δὶς ὑπὸ τῶν ΑΔ, ΔΒ τοῦ δὶς ὑπὸ τῶν ΑΓ, ΓΒ· ἀλλὰ τὰ ἀπὸ τῶν ΑΓ, ΓΒ τῶν ἀπὸ τῶν ΑΔ, ΔΒ ὑπερέχει ῥητῷ, ῥητὰ γὰρ ἀμφότερα· καὶ τὸ δὶς ὑπὸ τῶν ΑΔ, ΔΒ ἄρα τοῦ δὶς ὑπὸ τῶν ΑΓ, ΓΒ ὑπερέχει ῥητῷ[5], μέσα ὄντα, ὅπερ ἐστὶν ἀδύνατον· οὐκ ἄρα ἡ μείζων κατ' ἄλλο καὶ ἄλλο σημεῖον διαιρεῖται· κατὰ τὸ αὐτὸ μόνον διαιρεῖται. Ὅπερ ἔδει δεῖξαι.

sub ipsis medium. Et quoniam quo differunt ex ΑΓ, ΓΒ quadrata à quadratis ex ΑΔ, ΔΒ, hoc differt et rectangulum bis sub ΑΔ, ΔΒ à rectangulo bis sub ΑΓ, ΓΒ; sed quadrata ex ΑΓ, ΓΒ quadrata ex ΑΔ, ΔΒ superant rationali, rationalia enim utraque; et rectangulum bis sub ΑΔ, ΔΒ igitur rectangulum bis sub ΑΓ, ΓΒ superat rationali, media existentia, quod est impossibile; non igitur major ad aliud et aliud punctum dividitur; ad idem solùm dividitur. Quod oportebat ostendere.

ΠΡΟΤΑΣΙΣ μζʹ.

Η ῥητὸν καὶ μέσον δυναμένη καθ' ἓν μόνον σημεῖον διαιρεῖται[1].

Ἔστω ῥητὸν καὶ μέσον δυναμένη ἡ ΑΒ διῃρημένη κατὰ τὸ Γ, ὥστε τὰς ΑΓ, ΓΒ δυνάμει ἀσυμμέτρους εἶναι, ποιούσας τὸ μὲν συγκείμε-

PROPOSITIO XLVII.

Recta rationale et medium potens ad unum solùm punctum dividitur.

Sit rationale et medium potens ipsa ΑΒ divisa in puncto Γ, ita ut ΑΓ, ΓΒ potentiâ incommensurabiles sint, facientes quidem compositum ex

Puisque la différence de la somme des quarrés de ΑΓ et de ΓΒ, à la somme des quarrés de ΑΔ et de ΔΒ (4. 2), est égale à la différence du double rectangle sous ΑΔ, ΔΒ au double rectangle sous ΑΓ, ΓΒ, et que la somme des quarrés de ΑΓ et de ΓΒ surpasse d'une surface rationelle la somme des quarrés de ΑΔ, et de ΔΒ, car ces surfaces sont rationelles, le double rectangle sous ΑΔ, ΔΒ surpasse d'une surface rationelle le double rectangle sous ΑΓ, ΓΒ; mais ces deux surfaces sont médiales, ce qui est impossibe (27. 10); une majeure ne peut donc pas être divisée en deux points; elle ne peut donc l'être qu'en un point. Ce qu'il fallait démontrer.

PROPOSITION XLVII.

La droite qui peut une rationelle et une médiale ne peut être divisée qu'en un point.

Que la droite ΑΒ, pouvant une rationelle et une médiale, soit divisée au point Γ, de manière que les droites ΑΓ, ΓΒ soient incommensurables en puis-

νον ἐκ τῶν ἀπὸ τῶν ΑΓ, ΓΒ μέσον, τὸ δὲ δὶς² ὑπὸ τῶν ΑΓ, ΓΒ ῥητόν· λέγω ὅτι ἡ ΑΒ κατ᾽ ἄλλο σημεῖον οὐ διαιρεῖται.

quadratis ipsarum ΑΓ, ΓΒ medium; rectangulum autem bis sub ΑΓ, ΓΒ rationale; dico ΑΒ in alio puncto non dividi.

Εἰ γὰρ δυνατὸν, διῃρήσθω καὶ κατὰ τὸ Δ, ὥστε καὶ τὰς ΑΔ, ΔΒ δυνάμει ἀσύμμετρος εἶναι, ποιούσας τὸ μὲν συγκείμενον ἐκ τῶν ἀπὸ τῶν ΑΔ, ΔΒ μέσον, τὸ δὲ δὶς³ ὑπὸ τῶν ΑΔ, ΔΒ ῥητόν. Ἐπεὶ οὖν ᾧ διαφέρει τὸ δὶς ὑπὸ τῶν ΑΓ, ΓΒ τοῦ δὶς ὑπὸ τῶν ΑΔ, ΔΒ, τούτῳ διαφέρει καὶ τὰ ἀπὸ τῶν ΑΔ, ΔΒ τῶν ἀπὸ τῶν ΑΓ, ΓΒ, τὸ δὲ δὶς ὑπὸ τῶν ΑΓ, ΓΒ τοῦ δὶς ὑπὸ τῶν ΑΔ, ΔΒ ὑπερέχει ῥητῷ· καὶ τὰ ἀπὸ τῶν ΑΔ, ΔΒ ἄρα τῶν ἀπὸ τῶν ΑΓ, ΓΒ ὑπερέχει ῥητῷ⁵, μέσα ὄντα, ὅπερ ἐστὶν ἀδύνατον· οὐκ ἄρα ἡ ῥητὸν καὶ μέσον δυναμένη κατ᾽ ἄλλο καὶ ἄλλο σημεῖον διαιρεῖται· καθ᾽ ἕν ἄρα σημεῖον διαιρεῖται. Ὅπερ ἔδει δεῖξαι.

Si enim possibile, dividatur in puncto Δ, ita ut et ΑΔ, ΔΒ potentiâ incommensurabiles sint, facientes quidem compositum ex quadratis ipsarum ΑΔ, ΔΒ medium, rectangulum autem bis sub ΑΔ, ΔΒ rationale. Quoniam igitur quo differt rectangulum bis sub ΑΓ, ΓΒ à rectangulo bis sub ΑΔ, ΔΒ, hoc differunt et ex ΑΔ, ΔΒ quadrata à quadratis ex ΑΓ, ΓΒ, rectangulum autem bis sub ΑΓ, ΓΒ à rectangulo bis sub ΑΔ, ΔΒ superat rationâli; et quadrata ex ΑΔ, ΔΒ igitur quadrata ex ΑΓ, ΓΒ superant rationâli, media existentia, quod est impossibile; non igitur rationale et medium potens ad aliud et aliud punctum dividitur; ad unum igitur punctum dividitur. Quod oportebat ostendere.

sance, la somme des quarrés de ΑΓ et de ΓΒ étant médiale, et le rectangle sous ΑΓ, ΓΒ étant rationel; je dis que la droite ΑΒ ne peut pas être divisée en un autre point.

Car, qu'elle soit divisée en Δ, si cela est possible, de manière que les droites ΑΔ, ΔΒ soient incommensurables en puissance, la somme des quarrés de ΑΔ et de ΔΒ étant médiale, et le double rectangle sous ΑΔ, ΔΒ étant rationel. Puisque la différence du double rectangle sous ΑΓ, ΓΒ au double rectangle sous ΑΔ, ΔΒ (4. 2) est égale à la différence de la somme des quarrés de ΑΔ, ΔΒ à la somme des quarrés de ΑΓ, ΓΒ, et que le double rectangle sous ΑΓ, ΓΒ surpasse d'une surface rationelle le double rectangle sous ΑΔ, ΔΒ, la somme des quarrés de ΑΔ et de ΔΒ surpassera d'une surface rationelle la somme des quarrés de ΑΓ et de ΓΒ; mais ces surfaces sont médiales, ce qui est impossible (27. 10); une droite pouvant une rationelle et une médiale ne peut donc pas être divisée en deux points; elle ne peut donc l'être qu'en un seul point. Ce qu'il fallait démontrer.

ΠΡΟΤΑΣΙΣ μή.

H δύο μέσα δυναμένη καθ' ἓν μόνον σημεῖον διαιρεῖται[1].

Εστω δύο μέσα δυναμένη[2] ἡ ΑΒ διῃρημένη κατὰ τὸ Γ, ὥστε τὰς ΑΓ, ΓΒ δυνάμει ἀσυμμέτρους εἶναι, ποιούσας τό, τε συγκείμενον ἐκ τῶν ἀπὸ τῶν ΑΓ, ΓΒ μέσον, καὶ τὸ ὑπὸ τῶν ΑΓ, ΓΒ μέσον, καὶ ἔτι ἀσύμμετρον τὸ συγκείμενον ἐκ τῶν ἀπ' αὐτῶν τῷ συγκειμένῳ ἐκ τῶν ὑπ' αὐτῶν· λέγω ὅτι ἡ ΑΒ κατ' ἄλλο σημεῖον οὐ διαιρεῖται, ποιοῦσα τὰ προκείμενα.

PROPOSITIO XLVIII.

Bina media potens ad unum solùm punctum dividitur.

Sit bina media potens ΑΒ divisa in Γ, ita ut ΑΓ, ΓΒ potentiâ incommensurabiles sint, facientes et compositum ex ipsarum ΑΓ, ΓΒ quadratis medium, et rectangulum sub ΑΓ, ΓΒ medium, et adhuc incommensurabile compositum ex ipsarum quadratis composito ex binis rectangulis sub ipsis; dico ΑΒ ad aliud punctum non dividi, faciens proposita.

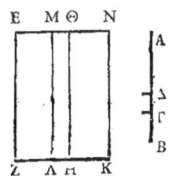

Εἰ γὰρ δυνατὸν, διῃρήσθω κατὰ τὸ Δ, ὥστε πάλιν δηλονότι τὴν ΑΓ τῇ ΔΒ μὴ εἶναι τὴν αὐτὴν, ἀλλὰ μείζονα καθ' ὑπόθεσιν τὴν ΑΓ, καὶ κείσθω ῥητὴ ἡ ΕΖ, καὶ παραβεβλήσθω παρὰ τὴν ΕΖ τοῖς μὲν ἀπὸ τῶν ΑΓ, ΓΒ ἴσον τὸ ΕΗ,

Si enim possibile, dividatur in Δ, ita ut rursus scilicet ΑΓ cum ipsâ ΔΒ non sit eadem, sed major ex hypothesi ΑΓ, et exponatur rationalis ΕΖ, et applicetur ad ΕΖ quadratis quidem ex ΑΓ, ΓΒ æquale ΕΗ, rectangulo autem bis sub

PROPOSITION XLVIII.

La droite qui peut deux médiales ne peut être divisée qu'en un seul point.

Que la droite ΑΒ, qui peut deux médiales, soit divisée en Γ, de manière que les droites ΑΓ, ΓΒ soient incommensurables en puissance, la somme des quarrés de ΑΓ et de ΓΒ étant médiale; le rectangle sous ΑΓ, ΓΒ étant ausssi médial; la somme de leurs quarrés étant incommensurable avec le double rectangle compris sous ces droites; je dis que la droite ΑΒ n'est pas divisée en un autre point, en faisant ce qui est proposé.

Car, qu'elle soit divisée en Δ, si cela est possible, de manière que ΑΓ ne soit pas égal à ΔΒ, et supposons que ΑΓ soit la plus grande. Soit la rationelle ΕΖ, et appliquons à ΕΖ un parallélogramme ΕΗ égal à la somme des quarrés de

II.   29*

τῷ δὲ δὶς ὑπὸ τῶν ΑΓ, ΓΒ ἴσον τὸ ΘΚ· ὅλον
ἄρα τὸ ΕΚ ἴσον ἐστὶ τῷ ἀπὸ τῆς ΑΒ τετραγώνῳ.
Πάλιν δὴ παραβεβλήσθω παρὰ τὴν ΕΖ τοῖς
ἀπὸ τῶν ΑΔ, ΔΒ ἴσον τὸ ΕΛ· λοιπὸν ἄρα τὸ
δὶς ὑπὸ τῶν ΑΔ, ΔΒ λοιπῷ τῷ ΜΚ ἴσον ἐστί.
Καὶ ἐπεὶ μέσον ὑπόκειται τὸ συγκείμενον ἐκ τῶν
ἀπὸ τῶν ΑΓ, ΓΒ· μέσον ἄρα ἐστὶ καὶ τὸ ΕΗ,
καὶ παρὰ ῥητὴν τὴν ΕΖ παράκειται· ῥητὴ ἄρα

ΑΓ, ΓΒ æquale ΘΚ; totum igitur ΕΚ æquale
est quadrato ex ΑΒ. Rursus et applicetur ad
ΕΖ quadratis ex ΑΔ, ΔΒ æquale ΕΛ; reliquum igitur rectangulum bis sub ΑΔ, ΔΒ reliquo ΜΚ æquale est. Et quoniam medium supponitur compositum ex quadratis ipsarum ΑΓ,
ΓΒ; medium igitur est et ΕΗ, et ad rationalem ΕΖ applicatur; rationalis igitur est ΘΕ, et

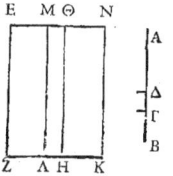

ἐστὶν ἡ ΘΕ, καὶ ἀσύμμετρος τῇ ΕΖ μήκει. Διὰ
τὰ αὐτὰ δὴ καὶ ἡ ΘΝ ῥητή ἐστι καὶ ἀσύμμετρος τῇ ΕΖ μήκει. Καὶ ἐπεὶ ἀσύμμετρόν ἐστι
τὸ συγκείμενον ἐκ τῶν ἀπὸ τῶν ΑΓ, ΓΒ τῷ δὶς
ὑπὸ τῶν ΑΓ, ΓΒ· καὶ τὸ ΕΗ ἄρα τῷ ΘΚ ἀσύμμετρόν ἐστιν· ὥστε καὶ ἡ ΕΘ τῇ ΘΝ ἀσύμμετρός ἐστι. Καὶ εἴσι ῥηταί· αἱ ΕΘ, ΘΝ ἄρα
ῥηταί εἰσι δυνάμει μόνον σύμμετροι· ἡ ΕΝ ἄρα
ἐκ δύο ὀνομάτων ἐστὶ διῃρημένη κατὰ τὸ Θ.
Ὁμοίως δὴ δείξομεν ὅτι καὶ κατὰ τὸ Μ διῄρηται,

incommensurabilis ipsi ΕΖ longitudine. Propter
eadem utique et ΘΝ rationalis est et incommensurabilis ipsi ΕΖ longitudine. Et quoniam incommensurabile est compositum ex quadratis ipsarum ΑΓ, ΓΒ rectangulo bis sub ΑΓ, ΓΒ; et ΕΗ
igitur ipsi ΘΚ incommensurabile est; quare et ΕΗ
ipsi ΘΝ incommensurabile est. Et sunt rationales;
ergo ΕΘ, ΘΝ rationales sunt potentiâ solùm commensurabiles; ergo ΕΝ ex binis nominibus est
divisa in Θ. Similiter utique ostendemus et

ΑΓ et de ΓΒ, et ΘΚ égal au double rectangle sous ΑΓ, ΓΒ; le parallélogramme
entier ΕΗ sera égal au quarré de ΑΒ (4. 2). De plus, appliquons à ΕΖ le parallélogramme ΕΛ égal à la somme des quarrés de ΑΔ et de ΔΒ; le double rectangle restant sous ΑΔ, ΔΒ sera égal au reste ΜΚ (4. 2). Et puisque on a supposé
que la somme des quarrés de ΑΓ et de ΓΒ est médiale, ΕΗ sera médial. Mais il
est appliqué à la rationelle ΕΖ; donc ΘΕ est rationel, et incommensurable en
longueur avec ΕΖ (23. 10). Par la même raison, ΘΝ est rationel et incommensurable en longueur avec ΕΖ. Mais la somme des quarrés de ΑΓ et de ΓΒ
est incommensurable avec le double rectangle sous ΑΓ, ΓΒ; donc ΕΗ est incommensurable avec ΘΚ; donc ΕΘ est incommensurable avec ΘΝ (10. 10).
Mais ces droites sont rationelles; les rationelles ΕΘ, ΘΝ ne sont donc commensurables qu'en puissance; le droite ΕΝ de deux noms est donc divisée au
point Θ. Nous démontrerons semblablement qu'elle est divisée au point Μ; mais

καὶ οὐκ ἔστιν ἡ ΕΘ τῇ ΜΝ ἡ αὐτή· ἡ ἄρα ἐκ τῶν³ δύο ὀνομάτων κατ᾽ ἄλλο καὶ ἄλλο σημεῖον διῄρεται, ὅπερ ἐστὶν ἄτοπον· οὐκ ἄρα ἡ δύο μέσα δυναμένη κατ᾽ ἄλλο καὶ ἄλλο σημεῖον διαιρεῖται· καθ᾽ ἓν ἄρα μόνον σημεῖον διαιρεῖται. Ὅπερ ἔδει δεῖξαι.

ipsam in M dividi, et non est ΕΘ cum ipsâ ΜΝ eadem; recta igitur ex binis nominibus ad aliud et aliud punctum dividitur, quod est absurdum; non igitur bina media potens ad aliud et aliud punctum dividitur; ad unum igitur solùm punctum dividitur. Quod oportebat ostendere.

ΟΡΟΙ ΔΕΥΤΕΡΟΙ.

α΄. Ὑποκειμένης ῥητῆς, καὶ τῆς ἐκ δύο ὀνομάτων διῃρημένης εἰς τὰ ὀνόματα, ἧς τὸ μεῖζον ὄνομα τοῦ ἐλάττονος μεῖζον δύναται τῷ ἀπὸ συμμέτρου ἑαυτῇ μήκει· ἐὰν μὲν τὸ μεῖζον ὄνομα σύμμετρον ᾖ μήκει τῇ ἐκκειμένῃ ῥητῇ, καλείσθω ὅλη ἐκ δύο ὀνομάτων πρώτη.

β΄. Ἐὰν δὲ τὸ ἐλάσσον ὄνομα σύμμετρον ᾖ μήκει τῇ ἐκκειμένῃ ῥητῇ, καλείσθω ἐκ δύο ὀνομάτων δευτέρα.

DEFINITIONES SECUNDÆ.

1. Expositâ rationali, et rectâ ex binis nominibus divisâ in nomina, cujus majus nomen quam minus plus possit quadrato ex rectâ sibi commensurabili longitudine; si quidem majus nomen commensurabile sit longitudine expositæ rationali, vocetur tota ex binis nominibus prima.

2. Si autem minus nomen commensurabile sit longitudine expositæ rationali, vocetur ex binis nominibus secunda.

ΕΘ n'est pas égal avec ΜΝ ; la droite de deux noms est donc divisée en un point et encore en un autre point, ce qui est absurde (43. 10); une droite qui peut deux médiales n'est donc pas divisée en un point et encore en un autre point; elle n'est donc divisée qu'en un seul point. Ce qu'il fallait démontrer.

SECONDES DÉFINITIONS.

1. Une droite rationelle étant exposée, et une droite de deux noms étant divisée en ses noms, la puissance du plus grand nom de cette droite surpassant la puissance du plus petit nom du quarré d'une droite commensurable en longueur avec le plus grand nom, si le plus grand nom est commensurable en longueur avec la rationelle exposée, la droite entière sera dite première de deux noms.

2. Si le plus petit nom est commensurable en longueur avec la rationelle exposée, elle sera dite seconde de deux noms.

γ'. Ἐὰν δὲ μηδέτερον τῶν ὀνομάτων σύμμετρον ᾖ μήκει τῇ ἐκκειμένῃ ῥητῇ, καλείσθω
ἐκ δύο ὀνομάτων τρίτη.

δ'. Πάλιν δὴ ἐὰν τὸ μεῖζον ὄνομα τοῦ ἐλάσσονος[1] μεῖζον δύνηται τῷ ἀπὸ ἀσυμμέτρου ἑαυτῇ
μήκει· ἐὰν μὲν τὸ μεῖζον ὄνομα σύμμετρον ᾖ
μήκει τῇ ἐκκειμένῃ ῥητῇ, καλείσθω ἐκ δύο ὀνομάτων τετάρτη.

ε'. Ἐὰν δὲ τὸ ἔλαττον, πέμπτη.

ϛ'. Ἐὰν δὲ μηδέτερον, ἕκτη[2].

ΠΡΟΤΑΣΙΣ μθ'.

Εὑρεῖν τὴν ἐκ δύο ὀνομάτων πρώτην.

Ἐκκείσθωσαν δύο ἀριθμοὶ οἱ ΑΓ, ΓΒ, ὥστε τὸν
συγκείμενον ἐξ αὐτῶν τὸν ΑΒ πρὸς μὲν[1] τὸν
ΒΓ λόγον ἔχειν ὃν τετράγωνος ἀριθμὸς πρὸς
τετράγωνον ἀριθμὸν, πρὸς δὲ τὸν ΓΑ λόγον
μὴ ἔχειν ὃν τετράγωνος ἀριθμὸς πρὸς τετράγωνον ἀριθμὸν, καὶ ἐκκείσθω τὶς ῥητὴ ἡ Δ, καὶ

3. Si autem neutrum ipsorum nominum commensurabile sit longitudine expositæ rationali,
vocetur ex binis nominibus tertia.

4. Rursùs et si majus nomen quàm minus
plus possit quadrato ex rectâ sibi incommensurabili longitudine; si quidem majus nomen
commensurabile sit longitudine expositæ rationali, vocetur ex binis nominibus quarta.

5. Si autem minus, quinta.

6. Si verò neutrum, sexta.

PROPOSITIO XLIX.

Invenire ex binis nominibus primam.

Exponantur duo numeri ΑΓ, ΓΒ, ita ut AB
compositus ex ipsis ad ipsum quidem ΒΓ rationem
habeat quam quadratus numerus ad quadratum
numerum, ad ΓA verò rationem non habeat quam
quadratus numerus ad quadratum numerum,
et exponatur quædam rationalis Δ, et ipsi Δ

3. Si aucun des noms n'est commensurable en longueur avec la rationelle exposée, elle sera dite troisième de deux noms.

4. De plus, si la puissance du plus grand nom surpasse la puissance du plus
petit nom du quarré d'une droite incommensurable avec le plus grand nom, et si
le plus grand nom est commensurable en longueur avec la rationelle exposée,
elle sera dite quatrième de deux noms.

5. Si c'est le plus petit nom, elle sera dite cinquième.

6. Si ce n'est ni l'un ni l'autre, elle sera dite sixième.

PROPOSITION XLIX.

Trouver la première de deux noms.

Soient les deux nombres ΑΓ, ΓΒ, de manière que leur somme AB ait avec
ΒΓ la raison qu'un nombre quarré a avec un nombre quarré, et que leur
somme n'ait pas avec ΓA la raison qu'un nombre quarré a avec un nombre
quarré (30. lem. 1. 10); soit exposée une rationelle Δ, et que ΕΖ soit commen-

τῇ Δ σύμμετρος ἔστω μήκει ἡ ΕΖ· ῥητὴ ἄρα
ἐστὶ καὶ² ἡ ΕΖ. Καὶ γεγονέτω ὡς ὁ ΒΑ ἀριθμὸς
πρὸς τὸν ΑΓ οὕτως τὸ ἀπὸ τῆς ΕΖ πρὸς τὸ
ἀπὸ τῆς ΖΗ. Ὁ δὲ ΑΒ πρὸς τὸν ΑΓ λόγον
ἔχει ὃν ἀριθμὸς πρὸς ἀριθμόν· καὶ τὸ ἀπὸ τῆς
ΕΖ ἄρα πρὸς τὸ ἀπὸ τῆς ΖΗ λόγον ἔχει ὃν
ἀριθμὸς πρὸς ἀριθμόν· ὥστε σύμμετρόν ἐστι τὸ

commensurabilis sit longitudine ipsa ΕΖ; rationalis igitur est et ΕΖ. Et fiat ut ΒΑ numerus
ad ΑΓ ita ex ΕΖ quadratum ad ipsum ex ΖΗ.
Ipse autem. ΑΒ ad ΑΓ rationem habet quam
numerus ad numerum; et quadratum ex ΕΖ
igitur ad quadratum ex ΖΗ rationem habet
quam numerus ad numerum; quare commen-

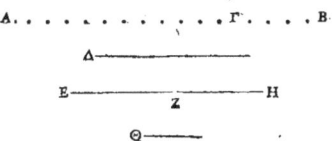

ἀπὸ τῆς ΕΖ τῷ ἀπὸ τῆς ΖΗ. Καὶ ἔστι ῥητὴ
ἡ ΕΖ· ῥητὴ ἄρα καὶ ἡ ΖΗ. Καὶ ἐπεὶ ὁ ΒΑ
πρὸς τὸν ΑΓ λόγον οὐκ ἔχει ὃν τετράγωνος
ἀριθμὸς πρὸς τετράγωνον ἀριθμόν· οὐδὲ τὸ ἀπὸ
τῆς ΕΖ ἄρα πρὸς τὸ ἀπὸ τῆς ΖΗ λόγον ἔχει
ὃν τετράγωνος ἀριθμὸς πρὸς τετράγωνον ἀριθ-
μόν· ἀσύμμετρος ἄρα ἐστὶν ἡ ΕΖ τῇ ΖΗ μήκει·
αἱ ΕΖ, ΖΗ ἄρα ῥηταί εἰσι δυνάμει μόνον σύμ-
μετροι· ἐκ δύο ἄρα ὀνομάτων ἐστὶν ἡ ΕΗ. Λέγω
ὅτι καὶ πρώτη.

surabile est ex ΕΖ quadratum quadrato ex
ΖΗ. Atque est rationalis ΕΖ; rationalis igitur
et ΖΗ. Et quoniam ΒΑ ad ΑΓ rationem non
habet quam quadratus numerus ad quadratum
numerum; neque quadratum ex ΕΖ igitur ad
quadratum ex ΖΗ rationem habet quam quadratus numerus ad quadratum numerum; incommensurabilis igitur est ΕΖ ipsi ΖΗ longitudine; ergo ΕΖ, ΖΗ rationales sunt potentiâ solùm
commensurabiles; ex binis igitur nominibus est
ΕΗ. Dico et primam esse.

rable en longueur avec Δ; la droite ΕΖ sera rationelle (déf. 6. 10). Faisons en sorte
que le nombre ΒΑ soit à ΑΓ comme le quarré de ΕΖ est au quarré de ΖΗ (cor. 6. 6).
Mais ΑΒ a avec ΑΓ la raison qu'un nombre a avec un nombre; le quarré de ΕΖ a
donc avec le quarré de ΖΗ la raison qu'un nombre a avec un nombre; le quarré
de ΕΖ est donc commensurable avec le quarré de ΖΗ (6. 10). Mais ΕΖ est rationel;
donc ΖΗ est rationel. Et puisque ΒΑ n'a pas avec ΑΓ la raison qu'un nombre quarré
a avec un nombre quarré, le quarré de ΕΖ n'aura pas avec le quarré de ΖΗ la
raison qu'un nombre quarré a avec un nombre quarré; la droite ΕΖ est donc
incommensurable en longueur avec ΖΗ (9. 10); les droites ΕΖ , ΖΗ sont donc
rationelles commensurables en puissance seulement; la droite ΕΗ est donc de
deux noms (37. 10); et je dis qu'elle est la première de deux noms.

Ἐπεὶ γάρ ἐστιν ὡς ὁ ΒΑ ἀριθμὸς πρὸς τὸν
ΑΓ οὕτως τὸ ἀπὸ τῆς ΕΖ πρὸς τὸ ἀπὸ τῆς
ΖΗ, μεῖζον δὲ ὁ ΒΑ τοῦ ΑΓ· μεῖζον ἄρα καὶ
τὸ ἀπὸ τῆς ΕΖ τοῦ ἀπὸ τῆς ΖΗ. Ἔστω οὖν
τῷ ἀπὸ τῆς ΕΖ ἴσα τὰ ἀπὸ τῶν ΖΗ, Θ. Καὶ
ἐπεί ἐστιν ὡς ὁ ΒΑ πρὸς τὸν ΑΓ οὕτως τὸ ἀπὸ
τῆς ΕΖ πρὸς τὸ ἀπὸ τῆς ΖΗ· ἀναστρέψαντι
ἄρα ἐστὶν ὡς ὁ ΑΒ πρὸς τὸν ΒΓ οὕτως τὸ ἀπὸ

Quoniam enim est ut BA numerus ad ipsum AΓ
ita ex EZ quadratum ad ipsum ex ZH, major
autem BA quàm AΓ; majus igitur et ex EZ
quadratum quadrato ex ZH. Sint igitur quadrato
ex EZ æqualia quadrata ex ZH, Θ. Et quoniam
est ut BA ad AΓ ita ex EZ quadratum ad ipsum
ex ZH; convertendo igitur est ut AB ad BΓ ita
ex EZ quadratum ad ipsum ex Θ. Ipse autem

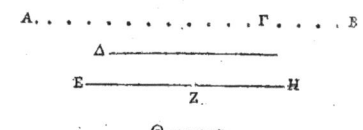

τῆς ΕΖ πρὸς τὸ ἀπὸ τῆς Θ. Ὁ δὲ ΑΒ πρὸς
τὸν ΒΓ λόγον ἔχει ὃν τετράγωνος ἀριθμὸς πρὸς
τετράγωνον ἀριθμόν· καὶ τὸ ἀπὸ τῆς ΕΖ ἄρα
πρὸς τὸ ἀπὸ τῆς Θ λόγον ἔχει ὃν τετράγωνος
ἀριθμὸς πρὸς τετράγωνον ἀριθμόν· σύμμετρος
ἄρα ἐστὶν ἡ ΕΖ τῇ Θ μήκει· ἡ ΕΖ ἄρα τῆς ΖΗ
μεῖζον δύναται τῷ ἀπὸ συμμέτρου ἑαυτῇ. Καὶ
εἰσὶ ῥηταὶ αἱ ΕΖ, ΖΗ, καὶ σύμμετρος ἡ ΕΖ
τῇ Δ μήκει· ἡ ΕΗ ἄρα ἐκ δύο ὀνομάτων ἐστὶ
πρώτη. Ὅπερ ἔδει δεῖξαι.

AB ad BΓ rationem habet quam quadratus numerus ad quadratum numerum; et quadratum
ex EZ igitur ad quadratum ex Θ rationem habet
quam quadratus numerus ad quadratum numerum; commensurabilis igitur est EZ ipsi Θ
longitudine; ergo EZ quam ZH plus potest quadrato ex rectà sibi commensurabili. Et sunt
rationales EZ, ZH, et commensurabilis EZ ipsi
Δ longitudine; ergo EH ex binis nominibus est
prima. Quod oportebat ostendere.

Car puisque le nombre BA est à AΓ comme le quarré de EZ est au quarré de
ZH, et que BA est plus grand que AΓ; le quarré de EZ sera plus grand
que le quarré de ZH. Que la somme des quarrés des droites ZH, Θ soit égale
au quarré de EZ. Puisque BA est à AΓ comme le quarré de EZ est au quarré de
ZH, par conversion, AB sera à BΓ comme le quarré de EZ est au quarré de Θ.
Mais AB a avec BΓ la raison qu'un nombre quarré a avec un nombre quarré;
le quarré de EZ a donc avec le quarré de Θ la raison qu'un nombre quarré a
avec un nombre quarré; la droite EZ est donc commensurable en longueur avec
Θ (9. 10); la puissance de EZ surpasse la puissance de ZH du quarré d'une droite
commensurable avec EZ. Mais les droites EZ, ZH sont rationelles, et EZ est
commensurable en longueur avec Δ; la droite EH est donc la première de deux
noms (déf. secondes. 1. 10). Ce qu'il fallait démontrer.

ΠΡΟΤΑΣΙΣ ν΄.

PROPOSITI O L.

Εὑρεῖν τὴν ἐκ δύο ὀνομάτων δευτέραν.

Ἐκκείσθωσαν δύο ἀριθμοὶ οἱ ΑΓ, ΓΒ, ὥστε τὸν συγκείμενον ἐξ αὐτῶν τὸν ΑΒ πρὸς μὲν τὸν ΒΓ λόγον ἔχειν ὃν τετράγωνος ἀριθμὸς πρὸς τετράγωνον ἀριθμὸν, πρὸς δὲ τὸν ΑΓ λόγον μὴ ἔχειν ὃν τετράγωνος ἀριθμὸς πρὸς τετράγωνον ἀριθμὸν, καὶ ἐκκείσθω ῥητὴ ἡ Δ, καὶ τῇ

Invenire ex binis nominibus secundam.

Exponantur duo numeri ΑΓ, ΓΒ, ita ut ΑΒ compositus ex ipsis ad ΒΓ quidem rationem habeat quam quadratus numerus ad quadratum numerum, ad ΑΓ verò rationem non habet quam quadratus numerus ad quadratum numerum, et exponatur rationalis Δ, et ipsi Δ com-

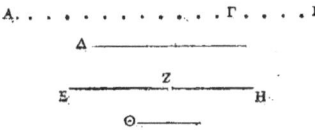

Δ σύμμετρος ἔστω ἡ ΖΗ μήκει· ῥητὴ ἄρα ἐστὶν ἡ ΖΗ. Γεγονέτω δὴ καὶ ὡς ὁ ΓΑ ἀριθμὸς πρὸς τὸν ΑΒ οὕτως τὸ ἀπὸ τῆς ΗΖ πρὸς τὸ ἀπὸ τῆς ΖΕ· σύμμετρον ἄρα ἐστὶ τὸ ἀπὸ τῆς ΗΖ τῷ ἀπὸ τῆς ΖΕ· ῥητὴ ἄρα ἐστὶ καὶ ἡ ΖΕ. Καὶ ἐπεὶ ὁ ΓΑ ἀριθμὸς πρὸς τὸν ΑΒ λόγον οὐκ ἔχει ὃν τετράγωνος ἀριθμὸς πρὸς τετράγωνον ἀριθμὸν, οὐδ᾽ ἄρα τὸ ἀπὸ τῆς ΗΖ πρὸς τὸ ἀπὸ

mensurabilis sit ΖΗ longitudine; rationalis igitur est ΖΗ. Fiat et ut ΓΑ numerus ad ipsum ΑΒ ita ex ΗΖ quadratum ad ipsum ex ΖΕ; commensurabile igitur est ex ΗΖ quadratum quadrato ex ΖΕ; rationalis igitur est et ΖΕ. Et quoniam ΓΑ numerus ad ipsum ΑΒ rationem non habet quam quadratus numerus ad quadratum numerum, neque igitur ex ΗΖ quadratum ad ipsum ex

PROPOSITION L.

Trouver la seconde de deux noms.

Soient les deux nombres ΑΓ, ΓΒ, de manière que leur somme ΑΒ ait avec ΒΓ la raison qu'un nombre quarré a avec un nombre quarré (30 lem. 1. 10), et que ΑΒ n'ait pas avec ΑΓ la raison qu'un nombre quarré a avec un nombre quarré; soit la rationelle Δ, et que ΖΗ soit commensurable en longueur avec Δ; la droite ΖΗ sera rationelle. Faisons en sorte que le nombre ΓΑ soit au nombre ΑΒ comme le quarré de ΗΖ est au quarré de ΖΕ (6. cor. 10); le quarré de ΗΖ sera commensurable avec le quarré de ΖΕ (6. 10); la droite ΖΕ est donc rationelle (déf. 6. 10). Et puisque le nombre ΓΑ n'a pas avec le nombre ΑΒ la raison qu'un nombre quarré a avec un nombre quarré, le quarré de ΗΖ n'aura pas non plus avec le quarré de ΖΕ la raison

τῆς ΖΕ λόγον ἔχει ὃν τετράγωνος ἀριθμὸς πρὸς τετράγωνον ἀριθμόν· ἀσύμμετρος ἄρα ἐστὶν ἡ ΗΖ τῇ ΖΕ μήκει· αἱ ΕΖ, ΖΗ ἄρα ῥηταί εἰσι δυνάμει μόνον σύμμετροι· ἐκ δύο ἄρα ὀνομάτων ἐστὶν ἡ ΕΗ. Δεικτέον δὴ ὅτι καὶ δευτέρα.

ZE rationem habet quam quadratus numerus ad quadratum numerum ; incommensurabilis igitur est HZ ipsi ZE longitudine ; ipsæ EZ, ZH igitur rationales sunt potentiâ solùm commensurabiles ; ex binis igitur nominibus est ipsa EH. Ostendendum est et secundam esse.

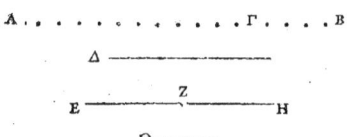

Ἐπεὶ γὰρ ἀνάπαλίν ἐστιν ὡς ὁ ΑΒ ἀριθμὸς πρὸς τὸν ΑΓ οὕτως τὸ ἀπὸ τῆς ΕΖ πρὸς τὸ ἀπὸ τῆς ΖΗ, μείζων δὲ ὁ ΒΑ τοῦ ΑΓ· μείζων ἄρα καὶ² τὸ ἀπὸ τῆς ΕΖ τοῦ ἀπὸ τῆς ΖΗ. Ἔστω τῷ ἀπὸ τῆς ΕΖ ἴσα τὰ ἀπὸ τῶν ΖΗ, Θ· ἀναστρέψαντι ἄρα ἐστὶν ὡς ὁ ΑΒ πρὸς τὸν ΒΓ οὕτως τὸ ἀπὸ τῆς ΕΖ πρὸς τὸ ἀπὸ τῆς Θ. Ἀλλ' ὁ ΑΒ πρὸς τὸν ΒΓ λόγον ἔχει ὃν τετράγωνος ἀριθμὸς πρὸς τετράγωνον ἀριθμὸν, καὶ τὸ ἀπὸ τῆς ΕΖ ἄρα πρὸς τὸ ἀπὸ τῆς Θ λόγον ἔχει ὃν τετράγωνος ἀριθμὸς πρὸς τετράγωνον ἀριθμόν· σύμμετρος ἄρα ἐστὶν ἡ ΕΖ τῇ Θ μήκει·

Quoniam enim invertendo est ut AB numerus ad ipsum AΓ ita ex EZ quadratum ad ipsum ex ZH, major autem BA quam AΓ ; majus igitur et ex EZ quadratum quadrato ex ZH. Sint quadrato ex EZ æqualia quadrata ex ZH, Θ ; convertendo igitur est ut AB ad BΓ ita ex EZ quadratum ad ipsum ex Θ. Sed AB ad BΓ rationem habet quam quadratus numerus ad quadratum numerum, et quadratum ex EZ igitur ad quadratum ex Θ rationem habet quam quadratus numerus ad quadratum numerum ; commensurabilis igitur est EZ ipsi Θ longitudine ; quare

qu'un nombre quarré a avec un nombre quarré ; la droite HZ est donc incommensurable en longueur avec ZE (9. 10) ; les droites EZ, ZH sont donc des rationelles commensurables en puissance seulement ; EH est donc une droite de deux noms (37. 10). Il faut démontrer aussi qu'elle est la seconde de deux noms.

Car puisque, par inversion, le nombre AB est à AΓ comme le quarré de EZ est au quarré de ZH, et que BA est plus grand que AΓ, le quarré de EZ est plus grand que le quarré de ZH. Que la somme des quarrés des droites ZH, Θ soit égale au quarré de EZ ; par conversion, AB sera à BΓ comme le quarré de EZ est au quarré de Θ. Mais AB a avec BΓ la raison qu'un nombre quarré a avec un nombre quarré ; le quarré de EZ a donc avec le quarré de Θ la raison qu'un nombre quarré a avec un nombre quarré ; la droite EZ est donc commensusurable en longueur avec Θ (9. 10) ;

ὥστε ἡ EZ τῇ ZH μεῖζον δύναται τῷ ἀπὸ
συμμέτρου ἑαυτῇ. Καὶ εἰσι ῥηταὶ αἱ EZ, ZH
δυνάμει μόνον σύμμετροι, καὶ τὸ ZH ἔλαττον
ὄνομα σύμμετρόν ἐστι τῇ ἐκκειμένῃ ῥητῇ τῇ Δ
μήκει· ἡ EH ἄρα ἐκ δύο ὀνομάτων ἐστὶ δευτέρα.
Ὅπερ ἔδει δεῖξαι.

EZ quam ZH plus potest quadrato ex rectâ sibi
commensurabili. Et sunt rationales EZ, ZH potentiâ solùm commensurabiles, et ZH minus
nomen commensurabile est expositæ rationali
Δ longitudine; ergo EH ex binis nominibus
est secunda. Quod oportebat ostendere.

ΠΡΟΤΑΣΙΣ νά.

PROPOSITIO LI.

Εὑρεῖν τὴν ἐκ δύο ὀνομάτων τρίτην.

Ἐκκείσθωσαν δύο ἀριθμοὶ οἱ AΓ, ΓB, ὥστε τὸν
συγκείμενον ἐξ αὐτῶν τὸν AB πρὸς μὲν τὸν BΓ
λόγον ἔχειν ὃν τετράγωνος ἀριθμὸς πρὸς τετρά-

Invenire ex binis nominibus tertiam.

Exponantur duo numeri AΓ, ΓB, ita ut AB
compositus ex ipsis ad BΓ quidem rationem
habeat quam quadratus numerus ad quadratum

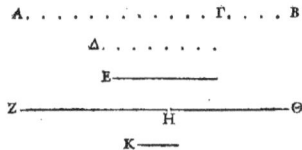

γωνον ἀριθμόν, πρὸς δὲ τὸν AΓ λόγον μὴ ἔχει
ὃν τετράγωνος ἀριθμὸς πρὸς τετράγωνον ἀριθμόν·
ἐκκείσθω δέ τις καὶ ἄλλος μὴ τετράγωνος ἀριθμὸς ὁ Δ, καὶ πρὸς ἑκάτερον τῶν BA, AΓ λόγον

numerum, ad AΓ autem rationem non habeat
quam quadratus numerus ad quadratum numerum; exponatur autem quidam et alius non
quadratus numerus Δ, et ad utrumque ipsorum

(9. 10); la puissance de EZ surpasse donc la puissance de ZH du quarré d'une
droite commensurable avec EZ. Mais les droites EZ, ZH sont des rationelles commensurables en puissance seulement, et le plus petit nom ZH est commensurable en
longueur avec la rationelle exposée Δ; la droite EH est donc une seconde de deux
noms (déf. sec. 2. 10). Ce qu'il fallait démontrer.

PROPOSITION LI.

Trouver une troisième de deux noms.

Soient deux nombres AΓ, ΓB, de manière que leur somme AB ait avec BΓ la raison
qu'un nombre quarré a avec un nombre quarré, et que leur somme AB n'i pas
avec AΓ la raison qu'un nombre quarré a avec un nombre quarré; soit un autre
nombre Δ qui ne soit pas un quarré, et que ce nombre n'ait pas avec chacun des nom-

II.

30

μὴ ἐχέτω ὃν τετράγωνος ἀριθμὸς πρὸς τετράγωνον ἀριθμόν· καὶ ἐκκείσθω τις ῥητὴ εὐθεῖα ἡ
Ε, καὶ γεγονέτω ὡς ὁ Δ πρὸς τὸν ΑΒ οὕτως τὸ
ἀπὸ τῆς Ε πρὸς τὸ ἀπὸ τῆς ΖΗ· σύμμετρον
ἄρα ἐστὶ τὸ ἀπὸ τῆς Ε τῷ ἀπὸ τῆς ΖΗ. Καὶ
ἔστι ῥητὴ ἡ Ε· ῥητὴ ἄρα ἐστὶ καὶ ἡ ΖΗ. Καὶ
ἐπεὶ ὁ Δ πρὸς τὸν ΑΒ λόγον οὐκ ἔχει ὃν τετράγωνος ἀριθμὸς πρὸς τετράγωνον ἀριθμόν,
οὐδὲ τὸ ἀπὸ τῆς Ε πρὸς τὸ ἀπὸ τῆς ΖΗ λόγον

BA, ΑΓ rationem non habeat quam quadratus
numerus ad quadratum numerum; et exponatur
quædam rationalis recta E, et fiat ut Δ ad AB
ita ex E quadratum ad ipsum ex ZH; commensurabile igitur est ex E quadratum quadrato
ex ZH. Atque est rationalis E; rationalis igitur
est et ZH. Et quoniam Δ ad AB rationem non
habet quam quadratus numerus ad quadratum
numerum, neque ex E quadratum ad ipsum ex

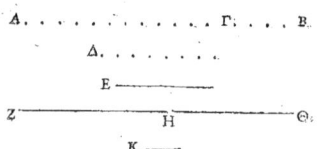

ἔχει ὃν τετράγωνος ἀριθμὸς πρὸς τετράγωνον
ἀριθμόν· ἀσύμμετρος ἄρα ἐστὶν ἡ Ε τῇ ΖΗ
μήκει. Γεγονέτω δὲ πάλιν ὡς ὁ ΒΑ ἀριθμὸς πρὸς
τὸν ΑΓ οὕτως τὸ ἀπὸ τῆς ΖΗ πρὸς τὸ ἀπὸ τῆς
ΗΘ· σύμμετρον ἄρα ἐστὶ τὸ ἀπὸ τῆς ΖΗ πρὸς
τὸ ἀπὸ τῆς ΗΘ. Ῥητὴ δὲ ἡ ΖΗ· ῥητὴ ἄρα καὶ
ἡ ΗΘ. Καὶ ἐπεὶ ὁ ΑΒ πρὸς τὸν ΑΓ λόγον οὐκ
ἔχει ὃν τετράγωνος ἀριθμὸς πρὸς τετράγωνον
ἀριθμόν, οὐδὲ τὸ ἀπὸ τῆς ΖΗ πρὸς τὸ ἀπὸ

ZH rationem habet quam quadratus numerus ad
quadratum numerum; incommensurabilis igitur
est E ipsi ZH longitudine. Fiat autem rursùs
ut BA numerus ad ipsum ΑΓ ita ex ZH quadratum ad ipsum ex HΘ; commensurabile igitur
est quadratum ex ZH ad ipsum ex HΘ. Rationalis autem ZH; rationalis igitur et HΘ. Et
quoniam AB ad ΑΓ rationem non habet quam
quadratus numerus ad quadratum numerum,
neque ex ZH quadratum ad ipsum ex HΘ ratio-

bres BA, ΑΓ la raison qu'un nombre quarré a avec un nombre quarré ; soit enfin
une droite rationelle Ε, et faisons en sorte que Δ soit à AB comme le quarré
de Ε est au quarré de ZH; le quarré de Ε sera commensurable avec le quarré de ZH.
Mais la droite Ε est rationelle ; la droite ZH est donc rationelle (6. 10). Et puisque
Δ n'a pas avec AB la raison qu'un nombre quarré a avec un nombre quarré, et que
le quarré de Ε n'a pas non plus avec le quarré de ZH la raison qu'un nombre quarré
a avec un nombre quarré, la droite Ε sera incommensurable en longueur avec ZH
(9. 10). Faisons en sorte que le nombre BA soit à ΑΓ comme le quarré de ZH est au
quarré de HΘ ; le quarré de ZH sera commensurable avec le quarré de HΘ. Mais la
droite ZH est rationelle; la droite HΘ est donc rationelle. Et puisque AB n'a pas avec ΑΓ
la raison qu'un nombre quarré a avec un nombre quarré, et que le quarré de ZH

τῆς ΗΘ λόγον ἔχει ὃν τετράγωνος ἀριθμὸς πρὸς
τετράγωνον ἀριθμόν· ἀσύμμετρος ἄρα ἐστὶν ἡ
ΖΗ τῇ ΗΘ μήκει· αἱ ΖΗ, ΗΘ ἄρα ῥηταί εἰσι
δυνάμει μόνον σύμμετροι· ἡ ΖΘ ἄρα ἐκ δύο ὀνομάτων ἐστί. Λέγω δὴ ὅτι καὶ τρίτη.

Ἐπεὶ γάρ ἐστιν ὡς ὁ Δ πρὸς τὸν ΑΒ οὕτως τὸ
ἀπὸ τῆς Ε πρὸς τὸ ἀπὸ τῆς ΖΗ, ὡς δὲ ὁ ΑΒ
πρὸς τὸν ΑΓ οὕτως τὸ ἀπὸ τῆς ΖΗ πρὸς τὸ ἀπὸ
τῆς ΗΘ· δι᾿ ἴσου ἄρα ἐστὶν ὡς ὁ Δ πρὸς τὸν ΑΓ
οὕτως τὸ ἀπὸ τῆς Ε πρὸς τὸ ἀπὸ τῆς ΗΘ. Ὁ
δὲ Δ πρὸς τὸν ΑΓ λόγον οὐκ ἔχει ὃν τετράγωνος
ἀριθμὸς πρὸς τετράγωνον ἀριθμόν· οὐδὲ τὸ ἀπὸ
τῆς Ε ἄρα πρὸς τὸ ἀπὸ τῆς ΗΘ λόγον ἔχει
ὃν τετράγωνος ἀριθμὸς πρὸς τετράγωνον ἀριθμόν·
ἀσύμμετρος ἄρα ἐστὶν[3] ἡ Ε τῇ ΗΘ μήκει. Καὶ
ἐπεί ἐστιν ὡς ὁ ΒΑ πρὸς τὸν ΑΓ οὕτως τὸ ἀπὸ
τῆς ΖΗ πρὸς τὸ ἀπὸ τῆς ΗΘ· μεῖζον ἄρα τὸ
ἀπὸ τῆς ΖΗ τοῦ ἀπὸ τῆς ΗΘ. Ἔστω οὖν τῷ ἀπὸ
τῆς ΖΗ ἴσα τὰ ἀπὸ τῶν ΗΘ, Κ· ἀναστρίψαντι
ἄρα ἐστὶν[4] ὡς ὁ ΑΒ πρὸς τὸν ΒΓ οὕτως τὸ ἀπὸ τῆς
ΖΗ πρὸς τὸ ἀπὸ τῆς Κ. Ὁ δὲ ΑΒ πρὸς τὸν ΒΓ
λόγον ἔχει ὃν τετράγωνος ἀριθμὸς πρὸς τετρά-

nem habet quam quadratus numerus ad quadratum numerum; incommensurabilis igitur est
ZH ipsi HΘ longitudine; ipsæ ZH, HΘ igitur rationales sunt potentiâ solùm commensurabiles;
ergo ZΘ ex binis nominibus est. Dico et
tertiam esse.

Quoniam enim est ut Δ ad AB ita ex E
quadratum ad ipsum ex ZH, ut autem AB ad
AΓ ita ex ZH quadratum ad ipsum ex HΘ;
ex æquo igitur est ut Δ ad AΓ ita ex E quadratum ad ipsum ex HΘ. Ipse autem Δ ad AΓ
rationem non habet quam quadratus numerus
ad quadratum numerum; neque quadratum
ex E igitur ad quadratum ex HΘ rationem
habet quam quadratus numerus ad quadratum
numerum; incommensurabilis igitur est E ipsi
HΘ longitudine. Et quoniam est ut BA ad AΓ
ita ex ZH quadratum ad ipsum ex HΘ; majus
igitur ex ZH quadratum quadrato ex HΘ. Sint
igitur quadrato ex ZH æqualia quadrata ex HΘ,
K; convertendo igitur est ut AB ad BΓ ita ex ZH
quadratum ad ipsum ex K. Ipse autem AB ad BΓ
rationem habet quam quadratus numerus ad

n'a pas non plus avec le quarré de HΘ la raison qu'un nombre quarré a avec un
nombre quarré, la droite ZH sera incommensurable en longueur avec HΘ (9. 10); les
droites ZH, HΘ seront des rationelles commensurables en puissance seulement;
ZΘ est donc une droite de deux noms (57. 10). Je dis aussi qu'elle est une troisième de deux noms.

Car, puisque Δ est à AB comme le quarré de E est au quarré de ZH, et que AB
est à AΓ comme le quarré de ZH est au quarré de HΘ; par égalité, Δ sera à AΓ
comme le quarré de E est au quarré de HΘ. Mais Δ n'a pas avec AΓ la raison qu'un
nombre quarré a avec un nombre quarré, et le quarré de E n'a pas non plus avec
le quarré de HΘ la raison qu'un nombre quarré a avec un nombre quarré; la
droite E est donc incommensurable en longueur avec HΘ (9. 10). Et puisque BA
est à AΓ comme le quarré de ZH est au quarré de HΘ, le quarré de ZH sera plus
grand que le quarré de HΘ. Que la somme des quarrés de HΘ et de K soit égale
au quarré de ZH; par conversion AB sera à BΓ comme le quarré de ZH est au
quarré de K. Mais AB a avec BΓ la raison qu'un nombre quarré a avec un nombre

γωνον ἀριθμόν· καὶ τὸ ἀπὸ τῆς ZH ἄρα πρὸς τὸ
ἀπὸ τῆς K λόγον ἔχει ὃν τετράγωνος ἀριθμὸς
πρὸς τετράγωνον ἀριθμόν· σύμμετρος ἄρα ἐστὶν[5]
ἡ ZH τῇ K μήκει· ἡ ZH ἄρα τῆς HΘ μεῖζον

quadratum numerum ; et quadratum ex ZH
igitur ad quadratum ex K rationem habet quam
quadratus numerus ad quadratum numerum ;
commensurabilis igitur est ZH ipsi K longitudine ; ergo ZH quam HΘ plus potest quadrato

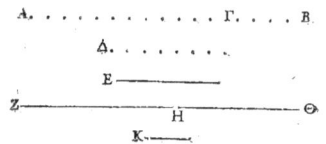

δύναται τῷ ἀπὸ συμμέτρου ἑαυτῇ. Καὶ εἰσιν αἱ
ZH, HΘ ῥηταὶ δυνάμει μόνον σύμμετροι, καὶ
οὐδετέρα αὐτῶν σύμμετρός ἐστι τῇ E μήκει· ἡ
ZΘ ἄρα ἐκ δύο ὀνομάτων ἐστὶ τρίτη. Ὅπερ ἔδει
δεῖξαι.

ex rectâ sibi commensurabili. Et sunt ZH, HΘ
rationales potentiâ solùm commensurabiles, et
neutra ipsarum commensurabilis est ipsi E longitudine ; ergo ZΘ ex binis nominibus est tertia.
Quod oportebat ostendere.

ΠΡΟΤΑΣΙΣ νβ΄.

PROPOSITIO LII.

Εὑρεῖν τὴν ἐκ δύο ὀνομάτων τετάρτην.

Ἐκκείσθωσαν δύο ἀριθμοὶ οἱ ΑΓ, ΓΒ, ὥστε
τὸν ΑΒ πρὸς τὸν ΒΓ λόγον μὴ ἔχειν μήτε μὴν
πρὸς τὸν ΑΓ[1] ὃν τετράγωνος ἀριθμὸς πρὸς τετράγωνον ἀριθμὸν, καὶ ἐκκείσθω ῥητὴ ἡ Δ, καὶ

Invenire ex binis nominibus quartam.

Exponantur duo numeri ΑΓ, ΓΒ, ita ut ΑΒ
ad ΒΓ rationem non habeat, neque quidem ad
ΑΓ, quam quadratus numerus ad quadratum
numerum, et exponatur rationalis Δ, et ipsi Δ

quarré ; le quarré de ZH a donc avec le quarré de K la raison qu'un nombre quarré
a avec un nombre quarré ; la droite ZH est donc commensurable en longueur avec
K ; la puissance de ZH surpasse donc la puissance de HΘ du quarré d'une droite
commensurable avec ZH. Mais les droites ZH, HΘ sont des rationelles commensurables en puissance seulement, et aucune de ces droites n'est commensurable
en longueur avec E ; la droite ZΘ est donc une troisième de deux noms (déf. sec.
3. 10). Ce qu'il fallait démontrer.

PROPOSITION LII.

Trouver une quatrième de deux noms.

Soient deux nombres ΑΓ, ΓΒ, de manière que ΑΒ n'ait pas avec ΒΓ ni avec
ΑΓ la raison qu'un nombre quarré a avec un nombre quarré ; soit la rationelle Δ,

τῇ Δ σύμμετρος ἔστω μήκει ἡ ΕΖ· ῥητὴ ἄρα ἐστὶ καὶ ἡ ΕΖ. Καὶ γεγονέτω ὡς ὁ ΒΑ ἀριθμὸς πρὸς τὸν ΑΓ οὕτως τὸ ἀπὸ τῆς ΕΖ πρὸς τὸ ἀπὸ τῆς ΖΗ· σύμμετρον ἄρα ἐστὶ τὸ ἀπὸ τῆς ΕΖ τῷ ἀπὸ τῆς ΖΗ· ῥητὴ ἄρα ἐστὶν καὶ[2] ἡ ΖΗ. Καὶ ἐπεὶ ὁ ΒΑ πρὸς τὸν ΑΓ λόγον οὐκ ἔχει ὃν τετράγωνος ἀριθμὸς[3] πρὸς τετράγωνον ἀριθμόν· οὐδὲ τὸ ἀπὸ τῆς ΕΖ πρὸς τὸ ἀπὸ τῆς ΖΗ λόγον ἔχει ὃν τετράγωνος ἀριθμὸς πρὸς τετράγωνον ἀριθμόν· ἀσύμμετρος ἄρα ἐστὶν ἡ ΕΖ τῇ ΖΗ μήκει· αἱ ΕΖ, ΖΗ ἄρα ῥηταί εἰσι δυνάμει μόνον σύμμετροι· ὥστε ἡ ΕΗ ἐκ δύο ὀνομάτων ἐστί. Λέγω δὲ ὅτι καὶ τετάρτη.

commensurabilis sit longitudine ipsa ΕΖ; rationalis igitur est et ΕΖ. Et fiat ut ΒΑ numerus ad ipsum ΑΓ ita ex ΕΖ quadratum ad ipsum ex ΖΗ; commensurabile igitur est ex ΕΖ quadratum quadrato ex ΖΗ; rationalis igitur est et ΖΗ. Et quoniam ΒΑ ad ΑΓ rationem non habet quam quadratus numerus ad quadratum numerum; neque ex ΕΖ quadratum ad ipsum ex ΖΗ rationem habet quam quadratus numerus ad quadratum numerum; incommensurabilis igitur est ΕΖ ipsi ΖΗ longitudine; ipsæ ΕΖ, ΖΗ igitur rationales sunt potentiâ solùm commensurabiles; quare ΕΗ ex binis nominibus est. Dico et quartam esse.

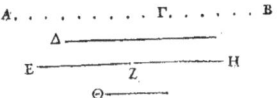

Ἐπεὶ γάρ ἐστιν ὡς ὁ ΒΑ πρὸς τὸν ΑΓ οὕτως τὸ ἀπὸ τῆς ΕΖ πρὸς τὸ ἀπὸ τῆς ΖΗ, μείζων δὲ ὁ ΒΑ τοῦ ΑΓ· μεῖζον ἄρα καὶ τὸ ἀπὸ τῆς[4] ΕΖ τοῦ ἀπὸ τῆς ΖΗ. Ἔστω οὖν τῷ ἀπὸ τῆς ΕΖ ἴσα τὰ ἀπὸ τῶν ΖΗ, Θ· ἀναστρέψαντι ἄρα ὡς ὁ

Quoniam enim est ut ΒΑ ad ΑΓ ita ex ΕΖ quadratum ad ipsum ex ΖΗ, major autem ΒΑ quam ΑΓ; majus igitur ex ΕΖ quadratum quadrato ex ΖΗ. Sint igitur quadrato ex ΕΖ æqualia quadrata ex ΖΗ, Θ; convertendo igitur ut

et que la droite ΕΖ soit commensurable en longueur avec Δ; la droite ΕΖ sera rationnelle. Faisons en sorte que le nombre ΒΑ soit à ΑΓ comme le quarré de ΕΖ est au quarré de ΖΗ; le quarré de ΕΖ sera commensurable avec le quarré de ΖΗ; la droite ΖΗ est donc rationelle. Et puisque ΒΑ n'a pas avec ΑΓ la raison qu'un nombre quarré a avec un nombre quarré, et que le quarré de ΕΖ n'a pas non plus avec le quarré de ΖΗ la raison qu'un nombre quarré a avec nombre quarré, la droite ΕΖ sera incommensurable en longueur avec ΖΗ (9. 10); lés droites ΕΖ, ΖΗ sont donc des rationelles commensurables en puissance seulement; ΕΗ est donc une droite de deux noms (37. 10). Je dis aussi qu'elle est une quatrième de deux noms.

Car, puisque ΒΑ est à ΑΓ comme le quarré de ΕΖ est au quarré de ΖΗ, et que ΒΑ est plus grand que ΑΓ, le quarré de ΕΖ est plus grand que le quarré de ΖΗ. Que la somme des quarrés de ΖΗ et de Θ soit égale au quarré de ΕΖ; par con-

AB ἀριθμὸς πρὸς τὸν ΒΓ οὕτως τὸ ἀπὸ τῆς ΕΖ πρὸς τὸ ἀπὸ τῆς Θ. Ὁ δὲ AB πρὸς τὸν ΒΓ λόγον οὐκ ἔχει ὃν τετράγωνος ἀριθμὸς[5] πρὸς τε-

AB numerus ad ipsum ΒΓ ita ex ΕΖ quadratum ad ipsum ex Θ. Ipse autem AB ad ΒΓ rationem non habet quam quadratus numerus ad quadra-

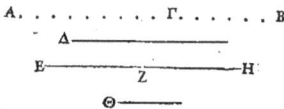

τράγωνον ἀριθμόν· οὐδ' ἄρα τὸ ἀπὸ τῆς ΕΖ πρὸς τὸ ἀπὸ τῆς Θ λόγον ἔχει ὃν τετράγωνος ἀριθμὸς πρὸς τετράγωνον ἀριθμόν[6]. ἀσύμμετρος ἄρα ἐστὶν[7] ἡ ΕΖ τῇ Θ μήκει· ἡ ΕΖ ἄρα τῆς ΖΗ μεῖζον δύναται τῷ ἀπὸ ἀσυμμέτρου ἑαυτῇ. Καὶ εἴσιν αἱ ΕΖ, ΖΗ ῥηταὶ δυνάμει μόνον σύμμετροι, καὶ ἡ ΕΖ τῇ Δ σύμμετρός ἐστι μήκει· ἡ ΕΗ ἄρα ἐκ δύο ὀνομάτων ἐστὶ τετάρτη. Ὅπερ ἔδει ποιῆσαι.

tum numerum; neque igitur ex ΕΖ quadratum ad ipsum ex Θ rationem habet quam quadratus numerus ad quadratum numerum; incommensurabilis igitur est ΕΖ ipsi Θ longitudine; ergo ΕΖ quàm ΖΗ plus potest quadrato ex rectà sibi incommensurabili. Et suut ΕΖ, ΖΗ rationales potentià solùm commensurabiles, et ΕΖ ipsi Δ commensurabilis est longitudine; ergo ΕΗ ex binis nominibus est quarta. Quod oportebat facere.

ΠΡΟΤΑΣΙΣ νγ΄.

Εὑρεῖν τὴν ἐκ δύο ὀνομάτων πέμπτην.

Ἐκκείσθωσαν δύο ἀριθμοὶ οἱ ΑΓ, ΓΒ, ὥστε τὸν AB πρὸς ἑκάτερον αὐτῶν λόγον μὴ ἔχειν ὃν

PROPOSITIO LIII.

Invenire ex binis nominibus quintam.

Exponantur duo numeri ΑΓ, ΓΒ, ita ut AB ad utrumque ipsorum rationem non habeat

version, le nombre AB sera à ΒΓ comme le quarré de ΕΖ est au quarré de Θ. Mais AB n'a pas avec ΒΓ la raison qu'un nombre quarré a avec un nombre quarré; le quarré de ΕΖ n'a donc pas avec le quarré de Θ la raison qu'un nombre quarré a avec un nombre quarré; la droite ΕΖ est donc incommensurable en longueur avec Θ; la puissance de ΕΖ surpasse donc la puissance de ΖΗ du quarré d'une droite incommensurable avec ΕΖ. Mais les droites ΕΖ, ΖΗ sont des rationelles commensurables en puissance seulement, et ΕΖ est commensurable en longueur avec Δ; la droite ΕΗ est donc une quatrième de deux noms (déf. sec. 4. 10). Ce qu'il fallait faire.

PROPOSITION LIII.

Trouver une cinquième de deux noms.

Soient deux nombres ΑΓ, ΓΒ, de manière que AB n'ait pas avec chacun de ces

τετράγωνος ἀριθμὸς πρὸς τετράγωνον ἀριθμὸν, καὶ ἐκκείσθω ῥητή τις εὐθεῖα[1] ἡ Δ, καὶ τῇ Δ σύμμετρος ἔστω μήκει ἡ ΗΖ[2]· ῥητὴ ἄρα ἡ ΗΖ. Καὶ γεγονέτω ὡς ὁ ΓΑ πρὸς τὸν ΑΒ οὕτως τὸ ἀπὸ τῆς ΗΖ πρὸς τὸ ἀπὸ τῆς ΖΕ· ῥητὴ ἄρα ἐστὶ καὶ ἡ ΖΕ. Καὶ ἐπεὶ ὁ[3] ΓΑ πρὸς τὸν ΑΒ λόγον οὐκ ἔχει ὃν τετράγωνος ἀριθμὸς πρὸς τετράγωνον ἀριθμὸν, οὐδὲ τὸ ἀπὸ τῆς ΗΖ ἄρα[4] πρὸς τὸ ἀπὸ τῆς ΖΕ λόγον ἔχει ὃν τετράγωνος ἀριθμὸς πρὸς τετράγωνον ἀριθμόν· αἱ ΕΖ, ΖΗ ἄρα ῥηταί εἰσι δυνάμει μόνον σύμμετροι· ἐκ δύο ἄρα[5] ὀνομάτων ἐστὶν ἡ ΕΗ. Λέγω δὴ ὅτι καὶ πέμπτη.

quam quadratus numerus ad quadratum numerum, et exponatur rationalis quædam recta Δ, et ipsi Δ commensurabilis sit longitudine ipsa HZ; rationalis igitur HZ. Et fiat ut ΓA ad AB ita ex HZ quadratum ad ipsum ex ZE; rationalis igitur est et ZE. Et quoniam ΓA ad AB rationem non habet quam quadratus numerus ad quadratum numerum, neque ex HZ quadratum ad ipsum ex ZE rationem habet quam quadratus numerus ad quadratum numerum; ipsæ EZ, ZH igitur rationales sunt potentiâ solùm commensurabiles; ergo ex binis nominibus est EH. Dico et quintam esse.

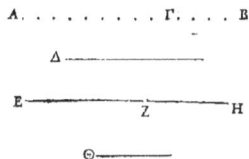

Ἐπεὶ γάρ ἐστιν ὡς ὁ ΓΑ πρὸς τὸν ΑΒ οὕτως τὸ ἀπὸ τῆς ΖΗ πρὸς τὸ ἀπὸ τῆς ΖΕ· ἀνάπαλιν ἄρα[6] ὡς ὁ ΒΑ πρὸς τὸν ΑΓ οὕτως τὸ ἀπὸ τῆς ΕΖ πρὸς τὸ ἀπὸ τῆς ΖΗ· μεῖζον ἄρα τὸ ἀπὸ τῆς

Quoniam enim est ut ΓA ad AB ita ex ZH quadratum ad ipsum ex ZE; invertendo igitur ut BA ad AΓ ita ex EZ quadratum ad ipsum ex ZH; majus igitur ex EZ quadratum quadrato

nombres la raison qu'un nombre quarré a avec un nombre quarré ; soit une droite rationelle Δ, et que HZ soit commensurable en longueur avec Δ ; la droite HZ sera rationelle. Faisons en sorte que ΓA soit à AB comme le quarré de HZ est au quarré de ZE ; la droite ZE sera rationelle. Et puisque ΓA n'a pas avec AB la raison qu'un nombre quarré a avec un nombre quarré, et que le quarré de HZ n'a pas non plus avec le quarré de ZE la raison qu'un nombre quarré a avec un nombre quarré, les droites EZ, ZH seront des rationelles commensurables en puissance seulement (9. 10) ; EH est donc une droite de deux noms (37. 10). Je dis aussi qu'elle est une cinquième de deux noms.

Car puisque ΓA est à AB comme le quarré de ZH est au quarré de ZE, par inversion, BA est à AΓ comme le quarré de EZ est au quarré de ZH ; le quarré de EZ

EZ τοῦ ἀπὸ τῆς ZH. Εστω οὖν τῷ ἀπὸ τῆς EZ ἴσα τὰ ἀπὸ τῶν ZH, Θ· ἀναστρέψαντι ἄρα ἐστὶν ὡς ὁ AB ἀριθμὸς πρὸς τὸν BΓ οὕτως τὸ ἀπὸ τῆς EZ πρὸς τὸ ἀπὸ τῆς Θ. Ο δὲ AB πρὸς τὸν BΓ λόγον οὐκ ἔχει ὃν τετράγωνος ἀριθμὸς πρὸς τετράγωνον ἀριθμόν· οὐδ' ἄρα τὸ

ex ZH. Sint igitur quadrato ex EZ æqualia quadrata ex ZH, Θ; convertendo igitur est ut AB numerus ad ipsum BΓ ita ex EZ quadratum ad ipsum ex Θ. Ipse autem AB ad BΓ rationem non habet quam quadratus numerus ad quadratum numerum ; non igitur ex EZ quadratum ad

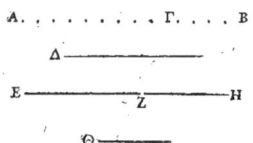

ἀπὸ τῆς EZ πρὸς τὸ ἀπὸ τῆς Θ λόγον ἔχει ὃν τετράγωνος ἀριθμὸς πρὸς τετράγωνον ἀριθμόν· ἀσύμμετρος ἄρα ἐστὶν ἡ EZ τῇ Θ μήκει· ὥστε ἡ EZ τῆς ZH μεῖζον δύναται τῷ ἀπὸ ἀσυμμέτρου ἑαυτῇ. Καὶ εἰσὶν αἱ EZ, ZH ῥηταὶ δυνάμει μόνον σύμμετροι, καὶ τὸ ZH ἔλαττον ὄνομα σύμμετρόν ἐστι τῇ ἐκκειμένῃ ῥητῇ τῇ Δ μήκει· ἡ EH ἄρα ἐκ τῶν δύο ὀνομάτων ἐστὶ πέμπτη. Οπερ ἔδει ποιῆσαι.

ipsum ex Θ rationem habet quam quadratus numerus ad quadratum numerum; incommensurabilis igitur est EZ ipsi Θ longitudine; quare EZ quàm ZH plus potest quadrato ex rectà sibi incommensurabili. Et sunt EZ, ZH rationales potentiâ solùm commensurabiles, et ZH minus nomen commensurabile est expositæ rationali Δ longitudine; ergo EH ex binis nominibus est quinta. Quod oportebat facere.

est donc plus grand que le quarré de ZH. Que la somme des quarrés de ZH et de Θ soit égale au quarré de EZ ; par conversion, le nombre AB sera au nombre BΓ comme le quarré de EZ est au quarré de Θ. Mais AB n'a pas avec BΓ la raison qu'un nombre quarré a avec un nombre quarré ; le quarré de EZ n'a donc pas avec le quarré de Θ la raison qu'un nombre quarré a avec un nombre quarré ; la droite EZ est donc incommensurable en longueur avec Θ ; la puissance de EZ surpasse donc la puissance de ZH du quarré d'une droite incommensurable avec EZ. Mais les droites EZ, ZH sont des rationelles commensurables en puissance seulement, et le plus petit nom ZH est commensurable en longueur avec la rationelle exposée Δ ; la droite EH est donc une cinquième de deux noms (déf. sec. 5. 10). Ce qu'il fallait faire.

ΠΡΟΤΑΣΙΣ νδ΄.

Εὑρεῖν τὴν ἐκ δύο ὀνομάτων ἕκτην.

Ἐκκείσθωσαν δύο ἀριθμοὶ οἱ ΑΓ, ΓΒ, ὥστε τὸν ΑΒ πρὸς ἑκάτερον αὐτῶν λόγον μὴ ἔχειν ὃν τετράγωνος ἀριθμὸς πρὸς τετράγωνον ἀριθμόν· ἔστω δὲ καὶ ἕτερος ἀριθμὸς ὁ Δ μὴ τετράγωνος ὢν, μήτε[1] πρὸς ἑκάτερον τῶν ΒΑ, ΑΓ λόγον ἔχων ὃν τετράγωνος ἀριθμὸς πρὸς τετράγωνον ἀριθμόν· καὶ ἐκκείσθω τις ῥητὴ εὐθεῖα ἡ Ε,

PROPOSITIO LIV.

Invenire ex binis nominibus sextam.

Exponantur duo numeri ΑΓ, ΓΒ, ita ut ΑΒ ad utrumque ipsorum rationem non habeat quam quadratus numerus ad quadratum numerum ; sit autem et alius numerus Δ non quadratus existens , et non ad utrumque ipsorum ΒΑ, ΑΓ rationem habens quam quadratus numerus ad quadratum numerum ; et exponatur

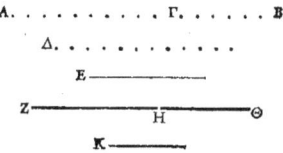

καὶ γεγονέτω ὡς ὁ Δ πρὸς τὸν ΑΒ οὕτως τὸ ἀπὸ τῆς Ε πρὸς τὸ ἀπὸ τῆς ΖΗ· σύμμετρον ἄρα ἐστὶν τὸ ἀπὸ τῆς Ε τῷ ἀπὸ τῆς ΖΗ[2]. Καὶ ἔστι ῥητὴ ἡ Ε· ῥητὴ ἄρα καὶ ἡ ΖΗ. Καὶ ἐπεὶ οὐκ ἔχει ὁ Δ πρὸς τὸν ΑΒ λόγον ὃν τετράγωνος ἀριθμὸς πρὸς

quædam rationalis recta Ε, et fiat ut Δ ad ΑΒ ita ex Ε quadratum ad ipsum ex ΖΗ ; commensurabile igitur est ex Ε quadratum quadrato ex ΖΗ. Atque est rationalis Ε ; rationalis igitur et ΖΗ. Et quoniam non habet Δ ad ΑΒ rationem quam quadratus numerus ad quadratum numerum,

PROPOSITION LIV.

Trouver la sixième de deux noms.

Soient deux nombres ΑΓ, ΓΒ , de manière que ΑΒ n'ait pas avec chacun de ces nombres la raison qu'un nombre quarré a avec un nombre quarré ; soit un autre nombre Δ qui ne soit pas un quarré , et qui n'ait pas avec chacun des nombres ΒΑ, ΑΓ la raison qu'un nombre quarré a avec un nombre quarré ; soit aussi la droite rationelle Ε ; faisons en sorte que Δ soit à ΑΒ comme le quarré de Ε est au quarré de ΖΗ ; le quarré de Ε sera commensurable avec le quarré de ΖΗ. Mais la droite Ε est rationelle ; la droite ΖΗ est donc rationelle (déf. 6. 10). Et puisque Δ n'a pas avec ΑΒ la raison qu'un nombre quarré a avec un nombre

II.

τετράγωνον ἀριθμὸν, οὐδὲ τὸ ἀπὸ τῆς E ἄρα πρὸς τὸ ἀπὸ τῆς ZH λόγον ἔχει ὃν τετράγωνος ἀριθμὸς πρὸς τετράγωνον ἀριθμόν· ἀσύμμετρος ἄρα ἐστὶν ἡ E τῇ ZH μήκει. Γεγονέτω δὴ πάλιν ὡς ὁ BA πρὸς τὸν AΓ οὕτως τὸ ἀπὸ τῆς ZH πρὸς τὸ ἀπὸ τῆς HΘ. Σύμμετρον ἄρα τὸ ἀπὸ τῆς ZH τῷ ἀπὸ τῆς HΘ. Ῥητὸν δὲ τὸ

neque quadratum ex E igitur ad quadratum ex ZH rationem habet quam quadratus numerus ad quadratum numerum; incommensurabilis igitur est E ipsi ZH longitudine. Fiat igitur rursus ut BA ad AΓ ita ex ZH quadratum ad ipsum ex HΘ. Commensurabile igitur ex ZH quadratum quadrato ex HΘ. Rationale autem quadratum

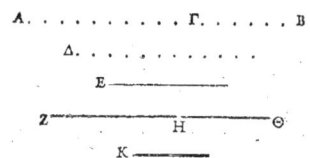

A. . . . . Γ. . . . . B
Δ. . . . .
E ————
Z ————————————— Θ
H
K ———

ἀπὸ τῆς ZH· ῥητὸν ἄρα καὶ³ τὸ ἀπὸ τῆς HΘ· ῥητὴ ἄρα ἡ HΘ. Καὶ ἐπεὶ ὁ BA πρὸς τὸν AΓ λόγον οὐκ ἔχει ὃν τετράγωνος ἀριθμὸς πρὸς τετράγωνον ἀριθμὸν, οὐδὲ τὸ ἀπὸ τῆς ZH ἄρα⁴ πρὸς τὸ ἀπὸ τῆς HΘ λόγον ἔχει ὃν τετράγωνος ἀριθμος πρὸς τετράγωνον ἀριθμόν· ἀσύμμετρος ἄρα ἐστὶν ἡ ZH τῇ HΘ μήκει· αἱ ZH, HΘ ἄρα ῥηταί εἰσι δυνάμει μόνον σύμμετροι· ἐκ δύο ἄρα ὀνομάτων ἐστὶν ἡ ZΘ. Δεικτέον δὴ ὅτι καὶ ἕκτη.

ex ZH; rationale igitur et quadratum ex HΘ; rationalis igitur HΘ. Et quoniam BA ad AΓ rationem non habet quam quadratus numerus ad quadratum numerum, neque quadratum ex ZH igitur ad quadratum ex HΘ rationem habet quam quadratus numerus ad quadratum numerum; incommensurabilis igitur est ZH ipsi HΘ longitudine; ipsæ ZH, HΘ igitur rationales sunt potentiâ solùm commensurabiles; ergo ex binis nominibus est ZΘ. Ostendendum est et sextam esse.

quarré, le quarré de E n'aura pas avec le quarré de ZH la raison qu'un nombre quarré a avec un nombre quarré; la droite E est donc incommensurable en longueur avec ZH (9. 10). De plus, faisons en sorte que BA soit à AΓ comme le quarré de ZH est au quarré de HΘ; le quarré de ZH sera commensurable avec le quarré de HΘ. Mais le quarré de ZH est rationel; le quarré de HΘ est donc rationel; la droite HΘ est donc rationelle. Et puisque BA n'a pas avec AΓ la raison qu'un nombre quarré a avec un nombre quarré, le quarré de ZH n'aura pas non plus avec le quarré de HΘ la raison qu'un nombre quarré a avec un nombre quarré; la droite ZH est donc incommensurable en longueur avec HΘ (9. 10); les droites ZH, HΘ sont donc des rationelles commensurables en puissance seulement; ZΘ est donc une droite de deux noms (37. 10). Il faut démontrer aussi qu'elle est la sixième de deux noms.

Ἐπεὶ γάρ ἐστιν ὡς ὁ Δ πρὸς τὸν ΑΒ οὕτως τὸ ἀπὸ τῆς Ε πρὸς τὸ ἀπὸ τῆς ΖΗ, ἔστι δὲ καὶ ὡς ὁ ΒΑ πρὸς τὸν ΑΓ οὕτως τὸ ἀπὸ τῆς ΖΗ πρὸς τὸ ἀπὸ τῆς ΗΘ· δι᾽ ἴσου ἄρα ἐστὶν ὡς ὁ Δ πρὸς τὸν ΑΓ οὕτως τὸ ἀπὸ τῆς Ε πρὸς τὸ ἀπὸ τῆς ΗΘ. Ὁ δὲ Δ πρὸς τὸν ΑΓ λόγον οὐκ ἔχει ὃν τετράγωνος ἀριθμὸς πρὸς τετράγωνον ἀριθμόν· οὐδὲ τὸ ἀπὸ τῆς Ε ἄρα πρὸς τὸ ἀπὸ τῆς ΗΘ λόγον ἔχει ὃν τετράγωνος ἀριθμὸς πρὸς τετράγωνον ἀριθμόν· ἀσύμμετρος ἄρα ἐστὶν ἡ Ε τῇ ΗΘ μήκει. Ἐδείχθη δὲ καὶ τῇ ΖΗ ἀσύμμετρος· ἑκατέρα ἄρα τῶν ΖΗ, ΗΘ ἀσύμμετρός ἐστι τῇ Ε μήκει. Καὶ ἐπεί ἐστιν ὡς ὁ ΒΑ πρὸς τὸν ΑΓ οὕτως τὸ ἀπὸ τῆς ΖΗ πρὸς τὸ ἀπὸ τῆς ΗΘ· μεῖζον ἄρα τὸ ἀπὸ τῆς ΖΘ τοῦ ἀπὸ τῆς⁵ ΗΘ. Ἔστω οὖν τῷ ἀπὸ τῆς ΖΗ ἴσα τὰ ἀπὸ τῶν ΗΘ, Κ· ἀναστρέψαντι ἄρα ὡς ὁ ΑΒ πρὸς τὸν ΒΓ οὕτως τὸ ἀπὸ τῆς⁶ ΖΗ πρὸς τὸ ἀπὸ τῆς Κ. Ὁ δὲ ΑΒ πρὸς τὸν ΒΓ λόγον οὐκ ἔχει ὃν τετράγωνος ἀριθμὸς πρὸς τετράγωνον ἀριθμόν· ὥστε οὐδὲ τὸ ἀπὸ τῆς⁷ ΖΗ πρὸς τὸ ἀπὸ τῆς Κ λόγον ἔχει ὃν τετράγωνος ἀριθμὸς

Quoniam enim est ut Δ ad ΑΒ ita ex Ε quadratum ad ipsum ex ΖΗ, est autem et ut ΒΑ ad ΑΓ ita ex ΖΗ quadratum ad ipsum ex ΗΘ; ex æquo igitur est ut Δ ad ΑΓ ita ex Ε quadratum ad ipsum ex ΗΘ. Ipse autem Δ ad ΑΓ rationem non habet quam quadratus numerus ad quadratum numerum; neque quadratum ex Ε igitur ad quadratum ex ΗΘ rationem habet quam quadratus numerus ad quadratum numerum; incommensurabilis igitur est Ε ipsi ΗΘ longitudine. Ostensa est autem et ipsi ΖΗ incommensurabilis; utraque igitur ipsarum ΖΗ, ΗΘ incommensurabilis est ipsi Ε longitudine. Et quoniam est ut ΒΑ ad ΑΓ ita ex ΖΗ quadratum ad ipsum ex ΗΘ; majus igitur ex ΖΘ quadratum quadrato ex ΗΘ. Sint itaque quadrato ex ΖΗ æqualia quadrata ex ΗΘ, Κ; convertendo igitur ut ΑΒ ad ΒΓ ita ex ΖΗ quadratum ad ipsum ex Κ. Ipse autem ΑΒ ad ΒΓ rationem non habet quam quadratus numerus ad quadratum numerum; quare neque ex ΖΗ quadratum ad ipsum ex Κ rationem habet quam quadratus numerus ad quadratum nume-

Car puisque Δ est à ΑΒ comme le quarré de Ε est au quarré de ΖΗ, et que ΒΑ est à ΑΓ comme le quarré de ΖΗ est au quarré de ΗΘ; par égalité, Δ sera à ΑΓ comme le quarré de Ε est au quarré de ΗΘ. Mais Δ n'a pas avec ΑΓ la raison qu'un nombre quarré a avec un nombre quarré; le quarré de Ε n'a donc pas avec le quarré de ΗΘ la raison qu'un nombre quarré a avec un nombre quarré; la droite Ε est donc incommensurable en longueur avec ΗΘ (9. 10). Mais on a démontré qu'elle est incommensurable avec ΖΗ; chacune des droites ΖΗ, ΗΘ est donc incommensurable en longueur avec Ε. Et puisque ΒΑ est à ΑΓ comme le quarré de ΖΗ est au quarré de ΗΘ, le quarré de ΖΘ sera plus grand que le quarré de ΗΘ. Que la somme des quarrés de ΗΘ et de Κ soit égale au quarré de ΖΗ; par conversion, ΑΒ sera à ΒΓ comme le quarré de ΖΗ est au quarré de Κ. Mais ΑΒ n'a pas avec ΒΓ la raison qu'un nombre quarré a avec un nombre quarré; le quarré de ΖΗ n'a donc pas avec le quarré de Κ la raison qu'un nombre quarré a avec un nombre quarré;

πρὸς τετράγωνον ἀριθμόν· ἀσύμμετρος ἄρα ἐστὶν ἡ ΖΗ τῇ Κ μήκει· ἡ ΖΗ ἄρα τῆς ΗΘ μεῖζον δύναται τῷ ἀπὸ ἀσυμμέτρου ἑαυτῇ. Καὶ εἰσιν αἱ ΖΗ, ΗΘ ῥηταὶ δυνάμει μόνον σύμμετροι, καὶ οὐδετέρα αὐτῶν[8] σύμμετρός ἐστι μήκει τῇ ἐκκειμένῃ ῥητῇ τῇ Ε· ἡ ΖΘ ἄρα ἐκ δύο ὀνομάτων ἐστὶν ἕκτη. Ὅπερ ἔδει ποιῆσαι.

rum; incommensurabilis igitur est ZH ipsi K longitudine; ergo ZH quam HΘ plus potest quadrato ex rectâ sibi incommensurabili. Et sunt ZH, HΘ rationales potentiâ solùm commensurabiles, et neutra ipsarum commensurabilis est longitudine expositæ rationali E; ergo ZΘ ex binis nominibus est sexta. Quod oportebat facere.

ΛΗΜΜΑ.

LEMMA.

Ἔστω δύο τετράγωνα τὰ ΑΒ, ΒΓ, καὶ κείσθωσαν ὥστε ἐπ' εὐθείας εἶναι τὴν ΔΒ τῇ ΒΕ· ἐπ' εὐθείας ἄρα ἐστὶ καὶ ἡ ΖΒ τῇ ΒΗ. Καὶ συμπεπληρώσθω τὸ ΑΓ παραλληλόγραμμον· λέγω ὅτι τετράγωνόν ἐστι τὸ ΑΓ, καὶ ὅτι τῶν ΑΒ, ΒΓ μέσον ἀνάλογόν ἐστι τὸ ΔΗ, καὶ ἔτι τῶν ΑΓ, ΓΒ μέσον ἀνάλογόν ἐστι τὸ ΔΓ.

Ἐπεὶ γὰρ ἴση ἐστὶν ἡ μὲν ΔΒ τῇ ΒΖ, ἡ δὲ ΒΕ τῇ ΒΗ· ὅλη ἄρα ἡ ΔΕ ὅλῃ τῇ ΖΗ ἐστὶν ἴση. Ἀλλ' ἡ μὲν ΔΕ ἑκατέρᾳ τῶν ΑΘ, ΚΓ ἐστὶν·

Sint duo quadrata ΑΒ, ΒΓ, et ponantur ita ut in directum sit ΔΒ ipsi ΒΕ; in directum igitur est ZB ipsi BH. Et compleatur ΑΓ parallelogrammum; dico quadratum esse ΑΓ, et ipsorum ΑΒ, ΒΓ medium proportionale esse ΔΗ, et adhuc ipsorum ΑΓ, ΓΒ medium proportionale esse ΔΓ.

Quoniam enim æqualis est quidem ΔΒ ipsi ΒΖ, ipsa verò ΒΕ ipsi ΒΗ; tota igitur ΔΕ toti ΖΗ est æqualis. Sed quidem ΔΕ utrique

---

la droite ZH est donc incommensurable en longueur avec K; la puissance de ZH surpasse donc la puissance de HΘ du quarré d'une droite incommensurable avec ZH; mais les droites ZH, HΘ sont des rationelles commensurables en puissance seulement, et aucune de ces droites n'est commensurable en longueur avec la rationelle exposée E; la droite ZΘ est donc une sixième de deux noms (déf. sec. 6. 10). Ce qu'il fallait faire.

LEMME.

Soient les deux quarrés ΑΒ, ΒΓ; plaçons-les de manière que la droite ΔΒ soit dans la direction de ΒΕ; la droite ΖΒ sera dans la direction de ΒΗ. Achevons le parallélogramme ΑΓ; je dis que ΑΓ est un quarré, que ΔΗ est moyen proportionnel entre ΑΒ et ΒΓ, et que ΔΓ est aussi moyen proportionnel entre ΑΓ et ΓΒ.

Puisque la droite ΔΒ est égale à ΒΖ, et que ΒΕ est égale à ΒΗ, la droite entière ΔΕ sera égale à la droite entière ΖΗ. Mais la droite ΔΕ est égale à chacune des

ἴση· ἡ δὲ ΖΗ ἑκατέρᾳ τῶν ΑΚ, ΘΓ ἐστὶν ἴση²·
καὶ ἑκατέρα ἄρα τῶν ΑΘ, ΚΓ ἑκατέρᾳ τῶν
ΑΚ, ΘΓ ἐστὶν ἴση· ἰσόπλευρον ἄρα ἐστὶ τὸ ΑΓ
παραλληλόγραμμον. Ἔστι δὲ καὶ ὀρθογώνιον·
τετράγωνον ἄρα ἐστὶ τὸ ΑΓ. Καὶ ἐπεί ἐστιν
ὡς ἡ ΖΒ πρὸς τὴν ΒΗ οὕτως ἡ ΔΒ πρὸς τὴν
ΒΕ, ἀλλ' ὡς μὲν ἡ ΖΒ πρὸς τὴν ΒΗ οὕτως

ipsarum ΑΘ, ΚΓ est æqualis; ipsa verò ΖΗ utrique
ipsarum ΑΚ, ΘΓ est æqualis; et utraque igitur
ipsarum ΑΘ, ΚΓ utrique ipsarum ΑΚ, ΘΓ
est, æqualis; æquilaterum igitur est ΑΓ parallelogrammum. Est autem et rectangulum; quadratum igitur est ΑΓ. Et quoniam est ut ΖΒ ad
ΒΗ ita ΔΒ ad ΒΕ, sed ut quidem ΖΒ ad ΒΗ

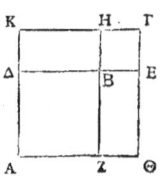

τὸ ΑΒ πρὸς τὸ ΔΗ, ὡς δὲ ἡ ΔΒ πρὸς τὴν ΒΕ
οὕτως τὸ ΔΗ πρὸς τὸ ΒΓ· καὶ ὡς ἄρα τὸ ΑΒ
πρὸς τὸ ΔΗ· οὕτως τὸ ΔΗ πρὸς τὸ ΒΓ· τῶν
ΑΒ, ΒΓ ἄρα μέσον ἀνάλογόν ἐστι τὸ ΔΗ. Λέγω δὴ
ὅτι καὶ τῶν ΑΓ, ΓΒ μέσον ἀνάλογόν ἐστι³ τὸ ΑΓ.
Ἐπεὶ γάρ ἐστιν ὡς ἡ ΑΔ πρὸς τὴν ΔΚ οὕτως ἡ
ΚΗ πρὸς τὴν ΗΓ, ἴση γάρ ἐστιν ἑκατέρα ἑκατέρᾳ⁴·
καὶ συνθέντι ὡς ἡ ΑΚ πρὸς τὴν ΚΔ οὕτως ἡ ΚΓ πρὸς
τὴν ΓΗ⁵. Ἀλλ' ὡς μὲν ἡ ΑΚ πρὸς τὴν ΚΔ οὕτως τὸ
ΑΓ πρὸς τὸ ΓΔ, ὡς δὲ ἡ ΚΓ πρὸς τὴν ΓΗ οὕτως τὸ

ita ΑΒ ad ΔΗ, ut verò ΔΒ ad ΒΕ ita ΔΗ
ad ΒΓ; et ut igitur ΑΒ ad ΔΗ ita ΔΗ ad
ΒΓ; ipsorum ΑΒ, ΒΓ igitur medium proportionale est ΔΗ. Dico et ipsorum ΑΓ, ΓΒ medium proportionale esse ΑΓ. Quoniam enim
est ut ΑΔ ad ΔΚ ita ΚΗ ad ΗΓ, æqualis enim est
utraque utrique; et componendo ut ΑΚ ad ΚΔ
ita ΚΓ ad ΓΗ. Sed ut quidem ΑΚ ad ΚΔ ita ΑΓ
ad ΓΔ, ut verò ΚΓ ad ΓΗ ita ΔΓ ad ΓΒ; et ut

droites ΑΘ, ΚΓ, et la droite ΖΗ est aussi égale à chacune des droites ΑΚ, ΘΓ;
chacune des droites ΑΘ, ΚΓ est donc égale à chacune des droites ΑΚ, ΘΓ; donc
ΑΓ est un parallélogramme équilatéral. Mais il est aussi rectangle; donc ΑΓ est un
quarré. Et puisque ΖΒ est à ΒΗ comme ΔΒ est à ΒΕ, que ΖΒ est à ΒΗ comme ΑΒ
est à ΔΗ (1. 6), et que ΔΒ est à ΒΕ comme ΔΗ est à ΒΓ, le quarré ΑΒ est à ΔΗ
comme ΔΗ est à ΒΓ; donc ΔΗ est moyen proportionnel entre ΑΒ et ΒΓ. Je dis
aussi que ΑΓ est moyen proportionnel entre ΑΓ et ΓΒ. Car puisque ΑΔ est à ΔΚ
comme ΚΗ est à ΗΓ, à cause que chacune des droites ΑΔ, ΔΚ est égale à chacune
des droites ΚΗ, ΗΓ, par addition, ΑΚ sera à ΚΔ comme ΚΓ est à ΓΗ. Mais ΑΚ
est à ΚΔ comme ΑΓ est à ΓΔ (1. 6), et ΚΓ est à ΓΗ comme ΔΓ est à ΓΒ; donc

ΔΓ πρὸς τὴν⁶ ΓΒ· καὶ ὡς ἄρα τὸ ΑΓ πρὸς τὸ ΔΓ
οὕτως τὸ ΔΓ πρὸς τὸ ΒΓ· τῶν ΑΓ, ΓΒ ἄρα μέσον
ἀνάλογόν ἐστι τὸ ΔΓ. Ὅπερ προύκειτο δεῖξαι.

igitur ΑΓ ad ΔΓ ita ΔΓ ad ΒΓ; ipsorum ΑΓ,
ΓΒ igitur medium proportionale est ΔΓ. Quod
proponebatur demonstrandum.

ΠΡΟΤΑΣΙΣ νέ.

PROPOSITIO LV.

Ἐὰν χωρίον περιέχεται ὑπὸ ῥητῆς καὶ τῆς
ἐκ δύο ὀνομάτων πρώτης· ἡ τὸ χωρίον δυναμένη ἄλογός ἐστιν, ἡ καλουμένη ἐκ δύο ὀνομάτων.

Χωρίον γὰρ τὸ ΑΒΓΔ¹ περιεχέσθω ὑπὸ ῥητῆς
τῆς ΑΒ, καὶ τῆς ἐκ δύο ὀνομάτων πρώτης τῆς
ΑΔ· λέγω ὅτι ἡ τὸ ΑΓ χωρίον δυναμένη ἄλογός
ἐστιν, ἡ καλουμένη ἐκ δύο ὀνομάτων.

Ἐπεὶ γὰρ ἐκ δύο ὀνομάτων ἐστὶ² πρώτη ἡ
ΑΔ, διῃρήσθω εἰς τὰ ὀνόματα κατὰ τὸ Ε, καὶ
ἔστω τὸ μεῖζον ὄνομα τὸ ΑΕ. Φανερὸν δὴ ὅτι αἱ
ΑΕ, ΕΔ ῥηταί εἰσι δυνάμει μόνον σύμμετροι, καὶ ἡ
ΑΕ τῇ ΕΔ μεῖζον δύναται τῷ ἀπὸ συμμέτρου
ἑαυτῇ, καὶ ἡ ΑΕ σύμμετρός ἐστι τῇ ἐκκειμένῃ

Si spatium contineatur sub rationali et ex
binis nominibus primâ; recta spatium potens
irrationalis est, quæ appellatur ex binis nominibus.

Spatium enim ΑΒΓΔ contineatur sub rationali
ΑΒ, et ex binis nominibus primâ ΑΔ; dico
rectam quæ potest spatium ΑΓ irrationalem esse,
quæ appellatur ex binis nominibus.

Quoniam enim ex binis nominibus est prima
ΑΔ, dividatur in nomina ad punctum Ε, et sit
majus nomen ΑΕ. Evidens utique est ΑΕ,
ΕΔ rationales esse potentiâ solùm commensurabiles, et ΑΕ quàm ΕΔ plus posse quadrato ex
rectâ sibi commensurabili, et ΑΕ commensura-

ΑΓ est à ΔΓ comme ΔΓ est à ΒΓ; donc ΔΓ est moyen proportionnel entre ΑΓ et ΓΒ.
Ce qu'on s'était proposé de démontrer.

PROPOSITION LV.

Si une surface est comprise sous une rationelle et sous la première de deux
noms, la droite qui peut cette surface est l'irrationelle appelée la droite de deux
noms.

Que la surface ΑΒΓΔ soit comprise sous la rationelle ΑΒ et sous la droite ΑΔ
première de deux noms; je dis que la droite qui peut la surface ΑΓ est l'irrationelle appelée la droite de deux noms.

Puisque la droite ΑΔ est première de deux noms; qu'elle soit divisée en ses
noms au point Ε, et que ΑΕ soit son plus grand nom. Il est évident que les
droites ΑΕ, ΕΔ seront des rationelles commensurables en puissance seulement, que
la puissance de ΑΕ surpassera la puissance de ΕΔ du quarré d'une droite commensurable avec ΑΕ, et que ΑΕ sera commensurable en longueur avec la rationelle

ῥητῇ τῇ AB μήκει. Τετμήσθω δὴ[3] ἡ EΔ δίχα
κατὰ τὸ Z σημεῖον. Καὶ ἐπεὶ ἡ AE τῆς EΔ
μεῖζον δύναται τῷ ἀπὸ συμμέτρου ἑαυτῇ, ἐὰν
ἄρα τῷ τετάρτῳ μέρει τοῦ[4] ἀπὸ τῆς ἐλάσσονος,
τουτέστι τοῦ[5] ἀπὸ τῆς EZ, ἴσον παρὰ τὴν μείζονα τὴν AE παραβληθῇ ἐλλεῖπον εἴδει τετραγώνῳ, εἰς σύμμετρα αὐτὴν διαιρεῖ[6]. Παραβεβλήσθω οὖν παρὰ τὴν AE τῷ ἀπὸ τῆς EZ ἴσον

bilem esse expositæ rationali AB longitudine.
Secetur utique EΔ bifariam in puncto Z. Et
quoniam AE quam EΔ plus potest quadrato ex
rectâ sibi commensurabili, si igitur quartæ
parti quadrati ex minori, hoc est quadrati ex
EZ, æquale ad majorem AE applicetur deficiens
figurâ quadratâ, in partes commensurabiles
ipsam dividet. Applicetur igitur ad AE qua-

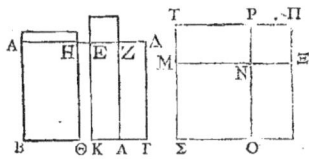

τὸ ὑπὸ τῶν[7] AH, HE· σύμμετρος ἄρα ἐστὶν ἡ AH
τῇ EH μήκει. Καὶ ἤχθωσαν ἀπὸ[8] τῶν H, E,
Z ὁποτέρᾳ τῶν AB, ΓΔ παράλληλοι αἱ HΘ,
EK, ZΛ· καὶ τῷ μὲν AΘ παραλληλογράμμῳ ἴσον
τετράγωνον συνεστάτω τὸ ΣΝ, τῷ δὲ HK ἴσον
τὸ ΝΠ, καὶ κείσθω ὥστε ἐπ᾽ εὐθείας εἶναι τὴν
MN τῇ NΞ· ἐπ᾽ εὐθείας ἄρα ἐστὶ καὶ ἡ ΝΡ τῇ

drato ex EZ æquale parallelogrammum sub AH,
HE; commensurabilis igitur est AH ipsi EH longitudine. Et ducantur a punctis H, E, Z alterutri
ipsarum AB, ΓΔ parallelæ HΘ, EK, ZΛ; et quidem AΘ parallelogrammo æquale quadratum
constituatur ΣΝ, quadrato autem HK æquale
ipsum ΝΠ, et ponantur ita ut in directum sit
MN ipsi ΝΞ; in directum igitur est et ΝΡ ipsi

exposée AB (déf. sec. 1. 10). Coupons EΔ en deux parties égales au point Z. Puisque
la puissance de AE surpasse la puissance de EΔ du quarré d'une droite commensurable avec AE, si nous appliquons à la plus grande AE un parallélogramme qui
soit égal à la quatrième partie du quarré de la plus petite, c'est-à-dire du quarré
de EZ, et défaillant d'une figure quarrée, ce parallélogramme divisera cette droite
en parties commensurables (18. 10). Que le parallélogramme sous AH, HE, égal au
quarré de EZ, soit appliqué à AE (28. 6); la droite AH sera commensurable en longueur avec EH. Des points H, E, Z menons les droites HΘ, EK, ZΛ parallèles à l'une
ou à l'autre des droites AB, ΓΔ (14. 2). Faisons le quarré ΣΝ égal au parallélogramme AΘ, le quarré ΝΠ égal au parallélogramme HK, et faisons en sorte
que la droite MN soit dans la direction de ΝΞ ; la droite ΝΡ sera dans la direction

ΝΟ. Καὶ συμπεπληρώσθω τὸ ΣΠ παραλληλό-γραμμον· τετράγωνον ἄρα ἐστὶ τὸ ΣΠ. Καὶ ἐπεὶ τὸ ὑπὸ τῶν ΑΗ, ΗΕ ἴσον ἐστὶ τῷ ἀπὸ τῆς ΕΖ· ἔστιν ἄρα ὡς ἡ ΑΗ πρὸς τὴν⁹ ΕΖ οὕτως ἡ ΕΖ πρὸς τὴν¹⁰ ΕΗ· καὶ ὡς ἄρα τὸ ΑΘ πρὸς τὸ ΕΛ οὕτως τὸ ΕΛ πρὸς τὴν ΚΗ¹¹· τῶν ΑΘ, ΗΚ ἄρα μέσον ἀνάλογόν ἐστι τὸ ΕΛ. Ἀλλὰ τὸ μὲν ΑΘ ἴσον ἐστὶ τῷ ΣΝ¹², τὸ δὲ ΗΚ ἴσον ἐστὶ τῷ

NO. Et compleatur ΣΠ parallelogrammum; qua-dratum igitur est ΣΠ. Et quoniam rectangulum sub ΑΗ, ΗΕ æquale est quadrato ex ΕΖ; est igitur ut ΑΗ ad ΕΖ ita ΕΖ ad ΕΗ; et ut igitur ΑΘ ad ΕΛ ita ΕΛ ad ΚΗ; ipsorum ΑΘ, ΗΚ igitur medium proportionale est ΕΛ. Sed qui-dem ΑΘ æquale est ipsi ΣΝ, ipsum verò ΗΚ

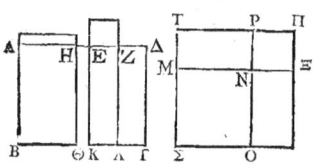

ΝΠ· τῶν ΣΝ, ΝΠ ἄρα μέσον ἀνάλογόν ἐστι τὸ ΕΛ. Ἔστι δὲ τῶν αὐτῶν τῶν ΣΝ, ΝΠ μέσον ἀνάλογον καὶ τὸ ΜΡ· ἴσον ἄρα ἐστὶ τὸ ΕΛ τῷ ΜΡ· ὥστε καὶ τῷ ΟΞ ἴσον ἐστίν¹³. Ἔστι δὲ καὶ τὰ ΑΘ, ΗΚ τοῖς ΣΝ, ΝΠ ἴσα· ὅλον ἄρα τὸ ΑΓ ἴσον ἐστὶν ὅλῳ τῷ ΣΠ, τουτέστι τῷ ἀπὸ τῆς ΜΞ τετραγώνῳ· τὸ ΑΓ ἄρα δύναται ἡ ΜΞ· λέγω ὅτι ἡ ΜΞ ἐκ δύο ὀνομάτων ἐστίν. Ἐπεὶ γὰρ σύμμετρός ἐστιν ἡ ΑΗ τῇ ΗΕ, σύμ-μετρός ἐστι καὶ ἡ ΑΕ ἑκατέρᾳ τῶν ΑΗ, ΗΕ.

æquale est ipsi ΝΠ; ipsorum ΣΝ, ΝΠ igitur medium proportionale est ΕΛ. Est autem eo-rumdem ΣΝ, ΝΠ medium proportionale et ΜΡ; æquale igitur est ΕΛ ipsi ΜΡ; quare et ipsi ΟΞ æquale est. Sunt autem et ΑΘ, ΗΚ ipsis ΣΝ, ΝΠ æqualia; totum igitur ΑΓ æquale est toti ΣΠ, hoc est quadrato ex ΜΞ; ipsum ΑΓ igitur potest ipsa ΜΞ; dico ΜΞ ex binis nomi-nibus esse. Quoniam enim commensurabilis est ΑΗ ipsi ΗΕ, commensurabilis est et ΑΕ utrique

de ΝΟ (14. 1). Achevons le parallélogramme ΣΠ, le parallélogramme ΣΠ sera un quarré (lem. précéd.). Puisque le rectangle sous ΑΗ, ΗΕ est égal au quarré de ΕΖ, la droite ΑΗ sera à ΕΖ comme ΕΖ est à ΕΗ (17. 6); donc ΑΘ est à ΕΛ comme ΕΛ est à ΚΗ (1. 6); donc ΕΛ est moyen proportionnel entre ΑΘ et ΗΚ. Mais ΑΘ est égal à ΣΝ, et ΗΚ est égal à ΝΠ; donc ΕΛ est moyen proportionnel entre ΣΝ et ΝΠ. Mais ΜΡ est moyen proportionnel entre ΣΝ et ΝΠ (lem. précéd.); donc ΕΛ est égal à ΜΡ, et par conséquent à ΟΞ (4. 3. 1). Mais la somme des rectangles ΑΘ, ΗΚ est égale à la somme des quarrés ΣΝ, ΝΠ; donc ΑΓ tout entier est égal à ΣΠ tout entier, c'est-à-dire au quarré de ΜΞ; la droite ΜΞ peut donc le parallélogramme ΑΓ; je dis que ΜΞ est une droite de deux noms. Car puisque ΑΗ est commensurable avec ΗΕ, la droite ΑΕ sera commensurable avec chacune des

Ὑπόκειται δὲ καὶ ἡ ΑΕ τῇ ΑΒ σύμμετρος μήκει [14]·
καὶ αἱ ΑΗ, ΗΕ ἄρα τῇ ΑΒ σύμμετροί εἰσι. Καὶ
ἔστι ῥητὴ ἡ ΑΒ· ῥητὴ ἄρα ἐστὶ [15] καὶ ἑκατέρα τῶν
ΑΗ, ΗΕ· ῥητὸν ἄρα ἐστὶν ἑκάτερον τῶν ΑΘ,
ΗΚ, καὶ ἔστι σύμμετρον τὸ ΑΘ τῷ ΗΚ. Ἀλλὰ
τὸ μὲν ΑΘ τῷ ΣΝ ἴσον ἐστὶ, τὸ δὲ ΗΚ τῷ
ΝΠ· καὶ τὰ ΣΝ, ΝΠ ἄρα, τουτέστι τὰ ἀπὸ
τῶν ΜΝ, ΝΞ, ῥητά ἐστι καὶ σύμμετρα. Καὶ
ἐπεὶ ἀσύμμετρός ἐστιν ἡ ΑΕ τῇ ΕΔ μήκει,
ἀλλὰ ἡ μὲν ΑΕ τῇ ΑΗ ἐστι σύμμετρος, ἡ δὲ
ΔΕ τῇ ΕΖ σύμμετρος· ἀσύμμετρος ἄρα καὶ ἡ
ΑΗ τῇ ΕΖ [16]· ὥστε καὶ τὸ ΑΘ τῷ ΕΛ ἀσύμμετρόν ἐστιν [17]. Ἀλλὰ τὸ μὲν ΑΘ τῷ ΣΝ ἐστιν
ἴσον, τὸ δὲ ΕΛ τῷ ΜΡ· καὶ τὸ ΣΝ ἄρα τῷ
ΜΡ ἀσύμμετρόν ἐστιν. Ἀλλ' ὡς τὸ ΣΝ πρὸς τὸ
ΜΡ οὕτως ἡ ΟΝ πρὸς ΝΡ [18]· ἀσύμμετρος ἄρα
ἐστὶν ἡ ΟΝ τῇ ΝΡ. Ἴση δὴ ἡ μὲν ΟΝ τῇ
ΝΜ, ἡ δὲ ΝΡ τῇ ΝΞ· ἀσύμμετρος ἄρα ἐστὶν ἡ
ΜΝ τῇ ΝΞ. Καὶ ἔστι τὸ ἀπὸ τῆς ΜΝ σύμ-

ipsarum AH, HE. Supponitur autem et AE ipsi
AB commensurabilis longitudine; et AH, HE
igitur ipsi AB commensurabiles sunt. Atque est
rationalis AB; rationalis igitur est et utraque ipsarum AH, HE; rationale igitur est utrumque ipsorum AΘ, HK, et est commensurabile AΘ ipsi
HK. Sed quidem AΘ ipsi ΣN æquale est, ipsum verò HK ipsi NΠ; et ΣN, NΠ igitur, hoc
est quadrata ex MN, NΞ, rationalia sunt et commensurabilia. Et quoniam incommensurabilis
est AE ipsi EΔ longitudine, sed quidem AE ipsi
AH est commensurabilis, ipsa verò ΔE ipsi
EZ commensurabilis; incommensurabilis igitur
et AH ipsi EZ; quare et AΘ ipsi EΛ incommensurabile est. Sed quidem AΘ ipsi
ΣN est æquale, ipsum verò EΛ ipsi MP; et
ipsum ΣN igitur ipsi MP incommensurabile est.
Sed ut ΣN ad MP ita ON ad NP; incommensurabilis igitur est ON ipsi NP. Æqualis
utique quidem ON ipsi NM, ipsa verò NP ipsi
NΞ; incommensurabilis igitur est MN ipsi NΞ.
Atque est quadratum ex MN commensurabile

droites AH, HE (16. 10). Mais on a supposé que AE est commensurable en longueur avec AB; les droites AH, HE sont donc commensurables avec AB (12. 10).
Mais la droite AB est rationelle; chacune des droites AH, HE est donc
rationelle; chacun des parallélogrammes AΘ, HK est donc rationel (20. 10); AΘ est
donc commensurable avec HK (10. 10). Mais AΘ est égal à ΣN, et HK est égal à
NΠ; les quarrés ΣN, NΠ, c'est-à-dire les quarrés des droites MN, NΞ, sont donc
rationels et commensurables. Et puisque AE est incommensurable en longueur
avec EΔ (37. 10), que AE est commensurable avec AH, et que ΔE est commensurable avec EZ, la droite AH sera incommensurable avec EZ; donc AΘ est incommensurable avec EΛ. Mais AΘ est égal à ΣN, et EΛ égal à MP; donc ΣN
est incommensurable avec MP. Mais ΣN est à MP comme ON est à NP; donc ON
est incommensurable avec NP (10. 10). Mais la droite ON est égale à NM, et
NP est égal à NΞ; donc MN est incommensurable avec NΞ. Mais le quarré de MN
est commensurable avec le quarré de NΞ, et ils sont rationels l'un et l'autre;

μετρον τῷ ἀπὸ τῆς ΝΞ, καὶ ῥητὸν ἑκάτερον· αἱ ΜΝ, ΝΞ ἄρα ῥηταί εἰσι δυνάμει μόνον σύμμετροι· ἡ ΜΞ ἄρα ἐκ δύο ὀνομάτων ἐστὶ, καὶ δύναται τὸ ΑΓ. Ὅπερ ἔδει δεῖξαι.

quadrato ex ΝΞ, et rationale utrumque; ergo ΜΝ, ΝΞ rationales sunt potentiâ solùm commensurabiles; ergo ΜΞ ex binis nominibus est, et potest ipsum ΑΓ. Quod oportebat ostendere.

ΠΡΟΤΑΣΙΣ ιϛ'.

PROPOSITIO LVI.

Ἐὰν χωρίον περιέχηται ὑπὸ ῥητῆς, καὶ τῆς ἐκ δύο ὀνομάτων δευτέρας· ἡ τὸ χωρίον δυναμένη ἄλογός ἐστιν, ἡ καλουμένη ἐκ δύο μέσων πρώτη.

Si spatium contineatur sub rationali, et ex binis nominibus secundâ; recta spatium potens irrationalis est, quæ appellatur ex binis mediis prima.

Περιεχέσθω γὰρ χωρίον τὸ ΑΒΓΔ ὑπὸ ῥητῆς τῆς ΑΒ, καὶ τῆς ἐκ δύο ὀνομάτων δευτέρας τῆς ΑΔ· λέγω ὅτι ἡ τὸ ΑΓ χωρίον δυναμένη ἐκ δύο μέσων πρώτη ἐστί.

Contineatur enim spatium ΑΒΓΔ sub rationali ΑΒ, et ex binis nominibus secundâ ΑΔ; dico rectam, quæ spatium ΑΓ potest, ex binis mediis primam esse.

Ἐπεὶ γὰρ ἐκ δύο ὀνομάτων δευτέρα ἐστὶν ἡ ΑΔ, διῃρήσθω εἰς τὰ ὀνόματα κατὰ τὸ Ε, ὥστε τὸ μεῖζον ὄνομα εἶναι τὸ ΑΕ· αἱ ΑΕ, ΕΔ ἄρα ῥηταί εἰσι δυνάμει μόνον σύμμετροι, καὶ ἡ ΑΕ τῆς ΕΔ μεῖζον δύναται τῷ ἀπὸ συμμέτρου

Quoniam enim ex binis nominibus secunda est ΑΔ, dividatur in nomina ad punctum Ε, ita ut majus nomen sit ΑΕ; ergo ΑΕ, ΕΔ rationales sunt potentiâ solùm commensurabiles, et ΑΕ quàm ΕΔ plus potest quadrato ex rectâ

les droites ΜΝ, ΝΞ sont donc des rationelles commensurables en puissance seulement; ΜΞ est donc une droite de deux noms (37. 10), et elle peut le parallélogramme ΑΓ. Ce qu'il fallait démontrer.

PROPOSITION LVI.

Si une surface est comprise sous une rationelle et sous la seconde de deux noms, la droite qui peut cette surface est l'irrationelle appelée la première de deux médiales.

Que la surface ΑΒΓΔ soit comprise sous la rationelle ΑΒ et sous la seconde de deux noms ΑΔ; je dis que la droite qui peut la surface ΑΓ est la première de deux médiales.

Car puisque ΑΔ est la seconde de deux noms, divisons cette droite en ses noms au point Ε, de manière que ΑΕ soit son plus grand nom; les droites ΑΕ, ΕΔ seront des rationelles commensurables en puissance seulement; la puissance de ΑΕ surpassera la puissance de ΕΔ du quarré d'une droite commensurable avec ΑΕ, et

ἑαυτῇ, καὶ τὸ ἔλαττον ὄνομα ἡ ΕΔ σύμμετρόν ἐστι τῇ ΑΒ μήκει. Τετμήσθω ἡ ΕΔ δίχα κατὰ τὸ Ζ, καὶ τῷ ἀπὸ τῆς ΕΖ ἴσον παρὰ τὴν ΑΕ παραβεβλήσθω ἐλλεῖπον εἴδει τετραγώνῳ, τὸ ὑπὸ τῶν ΑΗ, ΗΕ· σύμμετρος ἄρα ἡ ΑΗ τῇ ΗΕ μήκει. Καὶ διὰ τῶν Η, Ε, Ζ παράλληλοι ἤχθωσαν ταῖς ΑΒ, ΔΓ αἱ ΗΘ, ΕΚ, ΖΛ, καὶ τῷ μὲν ΑΘ παραλληλογράμμῳ ἴσον τετράγωνον συνεστάτω τὸ ΣΝ, τῷ δὲ ΗΚ ἴσον τετράγωνον τὸ

sibi commensurabili, et minus nomen ΕΔ commensurabile est ipsi ΑΒ longitudine. Secetur ipsa ΕΔ bifariam in Z, et quadrato ex ΕΖ æquale ad ΑΕ applicetur deficiens figurâ quadratâ, parallelogrammo sub ΑΗ, ΗΕ; commensurabilis igitur ΑΗ ipsi ΗΕ longitudine. Et per puncta Η, Ε, Ζ parallelæ ducantur ipsis ΑΒ, ΔΓ ipsæ ΗΘ, ΕΚ, ΖΛ, et parallelogrammo quidem ΑΘ æquale quadratum constituatur ΣΝ, ipsi verò ΗΚ æquale

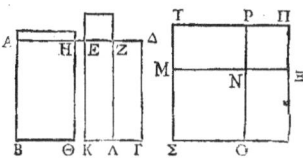

ΝΠ, καὶ κείσθω ὥστε ἐπ᾽ εὐθείας εἶναι τὴν ΜΝ τῇ ΝΞ· ἐπ᾽ εὐθείας ἄρα ἐστὶ[3] καὶ ἡ ΡΝ τῇ ΝΟ. Καὶ συμπεπληρώσθω τὸ ΣΠ τετράγωνον· φανερὸν δὴ ἐκ τοῦ προδεδειγμένου, ὅτι τὸ ΜΡ μέσον ἀνάλογόν ἐστι τῶν[4] ΣΝ, ΝΠ, καὶ ἴσον τῷ ΕΛ, καὶ ὅτι τὸ ΑΓ χωρίον δύναται ἡ ΜΞ· δεικτέον δὴ ὅτι ἡ ΜΞ ἐκ δύο μέσων ἐστὶ πρώτη.

quadratum ΝΠ, et ponatur ita ut in directum sit ΜΝ ipsi ΝΞ; in directum igitur est et ΡΝ ipsi ΝΟ. Et compleatur ΣΠ quadratum; evidens utique est ex iis demonstratis, ipsum ΜΡ medium proportionale esse ipsorum ΣΝ, ΝΠ, et æquale ipsi ΕΛ, et ΑΓ spatium posse ipsam ΜΞ; ostendendum est et ΜΞ ex binis mediis esse

le plus petit nom ΕΔ sera commensurable en longueur avec ΑΒ (déf. sec. 2. 10). Coupons ΕΔ en deux parties égales en Ζ, et appliquons à ΑΕ un parallélogramme, qui étant égal au quarré de ΕΖ, soit défaillant d'une figure quarrée; que ce soit le parallélogramme sous ΑΗ, ΗΕ; la droite ΑΗ sera commensurable en longueur avec ΗΕ (18. 10). Par les points Η, Ε, Ζ menons les droites ΗΘ, ΕΚ, ΖΛ parallèles aux droites ΑΒ, ΔΓ; faisons le quarré ΣΝ égal au parallélogramme ΑΘ; le quarré ΝΠ égal au parallélogramme ΗΚ, et plaçons ΜΝ dans la direction de ΝΞ; la droite ΡΝ sera dans la direction de ΝΟ. Achevons le quarré ΣΠ; il est évident, d'après ce qui a été démontré (55. 10), que le rectangle ΜΡ est moyen proportionnel entre ΣΝ et ΝΠ; que ΜΡ est égal à ΕΛ, et que ΜΞ peut la surface ΑΓ; il faut démontrer que ΜΞ est la première de deux médiales. Car puisque ΑΕ est incommensurable en

Ἐπεὶ γὰρ[5] ἀσύμμετρός ἐστιν ἡ ΑΕ τῇ ΕΔ μήκει, σύμμετρος δὲ ἡ ΕΔ τῇ ΑΒ· ἀσύμμετρος ἄρα ἡ ΑΕ τῇ ΑΒ μήκει. Καὶ ἐπεὶ[6] σύμμετρός ἐστιν ἡ ΑΗ τῇ ΗΕ, σύμμετρός ἐστι καὶ ἡ ΑΕ ἑκατέρᾳ τῶν ΑΗ, ΗΕ. Καὶ ἔστι ῥητὴ ἡ ΑΕ· ῥητὴ ἄρα καὶ ἑκατέρα τῶν ΑΗ, ΗΕ. Καὶ ἐπεὶ ἀσύμμετρός ἐστιν ἡ ΑΕ τῇ ΑΒ, σύμμετρος δὲ ἡ ΑΕ ἑκατέρᾳ τῶν ΑΗ, ΗΕ· αἱ ΑΗ, ΗΕ ἄρα ἀσύμμετροί εἰσι τῇ ΑΒ μήκει· αἱ ΒΑ[7], ΑΗ, ΗΕ ἄρα ῥηταί εἰσι δυνάμει μόνον σύμμετροι· ὥστε μέσον ἐστὶν ἑκάτερον τῶν ΑΘ, ΗΚ· ὥστε ἑκάτερον τῶν ΣΝ, ΝΠ μέσον ἐστί· καὶ αἱ ΜΝ, ΝΞ ἄρα μέσαι εἰσί. Καὶ ἐπεὶ σύμ-

primam. Quoniam enim incommensurabilis est ΑΕ ipsi ΕΔ longitudine, commensurabilis autem ΕΔ ipsi ΑΒ; incommensurabilis igitur ΑΕ ipsi ΑΒ longitudine. Et quoniam commensurabilis est ΑΗ ipsi ΗΕ, commensurabilis est et ΑΕ utrique ipsarum ΑΗ, ΗΕ. Atque est rationalis ΑΕ; rationalis igitur et utraque ipsarum ΑΗ, ΗΕ. Et quoniam incommensurabilis est ΑΕ ipsi ΑΒ, commensurabilis autem ΑΕ utrique ipsarum ΑΗ, ΗΕ; ergo ΑΗ, ΗΕ incommensurabiles sunt ipsi ΑΒ longitudine; ergo ΒΑ, ΑΗ, ΗΕ rationales sunt potentiâ solùm commensurabiles; quare medium est utrumque ipsorum ΑΘ, ΗΚ; quare utrumque ipsorum ΣΝ, ΝΠ medium est; et ΜΝ,

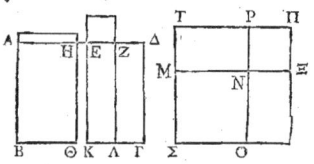

μετρός ἐστιν[8] ἡ ΑΗ τῇ ΗΕ μήκει, σύμμετρόν ἐστι καὶ τὸ ΑΘ τῷ[9] ΗΚ, τουτέστι τὸ ΣΝ τῷ ΝΠ, τουτέστι τὸ ἀπὸ τῆς ΜΝ τῷ ἀπὸ τῆς ΝΞ· ὥστε δυνάμει εἰσὶ σύμμετροι αἱ ΜΝ, ΝΞ[10].

ΝΞ igitur mediæ sunt. Et quoniam commensurabilis est ΑΗ ipsi ΗΕ longitudine, commensurabile est et ΑΘ ipsi ΗΚ, hoc est ΣΝ ipsi ΝΠ, hoc est ex ΜΝ quadratum quadrato ex ΝΞ; quare potentiâ

longueur avec ΕΔ (37. 10), et que ΕΔ est commensurable avec AB, la droite ΑΕ sera incommensurable en longueur avec AB (14. 10). Et puisque ΑΗ est commensurable avec ΗΕ, la droite ΑΕ sera commensurable avec chacune des droites ΑΗ, ΗΕ (16. 10). Mais ΑΕ est rationel; chacune des droites ΑΗ, ΗΕ est donc rationelle. Et puisque ΑΕ est incommensurable avec AB, et que ΑΕ est commensurable avec chacune des droites ΑΗ, ΗΕ, les droites ΑΗ, ΗΕ seront incommensurables en longueur avec AB; les droites ΒΑ, ΑΗ, ΗΕ sont donc des rationelles commensurables en puissance seulement; chacun des rectangles ΑΘ, ΗΚ est donc médial (22. 10); chacun des quarrés ΣΝ, ΝΠ est donc médial; les droites ΜΝ, ΝΞ sont donc médiales. Et puisque ΑΗ est commensurable en longueur avec ΗΕ, le rectangle ΑΘ sera commensurable avec le rectangle ΗΚ (1.6, et 10. 10), c'est-à-dire le quarré ΣΝ avec le quarré ΝΠ; c'est-à-dire le quarré de ΜΝ avec le quarré de ΝΞ; les droites ΜΝ,

Καὶ ἐπεὶ ἀσύμμετρός ἐστιν ἡ ΑΕ τῇ ΕΔ μήκει, ἀλλ᾿ ἡ μὲν ΑΕ σύμμετρός ἐστι τῇ ΑΗ, ἡ δὲ ΔΕ τῇ ΕΖ σύμμετρος[11]· ἀσύμμετρος ἄρα ἡ ΑΗ τῇ ΕΖ· ὥστε καὶ τὸ ΑΘ τῷ ΕΛ ἀσύμμετρόν ἐστι, τουτέστι τὸ ΣΝ τῷ ΜΡ, τουτέστιν ἡ ΟΝ τῇ ΝΡ, τουτέστιν ἡ ΜΝ τῇ ΝΞ ἀσύμμετρός ἐστι μήκει. Ἐδείχθησαν δὲ αἱ ΜΝ, ΝΞ καὶ μέσαι οὖσαι καὶ δυνάμει σύμμετροι· αἱ ΜΝ, ΝΞ ἄρα μέσαι εἰσὶ δυνάμει μόνον σύμμετροι. Λέγω δὴ ὅτι καὶ ῥητὸν περιέχουσιν. Ἐπεὶ γὰρ ἡ ΔΕ ὑπόκειται ἑκατέρᾳ τῶν ΑΒ, ΕΖ σύμμετρος· σύμμετρος ἄρα ἐστὶ[12] καὶ ἡ ΖΕ τῇ ΕΚ. Καὶ ῥητὴ ἑκατέρα αὐτῶν· ῥητὸν ἄρα καὶ[13] τὸ ΕΛ, τυτέστι τὸ ΜΡ, τὸ δὲ ΜΡ ἐστὶ τὸ ὑπὸ τῶν ΜΝ, ΝΞ. Ἐὰν δὲ δύο μέσαι δυνάμει σύμμετροι συντεθῶσι ῥητὸν περιέχουσαι, ἡ ὅλη ἄλογός ἐστι, καλεῖται δὲ ἐκ δύο μέσων πρώτη· ἡ ἄρα ΜΞ[14] ἐκ δύο μέσων ἐστὶ πρώτη. Ὅπερ ἔδει δεῖξαι.

sunt commensurabiles MN, NΞ. Et quoniam incommensurabilis est ΑΕ ipsi ΕΔ longitudine, sed quidem ΑΕ commensurabilis est ipsi ΑΗ, ipsa verò ΔΕ ipsi ΕΖ commensurabilis; incommensurabilis igitur ΑΗ ipsi ΕΖ; quare et ΑΘ ipsi ΕΛ incommensurabile est, hoc est ΣΝ ipsi ΜΡ, hoc est ΟΝ ipsi ΝΡ, hoc est ΜΝ ipsi ΝΞ incommensurabilis est longitudine. Ostensæ sunt autem MN, NΞ et mediæ existentes et potentiâ commensurabiles; ergo MN, NΞ mediæ sunt potentiâ solùm commensurabiles. Dico et eas rationale continere. Quoniam enim ΔΕ supponitur utrique ipsarum ΑΒ, ΕΖ commensurabilis; commensurabilis igitur est et ΖΕ ipsi ΕΚ. Et rationalis utraque ipsarum; rationale igitur et ΕΛ, hoc est ΜΡ, sed ΜΡ est rectangulum sub MN, NΞ. Si verò duæ mediæ potentiâ commensurabiles componantur rationale continentes, tota irrationalis est, appellatur autem ex binis mediis prima; ergo ΜΞ ex binis mediis est prima. Quod oportebat ostendere.

NΞ sont donc commensurables en puissance. Et puisque ΑΕ est incommensurable en longueur avec ΕΔ, que ΑΕ est commensurable avec ΑΗ, et que ΔΕ l'est avec ΕΖ, la droite ΑΗ sera incommensurable avec ΕΖ; le rectangle ΑΘ est donc incommensurable avec le rectangle ΕΛ, c'est-à-dire le quarré ΣΝ avec ΜΡ, c'est-à-dire la droite ΟΝ avec la droite ΝΡ, c'est-à-dire que la droite ΜΝ est incommensurable en longueur avec ΝΞ (1.6). Mais on a démontré que les droites ΜΝ, ΝΞ sont et médiales et commensurables en puissance; les droites ΜΝ, ΝΞ sont donc des médiales commensurables en puissance seulement. Je dis enfin qu'elles comprennent une surface rationelle. Car puisque ΔΕ est supposé commensurable avec chacune des droites ΑΒ, ΕΖ, la droite ΖΕ sera commensurable avec ΕΚ. Mais chacune d'elles est rationelle; le rectangle ΕΛ est donc rationel (20. 10), c'est-à-dire le rectangle ΜΡ qui est compris sous ΜΝ, ΝΞ. Mais si l'on ajoute deux médiales qui n'étant commensurables qu'en puissance, comprennent une surface rationelle, leur somme est irrationelle, et s'appèle première de deux médiales (38. 10); donc ΜΞ est une première de deux médiales. Ce qu'il fallait démontrer.

ΠΡΟΤΑΣΙΣ νζʹ.

Ἐὰν χωρίον περιέχηται ὑπὸ ῥητῆς, καὶ τῆς ἐκ δύο ὀνομάτων τρίτης· ἡ τὸ χωρίον δυναμένη ἄλογός ἐστιν, ἡ καλουμένη ἐκ δύο μέσων δευτέρα.

Χωρίον γὰρ τὸ ΑΒΓΔ περιεχέσθω ὑπὸ ῥητῆς τῆς ΑΒ, καὶ τῆς ἐκ δύο ὀνομάτων τρίτης τῆς ΑΔ, διῃρημένης εἰς τὰ ὀνόματα κατὰ τὸ Ε, ὧν μεῖζον ἔστω[1] τὸ ΑΕ· λέγω ὅτι ἡ τὸ ΑΓ χωρίον δυναμένη ἄλογός ἐστιν, ἡ καλουμένη ἐκ δύο μέσων δευτέρα.

Κατεσκευάσθω γὰρ τὰ αὐτὰ τοῖς πρότερον. Καὶ ἐπεὶ ἐκ δύο ὀνομάτων ἐστὶ τρίτη ἡ ΑΔ· αἱ ΑΕ, ΕΔ ἄρα ῥηταί εἰσι δυνάμει μόνον σύμμετροι, καὶ ἡ ΑΕ τῆς ΕΔ μεῖζον δύναται τῷ ἀπὸ συμμέτρου ἑαυτῇ, καὶ οὐδετέρα τῶν ΑΕ, ΕΔ σύμμετρός ἐστι[2] τῇ ΑΒ μήκει. Ὁμοίως δὴ τοῖς πρότερον δεδειγμένοις δείξομεν ὅτι ἡ ΜΞ ἐστιν

PROPOSITIO LVII.

Si spatium contineatur sub rationali, et ex binis nominibus tertiâ; recta spatium potens irrationalis est, quæ appellatur ex binis mediis secunda.

Spatium enim ΑΒΓΔ contineatur sub rationali ΑΒ, et ex binis nominibus tertiâ ΑΔ, divisâ in nomina ad punctum Ε, quorum majus sit ΑΕ; dico rectam, quæ ΑΓ spatium potest, irrationalem esse, quæ appellatur ex binis mediis secunda.

Construantur enim eadem quæ suprà. Et quoniam ex binis nominibus est tertia ΑΔ; ergo ΑΕ, ΕΔ rationales sunt potentiâ solùm commensurabiles, et ΑΕ quàm ΕΔ plus potest quadrato ex rectâ sibi commensurabili, et neutra ipsarum ΑΕ, ΕΔ commensurabilis est ipsi ΑΒ longitudine. Congruenter utique suprà ostensis ostendemus

PROPOSITION LVII.

Si une surface est comprise sous une rationelle et sous la troisième de deux noms, la droite qui peut cette surface est l'irrationelle appelée la seconde de deux médiales.

Que la surface ΑΒΓΔ soit comprise sous la rationelle ΑΒ et sous la troisième de deux noms ΑΔ, divisée en ses noms au point Ε, et que ΑΕ soit son plus grand nom ; je dis que la droite qui peut la surface ΑΓ est l'irrationelle appelée la seconde de deux médiales.

Faisons la même construction qu'auparavant. Puisque la droite ΑΔ est la troisième de deux noms, les droites ΑΕ, ΕΔ seront des rationelles commensurables en puissance seulement, la droite ΑΕ surpassera la puissance de ΕΔ du quarré d'une droite commensurable avec ΑΕ, et de plus aucune des droites ΑΕ, ΕΔ ne sera commensurable en longueur avec ΑΒ (déf. sec. 3. 10). Nous démontrerons de la même

ἢ τὸ ΑΓ χωρίον δυναμένη, καὶ αἱ ΜΝ, ΝΞ
μέσαι εἰσὶ δυνάμει μόνον σύμμετροι· ὥστε ἡ ΜΞ
ἐκ δύο μέσων ἐστί[3]. Δεικτέον δὴ ὅτι καὶ δευτέρα. Καὶ ἐπεὶ ἀσύμμετρός ἐστιν ἡ ΔΕ τῇ
ΑΒ μήκει, τουτέστι τῇ ΕΚ, σύμμετρος δὲ

rectam ΜΞ esse quæ spatium ΑΓ potest; et ΜΝ,
ΝΞ medias esse potentiâ solùm commensurabiles; quare ΜΞ ex binis mediis est. Ostendendum est et secundam esse. Et quoniam
incommensurabilis est ΔΕ ipsi ΑΒ longitudine,
hoc est ipsi ΕΚ, commensurabilis autem ΔΕ

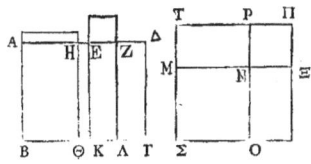

ἡ ΔΕ τῇ ΕΖ· ἀσύμμετρός[4] ἄρα ἐστὶν ἡ ΕΖ τῇ
ΕΚ μήκει. Καὶ εἰσὶ ῥηταί· αἱ ΖΕ, ΕΚ ἄρα
ῥηταί εἰσι δυνάμει μόνον σύμμετροι· μέσον ἄρα
ἐστί[5] τὸ ΕΛ, τουτέστι τὸ ΜΡ, καὶ περιέχεται
ὑπὸ τῶν ΜΝ, ΝΞ. Μέσον ἄρα ἐστὶ τὸ ὑπὸ
τῶν ΜΝ, ΝΞ· ἡ ΜΞ ἄρα ἐκ δύο μέσων ἐστὶ[7]
δευτέρα. Ὅπερ ἔδει δεῖξαι.

ipsi ΕΖ; incommensurabilis igitur est ΕΖ ipsi
ΕΚ longitudine. Et sunt rationales; ipsæ ΖΕ, ΕΚ
igitur rationales sunt potentiâ solùm commensurabiles; medium igitur est ΕΛ, hoc est ΜΡ, et
continetur sub ΜΝ, ΝΞ. Medium igitur est rectangulum sub ΜΝ, ΝΞ; ergo ΜΞ ex binis mediis
est secunda. Quod oportebat ostendere.

manière que nous l'avons déjà fait que la droite ΜΞ peut la surface ΑΓ (3. 10), et que
les droites ΜΝ, ΝΞ sont des médiales commensurables en puissance seulement; la
droite ΜΞ est donc une droite de deux médiales. Il faut démontrer qu'elle en
est la seconde. Puisque ΔΕ est incommensurable en longueur avec ΑΒ, c'est-
à-dire avec ΕΚ, et que ΔΕ est commensurable avec ΕΖ, la droite ΕΖ sera incommensurable en longueur avec ΕΚ. Mais ces droites sont rationelles; les droites
ΖΕ, ΕΚ sont donc des rationelles commensurables en puissance seulement; le rectangle ΕΛ, c'est-à-dire le rectangle ΜΡ, est donc médial; mais il est compris sous
ΜΝ, ΝΞ; le rectangle compris sous ΜΝ, ΝΞ est donc médial (39. 10); la droite
ΜΞ est donc une seconde de deux médiales. Ce qu'il fallait démontrer.

ΠΡΟΤΑΣΙΣ νή.

Ἐὰν χωρίον περιέχηται ὑπὸ ῥητῆς, καὶ τῆς ἐκ δύο ὀνομάτων τετάρτης· ἡ τὸ χωρίον δυναμένη ἄλογός ἐστιν, ἡ καλουμένη μείζων.

Χωρίον γὰρ τὸ ΑΓ περιεχέσθω ὑπὸ ῥητῆς τῆς ΑΒ, καὶ τῆς ἐκ δύο ὀνομάτων τετάρτης τῆς ΑΔ, διῃρημένης εἰς τὰ ὀνόματα κατὰ τὸ Ε, ὧν μεῖζον ἔστω τὸ ΑΕ· λέγω ὅτι ἡ τὸ ΑΓ χωρίον δυναμένη ἄλογός ἐστιν, ἡ καλουμένη μείζων.

PROPOSITIO LVIII.

Si spatium contineatur sub rationali, et ex binis nominibus quartâ; recta spatium potens irrationalis est, quæ appellatur major.

Spatium enim ΑΓ contineatur sub rationali ΑΒ, et ex binis nominibus quartâ ΑΔ, divisâ in nomina ad punctum Ε, quorum majus sit ΑΕ; dico rectam, quæ spatium ΑΓ potest, irrationalem esse, quæ appellatur major.

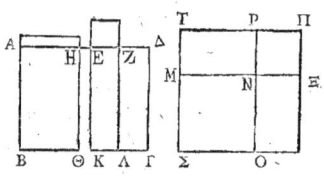

Ἐπεὶ γὰρ ἡ ΑΔ ἐκ δύο ὀνομάτων ἐστὶ τετάρτη, αἱ ΑΕ, ΕΔ ἄρα ῥηταί εἰσι δυνάμει μόνον σύμμετροι, καὶ ἡ ΑΕ τῆς ΕΔ μεῖζον δύναται τῷ ἀπὸ ἀσυμμέτρου ἑαυτῇ, καὶ ἡ ΑΕ τῇ ΑΒ σύμμετρός ἐστι μήκει. Τετμήσθω δὴ ἡ ΔΕ

Quoniam enim ΑΔ ex binis nominibus est quarta, ipsæ ΑΕ, ΕΔ igitur rationales sunt potentiâ solùm commensurabiles, et ΑΕ quam ΕΔ plus potest quadrato ex rectâ sibi incommensurabili, et ΑΕ ipsi ΑΒ commensurabilis est longitudine. Secetur utique ΔΕ bifariàm

PROPOSITION LVIII.

Si une surface est comprise sous une rationelle et sous la quatrième de deux noms, la droite qui peut cette surface est l'irrationelle appelée majeure.

Que la surface ΑΓ soit comprise sous la rationelle ΑΒ, et sous la quatrième de deux noms ΑΔ, divisée en ses noms au point Ε, et que ΑΕ soit son plus grand nom ; je dis que la droite qui peut la surface ΑΓ est l'irrationelle appelée majeure.

Car, puisque ΑΔ est la quatrième de deux noms, les droites ΑΕ, ΕΔ seront des rationelles commensurables en puissance seulement, et la puissance de ΑΕ surpassera la puissance de ΕΔ du quarré d'une droite incommensurable avec ΑΕ, et de plus ΑΕ sera commensurable en longueur avec ΑΒ (déf. sec. 4. 10). Coupons ΔΕ en

δίχα κατὰ τὸ Ζ, καὶ τῷ ἀπὸ τῆς ΕΖ ἴσον παρὰ τὴν ΑΕ παραβεβλήσθω παραλληλόγραμμον τὸ ὑπὸ τῶν ΑΗ, ΗΕ· ἀσύμμετρος ἄρα ἐστὶν[1] ἡ ΑΗ τῇ ΗΕ μήκει. Ἤχθωσαν παράλληλοι τῇ ΑΒ αἱ ΗΘ, ΕΚ, ΖΛ, καὶ τὰ λοιπὰ τὰ αὐτὰ τοῖς πρὸ τούτου γεγονέτω· φανερὸν δὴ ὅτι ἡ τὸ ΑΓ χωρίον δυναμένη ἐστὶν ἡ ΜΞ. Δεικτέον δὴ[2] ὅτι ἡ ΜΞ ἄλογός ἐστιν, ἡ καλουμένη μείζων. Ἐπεὶ[3] ἀσύμμετρός ἐστιν ἡ ΑΗ τῇ ΕΗ μήκει, ἀσύμμετρόν ἐστι καὶ τὸ ΑΘ τῷ ΗΚ, τουτέστι τὸ ΣΝ τῷ ΝΠ· αἱ ΜΝ, ΝΞ ἄρα δυνάμει[4] εἰσὶν ἀσύμμετροι. Καὶ ἐπεὶ σύμμετρός ἐστιν ἡ ΑΕ τῇ ΑΒ μήκει, ῥητόν ἐστι τὸ ΑΚ, καὶ ἔστιν ἴσον τοῖς ἀπὸ τῶν ΜΝ, ΝΞ· ῥητὸν ἄρα ἐστὶ[5] καὶ τὸ συγκείμενον ἐκ τῶν ἀπὸ τῶν ΜΝ, ΝΞ. Καὶ ἐπεὶ ἀσύμμετρός ἐστιν[6] ἡ ΔΕ τῇ ΑΒ μήκει, τουτέστι τῇ ΕΚ, ἀλλὰ ἡ ΔΕ σύμμετρός ἐστι τῇ[7] ΕΖ· ἀσύμμετρος ἄρα ἡ ΕΖ τῇ ΕΚ μήκει· αἱ ΚΕ, ΕΖ ἄρα ῥηταί εἰσι δυνάμει μόνον σύμμετροι· μέσον ἄρα τὸ ΛΕ, τουτέστι τὸ ΜΡ, καὶ περιέχεται

in Ζ, et quadrato ex ΕΖ æquale ad ΑΕ applicetur parallelogrammum sub ΑΗ, ΗΕ; incommensurabilis igitur est ΑΗ ipsi ΗΕ longitudine. Ducantur ipsi ΑΒ parallelæ ΗΘ, ΕΚ, ΖΛ, et reliqua eadem quæ suprà fiant; evidens est utique spatium ΑΓ posse ΜΞ. Ostendendum est utique ΜΞ irrationalem esse, quæ vocatur major. Quoniam incommensurabilis est ΑΗ ipsi ΕΗ longitudine, incommensurabile est et ΑΘ ipsi ΗΚ, hoc est ΣΝ ipsi ΝΠ; ipsæ ΜΝ, ΝΞ igitur potentiâ sunt incommensurabiles. Et quoniam commensurabilis est ΑΕ ipsi ΑΒ longitudine, rationale est ΑΚ, atque est æquale quadratis ex ΜΝ, ΝΞ; rationale igitur est et compositum ex quadratis ipsarum ΜΝ, ΝΞ. Et quoniam incommensurabilis est ΔΕ ipsi ΑΒ longitudine, hoc est ipsi ΕΚ, sed ΔΕ commensurabilis est ipsi ΕΖ; incommensurabilis igitur ΕΖ ipsi ΕΚ longitudine; ipsæ ΚΕ, ΕΖ igitur rationales sunt potentiâ solùm commensurabiles; medium igitur ΛΕ, hoc est ΜΡ, et continetur sub ΜΝ, ΝΞ.

deux parties égales en Ζ, et appliquons à ΑΕ un parallélogramme sous ΑΗ, ΗΕ qui soit égal au quarré de ΕΖ; la droite ΑΗ sera incommensurable en longueur avec ΗΕ (19. 10). Conduisons les droites ΗΘ, ΕΚ, ΖΛ parallèles à ΑΒ, et faisons le reste comme auparavant; il est évident que la droite ΜΞ peut la surface ΑΓ. Il faut démontrer que ΜΞ est l'irrationelle appelée majeure. Puisque ΑΗ est incommensurable en longueur avec ΕΗ, la surface ΑΘ sera incommensurable avec ΗΚ, c'est-à-dire le quarré ΣΝ avec le quarré ΝΠ (1. 6, et 10. 10); les droites ΜΝ, ΝΞ sont donc incommensurables en puissance. Et puisque ΑΕ est commensurable en longueur avec ΑΒ, le rectangle ΑΚ sera rationel; mais il est égal à la somme des quarrés des droites ΜΝ, ΝΞ; la somme des quarrés de ΜΝ et de ΝΞ est donc rationelle. Et puisque ΔΕ est incommensurable en longueur avec ΑΒ, c'est-à-dire avec ΕΚ; et que ΔΕ est commensurable avec ΕΖ; la droite ΕΖ sera incommensurable en longueur avec ΕΚ; les droites ΚΕ, ΕΖ sont donc des rationelles commensurables en puissance seulement; le rectangle ΛΕ, c'est-à-dire ΜΡ, est donc médial (22. 10);

II.   33

ὑπὸ τῶν MN , NΞ· μέσον ἄρα ἐστὶ τὸ ὑπὸ τῶν
MN , NΞ, καὶ ῥητὸν τὸ συγκείμενον[8] ἐκ τῶν
ἀπὸ τῶν MN , NΞ[9] καὶ εἰσιν ἀσύμμετροι αἱ
MN , NΞ[9] δυνάμει. Ἐὰν δὲ δύο εὐθεῖαι δυνάμει
ἀσύμμετροι συντεθῶσι, ποιοῦσαι τὸ μὲν συγκείμενον ἐκ τῶν ἀπ' αὐτῶν τετραγώνων ῥητὸν, τὸ
δ' ὑπ' αὐτῶν μέσον , ἡ ὅλη ἄλογός ἐστι. Καλεῖται δὲ μείζων· ἡ MΞ ἄρα ἄλογός ἐστιν ἡ
καλουμένη μείζων, καὶ δύναται τὸ AΓ χωρίον.
Ὅπερ ἔδει δεῖξαι.

Ἐὰν χωρίον περιέχηται ὑπὸ ῥητῆς, καὶ τῆς
ἐκ δύο ὀνομάτων πέμπτης· ἡ τὸ χωρίον δυναμένη ἄλογός ἐστιν, ἡ καλουμένη ῥητὸν καὶ μέσον
δυναμένη.

Χωρίον γὰρ τὸ AΓ περιεχέσθω ὑπὸ ῥητῆς τῆς
AB, καὶ τῆς ἐκ δύο ὀνομάτων πέμπτης τῆς
AΔ, διῃρημένης εἰς τὰ ὀνόματα κατὰ τὸ E,

medium igitur est rectangulum sub MN, NΞ,
et rationale compositum ex quadratis ipsarum
MN, NΞ , et sunt incommensurabiles MN , NΞ
potentiâ. Si verò duæ rectæ potentiâ incommensurabiles componantur, facientes quidem
compositum ex ipsarum quadratis rationale,
rectangulum verò sub ipsis medium , tota
irrationalis est. Vocatur autem major ; ergo MΞ
irrationalis est quæ appellatur major, et potest
spatium AΓ. Quod oportebat ostendere.

PROPOSITIO LIX.

Si spatium contineatur sub rationali, et ex
binis nominibus quintâ ; recta spatium potens
irrationalis est, quæ vocatur rationale et medium potens.

Spatium enim AΓ contineatur sub rationali
AB, et ex binis nominibus quintâ AΔ, divisâ
in nomina ad E, ita ut majus nomen sit

mais il est contenu sous les droites MN, NΞ ; le rectangle sous MN , NΞ est donc
médial, la somme des quarrés de MN et de NΞ étant rationelle, et les droites
MN , NΞ étant incommensurables en puissance. Mais si l'on ajoute deux droites incommensurables en puissance , la somme de leurs quarrés étant rationelle , et le
rectangle compris sous ces droites étant médial, la somme de ces droites sera
irrationelle. Mais cette somme est appelée majeure (40. 10) ; la droite MΞ est donc
l'irrationelle appelée majeure, et elle peut la surface AΓ. Ce qu'il fallait démontrer.

PROPOSITION LIX.

Si une surface est comprise sous une rationelle et sous une cinquième de deux
noms , la droite qui peut cette surface est l'irrationelle appelée la droite qui peut
une surface rationelle et une surface médiale.

Que la surface AΓ soit comprise sous la rationelle AB et sous une cinquième de
deux noms AΔ , divisée en ses noms au point E, de manière que AE soit le plus

ὥστε τὸ μεῖζον ὄνομα εἶναι τὸ ΑΕ· λέγω ὅτι ἡ τὸ ΑΓ χωρίον δυναμένη ἄλογός ἐστιν, ἡ καλουμένη ῥητὸν καὶ μέσον δυναμένη.

Κατεσκευάσθω γὰρ τὰ αὐτὰ τοῖς προδεδειγμένοις· φανερὸν δὴ ὅτι ἡ τὸ ΑΓ χωρίον δυναμένη ἐστὶν ἡ ΜΞ. Δεικτέον δὲ ὅτι ἡ ΜΞ ἐστιν ἡ ῥητὸν καὶ μέσον δυναμένη. Ἐπεὶ γὰρ ἀσύμμε-

ΑΕ; dico rectam, quæ potest spatium ΑΓ, irrationalem esse, quæ vocatur rationale et medium potens.

Construantur enim eadem quæ suprà; evidens est utique spatium ΑΓ posse ΜΞ. Ostendendum est autem ΜΞ esse quæ rationale et medium potest. Quoniam enim incommen-

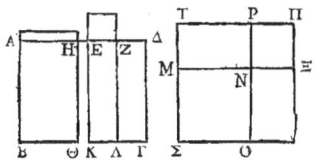

τρός ἐστιν ἡ ΑΗ τῇ ΗΕ, ἀσύμμετρον ἄρα[1] ἐστὶ καὶ τὸ ΑΘ τῷ ΘΕ, τουτέστι τὸ ἀπὸ τῆς ΜΝ τῷ ἀπὸ τῆς[2] ΝΞ· αἱ ΜΝ, ΝΞ ἄρα δυνάμει εἰσὶν ἀσύμμετροι. Καὶ ἐπεὶ ἡ ΑΔ ἐκ δύο ὀνομάτων ἐστὶ πέμπτη, καὶ ἐστιν ἔλασσον αὐτῆς τμῆμα τὸ ΕΔ· σύμμετρος ἄρα ἡ ΕΔ τῇ ΑΒ μήκει[3]. Ἀλλ' ἡ ΑΕ τῇ ΕΔ ἐστιν ἀσύμμετρος μήκει[4], καὶ ἡ ΑΒ ἄρα τῇ ΑΕ ἐστιν ἀσύμμετρος μήκει· αἱ ΒΑ, ΑΕ ἄρα[5] ῥηταί εἰσι δυνάμει μόνον σύμμε-

surabilis est ΑΗ ipsi ΗΕ, incommensurabile igitur est et ΑΘ ipsi ΘΕ, hoc est ex ΜΝ quadratum quadrato ex ΝΞ; ipsæ ΜΝ, ΝΞ igitur potentiâ sunt incommensurabiles. Et quoniam ΑΔ ex binis nominibus est quinta, atque est minor ipsius portio ΕΔ; commensurabilis igitur ΕΔ ipsi ΑΒ longitudine. Sed ΑΕ ipsi ΕΔ est incommensurabilis longitudine, et ΑΒ igitur ipsi ΑΕ est incommensurabilis longitudine; ipsæ ΒΑ, ΑΕ igitur rationales sunt potentiâ solùm com-

grand nom; je dis que la droite qui peut la surface ΑΓ est l'irrationelle appelée la droite qui peut une surface rationelle et une surface médiale.

Faisons la même construction qu'auparavant; il est évident que la droite ΜΞ peut la surface ΑΓ. Il faut démontrer que la droite ΜΞ est celle qui peut une surface rationelle et une surface médiale. Car puisque ΑΗ est incommensurable avec ΗΕ, ΑΘ sera incommensurable avec ΘΕ, c'est-à-dire le quarré de ΜΝ avec le quarré de ΝΞ (10. 10); les droites ΜΝ, ΝΞ sont donc incommensurables en puissance. Et puisque la droite ΑΔ est la cinquième de deux noms, et que ΕΔ en est le plus petit segment, la droite ΕΔ sera commensurable en longueur avec ΑΒ (déf. sec. 5. 10). Mais ΑΕ est incommensurable en longueur avec ΕΔ; donc ΑΒ est incommensurable en longueur avec ΑΕ (13. 10); les droites ΒΑ, ΑΕ sont donc des rationelles commensurables en puissance seulement; le rec-

τροι· μέσον ἄρα ἐστὶ τὸ ΑΚ, τουτέστι τὸ συγκείμενον ἐκ τῶν ἀπὸ τῶν ΜΝ, ΝΞ. Καὶ ἐπεὶ σύμμετρός ἐστιν ἡ ΔΕ τῇ ΑΒ μήκει, τουτέστι τῇ ΕΚ, ἀλλ' ἡ ΔΕ τῇ ΕΖ σύμμετρός ἐστι· καὶ ἡ ΕΖ ἄρα τῇ ΕΚ σύμμετρός ἐστι. Καὶ

mensurabiles; medium igitur est ΑΚ, hoc est compositum ex quadratis ipsarum ΜΝ, ΝΞ. Et quoniam commensurabilis est ΔΕ ipsi ΑΒ longitudine, hoc est ipsi ΕΚ, sed ΔΕ ipsi ΕΖ commensurabilis est; et ΕΖ igitur ipsi ΕΚ com-

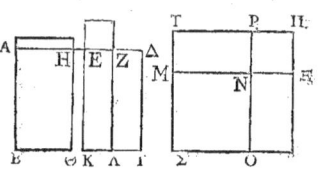

ῥητὴ[6] ἡ ΕΚ· ῥητὸν ἄρα καὶ τὸ ΕΛ, τουτέστι τὸ ΜΡ, τουτέστι τὸ ὑπὸ τῶν ΜΝ, ΝΞ· αἱ ΜΝ, ΝΞ ἄρα δυνάμει ἀσύμμετροί εἰσι, ποιοῦσαι τὸ μὲν συγκείμενον ἐκ τῶν ἀπ' αὐτῶν τετραγώνων μέσον, τὸ δὲ ὑπ' αὐτῶν ῥητόν· ἡ ΜΞ ἄρα ῥητὸν καὶ μέσον δυναμένη ἐστί, καὶ δύναται τὸ ΑΓ χωρίον. Ὅπερ ἔδει δεῖξαι.

mensurabilis est. Et rationalis ΕΚ; rationale igitur et ΕΛ, hoc est ΜΡ, hoc est rectangulum sub ΜΝ, ΝΞ; ipsæ ΜΝ, ΝΞ igitur potentiâ incommensurabiles sunt, facientes quidem compositum ex ipsarum quadratis medium, rectangulum autem sub ipsis rationale; ipsa ΜΞ igitur rationale et medium potest, et potest spatium ΑΓ. Quod oportebat ostendere.

tangle ΑΚ, c'est-à-dire la somme des quarrés de ΜΝ et de ΝΞ, est donc médial (22. 10). Et puisque ΔΕ est commensurable en longueur avec ΑΒ, c'est-à-dire avec ΕΚ; que ΔΕ est commensurable avec ΕΖ, la droite ΕΖ sera commensurable avec ΕΚ. Mais la droite ΕΚ est rationelle, le rectangle ΕΛ, c'est-à-dire ΜΡ (20. 10), c'est-à-dire le rectangle sous ΜΝ, ΝΞ, est donc rationel; les droites ΜΝ, ΝΞ sont donc incommensurables en puissance, la somme de leurs quarrés étant médiale, et le rectangle compris sous ces droites étant rationel; donc ΜΞ est la droite qui peut une surface rationelle et une surface médiale (41. 10), et elle peut la surface ΑΓ. Ce qu'il fallait démontrer.

ΠΡΟΤΑΣΙΣ ξ'.

PROPOSITIO LX.

Ἐὰν χωρίον περιέχηται ὑπὸ ῥητῆς, καὶ τῆς ἐκ δύο ὀνομάτων ἕκτης· ἡ τὸ χωρίον δυναμένη ἄλογός ἐστιν, ἡ καλουμένη δύο μέσα δυναμένη.

Χωρίον γὰρ τὸ ΑΒΓΔ περιεχέσθω ὑπὸ ῥητῆς τῆς ΑΒ, καὶ τῆς ἐκ δύο ὀνομάτων ἕκτης τῆς ΑΔ, διῃρημένης εἰς τὰ ὀνόματα κατὰ τὸ Ε, ὥστε τὸ μεῖζον ὄνομα εἶναι τὸ ΑΕ· λέγω ὅτι ἡ τὸ ΑΓ δυναμένη ἡ δύο μέσα δυναμένη ἐστί.

Κατεσκευάσθω γὰρ¹ τὰ αὐτὰ τοῖς προδεδειγμένοις. Φανερὸν δὴ ὅτι ἡ² τὸ ΑΓ δυναμένη ἐστὶν ἡ. ΜΞ, καὶ ὅτι ἀσύμμετρός ἐστιν ἡ ΜΝ τῇ ΝΞ δυνάμει. Καὶ ἐπεὶ ἀσύμμετρός ἐστιν ἡ ΕΑ τῇ ΑΒ μήκει· αἱ ΕΑ, ΑΒ ἄρα ῥηταί εἰσι δυνάμει μόνον σύμμετροι· μέσον ἄρα ἐστὶ τὸ ΑΚ, τουτέστι τὸ συγκείμενον ἐκ τῶν ἀπὸ τῶν³ ΜΝ, ΝΞ. Πάλιν, ἐπεὶ ἀσύμμετρός ἐστιν ἡ ΕΔ τῇ ΑΒ μήκει, ἀσύμμετρος ἄρα⁴ ἐστὶ καὶ ἡ ΕΖ

Si spatium contineatur sub rationali, et ex binis nominibus sextâ; recta spatium potens irrationalis est, quæ vocatur bina media potens.

Spatium enim ΑΒΓΔ contineatur sub rationali ΑΒ., et ex binis nominibus sextâ ΑΔ, divisâ in nomina ad Ε, ita ut majus nomen sit ΑΕ; dico rectam, quæ potest ipsum ΑΓ, bina media posse.

Construantur enim eadem quæ suprà. Evidens est utique ipsum ΑΓ posse ΜΞ, et incommensurabilem esse ΜΝ ipsi ΝΞ potentiâ. Et quoniam incommensurabilis est ΕΑ ipsi ΑΒ longitudine; ipsæ ΕΑ, ΑΒ igitur rationales sunt potentiâ solùm commensurabiles; medium igitur est ΑΚ, hoc est compositum ex quadratis ipsarum ΜΝ, ΝΞ. Rursùs, quoniam incommensurabilis est ΕΔ ipsi ΑΒ longitudine, incommensu-

PROPOSITION LX.

Si une surface est comprise sous une rationelle et une sixième de deux noms, la droite qui peut cette surface est l'irrationelle appelée la droite qui peut deux médiales.

Que la surface ΑΒΓΔ soit comprise sous la rationelle ΑΒ et sous une sixième de deux noms ΑΔ, divisée en ses noms au point Ε, de manière que ΑΕ soit le plus grand nom; je dis que la droite qui peut la surface ΑΓ est celle qui peut deux médiales.

Faisons la même construction qu'auparavant. Il est évident que ΜΞ peut la surface ΑΓ, et que ΜΝ est incommensurable en puissance avec ΝΞ. Et puisque ΕΑ est incommensurable en longueur avec ΑΒ, les droites ΕΑ, ΑΒ seront des rationelles commensurables en puissance seulement; le rectangle ΑΚ, c'est-à-dire la somme des quarrés de ΜΝ et de ΝΞ, sera donc médial (22. 10). De plus, puisque ΕΔ est incommensurable en longueur avec ΑΒ, la droite ΕΖ sera incommensurable

τῇ ΕΚ· καὶ[5] αἱ ΖΕ, ΕΚ ἄρα ῥηταί εἰσι δυνάμει μόνον σύμμετροι· μέσον ἄρα ἐστὶ τὸ ΕΛ, τουτέστι τὸ ΜΡ, τουτέστι τὸ ὑπὸ τῶν ΜΝ, ΝΞ.

rabilis igitur est et ΕΖ ipsi ΕΚ; et ipsæ ΖΕ, ΕΚ igitur rationales sunt potentiâ solùm commensurabiles; medium igitur est ΕΛ, hoc est ΜΡ, hoc est

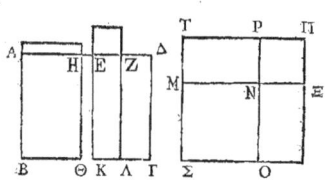

Καὶ ἐπεὶ ἀσύμμετρός ἐστιν[6] ἡ ΑΕ τῇ ΕΖ, καὶ τὸ ΑΚ τῷ ΕΛ ἀσύμμετρόν ἐστιν. Ἀλλὰ τὸ μὲν ΑΚ ἐστὶ τὸ συγκείμενον ἐκ τῶν ἀπὸ τῶν ΜΝ, ΝΞ, τὸ δὲ ΕΛ ἐστὶ τὸ ὑπὸ τῶν ΜΝ, ΝΞ· ἀσύμμετρον ἄρα ἐστὶ τὸ συγκείμενον ἐκ τῶν ἀπὸ τῶν ΜΝ, ΝΞ τῷ ὑπὸ τῶν ΜΝ, ΝΞ. Καὶ ἔστι μέσον ἑκάτερον αὐτῶν, καὶ αἱ ΜΝ, ΝΞ[7] δυνάμει εἰσὶν ἀσύμμετροι· ἡ ΜΞ ἄρα δύο μέσα δυναμένη ἐστὶ, καὶ δύναται τὸ ΑΓ. Ὅπερ ἔδει δεῖξαι.

rectangulum sub ΜΝ, ΝΞ. Et quoniam incommensurabilis est ΑΕ ipsi ΕΖ, et ΑΚ ipsi ΕΛ incommensurabile est. Sed quidem ΑΚ est compositum ex quadratis ipsarum ΜΝ, ΝΞ, ipsum verò ΕΛ est rectangulum sub ΜΝ, ΝΞ; incommensurabile igitur est compositum ex quadratis ipsarum ΜΝ, ΝΞ rectangulo sub ΜΝ, ΝΞ. Atque est medium utrumque ipsorum, et ΜΝ, ΝΞ potentiâ sunt incommensurabiles; ergo ΜΞ bina media potest, et potest ipsum ΑΓ. Quod oportebat ostendere.

avec ΕΚ, les droites ΖΕ, ΕΚ sont donc des rationelles commensurables en puissance seulement; le rectangle ΕΛ, c'est-à-dire ΜΡ, c'est-à-dire le rectangle sous ΜΝ, ΝΞ, sera donc médial. Et puisque ΑΕ est incommensurable avec ΕΖ, le rectangle ΑΚ sera incommensurable avec ΕΛ. Mais ΑΚ est composé de la somme des quarrés de ΜΝ, ΝΞ, et ΕΛ est le rectangle sous ΜΝ, ΝΞ; la somme des quarrés de ΜΝ, ΝΞ est donc incommensurable avec le rectangle sous ΜΝ, ΝΞ. Mais l'une et l'autre de ces grandeurs est médiale; les droites ΜΝ, ΝΞ sont donc incommensurables en puissance; donc ΜΞ est la droite qui peut deux médiales, et elle peut la surface ΑΓ (42. 10). Ce qu'il fallait démontrer.

ΛΗΜΜΑ.

Ἐὰν εὐθεῖα γραμμὴ τμηθῇ εἰς ἄνισα, τὰ ἀπὸ τῶν ἀνίσων τετράγωνα μείζονά ἐστι τοῦ δὶς ὑπὸ τῶν ἀνίσων περιεχομίνου ὀρθογωνίου.

Ἔστω εὐθεῖα ἡ ΑΒ, καὶ τετμήσθω εἰς ἄνισα κατὰ τὸ Γ, καὶ ἔστω μείζων ἡ ΑΓ· λέγω ὅτι τὰ ἀπὸ τῶν ΑΓ, ΓΒ μείζονά ἐστι τοῦ δὶς ὑπὸ τῶν ΑΓ, ΓΒ.

LEMMA.

Si recta linea secetur in partes inæquales, ipsarum inæqualium quadrata majora sunt rectangulo bis contento sub ipsis inæqualibus.

Sit recta linea AB, et secetur in partes inæquales ad punctum Γ, et sit major ΑΓ; dico quadrata ex ΑΓ, ΓΒ majora esse rectangulo bis sub ΑΓ, ΓΒ.

A———————Δ———Γ————B

Τετμήσθω γὰρ ἡ ΑΒ δίχα κατὰ τὸ Δ. Ἐπεὶ οὖν εὐθεῖα γραμμὴ τέτμηται εἰς μὲν ἴσα κατὰ τὸ Δ, εἰς δὲ ἄνισα κατὰ τὸ Γ· τὸ ἄρα ὑπὸ τῶν ΑΓ, ΓΒ μετὰ τοῦ ἀπὸ τῆς[1] ΔΓ ἴσον ἐστὶ τῷ ἀπὸ τῆς[2] ΑΔ· ὥστε τὸ ὑπὸ τῶν ΑΓ, ΓΒ ἔλαττόν ἐστι τοῦ ἀπὸ τῆς[3] ΑΔ· τὸ ἄρα δὶς ὑπὸ τῶν ΑΓ, ΓΒ ἔλαττον ἢ διπλάσιόν ἐστι τοῦ ἀπὸ τῆς ΑΔ[4]. Ἀλλὰ τὰ ἀπὸ τῶν ΑΓ, ΓΒ διπλάσιά ἐστι τῶν ἀπὸ τῶν ΑΔ, ΔΓ· τὰ ἄρα ἀπὸ τῶν ΑΓ, ΓΒ μείζονά ἐστι τοῦ δὶς ὑπὸ τῶν[5] ΑΓ, ΓΒ. Ὅπερ ἔδει δεῖξαι.

Secetur enim AB bifariàm in Δ. Quoniam igitur recta linea secatur in partes quidem æquales ad Δ, in partes verò inæquales ad Γ; rectangulum igitur sub ΑΓ, ΓΒ cum quadrato ex ΔΓ æquale est quadrato ex ΑΔ; quare rectangulum sub ΑΓ, ΓΒ minus est quadrato ex ΑΔ; rectangulum igitur bis sub ΑΓ, ΓΒ minus est quàm duplum quadrati ex ΑΔ. Sed quadrata ex ΑΓ, ΓΒ dupla sunt quadratorum ex ΑΔ, ΔΓ; ergo quadrata ex ΑΓ, ΓΒ majora sunt rectangulo bis sub ΑΓ, ΓΒ. Quod oportebat ostendere.

LEMME.

Si une ligne droite est coupée en parties inégales, la somme des quarrés de ces parties inégales est plus grande que le double rectangle compris sous ces parties.

Soit la droite AB; coupons-la en parties inégales au point Γ, et que ΑΓ soit la plus grande; je dis que la somme des quarrés de ΑΓ et de ΓΒ est plus grande que le double rectangle sous ΑΓ, ΓΒ.

Que la droite AB soit coupée en deux parties égales en Δ. Puisque la ligne droite AB est coupée en parties égales au point Δ, et en parties inégales au point Γ, le rectangle sous ΑΓ, ΓΒ avec le quarré de ΔΓ sera égal au quarré de ΑΔ (5. 2); le rectangle sous ΑΓ, ΓΒ est donc plus petit que le quarré de ΑΔ; le double rectangle sous ΑΓ, ΓΒ est donc plus petit que le double quarré de ΑΔ. Mais la somme des quarrés de ΑΓ et de ΓΒ est double de la somme des quarrés de ΑΔ et de ΔΓ (9. 2); la somme des quarrés de ΑΓ et de ΓΒ est donc plus grande que le double rectangle sous ΑΓ, ΓΒ. Ce qu'il fallait démontrer.

ΠΡΟΤΑΣΙΣ ξά.

PROPOSITIO LXI.

Τὸ ἀπὸ τῆς ἐκ δύο ὀνομάτων παρὰ ῥητὴν παραβαλλόμενον πλάτος ποιεῖ τὴν ἐκ δύο ὀνομάτων πρώτην.

Ἔστω ἐκ δύο ὀνομάτων ἡ ΑΒ, διῃρημένη εἰς τὰ ὀνόματα κατὰ τὸ Γ, ὥστε τὸ μεῖζον ὄνομα εἶναι τὸ ΑΓ, καὶ ἐκκείσθω ῥητὴ ἡ ΔΕ, καὶ τῷ ἀπὸ τῆς ΑΒ ἴσον παρὰ τὴν ΔΕ παραβεβλήσθω τὸ ΔΕΖΗ, πλάτος ποιοῦν τὴν ΔΗ· λέγω ὅτι ἡ ΔΗ ἐκ δύο ὀνομάτων ἐστὶ πρώτη.

Quadratum rectæ ex binis nominibus ad rationalem applicatum latitudinem facit ex binis nominibus primam.

Sit ex binis nominibus ipsa AB, divisa in nomina ad Γ, ita ut majus nomen sit ΑΓ, et exponatur rationalis ΔΕ, et quadrato ex AB æquale ad ΔΕ applicetur ipsum ΔΕΖΗ, latitudinem faciens ΔΗ; dico ΔΗ ex binis nominibus esse primam.

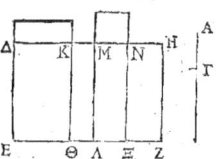

Παραβεβλήσθω γὰρ παρὰ τὴν ΔΕ τῷ μὲν ἀπὸ τῆς ΑΓ ἴσον τὸ ΔΘ, τῷ δὲ ἀπὸ τῆς ΒΓ ἴσον τὸ ΚΛ· λοιπὸν ἄρα τὸ δὶς ὑπὸ τῶν ΑΓ, ΓΒ ἴσον ἐστὶ τῷ ΜΖ. Τετμήσθω ἡ ΜΗ δίχα κατὰ τὸ Ν, καὶ παράλληλος ἤχθω ἡ ΝΞ ἑκατέρα τῶν ΜΛ, ΗΞ· ἑκάτερον ἄρα τῶν ΜΞ, ΝΖ ἴσον ἐστὶ τῷ

Applicetur enim ad ΔΕ quadrato quidem ex ΑΓ æquale ΔΘ, ipsi verò ex ΒΓ æquale ΚΛ; reliquum igitur rectangulum bis sub ΑΓ, ΓΒ æquale est ipsi ΜΖ. Secetur ΜΗ bifariàm in Ν, et parallela ducatur ipsa ΝΞ alterutri ipsarum ΜΛ, ΗΞ; utrumque igitur ipsorum ΜΞ,

PROPOSITION LXI.

Le quarré d'une droite de deux noms appliqué à une rationelle fait une largeur qui est la première de deux noms.

Soit la droite AB de deux noms, divisée en ses noms au point Γ, de manière que AΓ soit son plus grand nom; soit exposée la rationelle ΔΕ, et appliquons à la rationelle ΔΕ un rectangle ΔΕΖΗ égal au quarré de AB, et faisant la largeur ΔΗ; je dis que la droite ΔΗ est une première de deux noms.

Appliquons à la rationelle ΔΕ un rectangle ΔΘ égal au quarré de AΓ (45. 1), et un rectangle ΚΛ égal au quarré de BΓ; le double rectangle restant sous AΓ, ΓΒ sera égal au rectangle ΜΖ (4. 2). Coupons ΜΗ en deux parties égales en Ν, et menons à l'une ou à l'autre des droites ΜΛ, ΗΞ la parallèle ΝΞ; chacun des rectangles

ἅπαξ ὑπὸ τῶν ΑΓ, ΓΒ. Καὶ ἐπεὶ ἐκ δύο ὀνομάτων ἐστὶν ἡ ΑΒ διῃρημένη εἰς τὰ ὀνόματα
κατὰ τὸ Γ· αἱ ΑΓ, ΓΒ ἄρα ῥηταί εἰσι δυνάμει
μόνον σύμμετροι· τὰ ἄρα ἀπὸ τῶν ΑΓ, ΓΒ ῥητά
ἐστι[2] καὶ σύμμετρα ἀλλήλοις· ὥστε καὶ τὸ συγκείμενον ἐκ τῶν ἀπὸ τῶν ΑΓ, ΓΒ σύμμετρόν ἐστι
τοῖς ἀπὸ τῶν ΑΓ, ΓΒ[3]. Καὶ ἔστιν ἴσον τῷ ΔΛ·
ῥητὸν ἄρα ἐστὶ τὸ ΔΛ, καὶ παρὰ ῥητὴν τὴν ΔΕ
παράκειται· ῥητὴ ἄρα ἐστὶν ἡ ΔΜ, καὶ σύμμετρος τῇ ΔΕ μήκει. Πάλιν, ἐπεὶ αἱ ΑΓ, ΓΒ
ῥηταί εἰσι δυνάμει μόνον σύμμετροι· μέσον ἄρα
ἐστὶ τὸ δὶς ὑπὸ τῶν ΑΓ, ΓΒ, τουτέστι τὸ ΜΖ.
Καὶ παρὰ ῥητὴν τὴν ΜΛ παράκειται· ῥητὴ ἄρα
καὶ ἡ ΜΗ ἐστι[4], καὶ ἀσύμμετρος τῇ ΜΛ, τουτέστι τῇ ΔΕ, μήκει. Ἔστι δὲ καὶ ἡ ΜΔ ῥητὴ,
καὶ τῇ ΔΕ μήκει σύμμετρος· ἀσύμμετρος ἄρα
ἐστὶν ἡ ΔΜ τῇ ΜΗ μήκει. Καὶ εἰσι ῥηταί· αἱ
ΔΜ, ΜΗ ἄρα ῥηταί εἰσι δυνάμει μόνον σύμμε-
τροι· ἐκ δύο ἄρα ὀνομάτων ἐστὶν ἡ ΔΗ. Δεικτέον

ΘΖ æquale est rectangulo semel sub ΑΓ, ΓΒ.
Et quoniam ex binis nominibus est ΑΒ divisa in nomina ad Γ; ipsæ ΑΓ, ΓΒ igitur
rationales sunt potentiâ solùm commensurabiles; ergo quadrata ex ΑΓ, ΓΒ rationalia sunt
et commensurabilia inter se; quare et compositum ex quadratis ipsarum ΑΓ, ΓΒ commensurabile est quadratis ex ΑΓ, ΓΒ. Atque est æquale
ipsi ΔΛ; rationale igitur est ΔΛ, et ad rationalem
ΔΕ applicatur; rationalis igitur est ΔΜ, et
commensurabilis ipsi ΔΕ longitudine. Rursùs,
quoniam ΑΓ, ΓΒ rationales sunt potentiâ solùm
commensurabiles; medium igitur est rectangulum bis sub ΑΓ, ΓΒ, hoc est ΜΖ. Et ad rationalem ΜΛ applicatur; rationalis igitur et ΜΗ
est, et incommensurabilis ipsi ΜΛ, hoc est ipsi
ΔΕ, longitudine. Est autem et ΜΔ rationalis,
et ipsi ΔΕ longitudine commensurabilis; incommensurabilis igitur est ΔΜ ipsi ΜΗ longitudine.
Et sunt rationales; ipsæ ΔΜ, ΜΗ igitur rationales sunt potentiâ solùm commensurabiles; ex
binis igitur nominibus est ΔΗ. Ostendendum est

ΜΖ, ΝΖ sera égal au rectangle compris sous ΑΓ, ΓΒ. Et puisque la droite ΑΒ de
deux noms est divisée en ses noms au point Γ, les droites ΑΓ, ΓΒ seront des rationelles commensurables en puissance seulement (37. 10); les quarrés de ΑΓ et de
ΓΒ sont donc rationels, et commensurables entre eux; la somme des quarrés de ΑΓ
et de ΓΒ est donc commensurable avec la somme des quarrés de ΑΓ et de ΓΒ (16. 10).
Mais elle est égale au rectangle ΔΛ; le rectangle ΔΛ est donc rationel, et il est appliqué à la rationelle ΔΕ; la droite ΔΜ est donc rationelle, et commensurable en
longueur avec ΔΕ (23. 10). De plus, puisque les droites ΑΓ, ΓΒ sont des rationelles
commensurables en puissance seulement, le double rectangle sous ΑΓ, ΓΒ, c'est-à-
dire le rectangle ΜΖ, sera médial. Mais il est appliqué à la rationelle ΜΛ; la droite ΜΗ
est donc rationelle, et incommensurable en longueur avec ΜΛ, c'est-à-dire avec ΔΕ
(23. 10). Mais la droite ΜΔ est rationelle, et commensurable en longueur avec ΔΕ;
la droite ΔΜ est donc incommensurable en longueur avec ΜΗ (13. 10). Mais ces droites
sont rationelles; les droites ΔΜ, ΜΗ sont donc des rationelles commensurables en
puissance seulement; ΔΗ est donc une droite de deux noms (37. 10). Il faut démontrer

II. 34

δὴ ὅτι καὶ πρώτη. Ἐπεὶ γὰρ⁵ τῶν ἀπὸ τῶν ΑΓ,
ΓΒ μέσον ἀνάλογόν ἐστι τὸ ὑπὸ τῶν ΑΓ, ΓΒ· καὶ
τῶν ΔΘ, ΚΛ ἄρα μέσον ἀνάλογόν ἐστι τὸ ΜΞ·
ἔστιν ἄρα ὡς τὸ ΔΘ πρὸς τὸ ΜΞ οὕτως τὸ ΜΞ
πρὸς τὸ ΚΛ, τουτέστιν ὡς ἡ ΔΚ πρὸς τὴν ΜΝ
οὕτως⁶ ἡ ΜΝ πρὸς τὴν ΜΚ· τὸ ἄρα ὑπὸ τῶν
ΔΚ, ΚΜ ἴσον ἐστὶ τῷ ἀπὸ τῆς ΜΝ. Καὶ ἐπεὶ
σύμμετρόν ἐστι τὸ ἀπὸ τῆς ΑΓ τῷ ἀπὸ τῆς

et primam esse. Quoniam enim quadratorum
ex ΑΓ, ΓΒ medium proportionale est rectangulum sub ΑΓ, ΓΒ; et ipsorum ΔΘ, ΚΛ igitur
medium proportionale est ΜΞ; est igitur ut
ΔΘ ad ΜΞ ita ΜΞ ad ΚΛ, hoc est ΔΚ ad
ΜΝ ita ΜΝ ad ΜΚ; rectangulum igitur sub ΔΚ,
ΚΜ æquale est quadrato ex ΜΝ. Et quoniam
commensurabile est ex ΑΓ quadratum quadrato

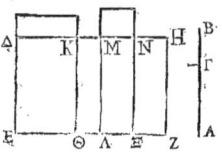

ΓΒ, σύμμετρόν ἐστι καὶ τὸ ΔΘ τῷ ΚΛ· ὥστε
καὶ ἡ ΔΚ τῷ ΚΜ σύμμετρός ἐστι μήκει⁷. Καὶ
ἐπεὶ μείζονά ἐστι τὰ ἀπὸ τῶν ΑΓ, ΓΒ τοῦ δὶς
ὑπὸ τῶν ΑΓ, ΓΒ· μεῖζον ἄρα καὶ τὸ ΔΛ τοῦ ΜΖ·
ὥστε καὶ ἡ ΔΜ τῆς ΜΗ μείζων ἐστί. Καὶ ἔστιν
ἴσον τὸ ὑπὸ τῶν ΔΚ, ΚΜ τῷ ἀπὸ τῆς ΜΝ,
τουτέστι τῷ τετάρτῳ μέρει⁸ τοῦ ἀπὸ τῆς ΜΗ,
καὶ σύμμετρος ἡ ΔΚ τῇ ΚΜ μήκει⁹. Ἐὰν δὲ ὦσι
δύο εὐθεῖαι ἄνισοι, τῷ δὲ τετάρτῳ μέρει τοῦ

ex ΓΒ, commensurabile est et ΔΘ ipsi ΚΛ;
quare et ΔΚ ipsi ΚΜ commensurabilis est longitudine. Et quoniam majora sunt ex ΑΓ, ΓΒ
quadrata rectangulo bis sub ΑΓ, ΓΒ; majus
igitur et ΔΛ ipso ΜΖ; quare et ΔΜ ipsâ ΜΗ
major est. Atque est æquale rectangulum sub
ΔΚ, ΚΜ quadrato ex ΜΝ, hoc est quartæ
parti quadrati ex ΜΗ, et commensurabilis ΔΚ
ipsi ΚΜ longitudine. Si autem sunt duæ rectæ
inæquales, quartæ verò parti quadrati ex mi-

qu'elle est aussi une première de deux noms. Car puisque le rectangle sous ΑΓ, ΓΒ
est moyen proportionel entre les quarrés des droites ΑΓ, ΓΒ (55. lem. 10), le rectangle ΜΞ sera moyen proportionel entre les rectangles ΔΘ, ΚΛ; le rectangle ΔΘ est
donc à ΜΞ comme ΜΞ est à ΚΛ, c'est-à-dire ΔΚ est à ΜΝ comme ΜΝ est à ΜΚ; le
rectangle sous ΔΚ, ΚΜ est donc égal au quarré de ΜΝ (17. 6). Et puisque le quarré
de ΑΓ est commensurable avec le quarré de ΓΒ, le rectangle ΔΘ sera commensurable avec le rectangle ΚΛ (14. 10); la droite ΔΚ est donc commensurable en
longueur avec ΚΜ. Et puisque la somme des quarrés des droites ΑΓ, ΓΒ est plus grande
que le double rectangle sous ΑΓ, ΓΒ (61. lem. 10), le rectangle ΔΛ sera plus grand que
ΜΖ; la droite ΔΜ est donc plus grande que ΜΗ. Mais le rectangle sous ΔΚ, ΚΜ est égal
au quarré de ΜΝ, c'est-à-dire à la quatrième partie du quarré de ΜΗ, et la droite
ΔΚ est commensurable en longueur avec ΚΜ; or, si l'on a deux droites inégales,

ἀπὸ τῆς ἐλάττονος ἴσον παρὰ τὴν μείζονα παρα-
Ϭληθῇ ἐλλεῖπον εἴδει τετραγώνῳ, καὶ εἰς σύμμετρα αὐτὴν διαιρῇ, ἡ μείζων τῆς ἐλάσσονος
μεῖζον δύναται τῷ ἀπὸ συμμέτρου ἑαυτῇ· ἡ
ΔΜ ἄρα τῆς ΜΗ μεῖζον δύναται τῷ ἀπὸ συμμέτρου ἑαυτῇ¹⁰. Καὶ εἰσι ῥηταὶ αἱ ΔΜ, ΜΗ,
καὶ ἡ ΔΜ μεῖζον ὄνομα οὖσα σύμμετρός ἐστι
τῇ ἐκκειμένῃ ῥητῇ τῇ ΔΕ μήκει· ἡ ΔΗ ἄρα ἐκ
δύο ὀνομάτων ἐστὶ πρώτη. Ὅπερ ἔδει δεῖξαι.

nori æquale ad majorem applicetur deficiens figurâ quadratâ, et in partes commensurabiles ipsam dividat, major quàm minor plus potest quadrato ex rectâ sibi commensurabili; ipsa ΔΜ igitur quàm ΜΗ plus potest quadrato ex rectâ sibi commensurabili. Et sunt rationales ΔΜ, ΜΗ, et ΔΜ majus nomen existens commensurabilis est expositæ rationali ΔΕ longitudine; ergo ΔΗ ex binis nominibus est prima. Quod oportebat ostendere.

Τὸ ἀπὸ τῆς ἐκ δύο μέσων πρώτης παρὰ ῥητὴν παραβαλλόμενον πλάτος ποιεῖ τὴν ἐκ δύο ὀνο-μάτων δευτέραν.

Ἔστω ἐκ δύο μέσων πρώτη ἡ ΑΒ, διῃρημένη εἰς τὰς μέσας¹ κατὰ τὸ Γ, ὧν μείζων ἡ ΑΓ, καὶ ἐκκείσθω ῥητὴ ἡ ΔΕ, καὶ παρὰ τὴν ΔΕ παρα-

PROPOSITIO LXII.

Quadratum primæ ex binis mediis ad rationalem applicatum latitudinem facit ex binis nominibus secundam.

Sit ex binis mediis prima ΑΒ, divisa in medias ad Γ, quarum major sit ΑΓ, et exponatur rationalis ΔΕ, et ad ipsam ΔΕ applicetur

si l'on applique à la plus grande un parallélogramme égal à la quatrième partie du quarré de la plus petite, si ce parallélogramme est défaillant d'une figure quarrée, et s'il partage la plus grande en parties commensurables, la puissance de la plus grande surpassera la puissance de la plus petite du quarré d'une droite commensurable en longueur avec la plus grande (18. 10); la puissance de ΔΜ surpasse donc la puissance de ΜΗ du quarré d'une droite commensurable avec ΔΜ. Mais les droites ΔΜ, ΜΗ sont rationelles, et ΔΜ, qui est le plus grand nom, est commensurable en longueur avec la rationelle exposée ΔΕ; la droite ΔΗ est donc une première de deux noms (déf. sec. 1. 10). Ce qu'il fallait démontrer.

PROPOSITION LXII.

Le quarré de la première de deux médiales appliqué à une rationelle fait une largeur qui est la seconde de deux noms.

Soit ΑΒ la première de deux médiales, divisée en ses médiales au point Γ; que la droite ΑΓ soit la plus grande; soit exposée la rationelle ΔΕ, et appliquons à ΔΕ un

Ἐεβλήσθω τῷ ἀπὸ τῆς ΑΒ ἴσον τὸ² παραλληλόγραμμον τὸ ΔΖ, πλάτος ποιοῦν τὴν ΔΗ· λέγω
ὅτι ἡ ΔΗ ἐκ δύο ὀνομάτων ἐστὶ δευτέρα.

quadrato ex ΑΒ æquale parallelogrammum ΔΖ;
latitudinem faciens ΔΗ; dico ΔΗ ex binis nominibus esse secundam.

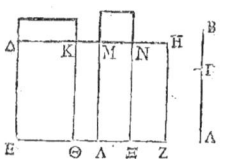

Κατεσκευάσθω γὰρ τὰ αὐτὰ τοῖς πρὸ τούτου.
Καὶ ἐπεὶ ἡ ΑΒ ἐκ δύο μέσων ἐστὶ πρώτη, διηρημένη κατὰ τὸ Γ· αἱ ΑΓ, ΓΒ ἄρα μέσαι εἰσὶ δυνάμει μόνον σύμμετροι ῥητὸν περιέχουσαι· ὥστε
καὶ τὰ ἀπὸ τῶν ΑΓ, ΓΒ μέσα ἐστί· μέσον ἄρα
τὸ ΔΛ, καὶ παρὰ ῥητὴν τὴν ΔΕ παραβέβληται·³
ῥητὴ ἄρα ἐστὶν ἡ ΜΛ, καὶ ἀσύμμετρος τῇ ΔΕ
μήκει. Πάλιν, ἐπεὶ ῥητόν ἐστι τὸ δὶς ὑπὸ τῶν
ΑΓ, ΓΒ, ῥητόν ἐστι⁴ καὶ τὸ ΜΖ, καὶ παρὰ
ῥητὴν τὴν ΜΛ παράκειται· ῥητὴ ἄρα ἐστὶ⁵ καὶ
ἡ ΜΗ, καὶ μήκει σύμμετρος τῇ ΜΛ, τουτέστι
τῇ ΔΕ· ἀσύμμετρος ἄρα ἐστὶν ἡ ΔΜ τῇ ΜΗ

Construantur enim eadem quæ suprà. Et quoniam ΑΒ ex binis mediis est prima, divisa
ad Γ; ipsæ ΑΓ, ΓΒ igitur mediæ sunt potentiâ solùm commensurabiles rationale continentes; quare et quadrata ex ΑΓ, ΓΒ media
sunt; medium igitur ΔΛ, et ad rationalem ΔΕ
applicatur; rationalis igitur est ΜΛ, et incommensurabilis ipsi ΔΕ longitudine. Rursùs, quoniam rationale est rectangulum bis sub ΑΓ, ΓΒ,
rationale est et ΜΖ, et ad rationalem ΜΛ applicatur; rationalis igitur est et ΜΗ, et longitudine commensurabilis ipsi ΜΛ, hoc est ipsi ΔΕ;
incommensurabilis igitur est ΔΜ ipsi ΜΗ longi-

parallélogramme ΔΖ égal au quarré de ΑΒ, ce parallélogramme ayant ΔΗ pour
largeur; je dis que ΔΗ est une seconde de deux noms.

Faisons la même construction qu'auparavant. Puisque la droite ΑΒ, qui est
divisée au point Γ, est la première de deux médiales, les droites ΑΓ, ΓΒ seront des médiales commensurables en puissance seulement, qui comprendront une surface rationelle (38. 10); les quarrés de ΑΓ et de ΓΒ sont donc médiaux; le rectangle ΔΛ est
donc médial, et il est appliqué à la rationelle ΔΕ; la droite ΜΛ est donc rationelle,
et incommensurable en longueur avec ΔΕ (23. 10). De plus, puisque le double
rectangle sous ΑΓ, ΓΒ est rationel, le rectangle ΜΖ sera rationel, et il est appliqué à la rationelle ΜΛ; la droite ΜΗ est donc rationelle, et commensurable
en longueur avec ΜΛ (21. 10), c'est-à-dire avec ΔΕ; la droite ΔΜ est donc incommensurable en longueur avec ΜΗ (13. 10). Mais ces droites sont rationelles;

μήκει. Καὶ εἰσι ῥηταί· αἱ ΔΜ, ΜΗ ἄρα ῥηταί
εἰσι δυνάμει μόνον σύμμετροι· ἐκ δύο ἄρα ὀνομάτων ἐστὶν ἡ ΔΗ. Δεικτέον δὴ ὅτι καὶ δευτέρα.
Ἐπεὶ γὰρ τὰ ἀπὸ τῶν ΑΓ, ΓΒ μείζονά ἐστι τοῦ
δὶς ὑπὸ τῶν ΑΓ, ΓΒ· μεῖζον ἄρα καὶ τὸ ΔΛ τοῦ
ΜΖ· ὥστε καὶ ἡ ΔΜ τῆς ΜΗ. Καὶ ἐπεὶ σύμμετρόν ἐστι τὸ ἀπὸ τῆς ΑΓ τῷ ἀπὸ τῆς ΓΒ, σύμμετρόν ἐστι καὶ τὸ ΔΘ τῷ ΚΛ· ὥστε καὶ ἡ ΔΚ
τῇ ΚΜ σύμμετρός ἐστι. Καὶ ἐστι τὸ ὑπὸ τῶν
ΔΚ, ΚΜ ἴσον τῷ ἀπὸ τῆς ΜΝ· ἡ ΔΜ ἄρα τῆς
ΜΗ μεῖζον δύναται τῷ ἀπὸ συμμέτρου ἑαυτῇ.
Καὶ ἐστιν ἡ ΜΗ σύμμετρος τῇ ΔΕ μήκει· ἡ ΔΗ
ἄρα ἐκ δύο ὀνομάτων ἐστὶ δευτέρα. Ὅπερ ἔδει
διῖξαι.

tudine. Et sunt rationales; ipsæ ΔΜ, ΜΗ igitur
rationales sunt potentiâ solùm commensurabiles;
ergo ex binis nominibus est ΔΗ. Ostendendum
est et secundam esse. Quoniam enim quadrata
ex ΑΓ, ΓΒ majora sunt rectangulo bis sub ΑΓ,
ΓΒ; majus igitur et ΔΛ ipso ΜΖ; quare et ΔΜ
ipsâ ΜΗ. Et quoniam commensurabile est ex
ΑΓ quadratum quadrato ex ΓΒ, commensurabile
est et ΔΘ ipsi ΚΛ; quare et ΔΚ ipsi ΚΜ commensurabilis est. Atque est rectangulum sub
ΔΚ, ΚΜ æquale quadrato ex ΜΝ; ergo ΔΜ
quàm ΜΗ plus potest quadrato ex rectâ sibi
commensurabili. Atque est ΜΗ commensurabilis
ipsi ΔΕ longitudine; ergo ΔΗ ex binis nominibus
est secunda. Quod oportebat ostendere.

ΠΡΟΤΑΣΙΣ ξγ'.

Τὸ ἀπὸ τῆς ἐκ δύο μέσων δευτέρας παρὰ
ῥητὴν παραβαλλόμενον πλάτος ποιεῖ τὴν ἐκ δύο
ὀνομάτων τρίτην.

PROPOSITIO LXIII.

Quadratum secundæ ex binis mediis ad rationalem applicatum latitudinem facit ex binis nominibus tertiam.

les droites ΔΜ, ΜΗ sont donc des rationelles commensurables en puissance seulement; ΔΗ est donc une droite de deux noms. Il faut démontrer qu'elle est aussi
la seconde de deux noms. Car puisque la somme des quarrés de ΑΓ et de ΓΒ est plus
grande que le double rectangle sous ΑΓ, ΓΒ (lem. 61. 10), le rectangle ΔΛ sera plus
grand que ΜΖ; la droite ΔΜ est donc plus grande que ΜΗ. Et puisque le quarré de
ΑΓ est commensurable avec le quarré de ΓΒ, le rectangle ΔΘ sera commensurable avec ΚΛ; la droite ΔΚ est donc commensurable avec ΚΜ. Mais le
rectangle sous ΔΚ, ΚΜ est égal au quarré de ΜΝ; la puissance de ΔΜ surpasse
donc la puissance de ΜΗ du quarré d'une droite commensurable avec ΔΜ (18. 10).
Mais la droite ΜΗ est commensurable en longueur avec ΔΕ; la droite ΔΗ est donc
une seconde de deux noms (déf. sec. 2. 10). Ce qu'il fallait démontrer.

PROPOSITION LXIII.

Le quarré de la seconde de deux médiales appliqué à une rationelle fait une
largeur qui est la troisième de deux noms.

Εστω ἐκ δύο μέσων δευτέρα ἡ ΑΒ, διῃρημένη εἰς τὰς μέσας κατὰ τὸ Γ, ὥστε τὸ μεῖζον τμῆμα εἶναι τὸ ΑΓ, ῥητὴ δέ τις ἔστω ἡ ΔΕ, καὶ παρὰ τὴν ΔΕ τῷ ἀπὸ τῆς ΑΒ ἴσον παραλληλόγραμμον παραβεβλήσθω τὸ ΔΖ, πλάτος ποιοῦν τὴν ΔΗ· λέγω ὅτι ἡ ΔΗ ἐκ δύο ὀνομάτων ἐστὶ τρίτη.

Sit ex binis mediis secunda ΑΒ, divisa in medias ad Γ, ita ut majus segmentum sit ΑΓ, rationalis autem aliqua sit ΔΕ, et ad ipsam ΔΕ quadrato ex ΑΒ æquale parallelogrammum applicetur ΔΖ, latitudinem faciens ΔΗ; dico ΔΗ ex binis nominibus esse tertiam.

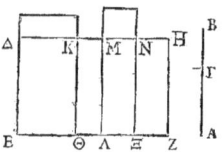

Κατεσκευάσθω γάρ[1] τὰ αὐτὰ τοῖς προδεδειγμένοις. Καὶ ἐπεὶ ἐκ δύο μέσων ἐστὶ δευτέρα[2] ἡ ΑΒ, διῃρημένη κατὰ τὸ Γ· αἱ ΑΓ, ΓΒ ἄρα μέσαι εἰσὶ δυνάμει μόνον σύμμετροι, μέσον περιέχουσαι· ὥστε καὶ τὸ συγκείμενον ἐκ τῶν ἀπὸ τῶν ΑΓ, ΓΒ μέσον ἐστί. Καὶ ἔστιν ἴσον τῷ ΔΛ· μέσον ἄρα καὶ τὸ ΔΛ· καὶ παράκειται παρὰ τὴν ῥητὴν ΔΕ[3]· ῥητὴ ἄρα ἐστὶ καὶ[4] ἡ ΔΜ, καὶ ἀσύμμετρος τῇ ΔΕ μήκει. Διὰ τὰ αὐτὰ δὴ καὶ ἡ ΜΗ ῥητή ἐστι, καὶ ἀσύμμετρος τῇ ΜΛ, τουτέστι τῇ ΔΕ, μήκει· ῥητὴ ἄρα ἐστὶν ἑκατέρα

Construantur enim eadem quæ suprà. Et quoniam ex binis mediis est secunda ΑΒ, divisa ad Γ; ipsæ ΑΓ, ΓΒ igitur mediæ sunt potentiâ solùm commensurabiles, medium continentes; quâre et compositum ex quadratis ipsarum ΑΓ, ΓΒ medium est. Atque est æquale ipsi ΔΛ; medium igitur et ΔΛ; et applicatur ad rationalem ΔΕ; rationalis igitur est et ΔΜ, et incommensurabilis ipsi ΔΕ longitudine. Propter eadem utique et ΜΗ rationalis est, et incommensurabilis ipsi ΜΛ, hoc est ipsi ΔΕ, longitudine; rationalis igitur est utraque ipsa-

Soit ΑΒ la seconde de deux médiales, divisée en ses médiales au point Γ, de manière que ΑΓ soit son plus grand segment; soit aussi la rationelle ΔΕ; appliquons à ΔΕ un parallélogramme ΔΖ égal au quarré de ΑΒ, ce parallélogramme ayant ΔΗ pour largeur; je dis que ΔΗ est une troisième de deux noms.

Faisons la même construction qu'auparavant. Puisque ΑΒ est une seconde de deux médiales, divisée au point Γ; les droites ΑΓ, ΓΒ seront des médiales commensurables en puissance seulement, qui comprendront une surface médiale (39. 10); la somme des quarrés de ΑΓ et de ΓΒ est donc médiale. Mais elle est égale au rectangle ΔΛ; le rectangle ΔΛ est donc médial; et il est appliqué à la rationelle ΔΕ; la droite ΔΜ est donc rationelle, et incommensurable en longueur avec ΔΕ (23. 10). Par la même raison, la droite ΜΗ est rationelle, et incommensurable en longueur avec ΜΛ, c'est-à-dire avec ΔΕ; chacune des droites ΔΜ, ΜΗ

τῶν ΔΜ, ΜΗ, καὶ ἀσύμμετρός τῇ ΔΕ μήκει. Καὶ ἐπεὶ ἀσύμμετρός ἐστιν ἡ ΑΓ τῇ ΓΒ μήκει, ὡς δὲ ἡ ΑΓ πρὸς τὴν ΓΒ οὕτως τὸ ἀπὸ τῆς ΑΓ πρὸς τὸ ὑπὸ τῶν ΑΓ, ΓΒ· ἀσύμμετρον ἄρα καὶ τὸ ἀπὸ τῆς ΑΓ τῷ ὑπὸ τῶν ΑΓ, ΓΒ· ὥστε καὶ τὸ συγκείμενον ἐκ τῶν ἀπὸ τῶν ΑΓ, ΓΒ τῷ δὶς ὑπὸ τῶν ΑΓ, ΓΒ ἀσύμμετρόν ἐστι, τουτέστι τὸ ΔΛ τῷ ΜΖ· ὥστε καὶ[5] ἡ ΔΜ τῇ ΜΗ ἀσύμμετρός ἐστι. Καὶ εἰσὶ ῥηταί· ἐκ δύο ἄρα ὀνομάτων ἐστὶν ἡ ΔΗ. Δεικτέον δὴ[6] ὅτι καὶ τρίτη. Ὁμοίως δὴ τοῖς προτέροις[7] ἐπιλογισούμεθα, ὅτι μείζων ἐστὶν[8] ἡ ΔΜ τῆς ΜΗ, καὶ σύμμετρος ἡ ΔΚ τῇ ΚΜ. Καὶ ἔστι τὸ ὑπὸ τῶν ΔΚ, ΚΜ ἴσον τῷ ἀπὸ τῆς ΜΝ· ἡ ΔΜ ἄρα τῆς ΜΗ μεῖζον δύναται τῷ ἀπὸ συμμέτρου ἑαυτῇ. Καὶ οὐδετέρα τῶν ΔΜ, ΜΗ σύμμετρός ἐστι τῇ ΔΕ μήκει· ἡ ΔΗ ἄρα ἐκ δύο ὀνομάτων ἐστὶ τρίτη. Ὅπερ ἔδει δεῖξαι.

rum ΔΜ, ΜΗ, et incommensurabilis ipsi ΔΕ longitudine. Et quoniam incommensurabilis est ΑΓ ipsi ΓΒ longitudine, ut autem ΑΓ ad ΓΒ ita ex ΑΓ quadratum ad rectangulum sub ΑΓ, ΓΒ; incommensurabile igitur et ex ΑΓ quadratum rectangulo sub ΑΓ, ΓΒ; quare et compositum ex quadratis ipsarum ΑΓ, ΓΒ rectangulo bis sub ΑΓ, ΓΒ incommensurabile est, hoc est ΔΛ ipsi ΜΖ; quare et ΔΜ ipsi ΜΗ incommensurabilis est. Et sunt rationales; ergo ex binis nominibus est ΔΗ. Ostendendum est et tertiam esse. Congruenter utique præcedentibus concludemus majorem esse ΔΜ ipsâ ΜΗ, et commensurabilem ΔΚ ipsi ΚΜ. Atque est rectangulum sub ΔΚ, ΚΜ æquale quadrato ex ΜΝ; ergo ΔΜ quàm ΜΗ plus potest quadrato ex rectâ sibi commensurabili. Et neutra ipsarum ΔΜ, ΜΗ commensurabilis est ipsi ΔΕ longitudine; ergo ΔΗ ex binis nominibus est tertia. Quod oportebat ostendere.

est donc rationelle, et incommensurable en longueur avec ΔΕ. Et puisque ΑΓ est incommensurable en longueur avec ΓΒ, et que ΑΓ est à ΓΒ comme le quarré de ΑΓ est au rectangle sous ΑΓ, ΓΒ, le quarré de ΑΓ sera incommensurable avec le rectangle sous ΑΓ, ΓΒ; la somme des quarrés de ΑΓ et de ΓΒ est donc incommensurable avec le double rectangle sous ΑΓ, ΓΒ, c'est-à-dire ΔΛ avec ΜΖ; la droite ΔΜ est donc incommensurable avec ΜΗ. Mais ces droites sont rationelles; ΔΗ est donc une droite de deux noms. Il faut démontrer qu'elle est aussi une troisième de deux noms. Nous conclurons comme auparavant que ΔΜ est plus grand que ΜΗ, et que ΔΚ est commensurable avec ΚΜ. Mais le rectangle sous ΔΚ, ΚΜ est égal au quarré de ΜΝ; la puissance de ΔΜ est donc plus grande que la puissance de ΜΗ du quarré d'une droite commensurable avec ΔΜ (18. 10). Mais aucune des droites ΔΜ, ΜΗ n'est commensurable en longueur avec ΔΕ; la droite ΔΗ est donc une troisième de deux noms (déf. sec. 3. 10). Ce qu'il fallait démontrer.

ΠΡΟΤΑΣΙΣ ξδ'.

PROPOSITIO LXIV.

Τὸ ἀπὸ τῆς μείζονος παρὰ ῥητὴν παραβαλ-λόμενον πλάτος ποιεῖ τὴν ἐκ δύο ὀνομάτων τε-τάρτην.

Ἔστω μείζων ἡ ΑΒ, διῃρημένη κατὰ τὸ Γ, ὥστε μείζονα εἶναι τὴν ΑΓ τῆς ΓΒ, ῥητὴ δέ τις ἔστω ἡ ΔΕ, καὶ τῷ ἀπὸ τῆς ΑΒ ἴσον παρὰ τὴν ΔΕ παραβεβλήσθω τὸ ΔΖ παραλληλόγραμ-μον, πλάτος ποιοῦν τὴν ΔΗ· λέγω ὅτι ἡ ΔΗ ἐκ δύο ὀνομάτων ἐστὶ τετάρτη.

Quadratum majoris ad rationalem applicatum latitudinem facit ex binis nominibus quartam.

Sit major ΑΒ, divisa ad Γ, ita ut major sit ΑΓ quàm ΓΒ, rationalis autem aliqua sit ΔΕ, et quadrato ex ΑΒ æquale ad ipsam ΔΕ applicetur ΔΖ parallelogrammum, latitudinem faciens ΔΗ; dico ΔΗ ex binis nominibus esse quartam.

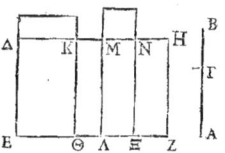

Κατεσκευάσθω γὰρ² τὰ αὐτὰ τοῖς προδεδειγ-μένοις. Καὶ ἐπεὶ μείζων ἐστὶν ἡ ΑΒ διῃρημένη κατὰ τὸ Γ, αἱ ΑΓ, ΓΒ δυνάμει εἰσὶν ἀσύμμε-τροι, ποιοῦσαι τὸ μὲν συγκείμενον ἐκ τῶν ἀπ' αὐτῶν τετραγώνων ῥητὸν, τὸ δ' ὑπ' αὐτῶν

Construantur enim eadem quæ suprà. Et quoniam major est ΑΒ divisa ad Γ, ipsæ ΑΓ, ΓΒ potentiâ sunt incommensurabiles, facientes quidem compositum ex ipsarum quadratis ratio-nale, rectangulum verò sub ipsis medium.

PROPOSITION LXIV.

Le quarré d'une majeure appliqué à une rationelle fait une largeur qui est la quatrième de deux noms.

Soit la majeure ΑΒ, divisée en Γ, la droite ΑΓ étant plus grande que ΓΒ; soit aussi une rationelle ΔΕ; appliquons à ΔΕ un parallélogramme ΔΖ, qui étant égal au quarré de ΑΒ, ait la droite ΔΗ pour largeur; je dis que ΔΗ est une quatrième de deux noms.

Faisons la même construction qu'auparavant. Puisque la majeure ΑΒ est divisée au point Γ, les droites ΑΓ, ΓΒ seront incommensurables en puissance, la somme des quarrés de ces droites étant rationelle, et le rectangle sous ces mêmes droites

μέσον. Ἐπεὶ οὖν ῥητόν ἐστι τὸ συγκείμενον ἐκ τῶν ἀπὸ τῶν ΑΓ, ΓΒ, ῥητὸν ἄρα καὶ² τὸ ΔΛ· ῥητὴ ἄρα ἐστὶ³ καὶ ἡ ΔΜ, καὶ σύμμετρος τῇ ΔΕ μήκει. Πάλιν, ἐπεὶ μέσον ἐστι τὸ δὶς ὑπὸ τῶν ΑΓ, ΓΒ, τουτέστι τὸ ΜΖ, καὶ παρὰ ῥητὴν τὴν ΜΛ παράκειται⁴· ῥητὴ ἄρα ἐστὶ καὶ ἡ ΜΗ, καὶ ἀσύμμετρός τῇ ΔΕ μήκει· ἀσύμμετρος ἄρα ἐστὶ καὶ ἡ ΔΜ τῇ ΜΗ μήκει· αἱ ΔΜ, ΜΗ ἄρα⁵ ῥηταί εἰσι δυνάμει μόνον σύμμετροι· ἐκ δύο ἄρα ὀνομάτων ἐστὶν ἡ ΔΗ. Δεικτέον δὴ⁶ ὅτι καὶ τετάρτη. Ὁμοίως δὴ δείξομεν τοῖς πρότερον⁷, ὅτι μείζων ἐστὶν ἡ ΔΜ τῇ ΜΗ, καὶ ὅτι τὸ ὑπὸ τῶν ΔΚ, ΚΜ ἴσον ἐστὶ τῷ ἀπὸ τῆς ΜΝ. Ἐπεὶ οὖν ἀσύμμετρόν ἐστι τὸ ἀπὸ τῆς ΑΓ τῷ ἀπὸ τῆς ΓΒ· ἀσύμμετρον ἄρα ἐστὶ⁸ καὶ τὸ ΔΘ τῷ ΚΛ· ὥστε ἀσύμμετρός ἐστι καὶ ἡ ΚΔ τῇ ΚΜ⁹. Ἐὰν δὲ ὦσι δύο εὐθεῖαι ἄνισοι, τῷ δὲ τετάρτῳ μέρει τοῦ ἀπὸ τὴν ἐλάσσονος ἴσον παραλληλόγραμμον παρὰ τὴν μείζονα παραβληθῇ¹⁰ ἐλλεῖπον εἴδει τετραγώνῳ, καὶ εἰς ἀσύμμετρα αὐτὴν διαιρῇ

Quoniam igitur rationale est compositum ex quadratis ipsarum ΑΓ, ΓΒ, rationale igitur et ΔΛ; rationalis igitur est et ΔΜ, et commensurabilis ipsi ΔΕ longitudine. Rursus, quoniam medium est rectangulum bis sub ΑΓ, ΓΒ, hoc est ΜΖ, et ad rationalem ΜΛ applicatur; rationalis igitur est et ΜΗ, et incommensurabilis ipsi ΔΕ longitudine; incommensurabilis igitur est ΔΜ ipsi ΜΗ longitudine; ipsæ ΔΜ, ΜΗ igitur rationales sunt potentiâ solùm commensurabiles; ergo ex binis nominibus est ΔΗ. Ostendendum est et quartam. Congruenter utique præcedentibus ostendemus, majorem esse ΔΜ quam ΜΗ, et rectangulum sub ΔΚ, ΚΜ æquale esse quadrato ex ΜΝ. Quoniam igitur incommensurabile est ex ΑΓ quadratum quadrato ex ΓΒ; incommensurabile igitur est et ΔΘ ipsi ΚΛ; quare incommensurabilis est et ΚΔ ipsi ΚΜ. Si autem sint duæ rectæ inæquales, quartæ verò parti quadrati ex minori æquale parallelogrammum ad majorem applicetur, deficiens figurâ quadratâ, et in partes incommen-

médial (40. 10). Puisque la somme des quarrés des droites ΑΓ, ΓΒ est rationelle, le rectangle ΔΛ sera rationel ; la droite ΔΜ est donc rationelle, et commensurable en longueur avec ΔΕ (21. 10). De plus, puisque le double rectangle sous ΑΓ, ΓΒ, c'est-à-dire ΜΖ, est médial, et qu'il est appliqué à la rationelle ΜΛ, la droite ΜΗ sera rationelle, et incommensurable en longueur avec ΔΕ (23. 10) ; la droite ΔΜ est donc incommensurable en longueur avec ΜΗ ; les droites ΔΜ, ΜΗ sont donc des rationelles commensurables en puissance seulement ; ΔΗ est donc une droite de deux noms (37. 10). Il faut démontrer qu'elle est aussi la quatrième de deux noms. Nous démontrerons, comme auparavant, que ΔΜ est plus grand que ΜΗ, et que le rectangle sous ΔΚ, ΚΜ est égal au quarré de ΜΝ. Et puisque le quarré de ΑΓ est incommensurable avec le quarré de ΓΒ, le rectangle ΔΘ sera incommensurable avec ΚΛ (10. 10) ; la droite ΚΔ est donc incommensurable avec ΚΜ. Mais si deux droites sont inégales ; si l'on applique à la plus grande un parallélogramme égal à la quatrième partie du quarré de la plus petite, et si ce parallélogramme, étant défaillant d'une figure quarrée, partage la plus grande droite en parties incom-

μήκει[11], ἢ μείζων τῆς ἐλάσσονος μεῖζον δύναται τῷ ἀπὸ ἀσυμμέτρου ἑαυτῇ μήκει· ἡ ΔΜ ἄρα τῆς ΜΗ μεῖζον δυνήσεται τῷ ἀπὸ ἀσυμμέτρου ἑαυτῇ. Καὶ εἰσιν αἱ ΔΜ, ΜΗ ῥηταὶ δυνάμει μόνον σύμμετροι, καὶ ἡ ΔΜ σύμμετρός ἐστι τῇ ἐκκειμένῃ ῥητῇ τῇ ΔΕ· ἡ ΔΗ ἄρα ἐκ δύο ὀνομάτων ἐστὶ τετάρτη. Ὅπερ ἔδει δεῖξαι.

surabiles ipsam dividat longitudine, major quam minor plus potest quadrato ex rectâ sibi incommensurabili longitudine; ergo ΔΜ quam ΜΗ plus poterit quadrato ex rectâ sibi incommensurabili. Et sunt ΔΜ, ΜΗ rationales potentiâ solùm commensurabiles, et ΔΜ commensurabilis est expositæ rationali ΔΕ; ergo ΔΗ ex binis nominibus est quarta. Quod oportebat ostendere.

ΠΡΟΤΑΣΙΣ ξέ.

Τὸ ἀπὸ τῆς ῥητὸν καὶ μέσον δυναμένης παρὰ ῥητὴν παραβαλλόμενον πλάτος ποιεῖ τὴν ἐκ δύο ὀνομάτων πέμπτην.

PROPOSITIO LXV.

Quadratum ex eâ quæ rationale et medium potest ad rationalem applicatum latitudinem facit ex binis nominibus quintam.

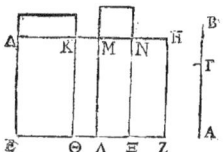

Ἔστω ῥητὸν καὶ μέσον δυναμένη ἡ ΑΒ, διῃρημένη εἰς τὰς εὐθείας κατὰ τὸ Γ, ὥστε μείζονα εἶναι τὴν ΑΓ, καὶ ἐκκείσθω ῥητὴ ἡ ΔΕ, καὶ τῷ

Sit rationale et medium potens ΑΒ, divisa in rectas ad Γ, ita ut major sit ΑΓ, et exponatur rationalis ΔΕ, et quadrato ex ΑΒ

mensurables en longueur, la puissance de la plus grande droite surpassera la puissance de la plus petite du quarré d'une droite incommensurable en longueur avec la plus grande droite (19. 10); la puissance de ΔΜ surpassera donc la puissance de ΜΗ du quarré d'une droite incommensurable avec ΔΜ. Mais les droites ΔΜ, ΜΗ sont des rationelles commensurables en puissance seulement, et ΔΜ est commensurable avec la rationelle exposée ΔΕ; ΔΗ est donc une quatrième de deux noms. (déf. sec. 4. 10). Ce qu'il fallait démontrer.

PROPOSITION LXV.

Le quarré d'une droite qui peut une surface rationelle et une surface médiale étant appliqué à une rationelle, fait une largeur qui est la cinquième de deux noms.

Que la droite ΑΒ, pouvant une surface rationelle et une surface médiale, soit divisée en ses droites au point Γ, la droite ΑΓ étant la plus grande ; soit exposée la

ἀπὸ τῆς AB ἴσον παρὰ τὴν ΔΕ παραβεβλήσθω
τὸ ΔΖ, πλάτος ποιοῦν τὴν ΔΗ· λέγω ὅτι ἡ
ΔΗ ἐκ δύο ὀνομάτων ἐστὶ πέμπτη.

Κατεσκευάσθω γάρ¹ τὰ αὐτὰ τοῖς πρὸ
τούτου. Ἐπεὶ οὖν ῥητὸν καὶ μέσον δυναμένη
ἐστὶν ἡ AB, διῃρημένη κατὰ τὸ Γ· αἱ ΑΓ, ΓΒ
ἄρα δυνάμει εἰσὶν ἀσύμμετροι, ποιοῦσαι τὸ
μὲν συγκείμενον ἐκ τῶν ἀπ' αὐτῶν τετραγώνων
μέσον, τὸ δ' ὑπ' αὐτῶν ῥητόν. Ἐπεὶ οὖν μέσον
ἐστὶ τὸ συγκείμενον ἐκ τῶν ἀπὸ τῶν ΑΓ, ΓΒ·
μέσον ἄρα ἐστὶ καὶ τὸ ΔΛ· ὥστε ῥητή ἐστιν
ἡ ΔΜ, καὶ μήκει ἀσύμμετρος τῇ ΔΕ. Πάλιν,
ἐπεὶ ῥητόν ἐστι τὸ δὶς ὑπὸ τῶν ΑΓ, ΓΒ, τουτέστι τὸ ΜΖ· ῥητὴ ἄρα ἐστὶν² ἡ ΜΗ, καὶ σύμμετρος τῇ ΔΕ μήκει³· ἀσύμμετρος ἄρα ἡ ΔΜ
τῇ ΜΗ· αἱ ΔΜ, ΜΗ ἄρα ῥηταί εἰσι δυνάμει
μόνον σύμμετροι· ἐκ δύο ἄρα ὀνομάτων ἐστὶν ἡ
ΔΗ. Λέγω δὴ ὅτι καὶ πέμπτη. Ὁμοίως γὰρ
δειχθήσεται ὅτι τὸ ὑπὸ τῶν ΔΚ, ΚΜ ἴσον ἐστὶ
τῷ ἀπὸ τῆς ΜΝ, καὶ ἀσύμμετρος ἡ ΔΚ τῇ ΚΜ

æquale ad ipsam ΔΕ applicetur ΔΖ, latitudinem faciens ΔΗ; dico ΔΗ ex binis nominibus esse quintam.

Construantur enim eadem quæ suprà. Quoniam igitur rationale et medium potens est AB,
divisa ad Γ; ergo ΑΓ, ΓΒ potentiâ sunt incommensurabiles, facientes quidem compositum ex
ipsarum quadratis medium, rectangulum verò
sub ipsis rationale. Quoniam igitur medium est
compositum ex quadratis ipsarum ΑΓ, ΓΒ; medium igitur est et ΔΛ; quare rationalis est ΔΜ,
et longitudine incommensurabilis ipsi ΔΕ. Rursus, quoniam rationale est rectangulum bis sub
ΑΓ, ΓΒ, hoc est ΜΖ; rationalis igitur est ΜΗ, et
commensurabilis ipsi ΔΕ longitudine; incommensurabilis igitur ΔΜ ipsi ΜΗ; ipsæ ΔΜ, ΜΗ
igitur rationales sunt potentiâ solùm commensurabiles; ergo ex binis nominibus est ΔΗ. Dico et
quintam esse. Similiter enim demonstrabitur rectangulum sub ΔΚ, ΚΜ æquale esse quadrato ex
ΜΝ, et incommensurabilem ΔΚ ipsi ΚΜ longitu-

rationelle ΔΕ, et appliquons à ΔΕ un parallélogramme ΔΖ égal au quarré de AB, ce
parallélogramme ayant ΔΗ pour largeur; je dis que ΔΗ est une cinquième de deux
noms.

Car faisons la même construction qu'auparavant. Puisque la droite AB, qui est
divisée au point Γ, peut une surface rationelle et une surface médiale, les droites
ΑΓ, ΓΒ seront incommensurables en puissance, la somme des quarrés de ces droites
étant médiale, et le rectangle sous ces mêmes droites étant rationel (41. 10).
Puisque la somme des quarrés des droites ΑΓ, ΓΒ est médiale, le rectangle ΔΛ
sera médial; la droite ΔΜ est donc rationelle, et incommensurable en longueur
avec ΔΕ (23. 10). De plus, puisque le double rectangle sous ΑΓ, ΓΒ, c'est-à-
dire ΜΖ, est rationel, la droite ΜΗ sera rationelle et commensurable en
longueur avec ΔΕ (21. 10); la droite ΔΜ est donc incommensurable avec ΜΗ
(13. 10); les droites ΔΜ, ΜΗ sont donc des rationelles commensurables en
puissance seulement; ΔΗ est donc une droite de deux noms (37. 10). Je dis
qu'elle est aussi une cinquième de deux noms. Car nous démontrerons semblablement que le rectangle sous ΔΚ, ΚΜ est égal au quarré de ΜΝ, et que ΔΚ est in-

μήκει[4]· ἡ ΔΜ ἄρα τῆς ΜΗ μεῖζον δύναται τῷ
ἀπὸ ἀσυμμέτρου ἑαυτῇ. Καὶ εἴσιν αἱ ΔΜ, ΜΗ
ρηταὶ[5] δυνάμει μόνον σύμμετροι, καὶ ἡ ἐλάττων
ἡ ΜΗ σύμμετρος τῇ ΔΕ μήκει· ἡ ΔΗ ἄρα ἐκ
δύο ὀνομάτων ἐστὶ πέμπτη. Ὅπερ ἔδει δεῖξαι.

dine; ergo ΔΜ quam ΜΗ plus potest quadrato
ex rectâ sibi incommensurabili. Et sunt ΔΜ,
ΜΗ rationales potentiâ solùm commensurabiles,
et minor ΜΗ commensurabilis ipsi ΔΕ longitudine; ergo ΔΗ ex binis nominibus est quinta.
Quod oportebat ostendere.

ΠΡΟΤΑΣΙΣ ξϛ'.

Τὸ ἀπὸ τῆς δύο μέσα δυναμένης παρὰ ρητὴν
παραβαλλόμενον πλάτος ποιεῖ τὴν ἐκ δύο ὀνομάτων ἕκτην.

Ἔστω δύο μέσα δυναμένη ἡ ΑΒ, διῃρημένη
κατὰ τὸ Γ, ρητὴ δὲ ἔστω ἡ ΔΕ, καὶ παρὰ τὴν

PROPOSITIO LXVI.

Quadratum ex eâ quæ bina media potest ad
rationalem applicatum latitudinem facit ex binis
nominibus sextam.

Sit bina media potens ΑΒ, divisa ad
Γ, rationalis autem sit ΔΕ, et ad ipsam ΔΕ

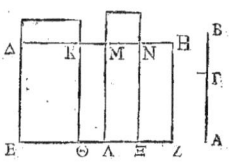

ΔΕ τῷ ἀπὸ τῆς ΑΒ ἴσον παραβεβλήσθω τὸ ΔΖ,
πλάτος ποιοῦν τὴν ΔΗ· λέγω ὅτι ἡ ΔΗ ἐκ δύο
ὀνομάτων ἐστὶν ἕκτη.

quadrato ex ΑΒ æquale applicetur ΔΖ, latitudinem faciens ΔΗ; dico ΔΗ ex binis nominibus
esse sextam.

commensurable en longueur avec ΚΜ; la puissance de ΔΜ surpasse donc la puissance de ΜΗ du quarré d'une droite incommensurable avec ΔΜ (19. 10). Mais les
droites ΔΜ, ΜΗ sont des rationelles commensurables en puissance seulement, et
la plus petite ΜΗ est commensurable en longueur avec ΔΕ; la droite ΔΗ est donc
une cinquième de deux noms (déf. sec. 5. 10) Ce qu'il fallait démontrer.

PROPOSITION LXVI.

Le quarré d'une droite qui peut deux médiales étant appliqué à une rationelle, fait une largeur qui est la sixième de deux noms.

Que la droite ΑΒ, divisée au point Γ, puisse deux médiales; soit la rationelle
ΔΕ, et appliquons à ΔΕ le parallélogramme ΔΖ égal au quarré de ΑΒ, et ayant ΔΗ
pour largeur; je dis que ΔΗ est une sixième de deux noms.

Κατεσκευάσθω γὰρ τὰ αὐτὰ τοῖς πρότερον.
Καὶ ἐπεὶ ἡ ΑΒ δύο μέσα δυναμένη ἐστὶ, διῃρημένη κατὰ τὸ Γ· αἱ ΑΓ, ΓΒ ἄρα δυνάμει εἰσὶν
ἀσύμμετροι, ποιοῦσαι τό, τε συγκείμενον ἐκ τῶν
ἀπ' αὐτῶν τετραγώνων μέσον, καὶ τὸ ὑπ' αὐτῶν
μέσον, καὶ ἔτι ἀσύμμετρον τὸ ἐκ τῶν ἀπ' αὐτῶν
τετραγώνων συγκείμενον τῷ ἐκ τῶν¹ ὑπ' αὐτῶν·
ὥστε κατὰ τὰ προδεδειγμένα μέσον ἐστὶν ἑκάτερον τῶν ΔΛ, ΜΖ, καὶ παρὰ ῥητὴν τὴν ΔΕ πα-
ράκειται· ῥητὴ ἄρα ἐστὶ καὶ ἑκατέρα τῶν ΔΜ,
ΜΗ, καὶ ἀσύμμετρος τῇ ΔΕ μήκει. Καὶ ἐπεὶ
ἀσύμμετρόν ἐστι τὸ συγκείμενον ἐκ τῶν ἀπὸ
τῶν ΑΓ, ΓΒ τῷ δὶς ὑπὸ τῶν ΑΓ, ΓΒ, ἀσύμμετρον
ἄρα ἐστὶ τὸ ΔΛ τῷ ΜΖ· ἀσύμμετρος ἄρα ἐστὶ²
καὶ ἡ ΔΜ τῇ ΜΗ· αἱ ΔΜ, ΜΗ ἄρα ῥηταί εἰσι
δυνάμει μόνον σύμμετροι· ἐκ δύο ἄρα ὀνομάτων
ἐστὶν ἡ ΔΗ· Λέγω ὅτι καὶ ἕκτη. Ὁμοίως δὴ
πάλιν³ δείξομεν ὅτι τὸ ὑπὸ τῶν ΔΚ, ΚΜ ἴσον
ἐστὶ τῷ ἀπὸ τῆς ΜΝ, καὶ ὅτι ἡ ΔΚ τῇ ΚΜ
μήκει ἐστὶν ἀσύμμετρος· καὶ διὰ τὰ αὐτὰ δὴ ἡ

Construantur enim eadem quæ suprà. Et quoniam AB bina media potens est, divisa ad Γ; ipsæ ΑΓ, ΓΒ igitur potentiâ sunt incommensurabiles, facientes et compositum ex ipsarum quadratis medium, et rectangulum sub ipsis medium, et adhuc incommensurabile ex ipsarum quadratis compositum composito ex rectangulis sub ipsis; quare ex jam demonstratis medium est utrumque ipsorum ΔΛ, ΜΖ, et ad rationalem ΔΕ applicantur; rationalis igitur est et utraque ipsarum ΔΜ, ΜΗ, et incommensurabilis ipsi ΔΕ longitudine. Et quoniam incommensurabile est compositum ex quadratis ipsarum ΑΓ, ΓΒ rectangulo bis sub ΑΓ, ΓΒ, incommensurabile igitur est ΔΛ ipsi ΜΖ; incommensurabilis igitur est et ΔΜ ipsi ΜΗ; ipsæ ΔΜ, ΜΗ igitur rationales sunt potentiâ solùm commensurabiles; ergo ex binis nominibus est ΔΗ. Dico et sextam esse. Similiter utique rursus ostendemus rectangulum sub ΔΚ, ΚΜ æquale esse quadrato ex ΜΝ, et ΔΚ ipsi ΚΜ longitudine esse incommensurabilem; et propter

Faisons la même construction qu'auparavant. Puisque la droite ΛΒ, divisée au point Γ, peut deux médiales, les droites ΛΓ, ΓΒ seront incommensurables en puissance, la somme des quarrés de ces droites étant médiale, le rectangle sous ces mêmes droites étant aussi médial, et la somme de leurs quarrés étant incommensurable avec le rectangle compris sous ces droites (42. 10), chacun des rectangles ΔΛ, ΜΖ sera médial, d'après ce qui a été démontré; mais ils sont appliqués à la rationnelle ΔΕ; chacune des droites ΔΜ, ΜΗ est donc rationelle, et incommensurable en longueur avec ΔΕ (23. 10). Et puisque la somme quarrés de ΛΓ et de ΓΒ est incommensurable avec le double rectangle sous ΛΓ, ΓΒ, le rectangle ΔΛ sera incommensurable avec ΜΖ; la droite ΔΜ est donc incommensurable avec ΜΗ (10. 10); les droites ΔΜ, ΜΗ sont donc des rationelles commensurables en puissance seulement; ΔΗ est donc une droite de deux noms. Je dis qu'elle est aussi une sixième de deux noms. Nous démontrerons encore de la même manière que le rectangle sous ΔΚ, ΚΜ est égal au quarré de ΜΝ, et que ΔΚ est incommensurable en longueur avec ΚΜ; par la

ΔΜ τῆς ΜΗ μεῖζον δύναται τῷ ἀπὸ ἀσυμμέτρου ἑαυτῇ μήκει. Καὶ οὐδετέρα τῶν ΔΜ, ΜΗ
σύμμετρός ἐστι τῇ ἐκκειμένῃ ῥητῇ τῇ ΔΕ μήκει·
ἡ ΔΗ ἄρα ἐκ δύο ὀνομάτων ἐστὶν ἕκτη. Ὅπερ
ἔδει δεῖξαι.

eadem utique ΔΜ quam ΜΗ plus potest quadrato
ex rectâ sibi incommensurabili longitudine. Et
neutra ipsarum ΔΜ, ΜΗ commensurabilis est
expositæ rationali ΔΕ longitudine; ergo ΔΗ
ex binis nominibus est sexta. Quod oportebat
ostendere.

ΠΡΟΤΑΣΙΣ ξζ´.

Ἡ τῇ ἐκ δύο ὀνομάτων μήκει σύμμετρος καὶ
αὐτὴ ἐκ δύο ὀνομάτων ἐστὶ καὶ τῇ τάξει
ἡ αὐτή.

Ἔστω ἐκ δύο ὀνομάτων ἡ ΑΒ, καὶ τῇ ΑΒ
μήκει σύμμετρος ἔστω ἡ ΓΔ· λέγω ὅτι ἡ ΓΔ ἐκ
δύο ὀνομάτων ἐστὶ καὶ τῇ τάξει ἡ αὐτὴ τῇ ΑΒ.

Ἐπεὶ γὰρ ἐκ δύο ὀνομάτων ἐστὶν ἡ ΑΒ, διῃρήσθω εἰς τὰ ὀνόματα κατὰ τὸ Ε, καὶ ἔστω
μεῖζον ὄνομα τὸ ΑΕ· αἱ ΑΕ, ΕΒ ἄρα ῥηταί εἰσι
δυνάμει μόνον σύμμετροι. Γεγονέτω ὡς ἡ ΑΒ

PROPOSITIO LXVII.

Recta quæ est ex binis nominibus longitudine
commensurabilis, et ipsa ex binis nominibus est
et ordine eadem.

Sit ex binis nominibus ipsa ΑΒ, et ipsi ΑΒ
longitudine commensurabilis sit ΓΔ; dico ΓΔ ex
binis nominibus esse et ordine eamdem ipsi ΑΒ.

Quoniam enim ex binis nominibus est ΑΒ,
dividatur in nomina ad Ε, et sit majus
nomen ΑΕ; ipsæ ΑΕ, ΕΒ igitur rationales
sunt potentiâ solùm commensurabiles. Fiat ut

même raison, la puissance de ΔΜ surpassera la puissance de ΜΗ du quarré d'une
droite incommensurable en longueur avec ΔΜ (19. 10). Mais aucune des droites
ΔΜ, ΜΗ n'est commensurable en longueur avec la rationnelle exposée ΔΕ; la droite
ΔΗ est donc une sixième de deux noms (déf. sec. 6. 10). Ce qu'il fallait démontrer.

PROPOSITION LXVII.

La droite qui est commensurable en longueur avec une droite de deux noms,
est aussi elle-même une droite de deux noms, et du même ordre qu'elle.

Soit ΑΒ une droite de deux noms, et que ΓΔ soit commensurable en longueur
avec ΑΒ; je dis que ΓΔ est une droite de deux noms, et qu'elle est du même
ordre que ΑΒ.

Car, puisque ΑΒ est une droite de deux noms, qu'elle soit divisée en ses noms
au point Ε, et que ΑΕ soit son plus grand nom; les droites ΑΕ, ΕΒ seront des rationelles commensurables en puissance seulement (37. 10). Faisons en sorte que

πρὸς τὴν ΓΔ οὕτως ἡ ΑΕ πρὸς τὴν ΓΖ· καὶ
λοιπὴ ἄρα ἡ ΕΒ πρὸς λοιπὴν τὴν ΖΔ ἐστιν ὡς
ἡ ΑΒ πρὸς τὴν ΓΔ. Σύμμετρος δὲ ἡ ΑΒ τῇ ΓΔ
μήκει· σύμμετρος ἄρα ἐστὶ καὶ ἡ μὲν ΑΕ τῇ
ΓΖ, ἡ δὲ ΕΒ τῇ ΖΔ. Καὶ εἴσι ῥηταὶ αἱ ΑΕ, ΕΒ·
ῥηταὶ ἄρα εἰσὶ καὶ αἱ ΓΖ, ΖΔ. Καὶ ἐπεί ἐστιν
ὡς ἡ ΑΕ πρὸς τὴν ΓΖ οὕτως ἡ ΕΒ πρὸς τὴν

AB ad ΓΔ ita AE ad ΓΖ; et reliqua igitur EB
ad reliquam ΖΔ est ut AB ad ΓΔ. Commensurabilis verò AB ipsi ΓΔ longitudine; commensurabilis igitur est et quidem AE ipsi ΓΖ,
ipsa verò EB ipsi ΖΔ. Et sunt rationales AE,
EB; rationales igitur sunt et ΓΖ, ΖΔ. Et quoniam est ut AE ad ΓΖ ita EB ad ΖΔ; permutando.

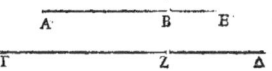

ΖΔ· ἐναλλὰξ ἄρα ἐστὶν ὡς ἡ ΑΕ πρὸς τὴν ΕΒ
οὕτως ἡ ΓΖ πρὸς τὴν ΖΔ· αἱ δὲ ΑΕ, ΕΒ δυνάμει
μόνον εἰσὶ σύμμετροι· καὶ αἱ ΓΖ, ΖΔ ἄρα δυνάμει μόνον εἰσὶ σύμμετροι. Καὶ εἴσι ῥηταί·
ἐκ δύο ἄρα ὀνομάτων ἐστὶν ἡ ΓΔ. Λέγω δὴ ὅτι
τῇ τάξει ἐστὶν ἡ αὐτὴ τῇ ΑΒ.

Η γὰρ ΑΕ τῆς ΕΒ μεῖζον δύναται ἤτοι τῷ ἀπὸ
συμμέτρου ἑαυτῇ, ἢ τῷ ἀπὸ ἀσυμμέτρου. Εἰ
μὲν οὖν ἡ ΑΕ τῆς ΕΒ μεῖζον δύναται τῷ ἀπὸ
συμμέτρου ἑαυτῇ, καὶ ἡ ΓΖ τῆς ΖΔ μεῖζον
δυνήσεται τῷ ἀπὸ συμμέτρου ἑαυτῇ. Καὶ εἰ μὲν

igitur est ut AE ad EB ita ΓΖ ad ΖΔ; ipsæ
autem AE, EB potentiâ solùm sunt commensurabiles; et ΓΖ, ΖΔ igitur potentiâ solùm sunt
commensurabiles. Et sunt rationales; ex binis
igitur nominibus est ΓΔ. Dico et ordine esse
eamdem ipsi AB.

Vel enim AE quam EB plus potest quadrato
ex rectâ sibi commensurabili, vel quadrato ex
rectâ sibi incommensurabili. Si quidem igitur
AE quam EB plus possit quadrato ex rectâ sibi
commensurabili, et ΓΖ quam ΖΔ plus poterit
quadrato ex rectâ sibi commensurabili. Et si

AB soit à ΓΔ comme AE est à ΓΖ; la droite restante EB sera à la droite restante ΖΔ
comme AB est à ΓΔ (19. 5). Mais AB est commensurable en longueur avec ΓΔ ; la
droite AE est donc commensurable avec ΓΖ, et EB avec ΖΔ (10. 10.). Mais les droites
AE, EB sont rationelles ; les droites ΓΖ, ΖΔ sont donc rationelles. Et puisque AE est
à ΓΖ comme EB est à ΖΔ ; par permutation, AE est à EB comme ΓΖ est à ΖΔ. Mais les
droites AE, EB ne sont commensurables qu'en puissance ; les droites ΓΖ, ΖΔ ne sont
donc commensurables qu'en puissance. Mais elles sont rationelles ; ΓΔ est donc
une droite de deux noms (57. 10). Je dis aussi que ΓΔ est du même ordre
que AB.

Car la puissance de AE surpasse la puissance de EB du quarré d'une droite commensurable ou incommensurable avec AE. Si la puissance de AE surpasse la puissance de EB du quarré d'une droite commensurable avec AE, la puissance de ΓΖ surpassera la puissance de ΖΔ du quarré d'une droite commensurable avec ΓΖ (15. 10);.

σύμμετρός ἐστιν ἡ ΑΕ τῇ ἐκκειμένῃ ῥητῇ, καὶ ἡ ΓΖ σύμμετρος αὐτῇ ἔσται[5]· καὶ διὰ τοῦτο ἑκατέρα τῶν ΑΒ, ΓΔ ἐκ δύο ὀνομάτων ἐστὶ πρώτη, τουτέστι τῇ τάξει ἡ αὐτή. Εἰ δὲ ἡ ΕΒ σύμμετρός ἐστι τῇ ἐκκειμένῃ ῥητῇ, καὶ ἡ ΖΔ σύμμετρός ἐστιν αὐτῇ, καὶ διὰ τοῦτο πάλιν τῇ τάξει ἡ αὐτὴ ἔσται τῇ ΑΒ, ἑκατέρα γὰρ αὐτῶν ἔσται[6] ἐκ δύο ὀνομάτων δευτέρα. Εἰ δὲ

quidem commensurabilis est ΑΕ expositæ rationali, et ΓΖ commensurabilis eidem erit; et ob id utraque ipsarum ΑΒ, ΓΔ ex binis nominibus est prima, hoc est ordine eadem. Si verò ΕΒ commensurabilis est expositæ rationali, et ΖΔ commensurabilis est eidem, et ob id rursus ordine eadem erit ipsi ΑΒ, utraque enim ipsarum erit ex binis nominibus secunda. Si autem

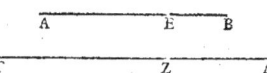

οὐδετέρα τῶν ΑΕ, ΕΒ σύμμετρός ἐστι τῇ ἐκκειμένῃ ῥητῇ, οὐδετέρα τῶν ΓΖ, ΖΔ σύμμετρος αὐτῇ ἔσται, καὶ ἔστιν ἑκατέρα τρίτη. Εἰ δὲ ἡ ΑΕ τῆς ΕΒ μεῖζον δύναται τῷ ἀπὸ ἀσυμμέτρου ἑαυτῇ, καὶ ἡ ΓΖ τῆς ΖΔ μεῖζον δύναται[7] τῷ ἀπὸ ἀσυμμέτρου ἑαυτῇ. Καὶ εἰ μὲν ἡ ΑΕ σύμμετρός ἐστι τῇ ἐκκειμένῃ ῥητῇ, καὶ ἡ ΓΖ σύμμετρός ἐστιν αὐτῇ, καὶ ἔστιν ἑκατέρα τετάρτη.

neutra ipsarum ΑΕ, ΕΒ commensurabilis sit expositæ rationali, neutra ipsarum ΓΖ, ΖΔ commensurabilis eidem erit, et est utraque tertia. Si verò ΑΕ quam ΕΒ plus possit quadrato ex rectá sibi incommensurabili, et ΓΖ quam ΖΔ plus potest quadrato ex rectá sibi incommensurabili. Et si quidem ΑΕ commensurabilis est expositæ rationali, et ΓΖ commensurabilis est eidem, et est utraque quarta. Si autem

et si la droite ΑΕ est commensurable avec la rationnelle exposée, la droite ΓΖ sera aussi commensurable avec elle (12. 10). Chacune des droites ΑΒ, ΓΔ est donc la première de deux noms, c'est-à-dire que ces droites sont du même ordre. Si la droite ΕΒ est commensurable avec la rationnelle exposée, la droite ΖΔ sera aussi commensurable avec elle, et la droite ΓΔ sera encore du même ordre que ΑΒ, car chacune d'elles sera une seconde de deux noms. Mais si aucune des droites ΑΕ, ΕΒ n'est commensurable avec la rationelle exposée, aucune des droites ΓΖ, ΖΔ ne sera commensurable avec elle, et chacune d'elles sera une troisième de deux noms. Si la puissance de ΑΕ surpasse la puissance de ΕΒ du quarré d'une droite incommensurable avec ΑΕ, la puissance de ΓΖ surpassera la puissance de ΖΔ du quarré d'une droite incommensurable avec ΓΖ (15. 10). Si la droite ΑΕ est commensurable avec la rationelle exposée, la droite ΓΖ sera commensurable avec elle, et chacune d'elles sera une quatrième de deux noms. Si la droite ΕΒ est commensurable avec la

Εἰ δὲ ἡ ΕΒ, καὶ ἡ ΖΔ, καὶ ἔσται ἑκατέρα πέμπτη. Εἰ δὲ οὐδετέρα τῶν ΑΕ, ΕΒ, καὶ τῶν ΓΖ, ΖΔ οὐδετέρα σύμμετρός ἐστι[8] τῇ ἐκκειμένῃ ῥητῇ, καὶ ἔσται ἑκατέρα ἕκτη.

Ὥστε ἡ τῇ ἐκ δύο[9], καὶ τὰ ἑξῆς.

Ἡ τῇ ἐκ δύο μέσων μήκει σύμμετρος καὶ αὐτὴ[1] ἐκ δύο μέσων ἐστὶ καὶ τῇ τάξει ἡ αὐτή.

Ἔστω ἐκ δύο μέσων ἡ ΑΒ, καὶ τῇ ΑΒ σύμμετρος ἔστω μήκει ἡ ΓΔ· λέγω ὅτι ἡ ΓΔ ἐκ δύο μέσων ἐστὶ καὶ τῇ τάξει ἡ αὐτὴ τῇ ΑΒ.

Ἐπεὶ γὰρ ἐκ δύο μέσων ἐστὶν ἡ ΑΒ, διῃρήσθω[2] εἰς τὰς μέσας κατὰ τὸ Ε· αἱ ΑΕ, ΕΒ ἄρα μέσαι εἰσὶ δυνάμει μόνον σύμμετροι. Καὶ γεγονέτω ὡς ἡ ΑΒ πρὸς τὴν ΓΔ οὕτως ἡ ΑΕ πρὸς τὴν ΓΖ[3]· καὶ λοιπὴ ἄρα ἡ ΕΒ πρὸς λοιπὴν τὴν

EB, et ZΔ, et erit utraque quinta. Si verò neutra ipsarum AE, EB, et ipsarum ΓZ, ZΔ neutra commensurabilis est expositæ rationali, et erit utraque sexta.

Quare recta ei quæ est ex binis, etc.

Recta ei quæ est ex binis mediis longitudine commensurabilis, et ipsa ex binis mediis est atque ordine eadem.

Sit ex binis mediis ipsa AB, et ipsi AB commensurabilis sit longitudine ipsa ΓΔ; dico ΓΔ ex binis mediis esse, et ordine eamdem ipsi AB.

Quoniam enim ex binis mediis est AB, dividatur in medias ad E; ipsæ AE, EB igitur mediæ sunt potentiâ solùm commensurabiles. Et fiat ut AB ad ΓΔ ita AE ad ΓZ; et reliqua igitur EB ad reliquam ZΔ est ut AB ad ΓΔ.

rationelle exposée, la droite ZΔ le sera aussi, et chacune d'elles sera une cinquième de deux noms; et enfin si aucune des droites AE, EB n'est commensurable avec la rationelle exposée, aucune des droites ΓZ, ZΔ ne sera commensurable avec elle, et chacune d'elles sera une sixième de deux noms. Donc, etc.

PROPOSITION LXVIII.

La droite qui est commensurable en longueur avec la droite de deux médiales, est aussi une droite de deux médiales, et du même ordre qu'elle.

Soit AB une droite de deux médiales, et que ΓΔ soit commensurable en longueur avec AB; je dis que ΓΔ est une droite de deux médiales, et que cette droite est du même ordre que AB.

Car puisque AB est une droite de deux médiales, qu'elle soit divisée en ses médiales au point E; les droites AE, EB seront des médiales commensurables en puissance seulement (38 et 39. 10). Faisons en sorte que AB soit à ΓΔ comme AE est à ΓZ; la droite restante EB sera à la droite restante ZΔ comme AB est à ΓΔ.

II.

36

ΖΔ ἐστὶν ὡς ἡ ΑΒ πρὸς τὴν ΓΔ4. Σύμμετρος δὲ
ἡ ΑΒ τῇ ΓΔ μήκει· σύμμετρος ἄρα καὶ ἑκατέρα
τῶν ΑΕ, ΕΒ ἑκατέρα τῶν ΓΖ, ΖΔ· μέσαι δὲ αἱ
ΑΕ, ΕΒ5· μέσαι ἄρα καὶ αἱ ΓΖ, ΖΔ. Καὶ
ἐπεί ἐστιν ὡς ἡ ΑΕ πρὸς τὴν ΕΒ οὕτως ἡ ΓΖ
πρὸς τὴν ΖΔ6, αἱ δὲ ΑΕ, ΕΒ δυνάμει μόνον
σύμμετροί εἰσι7· καὶ αἱ ΓΖ, ΖΔ ἄρα δυνάμει
μόνον σύμμετροί εἰσιν8. Ἐδείχθησαν δὲ καὶ μέσαι·
ἡ ΓΔ ἄρα ἐκ δύο μέσων ἐστί. Λέγω δὴ ὅτι καὶ τῇ
τάξει ἡ αὐτή ἐστι τῇ ΑΒ.

Commensurabilis autem AB ipsi ΓΔ longitudine;
commensurabilis igitur et utraque ipsarum AE,
EB utrique ipsarum ΓΖ, ΖΔ; mediæ verò AE,
EB; mediæ igitur et ΓΖ, ΖΔ. Et quoniam est ut
AE ad EB ita ΓΖ ad ΖΔ, ipsæ autem AE, EB
potentiâ solùm commensurabiles sunt; et ΓΖ,
ΖΔ igitur potentiâ solùm commensurabiles sunt.
Ostensæ sunt verò et mediæ; ergo ΓΔ ex binis
mediis est. Dico et ordine eamdem esse
ipsi AB.

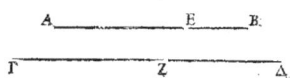

Ἐπεὶ γάρ ἐστιν ὡς ἡ ΑΕ πρὸς τὴν ΕΒ οὕτως
ἡ ΓΖ πρὸς τὴν ΖΔ9· καὶ ὡς ἄρα τὸ ἀπὸ τῆς
ΑΕ πρὸς τὸ ὑπὸ τῶν ΑΕ, ΕΒ οὕτως τὸ ἀπὸ
τῆς ΓΖ πρὸς τὸ ὑπὸ τῶν ΓΖ, ΖΔ· ἐναλλὰξ
ἄρα10 τὸ ἀπὸ τῆς ΑΕ πρὸς τὸ ἀπὸ τῆς ΓΖ
οὕτως τὸ ὑπὸ τῶν ΑΕ, ΕΒ πρὸς τὸ ὑπὸ τῶν
ΓΖ, ΖΔ. Σύμμετρον δὲ τὸ ἀπὸ τῆς ΑΕ τῷ ἀπὸ
τῆς ΓΖ· σύμμετρον ἄρα καὶ τὸ ὑπὸ τῶν ΑΕ, ΕΒ
τῷ ὑπὸ τῶν ΓΖ, ΖΔ. Εἴτε οὖν ῥητόν ἐστι τὸ

Quoniam enim est ut AE ad EB ita ΓΖ
ad ΖΔ; et ut igitur ex AE quadratum ad rectangulum sub AE, EB ita ex ΓΖ quadratum
ad rectangulum sub ΓΖ, ΖΔ; permutando igitur
ex AE quadratum ad ipsum ex ΓΖ ita sub
AE, EB rectangulum ad ipsum sub ΓΖ, ΖΔ.
Commensurabile autem ex AE quadratum quadrato ex ΓΖ; commensurabile igitur et sub AE,
EB rectangulum rectangulo sub ΓΖ, ΖΔ. Sive

Mais AB est commensurable en longueur avec ΓΔ ; chacune des droites AE, EB est
donc commensurable avec chacune des droites ΓΖ, ΖΔ. Mais les droites AE, EB sont
médiales ; les droites ΓΖ, ΖΔ sont donc médiales (24. 10). Et puisque AE est à EB
comme ΓΖ est à ΖΔ, et que les droites AE, EB ne sont commensurables qu'en puissance, les droites ΓΖ, ΖΔ ne seront commensurables qu'en puissance. Mais on a
démontré qu'elles sont médiales ; la droite ΓΔ est donc une droite de deux médiales (58 et 39. 10). Je dis aussi que ΓΔ est du même ordre que AB.

Car puisque AE est à EB comme ΓΖ est à ΖΔ, le quarré de AE sera au rectangle
sous AE, EB comme le quarré de ΓΖ est au rectangle sous ΓΖ, ΖΔ (11.5, et 1.6); donc,
par permutation, le quarré de AE est au quarré de ΓΖ comme le rectangle sous
AE, EB est au rectangle sous ΓΖ, ΖΔ. Mais le quarré de AE est commensurable
avec le quarré de ΓΖ ; le rectangle sous AE, EB est donc commensurable avec le
rectangle sous ΓΖ, ΖΔ. Si donc le rectangle sous AE, EB est rationel , le rectangle

ὑπὸ τῶν ΑΕ, ΕΒ, καὶ τὸ ὑπὸ τῶν ΓΖ, ΖΔ ῥητόν
ἐστι· καὶ διὰ τοῦτό ἐστιν ἐκ δύο μέσων πρώτη.
Εἴτε μέσον τὸ ὑπὸ τῶν ΑΕ, ΕΒ, μέσον καὶ τὸ
ὑπὸ τῶν ΓΖ, ΖΔ. Καὶ ἔστιν ἑκατέρα δευτέρα·
καὶ διὰ τοῦτο ἡ ΓΔ τῇ ΑΒ τῇ τάξει ἡ αὐτή[1,1].
Ὅπερ ἔδει δεῖξαι.

ΠΡΟΤΑΣΙΣ ξθ'.

Ἡ τῇ μείζονι σύμμετρος καὶ αὐτὴ μείζων
ἐστίν.

Ἔστω μείζων ἡ ΑΒ, καὶ τῇ ΑΒ σύμμετρος
ἔστω ἡ ΓΔ· λέγω ὅτι καὶ[1] ἡ ΓΔ μείζων ἐστί.

Διῃρήσθω ἡ ΑΒ κατὰ τὸ Ε· αἱ ΑΕ, ΕΒ ἄρα
δυνάμει εἰσὶν ἀσύμμετροι, ποιοῦσαι τὸ μὲν συγκείμενον ἐκ τῶν ἀπ' αὐτῶν τετραγώνων ῥητόν,
τὸ δ' ὑπ' αὐτῶν μέσον. Γεγονέτω γὰρ[2] τὰ αὐτὰ
τοῖς πρότερον. Καὶ ἐπεί ἐστιν ὡς ἡ ΑΒ πρὸς
τὴν ΓΔ οὕτως ἥτε ΑΕ πρὸς τὴν ΓΖ καὶ ἡ ΕΒ
πρὸς τὴν ΖΔ[3]· καὶ ὡς ἄρα ἡ ΑΕ πρὸς τὴν ΓΖ

igitur rationale est rectangulum sub AE, EB, et
rectangulum sub ΓΖ, ΖΔ rationale est; et ob
id est ex binis mediis prima. Sive medium rectangulum sub AE, EB, medium et rectangulum
sub ΓΖ, ΖΔ. Atque est utraque secunda; et
ob id ΓΔ ipsi AB ordine eadem. Quod oportebat ostendere.

PROPOSITIO LXIX.

Recta majori commensurabilis et ipsa major est.

Sit major AB, et ipsi AB commensurabilis
sit ΓΔ; dico et ΓΔ majorem esse.

Dividatur AB ad E; ipsæ AE, EB igitur
potentiâ sunt incommensurabiles, facientes quidem compositum ex ipsarum quadratis rationale, rectangulum verò sub ipsis medium.
Fiant enim eadem quæ suprà. Et quoniam
est ut AB ad ΓΔ ita et AE ad ΓΖ et EB ad
ΖΔ; et ut igitur AE ad ΓΖ ita EB ad ΖΔ.

sous ΓΖ, ΖΔ sera rationel; et ΓΔ sera, par conséquent, une première de deux médiales (38. 10). Si le rectangle sous AE, EB est médial, le rectangle sous ΓΖ, ΖΔ sera
médial. Mais les droites ΓΔ, ΔΒ sont l'une et l'autre la seconde de deux médiales
(39. 10); la droite ΓΔ sera, par conséquent aussi, du même ordre que la droite AB.
Ce qu'il fallait démontrer.

PROPOSITION LXIX.

Une droite commensurable avec la majeure, est elle-même une droite majeure.

Soit la majeure AB; et que ΓΔ soit commensurable avec AB; je dis que ΓΔ est une
droite majeure.

Divisons AB au point E; les droites AE, EB seront incommensurables en puissance, la somme des quarrés de ces droites étant rationelle, et le rectangle sous
ces mêmes droites étant médial (40. 10). Car faisons les mêmes choses qu'auparavant. Puisque AB est à ΓΔ comme AE est à ΓΖ, et comme EB est à ΖΔ, la droite

οὕτως ἡ ΕΒ πρὸς τὴν ΖΔ. Σύμμετρος δὲ ἡ
ΑΒ τῇ ΓΔ· σύμμετρος ἄρα καὶ ἑκατέρα τῶν
ΑΕ, ΕΒ ἑκατέρα τῶν ΓΖ, ΖΔ. Καὶ ἐπεί ἐστιν
ὡς ἡ ΑΕ πρὸς τὴν ΓΖ οὕτως ἡ ΕΒ πρὸς τὴν
ΖΔ[4], καὶ ἐναλλὰξ ὡς ἡ ΑΕ πρὸς τὴν ΕΒ[5]
οὕτως ἡ ΓΖ πρὸς τὴν[6] ΖΔ· καὶ συνθέντι ἄρα
ἐστὶν[7] ὡς ἡ ΑΒ πρὸς τὴν ΒΕ οὕτως ἡ ΓΔ πρὸς
τὴν ΔΖ[8]· καὶ ὡς ἄρα τὸ ἀπὸ τῆς ΑΒ πρὸς τὸ

Commensurabilis autem ΑΒ ipsi ΓΔ; commensurabilis igitur et utraque ipsarum ΑΕ, ΕΒ
utrique ipsarum ΓΖ, ΖΔ. Et quoniam est ut
ΑΕ ad ΓΖ ita ΕΒ ad ΖΔ, et permutando ut
ΑΕ ad ΕΒ ita ΓΖ ad ΖΔ; et componendo igitur
est ut ΑΒ ad ΒΕ ita ΓΔ ad ΔΖ; et ut igitur
ex ΑΒ quadratum ad ipsum ex ΒΕ ita ex ΓΔ.

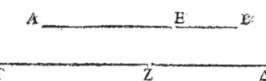

ἀπὸ τῆς ΒΕ οὕτως τὸ ἀπὸ τῆς ΓΔ πρὸς τὸ
ἀπὸ τῆς ΔΖ. Ὁμοίως δὴ δείξομεν ὅτι καὶ ὡς
τὸ ἀπὸ τῆς ΑΒ πρὸς τὸ ἀπὸ τῆς ΑΕ οὕτως
τὸ ἀπὸ τῆς ΓΔ πρὸς τὸ ἀπὸ τῆς ΓΖ· καὶ ὡς
ἄρα τὸ ἀπὸ τῆς ΑΒ πρὸς τὰ ἀπὸ τῶν ΑΕ, ΕΒ
οὕτως τὸ ἀπὸ τῆς ΓΔ πρὸς τὰ ἀπὸ τῶν ΓΖ,
ΖΔ· καὶ ἐναλλὰξ ἄρα ἐστὶν ὡς τὸ ἀπὸ τῆς ΑΒ
πρὸς τὸ ἀπὸ τῆς ΓΔ οὕτως τὰ ἀπὸ τῶν ΑΕ, ΕΒ
πρὸς τὰ ἀπὸ τῶν ΓΖ, ΖΔ. Σύμμετρον δὲ τὸ
ἀπὸ τῆς ΑΒ τῷ ἀπὸ τῆς ΓΔ· σύμμετρα ἄρα
καὶ τὰ ἀπὸ τῶν ΑΕ, ΕΒ τοῖς ἀπὸ τῶν ΓΖ,

quadratum ad ipsum ex ΔΖ. Similiter utique
demonstrabimus et ut ex ΑΒ quadratum ad
ipsum ex ΑΕ ita esse ex ΓΔ quadratum ad ipsum
ex ΓΖ; et ut igitur ex ΑΒ quadratum ad ipsa
ex ΑΕ, ΕΒ ita ex ΓΔ quadratum ad ipsa ex
ΓΖ, ΖΔ; et permutando igitur est ut ex ΑΒ
quadratum ad ipsum ex ΓΔ ita ex ΑΕ, ΕΒ
quadrata ad ipsa ex ΓΖ, ΖΔ. Commensurabile
autem ex ΑΒ quadratum quadrato ex ΓΔ;
commensurabilia igitur et ex ΑΕ, ΕΒ quadrata

ΑΕ sera à ΓΖ comme ΕΒ est à ΖΔ (11. 5). Mais ΑΒ est commensurable avec ΓΔ;
chacune des droites ΑΕ, ΕΒ est donc commensurable avec chacune des droites
ΓΖ, ΖΔ. Et puisque ΑΕ est à ΓΖ comme ΕΒ est à ΖΔ; par permutation, ΑΕ sera à ΕΒ
comme ΓΖ est à ΖΔ ; donc, par addition, ΑΒ est à ΒΕ comme ΓΔ est à ΔΖ; le quarré
de ΑΒ est donc au quarré de ΒΕ comme le quarré de ΓΔ est au quarré de ΔΖ (22.6).
Nous démontrerons semblablement que le quarré de ΑΒ est au quarré de ΑΕ
comme le quarré de ΓΔ est au quarré de ΓΖ; le quarré de ΑΒ est donc à la
somme des quarrés des droites ΑΕ, ΕΒ comme le quarré de ΓΔ est à la somme
des quarrés des droites ΓΖ, ΖΔ; donc, par permutation, le quarré de ΑΒ
est au quarré de ΓΔ comme la somme des quarrés des droites ΑΕ, ΕΒ est à la
somme des quarrés des droites ΓΖ, ΖΔ. Mais le quarré de ΑΒ est commensurable
avec le quarré de ΓΔ; la somme des quarrés des droites ΑΕ, ΕΒ est donc com-

ΖΔ. Καὶ ἔστι τὰ ἀπὸ τῶν ΑΕ, ΕΒ ἅμα ῥητόν· καὶ τὰ ἀπὸ τῶν ΓΖ, ΖΔ ἅμα ῥητόν ἐστιν. Ὁμοίως δὲ καὶ τὸ δὶς ὑπὸ τῶν ΑΕ, ΕΒ σύμμετρόν ἐστι τῷ δὶς ὑπὸ τῶν ΓΖ, ΖΔ. Καὶ ἔστι μέσον τὸ δὶς ὑπὸ τῶν ΑΕ, ΕΒ· μέσον ἄρα καὶ τὸ δὶς ὑπὸ τῶν ΓΖ, ΖΔ· αἱ ΓΖ, ΖΔ ἄρα δυνάμει ἀσύμμετροί εἰσιθ, ποιοῦσαι τὸ μὲν συγκείμενον ἐκ τῶν ἀπ' αὐτῶν τετραγώνων ἅμα¹⁰ ῥητὸν, τὸ δ' ὑπ' αὐτῶν μέσον· ὅλη ἄρα ἡ ΓΔ ἄλογός ἐστιν, ἡ καλουμένη μείζων.

Ἡ ἄρα τῇ μείζονι σύμμετρος μείζων ἐστίν. Ὅπερ ἔδει δεῖξαι.

ΠΡΟΤΑΣΙΣ ό.

Ἡ τῇ ῥητὸν καὶ μέσον δυναμένῃ σύμμετρος καὶ αὐτὴ¹ ῥητὸν καὶ μέσον δυναμένη ἐστίν.

quadratis ex ΓΖ, ΖΔ. Et sunt quadrata ex ΑΕ, ΕΒ simul rationalia; et quadrata ex ΓΖ, ΖΔ simul rationalia sunt. Similiter verò et rectangulum bis sub ΑΕ, ΕΒ commensurabile est rectangulo bis sub ΓΖ, ΖΔ. Atque est medium rectangulum bis sub ΑΕ. ΕΒ; medium igitur et rectangulum bis sub ΓΖ, ΖΔ; ipsæ ΓΖ, ΖΔ igitur potentiâ incommensurabiles sunt, facientes quidem compositum ex ipsarum quadratis simul rationale, rectangulum verò sub ipsis medium; tota igitur ΓΔ irrationalis est, quæ vocatur major.

Recta igitur majori commensurabilis major est. Quod oportebat ostendere.

PROPOSITIO LXX.

Recta rationale et medium potenti commensurabilis, et ipsa rationale et medium potens est.

mensurable avec la somme des quarrés des droites ΓΖ, ΖΔ. Mais la somme des quarrés des droites ΑΕ, ΕΒ est rationelle (40. 10) ; la somme des quarrés des droites ΓΖ, ΖΔ est donc rationelle (déf. 9. 10). Par la même raison, le double rectangle sous ΑΕ, ΕΒ est commensurable avec le double rectangle sous ΓΖ, ΖΔ. Mais le double rectangle sous ΑΕ, ΕΒ est médial (40. 10); le double rectangle sous ΓΖ, ΖΔ est donc médial (24. 10); les droites ΓΖ, ΖΔ sont donc incommensurables en puissance, la somme de leurs quarrés étant rationelle, et le rectangle sous ces mêmes droites étant médial; la droite entière ΓΔ est donc l'irrationelle appelée la droite majeure (40. 10).

Une droite commensurable avec la majeure, est donc elle-même une droite majeure. Ce qu'il fallait démontrer.

PROPOSITION LXX.

Une droite commensurable avec la droite qui peut une surface rationelle et une surface médiale, est elle-même une droite qui peut une surface rationelle et une surface médiale.

Ἔστω ῥητὸν καὶ μέσον δυναμένη ἡ ΑΒ, καὶ τῇ ΑΒ σύμμετρος ἔστω ἡ ΓΔ· δεικτέον ὅτι καὶ ἡ ΓΔ ῥητὸν καὶ μέσον δυναμένη ἐστί.

Sit rationale et medium potens ΑΒ, et ipsi ΑΒ commensurabilis sit ΓΔ; ostendendum est et ΓΔ rationale et medium potentem esse.

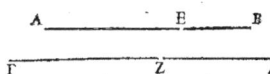

Διῃρήσθω ἡ ΑΒ εἰς τὰς εὐθείας κατὰ τὸ Ε· αἱ ΑΕ, ΕΒ ἄρα δυνάμει εἰσὶν ἀσύμμετροι, ποιοῦσαι τὸ μὲν συγκείμενον ἐκ τῶν ἀπ᾽ αὐτῶν τετραγώνων μέσον, τὸ δὲ ὑπ᾽ αὐτῶν ῥητόν· καὶ τὰ αὐτὰ κατεσκευάσθω τοῖς πρότερον. Ὁμοίως δὴ δείξομεν ὅτι καὶ αἱ ΓΖ, ΖΔ δυνάμει εἰσὶν ἀσύμμετροι, καὶ σύμμετρον τὸ μὲν συγκείμενον ἐκ τῶν ἀπὸ τῶν ΑΕ, ΕΒ τῷ συγκειμένῳ ἐκ τῶν ἀπὸ τῶν ΓΖ, ΖΔ, τὸ δὲ ὑπὸ τῶν² ΑΕ, ΕΒ τῷ ὑπὸ τῶν ΓΖ, ΖΔ· ὥστε καὶ τὸ μὲν³ συγκείμενον ἐκ τῶν ἀπὸ τῶν ΓΖ, ΖΔ τετραγώνων ἐστὶ μέσον, τὸ δ᾽ ὑπὸ τῶν ΓΖ, ΖΔ ῥητόν· ῥητὸν ἄρα καὶ μέσον δυναμένη ἐστὶν ἡ ΓΔ. Ὅπερ ἔδει δεῖξαι.

Dividatur ΑΒ in rectas ad Ε; ipsæ ΑΕ, ΕΒ igitur potentiâ sunt incommensurabiles, facientes quidem compositum ex ipsarum quadratis medium, rectangulum verò sub ipsis rationale; et eadem construantur quæ suprà. Similiter utique demonstrabimus et ΓΖ, ΖΔ potentiâ esse incommensurabiles, et commensurabile quidem compositum ex quadratis ipsarum ΑΕ, ΕΒ composito ex quadratis ipsarum ΓΖ, ΖΔ, rectangulum verò sub ΑΕ, ΕΒ rectangulo sub ΓΖ, ΖΔ; quare et quidem compositum ex ipsarum ΓΖ, ΖΔ quadratis est medium, rectangulum verò sub ipsis rationale; rationale igitur et medium potens est ΓΔ. Quod oportebat ostendere.

Que la droite ΑΒ puisse une surface rationelle et une surface médiale, et que ΓΔ soit commensurable avec ΑΒ; il faut démontrer que la droite ΓΔ peut aussi une surface rationelle et une surface médiale.

Divisons ΑΒ en ses droites au point Ε; les droites ΑΕ, ΕΒ seront incommensurables en puissance, la somme de leurs quarrés étant médiale, et le rectangle sous ces mêmes droites étant rationel (41. 10). Faisons la même construction qu'auparavant. Nous démontrerons semblablement que les droites ΓΖ, ΖΔ sont incommensurables en puissance, que la somme des quarrés des droites ΑΕ, ΕΒ est commensurable avec la somme des quarrés des droites ΓΖ, ΖΔ, et que le rectangle sous ΑΕ, ΕΒ l'est aussi avec le rectangle sous ΓΖ, ΖΔ; la somme des quarrés des droites ΓΖ, ΖΔ est donc médiale, et le rectangle sous ΓΖ, ΖΔ rationel (24. 10); la droite ΓΔ peut donc une surface rationelle et une surface médiale (41. 10). Ce qu'il fallait démontrer.

ΠΡΟΤΑΣΙΣ οά.

Η τῇ δύο μέσα δυναμένη σύμμετρος δύο μέσα δυναμένη ἐστίν.

Ἔστω δύο μέσα δυναμένη ἡ ΑΒ, καὶ τῇ ΑΒ σύμμετρος ἡ ΓΔ· δεικτέον δὴ¹ ὅτι καὶ ἡ ΓΔ δύο μέσα δυναμένη ἐστίν.

PROPOSITIO LXXI.

Recta bina media potenti commensurabilis bina media pótens est.

Sit bina media potens ΑΒ, et ipsi ΑΒ commensurabilis ΓΔ ; ostendendum est et ΓΔ bina media potentem esse.

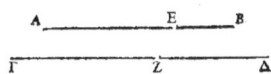

Ἐπεὶ γὰρ δύο μέσα δυναμένη ἐστὶν ἡ ΑΒ, διῃρήσθω εἰς τὰς εὐθείας κατὰ τὸ Ε· αἱ ΑΕ, ΕΒ, ἄρα δυνάμει εἰσὶν ἀσύμμετροι, ποιοῦσαι τό, τε συγκείμενον ἐκ τῶν ἀπ' αὐτῶν τετραγώνων² μέσον, καὶ τὸ ὑπ' αὐτῶν μέσον, καὶ ἔτι ἀσύμμετρον τὸ συγκείμενον ἐκ τῶν ἀπὸ τῶν ΑΕ, ΕΒ τετραγώνων τῷ ὑπὸ τῶν ΑΕ, ΕΒ· καὶ κατεσκευάσθω τὰ αὐτὰ τοῖς πρότερον. Ὁμοίως δὴ δείξομεν ὅτι καὶ αἱ ΓΖ, ΖΔ δυνάμει εἰσὶν ἀσύμμετροι, καὶ σύμμετρον τὸ μὲν συγκείμενον

Quoniam enim bina media potens est ΑΒ, dividatur in rectas ad Ε; ipsæ ΑΕ, ΕΒ igitur potentiâ sunt incommensurabiles, facientes et compositum ex ipsarum quadratis medium, et rectangulum sub ipsis medium, et adhuc incommensurabile compositum ex ipsarum ΑΕ, ΕΒ quadratis rectangulo sub ΑΕ, ΕΒ; et construantur eadem quæ suprà. Similiter utique demonstrabimus et ΓΖ, ΖΔ potentiâ esse incommensurabiles, et commensurabile quidem

PROPOSITION LXXI.

Une droite commensurable avec la droite qui peut deux surfaces médiales, est elle-même une droite qui peut deux surfaces médiales.

Que la droite ΑΒ puisse deux surfaces médiales, et que ΓΔ soit commensurable avec ΑΒ; il faut démontrer que ΓΔ peut aussi deux surfaces médiales.

Car, puisque la droite ΑΒ peut deux surfaces médiales, qu'elle soit divisée en ses droites au point Ε; les droites ΑΕ, ΕΒ seront incommensurables en puissance, la somme de leurs quarrés étant médiale, le rectangle sous ces mêmes droites étant aussi médial, et la somme des quarrés des droites ΑΕ, ΕΒ étant incommensurable avec le rectangle sous les droites ΑΕ, ΕΒ (42. 10). Faisons la même construction qu'auparavant. Nous démontrerons semblablement que les droites ΓΖ, ΖΔ sont incommensurables en puissance; que la somme des quarrés des droites ΑΕ, ΕΒ est

ἐκ τῶν ἀπὸ τῶν AE, EB τῷ συγκειμένῳ ἐκ τῶν ἀπὸ τῶν ΓΖ, ΖΔ, τὸ δὲ³ ὑπὸ τῶν AE, EB τῷ ὑπὸ τῶν ΓΖ, ΖΔ· ὥστε καὶ τὸ συγ-

compositum ex quadratis ipsarum AE, EB composito ex quadratis ipsarum ΓΖ, ΖΔ, rectangulum verò sub AE, EB rectangulo sub ΓΖ, ΖΔ;

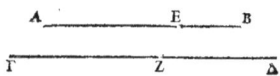

κείμενον ἐκ τῶν ἀπὸ τῶν ΓΖ, ΖΔ τετραγώνων μέσον ἐστὶ, καὶ τὸ ὑπὸ τῶν ΓΖ, ΖΔ μέσον, καὶ ἔτι ἀσύμμετρον τὸ συγκείμενον ἐκ τῶν ἀπὸ τῶν ΓΖ, ΖΔ τετραγώνων τῷ ὑπὸ τῶν ΓΖ, ΖΔ· ἡ ἄρα ΓΔ⁴ δύο μέσα δυναμένη ἐστίν. Ὅπερ ἔδει δεῖξαι.

quare et compositum ex ipsarum ΓΖ, ΖΔ quadratis medium est, et rectangulum sub ΓΖ, ΖΔ medium, et adhuc incommensurabile compositum ex ipsarum ΓΖ, ΖΔ quadratis rectangulo sub ΓΖ, ΖΔ; ergo ΓΔ bina media potens est. Quod oportebat ostendere.

ΠΡΟΤΑΣΙΣ οβ'.

Ῥητοῦ καὶ μέσου συντιθεμένου, τέσσαρες ἄλογοι γίνονται ἤτοι ἐκ δύο ὀνομάτων ἢ ἐκ δύο μέσων πρώτη, ἢ μείζων, ἢ καὶ ῥητὸν καὶ μέσον δυναμένη.

Ἔστω ῥητὸν μὲν τὸ AB, μέσον δὲ τὸ ΓΔ· λέγω ὅτι ἡ τὸ ΑΔ χωρίον δυναμένη, ἤτοι ἐκ

PROPOSITIO LXXII.

Rationali et medio compositis, quatuor irrationales fiunt, vel ex binis nominibus recta, vel ex binis mediis prima, vel major, vel et rationale et medium potens.

Sit rationale quidem ipsum AB, medium verò ΓΔ; dico rectam, quæ ΑΔ spatium potest, vel

commensurable avec la somme des quarrés des droites ΓΖ, ΖΔ, et que le rectangle sous AE, EB l'est aussi avec le rectangle sous ΓΖ, ΖΔ; la somme des quarrés des droites ΓΖ, ΖΔ est donc médiale, le rectangle sous ΓΖ, ΖΔ médial aussi, et la somme des quarrés des droites ΓΖ, ΖΔ incommensurable avec le rectangle sous ΓΖ, ΖΔ (24. 10); la droite ΓΔ peut donc deux surfaces médiales (42. 10). Ce qu'il fallait démontrer.

PROPOSITION LXXII.

Si l'on ajoute une surface rationelle avec une surface médiale, on aura quatre droites irrationelles; savoir, ou une droite de deux noms, ou la première de deux médiales, ou la droite majeure, ou enfin la droite qui peut une surface rationelle et une surface médiale.

Soit la surface rationelle AB, et la surface médiale ΓΔ; je dis que la droite qui

δύο ὀνομάτων ἐστὶν, ἢ ἐκ δύο μέσων πρώτη, ἢ μείζων, ἢ ῥητὸν καὶ μέσον δυναμένη.

Τὸ γὰρ ΑΒ τοῦ ΓΔ ἤτοι μεῖζόν ἐστιν, ἢ ἔλασσον. Εστω πρότερον μεῖζον· καὶ ἐκκείσθω ῥητὴ ἡ ΕΖ, καὶ παραβεβλήσθω παρὰ τὴν ΕΖ τῷ ΑΒ ἴσον τὸ ΕΗ, πλάτος ποιοῦν τὴν ΕΘ· τῷ δὲ ΓΔ ἴσον παρὰ τὴν ΕΖ, τουτέστι τὴν ΘΗ[1],

ex binis nominibus esse, vel ex binis mediis primam, vel majorem, vel rationale et medium potentem.

Etenim ΑΒ quam ΓΔ vel majus est, vel minus. Sit primum majus; et exponatur rationalis ΕΖ, et applicetur ad ipsam ΕΖ ipsi ΑΒ æquale ΕΗ, latitudinem faciens ΕΘ; ipsi autem ΓΔ æquale ad ΕΖ, hoc est ΘΗ, applicetur ΘΙ latitu-

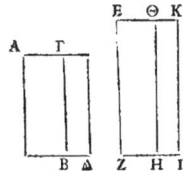

παραβεβλήσθω τὸ ΘΙ πλάτος ποιοῦν τὴν ΘΚ. Καὶ ἐπεὶ ῥητόν ἐστι τὸ ΑΒ, καὶ ἐστιν ἴσον τῷ ΕΗ[2]· ῥητὸν ἄρα καὶ τὸ ΕΗ, καὶ παρὰ ῥητὴν[3] τὴν ΕΖ παραβεβλήται πλάτος ποιοῦν τὴν ΕΘ· ἡ ΕΘ ἄρα ῥητή ἐστι[4] καὶ σύμμετρος τῇ ΕΖ μήκει. Πάλιν, ἐπεὶ μέσον ἐστὶ[5] τὸ ΓΔ, καὶ ἐστιν ἴσον τῷ ΘΙ[6]· μέσον ἄρα ἐστὶ καὶ τὸ ΘΙ, καὶ παρὰ ῥητὴν τὴν ΕΖ παράκειται, τουτέστι τὴν ΘΗ[7], πλάτος ποιοῦν τὴν ΘΚ· ῥητὴ ἄρα

dinem faciens ΘΚ. Et quoniam rationale est ΑΒ, et est æquale ipsi ΕΗ; rationale igitur et ΕΗ, et ad rationalem ΕΖ applicatur latitudinem faciens ΕΘ; ipsa ΕΘ igitur rationalis est et commensurabilis ipsi ΕΖ longitudine. Rursus, quoniam medium est ΓΔ, et est æquale ipsi ΘΙ; medium igitur est et ΘΙ, et ad rationalem ΕΖ applicatur, hoc est ad ΘΗ, latitudinem faciens ΘΚ; rationalis igitur

peut la surface ΑΔ, est ou une droite de deux noms, ou la première de deux médiales, ou une droite majeure, ou la droite qui peut une surface rationelle et une surface médiale.

Car la surface ΑΒ est ou plus grande ou plus petite que ΓΔ. Qu'elle soit d'abord plus grande. Soit exposée la rationelle ΕΖ; appliquons à ΕΖ un parallélogramme ΕΗ égal à ΑΒ, ce parallélogramme ayant la droite ΕΘ pour largeur; appliquons aussi à ΕΖ, c'est-à-dire à ΘΗ, un parallélogramme ΘΙ égal à ΓΔ, ce parallélogramme ayant la droite ΘΚ pour largeur. Puisque ΑΒ est rationel et égal à ΕΗ, le parallélogramme ΕΗ sera rationel; mais il est appliqué à la rationelle ΕΖ, et il a pour largeur la droite ΕΘ; la droite ΕΘ est donc rationelle, et commensurable en longueur avec ΕΖ (21. 10). De plus, puisque ΓΔ est médial, et qu'il est égal à ΘΙ, le parallélogramme ΘΙ sera médial; mais il est appliqué à la rationelle ΕΖ, c'est-à-dire

II.

ἐστὶν ἡ ΘΚ, καὶ ἀσύμμετρος τῇ ΕΖ μήκει. Καὶ
ἐπεὶ μέσον ἐστὶ τὸ ΓΔ, ῥητὸν δὲ τὸ ΑΒ· ἀσύμμετρον ἄρα ἐστὶ τὸ ΑΒ τῷ ΓΔ· ὥστε καὶ τὸ ΕΗ
ἀσύμμετρόν ἐστι τῷ ΘΙ. Ὡς δὲ τὸ ΕΗ πρὸς τὸ
ΘΙ οὕτως ἐστὶν ἡ ΕΘ πρὸς τὴν ΘΚ· ἀσύμμετρος
ἄρα ἐστὶ καὶ ἡ ΕΘ τῇ ΘΚ μήκει· καὶ εἰσιν
ἀμφότεραι ῥηταί· αἱ ΕΘ, ΘΚ ἄρα ῥηταί εἰσι
δυνάμει μόνον σύμμετροι· ἐκ δύο ἄρα ὀνομάτων

est ΘΚ, et incommensurabilis ipsi ΕΖ longitudine.
Et quoniam medium est ΓΔ, rationale autem
ΑΒ; incommensurabile igitur est ΑΒ ipsi ΓΔ;
quare et ΕΗ incommensurabile est ipsi ΘΙ. Ut
autem ΕΗ ad ΘΙ ita est ΕΘ ad ΘΚ; incommensurabilis igitur est et ΕΘ ipsi ΘΚ longitudine;
et sunt ambæ rationales; ipsæ ΕΘ, ΘΚ igitur
rationales sunt potentiâ solùm commensurabiles; ex binis igitur nominibus est ΕΚ divisa

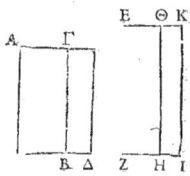

ἐστὶν ἡ ΕΚ διῃρημένη κατὰ τὸ Θ. Καὶ ἐπεὶ μεῖζον ἐστι τὸ ΑΒ τοῦ ΓΔ, ἴσον δὲ τὸ μὲν ΑΒ τῷ
ΕΗ, τὸ δὲ ΓΔ τῷ ΘΙ· μεῖζον ἄρα καὶ τὸ ΕΗ
τοῦ ΘΙ· καὶ ἡ ΕΘ ἄρα μείζων ἐστὶ τῆς ΘΚ.
Ἤτοι οὖν ἡ ΕΘ τῆς ΘΚ μεῖζον δύναται τῷ
ἀπὸ συμμέτρου ἑαυτῇ μήκει, ἢ τῷ ἀπὸ ἀσυμμέτρου. Δυνάσθω πρότερον τῷ ἀπὸ συμμέτρου
ἑαυτῇ, καὶ ἔστιν ἡ ΘΕ μείζων ἡ ΘΕ σύμμετρος

ad Θ. Et quoniam majus est ΑΒ quam ΓΔ,
æquale verò ΑΒ quidem ipsi ΕΗ, ipsum verò
ΓΔ ipsi ΘΙ; majus igitur et ΕΗ quam ΘΙ; et
ΕΘ igitur major est quam ΘΚ. Vel igitur ΕΘ
quam ΘΚ plus potest quadrato ex rectâ sibi
commensurabili longitudine, vel quadrato ex
rectâ incommensurabili. Possit primum quadrato ex rectâ sibi commensurabili; et est major

à ΘΗ, et il a pour largeur la droite ΘΚ; la droite ΘΚ est donc rationelle et incommensurable en longueur avec ΕΖ (23. 10). Et puisque ΓΔ est médial, et que ΑΒ est rationel,
ΑΒ sera incommensurable avec ΓΔ; le parallélogramme ΕΗ est donc incommensurable
avec ΘΙ. Mais ΕΗ est à ΘΙ comme ΕΘ est à ΘΚ; la droite ΕΘ est donc incommensurable en longueur avec ΘΚ (1. 6). Mais ces droites sont rationelles l'une et l'autre;
les droites ΕΘ, ΘΚ sont donc des rationelles commensurables en puissance seulement; la droite ΕΚ divisée au point Θ est donc une droite de deux noms. Et
puisque ΑΒ est plus grand que ΓΔ, que ΑΒ est égal à ΕΗ, et que ΓΔ est égal à ΘΙ,
le parallélogramme ΕΗ est plus grand que ΘΙ; la droite ΕΘ sera par conséquent plus
grande que ΘΚ. La puissance de ΕΘ surpasse donc celle de ΘΚ du quarré d'une droite
commensurable ou incommensurable en longueur avec ΕΘ. Que la puissance de
ΕΘ surpasse d'abord la puissance de ΘΚ du quarré d'une droite commensurable

τῇ ἐκκειμένη ῥητῇ τῇ ΕΖ· ἡ ἄρα ΕΚ ἐκ δύο
ὀνομάτων ἐστὶ πρώτη, ῥητὴ δὲ ἡ ΕΓ. Ἐὰν δὲ
χωρίον περιέχηται ὑπὸ ῥητῆς καὶ τῆς ἐκ δύο
ὀνομάτων πρώτης, ἡ τὸ χωρίον δυναμένη ἐκ δύο
ὀνομάτων ἐστίν· ἡ ἄρα τὸ ΕΙ δυναμένη ἐκ δύο
ὀνομάτων ἐστίν· ὥστε καὶ ἡ τὸ ΑΔ δυναμένη
ἐκ δύο ὀνομάτων ἐστίν. Ἀλλὰ δὴ δυνάσθω ἡ ΕΘ
τῆς ΘΚ μεῖζον τῷ ἀπὸ ἀσυμμέτρου ἑαυτῇ, καὶ
ἔστιν ἡ9 μεῖζων ἡ ΕΘ σύμμετρος τῇ ἐκκειμένῃ ῥητῇ
τῇ ΕΖ μήκει· ἡ ἄρα ΕΚ ἐκ δύο ὀνομάτων ἐστὶ
τετάρτη, ῥητὴ δὲ ἡ ΕΖ. Ἐὰν δὲ χωρίον περιέχηται ὑπὸ ῥητῆς καὶ τῆς ἐκ δύο ὀνομάτων
τετάρτης, ἡ τὸ χωρίον δυναμένη ἄλογός ἐστιν,
ἡ καλουμένη μείζων· ἡ ἄρα τὸ ΕΙ χωρίον δυναμένη μείζων ἐστίν· ὥστε καὶ ἡ τὸ ΑΔ δυναμένη
μείζων ἐστίν.

Ἀλλὰ δὴ ἔστω ἔλασσον τὸ ΑΒ τοῦ ΓΔ· καὶ
τὸ ΕΗ ἄρα ἔλαττόν ἐστι τοῦ ΘΙ· ὥστε καὶ ἡ
ΕΘ ἐλάσσων ἐστὶ τῆς ΘΚ· ἤτοι δὲ ἡ ΘΚ τῆς
ΕΘ μεῖζον δύναται τῷ ἀπὸ συμμέτρου ἑαυτῇ,

ΘΕ commensurabilis expositæ rationali ΕΖ ;
ergo ΕΚ ex binis nominibus est prima, rationalis verò ΕΖ. Si autem spatium contineatur
sub rationali et ex binis nominibus primâ, recta
spatium potens ex binis nominibus est ; recta
igitur ipsum ΕΙ potens ex binis nominibus est ;
quare et recta ipsum ΑΔ potens ex binis nominibus est. Sed ΕΘ quam ΘΚ plus possit quadrato ex rectâ sibi incommensurabili ; et est
major ΕΘ commensurabilis expositæ rationali
ΕΖ longitudine ; ergo ΕΚ ex binis nominibus est
quarta, rationalis verò ΕΖ. Si autem spatium
contineatur sub rationali et ex binis nominibus
quartâ, recta spatium potens irrationalis est, quæ
vocatur major ; recta igitur spatium ΕΙ potens major est ; quare et recta ipsum ΑΔ potens major est.

Sed et sit minus ΑΒ quam ΓΔ ; et ΕΗ igitur
minus est quam ΘΙ ; quare et ΕΘ minor est
quam ΘΚ ; vel autem ΘΚ quam ΕΘ plus potest
quadrato ex rectâ sibi commensurabili, vel qua-

avec ΕΘ ; mais ΘΕ, plus grand que ΘΚ, est commensurable avec la rationelle exposée ΕΖ ; la droite ΕΚ est donc une première de deux noms (déf. sec. 1. 10) ; mais la
droite ΕΖ est rationelle ; or, si une surface est comprise sous une rationelle et sous
la première de deux noms, la droite qui peut cette surface est une droite de deux
noms (55. 10) ; la droite qui peut la surface ΕΙ est donc une droite de deux noms ;
la droite qui peut la surface ΑΔ sera par conséquent une droite de deux noms. Mais
que la puissance de ΕΘ surpasse la puissance de ΘΚ du quarré d'une droite incommensurable en longueur avec ΕΘ, puisque ΕΘ, plus grand que ΘΚ, est commensurable en longueur avec la rationelle exposée ΕΖ ; la droite ΕΚ sera la quatrième de deux noms (déf. sec. 4. 10) ; mais la droite ΕΖ est rationelle ; or, si une
surface est comprise sous une rationelle et sous une quatrième de deux noms, la
droite qui peut cette surface est l'irrationelle appelée majeure (58. 10) ; la droite
qui peut la surface ΕΙ est donc une droite majeure ; la droite qui peut la surface
ΑΔ est donc aussi une droite majeure.

Mais que la surface ΑΒ soit plus petite que la surface ΓΔ ; la surface ΕΗ sera plus
petite que la surface ΘΙ ; la droite ΕΘ sera par conséquent plus petite que ΘΚ ; or,
la puissance de ΘΚ surpasse la puissance de ΕΘ du quarré d'une droite commen-

ἢ τῷ ἀπὸ ἀσυμμέτρου. Δυνάσθω πρότερον τῷ ἀπὸ συμμέτρου ἑαυτῇ μήκει, καὶ ἔστιν[10] ἢ ἐλάσσων ἡ ΕΘ σύμμετρος τῇ ἐκκειμένῃ ῥητῇ τῇ ΕΖ μήκει· ἡ ἄρα ΕΚ ἐκ δύο ὀνομάτων ἐστὶ δευτέρα, ῥητὴ δὲ ἡ ΕΖ. Ἐὰν δὲ χωρίον περιέχηται[11] ὑπὸ ῥητῆς καὶ τῆς ἐκ δύο ὀνομάτων δευτέρας, ἡ τὸ χωρίον δυναμένη ἐκ δύο μέσων ἐστὶ πρώτη· ἡ ἄρα τὸ ΕΙ χωρίον δυναμένη ἐκ δύο μέσων

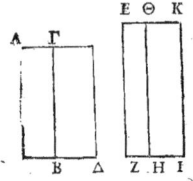

ἐστὶ πρώτη· ὥστε καὶ ἡ τὸ ΑΔ χωρίον[12] δυναμένη ἐκ δύο μέσων ἐστὶ πρώτη. Ἀλλὰ δὴ ἡ ΚΘ τῆς ΕΘ μεῖζον δυνάσθω τῷ ἀπὸ ἀσυμμέτρου ἑαυτῇ, καὶ ἔστιν[13] ἡ ἐλάσσων ἡ ΕΘ σύμμετρος τῇ ἐκκειμένῃ ῥητῇ τῇ ΕΖ· ἡ ἄρα ΕΚ ἐκ δύο ὀνομάτων ἐστὶ πέμπτη, ῥητὴ δὲ ἡ ΕΖ. Ἐὰν δὲ χωρίον περιέχηται ὑπὸ ῥητῆς καὶ τῆς ἐκ δύο ὀνομάτων

drato ex rectâ incommensurabili. Possit primum quadrato ex rectâ sibi commensurabili longitudine; et est minor ΕΘ commensurabilis expositæ rationali ΕΖ longitudine; ergo ΕΚ ex binis nominibus est secunda, rationalis verò ΕΖ. Si autem spatium contineatur sub rationali et ex binis nominibus secundâ, recta spatium potens ex binis mediis est prima; recta igitur spatium ΕΙ potens ex binis mediis est prima; quare et recta spatium ΑΔ potens ex binis mediis est prima. Sed et ΚΘ quam ΕΘ plus possit quadrato ex rectâ sibi incommensurabili; et est minor ΕΘ commensurabilis expositæ rationali ΕΖ; ergo ΕΚ ex binis nominibus est quinta, rationalis verò ΕΖ. Si autem spatium contineatur sub rationali et ex binis

surable ou incommensurable en longueur avec ΘΚ. Que la puissance de ΘΚ surpasse d'abord la puissance de ΕΘ du quarré d'une droite commensurable en longueur avec ΘΚ, puisque la droite ΕΘ, plus petite que ΘΚ, est commensurable en longueur avec la rationelle exposée ΕΖ; la droite ΕΚ est donc la seconde de deux noms (déf. sec. 2. 10); mais la droite ΕΖ est rationelle; or, si une surface est comprise sous une rationelle et sous une seconde de deux noms, la droite qui peut cette surface est la première de deux médiales (56. 10); la droite qui peut la surface ΕΙ est donc la première de deux médiales; la droite qui peut la surface ΑΔ sera par conséquent la première de deux médiales. Mais que la puissance de ΚΘ surpasse la puissance de ΕΘ du quarré d'une droite incommensurable avec ΚΘ; puisque ΕΘ, plus petit que ΚΘ, est commensurable avec la rationelle exposée ΕΖ; la droite ΕΚ sera la cinquième de deux noms (déf. sec. 5. 10); mais la droite ΕΖ est rationelle; or, si une surface est comprise sous une rationelle et sous la cinquième de deux

πίμπτης, ἢ τὸ χωρίον δυναμένη ῥητὸν καὶ μέσον δυναμένη ἐστίν· ἡ ἄρα τὸ ΕΙ χωρίον δυναμένη ῥητὸν καὶ μέσον δυναμένη ἐστίν· ὥστε καὶ ἡ τὸ ΑΔ χωρίον δυναμένη ῥητὸν καὶ μέσον δυναμένη ἐστί.

Ῥητοῦ ἄρα καὶ μέσου, καὶ τὰ ἑξῆς.

ΠΡΟΤΑΣΙΣ ογ´.

Δύο μέσων ἀσυμμέτρων ἀλλήλοις συντιθεμένων, αἱ λοιπαὶ δύο ἄλογοι γίνονται· ἤτοι ἡ[1] ἐκ δύο μέσων δευτέρα, ἢ ἡ δύο μέσα δυναμένη.

Συγκείσθωσαν γὰρ δύο μέσα ἀσύμμετρα ἀλλήλοις τὰ ΑΒ, ΓΔ· λέγω ὅτι ἡ τὸ ΑΔ χωρίον δυναμένη, ἤτοι ἐκ δύο μέσων ἐστὶ δευτέρα, ἢ ἡ[2] δύο μέσα δυναμένη.

Τὸ γὰρ ΑΒ τοῦ ΓΔ ἤτοι μεῖζόν ἐστιν, ἢ ἔλασσον. Ἔστω[3] πρότερον μεῖζον τὸ ΑΒ τοῦ ΓΔ· καὶ ἐκκείσθω ῥητὴ ἡ ΕΖ, καὶ τῷ μὲν ΑΒ ἴσον

nominibus quintâ, recta spatium potens rationale et medium potens est; recta igitur spatium ΕΙ potens rationale et medium potens est; quare et recta spatium ΑΔ potens rationale et medium potens est.

Rationali igitur et medio, etc.

PROPOSITIO LXXIII.

Duobus mediis incommensurabilibus inter se compositis, reliquæ duæ irrationales fiunt; vel ex binis mediis secunda, vel bina media potens.

Componantur enim duo media incommensurabilia inter se ΑΒ, ΓΔ; dico rectam, quæ spatium ΑΔ potest, vel ex binis mediis esse secundam, vel bina media potentem.

Etenim ΑΒ quam ΓΔ vel majus est, vel minus. Sit primum majus ΑΒ quam ΓΔ; et exponatur rationalis ΕΖ, et ipsi quidem ΑΒ

noms, la droite qui peut cette surface est celle qui peut une surface rationelle et une surface médiale (59. 10); la droite qui peut la surface ΕΙ est donc celle qui peut une surface rationelle et une surface médiale; la droite qui peut la surface ΑΔ sera par conséquent la droite qui peut une surface rationelle et une surface médiale. Donc, etc.

PROPOSITION LXXIII.

Deux surfaces médiales incommensurables entre elles étant ajoutées, il en résulte deux droites irrationelles, ou la seconde de deux médiales, ou la droite qui peut deux médiales.

Ajoutons les deux surfaces médiales ΑΒ, ΓΔ qui sont incommensurables entre elles; je dis que la droite qui peut la surface ΑΔ est ou la seconde de deux médiales, ou la droite qui peut deux médiales.

Car la surface ΑΒ est ou plus grande ou plus petite que la surface ΓΔ. Que ΑΒ soit d'abord plus grand que ΓΔ; soit exposée la rationelle ΕΖ; et appliquons à ΕΖ un

παρὰ τὴν ΕΖ παραϐεϐλήσθω τὸ ΕΗ πλάτος ποιοῦν τὴν ΕΘ, τῷ δὲ ΓΔ ἴσον τὸ ΘΙ πλάτος ποιοῦν τὴν ΘΚ. Καὶ ἐπεὶ μέσον ἐστὶν ἑκάτερον ΑΒ, ΓΔ· μέσον ἄρα καὶ ἑκάτερον τῶν ΕΗ ΘΙ, καὶ παρὰ ῥητὴν τὴν ΕΖ παράκειται πλάτες ποιοῦν τὰς ΕΘ, ΘΚ· ἑκατέρα ἄρα τῶν ΕΘ, ΘΚ ῥητή ἐστι, καὶ ἀσύμμετρος τῇ ΕΖ μήκει. Καὶ ἐπεὶ ἀσύμμετρόν ἐστι τὸ ΑΒ τῷ ΓΔ, καὶ ἔστιν

æquale ad ΕΖ applicetur ΕΗ latitudinem faciens ΕΘ, ipsi verò ΓΔ æquale ΘΙ latitudinem faciens ΘΚ. Et quoniam medium est utrumque ipsorum ΑΒ, ΓΔ; medium igitur et utrumque ipsorum ΕΗ, ΘΙ, et ad rationalem ΕΖ applicantur, quæ latitudinem faciunt ΕΘ, ΘΚ; utraque igitur ipsarum ΕΘ, ΘΚ rationalis est, et incommensurabilis ipsi ΕΖ longitudine. Et quoniam incommensurabile est ΑΒ ipsi ΓΔ, et est æquale

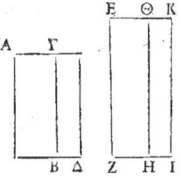

ἴσον τὸ μὲν ΑΒ τῷ ΕΗ, τὸ δὲ ΓΔ τῷ ΘΙ· ἀσύμμετρον ἄρα ἐστὶ καὶ τὸ ΕΗ τῷ ΘΙ. Ὡς δὲ τὸ ΕΗ πρὸς τὸ ΘΙ οὕτως ἐστὶν ἡ ΕΘ πρὸς τὴν ΘΚ· ἀσύμμετρος ἄρα ἐστὶν ἡ ΕΘ τῇ ΘΚ μήκει· αἱ ΕΘ, ΘΚ ἄρα ῥηταί εἰσι δυνάμει μόνον σύμμετροι· ἐκ δύο ἄρα ὀνομάτων ἐστὶν ἡ ΕΚ. Ἤτοι δὲ ἡ ΕΘ τῆς ΘΚ μεῖζον δύναται τῷ ἀπὸ συμμέτρου ἑαυτῇ, ἢ τῷ ἀπὸ ἀσυμμέτρου. Δυ-

quidem ΑΒ ipsi ΕΗ, ipsum verò ΓΔ ipsi ΘΙ; incommensurabile igitur est et ΕΗ ipsi ΘΙ. Ut autem ΕΗ ad ΘΙ ita est ΕΘ ad ΘΚ; incommensurabilis igitur est ΕΘ ipsi ΘΚ longitudine; ipsæ ΕΘ, ΘΚ igitur rationales sunt potentiâ solùm commensurabiles; ex binis igitur nominibus est ΕΚ. Vel autem ΕΘ quam ΘΚ plus potest quadrato ex rectâ sibi commensurabili, vel quadrato ex rectâ

parallélogramme ΕΗ égal à ΑΒ, ce parallélogramme ayant pour largeur la droite ΕΘ; appliquons aussi à ΕΖ un parallélogramme ΘΙ égal à ΓΔ, ce parallélogramme ayant pour largeur la droite ΘΚ. Puisque les surfaces ΑΒ, ΓΔ sont médiales l'une et l'autre, les surfaces ΕΗ, ΘΙ seront aussi médiales l'une et l'autre; mais ces surfaces sont appliquées à ΕΖ, et elles ont pour largeur les droites ΕΘ, ΘΚ; les droites ΕΘ, ΘΚ sont donc rationelles l'une et l'autre (23. 10), et incommensurables en longueur avec ΕΖ. Et puisque ΑΒ est incommensurable avec ΓΔ, que ΑΒ est égal à ΕΗ, et que ΓΔ est égal à ΘΙ, la surface ΕΗ sera incommensurable avec ΘΙ. Mais ΕΗ est à ΘΙ comme ΕΘ est à ΘΚ; la droite ΕΘ est donc incommensurable en longueur avec ΘΚ; les droites ΕΘ, ΘΚ sont donc des rationelles commensurables en puissance seulement; ΕΚ est donc une droite de deux noms. Or, la puissance de ΕΘ surpasse la puissance de ΘΚ du quarré d'une droite commensurable ou incommensurable

νάσθω πρότερον τῷ ἀπὸ συμμέτρου ἑαυτῇ μήκει, καὶ οὐδετέρα τῶν ΕΘ, ΘΚ σύμμετρός
ἐστι τῇ ἐκκειμένῃ ῥητῇ τῇ ΕΖ μήκει· ἡ ΕΚ
ἄρα ἐκ δύο ὀνομάτων ἐστὶ τρίτη, ῥητὴ δὲ
ἡ ΕΖ. Ἐὰν δὲ χωρίον περιέχηται ὑπὸ ῥητῆς
καὶ τῆς ἐκ δύο ὀνομάτων τρίτης, ἡ τὸ χωρίον
δυναμένη ἐκ δύο μέσων ἐστὶ δευτέρα· ἡ ἄρα τὸ
ΕΙ, τουτέστι τὸ ΑΔ δυναμένη, ἐκ δύο μέσων
ἐστὶ δευτέρα. Ἀλλὰ δὴ ἡ ΕΘ τῆς ΘΚ μεῖζον
δυνάσθω τῷ ἀπὸ ἀσυμμέτρου ἑαυτῇ μήκει, καὶ
ἀσύμμετρός ἐστιν ἑκατέρα τῶν ΕΘ, ΘΚ τῇ
ΕΖ μήκει, ἡ ἄρα ΕΚ ἐκ δύο ὀνομάτων ἐστὶν
ἕκτη. Ἐὰν δὲ χωρίον περιέχηται ὑπὸ ῥητῆς
καὶ τῆς ἐκ δύο ὀνομάτων ἕκτης, ἡ τὸ χωρίον
δυναμένη ἡ δύο μέσα δυναμένη ἐστίν· ὥστε
καὶ ἡ τὸ ΑΔ χωρίον δυναμένη ἡ δύο μέσα
δυναμένη ἐστίν. Ὁμοίως δὴ δείξομεν ὅτι, κἂν
ἔλαττον ᾖ τὸ ΑΒ τοῦ ΓΔ, ἡ τὸ ΑΔ χωρίον δυναμένη, ἡ ἐκ δύο μέσων δευτέρα ἐστὶ, δύο ἡ
μέσα δυναμένη.

Δύο ἄρα μέσων, καὶ τὰ ἑξῆς.

---

incommensurabili. Possit primum quadrato ex
rectà sibi commensurabili longitudine, et neutra
ipsarum ΕΘ, ΘΚ commensurabilis est expositæ rationali ΕΖ longitudine; ergo ΕΚ ex binis no minibus
est tertia, rationalis verò ΕΖ. Si autem spatium
contineatur sub rationali et ex binis nominibus
tertià; recta spatium potens ex binis mediis est
secunda; recta igitur ipsum ΕΙ, hoc est ΑΔ potens, ex binis mediis est secunda. Sed ΕΘ quam
ΘΚ plus possit quadrato ex rectà sibi incommensurabili longitudine, et incommensurabilis est
utraque ipsarum ΕΘ, ΘΚ ipsi ΕΖ longitudine;
ergo ΕΚ ex binis nominibus est sexta. Si autem
spatium contineatur sub rationali et ex binis nominibus sextà; recta spatium potens bina media
potens est; quare et spatium ΑΔ potens bina
media potens est. Similiter utique demonstrabimus, et si minus sit ΑΒ quam ΓΔ, rectam quæ
spatium ΑΔ potest, vel ex binis mediis secundam
esse, vel bina media potentem.

Duobus igitur mediis, etc.

---

avec ΕΘ. Que la puissance de ΕΘ surpasse d'abord la puissance de ΘΚ d'une
droite commensurable en longueur avec ΕΘ; or, les droites ΕΘ, ΘΚ ne sont ni
l'une ni l'autre commensurables en longueur avec la rationelle exposée ΕΖ; la
droite ΕΚ est donc la troisième de deux noms; mais la droite ΕΖ est rationelle; or,
si une surface est comprise sous une rationelle et sous la troisième de deux noms,
la droite qui peut cette surface est la seconde de deux médiales (57. 10); la droite
qui peut la surface ΕΙ, c'est-à-dire ΑΔ, est donc la seconde de deux médiales.
Mais que la puissance de ΕΘ surpasse la puissance de ΘΚ du quarré d'une droite
incommensurable en longueur avec ΕΘ; or, les droites ΕΘ, ΘΚ sont l'une et
l'autre incommensurables en longueur avec ΕΖ; la droite ΕΚ est donc la sixième de
deux noms (déf. sec. 6. 10). Mais si une surface est comprise sous une rationelle
et sous une sixième de deux noms, la droite qui peut cette surface est la droite
qui peut deux médiales (60. 10); la droite qui peut la surface ΑΔ est donc la
droite qui peut deux médiales. Si ΑΒ était plus petit que ΓΔ, nous démontrerions
semblablement que la droite qui peut la surface ΑΔ est, ou la seconde de deux médiales, ou la droite qui peut deux médiales. Donc, etc.

ΠΡΟΤΑΣΙΣ οδʹ.

PROPOSITIO LXXIV.

Ἐὰν ἀπὸ ῥητῆς ῥητὴ ἀφαιρεθῇ, δυνάμει μόνον σύμμετρος οὖσα τῇ ὅλῃ· ἡ λοιπὴ ἄλογός
ἐστι, καλείσθω δὲ ἀποτομή.

Ἀπὸ γὰρ ῥητῆς τῆς ΑΒ ῥητὴ ἀφῃρήσθω ἡ
ΒΓ, δυνάμει μόνον σύμμετρος οὖσα τῇ ὅλῃ·
λέγω ὅτι ἡ λοιπὴ ἡ ΑΓ ἄλογός ἐστιν, ἡ καλουμένη ἀποτομή.

Si à rationali rationalis auferatur, potentiâ
solùm commensurabilis existens toti; reliqua
irrationalis est, vocetur autem apotome.

A rationali enim AB rationalis auferatur ΒΓ,
potentiâ solùm commensurabilis existens toti;
dico reliquam AΓ irrationalem esse, quæ vocatur apotome.

Ἐπεὶ γὰρ ἀσύμμετρός ἐστιν ἡ ΑΒ τῇ ΒΓ
μήκει, καὶ ἔστιν ὡς ἡ ΑΒ πρὸς τὴν ΒΓ οὕτως
τὸ ἀπὸ τῆς ΑΒ πρὸς τὸ ὑπὸ τῶν ΑΒ, ΒΓ,
ἀσύμμετρον ἄρα ἐστὶ τὸ ἀπὸ τῆς ΑΒ τῷ ὑπὸ
τῶν ΑΒ, ΒΓ· ἀλλὰ τῷ μὲν ἀπὸ τῆς ΑΒ σύμμετρά ἐστι τὰ ἀπὸ τῶν ΑΒ, ΒΓ τετράγωνα,
τῷ δὲ ὑπὸ τῶν ΑΒ, ΒΓ σύμμετρόν ἐστι τὸ δὶς
ὑπὸ τῶν ΑΒ, ΒΓ· τὰ ἄρα ἀπὸ τῶν ΑΒ, ΒΓ
ἀσύμμετρά ἐστι τῷ δὶς ὑπὸ τῶν ΑΒ, ΒΓ¹· καὶ

Quoniam enim incommensurabilis est AB ipsi
ΒΓ longitudine, atque est ut AB ad ΒΓ ita
ex AB quadratum ad rectangulum sub AB, ΒΓ,
incommensurabile igitur est ex AB quadratum
rectangulo sub AB, ΒΓ; sed quadrato quidem
ex AB commensurabilia sunt ex AB, ΒΓ quadrata, rectangulo verò sub AB, ΒΓ commensurabile est rectangulum bis sub AB, ΒΓ; quadrata
igitur ex AB, ΒΓ incommensurabilia sunt rec-

PROPOSITION LXXIV.

Si une droite rationelle est retranchée d'une droite rationelle, cette droite
n'étant commensurable qu'en puissance avec la droite entière ; la droite restante
sera irrationelle, et sera appelée apotome.

Que la rationelle ΒΓ, commensurable en puissance seulement avec la droite
entière, soit retranchée de la droite AB ; je dis que la droite restante AΓ, appelée
apotome, est irrationelle.

Car puisque AB est incommensurable en longueur avec ΒΓ, et que AB est à ΒΓ
comme le quarré de AB est au rectangle sous AB, ΒΓ (1.6), le quarré de AB sera
incommensurable avec le rectangle sous AB, ΒΓ ; mais la somme des quarrés de AB
et de ΒΓ est commensurable avec le quarré de AB (16.10), et le double rectangle sous AB, ΒΓ est commensurable avec le rectangle sous AB, ΒΓ ; la somme
des quarrés des droites AB, ΒΓ est donc incommensurable avec le double rec-

λοιπῷ ἄρα τῷ ἀπὸ τῆς ΑΓ ἀσύμμετρά ἐστι τὰ ἀπὸ τῶν ΑΒ, ΒΓ, ἐπεὶ καὶ τὰ ἀπὸ τῶν ΑΒ, ΒΓ ἴσα ἐστὶ τῷ δὶς ὑπὸ τῶν ΑΒ, ΒΓ μετὰ τοῦ ἀπὸ τῆς ΑΓ². Ρητὰ δὲ τὰ ἀπὸ τῶν ΑΒ, ΒΓ· ἄλογος ἄρα ἐστὶν ἡ ΑΓ, καλείσθω δὲ ἀποτομή.

tangulo bis sub AB, ΒΓ; et reliquo igitur quadrato ex ΑΓ incommensurabilia sunt quadrata ex ΑΒ, ΒΓ; quoniam et quadrata ex ΑΒ, ΒΓ æqualia sunt rectangulo bis sub ΑΒ, ΒΓ cum quadrato ex ΑΓ. Rationalia autem sunt quadrata ex ΑΒ, ΒΓ; irrationalis igitur est ΑΓ, vocetur autem apotome.

ΠΡΟΤΑΣΙΣ οέ.

Ἐὰν ἀπὸ μέσης μέση ἀφαιρεθῇ, δυνάμει μόνον σύμμετρος οὖσα τῇ ὅλῃ, μετὰ δὲ τῆς ὅλης ῥητὸν περιέχῃ· ἡ λοιπὴ ἄλογός ἐστι, καλείσθω δὲ μέσης ἀποτομὴ πρώτη.

Ἀπὸ γὰρ μέσης τῆς ΑΒ μέση ἀφῃρήσθω ἡ ΒΓ, δυνάμει μόνον σύμμετρος οὖσα τῇ ΑΒ,

PROPOSITIO LXXV.

Si a mediâ media auferatur, potentiâ solùm commensurabilis existens toti, quæ cum totâ rationale continet; reliqua irrationalis est, vocetur autem mediæ apotome prima.

A mediâ enim ΑΒ media auferatur ΒΓ, potentiâ solùm commensurabilis existens ipsi ΑΒ,

A ————— Γ ——————————————— B

μετὰ δὲ τῆς ΑΒ ῥητὸν ποιοῦσα τὸ ὑπὸ τῶν ΑΒ, ΒΓ· λέγω ὅτι ἡ λοιπὴ ἡ ΑΓ ἄλογός ἐστι, καλείσθω δὲ μέσης ἀποτομὴ πρώτη.

et cum eâ ΑΒ rationale faciens rectangulum sub ΑΒ, ΒΓ; dico reliquam ΑΓ irrationalem esse, vocetur autem mediæ apotome prima.

tangle sous AB, ΒΓ (14. 10); la somme des quarrés des droites AB, ΒΓ est donc incommensurable avec le quarré restant de la droite ΑΓ (17. 10), parce que la somme des quarrés des droites AB, ΒΓ est égale au double rectangle sous AB, ΒΓ, conjointement avec le quarré de ΑΓ (7. 2). Mais la somme des quarrés des droites AB, ΒΓ est rationelle; la droite ΑΓ est donc irrationelle (déf. 11. 10), et elle sera appelée apotome.

PROPOSITION LXXV.

Si d'une médiale on retranche une médiale, commensurable en puissance seulement avec la droite entière, et comprenant avec la droite entière une surface rationelle, la droite restante est irrationelle, et elle s'appèlera le premier apotome de la médiale.

De la médiale AB retranchons la médiale ΒΓ, commensurable en puissance seulement avec AB, et faisant avec AB le rectangle sous AB, ΒΓ rationel; je dis que la droite restante ΑΓ est irrationelle, et elle sera appelée le premier apotome de la médiale.

II.   38

Ἐπεὶ γὰρ αἱ AB, BΓ μέσαι εἰσὶ, μέσα ἐστὶ[2] καὶ τὰ ἀπὸ τῶν AB, BΓ. Ῥητὸν δὲ τὸ δὶς ὑπὸ τῶν AB, BΓ· ἀσύμμετρα ἄρα τὰ ἀπὸ τῶν AB, BΓ τῷ δὶς ὑπὸ τῶν AB, BΓ· καὶ λοιπῷ ἄρα τῷ

Quoniam enim AB, BΓ mediæ sunt, media sunt et quadrata ex AB, BΓ. Rationale autem rectangulum bis sub AB, BΓ; incommensurabilia igitur ex AB, BΓ quadrata rectangulo bis sub AB, BΓ; et reliquo igitur quadrato ex AΓ

A ——— Γ ——————————— B

ἀπὸ τῆς AΓ ἀσύμμετρόν ἐστι τὸ δὶς ὑπὸ τῶν[3] AB, BΓ· ἐπεὶ κἂν τὸ ὅλον ἑνὶ αὐτῶν ἀσύμμετρον ᾖ, καὶ τὰ ἐξ ἀρχῆς μεγέθη ἀσύμμετρα ἔσται. Ῥητὸν δὲ τὸ δὶς ὑπὸ τῶν AB, BΓ· ἄλογον ἄρα τὸ ἀπὸ τῆς AΓ· ἄλογον ἄρα ἐστὶν[4] ἡ AΓ, καλείσθω δὲ[5] μέσης ἀποτομὴ πρώτη.

incommensurabile est rectangulum bis sub AB, BΓ; quoniam et si tota magnitudo cum unâ ipsarum incommensurabilis sit, et quæ à principio magnitudines incommensurabiles erunt. Rationale autem bis rectangulum sub AB, BΓ; irrationale igitur quadratum ex AΓ; irrationalis igitur est AΓ, vocetur autem mediæ apotome prima.

ΠΡΟΤΑΣΙΣ ϛʹ.

PROPOSITIO LXXVI.

Ἐὰν ἀπὸ μέσης μέση ἀφαιρεθῇ, δυνάμει μόνον σύμμετρος οὖσα τῇ ὅλῃ, μετὰ δὲ τῆς ὅλης μέσον περιέχῃ[1]· ἡ λοιπὴ ἄλογός ἐστι, καλείσθω δὲ μέσης ἀποτομὴ δευτέρα.

Si a mediâ media auferatur, potentiâ solùm commensurabilis existens toti, quæ cum totâ medium continet; reliqua irrationalis est, vocetur autem mediæ apotome secunda.

Car, puisque les droites AB, BΓ sont médiales, les quarrés des droites AB, BΓ seront médiaux. Mais le double rectangle sous AB, BΓ est rationel; la somme des quarrés des droites AB, BΓ est donc incommensurable avec le double rectangle sous AB, BΓ; le double rectangle sous AB, BΓ est donc incommensurable avec le quarré restant de la droite AΓ (7.2); parce que si une grandeur entière est incommensurable avec l'une de celles qui la composent, les grandeurs composantes sont incommensurables (17.10). Mais le double rectangle sous AB, BΓ est rationel; le quarré de AΓ est donc irrationel; la droite AΓ est donc irrationelle, et elle sera appelée le premier apotome de la médiale.

PROPOSITION LXXVI.

Si d'une médiale on retranche une médiale, commensurable en puissance seulement avec la droite entière, et comprenant avec la droite entière une surface médiale, la droite restante est irrationelle, et elle s'appèlera le second apotome de la médiale.

Ἀπὸ γὰρ μέσης τῆς ΑΒ μέση ἀφῃρήσθω ἡ ΒΓ, δυνάμει μόνον σύμμετρος οὖσα τῇ ὅλῃ τῇ ΑΒ, μετὰ δὲ τῆς² ὅλης τῆς ΑΒ μέσον περιέχουσα τὸ ὑπὸ τῶν ΑΒ, ΒΓ· λέγω ὅτι ἡ λοιπὴ ἡ ΑΓ ἄλογός ἐστι, καλείσθω δὲ μέσης ἀποτομὴ δευτέρα.

A mediâ enim ΑΒ media auferatur ΒΓ, potentiâ solùm commensurabilis existens toti ΑΒ, et cum totâ ΑΒ medium continens rectangulum sub ΑΒ, ΒΓ; dico reliquam ΑΓ irrationalem esse, vocetur autem mediæ apotome secunda.

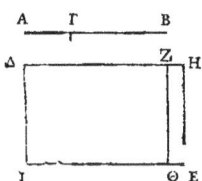

Ἐκκείσθω γὰρ ῥητὴ ἡ ΔΙ, καὶ τοῖς μὲν ἀπὸ τῶν ΑΒ, ΒΓ ἴσον παρὰ τὴν ΔΙ παραβεβλήσθω τὸ ΔΕ πλάτος ποιοῦν τὴν ΔΗ, τῷ δὲ δὶς ὑπὸ τῶν ΑΒ, ΒΓ ἴσον παρὰ τὴν ΔΙ παραβεβλήσθω τὸ ΔΘ πλάτος ποιοῦν τὴν ΔΖ· λοιπὸν ἄρα τὸ ΖΕ ἴσον ἐστὶ τῷ ἀπὸ τῆς ΑΓ. Καὶ ἐπεὶ μέσα ἐστὶ³ τὰ ἀπὸ τῶν ΑΒ, ΒΓ· μέσον ἄρα καὶ τὸ ΔΕ. Καὶ παρὰ ῥητὴν τὴν ΔΙ παράκειται πλάτος ποιοῦν τὴν ΔΗ· ῥητὴ ἄρα ἐστὶν ἡ ΔΗ, καὶ ἀσύμμετρος τῇ ΔΙ μήκει. Πάλιν, ἐπεὶ μέσον

Exponatur enim rationalis ΔΙ, et quadratis quidem ex ΑΒ, ΒΓ æquale ad ipsam ΔΙ applicetur ΔΕ latitudinem faciens ΔΗ, rectangulo verò bis sub ΑΒ, ΒΓ æquale ad ipsam ΔΙ applicetur ΔΘ latitudinem faciens ΔΖ; reliquum igitur ΖΕ æquale est quadrato ex ΑΓ. Et quoniam media sunt quadrata ex ΑΒ, ΒΓ; medium igitur et ΔΕ. Et ad rationalem ΔΙ applicatur latitudinem faciens ΔΗ; rationalis igitur est ΔΗ, et incommensurabilis ipsi ΔΙ longitudine.

De la médiale ΑΒ retranchons la médiale ΒΓ, commensurable en puissance seulement avec la droite entière ΑΒ, et comprenant avec la droite entière ΑΒ le rectangle médial sous ΑΒ, ΒΓ; je dis que la droite restante ΑΓ est irrationelle, et elle sera appelée le second apotome de la médiale.

Soit exposée la rationelle ΔΙ; appliquons à ΔΙ un parallélogramme ΔΕ égal à la somme des quarrés des droites ΑΒ, ΒΓ, ce parallélogramme ayant pour largeur la droite ΔΗ; appliquons aussi à la droite ΔΙ un parallélogramme ΔΘ égal au double rectangle sous ΑΒ, ΒΓ, ce parallélogramme ayant pour largeur la droite ΔΖ; le reste ΖΕ sera égal au quarré de ΑΓ (7. 2). Et puisque les quarrés des droites ΑΒ, ΒΓ sont médiaux, le parallélogramme ΔΕ sera médial (24. cor. 10). Mais il est appliqué à la rationelle ΔΙ, et il a pour largeur la droite ΔΗ; la droite ΔΗ est donc rationelle et incommensurable en longueur avec ΔΙ (23. 10). De plus, puisque le

ἐστὶ τὸ ὑπὸ τῶν ΑΒ, ΒΓ· καὶ τὸ δὶς ἄρα
ὑπὸ τῶν ΑΒ, ΒΓ μέσον ἐστί. Καὶ ἔστιν ἴσον
τῷ ΔΘ. καὶ τὸ ΔΘ ἄρα μέσον ἐστί, καὶ παρὰ
ῥητὴν τὴν ΔΙ παραβέβληται πλάτος ποιοῦν
τὴν ΔΖ· ῥητὴ ἄρα ἐστὶν ἡ ΔΖ, καὶ ἀσύμμετρος τῇ ΔΙ μήκει. Καὶ ἐπεὶ αἱ ΑΒ, ΒΓ δυνάμει μόνον σύμμετροί εἰσιν, ἀσύμμετρος ἄρα
ἐστὶν ἡ ΑΒ καὶ τῇ ΒΓ μήκει· ἀσύμμετρον ἄρα
καὶ τὸ ἀπὸ τῆς ΑΒ τετράγωνον τῷ ὑπὸ τῶν ΑΒ,

Rursus, quoniam medium est rectangulum sub
ΑΒ, ΒΓ; et rectangulum bis igitur sub ΑΒ, ΒΓ
medium est. Atque est æquale ipsi ΔΘ; et
ΔΘ igitur medium est, et ad rationalem ΔΙ
applicatur latitudinem faciens ΔΖ; rationalis
igitur est ΔΖ, et incommensurabilis ipsi ΔΙ longitudine. Et quoniam ΑΒ, ΒΓ potentiâ solùm
commensurabiles sunt, incommensurabilis igitur est ΑΒ et ipsi ΒΓ longitudine; incommensurabile igitur et ex ΑΒ quadratum rectangulo sub

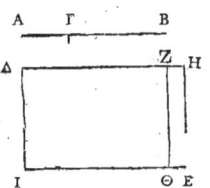

ΒΓ. Ἀλλὰ τῷ μὲν ἀπὸ τῆς ΑΒ σύμμετρά ἐστι
τὰ ἀπὸ τῶν ΑΒ, ΒΓ, τῷ δὲ ὑπὸ τῶν ΑΒ, ΒΓ
σύμμετρόν ἐστι τὸ δὶς ὑπὸ τῶν ΑΒ, ΒΓ· ἀσύμμετρον ἄρα ἐστὶ τὸ δὶς ὑπὸ τῶν ΑΒ, ΒΓ
τοῖς ἀπὸ τῶν ΑΒ, ΒΓ[5]. Ἴσον δὲ τοῖς μὲν ἀπὸ
τῶν ΑΒ, ΒΓ τὸ ΔΕ, τῷ δὲ δὶς ὑπὸ τῶν ΑΒ,
ΒΓ τὸ ΔΘ· ἀσύμμετρον ἄρα ἐστὶ[6] τὸ ΔΕ τῷ

ΑΒ, ΒΓ. Sed quadrato quidem ex ΑΒ commensurabilia sunt quadrata ex ΑΒ, ΒΓ, rectangulo
autem sub ΑΒ, ΒΓ commensurabile est rectangulum bis sub ΑΒ, ΒΓ; incommensurabile igitur
est rectangulum bis sub ΑΒ, ΒΓ quadratis ex
ΑΒ, ΒΓ. Æquale verò quadratis quidem ex ΑΒ,
ΒΓ ipsum ΔΕ, rectangulo autem bis sub ΑΒ, ΒΓ
ipsum ΔΘ; incommensurabile igitur est ΔΕ ipsi

rectangle sous ΑΒ, ΒΓ est médial, le double rectangle sous ΑΒ, ΒΓ sera médial (24.
cor. 10). Mais il est égal à ΔΘ ; le parallélogramme ΔΘ est donc médial, et il est
appliqué à la rationelle ΔΙ, sa largeur étant la droite ΔΖ ; la droite ΔΖ est donc rationelle et incommensurable en longueur avec ΔΙ. Et puisque les droites ΑΒ, ΒΓ ne
sont commensurables qu'en puissance, la droite ΑΒ sera incommensurable en longueur avec ΒΓ ; le quarré de ΑΒ est donc incommensurable avec le rectangle sous
ΑΒ, ΒΓ (1.6, et 10. 10). Mais la somme des quarrés des droites ΑΒ, ΒΓ est commensurable avec le quarré de ΑΒ (16. 10), et le double rectangle sous ΑΒ, ΒΓ est commensurable avec le rectangle sous ΑΒ, ΒΓ (6. 10) ; le double rectangle sous ΑΒ, ΒΓ
est donc incommensurable avec la somme des quarrés des droites ΑΒ, ΒΓ. Mais ΔΕ
est égal à la somme des quarrés des droites ΑΒ, ΒΓ, et ΔΘ égal au double rectangle
sous ΑΒ, ΒΓ ; le parallélogramme ΔΕ est donc incommensurable avec ΔΘ. Mais

ΔΘ. Ὡς δὲ τὸ ΔΕ πρὸς τὸ ΔΘ οὕτως ἡ ΗΔ πρὸς τὴν ΔΖ· ἀσύμμετρος ἄρα ἐστὶν ἡ ΗΔ τῇ ΔΖ μήκει[7]. Καὶ εἰσιν ἀμφότεραι ῥηταί· αἱ ἄρα ΗΔ, ΔΖ ῥηταί εἰσι δυνάμει μόνον σύμμετροι· ἡ ΖΗ ἄρα ἀποτομή ἐστι. Ῥητὴ δὲ ἡ ΔΙ, τὸ δὲ ὑπὸ ῥητῆς καὶ ἀλόγου περιεχόμενον ὀρθογώνιον[8] ἄλογόν ἐστι· καὶ ἡ δυναμένη ἄρα[9] αὐτὸ ἄλογός ἐστι. Καὶ δύναται τὸ ΖΕ ἡ ΑΓ· ἡ ΑΓ ἄρα ἄλογός ἐστι, καλείσθω δὲ μέσης[10] ἀποτομὴ δευτέρα.

ΔΘ. Ut autem ΔΕ ad ΔΘ ita ΗΔ ad ΔΖ; incommensurabilis igitur est ΗΔ ipsi ΔΖ longitudine. Et sunt ambæ rationales; ergo ΗΔ, ΔΖ rationales sunt potentiâ solùm commensurabiles; ergo ΖΗ apotome est. Rationalis autem ΔΙ, et sub rationali et irrationali contentum rectangulum irrationale est; et recta potens igitur ipsam irrationalis est. Et potest ipsum ΖΕ ipsa ΑΓ; ergo ΑΓ irrationalis est, vocetur autem mediæ apotome secunda.

ΠΡΟΤΑΣΙΣ οζ.

Ἐὰν ἀπὸ εὐθείας εὐθεῖα ἀφαιρεθῇ, δυνάμει ἀσύμμετρος οὖσα τῇ ὅλῃ, μετὰ δὲ τῆς ὅλης ποιοῦσα τὸ μὲν ἀπ' αὐτῶν ἅμα ῥητὸν, τὸ δ' ὑπ' αὐτῶν μέσον· ἡ λοιπὴ ἄλογός ἐστι, καλείσθω δὲ ἐλάσσων.

Ἀπὸ γὰρ εὐθείας τῆς ΑΒ εὐθεῖα ἀφῃρήσθω ἡ ΒΓ, δυνάμει ἀσύμμετρος οὖσα τῇ ὅλῃ, ποιοῦσα

PROPOSITIO LXXVII.

Si a rectâ recta auferatur, potentiâ incommensurabilis existens toti, et cum totâ faciens compositum quidem ex ipsis simul rationale, rectangulum verò sub ipsis medium; reliqua irrationalis est, vocetur autem minor.

A rectâ enim ΑΒ recta auferatur ΒΓ, potentiâ incommensurabilis existens toti, faciens cum

ΔΕ est à ΔΘ comme ΗΔ est à ΔΖ; la droite ΗΔ est donc incommensurable en longueur avec ΔΖ. Mais ces droites sont rationelles; les droites ΗΔ, ΔΖ sont donc des rationelles commensurables en puissance seulement; la droite ΖΗ est donc un apotome (74. 10). Mais la droite ΔΙ est rationelle, et le rectangle compris sous une rationelle et sous une irrationelle est irrationel (39. 10); la droite qui peut ce rectangle est donc irrationelle. Mais ΑΓ peut ΖΕ; la droite ΑΓ est donc irrationelle, et elle sera appelée le second apotome de la médiale.

PROPOSITION LXXVII.

Si d'une droite on retranche une droite, qui étant incommensurable en puissance avec la droite entière, fasse avec la droite entière la somme des quarrés de ces droites rationelle, et le rectangle sous ces mêmes droites médial, la droite restante est irrationelle, et elle sera appelée mineure.

De la droite ΑΒ retranchons la droite ΒΓ, qui étant incommensurable en puissance

μετὰ τῆς ὅλης τῆς ΑΒ τὸ μὲν συγκείμενον ἐκ τῶν ἀπὸ τῶν ΑΒ, ΒΓ ἅμα ῥητὸν, τὸ δὲ δὶς ὑπὸ τῶν ΑΒ, ΒΓ ἅμα μέσον· λέγω ὅτι ἡ λοιπὴ ἡ ΑΓ ἄλογός ἐστι, καλείσθω δὲ² ἐλάσσων.

totâ ΑΒ compositum quidem ex quadratis ipsarum ΑΒ, ΒΓ simul rationale, rectangulum verò bis sub ΑΒ, ΒΓ simul medium; dico reliquam ΑΓ irrationalem esse, vocetur autem minor.

A ——————— Γ ——— B

Επεὶ γὰρ τὸ μὲν συγκείμενον ἐκ τῶν ἀπὸ τῶν ΑΒ, ΒΓ τετραγώνων ῥητόν ἐστι, τὸ δὲ δὶς ὑπὸ τῶν ΑΒ, ΒΓ μέσον· ἀσύμμετρα ἄρα ἐστὶ τὰ ἀπὸ τῶν ΑΒ, ΒΓ τῷ δὶς ὑπὸ τῶν ΑΒ, ΒΓ· καὶ ἀναστρέψαντι ἀσύμμετρά ἐστι τὰ ἀπὸ τῶν ΑΒ, ΒΓ τῷ ἀπὸ τῆς ΑΓ³. Ρητὰ δὲ τὰ ἀπὸ τῶν ΑΒ, ΒΓ· ἄλογον ἄρα τὸ ἀπὸ τῆς ΑΓ· ἄλογος ἄρα ἡ ΑΓ⁴, καλείσθω δὲ ἐλάσσων.

Quoniam enim quidem compositum ex ipsarum ΑΒ, ΒΓ quadratis rationale est, rectangulum verò bis sub ΑΒ, ΒΓ medium; incommensurabilia igitur sunt quadrata ex ΑΒ, ΒΓ rectangulo bis sub ΑΒ, ΒΓ; et convertendo incommensurabilia sunt ex ΑΒ, ΒΓ quadrata quadrato ex ΑΓ. Rationalia autem quadrata ex ΑΒ, ΒΓ; irrationale igitur quadratum ex ΑΓ; irrationalis igitur ΑΓ, vocetur autem minor.

ΠΡΟΤΑΣΙΣ οή.

Εὰν ἀπὸ εὐθείας εὐθεῖα ἀφαιρεθῇ, δυνάμει ἀσύμμετρος οὖσα τῇ ὅλῃ, μετὰ δὲ τῆς ὅλης ποιοῦσα τὸ μὲν συγκείμενον ἐκ τῶν ἀπ᾽ αὐτῶν

PROPOSITIO LXXVIII.

Si a rectâ recta auferatur, potentiâ incommensurabilis existens toti, et cum totâ faciens quidem compositum ex ipsarum quadratis medium,

avec la droite entière, fasse avec la droite entière la somme des quarrés des droites ΑΒ, ΒΓ rationelle, et le double rectangle sous ΑΒ, ΒΓ médial; je dis que la droite restante ΑΓ est irrationelle, et elle sera appelée mineure.

Car puisque la somme des quarrés des droites ΑΒ, ΒΓ est rationelle, et que le double rectangle sous ΑΒ, ΒΓ est médial, la somme des quarrés des droites ΑΒ, ΒΓ sera incommensurable avec le double rectangle sous ΑΒ, ΒΓ; donc, par conversion, la somme des quarrés des droites ΑΒ, ΒΓ est incommensurable avec le quarré de ΑΓ (17. 10). Mais la somme des quarrés des droites ΑΒ, ΒΓ est rationelle; le quarré de ΑΓ est donc irrationel; la droite ΑΓ est donc irrationelle, et elle sera appelée mineure.

PROPOSITION LXXVIII.

Si d'une droite on retranche une droite, qui étant incommensurable en puissance avec la droite entière, fasse avec la droite entière la somme des quarrés de

τετραγώνων μέσον, τὸ δὲ δὶς ὑπ' αὐτῶν ῥητόν·
ἡ λοιπὴ ἄλογός ἐστι, καλείσθω δὲ μετὰ ῥητοῦ
μέσον τὸ ὅλον ποιοῦσα.

Ἀπὸ γὰρ εὐθείας τῆς ΑΒ εὐθεῖα ἀφῃρήσθω
ἡ ΒΓ, δυνάμει ἀσύμμετρος οὖσα τῇ ὅλῃ τῇ
ΑΒ, ποιοῦσα τὸ μὲν συγκείμενον ἐκ τῶν ἀπὸ
τῶν ΑΒ, ΒΓ τετραγώνων μέσον, τὸ δὲ δὶς ὑπὸ
τῶν ΑΒ, ΒΓ ῥητόν· λέγω ὅτι ἡ λοιπὴ ἡ ΑΓ
ἄλογός ἐστι, καλείσθω δὲ ἡ μετὰ ῥητοῦ μέσον
τὸ ὅλον ποιοῦσα[2].

rectangulum verò bis sub ipsis rationale; reliqua
irrationalis est, vocetur autem cum rationali
medium totum faciens.

A rectâ enim AB recta auferatur BΓ, potentiâ
incommensurabilis existens toti AB, faciens quidem compositum ex ipsarum AB, BΓ quadratis
medium, rectangulum verò bis sub AB, BΓ rationale; dico reliquam AΓ irrationalem esse,
vocetur autem cum rationali medium totum
faciens.

A———————Γ———B

Ἐπεὶ γὰρ τὸ μὲν συγκείμενον ἐκ τῶν ἀπὸ
τῶν ΑΒ, ΒΓ τετραγώνων μέσον ἐστὶ, τὸ δὲ
δὶς ὑπὸ τῶν ΑΒ, ΒΓ ῥητόν· ἀσύμμετρα ἄρα
ἐστὶ τὰ ἀπὸ τῶν ΑΒ, ΒΓ[3] τῷ δὶς ὑπὸ τῶν
ΑΒ, ΒΓ· καὶ[4] λοιπὸν ἄρα τὸ ἀπὸ τῆς ΑΓ
ἀσύμμετρόν ἐστι τῷ δὶς ὑπὸ τῶν ΑΒ, ΒΓ. Καὶ
ἐστι τὸ δὶς ὑπὸ τῶν ΑΒ, ΒΓ ῥητόν· τὸ ἄρα
ἀπὸ τῆς ΑΓ ἄλογόν ἐστιν· ἄλογος ἄρα ἐστὶν ἡ
ΑΓ, καλείσθω δὲ ἡ μετὰ ῥητοῦ μέσον τὸ ὅλον
ποιοῦσα.

Quoniam enim quidem compositum ex ipsarum AB, BΓ quadratis medium est, rectangulum
verò bis sub AB, BΓ rationale; incommensurabilia
igitur sunt ex AB, BΓ quadrata rectangulo bis
sub AB, BΓ; et reliquum igitur quadratum ex
AΓ incommensurabile est rectangulo bis sub
AB, BΓ. Atque est rectangulum bis sub AB, BΓ
rationale; quadratum igitur ex AΓ irrationale
est; irrationalis igitur est AΓ, vocetur autem
cum rationali medium totum faciens.

ces droites médiale, et le double rectangle compris sous ces mêmes droites rationel, la droite restante sera irrationelle, et sera appelée la droite qui fait avec
une surface rationelle un tout médial.

De la droite AB retranchons la droite BΓ, qui étant incommensurable en puissance avec la droite entière AB, fasse la somme des quarrés de AB et de BΓ médiale,
et le double rectangle sous AB, BΓ rationel; je dis que la droite restante AΓ est
irrationelle, et elle sera appelée la droite qui fait avec une surface rationelle un
tout médial.

Car, puisque la somme des quarrés des droites AB, BΓ est médiale, et que le
double rectangle sous AB, BΓ est rationel, la somme des quarrés des droites AB, BΓ
sera incommensurable avec le double rectangle sous AB, BΓ; le quarré restant de la
droite AΓ est donc incommensurable avec le double rectangle sous AB, BΓ (17. 10).
Mais le double rectangle sous AB, BΓ est rationel; le quarré de AΓ est donc irrationel; la droite AΓ est donc irrationelle, et elle sera appelée la droite qui fait avec
une surface rationelle un tout médial.

ΠΡΟΤΑΣΙΣ οθ'.

PROPOSITIO LXXIX.

Ἐὰν ἀπὸ εὐθείας εὐθεῖα ἀφαιρεθῇ, δυνάμει
ἀσύμμετρος οὖσα τῇ ὅλῃ, μετὰ δὲ τῆς ὅλης
ποιοῦσα τὸ μὲν¹ συγκείμενον ἐκ τῶν ἀπ' αὐτῶν
τετραγώνων μέσον, τὸ δὲ² δὶς ὑπ' αὐτῶν μέσον,
καὶ ἔτι τὰ ἀπ' αὐτῶν τετραγώνων ἀσύμμετρα
τῷ δὶς ὑπ' αὐτῶν· ἡ λοιπὴ ἄλογός ἐστι, καλείσθω δὲ ἡ μετὰ μέσου μέσον τὸ ὅλον ποιοῦσα.

Ἀπὸ γὰρ εὐθείας τῆς ΑΒ εὐθεῖα ἀφῃρήσθω ἡ
ΒΓ, δυνάμει ἀσύμμετρος οὖσα τῇ ΑΒ, ποιοῦσα
τὰ προκείμενα³· λέγω ὅτι ἡ λοιπὴ ἡ ΑΓ ἄλογός
ἐστιν, ἡ καλουμένη ἡ μετὰ μέσου μέσον τὸ
ὅλον ποιοῦσα⁴.

Ἐκκείσθω γὰρ ῥητὴ ἡ ΔΙ, καὶ τοῖς μὲν ἀπὸ
τῶν ΑΒ, ΒΓ ἴσον παρὰ ῥητὴν⁵ τὴν ΔΙ παραβεβλήσθω τὸ ΔΕ πλάτος ποιοῦν τὴν ΔΗ, τῷ δὲ
δὶς ὑπὸ τῶν ΑΒ, ΒΓ ἴσον ἀφῃρήσθω τὸ ΔΘ.

Si a rectâ recta auferatur, potentiâ incommensurabilis existens toti, et cum totâ faciens
quidem compositum ex ipsarum quadratis medium, rectangulum verò bis sub ipsis medium,
et adhuc composita ex ipsarum quadratis incommensurabilia rectangulo bis sub ipsis; reliqua irrationalis est, vocetur autem cum medio
medium totum faciens.

A rectâ enim ΑΒ recta auferatur ΒΓ, potentiâ
incommensurabilis existens ipsi ΑΒ, faciens
proposita; dico reliquam ΑΓ irrationalem esse,
quæ vocatur cum medio medium totum faciens.

Exponatur enim rationalis ΔΙ, et quadratis
quidem ex ΑΒ, ΒΓ æquale ad rationalem ΔΙ
applicetur ΔΕ latitudinem faciens ΔΗ, rectangulo autem bis sub ΑΒ, ΒΓ æquale auferatur ΔΘ

PROPOSITION LXXIX.

Si d'une droite on retranche une droite, qui étant incommensurable en puissance avec la droite entière, fasse avec la droite entière la somme des quarrés de
ces droites médiale, le double rectangle sous ces mêmes droites médial aussi, et la
somme des quarrés de ces droites incommensurable avec le double rectangle compris sous ces mêmes droites, la droite restante sera irrationelle, et sera appelée la
droite qui fait avec une surface médiale un tout médial.

De la droite ΑΒ retranchons la droite ΒΓ, qui étant incommensurable en puissance avec la droite entière ΑΒ, fasse ce qui est proposé ; je dis que la droite
restante ΑΓ est irrationelle, et elle sera appelée la droite qui fait avec une surface
médiale un tout médial.

Car soit exposée la rationelle ΔΙ ; appliquons à la rationelle ΔΙ un parallélogramme ΔΕ égal à la somme des quarrés des droites ΑΒ, ΒΓ, ce parallélogramme
ayant pour largeur la droite ΔΗ ; retranchons de ΔΕ un parallélogramme ΔΘ égal au
double rectangle compris sous ΑΒ, ΒΓ, ce parallélogramme ayant pour largeur la

πλάτος ποιοῦν τὴν ΔΖ[6]· λοιπὸν ἄρα τὸ ΖΕ ἴσον ἐστὶ τῷ ἀπὸ τῆς ΑΓ· ὥστε ἡ ΑΓ δύναται τὸ ΖΕ. Καὶ ἐπεὶ τὸ συγκείμενον ἐκ τῶν ἀπὸ τῶν ΑΒ, ΒΓ μέσον ἐστὶ, καὶ ἔστιν ἴσον τῷ ΔΕ· μέσον ἄρα ἐστὶ[7] τὸ ΔΕ, καὶ παρὰ ῥητὴν τὴν ΔΙ παράκειται πλάτος ποιοῦν ΔΗ· ῥητὴ ἄρα ἐστὶν ἡ

latitudinem faciens ΔΖ; reliquum igitur ΖΕ æquale est quadrato ex ΑΓ; quare ipsa ΑΓ potest ipsum ΖΕ. Et quoniam compositum ex ipsarum ΑΒ, ΒΓ quadratis medium est, atque est æquale ipsi ΔΕ; medium igitur est ΔΕ, et ad rationalem ΔΙ applicatur, latitudinem faciens ΔΗ; ratio-

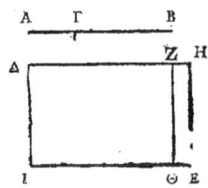

ΔΗ, καὶ ἀσύμμετρος τῇ ΔΙ μήκει. Πάλιν, ἐπεὶ τὸ δὶς ὑπὸ τῶν ΑΒ, ΒΓ μέσον ἐστὶ, καὶ ἔστιν ἴσον τῷ ΔΘ· τὸ ἄρα ΔΘ μέσον ἐστὶ, καὶ παρὰ ῥητὴν τὴν ΔΙ παράκειται πλάτος ποιοῦν τὴν ΔΖ· ῥητὴ ἄρα ἐστὶν ἡ ΔΖ, καὶ ἀσύμμετρος τῇ ΔΙ μήκει. Καὶ ἐπεὶ ἀσύμμετρά ἐστι τὰ ἀπὸ τῶν ΑΒ, ΒΓ τῷ δὶς ὑπὸ τῶν ΑΒ, ΒΓ, ἀσύμμετρον ἄρα ἐστὶ[8] καὶ τὸ ΔΕ τῷ ΔΘ[9]. Ὡς δὲ τὸ ΔΕ πρὸς τὸ ΔΘ οὕτως ἐστὶ[10] ἡ ΔΗ πρὸς τὴν ΔΖ[11]· ἀσύμμετρος ἄρα ἐστὶν ἡ ΔΗ τῇ ΔΖ. Καὶ εἰσιν

nalis igitur est ΔΗ, et incommensurabilis ipsi ΔΙ longitudine. Rursus, quoniam rectangulum bis sub ΑΒ, ΒΓ medium est, atque est æquale ipsi ΔΘ; ergo ΔΘ medium est, et ad rationalem ΔΙ applicatur latitudinem faciens ΔΖ; rationalis igitur est ΔΖ, et incommensurabilis ipsi ΔΙ longitudine. Et quoniam incommensurabilia sunt quadrata ex ΑΒ, ΒΓ rectangulo bis sub ΑΒ, ΒΓ, incommensurabile igitur est et ΔΕ ipsi ΔΘ. Ut autem ΔΕ ad ΔΘ ita est et ΔΗ ad ΔΖ; incommensurabilis igitur est ΔΗ

droite ΔΖ, le parallélogramme restant ΖΕ sera égal au quarré de ΑΓ (7. 2); la droite ΑΓ peut donc la surface ΖΕ. Et puisque la somme des quarrés des droites ΑΒ, ΒΓ est médiale, et qu'elle est égale à ΔΕ, le parallélogramme ΔΕ sera médial; mais ce parallélogramme est appliqué à la rationelle ΔΙ, et il a ΔΗ pour largeur; la droite ΔΗ est donc rationelle, et incommensurable en longueur avec ΔΙ (23. 10). De plus, puisque le double rectangle sous ΑΒ, ΒΓ est médial, et qu'il est égal à ΔΘ, le parallélogramme ΔΘ sera médial; mais il est appliqué à la rationelle ΔΙ, et il a ΔΖ pour largeur; la droite ΔΖ est donc rationelle, et incommensurable en longueur avec ΔΙ. Et puisque la somme des quarrés des droites ΑΒ, ΒΓ est incommensurable avec le double rectangle sous ΑΒ, ΒΓ, le parallélogramme ΔΕ sera incommensurable avec le parallélogramme ΔΘ. Mais ΔΕ est à ΔΘ comme ΔΗ est à ΔΖ (1. 6); la droite ΔΗ est donc incommensurable

II.

ἀμφότεραι ῥηταί· αἱ ΗΔ, ΔΖ ἄρα ῥηταί εἰσι δυνάμει μόνον σύμμετροι· ἀποτομὴ ἄρα ἐστιν ἡ ΖΗ, ῥητὴ δὲ ἡ ΖΘ. Τὸ δὲ ὑπὸ ῥητῆς καὶ ἀποτομῆς περιεχόμενον ὀρθογώνιον[12] ἄλογόν ἐστι· καὶ ἡ δυναμένη αὐτὸ ἄλογός ἐστι, καὶ δύναται τὸ ΖΕ ἡ ΑΓ· ἡ ΑΓ ἄρα ἄλογός ἐστι, καλείσθω δὲ ἡ μετὰ μέσου μέσον τὸ ὅλον ποιοῦσα.

ipsi ΔΖ. Et sunt ambæ rationales ; ipsæ ΗΔ, ΔΖ igitur rationales sunt potentiâ solùm commensurabiles ; apotome igitur est ΖΗ, rationalis autem ΖΘ. Sed sub rationali et apotome contentum rectangulum irrationale est, et recta potens ipsum irrationalis est, et potest ipsam ΖΕ ipsa ΑΓ ; ergo ΑΓ irrationalis est, vocetur autem cum medio medium totum faciens.

ΠΡΟΤΑΣΙΣ π'.

PROPOSITIO LXXX.

Τῇ ἀποτομῇ μία μόνον[1] προσαρμόζει εὐθεῖα ῥητὴ δυνάμει μόνον σύμμετρος οὖσα τῇ ὅλῃ.

Ἔστω ἀποτομὴ ἡ ΑΒ, προσαρμόζουσα δὲ αὐτῇ ἡ ΒΓ· αἱ ΑΓ, ΓΒ ἄρα ῥηταί εἰσι δυνάμει μόνον σύμμετροι· λέγω ὅτι τῇ ΑΒ ἑτέρα οὐ προσαρμόσει ῥητὴ, δυνάμει μόνον σύμμετρος οὖσα τῇ ὅλῃ.

Εἰ γὰρ δυνατὸν, προσαρμοζέτω ἡ ΒΔ· καὶ[2] αἱ

Apotomæ una solùm congruit recta rationalis potentiâ solùm commensurabilis existens toti.

Sit apotome ΑΒ, congruens autem eidem ipsa ΒΓ ; ipsæ ΑΓ, ΓΒ igitur rationales sunt potentiâ solùm commensurabiles ; dico ipsi ΑΒ alteram non congruere rationalem, quæ potentiâ solùm commensurabilis sit toti.

Si enim possibile, congruat ΒΔ ; et ipsæ ΑΔ,

avec ΔΖ (10. 10). Mais ces deux droites sont rationelles ; les droites ΗΔ, ΔΖ sont donc des rationelles commensurables en puissance seulement ; ΖΗ est donc un apotome (74. 10), et ΖΘ une rationelle. Puisque le rectangle compris sous une rationelle et un apotome est irrationel (14. 10), que la droite qui peut ce rectangle est irrationelle, et que ΑΓ peut la surface ΖΕ (39. 10), la droite ΑΓ sera irrationelle, et elle sera appelée la droite qui fait avec une surface médiale un tout médial.

PROPOSITION LXXX.

Il n'y a qu'une seule droite qui puisse convenir avec un apotome, c'est une rationelle commensurable en puissance seulement avec la droite entière.

Soit l'apotome ΑΒ, et que ΒΓ lui conviène ; les droites ΑΓ, ΓΒ seront des rationelles commensurables en puissance seulement (74. 10) ; je dis qu'une autre rationelle commensurable en puissance seulement avec la droite entière ne convient pas avec ΑΒ.

Que la droite ΒΔ, si cela est possible, conviène avec ΑΒ ; les droites ΑΔ, ΑΒ

ΑΔ, ΔΒ ἄρα ῥηταί εἰσι δυνάμει μόνον σύμμετροι. Καὶ ἐπεὶ ᾧ ὑπερέχει τὰ ἀπὸ τῶν ΑΔ, ΔΒ τοῦ δὶς ὑπὸ τῶν ΑΔ, ΔΒ, τούτῳ ὑπερέχει καὶ τὰ ἀπὸ τῶν ΑΓ, ΓΒ τοῦ δὶς ὑπὸ τῶν ΑΓ, ΓΒ· τῷ γὰρ αὐτῷ τῷ ἀπὸ τῆς ΑΒ ἀμφότερα ὑπερέχει· ἐναλλὰξ ἄρα ᾧ ὑπερέχει τὰ ἀπὸ τῶν

ΔΒ igitur rationales sunt potentiâ solùm commensurabiles. Et quoniam quo superant quadrata ex ΑΔ, ΔΒ rectangulum bis sub ΑΔ, ΔΒ, hoc superant et quadrata ex ΑΓ, ΓΒ rectangulum bis sub ΑΓ, ΓΒ; eodem enim quadrato ex ΑΒ utraque superant; permutando igitur quo su

A————B————————————Γ—Δ

ΑΔ, ΔΒ τῶν ἀπὸ τῶν ΑΓ, ΓΒ, τούτῳ ὑπερέχει καὶ³ τὸ δὶς ὑπὸ τῶν ΑΔ, ΔΒ τοῦ δὶς ὑπὸ τῶν ΑΓ, ΓΒ. Τὰ⁴ δὲ ἀπὸ τῶν ΑΔ, ΔΒ τῶν ἀπὸ τῶν ΑΓ, ΓΒ ὑπερέχει ῥητῷ· ῥητὴ γὰρ ἀμφότερα⁵· καὶ τὸ δὶς ἄρα ὑπὸ τῶν ΑΔ, ΔΒ τοῦ δὶς ἄρα ὑπὸ τῶν ΑΓ, ΓΒ ὑπερέχει ῥητῷ, ὅπερ ἐστὶν ἀδύνατον, μέσα γὰρ ἀμφότερα, μέσον δὲ μέσου οὐχ ὑπερέχει ῥητῷ· τῇ ἄρα ΑΒ ἑτέρα οὐ προσαρμόζει ῥητὴ, δυνάμει μόνον σύμμετρος οὖσα τῇ ὅλῃ.

Μία ἄρα, καὶ τὰ ἑξῆς.

perant quadrata ex ΑΔ, ΔΒ quadrata ex ΑΓ, ΓΒ, hoc superat et rectangulum bis sub ΑΔ, ΔΒ rectangulum bis sub ΑΓ, ΓΒ. Quadrata autem ex ΑΔ, ΔΒ quadrata ex ΑΓ, ΓΒ superant rationali; rationalis enim utraque; et rectangulum bis igitur sub ΑΔ, ΔΒ superat rationali rectangulum bis sub ΑΓ, ΓΒ, quod est impossibile, media enim utraque, medium autem medium non superat rationali; ergo ipsi ΑΒ altera non congruit rationalis, potentiâ solùm commensurabilis existens toti.

Media igitur, etc.

seront des rationelles commensurables en puissance seulement (74. 10). Et puisque la somme des quarrés des droites ΑΔ, ΔΒ surpasse le double rectangle sous ΑΔ, ΔΒ de la même grandeur dont la somme des quarrés des droites ΑΓ, ΓΒ surpasse le double rectangle sous ΑΓ, ΓΒ, car ces deux excès sont égaux chacun au quarré de ΑΒ (7. 2), par permutation, la somme des quarrés des droites ΑΔ, ΔΒ surpassera la somme des quarrés des droites ΑΓ, ΓΒ de la même grandeur dont le double rectangle sous ΑΔ, ΔΒ surpasse le double rectangle sous ΑΓ, ΓΒ. Mais la somme des quarrés des droites ΑΔ, ΔΒ surpasse la somme des quarrés des droites ΑΓ, ΓΒ d'une surface rationelle, car ces deux sommes sont rationelles; le double rectangle sous ΑΔ, ΔΒ surpasse donc le double rectangle sous ΑΓ, ΓΒ d'une surface rationelle; ce qui est impossible, parce que ces deux grandeurs sont médiales, et qu'une surface médiale ne surpasse pas une surface médiale d'une surface rationelle (27. 10); une autre rationelle, commensurable en puissance seulement avec la droite entière, ne peut donc pas convenir avec ΑΒ. Donc, etc.

ΠΡΟΤΑΣΙΣ πα΄.

PROPOSITIO LXXXI.

Τῇ μέσῃ ἀποτομῇ πρώτῃ μία μόνον¹ προσαρμόζει εὐθεῖα μέση, δυνάμει μόνον σύμμετρος οὖσα τῇ ὅλῃ, μετὰ δὲ τῆς ὅλης ῥητὸν περιέχουσα.

Ἔστω γὰρ μέση ἀποτομὴ πρώτη ἡ ΑΒ, καὶ τῇ ΑΒ προσαρμοζέτω ἡ ΒΓ· αἱ ΑΓ, ΓΒ ἄρα² μέσαι εἰσὶ δυνάμει μόνον σύμμετροι, ῥητὸν περιέχουσαι τὸ ὑπὸ τῶν ΑΓ, ΓΒ· λέγω ὅτι τῇ ΑΒ ἑτέρα οὐ προσαρμόζει μέση δυνάμει μόνον σύμμετρος οὖσα τῇ ὅλῃ, μετὰ δὲ τῆς ὅλης ῥητὸν περιέχουσα.

Mediæ apotomæ primæ una solùm congruit recta media, potentiâ solùm commensurabilis existens toti, et cum totâ rationale continens.

Sit enim media apotome prima ΑΒ, et ipsi ΑΒ congruat ΒΓ; ipsæ ΑΓ, ΓΒ igitur mediæ sunt potentiâ solùm commensurabiles, rationale continentes rectangulum sub ΑΓ, ΓΒ; dico ipsi ΑΒ alteram non congruere mediam, quæ potentiâ solùm commensurabilis sit toti, et cum totâ rationale contineat.

A———B   Γ—Δ

Εἰ γὰρ δυνατόν, προσαρμοζέτω καὶ ἡ ΔΒ· αἱ ἄρα ΑΔ, ΔΒ μέσαι εἰσὶ δυνάμει μόνον σύμμετροι, ῥητὸν περιέχουσαι τὸ ὑπὸ τῶν ΑΔ, ΔΒ· Καὶ ἐπεὶ ᾧ ὑπερέχει τὰ ἀπὸ τῶν ΑΔ, ΔΒ τοῦ δὶς ὑπὸ τῶν ΑΔ, ΔΒ, τούτῳ ὑπερέχει καὶ τὰ

Si enim possibile, congruat et ΔΒ; ergo ΑΔ, ΔΒ mediæ sunt potentiâ solùm commensurabiles, rationale continentes rectangulum sub ΑΔ, ΔΒ. Et quoniam quo superant quadrata ex ΑΔ, ΔΒ rectangulum bis sub ΑΔ, ΔΒ, hoc

PROPOSITION LXXXI.

Il n'y a qu'une droite qui puisse convenir avec le premier apotome médial, c'est une droite médiale commensurable en puissance avec la droite entière, et comprenant avec elle une surface rationelle.

Soit ΑΒ un premier apotome médial, et que ΒΓ conviène avec ΑΒ; les droites ΑΓ, ΓΒ seront des médiales commensurables en puissance seulement, et comprenant une surface médiale sous ΑΓ, ΓΒ (75. 10); je dis qu'une autre médiale, commensurable en puissance seulement avec la droite entière, et comprenant avec elle une surface médiale, ne peut convenir avec ΑΒ.

Que la droite ΔΒ conviène avec ΑΒ, si cela est possible; les droites ΑΔ, ΔΒ seront des médiales commensurables en puissance seulement, et comprenant une surface rationelle sous ΑΔ, ΔΒ (75. 10). Et puisque la somme des quarrés des droites ΑΔ, ΔΒ surpasse le double rectangle sous ΑΔ, ΑΒ de la même grandeur dont

ἀπὸ τῶν ΑΓ, ΓΒ τοῦ δὶς ὑπὸ τῶν ΑΓ, ΓΒ·
τῷ γὰρ αὐτῷ[3] ὑπερέχουσι τῷ ἀπὸ τῆς ΑΒ·
ἐναλλὰξ ἄρα ᾧ ὑπερέχει τὰ ἀπὸ τῶι ΑΔ, ΔΒ
τῶν ἀπὸ τῶν ΑΓ, ΓΒ, τούτῳ ὑπερέχει καὶ τὸ
δὶς ὑπὸ τῶν ΑΔ, ΔΒ τοῦ δὶς ὑπὸ τῶν ΑΓ, ΓΒ.
Τὸ δὲ δὶς ὑπὸ τῶν ΑΔ, ΔΒ τοῦ δὶς ὑπὸ τῶν
ΑΓ, ΓΒ ὑπερέχει ῥητῷ, ῥητὰ γὰρ ἀμφότερα·
καὶ τὰ ἀπὸ τῶν ΑΔ, ΔΒ ἄρα τῶν ἀπὸ τῶν
ΑΓ, ΓΒ ὑπερέχει ῥητῷ, ὅπερ ἐστὶν ἀδύνατον,
μέσα γὰρ ἀμφότερα, μέσον δὲ μέσου. οὐχ
ὑπερέχει ῥητῷ.

Τῇ ἄρα μέσῃ, καὶ τὰ ἑξῆς.

ΠΡΟΤΑΣΙΣ πϐʹ.

Τῇ μέσῃ[1] ἀποτομῇ δευτέρα μία μόνον προσαρμόζει εὐθεῖα μέση, δυνάμει μόνον σύμμετρος
οὖσα[2] τῇ ὅλῃ, μετὰ δὲ τῆς ὅλης μέσον περιέχουσα.

superant et quadrata ex ΑΓ, ΓΒ rectangulum bis sub ΑΓ, ΓΒ; superant enim eodem
ex ΑΒ quadrato; permutando igitur quo superant quadrata ex ΑΔ, ΔΒ quadrata ex ΑΓ,
ΓΒ, hoc superat et rectangulum bis sub ΑΔ,
ΔΒ rectangulum bis sub ΑΓ, ΓΒ. Rectangulum autem bis sub ΑΔ, ΔΒ rectangulum bis
sub ΑΓ, ΓΒ superat rationali, rationalia enim
utraque; et quadrata ex ΑΔ, ΔΒ igitur quadrata ex ΑΓ, ΓΒ superant rationali, quod est
impossibile, media enim utraque, medium autem medium non superat rationali.

Mediæ igitur, etc.

PROPOSITIO LXXXII.

Mediæ apotomæ secundæ una solùm congruit recta media, potentiâ solùm commensurabilis existens toti, et cum totâ medium
continens.

la somme des quarrés des droites ΑΓ, ΓΒ surpasse le double rectangle sous ΑΓ, ΓΒ,
car ces excès sont chacun le quarré de ΑΒ (7. 2); par permutation, la somme
des quarrés des droites ΑΔ, ΔΒ surpassera la somme des quarrés de ΑΓ, ΓΒ de la
même grandeur dont le double rectangle sous ΑΔ, ΔΒ surpasse le double rectangle
sous ΑΓ, ΓΒ. Mais le double rectangle sous ΑΔ, ΔΒ surpasse le double rectangle
sous ΑΓ, ΓΒ d'une surface rationelle, car ces surfaces sont rationelles l'une et
l'autre; la somme des quarrés des droites ΑΔ, ΔΒ surpasse donc la somme des
quarrés des droites ΑΓ, ΓΒ d'une surface rationelle; ce qui est impossible, parce
que ces surfaces sont médiales l'une et l'autre, et qu'une surface médiale ne surpasse pas une surface médiale d'une surface rationelle (27. 10). Il n'y a donc, etc.

PROPOSITION LXXXII.

Il n'y a qu'une seule droite qui puisse convenir avec le second apotome médial, c'est une droite médiale, commensurable en puissance seulement avec la
droite entière, et comprenant avec elle une surface médiale.

Ἔστω μέση[3] ἀποτομὴ δευτέρα ἡ ΑΒ, καὶ τῇ ΑΒ προσαρμόζουσα ἡ ΒΓ· αἱ ἄρα ΑΓ, ΓΒ μέσαι εἰσὶ δυνάμει μόνον σύμμετροι, μέσον περιέχουσαι τὸ ὑπὸ τῶν ΑΓ, ΓΒ· λέγω ὅτι τῇ ΑΒ ἑτέρα οὐ προσαρμόζει εὐθεῖα μέση δυνάμει μόνον σύμμετρος οὖσα τῇ ὅλῃ, μετὰ δὲ τῆς ὅλης μέσον περιέχουσα.

Sit media apotome secunda ΑΒ, et ipsi ΑΒ congruat ΒΓ; ipsæ igitur ΑΓ, ΓΒ mediæ sunt potentiâ solùm commensurabiles, medium continentes rectangulum sub ΑΓ, ΓΒ; dico ipsi ΑΒ alteram non congruere rectam mediam quæ potentiâ solùm commensurabilis sit toti, et cum totâ medium contineat.

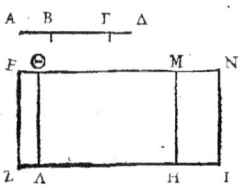

Εἰ γὰρ δυνατὸν, προσαρμοζέτω καὶ ἡ ΒΔ· καὶ[4] αἱ ἄρα ΑΔ, ΔΒ μέσαι εἰσὶ δυνάμει μόνον σύμμετροι, μέσον περιέχουσαι τὸ ὑπὸ τῶν ΑΔ, ΔΒ. Καὶ ἐκκείσθω ῥητὴ ἡ ΕΖ, καὶ τοῖς μὲν[5] ἀπὸ τῶν ΑΓ, ΓΒ ἴσον παρὰ τὴν ΕΖ παραβεβλήσθω τὸ ΕΗ, πλάτος ποιοῦν τὴν ΕΜ· τῷ δὲ δὶς ὑπὸ τῶν ΑΓ, ΓΒ ἴσον ἀφῃρήσθω τὸ ΘΗ, πλάτος ποιοῦν τὴν ΘΜ· λοιπὸν ἄρα τὸ ΕΛ ἴσον ἐστὶ τῷ ἀπὸ τῆς ΑΒ· ὥστε ἡ ΑΒ δύναται τὸ ΕΛ. Πάλιν δὴ τοῖς ἀπὸ τῶν ΑΔ, ΔΒ ἴσον παρὰ

Si enim possibile, congruat ΒΔ; et ipsæ igitur ΑΔ, ΔΒ mediæ sunt potentiâ solùm commensurabiles, medium continentes rectangulum sub ΑΔ, ΔΒ. Et exponatur rationalis ΕΖ, et quadratis quidem ex ΑΓ, ΓΒ æquale ad ipsam ΕΖ applicetur ΕΗ, latitudinem faciens ΕΜ; rectangulo autem bis sub ΑΓ, ΓΒ æquale auferatur ΘΗ, latitudinem faciens ΘΜ; reliquum igitur ΕΛ æquale est quadrato ex ΑΒ; quare ΑΒ potest ipsum ΕΛ. Rursus utique quadratis ex ΑΔ, ΔΒ

Soit un second apotome médial ΑΒ, et que la droite ΒΓ convièue avec ΑΒ; les droites ΑΓ, ΓΒ seront des médiales commensurables en puissance seulement, et comprenant une surface médiale sous ΑΓ, ΓΒ (76. 10); je dis qu'une autre droite médiale commensurable en puissance seulement avec la droite entière, et comprenant avec elle une surface médiale, ne peut convenir avec ΑΒ.

Que ΒΔ convièue avec ΑΒ, si cela est possible; les droites ΑΔ, ΔΒ seront des médiales commensurables en puissance seulement, et comprenant une surface médiale sous ΑΔ, ΔΒ (76. 10). Soit exposée la rationelle ΕΖ; appliquons à ΕΖ un parallélogramme ΕΗ égal à la somme des quarrés de ΑΓ et de ΓΒ, qui ait pour largeur la droite ΕΜ, et retranchons de ΕΗ un parallélogramme ΘΗ égal au double rectangle sous ΑΓ, ΓΒ, ce parallélogramme ayant pour largeur la droite ΘΜ; le reste ΕΛ sera égal au quarré de ΑΒ (7.2); la droite ΑΒ pourra donc la surface ΕΛ. De plus, appliquons à ΕΖ un parallélogramme ΕΙ égal à la somme des quarrés des

τὴν ΕΖ παραϐεϐλήσθω τὸ ΕΙ, πλάτος ποιοῦν τὴν ΕΝ· ἔστι δὲ καὶ τὸ ΕΛ ἴσον τῷ ἀπὸ τῆς ΑΒ τετραγώνῳ· λοιπὸν ἄρα τὸ ΘΙ ἴσον ἐστὶ τῷ δὶς ὑπὸ τῶν ΑΔ, ΔΒ. Καὶ ἐπεὶ μέσαι εἰσὶν αἱ ΑΓ, ΓΒ, μέσα ἄρα ἐστὶ καὶ τὰ ἀπὸ τῶν ΑΓ, ΓΒ. Καὶ ἔστιν ἴσα τῷ ΕΗ· μέσον ἄρα καὶ τὸ ΕΗ, καὶ παρὰ ῥητὴν τὴν ΕΖ παράκειται, πλάτος ποιοῦν τὴν ΕΜ· ῥητὴ ἄρα ἐστὶν ἡ ΕΜ, καὶ ἀσύμμετρος τῇ ΕΖ μήκει. Πάλιν, ἐπεὶ μέσον ἐστὶ τὸ ὑπὸ τῶν ΑΓ, ΓΒ, καὶ τὸ δὶς ὑπὸ τῶν ΑΓ, ΓΒ μέσον ἐστί. Καὶ ἔστιν ἴσον τῷ ΘΗ· καὶ τὸ ΘΗ ἄρα μέσον ἐστί, καὶ παρὰ ῥητὴν τὴν ΕΖ παράκειται, πλάτος ποιοῦν τὴν ΘΜ· ῥητὴ ἄρα ἐστὶ καὶ ἡ ΘΜ, καὶ ἀσύμμετρος τῇ ΕΖ μήκει. Καὶ ἐπεὶ αἱ ΑΓ, ΓΒ δυνάμει μόνον σύμμετροί εἰσιν[6], ἀσύμμετρος ἄρα ἐστὶν ἡ ΑΓ τῇ ΓΒ μήκει. Ὡς δὲ ἡ ΑΓ πρὸς τὴν ΓΒ οὕτως ἐστὶ[7] τὸ ἀπὸ τῆς ΑΓ πρὸς τὸ ὑπὸ τῶν ΑΓ, ΓΒ· ἀσύμμετρον ἄρα ἐστὶ[8] τὸ ἀπὸ τῆς ΑΓ τῷ ὑπὸ τῶν ΑΓ, ΓΒ. Ἀλλὰ τῷ μὲν ἀπὸ τῆς ΑΓ σύμ-

æquale ad ipsam ΕΖ applicetur ΕΙ, latitudinem faciens ΕΝ; est autem et ΕΛ æquale ex ΑΒ quadrato; reliquum igitur ΘΙ æquale est rectangulo bis sub ΑΔ, ΔΒ. Et quoniam mediæ sunt ΑΓ, ΓΒ, media igitur sunt et quadrata ex ΑΓ, ΓΒ. Et sunt æqualia ipsi ΕΗ; medium igitur et ΕΗ, et ad rationalem ΕΖ applicatur, latitudinem faciens ΕΜ; rationalis igitur est ΕΜ, et incommensurabilis ipsi ΕΖ longitudine. Rursus, quoniam medium est rectangulum sub ΑΓ, ΓΒ, et rectangulum bis sub ΑΓ, ΓΒ medium est. Atque est æquale ipsi ΘΗ; et ΘΗ igitur medium est, et ad rationalem ΕΖ applicatur, latitudinem faciens ΘΜ; rationalis igitur est et ΘΜ, et incommensurabilis ipsi ΕΖ longitudine. Et quoniam ΑΓ, ΓΒ potentiâ solùm commensurabiles sunt, incommensurabilis igitur est ΑΓ ipsi ΓΒ longitudine. Ut autem ΑΓ ad ΓΒ ita est ex ΑΓ quadratum ad rectangulum sub ΑΓ, ΓΒ; incommensurabile igitur est ex ΑΓ quadratum rectangulo sub ΑΓ, ΓΒ. Sed quadrato quidem

droites ΑΔ, ΔΒ, ce parallélogramme ayant pour largeur la droite ΕΝ; mais ΕΑ est égal au quarré de ΑΒ; le reste ΘΙ est donc égal au double rectangle sous ΑΔ, ΔΒ (7.2). Et puisque les droites ΑΓ, ΓΒ sont médiales, les quarrés des droites ΑΓ, ΓΒ seront médiaux. Mais la somme de ces quarrés est égale au parallélogramme ΕΗ; le parallélogramme ΕΗ est donc médial (cor. 24. 10), et ce parallélogramme, qui a pour largeur la droite ΕΜ, est appliqué à ΕΖ; la droite ΕΜ est donc rationelle, et incommensurable en longueur avec ΕΖ (23. 10). De plus, puisque le rectangle sous ΑΓ, ΓΒ est médial, le double rectangle sous ΑΓ, ΓΒ sera médial (cor. 24. 10). Mais ce rectangle est égal au parallélogramme ΘΗ; le parallélogramme ΘΗ est donc médial; et ce parallélogramme, qui a pour largeur la droite ΘΜ, est appliqué à la rationelle ΕΖ; la droite ΘΜ est donc rationelle, et incommensurable en longueur avec ΕΖ (23. 10). Et puisque les droites ΑΓ, ΓΒ sont commensurables en puissance seulement, la droite ΑΓ sera incommensurable en longueur avec ΓΒ. Mais ΑΓ est à ΓΒ comme le quarré de ΑΓ est au rectangle sous ΑΓ, ΓΒ; le quarré de ΑΓ est donc incommensurable avec le rectangle sous ΑΓ, ΓΒ. Mais la somme des quarrés des droites ΑΓ, ΓΒ est commen-

μετρά ἐστι τὰ ἀπὸ τῶν ΑΓ, ΓΒ, τῷ δὲ ὑπὸ τῶν ΑΓ, ΓΒ σύμμετρόν ἐστι τὸ δὶς ὑπὸ τῶν ΑΓ, ΓΒ· ἀσύμμετρα ἄρα ἐστὶ τὰ ἀπὸ τῶν ΑΓ, ΓΒ τῷ δὶς ὑπὸ τῶν ΑΓ, ΓΒ. Καὶ ἔστι τοῖς μὲν ἀπὸ τῶν ΑΓ, ΓΒ ἴσον τὸ ΕΗ, τῷ δὲ δὶς ὑπὸ τῶν ΑΓ, ΓΒ ἴσον τὸ ΘΗ· ἀσύμμετρον ἄρα ἐστὶ τὸ ΕΗ τῷ ΘΗ. Ὡς δὲ τὸ ΕΗ πρὸς τὸ ΘΗ οὕτως ἐστὶν ἡ ΕΜ πρὸς τὴν ΘΜ· ἀσύμμετρος

ex ΑΓ commensurabilia sunt quadrata ex ΑΓ, ΓΒ, rectangulo autem sub ΑΓ, ΓΒ commensurabile est rectangulum bis sub ΑΓ, ΓΒ; incommensurabilia igitur sunt quadrata ex ΑΓ, ΓΒ rectangulo bis sub ΑΓ, ΓΒ. Atque est quadratis quidem ex ΑΓ, ΓΒ æquale ΕΗ, rectangulo autem bis sub ΑΓ, ΓΒ æquale ΘΗ; incommensurabile igitur est ΕΗ ipsi ΘΗ. Ut autem ΕΗ ad ΘΗ ita est

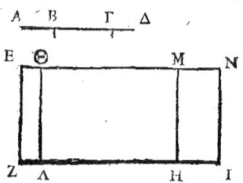

ἄρα ἐστὶν ἡ ΕΜ τῇ ΘΜ μήκει. Καὶ εἴσιν ἀμφότεραι ῥηταί· αἱ ΕΜ, ΘΜ ἄρα ῥηταί εἰσι δυνάμει μόνον σύμμετροι· ἀποτομὴ ἄρα ἐστὶν ἡ ΕΘ, προσαρμόζουσα δὲ αὐτῇ ἡ ΘΜ. Ὁμοίως δὴ δείξομεν ὅτι καὶ ἡ ΘΝ αὐτῇ προσαρμόζει· τῇ ἄρα ἀποτομῇ ἄλλη καὶ ἄλλη προσαρμόζει εὐθεῖα, δυνάμει μόνον σύμμετρος οὖσα τῇ ὅλῃ, ὅπερ ἐστὶν ἀδύνατον.

Τῇ ἄρα μέσῃ, καὶ τὰ ἑξῆς.

ΕΜ ad ΘΜ; incommensurabilis igitur est ΕΜ ipsi ΘΜ longitudine. Et sunt utræque rationales; ipsæ ΕΜ, ΘΜ igitur rationales sunt potentiâ solùm commensurabiles; apotome igitur est ΕΘ, et ΘΜ congruens ipsi. Similiter utique demonstrabimus et ΘΝ ipsi congruere; apotomæ igitur alia et alia congruit recta, potentiâ solùm commensurabilis existens toti, quod est impossibile.

Mediæ igitur, etc.

surable avec le quarré de ΑΓ (16. 10); et le double rectangle sous ΑΓ, ΓΒ est commensurable avec le rectangle sous ΑΓ, ΓΒ; la somme des quarrés des droites ΑΓ, ΓΒ est donc incommensurable avec le double rectangle sous ΑΓ, ΓΒ. Mais ΕΗ est égal à la somme des quarrés des droites ΑΓ, ΓΒ, et ΘΗ est égal au double rectangle sous ΑΓ, ΓΒ; le parallélogramme ΕΗ est donc incommensurable avec ΘΗ. Mais ΕΗ est à ΘΗ comme ΕΜ est à ΘΜ (1. 6); la droite ΕΜ est donc incommensurable en longueur avec ΘΜ. Mais ces deux droites sont rationelles; les droites ΕΜ, ΘΜ sont donc des rationelles commensurables en puissance seulement; la droite ΕΘ est donc un apotome, et ΘΜ convient avec cet apotome (74. 10). Nous démontrerions semblablement que ΘΝ lui convient aussi; deux droites différentes, commensurables en puissance seulement avec la droite entière, conviendraient donc avec un apotome, ce qui est impossible (80. 10). Il n'y a donc, etc.

Τῇ ἐλάσσονι μία μόνον προσαρμόζει εὐθεῖα δυνάμει ἀσύμμετρος οὖσα τῇ ὅλῃ, ποιοῦσα μετὰ τῆς ὅλης τὸ μὲν ἐκ τῶν ἀπ' αὐτῶν τετραγώνων ῥητὸν, τὸ δὲ δὶς ὑπ' αὐτῶν μέσον.

Ἔστω ἐλάσσων ἡ ΑΒ, καὶ τῇ ΑΒ προσαρμόζουσα ἔστω ἡ ΒΓ· αἱ ἄρα ΑΓ, ΓΒ δυνάμει εἰσὶν ἀσύμμετροι, ποιοῦσαι τὸ μὲν συγκείμενον ἐκ τῶν ἀπ' αὐτῶν τετραγώνων ῥητὸν, τὸ δὲ δὶς ὑπ' αὐτῶν μέσον· λέγω ὅτι τῇ ΑΒ ἑτέρα εὐθεῖα οὐ προσαρμόσει, τὰ αὐτὰ ποιοῦσα.

Minori una solùm congruit recta potentiâ incommensurabilis existens toti, faciens cum totâ compositum quidem ex ipsarum quadratis rationale, rectangulum verò bis sub ipsis medium.

Sit minor ΑΒ, et ipsi ΑΒ congruens sit ΒΓ; ipsæ igitur ΑΓ, ΓΒ potentiâ sunt incommensurabiles, facientes quidem compositum ex ipsarum quadratis rationale, rectangulum verò bis sub ipsis medium; dico ipsi ΑΒ alteram rectam non congruere, quæ eadem faciat.

$$\text{A} \overline{} \text{B} \qquad \qquad \text{Γ} \; \text{Δ}$$

Εἰ γὰρ δυνατὸν, προσαρμοζέτω ἡ ΒΔ· καὶ[1] αἱ ΑΔ, ΔΒ ἄρα δυνάμει εἰσὶν ἀσύμμετροι, ποιοῦσαι τὰ προειρημένα[2]. Καὶ ἐπεὶ ᾧ ὑπερέχει τὰ ἀπὸ τῶν ΑΔ, ΔΒ τῶν ἀπὸ τῶν ΑΓ, ΓΒ, τούτῳ ὑπερέχει καὶ τὸ δὶς ὑπὸ τῶν ΑΔ, ΔΒ

Si enim possibile, congruat ΒΔ; et ipsæ ΑΔ, ΔΒ igitur potentiâ sunt incommensurabiles, facientes ea quæ dicta sunt. Et quoniam quo superant quadrata ex ΑΔ, ΔΒ quadrata ex ΑΓ, ΓΒ, hoc superat et rectangulum bis sub ΑΔ, ΔΒ

PROPOSITION LXXXIII.

Il n'y a qu'une seule droite qui puisse convenir avec une droite mineure, c'est celle qui est incommensurable en puissance avec la droite entière, et qui fait avec la droite entière la somme des quarrés de ces droites rationelle, et médial le double rectangle compris sous ces mêmes droites.

Soit la mineure ΑΒ, et que ΒΓ convième avec ΑΒ; les droites ΑΓ, ΓΒ seront incommensurables en puissance, la somme de leurs quarrés étant rationelle, et le double rectangle compris sous ces mêmes droites étant médial (77. 10); je dis qu'aucune autre droite, faisant les mêmes choses, ne peut convenir avec ΑΒ.

Que ΒΔ convième avec ΑΒ, si cela est possible; les droites ΑΔ, ΔΒ seront incommensurables en puissance, ces droites faisant ce qui vient d'être dit (77. 10). Et puisque la somme des quarrés des droites ΑΔ, ΔΒ surpasse la somme des quarrés des droites ΑΓ, ΓΒ de la même grandeur dont le double rectangle sous

τοῦ δὶς ὑπὸ τῶν ΑΓ, ΓΒ, τὰ δὲ ἀπὸ τῶν ΑΔ, ΔΒ τετράγωνα τῶν ἀπὸ τῶν ΑΓ, ΓΒ τετραγώνων[3] ὑπερέχει ῥητῷ, ῥητὰ γάρ ἐστιν[4] ἀμφότερα· καὶ τὸ δὶς ὑπὸ τῶν ΑΔ, ΔΒ ἄρα τοῦ δὶς ὑπὸ τῶν ΑΓ, ΓΒ ὑπερέχει ῥητῷ, ὅπερ ἐστὶν ἀδύνατον, μέσα γάρ ἐστιν[5] ἀμφότερα.

Τῇ ἄρα ἐλάσσονι, καὶ τὰ ἑξῆς[6].

ΠΡΟΤΑΣΙΣ πδ'.

Τῇ μετὰ ῥητοῦ μέσον τὸ ὅλον ποιούσῃ μία μόνον προσαρμόζει εὐθεῖα δυνάμει ἀσύμμετρος οὖσα τῇ ὅλῃ, μετὰ δὲ τῆς ὅλης ποιοῦσα τὸ μὲν συγκείμενον ἐκ τῶν ἀπ' αὐτῶν τετραγώνων μέσον, τὸ δὲ δὶς ὑπ' αὐτῶν ῥητόν.

Ἔστω ἡ μετὰ ῥητοῦ μέσον τὸ ὅλον ποιοῦσα ἡ ΑΒ, προσαρμόζουσα δὲ ἡ ΒΓ[1]· αἱ ἄρα ΑΓ, ΓΒ δυνάμει εἰσὶν ἀσύμμετροι, ποιοῦσαι τὸ μὲν συγκείμενον ἐκ τῶν ἀπὸ τῶν ΑΓ, ΓΒ τετραγώνων μέσον, τὸ δὲ δὶς ὑπὸ τῶν ΑΓ, ΓΒ ῥητόν· λέγω ὅτι τῇ ΑΒ ἑτέρα οὐ προσαρμόσει τὰ αὐτὰ ποιοῦσα.

rectangulum bis sub ΑΓ, ΓΒ, quadrata autem ex ΑΔ, ΔΒ quadrata ex ΑΓ, ΓΒ superant rationali, rationalia enim sunt utraque ; et rectangulum bis sub ΑΔ, ΔΒ igitur rectangulum bis sub ΑΓ, ΓΒ superat rationali, quod est impossibile, media enim sunt utraque.

Minori igitur, etc.

PROPOSITIO LXXXIV.

Ei quæ cum rationali medium totum facit una solùm congruit recta potentiâ incommensurabilis existens toti, et cum totâ faciens quidem compositum ex ipsarum quadratis medium, rectangulum verò bis sub ipsis rationale.

Sit recta ΑΒ cum rationali medium totum faciens, congruens autem ΒΓ; ipsæ igitur ΑΓ, ΓΒ potentiâ sunt incommensurabiles, facientes quidem compositum ex ipsarum ΑΓ, ΓΒ quadratis medium, rectangulum verò bis sub ΑΓ, ΓΒ rationale ; dico ipsi ΑΒ alteram non congruere eadem facientem.

ΑΔ, ΔΒ surpasse le double rectangle sous ΑΓ, ΓΒ (7.2), et que la somme des quarrés des droites ΑΔ, ΔΒ surpasse la somme des quarrés des droites ΑΓ, ΓΒ d'une surface rationelle, car ces grandeurs sont rationelles l'une et l'autre, le double rectangle sous ΑΔ, ΔΒ surpassera d'une surface rationelle le double rectangle sous ΑΓ, ΓΒ, ce qui est impossible (27. 10); car ces grandeurs sont médiales l'une et l'autre. Donc, etc.

PROPOSITION LXXXIV.

Il n'y a qu'une seule droite qui puisse convenir avec la droite qui fait avec une surface rationelle un tout médial, c'est celle qui est incommensurable en puissance avec la droite entière, et qui fait avec la droite entière la somme des quarrés de ces droites médiale, et rationel le double rectangle compris sous ces mêmes droites.

Que ΑΒ fasse avec une surface rationelle un tout médial, et que ΒΓ conviène avec ΑΒ, les droites ΑΓ, ΓΒ seront incommensurables en puissance, la somme des quarrés des droites ΑΓ, ΓΒ étant médiale, et le double rectangle sous ΑΓ, ΓΒ étant rationel (78. 10); je dis qu'une autre droite, faisant les mêmes choses, ne peut convenir avec ΑΒ.

Εἰ γὰρ δυνατὸν, προσαρμοζέτω ἡ ΒΔ· καὶ αἱ ΑΔ, ΔΒ ἄρα εὐθεῖαι δυνάμει εἰσὶν ἀσύμμετροι, ποιοῦσαι τὸ μὲν συγκείμενον ἐκ τῶν ἀπὸ τῶν ΑΔ, ΔΒ τετραγώνων μέσον, τὸ δὲ δὶς ὑπὸ τῶν ΑΔ, ΔΒ ῥητόν[2]. Ἐπεὶ οὖν ᾧ ὑπερέχει τὰ ἀπὸ τῶν ΑΔ, ΔΒ τῶν ἀπὸ τῶν ΑΓ, ΓΒ, τούτῳ ὑπερέχει καὶ τὸ δὶς ὑπὸ τῶν ΑΔ, ΔΒ τοῦ δὶς ὑπὸ τῶν ΑΓ, ΓΒ, ἀκολούθως τοῖς[3] πρὸ

Si enim possibile, congruat ΒΔ; et ipsæ ΑΔ, ΔΒ igitur rectæ potentiâ sunt incommensurabiles, facientes quidem compositum ex ipsarum ΑΔ, ΔΒ quadratis medium, rectangulum verò bis sub ΑΔ, ΔΒ rationale. Quoniam igitur quo superant quadrata ex ΑΔ, ΔΒ quadrata ex ΑΓ, ΓΒ, hoc superat et rectangulum bis sub ΑΔ, ΔΒ rectangulum bis sub ΑΓ, ΓΒ, congruenter præ-

A_____B_____Γ_Δ

αὐτοῦ· τὸ δὲ δὶς ὑπὸ τῶν ΑΔ, ΔΒ τοῦ δὶς ὑπὸ τῶν ΑΓ, ΓΒ ὑπερέχει ῥητῷ, ῥητὰ γάρ ἐστιν ἀμφότερα· καὶ τὰ ἀπὸ τῶν ΑΔ, ΔΒ ἄρα τῶν ἀπὸ τῶν ΑΓ, ΓΒ ὑπερέχει ῥητῷ, ὅπερ ἐστὶν ἀδύνατον· μέσα γάρ ἐστιν[4] ἀμφότερα· οὐκ ἄρα τῇ ΑΒ ἑτέρα προσαρμόσει εὐθεῖα δυνάμει ἀσύμμετρος οὖσα τῇ ὅλῃ, μετὰ δὲ τῆς ὅλης ποιοῦσα τὰ προειρημένα· μία ἄρα μόνον προσαρμόσει[5]. Ὅπερ ἔδει δεῖξαι.

cedentibus; rectangulum autem bis sub ΑΔ, ΔΒ rectangulum bis sub ΑΓ, ΓΒ superat rationali, rationalia enim sunt utraque; et quadrata ex ΑΔ, ΔΒ igitur quadrata ex ΑΓ, ΓΒ superant rationali, quod est impossibile; media enim sunt utraque; non igitur ipsi ΑΒ altera congruet recta potentiâ incommensurabilis existens toti, et cum totâ faciens ea quæ dicta sunt; una igitur solùm congruet. Quod oportebat ostendere.

Que ΒΔ conviène avec ΑΒ, si cela est possible; les droites ΑΔ, ΔΒ seront incommensurables en puissance, la somme des quarrés des droites ΑΔ, ΔΒ médiale, et le double rectangle sous ΑΔ, ΔΒ rationel (78. 10). Puisque la somme des quarrés des droites ΑΔ, ΔΒ surpasse la somme des quarrés des droites ΑΓ, ΓΒ de la même grandeur dont le double rectangle sous ΑΔ, ΔΒ surpasse le double rectangle sous ΑΓ, ΓΒ, comme dans ce qui précède (7. 2), et que le double rectangle sous ΑΔ, ΔΒ surpasse le double rectangle sous ΑΓ, ΓΒ d'une surface rationelle, car ces grandeurs sont rationelles l'une et l'autre, la somme des quarrés des droites ΑΔ, ΔΒ surpassera la somme des quarrés des droites ΑΓ, ΓΒ d'une surface rationelle; ce qui est impossible; car ces grandeurs sont médiales l'une et l'autre (27. 10). Il n'y a donc qu'une seule droite qui puisse convenir avec ΑΒ, c'est celle qui est incommensurable en puissance avec la droite entière, et qui fait avec la droite entière ce qu'on a dit; il n'y a donc qu'une seule droite qui puisse convenir avec ΑΒ. Ce qu'il fallait démontrer.

ΠΡΟΤΑΣΙΣ πέ.

Τῇ μετὰ μέσου μέσον τὸ ὅλον ποιούσῃ μία μόνον[1] προσαρμόζει εὐθεῖα δυνάμει ἀσύμμετρος οὖσα τῇ ὅλῃ, μετὰ δὲ τῆς ὅλης ποιοῦσα τό, τε συγκείμενον ἐκ τῶν ἀπ᾿ αὐτῶν τετραγώνων μέσον, τὸ δὲ δὶς ὑπ᾿ αὐτῶν μέσον, καὶ ἔτι ἀσύμμετρον τῷ συγκειμένῳ ἐκ τῶν ἀπ᾿ αὐτῶν.

Ἔστω ἡ μετὰ μέσου μέσον τὸ ὅλον ποιοῦσα ἡ ΑΒ, προσαρμόζουσα δὲ αὐτῇ ἡ ΒΓ· αἱ ἄρα ΑΓ, ΓΒ δυνάμει εἰσὶν ἀσύμμετροι, ποιοῦσαι τὰ προειρημένα[2]· λέγω ὅτι τῇ ΑΒ ἑτέρα εὐθεῖα[3] οὐ προσαρμόσει, ποιοῦσα τὰ προειρημένα[4].

Εἰ γὰρ δυνατὸν, προσαρμοζέτω ἡ ΒΔ, ὥστε καὶ τὰς ΑΔ, ΔΒ δυνάμει ἀσυμμέτρους εἶναι, ποιούσας τὰ μὲν ἀπὸ τῶν ΑΔ, ΔΒ τετράγωνα[5] ἅμα μέσον, καὶ τὸ δὶς ὑπὸ τῶν ΑΔ, ΔΒ μέσον, καὶ ἔτι τὰ ἀπὸ τῶν ΑΔ, ΔΒ ἀσύμμετρα[6] τῷ δὶς ὑπὸ τῶν ΑΔ, ΔΒ. Καὶ ἐκκείσθω ῥητὴ ἡ ΕΖ,

PROPOSITIO LXXXV.

Ei quæ cum medio medium totum facit una solùm congruit recta potentiâ incommensurabilis existens toti, et cum totâ faciens et compositum ex ipsarum quadratis medium, rectangulum autem bis sub ipsis medium, et adhuc incommensurabile composito ex ipsarum quadratis.

Sit recta AB cum medio medium totum faciens, ipsi autem congruens BΓ; ipsæ igitur AΓ, ΓB potentiâ sunt incommensurabiles, facientes ea quæ dicta sunt; dico ipsi AB alteram rectam non congruere, facientem ea quæ dicta sunt.

Si enim possibile, congruat BΔ, ita ut et AΔ, ΔB potentiâ incommensurabiles sint, facientes quidem ex AΔ, ΔB quadrata simul media, et rectangulum bis sub AΔ, ΔB medium, et adhuc quadrata ex AΔ, ΔB incommensurabilia rectangulo bis sub AΔ, ΔB. Et exponatur ra-

PROPOSITION LXXXV.

Il n'y a qu'une seule droite qui puisse convenir avec la droite qui fait avec une surface médiale un tout médial, c'est celle qui est incommensurable en puissance avec la droite entière, et qui fait avec la droite entière la somme des quarrés de ces droites médiale, et le double rectangle sous ces mêmes droites médial et commensurable avec la somme de leurs quarrés.

Que la droite AB fasse avec une surface médiale un tout médial, et que BΓ conviène avec AB ; les droites AΓ, ΓB seront incommensurables en puissance, et feront ce qui vient d'être dit (79. 10); je dis qu'une autre droite, faisant ce qui vient d'être dit, ne convient point avec AB.

Que BΔ, s'il est possible, conviène avec AB, les droites AΔ, ΔB étant incommensurables en puissance, la somme de leurs quarrés médiale, le double rectangle sous AΔ, ΔB médial, et la somme des quarrés des droites AΔ, ΔB incommensurable avec le double rectangle sous AΔ, ΔB. Soit exposée la rationelle EZ ;

καὶ τοῖς μὲν ἀπὸ τῶν ΑΓ, ΓΒ ἴσον παρὰ τὴν ΕΖ
παραϐεϐλήσθω τὸ ΕΗ, πλάτος ποιοῦν τὴν ΕΜ,
τῷ δὲ δὶς ὑπὸ τῶν ΑΓ, ΓΒ ἴσον ἀφηρήσθω τὸ
ΘΗ, πλάτος ποιοῦν τὴν ΘΜ· λοιπὸν ἄρα τὸ
ἀπὸ τῆς ΑΒ ἴσον ἐστὶ τῷ ΕΛ· ἡ ἄρα ΑΒ δύναται τὸ ΕΛ. Πάλιν, τοῖς μὲν[8] ἀπὸ τῶν ΑΔ,
ΔΒ ἴσον παρὰ τὴν ΕΖ παραϐεϐλήσθω τὸ ΕΙ,

tionalis ΕΖ, et quadratis quidem ex ΑΓ, ΓΒ
æquale ad ipsam ΕΖ applicetur ΕΗ, latitudinem faciens ΕΜ, rectangulo autem bis sub
ΑΓ, ΓΒ æquale auferatur ΘΗ, latitudinem faciens ΘΜ; reliquum igitur quadratum ex ΑΒ
æquale est ipsi ΕΛ; ipsa igitur ΑΒ potest ipsum
ΕΛ. Rursus, quadratis quidem ex ΑΔ, ΔΒ
æquale ad ipsam ΕΖ applicetur ΕΙ, latitudinem

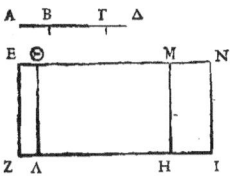

πλάτος ποιοῦν τὴν ΕΝ. Εστι δὲ καὶ τὸ ἀπὸ τῆς
ΑΒ ἴσον τῷ ΕΛ· λοιπὸν ἄρα τὸ δὶς ὑπὸ τῶν
ΑΔ, ΔΒ ἴσον ἐστὶ τῷ ΘΙ. Καὶ ἐπεὶ μέσον ἐστὶ
τὸ συγκείμενον ἐκ τῶν ἀπὸ τῶν ΑΓ, ΓΒ, καὶ
ἔστιν ἴσον τῷ ΕΗ· μέσον ἄρα ἐστὶ καὶ τὸ ΕΗ·
καὶ παρὰ ῥητὴν τὴν ΕΖ παράκειται, πλάτος
ποιοῦν τὴν ΕΜ· ῥητὴ ἄρα ἐστὶν ἡ ΕΜ, καὶ ἀσύμ-
μιτρος τῇ ΕΖ μήκει· Πάλιν, ἐπεὶ μέσον ἐστὶ τὸ

faciens ΕΝ. Est autem et quadratum ex ΑΒ
æquale ipsi ΕΛ; reliquum igitur rectangulum
bis sub ΑΔ, ΔΒ æquale est ipsi ΘΙ. Et quoniam
medium est compositum ex quadratis ipsarum
ΑΓ, ΓΒ, et est æquale ipsi ΕΗ; medium igitur
est et ΕΗ; et ad rationalem ΕΖ applicatur,
latitudinem faciens ΕΜ; rationalis igitur est
ΕΜ, et incommensurabilis ipsi ΕΖ longitudine.
Rursus, quoniam medium est rectangulum bis

appliquons à ΕΖ un parallélogramme ΕΗ égal à la somme des quarrés de ΑΓ et de ΓΒ,
ce parallélogramme ayant pour largeur la droite ΕΜ; et retranchons de ΕΗ un
parallélogramme ΘΗ égal au double rectangle sous ΑΓ, ΓΒ, ce parallélogramme
ayant ΘΜ pour largeur; le quarré restant de ΑΒ sera égal au parallélogramme
ΕΛ (7. 2); la droite ΑΒ pourra donc le parallélogramme ΕΛ. De plus, appliquons
à ΕΖ un parallélogramme ΕΙ égal à la somme des quarrés des droites ΑΔ,
ΔΒ, ce parallélogramme ayant pour largeur la droite ΕΝ. Mais le quarré de
ΑΒ est égal au parallélogramme ΕΛ; le double parallélogramme restant compris
sous ΑΔ, ΔΒ est donc égal à ΘΙ (7. 2). Et puisque la somme des quarrés des droites
ΑΓ, ΓΒ est médiale, et que cette somme est égale à ΕΗ, le parallélogramme ΕΗ
sera médial; mais ce parallélogramme est appliqué à ΕΖ, et il a pour largeur la
droite ΕΜ; la droite ΕΜ est donc rationelle, et incommensurable en longueur avec
ΕΖ (23. 10). De plus, puisque le double rectangle sous ΑΓ, ΓΒ est médial, et qu'il

δὶς ὑπὸ τῶν ΑΓ, ΓΒ, καὶ ἔστιν ἴσον τῷ9 ΘΗ·
μίσον ἄρα καὶ τὸ ΘΗ, καὶ παρὰ ῥητὴν τὴν ΕΖ
παράκειται, πλάτος ποιοῦν τὴν ΘΜ· ῥητὴ ἄρα
ἐστὶν ἡ ΘΜ, καὶ ἀσύμμετρος τῇ ΕΖ μήκει. Καὶ
ἐπεὶ ἀσύμμετρά ἐστι τὰ ἀπὸ τῶν ΑΓ, ΓΒ τῷ
δὶς ὑπὸ τῶν ΑΓ, ΓΒ, ἀσύμμετρον ἄρα[10] ἐστὶ καὶ
τὸ ΕΗ τῷ ΘΗ· ἀσύμμετρος ἄρα ἐστὶ καὶ ἡ ΕΜ

sub ΑΓ, ΓΒ, et est æquale ipsi ΘΗ; medium igitur et ΘΗ, et ad rationalem ΕΖ applicatur, latitudinem faciens ΘΜ; rationalis igitur
est ΘΜ, et incommensurabilis ipsi ΕΖ longitudine. Et quoniam incommensurabilia sunt quadrata ex ΑΓ, ΓΒ rectangulo bis sub ΑΓ, ΓΒ,
incommensurabile igitur est et ΕΗ ipsi ΘΗ; in-

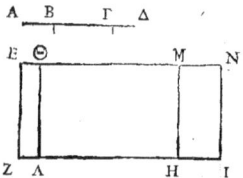

τῇ ΜΘ μήκει. Καὶ εἰσιν ἀμφότεραι ῥηταί· αἱ
ἄρα ΕΜ, ΜΘ ῥηταί εἰσι δυνάμει μόνον σύμμε-
τροι· ἀποτομὴ ἄρα ἐστὶν ἡ ΕΘ, προσαρμόζουσα
δὲ αὐτῇ ἡ ΘΜ. Ὁμοίως δὴ δείξομεν ὅτι ἡ ΕΘ
πάλιν ἀποτομή ἐστι, προσαρμόζουσα δὲ αὐτῇ
ἡ ΘΝ· τῇ ἄρα ἀποτομῇ ἄλλη καὶ ἄλλη προσαρμόζει ῥητὴ, δυνάμει μόνον σύμμετρος[11] οὖσα τῇ
ὅλῃ, ὅπερ ἐδείχθη ἀδύνατον· οὐκ ἄρα τῇ ΑΒ
ἑτέρα προσαρμόσει εὐθεῖα· τῇ ἄρα ΑΒ μία

commensurabilis igitur est et ΕΜ ipsi ΜΘ longitudine. Et sunt utræque rationales; ipsæ igitur
ΕΜ, ΜΘ rationales sunt potentiâ solùm commensurabiles; apotome igitur est ΕΘ, et
ΘΜ congruens ipsi. Similiter utique demonstrabimus ΕΘ rursus apotomen esse, et ΘΝ
congruentem ipsi; apotomæ igitur alia et alia
congruit rationalis, potentiâ solùm commensurabilis existens toti, quod demonstratum est
impossibile; non igitur ipsi ΑΒ altera congruet

est égal à ΘΗ, le parallélogramme ΘΗ sera médial; mais ce parallélogramme est
appliqué à la rationelle ΕΖ, et il a pour largeur la droite ΘΜ; la droite ΘΜ est donc
rationelle et incommensurable en longueur avec ΕΖ (23. 10). Mais la somme des
quarrés des droites ΑΓ, ΓΒ est incommensurable avec le double rectangle sous ΑΓ, ΓΒ;
le parallélogramme ΕΗ est donc incommensurable avec ΘΗ; la droite ΕΜ est donc
incommensurable en longueur avec ΜΘ (1. 6). Mais ces droites sont rationelles l'une
et l'autre; les droites ΕΜ, ΜΘ sont donc des rationelles commensurables en puissance seulement; la droite ΕΘ est donc un apotome (74. 10), et ΘΜ convient avec
ΕΘ. Nous démontrerions semblablement que ΕΘ est encore un apotome, et que ΘΝ
convient avec ΕΘ; des rationelles différentes commensurables en puissance seulement avec la droite entière, conviendraient donc avec un apotome, ce qui a été
démontré impossible (80. 10); une autre droite ne convient donc pas avec ΑΒ;

μόνον προσαρμόσει εὐθεῖα δυνάμει ἀσύμμετρος οὖσα τῇ ὅλῃ, μετὰ δὲ τῆς ὅλης ποιοῦσα τά τε ἀπ' αὐτῶν τετραγώνα[12] ἅμα μέσον, καὶ τὸ δὶς ὑπ' αὐτῶν μέσον, καὶ ἔτι[13] τὰ ἀπ' αὐτῶν τετράγωνα ἀσύμμετρα τῷ δὶς ὑπ' αὐτῶν. Ὅπερ ἔδει δεῖξαι.

recta; ipsi igitur AB una solùm congruet recta potentiâ incommensurabilis existens toti, et cum totâ faciens et ex ipsis quadrata simul media, et rectangulum bis sub ipsis medium, et adhuc ex ipsis quadrata incommensurabilia rectangulo bis sub ipsis. Quod oportebat ostendere.

ΟΡΟΙ ΤΡΙΤΟΙ.

ά. Ὑποκειμένης ῥητῆς καὶ ἀποτομῆς, ἐὰν μὲν ὅλη τῆς προσαρμοζούσης μεῖζον δύναται τῷ ἀπὸ συμμέτρου ἑαυτῇ μήκει, καὶ ἡ ὅλη σύμμετρος ᾖ τῇ ἐκκειμένῃ ῥητῇ μήκει, καλείσθω ἀποτομὴ πρώτη.

β. Ἐὰν δὲ ἡ προσαρμόζουσα σύμμετρος ᾖ τῇ ἐκκειμένῃ ῥητῇ μήκει, καὶ ἡ ὅλη τῆς προσαρμοζούσης μεῖζον δύναται τῷ ἀπὸ συμμέτρου ἑαυτῇ, καλείσθω ἀποτομὴ δευτέρα.

γ. Ἐὰν δὲ μηδετέρα σύμμετρος ᾖ τῇ ἐκκει-

DEFINITIONES TERTIÆ.

1. Expositâ rationali et apotome, si quidem tota quam congruens plus possit quadrato ex rectâ sibi commensurabili longitudine, et tota commensurabilis sit expositæ rationali longitudine, vocetur apotome prima.

2. Si autem congruens commensurabilis sit expositæ rationali longitudine, et tota quam congruens plus possit quadrato ex rectâ sibi commensurabili, vocetur apotome secunda.

3. Si autem neutra commensurabilis sit ex-

il n'y a donc qu'une seule droite qui puisse convenir avec AB, c'est celle qui est incommensurable en puissance avec la droite entière AB, et qui fait avec la droite entière la somme des quarrés de ces droites médiale, le double rectangle sous ces mêmes droites médial, et la somme des quarrés incommensurable avec le double rectangle compris sous ces mêmes droites. Ce qu'il fallait démontrer.

DÉFINITIONS TROISIÈMES.

1. Une rationelle et un apotome étant exposés, si la puissance de la droite entière surpasse la puissance de la congruente du quarré d'une droite commensurable en longueur avec la droite entière, et si la droite entière est commensurable en longueur avec la rationelle exposée, le reste s'appèlera premier apotome.

2. Si la congruente est commensurable en longueur avec la rationelle exposée, et si la puissance de la droite entière surpasse la puissance de la congruente du quarré d'une droite commensurable en longueur avec la droite entière, le reste s'appèlera second apotome.

3. Si aucune de ces deux droites n'est commensurable en longueur avec la

μένη ῥητῇ μήκει, ἡ δὲ ὅλη τῆς προσαρμοζούσης μεῖζον δύνηται τῷ ἀπὸ συμμέτρου ἑαυτῇ, κα-λείσθω ἀποτομὴ τρίτη.

δ'. Πάλιν, ἐὰν ἡ ὅλη τῆς προσαρμοζούσης μεῖζον δύνηται τῷ ἀπὸ ἀσυμμέτρου ἑαυτῇ μή-κει[2], ἐὰν μὲν ὅλη σύμμετρος ᾖ τῇ ἐκκειμένῃ ῥητῇ μήκει, καλείσθω ἀποτομὴ τετάρτη.

ε. Ἐὰν δὲ ᾖ προσαρμόζουσα, πέμπτη,

ς. Ἐὰν δὲ μηδετέρα, ἕκτη.

ΠΡΟΤΑΣΙΣ πς'.

Εὑρεῖν τὴν πρώτην ἀποτομήν.

Ἐκκείσθω ῥητὴ ἡ Α, καὶ τῇ Α μήκει σύμμετρος ἔστω ἡ ΒΗ· ῥητὴ ἄρα ἐστὶ καὶ ἡ ΒΗ. Καὶ ἐκκείσθωσαν δύο τετράγωνοι ἀριθμοὶ οἱ ΔΕ, ΕΖ, ὧν ἡ ὑπεροχὴ ἡ ΖΔ[1] μὴ ἔστω

positæ rationali longitudine, et tota quam congruens plus possit quadrato ex rectâ sibi commensurabili, vocetur apotome tertia.

4. Rursus, si tota quam congruens plus possit quadrato ex rectâ sibi incommensurabili lon-gitudine, si quidem tota commensurabilis sit ex-positæ rationali longitudine, vocetur apotome quarta.

5. Si verò sit congruens, quinta.

6. Si autem neutra, sexta.

PROPOSITIO LXXXVI.

Invenire primam apotomen.

Exponatur rationalis A, et ipsi A longitudine commensurabilis sit BH; rationalis igitur est et BH. Et exponantur duo quadrati numeri ΔE, EZ, quorum excessus ZΔ non sit quadratus;

rationelle exposée, et si la puissance de la droite entière surpasse la puissance de la congruente du quarré d'une droite commensurable avec la droite entière, le reste s'appèlera troisième apotome.

4. De plus, si la puissance de la droite entière surpasse la puissance de la congruente du quarré d'une droite incommensurable en longueur avec la droite entière, et si la droite entière est commensurable en longueur avec la rationelle exposée, le reste s'appèlera quatrième apotome.

5. Si la congruente est commensurable avec la rationelle exposée, le reste s'appèlera cinquième apotome.

6. Si aucune de ces droites n'est commensurable avec la rationelle exposée, le reste s'appèlera sixième apotome.

PROPOSITION LXXXVI.

Trouver un premier apotome.

Soit exposée la rationelle A, et que BH soit commensurable en longueur avec A, la droite BH sera rationelle. Soient exposés deux nombres quarrés ΔE, EZ, dont l'ex-cès ZΔ ne soit pas un nombre quarré (30. lem. 1. 10), le nombre ΔE n'aura pas avec ΔZ

τετράγωνος· οὐδ᾽ ἄρα ὁ ΕΔ πρὸς τὸν ΔΖ λόγον
ἔχει ὃν τετράγωνος ἀριθμὸς πρὸς τετράγωνον
ἀριθμόν. Καὶ πεποιήσθω ὡς ὁ ΕΔ πρὸς τὸν ΔΖ
οὕτως τὸ ἀπὸ τῆς ΒΗ τετράγωνον πρὸς τὸ ἀπὸ
τῆς ΗΓ τετράγωνον². σύμμετρον ἄρα ἐστὶ τὸ ἀπὸ
τῆς ΒΗ τῷ ἀπὸ τῆς ΗΓ. Ῥητὸν δὲ τὸ ἀπὸ τῆς ΒΗ·

neque igitur ΕΔ ad ΔΖ rationem habet quam
quadratus numerus ad quadratum numerum.
Et fiat ut ΕΔ ad ΔΖ ita ex ΒΗ quadratum ad quadratum ex ΗΓ; commensurabile igitur est ex ΒΗ
quadratum quadrato ex ΗΓ. Rationale autem
quadratum ex ΒΗ; rationale igitur et quadratum

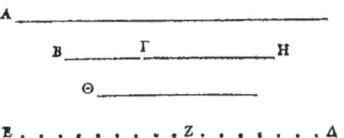

ῥητὸν ἄρα καὶ τὸ ἀπὸ τῆς ΗΓ· ῥητὴ ἄρα ἐστὶ καὶ
ἡ ΗΓ. Καὶ ἐπεὶ ὁ ΕΔ πρὸς τὸν ΔΖ λόγον οὐκ ἔχει
ὃν τετράγωνος ἀριθμὸς πρὸς τετράγωνον ἀριθμόν,
οὐδ᾽ ἄρα τὸ ἀπὸ τῆς ΒΗ πρὸς τὸ ἀπὸ τῆς ΗΓ
λόγον ἔχει ὃν τετράγωνος ἀριθμὸς πρὸς τετράγωνον ἀριθμόν· ἀσύμμετρος ἄρα ἐστὶν ἡ ΒΗ τῇ
ΗΓ μήκει. Καί εἰσιν ἀμφότεραι ῥηταί· αἱ ΒΗ,
ΗΓ ἄρα ῥηταί εἰσι δυνάμει μόνον σύμμετροι· ἡ
ἄρα ΒΓ ἀποτομή ἐστι. Λέγω ὅτι καὶ πρώτη.
Ω γὰρ μεῖζόν ἐστι τὸ ἀπὸ τῆς ΒΗ τοῦ ἀπὸ
τῆς ΗΓ, ἔστω τὸ ἀπὸ τῆς Θ. Καὶ ἐπεὶ ἐστιν

ex ΗΓ; rationalis igitur est et ΗΓ. Et quoniam
ΕΔ ad ΔΖ rationem non habet quam quadratus
numerus ad quadratum numerum, neque igitur
ex ΒΗ quadratum ad ipsum ex ΗΓ rationem
habet quam quadratus numerus ad quadratum
numerum; incommensurabilis igitur est ΒΗ ipsi
ΗΓ longitudine. Et sunt ambæ rationales; ipsæ
ΒΗ, ΗΓ igitur rationales sunt potentiâ solùm
commensurabiles; ergo ΒΓ apotome est. Dico
et primam. Quo enim majus est quadratum
ex ΒΗ quadrato ex ΗΓ, sit quadratum ex Θ.

la raison qu'un nombre quarré a avec un nombre quarré. Faisons en sorte
que ΕΔ soit à ΔΖ comme le quarré de ΒΗ est au quarré de ΗΓ ; le quarré de
ΒΗ sera commensurable avec le quarré de ΗΓ (6. 10). Mais le quarré de ΒΗ est
rationel ; le quarré de ΗΓ est donc aussi rationel ; la droite ΗΓ est donc rationelle. Et puisque ΕΔ n'a pas avec ΔΖ la raison qu'un nombre quarré a avec
un nombre quarré, le quarré de ΒΗ n'aura pas avec le quarré de ΗΓ la raison
qu'un nombre quarré a avec un nombre quarré (9. 10) ; la droite ΒΗ est donc
incommensurable en longueur avec ΗΓ. Mais ces droites sont rationelles l'une et
l'autre ; les droites ΒΗ, ΗΓ sont donc des rationelles commensurables en puissance
seulement ; la droite ΒΓ est donc un apotome (74. 10). Je dis aussi que cette droite
est un premier apotome. Car que l'excès du quarré de ΒΗ sur le quarré de ΗΓ soit le

ὡς ὁ ΔΕ πρὸς τὸν ΖΔ οὕτως τὸ ἀπὸ τῆς ΒΗ
πρὸς τὸ ἀπὸ τῆς ΗΓ³, καὶ ἀναστρέψαντι ἄρα
ἐστὶν ὡς ὁ ΔΕ πρὸς τὸν ΕΖ οὕτως τὸ ἀπὸ τῆς
ΗΒ πρὸς τὸ ἀπὸ τῆς Θ. Ὁ δὲ ΔΕ πρὸς τὸν
ΕΖ λόγον ἔχει ὃν τετράγωνος ἀριθμὸς πρὸς τετράγωνον ἀριθμὸν, ἑκάτερος γὰρ τετράγωνός
ἐστι· καὶ τὸ ἀπὸ τῆς ΗΒ ἄρα πρὸς τὸ ἀπὸ
τῆς Θ λόγον ἔχει ὃν τετράγωνος ἀριθμὸς πρὸς
τετράγωνον ἀριθμόν· σύμμετρος ἄρα ἐστὶν ἡ ΗΒ
τῇ Θ μήκει. Καὶ δύναται ἡ ΒΗ τῆς ΗΓ μεῖζον
τῷ ἀπὸ τῆς Θ· ἡ ΒΗ ἄρα τῆς ΗΓ μεῖζον
δύναται τῷ ἀπὸ συμμέτρου ἑαυτῇ μήκει. Καὶ
ἔστιν ὅλη ἡ ΒΗ σύμμετρος τῇ ἐκκειμένῃ ῥητῇ τῇ
Α μήκει⁴· ἡ ΒΓ ἄρα ἀποτομή ἐστι πρώτη.

Εὕρηται ἄρα ἡ πρώτη ἀποτομὴ ἡ ΒΓ. Ὅπερ
ἔδει ποιῆσαι⁵.

Et quoniam est ut ΔΕ ad ΖΔ ita ex ΒΗ quadratum ad ipsum ex ΗΓ; et convertendo igitur
est ut ΔΕ ad ΕΖ ita ex ΗΒ quadratum ad ipsum
ex Θ. Ipse autem ΔΕ ad ΕΖ rationem habet
quam quadratus numerus ad quadratum numc-
rum, uterque enim quadratus est; et quadratum
ex ΗΒ igitur ad quadratum ex Θ rationem habet
quam quadratus numerus ad quadratum numc-
rum; commensurabilis igitur est ΗΒ ipsi Θ longitudine. Et ΒΗ quam ΗΓ plus potest quadrato
ex Θ; ergo ΒΗ quam ΗΓ plus potest quadrato
ex rectâ sibi commensurabili longitudine. Atque
est tota ΒΗ commensurabilis expositæ rationali
Α longitudine; ergo ΒΓ apotome est prima.

Inventa est igitur prima apotome ΒΓ. Quod
oportebat facere.

quarré de Θ. Puisque ΔΕ est à ΖΔ comme le quarré de ΒΗ est au quarré de ΗΓ, par
conversion, ΔΕ sera à ΕΖ comme le quarré de ΗΒ est au quarré de Θ (19. cor. 5).
Mais le nombre ΔΕ a avec le nombre ΕΖ la raison qu'un nombre quarré a avec un
nombre quarré, car ces nombres sont des quarrés l'un et l'autre; le quarré de
ΗΒ a donc avec le quarré de Θ la raison qu'un nombre quarré a avec un nombre
quarré; la droite ΗΒ est donc commensurable en longueur avec Θ (9. 10). Mais la
puissance de ΒΗ surpasse la puissance de ΗΓ du quarré de Θ; la puissance de ΒΗ
surpasse donc la puissance de ΗΓ du quarré d'une droite commensurable en longueur avec ΒΗ. Mais la droite entière ΒΗ est commensurable en longueur avec la
rationelle exposée Α; la droite ΒΓ est donc un premier apotome (déf. trois. 1. 10).

On a donc trouvé un premier apotome ΒΓ. Ce qu'il fallait faire.

ΠΡΟΤΑΣΙΣ πζ.

Εὑρεῖν τὴν δευτέραν ἀποτομήν.

Ἐκκείσθω ῥητὴ ἡ Α, καὶ τῇ Α σύμμετρος μήκει ἡ ΗΓ· ῥητὴ ἄρα ἐστὶ καὶ[1] ἡ ΗΓ. Καὶ ἐκκείσθωσαν δύο τετράγωνοι ἀριθμοὶ οἱ ΔΕ, ΕΖ, ὧν ἡ ὑπεροχὴ ὁ ΔΖ μὴ ἔστω τετράγωνος. Καὶ πεποιήσθω ὡς ὁ ΖΔ πρὸς τὸν ΔΕ οὕτως τὸ ἀπὸ τῆς ΓΗ τετράγωνον πρὸς τὸ ἀπὸ τῆς ΗΒ[2]·

PROPOSITIO LXXXVII.

Invenire secundam apotomen.

Exponatur rationalis A, et ipsi A commensurabilis longitudine ipsa ΗΓ; rationalis igitur est et ΗΓ. Et exponantur duo quadrati numeri ΔΕ, ΕΖ, quorum excessus ΔΖ non sit quadratus. Et fiat ut ΖΔ ad ΔΕ ita ex ΓΗ quadratum ad

σύμμετρον ἄρα ἐστὶ τὸ ἀπὸ τῆς ΓΗ τετράγωνον[3] τῷ ἀπὸ τῆς ΗΒ τετραγώνῳ. Ῥητὸν δὲ τὸ ἀπὸ τῆς ΓΗ· ῥητὸν ἄρα ἐστὶ[4] καὶ τὸ ἀπὸ τῆς ΗΒ· ῥητὴ ἄρα ἐστὶν ἡ ΗΒ. Καὶ ἐπεὶ τὸ ἀπὸ[5] τῆς ΓΗ τετράγωνον πρὸς τὸ ἀπὸ τῆς ΗΒ λόγον οὐκ ἔχει ὃν τετράγωνος ἀριθμὸς πρὸς τετράγωνον ἀριθμόν, ἀσύμμετρός ἐστιν ἡ ΓΗ τῇ ΗΒ μήκει. Καὶ εἰσιν ἀμφότεραι ῥηταί· αἱ ΓΗ, ΗΒ ἄρα[6]

ipsum ex ΗΒ; commensurabile igitur est ex ΓΗ quadratum quadrato ex ΗΒ. Rationale autem quadratum ex ΓΗ; rationale igitur est et ex ΗΒ; rationalis igitur est ΗΒ. Et quoniam ex ΓΗ quadratum ad ipsum ex ΗΒ rationem non habet quam quadratus numerus ad quadratum numerum, incommensurabilis est ΓΗ ipsi ΗΒ longitudine. Et sunt utræque rationales; ipsæ ΓΗ,

PROPOSITION LXXXVII.

Trouver un second apotome.

Soit exposée la rationelle A, et que la droite ΗΓ soit commensurable en longueur avec A; la droite ΗΓ sera rationelle (30. lem. 1. 10). Soient exposés deux nombres quarrés ΔΕ, ΕΖ, dont l'excès ΔΖ ne soit pas un quarré. Faisons en sorte que ΖΔ soit à ΔΕ comme le quarré de ΓΗ est au quarré de ΗΒ; le quarré de ΓΗ sera commensurable avec le quarré de ΗΒ (6. 10). Mais le quarré de ΓΗ est rationel; le quarré de ΗΒ est donc rationel; la droite ΕΒ est donc rationelle. Et puisque le quarré de ΓΗ n'a pas avec le quarré de ΗΒ la raison qu'un nombre quarré a avec un nombre quarré, la droite ΓΗ sera incommensurable en longueur avec ΗΒ (9. 10). Mais ces droites sont

ῥηταί εἰσι δυνάμει μόνον σύμμετροι· ἡ ΒΓ ἄρα ἀποτομή ἐστι. Λέγω δὴ ὅτι καὶ δευτέρα. Ὧ γὰρ μεῖζόν ἐστι τὸ ἀπὸ τῆς ΒΗ τοῦ ἀπὸ τῆς ΗΓ, ἔστω τὸ ἀπὸ τῆς Θ. Ἐπεὶ οὖν ἐστιν ὡς τὸ ἀπὸ τῆς ΒΗ πρὸς τὸ ἀπὸ τῆς ΗΓ οὕτως ὁ ΕΔ ἀριθμὸς πρὸς τὸν ΔΖ ἀριθμόν· ἀναστρέψαντι ἄρα ἐστὶν ὡς τὸ ἀπὸ τῆς ΒΗ πρὸς τὸ ἀπὸ τῆς Θ οὕτως ὁ ΔΕ πρὸς τὸν ΕΖ. Καί ἐστιν ἑκάτερος τῶν ΔΕ, ΕΖ τετράγωνος· τὸ ἄρα τὸ ἀπὸ τῆς ΒΗ πρὸς τὸ ἀπὸ τῆς Θ λόγον ἔχει ὃν τετράγωνος ἀριθμὸς πρὸς τετράγωνον ἀριθμόν· σύμμετρος ἄρα ἐστὶν ἡ ΒΗ τῇ Θ μήκει. Καὶ δύναται ἡ ΒΗ τῆς ΗΓ μεῖζον τὸ ἀπὸ τῆς Θ· ἡ ΒΗ ἄρα τῆς ΗΓ μεῖζον δύναται τῷ ἀπὸ συμμέτρου ἑαυτῇ μήκει. Καὶ ἔστιν ἡ προσαρμόζουσα ἡ ΓΗ σύμμετρος τῇ ἐκκειμένῃ ῥητῇ τῇ Α μήκει· ἡ ΒΓ ἄρα ἀποτομή ἐστι δευτέρα.

Εὕρηται ἄρα ἡ δευτέρα ἀποτομὴ ἡ ΒΓ. Ὅπερ ἔδει ποιῆσαι.

HB igitur rationales sunt potentiâ solùm commensurabiles; ergo BΓ apotome est. Dico et secundam. Quo enim majus est quadratum ex BH quadrato ex HΓ, sit quadratum ex Θ. Quoniam igitur est ut ex BH quadratum ad ipsum ex HΓ ita EΔ numerus ad numerum ΔZ; convertendo igitur est ut ex BH quadratum ad ipsum ex Θ ita ΔE ad EZ. Atque est uterque ipsorum ΔE, EZ quadratus; quadratum igitur ex BH ad quadratum ex Θ rationem habet quam quadratus numerus ad quadratum numerum; commensurabilis igitur est BH ipsi Θ longitudine. Et BH quam HΓ plus potest quadrato ex Θ; ergo BH quam HΓ plus potest quadrato ex rectâ sibi commensurabili longitudine. Atque est congruens ΓH commensurabilis expositæ rationali A longitudine; ergo BΓ apotome est secunda.

Inventa est igitur secunda apotome BΓ. Quod oportebat facere.

rationelles l'une et l'autre; les droites ΓH, HB sont donc des rationelles commensurables en puissance seulement; la droite BΓ est donc un apotome (74. 10). Je dis aussi que cette droite est un second apotome. Car que l'excès du quarré de BH sur le quarré de HΓ soit le quarré de Θ. Puisque le quarré de BH est au quarré de HΓ comme le nombre EΔ est au nombre ΔZ, par conversion, le quarré de BH sera au quarré de Θ comme ΔE est à EZ. Mais ΔE et EZ sont des quarrés l'un et l'autre; le quarré de BH a donc avec le quarré de Θ la raison qu'un nombre quarré a avec un nombre quarré; la droite BH est donc commensurable en longueur avec Θ (9. 10). Mais la puissance de BH surpasse la puissance de HΓ du quarré de Θ; la puissance de BH surpasse donc la puissance de HΓ du quarré d'une droite commensurable en longueur avec BH. Mais la congruente ΓH est commensurable en longueur avec la rationelle exposée A; la droite BΓ est donc un second apotome (déf. trois. 2. 10).

On a donc trouvé un second apotome BΓ. Ce qu'il fallait faire.

ΠΡΟΤΑΣΙΣ πή.

PROPOSITIO LXXXVIII.

Εὑρεῖν τὴν τρίτην ἀποτομήν.

Ἐκκείσθω ῥητὴ ἡ Α, καὶ ἐκκείσθωσαν τρεῖς ἀριθμοὶ οἱ Ε, ΒΓ, ΓΔ, λόγον μὴ ἔχοντες πρὸς ἀλλήλους ὃν τετράγωνος ἀριθμὸς πρὸς τετράγωνον ἀριθμόν, ὁ δὲ ΓΒ πρὸς τὸν ΒΔ λόγον ἐχέτω ὃν τετράγωνος ἀριθμὸς πρὸς τετράγωνον ἀριθμόν, καὶ πεποιήσθω ὡς μὲν ὁ Ε πρὸς τὸν ΒΓ οὕτως τὸ ἀπὸ τῆς Α τετράγωνον πρὸς τὸ

Invenire tertiam apotomen.

Exponatur rationalis A, et exponantur tres numeri E, ΒΓ, ΓΔ, rationem non habentes inter se quam quadratus numerus ad quadratum numerum, ipse autem ΓΒ ad ΒΔ rationem habeat quam quadratus numerus ad quadratum numerum, et fiat ut quidem E ad ΒΓ ita ex

A _____

Z _____ Θ _____ H

K   _____

E . . . .

B . . . . Δ . . . . . Γ

ἀπὸ τῆς ΖΗ τετράγωνον, ὡς δὲ ὁ ΒΓ πρὸς τὸν ΓΔ οὕτως τὸ ἀπὸ τῆς ΖΗ πρὸς τὸ ἀπὸ τῆς ΗΘ τετράγωνον[1]· σύμμετρον ἄρα ἐστὶ τὸ ἀπὸ τῆς Α τετράγωνον τῷ ἀπὸ τῆς ΖΗ τετραγώνῳ[2]. Ῥητὸν δὲ τὸ ἀπὸ τῆς Α τετράγωνον[3]· ῥητὸν ἄρα καὶ τὸ ἀπὸ τῆς ΖΗ· ῥητὴ ἄρα ἐστὶν ἡ ΖΗ. Καὶ ἐπεὶ ὁ Ε πρὸς τὸν ΒΓ λόγον οὐχ ἔχει

A quadratum ad quadratum ex ΖΗ, ut vero ΒΓ ad ΓΔ ita ex ΖΗ quadratum ad quadratum ex ΗΘ; commensurabile igitur est ex A quadratum quadrato ex ΖΗ. Rationale autem ex A quadratum; rationale igitur et quadratum ex ΖΗ; rationalis igitur est ΖΗ. Et quoniam E ad ΒΓ rationem non habet quam quadratus

PROPOSITION LXXXVIII.

Trouver un troisième apotome.

Soient exposés la rationelle A, et les trois nombres E, ΒΓ, ΓΔ, qui n'ayent pas entre eux la raison qu'un nombre quarré a avec un nombre quarré; que ΓΒ ait avec ΒΔ la raison qu'un nombre quarré a avec un nombre quarré; faisons en sorte que E soit à ΒΓ comme le quarré de A est au quarré de ΖΗ, et que ΒΓ soit à ΓΔ comme le quarré de ΖΗ est au quarré de ΗΘ; le quarré de A sera commensurable avec le quarré de ΖΗ (6. 10). Mais le quarré de A est rationel; le quarré de ΖΗ est donc rationel; la droite ΖΗ est donc rationelle. Et puisque E n'a pas

ὃν τετράγωνος ἀριθμὸς πρὸς τετράγωνον ἀριθμόν, οὐδ' ἄρα τὸ ἀπὸ τῆς Α τετράγωνον[4] πρὸς τὸ ἀπὸ τῆς ΖΗ λόγον ἔχει ὃν τετράγωνος ἀριθμὸς πρὸς τετράγωνον ἀριθμόν· ἀσύμμετρος ἄρα ἐστὶν ἡ Α τῇ ΖΗ μήκει. Πάλιν, ἐπεί ἐστιν ὡς ὁ ΒΓ πρὸς τὸν ΓΔ οὕτως τὸ ἀπὸ τῆς ΖΗ τετράγωνον[5] πρὸς τὸ ἀπὸ τῆς ΗΘ· σύμμετρον ἄρα ἐστὶ τὸ ἀπὸ τῆς ΖΗ τῷ ἀπὸ τῆς ΗΘ. Ρητὸν δὲ τὸ ἀπὸ τῆς ΖΗ· ῥητὸν ἄρα καὶ τὸ ἀπὸ τῆς ΗΘ· ῥητὴ ἄρα ἐστὶν ἡ ΗΘ. Καὶ ἐπεὶ ὁ ΒΓ πρὸς ΓΔ λόγον οὐκ ἔχει ὃν τετράγωνος ἀριθμὸς πρὸς τετράγωνον ἀριθμόν· οὐδ'[6] ἄρα τὸ ἀπὸ τῆς ΖΗ πρὸς τὸ ἀπὸ τῆς ΗΘ λόγον ἔχει ὃν τετράγωνος ἀριθμὸς πρὸς τετράγωνον ἀριθμόν· ἀσύμμετρος ἄρα ἐστὶν ἡ ΖΗ τῇ ΗΘ μήκει. Καὶ εἰσιν ἀμφότεραι ῥηταί. αἱ ΖΗ, ΗΘ ἄρα ῥηταί εἰσι δυνάμει μόνον σύμμετροι· ἀποτομὴ ἄρα ἐστὶν ἡ ΖΘ. Λέγω δὴ ὅτι καὶ τρίτη. Ἐπεὶ γάρ ἐστιν ὡς μὲν ὁ Ε πρὸς τὸν ΒΓ οὕτως τὸ ἀπὸ τῆς Α τετράγωνον πρὸς τὸ ἀπὸ τῆς ΖΗ, ὡς δὲ ὁ ΒΓ πρὸς τὸν[7] ΓΔ οὕτως τὸ ἀπὸ τῆς ΖΗ πρὸς τὸ ἀπὸ τῆς ΗΘ· δι'ἴσου ἄρα ἐστὶν

numerus ad quadratum numerum, neque igitur ex Α quadratum ad ipsum ex ΖΗ rationem habet quam quadratus numerus ad quadratum numerum; incommensurabilis igitur est Α ipsi ΖΗ longitudine. Rursus, quoniam est ut ΒΓ ad ΓΔ ita ex ΖΗ quadratum ad ipsum ex ΗΘ; commensurabile igitur est ex ΖΗ quadratum quadrato ex ΗΘ. Rationale autem quadratum ex ΖΗ; rationale igitur et quadratum ex ΗΘ; rationalis igitur est ΗΘ. Et quoniam ΒΓ ad ΓΔ rationem non habet quam quadratus numerus ad quadratum numerum; neque igitur ex ΖΗ quadratum ad ipsum ex ΗΘ rationem habet quam quadratus numerus ad quadratum numerum; incommensurabilis igitur est ΖΗ ipsi ΗΘ longitudine. Et sunt ambæ rationales; ipsæ ΖΗ, ΗΘ igitur rationales sunt potentiâ solùm, commensurabiles; apotome igitur est ΖΘ. Dico et tertiam. Quoniam enim est ut quidem Ε ad ΒΓ ita ex Α quadratum ad ipsum ex ΖΗ, ut verò ΒΓ ad ΓΔ ita ex ΖΗ quadratum ad ipsum ex ΗΘ; ex æquo igitur est ut Ε ad ΓΔ ita

avec ΒΓ la raison qu'un nombre quarré a avec un nombre quarré, le quarré de Α n'aura pas avec le quarré de ΖΗ la raison qu'un nombre quarré a avec un nombre quarré; la droite Α est donc incommensurable en longueur avec ΖΗ (9. 10). De plus, puisque ΒΓ est à ΓΔ comme le quarré de ΖΗ est au quarré de ΗΘ, le quarré de ΖΗ sera commensurable avec le quarré de ΗΘ. Mais le quarré de ΖΗ est rationel; le quarré de ΗΘ est donc rationel; la droite ΗΘ est donc rationelle. Et puisque ΒΓ n'a pas avec ΓΔ la raison qu'un nombre quarré a avec un nombre quarré, le quarré de ΖΗ n'aura pas avec le quarré de ΗΘ la raison qu'un nombre quarré a avec un nombre quarré; la droite ΖΗ est donc incommensurable en longueur avec ΗΘ (9. 10). Mais ces droites sont rationelles l'une et l'autre; les droites ΖΗ, ΗΘ sont donc des rationelles commensurables en puissance seulement; la droite ΖΘ est donc un apotome (74. 10). Je dis aussi qu'elle est un troisième apotome. Car puisque Ε est à ΒΓ comme le quarré de Α est au quarré de ΖΗ, et que ΒΓ est à ΓΔ comme le quarré de ΖΗ est au quarré de ΗΘ; par égalité, Ε sera à ΓΔ

ὡς ὁ Ε πρὸς τὸν ΓΔ οὕτως τὸ ἀπὸ τῆς Α
πρὸς τὸ ἀπὸ τῆς ΘΗ· ὁ δὲ Ε πρὸς τὸν ΓΔ
λόγον οὐκ ἔχει ὃν τετράγωνος ἀριθμὸς πρὸς
τετράγωνον ἀριθμόν· οὐδ᾽ ἄρα τὸ ἀπὸ τῆς Α
πρὸς τὸ ἀπὸ τῆς ΗΘ λόγον ἔχει ὃν τετράγωνος
ἀριθμὸς πρὸς τετράγωνον ἀριθμόν· ἀσύμμετρος
ἄρα ἡ Α τῇ ΗΘ μήκει· οὐδετέρα ἄρα τῶν ΖΗ,
ΗΘ σύμμετρός ἐστι τῇ ἐκκειμένῃ ῥητῇ τῇ Α
μήκει[8]. Ὦ οὖν μεῖζόν ἐστι τὸ ἀπὸ τῆς ΖΗ

ex Α quadratum ad ipsum ex ΘΗ. Ipse autem
Ε ad ΓΔ rationem non habet quam quadratus
numerus ad quadratum numerum; neque igitur
ex Α quadratum ad ipsum ex ΗΘ rationem habet
quam quadratus numerus ad quadratum numerum; incommensurabilis igitur Α ipsi ΗΘ longitudine; neutra igitur ipsarum ΖΗ, ΗΘ commensurabilis est expositæ rationali Α longitudine.
Quo igitur majus est quadratum ex ΖΗ quadrato

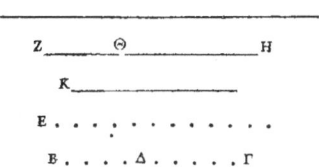

τοῦ ἀπὸ τῆς ΗΘ, ἔστω τὸ ἀπὸ τῆς Κ. Ἐπεὶ
οὖν ἐστιν ὡς ὁ ΒΓ πρὸς τὸν ΓΔ οὕτως τὸ ἀπὸ
τῆς ΖΗ πρὸς τὸ ἀπὸ τῆς ΗΘ· ἀναστρίψαντι
ἄρα ἐστὶν ὡς ὁ ΓΒ πρὸς τὸν ΒΔ οὕτως τὸ ἀπὸ
τῆς ΖΗ τετράγωνον[9] πρὸς τὸ ἀπὸ τῆς Κ. Ὁ
δὲ ΓΒ πρὸς τὸν ΒΔ λόγον ἔχει ὃν τετράγωνος
ἀριθμὸς πρὸς τετράγωνον ἀριθμόν· καὶ τὸ ἀπὸ
τῆς ΖΗ ἄρα πρὸς τὸ ἀπὸ τῆς Κ λόγον ἔχει
ὃν τετράγωνος ἀριθμὸς πρὸς τετράγωνον ἀριθμόν·

ex ΗΘ, sit quadratum ex Κ. Quoniam igitur
est ut ΒΓ ad ΓΔ ita ex ΖΗ quadratum ad
ipsum ex ΗΘ; convertendo igitur est ut ΓΒ
ad ΒΔ ita ex ΖΗ quadratum ad ipsum ex Κ.
Ipse autem ΓΒ ad ΒΔ rationem habet quam
quadratus numerus ad quadratum numerum;
et quadratum ex ΖΗ igitur ad quadratum ex
Κ rationem habet quam quadratus numerus ad
quadratum numerum; commensurabilis igitur

comme le quarré de Α est au quarré de ΘΗ (22. 5); mais Ε n'a pas avec ΓΔ la raison
qu'un nombre quarré a avec un nombre quarré; le quarré de Α n'a donc pas avec
le quarré de ΗΘ la raison qu'un nombre quarré a avec un nombre quarré; la droite
Α est donc incommensurable en longueur avec ΗΘ (9. 10); aucune des droites
ΖΗ, ΗΘ n'est donc commensurable en longueur avec la rationelle exposée Α.
Que le quarré de Κ soit la grandeur dont le quarré de ΖΗ surpasse le quarré de ΗΘ.
Puisque ΒΓ est à ΓΔ comme le quarré de ΖΗ est au quarré de ΗΘ; par conversion,
ΓΒ sera à ΒΔ comme le quarré de ΖΗ est au quarré de Κ (19. 5). Mais ΓΒ a avec ΒΔ la
raison qu'un nombre quarré a avec un nombre quarré; le quarré de ΖΗ a donc avec
le quarré de Κ la raison qu'un nombre quarré a avec un nombre quarré; la droite

σύμμετρος ἄρα ἐστὶν ἡ ΖΗ τῇ Κ μήκει. Καὶ δύναται ἡ ΖΗ τῆς ΗΘ μεῖζον τῷ ἀπὸ τῆς Κ· ἡ ἄρα ΖΗ τῆς ΗΘ μεῖζον δύναται τῷ ἀπὸ¹⁰ συμμέτρου ἑαυτῇ. Καὶ οὐδετέρα τῶν ΖΗ, ΗΘ σύμμετρός ἐστι τῇ ἐκκειμένῃ ῥητῇ τῇ Α μήκει· ἡ ΖΘ ἄρα ἀποτομή ἐστι τρίτη.

Εὕρηται ἄρα ἡ τρίτη ἀποτομὴ ἡ ΖΘ. Ὅπερ ἔδει ποιῆσαι.

ΠΡΟΤΑΣΙΣ πθ'.

Εὑρεῖν τὴν τετάρτην ἀποτομήν.

Ἐκκείσθω ῥητὴ ἡ Α, καὶ τῇ Α μήκει σύμμετρος ἡ ΒΗ· ῥητὴ ἄρα ἐστὶ καὶ ἡ ΒΗ. Καὶ ἐκκείσθωσαν δύο ἀριθμοὶ οἱ ΔΖ, ΖΕ· ὥστε τὸν ΔΕ ὅλον πρὸς ἑκάτερον τὸν ΔΖ, ΖΕ λόγον μὴ ἔχειν ὃν τετράγωνος ἀριθμὸς πρὸς τετράγωνον ἀριθμόν. Καὶ πεποιήσθω ὡς ὁ ΔΕ πρὸς τὸν ΕΖ οὕτως τὸ ἀπὸ τῆς ΒΗ τετράγωνον πρὸς τὸ ἀπὸ τῆς ΗΓ· σύμμετρον ἄρα ἐστὶ τὸ ἀπὸ

est ΖΗ ipsi Κ longitudine. Et ΖΗ quam ΗΘ plus potest quadrato ex Κ; ergo ΖΗ quam ΗΘ plus potest quadrato ex rectâ sibi commensurabili. Et neutra ipsarum ΖΗ, ΗΘ commensurabilis est expositæ rationali Α longitudine; ergo ΖΘ apotome est tertia.

Inventa est igitur tertia apotome ΖΘ. Quod oportebat facere.

PROPOSITIO LXXXIX.

Invenire quartam apotomen.

Exponatur rationalis Α, et ipsi Α longitudine commensurabilis ΒΗ; rationalis igitur est et ΒΗ. Et exponantur duo numeri ΔΖ, ΖΕ; ita ut totus ΔΕ ad utrumque ipsorum ΔΖ, ΖΕ rationem non habeat quam quadratus numerus ad quadratum numerum. Et fiat ut ΔΕ ad ΕΖ ita ex ΒΗ quadratum ad ipsum ex ΗΓ; commensurabile igitur

ΖΗ est donc commensurable en longueur avec Κ (9. 10). Mais la puissance de ΖΗ surpasse la puissance de ΗΘ du quarré de Κ; la puissance de ΖΗ surpasse donc la puissance de ΗΘ du quarré d'une droite commensurable avec ΖΗ; mais aucune des droites ΖΗ, ΗΘ n'est commensurable en longueur avec la rationelle exposée Α; la droite ΖΘ est donc un troisième apotome (déf. trois. 3. 10).

On a donc trouvé un troisième apotome ΖΘ. Ce qu'il fallait faire.

PROPOSITION LXXXIX.

Trouver un quatrième apotome.

Soit exposée la rationelle Α, et que ΒΗ soit commensurable en longueur avec Α; la droite ΒΗ sera rationelle. Soient exposés les deux nombres ΔΖ, ΖΕ, de manière que le nombre entier ΔΕ n'ait pas avec chacun des nombres ΔΖ, ΖΕ la raison qu'un nombre quarré a avec un nombre quarré; et faisons en sorte que ΔΕ soit à ΕΖ comme le quarré de ΒΗ est au quarré de ΗΓ; le quarré de ΒΗ sera commensurable

τῆς ΒΗ τῷ ἀπὸ τῆς ΗΓ. Ῥητὸν δὲ τὸ ἀπὸ τῆς ΒΗ· ῥητὸν ἄρα καὶ τὸ ἀπὸ τῆς ΗΓ· ῥητὴ ἄρα ἐστὶν ἡ ΗΓ. Καὶ ἐπεὶ ὁ ΔΕ πρὸς τὸν ΕΖ λόγον οὐκ ἔχει ὃν τετράγωνος ἀριθμὸς πρὸς τετράγωνον ἀριθμόν, οὐδ' ἄρα τὸ ἀπὸ τῆς ΒΗ πρὸς τὸ ἀπὸ τῆς ΗΓ λόγον ἔχει ὃν τετράγωνος ἀριθμὸς πρὸς τετράγωνον ἀριθμόν· ἀσύμμετρος

est quadratum ex ΗΓ. Rationale autem quadratum ex ΒΗ; rationale igitur et quadratum ex ΗΓ; rationalis igitur est ΗΓ. Et quoniam ΔΕ ad ΕΖ rationem non habet quam quadratus numerus ad quadratum numerum, neque igitur ex ΒΗ quadratum ad ipsum ex ΗΓ rationem habet quam quadratus numerus ad quadratum

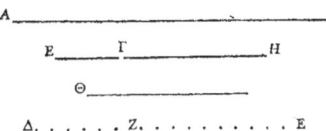

ἄρα ἐστὶν ἡ ΒΗ τῇ ΗΓ μήκει. Καὶ εἰσιν ἀμφότεραι ῥηταί· αἱ ΒΗ, ΗΓ ἄρα ῥηταί εἰσι δυνάμει μόνον σύμμετροι· ἀποτομὴ ἄρα ἐστὶν ἡ ΒΓ. Λέγω δὲ ὅτι καὶ τετάρτη[1]. Ὧι οὖν μεῖζόν ἐστι[2] τὸ ἀπὸ τῆς ΒΗ τοῦ ἀπὸ τῆς ΗΓ, ἔστω τὸ ἀπὸ τῆς Θ. Ἐπεὶ οὖν ἐστιν ὡς ὁ ΔΕ πρὸς τὸν ΕΖ οὕτως τὸ ἀπὸ τῆς ΒΗ πρὸς τὸ ἀπὸ τῆς ΗΓ, καὶ[3] ἀναστρέψαντι ἄρα ἐστὶν ὡς ὁ ΕΔ πρὸς τὸν[4] ΔΖ οὕτως τὸ ἀπὸ τῆς ΒΗ πρὸς τὸ ἀπὸ τῆς Θ. Ὁ δὲ ΕΔ πρὸς τὸν ΔΖ λόγον οὐκ ἔχει ὃν τετράγωνος ἀριθμὸς πρὸς τετράγωνον ἀριθ-

numerum; incommensurabilis igitur est ΒΗ ipsi ΗΓ longitudine. Et sunt ambæ rationales; ipsæ ΒΗ, ΗΓ igitur rationales sunt potentiâ solùm commensurabiles; apotome igitur est ΒΓ. Dico et quartam. Quo enim majus est quadratum ex ΒΗ quadrato ex ΗΓ, sit quadratum ex Θ. Quoniam igitur est ut ΔΕ ad ΕΖ ita ex ΒΗ quadratum ad ipsum ex ΗΓ, et convertendo igitur est ut ΕΔ ad ΔΖ ita ex ΒΗ quadratum ad ipsum ex Θ. Ipse autem ΕΔ ad ΔΖ rationem non habet quam quadratus numerus ad quadra-

avec le quarré de ΗΓ (6. 10). Mais le quarré de ΒΗ est rationel, le quarré de ΗΓ est donc rationel; la droite ΗΓ est donc rationelle. Et puisque ΔΕ n'a pas avec ΕΖ la raison qu'un nombre quarré a avec un nombre quarré, le quarré de ΒΗ n'aura pas non plus avec le quarré de ΗΓ la raison qu'un nombre quarré a avec un nombre quarré; la droite ΒΗ est donc incommensurable en longueur avec ΗΓ (9. 10). Mais ces droites sont rationelles l'une et l'autre; les droites ΒΗ, ΗΓ sont donc des rationelles commensurables en puissance seulement; la droite ΒΓ est donc un apotome (74. 10). Je dis qu'elle est un quatrième apotome. Que le quarré de Θ soit ce dont le quarré de ΒΗ surpasse le quarré de ΗΓ. Puisque ΔΕ est à ΕΖ comme le quarré de ΒΗ est au quarré de ΗΓ, par conversion, ΕΔ sera à ΔΖ comme le quarré ΒΗ est au quarré de Θ. Mais ΕΔ n'a pas avec ΔΖ la raison qu'un nombre quarré a avec un nombre quarré; le quarré de ΒΗ n'a donc pas non plus avec le quarré de

II.

42

μόν· οὐδ' ἄρα τὸ ἀπὸ τῆς ΒΗ πρὸς τὸ ἀπὸ τῆς Θ λόγον ἔχει ὃν τετράγωνος ἀριθμὸς πρὸς τετράγωνον ἀριθμόν· ἀσύμμετρος ἄρα ἐστὶν ἡ ΒΗ τῇ Θ μήκει· καὶ δύναται ἡ ΒΗ τῆς ΗΓ μεῖζον τῷ ἀπὸ τῆς Θ· ἡ ἄρα ΒΗ τῆς ΗΓ μεῖζον δύναται τῷ ἀπὸ ἀσυμμέτρου ἑαυτῇ μήκει. Καὶ ἔστιν ἡ[5] ὅλη ἡ ΒΗ σύμμετρος τῇ ἐκκειμένῃ ῥητῇ μήκει τῇ Α· ἡ ἄρα ΒΓ[6] ἀποτομή ἐστι τετάρτη.

Εὕρηται ἄρα ἡ ΒΓ[7] τετάρτη ἀποτομή. Ὅπερ ἔδει ποιῆσαι.

tum numerum; neque igitur ex ΒΗ quadratum ad ipsum ex Θ rationem habet quam quadratus numerus ad quadratum numerum; incommensurabilis igitur est ΒΗ ipsi Θ longitudine; et ΒΗ quam ΗΓ plus potest quadrato ex Θ; ergo ΒΗ quam ΗΓ plus potest quadrato ex rectâ sibi incommensurabili longitudine. Atque est tota ΒΗ commensurabilis expositæ rationali Α longitudine; ergo ΒΓ apotome est quarta.

Inventa est igitur ΒΓ quarta apotome. Quod oportebat facere.

ΠΡΟΤΑΣΙΣ ϟ´.

Εὑρεῖν τὴν πέμπτην ἀποτομήν.

Ἐκκείσθω ῥητὴ ἡ Α, καὶ τῇ Α μήκει[1] σύμμετρος ἔστω ἡ ΓΗ· ῥητὴ ἄρα ἐστὶν[2] ἡ ΓΗ. Καὶ ἐκκείσθωσαν δύο ἀριθμοὶ οἱ ΔΖ, ΖΕ, ὥστε τὸν ΔΕ πρὸς ἑκάτερον τῶν ΔΖ, ΖΕ λόγον πάλιν μὴ ἔχειν ὃν τετράγωνος ἀριθμὸς πρὸς τετράγωνον ἀριθμόν· καὶ πεποιήσθω ὡς ὁ ΖΕ πρὸς

PROPOSITIO XC.

Invenire quintam apotomen.

Exponatur rationalis Α, et ipsi Α longitudine commensurabilis sit ΓΗ; rationalis igitur est ΓΗ. Et exponantur duo numeri ΔΖ, ΖΕ, ita ut ΔΕ ad utrumque ipsorum ΔΖ, ΖΕ rationem rursus non habeat quam quadratus numerus ad quadratum numerum; et fiat ut ΖΕ ad ΕΔ

Θ la raison qu'un nombre quarré a avec un nombre quarré; la droite ΒΗ est donc incommensurable en longueur avec Θ (9. 10); mais la puissance de ΒΗ surpasse la puissance de ΗΓ du quarré de Θ; la puissance de ΒΗ surpasse donc la puissance de ΗΓ du quarré d'une droite incommensurable en longueur avec ΒΗ. Mais la droite entière ΒΗ est commensurable en longueur avec la rationnelle exposée Α; la droite ΒΓ est donc un quatrième apotome (déf. trois. 4. 10).

On a donc trouvé un quatrième apotome ΒΓ. Ce qu'il fallait faire.

PROPOSITION XC.

Trouver un cinquième apotome.

Soit exposée la rationnelle Α, et que ΓΗ soit commensurable en longueur avec Α; la droite ΓΗ sera rationnelle. Soient exposés aussi deux nombres ΔΖ, ΖΕ, de manière que ΔΕ n'ait ni avec l'un ni avec l'autre des nombres ΔΖ, ΖΕ la raison qu'un nombre quarré a avec un nombre quarré; et faisons en sorte que ΖΕ soit à

τὸν[3] ΕΔ οὕτως τὸ ἀπὸ τῆς ΓΗ πρὸς τὸ ἀπὸ τῆς ΗΒ· σύμμετρον ἄρα ἐστὶ τὸ ἀπὸ τῆς ΓΗ τῷ ἀπὸ τῆς ΗΒ. Ῥητὸν δὲ τὸ ἀπὸ τῆς ΓΗ[4]· ῥητὸν ἄρα καὶ τὸ ἀπὸ τῆς ΗΒ· ῥητὴ ἄρα ἐστὶ καὶ ἡ ΒΗ. Καὶ ἐπεί ἐστιν ὡς ὁ ΔΕ πρὸς τὸν ΕΖ οὕτως τὸ ἀπὸ τῆς ΒΗ πρὸς τὸ ἀπὸ τῆς ΗΓ, ὁ δὲ ΔΕ πρὸς τὸν ΕΖ λόγον οὐκ ἔχει ὃν τετράγωνος ἀριθμὸς πρὸς τετράγωνον ἀριθ-

ita ex ΓΗ quadratum ad ipsum ex ΗΒ; commensurabile igitur est ex ΓΗ quadratum quadrato ex ΗΒ. Rationale autem quadratum ex ΓΗ; rationale igitur et quadratum ex ΗΒ; rationalis igitur est et ΒΗ. Et quoniam est ut ΔΕ ad ΕΖ ita ex ΒΗ quadratum ad ipsum ex ΗΓ, ipse autem ΔΕ ad ΕΖ rationem non habet quam quadratus numerus ad quadra-

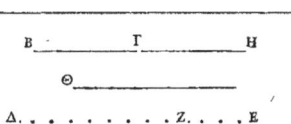

μόν· οὐδ' ἄρα[5] τὸ ἀπὸ τῆς ΒΗ πρὸς τὸ ἀπὸ τῆς ΗΓ λόγον ἔχει ὃν τετράγωνος ἀριθμὸς πρὸς τετράγωνον ἀριθμόν· ἀσύμμετρος ἄρα ἐστὶν ἡ ΒΗ τῇ ΗΓ μήκει. Καὶ εἰσιν ἀμφότεραι ῥηταί· αἱ ΒΗ, ΗΓ ἄρα ῥηταί εἰσι δυνάμει μόνον σύμμετροι· ἡ ΒΓ ἄρα ἀποτομή ἐστι. Λέγω δὴ ὅτι καὶ πέμπτη. Ω γὰρ μεῖζόν ἐστι τὸ ἀπὸ τῆς ΒΗ τοῦ ἀπὸ τῆς ΗΓ, ἔστω τὸ ἀπὸ τῆς Θ. Ἐπεὶ οὖν ἐστιν ὡς τὸ ἀπὸ τῆς ΒΗ πρὸς τὸ

tum numerum; neque igitur ex ΒΗ quadratum ad ipsum ex ΗΓ rationem habet quam quadratus numerus ad quadratum numerum; incommensurabilis igitur est ΒΗ ipsi ΗΓ longitudine. Et sunt ambæ rationales; ipsæ ΒΗ, ΗΓ igitur rationales sunt potentiâ solùm commensurabiles; ergo ΒΓ apotome est. Dico et quintam. Quo enim majus est quadratum ex ΒΗ quadrato ex ΗΓ, sit quadratum ex Θ. Quoniam igitur est ut ex ΒΗ quadratum ad ipsum ex

ΕΔ comme le quarré de ΓΗ est au quarré de ΗΒ; le quarré de ΓΗ sera commensurable avec le quarré de ΗΒ (6. 10). Mais le quarré de ΓΗ est rationel; le quarré de ΗΒ est donc rationel; la droite ΒΗ est donc rationelle. Et puisque ΔΕ est à ΕΖ comme le quarré de ΒΗ est au quarré de ΗΓ, et que ΔΕ n'a pas avec ΕΖ la raison qu'un nombre quarré a avec un nombre quarré, le quarré de ΒΗ n'aura pas non plus avec le quarré de ΗΓ la raison qu'un nombre quarré a avec un nombre quarré; la droite ΒΗ est donc incommensurable en longueur avec ΗΓ (9. 10). Mais elles sont rationelles l'une et l'autre; les droites ΒΗ, ΗΓ sont donc des rationelles commensurables en puissance seulement; la droite ΒΗ est donc un apotome (74. 10). Je dis qu'elle est un cinquième apotome. Que le quarré de Θ soit ce dont le quarré de ΒΗ surpasse le quarré de ΗΓ. Puisque le

ἀπὸ τῆς ΗΓ οὕτως ὁ ΔΕ πρὸς τὸν ΕΖ, ἀναλ-
στρέψαντι ἄρα ἐστὶν ὡς ὁ ΕΔ πρὸς τὸν ΔΖ οὕτως
τὸ ἀπὸ τῆς ΒΗ πρὸς τὸ ἀπὸ τῆς Θ. Ὁ δὲ ΕΔ πρὸς
τὸν ΔΖ λόγον οὐκ ἔχει ὃν τετράγωνος ἀριθμὸς
πρὸς τετράγωνον ἀριθμόν· οὐδ᾽ ἄρα τὸ ἀπὸ τῆς
ΒΗ πρὸς τὸ ἀπὸ τῆς Θ λόγον ἔχει ὃν τετράγωνος

HΓ ita ΔΕ ad ΕΖ, convertendo igitur est ut
ut ΕΔ ad ΔΖ ita ex ΒΗ quadratum ad ipsum
ex Θ. Ipse autem ΕΔ ad ΔΖ rationem non habet
quam quadratus numerus ad quadratum numerum; neque igitur ex ΒΗ quadratum ad ipsum
ex Θ rationem habet quam quadratus numerus

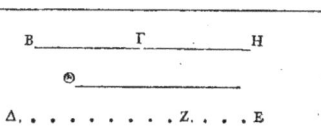

ἀριθμὸς πρὸς τετράγωνον ἀριθμόν· ἀσύμμετρος
ἄρα ἐστὶν ἡ ΒΗ τῇ Θ μήκει. Καὶ δύναται ἡ
ΒΗ τῆς ΗΓ μεῖζον τῷ ἀπὸ τῆς Θ· ἡ ΒΗ
ἄρα τῆς ΗΓ μεῖζον δύναται τῷ ἀπὸ ἀσυμμέτρου ἑαυτῇ μήκει. Καὶ ἔστιν ἡ προσαρμόζουσα ἡ ΓΗ σύμμετρος τῇ ἐκκειμένῃ ῥητῇ τῇ
Α μήκει· ἡ ἄρα ΒΓ ἀποτομή ἐστι πέμπτη.

Εὕρηται ἄρα ἡ πέμπτη ἀποτομὴ ἡ ΒΓ. Ὅπερ
ἔδει ποιῆσαι.

ad quadratum numerum; incommensurabilis
igitur est ΒΗ ipsi Θ longitudine. Et ΒΗ quam
HΓ plus potest quadrato ex Θ; ergo ΒΗ quam
HΓ plus potest quadrato ex rectâ sibi incommensurabili longitudine. Atque est congruens
ΓΗ commensurabilis expositæ rationali Α longitudine; ergo ΒΓ apotome est quinta.

Inventa est igitur quinta apotome ΒΓ. Quod
oportebat facere.

quarré de ΒΗ est au quarré de ΗΓ comme ΔΕ est à ΕΖ ; par conversion, ΕΔ sera à
ΔΖ comme le quarré de ΒΗ est au quarré de Θ. Mais ΕΔ n'a pas avec ΔΖ la raison
qu'un nombre quarré a avec un nombre quarré ; le quarré de ΒΗ n'a donc pas
non plus avec le quarré de Θ la raison qu'un nombre quarré a avec un nombre
quarré ; la droite ΒΗ est donc incommensurable en longueur avec Θ (9. 10). Mais
la puissance de ΒΗ surpasse la puissance de ΗΓ du quarré de Θ ; la puissance de
ΒΗ surpasse donc la puissance de ΗΓ du quarré d'une droite incommensurable en
longueur avec ΒΗ. Mais la congruente ΓΗ est commensurable en longueur avec la
rationelle exposée Α ; la droite ΒΓ est donc un cinquième apotome (déf. trois. 5. 10).

On a donc trouvé un cinquième apotome ΒΓ. Ce qu'il fallait faire.

ΠΡΟΤΑΣΙΣ ϟα.

PROPOSITIO XCI.

Εὑρεῖν τὴν ἕκτην ἀποτομήν.

Ἐκκείσθω ῥητὴ ἡ Α, καὶ τρεῖς ἀριθμοὶ οἱ Ε, ΒΓ, ΓΔ λόγον μὴ ἔχοντες πρὸς ἀλλήλους ὅν τετράγωνος ἀριθμὸς πρὸς τετράγωνον ἀριθμόν· ἔτι δὲ καὶ ὁ ΓΒ πρὸς τὸν ΒΔ λόγον μὴ ἐχέτω ὅν τετράγωνος ἀριθμὸς πρὸς τετράγωνον ἀριθμόν· καὶ πεποιήσθω ὡς μὲν ὁ Ε πρὸς τὸν ΒΓ οὕτως τὸ ἀπὸ τῆς Α πρὸς τὸ ἀπὸ τῆς ΖΗ², ὡς δὲ ὁ ΒΓ πρὸς τὸν ΓΔ οὕτως τὸ ἀπὸ τῆς ΖΗ πρὸς τὸ ἀπὸ τῆς ΗΘ.

Invenire sextam apotomen.

Exponatur rationalis A, et tres numeri E, ΒΓ, ΓΔ rationem non habentes inter se quam quadratus numerus ad quadratum numerum; adhuc autem et ΓB ad ΒΔ rationem non habeat quam quadratus numerus ad quadratum numerum; et fiat ut quidem E ad ΒΓ ita ex A quadratum ad ipsum ex ΖΗ, ut vero ΒΓ ad ΓΔ ita ex ΖΗ quadratum ad ipsum ex ΗΘ.

A _____

Z _____Θ_____ H

K _____

E . . . .

Β . . . . . . Δ . . . . . Γ

Ἐπεὶ οὖν ἐστιν ὡς ὁ Ε πρὸς τὸν ΒΓ οὕτως τὸ ἀπὸ τῆς Α πρὸς τὸ ἀπὸ τῆς ΖΗ· σύμμετρον ἄρα τὸ ἀπὸ τῆς Α τῷ ἀπὸ τῆς ΖΗ. Ῥητὸν δὲ τῷ ἀπὸ τῆς Α· ῥητὸν ἄρα καὶ τὸ

Quoniam igitur est ut E ad ΒΓ ita ex A quadratum ad ipsum ex ΖΗ; commensurabile igitur ex A quadratum quadrato ex ΖΗ. Rationale autem quadratum ex A; rationale igitur et

PROPOSITION XCI.

Trouver un sixième apotome.

Soient exposés la rationelle A, et trois nombres E, ΒΓ, ΓΔ, qui n'ayent pas entre eux la raison qu'un nombre quarré a avec un nombre quarré; de plus, que ΓB n'ait pas avec ΒΔ la raison qu'un nombre quarré a avec un nombre quarré; faisons en sorte que E soit à ΒΓ comme le quarré de A est au quarré de ΖΗ, et que ΒΓ soit à ΓΔ comme le quarré de ΖΗ est au quarré de ΗΘ.

Puisque E est à ΒΓ comme le quarré de A est au quarré de ΖΗ, le quarré de A sera commensurable avec le quarré de ΖΗ. Mais le quarré de A est rationel; le

ἀπὸ τῆς ΖΗ· ῥητὴ ἄρα ἐστὶ καὶ ἡ ΖΗ. Καὶ
ἐπεὶ ὁ Ε πρὸς τὸν ΒΓ λόγον οὐκ ἔχει ὃν τετράγωνος ἀριθμὸς πρὸς τετράγωνον ἀριθμόν·
οὐδ' ἄρα τὸ ἀπὸ τῆς Α πρὸς τὸ ἀπὸ τῆς ΖΗ
λόγον ἔχει ὃν τετράγωνος ἀριθμὸς πρὸς τετράγωνον ἀριθμόν· ἀσύμμετρος ἄρα ἐστὶν ἡ Α τῇ
ΖΗ μήκει. Πάλιν, ἐπεί ἐστιν ὡς ὁ ΒΓ πρὸς
τὸν ΓΔ οὕτως τὸ ἀπὸ τῆς ΖΗ πρὸς τὸ ἀπὸ
τῆς ΗΘ· σύμμετρον ἄρα τὸ ἀπὸ τῆς ΖΗ τῷ
ἀπὸ τῆς ΗΘ. Ῥητὸν δὲ τὸ ἀπὸ τῆς ΖΗ· ῥητὸν
ἄρα καὶ τὸ ἀπὸ τῆς ΗΘ· ῥητὴ ἄρα καὶ ἡ ΗΘ.
Καὶ ἐπεὶ ὁ ΒΓ πρὸς τὸν ΓΔ λόγον οὐκ ἔχει ὃν
τετράγωνος ἀριθμὸς πρὸς τετράγωνον ἀριθμόν·
οὐδ' ἄρα τὸ ἀπὸ τῆς ΖΗ πρὸς τὸ ἀπὸ τῆς ΗΘ
λόγον ἔχει ὃν τετράγωνος ἀριθμὸς πρὸς τετράγωνον ἀριθμόν· ἀσύμμετρος ἄρα ἐστὶν ἡ ΖΗ τῇ ΗΘ
μήκει. Καὶ εἰσιν ἀμφότεραι ῥηταί· αἱ ΖΗ, ΗΘ ἄρα
ῥηταί εἰσι δυνάμει μόνον σύμμετροι· ἡ ΖΘ ἄρα
ἀποτομή ἐστι. Λέγω δὴ ὅτι καὶ ἕκτη. Ἐπεὶ
γάρ ἐστιν ὡς μὲν ὁ Ε πρὸς τὸν ΒΓ οὕτως τὸ
ἀπὸ τῆς Α πρὸς τὸ ἀπὸ τῆς ΖΗ, ὡς δὲ ὁ

quadratum ex ΖΗ; rationalis igitur est et ΖΗ.
Et quoniam Ε ad ΒΓ rationem non habet quam
quadratus numerus ad quadratum numerum;
neque igitur ex Α quadratum ad ipsum ex ΖΗ
rationem habet quam quadratus numerus ad
quadratum numerum; incommensurabilis igitur
est Α ipsi ΖΗ longitudine. Rursus, quoniam est
ut ΒΓ ad ΓΔ ita ex ΖΗ quadratum ad ipsum
ex ΗΘ; commensurabile igitur ex ΖΗ quadratum
quadrato ex ΗΘ. Rationale autem quadratum
ex ΖΗ; rationale igitur et quadratum ex ΗΘ;
rationalis igitur et ΗΘ. Et quoniam ΒΓ ad ΓΔ
rationem non habet quam quadratus numerus
ad quadratum numerum; neque igitur ex ΖΗ
quadratum ad ipsum ex ΗΘ rationem habet
quam quadratus numerus ad quadratum numerum; incommensurabilis igitur est ΖΗ ipsi
ΗΘ longitudine. Et sunt ambæ rationales; ipsæ
ΖΗ, ΗΘ igitur rationales sunt potentiâ solùm
commensurabiles; ergo ΖΘ apotome est. Dico
et sextam. Quoniam enim est ut quidem
Ε ad ΒΓ ita ex Α quadratum ad ipsum ex

quarré de ΖΗ est donc rationel; la droite ΖΗ est donc rationelle. Et puisque Ε n'a
pas avec ΒΓ la raison qu'un nombre quarré a avec un nombre quarré, le quarré
de Α n'aura pas non plus avec le quarré de ΖΗ la raison qu'un nombre quarré a
avec un nombre quarré; la droite Α est donc incommensurable en longueur avec ΖΗ
(9. 10). De plus, puisque ΒΓ est à ΓΔ comme le quarré de ΖΗ est au quarré de ΗΘ;
le quarré de ΖΗ sera commensurable avec le quarré de ΗΘ. Mais le quarré de ΖΗ
est rationel; le quarré de ΗΘ est donc rationel (6. 10); la droite ΗΘ est donc
rationelle. Et puisque ΒΓ n'a pas avec ΓΔ la raison qu'un nombre quarré a avec
un nombre quarré, le quarré de ΖΗ n'aura pas non plus avec le quarré de ΗΘ la
raison qu'un nombre quarré a avec un nombre quarré; la droite ΖΗ est donc
incommensurable en longueur avec ΗΘ (9. 10). Mais ces droites sont rationelles
l'une et l'autre; les droites ΖΗ, ΗΘ sont donc des rationelles commensurables en
puissance seulement; la droite ΖΘ est donc un apotome (74. 10). Je dis qu'elle
est un sixième apotome. Car puisque Ε est à ΒΓ comme le quarré de Α est au

ΒΓ πρὸς τὸν ΓΔ οὕτως τὸ ἀπὸ τῆς ΖΗ πρὸς τὸ ἀπὸ τῆς ΗΘ· δίπλου ἄρα ἐστὶν ὡς ὁ Ε πρὸς τὸν ΓΔ οὕτως τὸ ἀπὸ τῆς Α πρὸς τὸ ἀπὸ τῆς ΗΘ. Ὁ δὲ Ε πρὸς τὸν ΓΔ λόγον οὐκ ἔχει ὃν τετράγωνος ἀριθμὸς πρὸς τετράγωνον ἀριθμόν· οὐδ᾽ ἄρα τὸ ἀπὸ τῆς Α πρὸς τὸ ἀπὸ τῆς ΗΘ λόγον ἔχει ὃν τετράγωνος ἀριθμὸς πρὸς τετράγωνον ἀριθμόν· ἀσύμμετρος ἄρα ἐστὶν ἡ

ZH, ut verò ΒΓ ad ΓΔ ita ex ZH quadratum ad ipsum ex ΗΘ; ex æquo igitur est ut E ad ΓΔ ita ex A quadratum ad ipsum ex ΗΘ. Ipse autem E ad ΓΔ rationem non habet quam quadratus numerus ad quadratum numerum; neque igitur ex A quadratum ad ipsum ex ΗΘ rationem habet quam quadratus numerus ad quadratum numerum; incommensurabilis igitur

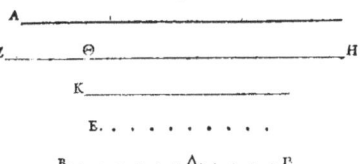

Α τῇ ΗΘ μήκει· οὐδετέρα ἄρα[3] τῶν ΖΗ, ΗΘ σύμμετρός ἐστι τῇ Α ῥητῇ μήκει. Ὡ οὖν μεῖζόν ἐστι τὸ ἀπὸ τῆς ΖΗ τοῦ ἀπὸ τῆς ΗΘ, ἔστω τὸ ἀπὸ τῆς Κ. Ἐπεὶ οὖν ἐστιν ὡς ὁ ΒΓ πρὸς τὸν ΓΔ οὕτως τὸ ἀπὸ τῆς ΖΗ πρὸς τὸ ἀπὸ τῆς ΗΘ, ἀναστρέψαντι ἄρα ἐστὶν ὡς ὁ ΓΒ πρὸς τὸν ΒΔ οὕτως τὸ ἀπὸ τῆς ΖΗ πρὸς τὸ ἀπὸ τῆς Κ. Ὁ δὲ ΓΒ πρὸς τὸν ΒΔ λόγον οὐκ ἔχει ὃν τετράγωνος ἀριθμὸς πρὸς τετράγωνον ἀριθμόν· οὐδ᾽ ἄρα τὸ ἀπὸ τῆς ΖΗ πρὸς τὸ ἀπὸ

est A ipsi ΗΘ longitudine; neutra igitur ipsarum ZH, ΗΘ commensurabilis est rationali A longitudine. Quo enim majus est quadratum ex ZH quadrato ex ΗΘ, sit quadratum ex K. Quoniam igitur est ut ΒΓ ad ΓΔ ita ex ZH quadratum ad ipsum ex ΗΘ, convertendo igitur est ut ΓΒ ad ΒΔ ita ex ZH quadratum ad ipsum ex K. Ipse autem ΓΒ ad ΒΔ rationem non habet quam quadratus numerus ad quadratum numerum; neque igitur ex ZH qua-

quarré de ZH, et que ΒΓ est à ΓΔ comme le quarré de ZH est au quarré de ΗΘ, par égalité, E sera à ΓΔ comme le quarré de A est au quarré de ΗΘ. Mais E n'a n'a pas avec ΓΔ la raison qu'un nombre quarré a avec un nombre quarré; le quarré de A n'aura donc pas avec le quarré de ΗΘ la raison qu'un nombre quarré a avec un nombre quarré; la droite A est donc incommensurable en longueur avec ΗΘ (9. 10); aucune des droites ZH, ΗΘ n'est donc commensurable en longueur avec A. Que le quarré de K soit ce dont le quarré de ZH surpasse le quarré de ΗΘ. Puisque ΒΓ est à ΓΔ comme le quarré de ZH est au quarré de ΗΘ; par conversion, ΓΒ sera à ΒΔ comme le quarré de ZH est au quarré de K. Mais ΓΒ n'a pas avec ΒΔ la raison qu'un nombre quarré a avec un nombre quarré, le quarré de

τῆς Κ λόγον ἔχει ὃν τετράγωνος ἀριθμὸς πρὸς τετράγωνον ἀριθμόν· ἀσύμμετρος ἄρα ἐστὶν ἡ ΖΗ τῇ Κ μήκει. Καὶ δύναται ἡ ΖΗ τῆς ΗΘ

dratum ad ipsum ex Κ rationem habet quam quadratus numerus ad quadratum numerum ; incommensurabilis igitur est ΖΗ ipsi Κ longi-

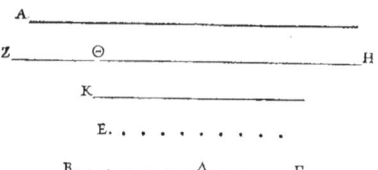

μεῖζον τῷ ἀπὸ τῆς Κ· ἡ ΖΗ ἄρα τῆς ΗΘ μεῖζον δύναται τῷ ἀπὸ ἀσυμμέτρου ἑαυτῇ μήκει. Καὶ οὐδετέρα τῶν ΖΗ, ΗΘ σύμμετρός ἐστι τῇ ἐκκειμένῃ ῥητῇ μήκει τῇ Α· ἡ ἄρα ΖΘ ἀποτομή ἐστιν ἕκτη.

Εὕρηται ἄρα ἡ ἕκτη ἀποτομὴ ἡ ΖΘ. Ὅπερ ἔδει ποιῆσαι.

tudine. Et ΖΗ quam ΗΘ plus potest quadrato ex Κ ; ergo ΖΗ quam ΗΘ plus potest quadrato ex rectâ sibi incommensurabili longitudine. Et neutra ipsarum ΖΗ, ΗΘ commensurabilis est expositæ rationali Α longitudine; ergo ΖΘ apotome est sexta.

Inventa est igitur sexta apotome ΖΘ. Quod oportebat facere.

Ἔστι δὲ καὶ συντομώτερον δεῖξαι τὴν εὕρασιν τῶν εἰρημένων ἓξ ἀποτομῶν. Καὶ δὴ ἔστω εὑρεῖν τὴν πρώτην, ἐκκείσθω ἥ ἐκ δύο ὀνο-

SCHOLIUM.

Licet autem et expeditius demonstrare inventionem dictarum sex apotomarum. Et igitur oporteat invenire primam apotomen, exponatur

ΖΗ n'a donc pas non plus avec le quarré de Κ la raison qu'un nombre quarré a avec un nombre quarré; la droite ΖΗ est donc incommensurable en longueur avec Κ (9. 10). Mais la puissance de la droite ΖΗ surpasse la puissance de la droite ΗΘ du quarré de Κ ; la puissance de ΖΗ surpasse donc la puissance de ΗΘ du quarré d'une droite incommensurable en longueur avec ΖΗ. Mais aucune des droites ΖΗ, ΗΘ n'est commensurable en longueur avec la rationelle exposée Α ; la droite ΖΗ est donc un sixième apotome (déf. trois. 6. 10).

On a donc trouvé un sixième apotome ΖΘ. Ce qu'il fallait faire.

SCHOLIE.

On peut démontrer plus brièvement la recherche des six apotomes dont nous venons de parler. Car qu'il faille trouver un premier apotome ; soit exposé

μάτων πρώτη ἡ ΑΓ, ἧς μεῖζον ὄνομα ἡ ΑΒ, καὶ τῇ ΒΓ ἴση κείσθω ἡ ΒΔ· αἱ ΑΒ, ΒΓ ἄρα, τουτέστιν αἱ ΑΒ, ΒΔ, ῥηταί εἰσι δυνάμει μόνον σύμμετροι· καὶ ἡ ΑΒ τῆς ΒΓ, τουτέστι τῆς

$$A \underline{\qquad} \Delta \underline{\qquad} B \underline{\qquad} \Gamma$$

ΒΔ, μεῖζον δύναται τῷ ἀπὸ συμμέτρου ἑαυτῇ. Καὶ ἡ ΑΒ σύμμετρός ἐστι τῇ ἐκκειμένη ῥητῇ μήκει· ἀποτομὴ ἄρα πρώτη ἐστὶν ἡ ΑΒ². Ὁμοίως δὴ καὶ τὰς λοιπὰς ἀποτομὰς εὑρήσομεν, ἐκθέμενοι τὰς ἰσαρίθμους ἐκ δύο ὀνομάτων.

ΠΡΟΤΑΣΙΣ ϟβ'.

Ἐὰν χωρίον περιέχηται ὑπὸ ῥητῆς καὶ ἀποτομῆς πρώτης, ἡ τὸ χωρίον δυναμένη ἀποτομή ἐστιν.

Περιεχέσθω γὰρ χωρίον τὸ ΑΒ ὑπὸ ῥητῆς τῆς ΑΓ καὶ ἀποτομῆς πρώτης[1] τῆς ΑΔ· λέγω ὅτι ἡ τὸ ΑΒ χωρίον δυναμένη ἀποτομή ἐστιν.

ex binis nominibus prima ΑΓ, cujus majus nomen ipsa ΑΒ, et ipsi ΒΓ æqualis ponatur ΒΔ; ergo ΑΒ, ΒΓ, hoc est ΑΒ, ΒΔ, rationales sunt potentiâ solùm commensurabiles; et ΑΒ quam ΒΓ, hoc est quam ΒΔ, plus potest quadrato ex rectâ sibi commensurabili. Et ΑΒ commensurabilis est expositæ rationali longitudine; apotome igitur prima est ΑΒ. Similiter utique et reliquas apotomas inveniemus, exponendo eas quæ sunt ejusdem ordinis ex binis nominibus.

PROPOSITIO XCII.

Si spatium contineatur sub rationali et apotome primâ, recta spatium potens apotome est.

Contineatur enim spatium ΑΒ sub rationali ΑΓ et apotome primâ ΑΔ; dico rectam quæ spatium ΑΒ potest apotomen esse.

la première de deux noms ΑΓ; que son plus grand nom soit ΑΒ (49. 10), et faisons ΒΔ égal à ΒΓ; les droites ΑΒ, ΒΓ, c'est-à-dire ΑΔ, ΒΔ, seront des rationelles commensurables en puissance seulement (déf. sec. 1. 10); la puissance de ΑΒ surpassera la puissance de ΒΓ, c'est-à-dire de ΒΔ, du quarré d'une droite commensurable en longueur avec ΑΒ; mais la droite ΑΒ est commensurable en longueur avec la rationelle exposée; la droite ΑΒ est donc un premier apotome (déf. trois. 1. 10). Nous trouverons semblablement les autres apotomes en exposant les droites de deux noms qui sont du même ordre (50, 51, 52, 53, et 54. 10).

PROPOSITION XCII.

Si une surface est comprise sous une rationelle et un premier apotome, la droite qui peut cette surface est un apotome.

Que la surface ΑΒ soit comprise sous une rationelle ΑΓ et sous un premier apotome ΑΔ; je dis que la droite qui peut la surface ΑΒ est un apotome.

II.   43

Ἐπεὶ γὰρ ἀποτομή ἐστι πρώτη ἡ ΑΔ, ἔστω αὐτῇ προσαρμόζουσα ἡ ΔΗ· αἱ ΑΗ, ΗΔ ἄρα ῥηταί εἰσι δυνάμει μόνον σύμμετροι. Καὶ ὅλη ἡ ΑΗ σύμμετρός ἐστι τῇ ἐκκειμένῃ ῥητῇ τῇ ΑΓ, καὶ ἡ ΑΗ τῆς ΗΔ μεῖζον δύναται τῷ ἀπὸ συμμέτρου ἑαυτῇ μήκει· ἐὰν ἄρα τῷ τετάρτῳ μέρει τοῦ ἀπὸ τῆς ΔΗ ἴσον παρὰ τὴν ΑΗ παραλληλό-

Quoniam enim apotome est prima ΑΔ, sit ipsi congruens ΔΗ; ipsæ ΑΗ, ΗΔ igitur rationales sunt potentiâ solùm commensurabiles. Et tota ΑΗ commensurabilis est expositæ rationali ΑΓ, et ΑΗ quam ΗΔ plus potest quadrato ex rectâ sibi commensurabili longitudine; si igitur quartæ parti quadrati ex ΔΗ æquale

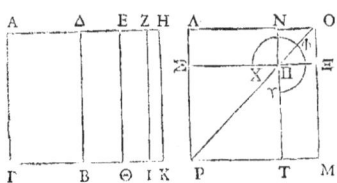

γραμμον² παραβληθῇ ἐλλεῖπον εἴδει τετραγώνῳ, εἰς σύμμετρα αὐτὴν διελεῖ³. Τετμήσθω ἡ ΔΗ δίχα κατὰ τὸ Ε, καὶ τῷ ἀπὸ τῆς ΕΗ ἴσον παρὰ τὴν ΑΗ παραβεβλήσθω ἐλλεῖπον εἴδει τετραγώνῳ, καὶ ἔστω τὸ ὑπὸ τῶν ΑΖ, ΖΗ· σύμμετρός ἄρα ἐστὶν ἡ ΑΖ τῇ ΖΗ. Καὶ διὰ τῶν Ε, Ζ, Η σημείων τῇ ΑΓ παράλληλοι ἤχθωσαν αἱ ΕΘ, ΖΙ, ΗΚ. Καὶ ἐπεὶ σύμμετρός ἐστιν ἡ

ad ΑΗ parallelogrammum applicetur deficiens figurâ quadratâ, in partes commensurabiles ipsam dividet. Secetur ΔΗ bifariam in Ε, et quadrato ex ΕΗ æquale ad ipsam ΑΗ applicetur deficiens figurâ quadratâ, et sit rectangulum sub ΑΖ, ΖΗ; commensurabilis igitur est ΑΖ ipsi ΖΗ. Et per puncta Ε, Ζ, Η ipsi ΑΓ parallelæ ducantur ΕΘ, ΖΙ, ΗΚ. Et quoniam commensurabilis est ΑΖ ipsi ΖΗ longitudine; et

Car, puisque ΑΔ est un premier apotome, que ΔΗ lui conviène; les droites ΑΗ, ΗΔ seront des rationelles commensurables en puissance seulement (déf. trois. 1. 10). Mais la droite entière ΑΗ est commensurable avec la rationelle exposée ΑΓ, et la puissance de ΑΗ surpasse la puissance de ΗΔ du quarré d'une droite commensurable en longueur avec ΑΗ; si donc on applique à ΑΗ un parallélogramme qui étant égal à la quatrième partie du quarré de ΔΗ, soit défaillant d'une figure quarrée, ce parallélogramme divisera la droite ΑΗ en parties commensurables (18. 10). Que ΔΗ soit coupé en deux parties égales au point Ε; appliquons à ΑΗ un parallélogramme qui étant égal au quarré de ΕΗ, soit défaillant d'une figure quarrée, et que ce soit le rectangle compris sous ΑΖ, ΖΗ; la droite ΑΖ sera commensurable avec ΖΗ. Par les points Ε, Ζ, Η menons les droites ΕΘ, ΖΙ, ΗΚ parallèles à ΑΓ. Puisque ΑΖ est commensurable en longueur avec ΖΗ,

ΑΖ τῇ ΖΗ μήκει· καὶ ἡ ΑΗ ἄρα ἑκατέρᾳ τῶν ΑΖ, ΖΗ σύμμετρός ἐστι μήκει. Ἀλλὰ ἡ ΑΗ σύμμετρός ἐστι τῇ ΑΓ· καὶ ἑκατέρα ἄρα τῶν ΑΖ, ΖΗ σύμμετρός ἐστι τῇ ΑΓ μήκει. Καὶ ἔστι ῥητὴ ἡ ΑΓ· ῥητὴ ἄρα καὶ ἑκατέρα τῶν ΑΖ, ΖΗ· ὥστε καὶ ἑκάτερον τῶν ΑΙ, ΖΚ ῥητόν ἐστι. Καὶ ἐπεὶ σύμμετρός ἐστιν ἡ ΔΕ τῇ ΕΗ μήκει, καὶ ἡ ΔΗ ἄρα ἑκατέρᾳ τῶν ΔΕ, ΕΗ σύμμετρός ἐστι μήκει. Ῥητὴ δὲ ἡ ΔΗ, καὶ ἀσύμμετρος τῇ ΑΓ μήκει· ῥητὴ ἄρα καὶ ἑκατέρα τῶν ΔΕ, ΕΗ, καὶ ἀσύμμετρος τῇ ΑΓ μήκει· ἑκάτερον ἄρα τῶν ΔΘ, ΕΚ μέσον ἐστί. Κείσθω δὴ τῷ μὲν ΑΙ ἴσον τετράγωνον τὸ ΛΜ, τῷ δὲ ΖΚ ἴσον τετράγωνον ἀφῃρήσθω, κοινὴν γωνίαν ἔχον αὐτῷ, τὴν ὑπὸ ΛΟΜ, τὸ ΝΞ· περὶ τὴν αὐτὴν ἄρα διάμετρόν ἐστι τὰ ΛΜ, ΝΞ τετράγωνα. Ἔστω αὐτῶν διάμετρος ἡ ΟΡ, καὶ καταγεγράφθω τὸ σχῆμα. Ἐπεὶ οὖν ἴσον ἐστὶ τὸ ὑπὸ τῶν ΑΖ, ΖΗ περιεχόμενον ὀρθογώνιον τῷ ἀπὸ τῆς ΕΗ τετραγώνῳ[4], ἐστιν ἄρα ὡς ἡ ΑΖ πρὸς τὴν[5] ΕΗ οὕτως ἡ ΕΗ πρὸς τὴν ΖΗ. Ἀλλ᾿ ὡς μὲν ἡ ΑΖ πρὸς τὴν ΕΗ οὕτως τὸ ΑΙ πρὸς τὸ ΕΚ, ὡς δὲ ἡ ΕΗ πρὸς τὴν ΖΗ οὕτως ἐστὶ[6]

ΑΗ igitur utrique ipsarum ΑΖ, ΖΗ commensurabilis est longitudine. Sed ΑΗ commensurabilis est ipsi ΑΓ; et utraque igitur ipsarum ΑΖ, ΖΗ commensurabilis est ipsi ΑΓ longitudine. Atque est rationalis ΑΓ; rationalis igitur et utraque ipsarum ΑΖ, ΖΗ; quare et utrumque ipsorum ΑΙ, ΖΚ rationale est. Et quoniam commensurabilis est ΔΕ ipsi ΕΗ longitudine, et ΔΗ igitur utrique ipsarum ΔΕ, ΕΗ commensurabilis est longitudine. Rationalis autem ΔΗ, et incommensurabilis ipsi ΑΓ longitudine; rationalis igitur et utraque ipsarum ΔΕ, ΕΗ, et incommensurabilis ipsi ΑΓ longitudine; utrumque igitur ipsorum ΔΘ, ΕΚ medium est. Ponatur igitur ipsi quidem ΑΙ æquale quadratum ΛΜ, ipsi verò ΖΚ æquale quadratum ΝΞ auferatur, communem angulum ΛΟΜ habens cum ipso; ergo circa eamdem diametrum sunt quadrata ΛΜ, ΝΞ. Sit ipsorum diameter ΟΡ, et describatur figura. Quoniam igitur æquale est sub ΑΖ, ΖΗ contentum rectangulum quadrato ex ΕΗ, est igitur ut ΑΖ ad ΕΗ ita ΕΗ ad ΖΗ. Sed ut quidem ΑΖ ad ΕΗ ita ΑΙ ad ΕΚ, ut verò

---

la droite ΑΗ sera commensurable en longueur avec chacune des droites ΑΖ, ΖΗ (16. 10). Mais ΑΗ est commensurable avec ΑΓ; chacune de droites ΑΖ, ΖΗ est donc commensurable en longueur avec ΑΓ (12. 10). Mais ΑΓ est rationelle; les droites ΑΖ, ΖΗ sont donc rationelles l'une et l'autre; les parallélogrammes ΑΙ, ΖΚ sont donc aussi rationels l'un et l'autre (20. 10). Et puisque ΔΕ est commensurable en longueur avec ΕΗ, la droite ΔΗ est donc commensurable en longueur avec chacune des droites ΔΕ, ΕΗ. Mais ΔΗ est rationelle et incommensurable en longueur avec ΑΓ; chacune des droites ΔΕ, ΕΗ est donc rationelle et incommensurable en longueur avec ΑΓ; chacun des rectangles ΔΘ, ΕΚ est donc médial (22. 10). Faisons le quarré ΛΜ égal au parallélogramme ΑΙ (14. 2), et retranchons de ΛΜ un quarré ΝΞ égal au parallélogramme ΖΚ, le quarré ΝΞ ayant l'angle commun ΛΟΜ; les quarrés ΛΜ, ΝΞ seront autour de la même diagonale (26. 6). Que ΟΡ soit leur diagonale, et décrivons la figure. Puisque le rectangle sous ΑΖ, ΖΗ est égal au quarré de ΕΗ, la droite ΑΖ sera à ΕΗ comme ΕΗ est à ΖΗ (17. 6). Mais ΑΖ est à ΕΗ comme ΑΙ est

τὸ ΕΚ πρὸς τὸ ΚΖ· τῶν ἄρα ΑΙ, ΚΖ μέσον
ἀνάλογόν ἐστι τὸ ΕΚ. Ἐστι δὲ καὶ τῶν ΛΜ,
ΝΞ μέσον ἀνάλογον τὸ ΜΝ, ὡς ἐν τοῖς ἔμ-
προσθεν ἐδείχθη, καὶ ἔστι τὸ μὲν ΑΙ τῷ ΛΜ
τετραγώνῳ ἴσον, τὸ δὲ ΖΚ τῷ ΝΞ· καὶ τὸ ΜΝ
ἄρα τῷ ΕΚ ἴσον ἐστίν. Ἀλλὰ τὸ μὲν ΕΚ τῷ
ΔΘ ἐστιν ἴσον[8], τὸ δὲ ΜΝ τῷ ΛΞ· τὸ ἄρα ΔΚ

EH ad ZH ita est EK ad KZ; ipsorum igitur
AI, KZ medium proportionale est EK. Est
autem et ipsorum ΛΜ, ΝΞ medium proportionale MN, ut superius demonstratum est,
atque est quidem AI quadrato ΛΜ æquale, ipsum verò ZK ipsi ΝΞ; et MN igitur ipsi EK
æquale est. Sed quidem EK ipsi ΔΘ est æquale,
ipsum verò MN ipsi ΛΞ; ergo ΔΚ æquale est

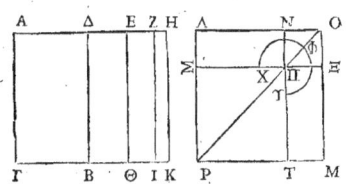

ἴσον ἐστὶ τῷ ΥΦΧ γνώμονι καὶ τῷ ΝΞ. Ἐστι
δὲ καὶ τὸ ΑΚ ἴσον τοῖς ΛΜ, ΝΞ τετραγώνοις·
λοιπὸν[9] ἄρα τὸ ΑΒ ἴσον ἐστὶ τῷ ΣΤ· τὸ δὲ ΣΤ
τὸ ἀπὸ τῆς ΛΝ ἐστι τετράγωνον· τὸ ἄρα ἀπὸ
τῆς ΛΝ τετράγωνον ἴσον ἐστὶ τῷ ΑΒ· ἡ ΛΝ ἄρα
δύναται τὸ ΑΒ. Λέγω δὴ ὅτι καὶ[10] ἡ ΛΝ ἀποτομή ἐστιν. Ἐπεὶ γὰρ ῥητόν ἐστιν ἑκάτερον τῶν
ΑΙ, ΖΚ, καὶ ἔστιν ἴσον τοῖς ΛΜ, ΝΞ· καὶ ἑκάτερον ἄρα τῶν ΛΜ, ΝΞ ῥητόν ἐστι, τουτέστι

gnomoni ΥΦΧ et ipsi ΝΞ. Est autem et ΑΚ
æquale quadratis ΛΜ, ΝΞ; reliquum igitur ΑΒ
æquale est ipsi ΣΤ; sed ΣΤ ex ΛΝ est quadratum; ergo ex ΛΝ quadratum æquale est ipsi
ΑΒ; ipsa ΛΝ igitur potest ipsum ΑΒ. Dico et
ΛΝ apotomen esse. Quoniam enim rationale est
utrumque ipsorum ΑΙ, ΖΚ, atque est æquale
quadratis ΛΜ, ΝΞ; et utrumque igitur ipsorum
ΛΜ, ΝΞ rationale est, hoc est quadratum ex

à EK, et EH est à ZH comme EK est à KZ (1.6); le parallélogramme EK est donc
moyen proportionel entre les parallélogrammes AI, KZ. Et puisque MN est moyen
proportionel entre ΛΜ et ΝΞ, ainsi qu'on l'a démontré plus haut (55. 10), que AI
est égal au quarré ΛΜ, et que ZK l'est à ΝΞ, le parallélogramme MN sera égal à EK.
Mais EK est égal à ΔΘ (37. 1), et MN à ΛΞ (43. 1); le parallélogramme ΔΚ est
donc égal au gnomon ΥΦΧ, conjointement avec ΝΞ. Mais le parallélogramme ΑΚ
est égal à la somme des quarrés ΛΜ, ΝΞ; le parallélogramme restant ΑΒ est donc
égal à ΣΤ. Mais ΣΤ est le quarré de ΛΝ; le quarré de ΛΝ est donc égal à ΑΒ; la
droite ΛΝ peut donc la surface ΑΒ. Je dis aussi que ΛΝ est un apotome. Car puisque chacun des parallélogrammes AI, ZK est rationel, et qu'ils sont égaux aux
quarrés ΛΜ, ΝΞ, chacun des quarrés ΛΜ, ΝΞ, c'est-à-dire chacun des quarrés des

τὸ ἀπὸ ἑκατέρων[11] τῶν ΛΟ, ΟΝ· καὶ ἑκατέρα ἄρα τῶν ΛΟ, ΟΝ ῥητή ἐστι. Πάλιν, ἐπεὶ μέσον ἐστὶ τὸ ΔΘ, καὶ ἐστιν ἴσον τῷ ΛΞ· μέσον ἄρα ἐστὶ καὶ τὸ ΛΞ. Ἐπεὶ οὖν τὸ μὲν ΛΞ μέσον ἐστὶ, τὸ δὲ ΝΞ ῥητόν, ἀσύμμετρον ἄρα ἐστὶ καὶ[12] τὸ ΛΞ τῷ ΝΞ· ὡς δὲ τὸ ΛΞ πρὸς τὸ ΝΞ οὕτως ἐστὶν ἡ ΛΟ πρὸς τὴν ΟΝ· ἀσύμμετρος ἄρα ἐστὶν ἡ ΛΟ τῇ ΟΝ μήκει. Καὶ εἰσιν ἀμφότεραι ῥηταί· αἱ ΛΟ, ΟΝ ἄρα ῥηταί εἰσι δυνάμει μόνον σύμμετροι· ἀποτομὴ ἄρα ἐστὶν ἡ ΛΝ. Καὶ δύναται τὸ ΑΒ χωρίον· ἡ ἄρα τὸ ΑΒ χωρίον δυναμένη ἀποτομή ἐστιν.

Ἐὰν ἄρα χωρίον, καὶ τὰ ἑξῆς[13].

ΠΡΟΤΑΣΙΣ ϟγ'.

Ἐὰν χωρίον περιέχηται ὑπὸ ῥητῆς καὶ ἀποτομῆς δευτέρας, ἡ τὸ χωρίον δυναμένη μέσης ἀποτομή ἐστι πρώτη.

Χωρίον γὰρ τὸ ΑΒ περιεχέσθω ὑπὸ ῥητῆς τῆς ΑΓ καὶ ἀποτομῆς δευτέρας τῆς ΑΔ· λέγω ὅτι ἡ τὸ ΑΒ χωρίον δυναμένη μέσης ἀποτομή ἐστι πρώτη.

utrisque ΛΟ, ΟΝ; et utraque igitur ipsarum ΛΟ, ΟΝ rationalis est. Rursus, quoniam medium est ΔΘ, atque est æquale ipsi ΛΞ; medium igitur est et ΛΞ. Quoniam igitur quidem ΛΞ medium est, ipsum verò ΝΞ rationale, incommensurabile igitur est et ΛΞ ipsi ΝΞ; ut autem ΛΞ ad ΝΞ ita est ΛΟ ad ΟΝ; incommensurabilis igitur est ΛΟ ipsi ΟΝ longitudine. Et sunt ambæ rationales; ipsæ ΛΟ, ΟΝ igitur rationales sunt potentiâ solùm commensurabiles; apotome igitur est ΛΝ. Et potest spatium ΑΒ; recta igitur spatium ΑΒ potens apotome est.

Si igitur spatium, etc.

PROPOSITIO XCIII.

Si spatium contineatur sub rationali et apotome secundâ, recta spatium potens mediæ apotome est prima.

Spatium enim ΑΒ contineatur sub rationali ΑΓ et apotome secundâ ΑΔ; dico rectam quæ spatium ΑΒ potest mediæ apotomen esse primam.

droites ΛΟ, ΟΝ sera rationel ; les droites ΛΟ, ΟΝ sont donc rationelles l'une et l'autre. De plus, puisque le parallélogramme ΔΘ est médial, et qu'il est égal à ΛΞ, le parallélogramme ΛΞ sera aussi médial. Et puisque ΛΞ est médial, et que ΝΞ est rationel, le parallélogramme ΛΞ sera incommensurable avec le quarré ΝΞ ; mais ΛΞ est à ΝΞ comme ΛΟ est à ΟΝ (1.6) ; la droite ΛΟ est donc incommensurable en longueur avec ΟΝ (10. 10). Mais ces droites sont rationelles l'une et l'autre ; les droites ΛΟ, ΟΝ sont donc des rationelles commensurables en puissance seulement ; la droite ΛΝ est donc un apotome (74. 10). Mais cette droite peut la surface ΑΒ ; la droite qui peut la surface ΑΒ est donc un apotome. Si donc, etc.

PROPOSITION XCIII.

Si une surface est comprise sous une rationelle et un second apotome, la droite qui peut cette surface est un premier apotome d'une médiale.

Que la surface ΑΒ soit comprise sous la rationelle ΑΓ et sous le second apotome ΑΔ ; je dis que la droite qui peut la surface ΑΒ est un premier apotome d'une médiale.

Εστω γὰρ τῇ ΑΔ προσαρμόζουσα ἡ ΔΗ· αἱ ἄρα ΑΗ, ΗΔ ῥηταί εἰσι δυνάμει μόνον σύμμετροι, καὶ ἡ προσαρμόζουσα ἡ ΔΗ σύμμετρές ἐστι τῇ ἐκκειμένῃ ῥητῇ τῇ ΑΓ, ἡ δὲ ὅλη ἡ ΑΗ[1] τῆς προσαρμοζούσης τῆς ΗΔ μείζον δύναται τῷ ἀπὸ συμμέτρου ἑαυτῇ μήκει· ἐπεὶ οὖν ἡ ΑΗ τῆς ΗΔ μείζον δύναται τῷ ἀπὸ συμμέτρου ἑαυτῇ μήκει[2]· ἐὰν ἄρα τῷ τετάρτῳ

Sit enim ipsi ΑΔ congruens ΔΗ; ipsæ igitur ΑΗ, ΗΔ rationales sunt potentiâ solùm commensurabiles, et congruens ΔΗ commensurabilis est expositæ rationali ΑΓ, sed tota ΑΗ quam congruens ΗΔ plus potest quadrato ex rectâ sibi commensurabili longitudine; quoniam igitur ΑΗ quam ΗΔ plus potest quadrato ex rectâ sibi commensurabili longitudine; si

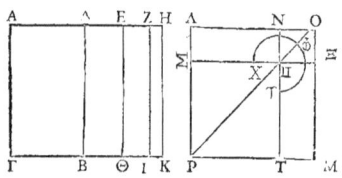

μέρει τοῦ ἀπὸ τῆς ΗΔ ἴσον παρὰ τὴν ΑΗ παραβληθῇ ἐλλεῖπον εἴδει τετραγώνῳ, εἰς σύμμετρα αὐτὴν διελεῖ[3]. Τετμήσθω οὖν ἡ ΔΗ δίχα κατὰ τὸ Ε· καὶ τῷ ἀπὸ τῆς ΕΗ ἴσον παρὰ τὴν ΑΗ παραβεβλήσθω ἐλλεῖπον εἴδει τετραγώνῳ, καὶ ἔστω τὸ ὑπὸ τῶν ΑΖ, ΖΗ· σύμμετρος ἄρα ἐστὶν ἡ ΑΖ τῇ ΖΗ μήκει. Καὶ διὰ τῶν Ε, Ζ, Η σημείων τῇ ΑΓ παράλληλοι ἤχθωσαν αἱ ΕΘ,

igitur quartæ parti quadrati ex ΗΔ æquale parallelogrammum ad ipsam ΑΗ applicetur deficiens figurâ quadratâ, in partes commensurabiles ipsam dividet. Secetur igitur ΔΗ bifariam in Ε; et quadrato ex ΕΗ æquale parallelogrammum ad ipsam ΑΗ applicetur deficiens figurâ quadratâ, et sit rectangulum sub ΑΖ, ΖΗ; commensurabilis igitur est ΑΖ ipsi ΖΗ longitudine. Et per puncta Ε, Ζ, Η ipsi ΑΓ paral-

Que la droite ΔΗ conviène avec ΑΔ, les droites ΑΗ, ΗΔ seront des rationelles commensurables en puissance seulement; la congruente ΔΗ sera commensurable avec la rationelle exposée ΑΓ, et la puissance de la droite entière ΑΗ surpassera la puissance de la congruente ΗΔ du quarré d'une droite commensurable en longueur avec ΑΗ (déf. trois. 2. 10), puisque la puissance de ΑΗ surpasse la puissance de ΗΔ du quarré d'une droite commensurable en longueur avec ΑΗ, si nous appliquons à ΑΗ un parallélogramme qui étant égal à la quatrième partie du quarré de ΗΔ, soit défaillant d'une figure quarrée, ce parallélogramme divisera la droite ΑΗ en parties commensurables (18. 10). Coupons ΔΗ en deux parties égales au point Ε; appliquons à ΑΗ un parallélogramme qui étant égal au quarré de ΕΗ soit défaillant d'une figure quarrée, et que ce soit le rectangle sous ΑΖ, ΖΗ; la droite ΑΖ sera commensurable en longueur avec ΖΗ. Par les points Ε, Ζ, Η menons les

ΖΙ, ΗΚ. Καὶ ἐπεὶ σύμμετρός ἐστι ἡ ΑΖ τῇ ΖΗ μήκει[5]· καὶ ἡ ΑΗ ἄρα ἑκατέρᾳ τῶν ΑΖ, ΖΗ σύμμετρός ἐστι μήκει. Ῥητὴ δὲ ΑΗ καὶ ἀσύμμετρος τῇ ΑΓ μήκει· καὶ ἑκατέρα τῶν ΑΖ, ΖΗ ῥητή ἐστι, καὶ ἀσύμμετρος τῇ ΑΓ μήκει· ἑκατέρον ἄρα τῶν ΑΙ, ΖΚ μέσον ἐστί. Πάλιν, ἐπεὶ σύμμετρός ἐστιν ἡ ΔΕ τῇ ΕΗ, καὶ ἡ ΔΗ ἄρα ἑκατέρᾳ τῶν ΔΕ, ΕΗ σύμμετρός ἐστιν. Ἀλλ᾽ ἡ ΔΗ σύμμετρός ἐστι τῇ ΑΓ μήκει· ῥητὴ ἄρα ἐστὶ καὶ ἑκατέρα τῶν ΔΕ, ΕΗ, καὶ σύμμετρος τῇ ΑΓ μήκει[6]· ἑκάτερον ἄρα τῶν ΔΘ, ΕΚ ῥητόν ἐστι. Συνεστάτω οὖν τῷ μὲν ΑΙ ἴσον τετράγωνον τὸ ΛΜ, τῷ δὲ ΖΚ ἴσον ἀφῃρήσθω τὸ ΝΞ, περὶ τὴν αὐτὴν γωνίαν ὂν τῷ ΛΜ, τὴν ὑπὸ τῶν ΛΟΜ[7]· περὶ τὴν αὐτὴν ἄρα διάμετρόν ἐστι τὰ ΛΜ, ΝΞ τετράγωνα. Ἔστω αὐτῶν διάμετρος ἡ ΟΡ, καὶ καταγεγράφθω τὸ σχῆμα. Ἐπεὶ οὖν τὰ ΑΙ, ΖΚ μέσα ἐστὶ, καὶ σύμμετρα ἀλλήλοις[8], καὶ ἔστιν ἴσα τοῖς ἀπὸ τῶν ΛΟ, ΟΝ· καὶ τὰ ἀπὸ τῶν ΛΟ, ΟΝ ἄρα[9]

lelæ ducantur ΕΘ, ΖΙ, ΗΚ. Et quoniam commensurabilis est ΑΖ ipsi ΖΗ longitudine; et ΑΗ igitur utrique ipsarum ΑΖ, ΖΗ commensurabilis est longitudine. Rationalis autem ΑΗ et incommensurabilis ipsi ΑΓ longitudine; et utraque igitur ipsarum ΑΖ, ΖΗ rationalis est, et incommensurabilis ipsi ΑΓ longitudine; utrumque igitur ipsorum ΑΙ, ΖΚ medium est. Rursus, quoniam commensurabilis est ΔΕ ipsi ΕΗ, et ΔΗ igitur utrique ipsarum ΔΕ, ΕΗ commensurabilis est. Sed ΔΗ commensurabilis est ipsi ΑΓ longitudine; rationalis igitur est et utraque ipsarum ΔΕ, ΕΗ, et commensurabilis ipsi ΑΓ longitudine; utrumque igitur ipsorum ΔΘ, ΕΚ rationale est. Constituatur igitur ipsi quidem ΑΙ æquale quadratum ΛΜ, ipsi verò ΖΚ æquale auferatur ΝΞ, circa eumdem angulum ΛΟΜ cum ipso ΛΜ; ergo circa eamdem diametrum sunt quadrata ΛΜ, ΝΞ. Sit ipsorum diameter ΟΡ, et describatur figura. Quoniam igitur ΑΙ, ΖΚ media sunt, et commensurabilia inter se, et sunt æqualia quadratis ex ΛΟ, ΟΝ; et qua-

droites ΕΘ, ΖΙ, ΗΚ parallèles à ΑΓ. Puisque ΑΖ est commensurable en longueur avec ΖΗ, la droite ΑΗ sera aussi commensurable en longueur avec chacune des droites ΑΖ, ΖΗ (16. 10). Mais ΑΗ est rationnelle et incommensurable en longueur avec ΑΓ; chacune des droites ΑΖ, ΖΗ est donc rationnelle et incommensurable en longueur avec ΑΓ; chacun des parallélogrammes ΑΙ, ΖΚ sera par conséquent médial (22. 10). De plus, puisque ΔΕ est commensurable avec ΕΗ, la droite ΔΗ sera commensurable avec chacune des droites ΔΕ, ΕΗ. Mais la droite ΔΗ est commensurable en longueur avec ΑΓ; chacune des droites ΔΕ, ΕΗ est donc rationnelle et commensurable en longueur avec ΑΓ; chacun des parallélogrammes ΔΘ, ΕΚ est donc rationel. Faisons le quarré ΛΜ égal au parallélogramme ΑΙ (14. 2), et retranchons de ΛΜ un quarré ΝΞ égal au parallélogramme ΖΚ, ce quarré étant dans le même angle que ΛΜ; savoir, dans l'angle ΛΟΜ; les quarrés ΛΜ, ΝΞ seront autour de la même diagonale (26. 6). Que leur diagonale soit ΟΡ, et décrivons la figure. Puisque les parallélogrammes ΑΙ, ΖΚ sont médiaux et commensurables entre eux, et qu'ils sont égaux aux quarrés des droites ΛΟ, ΟΝ, les quarrés des droites ΛΟ, ΟΝ

μίσα ἐστί· καὶ αἱ ΛΟ, ΟΝ ἄρα μίσαι εἰσί. Λέγω ὅτι καὶ δυνάμει μόνον σύμμετροι. Ἐπεὶ γὰρ¹⁰ τὸ ὑπὸ τῶν ΑΖ, ΖΗ ἴσον ἐστὶ τῷ ἀπὸ τῆς ΕΗ, ἐστιν ἄρα ὡς ἡ ΑΖ πρὸς τὴν ΕΗ οὕτως ἡ ΕΗ πρὸς τὴν ΖΗ· ἀλλ᾽ ὡς μὲν ἡ ΑΖ πρὸς τὴν ΕΗ οὕτως τὸ ΑΙ πρὸς τὸ ΕΚ. Ὡς δὲ ἡ ΕΗ πρὸς τὴν ΖΗ, οὕτως ἐστὶ¹¹ τὸ ΕΚ πρὸς τὸ ΖΚ· τῶν ἄρα ΑΙ, ΖΚ μίσον ἀνάλογόν ἐστι τὸ ΕΚ. Ἐστι δὲ καὶ

drata ex ΛΟ, ΟΝ igitur media sunt; et ΛΟ, ΟΝ igitur mediæ sunt. Dico et potentiâ solùm commensurabiles. Quoniam enim rectangulum sub ΑΖ, ΖΗ æquale est quadrato ex ΕΗ, est igitur ut ΑΖ ad ΕΗ ita ΕΗ ad ΖΗ; sed ut quidem ΑΖ ad ΕΗ ita ΑΙ ad ΕΚ. Ut autem ΕΗ ad ΖΗ, ita est ΕΚ ad ΖΚ; ipsorum igitur ΑΙ, ΖΚ medium proportionale est ΕΚ. Est autem et

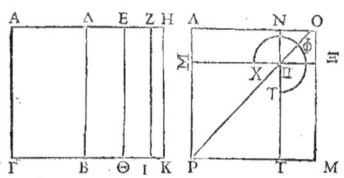

τῶν ΛΜ, ΝΞ τετραγώνων μίσον ἀνάλογον τὸ ΜΝ, καὶ ἐστιν ἴσον τὸ μὲν ΑΙ τῷ ΛΜ, τὸ δὲ ΖΚ τῷ ΝΞ· καὶ τὸ ΜΝ ἄρα ἴσον ἐστὶ τῷ ΕΚ. Ἀλλὰ τῷ μὲν ΕΚ ἴσον ἐστὶ¹² τὸ ΔΘ, τῷ δὲ ΜΝ ἴσον τὸ ΔΞ· ὅλον ἄρα τὸ ΔΚ ἴσον ἐστὶ τῷ ΥΦΧ γνώμονι, καὶ τῷ ΝΞ. Ἐπεὶ οὖν ὅλον τὸ ΑΚ ἴσον ἐστὶ τοῖς ΛΜ, ΝΞ, ὧν τὸ ΔΚ ἴσον ἐστὶ τῷ ΥΦΧ γνώμονι, καὶ τῷ ΝΞ· λοιπὸν ἄρα τὸ ΑΒ ἴσον ἐστὶ τῷ ΣΤ, τουτέστι

quadratorum ΛΜ, ΝΞ medium proportionale ΜΝ, atque est æquale quidem ΑΙ ipsi ΛΜ, ipsum verò ΖΚ ipsi ΝΞ; et ΜΝ igitur æquale est ipsi ΕΚ. Sed ipsi quidem ΕΚ æquale est ΔΘ, ipsi verò ΜΝ æquale ΔΞ; totum igitur ΔΚ æquale est gnomoni ΥΦΧ, et ipsi ΝΞ. Quoniam igitur totum ΑΚ æquale est quadratis ΛΜ, ΝΞ, quorum ΔΚ æquale est gnomoni ΥΦΧ, et ipsi ΝΞ; reliquum igitur ΑΒ æquale est ipsi ΣΤ, hoc est

seront médiaux ; les droites ΛΟ, ΟΝ sont donc des médiales. Je dis que ces droites sont commensurables en puissance seulement. Car puisque le rectangle sous ΑΖ, ΖΗ est égal au quarré de ΕΗ, la droite ΑΖ sera à ΕΗ comme ΕΗ est à ΖΗ (17. 6). Mais ΑΖ est à ΕΗ comme ΑΙ est à ΕΚ (1. 6), et ΕΗ est à ΖΗ comme ΕΚ est à ΖΚ; le parallélogramme ΕΚ est donc moyen proportionel entre les parallélogrammes ΑΙ, ΖΚ. Mais ΜΝ est aussi moyen proportionnel entre ΛΜ et ΝΞ (55. 10), et ΑΙ est égal à ΛΜ, et ΖΚ égal à ΝΞ; le parallélogramme ΜΝ est donc égal à ΕΚ. Mais ΔΘ est égal à ΕΚ (37. 1), et ΔΞ égal à ΜΝ (43. 1), le parallélogramme entier ΔΚ est donc égal au gnomon ΥΦΧ, conjointement avec ΝΞ. Et puisque le parallélogramme ΑΚ tout entier est égal à la somme des quarrés ΛΜ, ΝΞ, et que la partie ΔΚ est égale au gnomon ΥΦΧ, conjointement avec ΝΞ, le parallélogramme restant

τῷ¹³ ἀπὸ τῆς ΛΝ· τὸ ἄρα ἀπὸ τῆς ΛΝ¹⁴ ἴσον ἐστὶ τῷ ΑΒ χωρίῳ· ἡ ΛΝ ἄρα δύναται τὸ¹⁵ ΑΒ χωρίον. Λέγω δὴ¹⁶ ὅτι ἡ ΛΝ μέσης¹⁷ ἀποτομή ἐστι πρώτη. Ἐπεὶ γὰρ ῥητόν ἐστι τὸ ΕΚ, καὶ ἐστιν ἴσον τῷ ΜΝ, τουτέστι¹⁸ τῷ ΛΞ· ῥητὸν ἄρα ἐστὶ¹⁹ τὸ ΛΞ, τουτέστι τὸ ὑπὸ τῶν ΛΟ, ΟΝ. Μέσον δὲ ἐδείχθη τὸ ΝΞ· ἀσύμμετρον ἄρα ἐστὶ τὸ ΛΞ τῷ ΝΞ· ὡς δὲ²⁰ τὸ ΛΞ πρὸς τὸ ΝΞ οὕτως ἐστὶν ἡ ΛΟ πρὸς τὴν ΟΝ· αἱ ΛΟ, ΟΝ ἄρα ἀσύμμετροί εἰσι μήκει· αἱ ἄρα ΛΟ, ΟΝ μέσαι εἰσὶ δυνάμει μόνον σύμμετροι, ῥητὸν περιέχουσαι· ἡ ΛΝ ἄρα μέσης ἀποτομή ἐστι πρώτη, καὶ δύναται τὸ ΑΒ χωρίον· ἡ ἄρα τὸ ΑΒ χωρίον δυναμένη μέσης ἀποτομή ἐστι πρώτη. Ὅπερ ἔδει δεῖξαι.

ΠΡΟΤΑΣΙΣ ϟδ´.

Ἐὰν χωρίον περιέχηται ὑπὸ ῥητῆς καὶ ἀποτομῆς τρίτης, ἡ τὸ χωρίον δυναμένη μέσης ἀποτομή ἐστι δευτέρα.

quadrato ex ΛΝ; quadratum igitur ex ΛΝ æquale est spatio ΑΒ; ergo ΛΝ potest spatium ΑΒ. Dico et ΛΝ mediæ apotomen esse primam. Quoniam enim rationale est ΕΚ, atque est æquale ipsi ΜΝ, hoc est ipsi ΛΞ; rationale igitur est ΛΞ, hoc est rectangulum sub ΛΟ, ΟΝ. Medium autem ostensum est ΝΞ; incommensurabile igitur est ΛΞ ipsi ΝΞ; ut verò ΛΞ ad ΝΞ ita est ΛΟ ad ΟΝ; ipsæ ΛΟ, ΟΝ igitur incommensurabiles sunt longitudine; ipsæ igitur ΛΟ, ΟΝ mediæ sunt potentiâ solùm commensurabiles, rationale continentes; ergo ΛΝ mediæ apotome est prima, et potest spatium ΑΒ; recta igitur spatium ΑΒ potens mediæ apotome est prima. Quod oportebat ostendere.

PROPOSITIO XCIV.

Si spatium contineatur sub rationali et apotome tertiâ, recta spatium potens mediæ apotome est secunda.

ΑΒ sera égal à ΣΤ, c'est-à-dire au quarré de ΛΝ; le quarré de ΛΝ est donc égal à la surface ΑΒ; la droite ΛΝ peut donc la surface ΑΒ. Or, je dis que ΛΝ est un premier apotome d'une médiale. Car, puisque le parallélogramme ΕΚ est rationel et égal à ΜΝ, c'est-à-dire à ΛΞ, le parallélogramme ΛΞ, c'est-à-dire le rectangle sous ΛΟ, ΟΝ, sera rationel. Mais on a démontré que ΝΞ est médial; le parallélogramme ΛΞ est donc incommensurable avec ΝΞ; mais ΛΞ est à ΝΞ comme ΛΟ est à ΟΝ (1.6); les droites ΛΟ, ΟΝ sont donc incommensurables en longueur; les droites ΛΟ, ΟΝ sont donc des médiales, qui étant commensurables en puissance seulement, comprènent une surface rationelle; la droite ΛΝ est donc un premier apotome d'une médiale (75. 10), et elle peut la surface ΑΒ; la droite qui peut la surface ΑΒ est donc un premier apotome d'une médiale. Ce qu'il fallait démontrer.

PROPOSITION XCIV.

Si une surface est comprise sous une rationelle et un troisième apotome, la droite qui peut cette surface est un second apotome d'une médiale.

II.   44

Χωρίον γὰρ τὸ ΑΒ περιεχέσθω ὑπὸ ῥητῆς τῆς ΑΓ καὶ ἀποτομῆς τρίτης τῆς ΑΔ· λέγω ὅτι ἡ τὸ ΑΒ χωρίον δυναμένη μέσης ἀποτομή ἐστι δευτέρα.

Ἔστω γὰρ τῇ ΑΔ προσαρμόζουσα ἡ ΔΗ· αἱ ΑΗ, ΗΔ ἄρα ῥηταί εἰσι δυνάμει μόνον σύμμετροι, καὶ οὐδετέρα τῶν ΑΗ, ΗΔ σύμμετρός ἐστι μήκει τῇ ἐκκειμένῃ ῥητῇ τῇ ΑΓ, ἡ δὲ ὅλη ἡ ΑΗ τῆς προσαρμοζούσης τῆς ΔΗ μεῖζον δύναται

Spatium enim ΑΒ contineatur sub rationali ΑΒ et apotome tertiâ ΑΔ; dico rectam, quæ spatium ΑΒ potest, mediæ apotomen esse secundam.

Sit enim ipsi ΑΔ congruens ΔΗ; ipsæ ΑΗ, ΗΔ igitur rationales sunt potentiâ solùm commensurabiles, et neutra ipsarum ΑΗ, ΗΔ commensurabilis est longitudine expositæ rationali ΑΓ, tota autem ΑΗ quam congruens ΔΗ plus

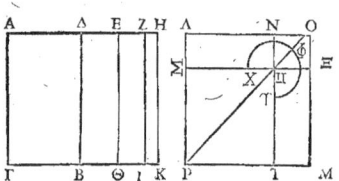

τῷ ἀπὸ συμμέτρου ἑαυτῇ. Ἐπεὶ οὖν ἡ ΑΗ τῆς ΔΗ μεῖζον δύναται τῷ ἀπὸ συμμέτρου ἑαυτῇ· ἐὰν ἄρα τῷ τετάρτῳ μέρει τοῦ ἀπὸ τῆς ΔΗ ἴσον παρὰ τὴν ΑΗ παραβληθῇ ἐλλεῖπον εἴδει τετραγώνῳ, εἰς σύμμετρα αὐτὴν διελεῖ. Τετμήσθω οὖν ἡ ΔΗ δίχα κατὰ τὸ Ε, καὶ τῷ ἀπὸ τῆς ΕΗ ἴσον παρὰ τὴν ΑΗ παραβεβλήσθω

potest quadrato ex rectâ sibi commensurabili. Quoniam igitur ΑΗ quam ΔΗ plus potest quadrato ex rectâ sibi commensurabili; si igitur quartæ parti quadrati ex ΔΗ æquale ad ΑΗ applicetur deficiens figurâ quadratâ, in partes commensurabiles ipsam dividet. Secetur igitur ΔΗ bifariam in Ε, et quadrato ex ΕΗ æquale

Que la surface ΑΒ soit comprise sous une rationelle ΑΓ et un troisième apotome ΑΔ; je dis que la droite qui peut la surface ΑΒ est un second apotome d'une médiale.

Car que ΔΗ conviène avec ΑΔ; les droites ΑΗ, ΗΔ seront des rationelles commensurables en puissance seulement; aucune des droites ΑΗ, ΗΔ ne sera commensurable en longueur avec la rationelle exposée ΑΓ, et la puissance de la droite entière ΑΗ surpassera la puissance de la congruente ΔΗ du quarré d'une droite commensurable avec la droite entière ΑΗ (déf. trois. 3. 10). Et puisque la puissance de ΑΗ surpasse la puissance de ΔΗ du quarré d'une droite commensurable avec ΑΗ, si nous appliquons à ΑΗ un parallélogramme, qui étant égal à la quatrième partie du quarré de ΔΗ, soit défaillant d'une figure quarrée, ce parallélogramme divisera ΑΗ en parties commensurables (18. 10). Coupons ΔΗ en deux parties égales au point Ε, et appliquons à ΑΗ un parallélogramme, qui étant

ἐλλεῖπον εἴδει τετραγώνῳ, καὶ ἔστω τὸ ὑπὸ τῶν ΑΖ, ΖΗ. Καὶ ἤχθωσαν διὰ τῶν Ε, Ζ, Η σημείων τῇ ΑΓ παράλληλοι αἱ ΕΘ, ΖΙ, ΗΚ· σύμμετροι ἄρα εἰσὶν αἱ ΑΖ, ΖΗ· σύμμετρον ἄρα καὶ τὸ ΑΙ τῷ ΖΚ. Καὶ ἐπεὶ αἱ ΑΖ, ΖΗ σύμμετροί εἰσι μήκει, καὶ ἡ ΑΗ ἄρα ἑκατέρᾳ τῶν ΑΖ, ΖΗ σύμμετρός ἐστι μήκει. Ῥητὴ δὲ ἡ ΑΗ καὶ ἀσύμμετρος τῇ ΑΓ μήκει· καὶ ἑκατέρα ἄρα τῶν ΑΖ, ΖΗ ῥητή ἐστι καὶ ἀσύμμετρος τῇ ΑΓ μήκει· καὶ¹ ἑκάτερον ἄρα τῶν ΑΙ, ΖΚ μέσον ἐστί. Πάλιν, ἐπεὶ σύμμετρός ἐστιν ἡ ΔΕ τῇ ΕΗ μήκει, καὶ ἡ ΔΗ ἄρα ἑκατέρᾳ τῶν ΔΕ, ΕΗ σύμμετρός ἐστι μήκει². Ῥητὴ δὲ ἡ ΔΗ καὶ ἀσύμμετρος τῇ ΑΓ μήκει· ῥητὴ ἄρα καὶ ἑκατέρα τῶν ΔΕ, ΕΗ, καὶ ἀσύμμετρος τῇ ΑΓ μήκει· ἑκάτερον ἄρα τῶν ΔΘ, ΕΚ μέσον ἐστί. Καὶ ἐπεὶ αἱ ΑΗ, ΗΔ δυνάμει μόνον σύμμετροί εἰσιν, ἀσύμμετρος ἄρα ἐστὶ μήκει ἡ ΑΗ τῇ ΔΗ. Ἀλλὰ ἡ μὲν ΑΗ τῇ ΑΖ σύμμετρός ἐστι μήκει,

ad AH applicetur deficiens figurâ quadratâ, et sit rectangulum sub AZ, ZH. Et ducantur per puncta E, Z, H ipsi AΓ parallelæ EΘ, ZI, HK; commensurabiles igitur sunt AZ, ZH; commensurabile igitur et AI ipsi ZK. Et quoniam AZ, ZH commensurabiles sunt longitudine, et AH igitur utrique ipsarum AZ, ZH commensurabilis est longitudine. Rationalis autem AH et incommensurabilis ipsi AΓ longitudine; et utraque igitur ipsarum AZ, ZH rationalis est et incommensurabilis ipsi AΓ longitudine; et utrumque igitur ipsorum AI, ZK medium est. Rursus, quoniam commensurabilis est ΔE ipsi EH longitudine, et ΔH igitur utrique ipsarum ΔE, EH commensurabilis est longitudine. Rationalis autem ΔH et incommensurabilis ipsi AΓ longitudine; rationalis igitur et utraque ipsarum ΔE, EH, et incommensurabilis ipsi AΓ longitudine; utrumque igitur ipsorum ΔΘ, EK medium est. Et quoniam AH, HΔ potentiâ solùm commensurabiles sunt, incommensurabilis igitur est longitudine ipsa AH ipsi ΔH. Sed quidem AH ipsi AZ commen-

égal au quarré de ΕΗ, soit défaillant d'une figure quarrée, et que ce soit le rectangle sous ΑΖ, ΖΗ. Par les points Ε, Ζ, Η menons les droites ΕΘ, ΖΙ, ΗΚ parallèles à ΑΓ ; les droites ΑΖ, ΖΗ seront commensurables ; le parallélogramme ΑΙ sera donc commensurable avec ΖΚ. Et puisque les droites ΑΖ, ΖΗ sont commensurables en longueur, la droite ΑΗ sera commensurable en longueur avec chacune des droites ΑΖ, ΖΗ (16. 10). Mais ΑΗ est rationelle et incommensurable en longueur avec ΑΓ ; chacune des droites ΑΖ, ΖΗ est donc rationelle et incommensurable en longueur avec ΑΓ ; chacun des parallélogrammes ΑΙ, ΖΚ est donc médial (22. 10). De plus, puisque ΔΕ est commensurable en longueur avec ΕΗ ; la droite ΔΗ sera commensurable en longueur avec chacune des droites ΔΕ, ΕΗ. Mais ΔΗ est rationelle et incommensurable en longueur avec ΑΓ ; chacune des droites ΔΕ, ΕΗ est donc rationelle et incommensurable en longueur avec ΑΓ ; chacun des parallélogrammes ΔΘ, ΕΚ est donc médial (22. 10). Et puisque les droites ΑΗ, ΗΔ sont commensurables en puissance seulement, la droite ΑΗ sera incommensurable en longueur avec ΔΗ. Mais ΑΗ est commensurable en longueur

ἢ δὲ ΔΗ τῇ ΗΕ· ἀσύμμετρος ἄρα ἐστὶν ἡ ΑΖ τῇ ΕΗ μήκει. Ὡς δὲ ἡ ΑΖ πρὸς τὴν ΕΗ οὕτως ἐστὶ τὸ ΑΙ πρὸς τὸ ΕΚ· ἀσύμμετρον ἄρα ἐστὶ τὸ ΑΙ τῷ ΕΚ³. Συνεστάτω οὖν τῷ μὲν ΑΙ ἴσον τετράγωνον τὸ ΛΜ, τῷ δὲ ΖΚ ἴσον ἀφηρήσθω τὸ ΝΞ, περὶ τὴν αὐτὴν γωνίαν ὃν τῷ ΛΜ· περὶ τὴν αὐτὴν ἄρα διάμετρόν ἐστι τὰ ΛΜ, ΝΞ.

surabilis est longitudine, ipsa verò ΔΗ ipsi ΗΕ; incommensurabilis igitur est ΑΖ ipsi ΕΗ longitudine. Ut autem ΑΖ ad ΕΗ ita est ΑΙ ad ΕΚ; incommensurabile igitur est ΑΙ ipsi ΕΚ. Constituatur igitur ipsi quidem ΑΙ æquale quadratùm ΛΜ, ipsi verò ΖΚ æquale auferatur ΝΞ, eumdem angulum habens cum ipso ΛΜ; ergo circa eamdem dia-

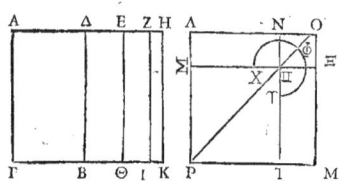

Ἔστω αὐτῶν διάμετρος ἡ ΟΡ, καὶ καταγεγράφθω τὸ σχῆμα. Ἐπεὶ οὖν τὸ ὑπὸ τῶν ΑΖ, ΖΗ ἴσον ἐστὶ τῷ ἀπὸ τῆς ΕΗ· ἔστιν ἄρα ὡς ἡ ΑΖ πρὸς τὴν ΕΗ οὕτως ἡ ΕΗ πρὸς τὴν ΖΗ. Ἀλλ' ὡς μὲν ἡ ΑΖ πρὸς τὴν ΕΗ οὕτως ἐστὶ τὸ ΑΙ πρὸς τὸ ΕΚ· ὡς δὲ ἡ ΕΗ πρὸς τὴν ΖΗ οὕτως ἐστὶ⁴ τὸ ΕΚ πρὸς τὸ ΖΚ· καὶ ὡς ἄρα τὸ ΑΙ πρὸς τὸ ΕΚ οὕτως τὸ ΕΚ πρὸς τὸ ΖΚ⁵· τῶν ἄρα ΑΙ, ΖΚ μέσον ἀνάλογόν ἐστι τὸ ΕΚ. Ἔστι δὲ καὶ τῶν ΛΜ, ΝΞ τετραγώνων μέσον ἀνάλογον τὸ ΜΝ, καὶ ἐστιν ἴσον τὸ μὲν ΑΙ τῷ ΛΜ, τὸ δὲ

metrum sunt quadrata ΛΜ, ΝΞ. Sit ipsorum diameter ΟΡ, et describatur figura. Quoniam igitur rectangulum sub ΑΖ, ΖΗ æquale est quadrato ex ΕΗ, est igitur ut ΑΖ ad ΕΗ ita ΕΗ ad ΖΗ. Sed ut quidem ΑΖ ad ΕΗ ita est ΑΙ ad ΕΚ, ut verò ΕΗ ad ΖΗ ita est ΕΚ ad ΖΚ; et ut igitur ΑΙ ad ΕΚ ita ΕΚ ad ΖΚ; ipsorum igitur ΑΙ, ΖΚ medium proportionale est ΕΚ. Est autem et quadratorum ΛΜ, ΝΞ medium proportionale ΜΝ, et est æquale quidem ΑΙ ipsi ΛΜ, τὸ δ

avec ΑΖ, et ΔΗ avec ΗΕ; la droite ΑΖ est donc incommensurable en longueur avec ΕΗ (13. 10). Mais ΑΖ est à ΕΗ comme le parallélogramme ΑΙ est au parallélogramme ΕΚ (1. 6); le parallélogramme ΑΙ est donc incommensurable avec le parallélogramme ΕΚ. Faisons le quarré ΛΜ égal à ΑΙ (14. 2), et retranchons de ΛΜ le quarré ΝΞ égal à ΖΚ, ce quarré étant dans le même angle que ΛΜ, les quarrés ΛΜ, ΝΞ seront autour de la même diagonale (26. 6). Que leur diagonale soit ΟΡ, et décrivons la figure. Puisque le rectangle sous ΑΖ, ΖΗ est égal au quarré de ΕΗ; la droite ΑΖ sera à ΕΗ comme ΕΗ est à ΖΗ (17. 6). Mais ΑΖ est à ΕΗ comme ΑΙ est à ΕΚ (1. 6), et ΕΗ est à ΖΗ comme ΕΚ est à ΖΚ; le parallélogramme ΑΙ est donc à ΕΚ comme ΕΚ est à ΖΚ; le parallélogramme ΕΚ est donc moyen proportionnel entre ΑΙ et ΖΚ. Puisque ΜΝ est moyen proportionnel entre les quarrés ΛΜ, ΝΞ, que le parallélogramme ΑΙ est égal

ΖΚ τῷ ΝΞ, καὶ τὸ ΕΚ ἄρα ἴσον ἐστὶ τῷ ΜΝ. Ἀλλὰ τὸ μὲν ΜΝ ἴσον ἐστὶ τῷ ΛΞ, τὸ δὲ ΕΚ ἴσον ἐστὶ⁶ τῷ ΔΘ· καὶ ὅλον ἄρα τὸ ΔΚ ἴσον ἐστὶ τῷ ΥΦΧ γνώμονι καὶ τῷ ΝΞ· ἔστι δὲ καὶ τὸ ΑΚ ἴσον τοῖς ΑΜ, ΝΞ· λοιπὸν ἄρα τὸ ΑΒ ἴσον ἐστὶ τῷ ΣΤ, τουτέστι τῷ ἀπὸ τῆς ΛΝ τετραγώνῳ· ἡ ΛΝ ἄρα δύναται τὸ ΑΒ χωρίον. Λέγω ὅτι ἡ ΛΝ μέσης ἀποτομή ἐστι δευτέρα. Ἐπεὶ γὰρ μέσα ἐδείχθη τὰ ΑΙ, ΖΚ, καὶ ἐστὶν ἴσα τοῖς ἀπὸ τῶν ΛΟ, ΟΝ· μέσον ἄρα καὶ ἑκάτερον τῶν ἀπὸ τῶν ΛΟ, ΟΝ· μέση ἄρα ἑκατέρα τῶν ΛΟ, ΟΝ. Καὶ ἐπεὶ σύμμετρόν ἐστι τὸ ΑΙ τῷ ΖΚ⁷, σύμμετρον ἄρα καὶ τὸ ἀπὸ τῆς ΛΟ τῷ ἀπὸ τῆς ΟΝ. Πάλιν, ἐπεὶ ἀσύμμετρον ἐδείχθη τὸ ΑΙ τῷ ΕΚ, ἀσύμμετρον ἄρα ἐστὶ καὶ τὸ ΛΜ τῷ ΜΝ, τουτέστι τὸ ἀπὸ τῆς ΛΟ τῷ ὑπὸ τῶν ΛΟ, ΟΝ· ὥστε καὶ ἡ ΛΟ ἀσύμμετρός ἐστι μήκει τῇ ΟΝ· αἱ ΛΟ, ΟΝ ἄρα μέσαι εἰσὶ δυνάμει μόνον σύμμετροι. Λέγω δὴ ὅτι καὶ μέσον περιέχουσιν. Ἐπεὶ γὰρ μέσον ἐδείχθη τὸ ΕΚ, καὶ ἐστιν ἴσον τῷ ὑπὸ τῶν

ipsum verò ΖΚ ipsi ΝΞ, et ΕΚ igitur æquale est ipsi ΜΝ. Sed quidem ΜΝ æquale est ipsi ΛΞ, ipsum verò ΕΚ æquale est ipsi ΔΘ; et totum igitur ΔΚ æquale est gnomoni ΥΦΧ et ipsi ΝΞ; est autem et ΑΚ æquale ipsis ΑΜ, ΝΞ; reliquum igitur ΑΒ æquale est ipsi ΣΤ, hoc est ex ΛΝ quadrato; ergo ΛΝ potest spatium ΑΒ. Dico ΛΝ mediæ apotomen esse secundam. Quoniam enim media ostensa sunt ΑΙ, ΖΚ, et sunt æqualia quadratis ex ΛΟ, ΟΝ; medium igitur et utrumque ex ΛΟ, ΟΝ quadratorum; media igitur utraque ipsarum ΛΟ, ΟΝ. Et quoniam commensurabile est ΑΙ ipsi ΖΚ, commensurabile igitur et ex ΛΟ quadratum quadrato ex ΟΝ. Rursus, quoniam incommensurabile demonstratum est ΑΙ ipsi ΕΚ, incommensurabile igitur est et ΛΜ ipsi ΜΝ, hoc est quadratum ex ΛΟ rectangulo sub ΛΟ, ΟΝ; quare et ΛΟ incommensurabilis est longitudine ipsi ΟΝ; ipsæ ΛΟ, ΟΝ igitur mediæ sunt potentiâ solùm commensurabiles. Dico et medium eas continere. Quoniam enim medium ostensum est ΕΚ, atque est æquale rectangulo sub ΛΟ, ΟΝ;

à ΛΜ, et ΖΚ égal à ΝΞ, le parallélogramme ΕΚ sera égal à ΜΝ. Mais ΜΝ est égal à ΛΞ (43. 1), et ΕΚ égal à ΔΘ (37. 1); le parallélogramme entier ΔΚ est donc égal au gnomon ΥΦΧ, conjointement avec ΝΞ. Mais ΑΚ est égal à la somme des quarrés ΑΜ, ΝΞ; le parallélogramme restant ΑΒ est donc égal à ΣΤ, c'est-à-dire au quarré de ΛΝ; la droite ΛΝ peut donc la surface ΑΒ. Je dis que ΛΝ est un second apotome d'une médiale. Car puisqu'on a démontré que les surfaces ΑΙ, ΖΚ sont médiales, et qu'elles sont égales aux quarrés des droites ΛΟ, ΟΝ, chacun des quarrés des droites ΛΟ, ΟΝ sera médial; chacune des droites ΛΟ, ΟΝ est donc médiale. Et puisque ΑΙ est commensurable avec ΖΚ, le quarré de ΛΟ sera commensurable avec le quarré de ΟΝ. De plus, puisqu'on a démontré que ΑΙ est incommensurable avec ΕΚ, le quarré ΑΜ sera incommensurable avec ΜΝ, c'est-à-dire le quarré de ΛΟ avec le rectangle sous ΛΟ, ΟΝ; la droite ΛΟ est donc incommensurable en longueur avec ΟΝ; les droites ΛΟ, ΟΝ sont donc des médiales commensurables en puissance seulement. Je dis que ces droites comprènent une surface médiale. Car puisqu'on a démontré que ΕΚ est médial, et qu'il est égal au rectangle sous ΛΟ, ΟΝ, le rectangle sous ΛΟ, ΟΝ

ΛΟ, ΟΝ[8]· μέσον ἄρα ἐστὶ καὶ τὸ ὑπὸ τῶν ΛΟ, ΟΝ· ὥστε[9] αἱ ΛΟ, ΟΝ μέσαι εἰσὶ δυνάμει μόνον σύμμετροι μέσον περιέχουσαι· ἡ ΛΝ ἄρα μέσης ἀποτομή ἐστι δευτέρα, καὶ δύναται τὸ ΑΒ χωρίον[10]· ἡ ἄρα τὸ ΑΒ χωρίον δυναμένη μέσης ἀποτομή ἐστι δευτέρα. Ὅπερ ἔδει δεῖξαι.

medium igitur est et rectangulum sub ΛΟ, ΟΝ; quare ΛΟ, ΟΝ mediæ sunt potentiâ solùm commensurabiles, medium continentes; ergo ΛΝ mediæ apotome est secunda, et potest spatium ΑΒ; recta igitur spatium ΑΒ potens mediæ apotome est secunda. Quod oportebat ostendere.

ΠΡΟΤΑΣΙΣ ϟέ.

Ἐὰν χωρίον περιέχηται ὑπὸ ῥητῆς καὶ ἀποτομῆς τετάρτης, ἡ τὸ χωρίον δυναμένη ἐλάσσων ἐστί.

Χωρίον γὰρ τὸ ΑΒ περιεχέσθω ὑπὸ ῥητῆς τῆς[1] ΑΓ καὶ ἀποτομῆς τετάρτης τῆς ΑΔ· λέγω ὅτι ἡ τὸ ΑΒ χωρίον δυναμένη ἐλάσσων ἐστίν.

Ἔστω γὰρ τῇ ΑΔ προσαρμόζουσα ἡ ΔΗ· αἱ ἄρα ΑΗ, ΗΔ ῥηταί εἰσι δυνάμει μόνον σύμμετροι, καὶ ἡ ΑΗ σύμμετρός ἐστι τῇ ἐκκειμένῃ ῥητῇ τῇ ΑΓ μήκει, ἡ δὲ ὅλη ἡ ΑΗ τῆς προσαρμοζούσης τῆς ΗΔ μεῖζον δύναται[2] τῷ ἀπὸ ἀσυμμέτρου ἑαυτῇ μήκει. Ἐπεὶ οὖν ἡ ΑΗ

PROPOSITIO XCV.

Si spatium contineatur sub rationali et apotome quartâ, recta spatium potens minor est.

Spatium enim ΑΒ contineatur sub rationali ΑΓ et apotome quartâ ΑΔ; dico rectam, quæ spatium ΑΒ potest, minorem esse.

Sit enim ipsi ΑΔ congruens ΔΗ; ipsæ igitur ΑΗ, ΗΔ rationales sunt potentiâ solùm commensurabiles, et ΑΗ commensurabilis est expositæ rationali ΑΓ longitudine, et tota ΑΗ quam congruens ΗΔ plus potest quadrato ex rectâ sibi incommensurabili longitudine. Quo-

sera médial; les droites ΛΟ, ΟΝ sont donc des médiales, qui étant commensurables en puissance seulement, comprènent une surface médiale; la droite ΛΝ est donc un second apotome d'une médiale (76. 10), et elle peut la surface ΑΒ; la droite qui peut la surface ΑΒ est donc un second apotome d'une médiale. Ce qu'il fallait démontrer.

PROPOSITION XCV.

Si une surface est comprise sous une rationelle et un quatrième apotome, la droite qui peut cette surface est une mineure.

Que la surface ΑΒ soit comprise sous une rationelle ΑΓ et sous un quatrième apotome ΑΔ; je dis que la droite qui peut la surface ΑΒ est une mineure.

Car que ΔΗ conviène à ΑΔ, les droites ΑΗ, ΗΔ seront des rationelles commensurables en puissance seulement; la droite ΑΗ sera commensurable en longueur avec la rationelle exposée ΑΓ, et la puissance de la droite entière ΑΗ surpassera la puissance de la congruente ΗΔ du quarré d'une droite incommensurable en longueur

τῆς ΗΔ μεῖζον δύναται τῷ ἀπὸ ἀσυμμέτρου
ἑαυτῇ μήκει· ἐὰν ἄρα τῷ τετάρτῳ μέρει τοῦ
ἀπὸ τῆς ΔΗ ἴσον παρὰ τὴν ΑΗ παραϐληθῇ
ἐλλεῖπον εἴδει τετραγώνῳ, εἰς ἀσύμμετρα αὐτὴν
διελεῖ. Τετμήσθω οὖν ἡ ΔΗ δίχα κατὰ τὸ Ε,
καὶ τῷ ἀπὸ τῆς ΕΗ ἴσον παρὰ τὴν ΑΗ παραϐεϐλήσθω ἐλλεῖπον εἴδει τετραγώνῳ, καὶ ἔστω
τὸ ὑπὸ τῶν ΑΖ, ΖΗ· ἀσύμμετρός ἄρα ἐστὶ

niam igitur AH quam HΔ plus potest quadrato
ex rectâ sibi incommensurabili longitudine; si
igitur quartæ parti quadrati ex ΔH æquale ad
AH applicetur deficiens figurâ quadratâ, in
pártes incommensurabiles ipsam dividet. Sè-
cetur igitur ΔH bifariam in E, et quadrato ex
EH æquale ad AH applicetur deficiens figurâ
quadratâ, et sit rectangulum sub AZ, ZH;

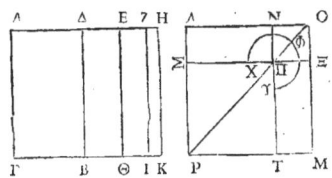

μήκει ἡ ΑΖ τῇ ΖΗ[3]. Ηχθωσαν οὖν διὰ τῶν
Ε, Ζ, Η παράλληλοι ταῖς ΑΓ, ΒΔ αἱ ΕΘ,
ΖΙ, ΗΚ. Επεὶ οὖν ῥητή ἐστιν ἡ ΑΗ, καὶ σύμ-
μετρος τῇ ΑΓ μήκει· ῥητὸν ἄρα ἐστὶν ὅλον τὸ
ΑΚ. Πάλιν, ἐπεὶ ἀσύμμετρός ἐστιν ἡ ΔΗ τῇ
ΑΓ μήκει, καὶ εἰσιν ἀμφότεραι ῥηταί· μέσον
ἄρα ἐστὶ τὸ ΔΚ. Πάλιν, ἐπεὶ ἀσύμμετρός ἐστιν

incommensurabilis igitur est longitudine ipsa AZ
ipsi ZH. Ducantur igitur per puncta E, Z, H
parallelæ EΘ, ZI, HK ipsis AΓ, BΔ. Quoniam
igitur rationalis est AH, et commensurabilis
ipsi AΓ longitudine; rationale igitur est totum
AK. Rursus, quoniam incommensurabilis est ΔH
ipsi AΓ longitudine, et sunt ambæ rationales;
medium igitur est ΔK. Rursus, quoniam incom-

avec AH (déf. trois. 4. 10). Puisque la puissance de AH surpasse la puissance de HΔ du
quarré d'une droite incommensurable en longueur avec AH; si nous appliquons à
AH un parallélogramme, qui étant égal à la quatrième partie du quarré de ΔH, soit
défaillant d'une figure quarrée, ce parallélogramme divisera la droite AH en parties
incommensurables (18. 10). Coupons ΔH en deux parties égales en E; appliquons à
AH un parallélogramme, qui étant égal au quarré de EH, soit défaillant d'une figure
quarrée; que ce soit le rectangle sous AZ, ZH; la droite AZ sera incommensurable en longueur avec ZH. Par les points E, Z, H menons les droites EΘ, ZI, HK parallèles aux droites AΓ, BΔ. Puisque AH est rationelle et commensurable en longueur avec
AΓ, le parallélogramme entier AK sera rationel (20. 10). De plus, puisque ΔH est incommensurable en longueur avec AΓ, et que ces droites sont rationelles l'une
et l'autre, le parallélogramme ΔK sera médial (22. 10). De plus, puisque AZ est

ἡ ΑΖ τῇ ΖΗ μήκει, ἀσύμμετρον ἄρα καὶ τὸ ΔΙ τῷ ΖΚ. Συνεστάτω οὖν τῷ μὲν ΔΙ ἴσον τετράγωνον τὸ ΛΜ, τῷ δὲ ΖΚ ἴσον ἀφῃρήσθω τὸ ΝΞ, περὶ τὴν αὐτὴν γωνίαν ὂν τῷ ΛΜ, τὴν ὑπὸ ΛΟΜ· περὶ τὴν αὐτὴν ἄρα διάμετρόν ἐστι⁵ τὰ ΛΜ, ΝΞ τετράγωνα. Ἔστω αὐτῶν διάμετρος ἡ ΟΡ, καὶ καταγεγράφθω τὸ σχῆμα. Ἐπεὶ οὖν τὸ ὑπὸ τῶν ΑΖ, ΖΗ ἴσον ἐστὶ τῷ ἀπὸ τῆς ΕΗ, ἀνάλογον ἄρα ἐστὶν ὡς ἡ ΑΖ πρὸς τὴν⁶ ΕΗ οὕτως ἡ ΕΗ πρὸς τὴν ΗΖ. Ἀλλ᾽ ὡς μὲν ἡ ΑΖ πρὸς τὴν ΕΗ οὕτως ἐστὶ τὸ ΔΙ πρὸς τὸ ΕΚ, ὡς δὲ ἡ ΕΗ πρὸς τὴν ΖΗ οὕτως ἐστὶ⁷ τὸ ΕΚ πρὸς τὸ ΖΚ· τῶν ἄρα ΔΙ, ΖΚ μέσον ἀνάλογόν ἐστι τὸ ΕΚ. Ἔστι δὲ καὶ τῶν ΛΜ, ΝΞ τετραγώνων μέσον ἀνάλογον τὸ ΜΝ, καὶ ἔστιν ἴσον τὸ μὲν ΔΙ τῷ ΛΜ, τὸ δὲ ΖΚ τῷ ΝΞ· καὶ τὸ ΕΚ ἄρα ἴσον ἐστὶ τῷ ΜΝ. Ἀλλὰ τῷ⁸ μὲν ΕΚ ἴσον ἐστὶ τὸ⁹ ΔΘ, τὸ δὲ ΜΝ ἴσον ἐστὶ τῷ ΛΞ· ὅλον ἄρα τὸ ΔΚ ἴσον ἐστὶ τῷ ΥΦΧ γνώμονι καὶ τῷ ΝΞ. Ἐπεὶ οὖν ὅλον τὸ ΑΚ ἴσον ἐστὶ τοῖς ΛΜ, ΝΞ τετραγώνοις, ὧν τὸ ΔΚ ἴσον ἐστὶ τῷ ΥΦΧ γνώμονι καὶ τῷ ΝΞ τετραγώνῳ· λοιπὸν ἄρα τὸ ΑΒ ἴσον ἐστὶ τῷ ΣΤ,

mensurabilis est ΑΖ ipsi ΖΗ longitudine, incommensurabile igitur et ΔΙ ipsi ΖΚ. Constituatur igitur ipsi quidem ΔΙ æquale quadratum ΛΜ, ipsi verò ΖΚ æquale auferatur ΝΞ, eumdem habens angulum ΛΟΜ cum ipso ΛΜ; ergo circa eamdem diametrum sunt quadrata ΛΜ, ΝΞ. Sit ipsorum diameter ΟΡ, et describatur figura. Quoniam igitur rectangulum sub ΑΖ, ΖΗ æquale est quadrato ex ΕΗ, proportionale igitur est ut ΑΖ ad ΕΗ ita ΕΗ ad ΗΖ. Sed ut quidem ΑΖ ad ΕΗ ita est ΔΙ ad ΕΚ, ut verò ΕΗ ad ΖΗ ita est ΕΚ ad ΖΚ; ipsorum igitur ΔΙ, ΖΚ medium proportionale est ΕΚ. Est autem et quadratorum ΛΜ, ΝΞ medium proportionale ΜΝ, et est æquale quidem ΔΙ ipsi ΛΜ, et ΖΚ ipsi ΝΞ; et ΕΚ igitur æquale est ipsi ΜΝ. Sed ipsi quidem ΕΚ æquale est ΔΘ, et ΜΝ æquale est ipsi ΛΞ; totum igitur ΔΚ æquale est gnomoni ΥΦΧ et ipsi ΝΞ. Quoniam igitur totum ΑΚ æquale est quadratis ΛΜ, ΝΞ, quorum ΔΚ æquale est gnomoni ΥΦΧ et quadrato ΝΞ; reliquum igitur ΑΒ æquale est ipsi ΣΤ,

incommensurable en longueur avec ΖΗ, le parallélogramme ΑΙ sera incommensurable avec ΖΚ (1.6). Faisons le quarré ΛΜ égal à ΑΙ, et retranchons de ΛΜ un quarré ΝΞ égal à ΖΚ, ce quarré étant autour d'un même angle ΛΟΜ que le quarré ΛΜ; les quarrés ΛΜ, ΝΞ seront autour de la même diagonale (26.6). Que ΟΡ soit leur diagonale, et décrivons la figure. Puisque le rectangle sous ΑΖ, ΖΗ est égal au quarré de ΕΗ, la droite ΑΖ sera à ΕΗ comme ΕΗ est à ΗΖ (17.6). Mais ΑΖ est à ΕΗ comme ΑΙ est à ΕΚ, et ΕΗ est à ΖΗ comme ΕΚ est à ΖΚ (1.6); le parallélogramme ΕΚ est donc moyen proportionnel entre ΑΙ et ΖΚ. Et puisque ΜΝ est moyen proportionnel entre les quarrés ΛΜ, ΝΞ, que le parallélogramme ΑΙ est égal à ΛΜ, et ΖΚ égal à ΝΞ, le parallélogramme ΕΚ sera égal à ΜΝ. Mais ΔΘ est égal à ΕΚ (37.1), et ΜΝ égal à ΛΞ (43.1); le parallélogramme entier ΔΚ est donc égal au gnomon ΥΦΧ, conjointement avec ΝΞ. Et puisque le parallélogramme entier ΑΚ est égal à la somme des quarrés ΛΜ, ΝΞ, et que ΔΚ est égal au gnomon ΥΦΧ, conjointement avec le quarré ΝΞ, le parallélogramme restant ΑΒ sera égal à ΣΤ, c'est-à-dire au quarré de

τουτέστι τῷ ἀπὸ τῆς ΛΝ τετραγώνῳ· ἡ ΛΝ ἄρα δύναται τὸ ΑΒ χωρίον. Λέγω δὴ ὅτι ἡ ΛΝ ἄλογός ἐστιν ἡ καλουμένη ἐλάσσων. Ἐπεὶ γὰρ ῥητόν ἐστι τὸ ΑΚ, καὶ ἔστιν ἴσον τοῖς ἀπὸ τῶν ΛΟ, ΟΝ τετραγώνοις· τὸ ἄρα συγκείμενον ἐκ τῶν ἀπὸ τῶν ΛΟ, ΟΝ ῥητόν ἐστι. Πάλιν, ἐπεὶ τὸ ΔΚ μέσον ἐστὶ, καὶ ἔστιν ἴσον τὸ ΔΚ τῷ δὶς ὑπὸ τῶν ΛΟ, ΟΝ· τὸ ἄρα δὶς ὑπὸ τῶν

hoc est ex ΛΝ quadrato; ergo ΛΝ potest spatium ΑΒ. Dico et ΛΝ irrationalem esse quæ appellatur minor. Quoniam enim rationale est ΑΚ, et est æquale quadratis ex ΛΟ, ΟΝ; compositum igitur ex quadratis ipsarum ΛΟ, ΟΝ rationale est. Rursus, quoniam ΔΚ medium est, et est æquale ΔΚ rectangulo bis sub ΛΟ, ΟΝ; rectan-

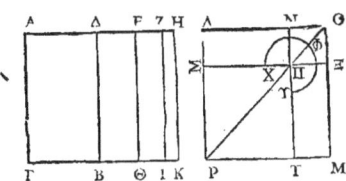

ΛΟ, ΟΝ μέσον ἐστί. Καὶ ἐπεὶ ἀσύμμετρον ἐδείχθη τὸ ΑΙ τῷ ΖΚ, ἀσύμμετρον ἄρα καὶ τὸ ἀπὸ τῆς ΛΟ τετραγώνον τῷ ἀπὸ τῆς ΟΝ τετραγώνῳ· αἱ ΛΟ, ΟΝ ἄρα δυνάμει εἰσὶν ἀσύμμετροι, ποιοῦσαι τὸ μὲν συγκείμενον ἐκ τῶν ἀπ' αὐτῶν τετραγώνων ῥητὸν, τὸ δὲ δὶς ὑπ' αὐτῶν μέσον· ἡ ΛΝ ἄρα ἄλογός ἐστιν, ἡ καλουμένη ἐλάσσων, καὶ δύναται τὸ ΑΒ χωρίον· ἡ ἄρα τὸ ΑΒ χωρίον δυναμένη ἐλάσσων ἐστίν. Ὅπερ ἔδει δεῖξαι.

tangulum igitur bis sub ΛΟ, ΟΝ medium est. Et quoniam incommensurabile demonstratum est ΑΙ ipsi ΖΚ, incommensurabile igitur et ex ΛΟ quadratum quadrato ex ΟΝ; ipsæ ΛΟ, ΟΝ igitur potentiâ sunt incommensurabiles, facientes quidem compositum ex ipsarum quadratis rationale, rectangulum verò bis sub ipsis medium; ergo ΛΝ irrationalis est, quæ appellatur minor, et potest spatium ΑΒ; recta igitur spatium ΑΒ potens minor est. Quod oportebat ostendere.

ΛΝ; la droite ΛΝ peut donc la surface ΑΒ. Or, je dis que ΛΝ est l'irrationelle qu'on nomme mineure. Car, puisque le parallélogramme ΑΚ est rationel, et qu'il est égal à la somme des quarrés des droites ΛΟ, ΟΝ, la somme des quarrés des droites ΛΟ, ΟΝ sera rationelle. De plus, puisque ΔΚ est médial, et qu'il est égal au double rectangle compris sous ΛΟ, ΟΝ, le double rectangle sous ΛΟ, ΟΝ sera médial. Et puisque on a démontré que ΑΙ est incommensurable avec ΖΚ, le quarré de ΛΟ sera incommensurable avec le quarré de ΟΝ; les droites ΛΟ, ΟΝ sont donc incommensurables en puissance, ces droites faisant rationelle la somme de leurs quarrés, et médial le double rectangle compris sous ces mêmes droites; la droite ΛΝ est donc l'irrationelle qu'on appèle mineure (77. 10); mais cette droite peut la surface ΑΒ; la droite qui peut la surface ΑΒ est donc une mineure. Ce qu'il fallait démontrer.

II.   45

ΠΡΟΤΑΣΙΣ ϟϛ´.

Ἐὰν χωρίον περιέχηται ὑπὸ ῥητῆς καὶ ἀποτομῆς πέμπτης, ἡ τὸ χωρίον δυναμένη ἡ μετὰ ῥητοῦ μέσον τὸ ὅλον ποιοῦσά ἐστι.

Χωρίον γὰρ τὸ ΑΒ περιεχέσθω ὑπὸ ῥητῆς τῆς ΑΓ καὶ ἀποτομῆς πέμπτης τῆς ΑΔ· λέγω ὅτι ἡ τὸ ΑΒ χωρίον δυναμένη ἡ μετὰ ῥητοῦ μέσον τὸ ὅλον ποιοῦσά ἐστιν.

Ἔστω γὰρ τῇ ΑΔ προσαρμόζουσα ἡ ΔΗ· αἱ ἄρα ΑΗ, ΗΔ ῥηταί εἰσι δυνάμει μόνον σύμμετροι, καὶ ἡ προσαρμόζουσα ἡ ΔΗ σύμμετρός ἐστι μήκει τῇ ἐκκειμένῃ ῥητῇ τῇ ΑΓ, ἡ δὲ ὅλη ἡ ΑΗ τῆς προσαρμοζούσης τῆς ΔΗ μεῖζον δύναται τῷ ἀπὸ ἀσυμμέτρου ἑαυτῇ· ἐὰν ἄρα τῷ τετάρτῳ μέρει τοῦ ἀπὸ τῆς ΔΗ ἴσον παρὰ τὴν ΑΗ παραβληθῇ ἐλλεῖπον εἴδει τετραγώνῳ, εἰς ἀσύμμετρα αὐτὴν διελεῖ. Τετμήσθω οὖν ἡ ΔΗ δίχα κατὰ τὸ Ε σημεῖον, καὶ τῷ ἀπὸ τῆς ΕΗ ἴσον παρὰ τὴν ΑΗ παραβεβλήσθω ἐλλεῖπον

PROPOSITIO XCVI.

Si spatium contineatur sub rationali et apotome quintâ, recta spatium potens est quæ cum rationali medium totum facit.

Spatium enim AB contineatur sub rationali ΑΓ et apotome quintâ ΑΔ; dico rectam, quæ spatium AB potest, esse eam quæ cum rationali medium totum facit.

Sit enim ipsi ΑΔ congruens ΔΗ; ipsæ igitur ΑΗ, ΗΔ rationales sunt potentiâ solùm commensurabiles, et congruens ΔΗ commensurabilis est longitudine expositæ rationali ΑΓ, et tota ΑΗ quam congruens ΔΗ plus potest quadrato ex rectâ sibi incommensurabili; si igitur quartæ parti quadrati ex ΔΗ æquale ad ipsam ΑΗ applicetur deficiens figurâ quadratâ, in partes incommensurabiles ipsam dividet. Secetur igitur ΔΗ bifariam in puncto Ε, et quadrato ex ΕΗ æquale ad ΑΗ applicetur deficiens figurâ qua-

PROPOSITION XCVI.

Si une surface est comprise sous une rationelle et un cinquième apotome, la droite qui peut cette surface est celle qui fait avec une surface rationelle un tout médial.

Que la surface AB soit comprise sous une rationelle ΑΓ et un cinquième apotome ΑΔ ; je dis que la droite qui peut la surface AB est celle qui fait avec une surface rationelle un tout médial.

Car, que la droite ΔΗ convienne avec ΑΔ; les droites ΑΗ, ΗΔ seront des rationelles commensurables en puissance seulement, la congruente ΔΗ sera incommensurable en longueur avec la rationelle exposée ΑΓ, et la puissance de la droite entière ΑΗ surpassera la puissance de la congruente ΔΗ du quarré d'une droite incommensurable avec la droite entière ΑΗ (déf. trois. 5. 10); si donc nous appliquons à ΑΗ un parallélogramme, qui étant égal à la quatrième partie du quarré de ΔΗ, soit défaillant d'une figure quarrée, ce parallélogramme divisera la droite ΑΗ en parties incommensurables (19. 10). Coupons la droite ΔΗ en deux parties égales en Ε, et appliquons à ΑΗ un parallélogramme, qui étant égal au quarré de ΕΗ, soit

εἴδει τετραγώνῳ, καὶ ἔστω τὸ ὑπὸ τῶν ΑΖ, ΖΗ· ἀσύμμετρος ἄρα ἐστὶν ἡ ΑΖ τῇ ΖΗ μήκει. Καὶ ἤχθωσαν διὰ τῶν Ε, Ζ, Η τῇ ΑΓ παράλληλοι αἱ ΕΘ, ΖΙ, ΗΚ[1]. Καὶ ἐπεὶ ἀσύμμετρός ἐστιν ἡ ΑΗ τῇ ΑΓ μήκει, καὶ εἰσιν ἀμφότεραι ῥηταί· μέσον ἄρα ἐστὶ τὸ ΑΚ. Πάλιν, ἐπεὶ ῥητή ἐστιν ἡ ΔΗ, καὶ σύμμετρος τῇ ΑΓ μήκει, ῥητόν ἐστι

dratâ, et sit rectangulum sub ΑΖ, ΖΗ; incommensurabilis igitur est ΑΖ ipsi ΖΗ longitudine. Et ducantur per Ε, Ζ, Η ipsi ΑΓ parallelæ ΕΘ, ΖΙ, ΗΚ. Et quoniam incommensurabilis est ΑΗ ipsi ΑΓ longitudine, et sunt ambæ rationales; medium igitur est ΑΚ. Rursus, quoniam rationalis est ΔΗ, et commensurabilis ipsi ΑΓ longi-

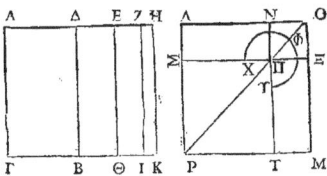

τὸ ΔΚ. Συνεστάτω οὖν τῷ μὲν ΑΙ ἴσον τετράγωνον τὸ ΛΜ, τῷ δὲ ΖΚ ἴσον τετράγωνον ἀφῃρήσθω περὶ τὴν αὐτὴν ὂν τῷ ΛΜ γωνίαν, τὴν ὑπὸ ΛΟΜ, τὸ ΝΞ[2]· περὶ τὴν αὐτὴν ἄρα διάμετρόν ἐστι τὰ ΛΜ, ΝΞ τετράγωνα. Ἔστω αὐτῶν διάμετρος ἡ ΟΡ, καὶ καταγεγράφθω τὸ σχῆμα. Ὁμοίως δὴ δείξομεν ὅτι ἡ ΛΝ δύναται τὸ ΑΒ χωρίον[3]. Λέγω ὅτι ἡ ΛΝ ἡ μετὰ ῥητοῦ μέσον τὸ ὅλον ποιοῦσά ἐστιν. Ἐπεὶ γὰρ μέσον

tudine, rationale est ΔΚ. Constituatur igitur ipsi quidem ΑΙ æquale quadratum ΛΜ, ipsi verò ΖΚ æquale quadratum auferatur ΝΞ, eumdem habens angulum ΛΟΜ cum ipso ΛΜ; ergo circa eamdem diametrum sunt quadrata ΛΜ, ΝΞ. Sit ipsorum diameter ΟΡ, et describatur figura. Similiter utique demonstrabimus rectam ΛΝ posse spatium ΑΒ. Dico ΛΝ esse eam quæ cum rationali medium totum facit. Quoniam

défaillant d'une figure quarrée, et que ce soit le rectangle sous ΑΖ, ΖΗ; la droite ΑΖ sera incommensurable en longueur avec ΖΗ. Par les points Ε, Ζ, Η menons les droites ΕΘ, ΖΙ, ΗΚ parallèles à ΑΓ. Puisque la droite ΑΗ est incommensurable en longueur avec ΑΓ, et que ces droites sont rationelles l'une et l'autre, le parallélogramme ΑΚ sera médial (22. 10). De plus, puisque la droite ΔΗ est rationelle, et qu'elle est incommensurable en longueur avec ΑΓ, la surface ΔΚ sera rationelle (20. 10). Faisons le quarré ΛΜ égal à ΑΙ, et retranchons de ΛΜ un quarré ΝΞ égal à ΖΚ, ce quarré étant autour du même angle ΛΟΜ que ΛΜ; les quarrés ΛΜ, ΝΞ seront autour de la même diagonale (26. 6). Que leur diamètre soit ΟΡ, et décrivons la figure. Nous démontrerons de la même manière que la droite ΛΝ peut la surface ΑΒ. Or, je dis que ΛΝ fait avec une surface rationelle un tout médial. Car, puisqu'on a démontré que le parallélogramme ΑΚ est médial, et

ἐδείχθη τὸ ΑΚ, καὶ ἔστιν ἴσον τοῖς ἀπὸ τῶν ΛΟ, ΟΝ· τὸ ἄρα συγκείμενον ἐκ τῶν ἀπὸ τῶν ΛΟ, ΟΝ μέσον ἐστί. Πάλιν, ἐπεὶ ῥητόν ἐστι τὸ ΔΚ, καὶ ἔστιν ἴσον τῷ δὶς ὑπὸ τῶν ΛΟ, ΟΝ· καὶ τὸ δὶς ἄρα ὑπὸ τῶν ΛΟ, ΟΝ ῥητόν ἐστι[4]. Καὶ ἐπεὶ ἀσύμμετρόν ἐστι τὸ ΑΙ τῷ ΖΚ, ἀσύμ-

enim medium ostensum est ΛΚ, et est æquale quadratis ex ΛΟ, ΟΝ; compositum igitur ex quadratis ipsarum ΛΟ, ΟΝ medium est. Rursus, quoniam rationale est ΔΚ, et est æquale rectangulo bis sub ΛΟ, ΟΝ; et rectangulum bis igitur sub ΛΟ, ΟΝ rationale est. Et quoniam incommensurabile est ΑΙ ipsi ΖΚ, incom-

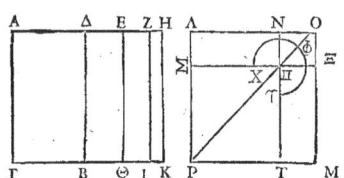

μετρον ἄρα ἐστὶ καὶ τὸ ἀπὸ τῆς ΛΟ τῷ ἀπὸ τῆς ΟΝ· αἱ ΛΟ, ΟΝ ἄρα δυνάμει εἰσὶν ἀσύμμετροι, ποιοῦσαι τὸ μὲν συγκείμενον ἐκ τῶν ἀπ᾿ αὐτῶν τετραγώνων μέσον· τὸ δὲ δὶς ὑπ᾿ αὐτῶν ῥητόν· ἡ λοιπὴ ἄρα ἡ[5] ΛΝ ἄλογός ἐστιν, ἡ καλουμένη μετὰ ῥητοῦ μέσον[6] τὸ ὅλον ποιοῦσα, καὶ δύναται τὸ ΑΒ χωρίον· ἡ τὸ ΑΒ ἄρα[7] χωρίον δυναμένη, ἡ μετὰ ῥητοῦ μέσον τὸ ὅλον ποιοῦσά ἐστιν. Ὅπερ ἔδει δεῖξαι.

mensurabile igitur est et ex ΛΟ quadratum quadrato ex ΟΝ; ipsæ ΛΟ, ΟΝ igitur potentiâ sunt incommensurabiles, facientes quidem compositum ex ipsarum quadratis medium; rectangulum verò bis sub ipsis rationale; reliqua igitur ΛΝ irrationalis est, quæ vocatur cum rationali medium totum faciens, et potest spatium ΑΒ; recta igitur spatium ΑΒ potens est quæ cum rationali medium totum facit. Quod oportebat ostendere.

puisque ce parallélogramme est égal à la somme des quarrés des droites ΛΟ, ΟΝ, la somme des quarrés des droites ΛΟ, ΟΝ sera médiale. De plus, puisque le parallélogramme ΔΚ est rationel, et qu'il est égal au double rectangle sous ΛΟ, ΟΝ, le double rectangle sous ΛΟ, ΟΝ sera rationel. Mais le parallélogramme ΑΙ est incommensurable avec ΖΚ; le quarré de ΛΟ est donc incommensurable avec le quarré de ΟΝ; les droites ΛΟ, ΟΝ sont donc incommensurables en puissance, la somme des quarrés de ces droites étant médiale, et le double rectangle sous ces mêmes droites étant rationel; la droite restante ΛΝ est donc l'irrationelle qui est dite pouvant avec une surface rationelle un tout médial (78. 10). Mais cette droite peut la surface ΑΒ; la droite qui peut la surface ΑΒ est donc celle qui fait avec une surface rationelle un tout médial. Ce qu'il fallait démontrer.

ΠΡΟΤΑΣΙΣ ϟζ.

Ἐὰν χωρίον περιέχηται ὑπὸ ῥητῆς καὶ ἀποτομῆς ἕκτης, ἡ τὸ χωρίον δυναμένη μετὰ μέσου
μέσον τὸ ὅλον ποιοῦσά ἐστι.

Χωρίον γὰρ τὸ ΑΒ περιεχέσθω ὑπὸ ῥητῆς τῆς
ΑΓ καὶ ἀποτομῆς ἕκτης τῆς ΑΔ· λέγω ὅτι ἡ
τὸ ΑΒ χωρίον δυναμένη μετὰ μέσου μέσον τὸ
ὅλον ποιοῦσά ἐστιν.

Ἔστω γὰρ τῇ ΑΔ προσαρμόζουσα ἡ ΔΗ· αἱ
ἄρα ΑΗ, ΗΔ ῥηταί εἰσι δυνάμει μόνον σύμμετροι, καὶ οὐδετέρα αὐτῶν[1] σύμμετρός ἐστι
τῇ ἐκκειμένῃ ῥητῇ τῇ ΑΓ μήκει, ἡ δὲ ὅλη
ἡ ΑΗ τῆς προσαρμοζούσης τῆς ΔΗ μεῖζον δύναται τῷ ἀπὸ ἀσυμμέτρου ἑαυτῇ μήκει. Ἐπεὶ
οὖν ἡ ΑΗ τῆς ΗΔ μεῖζον δύναται τῷ ἀπὸ ἀσυμμέτρου ἑαυτῇ μήκει· ἐὰν ἄρα τῷ τετάρτῳ μέρει
τοῦ ἀπὸ τῆς ΔΗ ἴσον παρὰ τὴν ΑΗ παραβληθῇ[2] ἐλλεῖπον εἴδει τετραγώνῳ, εἰς ἀσύμμετρα
αὐτὴν διελεῖ. Τετμήσθω οὖν ἡ ΔΗ δίχα κατὰ

PROPOSITIO XCVII.

Si spatium contineatur sub rationali et apotome sextâ, recta spatium potens est quæ cum
medio medium totum facit.

Spatium enim AB contineatur sub rationali
AΓ et apotome sextâ AΔ; dico rectam, quæ spatium AB potest, esse cam quæ cum medio medium totum facit.

Sit enim ipsi AΔ congruens ΔH; ipsæ igitur
AH, HΔ rationales sunt potentiâ solùm commensurabiles, et neutra ipsarum commensurabilis est expositæ rationali AΓ longitudine,
et tota AH quam congruens ΔH plus potest quadrato ex rectâ sibi incommensurabili longitudine. Quoniam igitur AH quam HΔ plus potest
quadrato ex rectâ sibi incommensurabili longitudine; si igitur quartæ parti ex ΔH æquale
ad AH applicetur deficiens figurâ quadratâ, in
partes incommensurabiles ipsam dividet. Secetur

PROPOSITION XCVII.

Si une surface est comprise sous une rationelle et un sixième apotome, la droite
qui peut cette surface est celle qui fait avec une surface médiale un tout médial.

Que la surface AB soit comprise sous une rationelle AΓ et un sixième apotome
AΔ; je dis que la droite qui peut la surface AB est celle qui fait avec une surface
médiale un tout médial.

Que ΔH conviène avec AΔ, les droites AH, HΔ seront des rationelles commensurables en puissance seulement; aucune de ces droites ne sera commensurable en
longueur avec la rationelle exposée AΓ, et la puissance de la droite entière AH surpassera la puissance de la congruente ΔH du quarré d'une droite incommensurable
en longueur avec AH (déf. trois. 6. 10). Puisque la puissance de AH surpasse la puissance de HΔ du quarré d'une droite incommensurable en longueur avec AH; si on
applique à AH un parallélogramme, qui étant égal à la quatrième partie du quarré
de ΔH, soit défaillant d'une figure quarrée, ce parallélogramme divisera la droite
AH en parties incommensurables (19. 10). Coupons la droite ΔH en deux parties

τὸ Ε³, καὶ τῷ ἀπὸ τῆς ΕΗ ἴσον παρὰ τὴν ΑΗ παραβεβλήσθω ἐλλεῖπον εἴδει τετραγώνῳ, καὶ ἔστω τὸ ὑπὸ τῶν ΑΖ, ΖΗ· ἀσύμμετρος ἄρα ἐστὶν ἡ ΑΖ τῇ ΖΗ μήκει. Ὡς δὲ ἡ ΑΖ πρὸς τὴν ΖΗ οὕτως ἐστὶ τὸ ΑΙ πρὸς τὸ ΖΚ· ἀσύμμετρον ἄρα ἐστὶ τὸ ΑΙ τῷ ΖΚ. Καὶ ἐπεὶ αἱ ΑΗ, ΑΓ ῥηταί εἰσι δυνάμει μόνον σύμμετροι, μέσον ἐστὶ τὸ ΑΚ. Πάλιν, ἐπεὶ αἱ ΑΓ, ΔΗ ῥηταί εἰσι καὶ ἀσύμμετροι μήκει, μέσον ἐστὶ

igitur ΔΗ bifariam in Ε, et quadrato ex ΕΗ æquale ad ΑΗ applicetur deficiens figurâ quadratâ, et sit rectangulum sub ΑΖ, ΖΗ; incommensurabilis igitur est ΑΖ ipsi ΖΗ longitudine. Ut autem ΑΖ ad ΖΗ ita est ΑΙ ad ΖΚ; incommensurabile igitur est ΑΙ ipsi ΖΚ. Et quoniam ΑΗ, ΑΓ rationales sunt potentiâ solùm commensurabiles, medium est ΑΚ. Rursus, quoniam ΑΓ, ΔΗ rationales sunt et incommensu-

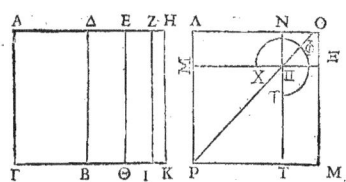

καὶ τὸ ΔΚ⁴. Ἐπεὶ οὖν αἱ ΑΗ, ΗΔ δυνάμει μόνον σύμμετροί εἰσιν, ἀσύμμετρος ἄρα ἐστὶν ἡ ΑΗ τῇ ΗΔ μήκει. Ὡς δὲ ἡ ΑΗ πρὸς τὴν ΗΔ οὕτως ἐστὶ τὸ ΑΚ πρὸς τὸ ΚΔ· ἀσύμμετρον ἄρα ἐστὶ τὸ ΑΚ τῷ ΚΔ. Συνεστάτω οὖν τῷ μὲν ΑΙ ἴσον τετράγωνον τὸ ΑΜ, τῷ δὲ ΖΚ ἴσον ἀφῃ-

rabiles longitudine, medium est et ΔΚ. Quoniam igitur ΑΗ, ΗΔ potentiâ solùm commensurabiles sunt, incommensurabilis igitur est ΑΗ ipsi ΗΔ longitudine. Ut autem ΑΗ ad ΗΔ ita est ΑΚ ad ΚΔ; incommensurabile igitur est ΑΚ ipsi ΚΔ. Constituatur igitur ipsi quidem ΑΙ æquale quadratum ΑΜ, ipsi verò ΖΚ æquale auferatur ΝΞ,

égales en Ε, et appliquons à ΑΗ un parallélogramme, qui étant égal au quarré de ΑΗ, soit défaillant d'une figure quarrée ; que ce soit le rectangle sous ΑΖ, ΖΗ ; la droite ΑΖ sera incommensurable en longueur avec ΖΗ. Mais ΑΖ est à ΖΗ comme ΑΙ est à ΖΚ (1. 6) ; le parallélogramme ΑΙ est donc incommensurable avec ΖΚ (10. 10). Et puisque les droites ΑΗ, ΑΓ sont des rationelles commensurables en puissance seulement, le parallélogramme ΑΚ sera médial (22. 10). De plus, puisque les droites ΑΓ, ΔΗ sont rationelles, et incommensurables en longueur, le parallélogramme ΔΚ sera médial. Puisque les droites ΑΗ, ΗΔ sont commensurables en puissance seulement, la droite ΑΗ sera incommensurable en longueur avec ΗΔ. Mais ΑΗ est à ΗΔ comme ΑΚ est à ΚΔ (1. 6) ; le parallélogramme ΑΚ est donc incommensurable avec ΚΔ (10. 10). Faisons le quarré ΛΜ égal à ΑΙ (14. 2), et retranchons de ΛΜ un quarré ΝΞ égal à ΖΚ, ce quarré

ρήσθω περὶ τὴν αὐτὴν ὅτ τῷ ΛΜ γωνίαν. τὸ ΝΞ⁵· περὶ τὴν αὐτὴν ἄρα διάμετράν ἐστι τὰ ΛΜ, ΝΞ τετράγωνα. Εστω αὐτῶν διάμετρος ἡ ΟΡ, καὶ καταγεγράφθω τὸ σχῆμα. Ὁμοίως δὴ τοῖς ἐπάνω δείξομεν ὅτι ἡ ΛΝ δύναται τὸ ΑΒ χωρίον. Λέγω ὅτι ἡ ΛΝ ἡ7 μετὰ μέσου μέσον τὸ ὅλον ποιοῦσά ἐστιν. Επεὶ γὰρ μέσον ἐδείχθη τὸ ΑΚ, καὶ ἔστιν ἴσον τοῖς ἀπὸ τῶν ΛΟ, ΟΝ· τὸ ἄρα συγκεί- μενον ἐκ τῶν ἀπὸ τῶν ΛΟ, ΟΝ μέσον ἐστί. Πάλιν, ἐπεὶ μέσον ἐδείχθη τὸ ΔΚ, καὶ ἔστιν ἴσον τῷ δὶς ὑπὸ τῶν ΛΟ, ΟΝ· καὶ τὸ δὶς ἄρα⁸ ὑπὸ τῶν ΛΟ, ΟΝ μέσον ἐστί. Καὶ ἐπεὶ ἀσύμμετρον ἐδείχθη τὸ ΑΚ τῷ ΔΚ, ἀσύμμετρα ἄρα ἐστὶ καὶ τὰ ἀπὸ τῶν ΛΟ, ΟΝ τετράγωνα τῷ δὶς ὑπὸ τῶν ΛΟ, ΟΝ. Καὶ ἐπεὶ ἀσύμμε- τρόν ἐστι τὸ ΑΙ τῷ ΖΚ, ἀσύμμετρον ἄρα καὶ τὸ ἀπὸ τῆς ΛΟ τῷ ἀπὸ τῆς ΟΝ· αἱ ΛΟ, ΟΝ ἄρα δυνάμει εἰσὶν ἀσύμμετροι, ποιοῦσαι τό, τε συγκείμενον ἐκ τῶν ἀπ᾽ αὐτῶν τετραγώνων μέσον, καὶ τὸ δὶς ὑπ᾽ αὐτῶν μέσον, ἔτι τε τὰ ἀπ᾽ αὐτῶν τετράγωνα ἀσύμμετρα τῷ δὶς ὑπ᾽ αὐτῶν·

enmdem angulum habens cum ipso ΛΜ; ergo circa eamdem diametrum sunt quadrata ΛΜ, ΝΞ. Sit ipsorum diameter ΟΡ, et describatur figura. Congruenter utique præcedentibus osten- demus rectam ΛΝ posse spatium ΑΒ. Dico ΛΝ esse eam quæ cum medio medium totum facit. Quo- niam enim medium ostensum est ΑΚ, atque est æquale quadratis ex ΛΟ, ΟΝ; compositum igitur ex quadratis ipsarum ΛΟ, ΟΝ medium est. Rursus, quoniam medium ostensum est ΔΚ, et est æquale rectangulo bis sub ΛΟ, ΟΝ; et rec- tangulum bis igitur sub ΛΟ, ΟΝ medium est. Et quoniam incommensurabile ostensum est ΑΚ ipsi ΔΚ, incommensurabilia igitur sunt et ex ΛΟ, ΟΝ quadrata rectangulo bis sub ΛΟ, ΟΝ. Et quoniam incommensurabile est ΑΙ ipsi ΖΚ, incommensurabile igitur et ex ΛΟ quadratum quadrato ex ΟΝ; ipsæ ΛΟ, ΟΝ igitur potentiâ sunt incommensurabiles, facientes et compo- situm ex ipsarum quadratis medium, et rectan- gulum bis sub ipsis medium, et adhuc ipsarum quadrata incommensurabilia rectangulo bis sub

étant autour du même angle que ΛΜ; les quarrés ΛΜ, ΝΞ seront autour de la même diagonale (26. 6). Que leur diagonale soit ΟΡ, et décrivons la figure. Nous dé- montrerons de la même manière qu'auparavant que la droite ΛΝ peut la surface ΑΒ. Je dis que la droite ΛΝ est celle qui fait avec une surface médiale un tout médial. Car, puisque nous avons démontré que le parallélogramme ΛΚ est médial, et qu'il est égal à la somme des quarrés des droites ΛΟ, ΟΝ, la somme des quarrés des droites ΛΟ, ΟΝ sera médiale. De plus, puisqu'on a démontré que le parallélogramme ΔΚ est médial, et puisqu'il est égal au double rectangle sous ΛΟ, ΟΝ, le double rectangle sous ΛΟ, ΟΝ sera médial. Et puisqu'on a démontré que ΛΚ est incommensurable avec ΔΚ, la somme des quarrés des droites ΛΟ, ΟΝ sera incommensurable avec le double rectangle sous ΛΟ, ΟΝ. Et puisque ΛΙ est incommensurable avec ΖΚ, le quarré de ΛΟ sera incommensurable avec le quarré de ΟΝ; les droites ΛΟ, ΟΝ sont donc incommensurables en puissance, la somme de leurs quarrés étant médiale, le double rectangle sous ces droites étant médial, et la somme des quarrés de ces droites étant incommensurable avec le

ἤ ἄρα ΛΝ ἄλογός ἐστιν, ἡ καλουμένη μετὰ μέσου μέσον τὸ ὅλον ποιοῦσα, καὶ δύναται τὸ ΑΒ χωρίον· ἡ ἄρα τὸ ΛΒθ χωρίον δυναμένη μετὰ μέσου μέσον τὸ ὅλον ποιοῦσά ἐστιν. Ὅπερ ἔδει δεῖξαι.

ΠΡΟΤΑΣΙΣ ϟή.

Τὸ ἀπὸ ἀποτομῆς παρὰ ῥητὴν παραβαλλόμενον πλάτος ποιεῖ ἀποτομὴν πρώτην.

Ἔστω ἀποτομὴ ἡ ΑΒ, ῥητὴ δὲ ἡ ΓΔ, καὶ τῷ ἀπὸ τῆς ΑΒ ἴσον παρὰ τὴν ΓΔ. παραβεβλήσθω τὸ ΓΕ, πλάτος ποιοῦν τὴν ΓΖ· λέγω ὅτι ἡ ΓΖ ἀποτομή ἐστι πρώτη.

Ἔστω γὰρ τῇ ΑΒ προσαρμόζουσα ἡ ΒΗ· αἱ ἄρα ΑΗ, ΗΒ ῥηταί εἰσι δυνάμει μόνον σύμμετροι. Καὶ τῷ μὲν ἀπὸ τῆς ΑΗ ἴσον παρὰ τὴν ΓΔ παραβεβλήσθω τὸ ΓΘ, τῷ δὲ ἀπὸ τῆς ΒΗ τὸ ΚΛ· ὅλον ἄρα τὸ ΓΛ ἴσον ἐστὶ τοῖς ἀπὸ

---

ipsis; ergo ΛΝ irrationalis est, quæ vocatur cum medio medium totum faciens, et potest spatium ΑΒ; recta igitur spatium ΑΒ potens est quæ cum medio medium totum facit. Quod oportebat ostendere.

PROPOSITIO XCVIII.

Quadratum ex apotome ad rationalem applicatum latitudinem facit apotomen primam.

Sit apotome ΑΒ, rationalis autem ΓΔ, et quadrato ex ΑΒ æquale ad ipsam ΓΔ applicetur ΓΕ, latitudinem faciens ΓΖ; dico ΓΖ apotomen esse primam.

Sit enim ipsi ΑΒ congruens ΒΗ; ipsæ igitur ΑΗ, ΗΒ rationales sunt potentiâ solùm commensurabiles. Et quadrato quidem ex ΑΗ æquale ad ΓΔ applicetur ΓΘ, quadrato autem ex ΒΗ ipsum ΚΛ, totum igitur ΓΛ æquale est qua-

---

double rectangle sous ces mêmes droites; la droite ΛΝ est donc l'irrationelle appelée la droite qui fait avec une surface médiale un tout médial (79. 10); mais cette droite peut la surface ΑΒ; la droite qui peut la surface ΑΒ est donc celle qui fait avec une surface médiale un tout médial. Ce qu'il fallait démontrer.

PROPOSITION XCVIII.

Le quarré d'un apotome appliqué à une rationelle fait une largeur qui est un premier apotome.

Soit l'apotome ΑΒ, et la rationelle ΓΔ; appliquons à ΓΔ un parallélogramme ΓΕ égal au quarré de ΑΒ, ce parallélogramme ayant ΓΖ pour largeur; je dis que ΓΖ est un premier apotome.

Car que ΒΗ convière avec ΑΒ, les droites ΑΗ, ΗΒ seront des rationelles commensurables en puissance seulement (74. 10). Appliquons à ΓΔ un parallélogramme ΓΘ égal au quarré de ΑΗ, et un parallélogramme ΚΛ égal au quarré de ΒΗ (45. 1); le parallélogramme entier ΓΛ sera égal à la somme des quarrés

τῶν ΑΗ, ΗΒ. Ὧν τὸ ΓΕ ἴσον ἐστὶ τῷ ἀπὸ τῆς ΑΒ· λοιπὸν ἄρα τὸ ΖΔ ἴσον ἐστὶ τῷ δὶς ὑπὸ τῶν[1] ΑΗ, ΗΒ. Τετμήσθω ἡ ΖΜ δίχα κατὰ τὸ Ν σημεῖον, καὶ ἤχθω διὰ τοῦ Ν τῇ ΓΔ παράλληλος ἡ ΝΞ· ἑκάτερον ἄρα τῶν ΖΞ, ΛΝ ἴσον ἐστὶ τῷ ὑπὸ τῶν ΑΗ, ΗΒ. Καὶ ἐπεὶ τὰ ἀπὸ τῶν ΑΗ, ΗΒ ῥητά ἐστι, καὶ ἔστι τοῖς ἀπὸ τῶν ΑΗ, ΗΒ ἴσον τὸ ΔΜ· ῥητὸν ἄρα ἐστὶ τὸ

dratis ex ΑΗ, ΗΒ. Quorum ΓΕ æquale est quadrato ex ΑΒ; reliquum igitur ΖΔ æquale est rectangulo bis sub ΑΗ, ΗΒ. Secetur ΖΜ bifariam in puncto Ν, et ducatur per Ν ipsi ΓΔ parallela ΝΞ; utrumque igitur ipsorum ΖΞ, ΛΝ æquale est rectangulo sub ΑΗ, ΗΒ. Et quoniam quadrata ex ΑΗ, ΗΒ rationalia sunt, atque est quadratis ex ΑΗ, ΗΒ æquale ΔΜ; rationale igitur

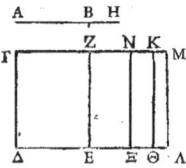

ΔΜ. Καὶ παρὰ ῥητὴν τὴν ΓΔ παραβέβληται, πλάτος ποιοῦν τὴν ΓΜ· ῥητὴ ἄρα ἐστὶν ἡ ΓΜ, καὶ σύμμετρος τῇ ΓΔ μήκει. Πάλιν, ἐπεὶ μέσον ἐστὶ τὸ δὶς ὑπὸ τῶν ΑΗ, ΗΒ, καὶ ἔστι[2] τῷ δὶς ὑπὸ τῶν ΑΗ, ΗΒ ἴσον τὸ ΛΖ· μέσον ἄρα τὸ ΛΖ. Καὶ παρὰ ῥητὴν τὴν ΓΔ παράκειται, πλάτος ποιοῦν τὴν ΖΜ· ῥητὴ ἄρα ἐστὶν[3] ἡ ΖΜ καὶ ἀσύμμετρος τῇ ΓΔ μήκει. Καὶ ἐπεὶ τὰ μὲν

est ΔΜ. Et ad rationalem ΓΔ applicatur, latitudinem faciens ΓΜ; rationalis igitur est ΓΜ, et commensurabilis ipsi ΓΔ longitudine. Rursus, quoniam medium est rectangulum bis sub ΑΗ, ΗΒ, et est rectangulo bis sub ΑΗ, ΗΒ æquale ΛΖ; medium igitur ΛΖ. Et ad rationalem ΓΔ applicatur, latitudinem faciens ΖΜ; rationalis igitur est ΖΜ et incommensurabilis ipsi ΓΔ longitudine. Et quoniam quadrata quidem ex ΑΗ,

des droites ΑΗ, ΗΒ. Mais ΓΕ est égal au quarré de ΑΒ; le parallélogramme restant ΖΔ est donc égal au double rectangle sous ΑΗ, ΗΒ (7. 2). Coupons ΖΜ en deux parties égales au point Ν, et par le point Ν menons ΝΞ parallèle à ΓΔ; chacun des parallélogrammes ΖΞ, ΛΝ sera égal au rectangle sous ΑΗ, ΗΒ. Et puisque les quarrés des droites ΑΗ, ΗΒ sont rationels; et que ΔΜ est égal à la somme des quarrés des droites ΑΗ, ΗΒ, le parallélogramme ΔΜ sera rationel. Mais ce parallélogramme est appliqué à la rationelle ΓΔ, et il a pour largeur ΓΜ; la droite ΓΜ est donc rationnelle, et commensurable en longueur avec ΓΔ (21. 10). De plus, puisque le double rectangle sous ΑΗ, ΗΒ est médial, et que le parallélogramme ΛΖ est égal aù double rectangle sous ΑΗ, ΗΒ, le parallélogramme ΛΖ sera médial. Mais ce parallélogramme est appliqué à la rationelle ΓΔ, et il a pour largeur ΖΜ, la droite ΖΜ est donc rationelle et incommensurable en longueur avec ΓΔ (23. 10). Et puisque

II.

46

ἀπὸ τῶν ΑΗ, ΗΒ ῥητά ἐστι, τὸ⁴ δὲ δὶς ὑπὸ τῶν ΑΗ, ΗΒ μέσον⁵, ἀσύμμετρα ἄρα τὰ ἀπὸ τῶν ΑΗ, ΗΒ τῷ δὶς ὑπὸ τῶν ΑΗ, ΗΒ. Καὶ τοῖς μὲν ἀπὸ τῶν ΑΗ, ΗΒ ἴσον ἐστὶ⁶ τὸ ΓΛ, τῷ δὲ δὶς ὑπὸ τῶν ΑΗ, ΗΒ τὸ ΖΛ· ἀσύμμετρον ἄρα ἐστὶ τὸ ΓΛ τῷ ΖΛ. Ὡς δὲ τὸ ΓΛ πρὸς τὸ ΖΛ οὕτως ἐστὶν ἡ ΓΜ πρὸς τὴν ΜΖ· ἀσύμμετρος ἄρα ἐστὶν ἡ ΓΜ τῇ ΜΖ μήκει. Καὶ εἰσιν ἀμφότεραι ῥηταί· αἱ ἄρα ΓΜ, ΜΖ ῥηταί εἰσι δυνάμει μόνον σύμμετροι· ἡ ΓΖ ἄρα ἀπο-

HB rationalia sunt, rectangulum verò bis sub AH, HB medium, incommensurabilia igitur quadrata ex AH, HB rectangulo bis sub AH, HB. Et quadratis quidem ex AH, HB æquale est ΓΛ, rectangulo verò bis sub AH, HB ipsum ΖΛ; incommensurabile igitur est ΓΛ ipsi ΖΛ. Ut autem ΓΛ ad ΖΛ ita est ΓΜ ad ΜΖ; incommensurabilis igitur est ΓΜ ipsi ΜΖ longitudine. Et sunt ambæ rationales; ipsæ igitur ΓΜ, ΜΖ rationales sunt potentiâ solùm commensura-

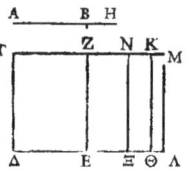

τομή ἐστι. Λέγω δὴ⁷ ὅτι καὶ πρώτη. Ἐπεὶ γὰρ τῶν ἀπὸ τῶν ΑΗ, ΗΒ μέσον ἀνάλογόν ἐστι τὸ ὑπὸ τῶν ΑΗ, ΗΒ, καὶ ἐστι τῷ μὲν ἀπὸ τῆς ΑΗ ἴσον τὸ ΓΘ, τῷ δὲ ἀπὸ τῆς ΒΗ ἴσον τὸ ΚΛ· τῷ δὲ ἀπὸ τῶν ΑΗ, ΗΒ τὸ ΝΛ⁸· καὶ τῶν ΓΘ, ΚΛ ἄρα μέσον ἀνάλογόν ἐστι τὸ ΝΛ· ἔστιν

biles; ergo ΓΖ apotome est. Dico et primam. Quoniam enim quadratorum ex AH, HB medium proportionale est rectangulum sub AH, HB, atque est quadrato quidem ex AH æquale ΓΘ, quadrato verò ex BH æquale ΚΛ, quadrato autem ex AH, HB ipsum ΝΛ; et ipsorum ΓΘ, ΚΛ igitur medium proportionale est ΝΛ; est

les quarrés des droites AH, HB sont rationels, et que le double rectangle sous AH, HB est médial, la somme des quarrés des droites AH, HB sera incommensurable avec le double rectangle sous AH, HB. Mais ΓΛ est égal à la somme des quarrés des droites AH, HB, et ΖΛ égal au double rectangle sous AH, HB; le parallélogramme ΓΛ est donc incommensurable avec ΖΛ. Mais ΓΛ est à ΖΛ comme ΓΜ est à ΜΖ (1. 6); la droite ΓΜ est donc incommensurable en longueur avec la droite ΜΖ. Mais ces droites sont rationelles l'une et l'autre; les droites ΓΜ, ΜΖ sont donc des rationelles commensurables en puissance seulement; la droite ΓΖ est donc un apotome (74. 10). Je dis qu'elle est un premier apotome. Car, puisque le rectangle sous AH, HB est moyen proportionnel entre les quarrés des droites AH, HB (55. 10), que ΓΘ est égal au quarré de AH, que ΚΛ est égal au quarré de BH, et que ΝΛ est égal au quarré de AH, HB, le parallélogramme ΝΛ sera moyen proportionnel entre les parallélogrammes ΓΘ, ΚΛ; le parallélogramme ΓΘ est donc à ΝΛ

ἄρα ὡς τὸ ΓΘ πρὸς τὸ ΝΛ οὕτως τὸ ΝΛ πρὸς
τὸ ΚΛ. Ἀλλ᾽ ὡς μὲν τὸ ΓΘ πρὸς τὸ ΝΛ οὕτως
ἐστὶν ἡ ΓΚ πρὸς τὴν ΝΜ· ὡς δὲ τὸ ΝΛ πρὸς
τὸ ΚΛ οὕτως ἐστὶν⁹ ἡ ΝΜ πρὸς τὴν ΚΜ· ὡς
ἄρα ἡ ΓΚ πρὸς τὴν ΝΜ οὕτως ἐστὶν ἡ ΝΜ
πρὸς τὴν ΚΜ¹⁰· τὸ ἄρα ὑπὸ τῶν ΓΚ, ΚΜ ἴσον
ἐστὶ τῷ ἀπὸ τῆς ΜΝ, τουτέστι τῷ τετάρτῳ
μέρει τοῦ ἀπὸ τῆς ΖΜ. Καὶ ἐπεὶ σύμμετρόν
ἐστι τὸ ἀπὸ τῆς ΑΗ τῷ ἀπὸ τῆς ΗΒ, σύμμετρόν ἐστι¹¹ καὶ τὸ ΓΘ τῷ ΚΛ. Ὡς δὲ τὸ ΓΘ
πρὸς τὸ ΚΛ οὕτως ἡ ΓΚ πρὸς τὴν ΚΜ· σύμμετρος ἄρα ἐστὶν ἡ ΓΚ τῇ ΚΜ. Ἐπεὶ οὖν δύο
εὐθεῖαι ἄνισοί εἰσιν αἱ ΓΜ, ΜΖ, καὶ τῷ τετάρτῳ
μέρει τοῦ ἀπὸ τῆς ΖΜ ἴσον παρὰ τὴν ΓΜ παραβέβληται ἐλλεῖπον εἴδει τετραγώνῳ τὸ¹² ὑπὸ
τῶν ΓΚ, ΚΜ, καὶ ἐστι σύμμετρος ἡ ΓΚ τῇ
ΚΜ· ἡ ἄρα ΓΜ τῆς ΜΖ μεῖζον δύναται τῷ ἀπὸ
συμμέτρου ἑαυτῇ μήκει. Καὶ ἐστιν ἡ ΓΜ σύμμετρος τῇ ἐκκειμένῃ ῥητῇ τῇ ΓΔ μήκει· ἡ ἄρα
ΓΖ ἀποτομή ἐστι πρώτη.

Τὸ ἄρα, καὶ τὰ ἐξῆς.

igitur ut ΓΘ ad ΝΛ ita ΝΛ ad ΚΛ. Sed ut
quidem ΓΘ ad ΝΛ ita est ΓΚ ad ΝΜ; ut verò
ΝΛ ad ΚΛ ita est ΝΜ ad ΚΜ; ut igitur ΓΚ
ad ΝΜ ita est ΝΜ ad ΚΜ; rectangulum igitur
sub ΓΚ, ΚΜ æquale est quadrato ex ΜΝ, hoc
est quartæ parti quadrati ex ΖΜ. Et quoniam
commensurabile est ex ΑΗ quadratum quadrato
ex ΗΒ, commensurabile est et ΓΘ ipsi ΚΛ. Ut
autem ΓΘ ad ΚΛ ita ΓΚ ad ΚΜ; commensurabilis igitur est ΓΚ ipsi ΚΜ. Quoniam igitur duæ
rectæ inæquales sunt ΓΜ, ΜΖ, et quartæ parti
quadrati ex ΖΜ æquale ad ΓΜ applicatur deficiens figurâ quadratâ rectangulum sub ΓΚ, ΚΜ,
et est commensurabilis ΓΚ ipsi ΚΜ; ergo ΓΜ
quam ΜΖ plus potest quadrato ex rectâ sibi
commensurabili longitudine. Atque est ΓΜ commensurabilis expositæ rationali ΓΔ longitudine; ergo ΓΖ apotome est prima.

Quadratum igitur, etc.

comme ΝΛ est à ΚΛ. Mais ΓΘ est à ΝΛ comme ΓΚ est à ΝΜ, et ΝΛ est à ΚΛ comme
ΝΜ est à ΚΜ; la droite ΓΚ est donc à ΝΜ comme ΝΜ est à ΚΜ; le rectangle sous ΓΚ, ΚΜ
est donc égal au quarré de ΜΝ, c'est-à-dire à la quatrième partie du quarré de ΖΜ
(17. 6). Et puisque le quarré de ΑΗ est commensurable avec le quarré de ΗΒ, le parallélogramme ΓΘ sera commensurable avec ΚΛ. Mais ΓΘ est à ΚΛ comme ΓΚ est à
ΚΜ; la droite ΓΚ est donc commensurable avec ΚΜ (10. 10). Et puisque les deux
droites ΓΜ, ΜΖ sont inégales, qu'on a appliqué à ΓΜ un parallélogramme, qui
étant égal à la quatrième partie du quarré de ΖΜ, est défaillant d'une figure quarrée,
que ce parallélogramme est celui qui est compris sous ΓΚ, ΚΜ, et que ΓΚ est
commensurable avec ΚΜ, la puissance de ΓΜ surpassera la puissance de ΜΖ
du quarré d'une droite commensurable en longueur avec ΓΜ (18. 10). Mais ΓΜ
est commensurable en longueur avec la rationelle exposée ΓΔ; la droite ΓΖ est
donc un premier apotome (déf. trois. 1. 10). Le quarré, etc.

ἐστὶ τῷ ὑπὸ τῶν ΑΗ, ΗΒ. Καὶ ἐπεὶ τῶν ἀπὸ τῶν ΑΗ, ΗΒ τετραγώνων μέσον ἀνάλογόν ἐστι τὸ ὑπὸ τῶν ΑΗ, ΗΒ, καὶ ἔστιν ἴσον τὸ μὲν ἀπὸ τῆς ΑΗ τῷ ΓΘ, τὸ δὲ ὑπὸ τῶν ΑΗ, ΗΒ τῷ[5] ΝΛ, τὸ δὲ ἀπὸ τῆς ΗΒ τῷ[5] ΚΛ· καὶ τῶν ΓΘ, ΚΛ ἄρα μέσον ἀνάλογόν ἐστι τὸ ΝΛ· ἔστιν ἄρα ὡς τὸ ΓΘ πρὸς τὸ ΝΛ οὕτως τὸ ΝΛ πρὸς τὸ ΚΛ. Ἀλλ' ὡς μὲν τὸ ΓΘ πρὸς τὸ ΝΛ οὕτως ἐστὶν ἡ ΓΚ πρὸς τὴν ΝΜ, ὡς δὲ τὸ ΝΛ πρὸς τὸ ΚΛ οὕτως ἐστὶν ἡ ΝΜ πρὸς τὴν ΚΜ· ὡς ἄρα ἡ ΓΚ πρὸς τὴν ΝΜ οὕτως ἐστὶν ἡ ΝΜ πρὸς

æquale est rectangulo sub ΑΗ, ΗΒ. Et quoniam quadratorum ex ΑΗ, ΗΒ medium proportionale est rectangulum sub ΑΗ, ΗΒ, atque est æquale quadratum quidem ex ΑΗ ipsi ΓΘ, rectangulum verò sub ΑΗ, ΗΒ ipsi ΝΛ, quadratum autem ex ΗΒ ipsi ΚΛ; et ipsorum ΓΘ, ΚΛ igitur medium proportionale est ΝΛ; est igitur ut ΓΘ ad ΝΛ ita ΝΛ ad ΚΛ. Sed ut quidem ΓΘ ad ΝΛ ita est ΓΚ ad ΝΜ, ut verò ΝΛ ad ΚΛ ita est ΝΜ ad ΚΜ; ut igitur ΓΚ ad ΝΜ ita est ΝΜ ad ΚΜ; rectangulum

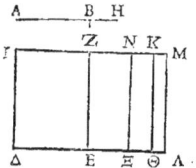

τὴν ΚΜ· τὸ ἄρα ὑπὸ τῶν ΓΚ, ΚΜ ἴσον ἐστὶ τῷ ὑπὸ τῆς ΝΜ, τουτέστι τῷ τετάρτῳ μέρει τοῦ ἀπὸ τῆς ΖΜ. Καὶ ἐπεὶ σύμμετρόν ἐστι τὸ ἀπὸ τῆς ΑΗ τῷ ἀπὸ τῆς ΗΒ, σύμμετρόν ἐστι καὶ τὸ ΓΘ τῷ ΚΛ, τουτέστιν ἡ ΓΚ τῇ ΚΜ[6]· Ἐπεὶ οὖν δύο εὐθεῖαι ἄνισοί εἰσιν αἱ ΓΜ, ΜΖ, καὶ τῷ[7] τετάρτῳ μέρει τοῦ ἀπὸ τῆς ΜΖ ἴσον

igitur sub ΓΚ, ΚΜ æquale est quadrato ex ΝΜ, hoc est quartæ parti quadrati ex ΖΜ. Et quoniam commensurabile est ex ΑΗ quadratum quadrato ex ΗΒ, commensurabile est et ΓΘ ipsi ΚΛ, hoc est ΓΚ ipsi ΚΜ. Quoniam igitur duæ rectæ inæquales sunt ΓΜ, ΜΖ, et quartæ parti

ΝΛ sera égal au rectangle sous ΑΗ, ΗΒ. Et puisque le rectangle sous ΑΗ, ΗΒ est moyen proportionnel entre les quarrés des droites ΑΗ, ΗΒ, que le quarré de ΑΗ est égal à ΓΘ, que le rectangle sous ΑΗ, ΗΒ est égal à ΝΛ, et que le quarré de ΒΗ est égal à ΚΛ, le parallélogramme ΝΛ sera moyen proportionnel entre ΓΘ et ΚΛ; la droite ΓΘ est donc à ΝΛ comme ΝΛ est à ΚΛ. Mais le parallélogramme ΓΘ est à ΝΛ comme ΓΚ est à ΝΜ, et ΝΛ est à ΚΛ comme ΝΜ est à ΚΜ (1. 6); la droite ΓΚ est donc à ΝΜ comme ΝΜ est à ΚΜ; le rectangle sous ΓΚ, ΚΜ est donc égal au quarré de ΝΜ, c'est-à-dire à la quatrième partie du quarré de ΖΜ (17. 6). Et puisque le quarré de ΑΗ est commensurable avec le quarré de ΗΒ, le parallélogramme ΓΘ sera commensurable avec ΚΛ, c'est-à-dire ΓΚ avec ΚΜ. Et puisque les deux droites ΓΜ, ΜΖ sont inégales, et que l'on a appliqué à la plus grande ΓΜ un parallélogramme compris sous ΓΚ, ΚΜ, qui étant égal à la quatrième partie du quarré

παρὰ τὴν μείζονα τὴν ΓΜ παραβεβλῆται ἐλλεῖπον εἴδει τετραγώνῳ τὸ[8] ὑπὸ τῶν ΓΚ, ΚΜ, καὶ
εἰς σύμμετρα αὐτὴν διαιρεῖ· ἡ ἄρα ΓΜ τῆς ΜΖ
μεῖζον δύναται τῷ ἀπὸ συμμέτρου ἑαυτῇ μήκει.
Καὶ ἔστιν ἡ προσαρμόζουσα ἡ ΖΜ σύμμετρος
μήκει θ τῇ ἐκκειμένῃ ῥητῇ τῇ ΓΔ· ἡ ἄρα ΓΖ
ἀποτομή ἐστι δευτέρα.

Τὸ ἄρα, καὶ τὰ ἑξῆς.

ΠΡΟΤΑΣΙΣ ρ.

Τὸ ἀπὸ μέσης ἀποτομῆς δευτέρας παρὰ ῥητὴν παραβαλλόμενον πλάτος ποιεῖ ἀποτομὴν
τρίτην.

Ἔστω μέση ἀποτομὴ δευτέρα ἡ ΑΒ, ῥητὴ δὲ
ἡ ΓΔ, καὶ τῷ ἀπὸ τῆς ΑΒ ἴσον παρὰ τὴν ΓΔ
παραβεβλήσθω τὸ ΓΕ, πλάτος ποιοῦν τὴν ΓΖ·
λέγω ὅτι ἡ ΓΖ ἀποτομή ἐστι τρίτη.

Ἔστω γὰρ τῇ ΑΒ προσαρμόζουσα ἡ ΒΗ· αἱ
ἄρα ΑΗ, ΗΒ μέσαι εἰσὶ δυνάμει μόνον σύμμετροι, μέσον περιέχουσαι. Καὶ τῷ μὲν ἀπὸ
τῆς ΑΗ ἴσον παρὰ τὴν ΓΔ παραβεβλήσθω τὸ ΓΘ

---

quadrati ex MZ æquale ad majorem ΓΜ applicatur
deficiens figurâ quadratâ rectangulum sub ΓΚ,
ΚΜ, et in partes commensurabiles ipsam dividit;
ergo ΓΜ quam MZ plus potest quadrato ex rectâ
sibi commensurabili longitudine. Atque est congruens ZM commensurabilis longitudine expositæ rationali ΓΔ; ergo ΓΖ apotome est secunda.

Quadratum igitur, etc.

PROPOSITIO C.

Quadratum ex mediâ apotome secundâ ad
rationalem applicatum latitudinem facit apotomen tertiam.

Sit media apotome secunda ΑΒ, rationalis
autem ΓΔ, et quadrato ex ΑΒ æquale ad ΓΔ
applicetur ΓΕ, latitudinem faciens ΓΖ; dico ΓΖ
apotomen esse tertiam.

Sit enim ipsi ΑΒ congruens ΒΗ; ipsæ igitur
ΑΗ, ΗΒ mediæ sunt potentiâ solùm commensurabiles, medium continentes. Et quadrato
quidem ex ΑΗ æquale ad ΓΔ applicetur ΓΘ

---

de MZ, est défaillant d'une figure quarrée, et que ce parallélogramme divise ΓΜ en
parties commensurables, la puissance de ΓΜ surpassera la puissance de MZ du
quarré d'une droite commensurable en longueur avec ΓΜ (18. 10). Mais la congruente ZM est commensurable en longueur avec la rationelle exposée ΓΔ; la droite
ΓΖ est donc un second apotome (déf. trois. 2. 10). Le quarré, etc.

PROPOSITION C.

Le quarré d'un second apotome médial appliqué à une rationelle fait une
largeur qui est un troisième apotome.

Soient un second apotome médial ΑΒ, et une rationelle ΓΔ; appliquons à ΓΔ
un parallélogramme ΓΕ, qui étant égal au quarré de ΑΒ, ait pour largeur la droite
ΓΖ; je dis que ΓΖ est un troisième apotome.

Que ΒΗ conviène avec ΑΒ; les droites ΑΗ, ΗΒ seront des médiales, qui étant
incommensurables en puissance seulement, comprendront une surface médiale
(76. 10). Appliquons à ΓΔ un parallélogramme ΓΘ, qui étant égal au quarré

πλάτος ποιοῦν τὴν ΓΚ, τῷ δὲ ἀπὸ τῆς ΒΗ
ἴσον παρὰ τὴν ΚΘ παραϐεϐλήσθω τὸ ΚΛ πλάτος
ποιοῦν τὴν ΚΜ· ὅλον ἄρα τὸ ΓΛ ἴσον ἐστὶ τοῖς
ἀπὸ τῶν ΑΗ, ΗΒ. Καὶ ἔστι μέσα τὰ ἀπὸ τῶν
ΑΗ, ΗΒ· μέσον ἄρα καὶ τὸ ΓΛ, καὶ παρὰ
ῥητὴν τὴν ΓΔ παραϐέϐληται πλάτος ποιοῦν τὴν
ΓΜ· ῥητὴ ἄρα ἐστὶν ἡ ΓΜ, καὶ ἀσύμμετρος
τῇ ΓΔ μήκει. Καὶ ἐπεὶ ὅλον τὸ ΓΛ ἴσον ἐστὶ
τοῖς ἀπὸ τῶν ΑΗ, ΗΒ, ὧν τὸ ΓΕ ἴσον ἐστὶ τῷ
ἀπὸ τῆς ΑΒ· λοιπὸν ἄρα τὸ ΖΛ ἴσον ἐστὶ τῷ
δὶς ὑπὸ τῶν ΑΗ, ΗΒ. Τετμήσθω οὖν ἡ ΖΜ
δίχα κατὰ τὸ Ν σημεῖον, καὶ τῇ ΓΔ παρἀλ-
ληλος ἤχθω ἡ ΝΞ· ἑκάτερον ἄρα τῶν ΖΞ, ΝΛ
ἴσον ἐστὶ τῷ ὑπὸ τῶν ΑΗ, ΗΒ. Μέσον δὲ τὸ
ὑπὸ τῶν ΑΗ, ΗΒ· μέσον ἄρα ἐστὶ καὶ τὸ ΖΛ,
καὶ παρὰ ῥητὴν τὴν ΕΖ παράκειται πλάτος
ποιοῦν τὴν ΖΜ· ῥητὴ ἄρα καὶ ἡ ΖΜ, καὶ ἀσύμμετρος τῇ ΓΔ μήκει. Καὶ ἐπεὶ αἱ ΑΗ, ΗΒ
δυνάμει μόνον εἰσὶ σύμμετροι, ἀσύμμετρος ἄρα

latitudinem faciens ΓΚ, quadrato verò ex ΒΗ
æquale ad ΚΘ applicetur ΚΛ latitudinem faciens
ΚΜ; totum igitur ΓΛ æquale est quadratis ex
ΑΗ, ΗΒ. Et sunt media quadrata ex ΑΗ, ΗΒ;
medium igitur et ΓΛ, et ad rationalem ΓΔ
applicatur, latitudinem faciens ΓΜ; rationalis
igitur est ΓΜ, et incommensurabilis ipsi ΓΔ
longitudine. Et quoniam totum ΓΛ æquale est
quadratis ex ΑΗ, ΗΒ, quorum ΓΕ æquale est
quadrato ex ΑΒ; reliquum igitur ΖΛ æquale
est rectangulo bis sub ΑΗ, ΗΒ. Secetur igitur
ΖΜ bifariam in puncto Ν, et ipsi ΓΔ parallela ducatur ΝΞ; utrumque igitur ipsorum ΖΞ,
ΝΛ æquale est rectangulo sub ΑΗ, ΗΒ. Medium
autem rectangulum sub ΑΗ, ΗΒ; medium igitur
est et ΖΛ, et ad rationalem ΕΖ applicatur, latitudinem faciens ΖΜ; rationalis igitur et ΖΜ,
et incommensurabilis ipsi ΓΔ longitudine. Et
quoniam ΑΗ, ΗΒ potentiâ solùm sunt commensurabiles, incommensurabilis igitur est longi-

de ΑΗ, ait pour largeur la droite ΓΚ; appliquons aussi à ΚΘ un parallélogramme
ΚΛ, qui étant égal au quarré de ΒΗ, ait pour largeur la droite ΚΜ (45. 1); le
parallélogramme entier ΓΛ sera égal à la somme des quarrés des droites ΑΗ, ΗΒ.
Mais la somme des quarrés des droites ΑΗ, ΗΒ est médiale; le parallélogramme ΓΛ
est donc médial; mais ce parallélogramme est appliqué à la rationelle ΓΔ, et il
a pour largeur ΓΜ; la droite ΓΜ est donc rationelle, et incommensurable en
longueur avec ΓΔ (23. 10). Et puisque le parallélogramme entier ΓΛ est égal à
la somme des quarrés des droites ΑΗ, ΗΒ, et que le parallélogramme ΓΕ est égal
au quarré de ΑΒ, le parallélogramme restant ΖΛ sera égal au double rectangle
sous ΑΗ, ΗΒ (7. 2). Coupons ΖΜ en deux parties égales au point Ν, et menons
la droite ΝΞ parallèle à ΓΔ; chacun des parallélogrammes ΖΞ, ΝΛ sera égal
au rectangle sous ΑΗ, ΗΒ. Mais le rectangle sous ΑΗ, ΗΒ est médial; le parallélogramme ΖΛ est donc médial. Mais ce parallélogramme est appliqué à la
rationelle ΕΖ, et il a ΖΜ pour largeur; la droite ΖΜ est donc rationelle, et
incommensurable en longueur avec ΓΔ (23. 10). Et puisque les droites ΑΗ, ΗΒ sont
commensurables en puissance seulement, la droite ΑΗ sera incommensurable en

ἐστὶ μήκει ἡ ΑΗ τῇ ΗΒ· ἀσύμμετρον ἄρα ἐστὶ
καὶ τὸ ἀπὸ τῆς ΑΗ τῷ ὑπὸ τῶν ΑΗ, ΗΒ.
Ἀλλὰ τῷ μὲν ἀπὸ τῆς ΑΗ σύμμετρά ἐστι τά
ἀπὸ τῶν ΑΗ, ΗΒ, τῷ δὲ ὑπὸ τῶν ΑΗ, ΗΒ
σύμμετρόν ἐστι' τὸ δὶς ὑπὸ τῶν ΑΗ, ΗΒ·
ἀσύμμετρα ἄρα ἐστὶ τὰ ἀπὸ τῶν ΑΗ, ΗΒ τῷ
δὶς ὑπὸ τῶν ΑΗ, ΗΒ². Ἀλλὰ τοῖς μὲν ἀπὸ
τῶν ΑΗ, ΗΒ ἴσον ἐστὶ τὸ ΓΛ, τῷ δὲ δὶς ὑπὸ
τῶν ΑΗ, ΗΒ ἴσον ἐστὶ τὸ ΖΛ· ἀσύμμετρον ἄρα

tudine ipsa ΑΗ ipsi ΗΒ; incommensurabile igitur
est et ex ΑΗ quadratum rectangulo sub ΑΗ, ΗΒ.
Sed quadrato quidem ex ΑΗ commensurabilia
sunt quadrata ex ΑΗ, ΗΒ, rectangulo verò
sub ΑΗ, ΗΒ commensurabile est rectangulum
bis sub ΑΗ, ΗΒ; incommensurabilia igitur sunt
ex ΑΗ, ΗΒ quadrata rectangulo bis sub ΑΗ, ΗΒ.
Sed quadratis quidem ex ΑΗ, ΗΒ æquale est
ΓΛ, rectangulo verò bis sub ΑΗ, ΗΒ æquale

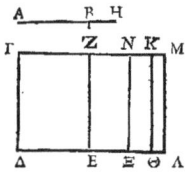

ἐστὶ τὸ ΓΛ τῷ ΖΛ. Ὡς δὲ τὸ ΓΛ πρὸς τὸ ΖΛ
οὕτως ἐστὶν ἡ ΓΜ πρὸς τὴν ΖΜ· ἀσύμμετρος
ἄρα ἐστὶν ἡ ΓΜ τῇ ΖΜ μήκει. Καὶ εἰσιν ἀμφότεραι ῥηταί· αἱ ἄρα ΓΜ, ΖΜ ῥηταί εἰσι δυνάμει μόνον σύμμετροι· ἀποτομή ἄρα ἐστὶν ἡ
ΓΖ. Λέγω δὴ ὅτι καὶ τρίτη. Ἐπεὶ γὰρ σύμ-

est ΖΛ; incommensurabile igitur est ΓΛ ipsi
ΖΛ. Ut autem ΓΛ ad ΖΛ ita est ΓΜ ad ΖΜ;
incommensurabilis igitur est ΓΜ ipsi ΖΜ longitudine. Et sunt ambæ rationales; ipsæ igitur
ΓΜ, ΖΜ rationales sunt potentiâ solùm commensurabiles; apotome igitur est ΓΖ. Dico et
tertiam. Quoniam enim commensurabile est ex

longueur avec HB; le quarré de AH est donc incommensurable avec le rectangle sous AH, HB (1. 6, et 10. 10). Mais la somme des quarrés de AH et de
HB est commensurable avec le quarré de AH, et le double rectangle sous AH, HB
commensurable avec le rectangle sous AH, HB; la somme des quarrés de AH et
de HB est donc incommensurable avec le double rectangle sous AH, HB. Mais
le parallélogramme ΓΛ est égal à la somme des quarrés des droites AH, HB, et le
parallélogramme ΖΛ égal au double rectangle sous AH, HB; le parallélogramme ΓΛ
est donc incommensurable avec ΖΛ. Mais ΓΛ est à ΖΛ comme ΓΜ est à ΖΜ;
la droite ΓΜ est donc incommensurable en longueur avec la droite ΖΜ (10. 10).
Mais ces droites sont rationelles l'une et l'autre; les droites ΓΜ, ΜΖ sont donc des
rationelles commensurables en puissance seulement; la droite ΓΖ est donc un
apotome (74. 10). Et je dis que cette droite est un troisième apotome. Car puisque

II.   47

μετρόν ἐστι τὸ ἀπὸ τῆς ΑΗ τῷ ἀπὸ τῆς ΗΒ, σύμμετρον ἄρα καὶ³ τὸ ΓΘ τῷ ΚΛ· ὥστε καὶ ἡ ΓΚ τῇ ΚΜ. Καὶ ἐπεὶ τῶν ἀπὸ τῶν ΑΗ, ΗΒ μέσον ἀνάλογόν ἐστι τὸ ὑπὸ τῶν ΑΗ, ΗΒ, καὶ ἔστι τῷ μὲν ἀπὸ τῆς ΑΗ ἴσον τὸ ΓΘ, τῷ δὲ ἀπὸ τῆς ΗΒ ἴσον τὸ ΚΛ, τῷ δὲ ὑπὸ τῶν ΑΗ, ΗΒ ἴσον τὸ ΝΛ· καὶ τῶν ΓΘ, ΚΛ ἄρα μέσον ἀνάλογόν ἐστι τὸ ΝΛ· ἔστιν ἄρα ὡς τὸ ΓΘ πρὸς τὸ ΝΛ οὕτως τὸ ΝΛ πρὸς τὸ ΚΛ.

ΑΗ quadratum quadrato ex ΗΒ, commensurabile igitur et ΓΘ ipsi ΚΛ; quare et ΓΚ ipsi ΚΜ. Et quoniam quadratorum ex ΑΗ, ΗΒ medium proportionale est rectangulum sub ΑΗ, ΗΒ, atque est quadrato quidem ex ΑΗ æquale ΓΘ, quadrato verò ex ΗΒ æquale ΚΛ, rectangulo autem sub ΑΗ, ΗΒ æquale ΝΛ; et ipsorum ΓΘ, ΚΛ igitur medium proportionale est ΝΛ; est igitur ut ΓΘ ad ΝΛ ita ΝΛ ad

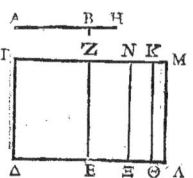

Ἀλλ' ὡς μὲν τὸ ΓΘ πρὸς τὸ ΝΛ οὕτως ἐστὶν ἡ ΓΚ πρὸς τὴν ΝΜ, ὡς δὲ τὸ ΝΛ πρὸς τὸ ΚΛ οὕτως ἐστὶν ἡ ΝΜ πρὸς τὴν ΚΜ· ὡς⁴ ἄρα ἡ ΓΚ πρὸς τὴν ΝΜ οὕτως ἐστὶν ἡ ΝΜ πρὸς τὴν ΚΜ· τὸ ἄρα ὑπὸ τῶν ΓΚ, ΚΜ ἴσον ἐστὶ τῷ ἀπὸ τῆς ΝΜ, τουτέστι τῷ τετάρτῳ μέρει τοῦ ἀπὸ τῆς ΖΜ. Ἐπεὶ οὖν δύο εὐθεῖαι ἄνισοί εἰσιν αἱ ΓΜ, ΜΖ, καὶ τῷ τετάρτῳ μέρει τοῦ

ΚΛ. Sed ut quidem ΓΘ ad ΝΛ ita est ΓΚ ad ΝΜ, ut verò ΝΛ ad ΚΛ ita est ΝΜ ad ΚΜ; ut igitur ΓΚ ad ΝΜ ita est ΝΜ ad ΚΜ; rectangulum igitur sub ΓΚ, ΚΜ æquale est quadrato ex ΝΜ, hoc est quartæ parti quadrati ex ΖΜ. Quoniam igitur duæ rectæ inæquales sunt ΓΜ, ΜΖ, et quartæ parti quadrati

le quarré de ΑΗ est commensurable avec le quarré de ΗΒ, le parallélogramme ΓΘ sera commensurable avec ΚΛ; la droite ΓΚ est donc aussi commensurable avec ΚΜ. Et puisque le rectangle sous ΑΗ, ΗΒ est moyen proportionnel entre les quarrés des droites ΑΗ, ΗΒ (55. 10), que ΓΘ est égal au quarré de ΑΗ, que ΚΛ est égal au quarré de ΗΒ, et que ΝΛ est égal au rectangle sous ΑΗ, ΗΒ, le parallélogramme ΝΛ sera moyen proportionnel entre ΓΘ et ΚΛ; le parallélogramme ΓΘ est donc à ΝΛ comme ΝΛ est à ΚΛ. Mais ΓΘ est à ΝΛ comme ΓΚ est à ΝΜ, et ΝΛ est à ΚΛ comme ΝΜ est à ΚΜ (1. 6); la droite ΓΚ est donc à ΝΜ comme ΝΜ est à ΚΜ; le rectangle sous ΓΚ, ΚΜ est donc égal au quarré de ΝΜ, c'est-à-dire à la quatrième partie du quarré de ΖΜ (17. 10). Et puisque les deux droites ΓΜ, ΜΖ sont inégales, que l'on a appliqué à ΓΜ un parallélogramme, qui

ἀπὸ τῆς ZM ἴσον παρὰ τὴν ΓΜ παραβέβληται ἐλλεῖπον εἴδει τετραγώνῳ, καὶ εἰς σύμμετρα αὐτὴν διαιρεῖ· ἡ ΓΜ ἄρα τῆς MZ μεῖζον δύναται τῷ ἀπὸ συμμέτρου ἑαυτῇ. Καὶ οὐδετέρα τῶν ΓΜ, MZ σύμμετρός ἐστι μήκει[5] τῇ ἐκκειμένῃ ῥητῇ τῇ ΓΔ· ἡ ἄρα ΓΖ ἀποτομή ἐστι τρίτη.

Τὸ ἄρα, καὶ τὰ ἑξῆς.

ΠΡΟΤΑΣΙΣ ρά.

Τὸ ἀπὸ ἐλάσσονος παρὰ ῥητὴν παραβαλλόμενον πλάτος ποιεῖ ἀποτομὴν τετάρτην.

Ἔστω ἐλάσσων ἡ ΑΒ, ῥητὴ δὲ ἡ ΓΔ, καὶ τῷ ἀπὸ τῆς ΑΒ ἴσον παρὰ ῥητὴν[1] τὴν ΓΔ παραβεβλήσθω τὸ ΓΕ, πλάτος ποιοῦν τὴν ΓΖ· λέγω ὅτι ἡ ΓΖ ἀποτομή ἐστι τετάρτη.

Ἔστω γὰρ τῇ ΑΒ προσαρμόζουσα ἡ ΒΗ· αἱ ἄρα ΑΗ, ΗΒ δυνάμει εἰσὶν ἀσύμμετροι, ποιοῦσαι τὸ μὲν συγκείμενον ἐκ τῶν ἀπὸ τῶν ΑΗ, ΗΒ

ex ZM æquale ad ΓΜ applicatur deficiens figurâ quadratâ, et in partes commensurabiles ipsam dividit; ergo ΓΜ quam MZ plus potest quadrato ex rectâ sibi commensurabili. Et neutra ipsarum ΓΜ, MZ commensurabilis est longitudine expositæ rationali ΓΔ; ergo ΓΖ apotome est tertia.

Quadratum igitur, etc.

PROPOSITIO CI.

Quadratum ex minori ad rationalem applicatum latitudinem facit apotomen quartam.

Sit minor AB, rationalis autem ΓΔ, et quadrato ex AB æquale ad rationalem ΓΔ applicetur ΓΕ, latitudinem faciens ΓΖ; dico ΓΖ apotomen esse quartam.

Sit enim ipsi AB congruens BH; ipsæ igitur AH, HB potentiâ sunt incommensurabiles, facientes quidem compositum ex ipsarum AH,

étant égal à la quatrième partie du quarré de ZM, est défaillant d'une figure quarrée, et que ce parallélogramme divise ΓΜ en parties commensurables, la puissance de ΓΜ surpassera la puissance de MZ du quarré d'une droite commensurable en longueur avec ΓΜ (18. 10); aucune des droites ΓΜ, MZ n'est donc commensurable en longueur avec la rationelle exposée ΓΔ; la droite ΓΖ est donc un troisième apotome (déf. trois. 3. 10). Le quarré, etc.

PROPOSITION CI.

Le quarré d'une mineure appliqué à une rationelle fait une largeur qui est un quatrième apotome.

Soient une mineure AB, et une rationelle ΓΔ; appliquons à ΓΔ un parallélogramme ΓΕ, qui étant égal au quarré de AB, ait ΓΖ pour largeur; je dis que la droite ΓΖ est un quatrième apotome.

Car que BH conviène avec AB; les droites AH, HB seront incommensurables en puissance; la somme des quarrés des droites AH, HB sera rationelle, et le

τετραγώνων ῥητὸν, τὸ δὲ δὶς ὑπὸ τῶν ΑΗ, ΗΒ μέσον. Καὶ τῷ μὲν ἀπὸ τῆς ΑΗ ἴσον παρὰ τὴν ΓΔ παραβεβλήσθω τὸ ΓΘ, πλάτος ποιοῦν τὴν ΓΚ, τῷ δὲ ἀπὸ τῆς ΒΗ ἴσον² τὸ ΚΛ πλάτος ποιοῦν τὴν ΚΜ· ὅλον ἄρα τὸ ΓΛ ἴσον ἐστὶ τοῖς ἀπὸ τῶν ΑΗ, ΗΒ. Καὶ ἔστι τὸ συγκείμενον ἐκ τῶν ἀπὸ τῶν ΑΗ, ΗΒ ῥητόν· ῥητὸν ἄρα ἐστὶ καὶ τὸ ΓΛ, καὶ παρὰ ῥητὴν τὴν ΓΔ παρά-

HB quadratis rationale, rectangulum verò bis sub AH, HB medium. Et quadrato quidem ex AH æquale ad ΓΔ applicetur ΓΘ, latitudinem faciens ΓΚ, quadrato verò ex BH æquale ΚΛ latitudinem faciens ΚΜ ; totum igitur ΓΛ æquale est quadratis ex AH, HB. Atque est compositum ex quadratis ipsarum AH, HB rationale ; rationale igitur est et ΓΛ, et ad ra-

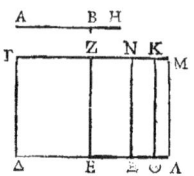

κειται πλάτος ποιοῦν τὴν ΓΜ· ῥητὴ ἄρα καὶ ἡ ΓΜ, καὶ σύμμετρος τῇ ΓΔ μήκει. Καὶ ἐπεὶ ὅλον τὸ ΓΛ ἴσον ἐστὶ τοῖς ἀπὸ τῶν ΑΗ, ΗΒ, ὧν τὸ ΓΕ ἴσον ἐστὶ τῷ ἀπὸ τῆς ΑΒ· λοιπὸν ἄρα τὸ ΖΛ ἴσον ἐστὶ τῷ δὶς ὑπὸ τῶν ΑΗ, ΗΒ. Τετμήσθω οὖν καὶ³ ἡ ΖΜ δίχα κατὰ τὸ Ν σημεῖον, καὶ ἤχθω διὰ τοῦ Ν ὁποτέρᾳ τῶν ΓΔ, ΜΛ παράλληλος ἡ ΝΞ· ἑκάτερον ἄρα τῶν

tionalem ΓΔ applicatur latitudinem faciens ΓΜ ; rationalis igitur et ΓΜ, et commensurabilis ipsi ΓΔ longitudine. Et quoniam totum ΓΛ æquale est quadratis ex AH, HB, quorum ΓΕ æquale est quadrato ex AB ; reliquum igitur ΖΛ æquale est rectangulo bis sub AH, HB. Secetur igitur et ΖΜ bifariam in puncto Ν, et ducatur per Ν alterutri ipsarum ΓΔ, ΜΛ paral-

double rectangle sous AH, HB sera médial (77. 10). Appliquons à ΓΔ un parallélogramme ΓΘ, qui étant égal au quarré de AH, ait ΓΚ pour largeur, et appliquons aussi à ΚΘ un parallélogramme ΚΛ, qui étant égal au quarré de BH, ait ΚΜ pour largeur (45. 1), le parallélogramme entier ΓΛ sera égal à la somme des quarrés des droites AH, HB. Mais la somme des quarrés des droites AH, HB est rationelle ; le parallélogramme ΓΛ est donc rationel ; mais il est appliqué à la rationelle ΓΔ, et il a pour largeur ΓΜ ; la droite ΓΜ est donc rationelle et commensurable en longueur avec ΓΔ (21. 10). Et puisque le parallélogramme entier ΓΛ est égal à la somme des quarrés des droites AH, HB, et que ΓΕ est égal au quarré de AB ; le parallélogramme restant ΖΛ sera égal au double rectangle sous AH, HB (7. 2). Coupons ΖΜ en deux parties égales au point Ν, et par le point Ν menons ΝΞ parallèle aux droites ΓΔ, ΜΛ ; chacun des parallélo-

ΖΞ, ΝΛ ἴσον ἐστὶ τῷ ὑπὸ τῶν⁴ ΑΗ, ΗΒ. Καὶ ἐπεὶ τὸ δὶς ὑπὸ τῶν ΑΗ, ΗΒ μέσον ἐστὶ, καὶ ἔστιν ἴσον τῷ ΖΛ· καὶ τὸ ΖΛ ἄρα μέσον ἐστὶ, καὶ παρὰ ῥητὴν τὴν ΖΕ παράκειται πλά- τος ποιοῦν τὴν ΖΜ· ῥητὴ ἄρα ἐστὶν ἡ ΖΜ, καὶ ἀσύμμετρος τῇ ΓΔ μήκει. Καὶ ἐπεὶ τὸ μὲν συγκείμενον ἐκ τῶν ἀπὸ τῶν ΑΗ, ΗΒ ῥητόν ἐστι, τὸ δὲ δὶς ὑπὸ τῶν ΑΗ, ΗΒ μέσον, ἀσύμ- μετρά ἐστι τὰ ἀπὸ τῶν ΑΗ, ΗΒ τῷ δὶς ὑπὸ τῶν ΑΗ, ΗΒ. Ἴσον δὲ ἐστι⁵ τὸ ΓΛ τοῖς ἀπὸ τῶν ΑΗ, ΗΒ, τῷ δὲ δὶς ὑπὸ τῶν ΑΗ, ΗΒ ἴσον ἐστι⁶ τὸ ΖΛ· ἀσύμμετρον ἄρα ἐστὶ τὸ ΓΛ τῷ ΖΛ. Ὡς δὲ τὸ ΓΛ πρὸς τὸ ΖΛ οὕτως ἐστὶν ἡ ΓΜ⁷ πρὸς τὴν ΖΜ· ἀσύμμετρος ἄρα ἐστὶν ἡ ΓΜ τῇ ΖΜ μήκει. Καὶ εἰσὶν ἀμφότεραι ῥηταί· αἱ ἄρα ΓΜ, ΜΖ ῥηταί εἰσι δυνάμει μόνον σύμ- μετροι· ἀποτομὴ ἄρα ἐστὶν ἡ ΓΖ. Λέγω δὴ ὅτι καὶ τετάρτη. Ἐπεὶ γὰρ αἱ ΑΗ, ΗΒ δυ- νάμει εἰσὶν ἀσύμμετροι· ἀσύμμετρον ἄρα καὶ τὸ ἀπὸ τῆς ΑΗ τῷ ἀπὸ τῆς ΗΒ. Καὶ ἔστι τῷ

lela ΝΞ; utrumque igitur ipsorum ΖΞ, ΝΛ æquale est rectangulo sub ΑΗ, ΗΒ. Et quoniam rectangulum bis sub ΑΗ, ΗΒ medium est, et est æquale ipsi ΖΛ; et ΖΛ igitur medium est, et ad rationalem ΖΕ applicatur latitudinem faciens ΖΜ; rationalis igitur est ΖΜ, et incommen- surabilis ipsi ΓΔ longitudine. Et quoniam qui- dem compositum ex quadratis ipsarum ΑΗ, ΗΒ rationale est, rectangulum verò bis sub ΑΗ, ΗΒ medium, incommensurabilia sunt quadrata ex ΑΗ, ΗΒ rectangulo bis sub ΑΗ, ΗΒ. Æquale autem est ΓΛ quadratis ex ΑΗ, ΗΒ, rectangulo verò bis sub ΑΗ, ΗΒ æquale est ΖΛ; incom- mensurabile igitur est ΓΛ ipsi ΖΛ. Ut autem ΓΛ ad ΖΛ ita est ΓΜ ad ΖΜ; incommensu- rabilis igitur est ΓΜ ipsi ΖΜ longitudine. Et sunt ambæ rationales; ipsæ igitur ΓΜ, ΜΖ ratio- nales sunt potentiâ solùm commensurabiles; apotome igitur est ΓΖ. Dico et quartam. Quoniam enim ΑΗ, ΗΒ potentiâ sunt incommensurabiles; incommensurabile igitur et ex ΑΗ quadratum quadrato ex ΗΒ. Atque est quadrato quidem

grammes ΖΞ, ΝΛ sera égal au rectangle sous ΑΗ, ΗΒ. Et puisque le double rectangle sous ΑΗ, ΗΒ est médial et égal à ΖΛ, le parallélogramme ΖΛ sera médial. Mais il est appliqué à la rationelle ΖΕ, et il a ΖΜ pour largeur; la droite ΖΜ est donc rationelle, et incommensurable en longueur avec ΓΔ (23. 10). Et puisque la somme des quarrés des droites ΑΗ, ΗΒ est rationelle, et que le double rectangle sous ΑΗ, ΗΒ est médial, la somme des quarrés des droites ΑΗ, ΗΒ sera incommensurable avec le double rectangle sous ΑΗ, ΗΒ. Mais le parallélogramme ΓΛ est égal à la somme des quarrés des droites ΑΗ, ΗΒ, et ΖΛ égal au double rectangle sous ΑΗ, ΗΒ; le parallélogramme ΓΛ est donc incommensurable avec ΖΛ. Mais ΓΛ est à ΖΛ comme ΓΜ est à ΖΜ (1. 6); la droite ΓΜ est donc incommen- surable en longueur avec la droite ΖΜ (10. 10). Mais ces droites sont rationelles l'une et l'autre; les droites ΓΜ, ΜΖ sont donc des rationelles commensurables en puissance seulement; la droite ΓΖ est donc un apotome (74. 10). Et je dis que cette droite est un quatrième apotome. Car, puisque les droites ΑΗ, ΗΒ sont incommensurables en puissance, le quarré de ΑΗ sera incommensurable avec le

μὲν ἀπὸ τῆς ΑΗ ἴσον τὸ ΓΘ, τῷ δὲ ἀπὸ τῆς
ΗΒ ἴσον τὸ ΚΛ· ἀσύμμετρον ἄρα ἐστὶ τὸ ΓΘ
τῷ ΚΛ. Ὡς δὲ τὸ ΓΘ πρὸς τὸ ΚΛ οὕτως ἐστὶν
ἡ ΓΚ πρὸς τὴν ΚΜ· ἀσύμμετρος ἄρα ἐστὶν ἡ
ΓΚ τῇ ΚΜ μήκει. Καὶ ἐπεὶ τῶν ἀπὸ τῶν ΑΗ,
ΗΒ μέσον ἀνάλογόν ἐστι τὸ ὑπὸ τῶν ΑΗ, ΗΒ,
καὶ ἐστιν ἴσον τῷ μὲν ἀπὸ τῆς ΑΗ τὸ ΓΘ,
τῷ δὲ ἀπὸ τῆς ΗΒ τὸ ΚΛ, τῷ δὲ ὑπὸ τῶν
ΑΗ, ΗΒ τὸ ΝΛ· τῶν ἄρα ΓΘ, ΚΛ μέσον
ἀνάλογόν ἐστι τὸ ΝΛ· ἔστιν ἄρα ὡς τὸ ΓΘ

cx ΑΗ æquale ΓΘ, quadrato verò ex ΗΒ æquale
ΚΛ; incommensurabile igitur est ΓΘ ipsi ΚΛ.
Ut autem ΓΘ ad ΚΛ ita est ΓΚ ad ΚΜ; incommensurabilis igitur est ΓΚ ipsi ΚΜ longitudine.
Et quoniam quadratorum ex ΑΗ, ΗΒ medium
proportionale est rectangulum sub ΑΗ, ΗΒ,
atque est æquale quadrato quidem ex ΑΗ ipsum
ΓΘ, quadrato verò ex ΗΒ ipsum ΚΛ, rectangulo autem sub ΑΗ, ΗΒ ipsum ΝΛ; ipsorum
igitur ΓΘ, ΚΛ medium proportionale est ΝΛ;

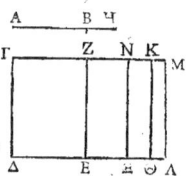

πρὸς τὸ ΝΛ οὕτως τὸ ΝΛ πρὸς τὸ ΚΛ. Ἀλλ᾿
ὡς μὲν τὸ ΓΘ πρὸς τὸ ΝΛ οὕτως ἐστὶν ἡ ΓΚ
πρὸς τὴν ΝΜ. Ὡς δὲ τὸ ΝΛ[8] πρὸς τὸ ΚΛ οὕτως
ἐστὶν ἡ ΝΜ πρὸς τὴν ΚΜ· ὡς ἄρα ἡ ΓΚ πρὸς
τὴν ΝΜ οὕτως ἐστὶν ἡ ΝΜ πρὸς τὴν ΚΜ· τὸ
ἄρα ὑπὸ τῶν ΓΚ, ΚΜ ἴσον ἐστὶ τῷ ἀπὸ τῆς
ΜΝ, τουτέστι τῷ τιτάρτῳ μέρει τοῦ ἀπὸ τῆς

est igitur ut ΓΘ ad ΝΛ ita ΝΛ ad ΚΛ. Sed
ut quidem ΓΘ ad ΝΛ ita est ΓΚ ad ΝΜ. Ut
autem ΝΛ ad ΚΛ ita est ΝΜ ad ΚΜ; ut igitur
ΓΚ ad ΝΜ ita est ΝΜ ad ΚΜ; rectangulum
igitur sub ΓΚ, ΚΜ æquale est quadrato ex
ΜΝ, hoc est quartæ parti quadrati ex ΖΜ.

quarré de ΗΒ. Mais ΓΘ est égal au quarré de ΑΗ, et ΚΛ égal au quarré de ΗΒ;
le parallélogramme ΓΘ est donc incommensurable avec ΚΛ. Mais ΓΘ est à ΚΛ
comme ΓΚ est à ΚΜ; la droite ΓΚ est donc incommensurable en longueur avec ΚΜ.
Et puisque le rectangle sous ΑΗ, ΗΒ est moyen proportionnel entre le quarré
de ΑΗ et le quarré de ΗΒ (55. lemm. 10), que le parallélogramme ΓΘ est égal
au quarré de ΑΗ, le parallélogramme ΚΛ égal au quarré de ΗΒ, et le parallélogramme ΝΛ égal au rectangle sous ΑΗ, ΗΒ, le parallélogramme ΝΛ sera moyen
proportionnel entre ΓΘ et ΚΛ; la droite ΓΘ est donc à ΝΛ comme ΝΛ est à ΚΛ. Mais
ΓΘ est à ΝΛ comme ΓΚ est à ΝΜ, et ΝΛ est à ΚΛ comme ΝΜ est à ΚΜ; la droite ΓΚ
est donc à ΝΜ comme ΝΜ est à ΚΜ; le rectangle sous ΓΚ, ΚΜ est donc égal au
quarré de ΝΜ, c'est-à-dire à la quatrième partie du quarré de ΖΜ (17. 6). Et

ZM. Ἐπεὶ οὖν δύο εὐθεῖαι ἄνισοί εἰσιν αἱ ΓΜ, ΜΖ, καὶ τῷ τετάρτῳ μέρει τοῦ ἀπὸ τῆς ΜΖ ἴσον παρὰ τὴν ΓΜ παραβέβληται ἐλλεῖπον εἴδει τετραγώνῳ, τὸ ὑπὸ τῶν ΓΚ, ΚΜ, καὶ εἰς ἀσύμμετρα αὐτὴν διαιρεῖ· ἡ ἄρα ΓΜ τῆς ΜΖ μεῖζον δύναται τῷ ἀπὸ ἀσυμμέτρου ἑαυτῇ. Καὶ ἔστιν ὅλη ἡ ΓΜ σύμμετρος μήκει τῇ ἐκκειμένῃ ῥητῇ τῇ ΓΔ· ἡ ἄρα ΓΖ ἀποτομή ἐστι τετάρτη. Τὸ ἄρα ἀπὸϑ, καὶ τὰ ἑξῆς.

Τὸ ἀπὸ τῆς μετὰ ῥητοῦ μέσον τὸ ὅλον ποιούσης παρὰ ῥητὴν παραβαλλόμενον πλάτος ποιεῖ ἀποτομὴν πέμπτην.

Ἔστω ἡ μετὰ ῥητοῦ μέσον τὸ ὅλον ποιοῦσα ἡ ΑΒ, ῥητὴ δὲ ἡ ΓΔ, καὶ τῷ ἀπὸ τῆς ΑΒ ἴσον παρὰ τὴν ΓΔ παραβεβλήσθω τὸ ΓΕ πλάτος ποιοῦν τὴν ΓΖ· λέγω ὅτι ἡ ΓΖ ἀποτομή ἐστι πέμπτη.

Quoniam igitur duæ rectæ inæquales sunt ΓΜ, ΜΖ, et quartæ parti quadrati ex ΜΖ æquale ad ΓΜ applicatur deficiens figurâ quadratâ, rectangulum sub ΓΚ, ΚΜ, et in partes incommensurabiles ipsam dividit; ergo ΓΜ quam ΜΖ plus potest quadrato ex rectâ sibi incommensurabili. Atque est tota ΓΜ commensurabilis longitudine expositæ rationali ΓΔ; ergo ΓΖ apotome est quarta.

Quadratum igitur, etc.

PROPOSITIO CII.

Quadratum ex rectâ quæ cum rationali medium totum facit ad rationalem applicatum latitudinem facit apotomen quintam.

Sit recta ΑΒ quæ cum rationali medium totum facit, rationalis autem ΓΔ, et quadrato ex ΑΒ æquale ad ΓΔ applicetur ΓΕ latitudinem faciens ΓΖ; dico ΓΖ apotomen esse quintam.

puisque les deux droites ΓΜ, ΜΖ sont inégales, que l'on a appliqué à ΓΜ un parallélogramme, qui étant égal à la quatrième partie du quarré de ΜΖ, est défaillant d'une figure quarrée, que ce rectangle est celui qui est compris sous ΓΚ, ΚΜ, et que ce parallélogramme divise ΓΜ en parties incommensurables, la puissance de ΓΜ surpassera la puissance de ΜΖ du quarré d'une droite incommensurable avec ΓΜ (19. 10). Mais la droite entière ΓΜ est commensurable en longueur avec la rationelle exposée ΓΔ; la droite ΓΖ est donc un quatrième apotome (déf. trois. 4. 10). Le quarré, etc.

PROPOSITION CII.

Le quarré d'une droite qui fait avec une surface rationelle un tout médial, étant appliqué à une rationelle, fait une largeur qui est un cinquième apotome.

Que la droite ΑΒ fasse avec une surface rationelle un tout médial, et soit la rationelle ΓΔ; appliquons à ΓΔ un parallélogramme ΓΕ, qui étant égal au quarré de ΑΒ, ait ΓΖ pour largeur; je dis que ΓΖ est un cinquième apotome.

Ἔστω γὰρ τῇ ΑΒ προσαρμόζουσα ἡ ΒΗ· αἱ ἄρα ΑΗ, ΗΒ εὐθεῖαι δυνάμει εἰσὶν ἀσύμμετροι, ποιοῦσαι τὸ μὲν συγκείμενον ἐκ τῶν ἀπ' αὐτῶν τετραγώνων μέσον, τὸ δὲ δὶς ὑπ' αὐτῶν ῥητόν. Καὶ τῷ μὲν ἀπὸ τῆς ΑΗ ἴσον παρὰ τὴν ΓΔ παραβεβλήσθω τὸ ΓΘ· τῷ δὲ ἀπὸ τῆς ΗΒ ἴσον τὸ ΚΛ· ὅλον ἄρα τὸ ΓΛ ἴσον ἐστὶ τοῖς ἀπὸ τῶν ΑΗ, ΗΒ. Τὸ δὲ συγκείμενον ἐκ τῶν ἀπὸ τῶν ΑΗ, ΗΒ ἅμα μέσον ἐστί· μέσον ἄρα ἐστὶ τὸ ΓΛ. Καὶ παρὰ ῥητὴν τὴν ΓΔ παράκειται πλάτος ποιοῦν τὴν ΓΜ· ῥητὴ ἄρα ἐστὶν ἡ ΓΜ, καὶ ἀσύμμετρος τῇ ΓΔ. Καὶ ἐπεὶ ὅλον τὸ ΓΛ ἴσον ἐστὶ τοῖς ἀπὸ τῶν ΑΗ, ΗΒ, ὧν τὸ ΓΕ ἴσον ἐστὶ τῷ ἀπὸ τῆς ΑΒ· λοιπὸν ἄρα τὸ ΖΛ ἴσον ἐστὶ τῷ δὶς ὑπὸ τῶν ΑΗ, ΗΒ. Τετμήσθω οὖν ἡ ΖΜ δίχα κατὰ τὸ Ν, καὶ ἤχθω διὰ τοῦ Ν ὁποτέρᾳ τῶν ΓΔ, ΜΛ παράλληλος ἡ ΝΞ· ἑκάτερον ἄρα τῶν ΖΞ, ΝΛ ἴσον ἐστὶ τῷ ὑπὸ τῶν ΑΗ, ΗΒ. Καὶ ἐπεὶ τὸ δὶς ὑπὸ τῶν ΑΗ, ΗΒ ῥητόν ἐστι, καὶ ἔστιν ἴσον τῷ

Sit enim ipsi AB congruens BH; ipsæ igitur AH, HB rectæ potentiâ sunt incommensurabiles, facientes quidem compositum ex ipsarum quadratis medium, rectangulum verò bis sub ipsis rationale. Et quadrato quidem ex AH æquale ad ΓΔ applicetur ΓΘ; quadrato verò ex HB æquale KΛ; totum igitur ΓΛ æquale est quadratis ex AH, HB. Compositum autem ex quadratis ipsarum AH, HB simul medium est; medium igitur est ΓΛ. Et ad rationalem ΓΔ applicatur latitudinem faciens ΓΜ; rationalis igitur est ΓΜ, et incommensurabilis ipsi ΓΔ. Et quoniam totum ΓΛ æquale est quadratis ex AH, HB, quorum ΓΕ æquale est quadrato ex AB; reliquum igitur ΖΛ æquale est rectangulo bis sub AH, HB. Secetur igitur ΖΜ bifariam in N, et ducátur per N alterutri ipsarum ΓΔ, ΜΛ parallela ΝΞ; utrumque igitur ipsorum ΖΞ, ΝΛ æquale est rectangulo sub AH, HB. Et quoniam rectangulum bis sub AH, HB rationale est, et est æquale ipsi ΖΛ;

Car que BH convième avec AB; les droites AH, HB seront incommensurables en puissance, la somme de leurs quarrés étant médiale, et le double rectangle compris sous ces mêmes droites étant rationel (78. 10). Appliquons à ΓΔ un parallélogramme ΓΘ, qui soit égal au quarré de AH; appliquons aussi à cette droite un parallélogramme ΚΛ, qui soit égal au quarré de HB (45. 1), le parallélogramme entier ΓΛ sera égal à la somme des quarrés des droites AH, HB. Mais la somme des quarrés des droites AH, HB est médiale; le parallélogramme ΓΛ est donc médial. Mais ce parallélogramme est appliqué à la rationelle ΓΔ, et il a ΓΜ pour largeur; la droite ΓΜ est donc rationelle et incommensurable avec ΓΔ (23. 10). Et puisque le parallélogramme entier ΓΛ est égal à la somme des quarrés des droites AH, HB, et que ΓΕ est égal au quarré de AB, le parallélogramme restant ΖΛ sera égal au double rectangle sous AH, HB (7. 2). Coupons la droite ΖΜ en deux parties égales en N, et par le point N menons la droite ΝΞ parallèle à l'une ou à l'autre des droites ΓΔ, ΜΛ; chacun des parallélogrammes ΖΞ, ΝΛ sera égal au rectangle sous AH, HB. Et puisque le double rectangle sous AH, HB est rationel, et qu'il est égal à ΖΛ,

ZΛ· ῥητὸν ἄρα ἐστὶ τὸ ZΛ. Καὶ παρὰ ῥητὴν τὴν EZ παράκειται πλάτος ποιοῦν τὴν ZM· ῥητὴ ἄρα ἐστὶν ἡ ZM, καὶ σύμμετρος τῇ ΓΔ μήκει. Καὶ ἐπεὶ τὸ μὲν ΓΔ μέσον ἐστὶ, τὸ δὲ ZΛ ῥητόν· ἀσύμμετρον ἄρα ἐστὶ τὸ ΓΔ τῷ ZΛ. Ὡς δὲ τὸ ΓΔ πρὸς τὸ ZΛ οὕτως ἐστὶν³ ἡ ΓM πρὸς τὴν MZ· ἀσύμμετρος ἄρα ἐστὶν ἡ ΓM τῇ MZ μήκει. Καὶ εἰσιν ἀμφότεραι ῥηταί· αἱ ἄρα ΓM, MZ ῥηταί εἰσι δυνάμει μόνον σύμ-

rationale igitur est ZΛ. Et ad rationalem EZ applicatur latitudinem faciens ZM; rationalis igitur est ZM, et commensurabilis ipsi ΓΔ longitudine. Et quoniam quidem ΓΔ medium est, ipsum verò ZΛ rationale; incommensurabile igitur est ΓΔ ipsi ZΛ. Ut autem ΓΔ ad ZΛ ita est ΓM ad MZ; incommensurabilis igitur est ΓM ipsi MZ longitudine. Et sunt ambæ rationales; ipsæ igitur ΓM, MZ rationales sunt potentiâ solùm commensurabiles; apotome igitur

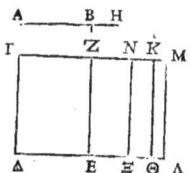

μετροι· ἀποτομὴ ἄρα ἐστὶν ἡ ΓΖ. Λέγω δὴ ὅτι καὶ πέμπτη. Ὁμοίως γὰρ δείξομεν ὅτι τὸ ὑπὸ τῶν ΓK, KM ἴσον ἐστὶ τῷ ἀπὸ τῆς NM, τουτέστι τῷ τετάρτῳ μέρει τοῦ ἀπὸ τῆς ZM. Καὶ ἐπεὶ ἀσύμμετρόν ἐστι τὸ ἀπὸ τῆς AH τῷ ἀπὸ τῆς HB, ἴσον δὲ τὸ μὲν ἀπὸ τῆς AH τῷ ΓΘ, τὸ δὲ ἀπὸ τῆς HB τῷ KΛ· ἀσύμμετρον ἄρα ἐστὶ⁴ τὸ ΓΘ τῷ KΛ. Ὡς δὲ τὸ ΓΘ πρὸς τὸ

est ΓZ. Dico et quintam. Similiter enim demonstrabimus rectangulum sub ΓK, KM æquale esse quadrato ex NM, hoc est quartæ parti quadrati ex ZM. Et quoniam incommensurabile est ex AH quadratum quadrato ex HB, æquale autem quadratum ex AH ipsi ΓΘ, quadratum verò ex HB ipsi KΛ; incommensurabile igitur est ΓΘ ipsi KΛ. Ut autem ΓΘ ad KΛ ita ΓK ad KM;

le parallélogramme ZΛ sera rationel. Mais ce parallélogramme est appliqué à la rationelle EZ, et il a ZM pour largeur; la droite ZM est donc rationelle, et commensurable en longueur avec ΓΔ (21. 10). Et puisque ΓΔ est médial, et ZΛ rationel, le parallélogramme ΓΔ sera incommensurable avec ZΛ. Mais ΓΔ est à ZΛ comme ΓM est à MZ (1. 6); la droite ΓM est donc incommensurable en longueur avec la droite MZ (10. 10). Mais ces droites sont rationelles l'une et l'autre ; les droites ΓM, MZ sont donc des rationelles commensurables en puissance seulement ; la droite ΓZ est donc un apotome (74. 10). Et je dis que cette droite est un cinquième apotome. Nous démontrerons semblablement que le rectangle sous ΓK, KM est égal au quarré de NM, c'est-à-dire à la quatrième partie du quarré de ZM. Puisque le quarré de AH est incommensurable avec le quarré de HB, que le quarré de AH est égal à ΓΘ, et que le quarré de HB est égal à KΛ, le parallélogramme ΓΘ sera incommensurable avec KΛ. Mais ΓΘ

ΚΛ οὕτως ἡ ΓΚ πρὸς τὴν ΚΜ· ἀσύμμετρος ἄρα
ἡ ΓΚ τῇ ΚΜ μήκει. Ἐπεὶ οὖν δύο εὐθεῖαι ἄνισοί
εἰσιν αἱ ΓΜ, ΜΖ, καὶ τῷ τετάρτῳ μέρει τοῦ
ἀπὸ τῆς ΖΜ ἴσον παρὰ τὴν ΓΜ παραβέβληται
ἐλλεῖπον εἴδει τετραγώνῳ, καὶ εἰς ἀσύμμετρα
αὐτὴν διαιρεῖ⁵· ἡ ἄρα ΓΜ τῆς ΜΖ μεῖζον δύναται τῷ ἀπὸ ἀσυμμέτρου ἑαυτῇ. Καὶ ἔστιν ἡ
προσαρμόζουσα ἡ ΖΜ σύμμετρός τῇ ἐκκειμένῃ
ῥητῇ τῇ ΓΔ· ἡ ἄρα ΓΖ ἀποτομή ἐστι πέμπτη.

Τὸ ἄρα, καὶ τὰ ἑξῆς.

incommensurabilis igitur ΓΚ ipsi ΚΜ longitudine. Quoniam igitur duæ rectæ inæquales sunt
ΓΜ, ΜΖ, et quartæ parti quadrati ex ΖΜ
æquale ad ΓΜ applicatur deficiens figurâ quadratâ, et in partes incommensurabiles ipsam
dividit; ergo ΓΜ quam ΜΖ plus potest quadrato ex rectâ sibi incommensurabili. Atque est
congruens ΖΜ commensurabilis expositæ rationali ΓΔ; ergo ΓΖ apotome est quinta.

Quadratum igitur, etc.

ΠΡΟΤΑΣΙΣ ργ'.

Τὸ ἀπὸ τῆς μετὰ μέσου τὸ ὅλον ποιούσης
παρὰ ῥητὴν παραβαλλόμενον πλάτος ποιεῖ
ἀποτομὴν ἕκτην.

Ἔστω ἡ μετὰ μέσου μέσον τὸ ὅλον ποιοῦσα
ἡ ΑΒ, ῥητὴ δὲ ἡ ΓΔ, καὶ τῷ ἀπὸ τῆς ΑΒ ἴσον
παρὰ τὴν ΓΔ παραβεβλήσθω τὸ ΓΕ, πλάτος
ποιοῦν τὴν ΓΖ· λέγω ὅτι¹ ἡ ΓΖ ἀποτομή ἐστιν
ἕκτη.

PROPOSITIO CIII.

Quadratum ex rectâ quæ cum medio medium
totum facit ad rationalem applicatum latitudinem
facit apotomen sextam.

Sit recta ΑΒ quæ cum medio medium totum
facit, rationalis autem ΓΔ, et quadrato ex
ΑΒ æquale ad ΓΔ applicetur ΓΕ, latitudinem
faciens ΓΖ; dico ΓΖ apotomen esse sextam.

est à ΚΛ comme ΓΚ est à ΚΜ; la droite ΓΚ est donc incommensurable en longueur avec ΚΜ. Et puisque les deux droites ΓΜ, ΜΖ sont inégales, que l'on
a appliqué à ΓΜ un parallélogramme, qui étant égal à la quatrième partie du
quarré de ΖΜ, est défaillant d'une figure quarrée, et que ce parallélogramme
divise ΓΜ en parties incommensurables, la puissance de ΓΜ surpassera la puissance
de ΜΖ du quarré d'une droite incommensurable en longueur avec ΓΜ (19. 10).
Mais la congruente ΖΜ est commensurable en longueur avec la rationelle exposée ΓΔ; la droite ΓΖ est donc un cinquième apotome (déf. trois. 5. 10). Le
quarré, etc.

PROPOSITION CIII.

Le quarré d'une droite qui fait avec une surface médiale un tout médial,
étant appliqué à une rationelle, fait une largeur qui est un sixième apotome.

Que la droite ΑΒ fasse avec une surface médiale un tout médial; soit la rationelle ΓΔ; appliquons à ΓΔ un parallélogramme ΓΕ, qui étant égal au quarré de ΑΒ,
ait ΓΖ pour largeur; je dis que la droite ΓΖ est un sixième apotome.

Εστω γὰρ τῇ AB προσαρμόζουσα ἡ BH· αἱ ἄρα AH, HB δυνάμει εἰσὶν ἀσύμμετροι, ποιοῦσαι τό, τε συγκείμενον ἐκ τῶν ἀπ᾽ αὐτῶν τετραγώνων μέσον, καὶ τὸ δὶς ὑπὸ τῶν, AH, HB μέσον, ἔτι δὲ ἀσύμμετρα τὰ ἀπὸ τῶν² AH, HB τῷ δὶς ὑπὸ τῶν AH, HB. Παραβεβλήσθω οὖν παρὰ τὴν ΓΔ τῷ μὲν ἀπὸ τῆς AH ἴσον τὸ ΓΘ πλάτος ποιοῦν τὴν ΓΚ, τῷ δὲ ἀπὸ τῆς

Sit enim ipsi AB congruens BH; ipsæ igitur AH, HB potentiâ sunt incommensurabiles, facientes et compositum ex ipsarum quadratis medium, et rectangulum bis sub AH, HB medium, adhuc autem incommensurabilia ex AH, HB quadrata rectangulo bis sub AH, HB. Applicetur igitur ad ΓΔ quadrato quidem ex AH æquale ΓΘ latitudinem faciens ΓΚ, quadrato

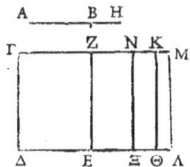

BH τὸ ΚΛ· ὅλον ἄρα τὸ ΓΛ ἴσον ἐστὶ τοῖς ἀπὸ τῶν AH, HB· μέσον ἄρα ἐστὶ³ καὶ τὸ ΓΛ. Καὶ παρὰ ῥητὴν τὴν ΓΔ παράκειται πλάτος ποιοῦν τὴν ΓΜ· ῥητὴ ἄρα ἐστὶν ἡ ΓΜ, καὶ ἀσύμμετρος τῇ ΓΔ μήκει. Ἐπεὶ οὖν τὸ ΓΛ ἴσον ἐστὶ τοῖς ἀπὸ τῶν AH, HB, ὧν τὸ ΓΕ ἴσον ἐστὶ⁴ τῷ ἀπὸ τῆς AB· λοιπὸν ἄρα τὸ ΖΛ ἴσον ἐστὶ τῷ δὶς ὑπὸ τῶν AH, HB. Καὶ ἔστι τὸ δὶς ὑπὸ τῶν AH, HB μέσον· καὶ τὸ ΖΛ ἄρα

verò ex BH ipsum ΚΛ; totum igitur ΓΛ æquale est quadratis ex AH, HB; medium igitur est et ΓΛ. Et ad rationalem ΓΔ applicatur latitudinem faciens ΓΜ; rationalis igitur est ΓΜ, et incommensurabilis ipsi ΓΔ longitudine. Quoniam igitur ΓΛ æquale est quadratis ex AH, HB, quorum ΓΕ æquale est quadrato ex AB; reliquum igitur ΖΛ æquale est rectangulo bis sub AH, HB. Atque est rectangulum bis sub AH, HB medium;

Car que BH conviène avec AB; les droites AH, HB seront incommensurables en puissance, la somme de leurs quarrés étant médiale, le double rectangle sous ces droites étant aussi médial, et la somme des quarrés de ces mêmes droites étant incommensurable avec le double rectangle sous AH, HB (79. 10). Appliquons à ΓΔ un parallélogramme ΓΘ, qui étant égal au quarré de AH, ait ΓΚ pour largeur; appliquons à ΚΘ un parallélogramme ΚΛ égal au quarré de BH; le parallélogramme entier ΓΛ sera égal à la somme des quarrés des droites AH, HB; le parallélogramme ΓΛ sera donc médial. Mais ce parallélogramme est appliqué à la rationelle ΓΔ, et il a ΓΜ pour largeur; la droite ΓΜ est donc rationelle, et incommensurable en longueur avec ΓΔ (23. 10). Et puisque ΓΛ est égal à la somme des quarrés des droites AH, HB, et que ΓΕ est égal au quarré de AB, le parallélogramme restant ΖΛ sera égal au double rectangle sous AH, HB (7. 2). Mais le double rectangle sous AH, HB est médial; le parallélogramme

μέσον ἐστί. Καὶ παρὰ ῥητὴν τὴν ΖΕ παράκειται πλάτος ποιοῦν τὴν ΖΜ· ῥητὴ ἄρα ἐστὶν ἡ ΖΜ, καὶ ἀσύμμετρος τῇ ΓΔ μήκει. Καὶ ἐπεὶ τὰ ἀπὸ τῶν ΑΗ, ΗΒ ἀσύμμετρά ἐστι τῷ δὶς ὑπὸ τῶν ΑΗ, ΗΒ, καὶ ἐστι, τοῖς μὲν ἀπὸ τῶν[5] ΑΗ, ΗΒ ἴσον τὸ ΓΛ, τῷ δὲ δὶς ὑπὸ τῶν ΑΗ, ΗΒ ἴσον τὸ ΖΛ· ἀσύμμετρον ἄρα ἐστὶ[6] τὸ ΓΛ τῷ ΖΛ. Ὡς δὲ τὸ ΓΛ πρὸς τὸ[7] ΖΛ οὕτως ἐστὶν ἡ ΓΜ πρὸς τὴν ΜΖ· ἀσύμμετρος ἄρα ἐστὶν ἡ ΓΜ

et ΖΛ igitur medium est. Et ad rationalem ΖΕ applicatur latitudinem faciens ΖΜ; rationalis igitur est ΖΜ, et incommensurabilis ipsi ΓΔ longitudine. Et quoniam quadrata ex ΑΗ, ΗΒ incommensurabilia sunt rectangulo bis sub ΑΗ, ΗΒ, atque est quadratis quidem ex ΑΗ, ΗΒ æquale ΓΛ, rectangulo verò bis sub ΑΗ, ΗΒ æquale ΖΛ; incommensurabile igitur est ΓΛ ipsi ΖΛ. Ut autem ΓΛ ad ΖΛ ita est ΓΜ ad ΜΖ;

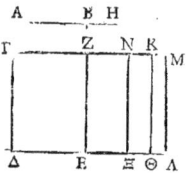

τῇ ΜΖ μήκει. Καὶ εἰσιν ἀμφότεραι ῥηταί· αἱ ΓΜ, ΜΖ ἄρα ῥηταί εἰσι δυνάμει μόνον σύμμετροι· ἀποτομὴ ἄρα ἐστὶν ἡ ΓΖ. Λέγω δὴ ὅτι καὶ ἕκτη. Ἐπεὶ γὰρ τὸ ΖΛ ἴσον ἐστὶ τῷ δὶς ὑπὸ τῶν ΑΗ, ΗΒ, τετμήσθω δίχα ἡ ΖΜ κατὰ τὸ Ν, καὶ ἤχθω διὰ τοῦ Ν τῇ ΓΔ παράλληλος ἡ ΝΞ· ἑκάτερον ἄρα τῶν ΖΞ, ΝΛ ἴσον ἐστὶ τῷ

incommensurabilis igitur est ΓΜ ipsi ΜΖ longitudine. Et sunt ambæ rationales; ipsæ ΓΜ, ΜΖ igitur rationales sunt potentiâ solùm commensurabiles; apotome igitur est ΓΖ. Dico et séxtam. Quoniam enim ΖΛ æquale est rectangulo bis sub ΑΗ, ΗΒ, secetur bifariam ΖΜ in Ν, et ducatur per Ν ipsi ΓΔ parallela ΝΞ; utrumque igitur ipsorum ΖΞ, ΝΛ æquale est rectangulo

ΖΛ est donc médial. Mais ce parallélogramme est appliqué à la rationelle ΖΕ, et il a ΖΜ pour largeur; la droite ΖΜ est donc rationelle, et incommensurable en longueur avec ΓΔ. Et puisque la somme des quarrés des droites ΑΗ, ΗΒ est incommensurable avec le double rectangle sous ΑΗ, ΗΒ, que ΓΛ est égal à la somme des quarrés des droites ΑΗ, ΗΒ, et que ΖΛ est égal au double rectangle sous ΑΗ, ΗΒ, le parallélogramme ΓΛ sera incommensurable avec ΖΛ. Mais ΓΛ est à ΖΛ comme ΓΜ est à ΜΖ (1. 6); la droite ΓΜ est donc incommensurable en longueur avec la droite ΜΖ (10. 10). Mais ces droites sont rationelles l'une et l'autre; les droites ΓΜ, ΜΖ sont donc des rationelles commensurables en puissance seulement; la droite ΓΖ est donc un apotome (74. 10). Et je dis que cette droite est un sixième apotome. Car puisque ΖΛ est égal au double rectangle sous ΑΗ, ΗΒ, coupons ΖΜ en deux parties égales en Ν, et par le point Ν menons la droite ΝΞ parallèle à ΓΔ, chacun des parallélogrammes ΖΞ, ΝΛ sera

ὑπὸ τῶν ΑΗ, ΗΒ. Καὶ ἐπεὶ αἱ ΑΗ, ΗΒ δυνάμει εἰσὶν ἀσύμμετροι, ἀσύμμετρον ἄρα ἐστὶ
τὸ ἀπὸ τῆς ΑΗ τῷ ἀπὸ τῆς ΗΒ. Ἀλλὰ τῷ
μὲν ἀπὸ τῆς ΑΗ ἴσον ἐστὶ τὸ[8] ΓΘ, τῷ δὲ
ἀπὸ τῆς ΗΒ ἴσον ἐστὶ τὸ ΚΛ· ἀσύμμετρον ἄρα
ἐστὶ[9] τὸ ΓΘ τῷ ΚΛ. Ὡς δὲ τὸ ΓΘ πρὸς τὸ
ΚΛ οὕτως ἐστὶν[10] ἡ ΓΚ πρὸς τὴν ΚΜ· ἀσύμμετρος ἄρα ἐστὶν ἡ ΓΚ τῇ ΚΜ. Καὶ ἐπεὶ τῶν
ἀπὸ τῶν[11] ΑΗ, ΗΒ μέσον ἀνάλογόν ἐστι τὸ
ὑπὸ τῶν ΑΗ, ΗΒ, καὶ ἐστι τῷ μὲν ἀπὸ τῆς
ΑΗ ἴσον τὸ ΓΘ, τῷ δὲ ἀπὸ τῆς ΗΒ ἴσον τὸ
ΚΛ, τῷ δὲ ὑπὸ τῶν ΑΗ, ΗΒ ἴσον ἐστὶ[12] τὸ
ΝΛ· ἔστιν ἄρα ὡς τὸ ΓΘ πρὸς τὸ ΝΛ οὕτως τὸ
ΝΛ πρὸς τὸ ΚΛ[13]. Καὶ διὰ τὰ αὐτὰ ἡ ΓΜ τῆς
ΜΖ μεῖζον δύναται τῷ ἀπὸ ἀσυμμέτρου ἑαυτῇ.
Καὶ οὐδετέρα αὐτῶν σύμμετρός ἐστι τῇ ἐκκει-
μένῃ ῥητῇ τῇ ΓΔ· ἡ ΓΖ ἄρα ἀποτομή ἐστιν ἕκτη.

Τὸ ἄρα, καὶ τὰ ἑξῆς.

sub ΑΗ, ΗΒ. Et quoniam ΑΗ, ΗΒ potentiâ sunt
incommensurabiles, incommensurabile igitur est
ex ΑΗ quadratum quadrato ex ΗΒ. Sed quadrato quidem ex ΑΗ æquale est ΓΘ, quadrato
verò ex ΗΒ æquale est ΚΛ; incommensurabile
igitur est ΓΘ ipsi ΚΛ. Ut autem ΓΘ ad ΚΛ ita
est ΓΚ ad ΚΜ; incommensurabilis igitur est
ΓΚ ipsi ΚΜ. Et quoniam quadratorum ex ΑΗ,
ΗΒ medium proportionale est rectangulum sub
ΑΗ, ΗΒ, atque est quadrato quidem ex ΑΗ
æquale ΓΘ, quadrato verò ex ΗΒ æquale ΚΛ,
rectangulo autem sub ΑΗ, ΗΒ æquale est ΝΛ;
est igitur ut ΓΘ ad ΝΛ ita ΝΛ ad ΚΛ. Et
eâdem ratione ΓΜ quam ΜΖ plus potest quadrato ex rectâ sibi incommensurabili. Et neutra
ipsarum commensurabilis est expositæ rationali
ΓΔ; ergo ΓΖ apotome est sexta.

Quadratum igitur, etc.

égal au rectangle sous ΑΗ, ΗΒ. Et puisque les droites ΑΗ, ΗΒ sont incommensurables en puissance, le quarré de ΑΗ sera incommensurable avec le quarré
de ΗΒ. Mais ΓΘ est égal au quarré de ΑΗ, et ΚΛ égal au quarré de ΗΒ;
le parallélogramme ΓΘ est donc incommensurable avec ΚΛ. Mais ΓΘ est à ΚΛ
comme ΓΚ est à ΚΜ (1. 6); la droite ΓΚ est donc incommensurable avec ΚΜ. Et
puisque le rectangle sous ΑΗ, ΗΒ est moyen proportionnel entre les quarrés
des droites ΑΗ, ΗΒ (55. lem. 10), que ΓΘ est égal au quarré de ΑΗ, que ΚΛ est
égal au quarré de ΗΒ, et que ΝΛ est égal au rectangle sous ΑΗ, ΗΒ, le parallélogramme ΓΘ est donc à ΝΛ comme ΝΛ est à ΚΛ. Par la même raison, la
puissance de ΓΜ surpassera la puissance de ΜΖ du quarré d'une droite incommensurable en longueur avec ΓΜ; aucune des droites ΓΜ, ΜΖ n'est donc commensurable avec la rationelle exposée ΓΔ; la droite ΓΖ est donc un sixième
apotome (déf. trois. 6. 10). Le quarré, etc.

ΠΡΟΤΑΣΙΣ ρδ'.

Ἡ τῇ ἀποτομῇ μήκει σύμμετρος ἀποτομή ἐστι καὶ τῇ τάξει ἡ αὐτή.

Ἔστω ἀποτομὴ ἡ ΑΒ, καὶ τῇ ΑΒ μήκει σύμμετρος ἔστω· ἡ ΓΔ· λέγω ὅτι καὶ ἡ ΓΔ ἀποτομή ἐστι καὶ τῇ τάξει ἡ αὐτὴ τῇ ΑΒ.

Ἐπεὶ γὰρ ἀποτομή ἐστιν ἡ ΑΒ, ἔστω αὐτῇ προσαρμόζουσα ἡ ΒΕ· αἱ ΑΕ, ΕΒ ἄρα ῥηταί εἰσι δυνάμει μόνον σύμμετροι. Καὶ τῷ τῆς ΑΒ πρὸς τὴν ΓΔ λόγῳ ὁ αὐτὸς γεγονέτω ὁ τῆς

PROPOSITIO CIV.

Recta apotomæ longitudine commensurabilis apotome est et ordine eadem.

Sit apotome AB, et ipsi AB longitudine commensurabilis sit ΓΔ; dico et ΓΔ apotomen esse atque ordine eamdem quæ AB.

Quoniam enim apotome est AB, sit ipsi congruens ΒΕ; ipsæ ΑΕ, ΕΒ igitur rationales sunt potentiâ solùm commensurabiles. Et quæ est ipsius AB ad ΓΔ ratio eadem fiat ipsius ΒΕ ad ΔΖ;

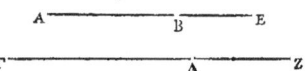

ΒΕ πρὸς τὴν ΔΖ· καὶ ὡς ἓν ἄρα ἐστὶ² πρὸς ἓν, πάντα ἐστὶ πρὸς πάντα· ἔστιν ἄρα καὶ ὡς ὅλη ἡ ΑΕ πρὸς ὅλην τὴν ΓΖ οὕτως ἡ ΑΒ πρὸς τὴν ΓΔ. Σύμμετρος δὲ ἡ ΑΒ τῇ ΓΔ μήκει· σύμμετρος ἄρα καὶ ἡ ΑΕ μὲν³ τῇ ΓΖ, ἡ δὲ ΒΕ τῇ ΔΖ. Καὶ αἱ⁴ ΑΕ, ΕΒ ῥηταί εἰσι δυ-

et ut una igitur est ad unam, omnes sunt ad omnes; est igitur et ut tota ΑΕ ad totam ΓΖ ita AB ad ΓΔ. Commensurabilis autem AB ipsi ΓΔ longitudine; commensurabilis igitur et ΑΕ quidem ipsi ΓΖ, ipsa verò ΒΕ ipsi ΔΖ. Et ΑΕ, ΕΒ rationales sunt potentiâ solùm commensurabiles;

PROPOSITION CIV.

Une droite commensurable en longueur avec un apotome est elle-même un apotome, et du même ordre que lui.

Soit l'apotome AB, et que ΓΔ soit commensurable en longueur avec AB; je dis que ΓΔ est un apotome, et que cet apotome est du même ordre que AB.

Car puisque AB est un apotome, que ΒΕ lui convienne; les droites ΑΕ, ΕΒ seront des rationnelles commensurables en puissance seulement (74. 10). Faisons en sorte que la raison de ΒΕ à ΔΖ soit la même que celle de AB à ΓΔ. Un antécédent est donc à un conséquent comme la somme des antécédents est à la somme des conséquents (12.5); la droite entière ΑΕ est donc à la droite entière ΓΖ comme AB est à ΓΔ. Mais AB est commensurable en longueur avec ΓΔ; la droite ΑΕ est donc commensurable avec ΓΖ, et la droite ΒΕ avec ΔΖ (10. 10). Mais les droites ΑΕ, ΕΒ sont des rationnelles commensurables en puissance seulement; les

νάμει μόνον σύμμετροι· καὶ αἱ ΓΖ, ΖΔ ἄρα ῥηταί εἰσι δυνάμει μόνον σύμμετροι· ἀποτομὴ ἄρα ἐστὶν ἡ ΓΔ. Λέγω δὴ ὅτι καὶ τῇ τάξει ἡ αὐτὴ τῇ ΑΒ. Ἐπεὶ γάρ[5] ἐστιν ὡς ἡ ΑΕ πρὸς τὴν ΓΖ οὕτως ἡ ΒΕ πρὸς τὴν ΖΔ· ἐναλλάξ ἄρα ἐστὶν[6] ὡς ἡ ΑΕ πρὸς τὴν ΕΒ οὕτως ἡ ΓΖ πρὸς τὴν ΖΔ. Ἤτοι δὲ[7] ἡ ΑΕ τῆς ΕΒ μεῖζον δύναται τῷ ἀπὸ συμμέτρου ἑαυτῇ, ἢ τῷ ἀπὸ ἀσυμμέτρου. Εἰ μὲν οὖν ἡ ΑΕ τῆς ΕΒ μεῖζον δύναται τῷ ἀπὸ συμμέτρου ἑαυτῇ, καὶ ἡ ΓΖ τῆς ΖΔ μεῖζον δύναται τῷ ἀπὸ συμμέτρου ἑαυτῇ. Καὶ εἰ μὲν σύμμετρός ἐστιν ἡ ΑΕ τῇ ἐκκειμένῃ ῥητῇ μήκει, καὶ ἡ ΓΖ. Εἰ δὲ ἡ ΕΒ, καὶ ἡ ΔΖ. Εἰ δὲ οὐδετέρα τῶν ΑΕ, ΕΒ, καὶ οὐδετέρα[8] τῶν ΓΖ, ΖΔ. Εἰ δὲ ἡ ΑΕ τῆς ΕΒ μεῖζον δύναται τῷ ἀπὸ ἀσυμμέτρου ἑαυτῇ, καὶ ἡ ΓΖ τῆς ΖΔ μεῖζον δυνήσεται τῷ ἀπὸ ἀσυμμέτρου ἑαυτῇ. Καὶ εἰ μὲν σύμμετρός ἐστιν ἡ ΑΕ τῇ ἐκκειμένῃ ῥητῇ μήκει, καὶ ἡ ΓΖ. Εἰ

et ipsæ ΓΖ, ΖΔ igitur rationales sunt potentiâ solùm commensurabiles ; apotome igitur est ΓΔ. Dico et ordine eamdem quæ ΑΒ. Quoniam enim est ut ΑΕ ad ΓΖ ita ΒΕ ad ΖΔ ; permutando igitur est ut ΑΕ ad ΕΒ ita ΓΖ ad ΖΔ. Vel autem ΑΕ quam ΕΒ plus potest quadrato ex rectâ sibi commensurabili , vel quadrato ex rectâ incommensurabili . Si quidem igitur ΑΕ quam ΕΒ plus potest quadrato ex rectâ sibi commensurabili, et ΓΖ quam ΖΔ plus potest quadrato ex rectâ sibi commensurabili. Et si quidem commensurabilis est ΑΕ expositæ rationali longitudine, et ipsa ΓΖ. Si autem ΕΒ, et ΔΖ. Si autem neutra ipsarum ΑΕ, ΕΒ, et neutra ipsarum ΓΖ, ΖΔ. Si autem ΑΕ quam ΕΒ plus possit quadrato ex rectâ sibi incommensurabili, et ΓΖ quam ΖΔ plus poterit quadrato ex rectâ sibi incommensurabili. Et si quidem commensurabilis est ΑΕ expositæ rationali longitudine,

droites ΓΖ, ΖΔ sont donc des rationelles commensurables en puissance seulement (10. 10); la droite ΓΔ est donc un apotome (74. 10). Je dis que cet apotome est du même ordre que ΑΒ. Car puisque ΑΕ est à ΓΖ comme ΒΕ est à ΖΔ, par permutation ΑΕ sera à ΕΒ comme ΓΖ est à ΖΔ. Mais la puissance de ΑΕ surpasse la puissance de ΕΒ du quarré d'une droite commensurable, ou incommensurable avec ΑΕ. Si donc la puissance de ΑΕ surpasse la puissance de ΕΒ du quarré d'une droite commensurable avec ΑΕ, la puissance de ΓΖ surpassera la puissance de ΖΔ du quarré d'une droite commensurable avec ΓΖ. Si ΑΕ est commensurable en longueur avec la rationelle exposée, la droite ΓΖ sera commensurable avec elle. Si ΕΒ est commensurable avec la rationelle exposée, la droite ΔΖ le sera aussi ; et si aucune des droites ΑΕ, ΕΒ n'est commensurable en longueur avec la rationelle exposée, aucune des droites ΓΖ, ΖΔ ne sera commensurable en longueur avec elle ; et si la puissance de ΑΕ surpasse la puissance de ΕΒ du quarré d'une droite incommensurable avec ΑΕ, la puissance de ΓΖ surpassera la puissance de ΖΔ du quarré d'une droite incommensurable avec ΓΖ. Si la droite ΑΕ est commensurable en longueur avec la rationelle exposée, la droite ΓΖ sera commensurable avec elle ; si ΒΕ est commensurable avec la rationelle exposée,

δὲ ἡ ΒΕ, καὶ ἡ ΖΔ. Εἰ δὲ οὐδετέρα τῶν ΑΕ, ΕΒ, οὐδετέρα τῶν ΓΖ, ΖΔ· ἀποτομὴ ἄρα ἐστὶν ἡ ΓΔ καὶ τῇ τάξει ἡ αὐτὴ τῇ ΑΒ. Ὅπερ ἔδει δεῖξαι.

ΠΡΟΤΑΣΙΣ ρέ.

Ἡ τῇ μέσης ἀποτομῇ σύμμετρος μέσης ἀποτομή ἐστι καὶ τῇ τάξει ἡ αὐτή.

Ἔστω μέσης ἀποτομὴ ἡ ΑΒ, καὶ τῇ ΑΒ μήκει σύμμετρος ἔστω ἡ ΓΔ· λέγω ὅτι καὶ ἡ ΓΔ μέσης ἀποτομή ἐστι καὶ τῇ τάξει ἡ αὐτὴ τῇ ΑΒ.

Ἐπεὶ γὰρ μέσης ἀποτομή ἐστιν ἡ ΑΒ, ἔστω αὐτῇ προσαρμόζουσα ἡ ΒΕ· αἱ ΑΕ, ΕΒ ἄρα μέσαι εἰσὶ δυνάμει μόνον σύμμετροι. Καὶ γεγονέτω ὡς ἡ ΑΒ πρὸς τὴν ΓΔ οὕτως ἡ ΒΕ πρὸς τὴν ΔΖ, σύμμετρος ἄρα καὶ ἡ ΑΕ τῇ ΓΖ, ἡ δὲ ΒΕ τῇ ΔΖ· αἱ δὲ ΑΕ, ΕΒ μέσαι εἰσὶ δυνάμει μόνον σύμμετροι· καὶ αἱ ΓΖ, ΖΔ ἄρα

et ipsa ΓΖ. Si autem ΒΕ, et ΖΔ. Si autem neutra ipsarum ΑΕ, ΕΒ, neutra ipsarum ΓΖ, ΖΔ; apotome igitur est ΓΔ et ordine eadem quæ ΑΒ. Quod oportebat ostendere.

PROPOSITIO CV.

Recta mediæ apotomæ commensurabilis mediæ apotome est atque ordine eadem.

Sit mediæ apotome ΑΒ, et ipsi ΑΒ longitudine commensurabilis sit ΓΔ; dico et ΓΔ mediæ apotomen esse et ordine eamdem quæ ΑΒ.

Quoniam enim mediæ apotome est ΑΒ, sit ipsi congruens ΒΕ; ipsæ ΑΕ, ΕΒ igitur mediæ sunt potentiâ solùm commensurabiles. Et fiat ut ΑΒ ad ΓΔ ita ΒΕ ad ΔΖ, commensurabilis igitur et ΑΕ ipsi ΓΖ, ipsa verò ΒΕ ipsi ΔΖ; ipsæ autem ΑΕ, ΕΒ mediæ sunt potentiâ solùm commensurabiles; et ΓΖ, ΖΔ igitur mediæ sunt

ΖΔ le sera aussi; et si aucune des droites ΑΕ, ΕΒ n'est commensurable en longueur avec la rationelle exposée, aucune des droites ΓΖ, ΖΔ ne sera commensurable avec elle; la droite ΓΔ est donc une apotome, et cet apotome est du même ordre que ΑΒ (déf. trois. 10). Ce qu'il fallait démontrer.

PROPOSITION CV.

Une droite commensurable avec un apotome d'une médiale est un apotome d'une médiale , et cet apotome est du même ordre que lui.

Que ΑΒ soit un apotome d'une médiale, et que ΓΔ soit commensurable en longueur avec ΑΒ ; je dis que ΓΔ est un apotome d'une médiale, et que cet apotome est du même ordre que ΑΒ.

Car, puisque ΑΒ est un apotome d'une médiale, que ΒΕ conviène avec la droite ΑΒ, les droites ΑΕ, ΕΒ seront des médiales commensurables en puissance seulement (76. 10). Faisons en sorte que ΑΒ soit à ΓΔ comme ΒΕ est à ΔΖ ; la droite ΑΕ sera commensurable avec ΓΖ, et la droite ΒΕ commensurable avec ΔΖ ; mais les droites ΑΕ, ΕΒ sont des médiales commensurables en puissance seulement ; les

μέσαι εἰσὶ δυνάμει μόνον σύμμετροι[2]· μέσης ἄρα
ἀποτομή ἐστιν ἡ ΓΔ. Λέγω δὴ ὅτι καὶ τῇ
τάξει ἐστὶν ἡ αὐτὴ τῇ ΑΒ. Ἐπεὶ γάρ[3] ἐστιν
ὡς ἡ ΑΕ πρὸς τὴν ΕΒ οὕτως ἡ ΓΖ πρὸς τὴν
ΖΔ[4]· ἔστιν ἄρα καὶ ὡς τὸ ἀπὸ τῆς ΑΕ πρὸς

potentiâ solùm commensurabiles; mediæ igitur
apotome est ΓΔ. Dico et ordine esse eamdem
quæ ΑΒ. Quoniam enim est ut ΑΕ ad ΕΒ ita
ΓΖ ad ΖΔ; est igitur et ut ex ΑΕ quadratum

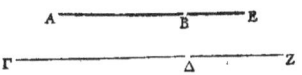

τὸ ὑπὸ τῶν ΑΕ, ΕΒ οὕτως τὸ ἀπὸ τῆς ΓΖ
πρὸς τὸ ὑπὸ τῶν ΓΖ, ΖΔ[5]. Σύμμετρον δὲ τὸ
ἀπὸ τῆς ΑΕ τῷ ἀπὸ τῆς ΓΖ· σύμμετρον ἄρα
ἐστὶ[6] καὶ τὸ ὑπὸ τῶν ΑΕ, ΕΒ τῷ ὑπὸ τῶν
ΓΖ, ΖΔ. Εἴτε οὖν ῥητόν ἐστι τὸ ὑπὸ τῶν ΑΕ,
ΕΒ, ῥητὸν ἔσται[7] καὶ τὸ ὑπὸ τῶν ΓΖ, ΖΔ· εἴτε
μέσον ἐστὶ[8] τὸ ὑπὸ τῶν ΑΕ, ΕΒ, μέσον ἐστὶ[9]
καὶ τὸ ὑπὸ τῶν ΓΖ, ΖΔ· μέσης ἄρα ἀποτομή
ἐστιν ἡ ΓΔ καὶ τῇ τάξει ἡ αὐτὴ τῇ ΑΒ. Ὅπερ
ἔδει δεῖξαι.

ad rectangulum sub ΑΕ, ΕΒ ita ex ΓΖ quadratum ad rectangulum sub ΓΖ, ΖΔ. Commensurabile autem ex ΑΕ quadratum quadrato ex
ΓΖ; commensurabile igitur est et sub ΑΕ, ΕΒ
rectangulum rectangulo sub ΓΖ, ΖΔ. Et si igitur
rationale est rectangulum sub ΑΕ, ΕΒ, rationale
erit et rectangulum sub ΓΖ, ΖΔ; et si medium
est rectangulum sub ΑΕ, ΕΒ, medium est et
rectangulum sub ΓΖ, ΖΔ; mediæ igitur apotome
est ΓΔ atque ordine eadem quæ ΑΒ. Quod oportebat ostendere.

droites ΓΖ, ΖΗ sont donc des médiales commensurables en puissance seulement j
la droite ΓΔ est donc un apotome d'une médiale. Je dis que cette droite est un
apotome du même ordre que ΑΒ. Car, puisque ΑΕ est à ΕΒ comme ΓΖ est à ΖΔ, le
quarré de ΑΕ sera au rectangle sous ΑΕ, ΕΒ comme le quarré de ΓΖ est au rectangle sous ΓΖ, ΖΔ (1. 6); mais le quarré de ΑΕ est commensurable avec le quarré
de ΓΖ; le rectangle sous ΑΕ, ΕΒ est donc commensurable avec le rectangle sous
ΓΖ, ΖΔ. Si donc le rectangle sous ΑΕ, ΕΒ est rationel, le rectangle sous ΓΖ, ΖΔ sera
rationel ; et si le rectangle sous ΑΕ, ΕΒ est médial , le rectangle sous ΓΖ, ΖΔ sera
médial ; la droite ΓΔ est donc un apotome d'une médiale, et cet apotome est du
même ordre que ΑΒ. Ce qu'il fallait démontrer.

ΠΡΟΤΑΣΙΣ ρϛ΄.

PROPOSITIO CVI.

Η τῇ ἐλάσσονι σύμμετρος ἐλάσσων ἐστίν.

Ἐστω γὰρ[1] ἐλάσσων ἡ ΑΒ, καὶ τῇ ΑΒ σύμμετρος ἡ ΓΔ· λέγω ὅτι καὶ ἡ ΓΔ ἐλάσσων ἐστί.

Γεγονέτω γὰρ τὰ αὐτὰ τῷ προτέρῳ[2]. Καὶ ἐπεὶ αἱ ΑΕ, ΕΒ δυνάμει εἰσὶν ἀσύμμετροι, καὶ αἱ ΓΖ, ΖΔ ἄρα δυνάμει εἰσὶν ἀσύμμετροι. Ἐπεὶ οὖν ἐστιν ὡς ἡ ΑΕ πρὸς τὴν ΕΒ οὕτως ἡ ΓΖ πρὸς τὴν ΖΔ· ἐστιν ἄρα καὶ ὡς τὸ ἀπὸ τῆς ΑΕ

Recta minori commensurabilis minor est.

Sit enim minor AB, et ipsi AB commensurabilis ΓΔ; dico et ΓΔ minorem esse.

Fiant enim eadem quæ suprà. Et quoniam AE, EB potentiâ sunt incommensurabiles, et ΓΖ, ΖΔ igitur potentiâ sunt incommensurabiles. Quoniam igitur est ut AE ad EB ita ΓΖ ad ΖΔ; est igitur et ut ex AE quadratum ad ip-

πρὸς τὸ ἀπὸ τῆς ΕΒ οὕτως τὸ ἀπὸ τῆς ΓΖ πρὸς τὸ ἀπὸ τῆς ΖΔ· συνθέντι ἄρα ἐστιν ὡς τὰ ἀπὸ τῶν[3] ΑΕ, ΕΒ πρὸς τὸ ἀπὸ τῆς ΕΒ οὕτως τὰ ἀπὸ τῶν ΓΖ, ΖΔ πρὸς τὸ ἀπὸ τῆς ΖΔ[4]. Σύμμετρον δέ ἐστι τὸ ἀπὸ τῆς ΒΕ τῷ ἀπὸ τῆς ΔΖ· σύμμετρον ἄρα καὶ τὸ συγκείμενον ἐκ τῶν ἀπὸ τῶν ΑΕ, ΕΒ τετραγώνων τῷ συγκειμένῳ ἐκ τῶν ἀπὸ τῶν ΓΖ, ΖΔ τετραγώνων. Ρητὸν

sum ex EB ita ex ΓΖ quadratum ad ipsum ex ΖΔ; componendo igitur est ut ex AE, EB quadrata ad ipsum ex EB ita ex ΓΖ, ΖΔ quadrata ad ipsum ex ΖΔ. Commensurabile autem est ex BE quadratum quadrato ex ΔΖ; commensurabile igitur et compositum ex ipsarum AE, EB quadratis composito ex ipsarum ΓΖ, ΖΔ quadratis. Rationale autem est compositum ex

PROPOSITION CVI.

Une droite commensurable avec une mineure est une mineure.

Soit AB une mineure, et que ΓΔ soit commensurable avec AB; je dis que ΓΔ est une mineure.

Car faisons les mêmes choses qu'auparavant. Puisque les droites AE, EB sont incommensurables en puissance, les droites ΓΖ, ΖΔ seront incommensurables en puissance. Et puisque AE est à EB comme ΓΖ est à ΖΔ, le quarré de AE sera au quarré de EB comme le quarré de ΓΖ est au quarré de ΖΔ (22.6); donc, par addition, la somme des quarrés des droites AE, EB est au quarré de EB comme la somme des quarrés des droites ΓΖ, ΖΔ est au quarré de ΖΔ (18.5). Mais le quarré de BE est commensurable avec le quarré de ΖΔ; la somme des quarrés des droites AE, EB est donc commensurable avec la somme des quarrés des droites ΓΖ, ΖΔ (10.10). Mais la somme des quarrés des droites AE, EB est rationelle; la somme

δέ ἐστι τὸ συγκείμενον ἐκ τῶν ἀπὸ τῶν⁵ ΑΕ, ΕΒ τετραγώνων· ῥητὸν ἄρα ἐστὶ καὶ τὸ συγκείμενον ἐκ τῶν ἀπὸ τῶν ΓΖ, ΖΔ τετραγώνων. Πάλιν, ἐπεί ἐστιν ὡς τὸ ἀπὸ τῆς ΑΕ πρὸς τὸ ὑπὸ τῶν ΑΕ, ΕΒ οὕτως τὸ ἀπὸ τῆς ΓΖ πρὸς τὸ ὑπὸ τῶν ΓΖ, ΖΔ⁶· σύμμετρον δὲ τὸ ἀπὸ τῆς ΑΕ τετράγωνον τῷ ἀπὸ τῆς ΓΖ τετραγώνῳ⁷, σύμμετρον ἄρα ἐστὶ καὶ τὸ ὑπὸ τῶν ΑΕ, ΕΒ τῷ ὑπὸ τῶν ΓΖ, ΖΔ. Μέσον δὲ τὸ ὑπὸ τῶν ΑΕ, ΕΒ· μέσον ἄρα ἐστὶ⁸ καὶ τὸ ὑπὸ τῶν ΓΖ, ΖΔ· αἱ ΓΖ, ΖΔ ἄρα δυνάμει εἰσὶν ἀσύμμετροι, ποιοῦσαι τὸ μὲν συγκείμενον ἐκ τῶν ἀπ' αὐτῶν τετραγώνων ῥητὸν, τὸ δ' ὑπ' αὐτῶν μέσον· ἐλάττων ἄρα ἐστὶν ἡ ΓΔ. Ὅπερ ἔδει δεῖξαι.

ΑΛΛΩΣ¹.

Ἔστω ἐλάσσων ἡ Α, καὶ τῇ Α σύμμετρος ἔστω² ἡ Β· λέγω ὅτι ἡ Β ἐλάσσων ἐστίν.

Ἐκκείσθω γὰρ ἡ ΓΔ ῥητὴ³, καὶ τῷ ἀπὸ τῆς Α ἴσον παρὰ τὴν ΓΔ παραβεβλήσθω τὸ ΓΕ πλάτος ποιοῦν τὴν ΓΖ· ἀποτομὴ ἄρα ἐν ἡ τετάρτη⁴

---

ipsarum ΑΕ, ΕΒ quadratis; rationale igitur est et compositum ex ipsarum ΓΖ, ΖΔ quadratis. Rursus, quoniam est ut ex ΑΕ quadratum ad rectangulum sub ΑΕ, ΕΒ ita ex ΓΖ quadratum ad rectangulum sub ΓΖ, ΖΔ; commensurabile autem ex ΑΕ quadratum quadrato ex ΓΖ, commensurabile igitur est et sub ΑΕ, ΕΒ rectangulum rectangulo sub ΓΖ, ΖΔ. Medium autem rectangulum sub ΑΕ, ΕΒ; medium igitur est et sub ΓΖ, ΖΔ; ipsæ ΓΖ, ΖΔ igitur potentiâ sunt incommensurabiles, facientes quidem compositum ex ipsarum quadratis rationale, rectangulum verò sub ipsis medium; minor igitur est ΓΔ. Quod oportebat ostendere.

ALITER.

Sit minor Α, et ipsi Α commensurabilis sit Β; dico Β minorem esse.

Exponatur enim ΓΔ rationalis, et quadrato ex Α æquale ad ipsam ΓΔ applicetur ΓΕ latitudinem faciens ΓΖ; apotome igitur est quarta ΓΖ.

---

des quarrés des droites ΓΖ, ΖΔ est donc aussi rationelle. De plus, puisque le quarré de ΑΕ est au rectangle sous ΑΕ, ΕΒ comme le quarré de ΓΖ est au rectangle sous ΓΖ, ΖΔ, et que le quarré de ΑΕ est commensurable avec le quarré de ΓΖ; le rectangle sous ΑΕ, ΕΒ sera commensurable avec le rectangle sous ΓΖ, ΖΔ. Mais le rectangle sous ΑΕ, ΕΒ est médial; le rectangle sous ΓΖ, ΖΔ est donc médial; les droites ΓΖ, ΖΔ sont donc incommensurables en puissance, la somme de leurs quarrés étant rationelle, et le rectangle sous ces mêmes droites étant médial (24. 10); la droite ΓΔ est donc une mineure (77. 10). Ce qu'il fallait démontrer.

AUTREMENT.

Soit Α une mineure, et que Β soit commensurable avec Α; je dis que la droite Β est une mineure.

Soit exposée la rationelle ΓΔ; appliquons à ΓΔ un parallélogramme ΓΕ, qui étant égal au quarré de Α, ait ΓΖ pour largeur; la droite ΓΖ sera un quatrième

ἢ ΓΖ. Τῷ[5] δὲ ἀπὸ τῆς Β ἴσον παρὰ τὴν ΖΕ παραϐεϐλήσθω τὸ ΖΗ πλάτος ποιοῦν τὴν ΖΘ. Ἐπεὶ οὖν σύμμετρός ἐστιν ἡ Α τῇ Β· σύμμετρον ἄρα ἐστὶ[6] καὶ τὸ ἀπὸ τῆς Α τῷ ἀπὸ τῆς Β. Ἀλλὰ τῷ μὲν ἀπὸ τῆς Α ἴσον ἐστὶ[7] τὸ ΓΕ, τῷ δὲ ἀπὸ τῆς Β ἴσον ἐστι[8] τὸ ΖΗ· σύμμετρον ἄρα

Quadrato autem ex B æquale ad ΖΕ applicetur ΖΗ latitudinem faciens ΖΘ. Quoniam igitur commensurabilis est A ipsi B; commensurabile igitur est et ex A quadratum quadrato ex B. Sed quadrato quidem ex A æquale est ΓΕ, quadrato verò ex B æquale est ΖΗ; commensurabile igitur est ΓΕ

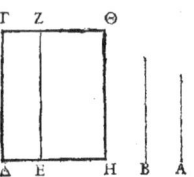

ἐστὶ τὸ ΓΕ τῷ ΖΗ. Ὡς δὲ τὸ ΓΕ πρὸς τὸ ΖΗ οὕτως ἐστὶ[9] ἡ ΓΖ πρὸς τὴν ΖΘ· σύμμετρος ἄρα ἐστὶν[10] ἡ ΓΖ τῇ ΖΘ μήκει. Ἀποτομὴ δὲ ἐστι τετάρτη ἡ ΓΖ· ἀποτομὴ ἄρα ἐστὶ καὶ ἡ ΖΘ τετάρτη· τὸ ΖΗ ἄρα περιέχεται ὑπὸ ῥητῆς[11] καὶ ἀποτομῆς τετάρτης. Ἐὰν δὲ χωρίον περιέχεται ὑπὸ ῥητῆς καὶ ἀποτομῆς τετάρτης[12]· ἡ τὸ χωρίον ἄρα δυναμένη ἐλάσσων ἐστί. Δύναται δὲ τὸ ΖΗ ἡ Β· ἐλάττων ἄρα[13] ἐστὶν ἡ Β. Ὅπερ ἔδει δεῖξαι.

ipsi ΖΗ. Ut autem ΓΕ ad ΖΗ ita est ΓΖ ad ΖΘ; commensurabilis igitur est ΓΖ ipsi ΖΘ longitudine. Apotome autem est quarta ΓΖ; apotome igitur est et ΖΘ quarta; spatium ΖΗ igitur continetur sub rationali et apotome quartâ. Si autem spatium contineatur sub rationali et apotome quartâ; recta spatium igitur potens minor est. Potest autem ipsum ΖΗ ipsa B; minor igitur est B. Quod oportebat ostendere.

apotome (101. 10). Appliquons à ΖΕ un parallélogramme ΖΗ, qui étant égal au quarré de Β, ait ΖΘ pour largeur. Puisque Α est commensurable avec Β, le quarré de Α sera commensurable avec le quarré de Β. Mais ΓΕ est égal au quarré de Α, et ΖΗ égal au quarré de Β ; le parallélogramme ΓΕ est donc commensurable avec ΖΗ. Mais ΓΕ est à ΖΗ comme ΓΖ est à ΖΘ (1. 6); la droite ΓΖ est donc commensurable en longueur avec ΖΘ (10. 10); mais la droite ΓΖ est un quatrième apotome; la droite ΖΘ est donc un quatrième apotome (104. 10); la surface ΖΗ est donc comprise sous une rationelle et un quatrième apotome. Mais si une surface est comprise sous une rationelle et un quatrième apotome, la droite qui peut cette surface est une mineure (95. 10). Mais la droite Β peut la surface ΖΗ; la droite Β est donc une mineure. Ce qu'il fallait démontrer.

ΠΡΟΤΑΣΙΣ ρζ.

Η τῇ μετὰ ῥητοῦ μέσον τὸ ὅλον ποιούσῃ
σύμμετρος καὶ αὐτὴ[1] μετὰ ῥητοῦ μέσον τὸ
ὅλον ποιοῦσά ἐστιν.

Ἔστω μετὰ ῥητοῦ μέσον τὸ ὅλον ποιοῦσα ἡ
ΑΒ, καὶ τῇ ΑΒ σύμμετρος ἡ ΓΔ· λέγω ὅτι καὶ[2]
ἡ ΓΔ μετὰ ῥητοῦ μέσον τὸ ὅλον ποιοῦσά ἐστιν.

PROPOSITIO CVII.

Recta ei quæ cum rationali medium totum
facit commensurabilis et ipsa cum rationali medium totum faciens est.

Sit cum rationali medium totum faciens AB,
et ipsi AB commensurabilis ΓΔ ; dico et ΓΔ
cum rationali medium totum facere.

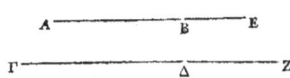

Ἔστω γὰρ τῇ ΑΒ προσαρμόζουσα ἡ ΒΕ· αἱ
ΑΕ, ΕΒ ἄρα δυνάμει εἰσὶν ἀσύμμετροι, ποιοῦσαι τὸ μὲν συγκείμενον ἐκ τῶν ἀπὸ τῶν ΑΕ,
ΕΒ τετραγώνων μέσον, τὸ δ' ὑπ' αὐτῶν ῥητόν.
Καὶ τὰ αὐτὰ κατεσκευάσθω. Ὁμοίως δὴ δείξομεν τοῖς πρότερον, ὅτι αἱ[3] ΓΖ, ΖΔ ἐν τῷ
αὐτῷ λόγῳ εἰσὶ ταῖς ΑΕ, ΕΒ, καὶ σύμμετρον
ἐστι τὸ[4] συγκείμενον ἐκ τῶν ἀπὸ τῶν ΑΕ, ΕΒ
τετραγώνων τῷ συγκειμένῳ ἐκ τῶν ἀπὸ τῶν
ΓΖ, ΖΔ τετραγώνων, τὸ δὲ ὑπὸ τῶν ΑΕ, ΕΒ τῷ

Sit enim ipsi AB congruens BE ; ipsæ AE, EB
igitur potentiâ sunt incommensurabiles, facientes quidem compositum ex ipsarum AE,
EB quadratis medium, rectangulum vero sub
ipsis rationale. Et eadem construantur. Congruenter præcedentibus utique ostendemus,
rectas ΓΖ, ΖΔ in eâdem ratione esse cum ipsis
AE, EB, et commensurabile esse compositum
ex ipsarum AE, EB quadratis composito
ex ipsarum ΓΖ, ΖΔ quadratis, rectangulum

PROPOSITION CVII.

La droite commensurable avec la droite qui fait avec une surface rationelle un
tout médial, fait elle-même avec une surface rationelle un tout médial.

Que la droite AB fasse avec une surface rationelle un tout médial, et que ΓΔ
soit commensurable avec AB ; je dis que ΓΔ fait avec une surface rationelle un tout
médial.

Car que BE conviène avec AB, les droites AE, EB seront incommensurables en
puissance, la somme des quarrés de ces droites étant médiale, et le rectangle
sous ces mêmes droites étant rationel (78. 10). Faisons la même construction.
Nous démontrerons comme auparavant que les droites ΓΖ, ΖΔ sont en même
raison que les droites AE, EB ; que la somme des quarrés des droites AE, EB
est commensurable avec la somme des quarrés des droites ΓΖ, ΖΔ, et que le

ὑπὸ τῶν ΓΖ, ΖΔ· ὥστε καὶ αἱ ΓΖ, ΖΔ δυνάμει
εἰσὶν ἀσύμμετροι, ποιοῦσαι τὸ μὲν συγκείμενον
ἐκ τῶν ἀπὸ τῶν ΓΖ, ΖΔ τετραγώνων μέσον, τὸ
δ᾽ ὑπ᾽ αὐτῶν ῥητόν· ἡ ΓΔ ἄρα μετὰ ῥητοῦ
μέσον τὸ ὅλον ποιοῦσά ἐστιν. Ὅπερ ἔδει δεῖξαι.

verò sub AE, EB rectangulo sub ΓΖ, ΖΔ;
quare et ΓΖ, ΖΔ potentiâ sunt incommensurabiles, facientes quidem compositum ex ipsarum
ΓΖ, ΖΔ quadratis medium, rectangulum verò
sub ipsis rationale; recta ΓΔ igitur est quæ cum
rationali medium totum facit. Quod oportebat
ostendere.

Α Λ Λ Ω Σ᾽.

A L I T E R.

Ἔστω² μετὰ ῥητοῦ μέσον τὸ ὅλον ποιοῦσα
ἡ Α, σύμμετρος δὲ αὐτῇ ἡ Β· λέγω ὅτι ἡ Β
μετὰ ῥητοῦ μέσον τὸ ὅλον ποιοῦσά ἐστιν.

Ἐκκείσθω ῥητὴ ἡ ΓΔ, καὶ τῷ μὲν ἀπὸ τῆς
Α ἴσον παρὰ τὴν ΓΔ παραβεβλήσθω τὸ ΓΕ πλάτος ποιοῦν τὴν ΓΖ· ἀποτομὴ ἄρα ἐστὶ πέμπτη
ἡ ΓΖ. Τῷ δὲ ἀπὸ τῆς Β ἴσον παρὰ τὴν ΖΕ
παραβεβλήσθω τὸ ΖΗ πλάτος ποιοῦν τὴν ΖΘ.
Ἐπεὶ οὖν σύμμετρός ἐστιν ἡ Α τῇ Β, σύμμετρόν ἐστι καὶ τὸ ἀπὸ τῆς Α τῷ ἀπὸ τῆς Β.
Ἀλλὰ τῷ μὲν ἀπὸ τῆς Α ἴσον τὸ ΓΕ, τῷ δὲ

Sit cum rationali medium totum faciens A,
et B commensurabilis ipsi; dico B cum rationali medium totum facere.

Exponatur rationalis ΓΔ, et quadrato quidem
ex A æquale ad ΓΔ applicetur ΓΕ latitudinem
faciens ΓΖ; apotome igitur est quinta ΓΖ. Quadrato autem ex B æquale ad ipsam ΖΕ applicetur ΖΗ latitudinem faciens ΖΘ. Quoniam igitur
commensurabilis est A ipsi B, commensurabile est et ex A quadratum quadrato ex B.
Sed quadrato quidem ex A æquale ΓΕ; quadrato

rectangle sous AE, EB l'est aussi avec le rectangle sous ΓΖ, ΖΔ; les droites ΓΖ, ΖΔ
sont donc incommensurables en puissance, ces droites faisant médiale la somme
de leurs quarrés, et rationel le rectangle compris sous ces mêmes droites; la droite
ΓΔ fait donc avec une surface rationelle un tout médial (78. 10). Ce qu'il fallait
démontrer.

A U T R E M E N T.

Que A fasse avec une rationelle un tout médial, et que B soit commensurable
avec A; je dis que B fait avec une surface rationelle un tout médial.

Soit exposée la rationelle ΓΔ; appliquons à ΓΔ un parallélogramme ΓΕ, qui
étant égal au quarré de A, ait ΓΖ pour largeur; la droite ΓΖ sera un cinquième
apotome (102. 10). Appliquons à ΖΕ un parallélogramme ΖΗ, qui étant égal au
quarré de B, ait ΖΘ pour largeur. Puisque A est commensurable avec B, le quarré
de A sera commensurable avec le quarré de B. Mais ΓΕ est égal au quarré de A,

ἀπὸ τῆς Β ἴσον τὸ ΖΗ· σύμμετρον ἄρα ἐστὶ τὸ
ΓΕ τῷ ΖΗ· σύμμετρος ἄρα καὶ ἡ ΓΖ τῇ ΖΘ
μήκει. Ἀποτομὴ δὲ πέμπτη ἡ ΓΖ· ἀποτομὴ
ἄρα ἐστὶ πέμπτη καὶ ἡ ΖΘ, ῥητὴ[3] δι' ἡ ΖΕ.

autem ex B æquale ZH; commensurabile igitur
est ΓΕ ipsi ZH; commensurabilis igitur et ΓZ ipsi
ZΘ longitudine. Apotome autem quinta ΓZ; apotome igitur est quinta et ZΘ, rationalis verò ZE.

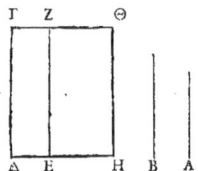

Ἐὰν δὲ χωρίον περιέχηται ὑπὸ ῥητῆς καὶ ἀποτομῆς πέμπτης, ἡ τὸ χωρίον δυναμένη μετὰ ῥητοῦ μέσον τὸ ὅλον ποιοῦσά ἐστι. Δύναται δὲ τὸ
ΖΗ ἡ Β· ἡ Β ἄρα μετὰ ῥητοῦ μέσον τὸ ὅλον
ποιοῦσά ἐστιν. Ὅπερ ἔδει δεῖξαι.

Si autem spatium contineatur sub rationali et
apotome quintâ, recta spatium potens cum rationali medium totum facit. Potest autem ipsum
ZH ipsa B; ipsa igitur B cum rationali medium
totum faciens est. Quod oportebat ostendere.

ΠΡΟΤΑΣΙΣ ρή.

Ἡ τῇ μετὰ μέσου μέσον τὸ ὅλον ποιούσῃ
σύμμετρος καὶ αὐτὴ μετὰ μέσου μέσον τὸ ὅλον
ποιοῦσά ἐστιν.

PROPOSITIO CVIII.

Recta ei quæ cum medio medium totum facit
commensurabilis et ipsa cum medio medium
totum faciens est.

et ZH au quarré de B; le parallélogramme ΓE est donc commensurable avec ZH;
la droite ΓZ est donc commensurable en longueur avec ZΘ. Mais ΓZ est un cinquième apotome; la droite ZΘ est donc un cinquième apotome (104. 10). Mais
la droite ZE est rationelle : or, si une surface est comprise sous une rationelle
et un cinquième apotome, la droite qui peut cette surface fait avec une surface rationelle un tout médial (96. 10). Mais la droite B peut la surface ZH; la
droite B fait donc avec une surface rationelle un tout médial. Ce qu'il fallait
démontrer.

PROPOSITION CVIII.

Une droite commensurable avec la droite qui fait avec une surface médiale un
tout médial, fait elle-même avec une surface médiale un tout médial.

Εστω μετὰ μέσου μέσον τὸ ὅλον ποιοῦσα ἡ ΑΒ, καὶ τῇ ΑΒ ἔστω[1] σύμμετρος ἡ ΓΔ· λέγω ὅτι καὶ[2] ἡ ΓΔ μετὰ μέσου μέσον τὸ ὅλον ποιοῦσά ἐστιν.

Sit cum medio medium totum faciens ipsa AB, et ipsi AB sit commensurabilis ΓΔ; dico et ΓΔ cum medio medium totum facere.

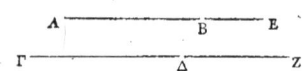

Εστω γὰρ τῇ ΑΒ προσαρμόζουσα ἡ ΒΕ, καὶ τὰ αὐτὰ κατασκευάσθω· αἱ ΑΕ, ΕΒ ἄρα δυνάμει εἰσὶν ἀσύμμετροι, ποιοῦσαι τό, τε συγκείμενον ἐκ τῶν ἀπ' αὐτῶν τετραγώνων μέσον, καὶ τὸ ὑπ' αὐτῶν μέσον, καὶ ἔτι ἀσύμμετρον τὸ συγκείμενον ἐκ τῶν ἀπ' αὐτῶν τετραγώνων τῷ ὑπ' αὐτῶν. Καὶ εἴσιν, ὡς ἐδείχθη, αἱ ΑΕ, ΕΒ σύμμετροι ταῖς ΓΖ, ΖΔ, καὶ τὸ συγκείμενον ἐκ τῶν ἀπὸ τῶν ΑΕ, ΕΒ τετραγώνων τῷ συγκειμένῳ ἐκ τῶν ἀπὸ τῶν ΓΖ, ΖΔ, τὸ δὲ ὑπὸ τῶν ΑΕ, ΕΒ τῷ ὑπὸ τῶν ΓΖ, ΖΔ· καὶ αἱ ΓΖ, ΖΔ ἄρα δυνάμει εἰσὶν ἀσύμμετροι, ποιοῦσαι τό, τε[3] συγκείμενον ἐκ τῶν ἀπ' αὐτῶν τετραγώνων μέσον, καὶ τὸ ὑπ' αὐτῶν μέσον, καὶ ἔτι ἀσύμμετρον τὸ συγκείμενον ἐκ τῶν ἀπ'

Sit enim ipsi AB congruens BE, et eadem construantur; ipsæ AE, EB igitur potentiâ sunt incommensurabiles, facientes et compositum ex ipsarum quadratis medium, et rectangulum sub ipsis medium, et adhuc incommensurabile compositum ex ipsarum quadratis rectangulo sub ipsis. Et sunt, ut ostensum est, AE, EB commensurabiles ipsis ΓΖ, ΖΔ, et compositum ex ipsarum AE, EB quadratis composito ex quadratis ipsarum ΓΖ, ΖΔ, rectangulum autem sub AE, EB rectangulo sub ΓΖ, ΖΔ; et ipsæ ΓΖ, ΖΔ igitur potentiâ sunt incommensurabiles, facientes et compositum ex ipsarum quadratis medium, et rectangulum sub ipsis medium, et adhuc incommensurabile compositum ex ipsa-

Que la droite AB fasse avec une surface médiale un tout médial, et que ΓΔ soit commensurable avec AB; je dis que la droite ΓΔ fait aussi avec une surface médiale un tout médial.

Que BE conviène avec AB, et faisons la même construction; les droites AE, EB seront incommensurables en puissance, la somme de leurs quarrés étant médiale, le rectangle compris sous ces mêmes droites étant aussi médial, et la somme des quarrés de ces droites étant incommensurable avec le rectangle compris sous ces mêmes droites (79. 10). Et puisque les droites AE, EB sont commensurables avec les droites ΓΖ, ΖΔ, ainsi qu'on l'a démontré; que la somme des quarrés des droites AE, EB est aussi commensurable avec la somme des quarrés des droites ΓΖ, ΖΔ, et que le rectangle sous AE, EB l'est aussi avec le rectangle sous ΓΖ, ΖΔ, les droites ΓΖ, ΖΔ seront incommensurables en puissance, la somme de leurs quarrés étant médiale, le rectangle compris sous ces mêmes droites étant aussi médial, et la somme des quarrés de ces droites étant aussi incommensurable avec

αὐτῶν τετραγώνων⁴ τῷ ὑπ' αὐτῶν· ἡ ΓΔ ἄρα
μετὰ μέσου μέσον τὸ ὅλον ποιοῦσά ἐστιν. Ὅπερ
ἔδει δεῖξαι.

rum quadratis rectangulo sub ipsis; ipsa igitur
ΓΔ cum medio medium totum facit. Quod
oportebat ostendere.

ΠΡΟΤΑΣΙΣ ρθ'.

Ἀπὸ ῥητοῦ μέσου ἀφαιρουμένου, ἡ τὸ λοιπὸν
χωρίον δυναμένη μία δύο ἀλόγων γίνεται, ἤτοι
ἀποτομὴ, ἢ ἐλάττων.

Ἀπὸ γὰρ ῥητοῦ τοῦ ΒΓ μέσον ἀφηρήσθω τὸ
ΒΔ· λέγω ὅτι ἡ τὸ λοιπὸν χωρίον δυναμένη τὸ
ΕΓ μία δύο ἀλόγων γίνεται, ἤτοι ἀποτομὴ, ἢ
ἐλάττων.

Ἐκκείσθω γὰρ ῥητὴ ἡ ΖΗ, καὶ τῷ μὲν ΒΓ
ἴσον παρὰ τὴν ΖΗ παραβεβλήσθω ὀρθογώνιον παραλληλόγραμμον τὸ ΗΘ, τῷ δὲ ΒΔ ἴσον ἀφηρήσθω τὸ ΗΚ· λοιπὸν ἄρα τὸ ΕΓ ἴσον ἐστὶ τῷ
ΛΘ. Ἐπεὶ οὖν ῥητὸν μέν ἐστι τὸ ΒΓ, μέσον δὲ
τὸ ΒΔ, ἴσον δὲ τὸ μὲν² ΒΓ τῷ ΗΘ, τὸ δὲ ΒΔ
τῷ ΗΚ· ῥητὸν μὲν ἄρα ἐστὶ τὸ ΗΘ, μέσον

PROPOSITIO CIX.

Medio a rationali detracto, recta reliquum
spatium potens una duarum irrationalium fit,
vel apotome, vel minor.

A rationali enim ΒΓ medium auferatur ΒΔ;
dico rectam, quæ reliquum spatium ΕΓ potest,
unam duarum irrationalium fieri, vel apotomen, vel minorem.

Exponatur enim rationalis ΖΗ, et ipsi quidem
ΒΓ æquale ad ΖΗ applicetur rectangulum parallelogrammum ΗΘ, ipsi verò ΒΔ æquale auferatur
ΗΚ; reliquum igitur ΕΓ æquale est ipsi ΛΘ.
Quoniam igitur rationale quidem est ΒΓ; medium verò ΒΔ, æquale ΒΓ quidem ipsi ΗΘ, ipsum
verò ΒΔ ipsi ΗΚ; rationale quidem igitur est ΗΘ,

le rectangle compris sous ces mêmes droites, la droite ΓΔ fera avec une surface
médiale un tout médial (79. 10). Ce qu'il fallait démontrer.

PROPOSITION CIX.

Une surface médiale étant retranchée d'une surface rationelle, la droite qui
peut la surface restante est une des deux irrationnelles suivantes ; savoir, ou un
apotome, ou une mineure.

Qu'une surface médiale ΒΔ soit retranchée d'une surface rationelle ΒΓ ; je dis que
la droite qui peut la surface restante ΕΓ est une des deux irrationnelles suivantes ;
savoir, ou un apotome, ou une mineure.

Car soit exposée une rationelle ΖΗ ; appliquons à ΖΗ un parallélogramme rectangle ΗΘ qui soit égal à ΒΓ, et retranchons ΗΚ égal à ΒΔ ; le reste ΕΓ sera égal à ΛΘ.
Puisque ΒΓ est rationel, que ΒΔ est médial, que ΒΓ est égal à ΗΘ, et que ΒΔ est
égal à ΗΚ, le parallélogramme ΗΘ sera rationel, et le parallélogramme ΗΚ mé-

II.   50

δὲ τὸ ΗΚ· καὶ παρὰ ῥητὴν τὴν ΖΗ παράκειται· ῥητὴ ἄρα μὲν[3] ἡ ·ΖΘ καὶ σύμμετρος τῇ ΖΗ μήκει, ῥητὴ δὲ ἡ ΖΚ καὶ ἀσύμμετρος τῇ ΖΗ μήκει· ἀσύμμετρος ἄρα ἐστὶν ἡ ΖΘ τῇ ΖΗ μήκει· αἱ ΖΘ, ΖΚ ἄρα ῥηταί εἰσι δυνάμει μόνον σύμμετροι· ἀποτομὴ ἄρα ἐστὶν ἡ ΚΘ, προσαρμόζουσα δὲ αὐτῇ ἡ ΚΖ. Ἤτοι δὲ ἡ ΘΖ τῆς ΖΚ μεῖζον δύναται τῷ ἀπὸ συμμέτρου ἑαυτῇ, ἢ τῷ ἀπὸ ἀσυμμέτρου[4]. Δυνάσθω πρότερον τῷ

medium verò ΗΚ; et ad rationalem ΖΗ applicatur; rationalis igitur quidem ΖΘ et commensurabilis ipsi ΖΗ longitudine, rationalis verò ΖΚ et incommensurabilis ipsi ΖΗ longitudine; incommensurabilis igitur est ΖΘ ipsi ΖΗ longitudine; ipsæ ΖΘ, ΖΚ igitur rationales sunt potentiâ solùm commensurabiles; apotome igitur est ΚΘ, ipsi autem congruens ΚΖ. Vel autem ΘΖ quam ΖΚ plus potest quadrato ex rectâ sibi commensurabili, vel quadrato ex rectâ incommensurabili.

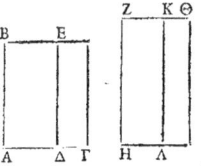

ἀπὸ ἀσυμμέτρου. Καὶ ἔστιν ὅλη ἡ ΘΖ σύμμετρος τῇ ἐκκειμένῃ ῥητῇ μήκει τῇ ΖΗ· ἀποτομὴ ἄρα πρώτη ἐστὶν ἡ ΚΘ. Τὸ δὲ ὑπὸ ῥητῆς καὶ ἀποτομῆς πρώτης περιεχόμενον[5] ἡ δυναμένη ἀποτομή ἐστιν· ἡ ἄρα τὸ ΛΘ, τουτέστι τὸ ΓΕ, δυναμένη ἀποτομή ἐστιν. Εἰ δὲ ἡ ΘΖ τῆς ΖΚ

Possit primum quadrato ex rectâ incommensurabili. Atque est tota ΘΖ commensurabilis expositæ rationali ΖΗ longitudine; apotome igitur prima est ΚΘ. Spatium autem sub rationali et apotome primâ contentum recta potens apotome est; ipsa igitur potens spatium ΛΘ, hoc est ΓΕ, apotome est. Si autem ΘΖ quam ΖΚ plus

dial. Mais ces parallélogrammes sont appliqués à la rationelle ΖΗ; la droite ΖΘ est donc rationelle et commensurable en longueur avec ΖΗ (21. 10), et la droite ΖΚ rationelle et incommensurable en longueur avec ΖΗ (23. 10); la droite ΖΘ est donc incommensurable en longueur avec ΖΗ (13. 10); les droites ΖΘ, ΖΚ sont donc des rationelles commensurables en puissance seulement; la droite ΚΘ est donc un apotome, et ΚΖ est la droite qui convient à ΚΘ (74. 10): or, la puissance de ΘΖ surpasse la puissance de ΖΚ du quarré d'une droite ou commensurable ou incommensurable avec ΘΖ. Qu'elle la surpasse d'abord du quarré d'une droite incommensurable. Mais la droite entière ΘΖ est commensurable en longueur avec la rationelle exposée ΖΗ; la droite ΚΘ est donc un premier apotome (déf. trois. 1. 10). Mais la droite qui peut une surface comprise sous une rationelle et un premier apotome est elle-même un apotome (92. 10); la droite qui peut ΛΘ, c'est-à-dire ΓΕ, est donc un apotome. Si la puissance de ΘΖ surpasse la puissance de ΖΚ du quarré

μεῖζον δύναται τῷ ἀπὸ ἀσυμμέτρου ἑαυτῇ, καὶ
ἔστιν ὅλη ἡ ΖΘ σύμμετρος τῇ ἐκκειμένῃ ῥητῇ
μήκει τῇ ΖΗ· ἀποτομὴ ἄρα[6] τετάρτη ἐστὶν ἡ
ΚΘ. Τὸ δὲ ὑπὸ ῥητῆς καὶ ἀποτομῆς τετάρτης
περιεχόμενον ἡ δυναμένη ἐλάσσων ἐστίν· ἡ ἄρα
τὸ ΛΘ, τουτέστι τὸ ΕΓ, δυναμένη ἐλάσσων
ἐστίν[7]. Ὅπερ ἔδει δεῖξαι.

Ἀπὸ μέσου ῥητοῦ ἀφαιρουμένου, ἄλλαι δύο
ἄλογοι γίνονται, ἤτοι μέσης ἀποτομὴ πρώτη,
ἢ μετὰ ῥητοῦ μέσον τὸ ὅλον ποιοῦσα.

Ἀπὸ γὰρ μέσου τοῦ ΒΓ ῥητὸν ἀφῃρήσθω τὸ
ΒΔ· λέγω ὅτι ἡ τὸ λοιπὸν τὸ ΕΓ δυναμένη
μία δύο ἀλόγων γίνεται, ἤτοι μέσης ἀποτομὴ
πρώτη, ἢ μετὰ ῥητοῦ μέσον τὸ ὅλον ποιοῦσα.

Ἐκκείσθω γὰρ ῥητὴ ἡ ΖΗ, καὶ παραβεβλήσθω
ὁμοίως τὰ χωρία· ἔστι δὴ ἀκολούθως ῥητὴ

---

possit quadrato ex rectâ sibi incommensurabili,
et est tota ZΘ commensurabilis expositæ rationali ZH 'longitudine; apotome igitur quarta est
KΘ. Spatium autem sub rationali et apotome
quartà contentum recta potens minor est; ipsa
igitur potens spatium ΛΘ, hoc est EΓ, minor
est. Quod oportebat ostendere.

Rationali a medio detracto, aliæ duæ irrationales fiunt, vel mediæ apotome prima, vel cum
rationali medium totum faciens.

A medio enim BΓ rationale auferatur BΔ;
dico rectam, quæ reliquum EΓ potest, unam
duarum irrationalium fieri, vel mediæ apotomen primam, vel eam cum rationali medium
totum facientem.

Exponatur enim rationalis ZH, et applicentur
similiter spatia; est igitur consequenter rationalis

---

d'une droite incommensurable avec ΘZ, la droite KΘ sera un quatrième apotome
(déf. trois. 4. 10), parce que la droite entière ΘZ est commensurable en longueur
avec la rationelle exposée ZH. Mais la droite qui peut une surface comprise
sous une rationelle et un quatrième apotome est une mineure (95. 10); la
droite qui peut la surface ΛΘ, c'est-à-dire EΓ, est donc une mineure. Ce qu'il
fallait démontrer.

PROPOSITION CX.

Une surface rationelle étant retranchée d'une surface médiale, il résulte deux
autres irrationelles; savoir, ou un premier apotome d'une médiale, ou une droite
qui fait avec une surface rationelle un tout médial.

Retranchons la surface rationelle BΔ de la surface mediale BΓ; je dis que la
droite qui peut la surface restante EΓ est une des deux irrationelles suivantes; savoir, ou un premier apotome d'une médiale, ou une droite qui fait
avec une surface rationelle un tout médial.

Car soit exposée une rationelle ZH; appliquons semblablement des surfaces à ZH;

μὲν ἡ ΖΘ, καὶ ἀσύμμετρος τῇ ΖΗ μήκει. Ῥητὴ δὲ ἡ ΖΚ, καὶ σύμμετρος τῇ ΖΗ μήκει· αἱ ΘΖ, ΖΚ ἄρα ῥηταί εἰσι δυνάμει μόνον σύμμετροι· ἀποτομὴ ἄρα ἐστὶν ἡ ΚΘ, προσαρμόζουσα δὲ αὐτῇ[1] ἡ ΖΚ. Ἤτοι δὲ ἡ ΘΖ τῆς ΖΚ μεῖζον δύναται τῷ ἀπὸ συμμέτρου ἑαυτῇ, ἢ τῷ ἀπὸ ἀσυμμέτρου. Εἰ μὲν οὖν ἡ ΘΖ τῆς ΖΚ μεῖζον δύναται τῷ ἀπὸ συμμέτρου ἑαυτῇ, καὶ ἔστιν

quidem ΖΘ, et incommensurabilis ipsi ΖΗ longitudine. Rationalis autem ΖΚ, et commensurabilis ipsi ΖΗ longitudine; ipsæ ΘΖ, ΖΚ igitur rationales sunt potentiâ solùm commensurabiles; apotome igitur est ΚΘ, et ipsi congruens ΖΚ. Vel autem ΘΖ quam ΖΚ plus potest quadrato ex rectâ sibi commensurabili, vel quadrato ex rectâ incommensurabili. Si quidem igitur ΘΖ quam ΖΚ plus potest quadrato ex rectâ sibi

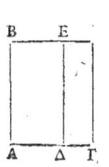

ἡ προσαρμόζουσα ἡ ΖΚ σύμμετρος τῇ ἐκκειμένῃ ῥητῇ μήκει τῇ ΖΗ· ἀποτομὴ ἄρα ἐστὶ δευτέρα[2] ἡ ΚΘ. Ῥητὴ δὲ ἡ ΖΗ· ὥστε ἡ τὸ ΛΘ, τουτέστι τὸ ΕΓ, δυναμένη, μέσης ἀποτομὴ πρώτη ἐστίν[3]. Εἰ δὲ ἡ ΘΖ τῆς ΖΚ μεῖζον[4] δύναται τῷ ἀπὸ ἀσυμμέτρου ἑαυτῇ[5], καὶ ἔστιν ἡ προσαρμόζουσα ἡ ΖΚ σύμμετρος τῇ ἐκκειμένῃ ῥητῇ μήκει· τῇ

commensurabili, atque est congruens ΖΚ commensurabilis expositæ rationali ΖΗ longitudine; apotome igitur est secunda ΚΘ. Rationalis autem ΖΗ; quare ipsa potens spatium ΛΘ, hoc est ΕΓ, mediæ apotome prima est. Si autem ΘΖ quam ΖΚ plus potest quadrato ex rectâ sibi incommensurabili, atque est congruens ΖΚ commensurabilis expositæ rationali ΖΗ longitudine;

la droite ΖΘ sera conséquemment une rationelle, et cette droite sera incommensurable en longueur avec ΖΗ (21. 10); mais la droite ΖΚ est rationelle, et commensurable en longueur avec ΖΗ (23. 10); les droites ΘΖ, ΖΚ sont donc des rationelles commensurables en puissance seulement; la droite ΚΘ est donc un apotome, et ΖΚ convient avec cette droite (74. 10). Or, la puissance de ΘΖ surpasse la puissance de ΖΚ du quarré d'une droite commensurable ou incommensurable avec ΘΖ. Si la puissance de ΘΖ surpasse la puissance de ΖΚ du quarré d'une droite commensurable avec ΘΖ, à cause que la congruente ΖΚ est commensurable en longueur avec la rationelle exposée ΖΗ, la droite ΚΘ sera un second apotome (déf. trois. 2. 10). Mais ΖΗ est une rationelle; la droite qui peut ΛΘ, c'est-à-dire ΕΓ, est donc un premier apotome d'une médiale (93. 10). Si la puissance de ΘΖ surpasse la puissance de ΖΚ du quarré d'une droite incommensurable avec ΘΖ, à cause que la congruente ΖΚ est commensurable en longueur avec la rationelle exposée

ΖΗ· ἀποτομὴ ἄρα⁶ πέμπτη ἐστὶν ἡ ΚΘ· ὥστε ἡ
τὸ ΕΓ δυναμένη μετὰ ῥητοῦ μέσον τὸ ὅλον
ποιοῦσά ἐστιν. Οπερ ἔδει δεῖξαι.

apotome igitur quinta est ΚΘ; quare recta potens spatium ΕΓ cum rationali medium totum
facit. Quod oportebat ostendere.

ΠΡΟΤΑΣΙΣ ριά.

PROPOSITIO CXI.

Απὸ μέσου μέσου ἀφαιρουμένου ἀσυμμέτρου
τῷ ὅλῳ, αἱ λοιπαὶ δύο ἄλογοι γίνονται, ἤτοι
μ'σης ἀποτομὴ δευτέρα, ἢ μετὰ μέσου μέσον
τὸ ὅλον ποιοῦσα.

Αφῃρήσθω γὰρ ὡς ἐπὶ τῶν προκειμένων κατα-
γραφῶν ἀπὸ μέσου τοῦ ΒΓ μέσον τὸ ΒΔ, ἀσύμμετρον τῷ ὅλῳ· λέγω ὅτι ἡ τὸ ΕΓ δυναμένη
μία ἐστὶ δύο ἀλόγων, ἤτοι μέσης ἀποτομὴ δευτέρα, ἢ μετὰ τοῦ¹ μέσου μέσον τὸ ὅλον
ποιοῦσα.

Επεὶ γὰρ μέσον 'στὶν ἑκάτερον τῶν ΒΓ, ΒΔ,
καὶ ἀσύμμετρόν 'στι τὸ ΒΓ τῷ ΒΔ², τουτέστι
τὸ ΗΘ τῷ ΗΚ, ἀσύμμετρός ἐστι³ καὶ ἡ ΘΖ

Medio a medio detracto incommensurabili
toti, reliquæ duæ rationales fiunt, vel mediæ
apotome secunda, vel cum medio medium totum faciens.

Auferatur enim ut in propositis figuris a
medio ΒΓ medium ΒΔ, incommensurabile toti;
dico rectam, quæ potest spatium ΕΓ, unam esse
duarum irrationalium, vel mediæ apotomen secundam, vel cum medio medium totum facientem.

Quoniam enim medium est utrumque ipsorum ΒΓ, ΒΔ, et incommensurabile est ΒΓ ipsi
ΒΔ, hoc est ΗΘ ipsi ΗΚ, incommensurabilis

ΖΗ, la droite ΚΘ sera un cinquième apotome (déf. trois. 5. 10); la droite qui
peut la surface ΕΓ fait donc avec une surface rationelle un tout médial (96. 10).
Ce qu'il fallait démontrer.

PROPOSITION CXI.

Une surface médiale étant retranchée d'une surface médiale incommensurable
avec la surface entière, il résulte deux droites irrationelles; savoir, ou un
second apotome d'une médiale, ou une droite qui fait avec une surface médiale un tout médial.

Retranchons, comme dans les figures précédentes, de la surface médiale ΒΓ
la surface médiale ΒΔ, incommensurable avec la surface entière; je dis que la
droite qui peut ΕΓ est une des deux irrationelles suivantes; savoir, ou un second
apotome d'une médiale, ou une droite qui fait avec une surface médiale un
tout médial.

Car puisque chacun des parallélogrammes ΒΓ, ΒΔ est médial, et que ΒΓ est
incommensurable avec ΒΔ, c'est-à-dire ΗΘ avec ΗΚ, la droite ΘΖ sera incom-

τῇ ZK· αἱ ΘZ, ZK ἄρα ῥηταί εἰσι δυνάμει
μόνον σύμμετροι· ἀποτομὴ ἄρα ἐστὶν ἡ ΘK.
Εἰ μὲν δὴ ἡ ΘZ τῆς ZK μεῖζον δύναται τῷ ἀπὸ
συμμέτρου ἑαυτῇ, καὶ οὐδετέρα τῶν ΘZ, ZK
σύμμετρός ἐστι τῇ ἐκκειμένῃ ῥητῇ τῇ ZH μήκει[5]·
ἀποτομή ἐστιν ἄρα τρίτη[6] ἡ KΘ. Ῥητὴ δὲ ἡ
KΛ, τὸ δὲ ὑπὸ ῥητῆς καὶ ἀποτομῆς τρίτης

est et ΘZ ipsi ZK; ipsæ ΘZ, ZK igitur rationales sunt potentiâ solùm commensurabiles;
apotome igitur est ΘK. Si quidem igitur ΘZ
quam ZK plus potest quadrato ex rectâ sibi
commensurabili, et neutra ipsarum ΘZ, ZK
commensurabilis est expositæ rationali ZH longitudine; apotome est igitur tertia KΘ. Rationalis autem KΛ, rectangulum verò sub ratio-

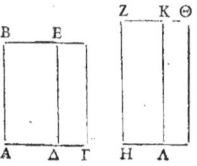

περιεχόμενον ὀρθογώνιον ἄλογόν ἐστι, καὶ ἡ
δυναμένη αὐτὸ ἄλογός ἐστι, καλεῖται δὲ μέσης
ἀποτομὴ δευτέρα· ὥστε ἡ τὸ ΛΘ, τουτέστι
τὸ ΕΓ δυναμένη μέσης ἀποτομή ἐστι δευτέρα[7].
Εἰ δὲ ἡ ΘZ τῆς ZK μεῖζον δύναται τῷ ἀπὸ
ἀσυμμέτρου ἑαυτῇ μήκει, καὶ οὐδετέρα[8] τῶν
ΘZ, ZK σύμμετρός ἐστι τῇ ZH μήκει· ἀποτομὴ
ἐστιν ἄρα ἕκτη ἡ KΘ[9]. Τὸ δὲ ὑπὸ ῥητῆς καὶ

uali et apotome tertiâ contentum irrationale est,
et recta potens ipsum irrationalis est, vocatur
autem mediæ apotome secunda; quare recta potens spatium ΛΘ, hoc est ΕΓ, mediæ apotome
est secunda. Si autem ΘZ quam ZK plus potest
quadrato ex rectâ sibi incommensurabili longitudine, et neutra ipsarum ΘZ, ZK commensurabilis
est ipsi ZH longitudine; apotome est igitur sexta
KΘ. Rectangulum autem sub rationali et apotome

mensurable avec ZK (1. 6 et 10. 10) ; les droites ΘZ, ZK sont donc de rationelles
commensurables en puissance seulement (23. 10) ; la droite ΘK est donc un
apotome (74. 10). Si donc la puissance de ΘZ surpasse la puissance de ZK du
quarré d'une droite commensurable avec ΘZ ; et si aucune des droites ΘZ, ZK
n'est commensurable en longueur avec la rationelle exposée ZH, la droite KΘ sera
un troisième·apotome (déf. 3. 10). Puisque KΛ est une rationelle, que le rectangle
compris sous une rationelle et un troisième apotome est irrationel (94. 10), que
la droite qui peut cette surface est irrationelle, et que cette droite est appelée
second apotome d'une médiale, la droite qui peut ΛΘ, c'est-à-dire ΕΓ, sera un
second apotome d'une médiale. Si la puissance de ΘZ surpasse la puissance de
ZK du quarré d'une droite incommensurable en longueur avec ΘZ ; et si aucune
des droites ΘZ, ZK n'est commensurable en longueur avec ZH, la droite KΘ sera
un sixième apotome (déf. trois. 6. 10). Mais la droite qui peut un rectangle

ἀποτομῆς ἕκτης ἡ δυναμένη ἐστὶν ἡ[10] μετὰ μέσου μέσον τὸ ὅλον ποιοῦσα· ἡ τὸ ΛΘ ἄρα[11], τουτέστι τὸ ΕΓ, δυναμένη μετὰ μέσου μέσον τὸ ὅλον ποιοῦσά ἐστιν. Ὅπερ ἔδει δεῖξαι.

sextâ recta potens est quæ cum medio medium totum facit; ipsa igitur potens spatium ΛΘ, hoc est ΕΓ, cum medio medium totum facit. Quod oportebat ostendere.

ΠΡΟΤΑΣΙΣ ριβ'.

PROPOSITIO CXII.

Ἡ ἀποτομὴ οὐκ ἔστιν ἡ αὐτὴ τῇ ἐκ δύο ὀνομάτων.

Ἔστω ἀποτομὴ ἡ ΑΒ· λέγω ὅτι ἡ ΑΒ οὐκ ἔστιν ἡ αὐτὴ τῇ ἐκ δύο ὀνομάτων.

Εἰ γὰρ δυνατὸν, ἔστω· καὶ ἐκκείσθω ῥητὴ ἡ ΔΓ, καὶ τῷ ἀπὸ τῆς ΑΒ ἴσον παρὰ ῥητὴν τὴν ΔΓ παραβεβλήσθω ὀρθογώνιον τὸ ΓΕ, πλάτος ποιοῦν τὴν ΔΕ. Ἐπεὶ οὖν ἀποτομή ἐστιν ἡ ΑΒ, ἀποτομὴ πρώτη ἐστὶν ἡ ΔΕ. Ἔστω αὐτῇ προσαρμόζουσα ἡ ΕΖ· αἱ ΔΖ, ΖΕ ἄρα ῥηταί εἰσι δυνάμει μόνον σύμμετροι, καὶ ἡ ΔΖ τῆς ΖΕ μεῖζον δύναται τὸ ἀπὸ σύμμετρου ἑαυτῇ, καὶ ἡ ΔΖ

Apotome non est eadem quæ ex binis nominibus.

Sit apotome ΑΒ; dico ΑΒ non esse eamdem quæ ex binis nominibus.

Si enim possibile, sit; et exponatur rationalis ΔΓ, et quadrato ex ΑΒ æquale ad rationalem ΔΓ applicetur rectangulum ΓΕ, latitudinem faciens ΔΕ. Quoniam igitur apotome est ΑΒ, apotome prima est ΔΕ. Sit ipsi congruens ΕΖ; ipsæ ΔΖ, ΖΕ igitur rationales sunt potentiâ solùm commensurabiles, et ΔΖ quam ΖΕ plus potest quadrato ex rectâ sibi commensu-

compris sous une rationelle et un sixième apotome, est une droite qui fait avec une surface médiale un tout médial (97. 10); la droite qui peut ΛΘ, c'est-à-dire ΕΓ, est donc une droite qui fait avec une surface médiale un tout médial. Ce qu'il fallait démontrer.

PROPOSITION CXII.

Un apotome n'est pas la même droite que celle de deux noms.

Soit l'apotome ΑΒ; je dis que ΑΒ n'est pas la même droite que celle de deux noms.

Car que cela soit, si c'est possible; soit exposée une rationelle ΔΓ, et appliquons à la rationelle ΔΓ un rectangle ΓΕ, qui étant égal au quarré de ΑΒ, ait ΔΕ pour largeur (45. 1). Puisque la droite ΑΒ est un apotome, la droite ΔΕ sera un premier apotome (98. 10). Que ΕΖ convienne avec ΔΕ; les droites ΔΖ, ΖΕ seront des rationelles commensurables en puissance saulement; la puissance de ΔΖ surpassera la puissance de ΖΕ du quarré d'une droite commensurable avec ΔΖ, et ΔΖ sera com-

σύμμετρός ἐστι τῇ ἐκκειμένῃ ῥητῇ μήκει τῇ ΔΓ. Πάλιν, ἐπεὶ ἐκ δύο ὀνομάτων ἐστὶν ἡ ΑΒ· ἐκ δύο ἄρα ὀνομάτων πρώτη ἐστὶν ἡ ΔΕ. Διῃρήσθω εἰς τὰ ὀνόματα κατὰ τὸ Η, καὶ ἔστω μεῖζον ὄνομα τὸ ΔΗ· αἱ ΔΗ, ΗΕ ἄρα ῥηταί εἰσι δυνάμει μόνον σύμμετροι. Καὶ ἡ ΔΗ

rabili, et ΔZ commensurabilis est expositæ rationali ΔΓ longitudine. Rursus, quoniam ex binis nominibus est ΑΒ; ex binis igitur nominibus prima est ΔΕ. Dividatur in nomina ad punctum Η, et sit majus nomen ΔΗ; ipsæ ΔΗ, ΗΕ igitur rationales sunt potentiâ solùm commensurabiles. Et ΔΗ quam ΗΕ plus potest

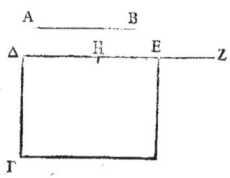

τῆς ΗΕ μεῖζον δύναται τῷ ἀπὸ συμμέτρου ἑαυτῇ, καὶ ἡ μείζων ἡ ΔΗ σύμμετρός ἐστι τῇ ἐκκειμένῃ ῥητῇ τῇ ΔΓ μήκει· καὶ ἡ ΔZ ἄρα τῇ ΔΗ σύμμετρός ἐστι μήκει· καὶ λοιπῇ ἄρα τῇ ΖΗ σύμμετρός ἐστιν ἡ ΔZ. Ἐπεὶ οὖν σύμμετρός ἐστιν ἡ ΔZ τῇ ΖΗ, ῥητὴ δέ ἐστιν ἡ ΔZ· ῥητὴ ἄρα ἐστὶ καὶ ἡ ΖΗ. Ἐπεὶ οὖν σύμμετρός ἐστιν ἡ ΔZ τῇ ΖΗ μήκει, ἀσύμμετρος δὲ ἡ ΔZ τῇ ΖΕ μήκει· ἀσύμμετρος ἄρα ἐστὶ καὶ ἡ ΖΗ τῇ ΖΕ

quadrato ex rectâ sibi commensurabili, et major ΔΗ commensurabilis est expositæ rationali ΔΓ longitudine; et ΔZ igitur ipsi ΔΗ commensurabilis est longitudine; et reliquæ igitur ΖΗ commensurabilis est ΔZ. Quoniam igitur commensurabilis est ΔZ ipsi ΖΗ, rationalis autem est ΔZ; rationalis igitur est et ΖΗ. Quoniam igitur commensurabilis est ΔZ ipsi ΖΗ longitudine, incommensurabilis autem ΔZ ipsi ΖΕ longitudine; incommensurabilis igitur est et ΖΗ

mensurable en longueur avec la rationelle exposée ΔΓ (déf. trois. 1. 10). De plus, puisque ΑΒ est une droite de deux noms, la droite ΔΕ sera une première de deux noms (61. 10). Que ΔΕ soit divisée en ses noms au point Η, et que ΔΗ soit son plus grand nom; les droites ΔΗ, ΗΕ seront des rationelles commensurables en puissance seulement (déf. sec. 1. 10). Mais la puissance de ΔΗ surpasse la puissance de ΗΕ du quarré d'une droite commensurable avec ΔΗ, et la plus grande droite ΔΗ est commensurable en longueur avec la rationelle exposée ΔΓ; la droite ΔZ est donc commensurable en longueur avec ΔΗ (12. 10); la droite ΔZ est donc commensurable avec la droite restante ΗZ. Et puisque ΔZ est commensurable avec ΖΗ, et que ΔZ est rationelle, la droite ΖΗ sera rationelle. Et puisque ΔZ est commensurable en longueur avec ΖΗ, et que la droite ΔZ est incommensurable en longueur avec ΖΕ, la droite ΖΗ sera incommensurable en longueur avec la

μήκει. Καὶ εἰσι ῥηταί[8·] αἱ ΗΖ, ΖΕ ἄρα ῥηταί εἰσι[9] δυνάμει μόνον σύμμετροι· ἀποτομὴ ἄρα ἐστὶν ἡ ΗΕ. Ἀλλὰ καὶ ῥητὴ, ὅπερ ἐστὶν[10] ἀδύνατον.

Ἡ ἄρα ἀποτομὴ, καὶ τὰ ἑξῆς.

ipsi ΕΖ. Et sunt rationales; ipsæ ΗΖ, ΖΕ igitur rationales sunt potentiâ solùm commensurabiles; apotome igitur est ΗΕ. Sed et rationalis, quod est impossibile.

Apotome igitur, etc.

ΠΟΡΙΣΜΑ.

Ἡ ἀποτομὴ καὶ αἱ μετ' αὐτὴν ἄλογοι οὔτε τῇ μέσῃ οὔτε ἀλλήλαις εἰσὶν αἱ αὐταί· τὸ μὲν γὰρ ἀπὸ μέσης παρὰ ῥητὴν παραβαλλόμενον πλάτος ποιεῖ ῥητὴν καὶ ἀσύμμετρον τῇ παρ' ἣν παράκειται μήκει. Τὸ δὲ ἀπὸ ἀποτομῆς παρὰ ῥητὴν παραβαλλόμενον πλάτος ποιεῖ ἀποτομὴν πρώτην. Τὸ δὲ ἀπὸ μέσης ἀποτομῆς πρώτης παρὰ ῥητὴν παραβαλλόμενον πλάτος ποιεῖ ἀποτομὴν δευτέραν. Τὸ δὲ ἀπὸ μέσης ἀποτομῆς δευτέρας παρὰ ῥητὴν παραβαλλόμενον πλάτος ποιεῖ ἀποτομὴν τρίτην. Τὸ δὲ ἀπὸ ἐλάττονος παρὰ ῥητὴν παραβαλλόμενον

COROLLARIUM.

Apotome et quæ post ipsam irrationales neque mediæ neque inter se sunt eædem; quadratum quidem enim ex mediâ ad rationalem applicatum latitudinem facit rationalem et incommensurabilem ipsi ad quam applicatur longitudine. Quadratum autem ex apotome ad rationalem applicatum latitudinem facit apotomen primam. Quadratum autem ex mediâ apotome primâ ad rationalem applicatum latitudinem facit apotomen secundam. Quadratum autem ex mediâ apotome secundâ ad rationalem applicatum latitudinem facit apotomen tertiam. Quadratum autem ex minori ad rationalem applicatum

droite ΕΖ ; mais ces droites sont rationelles ; les droites ΗΖ, ΖΕ sont donc des rationelles commensurables en puissance seulement ; la droite ΗΕ est donc un apotome (74. 10). Mais elle est aussi rationelle, ce qui est impossible. Un apotome, etc.

COROLLAIRE.

L'apotome et les irrationelles qui la suivent ne sont ni médiales, ni les mêmes entr'elles ; car le quarré d'une médiale étant appliqué à une rationelle fait une largeur rationelle et incommensurable en longueur avec la droite à laquelle elle est appliquée (23. 10). Le quarré d'un apotome étant appliqué à une rationelle fait une largeur qui est un premier apotome (98. 10) ; le quarré d'un premier apotome d'une médiale étant appliqué à une rationelle fait une largeur qui est un second apotome (99. 10) ; le quarré d'un second apotome d'une médiale étant appliqué à une rationelle fait une largeur qui est un troisième apotome (100. 10) ; le quarré d'une mineure étant appliqué à une rationelle fait une largeur qui est un qua-

II.   51

πλάτος ποιεῖ ἀποτομὴν τετάρτην. Τὸ δὲ ἀπὸ τῆς μετὰ ῥητοῦ μέσου τὸ ὅλον ποιούσης παρὰ ῥητὴν παραβαλλόμενον πλάτος ποιεῖ ἀποτομὴν πέμπτην. Τὸ δὲ ἀπὸ τῆς μετὰ μέσου μέσου τὸ ὅλον ποιούσης παρὰ ῥητὴν παραβαλλόμενον πλάτος ποιεῖ ἀποτομὴν ἕκτην. Ἐπεὶ οὖν τὰ εἰρημένα πλάτη διαφέρει τοῦτε[1] πρώτου καὶ ἀλλήλων· τοῦ μὲν πρώτου, ὅτι ῥητή ἐστιν· ἀλλήλων δὲ, ἐπεὶ τῇ[2] τάξει οὐκ εἰσὶν αἱ αὐταί· δῆλον ὡς καὶ αὐταὶ αἱ ἄλογοι διαφέρουσιν ἀλλήλων. Καὶ ἐπεὶ δέδεικται ἡ ἀποτομὴ οὐκ οὖσα ἡ αὐτὴ τῇ ἐκ δύο ὀνομάτων· ποιοῦσι δὲ πλάτη παρὰ ῥητὴν παραβαλλόμεναι αἱ μὲν[3] μετὰ τὴν ἀποτομὴν ἀποτομὰς ἀκολούθως ἑκάστη τῇ τάξει τῇ[4] καθ' αὑτήν· αἱ δὲ μετὰ τὴν ἐκ δύο ὀνομάτων τὰς ἐκ δύο ὀνομάτων καὶ αὐταὶ τῇ τάξει ἀκολούθως· ἕτεραι ἄρα εἰσὶν αἱ μετὰ τὴν ἀποτομὴν, καὶ ἕτεραι αἱ μετὰ[5] τὴν ἐκ δύο ὀνομάτων, ὡς εἶναι τῇ τάξει πάσας ἀλόγους ιγ΄,

latitudinem facit apotomen quartam. Quadratum verò ex rectà quæ cum rationali medium totum facit ad rationalem applicatum latitudinem facit apotomen quintam. Quadratum autem ex rectà quæ cum medio medium totum facit ad rationalem applicatum latitudinem facit apotomen sextam. Quoniam igitur dictæ latitudines differunt et a primà et inter se; a primà quidem, quod rationalis sit; inter se verò, quod ordine non sint eædem; manifestum et ipsas irrationales differre inter se. Et quoniam demonstratum est apotomen non esse eamdem quæ ex binis nominibus; faciunt autem latitudines ad rationalem applicatæ post apotomen apotomas consequenter eodem ordine quæ post ipsam; ipsæ verò post ipsam ex binis nominibus latitudines ex binis nominibus, et quæ sunt eodem ordine congruenter; aliæ igitur sunt quæ post apotomen, et aliæ quæ post ipsam ex binis nominibus, ita ut sint ordine omnes irrationales tredecim,

trième apotome (101. 10); le quarré d'une droite, qui fait avec une surface rationelle un tout médial, étant appliqué à une rationelle fait un cinquième apotome (102. 10); le quarré d'une droite, qui fait avec une surface médiale un tout médial, étant appliqué à une rationelle fait un sixième apotome (103. 10). Puis donc que les largeurs dont nous venons de parler diffèrent de la première droite et entr'elles ; qu'elles diffèrent de la première, parce qu'elle est rationelle, et entr'elles, parce qu'elles ne sont pas du même ordre, il est évident que ces irrationelles sont différentes entr'elles. Et puisqu'on a démontré que l'apotome n'est pas la même droite que celle de deux noms (112. 10), que les quarrés de l'apotome et des droites qui vièuent ensuite étant appliqués à une rationelle font des largeurs qui sont des apotomes du même ordre que les droites qui suivent l'apotome, et que les quarrés de la droite de deux noms, et des droites qui vièuent ensuite, étant appliqués à une rationelle, font des largeurs qui sont des droites de deux noms du même ordre que celles qui suivent la droite de deux noms (61, 62, 63, 64, 65 et 66. 10) ; les droites qui suivent l'apotome et la droite de deux noms sont donc différentes entr'elles, de manière que toutes ces irrationelles sont au nombre de treize.

ά. Μέσην.	1. Media.
β'. Ἐκ δύο ὀνομάτων.	2. Recta ex binis nominibus.
γ'. Ἐκ δύο μέσων πρώτην.	3. Ex binis mediis prima.
δ'. Ἐκ δύο μέσων δευτέραν.	4. Ex binis mediis secunda.
έ. Μείζονα.	5. Major.
ς'. Ῥητὸν καὶ μέσον δυναμένην.	6. Rationale et medium potens.
ζ'. Δύο μέσα δυναμένην.	7. Bina media potens.
ή. Ἀποτομήν.	8. Apotome.
θ'. Μέσης ἀποτομὴν πρώτην.	9. Mediæ apotome prima.
ί. Μέσης ἀποτομὴν δευτέραν.	10. Mediæ apotome secunda.
ιά. Ἐλάττονα.	11. Minor.
ιϐ'. Μετὰ ῥητοῦ μέσον τὸ ὅλον ποιοῦσαν.	12. Cum rationali medium totum faciens.
ιγ'. Μετὰ μέσου μέσον τὸ ὅλον ποιοῦσαν.	13. Cum medio medium totum faciens.

1. La médiale.
2. La droite de deux noms.
3. La première de deux médiales.
4. La seconde de deux médiales.
5. La majeure.
6. La droite qui peut une surface rationelle et une surface médiale.
7. La droite qui peut deux surfaces médiales.
8. L'apotome.
9. Le premier apotome d'une médiale.
10. Le second apotome d'une médiale.
11. La mineure.
12. La droite qui fait avec une surface rationelle un tout médial.
13. La droite qui fait avec une surface médiale un tout médial.

ΠΡΟΤΑΣΙΣ ριγ'.

Τὸ ἀπὸ ῥητῆς παρὰ τὴν ἐκ δύο ὀνομάτων παραβαλλόμενον πλάτος ποιεῖ ἀποτομὴν, ἧς τὰ ὀνόματα σύμμετρά ἐστι τοῖς τῆς ἐκ δύο ὀνομάτων ὀνόμασι, καὶ ἔτι ἐν τῷ αὐτῷ λόγῳ· καὶ ἔτι ἡ γινομένη ἀποτομὴ τὴν αὐτὴν ἕξει τάξιν[1] τῇ ἐκ δύο ὀνομάτων.

Ἔστω ῥητὴ μὲν ἡ Α, ἐκ δύο ὀνομάτων δὲ[2] ἡ ΒΓ, ἧς μεῖζον ὄνομα ἔστω ἡ ΓΔ, καὶ τῷ ἀπὸ τῆς Α ἴσον ἔστω τὸ ὑπὸ τῶν ΒΓ, ΕΖ· λέγω ὅτι ἡ ΕΖ ἀποτομή ἐστιν, ἧς τὰ ὀνόματα σύμμετρά ἐστι τοῖς ΓΔ, ΔΒ, καὶ ἐν τῷ αὐτῷ λόγῳ, καὶ ἔτι ἡ ΕΖ τὴν αὐτὴν ἕξει[3] τάξιν τῇ ΒΓ.

PROPOSITIO CXIII.

Quadratum ex rationali ad rectam ex binis nominibus applicatum latitudinem facit apotomen, cujus nomina commensurabilia sunt nominibus rectæ ex binis nominibus, et adhuc in in eâdem ratione; et adhuc apotome quæ fit eumdem habet ordinem quem recta ex binis nominibus.

Sit rationalis quidem A, ex binis nominibus verò ΒΓ, cujus majus nomen sit ΓΔ, et quadrato ex A æquale sit rectangulum sub ΒΓ, ΕΖ; dico ΕΖ apotomen esse, cujus nomina commensurabilia sunt ipsis ΓΔ, ΔΒ, et in eâdem ratione, et adhuc ΕΖ eumdem habituram ordinem quem ΒΓ.

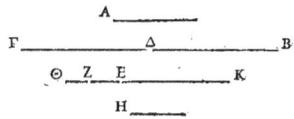

Ἔστω γὰρ πάλιν τῷ ἀπὸ τῆς Α ἴσον τὸ ὑπὸ τῶν ΒΔ, Η. Ἐπεὶ οὖν τὸ ὑπὸ τῶν ΒΓ, ΕΖ ἴσον ἐστὶ τῷ ὑπὸ τῶν ΒΔ, Η· ἔστιν ἄρα ὡς ἡ ΓΒ

Sit enim rursus quadrato ex A æquale rectangulum sub ΒΔ, Η. Quoniam igitur rectangulum sub ΒΓ, ΕΖ æquale est rectangulo sub ΒΔ, Η;

PROPOSITION CXIII.

Le quarré d'une rationelle étant appliqué à une droite de deux noms fait une largeur qui est un apotome, dont les noms sont commmensurables avec les noms de la droite de deux noms, et ces noms sont en même raison; et de plus, l'apotome qui en résulte sera du même ordre que la droite de deux noms.

Soit A une rationelle, et ΒΓ une droite de deux noms, dont le plus grand nom soit ΓΔ; que le rectangle sous ΒΓ, ΕΖ soit égal au quarré de A; je dis que ΕΖ est un apotome dont les noms sont commensurables avec les droites ΓΔ, ΔΒ, et en même raison que ces droites, et que ΕΖ sera du même ordre que ΒΓ.

Que le rectangle sous ΒΔ, Η soit encore égal au quarré de A. Puisque le rectangle sous ΒΓ, ΕΖ est égal au rectangle sous ΒΔ, Η, la droite ΓΒ sera à ΒΔ comme Η

πρὸς τὴν ΒΔ οὕτως ἡ Η πρὸς τὴν ΕΖ. Μείζων
δὲ ἡ ΓΒ τῆς ΒΔ· μείζων ἄρα καὶ ἡ Η τῆς ΕΖ.
Ἔστω τῇ Η ἴση ἡ ΕΘ· ἔστιν ἄρα ὡς ἡ ΓΒ
πρὸς τὴν ΒΔ οὕτως ἡ ΘΕ πρὸς τὴν ΕΖ· διελόντι
ἄρα ἐστὶν⁵ ὡς ἡ ΓΔ πρὸς τὴν ΒΔ οὕτως ἡ ΘΖ
πρὸς τὴν ΖΕ. Γεγονέτω ὡς ἡ ΘΖ πρὸς τὴν ΖΕ
οὕτως ἡ ΖΚ πρὸς τὴν ΚΕ· καὶ ὅλη ἄρα ἡ ΘΚ
πρὸς ὅλην τὴν ΚΖ ἐστὶν ὡς ἡ ΖΚ πρὸς τὴν ΚΕ,
ὡς γὰρ ἓν τῶν ἡγουμένων⁶ πρὸς ἓν τῶν ἑπομένων
οὕτως ἅπαντα τὰ ἡγούμενα πρὸς ἅπαντα τὰ
ἑπόμενα. Ὡς δὶ ἡ ΖΚ πρὸς τὴν⁷ ΚΕ οὕτως ἐστὶν
ἡ ΓΔ πρὸς τὴν ΔΒ· καὶ ὡς ἄρα ἡ ΘΚ πρὸς τὴν⁸
ΚΖ οὕτως ἡ ΓΔ πρὸς τὴν ΔΒ. Σύμμετρον δὲ
τὸ ἀπὸ τῆς ΓΔ τῷ ἀπὸ τῆς ΔΒ· σύμμετρον
ἄρα ἐστὶ⁹ καὶ τὸ ἀπὸ τῆς ΘΚ τῷ ἀπὸ τῆς
ΚΖ. Καὶ ἔστιν ὡς τὸ ἀπὸ τῆς ΘΚ πρὸς τὸ
ἀπὸ τῆς ΚΖ οὕτως ἡ ΘΚ πρὸς τὴν ΚΕ, ἐπεὶ
αἱ τρεῖς αἱ ΘΚ, ΚΖ, ΚΕ ἀνάλογόν εἰσι· σύμμετρος ἄρα ἡ ΘΚ τῇ ΚΕ μήκει· ὥστε καὶ ἡ ΘΕ
τῇ ΕΚ σύμμετρός ἐστι μήκει. Καὶ ἐπεὶ τὸ ἀπὸ
τῆς Α ἴσον ἐστὶ τῷ ὑπὸ τῶν ΘΕ, ΒΔ, ῥητὸν
δὲ ἐστὶ¹⁰ τὸ ἀπὸ τῆς Α· ῥητὸν ἄρα ἐστὶ¹¹ καὶ
τὸ ὑπὸ τῶν ΘΚ, ΒΔ. Καὶ παρὰ ῥητὴν τὴν ΒΔ

est igitur ut ΓΒ ad ΒΔ ita Η ad ΕΖ. Major
autem ΓΒ quam ΒΔ; major igitur et Η quam
ΕΖ. Sit ipsi Η æqualis ΕΘ; est igitur ut ΓΒ
ad ΒΔ ita ΘΕ ad ΕΖ; dividendo igitur est ut ΓΔ
ad ΒΔ ita ΘΖ ad ΖΕ. Fiat ut ΘΖ ad ΖΕ ita
ΖΚ ad ΚΕ; et tota igitur ΘΚ ad totam ΚΖ est
ut ΖΚ ad ΚΕ, ut enim unum antecedentium
ad unum consequentium ita omnia antecedentia
ad omnia consequentia. Ut autem ΖΚ ad ΚΕ
ita est ΓΔ ad ΔΒ; et ut igitur ΘΚ ad ΚΖ
ita ΓΔ ad ΔΒ. Commensurabile autem ex ΓΔ
quadratum quadrato ex ΔΒ; commensurabile
igitur est et ex ΘΚ quadratum quadrato ex ΚΖ.
Atque est ut ex ΘΚ quadratum ad ipsum ex ΚΖ
ita ΘΚ ad ΚΕ, quoniam tres rectæ ΘΚ, ΚΖ, ΚΕ
proportionales sunt; commensurabilis igitur ΘΚ
ipsi ΚΕ longitudine; quare et ΘΕ ipsi ΕΚ commensurabilis est longitudine. Et quoniam quadratum ex Α æquale est rectangulo sub ΘΕ,
ΒΔ, rationale autem est quadratum ex Α; rationale igitur est et rectangulum sub ΘΚ, ΒΔ. Et

est à ΕΖ (16.6). Mais ΓΒ est plus grand que ΒΔ; la droite Η est donc plus grande
que ΕΖ. Que ΕΘ soit égal à Η, la droite ΓΒ sera à ΒΔ comme ΘΕ est à ΕΖ; donc, par
soustraction, ΓΔ est à ΒΔ comme ΘΖ est à ΖΕ (17.5). Faisons en sorte que ΘΖ soit
à ΖΕ comme ΖΚ est à ΚΕ; la droite entière ΘΚ sera à la droite entière ΚΖ comme ΖΚ
est à ΚΕ; car un antécédent est à un conséquent comme la somme des antécédents
est à la somme des conséquents (12.5). Mais ΖΚ est à ΚΕ comme ΓΔ est à ΔΒ; la droite
ΘΚ est donc à ΚΖ comme ΓΔ est à ΔΒ; mais le quarré de ΓΔ est commensurable avec
le quarré de ΔΒ (37.10); le quarré de ΘΚ est donc commensurable avec le quarré
de ΚΖ (10.10). Mais le quarré de ΘΚ est au quarré de ΚΖ comme ΘΚ est à ΚΕ, parce
que les trois droites ΘΚ, ΚΖ, ΚΕ sont proportionnelles (20. cor. 2.6); la droite
ΘΚ est donc commensurable en longueur avec ΚΕ; la droite ΘΕ est donc aussi
commensurable en longueur avec ΕΚ (16.10). Et puisque le quarré de Α est égal
au rectangle sous ΘΕ, ΒΔ, et que le quarré de Α est rationel, le rectangle sous
ΘΚ, ΒΔ sera rationel. Mais ce rectangle est appliqué à la rationelle ΒΔ; la droite

παράκειται· ῥητὴ ἄρα ἐστὶν ἡ ΕΘ καὶ σύμμετρος τῇ ΒΔ μήκει· ὥστε καὶ ἡ σύμμετρος
αὐτῇ ἡ ΕΚ ῥητή ἐστι καὶ σύμμετρος τῇ ΒΔ
μήκει. Ἐπεὶ οὖν ἐστιν ὡς ἡ ΓΔ πρὸς τὴν[12] ΔΒ
οὕτως ἡ ΖΚ πρὸς τὴν[13] ΚΕ, αἱ δὲ ΓΔ, ΔΒ
δυνάμει μόνον εἰσὶ σύμμετροι· καὶ αἱ ΖΚ, ΚΕ
ἄρα δυνάμει μόνον εἰσὶ σύμμετροι. Ῥητὴ δέ ἐστιν
ἡ ΚΕ, καὶ σύμμετρος τῇ ΒΔ μήκει[14]· ῥητὴ

ad rationalem ΒΔ applicatur; rationalis igitur
est ΕΘ et commensurabilis ipsi ΒΔ longitudine; quare et ipsi commensurabilis ΕΚ rationalis est et commensurabilis ipsi ΒΔ longitudine. Quoniam igitur est ut ΓΔ ad ΔΒ ita ΖΚ ad
ΚΕ, ipsæ autem ΓΔ, ΔΒ potentiâ solùm sunt
commensurabiles; et ipsæ ΖΚ, ΚΕ igitur potentiâ solùm sunt commensurabiles. Rationalis
autem est ΚΕ, et commensurabilis ipsi ΒΔ lon-

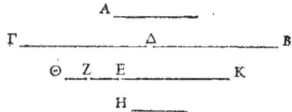

ἄρα ἐστὶ[15] καὶ ἡ ΖΚ, καὶ σύμμετρος τῇ ΓΔ
μήκει[16]· αἱ ΖΚ, ΚΕ ἄρα ῥηταὶ δυνάμει μόνον εἰσὶ[17] σύμμετροι· ἀποτομὴ ἄρα ἐστὶν ἡ
ΕΖ. Ἤτοι δὲ ἡ ΓΔ τῆς ΔΒ μεῖζον δύναται τῷ
ἀπὸ συμμέτρου ἑαυτῇ, ἢ τῷ ἀπὸ ἀσυμμέτρου.
Εἰ μὲν οὖν ἡ ΓΔ τῆς ΔΒ μεῖζον δύναται τῷ
ἀπὸ συμμέτρου ἑαυτῇ[18], καὶ ἡ ΖΚ τῆς ΚΕ
μεῖζον δυνήσεται τῷ ἀπὸ συμμέτρου ἑαυτῇ.

gitudine; rationalis igitur est et ΖΚ, et commensurabilis ipsi ΓΔ longitudine; ipsæ ΖΚ, ΚΕ
igitur rationales potentiâ solùm sunt commensurabiles; apotome igitur est ΕΖ. Vel autem
ΓΔ quam ΔΒ plus potest quadrato ex rectâ sibi
commensurabili, vel quadrato ex rectâ incommensurabili. Si quidem igitur ΓΔ quam ΔΒ
plus potest quadrato ex rectâ sibi commensurabili, et ΖΚ quam ΚΕ plus poterit quadrato ex

ΘΕ est donc rationelle et commensurable en longueur avec ΒΔ (21. 10); la droite
ΕΚ, qui est commensurable avec ΘΕ, est donc rationelle et commensurable en
longueur avec ΒΔ. Et puisque ΓΔ est à ΔΒ comme ΖΚ est à ΚΕ, et que les
droites ΓΔ, ΔΒ sont commensurables en puissance seulement, les droites ΖΚ, ΚΕ
seront commensurables en puissance seulement. Mais ΚΕ est rationelle, et
commensurable en longueur avec ΒΔ; la droite ΖΚ est donc rationelle et commensurable en longueur avec ΓΔ; les droites ΖΚ, ΚΕ sont donc des rationelles
commensurables en puissance seulement; la droite ΕΖ est donc un apotome (74. 10).
Mais la puissance de ΓΔ surpasse la puissance de ΔΒ du quarré d'une droite commensurable ou incommensurable avec ΓΔ. Si la puissance de ΓΔ surpasse la puissance de ΔΒ du quarré d'une droite commensurable avec ΓΔ, la puissance de ΖΚ
surpassera la puissance de ΚΕ du quarré d'une droite commensurable avec ΖΚ, et

Καὶ εἰ μὲν σύμμετρός ἐστιν ἡ ΓΔ τῇ ἐκκειμένῃ ῥητῇ μήκει, καὶ ἡ ΖΚ. Εἰ δὲ ἡ ΒΔ, καὶ ἡ ΚΕ. Εἰ δὲ οὐδετέρα[19] τῶν ΓΔ, ΔΒ, καὶ οὐδετέρα[20] τῶν ΖΚ, ΚΕ. Εἰ δὲ ἡ ΓΔ τῆς ΔΒ μεῖζον δύναται τῷ ἀπὸ ἀσυμμέτρου ἑαυτῇ, καὶ ἡ ΖΚ τῆς ΚΕ μεῖζον δυνήσεται τῷ ἀπὸ ἀσυμμέτρου ἑαυτῇ[21]. Καὶ εἰ μὲν ἡ ΓΔ σύμμετρός ἐστι τῇ ἐκκειμένῃ ῥητῇ μήκει, καὶ ἡ ΖΚ. Εἰ δὲ ἡ ΒΔ, καὶ ἡ ΚΕ. Εἰ δὲ οὐδετέρα τῶν ΓΔ, ΔΒ, καὶ οὐδετέρα[22] τῶν ΖΚ, ΚΕ· ὥστε ἀποτομή ἐστιν ἡ ΖΕ, ἧς τὰ ὀνόματα τὰ[23] ΖΚ, ΚΕ σύμμετρά ἐστι τοῖς τῆς ἐκ δύο ὀνομάτων ὀνόμασι, τοῖς ΓΔ, ΔΒ, καὶ ἐν τῷ αὐτῷ λόγῳ, καὶ τὴν αὐτὴν τάξιν ἔχει[24] τῇ ΒΓ. Ὅπερ ἔδει δεῖξαι.

rectâ sibi commensurabili. Et si quidem commensurabilis est ΓΔ expositæ rationali longitudine, et ipsa ΖΚ. Si autem ΒΔ, et ipsa ΚΕ. Si autem neutra ipsarum ΓΔ, ΔΒ, et neutra ipsarum ΖΚ, ΚΕ. Si autem ΓΔ quam ΔΒ plus potest quadrato ex rectâ sibi incommensurabili, et ΖΚ quam ΚΕ plus poterit quadrato ex rectâ sibi incommensurabili. Et si quidem ΓΔ commensurabilis est expositæ rationali longitudine, et ipsa ΖΚ. Si autem ΒΔ, et ipsa ΚΕ. Si verò neutra ipsarum ΓΔ, ΔΒ, et neutra ipsarum ΖΚ, ΚΕ; quare apotome est ΖΕ, cujus nomina ΖΚ, ΚΕ commensurabilia sunt nominibus ΓΔ, ΔΒ rectæ ex binis nominibus, et in eâdem ratione, et eumdem habebit ordinem quem ΒΓ. Quod oportebat ostendere.

si ΓΔ est commensurable en longueur avec la rationelle exposée, la droite ΖΚ le sera aussi ; si ΒΔ est commensurable en longueur avec la rationelle exposée, ΚΕ lui sera aussi commensurable ; et si aucune des droites ΓΔ, ΔΒ n'est commensurable en longueur avec la rationelle exposée, aucune des droites ΖΚ, ΚΕ ne lui sera commensurable. Si la puissance de ΓΔ surpasse la puissance de ΔΒ du quarré d'une droite incommensurable avec ΓΔ, la puissance de ΖΚ surpassera la puissance de ΚΕ du quarré d'une droite incommensurable avec ΖΚ. Si ΓΔ est commensurable en longueur avec la rationelle exposée, la droite ΖΚ le sera aussi ; si la droite ΒΔ est commensurable en longueur avec la rationelle exposée, la droite ΚΕ lui sera aussi commensurable. Et si aucune des droites ΓΔ, ΔΒ n'est commensurable en longueur avec la rationelle exposée, aucune des droites ΖΚ, ΚΕ ne lui sera commensurable ; la droite ΖΕ est donc un apotome, dont les noms ΖΚ, ΚΕ sont commensurables avec les noms ΓΔ, ΔΒ d'une droite de deux noms, et en même raison qu'eux ; et la droite ΖΕ sera du même ordre que ΒΓ. Ce qu'il fallait démontrer.

ΠΡΟΤΑΣΙΣ ριδ´.

PROPOSITIO CXIV.

Τὸ ἀπὸ ῥητῆς παρὰ ἀποτομὴν παραϐαλλόμενον πλάτος ποιεῖ τὴν ἐκ δύο ὀνομάτων, ἧς τὰ ὀνόματα σύμμετρά ἐστι τοῖς[1] τῆς ἀποτομῆς ὀνόμασι, καὶ ἐν τῷ αὐτῷ λόγῳ· ἔτι δὲ ἡ γενομένη ἐκ δύο ὀνομάτων τὴν αὐτὴν τάξιν ἔχει τῇ ἀποτομῇ.

Ἔστω ῥητὴ μὲν ἡ Α, ἀποτομὴ δὲ ἡ ΒΔ, καὶ τῷ ἀπὸ τῆς Α ἴσον ἔστω τὸ ὑπὸ τῶν ΒΔ, ΚΘ, ὥστε τὸ ἀπὸ τῆς Α ῥητῆς παρὰ τὴν ΒΔ ἀπο

Quadratum ex rationali ad apotomen applicatum latitudinem facit rectam ex binis nominibus, cujus nomina commensurabilia sunt apotomæ nominibus, et in eâdem ratione; adhuc autem quæ fit ex binis nominibus eumdem ordinem habet quem apotome.

Sit rationalis quidem A, apotome verò ΒΔ; et quadrato ex A æquale sit rectangulum sub ΒΔ, ΚΘ, ita ut quadratum ex rationali A ad

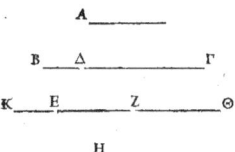

τομὴν παραϐαλλόμενον πλάτος ποιεῖ τὴν ΚΘ· λέγω ὅτι καὶ[2] ἐκ δύο ὀνομάτων ἐστὶν ἡ ΚΘ, ἧς τὰ ὀνόματα σύμμετρά ἐστι τοῖς τῆς ΒΔ ὀνόμασι, καὶ ἐν τῷ αὐτῷ λόγῳ, καὶ ἔτι ἡ[3] ΚΘ τὴν αὐτὴν ἔχει τάξιν τῇ ΒΔ.

apotomen ΒΔ applicatum latitudinem faciat ΚΘ; dico et ex binis nominibus esse ΚΘ; cujus nomina commensurabilia sunt ipsius ΒΔ nominibus, et in eâdem ratione, et adhuc ΚΘ eumdem habere ordinem quem ΒΔ.

PROPOSITION CXIV.

Le quarré d'une rationelle appliqué à un apotome fait une largeur qui est une droite de deux noms, dont les noms sont commensurables avec les noms de l'apotome, et en même raison qu'eux; et de plus, cette droite de deux noms est du même ordre que l'apotome.

Soit la rationelle A, et l'apotome ΒΔ; que le rectangle sous ΒΔ, ΚΘ soit égal au quarré de A, de manière que le quarré de la rationelle A étant appliqué à l'apotome ΒΔ ait ΚΘ pour largeur; je dis que ΚΘ est une droite de deux noms, dont les noms sont commensurables avec les noms de ΒΔ, et en même raison qu'eux, et que ΚΘ est du même ordre que ΒΔ.

Ἐστω γὰρ τῇ ΒΔ προσαρμόζουσα ἡ ΔΓ· αἱ ΒΓ, ΓΔ ἄρα ῥηταί εἰσι δυνάμει μόνον σύμμετροι. Καὶ τῷ ἀπὸ τῆς Α ἴσον ἔστω⁴ τὸ ὑπὸ τῶν ΒΓ, Η. Ῥητὸν δὲ τὸ ἀπὸ τῆς Α· ῥητὸν ἄρα καὶ τὸ ὑπὸ τῶν ΒΓ, Η. Καὶ παρὰ ῥητὴν τὴν ΒΓ παραϐέϐληται⁵· ῥητὴ ἄρα ἐστὶν ἡ Η, καὶ σύμμετρος τῇ ΒΓ μήκει. Ἐπεὶ οὖν τὸ ὑπὸ τῶν ΒΓ, Η ἴσον ἐστὶ⁶ τῷ ὑπὸ τῶν ΒΔ, ΚΘ, ἀνάλογον ἄρα ἐστὶν ὡς ἡ ΓΒ πρὸς τὴν ΒΔ οὕτως ἡ ΚΘ πρὸς τὴν Η7. Μείζων δὲ ἡ ΓΒ τῆς ΒΔ· μείζων ἄρα καὶ ἡ ΚΘ τῆς Η. Κείσθω τῇ Η ἴση ἡ ΚΕ· σύμμετρος ἄρα ἐστὶν ἡ ΚΕ τῇ ΒΓ μήκει. Καὶ ἐπεί ἐστιν ὡς ἡ ΓΒ πρὸς τὴν ΒΔ οὕτως ἡ ΘΚ πρὸς τὴν ΚΕ· ἀναστρέψαντι ἄρα ἐστὶν ὡς ἡ ΒΓ πρὸς τὴν ΓΔ οὕτως ἡ ΚΘ πρὸς τὴν ΘΕ. Γεγονέτω ὡς ἡ ΚΘ πρὸς τὴν ΘΕ οὕτως ἡ ΘΖ πρὸς τὴν ΖΕ· καὶ λοιπὴ ἄρα ἡ ΚΖ πρὸς τὴν ΖΘ ἐστὶν ὡς ἡ ΚΘ πρὸς τὴν ΘΕ, τουτέστιν ὡς⁸ ἡ ΒΓ πρὸς τὴν ΓΔ. Αἱ δὲ ΒΓ, ΓΔ δυνάμει μόνον εἰσὶ⁹ σύμμετροι· καὶ αἱ ΚΖ, ΖΘ ἄρα δυνάμει μόνον εἰσὶ σύμμετροι. Καὶ ἐπεί ἐστιν ὡς ἡ ΚΘ πρὸς τὴν ΘΕ οὕτως¹⁰ ἡ ΚΖ πρὸς τὴν ΖΘ, ἀλλ' ὡς ἡ ΚΘ πρὸς τὴν ΘΕ οὕτως¹¹ ἡ ΘΖ πρὸς τὴν

Sit enim ipsi ΒΔ congruens ΔΓ; ipsæ ΒΓ, ΓΔ igitur rationales sunt potentiâ solùm commensurabiles. Et quadrato ex Α æquale sit rectangulum sub ΒΓ, Η. Rationale autem quadratum ex Α; rationale igitur et rectangulum sub ΒΓ, Η. Et ad rationalem ΒΓ applicatur; rationalis igitur est Η, et commensurabilis ipsi ΒΓ longitudine. Quoniam igitur rectangulum sub ΒΓ, Η æquale est rectangulo sub ΒΔ, ΚΘ, proportionaliter igitur est ut ΓΒ ad ΒΔ ita ΚΘ ad Η. Major autem ΓΒ quam ΒΔ; major igitur et ΚΘ quam Η. Ponatur ipsi Η æqualis ΚΕ; commensurabilis igitur est ΚΕ ipsi ΒΓ longitudine. Et quoniam est ut ΓΒ ad ΒΔ ita ΘΚ ad ΚΕ; convertendo igitur est ut ΒΓ ad ΓΔ ita ΚΘ ad ΘΕ. Fiat ut ΚΘ ad ΘΕ ita ΘΖ ad ΖΕ; et reliqua igitur ΚΖ ad ΖΘ est ut ΚΘ ad ΘΕ, hoc est ut ΒΓ ad ΓΔ. Ipsæ autem ΒΓ, ΓΔ potentiâ solùm sunt commensurabiles; et ipsæ ΚΖ, ΖΘ igitur potentiâ solùm sunt commensurabiles. Et quoniam est ut ΚΘ ad ΘΕ ita ΚΖ ad ΖΘ, sed ut ΚΘ ad ΘΕ ita ΘΖ ad ΖΕ; et ut igitur ΚΖ ad ΖΘ

Car que ΔΓ convièue avec ΒΔ, les droites ΒΓ, ΓΔ seront des rationelles commensurables en puissance seulement (74. 10). Que le rectangle sous ΒΓ, Η soit égal au quarré de Α. Puisque le quarré de Α est rationel, le rectangle sous ΒΓ, Η sera aussi rationel. Mais il est appliqué à la rationelle ΒΓ; la droite Η est donc rationelle, et commensurable en longueur avec ΒΓ (21. 10). Et puisque le rectangle sous ΒΓ, Η est égal au rectangle sous ΒΔ, ΚΘ, la droite ΓΒ sera à la droite ΒΔ comme ΚΘ est à Η (16. 6). Mais la droite ΓΒ est plus grande que ΒΔ; la droite ΚΘ est donc plus grande que la droite Η. Faisons ΚΕ égale à Η; la droite ΚΕ sera commensurable en longueur avec ΒΓ. Et puisque ΓΒ est à ΒΔ comme ΘΚ est à ΚΕ, par conversion ΒΓ sera à ΓΔ comme ΚΘ est à ΘΕ. Faisons en sorte que ΚΘ soit à ΘΕ comme ΘΖ est à ΖΕ, la droite restante ΚΖ sera à ΖΘ comme ΚΘ est à ΘΕ, c'est-à-dire comme ΒΓ est à ΓΔ (19. 5). Mais les droites ΒΓ, ΓΔ sont commensurables en puissance seulement; les droites ΚΖ, ΖΘ sont donc commensurables en puissance seulement. Et puisque ΚΘ est à ΘΕ comme ΚΖ est à ΖΘ, et que ΚΘ est à ΘΕ comme ΘΖ est à ΖΕ; la droite

ZE· καὶ ὡς ἄρα ἡ ΚΖ πρὸς τὴν ΖΘ· οὕτως[12] ἡ ΘΖ πρὸς τὴν ΖΕ· ὥστε καὶ ὡς ἡ πρώτη πρὸς τὴν τρίτην οὕτως τὸ ἀπὸ τῆς πρώτης[13] πρὸς τὸ ἀπὸ τῆς δευτέρας· καὶ ὡς ἄρα ἡ ΚΖ πρὸς τὴν ΖΕ οὕτως τὸ ἀπὸ τῆς ΚΖ πρὸς τὸ ἀπὸ τῆς ΖΘ. Σύμμετρον δέ ἐστι τὸ ἀπὸ τῆς ΚΖ τῷ ἀπὸ τῆς ΖΘ, αἱ γὰρ ΚΖ, ΖΘ δυνάμει εἰσὶ σύμμετροι· σύμμετρος ἄρα ἐστὶ[14] καὶ ἡ ΚΖ τῇ

ita ΘΖ ad ΖΕ; quare et ut prima ad tertiam ita ex primâ quadratum ad ipsum ex secundâ; et ut igitur ΚΖ ad ΖΕ ita ex ΚΖ quadratum ad ipsum ex ΖΘ. Commensurabile autem est ex ΚΖ quadratum quadrato ex ΖΘ, ipsæ enim ΚΖ, ΖΘ potentiâ sunt commensurabiles; commensurabilis igitur est et ΚΖ ipsi ΖΕ longitudine; quare ΖΚ

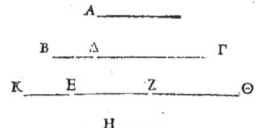

ΖΕ μήκει· ὥστε ἡ ΖΚ καὶ τῇ ΚΕ σύμμετρός ἐστι[15] μήκει. Ῥητὴ δέ ἐστιν ἡ ΚΕ, καὶ σύμμετρος τῇ ΒΓ μήκει· ῥητὴ ἄρα καὶ ἡ ΚΖ, καὶ σύμμετρος τῇ ΒΓ μήκει. Καὶ ἐπεί ἐστιν ὡς ἡ ΒΓ πρὸς τὴν ΓΔ οὕτως ἡ ΚΖ πρὸς τὴν ΖΘ· ἐναλλὰξ ἄρα[16] ὡς ἡ ΒΓ πρὸς τὴν ΚΖ οὕτως ἡ ΔΓ πρὸς τὴν ΖΘ. Σύμμετρος δὲ ἡ ΒΓ τῇ ΚΖ· σύμμετρος ἄρα καὶ ἡ ΓΔ τῇ ΖΘ[17] μήκει. Αἱ δὲ ΒΓ, ΓΔ[18] ῥηταί εἰσι δυνάμει μόνον σύμμετροι· καὶ αἱ ΚΖ, ΖΘ ἄρα ῥηταί εἰσι δυνάμει μόνον σύμμε-

et ipsi ΚΕ commensurabilis est longitudine. Rationalis autem est ΚΕ, et commensurabilis ipsi ΒΓ longitudine; rationalis igitur et ΚΖ, et commensurabilis ipsi ΒΓ longitudine. Et quoniam est ut ΒΓ ad ΓΔ ita ΚΖ ad ΖΘ; permutando igitur ut ΒΓ ad ΚΖ ita ΔΓ ad ΖΘ. Commensurabilis autem ΒΓ ipsi ΚΖ; commensurabilis igitur et ΓΔ ipsi ΖΘ longitudine. Ipsæ autem ΒΓ, ΓΔ rationales sunt potentiâ solùm commensurabiles; et ipsæ ΚΖ, ΖΘ igitur rationales sunt potentiâ

ΚΖ sera à ΖΘ comme ΘΖ est à ΖΕ; la première droite est donc à la troisième comme le quarré de la première est au quarré de la seconde (20. cor. 2. 6); la droite ΚΖ est donc à ΖΕ comme le quarré de ΚΖ est au quarré de ΖΘ; mais le quarré de ΚΖ est commensurable avec le quarré de ΖΘ, parce que les droites ΚΖ, ΖΘ sont commensurables en puissance; la droite ΚΖ est donc commensurable en longueur avec ΖΕ; la droite ΖΚ est donc commensurable en longueur avec ΚΕ (16. 10). Mais ΚΕ est rationelle, et commensurable en longueur avec ΒΓ; la droite ΚΖ est donc rationelle, et commensurable en longueur avec ΒΓ. Et puisque ΒΓ est à ΓΔ comme ΚΖ est à ΖΘ, par permutation ΒΓ sera à ΚΖ comme ΔΓ est à ΖΘ. Mais ΒΓ est commensurable avec ΚΖ; la droite ΓΔ est donc commensurable en longueur avec ΖΘ (10. 10). Mais les droites ΒΓ, ΓΔ sont des rationelles commensurables en puissance seulement; les droites ΚΖ, ΖΘ sont donc des rationelles commensurables en puissance seulement;

τροι· ἐκ δύο ἄρα ὀνομάτων ἐστὶν[19] ἡ ΚΘ. Εἰ
μὲν οὖν ἡ ΒΓ τῆς ΓΔ μεῖζον δύναται τῷ
ἀπὸ συμμέτρου ἑαυτῇ, καὶ ἡ ΚΖ τῆς ΖΘ μεῖζον
δυνήσεται[20] τῷ ἀπὸ συμμέτρου ἑαυτῇ. Καὶ εἰ
μὲν σύμμετρός ἐστιν ἡ ΒΓ τῇ ἐκκειμένῃ ῥητῇ
μήκει, καὶ ἡ ΚΖ. Εἰ δὲ ἡ ΓΔ σύμμετρός ἐστι
τῇ ἐκκειμένῃ ῥητῇ μήκει, καὶ ἡ ΖΘ. Εἰ δὲ
οὐδετέρα τῶν ΒΓ, ΓΔ, καὶ[21] οὐδετέρα τῶν ΚΖ,
ΖΘ. Εἰ δὲ ἡ ΒΓ τῆς ΓΔ μεῖζον δύναται τῷ ἀπὸ
ἀσυμμέτρου ἑαυτῇ, καὶ ἡ ΚΖ τῆς ΖΘ μεῖζον
δυνήσεται[22] τῷ ἀπὸ ἀσυμμέτρου ἑαυτῇ. Καὶ εἰ
μὲν σύμμετρός ἐστιν ἡ ΒΓ τῇ ἐκκειμένῃ ῥητῇ
μήκει, καὶ ἡ ΚΖ. Εἰ δὲ ἡ ΓΔ, καὶ ἡ ΖΘ. Εἰ
δὲ οὐδετέρα τῶν ΒΓ, ΓΔ, καὶ[23] οὐδετέρα τῶν
ΚΖ, ΖΘ· ἐκ δύο ἄρα ὀνομάτων ἐστὶν ἡ ΚΘ,
ἧς τὰ ὀνόματα τὰ ΚΖ, ΖΘ σύμμετρά ἐστι[24]
τοῖς τῆς ἀποτομῆς ὀνόμασι τοῖς ΒΓ, ΓΔ, καὶ
ἐν τῷ αὐτῷ λόγῳ· καὶ ἔτι ἡ ΚΘ τῇ ΒΓ τὴν
αὐτὴν ἔχει τάξιν. Ὅπερ ἔδει δεῖξαι.

solùm commensurabiles; ex binis igitur nominibus est ΚΘ. Si quidem igitur ΒΓ quam ΓΔ plus
potest quadrato ex rectâ sibi commensurabili,
et ΚΖ quam ΖΘ plus poterit quadrato ex rectâ sibi
commensurabili. Et si quidem commensurabilis
est ΒΓ expositæ rationali longîtudine, et ipsa ΚΖ.
Si verò ΓΔ commensurabilis est expositæ rationali longitudine, et ipsa ΖΘ. Si autem neutra
ipsarum ΒΓ, ΓΔ, et neutra ipsarum ΚΖ, ΖΘ.
Si autem ΒΓ quam ΓΔ plus possit quadrato ex
rectâ sibi incommensurabili, et ΚΖ quam ΖΘ
plus poterit quadrato ex rectâ sibi incommensurabili. Et si quidem commensurabilis est ΒΓ
expositæ rationali longitudine, et ipsa ΚΖ. Si
verò ΓΔ, et ipsa ΖΘ. Si autem neutra ipsarum
ΒΓ, ΓΔ, et neutra ipsarum ΚΖ, ΖΘ; ex binis
igitur nominibus est ΚΘ, cujus nomina ΚΖ, ΖΘ
commensurabilia sunt apotomæ nominibus ΒΓ,
ΓΔ, et in eâdem ratione; et adhuc ΚΘ eumdem quem ΒΓ habet ordinem. Quod oportebat
ostendere.

la droite ΚΘ est donc une droite de deux noms (37. 10). Si donc la puissance de
ΒΓ surpasse la puissance de ΓΔ du quarré d'une droite commensurable avec ΒΓ, la
puissance de ΚΖ surpassera la puissance de ΖΘ du quarré d'une droite commensurable avec ΚΖ. Si ΒΓ est commensurable en longueur avec la rationelle exposée,
la droite ΚΖ lui sera commensurable. Si ΓΔ est commensurable en longueur avec la
rationelle exposée, la droite ΖΘ le sera aussi; et si aucune des droites ΒΓ, ΓΔ n'est
commensurable avec la rationelle exposée, aucune des droites ΚΖ, ΖΘ ne sera
commensurable avec elle. Si la puissance de ΒΓ surpasse la puissance de ΓΔ du
quarré d'une droite incommensurable avec ΒΓ, la puissance de ΚΖ surpassera la
puisssance de ΖΘ du quarré d'une droite incommensurable avec ΚΖ. Si ΒΓ est
commensurable en longueur avec la rationelle exposée, la droite ΚΖ lui sera
commensurable. Si ΓΔ est commensurable avec la rationelle exposée, la droite
ΖΘ le sera aussi; et si aucune des droites ΒΓ, ΓΔ n'est commensurable en longueur
avec la rationelle exposée, aucune des droites ΚΖ, ΖΘ ne sera commensurable avec
elle; la droite ΚΘ est donc une droite de deux noms, dont les noms ΚΖ, ΖΘ sont commensurables avec les noms ΒΓ, ΓΔ de cet apotome, et en même raison qu'eux; et de
plus, ΚΘ sera du même ordre que ΒΓ (déf. sec. et tr. 10). Ce qu'il fallait démontrer.

ΠΡΟΤΑΣΙΣ ριέ.

Ἐὰν χωρίον περιέχηται ὑπὸ ἀποτομῆς καὶ τῆς ἐκ δύο ὀνομάτων, ἧς τὰ ὀνόματα σύμμετρά τε[1] ἐστι τοῖς τῆς ἀποτομῆς ὀνόμασι καὶ ἐν τῷ αὐτῷ λόγῳ· ἢ τὸ χωρίον δυναμένη ῥητή ἐστι.

Περιεχέσθω γὰρ χωρίον τὸ ὑπὸ τῶν ΑΒ, ΓΔ, ὑπὸ ἀποτομῆς τῆς ΑΒ, καὶ τῆς ἐκ δύο ὀνομάτων τῆς ΓΔ, ἧς μεῖζον ὄνομά ἐστι τὸ ΓΕ· καὶ ἔστω τὰ ὀνόματα τῆς ἐκ δύο ὀνομάτων τὰ ΓΕ, ΕΔ σύμμετρά[2] τε τοῖς τῆς ἀποτομῆς ὀνόμασι τοῖς ΑΖ, ΖΒ, καὶ ἐν τῷ αὐτῷ λόγῳ· καὶ ἔστω ἡ[3] ὑπὸ τῶν ΑΒ, ΓΔ δυναμένη ἡ Η· λέγω ὅτι ῥητή ἐστιν ἡ Η.

Ἐκκείσθω γὰρ ῥητὴ ἡ Θ, καὶ τῷ ἀπὸ τῆς Θ ἴσον παρὰ τὴν ΓΔ παραβεβλήσθω πλάτος ποιοῦν τὴν ΚΔ· ἀποτομὴ ἄρα ἐστὶν ἡ ΚΔ, ἧς τὰ ὀνόματα ἔστω τὰ ΚΜ, ΜΔ, σύμμετρα τοῖς τῆς ἐκ δύο ὀνομάτων ὀνόμασι τοῖς ΓΕ, ΕΔ, καὶ ἐν τῷ αὐτῷ λόγῳ. Ἀλλὰ καὶ αἱ ΓΕ, ΕΔ σύμμετροί τε[4] εἰσι ταῖς ΑΖ, ΖΒ, καὶ ἐν τῷ

PROPOSITIO CXV.

Si spatium contineatur sub apotome et rectâ ex binis nominibus , cujus nomina commensurabilia sunt apotomæ nominibus, et in eâdem ratione; recta spatium potens rationalis est.

Contineatur enim spatium sub ΑΒ, ΓΔ, sub apotome ΑΒ, et rectâ ΓΔ ex binis nominibus, cujus majus nomen est ΓΕ; et sint nomina ΓΕ, ΕΔ rectæ ex binis nominibus commensurabilia et apotomæ nominibus ΑΖ, ΖΒ, et in eâdem ratione; et sit recta Η spatium sub ΑΒ, ΓΔ potens; dico rationalem esse ipsam Η.

Exponatur enim rationalis Θ, et quadrato ex Θ æquale ad ΓΔ applicetur latitudinem faciens ΚΔ; apotome igitur est ΚΔ, cujus nomina sint ΚΜ, ΜΔ, commensurabilia nominibus ΓΕ, ΕΔ rectæ ex binis nominibus, et in eâdem ratione. Sed et ipsæ ΓΕ, ΕΔ commensurabiles sunt ipsis ΑΖ, ΖΒ, et in eâdem ratione; est igitur

PROPOSITION CXV.

Si une surface est comprise sous un apotome et une droite de deux noms, dont les noms sont commensurables avec les noms de l'apotome, et en même raison qu'eux, la droite qui peut cette surface est rationelle.

Qu'une surface soit comprise sous ΑΒ, ΓΔ, c'est-à-dire sous un apotome ΑΒ, et sous une droite de deux noms ΓΔ, dont ΓΕ est le plus grand nom ; que les noms ΓΕ, ΕΔ de la droite de deux noms soient commensurables avec les noms ΑΖ, ΖΒ de l'apotome ΑΒ, et en même raison qu'eux ; et que Η soit la droite qui peut la surface comprise sous ΑΒ, ΓΔ ; je dis que la droite Η est rationelle.

Car soit exposée la rationelle Θ ; appliquons à ΓΔ un parallélogramme, qui étant égal au quarré de Θ, ait ΚΔ pour largeur (45. 1) ; la droite ΚΔ sera un apotome, dont les noms ΚΜ, ΜΔ seront commensurables avec les noms ΓΕ, ΕΔ de la droite de deux noms, et en même raison qu'eux (113. 10). Mais les droites ΓΕ, ΕΔ sont commensurables avec les droites ΑΖ, ΖΒ, et en même raison qu'elles ; la droite ΑΖ est

αὐτῷ λόγῳ· ἔστιν ἄρα ὡς ἡ ΑΖ πρὸς τὴν ΖΒ
οὕτως ἡ ΚΜ πρὸς τὴν ΜΛ[5]· ἐναλλὰξ ἄρα ἐστὶν
ὡς ἡ ΑΖ πρὸς τὴν ΚΜ οὕτως ἡ ΖΒ πρὸς τὴν
ΛΜ· καὶ λοιπὴ ἄρα ἡ ΑΒ πρὸς λοιπὴν τὴν ΚΛ
ἐστὶν ὡς ἡ ΑΖ πρὸς τὴν ΚΜ[6]. Σύμμετρος δὲ ἡ
ΑΖ τῇ ΚΜ· σύμμετρος ἄρα ἐστὶ[7] καὶ ἡ ΑΒ τῇ
ΚΛ. Καὶ ἔστιν ὡς ἡ ΑΒ πρὸς τὴν[8] ΚΛ οὕτως
τὸ ὑπὸ τῶν ΓΔ, ΑΒ πρὸς τὸ ὑπὸ τῶν ΓΔ, ΚΛ.

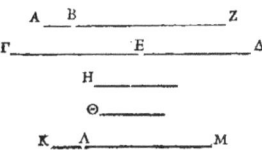

σύμμετρον ἄρα ἐστὶ καὶ τὸ ὑπὸ τῶν ΓΔ, ΑΒ
τῷ ὑπὸ τῶν[9] ΓΔ, ΚΛ. Ἴσον δὲ τὸ ὑπὸ τῶν
ΓΔ, ΚΛ τῷ ἀπὸ τῆς Θ· σύμμετρον ἄρα ἐστὶ
τὸ ὑπὸ τῶν ΓΔ, ΑΒ τῷ ἀπὸ τῆς Θ. Τὸ δὲ
ὑπὸ τῶν ΓΔ, ΑΒ ἴσον ἐστὶ τῷ[10] ἀπὸ τῆς Η·
σύμμετρον ἄρα καὶ[11] τὸ ἀπὸ τῆς Η τῷ ἀπὸ
τῆς Θ. Ῥητὸν δὲ τὸ ἀπὸ τῆς Θ· ῥητὸν ἄρα
ἐστὶ[12] καὶ τὸ ἀπὸ τῆς Η· ῥητὴ ἄρα ἐστὶν ἡ
Η, καὶ δύναται τὸ ὑπὸ τῶν ΓΔ, ΑΒ.

Ἐὰν ἄρα χωρίον, καὶ τὰ ἑξῆς.

---

ut ΑΖ ad ΖΒ ita ΚΜ ad ΜΛ; permutando
igitur est ut ΑΖ ad ΚΜ ita ΖΒ ad ΛΜ; et reliqua igitur ΑΒ ad reliquam ΚΛ est ut ΑΖ ad
ΚΜ. Commensurabilis autem ΑΖ ipsi ΚΜ;
commensurabilis igitur est et ΑΒ ipsi ΚΛ.
Atque est ut ΑΒ ad ΚΛ ita sub ΓΔ, ΑΒ rectangulum ad ipsum sub ΓΔ, ΚΛ; commensurabile igitur est et sub ΓΔ, ΑΒ rectangulum
rectangulo sub ΓΔ, ΚΛ. Æquale autem sub ΓΔ,
ΚΛ rectangulum quadrato ex Θ; commensurabile igitur est sub ΓΔ, ΑΒ rectangulum quadrato ex Θ. Rectangulum autem sub ΓΔ, ΑΒ,
æquale est quadrato ex Η; commensurabile
igitur et ex Η quadratum quadrato ex Θ. Rationale autem quadratum ex Θ; rationale igitur
est et quadratum ex Η; rationalis igitur est Η,
et potest spatium sub ΓΔ, ΑΒ.

Si igitur spatium, etc.

---

donc à ΖΒ comme ΚΜ est à ΜΛ (11. 5); donc, par permutation, la droite ΑΖ sera
à ΚΜ comme ΖΒ est à ΛΜ; la droite restante ΑΒ est donc à la droite restante ΚΛ
comme ΑΖ est à ΚΜ (19. 5). Mais ΑΖ est commensurable avec ΚΜ; la droite ΑΒ est
donc commensurable avec ΚΛ (10. 10). Mais ΑΒ est à ΚΛ comme le rectangle sous
ΓΔ, ΑΒ est au rectangle sous ΓΔ, ΚΛ (1. 6); le rectangle sous ΓΔ, ΑΒ est donc
commensurable avec le rectangle sous ΓΔ, ΚΛ. Mais le rectangle sous ΓΔ, ΚΛ est
égal au quarré de Θ ; le rectangle sous ΓΔ, ΑΒ est donc commensurable avec le
quarré de Θ. Mais le rectangle sous ΓΔ, ΑΒ est égal au quarré de Η ; le quarré de
Η est donc commensurable avec le quarré de Θ. Mais le quarré de Θ est rationel ;
le quarré de Η est donc rationel ; la droite Η est donc rationelle, et cette droite
peut la surface comprise sous ΓΔ, ΑΒ. Si donc, etc.

ΠΟΡΙΣΜΑ.

Καὶ γέγονεν ἡμῖν καὶ διὰ τούτων φανερὸν, ὅτι δυνατόν ἐστι ῥητὸν χωρίον ὑπὸ ἀλόγων εὐθειῶν περιέχεσθαι[1].

ΠΡΟΤΑΣΙΣ ριϛ'.

Ἀπὸ μέσης ἄπειροι ἄλογοι γίνονται, καὶ οὐδεμία[1] οὐδεμιᾷ τῶν πρότερον ἢ αὐτή.

Ἔστω μέση ἡ Α· λέγω ὅτι ἀπὸ τῆς Α ἄπειροι ἄλογοι γίνονται, καὶ οὐδεμία[2] οὐδεμιᾷ τῶν πρότερόν ἐστιν[3] ἢ αὐτή.

Ἐκκείσθω ῥητὴ ἡ Β, καὶ τῷ ὑπὸ τῶν Α, Β ἴσον ἔστω τὸ ἀπὸ τῆς Γ· ἄλογος ἄρα ἐστὶν ἡ Γ· τὸ γὰρ ὑπὸ ἀλόγου καὶ ῥητῆς ἄλογόν ἐστι. Καὶ οὐδεμιᾷ τῶν πρότερόν ἐστιν[4] ἡ αὐτή· τὸ γὰρ ἀπὸ οὐδεμιᾶς τῶν πρότερον παρὰ ῥητὴν παραβαλλόμενον πλάτος ποιεῖ μέσην. Πάλιν δὴ, τῷ

COROLLARIUM.

Et ex iis manifestum nobis est fieri posse, ut rationale spatium sub irrationalibus rectis contineatur.

PROPOSITIO CXVI.

A mediâ infinitæ rationales gignuntur, et nulla nulli præcedentium eadem.

Sit media A; dico ex ipsâ A infinitas irrationales gigni, et nullam nulli præcedentium esse eamdem.

Exponatur rationalis B, et rectangulo sub A, B æquale sit quadratum ex Γ; irrationalis igitur est Γ; rectangulum enim sub irrationali et rationali irrationale est. Et nulli præcedentium est eadem; quadratum enim ex nullâ præcedentium ad rationalem applicatum latitudinem facit mediam. Rursus utique, rectangulo sub

COROLLAIRE.

D'après cela, il est évident pour nous qu'il est possible qu'une surface rationelle soit comprise sous deux droites irrationelles.

PROPOSITION CXVI.

Il résulte d'une médiale une infinité d'irrationelles, dont aucune n'est la même qu'aucune de celles qui la précèdent.

Soit la médiale A; je dis qu'il résulte de A une infinité d'irrationelles, et qu'aucune d'elles n'est commensurable avec aucune de celles qui la précèdent.

Soit exposée la rationelle B, et que le quarré de Γ soit égal au rectangle sous A, B, la droite Γ sera irrationelle (déf. 11. 10); car le rectangle compris sous une irrationelle et une rationelle est irrationel (39. sch. 10), et la droite Γ ne sera aucune de celles qui la précèdent; car le quarré d'aucune de celles qui la précèdent étant appliqué à une surface rationelle ne fait une largeur médiale (61, 62, 63, 64, 65, 66, 98, 99, 100, 101, 102, 113. 10). De plus, que le quarré de Δ soit égal

ὑπὸ τῶν Β, Γ ἴσον ἔστω τὸ ἀπὸ τῆς Δ· ἄλογον
ἄρα τὸ ἀπὸ τῆς Δ· ἄλογος ἄρα ἐστὶν ἡ Δ,
καὶ οὐδεμιᾷ τῶν πρότερόν ἐστιν[5] ἡ αὐτή· τὸ
γὰρ ἀπ᾽ οὐδεμιᾶς τῶν πρότερον παρὰ ῥητὴν

B, Γ æquale sit quadratum ex Δ; irrationale
igitur quadratum ex Δ; irrationalis igitur est Δ,
et nulli præcedentium est eadem; quadratum
enim ex nullâ præcedentium ad rationalem ap-

A _____

B _____

Γ _____

Δ _____

παραβαλλόμενον πλάτος ποιεῖ τὴν Γ. Ὁμοίως
δὴ τῆς τοιαύτης τάξεως ἐπ᾽ ἄπειρον προβαι-
νούσης, φανερὸν ὅτι ἀπὸ τῆς μέσης ἄπειροι
ἄλογοι γίνονται, καὶ οὐδεμία[6] οὐδεμιᾷ τῶν
πρότερον ἡ αὐτή. Ὅπερ ἔδει δεῖξαι.

plicatum latitudinem facit ipsam Γ. Similiter
utique eodem ordine infinitè protracto, evidens
est a mediâ infinitas irrationales gigni, et nullam nulli præcedentium eamdem. Quod oportebat ostendere.

ΑΛΛΩΣ[1].

Ἔστω μέση ἡ ΑΓ· λέγω ὅτι ἀπὸ τῆς ΑΓ
ἄπειροι ἄλογοι γίνονται[2], καὶ οὐδεμία οὐδεμιᾷ
πρότερόν ἐστιν ἡ αὐτή[3].

Ἤχθω τῇ ΑΓ πρὸς ὀρθὰς ἡ ΑΒ, καὶ ἔστω
ῥητὴ ἡ ΑΒ, καὶ συμπεπληρώσθω τὸ ΒΓ· ἄλογον

ALITER.

Sit media ΑΓ; dico ex ipsâ ΑΓ infinitas irrationales gigni, et nullam nulli præcedentium esse
eamdem.

Ducatur ipsi ΑΓ ad rectos angulos ipsa ΑΒ,
et sit rationalis ΑΒ, et compleatur ΒΓ, irra-

au rectangle sous B, Γ; le quarré de Δ sera irrationel (39. sch. 10); la droite Δ est
donc irrationnelle, et elle n'est aucune de celles qui la précèdent; car le quarré
d'aucune de celles qui la précèdent étant appliqué à une rationelle ne fait la largeur Γ. En procédant à l'infini de la même manière, il est évident qu'il résultera
d'une médiale une infinité d'irrationelles, et qu'aucune d'elles ne sera la même
qu'aucune de celles qui la précèdent. Ce qu'il fallait démontrer.

AUTREMENT.

Soit la médiale ΑΓ; je dis qu'il résulte de ΑΓ une infinité d'irrationelles, et
qu'aucune d'elles n'est la même qu'aucune de celles qui la précèdent.

Menons la droite ΑΒ perpendiculaire à ΑΓ; que la droite ΑΒ soit rationelle, et
achevons le parallélogramme ΒΓ; le parallélogramme ΒΓ sera irrationel, ainsi que

ἄρα ἐστὶ τὸ ΒΓ, καὶ ἡ δυναμένη αὐτὸ ἄλογός ἐστι. Δυνάσθω αὐτὸ ἡ ΓΔ· ἄλογος ἄρα ἡ ΓΔ, καὶ οὐδεμιᾷ τῶν πρότερον ἡ αὐτή· τὸ γὰρ ἀπ' οὐδεμιᾶς τῶν πρότερον παρὰ ῥητὴν παραβαλλόμενον πλάτος ποιεῖ μέσην. Πάλιν, συμ-

tionale igitur est ΒΓ, et recta potens ipsum irrationalis est. Possit ipsum ipsa ΓΔ; irrationalis igitur ΓΔ, et nulli præcedentium eadem; quadratum enim ex nullâ præcedentium ad rationalem applicatum latitudinem facit mediam. Rursus,

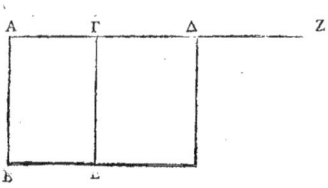

πεπληρώσθω τὸ ΕΔ· ἄλογον ἄρα ἐστὶ[4] τὸ ΕΔ, καὶ ἡ δυναμένη αὐτὸ ἄλογός ἐστι. Δυνάσθω αὐτὸ ἡ ΔΖ· ἄλογος ἄρα ἐστὶν[5] ἡ ΔΖ, καὶ οὐδεμιᾷ τῶν πρότερον ἡ αὐτή· τὸ γὰρ ἀπ' οὐδεμιᾶς τῶν πρότερον παρὰ ῥητὴν παραβαλλόμενον πλάτος ποιεῖ τὴν ΓΔ.

Ἀπὸ τῆς[6] μέσης ἄρα, καὶ τὰ ἑξῆς.

complcatur ΕΔ; irratio nale igitur est ΕΔ, et recta potens ipsum irrationalis est. Possit ipsum ipsa ΔΖ; irrationalis igitur est ΔΖ, et nulli præcedentium eadem; quadratum enim ex nullâ præcedentium ad rationalem applicatum latitudinem facit ipsam ΓΔ.

A mediá igitur, etc.

ΠΡΟΤΑΣΙΣ ριζʹ.

Προκείσθω ἡμῖν δεῖξαι, ὅτι ἐπὶ τῶν τετραγώνων σχημάτων ἀσύμμετρός ἐστιν ἡ διάμετρος τῇ πλευρᾷ μήκει.

PROPOSITIO CXVII.

Proponatur nobis ostendere in quadratis figuris incommensurabilem esse diametrum lateri longitudine.

la droite qui pourra ce parallélogramme. Que la droite ΓΔ puisse ce parallélogramme; la droite ΓΔ sera irrationelle, et ne sera aucune de celles qui la précèdent; car le quarré d'aucune de celles qui la précèdent étant appliqué à une rationelle ne fera une largeur médiale. De plus, achevons le parallélogramme ΕΔ, le parallélogramme ΕΔ sera irrationel, ainsi que la droite qui peut ce parallélogramme. Que la droite ΔΖ puisse ce parallélogramme; la droite ΔΖ sera irrationelle, et cette droite ne sera aucune des droites qui la précèdent; car le quarré d'aucune de celles qui la précèdent étant appliqué à une rationelle ne fera la largeur ΓΔ. Il résulte donc, etc.

PROPOSITION CXVII.

Qu'il nous soit proposé de démontrer que dans les figures quarrées la diagonale est incommensurable en longueur avec le côté.

Εστω τετράγωνον τὸ ΑΒΓΔ, διάμετρος δὲ αὐτοῦ ἡ ΑΓ· λέγω ὅτι ἡ ΑΓ ἀσύμμετρός ἐστι τῇ ΑΒ μήκει.

Sit quadratum ΑΒΓΔ, ipsius autem diameter ΑΓ; dico ΑΓ incommensurabilem esse ipsi ΑΒ longitudine.

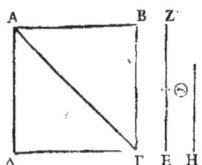

Εἰ γὰρ δυνατὸν, ἔστω σύμμετρος· λέγω ὅτι συμβήσεται τὸν αὐτὸν ἀριθμὸν ἄρτιον εἶναι καὶ περιττόν· φανερὸν μὲν οὖν ὅτι τὸ ἀπὸ τῆς ΑΓ διπλάσιόν ἐστι² τοῦ ἀπὸ τῆς ΑΒ. Καὶ ἐπεὶ σύμμετρός ἐστιν ἡ ΑΓ τῇ ΑΒ, ἡ ΑΓ ἄρα πρὸς τὴν ΑΒ λόγον ἔχει ὃν ἀριθμὸς πρὸς ἀριθμόν. Ἐχέτω ὃν ὁ ΕΖ πρὸς τὸν³ Η, καὶ ἔστωσαν οἱ ΕΖ, Η ἐλάχιστοι τῶν τὸν αὐτὸν λόγον ἐχόντων αὐτοῖς· οὐκ ἄρα μονάς ἐστιν ὁ ΕΖ. Εἰ γὰρ ἴσται μονὰς ὁ ΕΖ, ἔχει δὲ⁴ λόγον πρὸς τὸν Η ὃν ἔχει ἡ ΑΓ πρὸς τὴν ΑΒ, καὶ μείζων ἡ ΑΓ τῆς ΑΒ· μείζων ἄρα καὶ ἡ ΕΖ μονὰς⁵ τοῦ Η ἀριθμοῦ, ὅπερ ἄτοπον· οὐκ ἄρα μονάς ἐστιν⁶ ὁ ΕΖ· ἀριθμὸς ἄρα. Καὶ ἐπεί ἐστιν ὡς ἡ ΓΑ πρὸς τὴν ΑΒ

Si enim possibile, sit commensurabilis; dico ex hoc sequi eumdem numerum parem esse et imparem; evidens est quidem quadratum ex ΑΓ duplum esse quadrati ex ΑΒ. Et quoniam commensurabilis est ΑΓ ipsi ΑΒ, ipsa ΑΓ igitur ad ΑΒ rationem habet quam numerus ad numerum. Habeat rationem quam ΕΖ ad Η, et sint ΕΖ, Η minimi eorum eamdem rationem habentium cum ipsis; non igitur unitas est ΕΖ. Si enim ΕΖ esset unitas, et habet rationem ad Η quam habet ΑΓ ad ΑΒ, et major ΑΓ quam ΑΒ; major igitur et ΕΖ unitas quam Η numerus, quod absurdum; non igitur unitas est ΕΖ; numerus igitur. Et quoniam est ut

Soit le quarré ΑΒΓΔ, et que ΑΓ soit sa diagonale ; je dis que la droite ΑΓ est incommensurable en longueur avec ΑΒ.

Qu'elle lui soit commensurable, si cela est possible ; je dis qu'il s'en suivrait qu'un même nombre serait pair et impair. Or, il est évident que le quarré de ΑΓ est double du quarré de ΑΒ (47. 10) ; mais ΑΓ est commensurable avec ΑΒ ; la droite ΑΓ a donc avec la droite ΑΒ la raison qu'un nombre a avec un nombre (6. 10). Que ΑΓ ait avec ΑΒ la raison que le nombre ΕΖ a avec le nombre Η, et que les nombres ΕΖ, Η soient les plus petits de ceux qui ont la même raison avec eux ; le nombre ΕΖ ne sera pas l'unité. Car si ΕΖ était l'unité, à cause que ΕΖ a avec Η la raison que ΑΓ a avec ΑΒ, et que ΑΓ est plus grand que ΑΒ, l'unité ΕΖ serait plus grande que le nombre Η, ce qui est absurde ; ΕΖ n'est donc pas l'unité ; ΕΖ est donc un nombre. Et puisque ΓΑ est à ΑΒ comme ΕΖ est à Η, le quarré de ΓΑ

II.

οὕτως ὁ ΕΖ πρὸς τὸν Η, καὶ ὡς ἄρα τὸ ἀπὸ
τῆς ΓΑ πρὸς τὸ ἀπὸ τῆς ΑΒ οὕτως ὁ ἀπὸ τοῦ
ΕΖ πρὸς τὸν ἀπὸ τοῦ Η. Διπλάσιον δὲ τὸ ἀπὸ
τῆς ΓΑ[7] τοῦ ἀπὸ τῆς ΑΒ· διπλασίων ἄρα καὶ ὁ
ἀπὸ τοῦ ΕΖ τοῦ ἀπὸ τοῦ Η· ἄρτιος ἄρα ἐστὶν[8]
ὁ ἀπὸ τοῦ ΕΖ· ὥστε καὶ αὐτὸς ὁ ΕΖ ἄρτιός
ἐστιν. Εἰ γὰρ ἦν περισσὸς, καὶ ὁ ἀπ᾿ αὐτοῦ
τετράγωνος περισσὸς ἂν[9] ἦν, ἐπειδήπερ ἐὰν

ΓΑ ad ΑΒ ita ΕΖ ad Η, et ut igitur ex ΓΑ
quadratum ad ipsum ex ΑΒ ita ex ΕΖ quadratum
ad ipsum ex Η. Duplum autem ex ΓΑ quadratum
quadrati ex ΑΒ; duplius igitur et ex ΕΖ quadratus quadrati ex Η; par igitur est quadratus
ex ΕΖ; quare et ipse ΕΖ par est. Si enim esset
impar, et ex ipso quadratus impar esset,
quoniam si impares numeri quotcunque com-

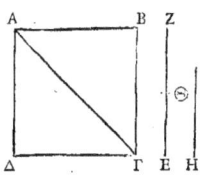

περισσοὶ ἀριθμοὶ ὁποσοιοῦν συντεθῶσι, τὸ δὲ
πλῆθος αὐτῶν περισσὸν ᾖ, ὅλος περισσός ἐστιν·
ὁ ΕΖ ἄρα ἄρτιός ἐστι. Τετμήσθω δίχα κατὰ
τὸ Θ. Καὶ ἐπεὶ οἱ ΕΖ, Η ἀριθμοὶ[10] ἐλάχιστοί
εἰσι τῶν τὸν αὐτὸν λόγον ἐχόντων αὐτοῖς[11],
πρῶτοι πρὸς ἀλλήλους εἰσί. Καὶ ἔστιν[12] ὁ ΕΖ
ἄρτιος· περισσὸς ἄρα ἐστὶν ὁ Η. Εἰ γὰρ ἦν
ἄρτιος, τοὺς ΕΖ, Η δυὰς ἂν[13] ἐμέτρει, πᾶς
γὰρ ἄρτιος ἔχει μέρος ἥμισυ, πρώτους ὄντας

ponantur, multitudo autem ipsorum impar sit,
totus impar est; ipse ΕΖ igitur par est. Secetur
bifariam in Θ. Et quoniam numeri ΕΖ, Η minimi sunt eorum eamdem rationem habentium
cum ipsis, primi inter se sunt. Atque est ΕΖ
par; impar igitur est Η. Si enim esset par,
ipsos ΕΖ, Η binarius metiretur, omnis enim
par habet partem dimidiam, primos existentes

sera au quarré de ΑΒ comme le quarré de ΕΖ est au quarré de Η. Mais le quarré de
ΓΑ est double du quarré de ΑΒ; le quarré de ΕΖ est donc double du quarré de Η;
le quarré du nombre ΕΖ est donc pair. Le nombre ΕΖ est donc pair; car s'il était
impair, son quarré serait impair; parce que si l'on ajoute tant de nombres impairs que l'on voudra, leur quantité étant impaire, leur somme est un nombre
impair (23. 9); le nombre ΕΖ est donc un nombre pair. Partageons le nombre
ΕΖ en deux parties égales en Θ. Puisque les nombres ΕΖ, Η sont les plus petits
de ceux qui ont la même raison avec eux, ces nombres seront premiers entr'eux.
Mais le nombre ΕΖ est pair; le nombre Η est donc impair. Car s'il était pair,
les nombres ΕΖ, Η, qui sont premiers entr'eux, seraient mesurés par deux; parce
que tout nombre pair a une partie qui en est la moitié, ce qui est impossible.

πρὸς ἀλλήλους, ὅπερ ἐστὶν ἀδύνατον· οὐκ ἄρα ἄρτιός ἐστιν ὁ Η· περισσὸς ἄρα. Καὶ ἐπεὶ δι-πλάσιων ἐστὶν[14] ὁ ΕΖ τοῦ ΕΘ, τετραπλάσιος ἄρα ὁ ἀπὸ ΕΖ τοῦ ἀπὸ τοῦ ΕΘ· διπλάσιος δὲ ὁ ἀπὸ τοῦ ΕΖ τοῦ ἀπὸ τοῦ Η· διπλάσιος ἄρα ὁ ἀπὸ τοῦ Η τοῦ ἀπὸ τοῦ ΕΘ[15]· ἄρτιος ἄρα ἐστὶν ὁ ἀπὸ τοῦ Η· ἄρτιος ἄρα διὰ τὰ εἰρημένα ὁ Η. Ἀλλὰ καὶ περισσὸς, ὅπερ ἐστὶν ἀδύνατον· οὐκ ἄρα σύμμετρός ἐστιν ἡ ΑΓ τῇ ΑΒ μήκει· ἀσύμμετρος ἄρα[16]. Ὅπερ ἔδει δεῖξαι.

ΑΛΛΩΣ[1].

Ἔστω[2] ἀντὶ μὲν τοῦ διαμέτρου ἡ Α, ἀντὶ δὲ τῆς πλευρᾶς ἡ Β· λέγω ὅτι ἀσύμμετρός ἐστιν ἡ Α τῇ Β μήκει. Εἰ γὰρ δυνατὸν, ἔστω σύμμετρος· καὶ γεγονέτω[3] πάλιν ὡς ἡ Α πρὸς τὴν Β οὕτως ὁ ΕΖ ἀριθμὸς πρὸς τὸν Η, καὶ ἔστωσαν ἐλάχιστοι τῶν τὸν αὐτὸν λόγον ἐχόντων αὐτοῖς οἱ ΕΖ, Η[4]· οἱ ΕΖ, Η ἄρα πρῶτοι πρὸς ἀλλήλους εἰσί. Λέγω πρῶτον ὅτι Η οὐκ ἔστι μονάς. Εἰ γὰρ δυνατὸν, ἔστω

---

inter se, quod est impossibile; non igitur par est H; impar igitur. Et quoniam duplus est EZ ipsius EΘ, quadruplus igitur ex EZ quadratus quadrati ex EΘ; duplus autem ex EZ quadratus quadrati ex H; duplus igitur ex H quadratus quadrati ex EΘ; par igitur est quadratus ex H; par igitur ex dictis ipse H. Sed et impar, quod est impossibile; non igitur commensurabilis est AΓ ipsi AB longitudine; incommensurabilis igitur. Quod oportebat ostendere.

ALITER.

Sit pro diametro quidem A, pro latere vero B; dico incommensurabilem esse A ipsi B longitudine. Si enim possibile, sit commensurabilis; et fiat rursus ut A ad B ita EZ numerus ad H, et sint minimi EZ, H eorum eamdem rationem habentium cum ipsis; ipsi EZ, H igitur primi inter se sunt. Dico primum H non esse unitatem. Si enim

---

Le nombre H n'est donc pas un nombre pair; il est donc impair. Mais EZ est double de EΘ; le quarré de EZ est donc quadruple du quarré de EΘ (11. 8). Mais le quarré de EZ est double du quarré de H; le quarré de H est donc double du quarré de EΘ; le quarré de H est donc pair; le nombre H est donc pair, d'après ce qui a été dit (29. 9). Mais il est aussi impair, ce qui est impossible; la droite AΓ n'est donc pas commensurable en longueur avec AB; elle lui est donc incommensurable. Ce qu'il fallait démontrer.

AUTREMENT.

Soit A la diagonale, et B le côté; je dis que A est incommensurable en longueur avec B. Que A, s'il est possible, soit commensurable avec B; faisons en sorte que A soit encore à B comme le nombre EZ est au nombre H, et que les nombres EZ, H soient les plus petits de ceux qui ont la même raison avec eux (24. 7); les nombres EZ, H seront premiers entr'eux. Je dis d'abord que H n'est pas l'unité; que H soit l'unité,

μονάς. Καὶ ἐπεί ἐστιν ὡς ἡ Α πρὸς τὴν Β οὕτως ὁ ΕΖ πρὸς τὸν Η· καὶ ὡς ἄρα τὸ⁵ ἀπὸ τῆς Α πρὸς τὸ⁶ ἀπὸ τῆς Β οὕτως ὁ ἀπὸ τοῦ⁷ ΕΖ πρὸς τὸν ἀπὸ τοῦ Η. Διπλάσιον δὲ τὸ ἀπὸ τῆς Α τοῦ ἀπὸ τῆς Β· διπλάσιος⁸ ἄρα καὶ ὁ ἀπὸ τοῦ ΕΖ τοῦ ἀπὸ τοῦ Η. Καὶ ἔστι μονάς ὁ Η. δυὰς ἄρα ὁ ἀπὸ τοῦ⁹ ΕΖ τετράγωνος, ὅπερ

possibile, sit unitas. Et quoniam est ut Α ad Β ita ΕΖ ad Η; et ut igitur ex Α quadratum ad ipsum ex Β ita ex ΕΖ quadratus ad ipsum ex Η. Duplum autem ex Α quadratum quadrati ex Β; duplus igitur et ex ΕΖ quadratus quadrati ex Η. Atque est unitas ipse Η; binarius igitur ex ΕΖ quadratus, quod est impossibile;

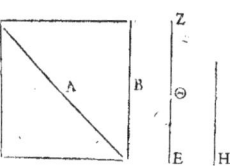

ἐστὶν ἀδύνατον· οὐκ ἄρα μονάς ἐστιν ὁ Η· ἀριθμός ἄρα. Καὶ ἐπεί ἐστιν ὡς τὸ ἀπὸ τῆς Α πρὸς τὸ ἀπὸ τῆς Β οὕτως ὁ ἀπὸ τοῦ¹⁰ ΕΖ πρὸς τὸν ἀπὸ τοῦ Η, καὶ ἀνάπαλιν ὡς τὸ ἀπὸ τῆς Β πρὸς τὸ ἀπὸ τῆς Α οὕτως ὁ ἀπὸ τοῦ Η πρὸς τὸν ἀπὸ τοῦ ΕΖ. Μετρεῖ δὲ τὸ ἀπὸ τῆς Β τὸ ἀπὸ τῆς Α· μετρεῖ ἄρα καὶ ὁ ἀπὸ τοῦ Η τετράγωνος τὸν ἀπὸ τοῦ ΕΖ· ὥστε καὶ ἡ πλευρὰ αὐτοῦ ὁ Η τὸν ΕΖ μετρεῖ. Μετρεῖ δὲ καὶ ἑαυτὸν ὁ Η· ὁ Η ἄρα τοὺς ΕΖ, Η μετρεῖ, πρώτους ὄντας ἀλλήλους, ὅπερ ἐστὶν ἀδύνατον· οὐκ ἄρα σύμμετρός ἐστιν ἡ Α τῇ Β μήκει· ἀσύμμετρος ἄρα. Ὅπερ ἔδει δεῖξαι.

non igitur unitas est ipse Η; numerus igitur. Et quoniam est ut ex Α quadratum ad ipsum ex Β ita ex ΕΖ quadratus ad ipsum ex Η, et invertendo ut ex Β quadratum ad ipsum ex Α ita ex Η quadratus ad ipsum ex ΕΖ. Metitur autem quadratum ex Β quadratum ex Α; metitur igitur et quadratus ex Η quadratum ex ΕΖ; quare et Η latus ipsius ipsum ΕΖ metitur. Metitur autem et Η se ipsum; ipse Η igitur ipsos ΕΖ, Η metitur, primos existentes inter se, quod est impossibile; non igitur commensurabilis est Α ipsi Β longitudine; incommensurabilis igitur. Quod oportebat ostendere.

si cela est possible. Puisque A est à B comme EZ est à H, le quarré de A sera au quarré de B comme le quarré de EZ est au quarré de H. Mais le quarré de A est double du quarré de B; le quarré de EZ est donc double du quarré de B; mais H est l'unité; le quarré de EZ est donc le nombre deux, ce qui est impossible, H n'est donc pas l'unité; H est donc un nombre. Et puisque le quarré de A est au quarré de B comme le quarré de EZ est au quarré de H, par inversion, le quarré de B sera au quarré de A comme le quarré de H est au quarré de EZ. Mais le quarré de B mesure le quarré de A; le quarré de H mesure donc le quarré de EZ, le nombre H mesure donc le nombre EZ (14. 8). Mais H se mesure lui-même; le nombre H mesure donc les nombres EZ, H qui sont premiers entr'eux; ce qui est impossible; la droite A n'est donc pas commensurable en longueur avec la droite B; elle lui est donc incommensurable. Ce qu'il fallait démontrer.

ΣΧΟΛΙΟΝ[1].

Εὑρημένων δὴ τῶν μήκει ἀσυμμέτρων εὐθειῶν, ὡς τῶν Α, Β, εὑρίσκεται καὶ ἄλλα πλεῖστα μεγέθη ἐκ δύο διαστάσεων, λέγω δὴ ἐπίπεδα ἀσύμμετρα ἀλλήλοις. Ἐὰν γὰρ τῶν Α, Β εὐ‑ θειῶν[2] μέσον ἀνάλογον λάβωμεν τὴν Γ, ἔσται ὡς ἡ Α πρὸς τὴν Β οὕτως τὸ ἀπὸ τῆς Α εἶδος[3] πρὸς τὸ ἀπὸ τῆς Γ, τὸ ὅμοιον καὶ ὁμοίως ἀνα‑

SCHOLIUM.

Inventis utique longitudine incommensura‑ bilibus rectis, ut A, B, invenientur et aliæ plurimæ magnitudines ex duabus dimensioni‑ bus, dico et superficies incommensurabiles inter se. Si enim rectarum A, B mediam propor‑ tionalem Γ sumamus, erit ut A ad B ita figura ex A ad figuram ex Γ, similem et si‑

```
A _____
Γ _____
B _____
```

γραφόμενον, εἴτε τετράγωνα εἴη τὰ ἀναγεγραμ‑ μένα, εἴτε ἕτερα εὐθύγραμμα ὅμοια, εἴτε καὶ[4] κύκλοι περὶ διαμέτρους τὰς[5] Α, Γ, ἐπείπερ οἱ κύκλοι πρὸς ἀλλήλους εἰσὶν ὡς τὰ ἀπὸ τῶν διαμέτρων τετράγωνα· εὕρηνται ἄρα καὶ[6] ἐπίπεδα χωρία ἀσύμμετρα ἀλλήλοις. Ὅπερ ἔδει δεῖξαι.

Δεδειγμένων δὴ καὶ τῶν ἐκ δύο διαστάσεων διαφόρων ἀσυμμέτρων χωρίων[7], δείξομεν τοῖς[8] ἀπὸ τῆς τῶν στερεῶν θεωρίας, ὡς ἔστι καὶ στερεὰ σύμμετρά τε καὶ ἀσύμμετρα ἀλλήλοις.

militer descriptam, sive quadrata sint des‑ cripta, sive alia rectilinea similia, sive circuli circa diametros A, Γ, quoniam circuli inter se sunt ut diametrorum quadrata; inventa igitur erunt et plana spatia incommensurabilia inter se. Quod oportebat ostendere.

Ostensis utique et duarum dimensionum diversis incommensurabilibus spatiis, demons‑ trabimus ex solidorum theoriâ, esse etiam solida et commensurabilia et incommensura‑

SCHOLIE.

Des droites incommensurables en longueur étant trouvées, comme les droites A, B, on trouvera plusieurs autres grandeurs de deux dimensions, c'est-à-dire des surfaces incommensurables entr'elles. Car si l'on prend une moyenne propor‑ tionnelle Γ entre les droites A, B (13. 6); la droite A sera à B comme la figure cons‑ truite sur la droite A est à la figure construite sur la droite Γ, les figures A, Γ étant semblables et semblablement décrites (20. 6), soit que les figures décrites soient des quarrés ou des figures rectilignes semblables; ou bien des cercles décrits au‑ tour des diamètres A, Γ, parce que les cercles sont entr'eux comme les quarrés de leurs diamètres (2. 12). On aura donc trouvé des surfaces planes incommen‑ surables entr'elles. Ce qu'il fallait démontrer.

Ayant donc démontré que diverses figures de deux dimensions sont incom‑ mensurables entr'elles, nous démontrerons qu'il y a des solides commensurables et incommensurables entr'eux, d'après la théorie des solides. Car si sur les quarrés

Ἐὰν γὰρ ἐπὶ τῶν ἀπὸ τῶν A, B τετραγώνων, ἢ τῶν ἴσων αὐτοῖς εὐθυγράμμων, ἀναστήσωμεν ἰσοϋψῆ στερεά, παραλληλεπίπεδα, ἢ πυραμί-δας, ἢ πρίσματα, ἔσται τὰ ἀνασταθέντα πρὸς ἄλληλα ὡς αἱ βάσεις. Καὶ εἰ μὲν σύμμετροί εἰσιν αἱ βάσεις, σύμμετρα ἔσται καὶθ τὰ στερεά· εἰ δὲ ἀσύμμετροι, ἀσύμμετρα. Ὅπερ ἔδει δεῖξαι.

Ἀλλὰ μὴν καὶ δύο κύκλων ὄντων τῶν A, B, ἐὰν ἀπ' αὐτῶν ἰσοϋψεῖς κώνους, ἢ κυλίνδρους ἀναγράψωμεν, ἔσονται πρὸς ἄλληλα ὡς¹⁰ αἱ βάσεις, τουτέστιν ὡς οἱ A, B κύκλοι. Καὶ εἰ

A _____
Γ _____
B _____

μὲν σύμμετροί εἰσιν οἱ κύκλοι, σύμμετροι ἔσον-ται καὶ οἵτε κῶνοι πρὸς ἀλλήλους¹¹ καὶ οἱ κύ-λινδροι· εἰ δὲ ἀσύμμετροί εἰσιν οἱ κύκλοι, ἀσύμ-μετροι ἔσονται καὶ οἱ κῶνοι καὶ οἱ κύλινδροι. Καὶ φανερὸν ἡμῖν γέγονεν ὅτι οὐ μόνον ἐπί τε γραμμῶν καὶ ἐπιφανειῶν ἐστι συμμετρία καὶ ἀσυμ-μετρία¹², ἀλλὰ καὶ ἐπὶ τῶν στερεῶν σχημάτων.

bilia inter se. Si enim super quadrata ex A, B, vel æqualia ipsis rectilinea, constituamus æque alta solida, parallelepipeda, vel pyramides, vel prismata, solida constructa erunt inter se ut ba-ses. Et si quidem commensurabiles sint bases, commensurabilia erunt et solida; si verò incom-mensurabiles, incommensurabilia. Quod opor-tebat ostendere.

Sed quidem et duobus circulis existentibus A, B, si super ipsos conos æque altos, vel cylin-dros constituamus, erunt hi inter se ut bases, hoc est ut circuli A, B. Et si quidem com-mensurabiles sint circuli, commensurabiles erunt et coni inter se et cylindri; si verò incom-mensurabiles sint circuli, incommensurabiles erunt et coni et cylindri. Et manifestum est nobis fieri non solùm et in lineis et superficiebus commensurabilitatem et incommensurabilitatem, sed et in solidis figuris.

des droites A, B ou sur des figures rectilignes qui leur soient égales, nous cons-truisons des solides de même hauteur, des parallélépipèdes, des pyramides, des prismes; les solides qu'on aura construits seront entr'eux comme leurs bases (32. 11, et 6.5. 12). Si les bases sont commensurables, les solides seront com-mensurables; et si les bases sont incommensurables, les solides le seront aussi (10. 10). Ce qu'il fallait démontrer.

Si l'on a deux cercles A, B, et si sur ces cercles on construit des cônes ou des cylindres de même hauteur, ces solides seront entr'eux comme leurs bases, c'est-à-dire comme les cercles A, B (11. 12). Si les cercles sont commensurables, les cônes et les cylindres seront commensurables entr'eux (10. 10); et si les cercles sont incommensurables, les cônes et les cylindres seront incommensurables. Il est donc évident pour nous que la commensurabilité ou l'incommensurabilité se rencontre non seulement dans les lignes et dans les surfaces, mais encore dans les solides.

FIN DU DIXIÈME LIVRE.

COLLATIO

CODICIS 190 BIBLIOTHECÆ

REGIÆ,

CUM EDITIONE OXONIÆ,

CUI ADJUNGUNTUR

LECTIONES VARIANTES ALIORUM CODICUM EJUSDEM BIBLIOTHECÆ, QUÆCUMQUE NON PARVI SUNT MOMENTI.

~~~~~~~~~~~~~~~~~~~~~~~

EUCLIDIS ELEMENTORUM LIBER OCTAVUS.

PROPOSITIO I.

EDITIO PARISIENSIS.	CODEX 190.	EDITIO OXONIÆ.
1. τῶν A, B, Γ, Δ τῷ πλήθει τῶν E, Z, H, Θ·	τῷ πλήθει·	concordat cum edit. Paris.
2. οὕτως	deest.	concordat cum edit. Paris.
3. οἱ δὲ ἐλάχιστοι	Id.	deest.
4. ὅ, τε μείζων τὸν μείζονα, καὶ ἐλάσσων τὸν ἐλάσσονα, τουτέστι	Id.	deest.

PROPOSITIO II.

1. ἄν τις ἐπιτάξῃ, ...	Id.	ἐπίταξή τις,
2. ἀριθμὸς δὴ ὁ A δύο τοὺς A, B πολλαπλασιάσας τοὺς Γ, Δ πεποίηκεν·	deest.	concordat cum edit. Paris.
3. οὕτως	deest.	concordat cum edit. Paris.
in hâc demonstratione quater deest adhuc hoc vocabulum.		
4. τῶν	τὸν	concordat cum edit. Paris.
5. Ὡς δὲ	Id.	ἀλλ᾽ ὡς

EDITIO PARISIENSIS.	CODEX 190.	EDITIO OXONIÆ.
6. οὕτως	οὕτως καὶ	concordat cum edit. Paris.
7. Ἀλλ᾽	Id.	ἐδείχθη δὴ καὶ
8. τε	deest.	concordat cum edit. Paris.
9. αὐτοῖς, οἱ δὲ ἐλάχιστοι τῶν τὸν αὐτὸν λόγον ἐχόντων αὐτοῖς, ...	deest.	concordat cum edit. Paris.

COROLLARIUM.

10. ἐὰν	ἂν	concordat cum edit. Paris.

PROPOSITIO III.

1. μὲν ἀριθμοὶ	Id.	ἀριθμοὶ μὲν
2. ἀεὶ	αἱ	concordat cum edit. Paris.
3. οὗ	deest.	concordat cum edit Paris.
4. Καὶ ἐπεὶ οἱ Ε, Ζ ἐλάχιστοί εἰσι τῶν τὸν αὐτὸν λόγον ἐχόντων αὐτοῖς, πρῶτοι πρὸς ἀλλήλους εἰσί. Καὶ ἐπεὶ ἑκάτερος τῶν Ε, Ζ ἑαυτὸν μὲν . . .	Id.	Οἱ ἄρα αὐτῶν οἱ Δ, Ξ πρῶτοι πρὸς ἀλλήλους εἰσίν. Ἐπεὶ γὰρ οἱ Ε, Ζ πρῶτοί εἰσιν, ἑκάτερος δὲ αὐτῶν ἑαυτὸν
5. ἑκάτερον τῶν . . .	Id.	τὸν ἕτερον τῶν
6. καὶ οἱ Η, Κ ἄρα καὶ οἱ Δ, Ξ πρῶτοι πρὸς ἀλλήλους εἰσί. .	Id.	οἱ Η, Κ ἄρα πρῶτοι καὶ οἱ Δ, Ξ.
7. Καὶ εἰσιν οἱ Δ, Ξ πρῶτοι πρὸς ἀλλήλους·	Id.	Καὶ ἐπεὶ οἱ Δ, Ξ πρῶτοι πρὸς ἀλλήλους εἰσὶν, ἴσος δὲ ὁ μὲν Δ τῷ Α, ὁ δὲ Ξ τῷ Δ·

PROPOSITIO IV.

1. ἀνάλογον	Id.	deest.
2. ἀνάλογον	Id.	deest.
3. καὶ	Id.	deest.
4. ἀνάλογον	Id.	deest.
5. ἀνάλογον	Id.	deest.
6. τοῦ Γ πρὸς τὸν Δ, καὶ ἔτι τοῦ Ε πρὸς τὸν Ζ λόγοις, ἔσονταί τινες τῶν Θ, Η, Κ, Λ ἐλάσ-	ἐν τῷ τοῦ Γ πρὸς τὸν Δ, καὶ ἐν τῷ τοῦ Ε πρὸς τὸν Ζ λόγοις· . . .	concordat cum edit. Paris.

EDITIO PARISIENSIS.	CODEX 190.	EDITIO OXONIÆ.
σονες ἀριθμοὶ ἔν τε τοῖς τοῦ Α πρὸς τὸν Β, καὶ τοῦ Γ πρὸς τὸν Δ, καὶ ἔτι τοῦ Ε πρὸς τὸν Ζ λόγοις.	a.	b, d, e, f, g, h, k, l, n.
7. οἱ δὲ ἐλάχιστοι	deest.	concordat cum edit. Paris.
8. ὁ ὑπὸ τῶν Β, Γ	Id.	τῶν ὑπὸ Β, Γ
9. μετρούμενός ἐστιν, . . .	μετρεῖται, ...	concordat cum edit. Paris.
10. ἐν	deest.	concordat cum edit. Paris.
11. ἐν	deest.	concordat cum edit. Paris.
12. ὁ	deest.	concordat cum edit. Paris.
13. Καὶ	deest.	concordat cum edit. Paris.
14. ἀνάλογόν εἰσιν ἐν τοῖς τοῦ τε	Id.	εἰσιν ἐν τοῖς τοῦ
15. ἔτι	Id.	deest.
16. ἐν τοῖς Α, Β, Γ, Δ, Ε, Ζ λόγοις. Εἰ γὰρ μή, ...	Id.	Εἰ γὰρ μὴ εἰσιν οἱ Ν, Ξ, Μ, Ο ἑξῆς ἐλάχιστοι ἐν τοῖς Α, Β, Γ, Δ, Ε, Ζ λόγοις,
17. ἀνάλογον	Id.	deest.
18. τε	Id.	deest.
19. ἀνάλογον	Id.	deest.
20. ἀνάλογον ἐλάχιστοί εἰσιν ἐν τοῖς	ἀνάλογον ἐλάχιστοί εἰσι τοῖς	ἐλάχιστοί εἰσιν ἐν τοῖς

PROPOSITIO V.

1. μὲν	deest.	concordat cum edit. Paris.
2. τὸν	ὁ	concordat cum edit. Paris.
3. τὶν	ὁ	concordat cum edit. Paris.
4. Καὶ ὁ Δ	Id. a, d, e, f, g, n.	Οἱ ἄρα Η, Θ, Κ πρὸς ἀλλήλους ἔχουσιν τοὺς τῶν πλευρῶν λόγους. Ἀλλ᾽ ὁ τοῦ Η πρὸς τὸν Κ λόγος σύγκειται ἐκ τοῦ τοῦ Η πρὸς τὸν Θ καὶ τοῦ τοῦ Θ πρὸς τὸν Κ· ὁ Η ἄρα πρὸς τὸν Κ λόγον ἔχει τὸν συγκείμενον ἐκ τῶν πλευρῶν· λέγω οὖν ὅτι ἐστὶν ὡς ὁ Α πρὸς τὸν Β οὕτως ὁ Η πρὸς τὸν Κ. Ο Δ γὰρ h, k, l.

II.

54

EDITIO PARISIENSIS.	CODEX 190.	EDITIO OXONIÆ.
5. οὕτως	deest.	concordat cum edit. Paris.

PROPOSITIO VI.

1. Εἰ γὰρ δυνατὸν, μετρείτω ὁ Α τὸν Γ. Καὶ ὅσοι	Id.	Λέγω γὰρ ὅτι οὐ μετρεῖ ὁ Α τὸν Γ. Ὅσοι γὰρ
2. ἀριθμὸν μετρεῖ, ...	Id.	μετρεῖ ἀριθμὸν.
3. οὐδὲ ὁ Ζ ἄρα τὸν Θ μετρεῖ. .	deest.	concordat cum edit. Paris.

PROPOSITIO VII.

1. οὐ, ...	Id.	μὴ
2. μετρήσει	Id.	μετρήσει, ὅπερ ἄτοπον· ὑπόκειται γὰρ ὁ Α τὸν Δ μετρεῖν·

PROPOSITIO VIII.

1. αὐτοῖς	deest.	concordat cum edit. Paris.
2. οἱ	deest.	concordat cum edit. Paris.
3. τουτέστιν ὁ ἡγούμενος τὸν ἡγούμενον, καὶ ὁ ἑπόμενος τὸν ἑπόμενον. Ἰσάκις ἄρα ὁ Η τὸν Ε μετρεῖ, καὶ ὁ Α τὸν Ζ· ὁσάκις δὴ	Id.	ἰσάκις ἄρα τὸν Ε μετρεῖ ὁ Η καὶ ὁ Α τὸν Ζ. Ὁσάκις δὲ
4. εἰσὶν	καί εἰσιν	concordat cum edit. Paris.
5. ἑξῆς ἀνάλογόν εἰσιν· . . .	Id.	ἀνάλογόν εἰσιν ἑξῆς

PROPOSITIO IX.

1. μονάδος	μονάδος ἑξῆς	concordat cum edit. Paris.
2. μεταξὺ	Id.	deest.
3. τῆς	τῆς Ε	concordat cum edit. Paris.
4. ὁ Ζ	Id.	ὁ Ζ πρὸς
5. τῷ Ζ	Id.	αὐτῷ
6. ὁ Θ	ὁ Ε	concordat cum edit. Paris.
7. ἴσος δὲ ὁ Μ τῷ Α·	Id.	Ὁ δὲ Μ τῷ Α ἴσος ἐστίν·

PROPOSITIO X.

EDITIO PARISIENSIS.	CODEX 190.	EDITIO OXONIÆ.
1. ἀριθμῶν	ἀριθμῶν ἑκατέρου . . .	concordat cum edit. Paris.
2. μονάδος	Id.	μονάδος ἑξῆς
3. τε	Id.	deest.
4. ἄρα	ἄρα ἀριθμός	concordat cum edit. Paris.
5. μονάς	deest.	concordat cum edit. Paris.
6. πεποίηκεν·	Id.	deest.
7. καὶ ὡς ἄρα ὁ Α πρὸς τὸν Κ οὕτως ὁ Κ πρὸς τὸν Λ, . .	Id.	deest.

PROPOSITIO XI.

1. ἐστιν	Id.	ἐστὶν ἀριθμός
2. Διὰ τὰ αὐτὰ δὴ καὶ ὡς Γ πρὸς τὸν Δ οὕτως ὁ Ε πρὸς τὸν Β· .	Id. a.	Πάλιν, ἐπεὶ ὁ Γ τὸν Δ πολλαπλασιάσας τὸν Ε πεποίηκεν, ὁ δὲ Δ ἑαυτὸν πολλαπλασιάσας τὸν Β πεποίηκε, δύο δὴ ἀριθμοὶ οἱ Γ, Δ ἕνα ἀριθμὸν καὶ τὸν αὐτὸν τὸν Δ πολλαπλασιάσαντες τοὺς Ε, Β πεποιήκασιν· ἐστιν ἄρα ὡς ὁ Γ πρὸς τὸν Δ οὕτως ὁ Ε πρὸς τὸν Β. Ἀλλ' ὡς ὁ Γ πρὸς τὸν Δ οὕτως ὁ Α πρὸς τὸν Ε· b, d, e, f, g, h, k, l, n.
3. ὁ Ε.	deest.	concordat cum edit. Paris.
4. πλευράν.	deest.	concordat cum edit. Paris.

PROPOSITIO XII.

1. καὶ ὁ Γ	Id.	ὁ Γ ἄρα
2. ὁ Γ ἄρα ἑαυτὸν μὲν πολλαπλασιάσας τὸν Ε πεποίηκε, . .	Id.	deest.
3. ἐπεὶ	deest.	concordat cum edit. Paris.
4. Ἐδείχθη δὲ καὶ ὡς ὁ Γ πρὸς τὸν Δ οὕτως ἲ, τε Α πρὸς τὸν Θ,	καὶ ὡς ἄρα ὁ Γ πρὸς τὸν Δ οὕτως ὁ, τε Α πρὸς τὸν Θ	concordat cum edit. Paris.
5. ἄρα	deest.	concordat cum edit. Paris.

PROPOSITIO XIII.

1. ἑξῆς . . . .   *Id.* . . . .   deest.
2. εἰσιν ἀνάλογον . . . . .   *Id.* . . . .   ἀνάλογόν εἰσιν
3. ἀνάλογον . . . .   *Id.* . . . .   deest.
4. τῶν . . . .   deest. . . . . . .   concordat cum edit. Paris.
5. καὶ . . . .   *Id.* . . . .   deest.

PROPOSITIO XIV.

1. ἔστωσαν . . . .   *Id.* . . . .   deest.
2. μετρεῖ ἄρα καὶ ὁ Γ τὸν Δ. .   deest. . . . . . .   concordat cum edit. Paris.
3. Ἀλλὰ δὴ μετρείτω ὁ Γ τὸν Δ·   πάλιν δὴ ὁ Γ τὸν Δ με-   concordat cum edit. Paris.
                                   τρείτω
4. ἑξῆς . . . .   *Id.* . . . .   deest.
5. μετρεῖ δὲ ὁ Γ τὸν Δ· μετρεῖ   deest. . . . . . .   concordat cum edit. Paris.
   ἄρα καὶ ὁ Α τὸν Ε . . . . .

PROPOSITIO XV.

1. ἀριθμὸν . . . .   *Id.* . . . .   deest.
2. μετρεῖ. . . . . .   *Id.* . . . .   μετρήσει.
3. ὁ δὲ Δ ἑαυτὸν πολλαπλασιά-   *Id.* . . . . . .   καὶ ἔτι ὁ Γ τὸν Δ πολλαπλασιάσας
   σας τὸν Η ποιείτω, καὶ ἔτι ὁ   τὸν Ζ ποιείτω, ὁ δὲ Δ ἑαυτὸν
   Γ τὸν Δ πολλαπλασιάσας τὸν Ζ,   πολλαπλασιάσας τὸν Η ποιείτω,
4. δὴ . . . .   *Id.* . . . .   δὲ
5. Καὶ ἐπεὶ . . . . . .   *Id.* . . . .   ἐπεὶ γὰρ

PROPOSITIO XVI.

1. οὐδ'. . . . .   *Id.* . . . . . .   οὐδὲ ὅδε
2. ἀριθμοὶ . . . .   *Id.* . . . . . .   deest.
3. ἔστωσαν . . . .   *Id.* . . . . . .   deest.
4. λέγω . . . .   λέγω δὲ . . . . . .   concordat cum edit. Paris.
5. μετρεῖ. . . . . . .   *Id.* . . . .   μετρήσει.
6. μετρείτω . . . .   *Id.* . . . . . .   μετρείτω δὴ
7. μετρήσει καὶ ὁ Γ τὸν Δ. . .   καὶ ὁ τὸν Δ. . . . .   concordat cum edit. Paris.

PROPOSITIO XVIII.

EDITIO PARISIENSIS.	CODEX 190.	EDITIO OXONIÆ.
1. ἀριθμοὶ ὅμοιοι ἐπίπεδοι	ὅμοιοι ἐπίπεδοι ἀριθμοὶ	concordat cum edit. Paris.
2. ὁ Γ πρὸς τὸν Ε, ἢ ὁ Δ πρὸς τὸν Ζ· τουτέστιν ἤπερ ἡ ὁμόλογος πλευρὰ πρὸς τὴν ὁμόλογον.	Id.	ἢ ὁμόλογος πλευρὰ ὁ Γ πρὸς τὴν ὁμόλογον πλευρὰν τὸν Ε, ἢ ὁ Δ πρὸς τὸν Ζ.
3. οὕτως	deest.	concordat cum edit. Paris.
4. μὲν	Id.	deest.
5. οὕτως	deest.	concordat cum edit. Paris.
6. μὲν	deest.	concordat cum edit. Paris.
7. ὅ, τε	Id.	ὅ

PROPOSITIO XIX.

1. μὲν ὁ	Id.	ὁ μὲν
2. μὲν	deest.	concordat cum edit. Paris.
3. ἄρα	deest.	concordat cum edit. Paris.
4. ἐδείχθη.	Id.	ἐδείχθη· ἔστιν ἄρα ὡς ὁ Κ πρὸς τὸν Μ οὕτως ὁ Μ πρὸς τὸν Λ.
5. οὕτως	deest.	concordat cum edit. Paris.
6. εἰσιν	deest.	concordat cum edit. Paris.
7. Πάλιν, ἐπεί ἐστιν ὡς ὁ Δ πρὸς τὸν Ε οὕτως ὁ Η πρὸς τὸν Θ· ἐναλλὰξ ἄρα ἐστὶν ὡς ὁ Δ πρὸς τὸν Η οὕτως ὁ Ε πρὸς τὸν Θ· .	Διὰ τὰ αὐτὰ δὴ καὶ ὡς ὁ Δ πρὸς τὸν Η οὕτως ὁ πρὸς τὸν Θ· a.	concordat cum edit. Paris. b, d, e, f, g, h, k, l, n.
8. εἰσιν ἀνάλογον	Id.	ἀνάλογόν εἰσιν
9. λόγῳ.	Id.	deest.
10. Θ	Id.	Θ λόγῳ
11. πολλαπλασιάσας	Id.	πολλαπλασιάσας τὸν ἐκ τῆς Ζ, Η
12. καὶ	Id.	deest.
13. ἔστιν ἄρα ὡς	καὶ ὁ Ε πρὸς τὸν Θ· καὶ ὡς ἄρα	concordat cum edit. Paris.
14. ὅ, τε	deest.	concordat cum edit. Paris.

PROPOSITIO XX.

EDITIO PARISIENSIS.	CODEX 190.	EDITIO OXONIÆ.
1. οἱ	*Id.*	deest.
2. γάρ	deest.	concordat cum edit. Paris.
3. ἔστιν ἄρα ὡς ὁ Δ πρὸς τὸν Ε οὕτως ὁ Α πρὸς τὸν Γ. Ὡς δὴ ὁ Α πρὸς τὸν Γ οὕτως ὁ Γ πρὸς τὸν Β·	deest.	concordat cum edit. Paris.
4. τὸν δὲ Ε πολλαπλασιάσας τὸν Γ πεποίηκεν·	deest.	concordat cum edit. Paris.
5. δὲ	*Id.*	δὴ
6. καὶ	*Id.*	deest.
7. Ἐπεὶ γὰρ ὁ Ζ τὸν μὲν Δ πολλαπλασιάσας τὸν Α πεποίηκε· τὸν δὲ Ε πολλαπλασιάσας τὸν Γ πεποίηκεν· ἰσάκις ἄρα ὁ Δ τὸν Α μετρεῖ καὶ ὁ Ε τὸν Γ· ἔστιν ἄρα ὁ Δ πρὸς τὸν Ε οὕτως ὁ Α πρὸς τὸν Γ, τουτέστιν ὁ Γ πρὸς τὸν Β. Πάλιν, ἐπεὶ ὁ Ε ἑκάτερον τῶν Ζ, Η πολλαπλασιάσας τοὺς Γ, Β πεποίηκεν·	*Id. a, h, l.*	Ἐπεὶ γὰρ ἑκάτερος τῶν Ζ, Η τὸν Ε πολλαπλασιάσας ἑκάτερον τῶν Γ, Β πεποίηκεν· *b, d, e, f, g, k, n.*
8. Καὶ ἐναλλὰξ ὡς ὁ Δ πρὸς τὸν Ζ οὕτως ὁ Ε πρὸς τὸν Η· . .	*Id.*	deest.
9. πλευραὶ αὐτῶν	*Id.*	αὐτῶν πλευραὶ

PROPOSITIO XXI.

EDITIO PARISIENSIS.	CODEX 190.	EDITIO OXONIÆ.
1. οἱ	deest.	concordat cum edit. Paris.
2. γάρ	*Id.*	γὰρ τρεῖς
3. τρεῖς	*Id.*	deest.
4. ἀριθμοί.	deest.	concordat cum edit. Paris.
5. τοῦ πρὸ	*Id.*	deest.
6. εἰσιν ἀνάλογον	*Id.*	ἀνάλογόν εἰσιν
7. καὶ ἔστιν ἴσον τὸ πλῆθος τῶν Ε, Ζ, Η τῷ πλήθει τῶν Α, Γ, Δ·	*Id.*	deest.

EDITIO PARISIENSIS.	CODEX 190.	EDITIO OXONIÆ.
8. δὴ ὁ E τὸν Γ	Id.	δὲ ὁ H τὸν B
9. Καὶ	Id.	deest.
10. πεποίηκε·	Id.	πεποίηκε· τὸν δὲ πολλαπλασιάσας
		τὸν Γ πεποίηκεν·
11. αὐτοῦ	Id.	. αὐτῶν
12. δὴ	deest.	concordat cum edit. Paris.
13. οὕτως	deest.	concordat cum edit. Paris.

PROPOSITIO XXIV.

1. οὕτως	deest.	concordat cum edit. Paris.

PROPOSITIO XXV.

1. λέγω . . . . . . , . .	Id.	λέγω δὴ
2. ἀριθμοὶ, ...	deest.	concordat cum edit. Paris.

PROPOSITIO XXVII.

1. ἀριθμοὶ	Id.	deest.

LIBER NONUS.

PROPOSITIO I.

EDITIO PARISIENSIS.	CODEX 190.	EDITIO OXONIÆ.
1. ἐπίπεδοι	Id.	deest.
2. Ἐπεὶ οὖν ὁ Α ἑαυτὸν μὲν . .	Id.	Καὶ ἐπεὶ ὁ Α ἑαυτὸν
3. ἀριθμῶν μεταξὺ	Id.	μεταξὺ ἀριθμῶν

PROPOSITIO II.

1. ἀριθμοί.	Id.	deest.
2. Ἐστωσαν δύο ἀριθμοὶ οἱ Α, Β,	Id.	Δύο γὰρ ἀριθμοὶ οἱ Α, Β πολλα-
καὶ ὁ Α τὸν Β πολλαπλασιάσας		πλασιάσαντες ἀλλήλους τετρά-
τετράγωνον τὸν Γ ποιείτω·		γωνον τὸν Γ ποιείτωσαν·
3. οὕτως	deest.	concordat cum edit. Paris.
4. ἀριθμός.	deest.	concordat cum edit. Paris.
5. ἄρα Α, Β	Id.	Α, Β ἄρα

PROPOSITIO III.

1. οὕτως . . . . ·	deest.	concordat cum edit. Paris.
2. οὕτως	deest.	concordat cum edit. Paris.
3. οὕτως . . . . ·	deest.	concordat cum edit. Paris.
4. οὕτως . . . . ·	deest.	concordat cum edit. Paris.
5. ἀριθμοὶ ἐμπεπτώκασιν· . .	Id. . . . . ·	ἐμπεπτώκασιν ἀριθμοί·
6. ἐμπεσοῦνται	Id.	ἐμπεπτώκασιν
7. δεύτερος	Id.	τέταρτος

PROPOSITIO IV.

1. γὰρ Α	Id. . . . . . . , .	Α γὰρ
2. οἱ Α, Β· . , ...	Id.	deest.

PROPOSITIO V.

1. ἀριθμός	Id.	dcest.

EDITIO PARISIENSIS.	CODEX 190.	EDITIO OXONIÆ.

2. οὕτως . . . . deest. . . . . concordat cum edit. Paris.

3. τῶν . . . . *Id.* . . . . τὸν

PROPOSITIO VI.

1. ἑαυτὸν . . . . *Id.* . . . . ἑαυτὸν μὲν

2. ὁ Α ἄρα τὸν Β μετρεῖ κατὰ *Id.* . . . . τὸν δὲ Β πολλαπλασιάσας τὸν Γ
τὰς ἐν αὐτῷ μονάδας. Μετρεῖ   πεποίηκεν· ἔστιν ἄρα ὡς *b, d,*
δὲ καὶ ἡ μονὰς τὸν Α κατὰ τὰς   *f, g, h, k, l, m, n.*
ἐν αὐτῷ μονάδας· ἔστιν ἄρα ὡς
ἡ μονὰς πρὸς τὸν Α οὕτως ὁ Α   *Nota.* Tredecim priores
πρὸς τὸν Β. Καὶ ἐπεὶ ὁ Α τὸν Β   propositiones desunt in co-
πολλαπλασιάσας τὸν Γ πεποίη-   dice 2344.
κεν· ὁ Β ἄρα τὸν Γ μετρεῖ κατὰ
τὰς ἐν τῷ Α μονάδας. Μετρεῖ
δὲ καὶ ἡ μονὰς τὸν Α κατὰ τὰς
ἐν αὐτῷ μονάδας· ἔστιν ἄρα ὡς
ἡ μονὰς πρὸς τὸν Α οὕτως ὁ Β
πρὸς τὸν Γ. Ἀλλ’ ὡς ἡ μονὰς
πρὸς τὸν Α οὕτως ὁ Α πρὸς τὸν
Β· καὶ ὡς ἄρα . . . . . .

3. οὕτως . . . . deest. . . . . concordat cum edit. Paris.

4. οἱ . . . . *Id.* . . . . deest.

5. Β, Γ . . . . deest. . . . . concordat cum edit. Paris.

6. οὕτως . . . . deest. . . . . concordat cum edit. Paris.

PROPOSITIO VII.

1. Ἐπεὶ οὖν ὁ Δ τὸν Α μετρεῖ *Id.* . . . . deest.
κατὰ τὰς ἐν τῷ Ε μονάδας· .

2. πεποίηκεν· . . . . *Id.* . . . . πεποίηκεν· ὁ Β ἄρα τὸν ἐκ τῶν Δ, Ε
                                          πολλαπλασιάσας τὸν Γ πεποίη-
                                          κεν·

PROPOSITIO VIII.

1. ἔσται . . . . *Id.* . . . . ἔστιν

2. πάντες, ... deest. . . . . concordat cum edit. Paris.

II.   55

EDITIO PARISIENSIS.	CODEX 190.	EDITIO OXONIÆ.
3. πάντες,	deest.	concordat cum edit. Paris.
4. πάντες.	deest.	concordat cum edit. Paris.
5. πάντες.	Id.	ἅπαντες.
6. ἀριθμὸν	Id.	deest.
7. πάντες	Id.	deest.
8. μὲν	deest.	concordat cum edit. Paris.
9. ἐστὶ·	Id.	deest.
10. πάντες κύβοι εἰσὶ	Id.	ἅπαντες κύβοι τέ εἰσι

PROPOSITIO IX.

1. ἀριθμοὶ ἐξῆς	ἐξῆς κατὰ τὸ συνεχὲς ἀριθμοὶ	concordat cum edit. Paris.
2. ὁσοιδηποτοῦν	Id.	ὁποσοιοῦν
3. ἄρα	deest.	concordat cum edit. Paris.
4. ἄρα	τε	concordat cum edit. Paris.
5. δὴ	Id.	δὲ
6. καὶ	Id.	deest.
7. λέγω	Id.	λέγω δὴ
8. καὶ ὁ Β ἄρα κύβος ἐστί.	deest.	concordat cum edit. Paris.

PROPOSITIO X.

1. γὰρ	Id.	deest.
2. ὁσοιδηποτοῦν	Id.	deest.
3. χωρὶς	Id.	πλὴν
4. καὶ τῶν ἵνα διαλειπόντων.	deest.	concordat cum edit. Paris.
5. οὕτως	deest.	concordat cum edit. Paris.
6. ὑπόκειτο·	Id.	ὑπόκειται·
7. τετράγωνός ἐστι,	Id.	deest.
8. δὴ	deest.	concordat cum edit. Paris.
9. οὕτως	deest.	concordat cum edit. Paris.
10. κύβον·	Id.	κύβον· οἱ Β, Γ ἄρα ὅμοιοι στέρεοι.
11. οὕτως	deest.	concordat cum edit. Paris.
12. καὶ	deest.	concordat cum edit. Paris.

PROPOSITIO XI.

EDITIO PARISIENSIS.	CODEX 190.	EDITIO OXONIÆ.
1. ἐλάχιστος ὁ Β τὸν Ε . . .	Id.	ἐλάσσων ὁ Β τὸν Ε μείζονα
2. αὐτῷ	Id.	τῷ Δ
3. τῷ Δ	Id.	αὐτῷ
4. Ὅπερ ἔδει δεῖξαι.	deest.	concordat cum edit. Paris.

ΠΟΡΙΣΜΑ.

deest. . . . . Καὶ φανερὸν ὅτι ἣν ἔχει   deest in codicibus *b, c, d,*
τάξιν ὁ μετρῶν ἀπὸ   *e, g, h, k, l, m, n;* hoc
μονάδος τὴν αὐτὴν ἔχει,   corollarium inter lineas
καὶ ὁ καθ᾽ ὃν μετρεῖ ἀπὸ   codicis *f* est exaratum.
τοῦ μετρουμένου κατὰ
τὸν πρὸ αὐτοῦ ὡς τὸν Δ.
Ὅπερ ἔδει δεῖξαι.

PROPOSITIO XII.

1. ἐξῆς	Id.	deest.
2. μετρῆται, ...	Id.	μετρεῖται,
3. ὁποσοιδηποτοῦν	Id.	ὁσοιδηποτοῦν
4. ἐξῆς	deest.	concordat cum edit. Paris.
5. καὶ	deest.	concordat cum edit. Paris.
6. μετρείτω ὁ Ε τὸν Α. . . .	deest.	concordat cum edit. Paris.
7. ἀριθμὸν	deest.	concordat cum edit. Paris.
8. οὕτως	deest.	concordat cum edit. Paris.
9. οὕτως	deest.	concordat cum edit. Paris.
10. ἔστιν ἄρα ὁ ἐκ τῶν Θ, Ε ἴσος	ὁ ἄρα ἐκ τῶν Θ, Ε ἴσος ἐστὶ	concordat cum edit. Paris.
11. οὕτως	deest.	concordat cum edit. Paris.
12. ὅ τε	Id.	ὅ τε μείζων τὸν μείζονα καὶ ὁ ἐλάττων τὸν ἐλάττονα, τουτέστιν ὁ
13. καὶ ὁ Ε τὸν Α.	ὁ Ε τὸν Α, ὡς ἡγούμενος ἡγούμενοι.	concordat cum edit. Paris.
14. πρώτου	deest.	concordat cum edit. Paris.
15. οἱ Α, Ε ἄρα ὑπὸ πρώτου τινὸς ἀριθμοῦ μετροῦνται. . . .	deest.	concordat cum edit. Paris.
16. καὶ	deest.	concordat cum edit. Paris.

PROPOSITIO XIII.

EDITIO PARISIENSIS.	CODEX 190.	EDITIO OXONIÆ.
1. ἄλλου	deest.	concordat cum edit. Paris.
2. ἀπὸ μονάδος ὁποσοιοῦν ἀριθμοὶ ἑξῆς	deest.	ὁπόσοιοῦν ἀριθμοὶ ἀπὸ μονάδος
3. πᾶς	Id.	ἅπας
4. ὁ Ε ἄρα ὑπὸ πρώτου τινὸς ἀριθμοῦ μετρεῖται.	Id.	deest.
5. πρώτου μετρηθήσεται,	Id.	μετρηθήσεται πρώτου,
6. τὸν Δ μετρεῖ	Id.	μετρεῖ τὸν Δ,
7. ὁ Ζ οὐκ ἔστι	Id.	οὐκ ἔστιν ὁ Ζ
8. ἐστὶ πρῶτος,	deest.	concordat cum edit. Paris.
9. ἅπας δὲ σύνθετος ἀριθμὸς ὑπὸ πρώτου τινὸς ἀριθμοῦ μετρεῖται· ὁ Ζ ἄρα ὑπὸ πρώτου τινὸς ἀριθμοῦ μετρεῖται.	Id.	ὑπὸ πρώτου ἄρα τινὸς ἀριθμοῦ μετρεῖται.
10. οὕτως	deest.	concordat cum edit. Paris.
11. ὑπὸ τῶν,	Id.	ἐκ τῶν
12. οὕτως	deest.	concordat cum edit. Paris.
13. ὑφ'	ὑπὸ	concordat cum edit. Paris.

PROPOSITIO XIV.

1. πρώτου	Id.	deest.
2. τῶν	Id.	deest.
3. ἐστὶν	deest.	concordat cum edit. Paris.
4. μετρούμενος·	Id.	μετρούμενον·

PROPOSITIO XV.

1. τῶν Α, Β, Γ	Id.	deest.
2. δὴ	Id.	δὲ

EDITIO PARISIENSIS.	CODEX 190.	EDITIO OXONIÆ.
3. πρὸς τὸν ΕΖ πρῶτοί εἰσιν·	Id.	πρῶτοί εἰσι πρὸς τὸν ΕΖ·
4. Ἐὰν δὲ δύο ἀριθμοὶ πρός τινα ἀριθμὸν πρῶτοι ὦσι, καὶ ὁ ἐξ αὐτῶν γενόμενος πρὸς τὸν λοιπὸν πρῶτός ἐστιν· ὥστε ὁ ἐκ τῶν ΖΔ, ΔΕ πρὸς τὸν ΕΖ πρῶτός ἐστιν. Ὥστε καὶ ὁ ἐκ τῶν ΖΔ, ΔΕ πρὸς τὸν ἀπὸ τοῦ ΕΖ πρῶτός ἐστιν. Ἐὰν γὰρ δύο ἀριθμοὶ πρῶτοι πρὸς ἀλλήλους ὦσιν, ὁ ἐκ τοῦ ἑνὸς αὐτῶν γενόμενος πρὸς τὸν λοιπὸν πρῶτός ἐστιν.	Id. a, l, n. . . .	καὶ ὁ ἐκ τῶν ΖΔ, ΔΕ ἄρα πρὸς τὸν ΕΖ πρῶτός ἐστιν. Ἐὰν δὲ δύο ἀριθμοὶ πρῶτοι πρὸς ἀλλήλους ὦσιν, ὁ ἀπὸ τοῦ ἑνὸς αὐτῶν γενόμενος πρὸς τὸν λοιπὸν πρῶτός ἐστιν· ὥστε ὁ ἐκ τῶν ΖΔ, ΔΕ καὶ πρὸς τὸν ἀπὸ τοῦ ΕΖ πρῶτός ἐστιν. b, d, e, f, g, h, k, m.
6. ὑπὸ τῶν ΔΕ, ΕΖ πρῶτός ἐστιν. Ἀλλὰ τῷ ἀπὸ τοῦ ΔΖ ἴσοι εἰσὶν οἱ ἀπὸ τῶν ΔΕ, ΕΖ μετὰ τοῦ δὶς ὑπὸ τῶν ΔΕ, ΕΖ· καὶ οἱ ἀπὸ τῶν ΔΕ, ΕΖ ἄρα μετὰ τοῦ δὶς ἐκ τῶν ΔΕ, ΕΖ πρὸς τὸν ὑπὸ τῶν ΔΕ, ΕΖ πρῶτοί εἰσι.	ἐκ τῶν ΔΕ, ΕΖ πρῶτός ἐστιν. Ἀλλὰ τῷ ἀπὸ τοῦ ΔΖ ἴσοι εἰσὶν οἱ ἀπὸ τῶν ΔΕ, ΕΖ μετὰ τοῦ δὶς ὑπὸ τῶν ΔΕ, ΕΖ· καὶ οἱ ἀπὸ τῶν ΔΕ, ΕΖ ἄρα μετὰ τοῦ δὶς ὑπὸ τῶν ΔΕ, ΕΖ πρὸς τὸν ὑπὸ τῶν ΔΕ, ΕΖ πρῶτοί. .	concordat cum edit. Paris.
7. τῶν	deest.	concordat cum edit. Paris.
8. τῶν	deest.	concordat cum edit. Paris.

PROPOSITIO XVI.

1. οὕτως	deest.	concordat cum edit. Paris.
2. ἀριθμοὶ	Id.	deest.
3. ἔχοντας	Id.	ἔχοντας αὐτοῖς
4. ἄτοπον·	Id.	ἄτοπόν ἐστιν·
5. ἔσται ὡς ὁ Α πρὸς τὸν Β .	Id.	ὡς ὁ Α πρὸς τὸν Β ἐστὶν

PROPOSITIO XVII.

EDITIO PARISIENSIS.	CODEX 190.	EDITIO OXONIÆ.
1. οὕτως	deest.	concordat cum edit. Paris.
2. ἀριθμοὶ	Id.	deest.
3. ἔχοντας	Id.	ἔχοντας αὐτοῖς
4. οὕτως	deest.	concordat cum edit. Paris.
5. οὕτως	deest.	concordat cum edit. Paris.
6. ὁ Α καὶ	Id.	καὶ ὁ Α

PROPOSITIO XVIII.

1. Καὶ εἰ	Id.	Εἰ μὲν οὖν
2. οὕτως	deest.	concordat cum edit. Paris.
3. ἀνάλογον	Id.	deest.

PROPOSITIO XIX.

1. πότε	Id.	
2. πότε	Id.	εἰ

Tertium *alinea* sic se habet in codicibus *a*, *b*, *g*; cum editione vero Parisiensi concordant omnes codices alii.

Tertium *alinea* sic se habet in editionibus Basiliæ et Oxoniæ.

Ἢ οὐκ εἰσὶν ἑξῆς ἀνάλογον, καὶ οἱ ἄκροι αὐτῶν πρῶτοι πρὸς ἀλλήλους εἰσίν· ἢ ἑξῆς εἰσιν ἀνάλογον, καὶ οἱ ἄκροι αὐτῶν οὐκ εἰσι πρῶτοι πρὸς ἀλλήλους· ἢ οὔ τε ἑξῆς εἰσιν ἀνάλογον, οὔ τε οἱ ἄκροι αὐτῶν πρῶτοι πρὸς ἀλλήλους εἰσίν· ἢ καὶ ἑξῆς εἰσιν ἀνάλογον, καὶ οἱ ἄκροι αὐτῶν πρῶτοι πρὸς ἀλλήλους εἰσίν.

Οἱ δὴ Α, Β, Γ ἤτοι ἑξῆς εἰσιν ἀνάλογον, καὶ οἱ ἄκροι αὐτῶν οἱ Α, Γ πρῶτοι πρὸς ἀλλήλους εἰσίν, ἢ οὐ ἀνάλογον μὲν ἑξῆς εἰσιν, οἱ ἄκροι δὲ αὐτῶν πρῶτοι πρὸς ἀλλήλους εἰσίν· ἢ ἀνάλογον μὲν ἑξῆς, οὐ πρῶτοι δὲ οἱ ἄκροι αὐτῶν πρὸς ἀλλήλους εἰσίν· ἢ οὔτε ἀνάλογον ἑξῆς, οὔτε οἱ ἄκροι αὐτῶν πρῶτοι πρὸς ἀλλήλους εἰσίν.

Post quartum *alinea* hæc leguntur in codicibus *a, d, g*; cum editione vero Parisiensi concordant omnes codices alii.

In editionibus Basiliæ et Oxoniæ.

Μὴ ἔστωσαν δὴ οἱ Α, Β, Γ ἑξῆς ἀνάλογον, τῶν ἄκρων πάλιν ὄντων πρώτων πρὸς ἀλλήλους· λέγω ὅτι καὶ οὕτως ἀδύνατόν ἐστιν αὐτοῖς τέταρτον ἀνάλογον προσευρεῖν.

Εἰ δ' οὐκ ἀνάλογον μὲν ἑξῆς εἰσιν, ἄκροι δὲ οἱ πρῶτοι· λέγω ὅτι τέταρτον ἀνάλογον προσευρεῖν ἐστιν ἀδύνατον. Εἰ γὰρ μὴ, προσευρήσθω, καὶ ἔστω ὁ Δ· ὡς οὖν ὁ Α πρὸς τὸν Β οὕτως ὁ

Α, 4.   Β, 6.   Γ, 5.   Δ-----   Ε--------

Εἰ γὰρ δυνατὸν, προσευρήσθω ὁ Δ, ὥστε εἶναι ὡς τὸν Α πρὸς τὸν Β οὕτως τὸν Γ πρὸς τὸν Δ, καὶ γεγονέτω ὡς ὁ Β πρὸς τὸν Γ ὁ Δ πρὸς τὸν Ε. Καὶ ἐπεί ἐστιν ὡς μὲν ὁ Α πρὸς τὸν Β ὁ Γ πρὸς τὸν Δ, ὡς δὲ ὁ Β πρὸς τὸν Γ ὁ Δ πρὸς τὸν Ε· δι'ίσου ἄρα ὡς ὁ Α πρὸς τὸν Γ, ὁ Γ πρὸς τὸν Ε. Οἱ δὲ Α, Γ πρῶτοι, οἱ δὲ πρῶτοι καὶ ἐλάχιστοι, οἱ δὲ ἐλάχιστοι μετροῦσι τοὺς τὸν αὐτὸν λόγον ἔχοντας, ὅ, τε ἡγούμενος τὸν ἡγούμενον, καὶ ὁ ἑπόμενος τὸν ἑπόμενον· μετρεῖ ἄρα ὁ Α τὸν Γ, ὡς ἡγούμενος τὸν ἡγούμενον· μετρεῖ δὲ καὶ ἑαυτόν· ὁ ἄρα τοὺς Α, Γ μετρεῖ, πρώτους ὄντας πρὸς ἀλλήλους, ὅπερ ἐστὶν ἀδύνατον. Οὐκ ἄρα τοῖς Α, Β, Γ δυνατόν ἐστι τέταρτον ἀνάλογον προσευρεῖν.

Ἀλλὰ δὴ πάλιν ἔστωσαν οἱ Α, Β, Γ ἑξῆς ἀνάλογον, οἱ δὲ Α, Γ μὴ ἔστωσαν πρῶτοι πρὸς ἀλλήλους· λέγω ὅτι δυνατόν ἐστιν αὐτοῖς τέταρτον ἀνάλογον προσευρεῖν·

Γ πρὸς τὸν Δ, ὡς δὲ ὁ Β πρὸς τὸν Γ οὕτως ὁ Δ πρὸς τὸν Ε· ἐξ ίσου γοῦν ὡς ὁ Α πρὸς τὸν Γ οὕτως ὁ Γ πρὸς τὸν Ε. Ἀλλὰ μὴν οἱ Α, Γ πρῶτοί εἰσι, πρῶτοι δὲ ἐλάχιστοι, οἱ ἐλάχιστοι δὲ μετροῦσι τοὺς τὸν αὐτὸν λόγον ἔχοντας αὐτοῖς, ὅ, τε ἡγούμενος τὴν ἡγούμενον, καὶ ὁ ἑπόμενος τὸν ἑπόμενον· μετρεῖ ἄρα ὁ Α τὸν Γ, ὁ ἡγούμενος τὸν ἡγούμενον. Μετρεῖ δὲ καὶ ἑαυτόν· ὁ Α ἄρα τοὺς Α, Γ μετρεῖ πρώτους πρὸς ἀλλήλους ὄντας, ὅπερ ἀδύνατον· τοῖς Α, Β, Γ ἄρα τέταρτον ἀνάλογον προσευρεῖν ἀδύνατον.

Πάλιν οἱ Α, Β, Γ ἀνάλογον ἑξῆς ἔστωσαν μὲν οἱ δὲ Α, Γ ἄκροι οὐ πρῶτοι· λέγω ὅτι τέταρτον ἀνάλογον προσευρεῖν δυνατόν ἐστιν·

EDITIO PARISIENSIS.	CODEX 190.	EDITIO OXONIÆ.
3. ὁ δὴ Α	ὁ Α ἄρα	concordat cum edit. Paris.
4. μὲν	μὴν	concordat cum edit. Paris.
5. οὕτως	deest.	concordat cum edit. Paris.
6. τοῖς	Id.	τὼν
7. ἀνάλογον	ἀνάλογον τῖς	concordat cum edit. Paris.

Post ultimum *alinea* editionis Parisiensis hæc leguntur in codicibus *a*, *d*, *g*; cum editione vero Parisiensi concordant omnes codices alii.	In editionibus Basiliæ et Oxoniæ.

Ἀλλὰ δὴ οἱ Α, Β, Γ μήτε ἑξῆς ἔστωσαν ἀνάλογον, μήτε οἱ ἄκροι πρῶτοι πρὸς ἀλλήλους. Καὶ ὁ Β τὸν Γ πολλαπλασιάσας τὸν Δ ποιείτω.

Ἀλλὰ μὲν οὔτ᾽ ἀνάλογον ἑξῆς οἱ Α, Β, Γ οὔτε πρῶτοι οἱ Α, Γ ἄκροι ἔστωσαν, καὶ ὁ Β τὸν Γ πολλαπλασιάσας τὸν Δ ποιείτω, ὁμοίως

Α, 3.   Β, 4.   Γ, 9.   Ε, 12.   Δ, 36.
Α, 4.   Β, 5.   Γ, 14.   Ε----   Δ, 70.

Ὁμοίως δὴ δειχθήσεται ὅτι εἰ μὲν μετρεῖ ὁ Α τὸν Δ, δυνατόν ἐστιν αὐτοῖς ἀνάλογον προσευρεῖν, εἰ δὲ οὐ μετρεῖ, ἀδύνατον. Ὅπερ ἔδει δεῖξαι.

δείξομεν ἐὰν ὁ Α τὸν Δ μετρῇ ὅτι τέταρτον ἀνάλογον εὑρεῖν δυνατόν ἐστιν· ἐὰν δὲ μὴ μετρῇ, ὅτι ἀδύνατον. Ὅπερ ἔδει δεῖξαι.

Nota. Subsequentia adsunt in codice 190 inter et vocabulum ἀλλήλους et vocabulum λέγω secundi *alinea* paginæ 459; quæ quidem Euclidis esse non possunt.

deest. . . . .   ★ Λέγω ὅτι καὶ οὕτως δυνατόν. Εἰ γὰρ ὁ Α τὸν ὑπὸ Β, Γ μετρεῖ, προβήσεται ἡ δεῖξις ὁμοίως τοῖς ἑξῆς. Εἰ δὲ οὐ μετρεῖ ὁ Α τὸν ὑπὸ Β, Γ, ἀδύνατον αὐτοῖς τέταρτον ἀνάλογον προσευρεῖν. Οἷον ἔστω ὁ μὲν Α τριῶν τινῶν, ὁ δὲ Β, ἕξ· ὁ δὲ Γ, ἑπτά· καὶ δηλονότι δυνατόν. Εἰ δὲ ὁ Α εἴη πέντε, οὐκ ἔτι δυνατὸν καὶ ἁπλῶς· ὅτε μὲν ὁ Β πολλαπλάσιός ἐστι τοῦ Α, δυνατόν ἐστι τέταρτον ἀνάλογον εὑρεῖν. Εἰ δὲ μὴ, ἀδύνατον.   deest.

PROPOSITIO XX.

EDITIO PARISIENSIS.	CODEX 190.	EDITIO OXONIÆ.
1. καὶ	Id.	deest.
1. Εἰ γάρ δυνατὸν, ἔστω. . .	Id.	Εἰ γάρ ὁ Η ἑνὶ τῶν Α, Β, Γ εἰσὶν αὑτὸς,
2. ἄρα	Id.	concordat cum edit. Paris.
3. Ο αὑτὸς δὲ καὶ	Id.	καὶ

PROPOSITIO XXII.

1. ἄρα	deest.	concordat cum edit. Paris.
2. Εστι	Εστω	concordat cum edit. Paris.

PROPOSITIO XXIII.

1. ὁποσοιοῦν περισσοὶ ἀριθμοὶ, .	Id.	ἀριθμοὶ περισσοὶ ὁποσοιοῦν,

PROPOSITIO XXIV.

1. ὁ	Id. . ., ...	καὶ ὁ
2. ἀφῃρήσθω ἄρτιος, ...	Id.	ἄρτιος ἀφῃρήσθω
3. ὁ ΓΑ ἔχει μέρος ἥμισυ· ἄρτιος ἄρα ἐστὶν ὁ ΑΓ.	ἄρτιός ἐστιν ὁ ΑΓ. . .	concordat cum edit. Paris.

PROPOSITIO XXV.

1. ὁ	Id.	καὶ ὁ
2. ὅτι ὁ	Id.	ὅτι καὶ

PROPOSITIO XXVI.

1. ὁ	Id.	καὶ ὁ

PROPOSITIO XXVII.

1. περισσοῦ	Id.	περισσοῦ ἀριθμοῦ
2. γὰρ	deest.	concordat cum edit. Paris.
3. Εστι δὲ καὶ μονὰς ἡ ΔΑ· .	deest.	concordat cum edit. Paris.

II.

PROPOSITIO XXVIII.

1. ὁποσοιοῦν . . . . ὁποσοὶ . . . . . . concordat cum edit. Paris.

PROPOSITIO XXIX.

1. ἐστιν· . . . . *Id.* . . . . Ο δὲ συγκείμενος ἐκ περισσῶν ἀριθμῶν, ὧν τὸ πλῆθος περισσὸν,
περισσός ἐστιν·

PROPOSITIO XXX.

1. ὁ ἄρα Β . . . . ὁ Β ἄρα . . . . . . concordat cum edit. Paris.
2. ἐστὶν . . . . *Id.* . . . . deest.

PROPOSITIO XXXI.

1. διπλασίονα . . . . . . *Id.* . . . . διπλάσιον
2. διπλασίων . . . . . . *Id.* . . . . διπλάσιος
3. ὁ Α . . . . *Id.* . . . . ὁ Α καὶ
4. ὁ Δ . . . . deest. . . . . . . concordat cum edit. Paris.

PROPOSITIO XXXII.

1. δυάδος . . . . *Id.* . . . . διάδος
2. δυάδος . . . . *Id.* . . . . διάδος
3. Ὅτι μὲν οὖν ἕκαστος τῶν Β,   Ὅτι μὲν ἕκαστος ἀρτιός   concordat cum edit. Paris.
Γ, Δ ἀρτιάκις ἄρτιός ἐστι, φα-   ἐστι, φανερόν· ἀπὸ γὰρ
νερόν· ἀπὸ γὰρ δυάδος . . .   διάδος
4. Λέγω . . . . *Id.* . . . . Λέγω δὴ
5. ἢ Ε . . . . deest. . . . . . . concordat cum edit. Paris.
6. ὅτι . . . . deest. . . . . . . ὅτι καὶ

PROPOSITIO XXXIII.

1. ἄρτιος, ... *Id.* . . . . ἄρτιος, ὁ ἥμισυς αὐτοῦ ἄρτιός
ἐστι, καὶ

PROPOSITIO XXXIV.

EDITIO PARISIENSIS.	CODEX 190.	EDITIO OXONIÆ.
1. ἄρτιος	deest.	concordat cum edit. Paris.
2. δυάδος	Id.	διάδος
3. δυάδος	Id.	διάδος
4. περισσός ἐστιν.	Id.	ἐστὶ περισσός.
5. τέμνωμεν	Id.	τέμωμεν
6. ποιοῦμεν	Id.	ποιῶμεν,
7. ἀριθμὸν	Id.	deest.
8. δυάδα,	Id.	τινα περισσὸν ὃ μετρήσει τὸν Α κατὰ ἄρτιον ἀριθμὸν, καταντήσομεν εἰς διάδα,
9. δυάδος	Id.	διάδος
10. ὁ Α	Id.	ὁ Α καὶ

PROPOSITIO XXXV.

2. ἴσοι	Id.	ἴσος
2. πάντας	Id.	ἅπαντας
3. ὁποσοιδηποτοῦν	Id.	ὁσοιδηποτοῦν
4. ἐστί·	Id.	deest.
5. τοὺς	Id.	τὸν

PROPOSITIO XXXVI.

1. ὁσοιδηποτοῦν	Id.	ὁποσοιοῦν
2. deest.	Περιττὸν ἐχέτω. Λέγω ὅτι ὁ Α ἀρτιάκις ἐστὶν ἄρτιος καὶ ἀρτιάκις περισσός. Ὅτι μὲν οὖν ὁ Α ἀρτιάκις ἐστιν ἄρτιος, φανερόν· τὸν γὰρ ἥμισυν οὐκ ἔχει περισσόν· λέγω δὴ ὅτι καὶ ἀρτιάκις περισσός ἐστιν. Ἐὰν γὰρ τὸν Α	deest.

τέμνωμεν δίχα, καὶ τὸν
ἥμισυν αὐτοῦ δίχα, καὶ
τοῦτο ἀεὶ ποιοῦμεν,
καταντήσωμεν εἴς τινα
ἀριθμὸν περισσὸν, ὃς
μετρήσει τὸν A κατὰ
ἄρτιον ἀριθμόν. Εἰ γὰρ
οὐ, καταντήσωμεν εἴς
τινα ἀριθμὸν περισσὸν,
ὃς μετρήσει τὸν A κατὰ
ἄρτιον ἀριθμόν· καταν-
τήσωμεν εἰς δυάδα, καὶ
ἔσται ὁ A τῶν ἀπὸ δυά-
δος διπλασιαζομένων,
ὅπερ οὐκ ὑπόκειται·
ὥσπερ ὁ A ἀρτιάκις πε-
ρισσός ἐστιν. Εδείχθη
δὲ καὶ ἀρτιάκις ἄρτιος·
ὁ A ἄρα ἀρτιάκις ἄρτιός
ἐστι καὶ ἀρτιάκις περισ-
σός. Οπερ ἔδει δεῖξαι.

3. καὶ	Id.	deest.
4. οὕτως	deest.	concordat cum edit. Paris.
5. ὁ δὲ μετὰ τὴν μονάδα ὁ A πρῶτός ἐστιν·	deest.	concordat cum edit. Paris.
6. οὐδὲ	deest.	concordat cum edit. Paris.
7. ἀριθμὸν	deest.	concordat cum edit. Paris.
8. ἐστιν·	deest.	concordat cum edit. Paris.
9. αὐτοῖς	deest.	concordat cum edit. Paris.
10. οὕτως	deest.	concordat cum edit. Paris.
11. οὕτως	deest.	concordat cum edit. Paris.

LIBER DECIMUS.

DEFINITIONES.

EDITIO PARISIENSIS.	CODEX 190.	EDITIO OXONIÆ.
1. ἀσύμμετροι, αἱ μὲν μήκει μόνον, αἱ δὲ καὶ δυνάμει· . .	Id. a.	σύμμετροί τε καὶ ἀσύμμετροι, αἱ μὲν μήκει καὶ δυνάμει, αἱ δὲ δυνάμει μόνον. b, d, e, f, g, h, k, l, m, n.
4. τετράγωνα	Id. a, b, d, e, f, g, h, k, l, m, n.	τετράγωνος
5. ἴσα	Id. a, b, d, e, f, g, h, k, l, m, n.	ἴσαι

PROPOSITIO I.

1. γίγνηται· λειφθήσεταί τι μέγεθος, ὃ ἔσται ἔλασσον τοῦ .	Id.	ἂν γίγνηται· ληφθήσεταί τι μέγεθος, ὃ ἐστιν ἔλασσον
2. καὶ τοῦτο ἀεὶ γίγνηται, λειφθήσεταί τι μέγεθος ὃ ἔσται .	Id.	καὶ ἀπὸ τοῦ καταλειπομένου μεῖζον ἢ τὸ ἥμισυ, καὶ τοῦτο ἀεὶ γίγνηται, ληφθήσεταί τι μέγεθος ὃ ἔστιν
3. Τὸ Γ γὰρ	Id.	Τὸ γὰρ Γ
4. ΑΒ	Id.	ΑΒ μεγέθους
5. ἡμίσους	Id.	ἡμίσεος
6. ἢ τὸ ἥμισυ	Id.	τοῦ ἡμίσεος
7. ἢ τὸ ἥμισυ	Id.	τοῦ ἡμίσεος
8. ἡμίση	Id.	ἡμίσεα

ΑΛΛΩΣ*.

Εκκείσθω δύο μεγέθη ἄνισα τὰ ΑΒ, Γ, ἔστω δὲ τὸ Γ ἔλασσον¹, καὶ ἐπεὶ ἔλασσόν ἐστι τὸ Γ,

ALITER.

Exponantur duæ magnitudines inæquales ΑΒ, Γ, sit autem Γ minor, et quoniam minor est

AUTREMENT.

Soient exposées deux grandeurs inégales ΑΒ, Γ; que Γ soit la plus petite.

---

* Hoc ἄλλως in margine codicis a est exaratum; deest autem in codicibus d, g, et in omnibus aliis est in textu.

πολλαπλασιαζόμενον ἔσται ποτὲ τοῦ ΑΒ μεγέθους μεῖζον. Γεγονέτω ὡς τὸ ΖΜ, καὶ διηρήσθω εἰς τὰ ἴσα τῷ Γ, καὶ ἔστω² τὰ ΜΘ,
ΘΗ, ΗΖ, καὶ ἀπὸ τοῦ ΑΒ ἀφηρήσθω μεῖζον
ἢ τὸ ἥμισυ τὸ ΒΕ, καὶ ἀπὸ τοῦ ΑΕ μεῖζον ἢ τὸ
ἥμισυ τὸ ΕΔ. Καὶ τοῦτο ἀεὶ γιγνέσθω³ ἕως αἱ
ἐν τῷ ΑΒ διαιρέσεις ἴσαι γένωνται ταῖς ἐν τῷ
ΖΜ διαιρέσει. Γεγονέτωσαν ὡς αἱ ΒΕ, ΕΔ, ΔΑ,
καὶ τῷ ΔΑ ἕκαστον τῶν ΚΛ, ΛΝ, ΝΞ ἔστω
ἴσον, καὶ τοῦτο γιγνέσθω⁴ ἕως ἂν⁵ αἱ διαιρέσεις
τοῦ ΚΞ ἴσαι γένωνται ταῖς τοῦ ΖΜ.

Γ, multiplicata, erit aliquando magnitudine ΑΒ
major. Fiat ut ΖΜ, et dividatur in partes
æquales ipsi Γ, et sit ΜΘ, ΘΗ, ΗΖ, et ab
ΑΒ auferatur majus quam dimidium ΒΕ, et ab
ΑΕ majus quam dimidium ΕΔ. Atque hoc semper fiat quoad divisiones quæ in ΑΒ æquales
fiant divisionibus quæ in ΖΜ. Fiant ut ΒΖ, ΕΔ,
ΔΑ, et ipsi ΔΑ unaquæque ipsarum ΚΛ, ΛΝ,
ΝΞ sit æqualis, atque hoc fiat quoad divisiones
ipsius ΚΞ æquales fiant divisionibus ipsius ΖΜ.

Καὶ ἐπεὶ τὸ ΒΕ μεῖζον ἢ τὸ ἥμισύ ἐστι τοῦ
ΑΒ, τὸ ΒΕ μεῖζόν ἐστι τοῦ ΕΑ· πολλῷ ἄρα
μεῖζόν ἐστι τοῦ ΔΑ. Ἀλλὰ τὸ ΔΑ ἴσον ἐστὶ τῷ
ΞΝ⁶· τὸ ΒΕ ἄρα μεῖζόν ἐστι τοῦ ΝΞ. Πάλιν,
ἐπεὶ τὸ ΕΔ μεῖζον ἢ τὸ ἥμισύ ἐστι τοῦ ΕΑ,
μεῖζόν ἐστι τοῦ ΔΑ. Ἀλλὰ τὸ ΔΑ ἔστιν ἴσον τῷ

Et quoniam ΒΕ major quam dimidium est ipsius ΑΒ, ipsa ΒΕ major est quam ΕΑ; multo igitur
major est quam ΔΑ. Sed ΔΑ æqualis est ipsi ΞΝ;
ergo ΒΕ major est quam ΝΞ. Rursus, quoniam
ΕΔ major quam dimidium est ΕΑ, major est
quam ΔΑ. Sed ΔΑ est æqualis ipsi ΝΛ; ergo

Puisque la grandeur Γ est la plus petite, cette grandeur étant multipliée deviendra
enfin plus grande que ΑΒ. Qu'elle devième ΖΜ. Partageons ΖΜ en parties égales
chacune à Γ; que ces parties soient ΜΘ, ΘΗ, ΗΖ; retranchons de ΑΒ une partie
ΒΕ plus grande que sa moitié, de ΑΕ une partie ΕΔ plus grande que sa moitié, et
faisons toujours la même chose jusqu'à ce que le nombre des divisions de ΑΒ soit
égal au nombre des divisions de ΖΜ. Que les divisions de ΑΒ soient ΒΕ, ΕΔ, ΔΑ; que
chacune des droites de ΚΛ, ΛΝ, ΝΞ soit égale à ΔΑ, et que le nombre des divisions
de ΚΞ soit égal au nombre des divisions de ΖΜ.

Puisque ΒΕ est plus grand que la moitié de ΑΒ, la droite ΒΕ sera plus
grande que ΔΑ, et à plus forte raison que ΔΑ. Mais ΔΑ est égal à ΞΝ; la
droite ΒΕ est donc plus grande que ΝΞ. De plus, puisque la droite ΕΔ est
plus grande que la moitié de ΕΑ, cette droite sera plus grande que ΔΑ. Mais

ΝΛ[7]· τὸ ΕΔ ἄρα μεῖζόν ἐστι τοῦ ΝΛ· ὅλον ἄρα τὸ ΒΔ μεῖζόν ἐστι τοῦ ΞΛ. Ἴσον δὲ τὸ ΔΑ τῷ ΛΚ[8]· ὅλον ἄρα τὸ ΒΑ μεῖζόν ἐστιν ὅλου τοῦ ΞΚ. Ἀλλὰ τοῦ ΒΑ μεῖζόν ἐστι τὸ ΜΖ· πολλῷ ἄρα τὸ ΜΖ μεῖζόν ἐστι τοῦ ΞΚ. Καὶ ἐπεὶ τὰ ΞΝ, ΝΛ, ΛΚ ἴσα ἀλλήλοις ἐστὶν, ἐστὶ δὲ καὶ τὰ ΜΘ, ΘΗ, ΗΖ ἴσα ἀλλήλοις, καὶ ἐστιν ἴσον τὸ πλῆθος τῶν ἐν τῷ ΜΖ τῷ πλήθει τῶν ἐν τῷ ΞΚ· ἐστιν ἄρα ὡς τὸ ΚΛ πρὸς τὸ ΖΗ οὕτως τὸ ΞΚ πρὸς τὸ ΖΜ. Μεῖζον δὲ τὸ ΖΜ τοῦ ΞΚ· μεῖζον ἄρα καὶ τὸ ΖΗ τοῦ ΛΚ. Καὶ ἐστι τὸ μὲν ΖΗ ἴσον τῷ Γ, τὸ δὲ ΚΛ τῷ ΑΔ· τὸ Γ ἄρα μεῖζόν ἐστι τοῦ ΑΔ. Ὅπερ ἔδει δεῖξαι.

ΕΔ major est quam ΝΛ; tota igitur ΒΔ major est quam ΞΛ. Æquale autem ΔΑ ipsi ΛΚ; tota igitur ΒΑ major est quam tota ΞΚ. Sed quam ΒΑ major est ΜΖ; multo igitur ΜΖ major est quam ΞΚ. Et quoniam ΞΝ, ΝΛ, ΛΚ æquales inter se sunt, sunt autem et ipsæ ΜΘ, ΘΗ, ΗΞ æquales inter se, atque est æqualis multitudo ipsarum in ΜΖ multitudini ipsarum in ΞΚ; est igitur ut ΚΛ ad ΖΗ ita ΞΚ ad ΖΜ. Major autem ΖΜ quam ΞΚ; major igitur et ΖΗ quam ΛΚ. Atque est quidem ΖΗ æqualis ipsi Γ; ipsa autem ΚΛ ipsi ΑΔ; ergo Γ major est quam ΑΔ. Quod oportebat ostendere.

ΑΔ est égal à ΝΛ; la droite ΕΔ est donc plus grande que ΝΛ; la droite entière ΒΔ est donc plus grande que ΞΛ. Mais ΔΑ est égal à ΛΚ; la droite entière ΒΑ est donc plus grande que la droite entière ΞΚ. Mais ΜΖ est plus grand que ΒΑ; la droite ΜΖ est donc à plus forte raison plus grande que ΞΚ. Et puisque les droites ΞΝ, ΝΛ, ΛΚ sont égales entr'elles, que les droites ΜΘ, ΘΗ, ΗΖ sont aussi égales entr'elles, et que le nombre des parties de ΜΖ est égal au nombre des parties de ΞΚ, la droite ΚΛ sera à ΖΗ comme ΞΚ est à ΖΜ (12. 5). Mais ΖΜ est plus grand que ΞΚ; la droite ΖΗ est donc plus grande que ΛΚ (14. 5). Mais ΖΗ est égal à Γ, et ΚΛ égal à ΑΔ; la droite Γ est donc plus grande que ΑΔ. Ce qu'il fallait démontrer.

EDITIO PARISIENSIS.	CODEX 190.	EDITIO OXONIÆ.
1. ἔστω δὲ τὸ Γ ἔλασσον,	deest.	concordat cum edit. Paris.
2. τὰ ἴσα τῷ Γ, καὶ ἔστω	Id.	τὰ ἴσα τῷ Γ
3. γιγνέσθω	γινέσθω	concordat cum edit. Paris.
4. γιγνέσθω	γινέσθω	concordat cum edit. Paris.
5. ἄν	deest.	concordat cum edit. Paris.
6. τὸ ΔΑ ἴσον ἐστὶ τῷ ΞΝ·	Id.	τῷ ΔΑ ἴσον ἐστὶ τὸ ΞΝ·
7. τὸ ΔΑ ἐστὶν ἴσον τῷ ΝΛ·	Id.	τῷ ΔΑ ἴσον ἐστὶ τὸ ΝΛ·
8. ἴσον δὲ τὸ ΔΑ τῷ ΛΚ	Id.	Ἀλλὰ καὶ τῷ ΔΑ ἴσον ἐστὶ τὸ ΛΚ·

PROPOSITIO II.

1. ὄντων	Id.	ἐκκειμένων

EDITIO PARISIENSIS.	CODEX 190.	EDITIO OXONIÆ.
2. καὶ	Id.	καὶ ὄντος
3. τὸ	Id.	ὁ
4. ἐστὶν	Id.	deest.

PROPOSITIO III.

1. μεγέθη σύμμετρα	Id.	σύμμετρα μεγέθη
2. μέγεθος ἤτοι	μέγεθος	ἤτοι
3. οὖν	Id.	οὖν τὸ ΑΒ τὸ ΓΔ
4. τῶν ΑΒ, ΓΔ κοινὸν μέτρον ἐστὶ, καὶ φανερὸν ὅτι καὶ μέγιστον·	Id.	κοινὸν μέτρον ἐστὶ τῶν ΑΒ, ΓΔ. Καὶ φανερὸν ὅτι μέτρον ἐστὶ μέγιστον·
5. καὶ ἀνθυφαιρουμένου ἀεὶ τοῦ ἐλάσσονος	Id.	ἀνθυφαιρουμένου ἄρα τοῦ ἐλάττονος ἀεὶ
6. ΕΔ	Id.	ΓΔ
7. ΑΖ δὲ	Id.	δὲ ΑΖ
8. τὸ ΑΖ ἄρα τὰ ΑΒ, ΓΔ μετρεῖ·	Hæc phrasis contracta margini exarata est manu alienâ.	concordat cum edit. Paris.
9. Ἔστω	Id.	μετρείτω, καὶ
10. καὶ	Id.	deest.
11. λοιπὸν	Id.	λοιπὸν ἄρα
12. ΑΒ, ΓΔ	Id.	ΑΒ, ΓΔ μεγέθη

PROPOSITIO IV.

1. δύο	Id.	deest.
2. οὐ	Id.	οὐ μετρεῖ
3. μετρεῖ δὲ καὶ τὰ Α, Β· τὸ Δ ἄρα τὰ Α, Β, Γ μετρεῖ· . .	Hæc phrasis exarata est litteris minoribus in infimâ paginâ.	concordat cum edit. Paris.
4. τὸ Δ ἄρα	τὸ δὲ ΑΔ	concordat cum edit. Paris.
5. Α, Β οὐ μετρεῖ.	Id.	Α, Β, Γ οὐ μετρήσει. Εἰ γὰρ δυνατόν, μετρείτω τὰ Α, Β, Γ μεῖζον τοῦ Δ μεγέθους, τὸ Ε.

EDITIO PARISIENSIS.	CODEX 190.	EDITIO OXONIÆ.
	$a, e.$	Καὶ ἐπεὶ τὰ Α, Β, Γ μετρεῖ,
		καὶ τὰ Α, Β μετρήσει, καὶ τὸ
		τῶν Α, Β μέγιστον κοινὸν μέτρον
		μετρήσει τὸ Δ, τὸ μεῖζον τὸ
		ἔλασσον, ὅπερ ἀδύνατον. $d, f,$
		$g, h, l, m, n.$
6. οὖν	Id.	deest.
7. μετρήσει	Id.	μετρεῖ
8. Τὸ Ε ἄρα τὰ Α, Β, Γ μετρεῖ·	Id.	deest.
9. ἐστὶ μέτρον.	Id.	μέτρον ἐστί.
10. ἄρα	Id.	deest.
11. Α, Β	Id.	Α, Β ἄρα
12. Τὸ δὲ τῶν Γ, Δ μέγιστον κοι- νὸν μέτρον ἐστὶ τὸ Ε· τὸ Ζ ἄρα τὸ Ε μετρεῖ, ...	ἔστι δὲ τὸ Ε, τὸ Ζ ἄρα τὸ Ε μετρήσει, . . .	concordat cum edit. Paris.
13. μεγέθη	deest.	concordat cum edit Paris.
14. ἐὰν	ἄν	concordat cum edit. Paris.
15. συμμέτρων δοθέντων, . .	Id.	δοθέντων συμμέτρων,

COROLLARIUM.

16. μέτρον μετρήσει.	Id.	μετρήσει μέτρον.
17. προχωρήσει.	προχωρήσει. Ὅπερ ἔδει δεῖξαι.	concordat cum edit. Paris.

PROPOSITIO V.

1. ἀριθμὸν	Id.	deest.
2. οὕτως	deest.	concordat cum edit. Paris.

PROPOSITIO VI.

1. ἔσται	Id.	ἐστι
2. τὰ Α, Β πρὸς ἄλληλα . .	Id.	πρὸς ἄλληλα τὰ Α, Β
3. τὸ αὐτὸ	Id.	ταὐτὸ
4. τὸ	ὁ	concordat cum edit. Paris.

II. 57

EDITIO PARISIENSIS.	CODEX 190.	EDITIO OXONIÆ.
linea 1 μετρεῖ δὲ ἡ μονὰς τὸν Δ ἀριθμόν· μετρεῖ ἄρα καὶ τὸ Γ τὸ Α.	Legere est in infimâ paginâ edit. Oxoniæ : *illa in uncis inclusa desiderantur in utroque codd. mss.* Illa non desiderantur in codicibus *a, d, e, f, g, h, l, m, n.*	concordat cum edit. Paris.
5. τὸ Γ	ὁ Γ	concordat cum edit. Paris.
6. ἀριθμόν·	*Id.*	deest.
7. τῷ Z	*Id.*	τῷ Z μεγέθη
8. τὸν E.	*Id.*	τὸν E ἀριθμόν.
9. ἐστὶ	*Id.*	deest.
10. τὸ Α	deest.	concordat cum edit. Paris.
11. μετρεῖ	deest.	μὲν

A L I T E R*.

1. οὕτως	deest.	concordat cum edit. Paris.
2. τὸ	τὸν	concordat cum edit. Paris.
3. οὕτως	deest.	concordat cum edit. Paris.
4. οὕτως	deest.	concordat cum edit. Paris.
5. τὸ	*Id.*	τὸν
6. καὶ	*Id.*	deest.
7. Μετρεῖ δὲ καὶ τὸ Ε τὸ Α, ἐπεὶ	deest.	concordat cum edit. Paris.
8. Οπερ ἔδει δεῖξαι.	*Id.*	deest.

C O R O L L A R I U M**.

1. ὁ Δ ἀριθμὸς πρὸς τὸν Ε ἀριθμὸν οὕτως ἡ εὐθεῖα	*Id.*	τὸν Δ ἀριθμὸν πρὸς τὸν Ε ἀριθμὸν οὕτως τὴν εὐθεῖαν
2. εὐθείας.	εὐθείας. Οπερ ἔδει δεῖξαι.	concordat cum edit. Paris.

* Deest in codd. *d, e*; reperitur autem in codd. *f, g, h, l, m, n*; atque est exaratum in summâ paginâ codicis *a.*

** Reperitur in codd. *a, d, e, f, g, h, l, m, n.*

PROPOSITIO VIII.

EDITIO PARISIENSIS.	CODEX 190.	EDITIO OXONIÆ.
1. ἐστι	Id.	ἔσται
2. Εἰ γὰρ ἔσται σύμμετρον τὸ A πρὸς τὸ B, λόγον ἕξει ὃν ἀριθμὸς πρὸς ἀριθμόν.	Id.	Εἰ γὰρ σύμμετρόν ἐστι τὸ A τῷ B, λόγον ἔχει ὅνπερ ἀριθμὸς πρὸς ἀριθμόν.

PROPOSITIO IX.

1. ὃν	Id.	ὅνπερ
2. ὃν	Id.	ὅνπερ
3. γὰρ	Id.	deest.
4. ὃν	Id.	ὅνπερ
5. πρὸς τὸν Δ, ...	Id.	ἀριθμὸς πρὸς τὸν Δ ἀριθμὸν,
6. τοῦ δὲ Γ πρὸς τὸν Δ . . .	Id.	τοῦ δὲ τοῦ Γ ἀριθμοῦ πρὸς τὸν Δ ἀριθμὸν
7. ἀριθμὸν	Id.	deest.
8. καὶ	Id.	deest.
9. τετράγωνος πρὸς τὸν ἀπὸ τοῦ Δ τετράγωνον.	Id.	ἀριθμοῦ τετράγωνος ἀριθμὸς πρὸς τὸν ἀπὸ τοῦ Δ ἀριθμοῦ τετράγωνον ἀριθμόν. Ὅπερ ἔδει δεῖξαι.
10. τετράγωνον	deest.	concordat cum edit. Paris.
11. τετράγωνον·	deest.	concordat cum edit. Paris.
12. τῆς D	Id.	τῆς B τετράγωνον
13. τοῦ Δ·	Id.	τοῦ Δ τετράγωνον·
14. τῆς B	Id.	τῆς B τετράγωνον
15. ἐστὶ	Id.	deest.
16. τοῦ Γ	Id.	τοῦ Γ ἀριθμοῦ
17. τετραγώνου	Id.	τετραγώνου ἀριθμοῦ
18. τοῦ Δ	Id.	τοῦ Δ ἀριθμοῦ
19. τετράγωνον	Id.	τετράγωνον ἀριθμὸν
20. τοῦ Γ	Id.	τοῦ Γ ἀριθμοῦ
21. λόγου·	Id.	ἀριθμοῦ λόγον
22. ὁ Γ	Id.	ὁ Γ ἀριθμὸς
23. τὸν Δ	Id.	τὸν Δ ἀριθμόν·

EDITIO PARISIENSIS.	CODEX 190.	EDITIO OXONIÆ.
24. μήκει.	Id.	μήκει. Ὅπερ ἔδει δεῖξαι.
25. δὴ	Id.	δὲ
26. τῆς B	Id. . . . . . . -	τῆς B τετράγωνον
27. τετράγωνον	deest.	concordat cum edit. Paris.
28. μήκει.	deest.	concordat cum edit. Paris.
29. τετράγωνον	deest.	concordat cum edit. Paris.
3o. δὴ	Id.	δὲ
31. τετράγωνον	deest.	concordat cum edit. Paris.
32. ἔσται	Id.	ἐστι
33. μήκει, ...	deest.	concordat cum edit. Paris.

ALITER.

In editionibus Basiliæ et Oxoniæ variæ partes hujus ἄλλως insertæ sunt in varias partes propositionis 9; in codicibus autem *a* et *d* hoc ἄλλως exaratum est in margine; in codicibus vero *a*, *d*, *e*, *f*, *g*, *h*, *l*, *m*, *n* sic ordo se habet: 1° prop. 9 corollarium; 2° lemma prop. 10; 3° ἄλλως prop. 9; 4° prop. 11; 5° prop. 10.

EDITIO PARISIENSIS.	CODEX 190.	EDITIO OXONIÆ.
1. μήκει, ...	deest.	concordat cum edit. Paris.
2. ὁ δὲ Γ τὸν Δ	Id.	τὸν δὲ Δ
3. οὕτως	deest.	concordat cum edit. Paris.
4. ὁ δὲ Δ τὸν Γ	Id.	τὸν δὲ Γ
linea 13 ἀριθμόν.	Id.	ἀριθμόν. Ὅπερ ἔδει δεῖξαι.
5. μήκει.	deest.	concordat cum edit. Paris.
6. ἐστι	εἰσι	concordat cum edit. Paris.
7. Ὡς δὲ τὸ ὑπὸ τῶν A, B πρὸς τὸ ἀπὸ τῆς B οὕτως ὁ Z πρὸς τὸν H,	Legere est in infimâ paginâ editionis Oxoniæ : *desiderantur in codd. mss.* Illa non desiderantur in codicibus *a*, *e*, *f*, *g*, *h*, *l*, *m*, *n*.	concordat cum edit. Paris.

EDITIO PARISIENSIS.	CODEX 190.	EDITIO OXONIÆ.
linea 12 ὡς γὰρ ὁ Γ πρὸς τὸν Δ, etc. usque ad vocabulum ὅπερ.	Legere quoque est in infimâ paginâ : *illa uncis inclusa non agnoscunt codd. mss.* Illa agnoscunt codices *a, e, f, g, h, l, m, n.*	concordat cum edit. Paris.
8. οὕτως	deest.	concordat cum edit. Paris.
9. οὕτως	deest.	concordat cum edit. Paris.
10. τὸν Ζ. Ὅπερ ἔδει δεῖξαι.	τὸν Ζ.	concordat cum edit. Paris.

COROLLARIUM*.

1. φανερὸν	*Id.*	φανερὸν ἔστω
2. ἔσται	*Id.*	deest.
3. σύμμετροι	deest. :	concordat cum edit. Paris.
4. καὶ αἱ μήκει ἀσύμμετροι οὐ πάντως καὶ δυνάμει ἀσύμμετροι, αἱ δὲ δυνάμει ἀσύμμετροι πάντως καὶ μήκει.	deest. *a, d, e, f, g, h, l, m, n.*	concordat cum edit. Paris.
5. γὰρ	deest.	concordat cum edit. Paris.
6. εἰσὶ	deest.	concordat cum edit. Paris.
7. οὖν	*Id.*	deest.
8. ἀριθμὸς πρὸς ἀριθμὸν, σύμμετρα μὲν ἔσται αὐτὰ τὰ τετράγωνα δυνάμει, ...	*Id.*	ἕτερός τις ἀριθμὸς πρὸς ἕτερόν τινα ἀριθμὸν, σύμμετρά ἐστι τὰ τετράγωνα, τουτέστιν αἱ εὐθεῖαι ἀφ. ὧν ἀνεγράφησαν δυνάμει,
9. τὰ μὲν μήκει σύμμετρα . .	*Id.*	αἱ μὲν μήκει σύμμετροι
10. τὰ	*Id.*	αἱ
11. καὶ	deest.	concordat cum edit. Paris.
12. δυνάμει.	deest.	δυνάμει ἀσύμμετροι.
13. Ἐπεὶ δὴ γὰρ	*Id.*	Ἐπειδήπερ
14. ἀριθμὸς	τετράγωνος ἀριθμὸς . .	concordat cum edit. Paris.

* Non deest in codicibus *a, d, e, f, g, h, l, m, n.*

EDITIO PARISIENSIS.	CODEX 190.	EDITIO OXONIÆ.
15. ἀριθμόν, ...	τετράγωνον ἀριθμὸν,. .	concordat cum edit. Paris.
16. τῷ	Id.	deest.
17. μήκει δύνανται, ...	Id.	καὶ δύνανται μήκει,
18. μήκει	Id.	εἰσιν

PROPOSITIO X.

2. ἔσται	Id.	ἐστιν.
3. ἔσται.	Id.	ἐστιν.
4. ἀριθμόν·	Id. a, d, e, h, l. .	ἀριθμόν. Εἰ γὰρ ἔχει λόγον ὃν ἀριθμὸς πρὸς ἀριθμὸν τὸ Γ πρὸς τὸ Δ, καὶ τὸ Α πρὸς τὸ Β λόγον ἕξει ὃν ἀριθμὸς πρὸς ἀριθμὸν, καὶ ἔσται σύμμετρον τὸ Α τῷ Β, ὅπερ ἄτοπον, ὑπόκειται γὰρ ἀσύμμετρον· τὸ Γ ἄρα πρὸς τὸ Δ λόγον οὐκ ἔχει ὃν ἀριθμὸς πρὸς ἀριθμόν· f, g, m, n.

PROPOSITIO XI.

1. τῆς	τοῦ	concordat cum edit. Paris.
2. τῆς	τοῦ	concordat cum edit. Paris.
3. τῇ ἄρα προτεθείσῃ εὐθείᾳ τῇ Α προσεύρηνται δύο εὐθεῖαι ἀσύμμετροι αἱ Δ, Ε· μήκει μὲν μόνον ἡ Δ, δυνάμει δὲ καὶ μήκει δηλαδὴ ἡ Ε.	Id. a, e, h, l. . .	τῇ ἄρα προτεθείσῃ εὐθείᾳ τῇ ῥητῇ, ἀφ' ἧς ἔφαμεν τὰ μέτρα λαμβάνεσθαι, οἱονεὶ τῇ Α, δυνάμει μὲν σύμμετρος ἡ Δ, τουτέστι ῥητὴ δυνάμει μόνον σύμμετρος, ἄλογος δὲ ἡ Ε. Ἀλόγους γὰρ καθόλου καλεῖ τὰς καὶ μήκει καὶ δυνάμει ἀσυμμέτρους τῇ ῥητῇ. d, f, g, m, n.

PROPOSITIO XII.

1. Β τῷ Γ, ...	Γ τῷ Β	concordat cum edit. Paris.
2. τὸ	ὁ	concordat cum edit. Paris.

PROPOSITIO XIII.

Hæc propositio, quæ prorsus eadem est quæ subsequens, exarata est vocabulis contractis, et alienâ manu in summâ paginâ codicis *a*, in margine vero cod. *d*, et in textu codd. *e*, *f*, *g*, *h*, *l*, *m*, *n*.

PROPOSITIO XIV.

EDITIO PARISIENSIS.	CODEX 190.	EDITIO OXONIÆ.
1. ἄλλῳ	Id.	ἑτέρῳ
lin. 9 paginæ 147 τὸ B τῷ Γ,	τὸ Γ τῷ B	concordat cum edit. Paris.
2. ἐστι·	Id.	deest.

LEMMA.

1. ὀρθή ἐστιν	Id.	ἐστὶν ὀρθὴ
2. τῆς	Id.	τῇ
3. εὐθεῖαι δοθεῖσαι	Id.	δοθεῖσαι εὐθεῖαι
4. Κείσθωσαν	Id.	Ἐκκείσθωσαν

PROPOSITIO XV.

1. ἑαυτῇ·	Id.	ἑαυτῇ μήκει·
2. ἑαυτῆ.	Id.	ἑαυτῇ μήκει.
3. ἑαυτῇ·	Id.	ἑαυτῇ μήκει·
4. ἑαυτῇ.	Id.	ἑαυτῇ μήκει.
5. δὴ	τῆς	concordat cum edit. Paris.
6. τῇ	τῆς	concordat cum edit. Paris.
7. καὶ	Id.	deest.
8. ἐστὶ	Id.	deest.
9. ἐστὶν	Id.	deest.
10. ἐστι	Id.	deest.

PROPOSITIO XVI.

1. ἐστὶ σύμμετρον.	Id.	σύμμετρόν ἐστιν.
2. ΑΓ	Id.	καὶ τὸ ΑΓ

EDITIO PARISIENSIS.	CODEX 190.	EDITIO OXONIÆ.

3. ΑΓ ἑνὶ τῶν ΑΒ, ΒΓ ἔστω σύμ-   ΑΒ, ΒΓ ἔστω σύμμετρον   concordat cum edit. Paris.
μετρον, ἔστω δὲ τῷ ΑΒ· . .   τῇ ΑΒ·

PROPOSITIO XVII.

1. Συγκείσθω	Id.	Συγκείσθωσαν
2. ἀσύμμετρα τὰ ΓΑ, ΑΒ, με- τρήσει τι αὐτὰ μέγεθος. Με- τρείτω, καὶ ἔστω, εἰ δυνατόν, τὸ Δ.	ἀσύμμετρον τὸ ΓΑ, ΑΓ με- τρήσει τι μέγεθος. Με- τρείτω, εἰ δυνατὸν, καὶ ἔστω τὸ Δ.	concordat cum edit. Paris.
3. ἐστὶν ἀδύνατον·	Id.	ἀδύνατόν ἐστιν·
4. ἔστω, καὶ	ἔστω δὴ	concordat cum edit. Paris.
5. ἔσται	Id.	ἐστι
6. Ὑπέκειτο	Id.	Ὑπέκειντο
7. Ὁμοίως δὴ δείξομεν ὅτι εἰ τὸ ΑΓ τῷ ΓΒ ἀσύμμετρόν ἐστι, καὶ ΑΒ, ΒΓ ἀσύμμετρα ἔσται. .	deest. a, d, e, f, g.	concordat cum edit. Paris.

LEMMA*.

1. παραλληλόγραμμον τὸ ΑΔ, .	Id.	τὸ ΑΔ παραλληλόγραμμον,
2. ΑΓ, ΓΔ, τουτέστι τὸ ὑπὸ τῶν ΑΓ, ΓΒ.	Id.	ΑΓ, ΓΒ.

PROPOSITIO XVIII.

1. παραλληλόγραμμον . . .	deest.	concordat cum edit. Paris.
2. μήκει·	Id.	μήκη·
3. μήκει.	deest.	concordat cum edit. Paris.
4. δύνηται	Id.	δυνήσεται
5. μήκει, ...	deest.	concordat cum edit. Paris.
6. τετάρτῳ	{ Id.	τετάρτῳ μέρει
7. παραλληλόγραμμον . . .	deest.	concordat cum edit. Paris.
8. μήκει.	Id.	μήκη.
9. παραλληλόγραμμον . . .	deest.	concordat cum edit. Paris.

* Non deest in çodicibus a, d, e, f, g, h, l, m, r.

EDITIO PARISIENSIS.	CODEX 190.	EDITIO OXONIÆ.
10. μήκει.	deest.	concordat cum edit. Paris.
11. τῇ	Id.	τῷ
12. τῶν	deest.	concordat cum edit. Paris.
13. τετραπλασίου τοῦ	Id.	τετράκις
14. τετραπλασίῳ τοῦ	Id.	τετράκις
15. τετραπλασίῳ τοῦ	Id.	τετράκις
16. ἢ ΖΔ	Id.	ΖΔ
17. τετραπλασίῳ τοῦ	Id.	τετράκις
18. σύμμετρός ἐστι ταῖς ΒΖ, ΓΔ μήκει·	Id.	ταῖς ΒΖ, ΓΔ ἐστὶ σύμμετρος μήκει·
19. μήκει.	deest.	concordat cum edit. Paris.
20. μήκει,	deest.	concordat cum edit. Paris.
21. μεῖζον τῆς Α	deest.	τῆς Α μεῖζον
22. ἑαυτῇ·	ἑαυτῆς.	concordat cum edit. Paris.
linea 2 paginæ 159 σύμμετρός ἐστι τῇ ΔΓ· ὥστε καὶ ἡ ΒΓ τῇ ΓΔ σύμμετρός ἐστι μήκει· καὶ διελόντι	Id.	τῇ ΔΓ σύμμετρός ἐστι μήκει, ἴση γάρ ἐστι ἡ ΒΖ τῇ ΔΓ· καὶ ἡ ΒΓ ἄρα σύμμετρός ἐστι μήκει τῇ ΔΓ· δηλονότι

PROPOSITIO XIX.

1. μήκει·	deest.	concordat cum edit. Paris.
2. δύνηται	Id.	δυνήσεται
3. μήκει.	deest.	concordat cum edit. Paris.
4. πρότερον,	Id.	προτέρῳ
5. ὅτι καὶ	Id.	οὖν ὅτι
6. μήκει,	Id.	deest.
linea 13 paginæ 160 ἄρα	Id.	deest.
linea 2 paginæ 161 ἑαυτῇ.	ἑαυτῆς.	concordat cum edit. Paris.
8. ἑαυτῇ·	ἑαυτῆς	concordat cum edit. Paris.
9. ἡ	Id.	καὶ ἡ

SCHOLIUM I*.

1. Ἐπεὶ	Id.	Ἐπεὶ δὴ

* Non deest in codd. *a*, *d*, *e*, *f*, *g*, *h*, *l*, *m*, *n*.

II.   58

EDITIO PARISIENSIS.	CODEX 190.	EDITIO OXONIÆ.
2. εἰσὶ σύμμετροι, αἱ δὲ δυνάμει	αἱ δὲ δυνάμει σύμμετροι	concordat cum edit. Paris.
3. δὴ δύνανται μήκει	Id.	δηλαδὴ δύναται καὶ μήκει
4. ἐπεὶ αἱ	Id.	αἱ γάρ
5. αὐτῇ	Id.	deest.

ΣΧΟΛΙΟΝ β΄*.

Ρητὰς γὰρ¹ καλεῖ τὰς τῇ ἐκκειμένη ῥητῇ ἤτοι μήκει καὶ δυνάμει συμμέτρους, ἢ δυνάμει μόνον. Εἰσὶ δὲ καὶ ἄλλαι εὐθεῖαι, αἱ μήκει μὲν ἀσύμμετροί εἰσι τῇ ἐκκειμένη ῥητῇ, δυνάμει δὲ μόνον σύμμετροι, καὶ διὰ τοῦτο πάλιν λέγονται ῥηταὶ καὶ σύμμετροι πρὸς ἀλλήλας καθ᾿ ὃ ῥηταὶ, ἀλλὰ σύμμετροι πρὸς ἀλλήλας, ἤτοι μήκει δηλαδὴ καὶ δυνάμει ἢ δυνάμει μόνον. Καὶ εἰ μὲν μήκει, λέγονται καὶ αὐταὶ ῥηταὶ μήκει σύμμετροι, ἐπακουομένου καὶ δυνάμει· εἰ δὲ δυνάμει μόνον πρὸς ἀλλήλας εἰσὶ σύμμετροι, λέγονται καὶ αὐταὶ οὕτως² ῥηταὶ δυνάμει μόνον σύμμετροι. Ὅτι δὲ αἱ ῥηταὶ σύμμετροί εἰσιν,

SCHOLIUM II.

Rationales enim vocat eas expositæ rationali vel longitudine et potentiâ commensurabiles, vel potentiâ solùm. Sunt autem et aliæ rectæ, quæ longitudine quidem incommensurabiles sunt expositæ rationali, potentiâ vero solùm commensurabiles, et ob id rursus dicuntur rationales et commensurabiles inter se quatenus rationales, sed commensurabiles inter se, vel longitudine scilicet et potentiâ vel potentiâ solùm. Et si quidem longitudine, dicuntur et ipsæ rationales longitudine commensurabiles, ut intelligatur etiam potentiâ ; si vero potentiâ solùm inter se sunt commensurabiles, dicuntur et ipsæ sic rationales potentiâ solùm commensurabiles. Quod et rationales commensurabiles sint, ex his manifestum est ; quoniam

SCHOLIE II.

Car il appèle rationelles celles qui sont commensurables en longueur et en puissance, ou en puissance seulement avec la rationelle exposée. Il est d'autres droites qui étant incommensurables en longueur avec la rationelle exposée, lui sont commensurables en puissance seulement ; et à cause de cela elles sont encore dites rationelles et commensurables entr'elles en tant que rationelles; mais commensurables entr'elles en longueur et en puissance, ou en puissance seulement. Si elles le sont en longueur, elles sont dites rationelles commensurables en longueur, afin que l'on entende qu'elles le sont aussi en puissance ; mais si elles sont commensurables entr'elles en puissance seulement, elles sont dites rationelles commensurables en puissance seulement. Or, il est évident que les rationelles sont com-

---

* Non deest in codd. a, d, e, f, g, h, l, m, n.

ἐντεῦθεν δῆλον· ἐπεὶ γὰρ ῥηταί εἰσιν αἱ τῇ ἐκκειμένῃ ῥητῇ σύμμετροι, τὰ δὲ τῷ αὐτῷ σύμμετρα καὶ ἀλλήλοις ἐστὶ σύμμετρα· αἱ ἄρα ῥηταὶ σύμμετροί εἰσιν³.

enim rationales sunt quæ expositæ rationali commensurabiles, quæ vero eidem commensurabiles et inter se sunt commensurabiles; ipsæ igitur rationales commensurabiles sunt.

mensurables ; car puisque les rationelles sont commensurables avec la rationelle exposée , et que les grandeurs commensurables avec une même grandeur sont commensurables entr'elles (12. 10), il s'ensuit que les rationelles sont commensurables.

EDITIO PARISIENSIS.	CODEX 190.	EDITIO OXONIÆ.
1. Ῥητὰς γὰρ	Id.	Ῥητάϛ
2. οὕτως	Id.	deest.
3. εἰσιν.	Id.	εἰσιν. Ὅπερ ἔδει δεῖξαι.

PROPOSITIO XX.

1. εἰρημένων	Id.	προειρημένων
2. σύμμετρος δέ ἐστιν ἡ ΒΔ τῇ ΒΓ·	deest.	concordat cum edit. Paris.
3. καὶ	deest.	concordat cum edit. Paris.
4. ἐστὶ	Id.	deest.

PROPOSITIO XXI.

1. προειρημένων	Id.	εἰρημένων
2. ἄρα	Id.	ἄρα ἐστὶ

LEMMA*.

1. ἔσται	Id.	ἐστι
2. ἐστιν	Id.	deest.
3. ἐστὶν ἡ Α.	Id.	ἡ Α ἐστὶν.
4. Ὅπερ ἔδει δεῖξαι.	hæc phrasis contracta est.	concordat cum edit. Paris.

PROPOSITIO XXII.

1. ἔσται·	Id.	ἔστω

* Non deest in codicibus *a*, *d*, *e*, *f*, *g*, *h*, *l*, *m*, *n*.

EDITIO PARISIENSIS.	CODEX 190.	EDITIO OXONIÆ.

2. μέση. . . . . „μέση, διὰ τὸ τὴν ἴσον ἀνα- μέση, διὰ τὸ ἀπ᾽ αὐτῆς τετρά-
γράφουσαν τετράγωνον γωνον ἴσον εἶναι τῷ ὑπὸ τῶν
τῷ ΑΓ χωρίῳ ἣν καλεῖ ΑΒ, ΒΓ, καὶ μέσην ἀνάλογον
μέσην, μέσην ἀνάλογον αὐτὴν γίνεσθαι τῶν ΑΒ, ΒΓ. *e,*
εἶναι τῶν ΑΒ, ΒΓ. *a, d.* *f, g, h, l, m, n.*

Subsequens scholium nihil aliud est quam propositio 22 aliter demonstrata.

ΣΧΟΛΙΟΝ*.	SCHOLIUM.

Μέση ἐστὶν ἄλογος ἡ δυναμένη χωρίον περιεχόμενον ὑπὸ ῥητῶν δυνάμει μόνον συμμέτρων.

Ὑπὸ ῥητῶν γὰρ δυνάμει μόνον συμμέτρων
εὐθειῶν τῶν Α, Β περιεχέσθω χωρίον. Δεικτέον
ὅτι ἄλογόν ἐστι τὸ τοιοῦτον χωρίον.

Media est irrationalis quæ potest spatium contentum sub rationalibus potentiâ solùm commensurabilibus.

Sub rationalibus enim potentiâ solùm commensurabilibus rectis A, B contineatur spatium.
Ostendendum est irrationale esse hujusmodi
spatium.

A _____
Γ _____
B _____

Εἰλήφθω γὰρ τῶν Α, Β μέση ἀνάλογον ἡ Γ·
τὸ ἄρα ὑπὸ τῶν Α, Β ἴσον ἐστὶ τῷ ἀπὸ τῆς Γ·
ὥστε ἡ Γ δύναται τὸ ὑπὸ τῶν Α, Β· ἔστιν ἄρα

Sumatur enim ipsarum A, B media proportionalis Γ; rectangulum igitur sub A, B æquale
est quadrato ex Γ; quare Γ potest rectangulum

SCHOLIE.

La médiale qui peut une surface comprise sous des rationelles commensurables
en puissance seulement, est irrationelle.

Qu'une surface soit comprise sous les droites rationelles A, B commensurables en puissance seulement; il faut démontrer qu'une telle surface est irrationelle.

Car prenons une droite Γ moyenne proportionnelle entre A et B; le rectangle
sous A, B sera égal au quarré de Γ (17. 6); la droite Γ peut donc le rectangle

* Deest in codd. *a, c, d, e, f, g, h, l, m, n;* reperitur vero in cod. *g.*

ὡς ἡ Α πρὸς τὴν Β οὕτως τὸ ἀπὸ τῆς Α πρὸς τὸ ἀπὸ τῆς Γ, ὡς γὰρ ἡ πρώτη πρὸς τὴν τρίτην οὕτως τὸ ἀπὸ τῆς πρώτης πρὸς τὸ ἀπὸ τῆς δευτέρας, τοῦτο γὰρ δίδεικται ἐν τῷ πορίσματι τοῦ ιβ′ τοῦ ϛ′ Στοιχείου. Ἀσύμμετρος δὲ ἡ Α τῇ Β μήκει· ἀσύμμετρον ἄρα καὶ τὸ ἀπὸ τῆς Α τῷ ἀπὸ τῆς Γ. Ῥητὸν δὲ τὸ ἀπὸ τῆς Α· ἄλογον ἄρα τὸ ὑπὸ τῶν Α, Β· ἄλογος ἄρα ἐστὶν ἡ Γ. Μέση δὲ ἐκλήθη, ὅτι ἄλογος οὖσα μέσον δύο ῥητῶν τῶν Α, Β ἀνάλογόν ἐστιν.

sub A, B; est igitur ut A ad B ita ex A quadratum ad ipsum ex Γ, ut enim prima ad tertiam ita ex primâ quadratùm ad ipsum ex secundâ, hoc enim demonstratum est in corollario propositionis 28 sexti Elementorum. Incommensurabilis autem A ipsi B longitudine; incommensurabile igitur et ex A quadratum quadrato ex Γ. Rationale autem quadratum ex A; irrationale igitur rectangulum sub A, B; irrationalis igitur est Γ. Media autem vocatur, quod irrationalis existens media duarum rationalium A, B proportionalis est.

sous A, B ; la droite A est donc à B comme le quarré de A est au quarré de Γ ; car la première est à la troisième comme le quarré de la première est au quarré de la seconde, ainsi que cela est démontré dans le corollaire 28 du sixième livre des Éléments. Mais A est incommensurable en longueur avec B ; le quarré de A est donc incommensurable avec le quarré de Γ (10. 10). Mais le quarré de A est rationel ; le rectangle compris sous A, B est donc irrationel ; la droite Γ est donc irrationelle ; et on l'appèle médiale, parce qu'étant irrationelle, elle est moyenne proportionelle entre les deux rationelles A, B.

LEMMA*.

EDITIO PARISIENSIS.	CODEX 190.	EDITIO OXONIÆ.
1. ἔστιν	Id.	ἔσται
2. Ὅπερ ἔδει δεῖξαι.	Id.	deest.

PROPOSITIO XXIII.

1. παραβαλλόμενον	Id.	παρεμβαλλόμενον
2. ὀρθογώνιον	Id.	deest.
3. ἐστὶ	deest.	concordat cum edit. Paris.
4. ἐστι	Id.	deest.
5. ἐστι	Id.	εἰσι
6. περιεχομένῳ	deest.	concordat cum edit. Paris.

* Non deest in codd. a, d, c, f, g, h, l, m, n.

PROPOSITIO XXIV.

EDITIO PARISIENSIS.	CODEX 190.	EDITIO OXONIÆ.
1. ἐστὶ	deest.	concordat cum edit. Paris.
2. Η δὲ τὸ	Id.	τὸ δὲ
3. δυναμένη μέση ἐστίν· . . .	Id.	εὐθεῖον περιεχόμενον ὀρθογώνιον ἄ- λογόν ἐστι, καὶ ἡ δυναμένη αὐτὸ ἄλογός ἐστι, καλεῖται δὲ ἡ δυναμένη μέση·

COROLLARIUM*.

1. καὶ	deest.	concordat cum edit. Paris.
2. σύμμετροι μήκει καὶ δυνάμει.	Id.	μήκει καὶ δυνάμει σύμμετροι.

Subsequentia, quæ desunt in codd. e, m, n, reperiuntur in codd. a, d, f, g, l.

Εἰσὶ δὲ πάλιν καὶ ἄλλαι εὐθεῖαι, αἱ μήκει μὲν ἀσύμμετροί εἰσι τῇ μέσῃ, δυνάμει δὲ μόνον σύμμετροι, καὶ λέγονται πάλιν μέσαι, διὰ τὸ σύμμετροι εἶναι δυνάμει τῇ μέσῃ καὶ σύμμετροι πρὸς ἀλλήλας, καθὸ μέσαι ἄλλαι σύμμετροι πρὸς ἀλλήλας ἤτοι μήκει δηλαδὴ καὶ δυνάμει, ἢ δυνάμει μόνον. Καὶ εἰ μὲν μήκει, λέγονται καὶ αὗται μέσαι μήκει σύμ- μετροι, ἐπιμένου τοῦ ὅτι καὶ δυνάμει. Εἰ δὲ δυνάμει μόνον εἰσὶ σύμμετροι, λέγονται καὶ οὕτως μέσαι[1] δυνάμει μόνον σύμμετροι. Ότι δὲ

Sunt autem rursus et aliæ rectæ, quæ longitu- dine quidem incommensurabiles sunt mediæ, potentiâ vero solùm commensurabiles, et di- cuntur rursus mediæ, quoniam commensurabi- les sunt potentiâ mediæ et commensurabiles inter se, nam mediæ aliæ commensurabiles inter se vel longitudine scilicet et potentiâ, vel potentiâ solùm. Et si quidem longitudine, dicuntur et ipsæ mediæ longitudine commen- surabiles, consequenter etiam et potentiâ. Si autem potentiâ solùm sunt commensurabiles, dicuntur et sic mediæ potentiâ solùm com-

Il est encore d'autres droites qui étant incommensurables en longueur avec une médiale, ne sont commensurables avec elle qu'en puissance ; on les appèle encore médiales, parce qu'elles sont commensurables en puissance avec une médiale et commensurables entr'elles ; car les autres médiales sont commen- surables entr'elles, soit en longueur et en puissance, soit en puissance seulement. Si elles le sont en longueur, on les appèle médiales commensurables en longueur, et par conséquent en puissance ; et si elles ne sont commensurables qu'en puis- sance, on les appèle médiales commensurables en puissance seulement. On

* Non deest in codd. a, d, e, f, g, h, l, m, n.

αἱ μέσαι σύμμετροί εἰσιν, οὕτως² δεικτέον. Ἐπεὶ αἱ μέσαι μέσῃ τινὶ σύμμετροί εἰσι, τὰ δὲ τῷ αὐτῷ σύμμετρα καὶ ἀλλήλοις ἐστὶ σύμμετρα· αἱ ἄρα μέσαι σύμμετροί εἰσιν.

mensurabiles. Quod vero mediæ commensurabiles sint, sic ostendendum est. Quoniam mediæ mediæ cuidam commensurabiles sunt, et quæ eidem commensurabiles et inter se sunt commensurabiles; ipsæ igitur mediæ commensurabiles sunt.

démontre ainsi que ces médiales sont commensurables. Puisque ces médiales sont commensurables avec une médiale, et que les grandeurs commensurables avec une même grandeur sont commensurables entr'elles, les médiales sont commensurables.

EDITIO PARISIENSIS.	CODEX 190.	EDITIO OXONIÆ.
1. μέσαι	Id.	deest.
2. οὕτως	Id.	οὕτω

PROPOSITIO XXV.

1. κατά τινα τῶν εἰρημένων τρό-πων	Id.	deest.
2. ἐστι	Id.	ἐστι καὶ

PROPOSITIO XXVI.

1. εὐθειῶν	Id.	deest.
2. περιεχέσθω ὀρθογώνιον . . .	Id.	ὀρθογώνιον περιεχέσθω
3. ἢ μέσον ἐστίν.	Id.	ἐστιν ἢ μέσον.
4. ἄρα	Id.	ἄρα ἐστὶ
5. Καὶ ἐπεὶ	Id.	Ἐπεὶ οὖν
6. Καὶ ἔστιν	Id.	Ἔστιν ἄρα καὶ
7. σύμμετρός ἐστι	Id.	ἡ ΘΚ σύμμετρός ἐστι τῇ ΘΝ, τ.υ.τέστι
8. ΘΜ	Id.	ΘΜ ἄρα
9. ἢ μέσον ἐστίν.	Id.	ἐστιν ἢ μέσον

PROPOSITIO XXVII.

EDITIO PARISIENSIS.	CODEX 190.	EDITIO OXONIÆ.
1. ἐστὶν ἴσον	Id.	ἴσον ἐστί.
2. παράκειται	Id.	παράκεινται·
4. ἐστί	deest.	concordat cum edit. Paris.
linea 21 paginæ 179 Μέσον ἄρα μέσου, ...	Id.	Οὐκ ἄρα μέσον μέσου,

PROPOSITIO XXVIII.

1. οὕτως	deest.	concordat cum edit. Paris.
2. δὴ	deest.	concordat cum edit. Paris.
3. οὕτως	deest.	concordat cum edit. Paris.
4. οὕτως	deest.	concordat cum edit. Paris.
5. ἐστὶ	Id.	deest.
6. σύμμετροι. Οπερ ἔδει δεῖξαι.	Id.	σύμμετροι, ῥητὸν περιέχουσαι. Οπερ ἔδει δεῖξαι.

PROPOSITION XXIX.

1. τρεῖς	deest.	concordat cum edit. Paris.
2. οὕτως	deest.	concordat cum edit. Paris.
3. οὕτως	deest.	concordat cum edit. Paris.
4. αἱ Δ, Ε ἄρα σύμμετροι δυνάμει μόνον εἰσί.	καὶ αἱ Δ, Ε ἄρα δυνάμει εἰσὶ σύμμετροι. . .	concordat cum edit. Paris.
5. οὕτως	deest.	concordat cum edit. Paris.
6. οὕτως	deest.	concordat cum edit. Paris.
7. οὕτως	deest.	concordat cum edit. Paris.
8. οὕτως	deest.	concordat cum edit. Paris.
9. μέσον περιέχουσαι. Οπερ ἔδει ποιῆσαι.	καὶ τὰ ἑξῆς.	concordat cum edit. Paris.

LEMMA I*.

1. δὲ	Id.	δὴ
2. ἐκ	Id.	ὑπὸ

* Non deest in codd. a, d, e, f, g, h, l, m, n.

EDITIO PARISIENSIS.	CODEX 190.	EDITIO OXONIÆ.
3. τοῦ	τῆς	concordat cum edit. Paris.
4. Ὅπερ ἔδει δεῖξαι.	deest.	concordat cum edit. Paris.

COROLLARIUM*.

1. τὸν	Id.	τὴν
2. ὦσιν ἐπίπεδοι.	Id.	ἐπίπεδοι ὦσιν.
3. ὁ	deest.	concordat cum edit. Paris.
4. τετράγωνος.	τετράγωνος. Ὁ ἄρα ὁ .	concordat cum edit. Paris.

LEMMA II**.

1. κατὰ τὸ Δ·	τῷ Δ	concordat cum edit. Paris.
2. ὁ	deest.	concordat cum edit. Paris.
3. τοῦ	τῆς	concordat cum edit. Paris.
4. τοῦ	τῆς	concordat cum edit. Paris.
5. Ἀφῃρήσθω	Ἀφῃρήσθω ὁμοίως . . .	concordat cum edit. Paris.
6. ΑΒ, ΒΓ τετράγωνος . . .	ΑΒ, ΒΓ	concordat cum edit. Paris.
7. τοῦ	τῆς	concordat cum edit. Paris.
8. τοῦ	τῆς	concordat cum edit. Paris.
9. τοῦ	τῆς	concordat cum edit. Paris.
10. ἐστὶ	Id.	ἔσται
11. τοῦ	τῆς	concordat cum edit. Paris.
12. τοῦ ἀπὸ τοῦ ΒΕ, ...	Id.	deest.
13. μονάς.	Id.	μονάς, μήτε ὁ ἐκ τῶν ΑΒ, ΒΓ μετὰ τοῦ ἀπὸ τοῦ ΓΔ, ὅς ἐστιν ὁ ἀπὸ τοῦ ΒΔ, ἴσος ᾖ τῷ ἀπὸ τῶν ΑΒ, ΒΓ μετὰ τοῦ ἀπὸ τοῦ ΓΕ.
14. τοῦ ΓΕ ἴσος τῷ ἀπὸ τοῦ ΒΕ, καὶ ἔστω τῆς ΔΕ μονάδος διπλασίων ὁ ΗΑ.	τῆς ΓΕ ἴσος τῷ ἀπὸ τῆς ΒΕ, καὶ ἔστω τῆς ΔΕ μονάδος διπλάσιος ὁ ΗΑ.	τοῦ ΓΕ ἴσος τῷ ἀπὸ τοῦ ΒΕ, καὶ ἔστω διπλασίων ὁ ΗΑ τῆς ΔΕ μονάδος.
15. ὁ δὲ ΑΗ τοῦ ΔΕ ἐστὶ διπλασίων·	Id.	ὧν ὁ ΑΗ ἐστὶ διπλασίων τοῦ ΔΕ·
16. τοῦ	deest.	concordat cum edit. Paris.

* Reperitur in codd. a, d, e, f, g, h, l, m, n.
** Reperitur in codd. a, d, e, f, g, h, l, m, n.

II.

EDITIO PARISIENSIS.	CODEX 190.	EDITIO OXONIÆ.
17. τοῦ	deest.	concordat cum edit. Paris.
18. τοῦ	deest.	concordat cum edit. Paris.
19. τοῦ	deest.	concordat cum edit. Paris.
20. ἐκ τῶν	Id.	ὑπὸ τῶν
21. τοῦ	deest.	concordat cum edit. Paris.
22. τοῦ	deest.	concordat cum edit. Paris.
23. ὁ AB ἴσος τῷ ΗΒ , . . .	ἡ AB ἴση τῇ ΗΒ , . . .	concordat cum edit. Paris.
24. τοῦ	τῆς	concordat cum edit. Paris.
25. τοῦ	deest.	concordat cum edit. Paris.
26. τοῦ	deest.	concordat cum edit. Paris.
27. τοῦ	deest.	concordat cum edit. Paris.
28. διπλασίων	Id.	διπλάσιος κείσθω
29. Καὶ	Id.	deest.
30. διπλασίων	Id.	διπλάσιος
31. τοῦ	deest.	concordat cum edit. Paris.
32. τοῦ	deest.	concordat cum edit. Paris.
33. τοῦ	deest.	concordat cum edit. Paris.
34. τοῦ	deest.	concordat cum edit. Paris.
35. ὥστε καὶ ὁ ἐκ τῶν ΘΒ, ΒΓ μετὰ τοῦ ἀπὸ ΓΖ ἴσος ἴσται τῷ ἐκ τῶν ΑΒ, ΒΓ μετὰ τοῦ ἀπὸ ΓΕ,	Id.	συναχθήσεται ἄρα ἴσος ὁ ἐκ τῶν ΑΒ, ΒΓ μετὰ τοῦ ἀπὸ τοῦ ΓΕ τῷ ἐκ τῶν ΘΒ, ΒΓ μετὰ τοῦ ἀπὸ τοῦ ΓΖ,
36. τοῦ	deest.	concordat cum edit. Paris.
37. τῷ	deest.	concordat cum edit. Paris.
38. αὐτῷ	deest.	concordat cum edit. Paris.
39. τοῦ ΒΕ, οὐδὲ μείζονι αὐτοῦ·	τῆς ΒΕ·	concordat cum edit. Paris.
40. τοῦ	deest.	concordat cum edit. Paris.
41. τὸ εἰρημένον ἐπιδεικνύναι , ἀρκείσθω ἡμῖν ὁ εἰρημένος ,	τοὺς εἰρημένους ἀριθμοὺς ἐπιδεικνύειν , ἀρκείσθωσαν ἡμῖν οἱ εἰρημένοι,	concordat cum edit. Paris.

PROPOSITIO XXX.

1. τὸν	τὴν	concordat cum edit. Paris.
2. τετράγωνον, ...	Id.	deest.

EDITIO PARISIENSIS.   CODEX 190.   EDITIO OXONIÆ.

3. οὖν	deest.	concordat cum edit. Paris.
4. ἐστιν	deest.	concordat cum edit. Paris.
linea 12 μήκει.	deest.	concordat cum edit. Paris.
6. μεῖζον	μείζονα	concordat cum edit. Paris.
7. ποιῆσαι.	Id.	δεῖξαι.

PROPOSITIO XXXI.

1. ἀριθμοὶ	Id.	deest.
2. ὡς	deest.	concordat cum edit. Paris.
3. τῷ	τῇ	concordat cum edit. Paris.

Lemma subsequens Euclidis esse minime potest, eo quod propositionis 1 lib. 6 consequentia sit proxima.

ΛΗΜΜΑ*.

Ἐὰν ὦσι δύο εὐθεῖαι ἐν λόγῳ τινὶ, ἔσται ὡς ἡ εὐθεῖα πρὸς εὐθεῖαν οὕτως τὸ ὑπὸ τῶν δύο πρὸς τὸ ἀπὸ τῆς ἐλαχίστης.

Ἔστωσαν δὴ δύο εὐθεῖαι αἱ ΑΒ, ΒΓ ἐν λόγῳ τινί· λέγω ὅτι ἐστὶν ὡς ἡ ΑΒ πρὸς τὴν ΒΓ οὕτως

LEMMA.

Si sint duæ rectæ in ratione aliquâ, erit ut recta ad rectam ita rectangulum sub duabus rectis ad quadratum ex minori.

Sint igitur duæ rectæ AB, ΒΓ in ratione aliquâ; dico esse ut AB ad ΒΓ ita sub AB, ΒΓ

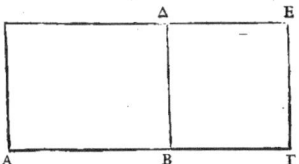

τὸ ὑπὸ τῶν ΑΒ, ΒΓ πρὸς τὸ ἀπὸ τῆς ΒΓ. Ἀναγεγράφθω γὰρ ἀπὸ τῆς ΒΓ τετράγωνον τὸ

rectangulum ad quadratum ex ΒΓ. Describatur enim ex ΒΓ quadratum ΒΔΕΓ, et compleatur

LEMME.

Si l'on a deux droites dans une raison quelconque, l'une d'elles sera à l'autre comme le rectangle sous ces deux droites est au quarré de la plus petite.

Soient les deux droites AB, ΒΓ dans une raison quelconque; je dis que AB est à ΒΓ comme le rectangle sous AB, ΒΓ est au quarré de ΒΓ. Car décrivons sur ΒΓ

* Deest in codd. a, d, e, h, l, m, n; reperitur autem in cod. f.

ΒΔΕΓ, καὶ συμπεπληρώσθω τὸ ΑΔ παραλλη-λόγραμμον. Φανερὸν δὴ ὅτι ἐστὶν ὡς ἡ ΑΒ πρὸς τὴν ΒΓ οὕτως τὸ ΑΔ παραλληλόγραμμον πρὸς τὸ ΒΕ παραλληλόγραμμον. Καὶ ἔστι τὸ μὲν ΑΔ τὸ ὑπὸ τῶν ΑΒ, ΒΓ, ἴση γὰρ ἡ ΒΓ τῇ ΒΔ, τὸ δὲ ΒΕ τὸ ἀπὸ τῆς ΒΓ· ὡς ἄρα ἡ ΑΒ πρὸς τὴν ΒΓ οὕτως τὸ ὑπὸ τῶν ΑΒ, ΒΓ πρὸς τὸ ἀπὸ τῆς ΒΓ. Ὅπερ ἔδει δεῖξαι.

ΑΔ parallelogrammum. Manifestum est igitur esse ut AB ad ΒΓ ita ΑΔ parallelogrammum ad ΒΕ parallelogrammum. Atque est ΑΔ quidem rectangulum sub AB, ΒΓ, æqualis enim ΒΓ ipsi ΒΔ, sed ΒΕ quadratum ex ΒΓ; ut igitur AB ad ΒΓ ita sub AB, ΒΓ rectangulum ad qua-dratum ex ΒΓ. Quod oportebat ostendere.

le quarré ΒΔΕΓ, et achevons le parallélogramme ΑΔ. Il est évident que AB est à ΒΓ comme le parallélogramme ΑΔ est au parallélogramme ΒΕ (1. 6). Mais le rectangle ΑΔ est compris sous AB, ΒΓ ; car ΒΓ égale ΒΔ, et le parallélo-gramme ΒΕ est le quarré de ΒΓ ; donc AB est à ΒΓ comme le rectangle sous AB, ΒΓ est au quarré de ΒΓ. Ce qu'il fallait démontrer.

PROPOSITIO XXXII.

EDITIO PARISIENSIS.	CODEX 190.	EDITIO OXONIÆ.
1. γὰρ	deest.	concordat cum edit. Paris.
2. τὸ	Id.	τῷ
3. ἐστὶ	Id.	deest.
4. οὕτως	deest.	concordat cum edit. Paris.
5. συμμέτρου	ἀσυμμέτρου	concordat cum edit. Paris.
6. δύναται	Id.	δυνήσεται
7. συμμέτρου	ἀσυμμέτρου	concordat cum edit. Paris.
8. συμμέτρου ἑαυτῇ	ἀσυμμέτρου ἑαυτῇ . .	συμμέτρου ἑαυτῷ
9. Ὅπερ ἔδει ποιῆσαι.	deest.	concordat cum edit. Paris.
10. Ὁμοίως δὴ δειχθήσεται καὶ τῷ ἀπὸ ἀσυμμέτρου , ὅταν τῆς Β μεῖζον δύνηται ἡ Α τῷ ἀπὸ ἀσυμμέτρου ἑαυτῇ. d, e.	Id. a.	Ὁμοίως δὲ δειχθήσηται καὶ τὸ ἀπὸ ἀσυμμέτρου, ὅταν ἡ Α μεῖζον δύνηται τοῦ ἀπὸ ἀσυμ-μέτρου ἑαυτῇ. d, f.

Lemma subsequens Euclidis esse minime potest, eo quod propositionis 1 lib. 6 consequentia sit proxima.

ΛΗΜΜΑ*.

Ἐὰν ὦσι τρεῖς εὐθεῖαι ἐν λόγῳ τινὶ, ἔσται ὡς ἡ πρώτη πρὸς τὴν τρίτην οὕτως τὸ ὑπὸ τῆς πρώτης καὶ μέσης πρὸς τὸ ὑπὸ τῆς μέσης καὶ ἐλαχίστης.

Ἔστωσαν τρεῖς εὐθεῖαι ἐν λόγῳ τινὶ, αἱ ΑΒ, ΒΓ, ΓΔ· λέγω ὅτι ἐστὶν ὡς ἡ ΑΒ πρὸς τὴν ΓΔ οὕτως τὸ ὑπὸ τῶν ΑΒ, ΒΓ πρὸς τὸ ὑπὸ τῶν ΒΓ, ΓΔ.

LEMMA.

Si sint tres rectæ in ratione aliquâ, erit ut prima ad tertiam ita rectangulum sub primâ et mediâ ad ipsum sub mediâ et minimâ.

Sint tres rectæ ΑΒ, ΒΓ, ΓΔ in ratione aliquâ; dico esse ut ΑΒ ad ΓΔ ita sub ΑΒ, ΒΓ rectangulum ad ipsum sub ΒΓ, ΓΔ.

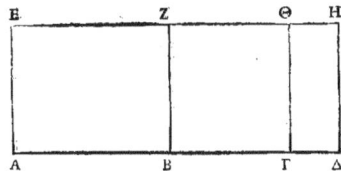

Ἤχθω γὰρ ἀπὸ τοῦ Α σημείου τῇ ΑΒ πρὸς ὀρθὰς ἡ ΑΕ, καὶ κείσθω τῇ ΒΓ ἴση ἡ ΑΕ, καὶ διὰ τοῦ Ε σημείου τῇ ΑΔ εὐθεῖα παράλληλος ἤχθω ἡ ΕΗ, διὰ δὲ τῶν Β, Γ, Δ σημείων τῇ ΑΕ παράλληλοι ἤχθωσαν αἱ ΖΒ, ΘΓ, ΠΔ. Καὶ ἐπεί ἐστιν ὡς ἡ ΑΒ πρὸς τὴν ΒΓ οὕτως τὸ ΑΖ

Ducatur enim a puncto Α ipsi ΑΒ ad rectos angulos ΑΕ, et ponatur ipsi ΒΓ æqualis ΑΕ, et per punctum Ε ipsi ΑΔ recta parallela ducatur ΕΗ, sed per puncta Β, Γ, Δ ipsi ΑΕ parallelæ ducantur ΖΒ, ΘΓ, ΗΔ. Et quoniam est ut ΑΒ ad ΒΓ ita ΑΖ parallelogrammum ad ΒΘ pa-

LEMME.

Si l'on a trois droites dans une raison quelconque, la première sera à la troisième comme le rectangle sous la première et la moyenne est au rectangle sous la moyenne et la plus petite.

Soient les trois droites ΑΒ, ΒΓ, ΓΔ dans une raison quelconque; je dis que ΑΒ est à ΓΔ comme le rectangle sous ΑΒ, ΒΓ est au rectangle sous ΒΓ, ΓΔ.

Car du point Α menons la droite ΑΕ perpendiculaire à ΑΒ; faisons ΑΕ égal à ΒΓ; par le point Ε menons la droite ΕΗ parallèle à ΑΔ, et par les points Β, Γ, Δ menons ΖΒ, ΘΓ, ΗΔ parallèles à ΑΕ. Puisque ΑΒ est à ΒΓ comme le parallélo-

** Deest in codd. *a, d, e, h, m, n*; reperitur autem in codd. *c, f, l.*

παραλληλόγραμμον πρὸς τὸ ΒΘ παραλληλόγραμμον, ὡς δὲ ἡ ΒΓ πρὸς τὴν ΓΔ οὕτως τὸ
ΒΘ πρὸς τὸ ΓΗ· δἰίσου ἄρα ὡς ἡ ΑΒ πρὸς τὴν
ΓΔ οὕτως τὸ ΑΖ παραλληλόγραμμον πρὸς τὸ
ΓΗ παραλληλόγραμμον. Καὶ ἔστι τὸ μὲν ΑΖ
τὸ ὑπὸ τῶν ΑΒ, ΒΓ, ἴση γὰρ ἡ ΑΕ τῇ ΒΓ,
τὸ δὲ ΓΗ τὸ ὑπὸ τῶν ΒΓ, ΓΔ, ἴση γὰρ ἡ ΒΓ
τῇ ΓΘ.

Ἐὰν ἄρα τρεῖς ὦσι, καὶ τὰ ἑξῆς.

rallelogrammum, ut autem ΒΓ ad ΓΔ ita ΒΘ
ad ΓΗ; ex æquo igitur ut ΑΒ ad ΓΔ ita ΑΖ
parallelogrammum ad parallelogrammum ΓΗ.
Atque est quidem ΑΖ rectangulum sub ΑΒ, ΒΓ,
æqualis enim ΑΕ ipsi ΒΓ, rectangulum vero ΓΗ
sub ΒΓ, ΓΔ, æqualis enim ΒΓ ipsi ΓΘ.

Si igitur tres sint, etc.

gramme ΑΖ est au parallélogramme ΒΘ, et que ΒΓ est à ΓΔ comme ΒΘ est à ΓΗ
(1.6); par égalité, ΑΒ sera à ΓΔ comme le parallélogramme ΑΖ est au parallélogramme ΓΗ. Mais ΑΖ est le rectangle sous ΑΒ, ΒΓ; car ΑΕ égale ΒΓ, et ΓΗ est le
rectangle sous ΒΓ, ΓΔ; car ΒΓ égale ΓΘ. Donc, etc.

PROPOSITIO XXXIII.

EDITIO PARISIENSIS.	CODEX 190.	EDITIO OXONIÆ.
1. δυνάμει μόνον σύμμετροι αἱ Α, Β, Γ·	Id.	αἱ Α, Β, Γ δυνάμει μόνον σύμ-μετροι,
2. τῆς Δ·	Id.	τῆς Δ, μέσον δὲ τὸ ὑπὸ τῶν Α, Β.
3. ἴσον	Id.	ἴσον ἐστὶ
4. Ὡς δὲ	Id.	Ἀλλ᾽ ὡς
5. μόνον·	deest.	concordat cum edit. Paris.
6. οὕτως	deest.	concordat cum edit. Paris.
7. τὸ	τῷ	concordat cum edit. Paris.
8. τῷ	Id.	τὸ
9. τὸ	τῷ	concordat cum edit. Paris.
10. αἱ γὰρ Β, Γ ῥηταί εἰσι δυνά-μει μόνον σύμμετροι·	Id.	deest.
11. τὴν μείζονα	Id.	deest.
12. Ὅπερ ἔδει ποιῆσαι.	deest.	concordat cum edit. Paris.
13. Ὁμοίως δὴ πάλιν δειχθήσεται καὶ τῷ ἀπὸ ἀσυμμέτρου, ὅταν ἡ Α τῆς Γ μεῖζον δύνηται τῷ ἀπὸ ἀσυμμέτρου ἑαυτῇ.	Id.	Ὁμοίως δὲ πάλιν δειχθήσεται καὶ τὸ ἀπὸ ἀσυμμέτρου, ὅταν ἡ Ε τοῦ ἀπὸ τῆς Γ μεῖζον δύνηται τῷ ἀπὸ ἀσυμμέτρου ἑαυτῇ.

ΛΗΜΜΑ*.   LEMMA.

EDITIO PARISIENSIS.   **CODEX 190.**   **EDITIO OXONIÆ.**

1. ὑπὸ ΒΑΓ γωνίαν, καὶ ἤχθω .   ὑπὸ Α γωνίαν, καὶ ἤχθω   concordat cum edit. Paris.
2. καὶ ἔτι τὸ . . . .   Id. . . . .   τὸ δὲ
3. ἴσον ἐστὶ τῷ ὑπὸ τῶν ΒΑ, ΑΓ·   ἴσον ἐστὶ τῷ ὑπὸ ΒΑ, ΑΓ·   ἴσον τῷ ὑπὸ τῶν ΒΑ, ΑΓ·
4. τῶν ΓΒ, ΒΔ ἴσον ἐστὶ . . .   ΓΒ, ΒΔ ἴσον ἐστὶ . . .   τῶν ΓΒ, ΒΔ ἴσον
5. Καὶ ὅτι . . . .   Η καὶ ὅτι . . . . .   concordat cum edit. Paris.
6. τῶν . . . .   deest. . . . . . .   concordat cum edit. Paris.
7. Ὅπερ ἔδει δεῖξαι. . . . .   deest. . . . . . .   concordat cum edit. Paris.

ΛΗΜΜΑ β΄**.   LEMMA II.

Ἐὰν εὐθεῖα γραμμὴ τμηθῇ εἰς ἄνισα, ἔσται ὡς ἡ εὐθεῖα πρὸς τὴν εὐθεῖαν οὕτως τὸ ὑπὸ τῆς ὅλης καὶ τῆς μείζονος πρὸς τὸ ὑπὸ τῆς ὅλης καὶ τῆς ἐλάττονος.

Εὐθεῖα γάρ τις ἡ ΑΒ τετμήσθω εἰς ἄνισα κατὰ τὸ Ε· λέγω ὅτι ὡς ἡ ΑΕ πρὸς τὴν ΕΒ οὕτως τὸ ὑπὸ τῶν ΒΑ, ΑΕ πρὸς τὸ ὑπὸ τῶν ΑΒ, ΒΕ.

Si recta linea secetur in partes inæquales, erit ut recta ad rectam ita rectangulum sub totâ et majori ad rectangulum sub totâ et minori.

Recta enim aliqua AB secetur in partes inæquales ad E; dico ut AE ad EB ita sub BA, AE rectangulum ad ipsum sub AB, BE.

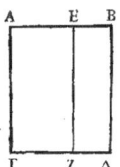

Ἀναγεγράφθω γὰρ ἀπὸ τῆς ΑΒ τετράγωνον τὸ ΑΓΔΒ, καὶ διὰ τοῦ Ε σημείου ὁποτέρᾳ τῶν

Describatur enim ex AB quadratum ΑΓΔΒ, et per punctum E alterutri ipsarum ΑΓ, ΔΒ

LEMME II.

Si une ligne droite est partagée en deux parties inégales, une partie sera à une partie comme le rectangle compris sous la droite entière et la plus grande partie est au rectangle compris sous la droite entière et sous la plus petite.

Car qu'une droite AB soit coupée en deux parties inégales en E; je dis que AE est à EB comme le rectangle sous BA, AE est au rectangle sous AB, BE.

Car décrivons avec AB le quarré ΑΓΔΒ, et par le point E menons la droite EZ

* Reperitur in codd. *a, d, e, f, g, h, l, m, n.*
** Deest in codd. *a, d, e, h, m, n;* reperitur autem in codd. *f, g, l.*

ΑΓ, ΔΒ παράλληλος ἤχθω ἡ ΕΖ. Φανερὸν οὖν ὅτι ὡς ἡ ΑΕ πρὸς τὴν ΕΒ οὕτως τὸ ΑΖ παραλληλόγραμμον πρὸς τὸ ΖΒ παραλληλόγραμμον. Καὶ ἔστι τὸ μὲν ΑΖ, τὸ ὑπὸ τῶν ΒΑ, ΑΕ, ἴση γὰρ ἡ ΑΓ τῇ ΑΒ, τὸ δὲ ΖΒ τὸ ὑπὸ τῶν ΑΒ, ΒΕ, ἴση γὰρ ἡ ΔΒ τῇ ΑΒ· ὡς ἄρα ἡ ΑΕ πρὸς τὴν ΕΒ οὕτως τὸ ὑπὸ τῶν ΒΑ, ΑΕ πρὸς τὸ ὑπὸ τῶν ΑΒ, ΒΕ. Ὅπερ ἔδει δεῖξαι.

ΛΗΜΜΑ γ΄*.

Ἐὰν ὦσι δύο εὐθεῖαι ἄνισοι, τμηθῇ δὲ ἡ ἐλαχίστη αὐτῶν εἰς ἴσα· τὸ ὑπὸ τῶν δύο εὐθειῶν διπλάσιον ἔσται τοῦ ὑπὸ τῆς μείζονος καὶ τῆς ἡμισείας τῆς ἐλαχίστης.

Ἔστωσαν δύο εὐθεῖαι ἄνισοι αἱ ΑΒ, ΒΓ, ὧν μείζων ἔστω ἡ ΑΒ, καὶ τετμήσθω ἡ ΒΓ δίχα

parallela ducatur EZ. Evidens est igitur ut AE ad EB ita AZ parallelogrammum ad parallelogrammum ZB. Atque est quidem AZ rectangulum sub BA, AE, æqualis enim AΓ ipsi AB, rectangulum vero ZB sub AB, BE, æqualis enim ΔB ipsi AB; ut igitur AE ad EB ita sub BA, AE rectangulum ad ipsum sub AB, BE. Quod oportebat ostendere.

LEMMA III.

Si sint duæ rectæ inæquales, secetur autem minima ipsarum in partes æquales; rectangulum sub duabus rectis duplum erit rectanguli sub majori et dimidiâ minimæ.

Sint duæ rectæ inæquales AB, BΓ, quarum major sit AB, et secetur BΓ bifariam in Δ;

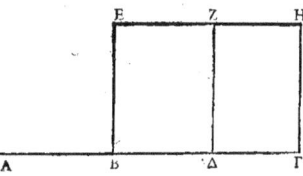

κατὰ τὸ Δ· λέγω ὅτι τὸ ὑπὸ τῶν ΑΒ, ΒΓ διπλάσιόν ἐστι τοῦ ὑπὸ τῶν ΑΒ, ΒΔ.

dico rectangulum sub AB, BΓ duplum esse rectanguli sub AB, BΔ.

parallèle à l'une ou à l'autre des droites AΓ, ΔΒ. Il est évident que AE sera à EB comme le parallélogramme AZ est au parallélogramme ZB (1. 6). Mais AZ est le rectangle sous BA, AE ; car AΓ égale AB, et ZB est le rectangle sous AB, BE, car ΔB est égal à AB ; donc AE est à EB comme le rectangle sous BA, AE est au rectangle sous AB, BE. Ce qu'il fallait démontrer.

LEMME III.

Si deux droites sont inégales, et si la plus petite est coupée en deux parties égales, le rectangle compris sous ces deux droites sera double du rectangle compris sous la plus grande et la moitié de la plus petite.

Soient les deux droites inégales AB, BΓ ; que AB soit la plus grande ; coupons BΓ en deux parties égales au point Δ ; je dis que le rectangle sous AB, BΓ est double du rectangle sous AB, BΔ.

* Deest in codd. a, d, e, f, h, l, m, n; reperitur autem in codd. g, l.

Ἤχθω γὰρ ἀπὸ τοῦ Β σημείου τῇ ΒΓ πρὸς ὀρθὰς ἡ ΒΕ, καὶ κείσθω τῇ ΒΑ ἴση ἡ ΒΕ, καὶ καταγεγράφθω τὸ σχῆμα. Ἐπεὶ οὖν ἐστιν ὡς ἡ ΔΒ πρὸς τὴν ΔΓ οὕτως τὸ ΒΖ πρὸς τὸ ΔΗ, συνθέντι ἄρα ὡς ἡ ΒΓ πρὸς τὴν ΔΓ οὕτως τὸ ΒΗ πρὸς τὸ ΔΗ. Καὶ ἔστιν ἡ ΒΓ τῆς ΔΓ διπλασίων· διπλάσιον ἄρα ἐστὶ καὶ τὸ ΒΗ τοῦ ΔΗ. Καὶ ἔστι τὸ μὲν ΒΗ τὸ ὑπὸ τῶν ΑΒ, ΒΓ, ἴση γὰρ ἡ ΑΒ τῇ ΒΕ, τὸ δὲ ΔΗ τὸ ὑπὸ τῶν ΑΒ, ΒΔ, ἴση γὰρ τῇ μὲν ΒΔ ἡ ΔΓ, τῇ δὲ ΑΒ ἡ ΔΖ. Ὅπερ ἔδει δεῖξαι.

Ducatur enim a puncto B ipsi BΓ ad rectos angulos ipsa BE, et ponatur ipsi BA æqualis BE, et describatur figura. Quoniam igitur est ut ΔB ad ΔΓ ita BZ ad ΔH, componendo igitur ut BΓ ad ΔΓ ita BH ad ΔH. Atque est BΓ ipsius ΔΓ dupla; duplum igitur est et BH ipsius ΔH. Atque est quidem BH rectangulum sub AB, BΓ, æqualis enim AB ipsi BE, rectangulum vero ΔH est ipsum sub AB, BΔ, æqualis enim quidem ipsi BΔ ipsa ΔΓ, ipsi vero AB ipsa ΔZ. Quod oportebat ostendere.

Lemma subsequens in codice 190 locum tenet lemmatis secundi edit. Oxoniæ.

ΛΗΜΜΑ.

Ἐὰν ὦσι δύο εὐθεῖαι, ἔσται ὡς ἡ μία πρὸς τὴν ἑτέραν οὕτως τὸ ὑπὸ συναμφότερας καὶ μίας αὐτῶν πρὸς τὸ ὑπὸ συναμφότερας καὶ τῆς ἑτέρας.

Ἔστωσαν δύο εὐθεῖαι αἱ ΑΒ, ΒΓ· λέγω ὅτι ἐστὶν ὡς ἡ ΑΒ πρὸς τὴν ΒΓ οὕτως τὸ ὑπὸ τῶν ΑΓ, ΑΒ πρὸς τὸ ὑπὸ τῶν ΑΓ, ΓΒ.

LEMMA.

Si sint duæ rectæ, erit ut una ad alteram ita rectangulum sub utrâque et unâ ipsarum ad rectangulum sub utrâque et alterâ.

Sint duæ rectæ AB, BΓ; dico esse ut AB ad BΓ ita sub AΓ, AB rectangulum ad ipsum sub AΓ, ΓB.

Du point B menons BE à angles droits à BΓ ; faisons BE égal à BA, et décrivons la figure. Puisque ΔB est à ΔΓ comme BZ est à ΔH (1. 6) ; par addition, BΓ sera à ΔΓ comme BH est à ΔH. Mais BΓ est double de ΔΓ ; donc BH est double de ΔH. Mais BH est le rectangle sous AB, BΓ, car la droite AB est égale à BE ; et ΔH est le rectangle sous AB, BΔ, car ΔΓ est égal à BΔ, et ΔZ à AB. Ce qu'il fallait démontrer.

LEMME.

Si l'on a deux droites, la première sera à la seconde comme le rectangle compris sous leur somme et sous l'une de ces droites est au rectangle compris sous la somme de ces droites et sous l'autre droite.

Soient les deux droites AB, BΓ ; je dis que AB est à BΓ comme le rectangle compris sous AΓ, AB est au rectangle compris sous AΓ, ΓB.

II.   60

Ἤχθω γὰρ ἀπὸ τοῦ B πρὸς ὀρθὰς ἴση τῇ ΑΓ ἡ ΒΔ, καὶ συμπεπληρώσθω τὸ ΑΕ παραλληλόγραμμον.

Ἐπεὶ γάρ ἐστιν ὡς ἡ ΑΒ πρὸς τὴν ΒΓ οὕτως τὸ ΑΔ πρὸς τὸ ΔΓ· καὶ ἔστι τὸ μὲν ΑΔ τὸ

Ducatur enim a puncto B ad rectos angulos æqualis ipsi ΑΓ ipsa ΒΔ, et compleatur ΑΕ parallelogrammum.

Quoniam enim est ut ΑΒ ad ΒΓ ita ΑΔ ad ΔΓ; atque est quidem rectangulum ΑΔ ipsum sub ΒΔ,

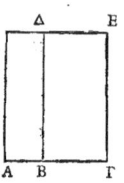

ὑπὸ τῶν ΒΔ, ΑΒ, τουτέστι τὸ ὑπὸ τῶν ΓΑ, ΑΒ, ἴση γὰρ ὑπόκειται ἡ ΒΔ τῇ ΓΔ· τὸ δὲ ΔΓ τὸ ὑπὸ τῶν ΒΔ, ΓΒ, τουτέστι τὸ ὑπὸ τῶν ΑΓ, ΓΒ· καὶ ὡς ἄρα ἡ ΑΒ πρὸς τὴν ΒΓ οὕτως τὸ ὑπὸ τῶν ΓΑ, ΑΒ πρὸς τὸ ὑπὸ τῶν ΑΓ, ΓΒ. Ὅπερ ἔδει δεῖξαι.

ΑΒ, hoc est rectangulum sub ΓΑ, ΑΒ, æqualis enim supponitur ΒΔ ipsi ΓΔ; est autem rectangulum ΔΓ ipsum sub ΒΔ, ΓΒ, hoc est rectangulum sub ΑΓ, ΓΒ; et ut igitur ΑΒ ad ΒΓ ita sub ΓΑ, ΑΒ rectangulum ad ipsum sub ΑΓ, ΓΒ. Quod oportebat ostendere.

Car du point B menons à angles droits la droite ΒΔ égale à ΑΓ, et achevons le parallélogramme ΑΕ.

Car puisque ΑΒ est à ΒΓ comme ΑΔ est à ΔΓ (1. 6), que ΑΔ est le rectangle sous ΒΔ, ΑΒ, c'est-à-dire sous ΓΑ, ΑΒ, car ΒΔ est supposé égal à ΓΑ, et que ΔΓ est le rectangle sous ΒΔ, ΓΒ, c'est-à-dire sous ΑΓ, ΓΒ; la droite ΑΒ sera à ΒΓ comme le rectangle sous ΓΑ, ΑΒ est au rectangle sous ΑΓ, ΓΒ. Ce qu'il fallait démontrer.

PROPOSITIO XXXIV.

EDITIO PARISIENSIS.	CODEX 190.	EDITIO OXONIÆ.
1. τῆς	Id.	τῇ
2. ἀπὸ	Id.	ἀπὸ ἐλάσσονος
3. ἐπεὶ	deest.	concordat cum edit. Paris.
4. τῶν	deest.	concordat cum edit. Paris.
5. σύμμετρόν ἐστι τῷ	Id.	διπλάσιόν ἐστι τοῦ

PROPOSITIO XXXV.

EDITIO PARISIENSIS.	CODEX 190.	EDITIO OXONIÆ.
1. τοῦ	Id.	τῆς
2. τῆς ΔΒ.	Id.	τῆς ΔΒ· αἱ ΑΔ, ΔΒ ἄρα δυνάμει εἰσὶν ἀσύμμετροι.
3. διπλῆ	Id.	διπλασίων
4. ὑπὸ τῶν ΑΒ, ΖΔ.	Id.	ἀπὸ τῶν ΑΒ, ΖΔ· ὥστε καὶ σύμμετρον.
5. τῶν ΑΒ, ΒΓ·	Id.	τῶν ΑΒ, ΒΓ, ὑπόκειται γὰρ οὕτως·
6. Τὸ δὲ ὑπὸ τῶν ΑΒ, ΖΔ ἴσον τῷ ὑπὸ τῶν ΑΔ, ΔΒ·	Τῷ δὲ ὑπὸ τῶν ΑΒ, ΖΔ ἴσον τὸ ὑπὸ τῶν ΑΔ, ΔΒ·	concordat cum edit. Paris.
7. μὲν	deest.	concordat cum edit. Paris.

PROPOSITIO XXXVI.

1. τῆς	Id.	τῇ
2. τοῖς ἐπάνω ὁμοίως.	Id.	ὁμοίως τοῖς ἐπάνω
3. ἐστιν	deest.	concordat cum edit. Paris.
4. τῶν ἀπὸ	Id.	deest.
5. ἴσον ἐστὶ	Id.	ἐστὶν ἴσον
6. ἐστὶν ἡ ΒΕ τῇ ΔΖ·	Id.	ἡ ΔΖ τῇ ΒΕ·
7. μέσον ἄρα	Id.	μέσον, μέσον
8. ἀπὸ τῶν ΑΔ, ΔΒ τῷ ὑπὸ τῶν ΑΔ, ΔΒ.	Id.	ὑπὸ τῶν ΑΔ, ΔΒ τῷ ἀπὸ τῶν ΑΔ, ΔΒ.
9. αἱ ΑΔ, ΔΒ	Id.	deest.
10. τετραγώνων	deest.	concordat cum edit. Paris.

PROPOSITIO XXXVII.

1. καλείσθω	καλεῖται	concordat cum edit. Paris.
2. ὅλη	Id.	deest.
3. αἱ γὰρ ΑΒ, ΒΓ ῥηταί εἰσι δυνάμει μόνον σύμμετροι· ἀσύμμετρον ἄρα ἐστὶ τὸ δὶς ὑπὸ τῶν ΑΒ, ΒΓ τοῖς ἀπὸ τῶν ΑΒ, ΒΓ,	Id.	τὸ ἄρα δὶς ὑπὸ τῶν ΑΒ, ΒΓ τοῖς ἀπὸ τῶν ΑΒ, ΒΓ ἀσύμμετρόν ἐστι,

EDITIO PARISIENSIS.	CODEX 190.	EDITIO OXONIÆ.

4. ἐστὶ . . . .　Id. . . . .　deest. *d, f, l.*

5. ὀνομάτων. . . . .　ὀνομάτων. Ἐκάλεσε δὲ　concordat cum edit. Paris.
αὐτὴν ἐκ δύο ὀνομά-
των, διὰ τὸ ἐκ δύο
ῥητῶν αὐτὴν σύγκεισ-
θαι, κύριον ὄνομα κα-
λῶν τὸ ῥητὸν καθ᾽ ὃ
ῥητόν. Ὅπερ ἔδει δεῖξαι.
a, e, g, h, m, n.

PROPOSITIO XXXVIII.

1. ἄρα . . . .　Id. . . . .　deest.

2. καὶ συνθέντι . . . . . .　Id. . . . .　συνθέντι ἄρα

3. Ῥητὸν δὲ τὸ ὑπὸ τῶν ΑΒ, ΒΓ,　Id. . . . .　Ὑπόκεινται δὲ ῥητὸν περιέχουσαι·
ὑπόκεινται γὰρ αἱ ΑΒ, ΒΓ ῥη-
τὸν περιέχουσαι. . . . .

4. πρώτη. . . . .　πρώτη. Ἐκάλεσε δὲ αὐτὴν　concordat cum edit. Paris.
ἐκ δύο μέσων πρώτην,　*d, f, l.*
διὰ τὸ ῥητὸν περιέχειν
καὶ προτερεῖν τὸ ῥητόν.
Ὅπερ ἔδει δεῖξαι. *a,*
e, g, h, m, n.

PROPOSITIO XXXIX.

1. γὰρ . . . .　Id. . . . .　deest.

2. τοῖς ἀπὸ τῶν ΑΒ, ΒΓ παρὰ　Id. . . . .　παρὰ τὴν ΔΕ τοῖς ἀπὸ τῶν ΑΒ, ΒΓ
τὴν ΔΕ . . . .

3. ἐστὶ . . . .　Id. . . . .　deest.

4. παράκειται· . . . . . .　Id. . . . . . .　παράκειται·

5. Ἐπεὶ οὖν . . . .　Id. . . . .　Καὶ ἐπεὶ

6. τὸ ἀπὸ τῆς ΑΒ τῷ . . . .　Id. . . . .　τῷ ἀπὸ τῆς ΑΒ τὸ

7. ἀσύμμετρός ἐστι μήκει. Ἐδείχ-　ἐστὶν ἀσύμμετρος μήκει·　concordat cum edit. Paris.
θησαν δὲ ῥηταί. . . . . .

8. χωρίον καὶ . . . . . .　deest. . . . .　χωρίον· ὥστε καὶ

9. αὐτὸ . . . .　deest. . . . . . .　concordat cum edit. Paris.

Post propositionem 40 adest in *b* subsequens scholium, quod Euclidis esse minime potest.

ΣΧΟΛΙΟΝ*.

Ἐκάλεσε δὲ αὐτὴν ἐκ δύο μέσων δευτέραν, διὰ τὸ[1] μέσον περιέχειν τὸ ὑπ᾽ αὐτῶν, καὶ μὴ ῥητὸν, δευτερεύειν δὲ τὸ μέσον τοῦ ῥητοῦ. Ὅτι δὲ τὸ ὑπὸ ῥητῆς καὶ ἀλόγου περιεχόμενον ἄλογόν ἐστι, δῆλον. Εἰ γάρ ἐστι[2] ῥητὸν καὶ παραβέβληται παρὰ ῥητὸν, εἴη ἂν καὶ ἡ ἑτέρα αὐτοῦ πλευρὰ ῥητή. Ἀλλὰ καὶ ἄλογος, ὅπερ ἄτοπον· τὸ ἄρα ὑπὸ ῥητῆς καὶ ἀλόγου ἄλογόν ἐστιν[3].

SCHOLIUM.

Vocavit autem illam ex binis mediis secundam, quoniam medium et non rationale continetur sub ipsis, posterius est vero medium rationali. Quod autem sub rationali et irrationali continetur irrationale esse, manifestum est. Si enim sit rationale et applicetur ad rationalem, esset et alterum ipsius latus rationale: Sed et irrationale, quod absurdum; spatium igitur sub rationali et irrationali irrationale est.

SCHOLIE.

Il l'appèle seconde de deux médiales, parce que la surface comprise sous AB, BΓ est médiale et non rationelle, car la surface médiale est après la rationelle. Et il est évident que la surface comprise sous une rationelle et une irrationelle est irrationelle; car si elle était rationelle, et qu'elle fût appliquée à une droite rationelle, l'autre côté serait rationel. Mais il est irrationel, ce qui est absurde; donc une surface sous une rationelle et une irrationelle est irrationelle.

EDITIO PARISIENSIS.	CODEX 190.	EDITIO OXONIÆ.
1. τὸ	Id.	τὸ τὸ
2. ἐστι	ἔσται	concordat cum edit. Paris.
3. ἐστιν.	ἐστιν. Ὅπερ ἔδει δεῖξαι.	concordat cum edit. Paris.

PROPOSITIO XL.

1. ἄρα	deest.	concordat cum edit. Paris.
2. AB, BΓ·	Id.	AB, BΓ. Ῥητὸν δὲ τὸ συγκείμενον
		ἐκ τῶν ἀπὸ τῶν AB, BΓ·

* Deest in codd. *d*, *f*, *l*; reperitur autem in codd. *a*, *e*, *g*, *h*, *m*, *n*.

Post propositionem 40 adest in *b* scholium subsequens, quod quidem Euclidis non est.

ΣΧΟΛΙΟΝ*.   SCHOLIUM.

Εκάλεσε δὲ αὐτὴν μείζονα, διὰ τὸ τὰ ἀπὸ τῶν ΑΒ, ΒΓ ῥητὰ μείζονα εἶναι τοῦ δὶς ὑπὸ τῶν ΑΒ, ΒΓ μέσου¹, καὶ δέον εἶναι ἀπὸ τῆς τῶν ῥητῶν οἰκειότητος τὴν ὀνομασίαν τάττεσθαι. Ὅτι δὲ καὶ² μείζονά ἐστι τὰ ἀπὸ τῶν ΑΒ, ΒΓ τοῦ δὶς ὑπὸ τῶν ΑΒ, ΒΓ, οὕτως δεικτέον.

Φανερὸν μὲν οὖν ὅτι ἄνισοί εἰσιν αἱ ΑΒ, ΒΓ. Εἰ γὰρ ἦσαν ἴσαι, ἴσα ἂν ἦν καὶ τὰ ἀπὸ τῶν

Vocavit autem ipsam majorem, quia quadrata ex ΑΒ, ΒΓ rationalia majora sunt rectangulo medio bis sub ΑΒ, ΒΓ, et oportet ex rationalium proprietate nomen imponere. At vero majora esse quadrata ex ΑΒ, ΒΓ rectangulo bis sub ΑΒ, ΒΓ, sic demonstrabimus.

Evidens est quidem inæquales esse ΑΒ, ΒΓ. Si enim sint æquales, æqualia erunt et quadrata

A ——————— Δ B Γ

ΑΒ, ΒΓ τῷ δὶς ὑπὸ τῶν ΑΒ, ΒΓ, καὶ ἦν ἂν καὶ τὸ ὑπὸ τῶν ΑΒ, ΒΓ ῥητὸν, ὅπερ οὐχ ὑπόκειται· ἄνισοι ἄρα εἰσὶν αἱ ΑΒ, ΒΓ. Ὑποκείσθω μείζων ἡ ΑΒ, καὶ κείσθω τῇ ΒΓ ἴση ἡ ΒΔ· τὰ ἄρα ἀπὸ τῶν ΑΒ, ΒΔ ἴσα ἐστὶ τῷ τε δὶς ὑπὸ τῶν ΑΒ, ΒΔ καὶ τῷ ἀπὸ τῆς³ ΔΑ. Ἴση δὲ ἡ ΔΒ τῇ ΒΓ· τὰ ἄρα ἀπὸ τῶν ΑΒ, ΒΓ

ex ΑΒ, ΒΓ rectangulo bis sub ΑΒ, ΒΓ, et erit rectangulum sub ΑΒ, ΒΓ rationale, quod non supponitur; inæquales igitur sunt ΑΒ, ΒΓ. Supponatur major ΑΒ, et ponatur ipsi ΒΓ æqualis ΒΔ; quadrata igitur ex ΑΒ, ΒΔ æqualia sunt et rectangulo bis sub ΑΒ, ΒΔ et quadrato ex ΑΔ. Æqualis autem ΔΒ ipsi ΒΓ; qua-

SCHOLIE.

Il l'appèle majeure, parce que la somme des quarrés des rationelles ΑΒ, ΒΓ est plus grande que le rectangle médial qui est le double rectangle sous ΑΒ, ΒΓ, et qu'il fallait choisir un nom d'après la propriété des rationelles. Nous démontrerons ainsi que la somme des quarrés de ΑΒ et de ΒΓ est plus grande que le double rectangle sous ΑΒ, ΒΓ.

Car il est évident que les droites ΑΒ, ΒΓ sont inégales. Car si elles étaient égales, la somme des quarrés de ΑΒ et de ΒΓ serait égale au double rectangle sous ΑΒ, ΒΓ, et le rectangle sous ΑΒ, ΒΓ serait rationel, ce qui n'est point supposé; donc les droites ΑΒ, ΒΓ sont inégales. Supposons que ΑΒ est la plus grande, et faisons ΒΔ égal à ΒΓ; la somme des quarrés de ΑΒ et de ΒΔ sera égale au double rectangle sous ΑΒ, ΒΔ, et au quarré de ΑΔ (7.2). Mais ΔΒ est égal à ΒΓ; donc

* Deest in codd. *d, f, l*; reperitur autem in codd. *a, e, g, h, m, n.*

ἴσα ἐστὶ τῷ τε δὶς ὑπὸ τῶν ΑΒ, ΒΓ καὶ τῷ ἀπὸ τῆς ΑΔ· ὥστε τὰ ἀπὸ τῶν ΑΒ, ΒΓ μείζονά ἐστι[4] τοῦ δὶς ὑπὸ τῶν ΑΒ, ΒΓ τῷ ἀπὸ τῆς[5] ΑΔ. Ὅπερ ἔδει δεῖξαι.

drata igitur ex ΑΒ, ΒΓ æqualia sunt et rectangulo bis sub ΑΒ, ΒΓ et quadrato ex ΑΔ; quare quadrata ex ΑΒ, ΒΓ majora sunt quam rectangulum bis sub ΑΒ, ΒΓ quadrato ex ΑΔ. Quod oportebat ostendere.

la somme des quarrés de ΑΒ et de ΒΓ est égale au double rectangle sous ΑΒ, ΒΓ et au quarré de ΑΔ; donc la somme des quarrés de ΑΒ et ΒΓ surpasse le double rectangle sous ΑΒ, ΒΓ du quarré de ΑΔ. Ce qu'il fallait démontrer.

EDITIO PARISIENSIS.	CODEX 190.	EDITIO OXONIÆ.
1. μέσου	μέσων	concordat cum edit. Paris.
2. καὶ	Id.	deest.
3. τῆς	Id.	deest.
4. ἐστι	εἶναι	concordat cum edit. Paris.
5. τῆς	deest.	concordat cum edit. Paris.

PROPOSITIO XLI.

1. καλείσθω	καλεῖται	concordat cum edit. Paris.
2. συνθέντι	deest.	concordat cum edit. Paris.

Post propositionem 41 adest in *b* subsequens scholium, quod quidem Euclidis non est.

ΣΧΟΛΙΟΝ*.

SCHOLIUM.

Ῥητὸν δὲ καὶ μέσον δυναμένην αὐτὴν ἐκάλεσε[1], διὰ τὸ δύνασθαι δύο χωρία, τὸ μὲν ῥητὸν, τὸ δὲ μέσον· καὶ διὰ τὴν τοῦ ῥητοῦ προϋπαρξιν, πρῶτον τὸ ῥητὸν[3] ἐκάλεσεν[4].

Rationale autem et medium potentem ipsam vocavit, quia potest bina spatia, unum quidem rationale, alterum vero medium; et quoniam ipsius rationalis prius mentionem fecit, primum rationale vocavit.

SCHOLIE.

Il l'appèle celle dont la puissance est rationelle et médiale, parce que sa puissance renferme deux surfaces, l'une rationelle, et l'autre médiale; et à cause que la surface rationelle est avant la rationelle, il parle d'abord de la rationelle.

* Deest in codd. *d, f, l*; reperitur autem in codd. *a, e, g, h, m, n.*

EDITIO PARISIENSIS.	CODEX 190.	EDITIO OXONIÆ.
1. αὐτὴν ἐκάλεσε,	καλεῖται αὐτὴ	concordat cum edit. Paris.
3. τὸ ῥητὸν	deest.	concordat cum edit. Paris.
4. ἐκάλεσεν.	ἐκάλεσεν. Οπερ ἔδει δεῖξαι.	concordat cum edit. Paris.

PROPOSITIO XLII.

EDITIO PARISIENSIS.	CODEX 190.	EDITIO OXONIÆ.
1. τετραγώνων·	τετραγώνῳ·	concordat cum edit. Paris.
2. τὰ προκείμενα·	Id.	τό, τε συγκείμενον ἐκ τῶν AB, BΓ μέσον, καὶ τὸ ὑπὸ τῶν AB, BΓ μέσον, καὶ ἔτι ἀσύμμετρον τῷ συγκειμένῳ ἐκ τῶν ἀπὸ τῶν AB, BΓ τετραγώνων·
3. ἔστιν	Id.	deest.
4. ἀσύμμετρά ἐστι τὰ	Id.	ἀσύμμετρόν ἐστι τὸ
5. ἄρα	Id.	deest.

Post propositionem 42 adsunt in *b* duo scholia subsequentia, quæ quidem Euclidis non sunt.

ΣΧΟΛΙΟΝ α*.	SCHOLIUM I.
Καλεῖ δὲ αὐτὴν δύο μέσα δυναμένην, διὰ τὸ δύνασθαι αὐτὴν δύο μέσα χωρία, τό, τε συγκείμενον[1] ἐκ τῶν ἀπὸ τῶν AB, BΓ, καὶ τὸ[2] δὶς ὑπὸ τῶν AB, BΓ[3].	Vocat autem ipsam bina media potentem, quia potest bina media spatia, et compositum ex ipsarum AB, BΓ quadratis, et rectangulum bis sub AB, BΓ.

SCHOLIE I.

Il l'appèle celle dont la puissance est une double médiale, parce que sa puissance égale deux surfaces médiales ; savoir, la somme des quarrés de AB et de BΓ, et le double rectangle sous AB, BΓ.

EDITIO PARISIENSIS.	CODEX 190.	EDITIO OXONIÆ.
1. τό, τε συγκείμενον	τά, τε συγκείμενα	concordat cum edit. Paris.
2. τὸ	τοῦ	concordat cum edit. Paris.
3. AB, BΓ.	AB, BΓ. Οπερ ἔδει δεῖξαι.	concordat cum edit. Paris.

* Deest in cod. *d*; reperitur autem in codd. *a, e, f, g, h, m, n.*

ΣΧΟΛΙΟΝ β´*.

Ὅτι δὲ αἱ εἰρημέναι ἄλογοι μοναχῶς διαι-
ροῦνται εἰς τὰς εὐθείας ἐξ ὧν σύγκεινται, ποιοῦ-
σῶν τὰ προκείμενα εἴδη, δείξομεν ἤδη, προεκ-
θέμενοι λημμάτιον τοιοῦτον.

SCHOLIUM II.

At vero dictas irrationales uno tantum modo
dividi in rectas ex quibus componuntur, et quæ
faciunt propositas species, mox ostendemus,
si prius exposuerimus quoddam lemma hujusmodi.

SCHOLIE II.

Après avoir exposé le lemme suivant, nous démontrerons que les irrationelles dont nous avons parlé ne peuvent se diviser que d'une seule manière dans
les droites qui les composent, et qui constituent les espèces proposées.

LEMMA**.

EDITIO PARISIENSIS.	CODEX 190.	EDITIO OXONIÆ.
1. ἑκατέρα τῶν Γ, Δ, καὶ ὑπο- κείσθω	deest.	ἑκατέρα τῶν Γ, Δ, ὑποκείσθω δὲ
2. καὶ	Id.	deest.
3. ἐστὶν	Id.	deest.
4. ἀλλὰ καὶ τὸ ὑπὸ τῶν ΑΔ, ΔΒ μετὰ τοῦ ἀπὸ τῆς ΔΕ ἴσον τῷ ἀπὸ τῆς ΕΒ·	Id.	ἀλλὰ μὴν καὶ τὸ ὑπὸ τῶν ΑΔ, ΔΒ μετὰ τοῦ ἀπὸ τῆς ΔΕ ἴσον ἐστὶ τῷ ἀπὸ τῆς ΕΒ·
5. ΑΔ, ΔΒ. Ὅπερ ἔδει δεῖξαι.	Id.	ΑΔ, ΔΒ, εἴπερ συναμφότερα ἴσα ἐστὶ τῷ ἀπὸ τῆς ΑΒ.

PROPOSITIO XLIII.

1. ΑΓ	Id.	ΑΒ
2. τμῆμα κατὰ τὸ Γ	Id.	τῇ κατὰ τὸ Δ
3. τῆς διχοτομίας	τοῦ διχοτόμου	concordat cum edit. Paris.
4. τῶν	Id.	τοῦ
5. ὄντα, ὅπερ ἄτοπον· μέσον γὰρ	Id.	ὄντα· μέσον δὲ

* Reperitur in codd. a, e, f, g, h, l, m, n; deest autem in cod. d.
** Reperitur in codd. a, d, e, f, g, h, l, m, n.

II.   61

PROPOSITIO XLIV.

EDITIO PARISIENSIS.	CODEX 190.	EDITIO OXONIÆ.
1. διαιρεῖται	Id.	διαιρεῖται εἰς τὰ ὀνόματα.
2. Εστω	Id.	Εστω δὴ

PROPOSITIO XLV.

1. διαιρεῖται	Id.	διαιρεῖται εἰς τὰ ὀνόματα.
2. τὴν διχοτομίαν, ἐπειδήπερ	τῆς διχοτομίας, ὅτι . . .	concordat cum edit. Paris.
3. καὶ	Id.	deest.
4. ΑΔ, ΔΒ ἐλάσσονα τῶν ἀπὸ	Id.	ΑΓ, ΓΒ μείζονα τῶν ἀπὸ τῶν
τῶν ΑΓ, ΓΒ, ...		ΑΔ, ΔΒ,
5. Καὶ	Id.	deest.
6. παραλληλόγραμμον ὀρθογώνιον	Id.	deest.
7. ἐστὶ	Id.	deest.
8. καὶ	Id.	deest.
9. ἐστὶ	Id.	deest.
10. ἄρα	deest.	concordat cum edit. Paris.
11. ἐπειδήπερ	ὅτι	concordat cum edit. Paris.

PROPOSITIO XLVI.

1. διαιρεῖται	Id.	διαιρεῖται εἰς τὰ ὀνόματα.
2. καὶ	Id.	deest.
5. τοῦ δὶς ὑπὸ τῶν ΑΓ, ΓΒ ὑπερ-	Id.	ῥητῷ ὑπερέχει τοῦ δὶς ὑπὸ τῶν
έχει ῥητῷ, ...		ΑΓ, ΓΒ,
linea 9 μόνον διαιρεῖται. . .	deest.	ἄρα διαιρεῖται μόνον.

PROPOSITIO XLVII.

1. διαιρεῖται	Id.	διαιρεῖται εἰς τὰ ὀνόματα.
2. τὸ δὲ δὶς	Id.	τὸ δ'
3. τὸ δὲ δὶς	Id.	τὸ δ'
linea 12 τὰ	τὸ	concordat cum edit. Paris.
4. ὑπερέχει ῥητῷ, ...	Id.	ῥητῷ ὑπερέχουσι,

PROPOSITIO XLVIII.

EDITIO PARISIENSIS.	CODEX 190.	EDITIO OXONIÆ.
1. διαιρεῖται	Id.	διαιρεῖται εἰς τὰ ὀνόματα.
2. δύο μέσα δυναμένη	deest.	concordat cum edit. Paris.
3. τῶν	Id.	deest.

DEFINITIONES SECUNDÆ.

1. ἐλάσσονος	vocabulum ἐλάσσονος contractum est, et inter lineas manu recenti exaratum.	concordat cum edit. Paris.

Has post definitiones adest in *b* subsequens scholium, quod quidem Euclidis non e st.

ΣΧΟΛΙΟΝ*.

ΣΧΟΛΙΟΝ*.

Εξ οὖν οὐσῶν τῶν οὕτως καταλαμβανομένων εὐθειῶν, τάττει πρώτας τῇ τάξει τρεῖς, ἐφ' ὧν ἡ μείζων τῆς ἐλάσσονος μεῖζον δύναται τῷ ἀπὸ συμμέτρου ἑαυτῇ· δευτέρας δὲ τῇ τάξει τὰς λοιπὰς τρεῖς, ἐφ' ὧν δύναται¹ τῷ ἀπὸ ἀσυμμέτρου, διὰ τὸ προτερεῖν τὸ σύμμετρον τοῦ ἀσυμμέτρου· καὶ ἔτι πρώτην μὲν, ἐφ' ἧς τὸ μεῖζον ὄνομα σύμμετρόν ἐστι τῇ ἐκκειμένῃ

SCHOLIUM.

Sex igitur rectis existentibns ita sumptis, facit primas ordine tres, in quibus major quam minor plus potest quadrato ex rectâ sibi commensurabili; secundas autem ordine reliquas tres, in quibus potest quadrato ex rectâ sibi incommensurabili, propterea quod prius est commensurabile incommensurabili; et adhuc primam quidem, in quâ majus nomen

SCHOLIE.

Six droites étant prises ainsi, il (Euclide) fait une classe de trois droites, dont la puissance de la plus grande surpasse la puissance de la plus petite du quarré d'une droite commensurable avec la plus grande ; il fait ensuite une classe de trois autres droites, dont la puissance de la plus grande surpasse la puissance de la plus petite du quarré d'une droite incommensurable avec la plus grande , parce que le commensurable est avant l'incommensurable. La première classe est celle dont le plus grand nom est commensurable avec la rationelle exposée; la seconde

* Reperitur in codd. *a*, *d*, *e*, *f*, *g*, *h*, *m*, *n*; deest autem in cod. *l*.

ῥητῇ· δευτέραν δὲ, ἐφ᾽ ἧς τὸ ἔλαττον διὰ τὸ πάλιν προτερεῖν τὸ μεῖζον τοῦ ἐλάττονος τῷ ἐμπεριέχειν τὸ ἔλαττον· τρίτην δὲ, ἐφ᾽ ὧν μηδέτερον τῶν ὀνομάτων σύμμετρόν ἐστι[2] τῇ ἐκκειμίνη ῥητῇ· καὶ ἐπὶ τῶν ἑξῆς τριῶν ὁμοίως, τὴν πρώτην τῆς εἰρημένης δευτέρας τάξεως τετάρτην καλῶν, καὶ τὴν δευτέραν πέμπτην, καὶ τὴν τρίτην ἕκτην.

commensurabile est expositæ rationali; secundam vero, in quâ minus, propterea quod rursus majus antecedit minus, cùm contineat minus; tertiam autem, in quâ neutrum nominum est commensurabile expositæ rationali; et deinceps in tribus similiter, primam dictæ secundi ordinis quartam appellans, et secundam quintam, et tertiam sextam.

classe, est celle dont le plus petit nom est commensurable avec la rationelle exposée, parce que le plus grand précède le plus petit, puisque le plus grand contient le plus petit; la troisième classe enfin, est celle où aucun des noms n'est commensurable avec la rationelle exposée. Il fait de la même manière une classe des trois autres droites, appelant la première la quatrième de la seconde classe, la seconde la cinquième, et la troisième la sixième.

EDITIO PARISIENSIS.	CODEX 190.	EDITIO OXONIÆ.
1. δύναται	deest.	concordat cum edit. Paris.
2. ἐστὶ σύμμετρον	σύμμετρόν ἐστι	concordat cum edit. Paris.

PROPOSITIO XLIX.

1. μὲν	Id.	deest.
2. καὶ	Id.	deest.

PROPOSITIO L.

1. ἄρα	deest.	concordat cum edit. Paris.
2. ἄρα καὶ	ἄρα τῇ ἐκκειμίνη ῥητῇ σύμμετρόν ἐστι . . .	concordat cum edit. Paris.
3. σύμμετρόν ἐστι τῇ ἐκκειμένη ῥητῇ	τῇ ἐκκειμένη ῥητῇ σύμμετρόν ἐστι	concordat cum edit. Paris.

PROPOSITIO LI.

linea 11 τετράγωνος ἀριθμός .	Id.	ἀριθμὸς τετράγωνος
2. Καὶ ἔστι ῥητὴ ἡ Ε· . . .	Id.	Ρητὴ δὲ ἡ Ε·

EDITIO PARISIENSIS.	CODEX 190.	EDITIO OXONIÆ.

3. οὐδὲ τὸ ἀπὸ τῆς Ε ἄρα πρὸς   *Id.* . . . .   ἀσύμμετρος ἄρα
τὸ ἀπὸ τῆς ΗΘ λόγον ἔχει ὃν
τετράγωνος ἀριθμὸς πρὸς τετράγωνον ἀριθμόν· ἀσύμμετρος
ἄρα ἐστὶν . . . .

4. ἐστὶν . . . .   deest. . . . . . .   concordat cum edit. Paris.

5. ἐστὶν . . . .   *Id.* . . . .   deest.

PROPOSITIO LII.

1. τὸν ΒΓ λόγον μὴ ἔχειν μήτε   *Id.* . . . .   ἑκάτερον αὐτῶν λόγον μὴ ἔχειν
μὴν πρὸς τὸν ΑΓ . . . . .

2. καὶ . . . .   *Id.* . . . .   deest.

3. οὐδὲ τὸ ἀπὸ τῆς ΕΖ πρὸς τὸ   *Id.* . . . .   deest.
ἀπὸ τῆς ΖΗ λόγον ἔχει ὃν τε-
τράγωνος ἀριθμὸς πρὸς τετράγωνον ἀριθμόν· . . . . .

4. καὶ τὸ ἀπὸ τῆς . . . .   τὸ ἀπὸ . . . . . .   concordat cum edit. Paris.

5. τετράγωνος ἀριθμὸς . . .   *Id.* . . . .   ἀριθμὸς τετράγωνος

6. οὐδ' ἄρα τὸ ἀπὸ τῆς ΕΖ πρὸς   *Id.* . . . .   deest.
τὸ ἀπὸ τῆς Θ λόγον ἔχει ὃν
τετράγωνος ἀριθμὸς πρὸς τετράγωνον ἀριθμόν· . . . .

7. ἐστὶν . . . .   *Id.* . . . .   deest.

PROPOSITIO LIII.

1. ῥητή τις εὐθεῖα . . . . .   *Id.* . . . .   τις εὐθεῖα ῥητὴ

2. μήκει . . . .   deest. . . . . . .   concordat cum edit. Paris.

3. ῥητὴ ἄρα ἐστὶ καὶ ἡ ΖΕ. Καὶ   Ο δὲ . . . . . .   concordat cum edit Paris.
ἐπεὶ ὁ . . . .

4. ἄρα . . . .   *Id.* . . . .   deest.

5. ἄρα . . . .   deest. . . . . . .   concordat cum edit. Paris.

6. ἄρα . . . . . .   vocabulum ἄρα, diffi-   concordat cum edit. Paris.
cile lectu, inter li-
neas manu recenti
exaratum est.

7. τῆς . . . .   *Id.* . . . .   τῇ

PROPOSITIO LIV.

EDITIO PARISIENSIS.	CODEX 190.	EDITIO OXONIÆ.
1. μήτε	Id.	μήδε
2. σύμμετρον ἄρα ἐστὶ τὸ ἀπὸ τῆς Ε τῷ ἀπὸ τῆς ΖΗ. . . .	Id.	σύμμετρος ἄρα ἐστὶν ἡ Ε τῇ ΖΗ δυνάμει.
3. ῥητὸν δὲ τὸ ἀπὸ τῆς ΖΗ· ῥη- τὸν ἄρα καὶ	ῥητὸν ἄρα καὶ . . .	concordat cum edit. Paris.
4. ἄρα	Id.	deest.
linea 9 ΗΘ	Id.	ΚΘ
5. τῆς ΖΘ τοῦ ἀπὸ τῆς . . .	ΖΘ τοῦ ἀπὸ ΗΘ . . .	concordat cum edit. Paris.
6. τῆς	deest.	concordat cum edit. Paris.
7. τῆς	deest.	concordat cum edit. Paris.
8. αὐτῶν	Id.	τῶν ΖΗ, ΗΘ

LEMMA*.

1. τῇ ΒΗ·	Id.	τῇ ΒΗ μήκει·
2. ΑΚ, ΘΓ ἐστὶν ἴση· . . .	ΑΘ, ΚΓ ἐστὶν ἴση· ἡ δὲ ΖΗ ἑκατέρᾳ τῶν ΑΚ, ΘΓ ἐστὶν ἴση·	concordat cum edit. Paris.
3. ἐστι	deest.	concordat cum edit. Paris.
4. ἐστιν ἑκατέρα ἑκατέρᾳ . .	ἑκατέρα·	concordat cum edit. Paris.
5. τὴν ΚΔ οὕτως ἡ ΚΓ πρὸς τὴν ΓΗ·	ΚΔ οὕτως ἡ ΕΓ πρὸς ΓΕ·	concordat cum edit. Paris.
linea 16 τὴν	deest.	concordat cum edit. Paris.
linea 17 τὴν	deest.	concordat cum edit. Paris.
6. τὴν	deest.	concordat cum edit. Paris.

PROPOSITIO LV.

1. ΑΒΓΔ	ΑΓ	concordat cum edit. Paris.
2. ἐκ δύο ὀνόματων ἐστὶ . . .	Id.	ἐστιν ἐκ δύο ὀνομάτων
3. δὴ	Id.	δὲ
4. τοῦ	Id.	τῶν
5. τοῦ	Id.	τῶν

* Reperitur in codd. a, d, e, f, g, h, l, m, n.

EDITIO PARISIENSIS.	CODEX 190.	EDITIO OXONIÆ.
6. σύμμετρα αὐτὴν διαιρεῖ. . .	σύμμετρον αὐτὴν διαιρεῖ.	σύμμετρα αὐτὴν διελεῖ.
7. τῶν	deest.	concordat cum edit. Paris.
8. ἀπὸ	Id.	διὰ
9. τὴν	deest.	concordat cum edit. Paris.
10. τὴν	deest.	concordat cum edit. Paris.
11. τὸ ΑΘ πρὸς τὸ ΕΛ οὕτως τὸ ΕΛ πρὸς τὴν ΚΗ· . . .	τὸ ΑΘ πρὸς τὸ ΕΛ τὸ ΕΛ πρὸς ΚΗ·	concordat cum edit. Paris.
12. τὸ μὲν ΑΘ ἴσον ἐστὶ τῷ ΣΝ,	Id.	τῷ μὲν ΑΘ ἴσον ἐστὶ τὸ ΣΝ,
13. ΕΛ τῷ ΜΡ· ὥστε καὶ τῷ ΟΞ·	Id.	ΜΡ τῷ ΕΛ. Ἀλλὰ τὸ μὲν ΜΡ τῷ ΘΞ ἴσον ἐστὶ, τὸ δὲ ΕΛ τῷ ΓΖ· ὅλον ἄρα τὸ ΕΓ τοῖς ΜΡ, ΟΞ·
14. μήκει·	deest.	concordat cum edit. Paris.
15. ἐστίν	Id.	deest.
16. τῇ ΕΖ·	Id.	τῇ ΕΖ μήκει·
17. ἐστιν.	Id.	deest.
18. οὕτως ἡ ΟΝ πρὸς ΝΡ· . .	ἡ ΟΝ πρὸς τὴν ΝΡ· . .	concordat cum edit. Paris.

PROPOSITIO LVI.

1. τὸ	Id.	τὸ μὲν
2. σύμμετρόν	Id.	σύμμετρός
3. ἐστὶ	deest.	concordat cum edit. Paris.
4. τῶν	Id.	τῷ
5. γὰρ	deest.	concordat cum edit. Paris.
6. ΑΒ μήκει. Καὶ ἐπεὶ . . .	ΑΒ. Καὶ	concordat cum edit. Paris.
7. Καὶ ἔστι ρητὴ ἡ ΑΕ· ρητὴ ἄρα καὶ ἑκατέρα τῶν ΑΗ, ΗΕ. Καὶ ἐπεὶ ἀσύμμετρός ἐστιν ἡ ΑΕ τῇ ΑΒ, σύμμετρος δὲ ἡ ΑΕ ἑκατέρα τῶν ΑΗ, ΗΕ· αἱ ΑΗ, ΗΕ ἄρα ἀσύμμετροί εἰσι τῇ ΑΒ μήκει· αἱ ΒΑ, ...	Ἀλλ᾽ ἡ ΑΕ σύμμετρος τῇ ΑΒ μήκει· καὶ αἱ ΑΗ, ΗΕ ἄρα σύμμετροί εἰσι τῇ ΑΒ· αἱ	concordat cum edit. Paris.
8. ἐστιν	deest.	concordat cum edit. Paris.
9. τῷ	τῇ	concordat cum edit. Paris.

EDITIO PARISIENSIS.	CODEX 190.	EDITIO OXONIÆ.
10. ὥστε δυνάμει εἰσὶ σύμμετροι αἱ MN, NΞ.	deest.	concordat cum edit. Paris.
11. EZ σύμμετρος·	Id.	EZ·
12. ἐστὶ	Id.	deest.
13. καὶ	deest.	concordat cum edit. Paris.
14. ἄρα MΞ	Id.	MΞ ἄρα

PROPOSITIO LVII.

1. μεῖζον ἔστω	τὸ μεῖζον ἐστὶ . . .	concordat cum edit. Paris.
2. ἐστι	deest.	concordat cum edit. Paris.
3. καὶ αἱ MN, NΞ μέσαι εἰσὶ δυνάμει μόνον σύμμετροι· ὥστε ἡ MΞ ἐκ δύο μέσων ἐστί· . .	Id.	καὶ ὅτι αἱ MN, NΞ ἐκ δύο μέσων εἰσί·
4. ἀσύμμετρος	Id.	ἀσύμμετρον
5. ἐστὶ	Id.	deest.
6. ἐστὶ	deest.	concordat cum edit. Paris.

PROPOSITIO LVIII.

1. ἐστὶν	Id.	deest.
2. δὴ	Id.	δὲ
3. Ἐπεὶ	Id.	Ἐπεὶ γὰρ
4. δυνάμει	Id.	deest.
5. ἐστὶ	Id.	deest.
6. ἐστιν	deest.	concordat cum edit. Paris.
7. τῇ	τῆς	concordat cum edit. Paris.
8. συγκείμενον	deest.	concordat cum edit. Paris.
9. καὶ εἰσὶν ἀσύμμετροι αἱ MN, NΞ	Id.	καὶ ἐστιν ἀσύμμετρος ἡ MN τῇ NΞ

PROPOSITIO LIX.

1. ἄρα	Id.	deest.
2. τῆς	τῶν	concordat cum edit. Paris.

3. καὶ ἔστιν . . . . καὶ . . . . concordat cum edit. Paris.
4. μήκει, ... deest. . . . . concordat cum edit. Paris.
5. ἄρα . . . . deest. . . . . concordat cum edit. Paris.
6. Καὶ ῥητὴ . . . . Id. . . . . Ῥητὴ δὲ
7. τῶν MN, NΞ· . . . . . MNΞ . . . . concordat cum edit. Paris.

PROPOSITIO LX.

1. γὰρ . . . . deest. . . . . concordat cum edit. Paris.
2. ἡ . . . . deest. . . . . concordat cum edit. Paris.
3. ἀπὸ τῶν . . . . Id. . . . . deest.
4. ἄρα . . . . Id. . . . . deest.
5. καὶ . . . . deest. . . . . concordat cum edit. Paris.
6. ἐστιν . . . . deest. . . . . concordat cum edit. Paris.
7. Καὶ ἔστι μέσον ἑκάτερον αὐ- deest. . . . . concordat cum edit. Paris.
τῶν, καὶ αἱ MN, NΞ . . .

LEMMA*.

1. τῆς . . . . deest. . . . . concordat cum edit. Paris.
2. τῆς . . . . deest. . . . . concordat cum edit. Paris.
3. τῆς . . . . Id. . . . . τῶν
4. ἐστι τοῦ ἀπὸ τῆς ΑΔ· . . ἐστὶ τοῦ ἀπὸ ΑΔ· . . τοῦ ἀπὸ τῆς ΑΔ·
5. τῶν . . . . deest. . . . . concordat cum edit. Paris.

PROPOSITIO LXI.

1. ἑκατέρᾳ τῶν ΜΛ, ΗΞ· . . deest. . . . . concordat cum edit. Paris.
2. ἐστι . . . . Id. . . . . εἰσι
3. ΑΓ, ΓΒ. . . . . Id. . . . . ΑΓ, ΓΒ· ῥητὸν ἄρα ἐστὶ τὸ συγκείμενον ἐκ τῶν ΑΓ, ΓΒ.
4. ἡ ΜΗ ἐστὶν, ... Id. . . . . ἐστὶν ἡ ΜΗ,
5. γὰρ . . . . deest. . . . . concordat cum edit. Paris.
6. οὕτως . . . . deest. . . . . concordat cum edit. Paris.
7. μήκει . . . . deest. . . . . concordat cum edit. Paris.
8. μέρει . . . . deest. . . . . concordat cum edit. Paris.

* Reperitur in codicibus a, d, e, f, g, h, l, m, n.

II.

EDITIO PARISIENSIS.	CODEX 190.	EDITIO OXONIÆ.
9. μήκει	deest.	concordat cum edit. Paris.
10. ἡ ΔΜ ἄρα τῆς ΜΗ μείζων δύναται τῷ ἀπὸ σύμμετρου ἑαυτῇ.	Id.	deest.

PROPOSITIO LXII.

1. τὰς μέσας	deest.	τὰ μέσα
2. παρὰ τὴν ΔΕ παραβεβλήσθω τῷ ἀπὸ τῆς ΑΒ ἴσον τὸ . .	Id.	παραβεβλήσθω παρὰ τὴν ΔΕ τῷ ἀπὸ τῆς ΑΒ ἴσον
3. τὸ ΔΛ, καὶ παρὰ ῥητὴν τὴν ΔΕ παραβεβλήται·	ἐστὶ τὸ ΔΛ, καὶ παρὰ ῥητὴν ΔΕ παραβεβλήται·	τὸ ΔΛ, καὶ παρὰ ῥητὴν παράκειται·
4. ἐστι	Id.	deest.
5. ἐστὶ	Id.	deest.

PROPOSITIO LXIII.

1. γὰρ	deest.	concordat cum edit. Paris.
2. ἐστὶ δευτέρα	Id.	δευτέρα ἐστὶν
3. τὴν ΔΕ ῥητὴν·	Id.	ῥητὴν τὴν ΔΕ·
4. καὶ	Id.	deest.
5. καὶ	Id.	deest.
6. δὴ	deest.	concordat cum edit. Paris.
7. προτέροις	Id.	πρότερον
8. ἐστὶν	Id.	deest.

PROPOSITIO LXIV.

linea 7 τις ἔστω	deest.	concordat cum edit. Paris.
2. γὰρ	deest.	concordat cum edit. Paris.
linea 2 καὶ	ἐστὶ	concordat cum edit. Paris.
3. ἐστὶ	deest.	concordat cum edit. Paris.
4. τὴν ΜΔ παράκειται· . . .	ἐστὶ τὴν ΜΔ·	concordat cum edit. Paris.
5. ἄρα	deest.	concordat cum edit. Paris.
6. δὴ	deest.	concordat cum edit. Paris.
7. δείξομεν τοῖς πρότερον, . .	Id.	τοῖς πρότερον ἐπιλογιεύμεθα,
8. ἐστὶ	Id.	deest.

EDITIO PARISIENSIS.	CODEX 190.	EDITIO OXONIÆ.
9. ἀσύμμετρός ἐστι καὶ ἡ ΚΔ τῇ ΚΜ.	Id.	καὶ ἡ ΚΔ τῇ. ΚΜ ἀσύμμετρός ἐστιν.
10. παρὰ τὴν μείζονα παραβληθῇ	Id.	παραβληθῇ παρὰ τὴν μείζονα
11. μήκει	deest.	concordat cum edit. Paris.

PROPOSITIO LXV.

1. γὰρ	deest.	concordat cum edit. Paris.
2. ἐστὶν	deest.	concordat cum edit. Paris.
3. μήκει	deest.	concordat cum edit. Paris.
4. τῇ ΚΜ μήκει·	Id.	μήκει τῇ ΚΜ·
5. ῥηταὶ	deest.	concordat cum edit. Paris.

PROPOSITIO LXVI.

1. ἐκ τῶν ἀπ' αὐτῶν τετραγώνων συγκείμενον τῷ ἐκ τῶν . . .	Id.	συγκείμενον ἐκ τῶν ἀπ' αὐτῶν τετραγώνων τῷ
2. ἐστὶ	deest.	concordat cum edit. Paris.
3. δὴ πάλιν	Id.	γὰρ πάλιν τοῖς πρὸ τούτου

PROPOSITIO LXVII.

1. τὴν ΓΖ οὕτως ἡ ΕΒ πρὸς τὴν ΖΔ· ἐναλλὰξ ἄρα ἐστὶν ὡς ἡ ΑΕ πρὸς τὴν ΕΒ οὕτως ἡ ΓΖ πρὸς	ΓΖ ἡ ΕΒ πρὸς ΖΔ· ἐναλλὰξ ἄρα ἐστὶν ὡς ἡ ΑΕ πρὸς ΕΒ οὕτως ἡ ΓΖ πρὸς ΖΔ· . . .	concordat cum edit. Paris.
2. τὴν ΖΔ·		
3. ἤτοι	deest.	concordat cum edit. Paris.
4. δύναται	Id.	δυνήσεται
5. ἔσται·	Id.	'στί.
6. ἔσται	Id.	'στὶν
7. δύναται	Id.	δυνήσεται
8. ἐστι	Id.	'σται

PROPOSITIO LXVIII.

EDITIO PARISIENSIS.	CODEX 190.	EDITIO OXONIÆ.
1. καὶ αὐτὴ	Id.	deest.
2. διῃρήσθω	Id.	διῃρημένη
3. τὴν ΓΔ οὕτως ἡ ΑΕ πρὸς τὴν ΓΖ·	ΓΔ ἡ ΑΕ πρὸς ΓΖ· . . .	concordat cum edit. Paris.
4. τὴν ΓΔ.	ΓΔ	concordat cum edit. Paris.
5. ἑκατέρα τῶν ΑΕ, ΕΕ ἑκατέρᾳ τῶν ΓΖ, ΖΔ· μέσαι δὲ αἱ ΑΕ, ΕΒ·	Id.	ἡ μὲν ΑΕ τῇ ΓΖ, ἡ δὲ ΕΒ τῇ ΖΔ. Καὶ εἰσὶ μέσαι αἱ ΑΕ, ΕΒ·
6. τὴν ΕΒ οὕτως ἡ ΓΖ πρὸς τὴν ΖΔ, ...	ΕΒ ἡ ΓΖ πρὸς ΖΔ, . . .	concordat cum edit. Paris.
7. σύμμετροί εἰσι·	Id.	εἰσὶ σύμμετροι·
8. ἄρα δυνάμει μόνον σύμμετροί εἰσιν.	δυνάμει μόνον σύμμετροί εἰσιν.	ἄρα δυνάμει μόνον εἰσὶ σύμμετροι.
9. τὴν ΕΒ οὕτως ἡ ΓΖ πρὸς τὴν ΖΔ·	ΕΒ ἡ ΓΖ πρὸς ΖΔ· . . .	concordat cum edit. Paris.
10. ἄρα	deest.	concordat cum edit. Paris.
11. καὶ διὰ τοῦτό ἐστιν ἐκ δύο μέσων πρώτη. Εἴτε μέσον τὸ ὑπὸ τῶν ΑΕ, ΕΒ, μέσον καὶ τὸ ὑπὸ τῶν ΓΖ, ΖΔ. Καὶ ἔστιν ἑκατέρα δευτέρα· καὶ διὰ τοῦτο ἡ ΓΔ τῇ ΑΒ τῇ τάξει ἡ αὐτή. . .	εἴτε μέσον, μέσον καὶ ἔστιν ἑκατέρα δευτέρα· καὶ διὰ τοῦτο ἔσται ἡ ΓΔ τῇ ΑΒ τῇ τάξει ἡ αὐτή.	concordat cum edit. Paris.

PROPOSITIO LXIX.

1. καὶ	deest.	concordat cum edit. Paris.
2. Γεγονέτω γάρ	Id.	Καὶ γεγενίτω
3. τὴν ΓΔ οὕτως ἥτε ΑΕ πρὸς τὴν ΓΖ καὶ ἡ ΕΒ πρὸς τὴν ΖΔ·	ΕΒ οὕτως ἡ ΓΖ πρὸς ΖΔ·	concordat cum edit. Paris.
4. τὴν ΖΔ, ...	ΖΔ	concordat cum edit. Paris.
5. τὴν ΕΒ	ΕΒ	concordat cum edit. Paris.
6. τὴν	deest.	concordat cum edit. Paris.
7. ἐστὶν	Id.	deest.

EDITIO PARISIENSIS.	CODEX 190.	EDITIO OXONIÆ.
8. τὴν ΔΖ·	ΔΖ·	concordat cum edit. Paris.
9. ἀσύμμετροί εἰσι,	Id.	εἰσὶν ἀσύμμετροι,
10. ἅμα	Id.	deest.

PROPOSITIO LXX.

1. καὶ αὐτὴ	deest.	concordat cum edit. Paris.
2. τῶν ΑΕ, ΕΒ τῷ ὑπὸ τῶν	ΑΕ, ΕΒ τῷ ὑπὸ	concordat cum edit. Paris.
3. μὲν	Id.	deest.

PROPOSITIO LXXI.

1. δὴ	deest.	concordat cum edit. Paris.
2. τετραγώνων	deest.	concordat cum edit. Paris.
3. τὸ δὲ	ὥστε καὶ τὸ	concordat cum edit. Paris.
4. ἡ ἄρα ΓΔ	Id.	ἡ ΓΔ ἄρα

PROPOSITIO LXXII.

1. τουτέστι τὴν ΘΗ,	deest.	concordat cum edit. Paris.
2. τῷ ΕΗ·	Id.	τὸ ΕΗ.
3. ῥητὴν	deest.	concordat cmm edit. Paris.
4. ἡ ΕΘ ἄρα ῥητή ἐστι	Id.	ῥητὴ ἄρα ἐστὶν ἡ ΕΘ
5. ἐστὶ	Id.	deest.
6. τῷ ΘΙ·	Id.	τὸ ΘΙ·
7. τουτέστι τὴν ΘΗ,	deest.	concordat cum edit. Paris.
8. ἔστιν ἡ	Id.	ἔστω
9. ἔστιν ἡ	Id.	ἔστω
10. ἔστιν ἡ	Id.	ἔστω
11. περιέχηται	περιέχεται	concordat cum edit. Paris.
12. χωρίον	deest.	concordat cum edit. Paris.
13. ἔστιν	Id.	ἔστω

PROPOSITIO LXXIII.

1. ἡ	deest.	concordat cum edit. Paris.
2. ἡ	deest.	concordat cum edit. Paris.

EDITIO PARISIENSIS.	CODEX 190.	EDITIO OXONIÆ.
3. Ἔστω	Ἔστω εἰ τύχοι	concordat cum edit. Paris.
4. ἢ	Id.	deest.
5. καὶ	Id.	deest.
6. ἢ	Id.	deest.
linea 17 Ὁμοίως δὴ δείξομεν ὅτι, κἂν ἔλαττον ᾖ τὸ ΑΒ τοῦ ΓΔ, ἢ τὸ ΑΔ χωρίον δυναμένη, ἢ ἐκ δύο μέσων δευτέρα ἐστὶ, δύο ἢ μέσα δυναμένη	deest.	concordat cum edit. Paris.

Subsequens corollarium in textu adesse deberet.

ΠΟΡΙΣΜΑ*.

Ἡ ἐκ δύο ὀνομάτων καὶ αἱ μετ᾽ αὐτὴν ἄλο-γοι οὔτε τῇ μέσῃ οὔτε ἀλλήλαις εἰσὶν αἱ αὐταὶ· τὸ μὲν γὰρ ἀπὸ μέσης παρὰ ῥητὴν παραβαλλό-μενον πλάτος ποιεῖ ῥητὴν καὶ ἀσύμμετρον τῇ παρ᾽ ἥν παράκειται μήκει. Τὸ δὲ ἀπὸ τῆς ἐκ δύο ὀνομάτων παρὰ ῥητὴν παραβαλλόμενον πλάτος ποιεῖ τὴν ἐκ δύο ὀνομάτων πρώτην. Τὸ δὲ ἀπὸ τῆς ἐκ δύο μέσων πρώτης παρὰ ῥητὴν παραβαλλόμενον πλάτος ποιεῖ τὴν ἐκ δύο ὀνομάτων δευτέραν. Τὸ δὲ ἀπὸ τῆς ἐκ δύο μέσων δευτέρας παρὰ ῥητὴν παραβαλλόμενον

COROLLARIUM.

Quæ ex binis nominibus et irrationales quæ post ipsam neque mediæ neque inter se sunt eædem; quadratum enim ex mediâ ad rationa-lem applicatum latitudinem facit rationalem et longitudine incommensurabilem ipsi ad quam applicatur. Quadratum autem rectæ ex binis nominibus ad rationalem applicatum latitudi-nem facit ex binis nominibus primam. Qua-dratum autem primæ ex binis mediis ad ra-tionalem applicatum latitudinem facit ex bi-nis nominibus secundam. Quadratum autem secundæ ex binis mediis ad rationalem appli-

COROLLAIRE.

La droite de deux noms et les irrationelles qui la suivent ne sont les mêmes ni avec la médiale, ni entr'elles; en effet, le quarré d'une médiale étant appliqué à une rationelle fait une largeur rationelle et incommensurable en longueur avec la droite à laquelle elle est appliquée (23. 10). Le quarré d'une droite de deux noms étant appliqué à une rationelle fait une largeur qui est une première de deux noms (61. 10). Le quarré d'une première de deux médiales étant appliqué à une ra-tionelle fait une largeur qui est une seconde de deux noms (63. 10). Le quarré d'une seconde de deux médiales étant appliqué à une rationelle fait une largeur

* Reperitur in codicibus a, d, e, f, h, l, m, n.

πλάτος ποιεῖ τὴν ἐκ δύο ὀνομάτων τρίτην. Τὸ δὲ ἀπὸ τῆς μείζονος παρὰ ῥητὴν παραβαλλόμενον πλάτος ποιεῖ τὴν ἐκ δύο ὀνομάτων τετάρτην. Τὸ δὲ ἀπὸ τῆς ῥητὸν καὶ μέσον δυναμένης παρὰ ῥητὴν παραβαλλόμενον πλάτος ποιεῖ τὴν ἐκ δύο ὀνομάτων πέμπτην. Τὸ δὲ ἀπὸ τῆς δύο μέσα δυναμένης παρὰ ῥητὴν παραβαλλόμενον πλάτος ποιεῖ τὴν ἐκ δύο ὀνομάτων ἕκτην. Τὰ δὲ¹ εἰρημένα πλάτη διαφέρει τοῦ τε πρώτου καὶ ἀλλήλων, τοῦ μὲν πρώτου ὅτι ῥητή ἐστιν, ἀλλήλων δὲ ὅτι τῇ τάξει οὐκ εἰσὶν αἱ αὐταὶ, ὥστε² καὶ αὐταὶ αἱ ἄλογοι διαφέρουσιν ἀλλήλων.

catum latitudinem facit ex binis nominibus tertiam. Quadratum autem ex majori ad rationalem applicatum latitudinem facit ex binis nominibus quartam. Quadratum autem ex rectà rationale et medium potenti ad rationalem applicatum latitudinem facit ex binis nominibus quintam. Quadratum autem ex rectà bina media potenti ad rationalem applicatum latitudinem facit ex binis nominibus sextam. Ipsæ vero dictæ latitudines differunt et à primà et inter se, à primà quidem quod rationalis sit, inter se vero quod ordine non sint eædem, quare et ipsæ irrationales differunt inter se.

qui est une troisième de deux noms (63. 10). Le quarré d'une majeure étant appliqué à une rationelle fait une largeur qui est une quatrième de deux noms (64. 10). Le quarré d'une droite, qui peut une surface rationelle et une surface médiale, étant appliqué à une rationelle fait une largeur qui est une cinquième de deux noms (65. 10). Le quarré d'une droite, qui peut deux surfaces médiales, étant appliqué à une rationelle fait une largeur qui est une sixième de deux noms (66. 10). Or les largeurs dont nous venons de parler sont différentes de la première et différentes entr'elles; elles diffèrent de la première, parce qu'elle est rationelle; et entr'elles, parce qu'elles ne sont pas du même ordre; ces irrationelles sont donc différentes entr'elles.

EDITIO PARISIENSIS.	CODEX 190.	EDITIO OXONIÆ.
1. Τὰ δὲ	Id.	Ἐπεὶ οὖν τὰ
2. ὥστε	Id.	δῆλον ὡς

<table>
<tr><td>

ΣΧΟΛΙΟΝ*.

Ἑπτά εἰσιν ἑξάδες ἄχρι τῶν ἐνταῦθα εἰρημένων· ὧν ἡ μὲν πρώτη ἐδείκνυ τὴν γένεσιν αὐτῶν· ἡ δὲ δευτέρα τὴν διαίρεσιν, ὅτι καθ᾽ ἓν μόνον σημεῖον διαιροῦνται· ἡ δὲ τρίτη τὴν ἐκ δύο ὀνομάτων εὕρεσιν, πρώτης, δευτέρας, τρίτης, τετάρτης, πέμπτης, ἕκτης, ἀφ᾽ ἧς ἡ τετάρτη ἑξὰς τὴν διαφορὰν ἐπεδείκνυε τῶν ἀλόγων, πῇ διαφέρουσι· προσχρώμενος γὰρ τῇ ἐκ δύο ὀνομάτων ἀποδείκνυσι τὴν διαφορὰν τῶν ἐξ ἀλόγων. Πέμπτην καὶ ἕκτην ἐξέθετο, δεικνύων ἐν μὲν τῇ πέμπτῃ τὰς παραβολὰς, τὰς ἀπὸ τῶν ἀλόγων, ποίας ἀλόγους ποιοῦσι τὰ πλάτη τῶν παραβαλλομένων χωρίων. Ἐν δὲ τῇ ἕκτῃ, πῶς αἱ σύμμετροι ταῖς ἀλόγοις ὁμοειδεῖς αὐταῖς εἰσί. Πάλιν, ἐν τῇ ἑβδόμῃ σαφῶς διαφορὰν αὐτῶν ἡμῖν δείκνυσιν.

</td><td>

SCHOLIUM.

Septem sunt senarii usque ad ea de quibus hactenus dictum est; quorum primus quidem ostendit generationem ipsarum; secundus vero divisionem, propterea quod ad unum duntaxat punctum dividuntur; tertius autem ex binis nominibus inventionem primae, secundae, tertiae, quartae, quintae, sextae, post quam quartus senarius ostendit differentiam irrationalium, quomodo illae differant; usus enim eis quae ex binis nominibus ostendit differentiam sex irrationalium. Quintum et sextum exposuit, ostendens in quinto quidem applicationes quadratorum ex irrationalibus, quales irrationales faciant latitudines applicatorum spatiorum. In sexto autem, quomodo commensurabiles irrationalibus ejusdem speciei sint. Rursus, in septimo evidenter differentiam ipsarum nobis ostendit.

</td></tr>
</table>

SCHOLIE.

Il y a sept sixains dans ce qui a été dit jusqu'à présent. Le premier fait voir l'origine des irrationelles (37, 58, 39, 40, 41, 42); le second leur division, parce qu'elles ne peuvent être divisées qu'en un seul point (43, 44, 45, 46, 47, 48); le troisième enseigne à trouver les droites de deux noms : la première de deux noms (49), la seconde (50), la troisième (51), la quatrième (52), la cinquième (53), et enfin la sixième (54); le quatrième sixain démontre la différence des irrationelles, c'est-à-dire ce en quoi elles diffèrent; car faisant usage des droites de deux noms, il (Euclide) fait voir la différence des six irrationelles (55, 56, 57, 58, 59, 60); il expose le cinquième et le sixième sixain; dans le cinquième, il démontre les applications des quarrés des irrationelles, c'est-à-dire qu'il démontre quelles sont les irrationelles que produisent les largeurs des surfaces appliquées (61, 62, 63, 64, 65, 66); dans le sixième, il fait voir comment les droites commensurables avec les irrationelles sont de la même espèce qu'elles (67, 68, 69, 70, 71); et enfin dans le septième, il nous démontre clairement leur différence (72, 73).

* Deest in codd. a, d, e, f, g, h, l, m, n.

Ἀναφαίνεται δὲ καὶ ἐπὶ τῶν ἀλόγων τούτων ἡ ἀριθμητικὴ ἀνάλογον· καὶ ἡ μέση λαμβανομένη ἀνάλογον τῶν τμημάτων οἱασδήποτε ἀλόγου κατὰ τὴν ἀριθμητικὴν ἀναλογίαν, καὶ αὐτὴ ὁμοειδής ἐστιν ὧν ἐστι μέση ἀνάλογον. Καὶ πρῶτον ὅτι ἡ ἀριθμητικὴ μεσότης ἐν τούτοις ἐστί. Κείσθω γὰρ ἐκ δύο ὀνομάτων εἰ τύχοι ΑΒ, καὶ διῃρήσθω εἰς τὰ ὀνόματα κατὰ τὸ Γ· φανερὸν ὅτι ἡ ΑΓ τῆς ΓΒ ἐστι μείζων. Ἀφῃρήσθω ἀπὸ

Apparet autem et in his irrationalibus arithmetica proportio; et media sumpta proportionalis portionum cujusque irrationalis secundum arithmeticam proportionem, et ipsa ejusdem speciei est cum eis quarum est media proportionalis. Et primum arithmetica medietas in his est. Ponatur enim ex binis nominibus si contigerit AB, et dividatur in nomina ad Γ; evidens est AΓ quam ΓB esse majorem. Auferatur ex AΓ

A _____ Δ E Γ _____ B

Z _____ H

τῆς ΑΓ τῇ ΓΒ ἴση ἡ ΑΔ, καὶ δίχα τετμήσθω ἡ ΓΔ κατὰ τὸ Ε· φανερὸν ὅτι ἡ ΑΕ τῇ ΕΒ ἐστιν ἴση. Κείσθω ὁποτέρα αὐτῶν ἴση ἡ ΖΗ· φανερὸν δὴ ὅτι ᾧ διαφέρει ἡ ΑΓ τῆς ΖΗ τούτῳ διαφέρει καὶ ἡ ΕΒ τῆς ΓΒ, ἡ μὲν γὰρ ΑΓ τῆς ΖΗ τῇ ΕΓ, τῷ αὐτῷ δὲ καὶ ἡ ΖΗ τῆς ΓΒ, ὅπερ ἐστὶν ἀριθμητικῆς ἀναλογίας. Δῆλον δὲ ὅτι ἡ ΖΗ σύμμετρός ἐστι τῇ ΑΒ, τῇ γὰρ ἡμισείᾳ αὐτῆς ἐστιν ἴση· ὥστε ἐκ δύο ὀνομάτων ἐστίν. Ὁμοίως δειχθήσεται καὶ ἐπὶ τῶν ἄλλων.

ipsi ΓB æqualis AΔ, et bifariam secetur ΓΔ in E; evidens est AE ipsi EB esse æqualem. Ponatur alterutri ipsarum æqualis ZH; manifestum est igitur quo differt AΓ ab ipsâ ZH hoc differre et EB ab ipsâ ΓB, etenim differt AΓ ab ipsâ ZH ipsâ EΓ, eâdem vero magnitudine et ipsa ZH differt ab ipsâ ΓB, quod est arithmeticæ proportionis. Perspicuum est autem ZH commensurabilem esse ipsi AB, dimidiæ enim ipsius est æqualis; quare ipsa ex binis nominibus est. Similiter demonstrabitur et in aliis.

Il y a évidemment dans les irrationelles une proportion arithmétique; et la moyenne proportionelle prise arithmétiquement entre les parties d'une irrationelle quelconque est de la même espèce que les droites entre lesquelles elle est moyenne proportionelle. Il y a d'abord une médiété arithmétique entre les parties d'une irrationelle. Car, que AB soit une droite quelconque de deux noms, et que cette droite soit divisée en ses noms au point Γ; il est évident que AΓ est plus grand que ΓB. Retranchons de AΓ une droite AΔ égale à ΓB, et partageons ΓΔ en deux parties égales en E; il est évident que la droite AE sera égale à la droite EB. Que ZH soit égal à chacune de ces droites; il est évident que la différence de AΓ à ZH sera la même que la différence de EB à ΓB; car la différence de AΓ à ZH est EΓ, ainsi que la différence de ZH à ΓB, ce qui appartient à la proportion arithmétique. Mais il est évident que la droite ZH est commensurable avec AB, car elle en est la moitié; la droite ZH est donc une droite de deux noms (67. 10). Nous démontrerons la même chose pour les autres irrationelles.

II. 63

PROPOSITIO LXXIV.

EDITIO PARISIENSIS.	CODEX 190.	EDITIO OXONIÆ.
1. τὰ ἄρα ἀπὸ τῶν ΑΒ, ΒΓ ἀσύμμετρά ἐστι τῷ δὶς ὑπὸ τῶν ΑΒ, ΒΓ·	καὶ ἐπειδήπερ τὰ ἀπὸ τῶν ΑΒ, ΒΓ ἴσα ἐστὶ τῷ δὶς ὑπὸ τῶν ΑΒ, ΒΓ μετὰ τοῦ ἀπὸ ΓΑ· . . .	concordat cum edit. Paris.
2. ἐπεὶ καὶ τὰ ἀπὸ τῶν ΑΒ, ΒΓ ἴσα ἐστὶ τῷ δὶς ὑπὸ τῶν ΑΒ, ΒΓ μετὰ τοῦ ἀπὸ τῆς ΑΓ. . .	deest.	concordat cum edit. Paris.

PROPOSITIO LXXV.

1. καλείσθω	καλεῖται	concordat cum edit. Paris.
2. ἐστὶ	Id.	deest.
3. τῶν	deest.	concordat cum edit. Paris.
4. ἐστὶν	Id.	deest.
5. δὲ	δὴ	concordat cum edit. Paris.

PROPOSITIO LXXVI.

1. περιέχη·	περιέχουσα	concordat cum edit. Paris.
2. τῆς	deest.	concordat cum edit. Paris.
3. ἐστὶ	καὶ σύμμετρά ἐστι . .	concordat cum edit. Paris.
4. καὶ	Id.	deest.
5. ἀσύμμετρον ἄρα ἐστὶ τὸ δὶς ὑπὸ τῶν ΑΒ, ΒΓ τοῖς ἀπὸ τῶν ΑΒ, ΒΓ.	Id.	ἀσύμμετρα ἄρα ἐστὶ τὰ ἀπὸ τῶν ΑΒ, ΒΓ τῷ δὶς ὑπὸ τῶν ΑΒ, ΒΓ.
6. ἐστὶ	Id.	deest.
7. μήκει.	deest.	concordat cum edit. Paris.
8. ὀρθογώνιον	deest.	concordat cum edit. Paris.
9. ἄρα	deest.	concordat cum edit. Paris.
10. μέσης	Id.	μέση

PROPOSITIO LXXVII.

EDITIO PARISIENSIS.	CODEX 190.	EDITIO OXONIÆ.
1. μετὰ τῆς ὅλης τῆς AB τὸ μὲν συγκείμενον ἐκ τῶν ἀπὸ τῶν AB, BΓ ἅμα ῥητόν, τὸ δὲ δὶς ὑπὸ τῶν AB, BΓ ἅμα μέσον· .	τὰ προκείμενα· . . .	concordat cum edit. Paris.
2. καλείσθω δὲ	ἡ καλουμένη	concordat cum edit. Paris.
3. ἀσύμμετρά ἐστι τὰ ἀπὸ τῶν AB, BΓ τῷ ἀπὸ τῆς AΓ. . .	λοιπῷ τῷ ἀπὸ τῆς AΓ ἀσύμμετρά ἐστι τὰ ἀπὸ τῶν AB, BΓ τῷ ἀπὸ τῆς AΓ. . . .	concordat cum edit. Paris.
4. ἄλογον ἄρα τὸ ἀπὸ τῆς AΓ· ἄλογος ἄρα ἡ AΓ, ...	ἄλογόν ἐστι τὸ ἀπὸ τῆς AΓ, ...	concordat cum edit. Paris.

PROPOSITIO LXXVIII.

1. τὸ μὲν συγκείμενον ἐκ τῶν ἀπὸ τῶν AB, BΓ τετραγώνων μέσον, τὸ δὲ δὶς ὑπὸ τῶν AB, BΓ ῥητόν·	τὰ προκείμενα· . . .	concordat cum edit. Paris.
2. καλείσθω δὲ ἡ μετὰ ῥητοῦ μέσον τὸ ὅλον ποιοῦσα. . . .	ἡ προειρημένη.	concordat cum edit. Paris.
3. AB, BΓ	Id.	AB, BΓ τετραγώνων
4. καὶ	deest.	concordat cum edit. Paris.

PROPOSITIO LXXIX.

1. τὸ μὲν	τό, τε	concordat cum edit. Paris.
2. τὸ δὲ	τό, τε	concordat cum edit. Paris.
3. τὰ προκείμενα·	Id.	τὸ μὲν συγκείμενον ἐκ τῶν ἀπὸ τῶν AB, BΓ τετραγώνων μέσον, τὸ δὲ δὶς ὑπὸ τῶν AB, BΓ μέσον, ἔτι δὲ τὰ ἀπὸ τῶν AB, BΓ ἀσύμμετρα τῷ δὶς ὑπὸ τῶν AB, BΓ·

4. ἡ καλουμένη	Id.	καλείσθω δὲ
5. ῥητὴν	deest.	concordat cum edit. Paris.
6. πλάτος ποιοῦν τὴν ΔΖ· . .	deest.	concordat cum edit. Paris.
7. ἐστὶ	deest.	concordat cum edit. Paris.
8. ἐστὶ	deest.	concordat cum edit. Paris.
9. τῷ ΔΘ.	τῇ ΔΘ.	concordat cum edit. Paris.
10. ἐστὶ	Id.	ἐστὶ καὶ
11. τὴν ΔΖ·	ΔΖ·	concordat cum edit. Paris.
12. ὀρθογώνιον	deest. . . . . , .	concordat cum edit. Paris.

PROPOSITIO LXXX.

1. μόνον	deest.	concordat cum edit. Paris.
2. καὶ	Id.	deest.
3. καὶ	deest.	concordat cum edit. Paris.
4. Τὰ	Id.	τὸ
5. ἀμφότερα·	Id.	ἑκατέρα.

PROPOSITIO LXXXI.

1. μία μόνον	Id.	μόνον μία
2. ΑΓ, ΓΒ ἄρα	Id.	ἄρα ΑΓ, ΓΒ
3. αὐτῷ	Id.	αὐτῷ πάλιν

PROPOSITIO LXXXII.

1. μέση	μέσης	concordat cum edit. Paris.
2. οὖσα	deest.	concordat cum edit. Paris.
3. μέση	μέσης	concordat cum edit. Paris.
4. καὶ	Id.	deest.
4. μὲν	Id.	deest.
6. σύμμετροί εἰσιν, ...	Id.	εἰσὶ σύμμετροι,
7. ἐστὶ	Id.	καὶ
8. ἐστὶ	Id.	ἐστὶ καὶ

PROPOSITIO LXXXIII.

EDITIO PARISIENSIS.	CODEX 190.	EDITIO OXONIÆ.
1. καὶ	Id.	deest.
2. τὰ προειρημένα.	Id.	τὰ μὲν ἀπὸ τῶν ΑΔ, ΔΒ τετρά-γωνα ἅμα ῥητὸν, τὸ δὶς ὑπὸ τῶν ΑΔ, ΔΒ μέσον.
3. τετραγώνων	Id.	deest.
4. ἐστιν	Id.	deest.
5. ἐστιν	Id.	deest.

PROPOSITIO LXXXIV.

1. προσαρμόζουσα δὲ ἡ ΒΓ· . .	καὶ τῇ ΑΒ προσαρμοζέτω ἡ ΒΓ·	concordat cum edit. Paris.
2. τὸ μὲν συγκείμενον ἐκ τῶν ἀπὸ τῶν ΑΓ, ΓΒ τετραγώνων μέσον, τὸ δὲ δὶς ὑπὸ τῶν ΑΓ, ΓΒ ῥητόν· λέγω ὅτι τῇ ΑΒ ἑτέρα οὐ προσαρμόσει τὰ αὐτὰ ποιοῦσα. Εἰ γὰρ δυνατὸν, προσαρμοζέτω ἡ ΒΔ· καὶ αἱ ΑΔ, ΔΒ ἄρα εὐθεῖαι δυνάμει εἰσὶν ἀσύμμετροι, ποιοῦ-σαι τὸ μὲν συγκείμενον ἐκ τῶν ἀπὸ τῶν ΑΔ, ΔΒ τετραγώνων μέσον, τὸ δὲ δὶς ὑπὸ τῶν ΑΔ, ΔΒ ῥητόν·	τὰ προκείμενα.	concordat cum edit. Paris.
3. τοῖς	Id.	τῶν
3. ἐστιν	Id.	deest.
4. τὰ προειρημένα· μία ἄρα μό-νον προσαρμόσει.	Id.	τὸ μὲν συγκείμενον ἐκ τῶν ἀπ᾽ αὐ-τῶν τετραγώνων μέσον, τὸ δὲ δὶς ὑπ᾽ αὐτῶν ῥητόν· τῇ ἄρα μετὰ ῥητοῦ μέσον τὸ ὅλον ποιού-σῃ μία μόνον προσαρμόσει.

PROPOSITIO LXXXV.

1. μόνον	μόνη	concordat cum edit. Paris.

EDITIO PARISIENSIS.	CODEX 190.	EDITIO OXONIÆ.
2. τὰ προειρημένα·	Id.	τό, τε συγκείμενον ἐκ τῶν ἀπ᾽ αὐτῶν τετραγώνων μέσον, καὶ τὸ δὶς ὑπὸ τῶν ΑΓ, ΓΒ μέσον, ἔτι δὲ τὰ ἀπὸ τῶν ΑΓ, ΓΒ τετράγωνα ἀσύμμετρα τῷ δὶς ὑπὸ τῶν ΑΓ, ΓΒ·
3. εὐθεῖα	deest.	concordat cum edit. Paris.
4. ποιοῦσα τὰ προειρημένα. . .	Id.	δυνάμει ἀσύμμετρος οὖσα τῇ ὅλῃ, μετὰ δὲ τῆς ὅλης ποιοῦσα τὰ προκείμενα.
5. τὰ μὲν ἀπὸ τῶν ΑΔ, ΔΒ τε-.τράγωνα	τό, τε ἀπὸ τῶν ΑΔ, ΔΒ τετραγώνων	concordat cum edit. Paris.
6. ἀσύμμετρα	ἀσύμμετρον	concordat cum edit. Paris.
7. ἀφῃρήσθω	παρὰ τὴν ΕΖ παραβε-Ϭλήσθω	concordat cum edit. Paris.
8. μὲν	deest.	concordat cum edit. Paris.
9. ἔστιν ἴσον τῷ	Id.	ἴσον τὸ
10. ἄρα	deest.	concordat cum edit. Paris.
11. σύμμετρος	Id.	ἀσύμμετρος
12. τετράγωνα	τετράγωνον	concordat cum edit. Paris.
13. καὶ ἔτι	Id.	ἔτι τε

DEFINITIONES TERTIÆ.

1. ἦ	deest.	concordat cum edit. Paris.
2. μήκει, ...	deest.	concordat cum édit. Paris.

PROPOSITIO LXXXVI.

1. ἡ ΖΔ	ὁ ΔΖ	concordat cum edit. Paris.
2. ΗΓ τετράγωνον·	Id.	ΗΓ·
3. ΗΓ·	Id.	ΘΓ·
4. τῇ Α μήκει·	μήκει τῇ Α·	concordat cum edit. Paris.
5. ποιῆσαι.	εὑρεῖν.	concordat cum edit. Paris.

PROPOSITIO LXXXVII.

1. καὶ	Id.	concordat cum edit. Paris.

EDITIO PARISIENSIS.	CODEX 190.	EDITIO OXONIÆ.
2. ΗΒ·	ΗΒ τετράγωνον· . . .	concordat cum edit. Paris.
3. ΓΗ τετράγωνον	Id.	ΓΗ
4. ἐστὶ	Id.	deest.
5. ἀπὸ	Id.	deest.
6. ἄρα	deest.	concordat cum edit. Paris.
7. σύμμετρος τῇ ἐκκειμένῃ ῥητῇ τῇ Α μήκει·	τῇ ἐκκειμένῃ ῥητῇ σύμμετρος τῇ Α· . . .	concordat cum edit. Paris.

PROPOSITIO LXXXVIII.

1. πρὸς τὸ ἀπὸ τῆς ΗΘ τετράγωνον·	τετράγωνον πρὸς τὸ ἀπὸ τῆς ΗΘ. Επεὶ οὖν ἐστιν ὡς ὁ Ε πρὸς τὸν ΒΓ οὕτως τὸ ἀπὸ τῆς Α τετράγωνον πρὸς τὸ ἀπὸ τῆς ΖΗ τετράγωνον·	concordat cum edit. Paris.
2. τετραγώνῳ·	Id.	deest.
3. τετράγωνον·	Id.	deest.
4. τετράγωνον	Id.	deest.
5. τετράγωνον	Id.	deest.
6. οὐδ'·	Id.	οὐκ
7. τὸν	deest.	concordat cum edit. Paris.
8. τῇ Α μήκει.	Id.	μήκει τῇ Α.
9. τετράγωνον	Id.	deest.
10. ἀπὸ	Id.	ἀπὸ τῆς Κ· ἢ ἄρα ΖΗ τῆς ΗΘ μεῖζον δύναται τῷ ἀπὸ

PROPOSITIO LXXXIX.

1. Λέγω δὲ ὅτι καὶ τετάρτη. .	deest.	concordat cum edit. Paris.
2. ἐστι	Id.	deest.
3. καὶ	Id.	deest.
4. τὸν	deest.	concordat cum edit. Paris.
5. μήκει. Καὶ ἐστιν ἡ	Καὶ ἐστιν	concordat cum edit. Paris.
6. ἄρα ΒΓ	Id.	ΒΓ ἄρα
7. ΒΓ	deest.	concordat cum edit. Paris.

PROPOSITIO XC.

EDITIO PARISIENSIS.	CODEX 190.	EDITIO OXONIÆ.
1. μήκει	Id.	deest.
2. ἐστὶν	deest.	concordat cum edit. Paris.
5. τὸν	deest.	concordat cum edit. Paris.
4. σύμμετρον ἄρα ἐστὶ τὸ ἀπὸ	deest.	concordat cum edit. Paris.
τῆς ΓΗ τῷ ἀπὸ τῆς ΗΒ. Ρη-		
τὸν δὲ τὸ ἀπὸ τῆς ΓΗ· . .		
linea 4 ῥητὸν ἄρα καὶ τὸ ἀπὸ	ῥητὸν	concordat cum edit. Paris.
τῆς ΗΒ· ῥητὴ		
5. οὐδ᾽ ἄρα	οὐδὲ	concordat cum edit. Paris.
6. μεῖζον	deest.	concordat cum edit. Paris.

PROPOSITIO XCI.

1. ἔτι δὲ καὶ ὁ ΓΒ πρὸς τὸν ΒΔ	Id.	deest.
λόγον μὴ ἐχέτω ὃν τετράγωνος		
ἀριθμὸς πρὸς τετράγωνον ἀριθ-		
μόν·		
3. οὐδετέρα ἄρα	Id.	καὶ οὐδετέρα

SCHOLIUM.

1. ἤ	deest.	concordat cum edit. Paris.
2. πρώτη ἐστὶν ἡ ΑΒ. . . .	Id.	ἐστὶν ἡ ΑΓ πρώτη.

PROPOSITIO XCII.

1. πρώτης	Id.	deest.
2. παραλληλόγραμμον . . .	deest.	concordat cum edit. Paris.
3. διελεῖ.	διαιρεῖ.	concordat cum edit. Paris.
4. περιεχόμενον ὀρθογώνιον τῷ	Id.	τῷ ὑπὸ τῆς ΕΗ,
ἀπὸ τῆς ΕΗ τετραγώνῳ, . .		
5. τὴν	deest.	concordat cum edit. Paris.
6. ἐστὶ	Id.	deest.
7. μὲν	Id.	deest.

EDITIO PARISIENSIS.	CODEX 190.	EDITIO OXONIÆ.
8. ἐστὶν ἴσον, ...	Id.	ἴσον ἐστὶ,
9. λοιπὸν	Id.	καὶ λοιπὸν
10. καὶ	Id.	deest.
11. ἑκατέρων	ἑκατέρας. . . .	concordat cum edit. Paris.
12. καὶ	deest.	concordat cum edit. Paris.

PROPOSITIO XCIII.

1. ὅλη ἡ ΑΗ	Id.	ΑΗ ὅλη
2. μήκει·	deest.	concordat cum edit. Paris.
3. διελεῖ.	διαιρεῖ.	concordat cum edit. Paris.
4. τῷ	Id.	τὸ
5. Καὶ διὰ τῶν Ε, Ζ, Η σημείων	deest.	concordat cum edit. Paris·
τῇ ΑΓ παράλληλοι ἤχθωσαν αἱ		
ΕΘ, ΖΙ, ΑΚ. Καὶ ἐπεὶ σύμμε-		
τρός ἐστιν ἡ ΑΖ τῇ ΖΗ μήκει·		
6. ῥητὴ ἄρα ἐστὶ καὶ ἑκατέρα	deest.	concordat cum edit. Paris.
τῶν ΔΕ, ΕΗ, καὶ σύμμετρος		
τῇ ΑΓ μήκει·		
7. τὴν ὑπὸ ΛΟΜ·	τῷ ἀπὸ τῶν ΛΟΜ· . .	concordat cum edit. Paris.
8. καὶ σύμμετρα ἀλλήλοις, . .	deest.	concordat cum edit. Paris.
9. ἄρα	deest.	concordat cum edit. Paris.
10. Λέγω ὅτι καὶ δυνάμει μόνον	Id.	δυνάμει σύμμετροι. Καὶ ἐπεὶ γὰρ
σύμμετροι. Ἐπεὶ γὰρ . . .		
11. ἐστὶ	deest.	concordat cum edit. Paris.
12. ἐστὶ	deest.	concordat cum edit. Paris.
13. τουτέστι τῷ	τὸ δὲ ΤΣ ἐστὶ τῷ . . .	concordat cum edit. Paris.
14. τὸ ἄρα ἀπὸ τῆς ΛΝ . .	τὸ ἀπὸ τῆς ΛΝ ἄρα . .	concordat cum edit. Paris.
15. τὸ	τὸ ἀπὸ τῆς	concordat cum edit. Paris.
16. δὴ	deest.	concordat cum edit. Paris.
17. μίσης . . . · . . .	μίση	concordat cum edit. Paris.
18. τῷ ΜΝ, τουτέστι . . .	deest.	concordat cum edit. Paris.
19. ἐστὶ	deest. . . . . ·	concordat cum edit. Paris.
20. ὡς δὲ	Id.	καὶ ὡς ἄρα·

II.

64

PROPOSITIO XCIV.

EDITIO PARISIENSIS.	CODEX 190.	EDITIO OXONIÆ.
1. καὶ ἑκατέρα ἄρα τῶν ΑΖ, ΖΗ ῥητή ἐστι καὶ ἀσύμμετρος τῇ ΑΓ μήκει· καὶ	ὥστε καὶ αἱ ΑΖ, ΖΗ· .	concordat cum edit. Paris.
2. μήκει·	Id.	deest.
3. ἀσύμμετρον ἄρα ἐστὶ τὸ ΑΙ τῷ ΕΚ.	deest.	concordat cum edit. Paris.
4. ἐστὶ	Id.	deest.
5. τὸ ΖΚ·	ΖΚ· , ...	concordat cum edit. Paris.
6. ἐστὶ	Id.	deest.
7. τῷ ΖΚ, ...	Id.	τῷ τῷ ΖΚ,
8. τῶν ΛΟ, ΟΝ·	Id.	τῆς ΛΟ, ΟΝ·
9. ὥστε	Id.	ὥστε καὶ
10. χωρίον·	Id.	deest.

PROPOSITIO XCV.

1. τῆς	Id.	deest.
2. δύναται	δυναμένη	concordat cum edit. Paris.
3. μήκει ἡ ΑΖ τῇ ΖΗ·	Id.	ἡ ΑΖ τῇ ΖΗ μήκει.
4. τὸ ΝΞ, περὶ τὴν αὐτὴν γωνίαν ὅν τῷ ΛΜ, τὴν ὑπὸ ΛΟΜ· . .	περὶ τὴν αὐτὴν γωνίαν τὴν ἀπὸ τῶν ΛΟΜ, τὴν ΝΞ·	concordat cum edit. Paris.
5. ἐστι	deest.	concordat cum edit. Paris.
6. τὴν	deest.	concordat cum edit. Paris.
7. ἐστὶ	Id.	deest.
8. τῷ	Id.	τὸ
9. τὸ	Id.	τῷ
10. δὴ	deest.	concordat cum edit. Paris.
11. τετραγώνῳ·	Id.	deest.

PROPOSITIO XCVI.

1. Καὶ ἤχθωσαν διὰ τῶν Ε, Ζ, Η τῇ ΑΓ παράλληλοι αἱ ΕΘ, ΖΙ, ΗΚ.	deest.	concordat cum edit. Paris.

EDITIO PARISIENSIS.	CODEX 190.	EDITIO OXONIÆ.
2. περὶ τὴν αὐτὴν ὂν τῷ ΛΜ γω- νίαν, τὴν ὑπὸ ΛΟΜ, τὸ ΝΞ·	τὸν ΝΞ περὶ τὴν αὐτὴν γωνίαν, τὴν ὑπὸ ΛΟΜ·	concordat cum edit. Paris.
3. χωρίον.	Id.	deest.
4. καὶ τὸ δὶς ἄρα ὑπὸ τῶν ΛΟ, ΟΝ ῥητόν ἐστι.	καὶ αὐτὸ ῥητόν ἐστι. .	concordat cum edit. Paris.
5. λοιπὴ	ἡ λοιπὴ	concordat cum edit. Paris.
6. μέσον	Id.	deest.
7. ἄρα χωρίον	Id.	χωρίον

PROPOSITIO XCVII.

1. τῶν ΑΗ, ΗΔ	αὐτῶν	concordat cum edit. Paris.
2. παραβληθῇ	Id.	παραβάλλωμεν
3. τὸ Ε, ...	Id.	τὸ Ε σημεῖον,
4. Πάλιν, ἐπεὶ αἱ ΑΓ, ΔΗ ῥηταί εἰσι καὶ ἀσύμμετροι μήκει, μέσον ἐστὶ καὶ τὸ ΔΚ. . . .	deest.	concordat cum edit. Paris.
5. ὂν τῷ ΛΜ γωνίαν τὸ ΝΞ· .	γωνίαν τὸ ΝΞ· . . .	concordat cum edit. Paris.
6. ἡ	Id.	ὁ
7. ἡ	deest.	concordat cum edit. Paris.
8. ἄρα	deest.	concordat cum edit. Paris.
9. ΑΒ	deest.	concordat cum edit. Paris.

PROPOSITIO XCVIII.

1. τῶν	deest.	concordat cum edit. Paris.
2. ἔστι	deest.	concordat cum edit. Paris.
3. ἐστὶν	Id.	deest.
4. τὸ	τὰ	concordat cum edit. Paris.
5. μέσον, ...	μέσα	concordat cum edit. Paris.
6. ἐστὶ	Id.	deest.
7. δὴ	Id.	deest.
8. ἀπὸ τῆς ΒΗ ἴσον τὸ ΚΛ· τῷ δὲ ἀπὸ τῶν ΑΗ, ΗΒ τὸ ΝΛ· .	Id.	ὑπὸ τῶν ΑΗ, ΗΒ ἴσον τὸ ΝΛ, τῷ δὲ ἀπὸ τῆς ΒΗ ἴσον τὸ ΚΛ·
9. ἐστὶν	Id.	deest.
10. ὡς ἄρα ἡ ΙΚ πρὸς τὴν ΝΜ οὕτως ἐστὶν ἡ ΝΜ πρὸς τὴν ΝΜ·	deest.	concordat cum edit. Paris.

EDITIO PARISIENSIS.	CODEX 190.	EDITIO OXONIÆ.
11. ἐστι	deest.	concordat cum edit. Paris.
12. τὸ	*Id.*	τῷ

PROPOSITIO XCIX.

1. μέσοις οὖσι·	deest.	concordat cum edit. Paris.
2. ἄρα	*Id.*	ἄρα καὶ
3. ἐστὶ	*Id.*	deest.
4. ἐστὶν	deest.	concordat cum edit. Paris.
5. τὸ δὲ ἀπὸ τῆς ΗΒ τῷ . . .	τῷ δὲ ἀπὸ τῆς ΗΒ τὸ	concordat cum edit. Paris.
6. Καὶ ἐπεὶ σύμμετρόν ἐστι τὸ	deest.	concordat cum edit. Paris.
ἀπὸ τῆς ΑΗ τῷ ἀπὸ τῆς ΗΒ,		
σύμμετρόν ἐστι καὶ τὸ ΓΘ τῷ		
ΚΛ, τουτέστιν ἡ ΓΚ τῇ ΚΜ·		
7. καὶ τῷ	*Id.*	τῷ δὲ
8. τὸ	τῷ	concordat cum edit. Paris.
9. μήκει	*Id.*	deest.

PROPOSITIO C.

1. σύμμετρόν ἐστι	deest.	concordat cum edit. Paris.
2. ἀσύμμετρα ἄρα ἐστὶ τὰ ἀπὸ	deest.	concordat cum edit. Paris.
τῶν ΑΗ, ΗΒ τῷ δὶς ὑπὸ τῶν		
ΑΗ, ΗΒ·		
3. καὶ	*Id.*	deest.
4. ὡς	*Id.*	καὶ ὡς
5. σύμμετρός ἐστι μήκει . . .	*Id.*	μήκει σύμμετρός ἐστι

PROPOSITIO CI.

1. ῥητὴν	*Id.*	deest.
2. ἴσον	*Id.*	ἴσον παρὰ τὴν ΚΘ παραβεβλήσθω
3. καὶ	*Id.*	deest.
4. τῶν ο	deest.	concordat cum edit. Paris.
5. ἐστι	deest.	concordat cum edit. Paris.
6. ἐστὶ	deest.	concordat cum edit. Paris.
7. ἐστὶν ἡ ΓΜ	*Id.*	ἡ ΓΜ

EDITIO PARISIENSIS.	CODEX 190.	EDITIO OXONIÆ.
8. τὸ ΝΛ	Id.	ἡ ΝΛ
9. ἄρα ἀπὸ	Id.	ἄρα ὑπὸ

PROPOSITIO CII.

1. διὰ	Id.	ἀπὸ
2. ἔστιν	deest.	concordat cum edit. Paris.
3. ἐστὶν	deest.	concordat cum edit. Paris.
4. ἐστὶ	deest.	concordat cum edit. Paris.
5. αὐτὴν διαιρεῖ	Id.	διαιρεῖ αὐτήν.

PROPOSITIO CIII.

1. ὅτι	Id.	ὅσι
2. ἔτι δὲ ἀσύμμιτρα τὰ ἀπὸ τῶν	καὶ ἀσύμμετρον τὸ ἀπὸ τῶν	concordat cum edit. Paris.
3. ἐστὶ	deest.	concordat cum edit. Paris.
4. ἐστὶ	deest.	concordat cum edit. Paris.
5. ἀπὸ τῶν	deest.	concordat cum edit. Paris.
6. ἐστὶ	deest.	concordat cum edit. Paris.
7. τὸ	deest.	concordat cum edit. Paris.
8. τὸ	τὸ ἀπὸ τῆς	concordat cum edit. Paris.
9. ἐστὶ	Id.	deest.
10. ἐστὶν	Id.	deest.
11. ἀπὸ τῶν	deest.	concordat cum edit. Paris.
12. ἐστὶ	Id.	deest.
13. ἔστιν ἄρα ὡς τὸ ΓΘ πρὸς τὸ NΛ οὕτως τὸ ΝΛ πρὸς τὸ ΚΛ·	Id.	καὶ τῶν ἄρα ΓΘ, ΚΛ μέσον ἀνάλογόν ἐστι τὸ ΝΛ·

PROPOSITIO CIV.

1. μήκει σύμμιτρος ἔστω . . .	Id.	σύμμιτρος ἔστω μήκει
2. ἐστὶ	deest.	concordat cum edit. Paris.
3. ΑΕ μὲν	Id.	μὲν ΑΕ
4. Καὶ αἱ	Id.	Αἱ δὲ
5. ἀποτομὴ ἄρα ἐστὶν ἡ ΓΔ. Λέγω δὴ ὅτι καὶ τῇ τάξει ἡ αὐτὴ τῇ ΑΒ. Ἐπεὶ γάρ	Ἐπεὶ οὖν	concordat cum edit. Paris.

6. ἐστὶν . . . .   *Id.* . . . .   deest.

7. δὲ . . . .   deest. . . . . . .   concordat cum edit. Paris.

8. οὐδετέρα . . . . . .   οὐθέρα . . . .   concordat cum edit. Paris.

PROPOSITIO CV.

1. σύμμετρος ἄρα καὶ ἡ ΑΕ τῇ   *Id.* . . . .   deest.
   ΓΖ, ἡ δὲ ΒΕ τῇ ΔΖ· . . .

2. καὶ αἱ ΓΖ, ΖΔ ἄρα μέσαι εἰσὶ   *Id.* . . . .   deest.
   δυνάμει μόνον σύμμετροι· . .

3. Λέγω δὴ ὅτι καὶ τῇ τάξει ἐσ-   *Id.* . . . .   Δεικτέον δὴ ὅτι καὶ τῇ τάξει ἡ
   τὶν ἡ αὐτὴ τῇ ΑΒ. Ἐπεὶ γάρ .   αὐτὴ τῇ ΑΒ. Ἐπεὶ γάρ

4. τὴν ΖΔ· . . . .   *Id.* . . . .   τὴν ΖΔ, ἀλλ' ὡς μὲν ἡ ΑΕ πρὸς
                                         τὴν ΕΒ οὕτως τὸ ἀπὶ τῆς ΑΕ
                                         πρὸς τὸ ὑπὸ τῶν ΑΕ, ΕΒ,
                                         ὡς δὲ ἡ ΓΖ πρὸς τὴν ΖΔ οὕτως
                                         τὸ ἀπὸ τῆς ΓΖ πρὸς τὸ ὑπὸ
                                         τῶν ΓΖ, ΖΔ·

5. ΓΖ, ΖΔ. . . . .   *Id.* . . . .   ΓΖ, ΖΔ· ἐναλλὰξ ἄρα ὡς τὸ ἀπὸ
                                         τῆς ΑΕ πρὸς τὸ ἀπὸ τῆς ΓΖ
                                         οὕτως τὸ ὑπὸ τῶν ΑΕ, ΕΒ πρὸς
                                         τὸ ὑπὸ τῶν ΓΖ, ΖΔ.

6. ἐστὶ . . . .   *Id.* . . . .   deest.

7. ἔσται . . . .   *Id.* . . . .   ἐστι

8. ἐστὶ . . . .   deest. . . . . . .   concordat cum edit. Paris.

9. ἐστὶ . . . .   deest. . . . . . .   concordat cum edit. Paris.

PROPOSITIO CVI.

1. γὰρ . . . .   *Id.* . . . . . .   deest.

2. τῷ προτέρῳ. . . . . .   deest. . . . . . .   concordat cum edit. Paris.

3. ἐστὶν ὡς τὰ ἀπὸ τῶν . . .   ἐστὶν ὡς τὰ ἀπὸ τῆς . .   ὡς τὸ ἀπὸ τῶν

4. ΖΔ. . . . .   *Id.* . . . .   ΖΔ, καὶ ἐναλλάξ·

5. τῶν . . . .   deest. . . . . . .   concordat cum edit. Paris.

6. ΓΖ, ΖΔ· . . . . . .   *Id.* . . . .   ΓΖ, ΖΔ, καὶ ἐναλλάξ·

7. τετραγώνῳ, ...   *Id.* . . . .   deest.

8. ἐστὶ . . . .   deest. . . . . . .   concordat cum edit. Paris.

A L I T E R*.

EDITIO PARISIENSIS.	CODEX 190.	EDITIO OXONIÆ.
2. ἔστω	deest.	concordat cum edit. Paris.
3. Ἐκκείσθω γὰρ ἡ ΓΔ ῥητή,	Κείσθω ῥητὴ ἡ ΓΔ,	concordat cum edit. Paris.
4. τετάρτη	Id.	deest.
5. Τῷ	τὸ	concordat cum edit. Paris.
6. ἐστὶ	Id.	deest..
7. ἐστὶ	Id.	deest.
8. ἐστὶ	Id.	deest.
9. ἐστὶν	Id.	deest.
10. ἱστὶν	Id.	deest.
11. ῥητῆς καὶ ἀποτομῆς τετάρ-της.	ῥητῆς τῆς ΖΕ καὶ ἀπο-τομῆς τετάρτης τῆς ΖΘ.	concordat cum edit. Paris.
12. Ἐὰν δὲ χωρίον περιέχεται ὑπὸ ῥητῆς καὶ ἀποτομῆς τε-τάρτης.	Id.	deest.
13. ἄρα	deest.	concordat cum edit. Paris.

PROPOSITIO. CVII.

1. καὶ αὐτὴ	deest.	concordat cum edit. Paris.
2. καὶ	Id.	deest.
3. αἱ	Id.	ἡ
4. ἐστι τὸ	Id.	τὸ μὲν

A L I T E R**.

2. Εστω	Εστω ἡ	concordat cum edit. Paris.
3. ῥητὴ	ῥητὸν	concordat cum edit. Paris.
4. ἄρα	ἄρα ἡ	concordat cum edit. Paris.

* Hoc ἄλλως reperitur in codd. a, e, l, m, n post propositionem 116, et in capite habet ἡ τῇ ἐλάσσονι σύμμετρος ἐλάσσων ἐστίν; et in codd. d, f, g, h reperitur post propositionem 106.

** Hoc ἄλλως reperitur in codd. a, e, l, m, n post ἄλλως præcedens, et habet in capite ἡ τῇ μετὰ ῥητοῦ μέσον τὸ ὅλον ποιούσῃ σύμμετρος μετὰ ῥητοῦ μέσον τὸ ὅλον ποιούσά ἐστιν; et in codd. d, f, g, h reperitur post propositionem 107.

PROPOSITIO CVIII.

EDITIO PARISIENSIS.	CODEX 190.	EDITIO OXONIÆ.
1. ἔστω	Id.	deest.
2. καὶ	Id.	deest.
3. τε	deest.	concordat cum edit. Paris.
4. τετραγώνων	deest.	concordat cum edit. Paris.

PROPOSITIO CIX.

1. χωρίον	deest.	concordat cum edit. Paris.
2. μὲν	Id.	deest.
3. ἄρα μὲν	μὲν ἄρα	ἄρα ἐστὶν
4. ἑαυτῇ, ἢ τῷ ἀπὸ ἀσυμμέ- τρου.	ἢ οὐ.	concordat cum edit. Paris.
5. περιεχόμενον	Id.	deest.
6. ἄρα	deest.	concordat cum edit. Paris.
7. ἡ ἄρα τὸ ΛΘ, τουτέστι τὸ ΕΓ, δυναμένη ἐλάσσων ἐστίν. .	deest.	concordat cum edit. Paris.

PROPOSITION CX.

1. αὐτῇ	ταύτῃ	concordat cum edit. Paris.
2. ἄρα ἐστὶ δευτέρα	δευτέρα ἐστὶν	concordat cum edit. Paris.
3. πρώτη ἐστίν.	Id.	ἐστὶ πρώτη.
4. τῆς ΖΚ μεῖζον	Id.	μεῖζον τῆς ΖΚ
5. ἑαυτῇ, ...	deest.	concordat cum edit. Paris.
6. ἄρα	deest.	concordat cum edit. Paris.

PROPOSITIO CXI.

1. τοῦ	Id.	deest.
2. ἐστὶ τὸ ΒΓ τῷ ΒΔ, . . .	τὸ ΒΓ τῷ ΒΔ, ἔσται ἀκο-λούθως ῥητὴ ἑκατέρα τῶν ΖΘ, ΖΚ καὶ ἀσύμ-μετρος τῇ ΖΗ μήκει. Καὶ ἐπεὶ ἀσύμμετρόν ἐστιν· ὑπόκειται τὸ ΒΓ τῷ ΒΔ,	concordat cum edit. Paris.

EDITIO PARISIENSIS.	CODEX 190.	EDITIO OXONIÆ.
3. ἐστι	deest.	concordat cum edit. Paris.
4. Εἰ μὲν δὴ	Id.	προσαρμόζουσα δὲ ἡ ΚΖ. Ἤτοι δὲ ἡ ΘΖ τῆς ΖΗ μεῖζον δύναται τῷ ἀπὸ συμμέτρου ἑαυτῇ, ἢ τῷ ἀπὸ ἀσυμμέτρου. Εἰ μὲν οὖν
5. τῇ ΖΗ μήκει.	Id.	μήκει τῇ ΖΗ.
6. ἐστὶν ἄρα τρίτη	τρίτη ἐστὶν.	concordat cum edit. Paris.
7. μέσης ἀποτομή ἐστι δευτέρα.	μέσης ἀποτομὴ δευτέρα· ὥστε ἡ τὸ ΛΘ, τουτέστι τὸ ΕΓ δυναμένη μέσης ἀποτομή ἐστι δευτέρα.	ἀποτομὴ μέσης δευτέρα.
8. μήκει, καὶ οὐδετέρα	καὶ οὐθέτερα	concordat cum edit. Paris.
9. ΖΗ μήκει· ἀποτομή ἐστιν ἄρα ἕκτη ἡ ΚΘ.	ἡ ΖΗ μήκει· ἀποτομὴ ἕκτη ἐστιν ἡ ΚΘ.	ἐκκειμένη ῥητῇ μήκει τῇ ΖΗ· ἀποτομή ἐστιν ἄρα ἕκτη ἡ ΘΚ.
10. ἡ	deest.	concordat cum edit. Paris.
11. ἡ τὸ ΛΘ ἄρα,	Id.	ὥστε ἡ τὸ ΛΘ,

PROPOSITIO CXII.

linea 16 τῆς	Id.	τῇ
2. μήκει τῇ ΔΓ. Πάλιν, ἐπεὶ	Id.	τῇ ΓΔ μήκει. Πάλιν,
3. πρώτη ἐστὶν	Id.	ἐστι πρώτη
4. μήκει· καὶ	καὶ	μήκει·
5. τῇ	ἡ	concordat cum edit. Paris.
6. ἡ	τῇ	concordat cum edit. Paris.
7. Ἐπεὶ οὖν σύμμετρός ἐστιν ἡ ΔΖ τῇ ΖΗ, ῥητὴ δέ ἐστιν ἡ ΔΖ· ῥητὴ ἄρα ἐστὶ καὶ ἡ ΖΗ. Ἐπεὶ οὖν σύμμετρός ἐστιν ἡ ΔΖ τῇ ΖΗ μήκει,	deest.	concordat cum edit. Paris.
8. μήκει. Καὶ εἰσι ῥηταί	deest.	concordat cum edit. Paris.
9. εἰσι	deest.	concordat cum edit. Paris.
10. ἐστὶν	Id.	deest.

COROLLARIUM*.

1. τοῦ τε	Id.	τό τε

* Hoc corollarium in omnibus adest codicibus.

Ii.

EDITIO PARISIENSIS.	CODEX 190.	EDITIO OXONIÆ.
2. ἐπεὶ τῇ	Id.	ὅτι
3. αἱ μὲν	deest.	concordat cum edit. Paris.
4. τῇ	Id.	deest.
5. μετὰ	κατὰ	concordat cum edit. Paris.
6. Μέσης	Id.	Μέσην
7. Μέσης	Id.	Μέσην

PROPOSITIO CXIII.

1. ἕξει τάξιν	Id.	ἔχει
2. ὀνομάτων δὲ	Id.	δὲ ὀνομάτων
3. ἕξει	Id.	ἔχει
4. τῇ Η ἴση	Id.	ἴση τῇ Η
5. ἐστὶν	Id.	deest.
6. τὴν ΚΕ, ὡς γὰρ ἓν τῶν ἡγου-	ΚΕ ἓν ἡγούμενον . . .	concordat cum edit. Paris.
μένων		
7. τὴν	deest.	concordat cum edit. Paris.
8. τὴν	deest.	concordat cum edit. Paris.
9. ἐστὶ	Id.	deest.
10. ἐστὶ	Id.	deest.
11. ἐστὶ	Id.	deest.
12. τὴν	deest.	concordat cum edit. Paris.
13. τὴν	deest.	concordat cum edit. Paris.
14. καὶ σύμμετρος τῇ ΒΔ μήκει·	deest.	concordat cum edit. Paris.
15. ἐστὶ	Id.	deest.
16. καὶ σύμμετρος τῇ ΓΔ μήκει·	deest.	concordat cum edit. Paris.
17. εἰσὶ	Id.	deest.
18. ἑαυτῇ, ...	deest.	concordat cum edit. Paris.
19. οὐδέτερα	οὐδέτερα	concordat cum edit. Paris.
20. οὐδέτερα	οὐδέτερα	concordat cum edit. Paris.
21. καὶ ἡ ΖΚ τῆς ΚΕ μεῖζον δύ-	deest.	concordat cum edit. Paris.
ναιται τῷ ἀπὸ ἀσυμμέτρου		
ἑαυτῇ.		
22. οὐδετέρα	οὐθέτερα	concordat cum edit. Paris.
23. τὰ	deest.	concordat cum edit. Paris.
24. τάξιν ἔχει	Id.	ἔχει τάξιν

PROPOSITIO CXIV.

EDITIO PARISIENSIS.	CODEX 190.	EDITIO OXONIÆ,
1. ἐστὶ τοῖς	Id.	deest.
2. καὶ	Id.	deest.
3. ἔτι ἡ	Id.	ὅτι ἡ
4. ἔστω	ἔστω καὶ	concordat cum edit. Paris.
5. παραβέβληται·	Id.	παράκειται·
6. ἴσον ἐστὶ	Id.	ἐστὶν ἴσον
7. τὴν Η.	in reliquâ demonstratione vocabulum τὴν deest.	concordat cum edit. Paris.
8. ὡς	deest.	concordat cum edit. Paris.
9. εἰσὶ	deest.	concordat cum edit. Paris.
10. οὕτως	deest.	concordat cum edit. Paris.
11. οὕτως	deest.	concordat cum edit. Paris.
12. οὕτως	deest.	concordat cum edit. Paris.
13. οὕτως τὸ ἀπὸ τῆς πρώτης	τὸ ἀπὸ τῆς ά	concordat cum edit. Paris.
14. ἐστὶ	Id.	deest.
15. ἐστι	deest.	concordat cum edit. Paris.
16. ἄρα	deest.	concordat cum edit. Paris.
17. ΓΔ τῇ ΖΘ	ΘΖ τῇ ΓΔ	concordat cum edit. Paris.
18. δὲ ΒΓ, ΓΔ	ΒΓ, ΓΔ δὲ	concordat cum edit. Paris.
19. ἄρα ὀνομάτων ἐστὶν . . .	ὀνομάτων ἐστὶν ἄρα . .	concordat cum edit. Paris.
20. δυνήσεται	Id.	δύναται
21. καὶ	deest.	concordat cum edit. Paris.
22. δυνήσεται	Id.	δύναται
23. καὶ	deest.	concordat cum edit. Paris.
24. ἐστι	deest.	concordat cum edit. Paris.

PROPOSITIO CXV.

1. τέ	Id.	deest.
2. τοῖς	Id.	τοῖς ἀπὸ
3. ἡ	Id.	deest.
4. τέ	Id.	deest.
5. τὴν ΜΛ·	ΜΛ·	concordat cum edit. Paris.

EDITIO PARISIENSIS.	CODEX 190.	EDITIO OXONIÆ.
6. τὴν ΚΜ	ΚΜ	concordat cum edit. Paris.
7. ἐστὶ	Id.	deest.
8. τὴν	deest.	concordat cum edit. Paris.
9. τῶν	deest.	concordat cum edit. Paris.
10. Τὸ δὲ ὑπὸ τῶν ΓΔ, ΑΒ ἴσον ἐστὶ τῷ	Τῷ δὲ ὑπὸ τῶν ΓΔ, ΑΒ ἴσον ἐστὶ τὸ . . .	concordat cum edit. Paris.
11. καὶ	deest.	concordat cum edit. Paris.
12. ἐστὶ	Id.	deest.

COROLLARIUM.

1. περιέχεσθαι.	περιέχεσθαι. Ὅπερ ἔδει δεῖξαι.	concordat cum edit. Paris.

PROPOSITIO CXVI.

1. οὐδεμία	deest.	concordat cum edit. Paris.
2. οὐδέμία	deest.	concordat cum edit. Paris.
3. ἐστιν	deest.	concordat cum edit. Paris.
4. τῶν πρότερόν ἐστιν	Id.	πρότερόν ἐστιν
5. ἐστιν	deest.	concordat cum edit. Paris.
6. οὐδεμία	deest.	concordat cum edit. Paris.

ALITER*.

2. γίνονται, ...	γίγνονται, ...	concordat cum edit. Paris.
3. οὐδεμιᾷ πρότερόν ἐστιν ἢ αὐτή .	τῶν πρότερον ἢ αὐτή. .	concordat cum edit. Paris.
4. ἐστὶ	Id.	deest.
5. ἐστὶν	Id.	deest.
6. Ἀπὸ τῆς	Ἀπὸ	concordat cum edit. Paris.

PROPOSITIO CXVII**.

2. ἐστι	deest.	concordat cum edit. Paris.
3. τὸν	deest.	concordat cum edit. Paris.

* Hoc *aliter* in omnibus adest codicibus.
** In codicibus hæc propositio numero non signatur.

EDITIO PARISIENSIS.	CODEX 190.	EDITIO OXONIÆ.
4. ἔχει δὲ	Id.	καὶ ἔχει
5. μονὰς	deest.	concordat cum edit. Paris.
6. ἐστιν	Id.	deest.
7. τῆς ΓΑ	τοῦ ΑΓ	concordat cum edit. Paris.
8. ἐστὶν	Id.	deest.
9. ἂν	deest.	concordat cum edit. Paris.
10. ἀριθμοὶ	deest.	concordat cum edit. Paris.
11. αὐτοῖς	deest.	concordat cum edit. Paris.
12. ἐστιν	deest.	concordat cum edit. Pa ri.
13. ἂν	deest.	concordat cum edit. Paris.
14. διπλάσιων ἐστὶ	διπλάσιος	concordat cum edit. Paris.
15. ὁ ἀπὸ ΕΖ τοῦ ἀπὸ τοῦ ΕΘ· διπλάσιος δὲ ὁ ἀπὸ τοῦ ΕΖ τοῦ ἀπὸ Η· διπλάσιος ἄρα ὁ ἀπὸ τοῦ Η τοῦ ἀπὸ τοῦ ΕΘ· . .	Id.	ἐστὶν ὁ ἀπὸ τοῦ ΕΖ τοῦ ἀπὸ τῆς ΕΘ· διπλάσιος ἄρα ὁ ἀπὸ τοῦ Η τοῦ ἀπὸ τοῦ ΕΘ·
16. ἀσύμμετρος ἄρα.	deest.	concordat cum edit. Paris.

ALITER*.

1. deest.	deest.	Δεικτέον δὴ καὶ ἑτέρως, ὅτι ἀσύμμετρός ἐστιν ἡ τοῦ τετραγώνου διάμετρος τῇ πλευρᾷ.
2. Εστω	Id.	Εστω γὰρ
3. σύμμετρος· καὶ γεγονέτω . .	deest.	concordat cum edit. Paris.
4. οἱ ΕΖ, Η·	Id.	deest.
5. τὸ	ὁ	concordat cum edit. Paris.
6. τὸ	τὸν	concordat cum edit. Paris.
7. τοῦ	τῆς	concordat cum edit. Paris.
8. διπλάσιος	διπλάσιον	concordat cum edit. Paris.
9. τοῦ	deest.	concordat cum edit. Paris.
10. τοῦ	deest.	concordat cum edit. Paris.
11. αὐτοῦ	αὐτῇ	concordat cum edit. Paris.

* Hoc *aliter* in omnibus adest codicibus.

SCHOLIUM*.

EDITIO PARISIENSIS.	CÔDEX 190.	EDITIO OXONIÆ.
2. εὐθειῶν	Id.	deest.
3. εἶδος	ἐπίπεδον	concordat cum edit. Paris.
4. καὶ	Id.	deest.
5. τὰς	Id.	τοὺς
6. καὶ	Id.	deest.
7. ἀσυμμέτρων χωρίων, . . .	Id.	χωρίων ἀσυμμέτρων,
8. τοῖς	Id.	deest.
9. καὶ	Id.	deest.
10. ὡς	deest.	concordat cum edit. Paris.
11. πρὸς ἀλλήλους	Id.	ἀλλήλοις
12. γέγονεν ὅτι οὐ μόνον ἐπί τε γραμμῶν καὶ ἐπιφανειῶν ἐστὶ συμμετρία καὶ ἀσυμμετρία, .	γέγονε διὸ οὐ μόνον ἐπί τε γραμμῶν καὶ ἐπιφανειῶν ἐστὶ συμμετρία καὶ ἀσυμμετρία, . .	γέγονεν ὅτι οὐ μόνον ἐπὶ γραμμῶν ἐστι συμμετρία καὶ ἀσυμμετρία,

* Hoc scholium, quod in omnibus adest codicibus, Euclidis esse non potest, utpote ex sequentibus pendet.

FINIS TOMI SECUNDI.

ERRATA.